Martina André
Das Rätsel der Templer

aufbau taschenbuch

MARTINA ANDRÈ, Jahrgang 1961, lebt mir ihrer Familie bei Koblenz. Bei Aufbau liegen außerdem ihre Bestseller »Die Gegenpäpstin«, »Schamanenfeuer – Das Geheimnis von Tunguska«, »Die Teufelshure« und »Die Rückkehr der Templer« vor. Im Herbst 2013 erscheint ihr neuer Roman »Das Geheimnis des Templers«.

Im Jahr 1156 überführt der vierte Großmeister der Templer einen geheimnisvollen Gegenstand von Jerusalem in seine südfranzösische Heimat. »Das Haupt der Weisheit«, wie das seltsame Artefakt genannt wird, sorgt dafür, dass der Orden zu nie gesehenem Reichtum gelangt. Doch im Jahr 1307 holt der französische König zum Schlag gegen die Templer aus. Sämtliche Niederlassungen des Ordens werden geschlossen, alle Mitglieder verhaftet. Gero von Breydenbach soll mit dem Haupt nach Deutschland fliehen, um das Geheimnis der Templer zu bewahren. Eine wahrhaft phantastische Reise beginnt. Plötzlich aber findet er sich im Jahr 2004 wieder – an der Seite einer jungen Frau, die ihn fasziniert und die ihm helfen soll, seine Mission zu erfül-

Martina André

Das Rätsel der Templer

Roman

aufbau taschenbuch

ISBN 978-3-7466-2498-3

Aufbau Taschenbuch ist eine Marke der Aufbau Verlag GmbH & Co. KG

5. Auflage 2013
© Aufbau Verlag GmbH & Co. KG, Berlin
Die Erstausgabe erschien 2007 bei Rütten & Loening;
Rütten & Loening ist eine Marke der Aufbau Verlag GmbH & Co. KG
Umschlaggestaltung Mediabureau Di Stefano, Berlin,
unter Verwendung von Fotos der Agenturen Corbis und getty images
Druck und Binden CPI – Clausen & Bosse, Leck
Printed in Germany

www.aufbau-verlag.de

Dieses Buch möchte ich der ehemaligen
Zisterzienserabtei Heisterbach widmen,
einem mystisch anmutenden Ort im Siebengebirge,
mit einer wundersamen Legende über Raum und Zeit,
die vor vielen Jahren meine Begeisterung für
phantastische Geschichten geweckt hat.

Im Jahre 1156 überbrachte Bertrand de Blanchefort, vierter Großmeister der Templer, einen geheimnisvollen Gegenstand von Jerusalem in seine französische Heimat, um ihn dort in einem raffiniert angelegten Versteck vor dem Zugriff Unbefugter zu verbergen. Eingeweihte nannten den unauffälligen, metallischen Kasten »CAPUT LVIII« oder das »Haupt der Weisheit«.

Bald darauf war Bertrand de Blanchefort der erfolgreichste Großmeister seiner Zeit, und unter seinem Einfluss wurde der Orden der Templer zur bedeutendsten Organisation, die das christliche Abendland bis dahin hervor gebracht hatte.

Prolog

> »Die Jünger fragten Jesus:
> ›Wann wird die Ruhe der Toten eintreten,
> und wann wird die neue Welt kommen?‹
> Jesus antwortete:
> ›Die Ruhe, die ihr erwartet, ist schon gekommen,
> aber ihr erkennt sie nicht.‹«
>
> (Thomasevangelium 51)

Samstag, 28. Oktober 1307 – Chinon

Der Wind fegte in einer solch erbarmungslosen Strenge über die Festungsmauern von Chinon, als ob er das unbezwingbare Gemäuer mit Gewalt seiner leidvollen Bestimmung entreißen wollte. Währenddessen schoben sich riesige Wolkenberge über das Hochplateau, die mit ihrer einhergehenden Düsternis den Mittag zum Abend verurteilten und deren herabstürzende Wassermassen verlässliche Straßen in tückische Sumpfpfade verwandelten. Blitze zuckten, trotz der kühlen Witterung, und das darauf folgende ohrenbetäubende Donnergrollen bewirkte, dass sich nur draußen aufhielt, wer dazu verdammt worden war.

Heute war der Tag des Heiligen Simon und des Heiligen Judas Thaddäus. Einst waren sie zu Märtyrern geworden, nachdem sie den Zauberern des Königs Xerxes deren Unfähigkeit vor Augen geführt und diese aus Rache einen Aufstand der Priester entfacht hatten, die Simon und Judas Thaddäus gefangen nahmen und – da waren sich die Schreiber nicht einig – sie enthaupten oder zersägen ließen. Bald darauf hatte ein gewaltiges Unwetter Priester und Zauberer erschlagen und den König und sein Volk in Angst und Schrecken versetzt.

Allem Anschein nach wollte der 28. Oktober 1307 seinen Namensgebern die Ehre erweisen – zumindest was das Wetter betraf –, und auch die Märtyrer schienen nicht weit.

Ein Napf mit dünnem Gerstenbrei und eine Scheibe verschimmeltes Brot kennzeichneten für Henri d'Our, Komtur der Templerniederlassung von Bar-sur-Aube den Beginn eines weiteren Morgens in der Hölle.

An manchen Tagen ging es in den weit verzweigten Kalksteinkatakomben der Festung Chinon zu wie auf einem Viehmarkt. Gefühllose Folterknechte trieben mit Peitschen und Knüppeln ganze Heerscharen von gepeinigten Kreaturen durch ein Labyrinth von Gängen, in der Absicht, die Widerstandsfähigsten herauszusieben, nur um ihnen danach noch ein wenig heftiger zusetzen zu können. Heute jedoch war es nach der Verteilung der Essensration geradezu unheimlich still gewesen, und nur ein fernes Donnergrollen ließ weiteres Unheil befürchten.

Der eindringliche Schrei einer Frau, der diese Stille zerriss wie ein morsches Leichentuch, bestätigte Henri d'Ours finsterste Ahnungen. Zurückgezogen hockte er im hintersten Winkel seiner Zelle. Der ehemals weiße Habit ließ die ursprüngliche Farbe nur noch erahnen, und der teilweise zerfetzte Stoff schützte seinen ausgemergelten Körper nur unzureichend vor schamlosen Blicken. Das verfilzte, silberne Haupthaar und der noch bis vor kurzem gepflegte, würdevolle Bart waren mit Blut und Dreck verschmiert.

D'Ours Kiefer schmerzte so fürchterlich, dass er seinen Mund kaum zu öffnen vermochte, und mit seinen geschwollenen Augenlidern kostete es ihn einige Mühe, zu erkennen, was um ihn herum geschah. Arme und Beine, übersät mit blauen Flecken und kleinen, schmerzhaften Brandmalen, konnte er nur noch mit äußerster Kraftanstrengung bewegen.

Bislang hatte er sämtlichen Folterungen erbittert Widerstand geleistet, indem er scheinbar über den Schmerz hinausgegangen war und seinen Geist ermächtigt hatte, den Körper zu verlassen, um den unerträglichen Qualen mit Gleichmut begegnen zu können. Und doch ergriff Zug um Zug eine jämmerliche Angst von seiner Seele Besitz. Was wäre, wenn König Philipp IV. von Franzien und Guillaume de Nogaret, seines Zeichens Großsiegelbewahrer und Oberhaupt der königlichen Geheimpolizei, der sogenannten Gens du Roi, herausfinden würden, dass Henri d'Our tatsächlich zu den Eingeweihten des Templerordens gehörte und sich trotz seines bescheidenen Postens ab und an mit dem Großmeister oder dessen Vertreter in Franzien getroffen hatte? Vielleicht hatten die Gens du Roi, deren grauenhafte Folter jedem anständigen Menschen das Blut in den Adern gefrieren ließen, Spione in die wirtschaftlich unbedeutende Templerniederlassung im Osten der Champagne eingeschleust, die dem Königshof in Paris regelmäßig Bericht erstatteten?

Ein Folterknecht, hässlich wie der Teufel, kam herbeigeschlurft. Mit einem blöden Grinsen zückte er seinen schweren Schlüsselbund und öffnete das monströse Eisenschloss zu Henri d'Ours unfreiwilligem Domizil. Eine Maßnahme, die der Tatsache Hohn spottete, dass er – wie alle Gefangenen an Armen und Beinen in Ketten gelegt – wohl kaum in der Lage sein würde, das Weite zu suchen.

»So mein Guter, auf zur nächsten Runde.« Die Ironie in der Stimme des Mannes war nicht zu überhören. »Man erwartet Euch bereits.«

Rücksichtslos zerrte er Henri d'Our aus der finsteren Behausung heraus.

»Heilige Jungfrau Maria«, betete der Komtur von Bar-sur-Aube lautlos, während er Mühe hatte, auf die Beine zu kommen. »Lass mich stark bleiben in meiner Ehre und mutig im Glauben an das Gute in der Welt.«

Als er jedoch in die große, hell erleuchtete Folterkammer gelangte, war es um seinen Mut geschehen. Ein Stich fuhr ihm ins Herz, als er erkennen musste, dass mit Francesco de Salazar ein weiterer Ritterbruder seiner Komturei in die Hände der Gens du Roi gefallen war.

Und was die Sache weit schlimmer machte, war die weinende junge Frau, die an seiner Seite saß. Ohne Zweifel handelte es sich um die Schwester des ehemals stolzen Katalanen, weil sie mit den gleichen, großen Haselnussaugen zum Komtur der Templer von Bar-sur-Aube aufsah, als ob sie von ihm die himmlische Erlösung erwartete.

Francesco hing wie leblos und lediglich mit einer zerrissenen Unterhose am Leib an dem schräg gestellten Holzbrett wie Jesus am Kreuz. Dunkel verfärbte Striemen überzogen seinen flachen Bauch, und münzgroße Brandmale umkreisten seine Brustwarzen wie ein grausiger Reigen. Die Lippen, ausgetrocknet und blutverkrustet, waren dem unverwechselbaren Lachen mit den leuchtend weißen Zähnen so fern wie nie zuvor.

Wie durch einen Nebel nahm Henri d'Our die nicht weniger vornehm gekleidete, ältere Frau wahr. Da sie offensichtlich in Ohnmacht gefallen war, hatte man sie auf eine schmuddelige Matratze gebettet und ihr Haupt von dem straffen Gebende befreit, das Frauen ihres Alters gewöhnlich trugen. Die dunklen, silberdurchwirkten Locken und der olivfarbene Teint ließen auf Francescos Mutter, die Gräfin de Salazar, schließen. Ein Schauer überlief den Komtur bei dem Gedanken, dass die Inquisition nicht einmal vor verängstigten Angehörigen Halt machte, um ihre Opfer zu einer gefälligen Aussage zu zwingen.

Vornehmlich Frauen, getrieben von der Sorge um ihre Söhne und Brüder, wurden in die Verliese vorgeladen, um die bis dahin standhaften Ritterbrüder zu einem belastenden Geständnis gegen den Orden zu bewegen. Nogaret und seine Leute wussten darum, dass die gefangenen Templer die eigene Folter bis hin zum Tod ertrugen, nicht aber das Weinen und die Schreie der Frauen, die dabei zuschauen mussten.

Neben der Gräfin stand ein Medicus. Er verkehrte regelmäßig an diesem Ort des Leidens, und in seinem langen schwarzen Gewand nährte er in d'Our die Vorstellung von einem allgegenwärtigen Todesengel. Doch dann bemerkte der Komtur die Anwesenheit von jemandem, bei dem diese Bezeichnung noch passender gewesen wäre: Guillaume Imbert, Großinquisitor, Bischof von Paris und persönlicher Beichtvater Philipps IV. und zudem unseliger Verbündeter Guillaume de Nogarets.

»So sieht man sich wieder«, sagte der Mann im schwarzgrauen Surcot leise. Mit einem arroganten Lächeln entblößte er seine scharfkantigen Zähne, derweil er nervös an seinem weißen Spitzenkragen zupfte.

Der dickbäuchige Foltergehilfe hatte den Komtur von Bar-sur-Aube inzwischen auf dem Boden abgesetzt und an eine hölzerne Kiste gelehnt. Die Gliedmaßen in Ketten geschmiedet, das Genick steif wie ein Stock, traf d'Our von oben herab der vermeintlich mitleidige Blick seines Peinigers.

»Nun ja«, resümierte Imbert in spöttischem Tonfall, »Wenn Ihr Euren Hochmut überwinden könnt und endlich eine vernünftige Aussage für mich bereithaltet ...«, beiläufig blickte er auf Francesco, »seid Ihr es vielleicht, der das Leben dieses Jungen zu retten vermag ...«

Francescos Schwester hatte die Bemerkungen des Inquisitors mit weit geöffneten Augen verfolgt, und nun sprang sie auf und warf sich vor d'Our in den Schmutz, das Gesicht zwischen ihren ausgestreckten Armen unter einer Flut von herabfallenden Locken verborgen.

»Edler Mann«, klagte sie schluchzend, »was immer man von Euch wissen will, kann nicht so geheim sein, dass man dafür auch nur ein Menschenleben opfert! Ich flehe Euch an!«

Während ihr Körper von heftigen Weinkrämpfen geschüttelt wurde, blickte d'Our anklagend zu Imbert, der teuflisch grinsend neben ihr stand und damit seine tiefe Befriedigung anstandslos zur Schau stellte.

Der Komtur der Templer von Bar-sur-Aube würde es nicht über sich bringen, seinen Schützling zu opfern, schon gar nicht vor den Augen von Mutter und Schwester.

Ein Schatten bewegte sich hinter Imbert und räusperte sich verhalten. Es war der Medicus, der die Szene mit großem Interesse verfolgt hatte.

Imberts Augenmerk schnellte zwischen der reglos daliegenden Gräfin und dem neugierig dreinblickenden Arzt hin und her.

»Habt Ihr nicht gesagt, die Frau kommt wieder zu sich?«

Der Medicus nickte willfährig.

»Gut. Dann könnt Ihr fürs Erste verschwinden. Aber haltet Euch bereit, wie immer, falls ich Euch rufen lasse.«

Mit einem enttäuschten Zug um den Mund und einer unterwürfigen Verbeugung entfernte sich die schwarze Gestalt ebenso eilig, wie sie erschienen war.

Imbert wandte sich um und holte unter einem an der Wand stehenden, hölzernen Schreibpult einen unscheinbaren Leinensack hervor. Mit lauerndem Blick brachte er einen filigran gearbeiteten Frauenkopf aus reinem Silber zum Vorschein, der nur geringfügig kleiner war als ein echter menschlicher Kopf. Er stand auf einem kleinen Sockel, in den gut lesbar die Initialen CAPUT LVIII eingraviert waren.

»Mich interessiert weder, ob Ihr selbst gezeugte, frisch gebratene Neugeborene zum Abendmahl verspeist habt«, begann er in scharfem Ton, »noch, ob Eure Novizen ihre unkeuschen Schwänze in den Arsch des Meisters schieben mussten, bevor man sie selbst in einen weißen Mantel steckte.«

Für einen Moment weidete sich Imbert an dem bestürzten Blick der jungen Frau, die sich aufgerichtet hatte und nun zitternd auf ihren Fersen hockte.

»Ich weiß, dass Ihr etwas viel Interessanteres für mich bereithaltet.« Seine Stimme erhob sich in teuflischer Genugtuung. »Damit wir uns richtig verstehen. Mich interessiert weder Euer Gold, noch wo Ihr es versteckt habt. Das sollen andere herausfinden. Mich interessiert vielmehr, wo der Born Eures Wissens sprudelt.« Beinahe zärtlich strich er über das silbern schimmernde Gesichtchen. »Und ob dieses reizende Antlitz etwas damit zu tun hat.«

Unvermittelt setzte er die wissensdurstige Miene eines Gelehrten auf. »Warum, frage ich mich«, fuhr er mit dozierender Stimme fort, »finden wir beim Durchstöbern der Privatgemächer des Großmeisters der Templer in Paris einen silbernen Kopf, dessen nebulöse Existenz durch unzählige Verhöre geistert, darin versteckt eine Botschaft, die besagt: *Geht zu H d O – nur er weiß, wie man die Stimme zum Sprechen bringt?*«

Imbert lachte boshaft. »Ja, da schaut Ihr«, rief er und versah Henri d'Our mit einem triumphierenden Blick. »Wir *sind* in der Lage Eure geheimen Schriften zu dechiffrieren. Der Rest war ein Kinderspiel.« Wieder lachte er, diesmal leise und noch bösartiger. »Könnt Ihr mir verraten, warum diese drei Initialen nur auf einen einzigen Namen zutreffen, von den vielen, die wir in den ellenlangen Personallisten in der Ordensburg von Troyes gefunden haben?« Der Großinquisitor hielt inne. »Nämlich auf den Euren?«

D'Our blieb regungslos, bemüht darum, seinen Blick so klar zu halten wie reines Quellwasser.

»Was seid Ihr?«, fauchte Imbert ungehalten. »Ein Zauberer? Könnt Ihr dieses Ding hier zum Sprechen bringen?« Wie ein lauerndes Reptil näherte er sich seinem Opfer und ließ sich dazu herab, vor ihm in die Hocke zu gehen.

Dabei kam er d'Our so nahe, dass dessen bereits abgestumpfter Geruchssinn mühelos die unappetitliche Mischung aus fauligem Atem und teurem Parfüm wahrnehmen konnte.

»Wir haben Euren Großmeister verhört, vor vier Tagen in Corbeil«, resümierte Imbert in der ihm eigenen Selbstgefälligkeit.

Wohl eher unbeabsichtigt verriet er Henri d'Our damit, wo man das Oberhaupt der Templer zurzeit gefangen hielt.

»Auf dieses Phänomen hin angesprochen, behauptete Jacques de Molay, er sei nur ein einfacher Mann, der noch nicht einmal des Lesens und Schreibens mächtig sei, und er wisse nichts von einem Kopf, geschweige denn etwas von einem Zettel, den er zusammen mit diesem niedlichen Antlitz in das ihm völlig unbekannte Versteck gelegt haben sollte!« Imberts Stimme war immer lauter geworden, und sein ansonsten bleicher Schädel hatte vor lauter Wut die Farbe eines gekochten Hummers angenommen.

Unvermittelt heftig sprang er auf. »Wollt Ihr mich alle zum Narren halten?«

Voller Zorn warf er d'Our mit Schwung das Haupt zu, das der Komtur wegen seiner angeketteten Arme nicht auffangen konnte. So landete der kleine Kopf aus massivem Silber in d'Ours Schoß und traf dessen Hoden, die einzige Stelle seines Körpers, die man bis jetzt von den Folterungen ausgespart hatte.

Mit schmerzverzerrter Miene hielt d'Our für einen Moment die Luft an und schluckte anschließend verkrampft. Sein Mund war mit einem Mal trocken, und sein Blick wanderte unruhig hin und her, zwischen der vor ihm liegenden Frau und dem schwer gefolterten Francesco, für den er eine tiefe Verantwortung empfand.

Fieberhaft überlegte er, wie er sich aus dieser Falle herauswinden konnte. Er hatte einen minimalen Vorteil. Imbert wollte etwas von ihm, und zwar etwas, das er sich einiges kosten lassen würde. Bisher waren dessen Bemühungen nicht gerade von Erfolg gekrönt gewesen, und König Philipp würde die weitere Karriere seines Großinquisitors vermutlich von eben diesem Erfolg abhängig machen.

»Wenn Ihr mir einen Schluck Wasser geben wollt«, sagte d'Our mit einer Ruhe, die ihn selbst zum Erstaunen brachte, »dann könnte ich es mir in Eurem Sinne überlegen, mein Schweigen zu brechen.« Er senkte den Blick und versuchte anteilslos zu wirken. Imbert durfte auf keinen Fall bemerken, wie viel ihm am Leben des Jungen lag.

»Tut, was er verlangt«, sagte Imbert und wies den Kerkermeister mit einer Geste an, d'Our eine Kelle mit Wasser zu reichen.

Gierig trank er das kalte Nass, wie ein Kamel, das man wochenlang durch die Wüste getrieben hatte. Seine verbliebenen Zähne schmerzten grauenvoll, jedoch seine Gedanken klärten sich mit jedem Schluck, und seine Stimme klang fest und deutlich, als er fortfuhr.

»Ich sage Euch, was Ihr hören wollt«, begann er, und dabei schaute er den Großinquisitor von unten herauf mit einer unschuldigen Miene an. »Unter einer Bedingung.«

»Ich denke nicht, dass es an Euch ist, Bedingungen zu stellen«, erwiderte Imbert frostig und warf einen schnellen Blick auf die immer noch am Boden kauernde, junge Frau.

»Und ich denke, Ihr wollt etwas wissen, das nur ich Euch zu sagen vermag?«, erwiderte d'Our betont gleichgültig.

Das Augenmerk des Inquisitors richtete sich mehr und mehr auf Francesco, den jungen Templer.

»Ihr braucht ihn erst gar nicht ins Kalkül zu ziehen«, bemerkte d'Our' tonlos. »Ich habe bislang auch nicht das gesagt, was Ihr hören wolltet, obwohl mir seine Schreie nicht entgangen sind.«

In Wahrheit hatte er bis jetzt nie gewusst, wer gerade geschrien hatte. Er hatte allenfalls ahnen können, welcher seiner Untergebenen gefoltert wurde.

»Dann macht es Euch bestimmt nichts aus«, erwiderte Imbert erbarmungslos. »Wenn ich ihn vor unseren Augen töten lasse.«

Die junge Frau presste sich die Fäuste auf die Ohren und schrie so laut, als ob man ihr einen Dolch in den Leib gestoßen hätte, dann klammerte sie sich schluchzend an d'Ours reglose Beine und bettelte in herzzerreißender Weise um Francescos Leben.

»Es bekümmert mich nicht«, heuchelte d'Our, während er Francescos Schwester betrachtete, als wäre sie eine arme Irre. »Aber dieser jungen Dame hier scheint das Leben des Bruders etwas zu bedeuten. Und es würde mir etwas ausmachen, wenn ich jemandem, der so herzlos ist, ein solch unschuldiges Geschöpf ins Unglück zu stürzen, ein nicht unbedeutendes Geheimnis anvertrauen sollte.«

»Was wollt Ihr?«, rief Imbert und schlug ungeduldig mit der flachen Hand auf das Schreibpult.

D'Our wusste, dass er ihn am Haken hatte. »Ich kann Euch versichern, Ihr könnt den armen Kerl dort auf dem Brett solange foltern, bis seine Seele beschließt, dass sein Körper ein zu unwirtlicher Ort ist, um darin wohnen zu bleiben. Es wird Euch nichts nützen.« Er schwieg für einen Moment und bedachte sein Gegenüber mit einem abschätzenden Blick. »Denkt Ihr ernsthaft, wir würden einem halben Kind, dessen Zunge schneller ist als sein Verstand, unsere wichtigsten Geheimnisse anvertrauen? Schaut ihn Euch doch an!«

Imbert unterzog Francesco de Salazar einer eingehenden Betrachtung. In Blut und Schweiß gebadet, dabei halb ohnmächtig vor Schmerz, hatte der junge Katalane nichts mehr von jenem stolzen Templer, der trotz seiner Jugend in einem Kreuzzug jegliche Angreifer das Fürchten gelehrt hätte.

»Übergebt ihn seiner Familie«, sagte d'Our und blickte auf die junge Frau, deren Blicke halb hoffend, halb bangend zwischen ihm und dem Scheusal im vornehmen Aufzug hin und her schnellten. »Und sobald ich Nachricht von seinen Verwandten habe, dass er wohlbehalten zu Hause angekommen ist, verrate ich Euch alles, was Ihr hören wollt.«

»Gut«, bestimmte Imbert kurz angebunden und gab seinem Folterknecht ein Zeichen. »Lasst sie ziehen!«

Mit ungläubigem Blick nahm der Kerkermeister den Befehl entgegen.

»Zwei Wochen«, schnarrte Imbert, während er ärgerlich auf d'Our herab schaute. »Und keinen Tag mehr. Dann werdet Ihr mir die wahren Geheimnisse Eures Ordens offenbaren.« Der Großinquisitor legte eine theatralische Pause ein und verengte drohend seine tief liegenden Augen. »Wenn nicht, werde ich Euch und Euren zwei übrig gebliebenen Kameraden das Fell über die Ohren ziehen. Direkt hier, bei lebendigem Leib, und noch bevor der Antichrist Eure Seelen endgültig an sich gerissen hat.«

Teil I
Der Auftrag

»Hebt einen Stein auf und ihr werdet mich finden,
spaltet ein Holz, und ich bin da«
(Thomasevangelium, Vers 77)

1

Mittwoch, 11. Oktober 1307 – Gregorianischer Gesang

An diesem späten, herrlich sonnigen Oktobernachmittag im Jahre des Herrn 1307 ließen nur der auffrischende Wind und die ersten fallenden Blätter vermuten, dass der Herbst Einzug gehalten hatte.

Über die helle Kalksteinstraße aus Richtung Thors kommend, wälzte sich eine dicke Staubwolke den Hügel herab, und auf dem Aussichtsturm der Templerkomturei von Bar-sur-Aube erspähte der wachhabende Bruder in der Ferne das schwarzweiße Banner seiner Mitbrüder.

Zug um Zug vereinzelte sich das unscharfe Bild in sechs kräftige Rösser und deren stattliche Reiter. Templer, allesamt gekleidet in weiße, flatternde Mäntel, mit je einem leuchtend roten Tatzenkreuz auf Schulter, Brust und Rücken, dazu Haupthaar und Bart kurz geschoren, wie es die Tradition verlangte. Die stolze Haltung der jungen Männer und deren offen zur Schau gestellte Bewaffnung mit Schwert, Schild und Messergürtel unterstrichen zudem den Eindruck eiserner Disziplin und kämpferischer Entschlossenheit.

Ein paar kleine Buben blieben für einen Moment ehrfürchtig am Wegesrand stehen, als die Kavalkade an ihnen vorbei trabte. Doch kaum hatte der letzte Reiter die Meute passiert, lärmten die Jungen johlend und wild gestikulierend hinter dem martialisch anmutenden Trupp hinterher.

Gerard von Breydenbach, genannt Gero, ein deutschstämmiger Ritter aus dem Erzbistum Trier, der die Gruppe der weißen Reiter anführte, drückte seinen Rücken noch ein wenig mehr durch als allgemein üblich, nicht wegen der Haltung, sondern wegen der leidigen Schmerzen, die ihn neben einer bleiernen Müdigkeit schon seit dem Mittag plagten. Einzig der Gedanke, dass es nicht mehr lange dauern konnte, bis er den harten Sattel gegen eine weiche Matratze eintauschen durfte, verschaffte ihm eine vorübergehende Linderung.

Er und seine Kameraden waren noch vor der Frühmesse aufgebrochen, um eine streng geheime Botschaft ins zwei Meilen entfernte Thors zu überbringen. Eigentlich hatten sie gegen Mittag zurück sein wollen, aber ihr Reiseweg hatte sich unvorhergesehen verzögert. Der Oberbefehlshaber der Baylie von Thors, wie das Hauptquartier der umliegenden Templerniederlassungen im gleichnamigen Ort genannt wurde, hatte die Brüder von Bar-sur-Aube dazu aufgefordert, noch vor ihrer Heimkehr jede einzelne der benachbarten fünf Komtureien aufzusuchen, um weitere, gesiegelte Pergamente zu überbringen, deren Auslieferung keinen Aufschub duldete.

Ein helles Auflachen riss Gero aus seinen Gedanken. Nicht weit von der Straße entfernt sammelten drei Wäscherinnen schwatzend und kichernd die weißen Leinenlaken ein, die sie am Morgen in den Auen der Dhuys zum Bleichen ausgelegt hatten. Die blonden Haare der Mädchen flatterten mit den dünnen Kleidchen in einer aufkommenden Böe um die Wette.

Während die Mönchskrieger an ihnen vorbei ritten, war eine jede versucht, die Aufmerksamkeit von wenigstens einem der jungen Männer zu erhaschen. Entgegen aller Disziplin ließ sich Gero zu einem verhaltenen Schmunzeln hinreißen, als er die Absicht der Frauen erkannte. Der spanische Bannerträger, der dicht neben ihm ritt, grinste breit, und für einen Moment waren seine schneeweißen Zähne zu sehen. Einer der nachfolgenden Ritterbrüder stieß einen anerkennenden Pfiff aus, den die jungen Frauen mit einem hinreißenden Lächeln belohnten.

»Er hat mich angeschaut«, rief eines der Mädchen und presste selig die Hände vor die Brust.

»Ich sagte es doch«, ließ eine zweite mit entzückter Miene verlauten, »der Kerl, der die Truppe führt, hat Augen so blau wie der Himmel.«

»Der mit den braunen Locken wäre mir lieber...« hallte es den Reitern hinterher.

Gelächter brandete auf. Es kam nicht von den Frauen, sondern von den nachfolgenden Kameraden.

Vielleicht hatte Vater Augustinus, der ordenseigene Kaplan doch Recht, dachte Gero und sah im Geiste den verhärmten Geistlichen vor sich, wie er in der sonntäglichen Kapitelversammlung an die Moral der Ordensritter appellierte:

»*Wir halten dafür*«, zitierte der Vater stets mit sauertöpfischer Miene, »*dass es einem jeden Ordensmann gefährlich ist, das Angesicht einer Frau zu sehr zu betrachten, und daher nehme sich keiner von den Brüdern heraus, eine Witwe, eine Jungfrau, seine Mutter, seine Schwester, seine Tante oder irgendeine andere Frau zu küssen. Die Ritterschaft Christi soll also Frauenküsse fliehen, durch welche die Männer öfters in Gefahr zu kommen pflegen, damit sie mit reinem Gewissen und in sicherem Leben allezeit im Angesicht Gottes zu verbleiben imstande sind.*«

Der Spott, den manche Kameraden verlauten ließen, sobald Augustinus sich außer Reichweite befand, hallte ebenso in Geros Gedanken wider. *Wer sagt denn, dass man die Frauen küssen muss, bevor man sich mit ihnen vergnügt … und ins Gesicht schauen muss man ihnen dabei auch nicht unbedingt.* Gewöhnlich folgte grölendes Gelächter, und Gero konnte nur ahnen, wie viel persönlich Erlebtes daraus sprach.

Francesco de Salazar, Geros Nebenmann, schnalzte mit der Zunge und grinste ihn an, als ob er seine Gedanken erraten hätte.

Einen Augenblick lang schloss Gero die Lider. Vielleicht weil ihn das tief stehende Licht der Nachmittagssonne blendete, vielleicht aber auch, um sein Gewissen zu reinigen. Als er sie wieder öffnete, blies der Wachhabende auf dem Turm der Komturei einmal kurz und einmal lang in ein Horn. Den Sergeanten unten im Hof war dies ein Zeichen, sogleich die schweren Eichentore zu öffnen.

Fließend tauchte der Trupp in den langen, kühlen Schatten der hohen Festungsmauern ein. Die Hufeisen der schweren Schlachtrösser donnerten über die quadratischen Pflastersteine, bevor das Geräusch schließlich verebbte, als die Reiter vor den Stallungen endgültig zum Stillstand kamen.

»Absitzen!«, befahl Gero lautstark, und fast synchron schwangen sich die überwiegend großen und breitschultrigen Männer aus ihren Sätteln.

Auf dem Hof herrschte reges Treiben. Zwischen umhereilenden Knechten und Mägden strömte eine Schar junger Bewunderer herbei.

Knappen im Alter von elf bis achtzehn Jahren, die bereit standen, für ihre Chevaliers das Abschirren und Versorgen der Pferde zu übernehmen.

Matthäus von Bruch, ein schmächtiger, zwölfjähriger Lockenkopf, nahm Gero mit einem strahlenden Lächeln die Zügel des silbergrauen Percherons ab. Währenddessen entledigte sich sein Herr der eisenbeschlagenen Plattenhandschuhe und fuhr mit einer ruppigen Geste über den wuscheligen Kopf seines Knappen.

»Na, Mattes, alles klar?«

Matthäus nickte selig und führte den riesigen Kaltblüter zu den Tränken. Gero marschierte indes mit seinen Kameraden auf die Mannschaftsräume am anderen Ende des Innenhofes zu. Noch bevor sie die Unterkünfte erreichten, scherte er aus und genehmigte sich trotz seiner Eile rasch zwei Kellen Wasser aus einem der Holzeimer, die halbgefüllt am Brunnen standen. Danach hastete er mit der gesiegelten Pergamentrolle in der Linken im Laufschritt die steile Außentreppe eines dreistöckigen Sandsteingebäudes hinauf. Auf einem schmalen Absatz im ersten Stock machte er halt und öffnete unter einem leisen Knarren eine schwere, nach innen aufgehende Eichentür. Während er den langen, düsteren Gang entlang ging, überprüfte er mit einer ordnenden Geste den Sitz seiner Chlamys, jenes legendären Umhangs aus ungebleichter, heller Wolle, der nur von Rittern getragen werden durfte, die dem Tempelherrenorden ein lebenslanges Gelübde geschworen hatten.

Am Ende des Flures erwartete ihn Bruder Claudius. Mit dem Blick eines Adlers, der unvorsichtigen Kaninchen auflauert, registrierte der junge, in braun gewandete Bruder der Verwaltung jeglichen sich nähernden Besuch, der seinem Vorgesetzten galt. Ohne eine entsprechende Voranmeldung erlangte niemand Zutritt zu den Räumlichkeiten des Befehlshabers der hiesigen Komturei.

»Ihr könnt da jetzt nicht rein«, ließ Claudius vorsorglich verlauten, als er sah, dass Gero auf das Arbeitszimmer seines Komturs zuhielt. »Er sitzt zu Rate mit Vater Augustinus und will im Augenblick nicht gestört werden.« Der Bruder streckte seinen dürren Arm aus und öffnete seine Hand zu einer fordernden Geste, um die Botschaft stellvertretend in Empfang zu nehmen.

»Ich warte«, sagte Gero knapp. Claudius nickte beiläufig und wandte sich mit einer missmutigen Miene seinem Schreibpult zu, während er seinen weiß gewandeten Bruder geflissentlich ignorierte.

Wenig später öffnete sich die Tür zum Gemach des Komturs, und der Kaplan der Komturei huschte in Richtung Ausgang, ohne Gero Beachtung zu schenken. Claudius blickte kurz auf, und Gero erhielt mit einem kaum merklichen Nicken die Erlaubnis, die Räumlichkeiten seines Vorgesetzten zu betreten.

Komtur Henri d'Our war eine drahtige Erscheinung mit grau schimmernden Augen, die einem Leitwolf gleich in ständiger Wachsamkeit leuchteten und einer Hakennase, die aussah wie der Schnabel eines Falken. Zudem sorgte seine Größe von fast sieben Fuß dafür, dass man ihm uneingeschränkte Aufmerksamkeit entgegen brachte. Das dichte, weiße Haar war kurz geschnitten und voller Wirbel, was ihn auf eine sympathische Art und Weise unvollkommen erscheinen ließ. Darüber hinaus verfügte er über einen unbeugsamen Charakter und einen scharfen Verstand. Sein Herz war erfüllt von einem unnachahmlichen Sinn für Gerechtigkeit und – wenn es die Situation erlaubte – einer eigentümlichen Art von Humor.

Das Arbeitszimmer des Mannes, der sich als Herr über mehr als hundert Bewohner der hiesigen Komturei bezeichnen durfte, war nicht besonders groß. Die zwei kleinen Fenster zum Hof waren nicht verglast, sondern wurden im Bedarfsfall mit geölten Ziegenhäuten verhangen, durch die zwar kaum Licht herein drang, die aber wenigstens die Kälte abhielten. Das Mobiliar erschien karg wie überall in der Komturei; ein Bett, ein Tisch mit vier Stühlen, eine schmucklose Kommode.

Gero trat einen Schritt zurück, straffte seine Schultern und legte die Arme an den Körper an, dabei hob er kaum merklich den Kopf und sah seinem Vorgesetzten fest in die Augen. »Gott sei mit Euch, Sire!«, salutierte er. Dann überreichte er seinem Komtur die sorgsam gehütete Botschaft.

»Und mit Euch Bruder Gerard«, erwiderte d'Our freundlich, während er das gesiegelte Pergament entgegen nahm. »Schließt die Tür! Ich habe etwas mit Euch zu besprechen.« An den angespannten Gesichtszügen seines Vorgesetzten glaubte Gero zu erkennen, dass etwas nicht in Ordnung sein konnte. Und er sprach deutsch. Etwas, das Gero in den drei Jahren, die er der Komturei angehörte nur einmal erlebt hatte –

anlässlich des Besuches seines Vaters, Richard von Breydenbach, der mit d'Our 1291 zusammen in Akko, im Heiligen Land, gekämpft hatte.

Zügig erbrach Henri d'Our, der dem Herzogtum Lothringen entstammte, das Siegel und überflog den Inhalt.

»Setzt Euch«, sagte er zwischen zwei Zeilen. »Unsere Unterredung wird etwas Zeit in Anspruch nehmen.«

Nachdem Gero sich niedergelassen hatte, ließ er seinen Blick durchs Zimmer schweifen. Auf einem Wandregal stand ein aufwendig verzierter Sarazenendolch, in einer Art Halterung befestigt, die es ermöglichte, das mit Juwelen geschmückte Geschenk eines sarazenischen Emirs von allen Seiten zu betrachten. Darüber hing, auf einem Holzbrett aufgezogen, eine aus Ziegenleder gefertigte, handgemalte Karte des östlichen mittelländischen Meeres. Zwei orientalische Teppiche, die den Steinboden bedeckten, waren neben den anderen Gegenständen die einzigen Luxusgüter, die sich der Komtur von Bar-sur-Aube aus seiner Dienstzeit im Outremer – den verlorenen Templerbesitzungen im Heiligen Land – zurückbehalten hatte.

D'Our ging zum Kamin und legte das Pergament sorgsam ins Feuer.

Gero fragte sich verwundert, was da vor sich ging. Papier und Pergament waren teuer, und in der Komturei wurde größter Wert auf kontinuierliche und saubere Aufzeichnungen gelegt, die man auf Jahre hinaus archivierte, und er konnte sich mit bestem Willen nicht erinnern, dass je etwas davon vernichtet worden wäre.

Ungeachtet der überraschten Miene seines Untergebenen stellte d'Our eine Karaffe mit Rotwein und zwei Becher auf den Tisch, bevor er sich ebenfalls setzte.

»Möchtet Ihr einen Schluck?« Ohne eine Antwort abzuwarten, goss d'Our den schweren, roten Rebsaft in zwei kunstvoll bemalte Steingutbecher und stellte die Karaffe zur Seite. »Ich habe erst vorgestern diesen ganz hervorragenden Tropfen aus der Provence geliefert bekommen. Wir sollten ihn kosten …« Ungewohnt vertraut erhob er seinen Becher.

Gero erwiderten die Geste, indem er ebenfalls seinen Becher hob, während ihm ein betörendes Duftgemisch von Kirschen und Brombeeren und auch ein nicht unbedeutender Anteil an Weingeist in die Nase stieg.

»Wie lange kennen wir uns jetzt?«, fragte d'Our auffordernd.

Gero zuckte mit den Achseln. »Ich gehöre dem Orden seit ungefähr sechs Jahren an, aber ich war lange Zeit in Zypern.«

»Factum ist, wir beide – Ihr und ich – kennen uns schon sehr viel länger ... Ihr wart ein Kind, als ich Euch zum ersten Mal sah.«

Gero unterdrückte seine aufkommende Ungeduld. Der Komtur hatte ihn wohl kaum Platz nehmen lassen, um ihm Anekdoten aus seiner mehr oder weniger turbulenten, aber bestimmt nicht weiter erwähnenswerten Jugend zu unterbreiten.

»Ich schätze und vertraue Euch sehr, nicht zuletzt wegen Eurer Herkunft. Wie Ihr wisst, verehre ich Euren Vater als tapferen Mann, der dem Orden immer loyal zur Seite gestanden hat, und das ohne je zu den Unseren zu gehören.« D'Our trank und setzte den Becher bedacht ab. Wieder sah er Gero mit seinen steingrauen Augen an, als ob er zum Grunde seiner Seele vordringen wollte. »Ihr habt einen Eid zur Verschwiegenheit geleistet, trotzdem möchte ich Eure Zusicherung, dass das, was ich jetzt sage, hier in diesem Raum bleibt – für alle Zeiten.« Er ließ fragend seine Augenbrauen hochschnellen.

Gero nickte beflissen. »Ihr könnt Euch auf mich verlassen, bei meiner Ehre, Sire«, flüsterte er heiser.

»Also dann«, begann d'Our leise mit vielsagendem Blick. »Unsere geheimen Quellen am Hofe in Paris haben in Erfahrung bringen können, dass König Philipp in der Nacht von Donnerstag dem 12. auf Freitag den 13. einen Angriff auf all unsere Niederlassungen in Franzien plant. Die Befehle liegen angeblich bereits seit September in Guillaume de Nogarets Hauptquartier. Es war anzunehmen, dass dessen unerwartete Ernennung zum Großsiegelbewahrer nicht ohne Grund erfolgt ist. Nach allem, was wir bis jetzt wissen, liegen im ganzen Land verteilt in den Kommandanturen der königlichen Soldaten versiegelte Botschaften vor, die entsprechende Befehle enthalten und bei Androhung von Todesstrafe erst morgen Abend geöffnet werden dürfen. Somit bleibt uns wenig Zeit entsprechende Vorkehrungen zu treffen.«

Gero starrte seinen Komtur ungläubig an. »Wie ist so was möglich ...?«

»Die offizielle Vermutung für das Vorhaben des Königs ist«, fuhr d'Our mit einem ironischen Lächeln fort, »dass er dringend Geld braucht, und da wir es ihm nicht freiwillig geben, sucht er einen Grund, um es sich mit einem Überraschungscoup zu holen. Bei einer angekündigten Kontrolle müsste er davon ausgehen, nicht nur auf verschlossene Türen zu stoßen, sondern auch auf verschlossene Tresore. Wegen dieser unerfreulichen Entwicklung haben wir strikte Anweisung erhalten, alle Vermögenswerte, die in den Komtureien lagern, unverzüglich an einen sicheren Ort zu bringen. Könnt Ihr mir folgen?«

Es dauerte eine Weile, bis Gero die Tragweite dieser arglos vorgetragenen Rede erfasste. Danach klopfte sein Herz aufgeregt, und eine aufsteigende Hitze durchflutete seine Adern.

»Somit erteile ich Euch den Befehl«, sprach d'Our weiter, »die fünf fähigsten unter Euren Brüdern auszusuchen und mit ihnen die uns anvertrauten Gelder und Wechselbriefe der ortsansässigen Kaufleute morgen Nachmittag in unser Depot im Wald des Orients zu verbringen. Vorab werdet Ihr Euch in Beaulieu mit Theobald von Thors treffen, der den gemeinsamen Treck aller umliegenden Komtureien anführen wird.«

»Wissen Papst und Großmeister davon?« Gero vergaß ganz, dass er keine Erlaubnis erhalten hatte, Fragen zu stellen. »In Sachen Finanzen, in der Gerichtsbarkeit, bei der Wahl des Großmeisters ist es ein dem Orden verbrieftes Recht, dass sich mit Ausnahme des Papstes niemand in unsere Angelegenheiten mischen darf, selbst wenn er ein König ist.«

»Die Befehle zum Handeln kommen direkt vom Großmeister«, erwiderte d'Our in lakonischem Tonfall. »Jacques de Molay hat uns darüber hinaus befohlen, nichts zu unternehmen, was den König warnen könnte«, bemerkte der Komtur mit zweifelnder Miene. »Trotz allem glaubt er nicht daran, dass Philipp von Franzien einen solch hinterlistigen Überfall wirklich wagen wird. Erst heute haben unser verehrter Großmeister und Raymbaud de Charon als sein Vertreter der Einladung des Königs zur Beerdigung von Philipps Schwägerin Folge geleistet. Soweit ich weiß, soll Molay in Begleitung unseres geschätzten Präzeptors von Zypern sogar den Zipfel von Catherine de Courtenays Leichentuch tragen.« D'Ours Miene verriet, dass er diesen Umstand angesichts der drohenden Katastrophe genauso merkwürdig fand wie Gero.

»Ich vermute dahinter einen gut überlegten Schachzug von beiden Seiten«, ergänzte er. »Frei nach dem Wahlspruch: Du sagst mir nicht, dass du mich hasst und ich sage dir nicht, dass ich es weiß. Ich hingegen glaube nicht, dass der König sein Ansinnen aufgeben wird, den Orden in seinen Besitz zu bringen, schon gar nicht wegen einer solch einfältigen Geste. Und was den Papst betrifft, so hat dieser längst keine eigene Meinung mehr. Er steht finanziell mit dem Rücken zur Wand – etwas, das er mit unserem schönen Philipp gemeinsam hat, und nichts schmiedet so leicht Allianzen wie geteiltes Leid. Zudem droht das Herz des Papstes in Angst zu ertrinken. Nachdem seine Vorgänger Bonifatius VIII. und Benedikt XI. so unvermittelt und rätselhaft ins Jenseits befördert wurden, wird er sich jeden Schritt, den er tut, gebührlich überlegen, um zu verhindern, dass es ihm genauso ergeht.« D'Our setzte ein ironisches Lächeln auf. »Aber das ist längst noch nicht alles«, fügte er verschwörerisch hinzu. »Es existiert eine Art Vorsehung«, erklärte er knapp. »Diese bestätigt den beginnenden Untergang des ›Ordens der armen Ritter Christi vom Tempel Salomons‹ im Herbst des Jahres 1307 und die Verhaftung aller Templer in Franzien durch König Philipp IV. an einem Freitag den 13.«

Gero blickte erschocken auf, doch d'Our vollführte eine beschwichtigende Handbewegung. »Was allerdings nicht bedeutet, dass unser Schicksal bereits besiegelt wäre. Molay weiß davon, aber er glaubt an die Rettung des Ordens durch den Allmächtigen, und sei es im letzten Augenblick. Daher bin ich weder befugt, etwas zu unternehmen, das die Angehörigen des Ordens generell in Alarmbereitschaft versetzt, noch darf ich den Befehl zur Flucht erteilen.«

»Was hat das alles zu bedeuten?« Gero spürte, wie seine Knie weich wurden.

»Habt Ihr schon einmal etwas vom ›Hohen Rat‹ gehört?«

»Selbstverständlich.« Zusehends stellte sich Gero die Frage, in welche ungeheuerlichen Geheimnisse des Ordens der einfache Komtur von Bar-sur-Aube sonst noch eingeweiht war. Unter den gewöhnlichen Ritterbrüdern wusste kaum jemand etwas über den Hohen Rat der Templer. Manche Kameraden frotzelten, er sei so geheim, dass es ihn womöglich gar nicht gäbe.

»Soweit mir bekannt ist, handelt es sich um die vertrauenswürdigsten unter all unseren Brüdern.« Gero war seine Unsicherheit anzumerken, als d'Our nicht sofort reagierte. »Nach einem speziellen Kodex auserwählt. Gesichtslose Gestalten, von denen niemand weiß, ob sie wirklich existieren. Es heißt, sie beraten den Großmeister in allen entscheidenden Fragen, die den Orden betreffen, und angeblich sollen sie über seherische Fähigkeiten verfügen, aber ich kenne niemandem, der schon einem von ihnen begegnet wäre.«

»Einer von ihnen steht vor Euch«, sagte d'Our unumwunden.

»Ihr?« Gero sah seinen Komtur entgeistert an, doch dann besann er sich augenblicklich. »Nicht, dass Ihr denkt, ich halte Euch nicht für würdig genug, aber ...«

D'Our lächelte matt. »Bei der Auswahl geht es nicht nach dem Dienstgrad. Man wird nach seinen Fähigkeiten ausgewählt und zur Tarnung in ein unbedeutendes Amt eingewiesen.«

Gero nickte abwesend, während er sich überlegte, wer noch alles zum inneren Kreis gehören konnte, ohne dass auch nur irgendjemand die leiseste Ahnung davon hatte.

»Ist Euch die Bezeichnung ›Haupt der Weisheit‹ ein Begriff?« D'Our sah ihn auffordernd an.

»›Haupt der Weisheit‹? Meint Ihr das viel beschworene Haupt des Baphomet?«, fragte Gero zögernd.

»Baphomet ist aus dem Bedürfnis nach gefährlichen Halbwahrheiten entstanden, weil hohe Mitglieder des Ordens sich nicht an ihr Schweigegebot halten konnten und meinten, sie müssten mit etwas prahlen, was sie selbst nie zu Gesicht bekommen haben.« D'Ours Miene verfinsterte sich schlagartig, während ihm ein Schnauben entfuhr. »Unseligerweise haben einige dieser falschen Kopien jenes Baphomet mit dazu beigetragen, dass König Philipp es auf uns abgesehen hat.«

»Wovon sprecht Ihr?«

»Philipp IV. hat seine Witterung aufgenommen. Er glaubt schon seit längerem, all unser Wissen würde einer geheimen Magie entspringen.«

»Ist dieses Haupt etwas Heiliges?«, fragte Gero zögernd, wobei er zugleich die unbestimmte Befürchtung hegte, d'Our könne ihn für einfältig halten, weil er nichts Genaues darüber wusste. Selbstverständlich war er mit allen religiösen Lehren des Abend- und des Morgenlandes vertraut. Er hatte die streng geheime Bibel der Katharer gelesen, die in zwei erbarmungslosen Kreuzzügen fast vollständig vernichtet worden waren, unter anderem, weil sie im Alten Testament den Schöpfergott einer bösen Welt beschrieben sahen. Und er wusste um das *Sefer Jezira*, einer

Ansammlung uralter hebräischer Texte, in denen das Geheimnis der Weltordnung in Zahlen und Buchstaben dargelegt wurde und die er unter strikter Geheimhaltung für das Scriptorium der Komturei ins Lateinische übersetzt hatte. Ein gefährliches Unterfangen, weil die christliche Obrigkeit es nicht gut hieß, wenn man sich mit dem geheimen Wissen der Juden beschäftige. Aber bisher verweigerten ihm all diese faszinierenden Einsichten einen grundlegenden Beweis ihrer Berechtigung.

»Nein«, schmunzelte d'Our. »Wie alles existiert es augenscheinlich mit Wissen des Allmächtigen, doch was seine Wirkungsweise betrifft, so könnte es vielmehr eine Erfindung des Antichristen sein, obwohl es uns immer wertvolle Dienste geleistet hat.«

»Was meint Ihr damit?« Gero fixierte seinen Komtur, als ob er eine Schlange und d'Our das Kaninchen wäre.

»Ich will mich nicht in Einzelheiten verlieren. Zudem ist es mir nicht erlaubt, Euch über das notwenige Maß hinaus in Kenntnis zu setzen. Fest steht, es hat uns die Vernichtung des Ordens prophezeit und kann gleichsam zu seiner Rettung beitragen. Doch bevor wir uns seiner bedienen, müssen wir sicher sein, ob die Prophezeiung auch wirklich eintrifft.«

»Was sollen wir jetzt tun?« Gero vergaß jeglichen Respekt. Er war aufgebracht, und die Hoffnung auf eine halbwegs befriedigende Antwort, die sein zerstörtes Weltbild wieder in ein anständiges Licht rücken sollte, hatte er noch nicht aufgegeben.

»Der Hohe Rat hat aus reiner Vernunft und gegen den Willen unseres Großmeisters bestimmt, dass wir alle Komtureien mit Ausnahme der Ordensburgen in Paris und Troyes – dort, wo der Großmeister sich zurzeit aufhält – weitgehend evakuieren, und zwar ohne Wissen der jeweiligen Bewohner.«

Gero schaute verblüfft auf. »Wie soll das vor sich gehen?«

»Die Ritter der umliegenden Komtureien werden – soweit möglich – zu Aufgaben herangezogen, die sie erst nach Mitternacht zu ihren angestammten Häusern zurückkehren lassen. Sollte es bis dahin zu einem Übergriff von Philipps Soldaten gekommen sein, besteht bei der Rückkehr immer noch die Möglichkeit zur Flucht. Die Knappen verbringen wir nach Clairvaux. Mit Ausnahme von Matthäus. Er wird mit Euch reiten. Das Gesinde verbleibt hier, um keinen unnötigen

Verdacht zu erregen und auch, weil wir hoffen, dass es Philipp von Franzien nur auf unmittelbare Angehörige des Ordens abgesehen hat. Und jetzt komme ich zu Eurer eigentlichen Aufgabe.«

D'Our atmete tief durch und sah Gero ernst an. »Für den Fall, dass die Befürchtungen des Hohen Rates eintreffen, werdet Ihr Euch unverzüglich in die deutschen Lande begeben. Euer Knappe und die beiden Ordensbrüder Johan van Elk und Struan MacDhughaill werden Euch begleiten. Matthäus werdet Ihr bei den Zisterziensern in Hemmenrode in Sicherheit bringen. Ich bin sein einziger noch lebender Verwandter. Er wäre ein zu kostbares Unterpfand für König Philipp, wenn er mich und dazu noch meinen Neffen zu fassen bekäme.«

Bevor d'Our fortfuhr, trank er noch einen hastigen Schluck, stellte den Becher zur Seite und griff nach einer Karte, die neben ihm auf einem Stuhl lag. Geschickt entrollte er den erstaunlich genauen Plan.

»Zusammen mit den beiden Ritterbrüdern werdet Ihr den Rhein überqueren und Euch in die Zisterzienserabtei von Heisterbach begeben. Ich weiß von Eurem Vater, dass Euch die Örtlichkeit bekannt ist. Abt Johannes von Heisterbach dort ist im Rahmen seiner Aufgabe eingeweiht. Er wird Euch nach Bekanntgabe eines Losungswortes – es lautet ›computatrum quanticum‹ – zu unserem Mittelsmann führen. Dieser Mann ist ebenfalls ein geheimer Bruder des Hohen Rates«, sprach d'Our weiter. »Er ist wie ich in die Angelegenheit eingeweiht. Danach werdet Ihr ihn zu einer verborgenen Kammer unterhalb des Refektoriums führen. Über den sich anschließenden Gewölbekeller gelangt Ihr zu einer eisernen Tür. Sie führt zum Abwasserkanal. Öffnet sie und geht zwölf Schritte in östliche Richtung, dort macht der Gang einen leichten Knick und wendet sich Richtung Nordosten. Von dort aus sind es noch einmal zwölf Schritte, und Ihr befindet Euch direkt unter dem Klosterfriedhof. Dort wendet Ihr Euch nach rechts. Zwischen den Mauersteinen findet Ihr eine kleine Vertiefung, die sorgsam mit Lehm verputzt ist. Brecht sie auf, und ergreift den darunter liegenden Hebel. Mit ihm lässt sich eine geheime Pforte öffnen. Dahinter befindet sich die Kammer, in der das Haupt der Weisheit verborgen liegt.«

»Ich kenne den Gang«, sagte Gero leise. »Er dient den Brüdern unter anderem als Fluchtweg. Wenn die Mönche eine Verfehlung begangen haben, müssen sie zur Strafe die Rinne schrubben. Acht Latrinenlöcher führen die Exkremente direkt dort hinein.« Ihm war anzusehen, wie unwahrscheinlich er es fand, dass ausgerechnet in diesem stinkenden Abfluss eine Art Heiligtum verborgen sein sollte.

»Wenn Ihr dort angekommen seid«, fuhr d'Our unbeeindruckt fort, »eröffnet Ihr dem Mittelsmann ein weiteres Losungswort. Dafür müsst Ihr die erste Strophe des zweiten Antiphon von ›Gottes Größe und Güte‹ anstimmen … Laudabo Deum meum in vita mea … Geht Euch das zu rasch?« D'Our bedachte seinen Untergebenen mit einem fragenden Blick.

Wie betäubt schüttelte Gero den Kopf.

»Was Bruder Struan und Bruder Johan angeht, so werdet Ihr sie nur insoweit einweihen, wie es Euch notwendig erscheint. Es reicht vollkommen aus, wenn Sie darum wissen, dass sie Euch in die deutschen Lande begleiten müssen. Alles weitere erfahren sie – wie Ihr selbst – vor Ort vom Bruder des Hohen Rates.«

»Und was geschieht, wenn der Überfall auf den Orden gar nicht stattfindet?« Geros Blick offenbarte seine Ratlosigkeit.

»Dann hat unser Großmeister Recht behalten, und der angekündigte Orkan rast tatsächlich, ohne einen Schaden zu hinterlassen, an uns vorüber«, bemerkte d'Our mit einem fatalistischen Unterton in seiner Stimme. »Natürlich bleibt dann alles beim Alten. Ihr werdet nicht fliehen, und unser heutiges Gespräch hat nie stattgefunden. Deshalb ist es Euch auch nicht erlaubt, irgendjemanden in die Einzelheiten einzuweihen, bevor sich nicht abzeichnet, wohin die Reise geht. Wie ihr wisst, wimmelt es allenthalben von Spionen. König Philipp darf keinesfalls erfahren, wo unsere Quellen sprudeln.«

»Gesetzt den Fall, es kommt zur besagten Verhaftungswelle, wird man uns auch außerhalb Franziens verfolgen?«

»Das wird nicht geschehen«, erwiderte d'Our mit einer erstaunlichen Sicherheit in der Stimme. »Wenn alles so kommt, wie es sich abzeichnet, wird man den Orden in den deutschen Landen fürs Erste unbehelligt lassen. Trotz allem müsst Ihr auf der Hut sein. Und dass Ihr Euch in Franzien nicht erwischen lassen dürft, versteht sich von selbst.«

Gero nickte steif. Begreifen konnte er all das nicht, aber er war schließlich darauf gedrillt, Befehle entgegen zu nehmen, gleichgültig, ob er ihre Tragweite verstand oder nicht.

»Noch eins«, sagte d'Our. »Ich möchte, dass ab sofort alle Ritter Ihre Herkunftsnachweise mit sich führen, sobald sie die Komturei verlassen. Gebt das an Eure Brüder weiter!« Der Komtur erhob sich. »Die heilige Jungfrau soll über Euch wachen, Bruder Gerard.«

»Und über Euch, Sire«, erwiderte Gero kaum hörbar, als er sich ebenfalls erhob. Ihn schwindelte, und er musste schlucken, als er seinem Komtur in die hellen, wachen Augen sah. »Was wird aus Euch, Sire?«

»Macht Euch keine Sorgen«, erwiderte d'Our und klopfte ihm auf die Schulter.

»Ihr seid mein Garant dafür, alles getan zu haben, was dem Orden zur Rettung genügen wird. Ich weiß, ich kann mich auf Euch verlassen. Denkt immer daran, nicht nur der Orden ist in Gefahr, wenn der schöne Philipp bekommt, was er will. Die ganze Menschheit steht auf dem Spiel. Der Niedergang unseres Ordens würde Millionen das Leben kosten und Krieg, Hunger und Verdammnis in die christliche Welt bringen, und das auf Hunderte von Jahren hinaus.«

2

Mittwoch, 11. Oktober 1307, abends – Fin Amor

Mit einem Gefühl, als hätte ihn der Schlund der Hölle geradewegs auf den Treppenabsatz gespuckt, fand Gero sich draußen vor dem Gebäude wieder.

Die Ausführungen seines Komturs waren beängstigend genug, um seinem Leben schlagartig alle Freude zu nehmen. Trotzdem musste er einen kühlen Kopf bewahren.

Bevor er die exakt behauenen Stufen hinunterging, hielt er sich einen Moment lang am Gemäuer fest, um nicht das Gleichgewicht zu verlieren.

Ohne Umweg begab er sich dann zum Dormitorium, einem lang gezogenen Mannschaftsbau, gegenüber dem Haupthaus, der die Schlaf- und Wohnstätten der Ritterbrüder und Sergeanten beherbergte.

Dort angekommen, wandte er sich zu einem der zwölf in Reih und Glied stehenden Buchenholzbetten. Erschöpft streifte er Mantel,

Schwert, Messergürtel und Kettenhemd ab. Dann ließ er sich der Länge nach auf seine Liege fallen. Auch die anderen jungen Männer hatten sich auf ihre angestammten Lagerstätten verteilt. Stiefel und Kettenhemden lagen ungeordnet auf den glatt geschliffenen Holzplanken.

Eine weitere Gruppe weiß gewandeter Männer betrat den Saal.

»Öffnet die Fenster«, rief einer der Ankommenden. Stephano de Sapin, ein großer schlanker Bursche mit einem eleganten Gang, rümpfte die Nase wie eine Parfümmischerin beim Ausschluss übel riechender Duftessenzen. Strafend warf er einen Blick auf die vereinzelt umherstehenden Trennwände aus Holz, über die einige seiner Kameraden eine größere Anzahl feuchter, ungewaschener Filzsocken zum Trocknen gelegt hatten.

Während Gero sich aufsetzte, um sich seiner Stiefel zu entledigen, fiel sein Blick auf Johan van Elk, der mit einem leisen Fluchen zur Tür hereinstolperte, weil dort jemand ein Kettenhemd hatte liegen lassen. Der rothaarige Bruder entstammte den deutschen Landen wie er selbst und war der jüngste Spross eines niederrheinischen Grafengeschlechts. Schreckliche Brandnarben entstellten das ehemals schöne Antlitz des Bruders, ansonsten war er groß und athletisch wie alle anderen, und nur anhand seiner ungelenken Bewegungen konnte man sein wahres Alter erahnen, das kaum über zwanzig lag.

»Jo«, rief Gero ihm auf Deutsch entgegen. »Da bist du ja endlich.«

Der Rotschopf richtete seine Aufmerksamkeit auf Gero, indem er ihm grinsend entgegen ging und ihm kameradschaftlich auf die Schulter klopfte. »Was ist dir denn über die Leber gelaufen?«, fragte er fürsorglich. »Du siehst ja ganz blass aus.«

Gero antwortete nicht sogleich. Wenn er Johan anschaute, musste er immer daran denken, wie schnell das Schicksal einen scheinbar unbesiegbaren Ritter in ein hilfloses Häufchen Elend verwandeln konnte. Er erinnerte sich noch gut, wie der frisch aufgenommenen Bruder vom Niederrhein bei der Aushebung eines Räubernestes im Wald von Clairvaux die unselige Begegnung mit einer Pechnase gemacht hatte. Nie würde er die markerschütternden Schreie des jungen Kameraden vergessen, als das plötzlich herabstürzende heiße Pech durch die Sichtschlitze in dessen Topfhelm gedrungen war und sich von dort aus über Wangen und Ohren verteilt hatte. Ohne nachzudenken, hatte er Johan gepackt und ihm Helm samt Haube vom Kopf gerissen. Anschließend hatte Gero nicht gezögert und den am ganzen Körper vor Schmerz zitternden Schwerverletzten zu einem angrenzenden Bach geschleppt und ihn kopfüber ins kalte Wasser gesteckt. Nur so war es möglich gewesen, die tiefen Verbrennungen zu kühlen und gleichzeitig zu reinigen, so dass eine allseits befürchtete, lebensbedrohliche Vereiterung ausgeblieben war.

»Wenn ich es so gut hätte wie du und den halben Tag im Scriptorium verbringen dürfte«, erwiderte Gero mit einem halbherzigen Lächeln, »würde es mir vielleicht besser gehen.«

Bevor Johan etwas erwidern konnte, mischte sich Francesco de Salazar, der dunkel gelockte Bannerträger, in das Gespräch ein.

»Wie wäre es, wenn Ihr das Ganze noch mal in Franzisch wiederholen würdet – Bruder Gerard? Ist Amtssprache hier, nur für den Fall, dass Ihr es vergessen habt«, dozierte der hübsche Spanier, dessen dunkel gebräunte Haut seine südländischen Vorfahren verriet.

»Francesco de Salazar, verliere du erst einmal deinen spanischen Bauernakzent«, erwiderte Johan in fließendem Katalanisch. Dabei ließ er es sich nicht nehmen, das »r« besonders genüsslich auf der Zunge zu rollen. »Bevor du anderen vorschreibst, wie sie's miteinander halten sollen.« Einige der Umherstehenden, die Johans Replik verstanden hatten, lachten amüsiert.

Francesco, der einem angesehenen Grafengeschlecht des Königreiches Navarra entstammte, richtete sich zu voller Größe auf und entfaltete sein breites Kreuz wie die Schwingen eines Adlers, während er die Fäuste in seine schmalen Hüften stemmte. »Johan van Elk, denkt Ihr etwa, nur weil Ihr Euch glücklich schätzen dürft, dem Schoß einer katalanischen Rose entsprungen zu sein, lasse ich Euch Eure Unverschämtheiten durchgehen?« Geschickt umrundete er Geros Bett und verpasste Bruder Johan eine kräftige Kopfnuss.

Im Nu war zwischen dem Rotschopf und seinem braun gelockten Kontrahenten ein heftiges Gerangel im Gange, das jedoch einen unzweifelhaft freundschaftlichen Charakter hatte.

Gero verspürte einen plötzlichen Stich im Herzen. Niemand von den Brüdern ahnte auch nur, welch grausames Schicksal ihnen womöglich bevorstand.

Und während einige von ihnen sich auf die verbleibenden Abendstunden vorbereiteten und mit Bürsten und Leinentüchern bewaffnet das Dormitorium verließen, um sich im Waschhaus vom Staub des Tages zu befreien, schaute Gero nachdenklich in die Runde. »Hat einer von euch Stru gesehen?«, rief er über die lärmenden Männer hinweg.

»Hat einer den lausigen Schotten gesehen?«, wiederholte ein blasser, blonder Jüngling mit gehässigem Unterton. Es war Guy de Gislingham, ein englischer Bruder, der noch nicht lange der Komturei angehörte, und soweit Gero bekannt war, dachte er wohl auch nicht daran, länger zu bleiben. Es hieß, er sei der Sohn eines einflussreichen englischen Adligen und er weile in Bar-sur-Aube, um sich während seines Aufenthaltes in französischer Sprache fortzubilden und um seine Kenntnisse in der Kampfkunst der Templer im Ursprungsland des Ordens zu erweitern. Danach würde er in sein Heimatland zurückkehren. Seiner eigenen Aussage nach beabsichtigte er jedoch, später einmal einen höheren Posten im englischen Zweig des Ordens zu übernehmen. Geld hatte seine Familie offensichtlich genug, und daher würde er keine Mühe haben, in Sphären aufzusteigen, die jedem gewöhnlichen Ritterbruder aus dem ärmeren Niederadel verschlossen blieben. Trotz der kurzen Zeit seiner Anwesenheit stellte sich nicht nur Gero die Frage, warum man den hochnäsigen Kerl nicht in Paris im Hauptquartier des Ordens belassen hatte, wo er mit seinem Standesdünkel weitaus besser aufgehoben gewesen wäre.

»Dafür, dass Ihr ein Templer und damit einer von uns sein wollt, lässt es Euch auffallend an Disziplin mangeln, Bruder Guy«, sagte Gero mit gereiztem Unterton in der Stimme.

Struan MacDhughaill nan t-Eilean Ileach, wie der vollständige, gälische Name des schottischen Kameraden lautete, war nicht nur Geros Bruder im Orden, sondern zugleich sein bester Freund. Während des Überfalls feindlicher Mamelucken im Herbst des Jahres 1302 auf die Inselfestung Antarados im syrischen Meer hatte Stru, wie Gero ihn gelegentlich nannte, ihm das Leben gerettet, als er ihn vor dem todbringenden Schlag eines Feindes bewahrte. Danach hatte er Gero, schwer verletzt und ohnmächtig, auf seine Schultern gepackt und ihn im Pfeilhagel der nachfolgenden Mamelucken auf das kleine Versorgungsschiff des Ordens getragen, das ihnen noch geblieben war. Erst bei der Überfahrt nach Zypern, auf den wiegenden Planken des Schiffes, entschloss sich Geros Seele, ins Diesseits zurückzukehren. Hier erzählten ihm die wenigen anderen Überlebenden, die sich ebenfalls unter schwierigen Bedingungen an Bord geschleppt hatten, wem er – außer Gott dem Allmächtigen – seine weitere Existenz zu verdanken hatte, und warum er somit seinen Eintritt ins Paradies noch einmal verschieben durfte. Struan hatte unterdessen Geros aufgerissenen Schulterkopf mit einem blutstillenden Verband versorgt und für die Dauer der Reise die spärlichen Wasserrationen mit ihm geteilt, um das Fieber zu senken. Vier Monate nach ihrem Eintreffen in Zypern war Gero soweit genesen, dass man ihn und auch seinen Retter im Frühjahr des Jahres 1303 als Angehörige eines Austauschbataillons nach Franzien beorderte. Beide wussten es zu schätzen, dass man sie gemeinsam der hiesigen Komturei zugeteilt hatte.

Guy de Gislingham kannte diese Geschichte, aber sie beeindruckte ihn nicht – ihm war alles Schottische verhasst und ein schottischer Held undenkbar.

»In meiner Heimat weiß jeder, dass die Schotten das Waschen für überflüssig halten«, erklärte er in gehässiger Selbstgefälligkeit. »In ihren feuchten Steinbaracken ohne Fenster hausen sie wie die Wilden. Das Torffeuer in ihren Hütten verbrennen sie ohne Abzug, und am Ende sind sie geräuchert wie die Aale …« Gislinghams Bemerkungen erhielten keinerlei Zustimmung, doch anscheinend störte es ihn nicht. Im Gegenteil, die meisten Brüder schauten peinlich berührt zu Boden, oder sie versuchten sich auffällig mit anderen Dingen zu beschäftigen und entfachten damit ungewollt in ihm den Ehrgeiz, noch einen Schritt weiterzugehen.

»Wenn Ihr es nicht glaubt, Bruder Gero, dann reist doch selbst einmal hin. Ich kann mir nicht vorstellen, dass im Hause Breydenbach solch widerwärtige Zustände herrschen.« Guy schenkte Gero einen provozierenden Blick, der mit einem gefährlichen Aufblitzen in den sonst so überlegt wirkenden blauen Augen erwidert wurde.

»Lasst mein Zuhause aus dem Spiel und das von Struan erst recht«, zischte Gero wütend. »Hier sind wir alle gleich, falls unser arroganter Bruder das noch nicht bemerkt haben sollte.«

Guy zuckte mit den Schultern und wandte sich gelangweilt ab. Sein

Desinteresse an Geros Retourkutsche unterstrich er damit, indem er akribisch die Reinigung seines Kettenhemdes fortsetzte.

»Struan hat sich krank gemeldet«, wusste Francesco zu berichten und hoffte, damit die Spannung ein wenig beizulegen.

Gero hob fragend die Brauen.

Guy de Gislingham hielt inne und drehte sich langsam um. Linkisch legte er seinen Kopf schief, während sein wissender Blick über die Anwesenden glitt. »Schon ziemlich lange krank, der Junge – hat sich wohl ein hartnäckiges Leiden eingefangen, der Arme.« Ein höhnisches Grinsen glitt über seine Gesichtszüge, die nicht unbedingt so edel waren wie seine Herkunft. Abwechselnd blickte er von Gero zu Johan, die mittlerweile nebeneinander standen. »Vielleicht sollten wir Vater Augustinus befragen, ob es die speziellen Symptome einer Krankheit sind, vor der er uns fortwährend warnt.« Guys hässliches Kichern forderte Gero geradezu heraus.

Mit zwei mächtigen Schritten war der deutsche Ritter am Bett des englischen Bruders angelangt. Seine eiserne Faust packte das Leinenhemd des Engländers und drehte es geschickt zu einem Strick. Dann riss er den unsympathischen Bruder ohne Gnade in die Höhe, geradeso, als ob er ihn an einen Haken hängen wollte.

Guy de Gislingham, der eine halbe Elle kleiner war als Gero, röchelte, während sein Gesicht blutrot anlief und sein ansonsten unscheinbarer Kopf unter der Strangulation immer weiter anzuschwellen schien. Vergeblich versuchte er sich zu befreien, indem er mit den Beinen strampelte und sich verzweifelt bemühte, mit beiden Händen Geros Faust zu lockern. Das Einzige aber, was ihm blieb, war das Sehnenspiel in den mächtigen Unterarmen seines Gegners zu beobachten. Er besaß nicht einmal genug Luft, um zu schreien. Und es hätte ihm wahrscheinlich auch niemand geholfen, hätten die Brüder nicht gefürchtet, Gero könnte den Engländer töten und dafür am Galgen landen.

Mit einem Mal spürte Gero, wie mehrere starke Arme an ihm zerrten und Johan van Elk beruhigend auf Deutsch auf ihn einredete. »Bruder, lass ihn los … du machst dich nur unglücklich und uns dazu … bitte!«

Mit einem Ruck stieß Gero seinen Widersacher zu Boden. Seine

Nasenflügel blähten sich wie die eines schnaubenden Stiers, und sein Atem ging stoßweise. Es fehlte nicht viel, und er hätte vor dem immer noch nach Luft ringenden Bruder Guy ausgespuckt. Abrupt drehte er sich weg und ging zurück zu seinem Lager. Johan, der noch einen Moment verharrte und auf den verstört drein schauenden Bruder Guy herabblickte wie auf ein Stück Aas, vergaß hingegen seine gute Kinderstube.

»Arschloch!«, zischte er auf Deutsch, und als Gislingham ihn mit blöden Augen anstierte, beugte er sich zu ihm hinab und buchstabierte dem begriffsstutzigen Bruder in englischer Sprache, indem er jeden einzelnen Buchstaben betonte.

» A-s-s-h-o-l-e!«

Dann richtete er sich auf und ließ den verblüfften Bruder Guy einfach sitzen.

Dieser krabbelte mühselig wie ein Käfer, der zu lange auf dem Rücken gelegen hat, auf sein Bett, während er sich seinen strangulierten Hals massierte. Mit zusammengekniffenen Augen sah er hasserfüllt zu Gero hinüber, der nicht weit entfernt stand und ihn keines Blickes würdigte.

Die übrigen Brüder beobachteten mit Argusaugen, wie Gero auf seinem Bett offenbar unbekümmert einige Kleidungsstücke zusammenlegte und sich den Anschein gab, als ob nichts geschehen wäre.

Durch die offenen Fenster drang das Läuten der Glocken herein und rief all die Brüder zum abendlichen Vespergesang, die nicht von den Stundengebeten befreit waren. Gero zog sich rasch seinen Haushabit über und sah sich nach seinem deutschen Bruder um, der bereits neben ihm stand. »Kommst du mit zur Vesper?«

Johan nickte. »Was wolltest du von mir?«

»Ich muss im Auftrag des Komturs ein paar Brüder für einen Einsatz rekrutieren, und du bist neben Struan einer derjenigen, die dafür in Frage kommen«, antwortete Gero. »Nach dem Vespermahl werden wir im Scriptorium eine kurze Besprechung abhalten.«

Als die beiden sich wenig später anschickten, das Gebäude zu verlassen, legte jemand von hinten eine Hand auf Geros Schulter. Er drehte sich um und sah in die hämisch grinsende Miene von Guy de Gislingham.

»Gisli – es reicht dir wohl nicht, dass du überlebt hast ...«, murmelte Gero und fegte mit einer entschlossenen Bewegung den Arm des Engländers hinweg, als ob er sich von einem lästigen Insekt befreien wollte.

In Guys Stimme schwang eine satanische Genugtuung, als er antwortete.

»Breydenbach, dein schottischer Freund ist geliefert, ob es dir passt oder nicht ... Ich habe Beweise. Spätestens beim Kapitel am nächsten Sonntag zieht sich die Schlinge zu. Dann ist er seinen Mantel los und, wenn's nach den Regeln geht, nicht nur das.«

»Wovon sprichst du überhaupt, du Hund?«, zischte Gero.

Gislingham grinste. »Mir ist zu Ohren gekommen, dass dein werter Freund nicht nur sein barbarisches Herz, sondern auch sein eindrucksvollstes Körperteil an eine willige Dame verschenkt hat«, säuselte der Engländer, »und ich spreche hier weder von seiner großen Nase noch von der heiligen Jungfrau, wie du dir sicher denken kannst.« Unvermittelt brach der Engländer in Gelächter aus.

Gero schlug Gislinghams schlechter Atem entgegen. Im linken Unterarm des Deutschen spannten sich die Sehnen, und die Finger der linken Hand vereinten sich wie von selbst zu einem alles vernichtenden Faustschlag.

Doch bevor es dazu kam, dass Gero sämtliche Ordensregeln vergaß und Bruder Guy alle verbliebenen Zähne ausschlug, packte Johan ihn an seinem Habit und zerrte ihn in Richtung Kapelle.

Das große, helle Sandsteingebäude mit seiner nach Osten ausgerichteten Apsis befand sich an der Außenseite der Komturei. Gero, Johan und einige andere Kameraden schlüpften durch eine unscheinbare, eisenbeschlagene Holztür, die es den Bewohnern ermöglichte, ohne große Umwege vom Innenhof her das Gotteshaus zu besuchen. Dessen Hauptportal an der Westseite wurde nur an hohen Feiertagen geöffnet, wenn man die Bewohner der nahe gelegenen Stadt Bar-sur-Aube zur gemeinsamen Messe einlud.

Der noch recht neue, sakrale Bau war ein Meisterwerk der Statik. Davon zeugte die kunstvolle Deckenkonstruktion mit ihren bunt bemalten, spitz zulaufenden Bögen und den exakt gesetzten Schlusssteinen, in deren Mitte das Ordenskreuz herausgemeißelt war. Das Dach war mit sorgfältig geschnittenen Holzschindeln gedeckt, und die sechs schönen, gotischen Kirchenfenster bestanden allesamt aus kunstvoll geschliffenem, bunt bemaltem Glas. Über der Westseite thronte eine prächtige Rosette, durch deren bunte Rundscheiben die letzten Strahlen der Nachmittagssonne schillernde Muster auf den Altarstein warfen. Schweigend betrachtete Gero die vielfarbigen Lichtpunkte, die einem himmlischen Blütenreigen gleich den Sockel einer beeindruckend großen und schönen Madonnenstatue umspielten.

Im Dämmerlicht des Kerzenscheins hatten die Männer in einem halbrunden Kreis Aufstellung genommen. Der angenehme Duft brennender Bienenwachskerzen, die in einem schweren, eisernen Rundleuchter steckten, der über dem Altar an einer langen Kette herabhing, verteilte sich zusammen mit dampfendem Weihrauch im Raum. Abwechselnd begannen die Brüder zu singen, dabei wiederholten sich die immer wiederkehrenden lateinischen Texte nach einem speziell abgestimmten Rhythmus. Andächtig lauschte Gero der sonoren Stimme seines Nachbarn, die ihn in einen Zustand fast mystischer Ruhe wiegte und ihn allen Gram für einen Moment vergessen ließ.

Beim Verlassen der Kapelle ließ Gero den anderen Kameraden den Vortritt.

Er verweilte einen Augenblick vor einem kleineren Altar, der unmittelbar neben dem Eingangsbereich in das Mauerwerk eingelassen war. Mit gebeugtem Haupt bekreuzigte er sich vor einem unscheinbaren Holzkreuz, bei dem man auf eine leidende Jesusfigur verzichtet hatte. Ein Vaterunser musste vorab zur Reue gereichen. Sein Ausrutscher in den Mannschaftsräumen verlangte nach Ablass, und den konnte Gero nur erwarten, wenn er mindesten einhundertzwanzig Vaterunser betete. Doch dafür hatte er keine Zeit. Obwohl ihm der Appetit durch das Gespräch mit d'Our vergangen war, wartete im Refektorium das abendliche Vespermahl, dem er ohne Zustimmung seines Komturs nicht fernbleiben durfte.

Sein hitziges Naturell hatte ihm schon so manche Bußnacht auf dem kalten Steinboden in der Kapelle beschert – auf dem Bauch liegend, ausgestreckt wie Jesus am Kreuz. Er hatte sich längst damit abgefunden, dass ihn mehr die Kampfbereitschaft eines Kriegers durchflutete als die Sanftheit des Mönchs.

Als Templer sollte er im Idealfall beides zu gleichen Teilen miteinander vereinen. Doch allein der kräftige Körperbau und seine Größe ließen erahnen, dass ihm das nicht immer gelingen wollte. Die großen Hände und sehnigen Arme schienen für den Schwertkampf wie geschaffen und schleuderten den kostbaren Anderthalbhänder, den er von seinem Vater anlässlich des Ritterschlages erhalten hatte, jedem Angreifer mit einer Leichtigkeit entgegen, als ob es sich nicht um eine sechs Pfund schwere Waffe, sondern um einen morschen Stock handelte.

Begleitet von einem knarrenden Laut, öffnete Gero die kleine Tür zum Hof, wo Johan bereits auf ihn wartete. Allmählich zog die Dämmerung herauf, und rundherum entzündeten rührige Knechte die Fackeln und Feuerkörbe.

Von der nahe gelegenen Stadtkirche St. Pierre läuteten die Glocken zur zwölften Stunde des Tages, und aus dem Backhaus drang der Duft von ofenwarmem Brot.

Für einen Moment hielt Gero in seinen Schritten inne und packte Johan am Oberarm, damit er stehen blieb. Ein warmes Lächeln umspielte die Lippen des flandrischen Templers, als er sich umwandte.

»Danke«, sagte Gero leise.

»Wofür?« Johan sah ihn überrascht an.

»Dafür, dass du mich heute bereits zum zweiten Mal vor einer Dummheit bewahrt hast.«

»Keine Ursache«, erwiderte Johan, dann zeigte er auf das halb geöffnete Hoftor.

»Schau mal, wer da kommt.«

Im Lichtschein der brennenden Fackeln beobachtete Gero, wie Struan seinen mächtigen, nachtschwarzen Friesen mit schnellen Schritten zu den Stallungen führte. Der schottische Bruder nahm zwei Finger zwischen die Lippen und stieß einen lauten Pfiff aus, der mehreren Knappen, die tatenlos herumlungerten, das Signal gab, ihm das Tier abzunehmen und abzuschirren.

Der Abendwind fuhr durch Struans weißen, knielangen Templermantel, und das rote Tatzenkreuz auf seinem Wappenrock leuchtete sogar noch in der Dämmerung.

»Da ist Struan«, sagte Johan und nickte zu dem eindrucksvollen Hünen hin.

Zu gerne hätte Gero gewusst, warum sein schwarzhaariger Freund so spät nach Hause kam und wieso er alleine unterwegs gewesen war. Vielleicht kehrte er von einer Außenmission zurück. Struans Kleidung – Kettenhemd, lederne Reithose, darüber sein Schwertgehenk und Messergürtel – deuteten darauf hin.

Templer ritten der Regel entsprechend mindestens zu zweit, wenn sie einen Auftrag zu erfüllen hatten. Es sei denn, es handelte sich um ein persönliches Anliegen und der Komtur hatte die ausdrückliche Erlaubnis erteilt, dass man die Komturei zu diesem Zweck ohne Begleitung verlassen durfte.

Aber was sollte Struan persönlich zu erledigen haben? Seine Verwandten kamen nie zu Besuch, und soweit Gero wusste, hatte er keine Freunde, die außerhalb der Komturei wohnten. Krank war er auch nicht. Selbst wenn Gislingham so etwas behauptet hatte.

»Ich will ihn nur kurz begrüßen«, erklärte Gero mit einem entschuldigenden Blick zu Johan, »dann komme ich nach.«

Mit gesenktem Haupt begab sich Struan zu den Mannschaftsunterkünften. Verwundert stellte sich Gero die Frage, warum der stets hungrige Schotte das Läuten zum Abendessen ignorierte.

Gero hatte Struan fast eingeholt, als der Schotte auf das Geräusch der Schritte aufmerksam wurde. Er blieb stehen und drehte sich überrascht um. Seine Freude über Geros Erscheinen hielt sich in Grenzen. Das Lächeln war müde und der überkreuzte Handschlag nur halbherzig, als sie sich auf die typische Art der Templer begrüßten.

Gero spürte, dass Struan etwas bedrückte, aber er wollte nicht fragen, was es war, bevor der Freund sein Herz nicht aus freien Stücken erleichterte.

»Ich habe dich bei dem Einsatz nach Thors vermisst«, bemerkte Gero schlicht. »Hat der Alte dich wieder für eine Sonderaufgabe herangezogen?«

Struan zögerte kurz, bevor er antwortete, und wich dabei Geros fragendem Blick aus. »Ich war beim Eremiten oben auf der Feuerkuppe und habe mir eine Medizin zubereiten lassen.« Er stockte und rieb sich die Nase, dabei schaute er Gero nicht in die Augen, sondern zum Hoftor. »Ich fühle mich schon seit längerem nicht wohl. Der Alte weiß Bescheid.«

»Aha?« Gero stellte sich unwillkürlich die Frage, warum Struan so auffällig darauf bestand, dass der Komtur Bescheid wusste. Wenn sie ein Leiden plagte, mussten sie als erstes dem Komtur Meldung machen. Seltsamerweise hatte Struan ihm nie etwas darüber erzählt. Bisher erfreute sich der Schotte einer geradezu strotzenden Gesundheit. Und so sehr Gero auch in seiner Erinnerung kramte, ihm kam kein einziger Bruder in den Sinn, der jemals die Dienste des Eremiten in Anspruch genommen hätte, ohne sterbenskrank gewesen zu sein. Trotz seiner unumstrittenen Heilkunst waren die Methoden des kauzigen Templerveteranen eher etwas für siechende Greise, denen der Orden bei seinen Kreuzzügen im Outremer das Mark aus den Knochen gesogen hatte und die nun verzweifelt ihren letzten Kampf kämpften, um dem Tod auf ihre alten Tage ein weiteres Mal ein Schnippchen zu schlagen.

Ohne es zu wollen, bedachte er seinen Freund mit einem abschätzenden Blick.

Struan drehte sich wortlos ab, um seinen Weg zur Unterkunft fortzusetzen. Gero hielt ihn am Ärmel seines Kettenhemdes zurück, um wenigstens eine halbwegs vernünftige Antwort zu erhalten. Struan riss sich von Gero los.

»Was ist?«, fauchte er unwirsch.

Gero ließ sich nicht entmutigen. »Der Eremit hat nicht zufällig lange, goldblonde Haare, den Augenaufschlag eines Rehs und ist dazu noch die Tochter unseres Weinhändlers?«

Struan erwiderte nichts. Seine Gesichtsfarbe wechselte von hellem Braun zu dunklem Rot.

»Dacht ich's mir«, entfuhr es Gero.

Struan seufzte ergeben und fuhr sich mit seiner großen Hand nervös übers Gesicht, geradeso, als wolle er alle verdächtigen Spuren daraus entfernen. Dabei starrte er für einen Moment in den tiefblauen Abendhimmel, als ob dort eine Erklärung für seinen Fehltritt zu finden sei.

»Warum vertraust du dich mir nicht an?« Geros Frage hatte einen provozierenden Unterton.

Struan kniff die Lippen zusammen und schluckte verlegen. »Zweifelst du an unserer Freundschaft, weil ich dir nichts gesagt habe?«

»Dummkopf«, tadelte Gero ihn leise. »Meinst du, mir ist nicht aufgefallen, dass da was im Busche ist? Ich habe zufällig mitbekommen, wie sie dir das erste Mal schöne Augen gemacht hat. Schon damals drängte sich mir die Frage auf, ob das gut gehen kann.«

Nach Geros Meinung gehörte Struan mit seinen fünfundzwanzig Lenzen nicht zu jener Sorte von Männern, die ohne Sinn und Verstand jeder dahergelaufenen Frau verfielen. Es war sicher auch nicht so, dass ihn der Anblick eines hübschen Mädchens völlig unberührt ließ, aber bei Amelie Bratac verhielt es sich ein wenig anders. Ihr Vater, der Wein- und Keramikhändler Alphonse Bratac, war dem Orden äußerst verbunden, und Amelie half ihm bei der anfallenden Buchführung und Auslieferung seiner Waren. Im Gegensatz zu den überwiegend ungebildeten Mädchen ihres Standes war sie des Lesens, Schreibens und Rechnens kundig. Darüber hinaus war sie mit einer solch überirdischen Schönheit gesegnet, dass das Einhalten gewisser Ordensregeln leicht zur Tortur werden konnte.

»Und, wirst du mich jetzt verpfeifen?« Struans Stimme, die ohnehin stets den Eindruck erweckte, als hätte sie jemand mit Sand geschmirgelt, klang noch rauer als gewöhnlich.

»Wie kannst du so etwas auch nur denken!«, entgegnete Gero entrüstet.

Struan schluckte hart. Während er Gero mit seinen schwarzen Augen ansah, drückte seine ganze Körperhaltung Unsicherheit, aber auch Kummer aus.

»Es wäre allerdings nicht gut, wenn dein Fehltritt in der momentanen Lage ans Licht käme«, fuhr Gero fort. »Die Ordensleitung wird wohl kaum erfreut sein, wenn Papst und König sich in ihrer Annahme bestätigt sehen, dass bei den Templern allzu lockere Sitten herrschen. Das könnte dich den Mantel kosten.«

Ein unechtes, heiseres Lachen entwich Struans Kehle. »Das ist im Augenblick mein geringstes Problem.«

Gero rückte näher an ihn heran und legte ihm vertrauensvoll eine Hand auf die mächtige Schulter. »Es gibt nichts, was sich nicht regeln ließe.«

»Nicht hier«, zischte Struan und fuhr sich nervös mit den Fingern durch die schwarzen, kurzen Haare. Er blickte dabei nach allen Seiten, um sicher zu gehen, dass keine ungebetenen Zeugen in der Nähe lauerten.

Dann machte er kehrt und wandte sich den Waschräumen zu, während Gero ihn unaufgefordert begleitete.

Um ganz sicher zu gehen, dass sich auch wirklich niemand sonst dort aufhielt, zog Struan den Kopf ein und eilte durch einen niedrigen, wenn auch breiten Durchgang. Gero folgte ihm im Lichtkegel einer Pechfackel, die durch ein offenes Fenster von draußen herein leuchtete. Gemeinsam ließen sie sich auf dem Rand eines Steinbottichs nieder.

Gero hob seine Brauen zu einer fragenden Miene.

Struan hatte die Hände in den Schoß gelegt und lenkte sein Augenmerk auf das heruntergebrannte Kaminfeuer. Dann räusperte er sich erneut, doch seine Stimme blieb belegt. »Sie erwartet ein Kind.«

Einen Moment später schaute er Gero doch ins Gesicht, dabei hob er entwaffnend die Schultern. Es hatte keinen Sinn, an diesem Umstand etwas zu beschönigen oder zurückzuhalten.

Gero riss vor Überraschung die Augen auf. »Ein Kind? Von dir?«

»Würde ich es sonst erwähnen, du Einfaltspinsel«, erwiderte Struan, dabei sackte er resigniert in sich zusammen.

»Wie konnte so etwas geschehen?«, fragte Gero, nachdem er seine Fassung wieder erlangt hatte.

»Wie wohl?«, knurrte Struan. Er kratzte sich verlegen hinterm Ohr und lächelte säuerlich. »Schau sie dir doch an! Sie hat den prachtvollsten Hintern, den man sich vorstellen kann und Brüste wie reife Pfirsiche. Und sie hatte keinerlei Scham mir all diese Schätze zu offenbaren.«

»Stru, wenn es dich so sehr nach einer Frau verlangt hat, warum bist du nicht zu den Huren in Voigny gegangen? Sie sind diskret, und es kostet dich nicht mehr als einen fetten Kapaun, wenn du ihnen eine Stunde beiwohnen möchtest.«

Die Augen des Schotten weiteten sich vor Entrüstung. »Du kannst Amelie Bratac nicht mit irgendwelchen dahergelaufenen Huren vergleichen«, stellte er mit Nachdruck klar. »Sie ist eine außergewöhnliche Schönheit, und darüber hinaus bin ich selten so einer gescheiten Frau begegnet.«

»So gescheit, dass sie dir hemmungslos den Kopf verdreht hat.« Gero kniff die Lippen zusammen und schenkte seinem Freund einen verständnislosen Blick. »Ehrlich gesagt, hatte ich dich für vernünftiger gehalten.«

»Du kannst dir nicht vorstellen, wie es ist, ihren weichen Körper zu spüren, ihre sanften Küsse ... wie es sich anfühlt, wenn sie mich berührt, leicht wie eine Feder ... und doch so voller Leidenschaft wie ein tosender Orkan«, rechtfertigte sich Struan flüsternd. Sein Blick war abwesend und fixierte ein im Halbdunkel kaum noch auszumachendes, verlassenes Schwalbennest. Dann, als würde er aus einem Traum erwachen, wandte er sich seinem besten Freund zu, und eine trotzige Entschlossenheit lag in seiner Stimme. »Um bei ihr zu liegen, würde ich alles riskieren, nicht nur meine Ehre.«

»Auch deinen Mantel?«

»Vielleicht«, antwortete Struan und senkte zerknirscht den Kopf. Gleich darauf hob er ihn wieder, und sein Blick verdüsterte sich. »Verdammt, was sollte ich denn machen? Sie wollte mich. Sag mir einen, der einer solchen Frau entwischen kann. Entweder ist er nicht normal im Kopf oder ein Sodomit.«

»Oder ein Mönchsritter, der sich an sein Gelübde hält ...«, gab Gero vorsichtig zu bedenken.

Der schottische Bruder erwiderte nichts, sondern nickte nur mit einem tiefen Seufzer.

»Wie lange geht die Geschichte schon?«

»Seit April«, antwortete Struan leise. »Kurz bevor wir nach Poitiers aufgebrochen sind, habe ich sie das erste Mal heimlich getroffen.«

»Und wie lange ist sie schon guter Hoffnung?«

»Fünf Monate, nach allem was ich weiß.«

»Wer rechnet auch schon damit, dass der Samen sogleich eine Frucht hervorbringt?« Gero schüttelte leise lachend den Kopf.

»Findest du das vielleicht noch lustig?« Struan blickte entrüstet auf und musterte seinen Kameraden verärgert. »Mir ist nicht nach Späßen zumute. Seit ich es erfahren habe, zermartere ich mir den Kopf, um eine Lösung zu finden, damit wir zusammen bleiben können.« Für einen Moment schimmerten die Augen des Schotten verdächtig. Er schluckte die Tränen hinunter und räusperte sich. »Ich habe sie ohne Zweifel entehrt, und wenn mir nichts Brauchbares einfällt, werde nicht nur ich, sondern auch sie und das Kind dafür büßen müssen.«

»Und wie soll es jetzt weitergehen?« Geros Frage klang harmlos, aber dahinter verbarg sich eine gewaltige Anspannung. »Willst du den Orden verlassen?«

»Wie denn?« Struan schüttelte verzweifelt den Kopf. »Der Großmeister wird mir nicht die Ehre erweisen und meiner Entlassung zustimmen. Und mein Vater und unser Clan werden mich vierteilen und meinen Kadaver in alle vier Himmelsrichtungen unserer Burg hängen, wenn ich dem Orden den Rücken kehre. Meine Aufnahme bei den Templern geschah aus politischen Gründen. Wenn ich fliehe, brauche ich mich zu Hause nicht mehr blicken zu lassen. Wovon sollten wir leben, wenn ich mit Amelie die Flucht ergreife und wir – von allen geächtet – keinen Stein finden, unter dem wir uns verkriechen können?«

Für einen Moment hielt er inne und seufzte. »Fin Amor«, sagte er bitter. »Ewige, einzige Liebe. Verdammt.« Wieder schluckte er hart und starrte ratlos auf seine riesigen Stiefel.

Gero nickte und sah Struan verständnisvoll an. »Ich habe nie darüber gesprochen, aber im Gegensatz zu dir bin ich schon seit sechs Jahren verwitwet.« Dem deutschen Kreuzritter gelang es trotz aller Tapferkeit nicht, den bleiernen Schmerz zu verbergen, den er immer noch empfand. »Die Verbindung mit meiner Frau war nicht gerade das, was man gesegnet nennen könnte«, fuhr er fort. »Elisabeth und unsere Tochter sind unter der Geburt elendig gestorben. Es war meine Schuld. Mein alter Herr wollte immer, dass ich den Templern beitrete. Nun – ich hatte andere Pläne und habe mich für die Liebe entschieden. Ohne die Zustimmung meines Vaters und ohne die Aussicht auf ein Erbe.« Gero schluckte, bevor er stockend weiter erzählte. »Mein Vater ist der Meinung, ich sei ein Versager. Nicht nur, weil ich die Frau meines Herzens gegen seinen Willen geschwängert und geehelicht habe, sondern weil ich die Verantwortung dafür trage, dass er darüber hinaus ein Gelübde brechen musste.«

Struan hob erstaunt seine schwarzen Brauen. »Welches Gelübde?«

Geros Lippen umspielte ein bitterer Zug. »Meine Frau war die jüdische Pflegetochter meiner Eltern. Mein Vater hat sie im Jahre des Herrn 1291 in den letzten Wirren bei der Schlacht um Akko als ungefähr Sechsjährige von den zerschmetterten Leichen ihrer Eltern weggeholt und damit vor den einfallenden Mamelucken gerettet. Dabei hat er dem Allmächtigen ein heiliges Versprechen gegeben. Wenn es ihm und seinen restlichen Kameraden gelänge, Akko und das Heilige Land lebend zu verlassen, würde er für dieses Kind sorgen und später, im rechten Alter von zwölf Jahren, einem Kloster übergeben. Mich wollte er aus dem gleichen Grund zu den Templern schicken, sobald ich den Ritterschlag erhalten hatte. Seine Bittgebete haben offensichtlich genützt, denn er und seine Kameraden konnten trotz widrigster Umstände aus dem völlig zerstörten Akko entkommen. Und nicht nur das! Sie verhalfen dem damaligen Komtur des Tempels von Akko und seinem Gefolge zu einer waghalsigen Flucht – niemand geringerem als unserem jetzigen Großmeister Jacques de Molay und seinen verbliebenen Getreuen, zu denen auch unser geschätzter Komtur zählte!«

Struan stieß einen leisen, anerkennenden Pfiff aus. »Alle Achtung! Dann weißt du also recht gut, wie es in mir aussieht.« Er sah Gero mit treuem Blick an und entlockte seinem deutschen Bruder dabei unwillkürlich ein leises Lächeln.

»Da magst du Recht haben«, erwiderte Gero. »Mein Eintritt bei den Templern nach dem Tod meiner Frau war denn auch eher eine Flucht vor meiner eigenen Trauer und den cholerischen Ausbrüchen meines Vaters als ein Akt der Überzeugung oder des Gehorsams.« Gero sah seinen Mitbruder ernst an. »Aber da ist noch etwas anderes, das ich dir sagen muss.«

»Was denn noch?«, knurrte Struan mürrisch. »Schlimmer kann es ja wohl nicht kommen.«

»Ich fürchte doch. Abgesehen davon, dass unser guter Bruder Guy deine Spur aufgenommen hat und dich beim Kapitel verraten will, kann es sein, dass am kommenden Sonntag gar keine Kapitelversammlung mehr stattfindet. Ich hatte heute Nachmittag eine Unterredung mit dem Alten.«

»Henri d'Our? Sag nur, er weiß schon von meinem Fehltritt?« Struan fuhr der Schreck in die Glieder.

»Wenn es so wäre«, antwortete Geron gelassen, »würde er dir keinen Spaten mehr anvertrauen, geschweige denn das Schicksal des Ordens.«

Struan sah ihn verständnislos an. »Schicksal des Ordens?«

»Versprich mir zu schweigen«, flüsterte Gero.

Struan hob seine dichten Brauen und nickte verblüfft.

In kurzen Zügen berichtete Gero, was d'Our ihm anvertraut hatte, wobei er Struan jedoch nichts über das Haupt der Weisheit und den Auftrag in Heisterbach verriet. Dass er trotzdem gegen das Schweigegebot seines Komturs verstieß, ignorierte er geflissentlich. Die Lage seines schottischen Freundes erschien ihm nicht weniger aussichtslos als die des Ordens. Daher sah Gero es als einen Akt der Gnade an, dass er Struan mit der viel größeren Sorge um ihrer aller Zukunft ein wenig ablenken konnte. Doch der Schotte ließ sich nicht beirren.

»Und was soll jetzt aus Amelie und mir werden?« Struan sah ihn fragend an. »Ungeachtet aller anderen Katastrophen, wird das Kind in vier Monaten das Licht der Welt erblicken.«

»Bleib ruhig«, riet ihm Gero. »Lass uns abwarten, was morgen geschieht, und danach finden wir eine Lösung.«

Struan erhob sich und wandte sich seinem deutschen Bruder zu, der ebenfalls aufgestanden war. Er umarmte Gero fest und küsste ihn anschließend auf den Mund. »Es tut gut, einen Freund wie dich zu haben«, sagte er rau. »Was auch geschieht, du wirst immer ein Teil von mir sein.«

Als Gero wenig später zusammen mit Struan den menschenleeren Hof überquerte, spürte er eine Eiseskälte in sich aufsteigen. Gnadenlos breitete sie sich in seinem Gedärm aus, kroch in dämonischer Langsamkeit den Rücken hinauf und bemächtigte sich seiner Gedanken. Gleichsam überflutete ihn ein Gefühl, das er am meisten von allen Gefühlen hasste: Angst.

Die tanzenden Schatten im Kreuzgang erschienen ihm auf einmal wie hämisch grinsende Teufel, die ihre ungeteilte Freude über Tod und Verdammnis verkündeten.

Struan erging es offenbar nicht viel besser. Stumm folgte er Gero in die Mannschaftsräume. Die Luft war stickig. Draußen hatte es sich empfindlich abgekühlt, und um die Kälte nicht ins Innere dringen zu lassen, hatte man die Ziegenlederrollos heruntergelassen und die Fenster von außen mit hölzernen Klappen geschlossen.

»Wo wart ihr?«, fragte Johan verblüfft. »Eure Abwesenheit beim Vespermahl ist allen aufgefallen.« Er schaute sich prüfend um, doch in dem allgemeinen Durcheinander beachtete ihn niemand. Grinsend zog er unter seinem Wams ein Stück Käse und zwei Brotkanten hervor. »Hier, für euch beide« sagte er und steckte Struan das Essen zu. Der immer hungrige Schotte schien sich indes nicht zu freuen. Gero ignorierte die freundliche Gabe gleichfalls. Er räusperte sich nur und straffte seine Schultern.

»Männer, darf ich um eure Aufmerksamkeit bitten«, rief er im Befehlston, worauf alle bis auf Bruder Guy ihre Beschäftigung unterbrachen und ihn anschauten. »Der Komtur hat mir das Kommando für einen Auftrag übertragen. Für sechs von uns bedeutet das, dass wir morgen Nachmittag einen Ausritt unternehmen. Dafür sind die folgenden Männer, deren Namen ich gleich aufrufen werde, bis auf weiteres von den Stundengebeten befreit.«

Er warf einen prüfenden Blick in die Runde. Vierundzwanzig Augenpaare waren wie gebannt auf ihn gerichtet. Außer einem Husten oder einem Räuspern war nichts zu vernehmen. »Also, die Sergeanten können sich entspannt zurücklehnen. Es trifft nur die Ordensritter.« Betten knarrten und Decken raschelten, während einige der Männer sich erleichtert zur Ruhe zurückzogen. Gero blickte jeden einzelnen seiner Auserwählten an, bevor er deren Namen nannte. »Johan van Elk, dann … Francesco de Salazar, Stephano de Sapin, Arnaud de Mirepoix …« Als letzten nannte er Struan MacDhughaill.

In lautem Ton fuhr er fort. »Wir treffen uns unverzüglich zu einer kurzen Besprechung im Scriptorium. Der Rest kann sich zur Nachtruhe begeben.«

»Ach … Arnaud«, rief Gero einem drahtigen, dunkelhaarigen Bruder zu, der mit seinem zwar gestutzten, aber struppigen Bart eher zu einer Räuberbande gepasst hätte als zu einem Ritterorden. »Sorge dafür, dass die Ausgabe der Waffen morgen Mittag ohne Verzögerung vor sich geht und die Listen komplett sind, damit wir keine Zeit mit nachträglichen Schreibarbeiten verschwenden müssen. Außer Äxten und Morgensternen nehmen wir zwei Armbrüste mit und ausreichend Bolzen von der schnellen, kurzen Sorte.«

Arnaud nickte. Im alltäglichen Ablauf der Komturei stand er den Sergeanten vor, die für die Lagerung und Ausgabe der Waffen verantwortlich waren. Weil er darüber hinaus ausgezeichnet mit der Armbrust umgehen konnte, war es für Gero keine Frage, ihn in den Einsatz mit einzubeziehen. Für Arnaud hatte das zur Folge, dass ihm ein nicht geringer Anteil an Verantwortung für die Vorbereitungen zufiel. Mit der Geschmeidigkeit einer Katze umrundete er die auf seinem Weg liegenden Betten der übrigen Brüder und begab sich lautlos nach draußen.

Die anderen Teilnehmer der Mission, von denen einige schon im Bett gelegen hatten, zogen sich in Windeseile ihren Ordenshabit über und schlüpften in ihre weichen, schmucklosen Lederschuhe, die sie innerhalb der Komturei trugen.

Gero wartete, bis der letzte bereit war. Keiner der anderen schien einen Einwand oder eine Frage zu haben.

Bis auf einen.

Guy de Gislingham erhob sich von seinem Lager und bedachte Gero mit einem abschätzenden Blick.

»Ihr werdet Gründe haben, Bruder Gero, warum Ihr auf meine Gefolgschaft bei dem morgigen Ereignis verzichten wollt«, erklärte er gereizt. »Aber seid gewiss, dieser Umstand wird Euch nicht zum Vorteil gereichen, darauf könnt Ihr Euch verlassen. Ihr dürft getrost damit rechnen, dass ich Eure Abwesenheit zu nutzen weiß.« Guys Miene verriet tiefste Verachtung.

Die meisten Brüder schauten gebannt auf, in gespannter Erwartung, was Gero auf diese Unverschämtheit zu erwidern gedachte. Doch Gero hatte beschlossen, den ungeliebten Engländer nicht mit weiterer Aufmerksamkeit zu adeln. Angesichts der Katastrophe, die den gesamten Orden heimzusuchen drohte, war das unflätige Benehmen eines einzelnen Ritterbruders so unbedeutsam wie ein einzelner Wassertropfen in einer herannahenden Sintflut.

Gero wandte sich an Johan van Elk, der neben ihm stand und genauso verdutzt dreinblickte wie der Rest der Mannschaft. Dann gab er das Zeichen zum Aufbruch.

Bruder Guy blieb mit zorniger Miene zurück. Die ausgesuchten Männer folgten Gero indes, und gemeinsam ging man schweigend über den Hof in Richtung Hauptgebäude.

Auf dem freien Platz vor dem Scriptorium herrschte ein stetiges, wenn auch unauffälliges Treiben. Im spärlichen Lichtschein der Fackeln trugen Knechte und Ordensbrüder Kisten und Säcke aus dem für gewöhnlich um diese Zeit vergitterten und ständig bewachten Magazin heraus und luden sie auf einen in unmittelbarer Nähe aufgestellten Planwagen. Fast geräuschlos versahen die Männer ihren Dienst.

Johan gesellte sich zu der kleinen Truppe um Gero und räusperte sich verhalten. Als sein deutscher Bruder ihn ansah, konnte er seine Frage nicht zurückhalten.

»Kannst du mir sagen, was hier vor sich geht?«

»Später. Die Sache ist ziemlich heikel«, flüsterte Gero und setzte eine verschwörerische Miene auf. »Ich werde versuchen, Euch soviel wie möglich an Wissen zukommen zu lassen, aber hab' Verständnis dafür, dass ich nicht alles preisgeben kann.«

Johan nickte wissend und verzichtete auf weitere Fragen. Er konnte sich denken, was in Gero vorging, war er doch selbst oft genug als Kommandoführer in Verlegenheit geraten, seine Mitstreiter nur unvollständig in die Gründe für einen Einsatz einweihen zu dürfen.

Struan, der hinter Johan her ging, beteiligte sich nicht an dem Gespräch.

Er war viel zu beschäftigt mit dem Gedanken, was Gero damit gemeint haben könnte, der Orden werde angegriffen, und was diese Offenbahrung für einen Einfluss auf sein eigenes weiteres Schicksal haben mochte.

Rasch wurden ein paar Kienspäne im Scriptorium entzündet, und die Männer nahmen Aufstellung zwischen den eng stehenden Pulten. In wenigen Zügen erläuterte Gero den Abmarsch in den Wald des Orients, ohne jedoch auf weitere Hintergründe einzugehen.

»Francesco, es ist deine Aufgabe, die Knappen zu unterrichten«, fuhr Gero mit gespielter Gelassenheit fort, »damit sie die Pferde rechtzeitig aufzäumen. Der Komtur wünscht, dass die Schlachtrösser gesattelt werden. Zudem wird uns sein Neffe begleiten. Matthäus soll sich um die Packpferde kümmern.«

Der Spanier, der als Bannerträger für den Einsatz und die Fortbildung der Knappen verantwortlich war, hob fragend eine Augenbraue. Ihm war es bereits seltsam erschienen, dass d'Our ihn ohne weitere Erklärung zu sich gerufen und ihm den Befehl erteilt hatte, die Knappen in Begleitung der Sergeanten für den morgigen Abend und die darauf folgende Nacht nach Clairvaux zu entsenden. Warum mit Matthäus ausgerechnet einer der jüngsten Knappen und dazu noch der Neffe d'Ours den Einsatzzug der Ritter begleiten würde, war ihm ebenso unverständlich. Es kam ihm jedoch nicht in den Sinn, die Entscheidung seines Vorgesetzten offen zu hinterfragen.

»Abmarsch ist nach der Non. Unser Komtur wünscht, dass ein jeder seine Herkunftsnachweise mit sich führt, sobald er die Komturei verlässt«, erklärte Gero.

Die Männer diskutierten verhalten, als sie auf den menschenleeren Hof hinaus traten. Es hatte leicht zu nieseln begonnen, und die meisten Feuer waren verloschen.

Im Grunde genommen war Gero froh, dass niemand sein Gesicht sehen konnte. Viel länger hätte er es nicht ausgehalten, sich zu verstellen. Er verfluchte sein Schweigegelübde – überhaupt ergriff ihn eine elende Sinnlosigkeit, die gefährlicher war als jeder Kampf, den er bis heute zu bestehen gehabt hatte. Die Vorstellung, dass der Orden von König Philipps Machtgier überrollt werden würde, fuhr ihm wie ein Dolchstich in den Magen, so intensiv, dass ihm ein unbeabsichtigtes Keuchen entwich.

Johan war sogleich an seiner Seite. »Geht es dir nicht gut?« Die Stimme des flandrischen Bruders war voller Sorge. Sie waren mitten auf dem dunklen Hof stehen geblieben.

Bis auf Struan, der nun auch stehen blieb und sich besorgt umschaute, waren alle anderen bereits im Schlafsaal verschwunden.

»Es ist nichts«, murmelte Gero schwer atmend und hielt sich leicht gekrümmt den Bauch. »Hab nur heute noch nichts Vernünftiges gegessen.«

»Das kannst du Gisli erzählen, aber nicht mir«, erwiderte Johan unnachgiebig. »Ich habe versprochen, dich nicht zu bedrängen, aber ich mache mir inzwischen ernsthafte Sorgen. Dass hier etwas faul ist, sieht selbst einer, der von den Sarazenen in aller Gründlichkeit geblendet wurde.«

Gero versuchte sich mühsam aufzurichten. Struan wollte ihm dabei helfen. Doch Gero entzog ihm ungeduldig den Arm. Den Blick nach vorn gerichtet, ging er in sichtlich steifer Haltung voran.

Johan warf Struan einen fragenden Blick zu, aber der Schotte hüllte sich in eisernes Schweigen.

Kurz vor dem Eingang zu den Mannschaftsräumen wandte sich Gero plötzlich um. Er streifte Struan mit einem gequälten Blick und nickte dann zu Johan hin.

»Ich werde ihn einweihen, Struan. Sag den anderen, wir kommen gleich nach.«

»Wie du meinst«, erwiderte der Schotte leise und setzte seinen Weg fort, wie ein geprügelter Hund, der sich nur noch danach sehnt, ausgestreckt auf seinem Lager zu liegen und die Augen zu schließen.

Flüsternd setzte Gero seinen deutschen Landsmann über den eigentlichen Hintergrund des Auftrags in Kenntnis.

Johans Augen weiteten sich vor Verblüffung, dabei stieß er einen leisen Pfiff aus. »Bei allen Heiligen, wer hätte so etwas gedacht? Und jetzt?«

»Keine Ahnung«, erwiderte Gero seufzend. »D'Our scheint selbst nicht zu wissen, wie er die Lage einschätzen soll. Niemand weiß offenbar, was da auf uns zu rollt.«

»Aber irgendetwas muss an der Sache dran sein. Würde man sonst den gesamtem Inhalt unseres Tresors in den Wald des Orients verlagern?«

»Nein, selbstverständlich nicht,« erklärte Gero im Brustton der Überzeugung. »Angeblich kommt der Befehl von ganz oben.«

»Fragt sich nur, wer oder was oben ist«, bemerkte Johan und drückte damit seine Verwunderung aus, dass der Großmeister Jacques de Molay als oberster Dienstherr des Templerordens anscheinend nicht mehr in der Lage war, klare Befehle zu erteilen.

»Wie auch immer«, sagte Gero resigniert. »Wir können nur hoffen. Und beten. Alles andere ist müßig.«

Gemeinsam erhoben sie sich und gingen in den Mannschaftsraum, wo sich die übrigen Brüder bereits unter lautem Gemurmel auf die Nachtruhe vorbereiteten.

Auf seinem Bett sitzend entledigte sich Gero seiner Schuhe und seines weißen Habits. Eine Ordensregel schrieb den Männern vor, dass sie in Unterwäsche und bei gedämpftem Licht zu schlafen hatten, damit sie im Falle eines Angriffs unverzüglich einsatzbereit waren.

Bevor er seine schmerzenden Glieder auf der weichen Matratze ausstreckte, schlug er die doppelten, graubraunen Decken aus gewalkter Wolle zur Seite.

Dann drückte er sich das kleine, mit Daunen gefüllte Keilkissen zurecht, das jedem Bruder zustand, und als er sich die Decken überwarf, hatte er das Gefühl, als ob er sich unter einen Schutzschild begab.

Einen Moment später hatte er noch einmal das Bedürfnis, sich aufzurichten und sich die Gesichter der Anwesenden einzuprägen.

»Hey, Gero, du machst ja eine Miene wie Jesus am Kreuz.« Gianfranco da Silva, ein dunkel gelockter hagerer Sergeant aus der Lombardei, stieß ihn von der Seite an und schnitt aufmunternde Grimassen. »Ist dir ein Floh ins Bett gesprungen?«

»Lass mich, ich bin müde, und wir haben morgen einen schweren Tag vor uns«, entgegnete Gero mürrisch.

»Hey, Breydenbach, ich hab da was, das dich aufmuntern wird«, flüsterte Gianfranco und stieß ihn derb an. Mit einem Grinsen hielt ihm der Lombarde ein kleines, aufgefaltetes Pergament unter die Nase. Die überaus präzise Federzeichnung stellte eine nackte Frau und einen nackten Mann in einer merkwürdig verschlungen Haltung dar. Beide hatten ihre Köpfe jeweils zwischen die Schenkel des anderen gesteckt und befriedigten sich offenbar gegenseitig mit dem Mund.

»Mensch, Gian, pack diesen Schund wieder ein! Hast du das nötig? Ich denk, du bist verheiratet?«, knurrte Gero und wandte sich ab. Er rollte sich auf die Seite und zog sich die Decken bis an die Nasenspitze. Nur so ließ sich vermeiden, dass Gianfranco weitere, verräterische Spuren von Trauer und Angst in seinem Gesicht erkennen konnte.

»Oh, tut mir leid, dass ich Euch unerlaubt angesprochen habe, Sire«, spöttelte der Lombarde und schüttelte verständnislos den Kopf.

Gero schloss die Augen und registrierte erleichtert, wie die Geräusche um ihn herum allmählich gedämpfter wurden, bis schließlich nur noch hier und da ein Murmeln oder ein Flüstern zu vernehmen war.

Irgendwann musste er dann doch in einen unruhigen Schlaf gefallen sein, der von einem merkwürdigen Alptraum begleitet wurde. Verfolgt von blutrünstigem Gesindel, rannte er um sein Leben. Er hatte Matthäus an der Hand und lief mit ihm quer über eine Lichtung, um ihn in Sicherheit zu bringen. Unvermittelt wurden sie von einem merkwürdigen grünblauen Licht umfangen, das ihn und den Jungen ins Dunkel riss. Dann erschien ihm eine Frau, schön wie die Jungfrau Maria selbst. Das kastanienfarbene, lange Haar und die feinen Gesichtszüge ähnelten in verblüffender Weise seiner geliebten Elisabeth. Sie war tot, dass wusste er, und doch lächelte sie ihn an. *So musste es wohl sein, wenn man starb*, waren seine letzten Gedanken.

Schweißgebadet kam Gero zu sich. Ein ruppiger Stoß hatte ihn in die Wirklichkeit zurückgeholt.

»Aufstehen«, raunte Johan van Elk ihm freundschaftlich mahnend zu. »Die Nacht ist vorüber.«

3

Donnerstag, 12. Oktober 1307, nachmittags – Wald des Orient

Zur Non – der neunten Stunde des Tages – versammelten sich die Ritterbrüder von Bar-sur-Aube zu einer Andacht in der kleinen Kapelle. Vollständig anwesend, was höchst selten vorkam, verneigten sie ihre Häupter zu einer letzten Ehrerbietung vor der Mutter Gottes Maria, als der Kaplan das Abschlussgebet sprach und sie anschließend wie üblich ohne Schlusssegen in die gleißende Nachmittagssonne entließ. Schweigend überquerten die Brüder den Innenhof. Ein frischer Wind trieb bauschige Regenwolken vor sich her, die die umliegenden Gebäude mit einem unsteten Spiel von Licht und Schatten belegten.

Gesattelt und bepackt standen die Pferde vor den Stallungen. Bei den meisten der Tiere handelte es sich um beeindruckend muskulöse Hengste. Englisches Great-Horse, Jütländer, Percheron und Flamländer, allesamt aus den eigenen Zuchtställen des Ordens.

Den Wagen mit der wertvollen Ladung, die, verborgen unter einer dicken Schicht Kornsäcke, ihren Weg in eines der geheimsten Depots des Abendlandes finden sollte, hatte man bereits vor dem Tor aufgestellt. Der Kutscher, ein vertrauenswürdiger, älterer Mann, der schon jahrzehntelang für den Orden arbeitete, saß, eine warme Decke um die Schultern gelegt, auf seinem Kutschbock und aß, während er wartete, ein Stück trockenes Brot.

Zurück an seinem Lager machte sich Gero an seiner Kleidertruhe zu schaffen, die er sich zusammen mit Johan van Elk teilte. Der Reihe nach förderte er die vorgeschriebene Einsatzkleidung zutage – ein wattiertes Unterwams, ein fast knielanges Kettenhemd mit Haube, den hellen Wappenrock mit dem roten Kreuz auf der Brust und eine lederne Reithose. Während er in ein neues Paar Filzsocken schlüpfte und sich die groben Reitstiefel überzog, dachte er darüber nach, dass er seinen Brustbeutel mit den Herkunftsnachweisen und dem Wappenbuch nicht vergessen durfte.

Jo saß halbangezogen auf dem gegenüberstehenden Bett und beobachtete, wie Gero seinen Teil der Kiste durchsuchte.

»Was fehlt dir denn?«, fragte er, während er sich gähnend den Nacken kratzte.

»Mein Stammbuch und die Abschrift meiner Aufnahmeurkunde … du weißt doch, was d'Our gesagt hat.«

»Hätte ich fast vergessen«, murmelte Johan und erhob sich mühsam von seiner Matratze. Abwartend beobachtete er das Treiben seines Kameraden. Die Lücke zwischen ihren beiden Betten erlaubte es nicht, dass zwei breitschulterige Männer gleichzeitig die Truhe durchsuchten.

Gero legte ein weiteres Hemd zur Seite, hielt inne und kramte außer seinem Brustbeutel eine abgewetzte Ledertasche hervor.

Es gab noch etwas, das er vor dem Zugriff vermeintlicher Eindringlinge zu retten gedachte, falls sich d'Ours Prophezeiungen bewahrheiten sollten. Seinen ganz privaten Schatz. Neben seinem Schwert, einem seltenen Anderthalbhänder, den er ohnehin stets bei sich trug, besaß er einen Siegelring, den sein Vater ihm zum siebzehnten Geburtstag übergeben hatte. Das Schmuckstück, das er im Ordensalltag nicht anlegen durfte, trug wie die Runde des Schwertes das Wappen derer von Breydenbach. Wolfsangeln über einem blauen Fluss, aus dessen Fluten zwei Fische neugierig den Kopf herausstreckten. In Silber graviert, war es durchaus dafür vorgesehen, Briefe und Dokumente im Namen der Breydenbacher zu siegeln. Behutsam löste Gero eine lederne Schnur und entnahm neben seinem Stammbuch, welches seine adlige Herkunft belegte, und einer vergilbten, zusammengefalteten Pergamenturkunde, die seine Aufnahme in den Orden bescheinigte, ein weiteres, in Leinen eingewickeltes Schriftstück.

Sorgsam entrollte er das empfindliche Blatt aus geschöpftem Papier, das zusätzlich mit einem roten Seidenbändchen verschnürt gewesen war. Zwischen zartgrünen Ranken und glutroten Rosen kam ein

Gedicht zum Vorschein, das seine verstorbene Frau einst in einer kindlich anmutenden, aber dennoch schwungvollen Handschrift verfasst hatte.

Gero lächelte wehmütig, als er die Zeilen überflog.

> *Für Gero, meine Sonne, meinen Mond, meinen Abendstern*
> *Mein Herz hat Flügel,*
> *siehst du ein Vöglein am Himmel,*
> *sollst Du wissen, es fliegt zu Dir,*
> *meine Liebe ist ein Windhauch,*
> *wenn ein Säuseln durch Dein Haar streicht,*
> *sollst Du wissen, sie ist bei Dir,*
> *meine Sehnsucht ist ein Regen,*
> *wenn die Tropfen auf Dein Gesicht hernieder fallen,*
> *sollst Du wissen, es sind die Tränen meiner Sehnsucht nach Dir.*
> *In ewiger Liebe Elisabeth.*

Jo reckte voller Neugier seinen Kopf. »Was ist das?«

»Nichts«, erwiderte Gero eine Spur zu hart und beeilte sich, das Schriftstück zusammen mit der Urkunde und dem Stammbuch in seinem Brustbeutel verschwinden zu lassen. Dann legte er sich die Lederschnur um den Hals, an dem der Beutel befestigt war, und verstaute ihn unter seinem Unterwams.

Als er gestiefelt und gespornt in den Hof trat, wurde er schon von weitem durch ein leises Wiehern begrüßt. Atlas, ein grauweißer Percheron, der seinen Namen zu Recht trug, weil sein Fell wie Seide schimmerte und sein Rücken so breit und so hoch war, wie die Schultern des gleichnamigen Riesen, bedeutete Gero mehr, als er sich einzugestehen vermochte. Er tätschelte dem massigen Kaltblüter den Widerrist und bot ihm einen Apfel an, den das Tier schnuppernd mit seinen samtigen Lippen entgegen nahm.

Unvermittelt tauchte ein blonder Lockenschopf unterhalb des riesigen Pferdekopfes auf. Es war Matthäus, Geros Knappe, der ihn voller Vorfreude angrinste.

»Ich darf mit Euch reiten! Als Einziger…!«, verkündete er aufgeregt, und das helle Glucksen in seiner Stimme verriet nicht nur den beginnenden Stimmbruch, sondern auch seine haltlose Begeisterung.

Für gewöhnlich begleitete Matthäus seinen Herrn nicht zu Einsätzen, bei denen es zu Kampfhandlungen kommen konnte. Dafür war er noch zu jung. Obwohl er schon Unterweisung im Schwertkampf und im Reiten erhielt, durfte er erst mit vierzehn Jahren in den Waffendienst eintreten.

»Die anderen sind alle zur Abtei von Clairvaux aufgebrochen«, verkündete der Junge wie selbstverständlich. »Sie nehmen dort an einer Klausur teil.« Unmerklich rümpfte er seine mit Sommersprossen übersäte Stupsnase. »Einen Tag und eine Nacht ununterbrochen im Gebet, da bin ich froh, dass ich Euch begleiten darf.«

Gero kostete es einige Mühe, zu lächeln. Dass die Freude, die Matthäus empfand, sich kaum im Gesicht seines Herrn widerspiegelte, bemerkte der Junge nicht.

Wie um sich selbst aufzumuntern, fuhr Gero seinem jungen Gefährten durch die blonden Locken. »Und Mattes? Hat man dich schon mit deiner Aufgabe vertraut gemacht?«

»Ja«, antwortete Matthäus feierlich. »Ich bin für die Packpferde verantwortlich. Sie stehen abmarschbereit im Hof. Ihr müsst nur noch den Befehl zum Aufbruch geben.« Stolz blickte er zu Gero auf, in dem Bewusstsein, dass ausgerechnet sein Ritter der Kommandoführer dieses Unternehmens war.

Gero konnte sich ein Lächeln nicht verkneifen. Dann nahm er Haltung an. »Begebt Euch zu Euren Pferden, Knappe. In wenigen Augenblicken erfolgt die Anordnung zum Aufsitzen!«

»Zu Befehl, Herr«, erwiderte Matthäus mit ernster Miene.

Für den Transport hatte der Komtur die Weisung erteilt neben der üblichen Bewaffnung – Schwerter und Messer trugen die Männer immer bei sich, sobald sie die Komturei verließen – Streitäxte, Armbrüste und Morgensterne mitzuführen.

Im Waffenmagazin übernahm Gero eine Armbrust mit vierzig Bolzen, die in einer kleinen Kiste verstaut waren. Der mit Wachs versiegelte Schieber garantierte Vollständigkeit und Unversehrtheit der todbringenden Pfeile. Schließlich musste über jeden Abschuss Buch geführt werden.

Als er auf den Hof zurückkehrte, eilte ihm d'Our entgegen und wedelte mit einer gesiegelten Pergamentrolle, einem kleinen, in Leder eingebundenen Büchlein und einigen, gesiegelten Briefen.

»Das Schreiben für den Kommandanten von Thors...«, verkündete er außer Atem. »Dazu der Herkunftsnachweis von Matthäus und ein weiteres Schreiben für seine Aufnahme in Hemmenrode, falls es dazu kommen sollte.« Als Gero sich umdrehte, sah ihn der Alte, wie d'Our hinter seinem Rücken von den übrigen Brüdern genannt wurde, mit ernsten Augen an. »Was auch immer geschieht, Bruder Gerard... versprecht mir, dass Ihr besonnen handeln werdet.«

Gero setzte eine undurchsichtige Miene auf, doch sein Blick war klar und unschuldig wie immer. Erst jetzt übergab ihm d'Our die mitgeführten Dokumente und dazu einen gut gefüllten Hirschlederbeutel voll klingender Münzen. Kommentarlos ließ Gero beides in seinen Satteltaschen verschwinden. Ohne ein weiteres Wort wandte sich der Komtur anschließend Matthäus zu, der nicht weit entfernt seiner kleinen Stute die Sattelgurte nachzog. In einer steifen Art und Weise hielt er seinem Neffen die rechte Hand hin, auf dass der Junge sich ehrerbietig vor ihm verbeugen und den dargebotenen, unübersehbaren Siegelring des Ordens küssen musste.

Gero glaubte dem Zucken in d'Ours wächserner Miene entnehmen zu können, wie er verzweifelt darum rang, seine Gefühle unter Kontrolle zu halten. Bedrückt wandte er sich ab und überprüfte mit einem raschen Blick die Anwesenheit seiner Männer. Die Ritterbrüder standen vollzählig bei ihren Pferden. Waffen und Schilder waren am Sattelzeug befestigt. Ebenso wie Verbandszeug und Proviant. Gero wartete noch einen Augenblick, bis auch der Letzte seinen Platz eingenommen hatte, dann schwang er sich in den Sattel und rief: »Aufsitzen... Brüder und... Abmarsch!«

Zügig umrundeten sie die benachbarte Stadt in südöstlicher Richtung. Entlang dem kleinen Fluss Aube begaben sie sich auf die Hauptstraße nach Troyes. Nach einer halben Meile führte sie ihr Weg geradeaus nach Bossancourt, und nur zwei Stunden später erreichten sie die Niederlassung von Beaulieu.

Die Komturei war ein mächtiges, steinernes Gebäude, dessen kompakte Mauern und hohe Rundtürme an eine Burg erinnerten. Das Tor zum Innenhof war bereits geöffnet, und die Wachmannschaften ließen sie ohne Einwände passieren.

Der Kommandant von Thors, Bruder Theobald, stand, eingehüllt in goldenes Nachmittagslicht, mitten auf dem Hof und koordinierte mit der Seelenruhe eines Mannes, der mit seiner Welt in Einklang lebt, die Aufstellung der bereits anwesenden Delegationen. Seine Gestalt war schlank und hoch gewachsen und deutete eine mit den Jahren erworbene Zähigkeit an, die an den sehnigen Unterarmen und den von Entbehrungen gezeichneten Gesichtszügen erkennbar war. Ganz im Gegensatz dazu standen die gütigen braunen Augen, in deren Winkeln der Schalk wohnte und deren Klarheit ihren Besitzer als tiefgründigen Menschen mit hohen moralischen Werten kennzeichneten. Sein dunkles Haupthaar war so kurz, dass die Haut darunter fast wie bei einer Glatze schimmerte, dazu trug er einen lockigen Vollbart, durchwebt mit silbernen Fäden, der eine Fingerkuppe breit über das Kinn hinausreichte. Gero kannte den Mann recht gut und wusste aus Erzählungen älterer Brüder, dass es sich bei ihm um einen besonnenen Ordensritter handelte, dessen taktisches Kampfgeschick etlichen Kameraden das Leben gerettet hatte.

»Bruder Gero!« Theobald empfing ihn mit einem warmen Lächeln und reichte ihm zur Begrüßung die Hand. Gero schlug ein und lächelte ebenso freundlich zurück.

»Ich freue mich, Euch zu sehen«, sagte er ehrlich.

Kurz darauf erklang vom Hof der Ruf eines Horns: das Zeichen, dass nun alle Truppen der einzelnen Komtureien eingetroffen und der Treck zur Weiterreise aufbrechen konnte.

Während Gero darauf wartete, dass seine Männer vollzählig beisammen standen, trat Bruder Theobald an ihn heran, um ihn mit den letzten Anweisungen vertraut zu machen.

Gero hörte ihm aufmerksam zu. Danach ließ er seinen Blick über den Hof schweifen. An die fünfzig Templer in weißen Mänteln mit rotem Kreuz auf Brust und Schulter bevölkerten das eingefriedete Areal. Viele der Anwesenden gehörten zur Elite der kämpfenden Truppe. Auserwählt in zahlreichen Wettkämpfen, die regelmäßig unter den Komtureien und Ordensburgen ausgetragen wurden, setzte man sie bevorzugt bei Aufgaben ein, die über das normale Maß hinaus gefährlich oder besonders vertrauensbedürftig waren. Auch Gero und seine anwesenden Kameraden gehörten zu dieser Elite.

Im vergangenen Frühjahr durften sie mit einigen Brüdern anderer Komtureien den Papst und sein Gefolge auf einer Reise vom provenzalischen Carpentras aus nach Poitiers eskortieren, um im Angriffsfall das Leben des heiligen Vaters zu sichern. Dort war ein Treffen mit dem König geplant gewesen, zu dem man im Anschluss auch den Großmeister des Templerordens geladen hatte. Nun sollte ihnen diese Loyalität damit vergolten werden, dass der Vertreter Gottes auf Erden sie schändlich im Stich ließ, dachte Gero resigniert. Schon damals waren ihm Bedenken gekommen, ob mit Bertrand de Goth, wie Papst Clemens V. eigentlich hieß, der richtige Mann an der richtigen Stelle saß.

Eines Morgens hatte man ihn zu seiner Überraschung von der Seite des Papstes abberufen. Der Kommandeur des Trecks, ein erfahrener Ritterbruder der Ordensburg in Troyes, überantwortete ihm stattdessen ohne weitere Erklärung den Schutz eines prunkvoll geschmückten Begleitwagens am hinteren Ende des Zuges. Dessen Bewohnerin, Brunissende de Foix, zählte zum ständigen Gefolge des Heiligen Vaters. Die Spatzen pfiffen es von den Dächern, dass die gute Beziehung der Grafentochter aus dem provenzalischen Süden zum Oberhaupt der Christenheit nicht nur geistiger Natur entsprang. Um zu wissen, wo ihre wahren Qualitäten zu finden waren, brauchte man sie nur anzuschauen. Nachtschwarzes Haar, Augen so dunkel und so verlockend wie die Sünde und Lippen so rot und so feucht wie der Saft eines aufgeplatzten Granatapfels. Den ganzen Tag war Gero ihrem prachtvollen Wagen gefolgt, und immer wieder hatte Brunissende ihren Kopf durch die pompösen Vorhänge gesteckt und ihm zugelächelt.

Eine Meile vor der nächsten Komturei, in der sie übernachten wollten, kam der Zug ins Stocken, weil eine größere Menschenmenge dem Papst huldigen wollte und sich nicht davon abbringen ließ, die Kinder und das Vieh von ihm segnen zu lassen.

Gero ritt ein Stück am Wagen der Grafentochter vorbei, um aus der Entfernung die Lage zu sondieren. Auf Höhe des Kutschbockes stellte er sich in die Steigbügel und spähte über die Kolonne hinweg, ohne jedoch etwas erkennen zu können. Mit einem Seufzer ließ er sich in seinen Sattel fallen und wendete seinen Hengst.

»Was ist mit Euch los, Bruder?«, fragte eine butterweiche Stimme direkt neben ihm.

Im ersten Augenblick hatte er sich beinahe erschrocken, weil er geglaubt hatte, Brunissende habe es aufgegeben, ihn zu bedrängen. Jedoch ihr makelloses Gesicht suchte sich aufs Neue unbeirrt einen Weg durch den dunkelblauen Brokat, der ihre Schönheit wie ein kostbares Gemälde umrahmte.

»Warum seid Ihr so abweisend? Gefalle ich Euch etwa nicht?«, säuselte sie.

Obwohl Gero sich innerlich sträubte, sah er sich nun gezwungen, sie anzusehen. Er senkte sein Haupt und versuchte, ihrem katzenhaften Blick standzuhalten.

»Madame, ich will nicht unhöflich sein«, erwiderte er so ruhig wie nur möglich. »Es dürfte Euch nicht entgangen sein, dass ich ein Ordensritter bin. Mir ist weder der Anblick noch die Unterhaltung mit einer mir nicht verwandten Frau gestattet.«

»Das ist aber schade«, erwiderte sie scheinheilig. »Ihr habt ja keine Ahnung, was Ihr alles versäumt.«

Ihr verführerisches Lächeln versetzte ihn in Unruhe. Er war ein unerschrockener Krieger, und er kannte so manche Strategie gegen blitzschnelle Attacken, aber dem Überraschungsangriff dieser Dame vermochte er nichts entgegen zu setzen.

Er hatte bereits einen Fehler begangen, indem er nicht sofort den Rückzug angetreten, sondern einen Moment zu lange in ihrem tiefen Blick gebadet hatte.

Mit einem Mal öffnete sich der Vorhang und vergönnte ihm trotz der kühlen Witterung einen Ausblick auf ihre entblößten Brüste, die rund und fest mit aufragenden rosigen Knospen versehen, über ihren schmalen Rippen saßen.

Ihr gazellenhafter, elfenbeinfarbener Körper war nur mit einem durchsichtigen Gespinst aus Seide umhüllt. Aus Erzählungen wusste Gero, dass die Huren in den verbotenen Badehäusern bevorzugt solche Gewänder trugen. Und so konnte es ihm nicht entgehen, wie sie in einer lasziven Bewegung mit ihrer zierlichen Hand an ihrer bloßen, haarlosen Scham spielte, indem sie ihren Mittelfinger in die gut sichtbare Spalte legte und sich mit verzücktem Blick daran zu schaffen machte.

Den Zeigefinger der anderen Hand steckte sie sich gleichzeitig in den Mund und lutschte aufreizend daran, als ob es sich um eine Süßigkeit handelte.

Ohne es zu wollen, hielt Gero für einen Augenblick den Atem an und schluckte verlegen.

»Es gehört alles Euch«, flüsterte sie mit einem einladenden Blick. Ihre Hände wanderten zu ihren Brüsten, und mit spitzen Fingern streichelte sie über die Knospen, die sich vorwitzig unter dem durchscheinenden Stoff abzeichneten. »Heute Nacht noch könnt Ihr Eure bescheidene Pritsche mit den weichen Kissen in meinem Wagen tauschen und Euch mit mir den Wonnen der fleischlichen Lust hingeben. Zögert nicht! Es ist eine Einladung ins Paradies.«

Voller Entrüstung wollte er sich abwenden, aber er war kein unbedarfter Junge mehr, der vor den Reizen einer erfahrenen Frau ängstlich Reißaus nahm. Und so wandte er nur für einen Moment seinen Blick ab und atmete tief durch, bevor er aufs Neue in ihr forderndes Antlitz schaute.

»Wenn Ihr der Meinung seid, Madame, mich in Versuchung führen zu können, so muss ich Euch leider enttäuschen«, antwortete er mit gespielter Gelassenheit.

Ihre eben noch erwartungsfrohe Miene verfinsterte sich. Mit einem Ruck zog sie den Vorhang vor ihre Blöße und lächelte ihn spöttisch an.

»Also doch«, fauchte sie, während sich ihr Mund zu einer bittersüßen Anklage verzog. »Ich hätte nicht vermutet, dass es stimmt, was man allenthalben über die Templer zu hören bekommt. Selbst ein gestandener Kerl, wie Ihr es seid, zieht es offenbar vor, seinen Sporn lieber in den Hintern eines Kameraden zu stecken, als sich der Vorzüge einer schönen Frau zu bedienen. Wer hätte das gedacht?«

Mit versteinertem Blick wandte Gero sich ab und lenkte sein Pferd hinter den Wagen. Scheinbar ungerührt inspizierte er die Umgebung.

Seine Hände zitterten immer noch, als die Kolonne sich mit dem lauten Ruf der Fanfaren wieder in Bewegung setzte. Brunissende hatte sich unterdessen in ihr samtblaues Reich zurückgezogen, wie eine Spinne, die sich an den äußeren Fäden ihres Netzes zurückzog, um auf Beute zu lauern.

In seiner Phantasie hatte Gero sie in den vergangenen Augenblicken ein dutzend Mal erwürgt und ebenso oft geviertelt. Abgesehen davon, dass es ihm ganz und gar nicht in den Sinn gekommen wäre, die Hure des Papstes zu besteigen, hätte das persönliche Risiko, das er dabei eingegangen wäre, in keinem Verhältnis zu dem zweifelhaften Vergnügen gestanden. Wenn man sie entdeckt oder das dumme Weib gar behauptet hätte, er habe sie mit Gewalt genommen, wäre er unweigerlich in den Kerker gewandert, entehrt und vom Tode bedroht. Zudem hatte sie etwas verlauten lassen, das ihm in der darauf folgenden Nacht weit mehr den Schlaf raubte, als ihre betörende Gestalt es je vermocht hätte.

Sie hatte das ausgesprochen, was alle Brüder im Orden beunruhigte. Schon seit Monaten kursierten Gerüchte, der Papst habe Informationen erhalten, dass es im Orden an Moral und Sitte fehlen würde. Unter der Hand hieß es, der Großmeister sei eben zu jenem Thema nach Poitiers einbestellt worden. Dieses Weib gehörte zu den engsten Vertrauten des Heiligen Vaters, und dass sie etwas mehr über den Grund der Zusammenkunft der obersten Würdenträger des Landes wusste, hatte sie Gero durch ihre unbedachten Worte verraten.

Am Tag darauf wurde er ohne Kommentar seines Obersten gegen einen jungen, italienischen Bruder ausgetauscht, auf dass Brunissende ein neues und diesmal unerfahrenes Opfer mit ihrem schändlichen Spiel locken konnte.

Der ewig kränkelnde Papst, dem Gero für den Rest der Reise wieder unmittelbar zur Seite stand, schien von all dem nichts mitzubekommen. Er benahm sich wie ein ungeduldiges Kind, wenn seine Anweisungen und Wünsche nicht augenblicklich befolgt wurden.

Nachdenklich beobachtete Gero das Treiben auf dem Innenhof der Komturei von Beaulieu. Damals, auf dem Weg nach Poitiers, hatte ihn bereits eine Ahnung beschlichen, dass auf einen solchen Papst kein Verlass sein konnte. Clemens V., dessen Name soviel bedeutete wie »der Milde« oder »der Gnädige«, und der für sich selbst beanspruchte, Vertreter des Allmächtigen zu sein, riskierte ohne mit der Wimper zu zucken das Leben all dieser tapferen und unbescholtenen Ordensmänner. Dabei war er kein Heiliger, sondern ein habgieriger Feigling, der für den Erhalt seines armseligen Luxuslebens selbst seine treuesten Gefolgsleute an den König verriet.

»Bruder ...?« Gero bedachte Theobald mit einem scheuen, fragenden Blick.

»Ja?«

»Nichts. Vergesst es!« Er war zu der Überzeugung gelangt, dass es töricht war, die Frage zu stellen, wie Theobald die Situation des Ordens und das mögliche Vorgehen Philipps IV. beurteilte.

Theobald sah ihm fest in die Augen und drückte kurz Geros Unterarm. Dann lächelte er ihn tapfer an.

»Ich habe genauso viel Angst wie Ihr«, sagte er leise. »Es geht jedem so, der den näheren Hintergrund unserer Mission kennt. Und die anderen Brüder, die es noch nicht wissen, ahnen bereits etwas. Es ist eine Katastrophe unglaublichen Ausmaßes. Nicht nur, weil der Fortbestand des Ordens in Frage gestellt ist, sondern weil die ganze Angelegenheit unseren Korpsgeist bis ins Mark erschüttert. Schon seit über einem Jahr sind wir in mehrere Lager gespalten. Die, die etwas wissen und nichts dagegen unternehmen, obwohl sie es könnten. Die, die etwas wissen und nichts dagegen unternehmen dürfen. Und die Ahnungslosen, die glauben etwas zu wissen, denen es aber weder erlaubt ist, dieses Wissen auszusprechen, noch zu fragen, ob sie mit ihrer Annahme richtig liegen. Konsequentes Totschweigen lautet die Parole, und das in einem Orden, der sich immer damit gebrüstet hat, dass er sich nicht nur für Wahrhaftigkeit und Gerechtigkeit eingesetzt hat, sondern auch immer bereit war, diese Attribute mit seinem eigenen Blut zu verteidigen.« Theobald schüttelte den Kopf. Seinen Mund umspielte ein schmerzliches Lächeln. »Glaubt mir, Bruder, Ihr seid nicht der einzige, dessen Herz sich anfühlt, als sei es von einer eisernen Faust umklammert.«

Theobald fuhr herum, als wenn nichts gewesen wäre, und die alte Souveränität beherrschte sein Mienenspiel. »Aufstellung nehmen!«, brüllte er über den Hof. Innerhalb kürzester Zeit bewegten sich, von Reitern begleitet, die ersten Wagen aus der Hofeinfahrt heraus.

Auf einem Hügel, eingerahmt von mannshohen Ginsterbüschen, die einen vorteilhaften Sichtschutz boten, gab Bruder Theobald das Zeichen zum Halt.

Von hier ab würden nur jeweils zwei Ritter je Komturei und zu Pferd den weiteren Zug in das sumpfige Waldgebiet begleiten, in dem es keine befestigten Pfade gab.

Unter der Mithilfe aller Beteiligten wurden Kisten und Säcke in Windeseile auf die Packgestelle der mitgeführten Pferde verladen.

Von nun an lag die Verantwortung für die gesamte Altersversorgung so manches, ehrenwerten Kaufmannes und für die Schätze der fünf Komtureien, worunter sich unerschwingliche, edelsteinbesetzte Messkelche und einzigartige, heilige Reliquien aus dem Outremer befanden, allein in den Händen der verbliebenen zwölf Männer, die unter der Führung von Theobald zum Depot zugelassen waren. Begleitet wurden sie von drei Handwerkern und zwei Baumeistern, die sich mit den unterirdischen Stollen des Verstecks und dessen Beschaffenheit auskannten.

Die restlichen Brüder schlugen vor Ort ein Lager auf, um auf die Rückkehr der anderen aus dem Wald zu warten. Bei der Gelegenheit verabschiedete sich Gero von Matthäus und ermahnte ihn, sich nicht vom Lager zu entfernen, bis sie wieder zurückgekehrt waren. Johan stand hinter Matthäus und legte seine Arme schützend um dessen Brust, dabei lächelte er. »Ich achte schon darauf, dass unserem kleinen Bruder nichts geschieht. Mach dir keine Sorgen!«

Gero beeilte sich Struan zu folgen, der bereits mit dem Trupp hinter der nächsten Biegung verschwunden war.

Am späten Abend, nachdem Bruder Theobald mit seinem Einsatztrupp zu den übrigen Kameraden zurückgekehrt war, sammelte er alle verbliebenen fünfzig Templer zu einem letzten Dankesgebet.

Ein großer, runder Mond erhob sich hinter knorrigem Geäst und tauchte die Umgebung in ein gespenstisches Licht. Schweigend stellten sich die Männer rund um ein knisterndes Feuer auf, das inmitten des Lagers entfacht worden war. Wie auf Kommando erhoben sie ihre schwielige Rechte zu einem Kreuzzeichen, das hier und da von einem leisen Klirren der Kettenhemden oder einem zurückhaltenden Räuspern begleitet wurde. Dann senkten sie die kurz geschorenen Köpfe zur Andacht. Ein rauer, kehliger Chor betete gemeinsam ein Vaterunser und ein Ave-Maria.

Seltsamerweise fand im Anschluss an die kleine Zeremonie kein persönlicher Abschied statt. Einzig Gero und Theobald reichten sich in alter Templertradition die Hand. Geros Griff war fest, und er suchte Theobalds klaren Blick, der im Schein der Pechfackel tief und unergründlich wirkte.

»Die Jungfrau Maria sei mit Euch, mein Freund«, flüsterte Theobald. »Denkt immer daran: Wir sehen uns wieder, und wenn es sein muss im Paradies.«

Gero schluckte schwer. Mehr als ein heiseres »Ja« brachte er nicht hervor. Die übrigen Männer nickten sich nur schweigend zu, bevor ein jeder auf seinem Pferd aufsaß und die verschiedenen Trupps in mehrere Richtungen davon ritten.

Getrieben von der bösen Ahnung, dass das Unglück bereits seinen Lauf genommen hatte, ordnete Gero an, die Strecke bis Dolancourt ohne Halt zu bewältigen.

An den still da liegenden Weilern angekommen, entschied Gero während einer kurzen Rast – entgegen der Verschwiegenheitsverpflichtung, die d'Our ihm abverlangt hatte – seine Kameraden über das drohende Unheil aufzuklären. Die Erläuterungen d'Ours und die Entscheidung, den Inhalt der Tresore so vieler Komtureien in ein sicheres Depot zu verlagern, deuteten darauf hin, dass ein Angriff Philipps IV. auf den Orden nicht nur möglich war, sondern unmittelbar bevorstand.

Betretenes Schweigen folgte auf die Ankündigung, dass möglicherweise noch in dieser Nacht mit einem Überfall der königlichen Soldaten auf alle Niederlassungen der Templer in Frankreich zu rechnen war.

»Kameraden«, erklärte Gero. »Ich kann mir das Ausmaß Eures Entsetzens lebhaft vorstellen, aber ihr müsst Euch entscheiden. Wenn die Komturei bei unserer Rückkehr von franzischen Soldaten besetzt sein sollte, ist es uns erlaubt, zu fliehen.«

»Pah!«, schnaubte Arnaud de Mirepaux und verzog wütend das Gesicht. »Als wenn ich es geahnt hätte!« Der temperamentvolle Franzose vergaß seine mühsam anerzogene Zurückhaltung. »Hält man uns für dumm? Warum haben d'Our und seine Führungsriege uns nicht rechtzeitig über das herannahende Übel aufgeklärt?«

Bevor Gero ansetzen konnte, etwas zur Verteidigung seines Komturs vorzubringen, eiferte Arnaud sich weiter.

»Hat unser guter Komtur eine Vorstellung davon, wie schwierig es ist, so kurzfristig einen sicheren Unterschlupf zu finden? Und wissen die anderen Brüder in den Komtureien ebenso Bescheid? Was geschieht, wenn der schöne Philipp es sich nochmal überlegt und die ganze Angelegenheit im Sande verläuft? Dann sind wir fahnenflüchtig und dürfen uns vor dem Kapitel in Troyes vor Jacques de Molay verantworten!«

»Es bleibt uns wohl nichts anderes übrig, als nach Hause zu reiten.« Struan, der die ganze Zeit nachdenklich vor sich hin gestarrt hatte, sah Gero fragend an. »Wie sollten wir sonst erfahren, wie die Sache ausgeht?«

Ein zustimmendes Raunen ging durch die Gruppe. Nachdem Francesco das Banner eingezogen und längs gelegt hatte wie eine Turnierlanze, ging es in halsbrecherischem Galopp dahin. Die nächtliche Straße wurde vom hellen Mondlicht beleuchtet. Gero achtete darauf, dass Matthäus mit seiner kleinen Stute in ihrer Mitte blieb. Dem Jungen war seine Angst anzusehen. Fragen stellte er nicht, vielleicht weil es einer Erlaubnis bedurft hätte, vielleicht aber auch, weil er spürte, dass die Ritterbrüder ohnehin keine Antwort gewusst hätten.

Auf dem Hügel vor Bar-sur-Aube, von wo aus man bei Tag mühelos die Niederlassung der Templer erblicken konnte, bot sich den Kameraden ein erschreckendes Bild, das sie für einen Augenblick vergessen ließ, wie eilig sie es hatten. Der unvermittelte Anblick hoch auflodernder Flammen ließ sie in eine Art Erstarrung verfallen.

»Die Stadt brennt!«, rief Francesco de Salazar.

»Das ist nicht die Stadt, du Idiot«, zischte Arnaud de Mirepaux. »Das ist die Komturei!«

Gleichzeitig, ohne Absprache stürzten sie wie von Teufeln getrieben mit ihren schweißgebadeten Schlachtrössern in einem mörderischen Ritt den Hang hinunter. Als die Truppe mit den sechs Männern über die bebenden Holzplanken der alten Brücke stob, die über die Aube führte, achtete niemand mehr auf seinen Nebenmann. Gefolgt von Matthäus auf seiner zierlichen, braunen Stute, galoppierten sie, ohne Rücksicht auf umherlaufende Menschen und Tiere zu nehmen, in rasantem Tempo durch die engen Gassen der Stadt.

Die Bewohner von Bar-sur-Aube, fast vierhundert Erwachsene und noch einmal so viele Kinder, die in direkter Nachbarschaft zu der südöstlich gelegenen Komturei lebten, waren in hellem Aufruhr. Männer und Frauen strömten mit Eimern und Bottichen in den Händen in Richtung Feuersbrunst.

Gero und seine Kameraden zügelten ihre Rösser und dirigierten sie zwischen den Helfern hindurch. Fast wäre ihnen in der Dunkelheit entgangen, dass vor dem Hauptportal der Komturei ungefähr dreißig franzische Soldaten mit ihren Pferden aufgezogen waren.

Ein weiteres Kontingent hatte sich bereits Zugang zum Innenhof verschafft.

Mit Bedacht lenkte Gero seinen Hengst in einen abgelegenen Feldweg, während ihm der Rest der Truppe gehorsam folgte.

Adelard, der junge Waffenschmied der Komturei, kam Gero keuchend entgegen gehumpelt. Trotz einer offenen Beinverletzung war ihm die Flucht gelungen.

Im Halbdunkel erkannte er den deutschen Ritter, dessen Anderthalbhänder aus feinstem italienischem Stahl er stets bewundert hatte.

»Flieht!«, brüllte er den Brüdern zu. »Ihr könnt nichts tun! Die Soldaten haben damit gedroht, jeden zu töten, der es wagt, Löschwasser aus den Fischteichen oder aus der Dhuys zu schöpfen! Und Euch werden sie ohnehin in Ketten legen!«

Mit einem Wink befahl Gero seinen Kameraden, ihm südwärts zum Friedhof der Komturei zu folgen, der direkt hinter der Kapelle lag und von einem kleinen Eichenwäldchen umschlossen wurde.

Zwischen den dicht gewachsenen alten Bäumen fanden sie sich zusammen, um die weitere Vorgehensweise abzustimmen. Im Hintergrund war der Nachthimmel glutrot von den immer stärker auflodernden Flammen erleuchtet.

»Wir müssen unseren Komtur retten. Es ist unsere Pflicht«, sagte Gero zu seinen Kameraden.

»Aber woher willst du wissen, ob sie ihn nicht längst abgeführt haben?«, fragte Johan.

»Ich weiß es nicht«, antwortete Gero gereizt. »Aber sollen wir ihn wegen einer Vermutung so einfach den Soldaten überlassen?«

»Was schlägst du vor?« Struan sah Gero fragend an.

»Das Haupttor ist von Soldaten umzingelt. Also müssen wir versuchen, uns zwischen den Gräbern heranzuschleichen, um von dort aus ins Innere der Kapelle zu gelangen. Soweit ich es beurteilen kann, ist da drin noch alles dunkel. Ein Zeichen, dass sich bis jetzt niemand dorthin verirrt hat.« Er warf einen Blick auf die nach Westen ausgerichteten, etwa vierzig Gräber, deren steinerne Kreuze im flackernden Licht des Feuers wie mahnende Finger emporragten, gerade so, als wollten sie vor der Saat des Bösen warnen.

Er hielt es für gut möglich, dass es den Soldaten zu gruselig war, an einem solchen Ort wie dem Friedhof Wachen aufzustellen. Die Mär, dass Templer auch nach ihrem Tod noch die Stätten ihres Wirkens aufsuchten, hielt sich hartnäckig unter der abergläubischen Bevölkerung.

»Und wie sollen wir in die Kapelle hineinkommen? Das Portal ist verschlossen, und keiner von uns hat einen Schlüssel«, stellte Arnaud besorgt fest.

»Wir werden über eines der Seitenfenster in den Innenraum eindringen und von dort aus über die offene, kleine Seitentür in den Hof vorstoßen. Danach müssen wir weiter sehen.«

»Der Ostturm brennt bereits«, warf Stephano ein. »Die Söldner werden sich über kurz oder lang zurückziehen müssen, damit sie nicht selbst ein Opfer der Flammen werden. Das bedeutet, wenn wir Gott mit uns haben, sind sie viel zu sehr mit sich selbst beschäftigt, um uns zu bemerken.«

»Worauf warten wir noch?«, fragte Struan ungeduldig.

»Matthäus bleibt hier und passt auf die Rösser auf.« Gero schaute den Jungen an, dessen Gesicht in der Dunkelheit kaum auszumachen war. Einige der Tiere wieherten leise oder schnaubten aufgeregt. Sie witterten das Blut, und das verzweifelte Wiehern ihrer Artgenossen erreichte mühelos ihr feines Gehör.

»Bindet die Pferde an die Bäume, damit sie nicht ausbrechen«, befahl Gero. Dann wandte er sich wieder seinem Knappen zu. Er fasste ihn bei den schmalen Schultern und bückte sich zu ihm hinunter, so dass sein Gesicht mit dem des Jungen auf einer Höhe war. Matthäus zitterte vor Angst.

»Hör genau zu, Mattes! Lass' die Tiere nicht im Stich und warte auf uns, was auch passiert. Ich komme zurück, sobald es mir möglich ist, und hole dich. Verstanden?«

Der Junge nickte gehorsam. »Ihr könnt Euch auf mich verlassen, Herr.«

»Gut«, sagte Gero und fuhr in ruhigem Ton fort. »Mach dir keine Sorgen. Wir werden deinen Onkel da herausholen, das verspreche ich dir.« Mit einem Klaps auf die Schulter entließ Gero seinen Knappen in die Dunkelheit.

Wie vor einer großen Schlacht bekreuzigte sich ein jeder, und dann schlichen sie lautlos im Schatten von Mauern und Sträuchern durch die kalte Nacht.

Im Zickzackkurs ging es anschließend über das einhundert Fuß breite Gräberfeld, dabei achteten sie nicht mehr darauf, wo sie genau hintraten, sondern nur darauf, dass sie nicht über steinerne Kreuze und Grabplatten stolperten. Gero führte sein Streitross unter eines der seitlichen Kirchenfenster.

»Jo, dir wird die undankbare Aufgabe zuteil, dich um Atlas zu kümmern und bis zu unserer Rückkehr im Notfall die Stellung zu verteidigen.«

»Wird gemacht, Sire«, antwortete Johan.

Struan hatte aus seinen Satteltaschen ein Seil mitgebracht, dessen Ende er an Geros Sattel befestigte, das andere Ende nahm er zwischen seine Zähne. Dann schwang er sich flink auf den Percheron, der von allen Schlachtrössern als das nervenstärkste galt. Wie ein Seiltänzer balancierte er kurz aus und richtete sich ohne Schwierigkeiten auf dem Rücken des Pferdes auf. Das Tier stand stocksteif da und schnaubte nur einmal leise, als wüsste es, was von ihm erwartet wurde. Mit dem massiven Rundknauf seines Breitschwertes schlug Struan in kleinen, gezielten und möglichst unauffälligen Schlägen das kunstvolle Glasfenster ein, dessen Sims sich auf Höhe seiner Brust befand.

Der Rhythmus seiner Schläge wurde begleitet von dem grauenvollen Quieken der Schweine, die niemand mehr aus ihren brennenden Stallungen herausgeholt hatte, und von dem Echo, das von den Bäumen und Mauern widerhallte. Zwischendurch wurde es übertönt von verzweifelt rufenden Menschen und Soldaten, deren Befehle lautstark durch die Nacht gellten.

Wie von Struan beabsichtigt, brach nur der untere Teil des bleiverglasten Kunstwerkes heraus und hinterließ ein Loch, das gerade groß genug war, dass die Männer hindurchschlüpfen konnten. Struan machte es ihnen vor, indem er sich am Fenstersims hochzog. Seine Plattenhandschuhe aus dickem Rindleder bewahrten ihn davor, sich an den verbliebenen Glasscherben die Hände aufzuschneiden.

Einen Augenblick verharrte er hockend auf dem schmalen Grat und straffte das Seil, danach ließ er sich geschickt in das Innere des Gebäudes gleiten. Ein leiser Pfiff bestätigte den Kameraden, dass sie damit beginnen konnten, ebenfalls über den Fenstersims in das ehrwürdige Gemäuer zu klettern. Im Innern der Kapelle war es erheblich ruhiger als draußen. Die Mauern hatte man mit Absicht so verstärkt, um die störenden Geräusche von außen abzuhalten und damit eine Zufluchtsstätte der Ruhe und der Kontemplation zu schaffen.

Struan zählte das Echo des Aufpralls der Stiefel, das die Brüder erzeugten, als sie auf dem Steinboden der Kapelle landeten.

Der fünfte im Bunde war Gero. Bis zuletzt hatte er draußen vor dem Fenster gewartet, um sicher zu gehen, dass alle Kameraden ungestört ihr Ziel erreichten.

Mit gezogenen Schwertern gingen sie am Altar vorbei, und jeder von ihnen warf einen letzten Blick auf die Madonna, deren Gesichtszüge im Kerzenschein von friedlicher Ausgeglichenheit geprägt waren.

Als Struan, der die Vorhut bildete, versuchte, das kleine Eisentor zum Innenhof der Komturei zu öffnen, beantwortete sich die Frage, warum niemand in die Kapelle geflüchtet war, von selbst. Der Schotte war überlegt vorgegangen und hatte die Tür zunächst nur einen Spalt weit geöffnet. Sein gesamtes Sichtfeld wurde vom blauen Überwurf eines feindlichen Soldaten ausgefüllt.

Vorsichtig zog Struan die Tür wieder zu. Zu Geros grenzenloser Erleichterung hatte irgendjemand unlängst die Scharniere geschmiert.

»Und jetzt?«, flüsterte Arnaud.

»Lass mich nur machen«, erwiderte Struan leise und an Gero gerichtet: »Ich habe sowieso nichts mehr zu verlieren.«

»Stru!«, zischte Gero, dabei hielt er seinen Kameraden an dessen Chlamys zurück. »Was hast du vor?«

Der schottische Templer antwortete nicht. Er schaute Gero nur mit einem durchdringenden Blick an und befreite sich sanft aus dessen Griff. Dann öffnete er die Eisenpforte gerade so weit, wie er es für sein Vorhaben benötigte. Den Hirschfänger im Anschlag, bedurfte es nur einer einzigen blitzschnellen Bewegung. Danach zog er den kaum noch röchelnden Soldaten in das Innere der Kapelle. Mit der freien

Hand schloss er die kleine Tür und legte den sterbenden Körper in den Seitengang ab.

Es roch nach frischem Blut, und die Brüder konnten im Zwielicht der heruntergebrannten Kerzen an Struans Bewegungen beobachten, wie er sich die Hände und sein Messer, das so lang war wie sein Unterarm, am Umhang des Toten abwischte.

Francesco gab ein Würgen von sich und presste beide Hände vor den Mund. Der Rest der Templer verharrte in betretenem Schweigen.

»Was ist?«, fragte Struan, während er von einem zum anderen blickte.

»Du hast die Kapelle entweiht«, flüsterte Arnaud und ließ seinen entsetzten Blick von Struan zu dem getöteten Soldaten wandern.

»Arnaud«, schnaubte Gero. »Wenn du es so sehen willst, ist die ganze Komturei ein entweihter Ort.«

»Wollt ihr Wurzeln schlagen?«, fragte Struan ungerührt. »Wir sind im Krieg, falls es euch noch nicht aufgefallen sein sollte.«

Auf dem Hof herrschte ein heilloses Durcheinander. Einige Knechte versuchten mit wachsender Verzweiflung in die brennenden Stallungen vorzudringen, ungeachtet der Soldaten, die damit beschäftigt waren, wahllos andere Bedienstete des Ordens festzunehmen.

Wie durch ein Wunder war die gesamte Nordseite der Komturei bisher vom Feuer verschont geblieben.

Im flackernden Schatten des Kreuzganges konnten sich Gero und seine Männer unentdeckt voran arbeiten und gelangten so immer näher an das Haupthaus heran, wo sich die Wohnung des Komturs befand. Fast am Treppenaufgang zu dessen Gemach angekommen, stolperte ihnen im Halbdunkel eine blutüberströmte Gestalt entgegen. Die Kameraden blieben einen Moment wie erstarrt stehen.

Es war Bruder Claudius. Er hatte es vorgezogen, bei seinem Komtur zu bleiben, anstatt nach Clairvaux zu entfliehen. Gero hätte ihn beinahe nicht erkannt. Das Gesicht des Bruders war übel zugerichtet. Über den Augen klafften zwei hässliche Platzwunden, aus denen das Blut rann. Seine Nase war gebrochen, und es fehlten ihm alle Schneidezähne. Als er Gero und die anderen erblickte, fiel er schluchzend auf die Knie und riss verzweifelt seine Arme in die Höhe.

Erst da konnten die Männer sehen, dass man ihm auch die Hände gebrochen hatte.

»In Gottes Namen!«, keuchte Gero. »Was ist geschehen?«

Claudius war nicht in der Lage, seinen Kopf zu heben. Er sackte nach vorne und presste seine angewinkelten Arme vor seinen Magen. Dann übergab er sich mit einem gurgelnden Geräusch. Struan und Gero gingen neben ihm auf die Knie und half ihm, sich ein wenig aufzurichten.

»Der Komtur … der Komtur …«, flüsterte Claudius. Blut schwappte aus seinem Mund.

Stephano de Sapin reichte Gero ein schneeweißes Leinentüchlein, das er stets im Ärmel seines Unterwams verbarg.

Gero wischte dem jungen Bruder sorgsam über die aufgeplatzten Lippen.

Kraftlos hing Claudius in den Armen seiner Kameraden und wollte offensichtlich nur noch eines: sterben.

»Was ist mit dem Komtur?«, fragte Gero. Er musste sich beherrschen, dass er den Schwerverletzten nicht schüttelte.

»Sie … sie töten ihn … oben in seinem …«, stotterte Claudius, bevor er sich erneut erbrach.

»Wie viele sind es?« Gero war bemüht, seine Ungeduld zu unterdrücken.

»Zwei«, flüsterte Claudius mit letzter Kraft.

»Ist sonst noch jemand da oben?«

»Nein …«

»Struan und ich gehen hinauf und sehen nach«, beschloss Gero. »Arnaud und Stephano, ihr bleibt bei Claudius. Tragt ihn zur Kapelle, aber vorsichtig! Francesco, du gehst im Kreuzgang in Deckung und wartest, bis wir mit dem Komtur zurückkommen.«

Ein stummes Nicken machte die Runde. Der Zustand von Bruder Claudius, die schreienden Tiere, die verzweifelt umherirrenden Bewohner der Komturei – die Grausamkeit, mit der die Söldner Philipps vorgingen, hatte den Kameraden die Sprache verschlagen.

Gero und Struan schlichen unbeobachtet an der Wand entlang und dann die steile Treppe hinauf. Lautlos öffneten sie die schwere Tür. Vorsichtig spähte Gero in den langen, dunklen Quergang hinein.

Sie rechneten durchaus damit, dass ihnen jemand entgegen kommen konnte. Vielleicht hatten die Soldaten die Absicht, dem flüchtenden

Claudius zu folgen. Hinter sich spürte Gero den schnaubenden Atem von Struan, der ihm dichtauf durch die Finsternis folgte.

Das Schwert im Anschlag, pirschten sie sich an die offene Tür heran, aus der nur ein schmaler Lichtstrahl auf den Gang fiel. Zwei verschiedene Männerstimmen redeten in ruppigem Ton auf einen Dritten ein. Dann war zu hören, wie jemand geschlagen wurde. Mit zwei Fingern gab Gero einen Wink. Struan huschte auf die andere Seite der Tür, und auf sein Zeichen stürmten sie das Zimmer.

Die Soldaten blickten überrascht auf und sprangen geistesgegenwärtig in den hinteren Teil des Raumes. Struan bleckte sein kräftiges Gebiss zu einem angriffslustigen Grinsen. Geros Augenmerk fiel für einen Moment auf Henri d'Our. Der Komtur war nicht weniger schlimm zugerichtet als Claudius. Das Gesicht mit Blutergüssen übersät, eine hässliche Platzwunde über der rechten Braue, hing er, an Händen und Füßen gefesselt, zusammengesackt in seinem Lehnstuhl.

»Verdammt, wo kommen die Kerle her?«, rief ein kräftiger, dunkelhaariger Soldat seinem blonden Mitstreiter zu.

Furcht vor den unerwartet erschienenen Rittern flackerte im Blick seines Kameraden. Mit erhobenen Schwertern erwarteten die Söldner den Angriff der beiden Templer.

Gero war nicht entgangen, dass die beiden Männer nicht wie die anderen Soldaten die blaugelben Überwürfe der königlichen Schergen trugen. Vielmehr waren sie in unauffällige, braunschwarze Lederroben mit leichten, darüber liegenden Kettenhemden gewandet, was auf Angehörige der Gens du Roi schließen ließ – jener königlichen Geheimpolizei, die dem Befehl des Großsiegelbewahrers Guillaume de Nogaret unterstand. Die glänzenden, exzellenten Schwerter, die sie im Anschlag hielten, bestätigten seinen Verdacht. Nogaret war mittlerweile die rechte Hand des Königs und hasste die Templer, wie jeder im Orden wusste. Man munkelte, dass eine alte Familienfehde dafür verantwortlich sein sollte – angeblich hatten Angehörige des Ordens seinen Großvater als Katharer denunziert, woraufhin dieser verbrannt worden war. Als ob er an den Tätern Rache nehmen wollte, stürzte sich Nogaret bevorzugt auf gefallene Kirchenmänner und solche, deren Fall er noch beschleunigen konnte, und wer in die Fänge seiner

Schergen geriet, verlor nicht nur seine Freiheit, sondern nicht selten auch sein Leben.

Wie abgesprochen brach der Sturm über die Gegner herein, indem Gero und Struan gleichzeitig von zwei Seiten her auf die Unglücklichen zustürzten.

Im Taktschlag des Herzens klirrte erbarmungslos Stahl auf Stahl, bis die Funken sprühten. Eine kostbare syrische Glaskaraffe ging splitternd zu Boden, als Struan mit einem Schlag versehentlich den Kaminsims abräumte. Immer weiter trieben sie die berüchtigten Inquisitoren, die sich mit dem Mut der Verzweiflung wehrten, in die Enge.

Gero konnte sich nur wundern, wie geschickt sein Gegenüber parierte, galten die Geheimdienstler, deren Qualitäten traditionell auf anderen, nicht weniger gefährlichen Gebieten zu finden waren, doch allgemein als nicht besonders geschulte Kämpfer.

Nach kurzer Zeit rann den Geheimpolizisten bereits der Schweiß aus den Haaren, und ihre Bewegungen wurden zusehends fahriger. Struan verstärkte seine Anstrengungen, worauf sein Gegner sich abrupt duckte, um auf die Beine des Schotten einzustechen.

Die Kraft und Konzentration des schottischen Templers hätten noch mühelos für weitere Kämpfe gereicht. All seine Sinne waren aufs Äußerste geschärft, und so brauchte es nur einen geschickten Sprung zur Seite und einen gezielten Schlag, um den gegnerischen Kämpfer an Hals und Nacken zu verletzen. Tödlich getroffen ging der Soldat mit einem leisen Aufstöhnen zu Boden.

Gero nutzte die Tatsache, dass sein Widersacher für einen Moment die Aufmerksamkeit auf den fallenden Kameraden gerichtet hatte. Mit einer kalt berechneten Attacke stieß er dem Mann den Anderthalbhänder zwischen die Rippen. Das Kettenhemd des Soldaten vermochte den Angriff nicht zu stoppen, da es sich um einen heftigen Stoß und nicht um einen seitlichen Hieb handelte. Das Knirschen brechender Knochen und der verblüffte, erstarrende Blick seines Opfers kündigten Gero den schnellen Tod des Mannes an.

Erleichtert, dass es vorbei war, wischten Gero und Struan die Schwerter an der Kleidung der Toten ab und wandten sich voll Sorge ihrem Komtur zu.

Henri d'Our hob kaum merklich den Kopf. »Beim Allmächtigen«, stöhnte er leise auf. »Ihr solltet nicht hier sein!«

Seine Arme und Beine hatte man mit Kälberstricken an den Stuhl gebunden, auf dem er saß. Vorsichtig durchschnitt Gero mit seinem Parierdolch die Seile. Offensichtlich hatte man das Gesicht des Komturs mit Fäusten traktiert, die in eisenbeschlagenen Lederhandschuhen gesteckt hatten – eine bevorzugte Art der Folter, um jemanden zum Sprechen zu bringen. Mit zwei, drei gut platzierten Schlägen war der Gepeinigte zahnlos, hatte die Nase gebrochen oder ein Auge verloren.

D'Ours Blick fiel aus heftig geschwollenen Lidern auf die Leichen am Boden. »Es waren Nogarets Männer«, flüsterte er mit brüchiger Stimme. Blut rann über seine aufgeplatzten Lippen. »Dafür wird er Euch enthaupten oder auf dem Scheiterhaufen verbrennen, wenn er Eurer habhaft wird.«

»Dann dürfen wir uns eben nicht erwischen lassen«, antwortete Gero störrisch und gab Struan ein Zeichen, damit er ihm half, den Komtur auf die Beine zu bringen.

»Kommt, Sire, lasst uns fliehen.«

»Nein, Bruder«, keuchte Henri d'Our. »Die Prophezeiung hat sich erfüllt. Dort drüben liegt der Haftbefehl des Königs gegen sämtliche Mitglieder des Ordens.«

Gero schnellte herum und nahm das eng beschriebene Pergament, das halb aufgerollt auf dem Tisch lag, an sich. Mühelos entzifferte er die in lateinischer Sprache verfassten Anklagepunkte. Sodomie, Ketzerei, Gotteslästerung war das, was ihm als erstes ins Auge sprang. Wortlos schüttelte er den Kopf und reichte das Schreiben an Struan weiter, der es gleichfalls überflog, bevor er es zurück auf den Tisch legte.

»Ein Grund mehr, mit uns zu fliehen!«, sagte Gero, als er sich d'Our zuwandte.

»Ein Admiral bleibt auf seinem sinkenden Schiff. Ich kann die Komturei nicht im Stich lassen.«

»Sire«, antwortete Gero vorsichtig. »Von der Komturei ist nicht mehr viel übrig. Alles brennt lichterloh.«

»Bruder Gero«, sagte der Komtur so leise, dass man ihn kaum verstehen konnte. »Wo sind die anderen?«

»Warten unten auf uns, Sire!«

»Matthäus?«

»Ich habe ihn mit Bruder Johan in einem Versteck hinter dem Friedhof zurückgelassen.«

»Gut. Ich will, dass Ihr unverzüglich geht. So wie wir es besprochen haben. Ihr und all diejenigen, denen es noch möglich ist. Ohne mich.«

»Aber Sire …«, warf Gero ein und machte Anstalten, d'Our aus dem Sessel zu heben.

»Das ist ein Befehl«, keuchte der Komtur wütend. »Verdammt, wollt Ihr mir etwa den Gehorsam verweigern?«

»Nein«, stammelte Gero.

»Da kommt jemand«, zischte Struan. Er stand innen am Türrahmen und spähte zögernd um die Ecke. Angespannt lauerte er darauf, bis sein Opfer so weit herangekommen war, dass er ihm ohne große Anstrengung den Garaus machen konnte. Seine Hand lag nicht an seinem Schwertknauf, sondern an seinem Messergürtel. Als sich nichts rührte, wagte er einen weiteren Blick in den Flur und wäre dabei fast mit dem Kopf des Soldaten zusammengestoßen.

Der Söldner, ein schon älterer Mann, stieß einen Aufschrei des Entsetzens aus, als Struan halb aus der Tür heraustrat und dabei unbeabsichtigt das rote Kreuz auf seiner Brust präsentierte. Wie von einer Tarantel gestochen, drehte sich der Mann um und rannte den Gang hinunter. Struan setzte ihm nach und warf ihm ein Messer hinterher. Der Flüchtende fasste sich überrascht ans Genick und fiel tödlich getroffen vornüber.

Mit drei Schritten war Struan bei ihm, packte den Toten und zog ihn in eine der angrenzenden Kammern. Als er in den Flur zurückkehrte, verschloss er hinter sich die Tür. Dann machte der Schotte sich daran, die beiden übrigen Leichen aus dem Dienstzimmer des Komturs herauszuschleifen.

Gero sah ihn fragend an. »Was tust du?«

»Ich beseitige Spuren.« Struan wies mit einem Nicken auf d'Our. »Oder willst du, dass die Gens du Roi unseren Komtur für den Tod der Mistkerle verantwortlich macht?«

»Selbstverständlich nicht«, antwortete Gero und wandte sich erneut seinem Komtur zu.

Henri d'Our öffnete seine Lider, die er die ganze Zeit über geschlossen gehalten hatte. »Verdammt, Bruder Gerard, worauf wartet ihr denn noch? Ihr und Eure Kameraden seid die einzigen, die den Orden noch retten können. Ihr müsst aufbrechen. Unverzüglich. Das ist ein Befehl!«

Für einen Augenblick ruhte d'Ours schmerzverzerrter Blick auf den beiden Ritterbrüdern.

»Lebt wohl, Sire«, antwortete Gero heiser. Zusammen mit Struan beeilte er sich, zum Ausgang zu gelangen.

»Was meinte er damit, dass wir die einzigen sind, die den Orden noch retten können«, stieß Struan hervor, während er Gero verstört ansah.

»Das erkläre ich dir später«, antwortete Gero knapp. Obwohl er bis auf den Hinweis, dass es nach Heisterbach gehen würde, selbst nichts Genaues wusste.

Schwelender Rauch drang ihnen in Mund und Nase und ließ sie husten. Struan presste sich die Hand vor den Mund, um nicht unnötige Aufmerksamkeit zu erregen. Am Fuße der Treppe angelangt, sahen sie, dass das Scriptorium brannte. Möglicherweise hatte jemand nachgeholfen, denn das andere Feuer war noch zu weit entfernt, als dass es hätte übergreifen können. Über kurz oder lang würde das gesamte Gebäude in Flammen aufgehen, und d'Our würde ebenfalls verbrennen, wenn sich niemand fand, der ihn aus seiner Kammer herausholte.

Auf dem Hof herrschte immer noch genug Verwirrung, um unbemerkt zum Kreuzgang zu gelangen. Dort wollten Gero und Struan die wartenden Brüder in Empfang nehmen. Jedoch von den Kameraden war weit und breit nichts zu sehen.

»Sicher haben sie zusammen mit Claudius in der Kapelle Schutz gesucht«, wandte Struan ein.

»Ich weiß nicht recht«, antwortete Gero und blickte unsicher umher. Mit einem flauen Gefühl im Magen schlich er hinter Struan her. Dabei nutzten sie die schützende Dunkelheit des Kreuzganges, um zum immer noch unbewachten Eingang der Kapelle zu gelangen.

Aus dem Augenwinkel heraus konnte Gero beobachten, wie zwei weitere Schergen Nogarets die Treppe zu d'Ours Klause hinaufliefen. Ein Wink des Schicksals. Wenn die beiden Templer nicht entdeckt werden wollten, mussten sie sich beeilen, um mit den anderen Brüdern nach draußen zu klettern.

Kurz bevor sie die kleine Eisentür erreichten, wurden sie auf ein unterdrücktes Stöhnen aufmerksam. Es kam aus einer engen, steinernen Nische, an einer Stelle, wo der Kreuzgang in den Innenhof mündete. Gero verharrte einen Moment im Schatten der Außenmauer und lauschte, ob er sich vielleicht geirrt hatte. Als er weitergehen wollte, trat er mit seinem Stiefel auf etwas Weiches. Ein leiser Aufschrei folgte, und er sprang erschrocken zur Seite, das Schwert kampfbereit im Anschlag.

»Tut mir nichts«, krächzte eine dünne Stimme. Geros erster Gedanke war, es müsse sich um eine Frau handeln. Nachdem sich seine Augen an die Dunkelheit gewöhnt hatten, sah er im Licht der Flammen, die inzwischen auf die Mannschaftsräume übergegriffen hatten, dass da ein Mann am Boden hockte, den er allzu gut kannte.

»Beim heiligen Georg«, entfuhr es Gero. »Struan, komm her, du errätst nie, wen ich hier gefunden habe.«

Struan, der wachen Auges die Umgebung inspizierte, trat zu ihm in den Schatten.

»O Gott«, rief die Gestalt am Fuße der Mauer aus. »Ihr seid es! Dem Himmel sei Dank! Wohin ihr auch geht, nehmt mich mit. Ich flehe euch an!«

»Gislingham!«, zischte Struan überrascht. Die abgrundtiefe Verachtung, die er dem Engländer für gewöhnlich entgegenbrachte, war selbst in Anbetracht der besonderen Umstände nicht zu überhören.

»Wir gehen geradewegs in die Hölle«, entgegnete Gero mit einem spöttischen Unterton. Einen Moment lang war er verwundert, dass der Engländer d'Ours Aufforderung, die Nacht in Clairvaux zu verbringen, allem Anschein nach ebenso ignoriert hatte wie Bruder Claudius.

»Erstens bin ich mir nicht so sicher, ob du uns wirklich folgen willst, und zweitens ...« Er zögerte, bevor er weiter sprach. Gislingham war aufgestanden, und selbst im schwachen Licht der Umgebung war nicht zu übersehen, dass er nur spärlich bekleidet war und sich offenbar aus Furcht die Unterhose und das Hemd eingenässt hatte.

»Und zweitens, ob du dafür passend gekleidet bist,« fuhr Gero seufzend fort.

»Du weißt doch, Gisli«, sagte Struan mit einem dämonischen Grinsen, »es ist strengstens verboten, in den Hof zu pissen. Wozu haben wir Latrinen?«

»Wenn du gesehen hättest, was ich gesehen habe, hättest selbst du das Wasser nicht mehr halten können.« Gislingham entfuhr ein verächtliches Schnauben.

»Was hast du denn gesehen?«, fragte Gero beunruhigt.

»Nichts!«, antwortete Gislingham schroff.

Struan packte den englischen Bruder fest am Ausschnitt seines wollenen Untergewandes und schüttelte ihn. »Ich frage mich, warum du hier hockst wie ein Kaninchen, das sich in seinen Bau verkrochen hat, anstatt dass du dein Schwert gezogen und wenigstens den Versuch unternommen hättest, gegen die franzischen Hunde zu kämpfen!«

»Lass ihn«, beschwichtigte ihn Gero. »Er allein hätte doch nichts bewirken können. Selbst wir sind zu wenige, um noch etwas auszurichten.«

»Woher willst du das wissen? Vielleicht trägt er ja eine Mitschuld an der ganzen Misere«, zischte Struan.

»Ganz gleich, was geschehen ist«, sagte Gero, »Wir müssen verschwinden und sehen, wo die anderen geblieben sind.«

»Was ist mit mir?« Bruder Guy blickte verunsichert von Gero zu Struan.

»Mann!«, schnaubte Gero entnervt. »Du hast Glück. Der Regel nach können wir dich nicht dem Feind überlassen.« Mit einem raschen Blick vergewisserte er sich ob Struan irgendwelche Einwände vorzubringen hatte.

Struan bekreuzigte sich resigniert. »In Gottes Namen«, sagte er, doch seine Augen funkelten Gislingham drohend an. »Aber wehe dir, du machst unterwegs Ärger, dann blase ich dir eigenhändig das Lebenslicht aus!«

»Ihr werdet gar nicht merken, dass ich da bin.« Bruder Guy bemühte sich redlich, seiner Stimme eine gewisse Überzeugungskraft zu verleihen.

»Das kaufe ich dir ungesehen ab«, erwiderte Struan und wandte sich zum Gehen.

Gemeinsam verschwanden sie in der Kapelle. Von den übrigen Brüdern fehlte immer noch jede Spur, und Gero beruhigte sich mit dem Gedanken, dass sie bereits vorangegangen waren, um Claudius in Sicherheit zu bringen. Wenig später ließ er sich zusammen mit Struan und Guy de Gislingham an der Außenwand der Kapelle hinab.

Johan hatte bereits ungeduldig gewartet. Zwischenzeitlich war er mit Atlas im Wald in Deckung gegangen. Matthäus hatte sich an ihn geklammert wie ein Säugling an seine Mutter.

Das Zittern war immer schlimmer geworden, und Johan hatte befürchtet, den Jungen zu erdrücken, während er ihn umarmte. Aber es hatte geholfen. Matthäus war nach einiger Zeit in einen unruhigen Schlaf gefallen. Mit großer Fürsorge hatte Johan ihn vorsichtig in Decken und Felle gehüllt und war danach an seinen Platz bei der Kapelle zurückgekehrt.

Es musste weit nach Mitternacht sein. Dichte Rauchschwaden zogen über das Gelände. Man konnte sie nicht sehen, aber selbst im Wald, zwischen den Bäumen konnte man sie riechen. Johan inhalierte unfreiwillig einen beißenden Schwall rußgetränkter Luft. Augenblicklich wurde er von einem heftigen Husten gepackt. Röchelnd rang er nach Atem. Struan klopfte ihm fest auf den Rücken und reichte ihm einen Schlauch mit Wasser.

»Dank dir«, krächzte der flämische Ritter heiser und ließ sich das Wasser die Kehle hinunterlaufen.

Mittlerweile hatten die Flammen die gesamte Komturei erfasst, und Gero begann inbrünstig zu beten, dass der Komtur es noch geschafft hatte, das Gebäude zu verlassen, auch wenn es mit Unterstützung der Männer Nogarets geschehen war. Das lodernde Feuer verlieh den Ruinen der Komturei einen schauerlichen Glanz.

»Wo sind die anderen?«, fragte Johan ahnungsvoll.

»Ich dachte, sie wären längst hier«, erwiderte Gero, dabei schaute er sich beunruhigt um.

»Keine Spur.«

»Dafür haben wir Gisli aufgegriffen«, fügte Struan hinzu.

»Ein schlechter Tausch«, gab Johan ironisch zurück. »Und wo ist der Komtur?«, fragte er weiter.

»Er wollte die Komturei nicht verlassen«, antwortete Gero.

»Und du hast wirklich keine Ahnung, wo die Kameraden verblieben sein könnten?«

»Gleich nachdem wir in den Innenhof vorgedrungen waren, kam uns Bruder Claudius schwer verletzt entgegen. Arnaud und Stephano hatte ich abkommandiert, um ihn über die Kapelle nach draußen in Sicherheit zu bringen«, erklärte Gero leise. »Struan und ich sind d'Our zur Hilfe geeilt. Zwei Schergen der Gens du Roi waren in sein Gemach eingedrungen und hatten ihn übel zugerichtet. Francesco sollte inzwischen den anderen Brüdern Deckung geben und im Kreuzgang auf uns warten. Als wir zurückkehrten, war niemand mehr dort. Irgendetwas muss schief gelaufen sein. Ich gäbe etwas darum, zu erfahren, was genau passiert ist.«

Guy de Gislingham räusperte sich. »Ich habe es mit angesehen«, bemerkte er zögernd.

»Und warum rührst du Narr dich nicht früher und erzählst es uns?«, brüllte Struan ihn unvermittelt an.

»Na ja, ich weiß nicht, ob ich alles gesehen habe«, begann der Engländer vorsichtig.

»Ich konnte beobachten, wie Bruder Stephano und Bruder Arnaud sich mit Bruder Claudius zur Kapelle schleppten. Bevor sie dort angelangt waren, wurden einige Soldaten auf sie aufmerksam. Zuerst haben die beiden versucht gegen die Söldner zu kämpfen. Aber es kamen immer mehr hinzu, und zwei von ihnen haben sich Claudius, der am Boden lag, geschnappt und ihm ein Messer an die Kehle gehalten. Sie drohten damit ihn aufzuschneiden wie ein sarazenisches Opferlamm, falls die Brüder sich nicht ergeben würden.« Er stockte einen Augenblick, als müsse er darüber nachdenken, was als nächstes geschehen war.

»Weiter!«, herrschte Gero ihn an.

»Dann ist plötzlich Bruder Francesco aus dem Kreuzgang gestürmt und wollte den anderen Brüdern zur Hilfe eilen. Ich hörte, wie die Soldaten ihm zuriefen, er und die anderen sollten sich sofort ergeben. Als die Brüder ihre Schwerter entgegen der Aufforderung zum Kampf erhoben, haben die Söldner Bruder Claudius ein Ohr abgeschnitten und damit gedroht, ihn tatsächlich zu töten, falls sie sich nicht endlich ergeben würden. Daraufhin hat Francesco ihnen unvermittelt vor die Füße gekotzt, und Stephano de Sapin hat sein Schwert fallen lassen. Arnaud blieb nichts anderes übrig, als es ihm nach zu tun. Dann habe ich nur noch gehört, wie die Brüder in Ketten gelegt und abgeführt wurden.«

»Verdammte Hunde!«, zischte Johan.

»Wenigstens haben wir in d'Ours Gemach drei von Nogarets Schergen über die Klinge springen lassen«, bemerkte Struan mit einem düsteren Lächeln.

»Und was sollen wir nun tun?« Johan schaute ratlos drein.

»D'Our hat mir den dringenden Befehl erteilt, unverzüglich in die deutschen Lande zu fliehen. Dabei sollt ihr mich begleiten. Wir haben den Auftrag, die Brüder dort zu warnen. Zudem muss ich den Jungen in Sicherheit bringen«, antwortete Gero. Dabei verschwieg er in Anwesenheit Gislinghams geflissentlich, wohin genau die Reise führen sollte. Spätestens in den deutschen Landen würde er den englischen Bruder in einer anderen Komturei zurücklassen. Und wer weiß? Vielleicht war Guy ja erpicht darauf, so schnell wie möglich nach England zu gelangen. Bis dorthin würde Philipps Arm gewiss nicht reichen.

»Vielleicht sollten wir trotz allem zuerst versuchen, die anderen zu befreien«, schlug Johan vor.

Struan, der ansonsten keinen gefährlichen Einsatz scheute, stieß einen undefinierbaren Kehllaut aus. »So wie die Lage sich augenblicklich darstellt, bin ich mächtig neugierig auf deinen Plan!«

»Drei gegen einen lautet es in den Regeln«, rechtfertigte sich Johan. »Oder gilt das etwa nicht mehr?«

Gero stöhnte auf. »Ja, aber wir stehen nicht minder dafür ein, nie mit Absicht in einen aussichtslosen Kampf zu ziehen.«

»Na schön, wie du meinst«, erwiderte Johan beleidigt. »Dann sollten wir nicht zu lange warten, bis wir aufbrechen. Je länger wir warten, umso mehr sinken unsere Chancen, den Schergen des Königs zu entkommen.«

Johan weckte Matthäus, der zunächst erschrocken hochfuhr. Als er Geros Stimme hörte, schluchzte er vor Erleichterung. In der Dunkelheit tastete er sich zu seinem Chevalier vor und umarmte ihn mit einer Inbrunst, dass es Gero und die verbliebenen Kameraden rührte.

»Dein Onkel kann uns nicht begleiten«, erklärte Gero leise und strich ihm beruhigend über den Rücken. »Er lässt dich grüßen und wünscht, dass ich dich in die deutschen Lande bringe, bis er dich dort abholen wird.« Das war geschwindelt, aber im Moment war nicht der richtige Zeitpunkt, um den Jungen in grausame Einzelheiten einzuweihen.

»Moment!« Struan fasste Gero unvermittelt am Arm und zog ihn ein Stück von Matthäus weg. »Ich gehe nirgendwohin, solange ich mich nicht von Amelies Wohlergehen überzeugt habe. Ich kann sie nicht einfach im Stich lassen. Sie ist ganz alleine zu Hause. Ihr Vater weilt auf einer Messe in Troyes, und du hast mit eigenen Augen gesehen, dass die Soldaten auch vor Bediensteten des Ordens nicht halt machen. Was ist, wenn man sie verschleppt? Und vielleicht …« Seine Stimme versagte ihm beinahe den Dienst. »Was wäre, wenn ich sie frage, ob sie mit uns fliehen will? Sag, hättest du etwas dagegen?«

Die Verzweiflung in Struans Worten war nicht zu überhören, und obwohl es gegen jede Vernunft sprach, konnte Gero ihm diese Bitte nicht abschlagen.

»Von mir aus«, flüsterte er. »Nur, wie soll ich das den anderen klar machen?«

»Was die anderen denken, ist mir einerlei«, erwiderte Struan leise, aber bestimmt. »Johan wird es verstehen, und auf Gisli kommt es nicht an.«

Gero wandte sich an die übrigen Kameraden, die im dunklen Wald wie Schatten verharrten. »Hört zu«, rief er mit gedämpfter Stimme, »Struan hat auf dem Weg aus der Stadt heraus noch etwas Wichtiges zu erledigen, und wir werden ihn begleiten.« Er überlegte einen Augenblick, ob er eine Erklärung hinterher schicken sollte, aber dann beschloss er, darauf zu verzichten. Interessanterweise protestierte niemand.

»Kannst du ein Streitross reiten?«, fragte er Matthäus.

»Natürlich«, antwortete der Junge tapfer.

Gero hatte beschlossen, die friedliche Stute des Jungen für Struans Freundin zu reservieren, falls das Mädchen ihrem Kindsvater tatsächlich folgen wollte. Er half Matthäus in den Sattel von Stephano de Sapins kreuzbravem, englischen Great-Horse. Der Rücken des riesigen Kaltblüters war so breit, dass der Junge keine Aussichten hatte, mit seinen Stiefeln die Steigbügel zu erreichen. Gero zog die Riemen so weit wie möglich an, und doch blieb Matthäus nur die Wahl, seine Füße in die Lederschlaufen zu stellen, anstatt in die eisernen Bügel. Das Tier tänzelte unruhig hin und her, als ahne es, dass etwas nicht in Ordnung war.

Guy de Gislingham übernahm den temperamentvollen Flamländer des Arnaud de Mirepaux.

In aller Eile sammelte Gero die schweren Waffen ein, die an den Sätteln der übrigen Pferde befestigt waren, und übergab sie den drei anderen Brüdern. Gislingham erhielt Arnauds Schild. Ein weiteres Schwert stand nicht zur Verfügung. Notfalls musste sich der Engländer mit einer Streitaxt oder einem Morgenstern verteidigen.

Nachdem Gero den restlichen Proviant aus Francescos Satteltaschen entnommen hatte, übergab er jedem Anwesenden noch eine Decke aus den Beständen der vermissten Kameraden. Schweren Herzens entließ er den maurischen Hengst des Spaniers in die Freiheit.

4

Freitag, 13. Oktober 1307, in der Nacht – Die Flucht

Zielsicher führte Struan den Trupp entlang der Dhuys durch einen Hain voller Obstbäume, die im hellen Mondlicht gespenstische Schatten warfen. Das Haus des angesehenen und allseits bekannten Weinhändlers Alphonse Bratac und seiner Tochter Amelie lag am östlichen Rand der Stadt. Die meisten Bewohner von Bar-sur-Aube hatten sich angsterfüllt in ihre Häuser verkrochen, und nur noch vereinzelt waren Stimmen zu hören. Der größte Teil der Soldaten war bereits abgerückt. In einer langen Reihe zogen sie mit brennenden Fackeln stetig den Hügel hinter der Stadt hinauf in Richtung Troyes. Aus der Ferne hörte man das Rattern der Wagenräder und das Wehklagen der Opfer.

Gero folgte Struan zum Hintereingang des Hauses, während die anderen geduldig in einigem Abstand zwischen schützenden Mauern und Büschen warteten.

Struan hob im Untergeschoss einen Fensterladen an, um einen Blick ins Innere des Hauses werfen zu können. »Amelie, kannst du mich hören?«, rief er mit verhaltener Stimme.

Wie ein Gespenst huschte das Mädchen, nur mit einem weißen Hemd bekleidet und mit einer Öllampe in der Hand, zur Eingangstür und öffnete sie vorsichtig. Fast hätte sie die Lampe fallen gelassen, als sie sah, wer da vor ihr stand. Sie stellte das Licht auf den Boden und reckte sich auf bloßen Zehenspitzen Struan entgegen, um ihre Arme fest um dessen Hals zu schlingen, und sich schutzsuchend an ihn zu schmiegen.

Der schottische Templer erwiderte ihre Umarmung mit einem tiefen Seufzer und hob sie dabei vorsichtig an. Dann küsste er sie zärtlich auf den Mund und stellte sie wieder auf den Boden. Im nächsten Augenblick hörte er, wie sie schluchzte.

»Was ist mit dir, mein Herz? Warum weinst du?«, fragte er besorgt.

»Dummer Kerl«, schimpfte Amelie. »Was soll wohl sein? Ich bin halb wahnsinnig vor Angst. Ich dachte, sie haben dich verhaftet oder dass du bei lebendigem Leib verbrannt bist.« Mit beiden Händen zog sie seinen Kopf zu sich hinunter und begann sein Gesicht mit Küssen zu bedecken.

Gero räusperte sich ungeduldig.

Das Mädchen hielt inne und schaute aufgeschreckt an Struan vorbei. »Du bist nicht allein?« Jetzt erst bemerkte sie die Schatten mehrerer Pferde mit ihren Reitern.

»Keine Sorge, Amelie«, sagte Struan und legte ihr beruhigend den Arm um die schmalen Schultern. »Das ist Gero von Breydenbach, ich hab dir schon von ihm erzählt, außerdem sind da noch sein Knappe und Johan van Elk, ein weiterer deutscher Bruder. Der vierte im Bunde ist nicht unbedingt erwähnenswert, Guy de Gislingham, er wird dir noch nicht aufgefallen sein, da bin ich mir sicher.«

»Was ist geschehen? Warum begleiten sie dich?«

»Fast alle Bewohner der Komturei wurden durch königliche Soldaten in Ketten gelegt. Wir müssen in die deutschen Lande fliehen. Noch heute Nacht. Und ich ... wollte dich fragen ...« Indem er mit der Zunge über seine Lippen fuhr, versuchte er die Trockenheit aus seinem Mund zu verbannen, bevor er den angefangenen Satz atemlos zu Ende brachte. »Ob du mit mir kommen willst?« Vor Angst und Aufregung klopfte sein Herz wie ein Schmiedehammer. Was sollte werden, wenn sie nein sagen würde? Nur gut, dass sie die Furcht in seinem Gesicht nicht erkennen konnte.

Amelie brauchte nicht lange, um zu überlegen, was sie ihm antworten wollte. »Warte einen Augenblick«, erwiderte sie und hob das Licht auf. »Ich ziehe mir rasch etwas an, packe ein paar Sachen zusammen und hole etwas Geld. Ich bin gleich zurück.«

Gero konnte die Erleichterung spüren, die Struan empfand. Obwohl das Mädchen eine zusätzliche Belastung für ihre Reise darstellen würde, brachte er es nicht übers Herz, sie zurückzulassen.

»Frag sie, ob sie nicht ein paar Hosen und ein Wams für Gisli übrig hat«, warf er ein. »In seinem armseligen Aufzug fallen wir überall mit ihm auf.«

»Wenn's nach mir ginge«, knurrte Struan gehässig, » könnte er in seiner bepinkelten Unterwäsche bis nach England reiten.«

Es dauerte nicht lange, bis das Mädchen mit einem langen Kapuzenmantel im Hauseingang erschien. Ihrem verwitweten Vater hatte sie eine kurze Nachricht hinterlassen. Der alte Mann wusste noch nicht einmal, dass sie guter Hoffnung war, geschweige denn, dass ein Ritterbruder des Tempels dafür die Verantwortung trug. Ohne Zweifel würde ihn der Schlag treffen, sollte er es je erfahren. Und so hatte sie nur geschrieben, dass sie fliehen musste – wegen der königlichen Soldaten – und sobald wie möglich nach Hause zurückkehren würde.

»Es wird alles gut werden«, flüsterte Struan, während er flüchtig über ihren schon leicht gerundeten Leib streichelte.

Im dürftigen Schein des Öllichtes, das sie immer noch in einer Hand hielt, lächelte sie dankbar.

»Einer von uns musste in Unterwäsche fliehen«, bemerkte Struan mit einem Hauch von Widerwillen in der Stimme. »Vielleicht kannst du uns ein wenig abgetragene Kleidung von deinem Vater borgen, damit wir mit unserem Bruder nicht überall auffallen?«

»Ja, warum nicht«, antwortete sie erstaunt. »Die Frage ist nur, ob ihm die Sachen passen werden. Mein Vater hat nicht gerade die Idealmaße eines Templers.«

»Kein Problem.« Struan schaute sich nach Guy de Gislingham um, obwohl er in der Dunkelheit kaum auszumachen war. »Der Kerl hat weder Idealmaße, noch ist er ein ernst zu nehmender Templer.«

Wenig später nahm Gero das Kleiderbündel und ein paar ausgetretene Stiefel entgegen, die Amelie ihm übergab. Dann ging er zu Gislingham und drückte ihm alles in die Hand.

»Zieh das an!«, befahl er dem verblüfften Bruder.

Voll Groll nahm Bruder Guy die unverhoffte Gabe entgegen. Ein abfälliges Grunzen verriet seinen Missmut. Spätestens wenn es hell wurde, würde er dem Spott aller preisgegeben sein.

»Wir haben dir ein Pferd mitgebracht«, sagte Struan, als Amelie, nachdem sie die Tür verschlossen hatte, sich anschickte, zum Stall zu gehen.

Das Mädchen blieb stehen, blies das Öllicht aus und stellte es auf den Boden.

»Woher wusstest du, dass ich mitkommen würde?«

Struan konnte hören, wie sie lächelte. »Ich wusste es nicht«, sagte er verhalten. »Aber ich habe dafür zur heiligen Jungfrau gebetet.«

»O Struan«, wisperte sie, »ich liebe dich.«

»Ich dich auch«, raunte er ihr zu. »Du ahnst nicht, wie sehr.« Sachte fasste er ihre Hand und berührte ihre Finger mit seinen Lippen, bevor er sie zu seinem Pferd führte. »Solange es noch dunkel ist, reitest du zur Sicherheit mit mir.«

»Gero«, flüsterte Johan und stieß seinen Kameraden an, dessen Pferd dicht neben seinem stand. »Was hat Struan mit dieser Frau zu schaffen?«

»Das ist eine verdammt lange Geschichte. Er soll sie dir selbst erzählen, wenn du erlaubst«, entgegnete Gero, in der Hoffnung, dass Johan sich damit zufrieden geben würde.

»Hab ich doch gewusst, dass ich mit meinen Vermutungen richtig liege«, zischte jemand aus dem Hintergrund.

Gero drehte sich abrupt um. »Gislingham, halt dein vorlautes Mundwerk«, fauchte er, »sonst verkaufe ich dich auf dem nächsten Markt als unfreien Knecht.«

Ein unverständliches Brummen folgte, dann herrschte Schweigen.

In stummem Einverständnis führte ihr Weg durch die mondhelle Nacht. Sie bemühten sich, kein Aufsehen zu erregen. Gero betete darum, dass die Schergen Philipp des IV. wenigstens einen letzten Rest Respekt zeigten und die verschleppten Brüder behandelten, wie es unter Christenmenschen üblich war. Obwohl er nach den letzten Ausführungen von Guy de Gislingham nicht davon ausgehen konnte, dass man mit den Gefangenen zimperlich umging. Zwischen Templern und königlichen Soldaten bestand eine alte Feindschaft, die sich schon oft beim zufälligen Aufeinandertreffen entladen hatte. Wie sehr musste es für die gegnerische Seite Genugtuung sein, die einst so stolzen

Templer in Ketten abführen zu können! Eine kalte Angst nahm von seinem ansonsten unerschrockenen Herzen Besitz. Was wäre, wenn König Philipp sogar das Sterben der Brüder in Kauf nehmen würde, um seine Interessen durchzusetzen?

Mittlerweile hatten sie die Ausfallstraße nach St. Dizier erreicht.

Johan ritt an Geros Seite. »Was hast du vor?«, flüsterte er. » Weißt du überhaupt, wo wir hin müssen?«

»Erst mal nach Osten, Richtung Marne. Bei St. Dizier werden wir den Fluss überqueren und dann weiter bis nach St. Mihiel. Dort gehen wir über die Meuse und sind wenig später in den deutschen Landen und – so Gott will – erst einmal in Sicherheit.« Gero zügelte seinen Hengst und verlangsamte das Tempo.

»Wie kommst du darauf, dass König Philipp uns nicht bis über die Grenze hinaus verfolgen wird?« fragte Johan.

»Ich vermute es«, entgegnete Gero und verschwieg, dass d'Our es ihm zugesagt hatte. »Erstens fehlt es ihm dafür an Soldaten, und zweitens vermag ich mir nicht vorzustellen, dass andere christliche Herrscher sich einer solchen Teufelei anschließen.«

»Und was machen wir, wenn wir in den deutschen Landen angelangt sind?«

In Johans Stimme lag Verwunderung.

»Wir reiten zu mir nach Hause«, antwortete Gero geradeso, als ob ihre Flucht von langer Hand geplant gewesen wäre. »Mein Vater ist ein langjähriger Freund des Ordens. Selbst wenn er ansonsten ein rechtes Scheusal ist, kann er uns zu Geleitbriefen verhelfen, die uns eine problemlose Weiterreise ermöglichen. Außerdem hat er viele Verbindungen, so dass wir uns einen Überblick verschaffen können, wie es um den Orden an Rhein und Mosel und in den übrigen deutschen Landen bestellt ist. König Philipp hat im Westen des deutschen Reiches einige Verbündete. Obwohl er dort wahrscheinlich nicht die gewünschte Unterstützung erhält, müssen wir vorsichtig sein.«

Gero vergewisserte sich, dass Guy de Gislingham sich nicht in unmittelbarer Nähe befand, erst danach fuhr er so leise fort, dass nur Johan ihn verstehen konnte. »Was den Auftrag des Alten betrifft, so werde ich dich und Struan beizeiten einweihen, wenn wir am Ort unserer Bestimmung angelangt sind. Vorher bringe ich den Jungen zu den

Zisterziensern nach Hemmenrode. Später begeben wir uns weiter an den Rhein nach Brysich, um von dort aus Meister Alban zu warnen.«

Schweigend ritten sie weiter.

In Ville-sur-Terre schlugen ihnen erneut Rauchschwaden entgegen. Auch hier hatten die Schergen des Königs das kleine Ordenshaus sowie dessen Scheune und Stallungen niedergebrannt. Dabei drängte sich Gero unwillkürlich der Gedanke an Bruder Theobald und die anderen Brüder auf, die ihm in den Wald des Orients gefolgt waren. Gero schickte ein Gebet zur heiligen Jungfrau, dass sie alle Brüder des Tempels in dieser Nacht und in allernächster Zeit beschützen möge, unabhängig davon, wie verheerend ihre Lage war.

Wegen möglicher umherschwadronierender Soldaten waren sie gezwungen, Soulaines-Dhuys zu umgehen, und tauchten hinter Anglus erneut in ein Bachtal ein, das Gero von zahlreichen Erkundungsritten her kannte.

Struan, der mit seinem Rappen dicht hinter Gero her ritt, räusperte sich. »Ich schlage vor, dass wir zunächst einmal überlegen, wo wir unser erstes Lager aufschlagen, damit wir rasten können.«

»Wäre es nicht besser, die Nacht hindurch zu reiten?« Das Bedürfnis, sich so schnell wie möglich vom Ort des Geschehens zu entfernen, war aus Johans Stimme deutlich heraus zu hören.

»Wir haben Vollmond. Da macht es keinen großen Unterschied, ob wir bei Tag oder Nacht reiten«, antwortete Gero. »Im Gegenteil, Philipp von Franzien wird seinen Angriff nicht umsonst bei Vollmond geplant haben. Seine Schergen können uns in der Stille der Nacht und bei gutem Licht besser ausmachen als am Tag.«

»Dann sollten wir bald einen sicheren Schlafplatz finden«, bemerkte Struan leise. »Schon allein wegen der wilden Tiere«, fügte er erklärend hinzu. »Bei Vollmond sind nicht nur Wolfsrudel unterwegs. Auch Luchse und Dachse befinden sich auf der Pirsch.«

Es waren weder Soldaten noch Dachse und Wölfe, die Struan Angst einjagten. Gero hatte längst begriffen, dass ihn die Sorge um das Mädchen trieb. Einer Frau, die wachsendes Leben in sich trug, konnten die Strapazen eines Ritts von mehr als fünf Stunden durchaus gefährlich werden.

»Absitzen!«, befahl Gero mit gedämpfter Stimme, als sie eine kleine

Lichtung inmitten eines Buchenwaldes erreichten. Abgesehen vom Plätschern des Wassers, den üblichen Geräuschen des nächtlichen Waldes und dem fernen Heulen eines Wolfes war nichts Auffälliges zu vernehmen. Nachdem er sicher sein konnte, dass weit und breit niemand lagerte, gab er das Kommando zum Rasten.

Bruder Guy bekam die Anweisung Reisig zu sammeln.

Obwohl es vielleicht nicht klug war, ein Feuer zu entfachen, blieb Gero nichts anderes übrig, weil Struans schwangere Freundin vor Kälte schlotterte und dringend etwas Warmes zu trinken benötigte.

Missmutig entfernte Guy de Gislingham sich ein Stück von den Kameraden und begann im Halbdunkel zwischen den Bäumen dürre Äste und Reisig aufzusammeln. Dabei beschlich ihn das ungute Gefühl, jederzeit von Ratten und Schlangen gebissen werden zu können. Es war eine himmelschreiende Ungerechtigkeit, zu solcherlei Hilfsdiensten verdonnert zu werden. Wozu hatte man einen Knappen mitgenommen?

»Hattest du Angst, dass du dir wieder in die Hosen machst, wenn du tiefer in den Wald hineingehst?« Struan beleuchtete Gislinghams angespannte Gesichtszüge mit dem brennenden Stumpf einer Fackel.

»Es kann ja nicht jeder eine Hure sein eigen nennen so wie du, die einem das Händchen hält und den Schwanz …«, raunte Guy de Gislingham voller Ärger.

Kaum war das Wort »Hure« ausgesprochen, warf Struan den brennenden Stecken zu Boden, wo er im feuchten Gras mit einem Zischen verlosch. Zeitgleich mit der Äußerung des Wortes »Schwanz« verpasste er Guy einen kräftigen Faustschlag.

Guy de Gislingham durfte sich glücklich schätzen, dass der Schotte seine metallbeschlagenen Lederhandschuhe bereits in den Satteltaschen verstaut hatte. Trotzdem ließen ein herbes Knirschen und ein stöhnender Aufschrei den Rest der Mannschaft zusammenfahren.

Gero war sofort zur Stelle. »Stru, Gisli, was ist hier los?«, rief er aufgebracht, die Hand am Knauf seines Schwertes.

Johan eilte mit einer weiteren Fackel heran.

»Die keltische Sau hat mir das Nasenbein gebrochen!«, heulte Gislingham, während er seine Hände vors Gesicht gepresst hielt und sich vor Schmerzen am Boden wälzte.

»Struan, ist das wahr?«, fragte Gero streng.

»Ja, es ist wahr, aber ich hatte meine Gründe«, verteidigte sich der schwarzhaarige Hüne, dessen Augen im flackernden Feuerschein immer noch mordlustig funkelten.

»Er hat angefangen«, blaffte Gislingham zurück, während seine zitternden Finger fassungslos die gebrochene Nase betasteten. »Johan soll mir sein Schwert geben, und ich fordere den schottischen Hund zum Zweikampf heraus. Dann werden wir ja sehen, wer Gott und die Wahrheit auf seiner Seite hat!«

Amelie trat bleich wie das Mondlicht hinzu. Sie war der Auseinandersetzung gefolgt. Gesehen hatte sie kaum etwas, aber dafür umso mehr gehört.

»Struan hat angefangen«, sagte sie mit gefasster Stimme an Gero gerichtet. »Er hat ihn der Feigheit bezichtigt. Und er da«, sie deutete mit dem Kopf auf den immer noch am Boden hockenden Gislingham, »… hat mich daraufhin Struans Hure genannt. Danach habe ich den dumpfen Schlag gehört.«

Struan schaute stur zu Boden und sagte kein Wort mehr.

Gero wurde wütend. »Ihr benehmt euch wie halbwüchsige Knappen! Haltet ihr es wirklich für besser, wenn wir König Philipp und seinen Häschern die Arbeit abnehmen und uns gegenseitig massakrieren, noch bevor sie unser habhaft werden können?«

Beschämt reichte Struan seinem Widersacher die Hand, die der Engländer mehr als widerstrebend annahm, und zog ihn auf die Füße.

»Gnade dir Gott, Schotte, wenn wir uns jemals auf einem englischen Schlachtfeld begegnen«, knurrte Guy de Gislingham, »spätestens dann hast du es überstanden.«

Zur Ausrüstung der Templer gehörte neben Schaffellen, die als wärmende Unterlagen für das Nachtlager mitgeführt wurden, auch ein Eisenkessel mit Henkel, um Wasser zu kochen. Zudem nannte ein jeder einen großen Zinnbecher sein eigen.

Trotz aller Querelen saßen sie dicht gedrängt vor einem Lagerfeuer beisammen, die Sättel als verlässliche Stütze in den Rücken gestemmt. Nach einem kurzen Gebet tranken sie heißen, mit ein wenig Wasser verdünnten Wein.

Johan reichte Brot und in Stücke geschnittene Hartwurst.

Gero bemerkte, wie Johan und Matthäus die schöne, junge Frau, die sich ungeniert an Struans starke Schulter schmiegte, verstohlen anstarrten. Vor Müdigkeit fielen Amelie beinahe die Augen zu, und der Becher, den Struan ihr in liebevoller Fürsorge überlassen hatte, drohte ihr aus der Hand zu kippen. Die andere Hand ruhte wie selbstverständlich unter dem leicht offen stehenden Reiseumhang, auf ihrem Unterleib. Von Zeit zu Zeit strich sie selbstvergessen über die zaghafte Wölbung, die sich unter ihrem wollenen Surcot abzeichnete.

Struan versetzte ihr einen kleinen Stoß, bei dem sie beinahe den Wein verschüttet hätte. Amelie blickte überrascht zu ihm auf und schenkte ihm trotz des Missgeschicks ein strahlendes Lächeln.

Struan unterhielt sich leise mit ihr, und kurze Zeit später erhoben sie sich. Der Schotte hielt die Hand des Mädchens, um sie ganz in der Nähe zu einem der improvisierten Lager aus Schaffellen zu führen. Neugierig verfolgte Johan das Treiben der beiden, dann warf er Gero einen fragenden Blick zu.

»Mir wäre es lieber, wenn er dir selbst erklärt, wer sie ist«, antwortete Gero, der sich denken konnte, dass Johan an Einzelheiten interessiert war.

»Ich weiß, wer sie ist. Schließlich bin ich bin nicht blind, Bruder«, erwiderte Johan mit einem Grinsen, das wegen seiner Narben immer etwas schief geriet. »Sie ist die Tochter des alten Bratac. Und Struan ist sicher nicht der einzige Kerl in der Komturei, dem sie feuchte Träume und unzählige Aufenthalte auf dem Büßerbänkchen beschert hat. Mit dem geringfügigen Unterschied, dass er es offensichtlich weder beim Träumen noch beim Beten belassen hat.« Johan lächelte süffisant. »Kann es sein, dass er bereits seine Abdrücke im frisch gefallenen Schnee hinterlassen hat?«

»Wie meinst du das?« Geros Miene verriet keine Regung.

»Ich meine, ist sie möglicherweise guter Hoffnung?«

Gero lachte leise. »Vielleicht hättest du Hebamme werden sollen.«

»Ich wusste es«, erwiderte Johan triumphierend. »Ganz schön mutig unser Struan! Hätte ich so manchem zugetraut, aber nicht ihm. Obwohl ... etwas merkwürdig war sein Verhalten in den letzten Monaten schon, nicht wahr?«

»Welche Form von Mut bedarf es, wenn ein zügelloser Hengst eine rossige Stute bespringt«, grunzte Gislingham. Er bekam nur noch Luft durch den Mund und kühlte die Schwellung an seiner Nase mit einem feuchten Leinentuch. »Ich habe von Anfang an geahnt, dass er den Komtur hintergeht.«

»Dann darf er sich augenscheinlich glücklich schätzen, dass du ihn nicht verpfiffen hast«, bemerkte Johan ironisch und bedachte Gislingham mit einem schrägen Blick.

»Hatte nur nicht genug Beweise«, zischte Guy de Gislingham. Neidisch begaffte er die beiden Liebenden, wie sie in einiger Entfernung kleine Zärtlichkeiten austauschten. »Außerdem frage ich mich, wie diesen Barbaren immer gelingt, sich gleich zu vermehren wie die Karnickel«, fügte er gehässig hinzu. »Normalerweise würde man ihm den Mantel dafür nehmen. Mindestens für ein Jahr. Und hat er den Orden hintergangen, kann ihn das ohne Umschweife den Kopf kosten.«

»Hör auf damit«, erwiderte Gero ärgerlich. »Wenn es so kommt, wie ich vermute, gibt es ohnehin bald keinen Orden mehr, dem gegenüber wir Rechenschaft ablegen müssten.«

Johan verzog sein vernarbtes Gesicht zu einem Lächeln. »Solange Struan sich keinen Harem zulegt wie diese verdammten Mamelucken …«

»Man muss es ja nicht gleich übertreiben«, raunte Gero mit einem Seitenblick auf Matthäus, der angestrengt in eine andere Richtung schaute, aber dessen rote Ohren verrieten, dass er die ganze Unterhaltung mit äußerstem Interesse verfolgte.

Im Schutz der Dunkelheit gab Struan seiner Amelie einen lang anhaltenden Kuss, während er sie fest in seinem Arm hielt. Als sie ihre Lippen leicht öffnete, schob er seine Zunge hinein und stöhnte leise auf.

»Nicht hier«, flüsterte sie bebend, als er seinen Körper weiterhin fest an sie presste, so dass sie die Härte seines Geschlechts zu spüren bekam.

»Warum nicht?«, fragte er lächelnd und fuhr mit der Hand unter ihren Mantel, bis er durch den dünnen Stoff ihres seidenen Unterkleides ihre Brustwarze berührte. Amelie stöhnte leise auf.

Struan beugte sich zu ihr herab und streifte mit seinen warmen Lippen ihr Ohr.

»Trotz aller Widrigkeiten«, flüsterte er ihr zu, »ich könnte schreien vor Glück. Hier mitten im dunklen Wald vor meinen Brüdern. Niemals hätte ich zu hoffen gewagt, deine süße Gestalt je wieder in meinen Armen halten zu dürfen.«

Sie schmiegte gerührt ihren Kopf an seine Brust, an der sie sich immer sicher gefühlt hatte, und das, obwohl sie wusste, dass ihr Glück nicht von Dauer sein konnte. Doch jetzt war mit einem Mal alles anders. Einen Moment überlegte sie, ihn zu fragen, was er vorhatte, wohin er mit ihr zu reisen gedachte, aber dann beschloss sie, zu warten. Für diese Fragen war es noch zu früh. Sie schlang ihre Arme um seinen Hals und drückte sich mit einem Seufzer an ihn.

Struan deutete ihren Vorstoß in typisch männlicher Weise. »Ich werde dich nehmen, meine Blume«, flüsterte er heiser vor Verlangen, während seine Hand zwischen ihre Schenkel wanderte, »sobald wir ein vernünftiges Bett gefunden haben. Ich verspreche es dir.«

Amelie nahm seinen Kopf zwischen ihre Hände und drückte ihm einen Kuss auf die große Nase. »Na, dann kann ich ja frohen Mutes sein, dass wir bald das freie Feld gegen ein anständiges Gasthaus tauschen«, erklärte sie frech.

»Worauf du dich verlassen kannst.« Seine dunkle Stimme vibrierte amüsiert. »Allerdings …«, fuhr er zögernd fort, »dürfte es schwierig werden. Soweit ich weiß, haben wir gar kein Geld.«

»Geld ist das geringste Hindernis«, erwiderte Amelie. Sie lächelte ihn vielsagend an, dabei kramte sie in den verschiedenen Schichten ihrer Kleider und machte sich auf Höhe der Taille zu schaffen. Schließlich überreichte sie dem erstaunten Struan ein gut gefülltes Ledersäckchen mit klimpernden Münzen. »Hier, nimm! Ich wollte es dir schon die ganze Zeit übergeben. Bei dir ist es bestimmt sicherer aufgehoben.«

»Wenn du dich da mal nicht täuschst!« Struan entfuhr ein leises Lachen. »Ich habe nie eigenes Geld besessen. Was machst du, wenn ich ins nächste Wirtshaus gehe und alles versaufe?«

»Das wirst du nicht.« Sie zwinkerte ihm vertrauensvoll zu. »Da bin ich mir sicher. Mein Vater pflegt immer zu sagen, nirgendwo ist das Geld sicherer aufgehoben als bei den Templern.«

Lächelnd ließ er die Börse in seinem Brustbeutel verschwinden. Dann baute er ihnen mit einer gewissen Routine ein gemeinsames, durchaus gemütliches Lager. Die Decke, die er dazu hernahm, entsprang dem

Bestand des Stephano de Sapin und war mit Sicherheit frei von Ungeziefer.

Normalerweise war es keinem Templer gestattet, sich an Ausrüstungsgegenständen eines Bruders zu vergreifen. Zumal für jedes einzelne Teil – vom Dolch bis zum Bettlaken – unterschrieben werden musste. Einmal im Quartal wurde durch die Verwaltung kontrolliert, ob noch alles vorhanden war. Verluste mussten unverzüglich gemeldet werden und wurden zum Teil mit drakonischen Strafen geahndet.

Als Struan die zweite Decke über Amelie ausbreitete, dachte er daran, wie unwichtig das alles plötzlich geworden war. Vermutlich waren sämtliche Unterlagen, die in der Vergangenheit unverzichtbar erschienen, um den ordnungsgemäßen Ablauf in der Komturei sicherzustellen, ein Opfer der Flammen geworden. Und Stephano de Sapin saß, den blitzsauberen Mantel mit Blut besudelt, in einem Gefangenentransport auf dem holperigen Weg zu irgendeinem finstereren Verlies. Vielleicht war er auch längst tot. Wer wusste das schon?

Struan umarmte Amelie noch einmal fest, als wollte er ganz sicher gehen, dass sie wirklich bei ihm war. Wange an Wange verharrte er einen Augenblick, dann richtete er sich ein wenig auf und drückte ihr einen Kuss auf die Stirn.

»Ich übernehme mit Gero die erste Nachtwache«, erklärte er und erhob sich endgültig, um zurück zum Feuer zu gehen. »Ich lege mich später zu dir«, fügte er beinahe entschuldigend hinzu.

Sie zwinkerte ihm lächelnd zu. Dann, als ob sie seine Gedanken erraten hätte, verdunkelten sich ihre Züge. »Mach dir nicht so viele Sorgen um die anderen Brüder«, versuchte sie ihn zu beruhigen. »Der König kann es sich nicht leisten, sie auf ewig gefangen zu halten oder sie gar zu töten. Sie entstammen allesamt edlem Geblüt. Er wird gezwungen sein, sie so bald wie möglich wieder frei zu lassen.«

Nur zu gerne wollte Struan ihrer Aussage Glauben schenken, doch Amelie hatte nicht gesehen, was er gesehen hatte.

Johan und Matthäus waren dabei, ihren Schlafplatz herzurichten, als Struan zum Feuer zurückkehrte. Gislingham hatte sich etwas abseits unter einer Decke vergraben und sein Gesicht unter feuchten Leinentüchern versteckt.

Struan verspürte weder Reue noch Mitleid, als er darüber nachdachte, dass er die Schuld an Gislinghams gebrochener Nase trug. Bruder Guy war in seinen Augen ein Ausbund an Hinterlist. Mit einem Mal kam ihm ein finsterer Verdacht. Was wäre, wenn Guy de Gislingham ein Spion Nogarets war? Ihre Lage war so undurchsichtig wie ein Sandsturm in der Wüste, und schon allein deshalb schien es angeraten, den Engländer nicht aus den Augen zu lassen.

»Und?«, fragte Gero mit einem hintergründigen Lächeln, als Struan sich mit einem leisen Seufzer neben ihn setzte. »Schläft das Täubchen?«

»Ihr habt euch das Maul zerrissen, habe ich recht?« In Struans Stimme erklang ein feiner, spitzer Unterton, während er sich ein zusammengerolltes Schaffell in den Rücken schob.

»Nein, wo denkst du hin«, erwiderte Gero leutselig »Jo meinte nur, solange du dir keinen Harem zulegst, sei die Sache in Ordnung.«

»Spinner«, entfuhr es Struan, aber auch er musste leise lachen, als er zu Johan hinüber blickte, der sich in seinem improvisierten Bett genüsslich ausstreckte und ihn noch ein letztes Mal angrinste, bevor er erschöpft die Lider schloss.

Schwerter und Dolche in Griffnähe, die Armbrust gespannt neben dem Feuer liegend, stellten sich Gero und Struan darauf ein, die halbe Nacht damit zu verbringen, sich erstens gegenseitig wach zu halten und zweitens im Ernstfall die anderen solange zu schützen, bis sie selbst zu den Waffen greifen konnten. Damit die Wache nicht ganz so trostlos verlief, hatte Gero vorsorglich einen Schlauch mit Wein in unmittelbarer Nähe deponiert.

Mit einem Seitenblick vergewisserte sich Gero, dass Gislingham ihn nicht hören konnte. »Ich kann mir denken, wie glücklich du bist, dass du Amelie bei dir weißt«, sagte er leise zu Struan. »Aber d'Our hat uns einen Auftrag erteilt, und dir ist hoffentlich klar, dass wir das Mädchen unmöglich in unsere Verpflichtungen einbinden können.«

Struan sah ihn von der Seite an. »Ich habe es befürchtet«, antwortete er leise. »Aber was hätte ich tun sollen? Ich konnte sie doch nicht einfach zurücklassen.«

Gero warf Struan einen fragenden Blick zu. »Hast du schon eine Idee, wo sie inzwischen unterkommen kann?«

»Ich fürchte nein«, antwortete der Schotte ernst. »Ich kann Amelie unmöglich zu mir nach Hause schicken. Die weite Reise ganz allein nach Schottland ist viel zu gefährlich, und die Burg meiner Familie ist nicht gerade das, was man als sicheren Hort bezeichnen könnte. Mein Vater ist ein furchtbarer Tyrann, und solange unser Orden in anderen Ländern noch Bestand hat, wird er kein Verständnis dafür aufbringen, dass ich ehrenhaft entlassen werden will und Amelie heiraten möchte. Das Wort Liebe nimmt man bei ihm am besten gleich gar nicht in den Mund. Frauen sind für ihn weniger wert als das Vieh auf der Weide. Seit dem Tod meiner Mutter hat er sich in einen gottlosen Barbaren verwandelt, der mehr Weiber und Erben sein eigen nennt, als sich unsereiner vorstellen kann. Er würde Amelie zu seiner Hure machen, noch bevor ich ihr folgen könnte, um mein Eheversprechen einzulösen. Was den Clan meiner verstorbenen Mutter betrifft, so habe ich ihre noch lebenden Verwandten das letzte Mal vor zehn Jahren besucht. Außerdem glaube ich kaum, dass ich dort willkommen bin. Wegen eines dummen Gebietsstreites stehen sie seit Jahren mit dem Clan meines Vaters in einer blutigen Fehde. Zudem ist der Krieg gegen England noch nicht entschieden. Aus der Vergangenheit weiß ich, dass nach den großen Schlachten die großen Hungersnöte kommen, gleichgültig, wie vermögend ein Clan ist.« Struan gab ein resigniertes Grunzen von sich. »Ich darf gar nicht darüber nachdenken, wie ich Amelie und dem Kind auf diese Weise Schutz und Auskommen bieten soll, sonst bin ich bei Sonnenaufgang ein alter Mann.«

Gero erhob sich und legte einen dicken Ast in die Glut. Dann ließ er sich wieder neben dem Schotten nieder und nahm sich den Schlauch mit Wein.

»Was hältst du davon, wenn wir Amelie zunächst bei meiner Familie unterbringen?«, bemerkte er, während er an dem Weinschlauch vorsichtig die festgezurrten Lederschnüre aufzog, »Die Burg meines Vaters liegt auf unserem Weg. Mein Vater ist zwar kein angenehmer Mensch, aber meine Mutter ist eine herzensgute Frau, die sich ihm gegenüber durchzusetzen weiß. Sie wird sicher nichts dagegen haben, das Mädchen bei sich als Gesellschafterin aufzunehmen. Wenigstens solange, bis wir wissen, was uns in den deutschen Landen erwartet, und wie es von dort aus weitergehen soll.« Er nahm einen ordentlichen Schluck und überreichte den Weinschlauch seinem schottischen Bruder.

»Du bist ein wahrer Freund, Gero«, sagte Struan. Wie zum Trost ließ er sich den schweren Wein in kräftigen Zügen die Kehle hinablaufen. Als er den Beutel absetzte, rang er nach Atem und hustetet leise. »Ich kann mich glücklich schätzen, dich zum Bruder zu haben. Dabei bin ich ganz allein Schuld an meiner Misere und hätte deine Unterstützung eigentlich gar nicht verdient. Selbst nachdem du mir vom Tod deiner Frau erzählt hast, bin ich mir sicher, dass du niemals dein Gelübde als Ordensritter gebrochen hättest.«

Struan stutzte, als er sah, wie sein deutscher Kamerad geheimnisvoll lächelte und sich mit undurchsichtiger Miene im dunklen Wald umschaute, als ob er sicher gehen wollte, nicht belauscht zu werden.

»Während unserer Zeit in Zypern«, begann Gero leise, »vor dem Überfall der Mamelucken auf Antarados hatte ich ein Verhältnis mit einer zypriotischen Hure. Und das, obwohl ich ein Gelübde abgelegt und mir nach Elisabeths Tod geschworen hatte, nie wieder das Lager mit einer Frau zu teilen.« Er machte eine kurze Pause und betrachtete amüsiert Struans fassungsloses Gesicht. »Sie wollte mich«, erklärte er mit einem Lächeln. »Und du weißt genauso gut wie ich, dass kaum ein Kerl einer hübschen Frau entwischen kann, wenn sie es auf ihn abgesehen hat.«

Bevor er fortfuhr, nahm er einen weiteren Schluck Wein. »Sie nannte sich Warda. Das ist levantinisch und bedeutet ›Rose‹. Sie war ein ganzes Stück älter als ich, und ihre reifen Gesichtszüge verrieten ein ereignisreiches Leben. Trotzdem besaß sie noch immer die Schönheit der arabischen Blumen. Pechschwarzes Haar, tiefgründige, honigfarbene Augen und einen ausdrucksvollen Mund, dazu olivfarbene Haut und eine üppige Figur. Sie beherrschte die franzische Sprache erstaunlich gut. Wie sich später herausstellte, war sie die uneheliche Tochter eines Ordensbruders, der in Akko gefallen war, und einer Sarazenenfrau, die man noch als Leibeigene auf die Insel gebracht hatte.« Gero bedachte seinen erstaunten Bruder mit einem entschuldigenden Blick.

»Wie lange ging die Geschichte?«

»Ungefähr ein halbes Jahr, bis wir nach Antarados versetzt wurden.«

»Hast du sie geliebt?« Struan sah ihn immer noch mit zweifelnder Miene an.

Gero presste seine Lippen zusammen und starrte für einen Moment in das knisternde Feuer. Dann zuckte er mit den Schultern und wandte sich wieder Struan zu.

»Es gibt mehrere Gründe, bei einer Frau zu liegen. Einer davon ist die Liebe. Ein anderer ist die Gier nach Leben, wenn du dich, den Tod immer vor Augen, verzweifelt an die Hoffnung klammerst, wenigstens etwas von dir auf dieser Welt zurücklassen zu können. Die Sehnsucht eines trauernden Weibes oder ein gemeinsames Kind, selbst wenn es seinen Vater niemals zu sehen bekommt. Dieses Bedürfnis unterscheidet uns nicht von anderen Soldaten.«

Er seufzte leise, weil er sich selbst nicht sicher war, was er für Warda empfunden hatte. Immerhin hatte er sie schmerzlich vermisst, nachdem sie bei seiner Abreise nach Antarados einsam am Hafen gestanden hatte. »Ja«, sagte er schließlich. »Ich habe sie geliebt.«

»Aber da waren die Regeln?« Struan sah ihn fragend an.

»Ja, natürlich«, gab Gero unumwunden zu. »Die Ordensregeln vertreten einen strengen Standpunkt, was unser Verhältnis zu Frauen betrifft. Aber im Grunde genommen entscheidet ein jeder für sich selbst, ob er sich daran halten kann oder nicht; und wem außer Gott dem Allmächtigen steht es schon zu, darüber zu richten?«

Das Feuer war fast herunter gebrannt. Der einsame Ruf eines Käuzchens drang wiederholt durch die kalte Nacht. Struan erschauerte. In seiner Heimat war der Ruf des Käuzchens ein Vorbote für den Tod eines nahen Angehörigen oder Freundes.

»Willst du mir verraten, was es für ein Auftrag ist, den d'Our uns erteilt hat?«, fragte Struan, während er sich in das wärmende Schaffell schmiegte.

»Hast du schon einmal etwas vom ›Haupt der Weisheit‹ gehört?«, erwiderte Gero flüsternd.

»Heiliger Georg«, entgegnete Struan leise, und ihm war anzusehen, dass er erschrak. »Ich habe davon gehört, bei meiner Aufnahme als Templer in Balantradoch. Unser Komtur verlangte von uns, bei der Zeremonie einem dreigesichtigen Kopf zu huldigen, und niemand durfte jemals ein Wort darüber verlieren, obwohl es nicht das richtige Haupt war. Sag nur, d'Our weiß, wo es ist?«

»Das ›Wo‹ ist nicht die Frage«, erklärte Gero, »das ›Was‹ würde mich interessieren.«

»Roger Bacon, der berühmte englische Gelehrte, hat das Haupt angeblich gesehen. Er sagte, dass es sprechen kann und sich dabei der Ziffern Null und Eins bedient.« Struan hob die Brauen und sah seinen Gefährten erwartungsvoll an, doch bevor Gero antworten konnte, schüttelte er den Kopf. »Ich weiß nicht, was ich davon halten soll. Bacon hat in einem Schreiben an den Papst auch behauptet, dass es in der Zukunft Wagen gibt, die ohne Pferde fahren und hundertmal schneller sind als die Wagen zur heutigen Zeit. Oder dass der Mensch mittels einer Maschine zu fliegen imstande ist.« Ein müdes Lächeln umspielte die Lippen des Schotten, als er von Gero immer noch keine Antwort erhielt. »Du hältst mich ohnehin für einfältig, also höre nicht auf mein Geschwätz.«

»Ich weiß nicht, ob es Geschwätz ist, Struan.« Im Feuerschein wirkten Geros Züge fast maskenhaft. »Aber du, Johan und ich, wir sind auserkoren, es zu erfahren.«

Ein überraschtes Keuchen entfuhr Struan.

»Sch…«, machte Gero und legte seinen Zeigefinger auf die Lippen. » Zu niemandem ein Wort. Ich darf Johan und dich erst endgültig einweihen, wenn wir am Zielort angekommen sind.«

»Das Haupt … wird es uns helfen?« Struan hatte Mühe, seine Neugierde zu verbergen.

»Ich weiß es nicht«, antwortete Gero ehrlich. »Aber ich würde durch die Hölle gehen, wenn es sein müsste, um es herauszufinden. Nicht nur, um den Orden zu retten, sondern auch das Leben all unserer unschuldigen Brüder.«

Struan setzte eine grüblerische Miene auf, und Gero lächelte ihn unvermittelt an. »Geh und halt das Mädel warm. Außerdem sollte wenigstens einer von uns morgen ausgeschlafen sein.«

In der Stille der Nacht lauschte Gero auf die Geräusche des Waldes. Die Worte d'Ours hallten in seinem Gedächtnis wider, und er stellte sich nicht zum ersten Mal die Frage, ob sein Auftrag, den er selbst vor den Kameraden geheim halten musste, irgendetwas zur Verbesserung der allgemeinen Misere beizutragen vermochte. Doch ihm fehlte es an Wissen und an Vorstellungskraft, um zu einer Antwort zu gelangen.

Einige Zeit später stand Johan van Elk auf und löste ihn mit der Wache ab.

Nachdem Gero sein Kettenhemd ausgezogen hatte, wickelte er sich in eine übrig gebliebene Satteldecke und legte sich neben Matthäus nieder, der ab und zu im Schlaf unverständliche Dinge murmelte. Den Kopf auf eine Packtasche gebettet, überließ er sich seiner Müdigkeit. In seinem Geiste verhallte das obligatorische Gebet für eine friedvolle Nachtruhe, als Gero endlich in einen tiefen, traumlosen Schlaf verfiel.

5

Freitag, 13. Oktober 1307, morgens – Blutrausch

Die feuchtkalte Luft hatte sich wie eine Maske auf Amelies Gesicht gelegt, und nur langsam kam sie im Zwielicht des aufkeimenden Morgens zu sich.

Struan, dessen seliges Schnarchen sie unmittelbar neben sich vernehmen durfte, hatte ihr unbeabsichtigt die Decke weggezogen. Nur noch in ihren Mantel gehüllt, war sie fast schutzlos der herbstlichen Kälte ausgesetzt. Zitternd setzte sie sich auf und zog das wollene Reiseplaid, das sie zum Schutz für die Nachtruhe anbehalten hatte, fest um ihre Schultern.

Eine tröstende Stille lag über dem herbstlichen Wald, und mit dem zarten Nebelschleier stieg der Duft von Erde, Pilzen und frischem Laub herauf.

Johan van Elk, der junge Ritter mit den entstellten Gesichtszügen, saß einsam am Feuer, das bis auf die Glut heruntergebrannt war, und nippte an einem dampfenden Becher Wein. Das glänzende Kettenhemd spannte sich um seine muskulösen Arme, und das silberne Kreuz, das er an einem Lederband befestigt um seinen Hals trug, leuchtete übernatürlich, als ein Strahl der aufgehenden Morgensonne darauf traf.

Amelies Blick fiel wieder auf Struan, der mit geschlossenen Augen und entspannten Gesichtszügen wie ein unschuldiger Knabe wirkte. Ob das Kind, das sie erwartete, einmal so aussehen würde wie er?

Lächelnd wandte Amelie sich ihrem schlafenden Beschützer zu, um ihn zu küssen. Noch in der Bewegung hielt sie schmerzerfüllt inne.

Ihre volle Blase erinnerte sie unbarmherzig daran, dass sie eine Leibesfrucht in sich trug und es an der Zeit war, an die Morgentoilette zu denken. Mühselig richtete sie sich auf und streckte ihre verkrampften Glieder. Sie seufzte leise und hob ihren Kopf.

Johan van Elk war aufgestanden und richtete sein Augenmerk in die Ferne, als hätte dort etwas seine Aufmerksamkeit erregt, dabei hielt er den Becher immer noch in der Hand. Einen Moment lang wirkte er angespannt, doch dann setzte er sich wieder hin, schaute lächelnd in Amelies Richtung und hob die Hand zu einem freundlichen Morgengruß.

So wie es aussah, schliefen alle anderen noch. Amelie wollte die Gelegenheit nutzen und zum Bach gehen, um sich in der Abgeschiedenheit zu waschen und ihre Notdurft zu verrichten. Struan drehte sich brummend auf die Seite, als sie ihren Schlafplatz verließ und wenig später hinter einem Ginsterbusch verschwand.

Nach einiger Zeit erreichte sie den plätschernden Bachlauf und zog eilig ihre Stiefel aus. Als sie unter einem Keuchen bis zu den Knien ins kristallklare Wasser gewatet war, huschte ein flüchtiger Schatten vorbei, der sich zwischen den lichter werdenden Bäumen bewegte. Alarmiert blickte sie auf. Mit Erleichterung stellte sie fest, dass es nur Guy de Gislingham war, der in einiger Entfernung am Ufer hockte und im kalten Nass sein Leintuch auswusch, mit dem er seit gestern Abend die Schwellung seiner Nase zu mildern versuchte.

Der Engländer blickte auf und betrachtete sie argwöhnisch. Allem Anschein nach dachte er nicht einmal daran, ihr die gebotene Höflichkeit zu erweisen, indem auch er ihr einen Morgengruß entbot. Stattdessen glotzte er nur.

Verärgert entschloss Amelie sich, ihren idealen Waschplatz aufzugeben. Mit nackten Füßen lief sie ein Stück am sandigen Ufer entlang, bis sie glaubte, dem ungeliebten Engländer jede Möglichkeit zu nehmen, sie ungeniert zu beobachten.

Hastig hockte sie sich an eine Stelle, wo das Wasser sprudelnd ihre Waden umspülte und mit seiner Strömung für einen natürlichen Abfluss sorgte. Mit beiden Händen hielt sie ihr schweres Gewand umfasst, um es vor der Nässe zu schützen. Selig schloss sie die Augen, als sie endlich die ersehnte Erleichterung fand. Danach wusch sie flink ihre Schenkel, und als sie sich aufrichten wollte, um sich mit ihrem Unterkleid abzutrocknen, spürte sie plötzlich einen heißen Atem im Nacken, und ein widerwärtiger Geruch stach ihr in die Nase.

Wütend wollte sie herum schnellen, um dem frechen Kerl, der ihr offensichtlich gefolgt war, einen Hieb auf seine empfindliche Nase zu geben. Zielsicher schnappte jemand ihr Handgelenk auf und zog sie mit einer schnellen Bewegung zu sich heran. Kalt und unerbittlich spürte sie die scharfe Klinge an ihrer Kehle.

»Wen haben wir denn da?«, fragte eine tiefe Männerstimme, gefolgt von einem leisen teuflischen Lachen.

Amelie stockte das Herz. Diese Stimme kannte sie nicht.

»Hallo, mein Liebchen«, säuselte der Fremde ungeniert weiter. »Was macht eine hübsche Maid wie du allein im Wald und noch dazu so früh am Morgen?«

Amelie wagte es nicht zu schlucken, geschweige denn zu schreien, und erst als der Angreifer die Klinge ein wenig zurückzog, um ihr Gelegenheit zu einer Antwort zu geben, getraute sie sich zu atmen. Fünf Männer in verblassten, blaugelben Überwürfen traten aus dem Dickicht und grinsten sie allesamt unverschämt an.

Es waren gedungene Söldner Philipps IV., daran gab es keinen Zweifel. Abgerissen und ungepflegt wie sie herumliefen, sahen sie nicht unbedingt wie ehrbare Männer aus, aber ebenso wenig erschienen sie ihr wie Strauchdiebe und Räuber, die jeglicher Gottgefälligkeit entsagt hatten.

»Könnte es sein, dass man dich in einer der umliegenden Templerkomtureien vermisst?«

Amelie überlegte fieberhaft, was sie den Männern sagen sollte. Sie waren offenbar auf der Jagd nach entflohenen Templern und durften keinesfalls erfahren, dass die Gesuchten hier ganz in der Nähe kampierten.

»Was wollt Ihr von mir?«, stammelte sie, atemlos vor Aufregung. »Ich bin nur eine einfache Bäuerin und habe nichts mit den Templern zu schaffen.« Vorsichtig wandte sie den Kopf und nickte in die Richtung, wo sie zuvor Guy de Gislingham zuletzt gesehen hatte. Es war nicht ratsam, ohne den Schutz eines Bruders, Vaters oder Ehemannes, die einem die Ehre garantierten, einer Horde von gewissenlosen Kerlen gegenüber zu treten. Das wusste jedes anständige Mädchen.

»Dort drüben ist mein Ehemann«, stieß sie in der Hoffnung hervor, dass die Soldaten sie endlich in Ruhe lassen würden. »Wir sind auf der Suche nach Pilzen und Kräutern.« Sie zeigte in die Richtung, in der eben noch der Engländer seine Wunden geleckt hatte und die nun von Büschen verdeckt war.

Gisli, wie Struan ihn nannte, trug keine Chlamys und sah in den abgelegten Kleidern ihres Vaters aus wie ein armer Bauer, und vielleicht, wenn er mitspielte, glaubten ihr die Soldaten und ließen sie beide laufen.

»Umso besser«, grunzte ihr Peiniger hämisch und zerrte so sehr an ihren Haaren, dass er ihr den Kopf in den Nacken riss. »Dann werde wir ihn fragen, ob ihm in letzter Zeit ein paar Ordensritter über den Weg gelaufen sind.«

Der Fremde hatte den Dolch von ihrem Hals zurückgezogen und stieß sie erbarmungslos vorwärts, um zu ihrem vermeintlichen Ehemann zu gelangen.

Mit einem Gefühl, als bestünden ihre Knochen aus Gelee, stolperte sie voran.

Vier der Männer bewegten sich auf einen Wink ihres Peinigers hin lautlos durchs Gebüsch.

Als sie die kleine Biegung an der Stelle des Baches erreichten, wo Guy de Gislingham zuletzt gehockt hatte, bot sich ihr ein erschreckendes Bild. Offenbar hatten die vier vorauseilenden Soldaten den Engländer überwältigt.

Zusammengekrümmt kauerte er, die Hände auf den Rücken gebunden und mit einem Stück Treibholz als Knebel zwischen den Zähnen, auf einer Sandbank.

Einer der Soldaten trat hervor und hielt seinem Anführer ein abgerissenes Lederband entgegen. Daran baumelte das silberne Croix Patée der Templer, jenes Kreuz, das die Brüder zum Zeichen Ihrer Verbundenheit mit dem Leidensweg Jesu und der armen Ritterschaft Christi vom salomonischen Tempel immer bei sich trugen.

»Ich bin mir sicher, dass er einer der Gesuchten ist.« In der Stimme des Soldaten lag ein triumphierender Unterton. »Er trägt das Kreuz der Ritter, auch wenn er ansonsten daher kommt wie ein Bauerntölpel.«

»Steh auf!«, knurrte einer der Schergen und trat Guy de Gislingham in die Seite.

Bruder Guy entfuhr ein unterdrückter Schmerzlaut. Amelie entging nicht, dass er etwas sagen wollte und dabei Mühe hatte zu atmen. Seine Nase war nach wie vor geschwollen, und das Holz zwischen den Zähnen erschwerte ihm, Luft durch den Mund zu bekommen. Sein Gesicht lief rot an vor Anstrengung, als er versuchte, sich ohne fremde Hilfe von den Knien in den Stand zu erheben.

Amelie war halb wahnsinnig vor Angst. Guy de Gislingham durfte sich immerhin als Templer bezeichnen, selbst wenn er ein kaputtes Nasenbein hatte und die abgelegten Kleider ihres Vaters auf dem Leib trug. Wie war es möglich gewesen, dass die längst nicht so ruhmreichen Schergen des Königs ihn so einfach hatten überwältigen können?

Tränen der Verzweiflung traten ihr in die Augen. »Ihr irrt Euch«, rief sie mit der Stimme einer Verzweifelten. »Er ist kein Ordensbruder. Wir sind verheiratet. Das Kreuz hat er beim Würfelspiel gewonnen.«

Würde sie jemand hören, wenn sie um Hilfe schrie? Das Lager war mindestens sechshundert Fuß entfernt. Wahrscheinlich hätten die Soldaten längst ihre Kehlen durchschnitten, lange bevor Struan und seine verbliebenen Kameraden auf ihre verzweifelte Lage aufmerksam wurden. Warum, in aller Welt, konnte Struan nicht einfach spüren, dass sie Hilfe brauchten?

Der Kerl mit dem übel riechenden Atem trat hervor, steckte seinen Dolch in den Gürtel und packte Amelie am Arm. Wie eine Eisenzange drückten sich seine groben Finger in ihr Fleisch.

Die anderen fünf, zwei jüngere Burschen und drei mittleren Alters, sahen ehrfurchtsvoll zu ihm auf. Offenbar war er ihr Anführer. Bevor er seinen grimmigen Blick auf den bleichgesichtigen Gislingham richtete, der stur zu Boden starrte, machte er eine kaum merkliche Kopfbewegung.

»Jakob, schau dich oben im Wald um«, zischte er. »Und Pons, du gehst auf die andere Seite des Bachs. Aber seid vorsichtig! Wir müssen sicherstellen, dass nicht noch mehr von denen hier herumlaufen.« Dann wandte er sich wieder Guy de Gislingham zu.

»Die Hure da behauptet, du seiest ihr Ehemann. Stimmt das?«

Heilige Maria und Josef, betete Amelie in Gedanken. *Macht, dass er ja sagt!*

Als würde er aus dem Schlaf erwachen, hob Gislingham seinen Kopf und schaute Amelie teilnahmslos ins Gesicht. Trotz der Kälte standen ihm Schweißtropfen auf der Stirn. Sie wagte es nicht, ihm ein Zeichen zu geben.

Langsam schüttelte er den Kopf. Dabei gab er ein paar grunzende Geräusche von, ganz so, als ob er etwas Wichtiges zu sagen hätte. Doch der Hauptmann ging nicht weiter darauf ein.

Herr im Himmel, dachte Amelie. Der Teufel soll ihn holen für seine abgrundtiefe Dummheit!

»Nein?«, fragte der Hauptmann überrascht. »Was ist sie dann? Deine Geliebte?« Provokativ blickte er in die Runde und entblößte grinsend seine schlechten Zähne. »Was meint ihr? Sind sie entflohene Angehörige des Templerordens, oder sind sie ein paar harmlose Turteltäubchen, die wir bei einem verbotenen Schäferstündchen gestört haben?«

Ein verhaltenes Lachen durchzog die Runde.

»Lasst ihm die Hose runter! Eine Hündin erkennt ihren Herrn, selbst wenn sie blind ist«, sagte einer der Männer. »Wenn sie keine Scham hat, seinen Gimpel in den Mund zu nehmen, ist sie bestimmt sein Schätzchen.«

»Oder eine Hure!«, rief ein anderer, und alle brachen in Gelächter aus.

Amelie hatte das Gefühl, sich augenblicklich übergeben zu müssen, als jemand dem völlig überrumpelten Gisli das Hosenband durchschnitt.

»Was ist das denn für eine armselige Vorstellung!«, höhnte der Anführer, als er Gislinghams erschlafften Penis erblickte.

Der englische Grafensohn stöhnte empört auf, als eine grobe Hand sein Glied ergriff und begann, es heftig zu reiben.

»Oh, es scheint doch noch Leben darin zu wohnen, Kamerad. Wer hätte das gedacht?«, rief einer der Soldaten.

Gislingham lief rosarot an, etwas, das die Meute sichtlich amüsierte.

»Los, knie nieder«, krächzte der Hauptmann erregt und drückte mit der anderen Hand Amelies Schulter in Richtung Boden.

Amelie spürte den nassen, kalten Sand unter ihren Knien. Verzweifelt versuchte sie, sich auf Gislis Bauchnabel zu konzentrieren, der sich ihr unter dem viel zu kurzen Gewand ihres Vaters neugierig entgegen wölbte. Die Haut des Engländers hatte die Farbe fein gemahlenen Mehls und seine haarlosen Lenden waren übersät mit verschieden großen Muttermalen. Ihre Magd hatte einmal erzählt, dass jedem der Male eine Bedeutung zukäme und die Anzahl und die Beschaffenheit etwas über die eigene Zukunft aussagte. Wenn es stimmen sollte, was die alte Frau erzählt hatte, würde zumindest Guy de Gislingham dieses grausame Intermezzo überleben. Damit sich alle Prophezeiungen erfüllten, die man den braunen Pünktchen entnehmen konnte, musste er mindestens hundert Jahre alt werden.

Ein gedrungener Soldat drückte Gislingham eine Schwertklinge in den Nacken und ein Knie ins Kreuz, so dass sich sein halbsteifer Penis Amelie auffordernd entgegen streckte. Gleichzeitig fasste der Hauptmann ihr brutal in die blonden Locken und dirigierte ihren Kopf in die passende Richtung, bis ihre empfindliche Nase beinahe Gislis Geschlecht berührte.

»Los, nimm ihn in den Mund!«, herrschte der Soldat sie an.

Der Anblick der klebrigen Eichel und der eindringliche Geruch nach ungewaschenem Mann versetzten ihr einen Schlag in den Magen. Ohne Vorwarnung übergab sie sich geräuschvoll auf Gislinghams Füße. Das Würgen erfasste sie ein weiteres Mal wie ein Nachbeben und hielt an, bis nur noch gelbe Galle floss.

Der Hauptmann war fluchend zur Seite gesprungen, während die säuerlich riechende Brühe zwischen Gislinghams nackte Zehen rann. Von Ekel gepackt, rammte der Engländer seine Zähne in das weiche Erlenholz und presste die Lider zusammen.

Ehe Amelie halbwegs wieder zu sich gekommen war, traf sie ein heftiger Schlag an den Kopf.

»Verdammtes Biest«, zischte der Hauptmann und stieß sie in den Dreck. »Du hast also gelogen. Ihr seid entflohene Angehörige des Ordens.«

Amelie schmeckte Blut. Um Halt zu finden, krallte sie ihre Finger in den Sand.

»Fesselt sie!«, knurrte der Soldat. »Wir hatten schon länger nicht mehr das Vergnügen.«

Schneller als Amelie begreifen konnte, was dieser Ausspruch zu bedeuten hatte, packten die Schergen des Königs ihre Arme und zerrten sie zu einem toten Eichenstamm, der bleich und ohne Rinde quer unterhalb der Böschung lag. Das harte Holz schlug erbarmungslos gegen ihren empfindlichen Unterleib, als die Männer sie bäuchlings über den Stamm warfen. Jemand zog ihre Handgelenke nach vorne und umwickelte sie mit rauen Stricken. Immer noch auf den Knien, streckte sie dem Hauptmann nun unfreiwillig den Hintern entgegen. Zwei kräftige Hände schoben den Stoff ihres Mantels in die Höhe und entblößten ihre Rückseite. Gleichzeitig wurde ihr Oberkörper nach unten gedrückt, und ihre Nase in den Sand gestoßen.

»Bonifaz, komm her!«, befahl der Anführer. »Es wird Zeit, dass du eine neue Lektion erlernst. Du bist zuerst dran!«

Um dem Jüngsten der Truppe zu zeigen, was er meinte, stieß der Hauptmann seinen schmutzigen Mittelfinger ohne Ankündigung bis zum Ansatz in Amelies Scham. Ein brennender Schmerz durchfuhr sie, und ihr Körper reagierte mit einem gequälten Zucken.

»Da musst du hinein«, krakeelte er lachend. »Ich hoffe, du enttäuscht die Dame nicht!« Nur langsam zog er den Finger wieder heraus und schnupperte mit einer genießerischen Miene daran, wie ein Hund, der eine interessante Spur aufgenommen hat. »Beeil dich, Bonifaz«, sagte er heiser. »Ich kann es kaum erwarten, bis ich an der Reihe bin.«

Der pickelige junge Mann biss sich nervös auf die Unterlippe und blickte verstört in die erwartungsfrohen Gesichter seiner beiden Kameraden. Zögernd öffnete er seinen Hosenbund und kniete sich hinter das Mädchen.

»Wenn sie es nicht schafft, uns in Fahrt zu bringen, wird ihr falscher Ehemann dafür mit seinem Leben bezahlen«, fügte der Hauptmann kaltblütig hinzu.

Ein Nicken genügte, und die zwei Männer, die Amelie gefesselt hatten, standen auf und zwangen Guy de Gislingham direkt neben ihr auf die Knie, dabei stießen sie seinen Kopf auf den dicken Eichenstamm wie auf einen Hinrichtungsblock.

Der unerfahrene Soldat bemühte sich indes hektisch sein viel zu weiches Glied in die Scham der jungen Frau zu pressen.

Amelie durchlief ein Kribbeln, als habe sie sich in einen Ameisenhaufen gesetzt. Den sicheren Tod vor Augen, verspürte sie kaum noch Furcht, während eine bleierne Gleichgültigkeit ihre Seele erfasste. Was ihr an Empfindung blieb, war ein heißer Strahl, der ihre Mitte durchfuhr und ihren Herzschlag verlangsamte. Sie dachte an Struan und an das Kind, das wohl niemals das Licht der Welt erblicken würde, und mit der letzten Kraft, die ihr verblieben war, füllte sie in einem einzigen Atemzug ihre Lungen und stieß einen markerschütternden Schrei aus.

Geblendet von der aufgehenden Morgensonne, blinzelte Gero in den blassblauen Himmel und sah einen verspäteten Schwarm Zugvögel, der in einer Keilformation vorüber zog. Ein ganz und gar friedlicher Anblick. Doch dann ließ ihn ein gurgelndes Geräusch unvermittelt herumfahren. Es war Johan, der einem Söldner der Krone die Luft abschnürte. Mit hochrotem Kopf hielt er den zappelnden Mann um den Hals gepackt und drückte ihn der Länge nach auf den Boden nieder.

Bevor Gero begriff, was geschah, huschte ein monströser Schatten an ihm vorbei, von dem er im ersten Moment dachte, es handele sich um einen angriffslustigen Eber.

Gero sprang auf, um Johan zu helfen, dabei richtete er sein Augenmerk für einen Moment in die ansonsten unverdächtige Umgebung, auf der Suche nach weiteren Soldaten. Eben konnte er noch sehen, wie Struans mächtige Gestalt mit einem Schwert in der Hand und im gestreckten Galopp hinter einem dicht bewachsenen Abhang verschwand, der hinunter zum Bach führte.

Der Soldat, den Johan in die Mangel genommen hatte, rührte sich nicht mehr. Er lag auf dem Rücken und starrte mit aufgerissenen Augen ins Leere.

»Ich glaube, er ist tot«, bemerkte Johan und stand schwer atmend auf. »Er hätte uns verraten«, flüsterte er mit gehetztem Blick. »Allem Anschein nach war er nicht allein unterwegs. So wie es aussieht, sind unten am Bachufer noch mehr von der Sorte, und es steht zu befürchten, dass sie Gislingham und das Mädchen in ihrer Gewalt haben.«

Gero warf einen Blick auf den Schlafplatz des Schotten. Amelie war verschwunden, und auch den Engländer konnte er nirgendwo entdecken.

Johan griff sich je eine Armbrust und gab eine davon an Gero weiter.

Matthäus war mittlerweile auch aufgewacht und gähnte genüsslich. Als er den Toten bemerkte, stieß er einen spitzen Schrei aus, den Gero sogleich unterdrückte, indem er dem Jungen den Mund zuhielt. »Steh auf, Mattes«, raunte er ihm zu. »Ganz gleich was auch geschieht. Du bleibst hier und sattelst die Pferde. Rasch!«

»Komm schon, Gero«, rief Johan leise und schwang den Köcher mit den Bolzen in die Richtung, in der Struan entschwunden war. »Es gibt Arbeit.«

Mit gekrümmtem Rücken und unter dem frenetischen Ansporn seiner übrigen Kameraden stieß der junge Soldat seinen halbsteifen Penis in die rosige Spalte der jungen Frau. Und obwohl es ihm alles andere als unangenehm erschien, war ihm offensichtlich nicht klar, ob er die richtige Position gefunden hatte, um die Sache zu Ende zu bringen.

Um ihn nicht noch mehr zu verunsichern, hatte man dem schreienden Mädchen einen mit einem Halstuch umwickelten Stock zwischen die Zähne gesteckt. Verhalten blickte der noch kindlich wirkende Soldat nochmals zur Seite. Das letzte, was er sah, war ein großer Schatten, der unvermittelt die warme Morgensonne verdeckte. Und das letzte, was er spürte, war der Aufprall zweier großer, nackter Füße, die die Sandbank erbeben ließen.

Begleitet von einem unmenschlichen Laut, trennte ein schottisches Breitschwert seinen Kopf vom Rumpf.

Das leblose Haupt fiel mit einem dumpfen Geräusch herab und landete direkt vor Amelies Antlitz. Mit Schaudern wich sie zurück, als der Tote sie aus gebrochenen Augen anstarrte. Gleichzeitig ergoss sich ein Schwall warmer Flüssigkeit über ihren Nacken, und es begann metallisch zu riechen. Im nächsten Moment wurde der über ihr zusammengesackte Torso mit eindrucksvoller Kraft weggerissen.

»Templer!«, brüllte eine panisch klingende Stimme.

Obwohl Struan keinen Mantel trug, war sein Gegner erfahren genug, um allein an Wams, Lederhose und Barttracht zu erkennen, wen er da vor sich hatte.

Einer der Soldaten versuchte sein Vorhaben, Guy de Gislingham ins Jenseits zu befördern, noch schnell in die Tat umzusetzen, indem er ihm ebenfalls den Kopf abschlagen wollte. Jedoch ein Surren zerriss die Stille und unterbrach die Bemühungen des selbst ernannten Scharfrichters jäh.

Gero beobachtete, wie der Bolzen, den er in aller Eile abgeschossen hatte, auf Höhe der Stirn in den Kopf des Soldaten einschlug wie in eine saftige Melone. Auf der Rückseite des Schädels trat die eiserne Spitze des gut eine Elle langen Geschosses, zusammen mit spritzendem Blut, wieder heraus.

Bruder Guy hatte sich zu Tode erschrocken zur Seite gerollt, nachdem das Schwert ihn um Haaresbreite verfehlt hatte und dessen Besitzer, ein kleiner, kräftiger Mann, stöhnend über ihm zusammengebrochen war.

Mit dem zweiten Schuss sandte Johan van Elk die Seele eines weiteren Soldaten geradewegs in die Verdammnis.

Die übrigen Männer waren zu überrascht, um sofort zu reagieren, und stierten wie betäubt auf dem halb im Bach liegenden Kameraden und auf das Blut, das sich stetig mit dem Wasser vermischte und es hellrot färbte.

Wie ein Greif seine Beute umfasste Struan Amelies Taille und hob sie auf die Füße. Hastig durchschnitt er ihre Fesseln und befreite sie von dem Knebel. Ihr Haar, ihre Arme und Hände waren mit Blut besudelt. Allein der Anblick des frischen Blutes schürte ihre Panik nur noch mehr. Ob es das eigene war? Oder das ihres Geliebten?

»Lauf weg«, zischte Struan ihr zu.

Doch Amelie war unfähig, sich auch nur eine Elle weit von ihm zu entfernen. In Todesangst presste sie ihre Handflächen vor die Brust, als wollte sie auf diese Weise ihr rasendes Herz besänftigen.

»Los, lauf zum Lager! Verdammt, tu, was ich dir sage, Weib!«, rief Struan noch einmal, als er bemerkte, dass sie sich immer noch nicht vom Fleck rührte.

Unterdessen hatte Gero erneut die Armbrust gespannt und den fliehenden Hauptmann ins Auge gefasst, der während des Laufens Haken schlug wie ein Hase. Jedoch aus knapp sechzig Fuß Entfernung verfehlte der Bolzen sein Ziel.

Struan rannte dem Flüchtenden mit lautem Geschrei und erhobenem Schwert, hinterher. Dabei war es nicht nur die Rache die ihn trieb. Wie seine Kameraden wusste auch er darum, dass man die Männer nicht lebend entkommen lassen durfte.

Wäre es um Strauchdiebe gegangen, hätte man sie getrost ziehen lassen können, hier aber handelte es sich um Schergen des franzischen Königs. Sie entkommen zu lassen würde für den Schotten und seine Kameraden den sicheren Tod bedeuten. Im Nu hätte man ein ganzes Heer von Soldaten am Hals, das jeden Templer auf dem Weg in die deutschen Lande gnadenlos verfolgen würde. Und selbst wenn es gelingen sollte, heil über die Grenze nach Lothringen zu gelangen: Vor der Verfolgung wegen der Ermordung königlicher Soldaten und damit Christenmord würde sie auch kein deutscher Herrscher schützen.

Mit der kraftvollen Eleganz eines Löwen verfolgte Struan den vermeintlichen Anführer und stellte ihn am Rand des kleinen Buchenwalds. Als der Mann bemerkte, dass es keinen Ausweg mehr gab, schnellte er herum, blieb stocksteif stehen und starrte Struan mit seinen kalten grauen Augen beschwörend an. Offenbar gab er sich dem Irrglauben hin, dass sein hasserfülltes Gegenüber bereit war, ihm Gnade zu gewähren. Wie gelähmt hielt er sein Schwert in der Hand, unfähig es gegen den Templer zu erheben.

Struan kannte jedoch keine Gnade. Er hatte Amelie vor Augen und wie die Männer versucht hatten, sie zu vergewaltigen. Mit einem gewaltigen Schlag seines schottischen Breitschwertes trennte er den Leib des Soldaten von der Halsbeuge bis zur Hüfte in zwei Hälften. Gerade so, wie er es in der Unterweisung durch die alten Veteranen des Ordens gelernt hatte. Sein Herz pochte hart, und die Gewissheit, zu grausam vorgegangen zu sein, meldete sich zaghaft, als er sich mit dem Handrücken die Stirn abwischte, um einige Spritzer des fremden Blutes zu entfernen.

Gero tauschte die Armbrust rasch gegen seinen Anderthalbhänder, um Struan in den jungen Laubwald zu folgen und sich an der Suche nach dem einzig verbliebenen Söldner zu beteiligen.

»Wir schaffen das schon«, rief er Johan zu, der ihn – ebenfalls mit gezogenem Schwert – erwartungsvoll ansah. »Kümmere du dich um Matthäus und das Mädchen! Der Junge soll die Pferde bereitmachen!«

Fieberhaft und schweigend durchkämmten die beiden Freunde das Unterholz. Abgeknickte Äste und zertretenes Farn wiesen ihnen den Weg, den der Flüchtende allem Anschein nach genommen hatte.

Nach einer Weile blieb Struan unvermittelt stehen, hob den Kopf und schloss für einen Moment die Augen. Seine große Nase hob sich in den Wind, und es sah aus, als würde er eine Witterung aufnehmen. Als er seine Kohlenaugen langsam wieder öffnete, machte er auf Gero den Eindruck eines Wolfes, der die Fährte eines Lamms aufgenommen hatte und der nicht eher aufgeben würde, bis er es in seinen Fängen hielt.

Gero unterließ jedes Geräusch und vermied die leiseste Bewegung.

Struan warf ihm einen wissenden Blick zu und deutete mit dem Kopf nach links in eine Ansammlung hoher Farnbüschel. Pfeilschnell wandte er sich zur Seite und schlug, ohne zu zögern, mit einem gewaltigen Schwerthieb in einen Farnbusch hinein. Ein grässlicher Schrei und ein lautes Stöhnen verrieten ihm, dass er sein Ziel nicht verfehlt hatte.

Als Gero den Farn zur Seite bog, blickte er in das Gesicht eines franzischen Soldaten, der kaum älter sein konnte als achtzehn Lenze. Er lag auf dem Rücken, und sein rechter Arm war fast abgetrennt. Seine Miene spiegelte eine seltsame Mischung aus Verblüffung wider, gepaart mit einsetzendem Schmerz und nackter Furcht.

Während Gero noch überlegte, was zu tun sei, nahm Struan ihm die Entscheidung ab, in dem er unbeobachtet seinen schottischen Kurzdolch zog und auf die Knie ging. Er legte einen Arm unter den Nacken des Jungen und nahm ihn sorgsam auf, dabei blickte er ihm unentwegt in die braunen Augen, die ihn starr vor Angst fixierten. Mit einem tröstenden Lächeln und ein paar beruhigenden Worten strich er dem Jungen das verschwitzte Haar aus der Stirn. Dann schnitt er dem Todgeweihten mit einer raschen, fließenden Bewegung die Kehle durch.

Gero schluckte, als nur noch ein kurzes Röcheln zu vernehmen war und eine plötzliche Stille einkehrte. Sein Blick fiel auf die blutverschmierte Hand des Schotten, die den Toten sacht in den Farn zurückbettete und ihm die Augen zudrückte. Struan erhob sich bedächtig und rieb sich mit ein paar Farnblättern, so gut es ging, den dunkelroten Lebenssaft von den Fingern.

In schweigendem Einverständnis überließen sie den Toten seinem grünen Grab. Danach gingen sie mit großen Schritten zurück zum Wasser.

Am Bach angekommen, sammelte Gero hastig die Armbrustbolzen ein, die immer noch in den Leichen der königlichen Soldaten steckten.

Der hölzerne Zain trug die Kerbung des Ordens und hätte im Falle einer Entdeckung sofort einen Hinweis auf die Schuldigen dieses Massakers gegeben.

Bei einem der getöteten Männer versuchte Gero vergeblich, den Bolzen aus der Stirn zu ziehen. Er war gezwungen, das Haupt des Unglücklichen bei den braunen Locken zu packen, um es anzuheben, in der Hoffnung, das Geschoss durch den Hinterkopf leichter entfernen zu können. Mit Schaudern betrachtete er das Gesicht des Toten. Die Augen gebrochen, unter halb geöffneten Lidern, hatte es jeden menschlichen Ausdruck verloren. Dabei hatte die stählerne Spitze des Bolzens den hinteren Teil des Schädels wie ein rohes Ei aufgeschlagen und einen Teil des Knochens herausgebrochen. Der Inhalt des Kopfes trat in einem blutigen Brei zu Tage und verteilte sich zwischen den Flusskieseln. Gero biss die Zähne zusammen und schloss für einen kurzen Moment die Augen, weil ihm nichts anderes übrig blieb, als den Bolzen bei der Spitze zu packen und ihn mit einem ordentlichen Ruck rückwärtig herauszuziehen. Der Rest des graublutigen, wabernden Stück Etwas, das mit merkwürdigen Windungen versehen war, blieb an den Federn des Zains hängen und fiel dann in einem Stück zu Boden. Angeekelt wandte er sich ab. Sein leerer Magen und ein rechtzeitiges, tiefes Durchatmen bewahrten ihn davor, sich augenblicklich übergeben zu müssen. Schwer atmend stand er auf und ging zum Wasser.

Struan, der wie abwesend neben ihm gehockt hatte, ging ihm nach. Der Schotte wusch sich nicht nur die Hände, sondern auch das Gesicht. Dann zog er sich das wattierte Unterwams über den Kopf und versuchte, die zahlreichen Blutspritzer auszuwaschen.

Gero beschlich das Gefühl, dass sie im Stillen die Hoffnung hegten, mit dem Wasser nicht nur ihren Körper und ihre Kleidung von den Spuren der Sünde zu reinigen, sondern darüber hinaus auch ihre Seelen. Einen Christenmenschen zu töten war eine schwere Sünde. Selbst wenn es in Notwehr geschah, musste man beim Herrgott inständig um Ablass bitten. Ganz zu schweigen von der weltlichen Strafe, die einen traf, wenn man einen christlichen Soldaten auf dem Gewissen hatte und gefasst wurde.

»Wir müssen die Leichen wegschaffen«, bemerkte Gero mit tonloser Stimme. »Hier am Bachufer kann sie jeder sofort entdecken.«

Struan nickte und sah sich nachdenklich um. Die Körper von drei toten Soldaten verteilten sich auf einer Sandbank, die aus dem Bachlauf herausragte wie eine kleine Insel. Ein vierter lag, für niemanden zu sehen, in zwei Hälften zerschmettert unter niedrigen Büschen, und auch an den Verbleib des Fünften brauchten sie keinen Gedanken mehr zu verschwenden.

»Glaubst du, es gibt noch mehr Blauröcke in der Gegend?«, fragte Struan.

»Schwer zu sagen.« Gero kratzte sich nachdenklich am Kopf und blinzelte in die Sonne, um abzuschätzen wie spät es wohl sein mochte. »Vielleicht gehörten sie zu einem Trupp des Königs, der bereits Auftrag erhalten hat, nach versprengten Ordensleuten zu suchen.«

»Ein Grund mehr, unserer Spuren so gründlich wie möglich zu verwischen«, knurrte Struan.

Widerwillig gingen sie daran, die verbliebenen Leichen einzeln, an Armen und Füßen gepackt, im nur schwer zu durchdringenden Unterholz und unter den dichten Ginsterbüschen zu verstecken. Zuvor zogen sie den Toten die Überwürfe und Kettenhemden aus. Zusammen mit deren Schwertern, die alle das Zeichen des Königs von Franzien trugen und somit für die Ritterbrüder unbrauchbar waren, versenkten sie die Kleider der Soldaten in einem nahe liegenden, mit Schilf umrandeten Tümpel.

Struan bückte sich, um den unteren Teil der hohen Sumpfpflanzen auseinander zu biegen, als er plötzlich eine schnelle Bewegung zu seinen Füßen wahrnahm. Erschrocken trat er zurück. In ihrer Mittagsruhe aufgescheucht, schlängelte sich eine Aspis-Viper durch die am Boden liegenden, abgestorbenen Uferpflanzen davon.

»Ein Unglückszeichen!« Der Schotte schaute Gero mit entsetzter Miene an und bekreuzigte sich hastig.

Gero schüttelte verständnislos den Kopf. »Du meinst also wirklich, es könnte noch schlimmer kommen?«

Auf dem Rückweg zum Lager fand Gero unterhalb des sandigen Abhanges ein paar zierliche, hellbraune Lederstiefel.

Struan nahm sie ihm ungefragt ab. »Die gehören Amelie«, sagte er und presste das fein gearbeitete Schuhwerk an sich.

Als sie nach einer Weile zum Lager zurückkehrten, hatte Johan den getöteten Soldaten vom Lagerfeuer weg in ein Gebüsch gezogen und mit Ästen und Blättern bedeckt und damit nicht nur Matthäus, sondern auch sich selbst den weiteren Anblick des Toten erspart.

Der Knappe hockte bei den fertig gepackten Pferden. Die Angst stand ihm immer noch ins Gesicht geschrieben. Erst als er sah, dass sein Herr und der schottische Bruder allem Anschein nach unverletzt waren, sprang er auf und lächelte erleichtert. Gero tätschelte ihm die Schulter.

»Du bist ein tapferer Kerl«, sagte er und zwinkerte dem Jungen vertrauensvoll zu.

Guy de Gislingham lag unterdessen der Länge nach im Gras und starrte abwesend in den Himmel.

Johan, der ihre letzten Habseligkeiten zusammenpackte, ließ den Engländer links liegen und zog nur eine seiner Brauen hoch, als Gero und Struan ihn fragend anschauten. Mit besorgter Miene deutete er auf Amelie, die mit ebenso teilnahmslosem Blick wie der Engländer am Boden hockte.

Ihrer angeborenen Schönheit zum Trotz bot sie ein Bild des Jammers. Eingehüllt in ihr blutverschmiertes Reiseplaid wie in einen Kokon, saß sie zitternd im Gras und wisperte unverständliche Worte. Ihr Gesicht war bleich und ihr ehemals goldfarbenes Haar blutverkrustet. An den Stellen, wo es seinen seidigen Schimmer behalten hatte, glänzte es wie Kupfer. Von Zeit zu Zeit ergriff sie ein heftiges Zittern.

Struan beschleunigte seine Schritte und kniete hastig neben ihr nieder.

»Mo ghraidh«, murmelte er in seiner gälischen Muttersprache und umarmte sie liebevoll. Dann fuhr er fort, ihr unaufhörlich französische Koseworte zuzuflüstern, wie seine Kameraden es gewöhnlich bei ihren Pferden taten, und hob sie vorsichtig auf.

»Ich muss sie waschen«, sagte er leise. »Solange sie so blutverschmiert ist, wird sie sich nicht beruhigen.«

Struan trug das völlig apathische Mädchen wie ein Neugeborenes in seinen Armen.

Johan van Elk nickte ergeben, als Gero ihn aufforderte, ein Kleid aus dem Gepäck des Mädchens herauszusuchen und dem Schotten zum Bachlauf zu folgen.

Benommen und ohne Protest ließ Amelie es zu, dass Struan sie behutsam entkleidete und splitternackt in eine kleine aufgestaute Wasserstelle setzte.

Das eiskalte Nass holte sie augenblicklich ins Leben zurück. Unbeirrt von ihrem lauten Wimmern hielt Struan sie eisern fest und rieb ihr beständig das Blut von Hals und Dekolleté. Immer wieder schöpfte er mit der hohlen Hand Wasser über ihr verklebtes Haar und spülte es solange, bis es seine natürliche Farbe wiedererlangte. Prustend kam sie an die Oberfläche, nachdem er zu guter Letzt ihren Kopf für eine Weile unter Wasser getaucht hatte. Er wollte einfach sicher gehen, dass auch die letzte Spur des fremden Todes mit dem abfließenden Wasser verschwand. Als er Amelie half aufzustehen, holte sie überraschend aus und verpasste ihm eine schallende Ohrfeige.

»Willst du mich ersäufen?«, schrie sie ihn wütend an.

Struan, mit freiem Oberkörper und bis zu den Knien im Bach stehend, hielt ihrem zornigen Blick ungläubig stand, während das Wasser aus ihren nassen Haaren stetig über die prallen Brüste rann und dann über die geschmeidigen Schenkel perlte.

Wie hypnotisiert starrte Johan van Elk auf ihren wogenden, nackten Busen, und die langen, feuchten Locken, die ihren leicht gewölbten Leib kaum verdeckten. Unvermittelt begann sie zu schluchzen und fiel Struan mit einem Mal bereitwillig in die offenen Arme. Allem Anschein nach hatte ihre Wut gar nicht dem Schotten gegolten, sondern vielmehr den Männern ganz allgemein, die ihr in Gestalt der Soldaten auf so grausame Weise zugesetzt hatten.

Einfühlsam, aber entschlossen packte Struan das Mädchen am Ellbogen und führte es ans Ufer, wo er ihr zusammen mit Johan in die frischen Kleider half.

»Bringt mich hier weg«, murmelte sie, »Irgendwohin, wo wir sicher sind.«

6

Freitag, 13. Oktober 1307, mittags – Tod eines Templers

Inzwischen stand die Sonne hoch am Himmel und ließ das herbstliche Laub am Boden und in den Wipfeln der Bäume golden schimmern. Nach ungefähr sechshundert Fuß erreichten Gero und seine Begleiter die alte Templerroute nach Souvage-Magny. Für die Weiterreise hatten

Struan, Johan und Gero darauf verzichtet, ihren Wappenrock anzulegen, und um nicht schon von weitem als Templer erkannt zu werden hatten sie ihre Chlamys auf links gewendet. Während er auf die anderen Reiter wartete, wagte Gero einen Blick nach allen Seiten, um sicherzugehen, dass sie nicht erneut einer königlichen Patrouille oder vielleicht einer Horde von Zöllnern in die Arme fielen. Auf sein Handzeichen überquerten er und seine Begleiter die breite, gepflasterte Straße.

Es war Freitag. Wenn nichts Unvorhergesehenes dazwischen kam und sie das Tempo hielten, würden sie zur Sonntagsandacht die Mosel erreichen.

Trotz aller Eile gab Gero, nachdem sie eine weitere Stunde geritten waren, das Zeichen für eine Rast. Bereits seit geraumer Zeit bemerkte er, dass Matthäus' begehrlicher Blick immer häufiger die mit Proviant gefüllten Satteltaschen streifte. Auf einer mit Buchen umsäumten Lichtung befahl er abzusitzen. Ohne Muße machten sie sich im Stehen über Brot und Wurst her.

Struan gab Amelie aus dem Wasserschlauch zu trinken und nahm anschließend selbst einen großen Schluck, dann reichte er ihn an seine Kameraden weiter.

Schließlich drängte Gero erneut zum Aufbruch.

Johan verstaute den restlichen Proviant, und Amelie bat Struan, sie zu begleiten, damit sie hinter einem Dickicht gefahrlos ihre Notdurft verrichten konnte. Als sie hinterher eine Furt hinauf kletterten, drang aus dem Fichtenwald ein ersticktes Keuchen. Amelie wollte aufschreien, doch Struan war schneller, und unter seinen warmen Fingern, die er ihr unvermittelt auf den Mund gelegt hatte, stockte ihr der Atem. Schützend schob er sie hinter seinen Rücken und trat mit gezogenem Schwert nach vorn. Im Schatten der Bäume bewegte sich etwas, und ein leises, stetiges Stöhnen war zu vernehmen.

Amelie war Struan gefolgt und klammerte sich voller Furcht an seinen Schwertarm.

»Geh zum Lager und verständige die anderen«, flüsterte er ihr zu.

»Ich kann nicht«, jammerte sie leise. »Ich habe Angst.«

Er seufzte und zog sie mit sanfter Gewalt in den Schatten einer mächtigen Fichte. »Dann setzt dich wenigstens hierhin«, flüsterte er »und lass mich nachschauen, was dort vor sich geht.«

Nachdem Amelie sich an den ausladenden Wurzelstamm gekauert hatte, nahm Struan eine geduckte Haltung ein und arbeitete sich lautlos über den federnden Nadelteppich bis zu einem Felsen vor. Als er, mit seinem Breitschwert im Anschlag, einen vorsichtigen Blick hinter den mannshohen Monolithen wagte, traf ihn das, was er dort zu sehen bekam, heftiger als ein unvermuteter Angriff.

Der Schotte warf einen raschen Blick in die Umgebung, bevor er sich dem am Boden liegenden Schwerverletzten näherte. Erst wollte er sicher gehen, dass es keine Falle war. Der Anblick des jungen Mannes ließ jedoch jeden Zweifel schwinden. Es handelte sich um einen Bruder des Tempels, und so wie es aussah, war er dem Tode geweiht.

»Amelie«, rief Struan und blickte kurz auf. »Er gehört zu uns! Hol Gero und richte ihm aus, er soll Wasser und die Arzneitasche mitbringen.«

Der dringliche Klang in Struans Stimme ließ Amelie ihre Angst überwinden.

Sie raffte ihr Gewand und rannte zurück zur Lichtung.

»Ruhig, Kamerad«, sagte Struan, während er niederkniete. Dabei verscheuchte er ein Heer von Fliegen, die den blutüberströmten Rumpf des unbekannten Kameraden respektlos zu einer willkommenen Mahlzeit erklärt hatten. Vorsichtig versuchte er, den Bruder aufzurichten, doch ein erstickter Schmerzenslaut hielt ihn davon ab. Erst dann bemerkte er, dass sogar der Boden blutgetränkt war.

Plötzlich stand Gero hinter ihm, mit einer Decke in der einen und einer Satteltasche in der anderen Hand. Den Ziegenbalg mit dem Wasser hatte er sich unter den Arm geklemmt. Er war allein gekommen. Johan hielt auf der Lichtung die Stellung. Gero wollte es tunlichst vermeiden, den Engländer allein mit Matthäus, dem Mädchen und den Pferden zurückzulassen.

Struan schob dem verletzten Kameraden die Decke unter den Kopf, während Gero sich auf die andere Seite des Mannes kniete und ihm vorsichtig das frische Wasser an die aufgesprungenen Lippen setzte.

Der schwer verwundete Mann trug weder Kettenhemd noch Chlamys, aber Gero und Struan konnten an Hose und Stiefeln erkennen, dass er ein Ordensbruder sein musste. Sein Gesicht war bleich wie Schnee, und unter seinen dunklen Augen lagen tiefe Schatten.

Struan glaubte den Verwundeten schon einmal auf einem ordenseigenen Wettkampf für Armbrustschützen gesehen zu haben. Er tauschte mit Gero einen wissenden Blick, nachdem er die hässliche Wunde des Mannes genauer betrachtet hatte. Auf der rechten Seite, zwischen Lende und Rippenbogen, war das helle Unterwams aufgeschlitzt. Dort hatte das Blut den Stoff scharlachrot gefärbt, und der Riss gewährte einen Einblick in eine klaffende Wunde, die bis zu den Eingeweiden reichte und sogar die verletzten Windungen des Darms zeigte. Es kam einem Wunder gleich, dass der Bruder überhaupt bis jetzt überlebt hatte.

»Wir sind aus Bar-sur-Aube. Zu welcher Komturei gehörst du?«, fragte Gero mit gedämpfter Stimme, derweil er der mitgeführten Satteltasche eine kleine, mit Wachs verschlossene Tonphiole entnahm, die mit einer geheimen Schlaf- und Schmerztinktur gefüllt war. Mehr beiläufig öffnete er den Verschluss des Fläschchens mit den Zähnen und spuckte die Wachsreste, die an seinen Lippen hafteten, auf den Boden.

»Bruder Petrus, Montier en Der«, antwortete der Ordensbruder mit brüchiger Stimme.

»Was ist passiert?«, wollte Struan wissen.

»Sie haben uns überfallen ... Philipps Söldner ... noch vor der Frühmesse.« Er stockte und fuhr erst fort, nachdem Gero ihm abermals den Wasserschlauch gereicht hatte. »Als wir das Haus nicht freiwillig verlassen wollten, haben sie alles niedergebrannt. Und jeder Bewohner, der ins Freie stürmte, wurde sogleich in Ketten gelegt. Ich war der einzige, der sich entgegen der Anordnungen des Komturs gegen die Bastarde erhoben hat. Ich wollte mein Ross aus den brennenden Stallungen retten ...« Er hustete verkrampft, und es dauerte einen Moment, bis er wieder zu sprechen begann.

»Die Soldaten stellten sich mir in den Weg. Am Ende waren es acht Schergen, gegen die ich mich verteidigen musste. Ich habe sie nicht alle in Schach halten können. Einer von ihnen hat mich aufgeschlitzt, während ich gegen die anderen kämpfte.«

Bruder Petrus versuchte sich auf dem Ellbogen abzustützen, um seine Verwundung in Augenschein nehmen zu können, sank jedoch sofort mit einem Stöhnen auf die Decke zurück.

»Und wie kommt es, dass du es bis hierhin geschafft hast?«
»Sie haben mich auf einen der Leiterwagen geworfen. Ihnen waren die Ketten und Stricke ausgegangen, und sie dachten wohl, ich hätte sowieso nicht mehr lange zu leben. Es war dunkel … und in einem unbeobachteten Augenblick habe ich mich vom Wagen fallen lassen und mich hierher geschleppt.« Der Ritterbruder schloss die Augen. Sein Atem war schneller geworden.

»Hier, trink das!«, sagte Gero leise und setzte ihm das Fläschchen an die Lippen.

»Es wird deine Schmerzen lindern.«

Der schwer verletzte Templer schluckte die bittere Flüssigkeit mit geschlossenen Augen bis auf den letzten Tropfen und verzog dabei keine Miene.

Der Trunk würde ihn töten. Und das wusste nicht nur Gero. Jedem medizinkundigen Ordensbruder war bekannt, dass man die Mischung aus Opium, Alraune und Stechapfel nicht nur bei Schmerzen, sondern in erhöhter Dosierung bei hoffnungslosen Fällen einsetzte, um den Eintritt des Todes zu beschleunigen. Deshalb war die kleine Flasche am Boden mit einem schwarzen Kreuz gekennzeichnet. Die umstrittene Arznei würde den unglücklichen Bruder rasch in eine andere Welt hinüber dämmern lassen. Ohne Leiden und ohne Kampf.

»Wisst ihr Brüder, es ist besser, in Gottes freier Natur zu sterben, als dass ich die letzten Stunden meines Daseins in einem stinkenden Kerker verbringen muss, wo die Ratten mir das Fleisch von den Knochen nagen, noch bevor mein Leib kalt geworden ist.«

Gero kniete dicht neben dem Mann und suchte nach einer Geste des Vertrauens, um dem Bruder seines Beistands zu versichern. Als er dessen Stirn berührte, überlief ihn ein Schauer. Es war der kalte Schweiß des Todes, der die Haut des Mannes benetzte. Bruder Petrus griff suchend nach Geros Hand.

»Mein voller Name ist Petrus de Monet«, keuchte er. »Meine Familie stammt aus dem Languedoc. Solltet ihr jemals Gelegenheit dazu haben, dann sagt ihnen … dass ich ehrenvoll gestorben bin und nichts von dem stimmt, was man uns vorwirft.«

Seine Worte verebbten in einem Flüstern, und sein Atem wurde zusehends flacher. Gero strich ihm über die schweißnassen Haare.

»Du wirst in das Paradies eingehen, wo der heilige Petrus dich mit Freuden empfangen wird«, sagte er, wohl wissend, dass es kein sicheres Versprechen war. Es gelang ihm, dem Blick des jungen Bruders standzuhalten. Offenbar war Bruder Petrus bereit, sein unabwendbares Schicksal anzunehmen.

»Betet mit mir ... bitte«, flüsterte der Todgeweihte mit schwacher Stimme.

Gero nickte stumm. »In nomini patris et filii et spiritus sancti ...« Er segnete den Bruder, und Struan fiel mit seiner rauen Sprache in das lateinische Vaterunser ein.

Gero hielt die gefalteten Hände des Sterbenden, die ihm so eiskalt erschienen wie die ewige Verdammnis, und als wäre er nicht bereit, das Unabwendbare zuzulassen, umklammerte er die steifen Finger selbst noch, als das Gebet längst verklungen war und die Seele des Petrus de Monet sich in den Himmel aufgemacht hatte.

Struan hockte auf der anderen Seite des Toten und drückte ihm stumm die Lider zu. Er hielt den Kopf gesenkt, und ein paar Tränen tropften von seiner großen Nase auf den Leichnam herab. Es war das erste Mal, dass Gero den Schotten weinen sah.

Schweigend wickelten sie den leblosen Körper des Bruders in die Decke und verschnürten ihn sorgsam mit einem Seil. Um ihm ein anständiges Grab zu schaufeln, hatten sie weder die Zeit noch das nötige Handwerkszeug. Daher legten sie den eingewickelten Toten, an Kopf und Füßen gepackt, in die Furt und bedeckten ihn mit Fichtenzweigen. Wenigstens würde es so eine Weile dauern, bis die Tiere des Waldes sich seiner bemächtigen konnten.

Großzügig umrundeten Gero und sein Trupp später mehrere auf dem Weg liegende Komtureien. Zudem mieden sie größere Ortschaften und Stationen, an denen Straßenzölle erhoben wurden. Bei Einbruch der Dämmerung erreichten sie das weitläufige Ufer der Marne. Von hier aus konnte man die Silhouette von Saint Dizier sehen, die mit ihrem hohen Kirchturm etwa eine halbe Meile südöstlich wie ein Schattenspiel aus dem bläulichen Abenddunst aufragte.

In einer Entfernung von ungefähr fünfhundert Fuß saß ein Fährmann vor seiner Hütte und genoss die letzten Strahlen der untergehenden

Sonne. Da der Mann offenkundig allein war und sich keine Soldaten in der Nähe aufhielten, hoffte Gero darauf, zumindest Amelie und Matthäus trockenen Fußes über den Fluss bringen zu können.

»Unverschämt«, murmelte Struan, nachdem der Fährmann aufgestanden war und ihnen den Preis für eine einfache Flussüberquerung genannt hatte. Sechs Sous Livres. »Dafür kann man ja ein ausgewachsenes Schaf kaufen.«

Die runzligen Gesichtszüge des Fährmannes verzerrten sich zu einem hinterlistigen Grinsen.

»Junger Freund«, begann er und legte Struan respektlos seine schmutzige Hand auf die Schulter. »Umsonst ist der Tod!«

Der Schotte wischte den Arm des Alten mit einer entschlossenen Handbewegung hinweg, geradeso, als ob er den Aussatz hätte, dabei senkte er seine buschigen Brauen zu einem bedrohlichen Blick.

»Nicht so ungestüm«, erwiderte der Fährmann mit einer unvermuteten Arroganz. Abschätzend betrachtete er die Kleidung der Brüder.

»Eigentlich müsste mein Preis noch höher sein. Dass Ihr Templer seid, sieht selbst ein Blinder, auch wenn ihr den Mantel nicht so tragt, wie man es von Euresgleichen gewohnt ist. Erst gestern flatterte ein Vögelchen vor meine Füße und hat mir zugezwitschert, dass es da jemanden gibt, der Euch liebend gern in einem sicheren Käfig sehen würde. Ein Wink von mir, und eine Flussüberquerung wäre das geringste Hindernis auf Eurer Reise.«

Struan packte den Mann, der ein gutes Stück kleiner war als er selbst, am Kragen seiner ausgefransten Joppe. »Hör zu, Alter«, zischte er, während er ihn unbarmherzig von den Füßen zog. »Wenn du glaubst, dass ein Wolf nur deshalb nicht mehr gefährlich ist, weil ihm eine Meute von Hunden folgt, bist du auf der falschen Fährte. Gerade dann ist er dazu im Stande, jedem, der sich ihm in den Weg stellt, die Kehle zu durchbeißen.« Der Schotte bleckte seine beeindruckenden Zahnreihen zu einem boshaften Grinsen und vermittelte damit nicht nur dem erschrockenen Fährmann, dass er die Rolle des Wolfes notfalls selbst übernehmen würde.

Sogar Amelie empfand die animalische Kraft, die von Struans Drohung ausging, als unheimlich. Dass er in der Lage war, ohne mit der Wimper zu zucken, einen Menschen zu töten, wusste sie mittlerweile, aber dass er notfalls mit den bloßen Zähnen einem Widersacher den Garaus machen würde, hatte sie ihm bis jetzt nicht zugetraut.

»Stru, lass ihn los«, befahl Gero.

Der Schotte stieß den Alten mit einem verächtlichen Schnauben von sich. Taumelnd versuchte der Fährmann, das Gleichgewicht zu halten.

»Sagt uns den üblichen Preis«, forderte Gero ihn auf.

Der Mann schluckte, und mit einem verunsicherten Blick auf Struan, der sich mit verschränkten Armen zu voller Größe aufgerichtet hatte, krächzte er: »Ein Sous Livres, weil Ihr es seid.«

»Na also, wer sagt's denn«, brummte Johan und begab sich zu dem flachen Kahn, der am Ufer lag, um ihn mit einigen der Gepäckstücke zu beladen.

Wenig später kletterte Amelie unter der Hilfe von Matthäus in das wackelige Boot.

Gislingham, der nicht schwimmen konnte, folgte dem Fährmann. Voller Misstrauen hatte sich der Alte ausbedungen, den Kahn als erstes zu besteigen, weil er wohl insgeheim fürchtete, dass man sonst ohne ihn ablegen könnte.

Gero, Johan und Struan zogen sich bis auf die nackte Haut aus, und banden Stiefel und Kleidung zusammen, um sie am Sattel des englischen Great Horse zu befestigen. Gero hatte schon Ritter bei einer Flussüberquerung beobachtet, die – aus welchen Gründen auch immer – sogar Kettenhemd und Hose angelassen hatten und dabei gnadenlos abgesoffen waren, als sie überraschend im tiefen Gewässer den Boden verloren hatten.

Ohne Scham drangen die Männer in das eiskalte Flusswasser vor. Struan, der Geros entsetztes Gesicht sah, grinste breit. »Wenn du in einem schottischen Loch getauft wurdest, kann dich das hier nicht erschüttern.«

»Es erinnert mich an meine Jugend«, bemerkte Johan, während ihm unaufhörlich die Zähne klapperten, »als ich einmal in den Auen des Rheins ins Eis eingebrochen bin und beinahe ertrunken wäre.«

Selbst die Pferde waren von dem unverhofften Badevergnügen wenig begeistert, und Gero und seine Kameraden mussten heftig an den Zügeln zerren, um sie ins Wasser zu bringen.

Nach einer Strecke von etwa einhundertfünfzig Fuß wateten sie erleichtert ans andere Ufer. Gero ließ sich ins trockene Gras fallen und wartete, bis sich sein aufgewühlter Herzschlag verlangsamte. Dabei genoß er für einen Moment die Abendsonne, die den Fluss in ein Band von glitzernden Lichtern verwandelte

Nachdem sie alles zusammengepackt hatten, beschlossen sie, noch bevor es stockfinster wurde, einen sicheren Platz für eine Übernachtung zu suchen.

Nach ungefähr einer halben Meile erreichten sie im Halbdunkel einen Weiler mit mehreren Häusern und Scheunen.

Gero saß ab und übergab Struan die Zügel, um an die Tür des erstbesten Bauernhauses zu klopfen, in dem noch ein spärliches Licht brannte. Das Anwesen erschien ihm verhältnismäßig groß und ließ darauf schließen, dass seine Besitzer nicht unbedingt arme Leute waren.

Die Tür hatte man aus massivem Eichenholz gefertigt. Geros Klopfen fiel vielleicht eine Spur zu energisch aus. Als sich nichts tat, hämmerte er erneut auf das harte Holz und lehnte sich abwartend in den Türbogen.

Plötzlich hörte er Schritte, und die hölzerne Pforte wurde mit einem leisen Knarren einen Spalt weit geöffnet. Jemand hielt ihm eine flackernde Kerze vor die Nase. Im ersten Moment war er zu geblendet, um sein überraschtes Gegenüber erkennen zu können.

»Jesus Maria hilf«, kreischte eine unangenehm hohe Stimme, »es sind Templer!«

Krachend wurde die Tür wieder zugeworfen und mit einem rumpelnden Geräusch von innen verriegelt.

Abgesehen davon, dass man sie nicht mit offenen Armen empfing, war es ein gutes Zeichen, dass die Sprache der Frau einen eindeutig lothringischen Akzent hatte. Somit konnte die Grenze zu den deutschen Landen nicht mehr weit sein.

Im Haus entbrannte unterdessen eine heftige Diskussion.

»Die Miliz Christi säuft, hurt und schändet Frauen«, eiferte sich die Bäuerin lautstark. »Wenn du die Kerle da draußen hereinlässt, nehme ich meine Töchter und ziehe noch heute Abend zu meiner Schwester!«

Trotz dieser haltlosen Anschuldigungen versuchte Gero sein Glück noch einmal.

Einen Augenblick später wurde die Tür aufs Neue geöffnet, und diesmal trat ein älterer, korpulenter Kerl mit einer Glatze heraus. Er war ein ganzes Stück kleiner als Gero und trug die typisch grobe Kleidung eines bäuerlichen Lehensmannes, die sich auf die Farben braun und grau beschränkte.

»Womit kann ich Euch dienen, Seigneurs?«, fragte er unsicher.

»Empfängt man so einen Mann Gottes, der für das Kreuz gekämpft hat?« Um dem Bauer die Angst zu nehmen, hatte Gero ihn mit Absicht in dem in dieser Gegend üblichen Dialekt angesprochen.

»Verzeiht«, rechtfertigte sich der Mann kleinlaut, »meine Frau ist nicht ganz bei sich. Sie hat es bestimmt nicht so gemeint.«

»Wir brauchen nur eine Unterkunft für eine Nacht«, erwiderte Gero geduldig. »Es ist bereits finster, und die nächste Komturei ist Meilen entfernt.«

»Wie viele seid Ihr?«, fragte der Mann, dabei reckte er seinen kurzen Hals zögernd zur Tür heraus, um sich einen Überblick zu verschaffen.

Gero konnte mühelos erkennen, dass auch der Bauer nicht ganz frei war von der Sorge, dass eine Horde berüchtigter Templer wohlmöglich sein Haus auf den Kopf stellen und seine unschuldigen Töchter verführen könnte.

»Wir sind vier Männer, eine Frau und ein Junge.«

Der Bauer hob seine Öllampe, um Geros Angaben zu überprüfen, gleichzeitig versuchte er in den Gesichtern der Männer zu lesen, ob es sich um Halunken oder vertrauenswürdige Gestalten handelte.

Struan war zwischenzeitlich abgestiegen, um Gero bei dessen Anliegen zu unterstützen. Er trat einen Schritt nach vorn, so dass der Bauer ihn sehen konnte. Dass sich das als keine so gute Idee erwies, konnte man an dem ängstlichen Gesichtsausdruck des Mannes erkennen.

Gero straffte seine Schultern und setzte eine strenge Miene auf, wie er sie von seinem Vater gewohnt war, wenn der mit zahlungsunwilligen Lehensmännern verhandelte. Schließlich hatte er nicht vor, wie Maria und Josef mit dem Jesuskind von Haustür zu Haustür zu pilgern, bis sie endlich jemand aufnahm.

»Verzeiht mir, dass ich mich noch nicht vorgestellt habe«, begann er mit der ruhigen, tiefen Stimme eines Beichtvaters. »Mein Name ist Gerard von Breydenbach. Meine Familie entstammt einem angesehenen Rittergeschlecht, welches Lehensnehmer des Erzbistums Trier ist. Die Familie meiner Mutter hat verwandtschaftliche Bande zum Hause Lichtenberg.«

Gero hoffte, dass seine Vorstellung den Bauern beeindruckte. Die Herren von Lichtenberg waren hier in der Gegend bekannt, herrschten sie doch über das halbe Elsass und hatten bis vor wenigen Jahren die Bischofssitze von Straßburg und Metz innegehabt.

Die Bauersfrau, die immer noch hinter dem Rücken ihres Mannes stand, machte einen letzten Versuch. »Wir sind nur arme Leute und können Euch bestimmt nicht die Unterkunft bieten, die Ihr gewohnt seid. Zudem könnte ich Euch nur eine einfache Suppe zum Nachtessen reichen.« In falscher Demut schlug sie die Augen nieder.

»Madame, macht Euch keine Gedanken, wir Templer sind bescheidene Schlafstätten gewohnt, und der Herr segnet auch ein einfaches Mahl. Wo können wir die Pferde unterstellen?« Mit einer kurzen eleganten Verbeugung unterstrich Gero, dass er nicht damit rechnete, weiterhin abgewiesen zu werden.

Der Bauer gab sich geschlagen. Er stieß einen lauten Pfiff aus, und ein großer schlaksiger Junge, der bereits neugierig am Scheunentor gestanden hatte, entzündete eine Kienspanfackel und führte die Tiere in die Stallungen.

7

Samstag, 14. Oktober 1307, morgens – Verrat

Eine schläfrige Ruhe lag über dem strohgedeckten Bauernhaus, als Matthäus am Morgen durch den Stall schlich, um lautlos zur Latrine zu gelangen. Vor seinem geistigen Auge tauchte der dicke Bruder Adam auf, der die Knappen in der Komturei in höfischem Benehmen unterrichtet hatte.

»Wenn ich einen von euch erwische, der aus Bequemlichkeit in die Waschräume oder in den Hof pisst, mach' ich ihn höchstpersönlich zum Eunuchen! Sollte sich darüber hinaus bei noch größeren Geschäften jemand erdreisten, in unmittelbarer Nähe zur Komturei auf den Besuch der Latrine zu verzichten, sperre ich ihn eigenhändig vierzehn Tage in den Schweinestall, und das nackt wie Gott ihn schuf.« Ob Bruder Adam diese übertriebene Drohung je wahr machen würde, hatte unter den meist jugendlichen Knappen zu allerlei Diskussionen geführt, doch niemand hatte es je gewagt, ihn auf die Probe zu stellen.

Im Halbdunkel sah Matthäus, dass Johan van Elk sich vor der Tür zum Hof zwischen zwei Strohhaufen liegend in eine Decke der Miliz eingerollt hatte. Den Kopf auf den rechten Ellbogen gebettet, schnarchte er leise mit geöffnetem Mund. Dabei hielt er mit seiner rechten Hand sein Schwert so fest umklammert, als ob er damit verwachsen wäre.

Guy de Gislingham hingegen hatte anscheinend sein Lager bereits verlassen, denn er war weit und breit nirgendwo zu sehen.

Draußen hinter den Stallungen war es kalt und dämmerig. Während Matthäus die Schnüre seiner Hose löste, um sich zu erleichtern, glitt sein Blick über die umliegenden Weiler hinweg, die sich zwischen Obstbäumen und vereinzelten Eichenwaldungen aus dem Nebel erhoben. Doch nicht nur das unmelodische Krächzen einiger Krähen störte die frühmorgendliche Stille. Bei genauer Betrachtung konnte Matthäus einen Trupp von Reitern ausmachen, der sich stetig über einen benachbarten Hügel näherte. Der Junge kniff die Lider zusammen, um die Kleidung der Reiter erkennen zu können. Der Bannerträger in vorderster Reihe trug das Wappen Philipps IV. von Franzien. Matthäus versuchte Männer und Pferde zu zählen. Doch bevor er damit fertig war, verschwanden sie in einer Talsenke.

Mit rasendem Herzen rannte er in den Stall zurück zu Johan und rüttelte den Arm des Ordensbruders.

Aus dem Halbschlaf gerissen, schnellte Johan herum, und beinahe hätte Matthäus seine Nase verloren, so knapp verfehlte ihn die mörderische Klinge des deutschen Templers.

»Mensch, Mattes, bist du irrsinnig«, grunzte Johan erschrocken. »Mach das nicht noch mal, so was kann dich den Kopf kosten.«

»Wenn wir nicht schnell verschwinden, wird es uns alle den Kopf kosten«, rief Matthäus aufgeregt. Seine Stimme versagte ihm beinahe den Dienst. »Draußen wimmelt es nur so von franzischen Soldaten!

Ich habe sie gesehen. Sie kommen in Scharen durch das Tal. Was machen wir nur, wenn sie uns hier finden?«

Johan warf einen hastigen Blick auf das verwaiste Lager von Guy de Gislingham. »Weiß Gero schon Bescheid?«

»Nein.«

»Lauf und warne ihn. Ich sattle die Pferde!«

»Z… zu Befehl!«, stammelte Matthäus und huschte davon.

Gero war schneller in den Kleidern, als es die Einsatzvorgabe erforderte. Auf dem Flur begegnete er der Bauersfrau, die ihm in einem wollenen, knöchellangen Hemd entgegen kam. Gerade noch rechtzeitig wich er ihrem gut gefüllten Nachttopf aus, den sie in einer Hand balancierte.

Der Templer stieß die Tür zu der Kammer auf, in der er seinen schottischen Kameraden und dessen Geliebte vermutete. Struan hatte die Nacht mit Amelie verbracht, um ihr auf seine ganz eigene Weise Trost und Zuflucht zu spenden.

»Verdammt«, schnaubte er, als Gero ihn aus dem Schlaf aufschreckte. Er sprang regelrecht in seine Hose, derweil Amelie noch mit den Bändern ihres Surcots kämpfte. An der fassungslosen Bäuerin vorbei, die noch auf dem Flur stand und das seltsame Treiben beobachtete, zog er Amelie halbangezogen hinter sich her und folgte Gero in die Wohnstube, wo der Rest ihres Reisegepäcks lag.

Vollständig gekleidet, bewaffnet und bepackt rannten sie wenig später den kleinen Korridor entlang.

Die Bauersfrau sprang vor Schreck zur Seite und ließ dabei ihren Nachttopf fallen.

Davon unbeeindruckt stieß Gero die Tür zu den Stallungen auf, um Amelie und Struan den Vortritt zu lassen. Er folgte ihnen und ließ die Tür krachend ins Schloss fallen.

Kurz darauf, anscheinend aufgescheucht von dem Geräusch und dem Kreischen seiner Frau, erschien der Hausherr mit einem herzhaften Gähnen ebenfalls im Kuhstall.

Gero hatte kaum Augen für seinen sichtlich verwirrten Gastgeber.

»Gibt es hier einen Hinterausgang?«, fragte er den überrascht dreinblickenden Bauern.

»In Gottes Namen, warum habt Ihr es so eilig?«

»Das tut nichts zur Sache«, erwiderte Gero ungeduldig. »Sagt, wie kommen wir hier unbemerkt heraus?«

Mit einem schnellen Blick gewahrte der Bauer, dass seine ungebetenen Gäste allesamt reisefähig waren. Doch dann bedachte er Gero mit einem merkwürdigen Blick. »Wo ist denn Euer Knecht?«

Gero schaute sich alarmiert um. Knecht? Erst jetzt bemerkte er, dass Guy de Gislingham, nirgends zu sehen war.

»Und eines Eurer Pferde hat er auch mitgehen lassen.« Mit einem anklagenden Blick streifte der Bauer die leeren Eisenhalterungen an der gegenüberliegenden Wand. »Und wenn mich nicht alles täuscht, vermisse *ich* einen Sattel und ein Zaumzeug!«

Johan van Elk starrte entsetzt auf den leeren Verschlag. Gestern noch hatte dort ein bunt geschecktes Great Horse gestanden. Irgendwie musste es Bruder Guy in der Nacht gelungen sein, nicht nur sein Lager unbeobachtet zu räumen, sondern auch noch das Pferd zu stehlen.

»Und eine meiner Pferdedecken fehlt auch«, setzte der Bauer hinzu. »Dafür müsst *Ihr* aufkommen. Er hat zu Euch gehört.«

Johan spürte eine flammende Hitze in sich aufsteigen. Verdammt, warum war es ihm entgangen, dass Gislingham das Weite gesucht hatte?

»Ist doch sonnenklar, warum er abgehauen ist«, grummelte Struan verächtlich. »Er will der Gefahr entgehen, mit uns zusammen erwischt zu werden. Waffen, Decken und Zaumzeug haben das Zeichen der Miliz Christi. In seinen abgehalfterten Kleidern und mit einer gemeinen Decke und einfachem Sattelzeug kommt niemand auf die Idee, dass er zum Orden gehört.«

»Es bringt nichts, darüber nachzusinnen«, erklärte Gero verärgert. »Wir müssen hier weg.«

»Was ist mit meinem Geschirr?«, rief der Bauer. »Ich verlange, dass Ihr es ersetzt.«

Amelie, die dicht neben Struan stand, griff ohne Ankündigung unter dessen Wams und fand in seiner Gürteltasche ihren Geldbeutel. Struan sah sie erstaunt an, ließ sie jedoch gewähren. Sie schnürte das kleine Säckchen aus Ziegenleder auf und fischte eine große Silbermünze heraus.

»Hier«, sagte sie zu dem Bauern und hielt ihm das Geldstück entgegen. »Dafür könnt Ihr euch mühelos einen lombardischen Sattel und eine Decke aus flandrischem Brokat leisten, und wenn Ihr mir noch sagt, welcher Weg aus dem Dorf hinausführt, ohne dass man die Hauptstraße benutzen muss, lege ich noch eine zweite Münze darauf.«

»Nun gut«, knurrte der Bauer. Nicht ohne Genugtuung wog er die Münze in seiner Hand. »Kommt! Dort entlang.«

»Traust du dir zu, Arnauds Flamländer zu reiten?« Gero sah Matthäus fragend an. Der Junge war recht schmächtig, und der braune Hengst, den Gislingham zurückgelassen hatte, benahm sich längst nicht so brav wie das Great Horse des Stephano de Sapin.

»Na klar«, erwiderte Matthäus. »Ich habe das Ross eine Weile versorgt, als Bruder Arnauds Knappe die Hitze hatte.«

»Also gut!« Gero half dem Jungen in den Sattel.

»Wir müssen uns beeilen«, zischte Johan und deutete in die Ferne, wo sich die Gruppe mit den blauen Gewändern einem abgelegenen Nachbargehöft näherte.

»Suchen sie nach Euch?« In den Augen des Bauern spiegelte sich blankes Entsetzen.

»Scheint so«, raunte Gero. Wollte der Kerl nun auch noch ein Schweigegeld aushandeln?

Doch der Bauer erwiderte nichts und stapfte geradewegs auf einen Eichenwald zu, der sich hinter der Scheune befand, und in dem er gewöhnlich seine Schweine weiden ließ. »Ihr solltet schnellstens verschwinden«, sagte er tonlos.

Die Gatter standen zu zwei Seiten offen, und Gero und seine Begleiter schlüpften zusammen mit ihren Pferden lautlos hindurch.

»Ich hoffe, Ihr seid ein gottesfürchtiger Mann«, sagte Amelie und übergab dem Bauern das versprochene Silberstück. »Wenn Ihr dazu barmherzig seid, werdet Ihr uns nicht verraten.«

Mit Bedacht wich der Mann ihrem Blick aus. »Der Allmächtige sei mit Euch«, murmelte er wie entschuldigend, dann steckte er mit verschämter Miene das Geld in die Tasche seiner abgetragenen Joppe.

Rasch saßen sie auf und ritten zwischen den niedrigen Bäumen davon. Deren Laub wirkte wie ein dichter Vorhang und schützte sie vor den Blicken der sich stetig nähernden, königlichen Truppe.

Erst als sie sich halbwegs in Sicherheit glaubten, gaben sie den Tieren die Sporen und galoppierten in Richtung Nordosten davon.

Als der Bauer zu seinem Gehöft zurückkehrte, erwartete ihn eine böse Überraschung. Die Blauröcke waren während seiner Abwesenheit in seinen Hof eingedrungen und hatten alles auf den Kopf gestellt. Seine Frau stand jammernd in der Tür und flehte die Männer an, ihr Mobiliar nicht zu zertrümmern.

»Seid Ihr der Familienvorstand?«, herrschte ihn ein drahtig aussehender Offizier mit schütterem, braunem Haar an. Vom Kinn bis zur linken Braue zog sich eine wulstige Narbe, die seine düstere Miene noch furchterregender erscheinen ließ.

»Ja ... Herr Hauptmann«, antwortete der Bauer unsicher.

»Stimmt es, dass Ihr Angehörige vom Orden der Templer beherbergt?«

Der Bauer wechselte einen raschen, ängstlichen Blick mit seiner Frau. Sie nickte stumm. »Wir wussten nicht, dass es Templer waren«, versuchte er, sich zu verteidigen.

»Wo sind sie?«

»Ich weiß es nicht. Sie sind fort.«

Der Schlag kam so plötzlich, dass der Bauer noch nicht mal hatte davor zurückschrecken können. Seine ganze rechte Gesichtshälfte brannte, und er spürte, wie sich ein warmer Blutstrom von der Nase über seine Lippen ergoss. Seine Frau begann, hysterisch zu schreien.

»Bringt das vermaledeite Weib zum Schweigen und durchsucht Haus und Hof!«, brüllte der Offizier einige der umstehenden Soldaten an, bevor er sich wieder dem Bauern zuwandte. Ein bulliger Scherge drohte der Frau mit einer eindeutigen Geste Schläge an. Ihr Geschrei verwandelte sich augenblicklich in ein unterdrücktes Schluchzen, während sich eine Gruppe von Soldaten Zutritt zum Wohnhaus verschaffte.

»So, Kerl, versuch dich nicht rauszureden«, erklärte der Hauptmann schneidend. »Hier ist jemand, der bezeugen kann, dass du genau gewusst hast, um wen es sich handelte, und du hast sie sogar beköstigt und ihnen Wein angeboten.«

Der Bauer schluckte. Seine Knie begannen zu schlottern, als der vermeintliche Knecht seiner geflohenen Gäste hervortrat.

»Ja, ich sagte Euch doch, das ist der Mann. Wenn sie nicht mehr im

Haus sind, hat er ihnen bestimmt zur Flucht verholfen.« Guy de Gislingham setzte ein höhnisches Grinsen auf und nahm eine herrschaftliche Haltung an, die so gar nicht zu seiner schäbigen Kleidung passen wollte.

Einen Moment lang überlegte der Bauer, ob es sinnvoll wäre, den Mann zu belasten und preiszugeben, dass er zusammen mit den anderen gestern hier angekommen war und obendrein noch seinen Sattel gestohlen hatte. Aber irgendetwas hielt ihn zurück. Bereits am gestrigen Abend hatte er sich gewundert, dass dieser seltsame Diener so vorlaut nach Wein verlangt hatte, nachdem man den Gästen zunächst nur Wasser angeboten hatte. Wohlmöglich stand er bereits länger auf Seiten der Soldaten, und vielleicht hatten die Templer gar nicht gewusst, welche Natter sie da an ihrer Brust nährten.

»Herr, Herr …«, fing die Bauersfrau an zu lamentieren. »Sagt uns doch in Gottes Namen, was ist mit den Templern? Seit wann ist es ein Verbrechen, ihnen ein Nachtlager zu gewähren? Stehen sie nicht unter dem Schutz unseres heiligen Vaters?«

»Einfältige Kuh«, schnaubte der Anführer. »Seine Hoheit, König Philipp IV. hat vorgestern alle Templer in Franzien verhaften lassen. Seit gestern Morgen werden überall Anschläge verteilt, die die Bevölkerung zur Mithilfe bei der Ergreifung von flüchtenden Ordensangehörigen aufruft. Hinweise, die zur Ergreifung führen, werden mit zwei Pfund Tournosen belohnt. Wer ihnen jedoch zur Flucht verhilft, dem droht die Kerkerhaft, und wer weiß …«, sagte er und weidete sich an dem entsetzten Blick der Frau. »Vielleicht erwartet Euren Gemahl auch der Galgen. Sollte sich herausstellen, dass er Verbindungen zum Orden hatte«, fuhr der Soldat ungerührt fort, »wird Euer gesamter Besitz zu Gunsten des Königs beschlagnahmt.«

Hinter dem Bauern traten zwei blau gewandete Gestalten aus der Tür.

»Die Gesuchten sind nicht mehr hier. Wir haben nur einen Sattel gefunden und ein passendes Zaumzeug, beides mit dem Croix Patée der Templer versehen«, meldete ein junger Rekrut.

Ein Stich des Entsetzens durchfuhr den Hausherrn. Verdammt, an das verbliebene Rüstzeug für das verschwundene Pferd hatte in der Eile wohl niemand gedacht!

»Fesselt ihn!«, brüllte ihr Anführer den beiden zu. Die Soldaten banden die Hände des Bauern auf den Rücken. Wie betäubt ließ der gedrungene Mann sich gefallen, dass seine Handgelenke so fest verschnürt wurden, dass ihm das Blut in den Fingern stockte.

Im Zartrosa der aufgehenden Morgensonne hatten sich einige Zuschauer in respektvollem Abstand versammelt und begafften das unwürdige Schauspiel.

»Was ist mit meinem Geld?«, fragte der blassgesichtige Mann, den der Bauer irrtümlich für einen Knecht des Templerordens gehalten hatte.

»Das müsst Ihr schon mit eurem Auftraggeber ausmachen, Seigneur Guy«, grunzte der Hauptmann. »Eurem Losungswort gemäß steht ihr auf der Gehaltsliste unseres Großsiegelbewahrers, damit dürfte alles abgegolten sein.«

»Dann bitte ich hiermit um einen Vorschuss«, erwiderte der offensichtliche Agent Guillaume de Nogarets und hielt ungeduldig die Hand auf. »Vergesst nicht, mein Vater ist der Lord of Gislingham, und dass ich im Rahmen meines Auftrages der Mittellosigkeit preisgegeben war, bedeutet nicht, dass ich es gewohnt bin, mittellos zu sein.«

»Ich kann Euch Geld geben«, rief der Bauer dazwischen. Die aufkeimende Hoffnung, es könnte sich eine Möglichkeit ergeben, seine Peiniger milde zu stimmen, trieb ihn dazu. »In meiner Tasche befinden sich zwei Silberstücke. Es ist alles, was ich an Geld besitze. Ich bitte Euch nur untertänigst, mir dafür meine Freiheit zu gewähren.«

Gislingham zog eine Braue hoch und schaute die umherstehenden Soldaten fragend an. »Habt ihr etwa vergessen, den Narren zu durchsuchen, oder wolltet ihr es am Ende für euch selbst behalten?«, zischte er der Eskorte des Gefangenen zu. Schneller als die verunsicherten Männer zog er mit einem triumphierenden Lächeln das Geld aus der Jackentasche des Bauern. »Freiheit?«, krächzte er mit einem hämischen Grinsen. »Du kannst froh sein, wenn du überlebst … ohne das Schmiergeld, das dir die Templer für dein Schweigen gezahlt haben.« Dann schnippte er eine der Münzen in die Luft und fing sie geschickt wieder auf. »Dank Euch für Eure Unterstützung«, sagte er und amüsierte sich gleichzeitig über den fassungslosen Blick des geprellten Bauern.

Als ob sie jemand herbeigerufen hätte, preschte eine Kavalkade von acht Reitern in den Hof und bezog vor dem Hauptmann Aufstellung.

»Reitet nach Norden«, befahl dieser dem Anführer der Truppe. »Sie werden versuchen, über die Grenze nach Lothringen zu entkommen. Seht euch vor«, rief er seinen Männern hinterher, als sie anritten. »Es sind Templer und keine harmlosen Chorknaben!«

8

Samstag, 14. Oktober 1307, nachmittags – Beginenkloster

Gegen Mittag hatten Gero und seine Begleiter Bar-le-Duc längst hinter sich gelassen. Wenn sie den Pferden und sich selbst keine Schonung gönnten, konnten sie noch am Abend St. Mihiel erreichen und waren damit vermutlich in Sicherheit.

Amelie hing vollkommen erschöpft im Sattel. Struan lenkte seinen Friesen dicht neben ihre kleine Stute, während er forschend die verkrampften Gesichtszüge seiner Geliebten musterte. Sie versuchte, Tapferkeit an den Tag zu legen, indem sie sich ein gequältes Lächeln abrang und ihm einen gehauchten Kuss zuwarf. Er tätschelte im Vorbeireiten ihr Knie, dann gab er seinem Pferd die Sporen und schloss zu Gero auf, der die Spitze anführte.

»Amelie braucht dringend eine Rast und nicht nur sie«, bemerkte Struan, während er das weiß schäumende Fell seines Rappen mit einem sorgenvollen Blick bedachte. »Schau dir den Schweiß an«, fügte er leise hinzu.

Gero stieß einen Seufzer aus. »Ja, du hast recht«, sagte er und rieb mit der flachen Hand prüfend über den feuchten Hals seines eigenen Pferdes.

Die Sonne brannte vom Himmel herab, als wolle sie unter Beweis stellen, dass der Herbst ihr nichts anhaben konnte. Sie mussten dringend ein Gewässer finden, wo sie ihre Lederschläuche füllen und die Pferde tränken konnten. Außerdem hatten sie alle Hunger. Das letzte, was sie zu beißen bekommen hatten, war am Abend zuvor die kärgliche Suppe der Bäuerin gewesen. Vorräte hatten sie keine mehr. Städte und größere Ortschaften, in denen sie etwas hätten erwerben können, erschienen ihnen zu gefährlich, weil sie nicht die Aufmerksamkeit von Soldaten auf sich ziehen wollten.

Mit einer scharfen Linksdrehung lenkte Gero seinen Hengst von der Straße weg zu einem umgepflügten Getreidefeld hin, das von einem Buchenwald umgeben war. Er kannte die Gegend. Nicht weit von hier gab es einen Bach. Die Truppe folgte unaufgefordert. Bevor sie das Feld überqueren, stoppte Gero seinen Hengst. Angestrengt spähte er in die Ferne. Zwei Rehe, die unter den gegenüberliegenden Bäumen seelenruhig grasten, brachten ihn zu der Annahme, dass sie die einzigen menschlichen Wesen weit und breit sein mussten, ansonsten würden die Tiere nicht so gelassen sein.

»Die Luft ist rein«, sagte er leise und gab seinen Begleitern mit einem Wink zu verstehen, dass sie ihm gefahrlos folgen konnten.

Ein paar Krähen flogen auf, und die Rehe setzten zur Flucht an. Kurz bevor die Truppe den gegenüberliegenden Waldrand erreichte, brach unter lautem Gejohle ein regelrechter Sturm los. Mehrere Reiter stießen aus dem Dickicht hervor.

»Mattes, bleib in Gottes Namen bei mir!«, brüllte Gero seinem Knappen zu. »Egal, was geschieht!«

Matthäus hatte keine Zeit zu antworten. Instinktiv trat er dem gewaltigen Flamländer in die Seite. Das Tier bäumte sich auf und preschte in seinem Herdentrieb hinter Atlas her, der mit seinem Reiter in nördliche Richtung davon stob.

Struan war mit Amelie in den Wald ausgewichen und nach kurzer Zeit, verfolgt von zwei Reitersoldaten des französischen Königs, im dichten Gestrüpp verschwunden.

Johan hingegen hatte die Flucht übers freie Feld angetreten. Die Hufe seines Streitrosses ließen den Boden erbeben, als es in vollem Galopp regelrecht dahinflog. Mit geducktem Kopf wagte er einen Blick zurück. Es waren eindeutig königliche Soldaten. Alleine ihm klebten drei Verfolger an den Hufen. Ihre Pferde waren unglaublich schnell, so dass sie zusehends näher herankamen. Vor ihnen mündete das Hochplateau in ein abschüssiges, bewaldetes Tal. Johan schnalzte mit der Zunge und malträtierte unbarmherzig die Flanken seines Hengstes, um das Letzte aus ihm herauszuholen.

Endlich erreichte er die ersten Bäume. Ein Waldpfad führte durch lichte Buchenhaine und felsige Abgründe. Erbarmungslos trieb er seinen steingrauen Jütländer voran. Dabei war ihm bewusst, dass er jede Menge

Spuren im weichen Untergrund hinterließ und dass es früher oder später zu einer Konfrontation mit den Soldaten kommen musste.

Plötzlich bemerkte er zwischen den Bäumen eine schnelle Bewegung.

Mit gezogenem Schwert näherte er sich der Stelle. Zwischen zwei Tannen sah er eine schmale weibliche Gestalt, die einer Erscheinung gleich aus dem weichen Waldboden ragte. Sie war höchstens zwanzig. Regungslos starrte sie ihn mit großen, sanften Augen an. Ihr grünbrauner, bodenlanger Wollsurcot verschmolz mit den Farben des Waldes, und in ihrem rostroten Haar, das wie ein herbstlicher Blätterregen den Nacken hinabflutete, entzündeten die letzten Strahlen der Nachmittagssonne sprühende Funken. In der einen Hand trug sie einen Weidenkorb, gefüllt mit allerlei Pilzen, und in der anderen Hand einen Wanderstab, an dessen Ende eine kleine Schaufel befestigt war.

Als Johan sah, wie die schöne junge Frau ihren Mund zu einem Schrei öffnete, straffte er die Zügel seines Jütländers so hart, dass das Tier gleich darauf zwei Schritte rückwärts ging. In einer beschwörenden Geste legte er den rechten Zeigefinger auf seine Lippen, während er versuchte, seinem Blick etwas Flehendes zu verleihen. Das Mädchen sah ihn unterdessen genauso entsetzt an, wie alle Menschen es taten, die zum ersten Mal mit seinen entstellten Gesichtszügen konfrontiert wurden. Erleichtert darüber, dass sie stumm geblieben war, steckte Johan sein Schwert in die Scheide, ohne sie aus den Augen zu lassen, und trieb seinen Hengst mit den Fersen voran.

Im Vorbeireiten umfasste er blitzschnell mit einem Arm ihre Taille und hob sie auf sein Pferd.

Den Korb immer noch umklammert, ließ sie den Wanderstab fallen, während sie vor Johan auf dem breiten, speziell angefertigten Sattel der Templer zu sitzen kam. Sie schien tatsächlich stumm zu sein, denn kein Wort des Protestes drang über ihre Lippen.

»Sch...«, beruhigte er sie mit seiner dunklen Stimme. »Habt keine Angst! Von mir braucht Ihr kein Leid zu fürchten!« Wie um seine Worte zu bestätigen, verstärkte er den Druck auf ihre Taille. »Könnt Ihr mich verstehen?«

Ein zaghaftes Nicken bestätigte ihm, dass der Allmächtige sie nicht auch noch mit Taubheit geschlagen hatte. »Habt Ihr eine Ahnung, wo man sich hier verstecken kann?«, flüsterte er, wobei sein Mund beinahe ihr Ohr berührte.

»Da entlang«, sagte sie so laut und unvermittelt, dass Johan erschrak.

Unterhalb einer riesigen Tanne, die ihre Wurzeln in einen steil abfallenden Abhang krallte, befand sich ein Überhang, der aus einem Stück vorstehenden Felsen und den Wurzeln des Baumes bestand.

Johan sprang vom Pferd und hob das Mädchen ohne eine Ankündigung herab. Seinen Hengst drängte er an die aufragende Wand aus Ästen, Erde und Steinen.

»Wer seid Ihr?«, fragte sie mit gedämpfter Stimme.

»Verzeiht, dass ich mich Eurer bemächtigt habe«, entgegnete er mit einer entschuldigenden Verbeugung. »Mein Name ist Johan van Elk … Ich werde verfolgt«, fügte er erklärend hinzu und spähte über den Rand des Unterstandes hinweg.

»Soldaten?«, fragte sie und legte den Kopf schief. »Was habt Ihr verbrochen?«

»Ich gehöre zur Miliz Christi«, antwortete er und schob seinen Mantel kurz beiseite, damit sie das rote Ordenskreuz erkennen konnte.

»Ein Templer … Seit wann ist die Zugehörigkeit zum Orden ein Verbrechen?«

»Das solltet Ihr den König von Franzien fragen«, murmelte er abwesend, während er sich erneut darum bemühte, zu sehen, wie nahe die königlichen Schergen bereits heran gekommen waren. »Oder den Papst.«

»Alles Scheißkerle«, murmelte sie.

»Was hast du gesagt?« Nun war es an Johan, sie verdutzt anzuschauen.

»Ich gehöre zur Gemeinschaft der Beginen, falls Ihr wisst, was das bedeutet.«

»Allerdings«, sagte Johann, während er ihre zierliche Gestalt eingehender betrachtete. Die Gemeinschaften der Beginen waren bei König Philipp fast ebenso ungeliebt wie die Templer. Doch soweit Johan es beurteilen konnte, waren die Frauen allesamt zu arm und zu unbedeutend, als dass man ihnen eine ganze Kriegsmaschinerie auf den Hals hetzen würde. Es gab subtilere Methoden, um ihnen beizukommen. Für Philipp von Franzien war es ein leichtes, Menschen in Verruf zu bringen.

»Hör zu, Mädchen«, flüsterte Johan. »Ich möchte, dass du dich hier verborgen hältst, aber bleib meinem Ross fern. Verstanden?«

Sie nickte erstaunt. An seinem Sattelzeug befand sich fest verschnürt eine Armbrust. Mit wenigen Handgriffen löste er sie, zog sie auf und spannte einen Bolzen ein. Geduckt schlich er davon. Voller Anspannung sah sie ihm nach. Sie wollte sich lieber nicht vorstellen, was geschehen würde, wenn man ihn überwältigte und die Soldaten sie zusammen mit seinem Pferd fanden.

Das Rascheln von Laub und die dumpfen Hufschläge auf dem Waldboden wurden stetig lauter. Das Beginenmädchen schob sich zitternd an den Rand ihres Verstecks. Beunruhigt musste sie feststellen, dass sie den Tempelritter nirgendwo sehen konnte. Er würde sich doch nicht aus dem Staub gemacht haben? Allerdings entsprach ein solches Verhalten so gar nicht dem, was ihr über die Templer zu Ohren gekommen war. Manch einer sagte, sie seien mutige Burschen, die keiner Gefahr aus dem Wege gingen, aber es gab auch Stimmen, die behaupteten, Templer seien keine Ritter, sondern Barbaren, denen nichts mehr heilig sei und deren Leben vom Schwertkampf und vom Saufen bestimmt werde. Niemand aber hatte verlauten lassen, dass sie Feiglinge waren.

Ein surrendes Geräusch riss die junge Frau aus ihren Gedanken. Nun konnte sie beobachten, wie es in ungefähr 150 Fuß Entfernung auf der anderen Seite des Bachtals einen von drei herannahenden Reitern durchzuckte. Der Soldat griff sich mit schmerzverzerrtem Gesicht an den Hals, in den ihn der Kurzbolzen einer Armbrust getroffen hatte. Blut spritzte zwischen seinen gespreizten Fingern hervor. Dann fiel er von seinem Pferd und blieb regungslos auf dem Waldweg liegen, während das herrenlose Tier erschrocken davon stob. Die anderen beiden Soldaten verfielen in hektisches Gebrüll. In Panik versuchten sie sich zu orientieren. Ihre Köpfe schnellten mal hierhin, mal dorthin, und ihre Pferde tänzelten im Kreis.

Plötzlich ertönte ein lauter Pfiff. Der Hengst neben ihr wieherte und warf den Kopf in die Höhe. Erschrocken wich die Begine aus, als sich das schwere Tier nach einem zweiten Pfiff in Bewegung setzte.

»Da ist er!«, schrie einer der Suchenden und streckte seinen Arm aus.

Ihr Herz klopfte hart, als sie mit ansehen musste, wie die beiden verbliebenen Soldaten auf den Templer zustürzten, der auf einer Anhöhe stand und provozierend mit seinem Schwert wedelte. Staunend beobachtete sie, wie das Pferd, das eben noch reglos neben ihr gestanden hatte, in direkter Linie zu seinem Herrn trabte, und der Templer sich behände auf dessen Rücken schwang. In einer Hand das Schwert, in der anderen sein Schild, dirigierte er den grauweiß gescheckten Koloss ausschließlich mit den Schenkeln.

Die Angreifer konnten nur hintereinander reiten, weil der Weg, den sie hinunter preschten, zu schmal war, um zwei Reitern gleichzeitig Platz zu bieten. Eine Tatsache, die dem Templer zum Vorteil gereichte. Mutig galoppierte er seinen Widersachern entgegen. Sein Schlag war so hart, dass er dem ersten Soldaten das Schild aus der Hand schleuderte. Mit dem nächsten Schlag traf der Mönchsritter dessen Kampfarm, den er aufgrund des Kettenhemdes zwar nicht aufschlitzte, aber wegen des starken Aufpralls der Klinge zur Bewegungsunfähigkeit verurteilte. In der darauf folgenden Attacke wurde dem Soldaten, der nun keinen Schild mehr besaß, förmlich der Kopf vom Hals abgetrennt.

Das Beginenmädchen biss sich beim Anblick des herabfallenden, kopflosen Leichnams die Lippe auf. Für einen Moment kniff sie so fest die Lider zusammen, dass bunte Sterne vor ihren Augen tanzten. Erst das panische Wiehern eines Pferdes brachte sie dazu, ihre Augen wieder zu öffnen.

Der übrig gebliebene Soldat wendete sein Pferd und setzte zur Flucht an.

Der Templer gab seinem Schlachtross die Sporen und verfolgte ihn. Weit kamen die beiden nicht. Ein herabhängender Ast wischte den Flüchtenden aus dem Sattel. Überraschenderweise sprang der Templer nun auch von seinem Hengst herab.

Sein Gegner lag röchelnd am Boden und streckte verzweifelt den Arm aus, um seiner Waffe habhaft zu werden. Das Schwert lag zu weit entfernt, als dass er es hätte erwischen können, und auch seinen Schild bekam er nicht zu fassen.

Der Templer, nur drei Schritt weit entfernt, hob die tödliche Klinge mit seiner Stiefelspitze an und wippte sie in die Richtung des sichtlich verzweifelten Soldaten. Offenbar wollte er ihn nicht abstechen wie ein vom Spieß getroffenes Wildschwein, sondern forderte ihn zu einem weiteren Kräftemessen.

»Kämpfe!«, rief er. »Wenn du Mut hast. Es geht um dein Leben, und das sollte es dir wert sein!« Breitbeinig nahm er eine abwartende Haltung ein. Taumelnd erhob sich der Soldat. Nachdem er das Schwert und auch seinen Schild aufgenommen hatte, sah er sich noch einmal unsicher um, als ob er auf Hilfe hoffte.

Jedoch die einzige Person, die sich neben den beiden Kontrahenten in diese unselige Auseinandersetzung hätte einmischen können, stand abseits, war der Ohnmacht nahe und hatte das Gefühl, sich gleich übergeben zu müssen, so elend war ihr zumute.

Krachend trafen die Schwerter aufeinander. Der Blaurock wehrte sich, wie man es von einem Todgeweihten erwarten konnte. Mehrmals musste Johan van Elk geschickt ausweichen, sonst hätte ihn der Franzose erwischt. Das Stöhnen und die gepressten Kehllaute der Männer ließen das Beginenmädchen erschauern.

Die Bewegungen des Soldaten wurden zusehends fahriger. Johan hatte wenig Mühe zu parieren. Als der andere auf seinen Kopf zielte und dabei den Schild unwillkürlich nach oben riss, duckte er sich und machte eine schnelle Drehung. Noch im Schwung erwischte er den Soldaten. Der Schlag hatte eine solche Wucht, dass Johans Damaszenerklinge die Kettenringe wie Butter zerteilte und den Unglücklichen in Höhe des Bauchnabels aufschlitzte. Mit einem erstickten Keuchen sackte der Soldat zusammen und fiel geräuschlos zu Boden, wo er im Todeskampf zuckend liegen blieb.

Bis nach einer kurzen Weile das röchelnde Wimmern erstarb, harrte Johan, immer noch kampfbereit, vor seinem Opfer aus. Dann trat er schwer atmend zurück, wischte sich den Schweiß von der Stirn und blickte auf seinen leblosen Kontrahenten. Rasch bekreuzigte er sich, eine Geste, die seiner Beobachterin nicht entging. Vorsichtig trat sie aus ihrem Versteck heraus. Als ob er ihre Blicke im Rücken gespürt hätte, wandte er sich zu ihr um.

»Bist du wohlauf?«, rief er ihr zu.

»Ich?«, antwortete sie ungläubig über den Bach hinweg. »Wieso ich? Du hast gekämpft. Also müsste ich dich das fragen.«

Er bückte sich und zerrte den Leichnam in Richtung Bach. Dann ließ er ihn fallen und schüttelte den Kopf. Sie dachte schon, er mache sich auf den Weg zu ihr, als er noch mal umkehrte und ein Stück den Hang hinauf ging. Währenddessen trottete sein gewaltiger Hengst hinter ihm her wie ein treuer Hund, der seinem Herrn folgt.

Johan kniete neben dem Mann nieder, den er mit seiner Armbrust getötet hatte. Was er dort genau tat, konnte das Mädchen nicht sehen, weil er ihr den Rücken zudrehte.

Bevor er zu ihr zurückkehrte, sammelte er die Armbrust ein, mit der er den todbringenden Schuss ins Ziel gebracht hatte. Die Waffe war im Eifer des Gefechtes am Hügel liegen geblieben.

»Ist es immer so, dass ihr Templer bei euren Feinden betet, wenn ihr sie ins Jenseits geschickt habt«, fragte sie, als er auf sie zuschritt.

»Wie kommst du darauf?«, erwiderte er überrascht.

»Na, ich habe gesehen, wie du nach dem Ende des Zweikampfes über dem gefallenen Gegner das Kreuzzeichen gemacht hast und wie du bei dem anderen Toten dort oben niedergekniet bist.«

»Vielleicht habe ich versucht, mein Gewissen zu reinigen, indem ich mich bekreuzigt habe …«, sagte er zögernd. »Dem zweiten Soldaten musste ich den Zain aus dem Hals ziehen, weil er die Kerbung der Miliz Christi trägt. Muss ja nicht unbedingt an die große Glocke gehängt werden, dass ihn ein Templer in die Hölle geschickt hat.« Zum Beweis hielt er ihr den blutigen Bolzen unter die Nase.

Das Mädchen begann zu würgen und legte rasch die hohle Hand vor den Mund.

Angeekelt wandte sie sich ab.

Sofort ließ Johan den Zain hinter seinem Rücken verschwinden und machte ein besorgtes Gesicht. »Oh«, stieß er hervor und fasste ihr mit seiner halbwegs sauberen Hand an die Schulter. »Ich … ich wollte dich nicht entsetzen.«

Sie vermied es, ihn anzuschauen und schüttelte den Kopf. »Nein … mach dir keine Gedanken. Es ist nur … ich kenne so etwas nicht. Außerdem kann ich kein Blut sehen. Meine Schwestern im Orden regen sich tagtäglich darüber auf, dass ich noch nicht mal ein Huhn schlachten, geschweige denn bei einer Geburt helfen kann.«

»Bei einer Geburt möchte ich auch nicht dabei sein«, antwortete Johan ehrlich und dachte an die Schreie seiner Mutter, die bei der

Niederkunft des dritten Kindes durch alle Ritzen der Burg gedrungen waren und ihn als kleinen Burschen nachhaltig geängstigt hatten. Mit einem leisen Seufzer richtete er sich auf. Wachsam spähte er in die Umgebung. So wie es aussah, waren sie allein.

Der Nachmittag war längst angebrochen. Das Tal lag bereits vollkommen im Schatten. Die Beginenschwester hielt die Arme um ihren Körper geschlungen.

Sie zitterte. Unruhe trieb ihn, sich auf sein Pferd zu schwingen und nach den Kameraden Ausschau zu halten, aber in seiner anerzogenen Ritterlichkeit fand er es nicht ratsam, das Mädchen allein im Wald mit den toten Soldaten zurückzulassen. Johan gürtete sein Schwert ab und zog seinen Mantel aus.

»Komm, zieh das über«, sagte er und legte ihr den nicht mehr ganz so weißen Wollumhang um die Schultern.

Sie streifte ihn mit einem scheuen Blick. »Dank dir«, sagte sie und zog den Umhang, der noch seine Wärme in sich trug, enger um ihre schlanke Gestalt. »Und was hast du nun vor?«, fragte sie leise.

Johan schaute zurück auf die Leichen. Es wäre müßig, sie wegzuschaffen. Erstens wusste er nicht, wohin, und zweites würde jeder erfahrene Fährtenleser sie sofort finden. »Ich werde dich nach Hause geleiten«, antwortete er der schönen Begine.

»Ich kann alleine gehen«, sagte sie schnell. »Es ist nicht weit.«

»Nein, es könnte gefährlich sein«, widersprach er, während er sich neben seinem gewaltigen Ross an den Bach niederkniete und sich ausgiebig die Hände wusch. Anschließend steckte er seinen Kopf ins Wasser, um zu trinken und sich zu erfrischen. Prustend kam er hoch, dabei schüttelte er sich wie ein nasser Hund.

»Was ist, wenn dir unterwegs Soldaten begegnen?«, fragte er atemlos. Während er sich erhob, inspizierte er beiläufig die Umgebung. »Anscheinend haben sich König Philipps Söldner um ein vielfaches vermehrt, seit er uns in die letzten Winkel seines Reiches verfolgen lässt.«

Das Mädchen dachte einen Moment nach, wobei ihr Blick an Johans monströsen Oberarmen haften blieb. »Dann ist es wohl eher an mir, dir Schutz zu bieten. Ich schlage vor, du bringst mich ins Kloster, und ich sorge dafür, dass du dort etwas zu essen bekommst und dich ausruhen kannst.«

»So hab ich mir meinen Schutzengel immer vorgestellt«, erwiderte er, und seine Augen lächelten, als er ihr ins Gesicht schaute.

Ein verschlungener Waldpfad brachte Johan und seine Begleiterin zu einem ehemaligen Benediktinerkloster. Umrahmt von hohen Kastanienbäumen und Hagebuttenhecken, lag das wuchtige Gemäuer gut versteckt in einem dicht bewaldeten Tal. Seine früheren Besitzer hatten es vor Jahren aufgegeben, erzählte das Mädchen, als sie sich der gut acht Fuß hohen Einfriedung aus hellem Sandstein näherten, die schützend das gesamte Areal umgab. Nun gehörte die Anlage dem Orden der Beginen von Sankt Margaretha, einem lockeren Bündnis von frommen Witwen und Unverheirateten, die sich an keinerlei Gelübde gebunden fühlten und deshalb so manch strenggläubigem Vertreter anderer Orden ein Dorn im Auge waren.

Die neuen Herrinnen hatten die heruntergekommene Klosteranlage, so gut es ging, wieder hergerichtet. Jede von ihnen trug mit ihrer Hände Arbeit zum Lebensunterhalt der anderen bei.

Interessiert nahm Johan zur Kenntnis, dass die Schwestern bei den Frauen der Umgebung durchaus beliebt waren und berüchtigt dazu, da sie sich im Besonderen bei der Behandlung von Unfruchtbarkeit und in der Geburtshilfe einen Namen gemacht hatten. Und worüber niemand offiziell sprach, was aber die meisten wussten – auch in Fragen der Verhütung waren sie versiert, etwas, das ihnen eine Reihe von Feindschaften in den Reihen der Kirchenoberen beschert hatte. Deshalb lebten sie zurückgezogen und so unauffällig wie möglich hinter den alten Klostermauern.

Am Tor angekommen, half Johan dem Mädchen vom Pferd, indem er zuerst absaß und sie dann herunter hob. Sie fühlte sich warm an und ihre weichen Rundungen drückten sich gegen seine breite Brust. Ihr Haar verströmte einen angenehmen Duft aus einer Mischung von Lavendel und Rosenöl. Als sie ihm den Mantel zurückgab, lächelte sie ihn an.

»Mein Name ist Freya, nur für den Fall, dass wir uns irgendwann einmal wieder begegnen sollten.«

Das Klostertor öffnete sich wie von Geisterhand, und ein paar struppige Wolfshunde näherten sich neugierig. Misstrauisch beäugten sie Johan und beschnupperten seinen Hengst, der daraufhin unruhig zu tänzeln begann.

Die Respekt einflößenden Bestien schienen Johans Begleiterin gut zu kennen. Bereitwillig ließ sich einer der Hunde von ihr unter dem Hals kraulen.

»Solche Hunde hatten wir auch, als ich noch klein war«, sagte Johan und streckte vorsichtig seine Hand aus, damit die Tiere sich an seinen Geruch gewöhnen konnten.

»Sie bewachen das Anwesen gegen Unholde und Strauchdiebe«, erklärte Freya.

Ihre Augen strahlten wie Sterne. »Du musst mit herein kommen und mit uns essen. Es gibt einen köstlichen Lachseintopf, und ich könnte dich unserer Oberin vorstellen.«

Obwohl er so hungrig war, dass er eine Kuh hätte verschlingen können, und es wunderbar nach frischgebackenem Brot roch, durfte er ihrer Bitte nicht nachkommen. »Es tut mir leid«, erwiderte er mit größtem Bedauern. »Meine Brüder brauchen mich. Ich muss sie suchen.«

»Schade«, sagte Freya leise und blickte für einen Moment zu Boden. Dann sah sie auf und schaute ihn ernst an. »Du wärst wohl kein ehrenvoller Ritter, wenn du sie wegen einer einfältigen Frau im Stich lassen würdest.«

Zaghaft ergriff Johan ihre Hand und hauchte einen Kuss auf ihren Handrücken. »Hab Dank, Freya«, flüsterte er mit belegter Stimme. »Und leb wohl.«

Dann wandte er sich abrupt ab, schwang sich auf seinen Jütländer und galoppierte davon.

Die Nachmittagsonne stand bereits tief, als Gero und Matthäus vergeblich versuchten, ihre Häscher abzuschütteln. Dabei waren sie ständig im Kreis geritten. In dem Waldstück, in das sie sich zurückgezogen hatten, konnten sie sich kaum verstecken. Also würden sie kämpfen müssen, wenn die Soldaten nicht aufgaben, was kaum zu erwarten war.

Als sie eine weitere Lichtung erreichten, brachen zwei ihrer Verfolger wie Dämonen aus dem Gebüsch hervor. Matthäus' brauner Flamländer stieg hoch, als er von der Seite her attackiert wurde. In Kampfsituationen hatte der Hengst mit dem braun schimmernden Fell seinen ganz eigenen Kopf. Für eine Verwendung bei den Templern machte ihn das eigentlich unbrauchbar. Aber Bruder Arnaud hatte sehr an dem Tier gehangen, und er war selbst eigensinnig genug gewesen, um es mit den Eigenarten des Rosses aufzunehmen, wobei er in der Regel immer als Sieger hervorgegangen war. Doch Matthäus verlor die Zügel und konnte weder sich noch das Pferd halten. Aus dem Augenwinkel heraus sah Gero, wie sein Knappe zu Boden ging. Arnauds Hengst galoppierte derweil Richtung Waldrand.

Augenblicklich versuchte einer der königlichen Reiter, den Jungen zu attackieren.

Eine Provokation, die nur dazu dienen sollte, den Templer zu verunsichern. Denn solange er um den Schutz des Jungen bemüht war, vernachlässigte er seine eigene Verteidigung. Die Rechnung schien aufzugehen. Gero riss Atlas herum und gab ihm die Sporen, um den Soldaten und dessen Pferd von Matthäus abzuhalten. Wie zwei sich dahin walzende Katapulttürme preschten die Tiere aufeinander zu.

Das Ross des Soldaten war erheblich schmaler gebaut, und die Brust von Geros Apfelschimmel prallte ungezügelt gegen die Schulter des Angreifertieres. Es verlor das Gleichgewicht und taumelte, noch bevor sein Reiter zur Gegenwehr ansetzen konnte. Pferd und Soldat stürzten zu Boden, während der Soldat unter dem strampelnden Tier begraben wurde. Gero wendete Atlas, der sich nur einmal kurz schüttelte, und konzentrierte sich auf den zweiten Gegner. Wie eine Büffelmutter, die ihr Kalb umkreist, um es vor dem Angriff eines Wolfes zu schützen, umrundete Gero auf seinem Hengst den reglos daliegenden Jungen. Dabei ließ es sich kaum vermeiden, dass die Hufe seines mächtigen Kaltblüters dem zerbrechlichen Körper gefährlich nahe kamen. Ein Fehltritt und die kindlichen Knochen wären auf immer zerschmettert.

Der zweite Soldat versuchte mit gezogenem Schwert einen Durchbruch zu erreichen, und den im Gras liegenden Knappen zu zertrampeln, nur um seinen Gegner noch mehr herauszufordern.

»Du elende Sau!«, brüllte Gero und versuchte seinen Widersacher abzudrängen, wobei er mit seinem Anderthalbhänder gezielt auf ihn einschlug. »Bist du zu feige, um es unter Männern auszutragen?«

Der Soldat hielt seinen Schild hoch und trachtete danach, Geros Oberschenkel zu erwischen. Mit einem Schenkeldruck wich Gero aus und verpasste seinem Gegner von der Seite her einen derben Stoß mit dem Schild. Der andere wankte. Gero nutzte die Gelegenheit. Er ließ

Schwert und Schild fallen und schwang blitzschnell ein Bein über den Sattel. Dabei richtete er sich auf und verblieb mit dem anderen Fuß stehend im Steigbügel. Als er nah genug an das Pferd des Gegners herangekommen war, stürzte er sich auf ihn und riss ihn mit sich zu Boden.

Wie zwei Gestrüppkugeln rollten sie über die Wiese. Ein Sturz aus dieser Höhe war überaus gefährlich, zumal in einem Kettenhemd. Gero spürte jeden Knochen, trotzdem zog es ihn unvermittelt auf die Beine. Der andere hatte ebenso Schwert und Schild eingebüßt. Er war bereits im Begriff aufzustehen, um seiner Kampfutensilien wieder habhaft zu werden. In wenigen Schritten war Gero bei ihm und packte ihn an der Schulter.

»So, du dreckiger Hund!«, fluchte er und riss ihn herum. »Jetzt werden wir sehen, ob du noch genauso mutig bist.«

Der Soldat war nicht unerfahren und stark dazu, aber er war kein Templer.

In der Gewissheit, dass er nur diese eine Chance hatte, zog er sein Messer und hielt es Gero entgegen. Der Templer packte das Handgelenk seines Gegners und bog es zurück. Der Soldat versuchte, Gero ein Knie in den Unterleib zu rammen. Im Reflex hob Gero den Oberschenkel und fing damit den Tritt seines Kontrahenten ab. Im Nu war ein heftiges Gerangel im Gange, wobei Gero mit seiner Linken weiterhin versuchte, den Dolch auf Abstand zu halten.

Eine ohnmächtige Wut trieb den Deutschen, als er in einem günstigen Moment ausholte und mit seiner Faust, die in einem ledernen Plattenhandschuh steckte, dem anderen direkt auf die Nase parierte. Verblüfft ging der Soldat in die Knie und presste sich die freie Hand vor das Gesicht. Gero nutzte die missliche Lage seines Gegners und entriss ihm den Dolch. Blitzschnell stieß er die ellenlange Waffe seitlich in die ungeschützte Kehle des Mannes. Blutüberströmt brach der Söldner zusammen.

Als Gero durch das Gestrüpp rannte, kam es ihm wie eine Ewigkeit vor, bis er seinen Knappen erreichte. Noch im Laufen konnte er sehen, dass sich der andere Soldat das Genick gebrochen hatte. Der Hals war unnatürlich verdreht, und die Augen starrten ins Leere.

Matthäus lag auf dem Bauch und rührte sich nicht. Gero schlug das

Herz bis zum Hals, als er niederkniete und den Jungen an den schmalen Schultern fasste. Behutsam hob er ihn an und drehte ihn vorsichtig auf den Rücken. Die schmächtigen Glieder waren kraftlos, aber er stöhnte leise. Gero schluckte hart, als er ihn auf seinen Schoß zog. Er schloss die Arme um den Jungen und barg dessen Kopf an seiner Brust, um ihn an sich zu drücken.

»Autsch«, protestierte eine ferne Stimme. »Mein Kopf!«

Gero war den Tränen nah vor Erleichterung, weil Matthäus noch am Leben war.

Mit den Fingerspitzen fuhr er prüfend durch die dichten Locken des Jungen. Seitlich hinter dem rechten Ohr wuchs Matthäus eine stattliche Beule. Am Ellbogen hatte er einen Bluterguss, sonst aber schien er unversehrt zu sein.

»Compagnon«, flüsterte Gero, dabei strich er ihm nochmals durch das Haar. »Komm zu dir, wir müssen verschwinden.«

Widerwillig öffnete Matthäus die Augen. »Wo bin ich«, fragte er verstört.

»Da, wo du hin gehörst«, antwortete Gero lächelnd. »An der Seite deines Chevaliers.«

Plötzlich brach ein grauer Riese aus dem Gebüsch hervor. Gero erschrak für einen Moment, doch dann sah er, dass es Johan van Elk mit seinem Jütländer war. Dem flandrischen Ritter stand die Erleichterung, seinen Kameraden unversehrt zu finden, ins vernarbte Gesicht geschrieben.

Sofort war er bei Matthäus. »He, Mattes, geht's dir gut?«

»Ihr tut mir weh«, brüllte Matthäus zornig, als Johan ihn ebenfalls an sich drückte, froh darüber, dass dem Jungen nichts Schlimmeres geschehen war. »Könnt Ihr nicht acht geben, ich bin im Kampf gestürzt.«

Johan ließ ihn sofort los. »Im Kampf«, wiederholte er grinsend. »Und der Allmächtige war mit dir. So soll es sein.«

Nachdem sie eine Weile umhergestreift waren, trafen sie auf Struan, der mitten auf einer Lichtung kauernd am Boden hockte und Amelie in seinen Armen hielt.

»Ist ... ist sie tot?«, fragte Johan ängstlich.

»Nein«, sagte Struan bekümmert, »sie ist unverletzt. Sie hat vor

Schreck das Bewusstsein verloren. Und jetzt habe ich Angst um sie und vor allem um das Kind.«

Gero, der hoch oben im Sattel saß und Matthäus fest im Arm hielt, war sich rasch darüber im Klaren, was diesen Schreck ausgelöst haben konnte. Nicht weit entfernt lagen zwei tote Soldaten im Moos. Sie waren kaum noch als menschliche Wesen auszumachen, so sehr hatte sie der Schotte zerstückelt. Gero schwante, dass Struans Werk Rache für das Leid gewesen war, das deren Gefährten nicht nur Amelie, sondern auch dem sterbenden Kameraden aus Montier-en-Der und all den anderen Brüdern zugefügt hatten.

Der Schotte zeigte denn auch keinerlei Bedauern. »Einer ist mir entwischt«, schnaubte er nur, während er aufsaß und mit Johans Hilfe das bewusstlose Mädchen auf den Sattel zog.

Johan führte seine Freunde zum Kloster der frommen Frauen. Hier konnten Matthäus und Amelie die heilkundige Zuwendung erfahren, die sie so dringend benötigten.

Schwester Griselda, die dunkelhaarige, großgewachsene Vorsteherin des Beginenstiftes, hieß sie im weitläufigen Innenhof willkommen und sorgte dafür, dass den beiden Kranken in einem weiß getünchten Gebäudeteil, dem so genannten Hospital, die notwendige Hilfe zuteil wurde. Rasch betteten die Ordensschwestern Amelie auf ein weiches Lager und versicherten Struan, dass sie bald wieder zu sich kommen würde.

»Mir ist schlecht«, stöhnte Matthäus, als eine der jungen Frauen damit begann, ihn auf Knochenbrüche zu untersuchen. Nachdem sie Geros Hoffnung bestätigte, dass nichts gebrochen war, verband sie den Ellbogen des Knappen, indem sie zuvor Mullbinden in Essig und kühle Tonerde tränkte und sie dann auf die Blutergüsse des Jungen legte. Anschließend versorgte sie die Stelle mit einem festen Leinenverband.

Johan stockte einen Augenblick lang der Atem, als er zur Tür hinsah. Ein auffällig hübsches Mädchen mit hüftlangen, rostroten Haaren betrat den Raum.

»Die Kammern sind hergerichtet«, verkündete sie in die Runde. Gero hätte wetten mögen, dass sie Johan zugezwinkert hatte.

Wenig später bezogen Gero und Matthäus im Hauptgebäude ein

geräumiges Zimmer mit zwei Liegestätten, einem Tisch und zwei Stühlen. Sogar Nachttopf, Waschschüssel und ein Eimer mit Wasser waren vorhanden. Die Rothaarige brachte auf einem Tablett frisches Brot, Käse und dazu einen Krug mit Wein und vier Becher, von denen einer mit Ziegenmilch gefüllt war. Dann ging sie wieder hinaus. Gero hatte Matthäus entkleidet und in eines der sauberen Betten gelegt. Dabei hatte er ihn in eine recht neue Wolldecke gewickelt und ein Daunenkissen unter seinen Kopf geschoben. Fürsorglich tunkte er das Brot in die Milch und half Matthäus beim Essen. Johan brachte die Satteltaschen herein und stellte sie neben der Tür ab. Dann setzte er sich ächzend auf einen Stuhl, aß ein Stück Brot und ließ sich einen Becher mit Wein schmecken.

»Wie ist es dir ergangen?«, fragte Gero und blickte kurz auf.

»Meinst du, ob ich wie Struan weiteres Christenleben auf mein Gewissen geladen habe?«

Gero nickte und fuhr fort, Matthäus, der den Mund aufsperrte wie ein kleines Vögelchen, zu füttern.

»Es waren drei«, erklärte Johan tonlos.

»Ich hab zwei von den Hunden erwischt«, knurrte Gero leise. »Kannst du dir vorstellen, dass sie es sogar auf den am Boden liegenden Jungen abgesehen hatten?«

Johan schüttelte den Kopf. »Das einzige, was ich mir vorstellen kann, ist, dass der Teufel persönlich seine Hand im Spiel hat«, flüsterte er. Ihn schauderte. Müde fuhr er sich mit den Fingern durch den roten Schopf. »Ich hab den Frauen die Lage erklärt und ihnen gesagt, dass wir morgen so früh wie möglich aufbrechen müssen. Und ich habe sie vergattert. Wenn ihnen ihr Leben lieb ist, sollen sie, um des Himmels willen, niemandem etwas von unserer Anwesenheit berichten.«

»Und? Denkst du, sie haben es begriffen?«, fragte Gero und wischte Matthäus mit einem Leinentuch den Mund ab.

»Soweit ich es beurteilen kann, sind es ehrenwerte Frauen«, erwiderte Johan.

»Was ist mit Amelie? Haben die frommen Schwestern etwas darüber gesagt, ob sie morgen wieder mit uns reiten kann?«

»Sie ist zu sich gekommen«, gab Johan Auskunft. »Aber niemand weiß, wie schwer ihr der Anblick des Todes ein weiteres Mal zugesetzt hat.« Er räusperte sich und nahm einen Schluck Wein. »Du kennst ja unseren schottischen Bruder, er ist ein herzensguter Kerl, aber was den Kampf betrifft, so hat er den Charakter eines tollwütigen Wolfes.«

Gero stieß einen Seufzer aus. »Morgen werden wir es wissen«, sagte er resigniert.

»Gute Nacht dann …«, antwortete Johan. Er stand auf und schickte sich an, in seine Kammer zu gehen.

»Schlaf gut, Jo«, erwiderte Gero. »Und komm nicht auf dumme Gedanken, bei einem so überreichen Angebot an weiblicher Unterstützung.«

Johan schnaubte kurz und zog die Tür leise hinter sich zu. Ihn trieb es noch einmal auf den Hof. Es war kalt, doch die klare Luft und die Ruhe, die unvermittelt mit der hereinbrechenden Dunkelheit eingekehrt war, reinigten seine Gedanken.

Er stützte sich mit den Händen auf die Brunneneinfassung und starrte im Schein von ein paar Fackeln, die den weitläufigen Hof beleuchteten, in den finsteren Schacht.

Plötzlich bemerkte er, wie jemand seinen Arm berührte.

»So nachdenklich Bruder Johan«, sagte eine Frauenstimme.

Überrascht schaute er auf und blickte in Freyas liebliches Antlitz. Ihre Augen glitzerten herausfordernd im Schein der Fackeln.

»Der Nachmittag ist an dir nicht so spurlos vorübergegangen, wie ich geglaubt habe, oder?«

»Woher weißt du das?«, fragte Johan leise und richtete sich auf.

»Ich kann es dir ansehen«, sagte sie mit einem Lächeln.

»Dann hast du vielen Menschen etwas voraus. Die meisten sehen nur meine Narben und können nicht sagen, welcher Gemütszustand sich dahinter verbirgt«, erwiderte er.

»Deine Narben interessieren mich nicht«, sagte sie. »Deine Augen sind es, die mich faszinieren. Ich kann in ihnen lesen.«

Johan spürte ihren Blick auf seinem Gesicht ruhen und war froh, dass es bereits dunkel war, sonst hätte sie womöglich bemerkt, wie er errötet war. »Was liest du denn in ihnen?«

»Sie erzählen von Mut, Güte, Ehrlichkeit, Trauer und …« Sie zögerte einen Moment und sah ihn mit hochgezogenen Brauen an. »Sehnsucht?«

Johan schloss für einen Moment seine Lider. Ihr Rosenduft stieg ihm in die Nase, und ihre Gegenwart ließ sein Herz schneller schlagen.

»Gehen wir ein Stück?«, fragte sie, um ihm die Befangenheit zu nehmen.

Sie nahm eine heruntergebrannte Kienspanfackel aus einer Wandbefestigung und hakte sich wie selbstverständlich bei dem rothaarigen Templer unter. Ohne zu fragen, steuerte sie mit ihm auf das Scheunentor zu.

»Hier können wir uns ungestört unterhalten.« Beiläufig löste sie sich von ihm und öffnete eine kleine Tür, die in das große hölzerne Flügeltor eingelassen war. Sie schlüpfte hindurch und gab ihm einen Wink, ihr zu folgen. Johan fragte sich, was er hier tat, als er sich duckte, um Freyas Aufforderung nachzukommen.

»Und außerdem ist es hier drinnen wärmer«, fügte sie lächelnd hinzu, während sie hinter ihm die Türe schloss und sie von innen verriegelte. Im Halbdunkeln tastete sie auf dem Boden nach einem Öllicht und entzündete es mit der Fackel, die sie anschließend sorgsam löschte. Sie zog ihn in eine hintere Ecke des Raumes, wo eine Leiter zu einem Speicher führte. Unterhalb der Leiter war das Heu zu einem großen Haufen aufgetürmt. Mit einem entspannten Seufzer ließ sie sich in den weichen Ausläufern nieder und stellte die Lampe vorsichtig auf dem Boden ab.

»Setz dich«, sagte sie, und er sah, wie ihre Zähne im spärlichen Widerschein des Lichts aufblitzten.

»Wird es niemandem auffallen, dass du nicht in deiner Zelle bist?«, fragte Johan zweifelnd, als er zögernd neben ihr Platz nahm.

»Nein«, erwiderte sie ein wenig überrascht. »Das Vespergebet ist vorüber, und unsere Vorsteherin hat mir aufgetragen, mich um unsere Gäste zu kümmern, und das tue ich hiermit.«

Johan hätte schwören können, dass ihr breites Lächeln eine unanständige Note hatte. Als sie seinen erschrockenen Blick gewahrte, begann sie zu lachen.

»Kommt, Bruder Johan, wir hatten beide einen anstrengenden Tag, und nun sollten wir den Mühseligkeiten ein Ende bereiten.«

Ehe er sich versah, spürte er die Lippen des Mädchens auf seinem Mund und ihre Hand auf seinem Oberschenkel, die sich sodann ohne

Furcht einen Weg zu seinem Allerheiligsten bahnte. Ungläubig erwiderte er ihren zärtlichen Kuss und gab sich willig den kundigen Fingern seiner neuen Freundin hin. Wenig später saß er, von Kettenhemd und Waffengürtel befreit, mit heruntergezogener Hose auf seiner Chlamys im Heu. Geschickt raffte die junge Frau ihr Gewand, unter dem sie nichts trug. In langsamen, kreisenden Bewegungen schob sie ihm ihre Hüften entgegen, bis sein williger Sporn ganz und gar in ihrer feuchtheißen Spalte versunken war. Mit einem leisen Stöhnen schnürte sie ihr Kleid auf und entblößte ihren vollen Busen, der im spärlichen Licht der Ölfunzel golden schimmerte. Ihre rhythmischen Bewegungen brachten das filigrane Kreuz, das an einem dünnen Lederband zwischen ihren verlockenden Brüsten baumelte, zum Schwingen. Leise keuchend drängte Johan sich ihr entgegen. Er verlor sich in dem Gefühl von Gier und tiefer Zuneigung. Sie beugte ihren Kopf herab, und ihr langes Haar hüllte ihn ein wie ein seidiger Schleier. Mit ihrer feuchten Zunge fuhr sie vorsichtig über sein malträtiertes Ohr, und ihr fliegender Atem jagte ihm einen Kälteschauer nach dem anderen über den Rücken. Wimmernd vor Lust, fanden sich ihre Lippen. Während Freya mit ihrem Unterkörper immer heftigere Bewegungen vollzog, küssten sie sich unaufhörlich. Johan stieß einen heiseren Schrei aus, nachdem sie sich mit einem Mal ekstatisch aufgebäumt hatte. Gleichzeitig hielt er sie fest umklammert, während er seinen Mund an ihre Schulter presste, um nicht noch einmal aufzuschreien.

Immer noch mit ihm vereint, bedeckten ihre Lippen sein Gesicht mit Liebkosungen. Schnuppernd wie einer der Hunde vom Hof vergrub er seine kräftige Nase an ihrer Brust und sog den süßlichen Duft auf, den sie verströmte, während sein Mund erneut eine der empor ragenden Warzen suchte und sich schließlich daran fest saugte. Alles um ihn herum schien sich zu drehen, und ein tiefes Glücksempfinden trieb ihm die Tränen in die Augen.

»Sch…«, hauchte Freya in sein Ohr. Fest schlang sie ihre Arme um seinen Nacken und drückte ihre Wange an seinen borstigen Rotschopf. Sie spürte die Nässe an ihren Brüsten und seinen bebenden Atem.

Sanft wollte sie sich lösen, doch seine starken Arme hielten sie, als wolle er sie nie wieder loslassen. Unmerklich schob sie ihren Unterleib ein weiteres Mal zu ihm hin. »Ich will ja nicht behaupten, dass es nicht schön ist, dich noch ein wenig zu spüren«, flüsterte sie atemlos, »aber wenn du mich nicht bald von dir absteigen lässt, wird das für uns beide eine ziemlich feuchte Angelegenheit.«

Er lockerte seine Umklammerung und lachte leise. »Ist das nicht schon?«, fragte er und fuhr sich mit dem Ärmel seines Unterwams über Augen und Nase. Erst da wagte er es, ihr ins Gesicht zu schauen. Sie senkte den Kopf und spielte genussvoll mit seinen vernarbten Lippen.

»Wie ist dein Name?«, flüsterte er, voll Rührung, da sie keinerlei Abscheu vor ihm empfand. Sie schmunzelte und setzte gleich darauf einen nicht ernst gemeinten strafenden Blick auf.

»Ich weiß, dass ich gut zu dir war«, erklärte sie grinsend. »Allerdings ehrt es mich über Gebühr, dass du vor lauter Vergnügen dein Gedächtnis verloren hast.« Sie machte ein feierliches Gesicht und verdeckte mit der flachen Hand ihre linke Brustwarze. »Freya, mein Name ist Freya – ich glaube, ich sagte es bereits.«

Er schnaubte belustigt. »Ich mag einfältig sein, aber so einfältig bin ich nun auch wieder nicht. Ich meine nicht deinen Vornamen, sondern deine Herkunft.«

»Ah ...«, sagte sie und hob ihre schönen, kastanienfarbenen Brauen. »Der Herr will wissen, ob das Mägdelein ihm ebenbürtig ist, das so unvermittelt seinen Schoß in Beschlag genommen hat.«

»Nein ... nein ...«, beeilte sich Johan zu sagen. »So ist es nicht gemeint.«

»Wenn du mich frei gibst«, erwiderte sie keck, » werde ich es dir verraten.«

Johan entließ sie mit einem verlegenen Ausdruck in den Augen aus seiner Umarmung. Während sie sich neben ihm ins Heu fallen ließ, knöpfte sie ihr Oberteil zu und ordnete sich den Rock. Hastig zog er sich, zusammen mit seiner Lederhose, die wollene Unterhose hoch und machte sich an deren Bund zu schaffen. Freya, die sich neben ihm der Länge nach ins Heu gelegt hatte, stützte ihren Kopf mit einer Hand auf dem Ellbogen ab und streckte ihre andere Hand neugierig aus. Tastend berührten ihre schlanken Finger die geknoteten Lederschnüre, die seine Unterwäsche hielten.

»Sind das die berüchtigten Schnüre der Templer, die alle Brüder mit der Aufnahme in den Orden fortan um ihren Leib tragen müssen, um ihre Keuschheit zu demonstrieren?«

»Mal abgesehen davon, dass ich es nicht passend finde, mich gerade jetzt daran zu erinnern – wer erzählt dir einen solchen Unsinn?«

»Ich hab's mal gehört«, sagte sie und legte beschwichtigend die Hand auf seinen Arm. »Ich vergesse es sofort wieder. Versprochen.«

Mit einer unwirschen Bewegung zerrte Johan sein wattiertes Unterwams über den Hosenbund. »Schon gut«, murmelte er.

»Freya von Bogenhausen«, sagte sie und hielt ihm ihre Hand hin, als ob sie seinen Handkuss erwartete. Als er sie verwirrt ansah, wiederholte sie ihre Vorstellung. »Edelfreie von Bogenhausen.«

Erst da begriff Johan, was sie ihm sagen wollte. Er nahm ihre schmale Hand und hauchte ihr einen Kuss auf den Handrücken.

»Johan, zweitjüngster Sohn des Grafen Bechtholt van Elk und seiner Gemahlin Rosanna de Fondarella«, erwiderte er und fixierte ihre ausdrucksvollen Augen. »Schade, dass wir uns nicht schon früher begegnet sind.«

»Wohl wahr«, sagte sie wehmutsvoll.

Er rückte näher an sie heran, wobei er ihre Hand noch immer festhielt. »Wie kommt es, dass ein so schönes adliges Mädchen bei den Beginen Aufnahme sucht?«

»Das gleiche könnte ich dich fragen«, entgegnete sie erstaunt.

»Erstens habe ich nichts mit den Beginen zu schaffen«, erwiderte er grinsend. »Und zweitens bin ich nicht schön.«

»Doch das bist du«, sagte sie und lächelte ihn an, wobei sie ihm über den kräftigen Nacken strich und anschließend seine roten Borsten kraulte.

Er konnte ihrem Blick nicht standhalten und sah auf seine und ihre Hand, die ineinander verschlungen waren. Schmunzelnd schüttelte er den Kopf. Als er aufblickte, war sie mit einem Mal ernst.

»Meine Eltern sind beide tot«, sagte sie unvermittelt. »Und es gab keine verlässliche Verwandtschaft, die mir Zuflucht geboten hätte. Am Ende war es ein Segen, dass ich mich dem Orden anschließen durfte.«

»Das tut mir leid«, antwortete Johan und suchte vergeblich nach tröstenden Worten.

»Es ist nicht so schlimm«, sagte sie leichthin. »Ich kann mich gar nicht an sie erinnern. Mein Vater starb bei der Schlacht um Worringen. Er kämpfte auf Seiten des Kölner Erzbischofs. Meine Mutter stammte aus der Grafschaft Luxemburg, sie ist nach dem Tod meines Vaters dem Trübsinn verfallen und mit mir zusammen zu den Dominikanerinnen nach Köln geflohen. Dort ist sie kurz darauf verhungert. Vor lauter Trauer konnte sie wohl nicht mehr essen. Ich war erst zwei Jahre alt, als das geschah. Ich hatte keinerlei Geschwister, und mein Onkel, der sich das Erbe aneignen wollte, hat den Schwestern eine vergleichsweise geringe Summe bezahlt, damit sie mich bei sich behalten und er den Besitz meiner Eltern übernehmen konnte oder wenigstens das, was der Herzog von Brabant davon übrig gelassen hatte. Nach meinem Noviziat bin ich davongelaufen, weil ich es nicht ertragen konnte, immer wieder Geschichten vom Tod meiner Mutter aufgetischt zu bekommen, besonders dann, wenn ich mich nicht an die Regeln hielt.«

Freya stockte einen Moment, und Johan streichelte mit seinem Daumen ihren Handrücken. »Daraufhin bin ich eine Weile mit fahrenden Gauklern umhergezogen. Ich habe getanzt und die Zukunft aus der Hand gelesen. Eines Tages wurden wir ausgeraubt, und unser Wagen ist mit all unseren Habseligkeiten verbrannt. Wir konnten nicht mehr auftreten, und aus reiner Geldnot bin ich in einem Freudenhaus in Köln gelandet.«

Wie vom Donner gerührt, hob Johan sein Haupt und blickte erschrocken in ihr offenes Gesicht.

»Verachtest du mich jetzt?«

Eine rührende Unsicherheit lag in ihrer Frage, und Johan verwarf augenblicklich alle aufkommenden Befürchtungen, an eine professionelle Hure geraten zu sein.

»Nein«, erwiderte er und bemühte sich redlich, seine Betroffenheit zu verbergen. »Wie lange warst du dort?«

»Nur ein halbes Jahr, dann haben die Beginen nicht nur meine Seele, sondern auch meinen Leib gerettet und mich in den Orden aufgenommen. Vor zwei Jahren hat man mich von Köln aus hierher entsandt, um beim Aufbau eines neuen Ordenshauses zu helfen.«

Nachdem sie verlegen den Blick gesenkt hatte, sah sie mit einem Mal wieder auf und schaute ihm forschend in die hellen Augen. »Und wo liegen deine Wurzeln? De Fondarella hört sich nicht danach an, als ob es in den deutschen Landen liegt?«

»Meine Mutter entstammte einem katalanischen Rittergeschlecht. Mein Vater hat sie in Brügge kennen gelernt. Im Hause seines Onkels. Sie war so hübsch, dass er sofort um ihre Hand angehalten hat. Mein Vater hat sie sehr geliebt. Sie ist vor drei Jahren im Kindbett gestorben. Es war ein schwerer Schlag für ihn.« Ein wehmütiges Lächeln flog über Johans Gesicht, während er Freya unentwegt anschaute.

»Das tut mir leid für dich und die deinen«, sagte sie, und dabei streichelte sie beinahe unbemerkt über seine rötlich behaarte Pranke.

»Und dein Vater?«, fuhr sie schließlich fort. »Stammt er aus Flandern?«

»Meine Familie lebt am Niederrhein.« Er zögerte, als ob er nachdenken müsste. »Mein Vater hat auch in der Schlacht von Worringen gekämpft«, sagte er schließlich. »Er war ein Vasall Johanns von Brabant ... er hatte keine Wahl. Er musste seinem Lehnsherrn in diesen Krieg folgen.«

»Hat das etwas zu bedeuten?« fragte Freya mit hoch gezogenen Brauen.

»Nein«, sagte Johan und drückte sacht ihre Hand. »Nur dass unsere Väter Feinde gewesen wären, und falls wir uns früher begegnet wären, hätten wir vergeblich darauf hoffen können, dass man uns einander versprochen hätte.«

Sie sah ihn lächelnd an. »Dann ist es wohl besser, so wie es ist«, sagte sie und zog ihn auf das weiche Lager zurück.

9

Sonntag, 15. Oktober 1307 – Zum weißen Schwan

Noch bevor die kleine Glocke zur Frühmesse ertönte und Freya daran erinnerte, dass die starken Arme, die sie umfingen, ihr nur eine vorübergehende Geborgenheit gaben, schrak sie hoch von einem Aufruhr, der sich vor dem Scheunentor ankündigte. Leichtfüßig erhob sie sich, um nachzuschauen, was da vor sich ging.

Johan streckte sich verschlafen. Es war noch dunkel. Als er die Stimmen vom Hof her hörte, sprang er auf die Füße und raffte hastig seine Chlamys. Schwungvoll zog er den Umhang über und gürtete anschließend sein Schwert und seine Messer. Dann trat er dicht an Freya heran. Sie stand vor der kleinen Scheunentür, die einen Spalt weit geöffnet war, und streckte ihre Nase hinaus in die Kälte. Sachte legte Johan ihr seine warme Hand auf die Schulter.

»Was ist?«, fragte er flüsternd.

»Ich glaube, wir haben ein Problem«, sagte sie und drehte sich zu ihm um.

Rasch hauchte sie ihm einen Kuss auf die Wange und entschlüpfte ohne ein weiteres Wort durch die kleine Tür hinaus in den Morgen.

Mit großen Schritten hastete Griselda über den Hof. Struan trug Amelie, die in einen dicken Wollmantel gehüllt war, auf seinen starken Armen, während Gero sämtliches Gepäck geschultert hatte. Zusammen verschwanden sie hinter einem großen Stalltor, das zu einem Kuhstall führte, in dem auch ihre Pferde untergebracht waren. So unauffällig wie möglich mischte Johan sich unter die dienstbaren Geister, die dem Tross folgten.

»Was geht hier vor?«, fragte Johan, als Gero aus den Stallungen zurückkehrte und auf den Hof hinaustrat.

»Gott sei Dank, da bist du ja«, rief Gero erleichtert, ohne auf Johans Frage einzugehen. Im nächsten Augenblick stutzte er, als er die zahlreichen Heuspuren auf Johans Mantel sah.

»Da kann ich dich ja lange suchen«, bemerkte er arglos. »Ich dachte, man hätte dir eine Kammer zugewiesen?«

Johan kratzte sich betreten im Nacken. Bevor er jedoch in die Verlegenheit kam zu antworten, fuhr Gero aufgebracht fort.

»Im Dorf oberhalb des Klosters ist ein ganzer Trupp Soldaten aufgekreuzt, mindestens zwanzig Mann. Ein Schäfer hat sich auf den Weg gemacht, um die Frauen rechtzeitig zu warnen. Anscheinend gibt es hier unten im Tal außer ein paar flüchtigen Angehörigen der Miliz Christi noch andere Geheimnisse, die vor einer Durchsuchung beseitigt werden müssen.«

»Und haben die frommen Frauen auch eine Idee, wie *wir* möglichst unauffällig entfliehen können?« Johan warf einen suchenden Blick in die Umgebung, um zu ergründen, ob er Freya irgendwo entdecken konnte, doch sie blieb verschwunden.

»Es gibt da einen unterirdischen Fluchtweg, der noch von den Benediktinern angelegt wurde und wohl breit genug ist, dass man sogar Pferde hindurch führen kann. Der Eingang befindet sich gleich unter den Stallungen.«

Im Eiltempo waren sie abmarschbereit.

Bevor die Brüder des Tempels und ihre Begleiter die Flucht fortsetzen konnten, überreichte Griselda ihnen ein üppiges Proviantpaket und einige Heilkräuter für Amelie, um eine Fehlgeburt zu verhindern.

Dankbar nahm Struan das in Pergament verpackte Pulver entgegen.

Johan hoffte verzweifelt darauf, Freya wenigstens ein letztes Mal sehen zu können, damit er sich von ihr verabschieden konnte.

Wenig später erschienen drei schmale Gestalten in wärmenden, grauen Mänteln, deren übergezogene Kapuzen die Gesichter verdeckten. Johan empfand Erleichterung, als ihm das herauslodernde rote Haar bei einer der Frauen die Gewissheit gab, dass Freya sich unter ihnen befand.

»Diese drei Schwestern werden Euch den Weg nach draußen weisen«, verkündete Griselda. »Die Strecke ist etwas mehr als eine viertel Meile lang und führt Euch direkt auf die Handelsstraße nach Sankt Mihiel. Der Ausgang liegt mitten im Wald und ist nur ganz wenigen Eingeweihten bekannt.«

Pechfackeln wurden entzündet, und mit Hilfe eines rasch installierten Flaschenzuges wurde eine unauffällig in den Boden eingelassene Falltür in die Höhe gezogen. Eine sanft abfallende, steinerne Treppe führte in einen dunklen, breiten Gang, aus dem ihnen ein modriger Geruch entgegen wehte.

»Es ist schon eine Weile her, seit der Tunnel das letzte Mal benutzt wurde«, erklärte Griselda entschuldigend.

»Denkt ihr nicht, wir können den Weg auch alleine finden?« Gero sah die Vorsteherin der Beginen fragend an. Er wollte den Frauen nicht noch mehr Umstände bereiten als unbedingt notwendig.

»Mit der Eskorte »antwortete Griselda, »können wir sicher sein, dass Ihr den Ausgang unbeschadet erreicht habt und Eure Flucht unentdeckt geblieben ist. Nur für den Fall, dass die königlichen Soldaten eine Vermutung hegen, die sie nicht beweisen können und uns das Gegenteil weismachen wollen, um uns zu einem Zugeständnis zu verführen.«

Gero nickte, und Johan atmete erleichtert auf. Er durfte also noch eine Weile die Gesellschaft von Freya genießen.

Vom Hof her war ein donnerndes Poltern zu hören. Dann schlugen die Hunde an und begannen bedrohlich loszukläffen.

»Aufmachen, Miliz!«, brüllte eine Männerstimme.

»Los, los, los …!«, drängte Griselda und unterstrich ihre Forderung, indem sie mit den Armen ruderte, als ob sie die Flüchtenden und ihre Pferde wie eine Schar Gänse vor sich herscheuchen wollte.

»Windrud, Alheydis!«, rief sie zwei Schwestern zu. »Geht und sorgt dafür, dass man die Soldaten nicht hinein lässt, bevor wir das Tor zum Gewölbegang geschlossen haben und wieder Kühe darauf stehen!«

Der geheime Gang war zu niedrig, als dass irgendjemand hätte aufsitzen können.

Struan trug Amelie auf seinem Rücken, weil sie zum Laufen zu schwach war. Vertrauensvoll schmiegte sie ihre Wange an seine breiten Schultern. Trotzdem war ihr die Furcht anzumerken, als das schwere Falltor heruntergelassen wurde und sie und die anderen unvermittelt in die Finsternis entließ. Die spärlich von Fackeln beleuchtete Umgebung kam ihr vor wie ein schauriges Grab.

Vorneweg gingen zwei der Beginenschwestern und leuchteten den Weg aus, gefolgt von Gero, der an einer Hand zwei hintereinander gebundene Rösser führte und mit der anderen Matthäus, der auf einen kleinen Handkarren gebettet war, hinter sich her zog. In der Mitte befand sich Struan mit Amelie. Freya bildete mit Johan, der die verbliebenen drei Pferde führte, den Abschluss. Als sie zaghaft nach seiner Rechten suchte, wusste er, dass es weder Bestimmung noch Zufall war, dass sie den Zug begleitete. Ihre linke Hand spielte mit seinen Fingern, während sie mit der anderen Hand die Fackel auf den Boden gerichtet hielt.

Der Ausgang des unterirdischen Weges endete in einer Höhle im Wald. Eine kleine Tür führte in den Vorhof der Freiheit. Die mächtigen Pferde passten kaum durch die von Menschenhand geschaffene Öffnung. Gero und seine Kameraden mussten das Gepäck und die

Sättel vom Rücken der Tiere abnehmen, damit es ein Durchkommen gab.

Ein fahles Licht verriet den anbrechenden Tag, und dampfender Frühnebel erhob sich über den Tannen.

»Hört«, verkündete Freya. »Von hier aus ist es vielleicht noch eine Meile bis nach Saint Mihiel. Wenn Ihr Euch beeilt und sich Euch niemand mehr in den Weg stellt, könnt ihr am Mittag die Mosel erreichen.«

Struan hob Amelie aufs Pferd und schwang sich hinter ihr behände auf seinen Friesen.

Auch Matthäus durfte sich weiter der Obhut seines Herrn erfreuen, der den Jungen warm verpackt vor sich im Sattel hielt, nachdem er auf Atlas aufgesessen war.

»Bruder Johan, worauf wartest du noch?«, fragte Gero, als Johan keine Anstalten machte, auf seinen Jütländer aufzusteigen.

»Macht es euch etwas aus, wenn ihr ein wenig vorausreitet? Ich würde mich gerne noch von jemandem verabschieden.« Johans vernarbtes Antlitz überzog eine hübsche Rosatönung.

»Euer Wunsch, Bruder, sei mir Befehl.« Gero beugte seinen Kopf ehrerbietig und schickte sogleich ein dreistes Lächeln hinterher. Bevor er seinen Percheron in nördliche Richtung lenkte, nickte er den Ordensschwestern zu und hob seine rechte Hand zum Gruß. »Entbietet Eurer Herrin nochmals meinen tiefsten Dank. Die heilige Jungfrau wird es Euch vergelten, da bin ich mir sicher.«

Die Frauen erwiderten seinen Gruß und zogen sich respektvoll in den Höhleneingang zurück, um dort auf Freya zu warten.

Der Abschied zwischen Johan und Freya hätte für beide länger dauern mögen, aber dazu war keine Zeit. Johan sah ihr von oben herab in die schönen Augen und schluckte schwer, unfähig, das Wort zu ergreifen. Sein Blick wanderte über ihre geschwungenen Brauen und die schmale Nase, danach über jede einzelne Sommersprosse bis hin zu ihren vollen Lippen. Es war, als ob er sich ihr zartes Antlitz in sein Gedächtnis einbrennen wollte.

Mit einem Mal streckte sie sich und zog seinen Kopf zu sich herab. Ihr Kuss war süß wie ein Pfirsich. Ein mächtiger Drang verführte Johan dazu, sie fest in seine Arme zu schließen. Tränen rollten über seine entstellten Wangen, und er suchte verzweifelt nach Worten, während er sein Gesicht in ihrem Haar vergrub und sie eng umschlungen hin und her wiegte.

»Die Schwestern sagen, ich habe die Gabe, Dinge vorherzusehen«, flüsterte Freya. » Und ich weiß, dass es kein Abschied für immer sein wird.«

»Freya, ich …«, begann Johan mit erstickter Stimme und sah sie mit feuchten Augen an. Er schluckte und schüttelte entmutigt den Kopf. Beschämt wischte er sich mit dem bloßen Handrücken übers Gesicht.

Sie legte ihm tröstend ihren schmalen Zeigefinger auf die Lippen. Die gleiche Geste, die er gebraucht hatte, als sie sich das erste Mal begegnet waren. Sein Blick war genauso flehentlich, aber nun war es ihr Finger, der Einhalt gebot.

»Du musst gehen«, sagte sie fest und löste sich aus seiner Umarmung.

»Ja«, erwiderte er gepresst und steckte seine großen Hände in die eisenbeschlagenen Lederhandschuhe. Dann schwang er sich auf seinen gewaltigen Hengst und ritt davon, ohne noch einmal zurückzublicken.

Am Morgen hatte Gero noch nicht daran geglaubt, dass sie zehn Meilen an einem Tag schaffen würden. Sie waren einzig auf sumpfige Nebenwege angewiesen, weil die Hauptstraßen ein unberechenbares Risiko bargen.

Als sie die Meuse erreichten, fand sich zu ihrem Glück sogleich ein Übergang, der mühelos hoch zu Pferd bewältigt werden konnte. Die wenigen Ortschaften, die auf ihrem Weg lagen, umrundeten sie großzügig. Dabei stellten sich ihnen weder Zöllner noch Soldaten in den Weg. Metz und Diedenhofen hatten sie weit hinter sich gelassen, als sie gegen Abend den nördlichsten Zipfel des Herzogtums Lothringen erreichten, der mit den Ausläufern der Grafschaft Luxemburg und des Erzbistum Trier eine Art Dreiländereck bildete.

Die glutrote Sonne sank hinter den tiefhängenden Wolken wie in ein violettfarbenes Meer und tauchte die Berglandschaft in ein goldenes Licht, als der kleine Trupp in ein zerklüftetes Seitental ritt. Der Weg hinab zur Mosel war herrlich. Die Weitsicht in die farbenprächtige

Umgebung wurde von einer klaren, kalten Luft begleitet. Von weitem sah man die gewaltigen Festungsmauern von Burg Sirck, die dem Hause Lothringen als Zufluchtsstätte diente.

Trotz des guten Wetters war Amelie anzusehen, dass sie fror und völlig erschöpft im Sattel saß.

»Wir müssen eine anständige Unterkunft für die Nacht finden.« Struans Stimme klang beinahe beschwörend, als sie auf einem Felsvorsprung mitten in den Weinbergen für einen Moment Rast machten.

Gero nickte bedächtig. Matthäus brauchte ebenfalls ein warmes Nachtlager.

»Ich werde vorausreiten und mich nach einem Gasthof umschauen«, sagte er leise.

Er half dem Jungen vom Pferd und stieg dann selbst ab.

»Wie soll es überhaupt weitergehen?« Johans Blick war voller Zweifel.

»Das erkläre ich euch später«, bemerkte Gero mit angespannten Gesichtszügen. »Zuerst müssen wir sehen, ob wir in dieser Gegend sicher sind.«

»Wie kommst du eigentlich darauf, dass wir in den deutschen Landen nicht verfolgt werden?« Struan sah ihn fragend an.

»D'Our hat es mir gesagt.«

»Und woher weiß der Komtur das so genau?«

»Vertrau mir«, erwiderte Gero. »Wenn ich nach Sonnenuntergang nicht zurück bin, geht in den Wald und versteckt euch dort. Danach begebt ihr euch unverzüglich auf die Burg meines Vaters. Verstanden?«

Johan schüttelte schweigend den Kopf, doch er widersprach nicht, sondern nahm sich Matthäus an, der unverkennbar den Tränen nahe war, als Gero sich anschickte davonzureiten.

Nach etwa einer viertel Meile erreichte Gero ein kleines Dorf, direkt an einer Schiffsanlegestelle. Schon von weitem stieg ihm der Duft von gebratenem Fleisch in die Nase. Heilige Jungfrau, betete er still, hilf, dass uns hier keine lauernden Soldaten erwarten, und gib uns eine warme Mahlzeit und ein trockenes Lager für die Nacht.

Die Uferstraße war menschenleer, aber aus dem Kamin eines stattlichen Fachwerkbaus, der mit seinen zwei langen Wirtschaftsgebäuden ein Hufeisen bildete, drang dichter Rauch.

Gero sah sich um. Zwei gesattelte Pferde waren draußen angebunden. Von Soldaten fand sich jedoch keine Spur. Er band Atlas an eine Stange und ging im Halbdunkel mit einer Hand am Schwertknauf auf den Eingang des Hauses zu. Eine dralle, ganz in gelb gewandete Frau mittleren Alters kam ihm entgegen und stieß einen entsetzen Schrei aus, als er ihr unvermittelt den Weg nach draußen versperrte. Sofort stürmten ein paar Männer aus der dahinterliegenden Schankstube. Mit der Zurschaustellung ihrer bescheidenen Messer und Knüppel, die sie demonstrativ an ihren Gürteln trugen, versuchten die durchweg bäuerlichen Gestalten vergeblich, Gero einzuschüchtern.

Der Templer musste unwillkürlich lachen und ließ dabei sein Schwert sinken. Er konnte sich vorstellen, wie er auf sie wirken musste, in seinen schmutzigen Kleidern und mit einem todbringenden Anderthalbhänder im Anschlag.

»Himmelherrgott, habt Ihr mich erschrocken!« Der Blick der Frau war anklagend, aber ihre Stimme klang eher versöhnlich.

»Habt Ihr ein Zimmer frei, gute Frau«, entgegnete Gero so freundlich wie nur irgend möglich. »Und gibt es hier vielleicht ein warmes Bad und etwas zu essen?«

Die Wirtin war nicht hübsch, aber sie hatte gutmütige Augen mit einem schelmischen Ausdruck darin. »Für einen Mann des Tempels immer«, sagte sie schließlich mit einem anzüglichen Grinsen, während sie ihre Hände in die Hüften stemmte und ihren wogenden Busen hin und her wiegte.

Gero war im ersten Moment überrascht, dass sie wusste, woher er stammte. Er hatte seinen Mantel absichtlich zurückgelassen, weil er nicht wusste, wer oder was ihn hier erwartete. Doch dann sah er, dass ihr Blick auf die Runde seines Schwertes gefallen war. Dort war das Croix Patée des Ordens gut sichtbar eingraviert.

»Seid Ihr allein?«, fragte die Frau mit hoch gezogenen Brauen.

»Nein«, erwiderte er zögernd. »Wir sind zu fünft. Drei Männer, eine Frau und ein Kind.«

»Was auch immer Euer Begehr ist, Ihr seid mir herzlich willkommen.«

Nach einer wärmenden Begrüßung mit Hühnerbrühe und Brot hielt die Wirtin vom *Weißen Schwan*, wie sich das einladende Wirtshaus nannte, eine besondere Überraschung für ihre Gäste bereit. Während sie Amelie selbst zur Hand ging, indem sie dem völlig erschöpften Mädchen ein warmes Bad in ihrer Kammer hatte richten lassen, überließ sie die Versorgung der Männer den übrigen Bewohnerinnen des Hauses. Gero und seine Kameraden wurden in einen großzügigen Raum geführt, wo sich ein hölzerner Waschbottich an den nächsten reihte. Gestelle mit schützenden Vorhängen, Wandregale voller Karaffen mit duftendem Öl und allerlei neckischem Spielzeug, dazu anzügliche Wandmalereien ließen in Gero eine gewisse Ahnung aufkeimen, die ihm eigentlich schon bei der freizügigen Kleidung der Frauen hätte kommen müssen.

»Ein sündhaftes Badehaus«, flüsterte Johan mit wachsender Begeisterung, nachdem er völlig entkleidet in einem der mit heißem Wasser gefüllten Bottiche Platz genommen hatte.

Drei anmutige Kammermägde in durchscheinenden Gewändern bemühten sich um ihr Wohlergehen, indem sie den Ritterbrüdern unaufgefordert den Rücken schrubbten. Struan schickte ein Dankgebet zum Himmel, dass Amelie auf ihrem Zimmer geblieben war.

Während Gero noch mit seinem Gewissen kämpfte, genoss Johan die handfeste Zuwendung der schönen Gehilfinnen. Als die Frauen es jedoch auf Johans bestes Stück abgesehen hatten, wurde es selbst ihm zu heikel. Gero, der das Treiben der Weiber schon allein wegen Matthäus mit Argwohn beobachtet hatte, sprang ihm bei und forderte die Damen mit erhobener Stimme dazu auf, hinauszugehen und endlich den Wein und das versprochene Mahl zu servieren, das in solchen Häusern traditionell noch während des Badens eingenommen wurde.

Nach dem Essen zogen sich die Ritterbrüder, nur in Unterwäsche und warm eingepackt in Wolldecken, in eine gemeinsame Kammer mit ausreichend Schlafplätzen zurück. Ein Ofen spendete wohlige Wärme. Amelie und Matthäus, denen jeweils ein eigenes Bett zur Verfügung stand, waren recht schnell eingeschlafen.

Im Schimmer des Feuers richteten sich die Blicke der Kameraden auf Gero, der auf einem der Betten saß und augenscheinlich vor sich hin grübelte. Schließlich schaute er auf und seufzte leise.

»So wie ich bei den Gästen in der Schankstube heraushören konnte, ist das Vorgehen König Philipps tatsächlich noch nicht bis in die deutschen Lande gedrungen. Deshalb werden wir morgen in aller Frühe den Weg nach Trier antreten und die dortigen Brüder warnen. So Gott will, erreichen wir am Abend die Zisterzienserabtei von Hemmenrode. Dort werde ich Matthäus unterbringen. Am nächsten Tag werden wir Amelie dem Schutz meiner Mutter überantworten. Nachdem wir die Komturei in Brysich gewarnt haben, werden wir zu den Zisterziensern nach Heisterbach weiterreisen. Dort wartet unsere eigentliche Aufgabe.«

»Was ist mit deinem Vater?« Struan sah Gero erwartungsvoll an. »Wird er nicht fragen, was geschehen ist und was wir zu tun gedenken?«

»Schon möglich«, erklärte Gero. »Aber ich habe gegenüber d'Our ein Gelübde abgelegt, das ich zu niemandem über unseren Auftrag spreche. Selbst ich werde erst vor Ort erfahren, worin genau unsere Aufgabe besteht.«

»Bei Gott, so sei es«, bekräftigte Johan Geros Worte und bekreuzigte sich andächtig.

10

Montag, 16. Oktober 1307 – Marien ad Ponte – Ankunft in Trier

Dichter Frühnebel lag über dem Moseltal. Dort, wo er aufriss, gestattete er einen Ausblick auf die kleinen Dörfer, deren blitzsaubere Fachwerkhäuser sich wie Perlen an einer Schnur entlang des gemächlich dahin treibenden Flusses reihten.

Das Schiff nach Trier lag abfahrbereit am Anleger und wartete auf zahlungskräftige Gäste. Einige Kaufleute hatten sich bereits mit ihrem Gepäck und ein paar Maultieren an Bord versammelt. Die Bohlen des Lastkahnes erzitterten, als Gero und seine Kameraden die Schlachtrösser an Bord führten.

»Die Pferde kosten extra«, rief ihnen ein rotwangiger Schiffsjunge entgegen.

»Sehr wohl, junger Herr«, antwortete Gero leichthin und übergab dem Burschen die Zügel seines Percherons, »wenn ich dafür erwarten kann, dass du die Tiere in den Verschlag führst.«

Der Junge stockte. Er ging Atlas noch nicht einmal bis zur Brust. Der ansonsten unerschrockene Hengst mochte es nicht, wenn er auf unsicherem Grund stand, und schnaubte nervös, wobei er dampfende Atemwolken ausstieß, als ob er damit seinen Ruf als feuriges Ross geradezu unterstreichen wollte. Unentschlossen stand der Junge vor dem vermeintlichen Ungeheuer und getraute sich nicht, es anzufassen.

»Mattes, zeig dem jungen Herrn, wie man mit anständigen Pferden umgeht«, sagte Gero an seinen Knappen gerichtet.

Mit abgeklärter Miene führte Matthäus unter den staunenden Augen des Schiffsjungen ein Tier nach dem anderen in den für die Reise vorgesehenen Verschlag und band die Zügel an die hölzerne Umrandung. Arnauds widerspenstiger Flamländer scheute gewohnheitsmäßig. Nur Amelies kleine, braune Stute ließ die Prozedur geduldig über sich ergehen. Brav trottete das gutmütige Tier hinter Matthäus her, als er es vom Ufer aus auf das Schiff geleitete.

»Hier«, sagte er, als er das Pferd halb auf den Holzplanken stehen hatte, und überreichte dem Schiffsjungen großzügig die Zügel. »Vielleicht solltest du damit anfangen zu üben.«

Gero angelte ein kleines Silberstück aus dem kostbaren Hirschlederbeutel, den d'Our ihm überlassen hatte, um die Überfahrt zu bezahlen. Unvorhergesehen erwartete ihn in Person des wettergegerbten Moselschiffers die zweite Feuerprüfung auf deutschem Boden.

»Ihr müsst entschuldigen, hoher Herr«, nuschelte der Alte und verbeugte sich tief. »Mein Schiffsjunge ist ein einfältiger Tropf. Anscheinend weiß er nicht, dass Ihr als Angehörige des Templerordens von Fluss- und Brückenzöllen befreit seid.«

Johan nickte erleichtert. Zum einen weil der Mann anscheinend keinen Argwohn hegte, was ihre Zugehörigkeit zum Orden betraf, zum anderen, weil nichts in seiner Miene verriet, dass vielleicht etwas nicht in Ordnung sein könnte. Erst am Morgen hatten die Ritterbrüder nach längerem Hin und Her entschieden, Wappenrock und Chlamys wieder zu tragen.«

Der Schiffer verharrte immer noch in einer Art demütigen Verbeugung, als er überraschend laut nach seinem Gehilfen schrie.

»Jodokus! Beweg deinen Arsch sofort hierher, ansonsten soll dich die Pest holen!«

Das braunhaarige, schmächtige Kerlchen kam herbeigeeilt, obwohl ihm die Angst vor Strafe bereits ins Gesicht geschrieben stand. »Herr?«, keuchte er atemlos und richtete seinen verwirrten Blick abwechselnd auf seinen Meister und die weiß gewandete Kundschaft.

Der Alte packte den Burschen am Nacken und zwang dessen Oberkörper vor Gero in die Tiefe.

»Sieh, Jodokus. Das sind Tempelherren. Männer von Mut und Ehre. Wenn du demnächst einem solch roten Kreuz begegnest, wirst du ihm deine Hochachtung zollen und nicht unbotmäßige Forderungen stellen. Du kannst froh sein, dass die Brüder keine Züchtigung verlangen.«

Struan, der nichts verstanden hatte, schüttelte kaum merklich den Kopf. Obwohl er selbst raue Sitten gewohnt war, tat ihm der Junge leid.

»Lasst es gut sein«, beschied Gero dem Alten. Ihm erzeugte der ganze Rummel zuviel Aufmerksamkeit. Die übrigen Fahrgäste standen mit offenen Mündern auf dem Kahn und gafften. Matthäus hatte sich peinlich berührt hinter Johan geschoben, dem der überraschende Auftritt des Schiffseigners ebenfalls unangenehm war.

»Ihr zahlt nur den halben Preis«, sagte der Schiffer großzügig. »Wie es den Angehörigen Eures Ordens gebührt.« Dann ließ er von dem Jungen ab, der scharlachrot angelaufen war, und stieß ihn fest in den Rücken, so dass er auf seinem Weg zurück aufs Schiff beinahe ins eiskalte Wasser gestolpert wäre.

Nachdem Gero den Mann entlohnt hatte, beobachtete er die Schiffsbesatzung, die sich nun wieder mit dem Einholen der Seile und der Befestigung von Fässern und Kisten beschäftigte. Auch die Blicke der übrigen Mitreisenden zeugten nur noch von beiläufigem Interesse.

Plätschernd schlug das Wasser gegen den Bug, während die Schiffer sich mit langen Staken vom Ufer abstießen und den Kahn langsam in die Mitte des Flusses dirigierten.

Der Nebel lichtete sich allmählich. Zunehmend brach die Sonne hervor und ließ die Mosel wie ein Silberband glitzern.

Matthäus stand am Heck und beobachtete, wie zwei Männer in einem kleinen, sich gefährlich zur Seite neigenden Boot ein prall gefülltes Netz an Bord zogen, in dem zahlreiche, schillernde Fische zappelnd ums Überleben kämpften. Hier und da hüpfte noch ein unverdrossenes Exemplar verzweifelt empor.

Nachdenklich starrte der Junge auf die Wellen, die das Schiff beim Ablegen hinterließ. Eine tief sitzende Angst ergriff ihn aufs Neue. Sie wollte ihn nicht mehr loslassen, seit sie Bar-sur-Aube den Rücken gekehrt hatten. Dazu verurteilt, keine Fragen stellen zu dürfen, war er mit seinen Befürchtungen auf sich gestellt. Das einzige, was ihm blieb, war die Gewissheit, dass ihr eigenes Schicksal dem der todgeweihten Fische gar nicht so unähnlich sein würde, wenn es kein Zurück mehr in die heile Welt der Ordenskomturei gab. Die Flucht hatte ihm mit aller Härte offenbart, zu welchen Gräueltaten Christenmenschen fähig waren. Gewiss hatten die älteren Knappen ihm und seinen jungen Kameraden immer wieder von den heroischen Abenteuern der Ritter und Sergeanten im Outremer erzählt und dabei auch die verschiedensten Massaker an den sogenannten Heiden nicht ausgelassen. Auch er selbst hatte bereits einige Lektionen im Schwertkampf erteilt bekommen, bei dem man ihm versichert hatte, dass er genug Geschick an den Tag legte, um als Ordensritter später die Ungläubigen zur Räson bringen zu können. Aber jetzt, nachdem er das Blut der toten Soldaten gesehen und die Anspannung und Angst der Ritter während des Angriffs gespürt hatte, wusste Matthäus, dass es einen Unterschied machte, ob echte Köpfe oder Kohlköpfe rollten.

»He«, rief eine laute Stimme. Erschrocken fuhr Matthäus zusammen.

Zwei kräftige Hände packten ihn an den Schultern und taten so, als ob sie ihn ins Wasser stoßen wollten, hielten ihn aber im letzten Augenblick zurück.

»Pass auf, dass du nicht hineinfällst«, mahnte ihn Johan van Elk.

Doch Matthäus war nicht zum Spaßen zumute. Der Schreck, der noch in seinen Gliedern saß, ließ ihn unvermittelt aufschluchzen. Amelie, die sich zusammen mit Struan unweit entfernt niedergelassen hatte, blickte erschrocken auf.

Voller Scham wandte sich Matthäus ab und hockte sich auf die Planken des Schiffes.

Johan setzte sich dicht neben ihn und legte ihm den Arm um die Schultern.

»Mattes, was hast du denn?«, fragte er besorgt, während ihn eine dumpfe Ahnung beschlich, welche Bilder im Kopf des Jungen herumspukten.

Der Knappe schüttelte weinend den Kopf.

»Glaub mir, Gero lässt dich nicht im Stich, dafür kenn ich ihn zu gut.« Sein aufmunterndes Mienenspiel wollte Johan wie immer nicht so recht gelingen. Dennoch spürte Matthäus, dass der Ritter, der ihn nicht nur mit seiner stolzen Statur, sondern auch durch sein aufrichtiges Wesen beeindruckte, es gut mit ihm meinte.

»Es ist nicht mein Herr, der mir Sorgen macht, oder weil ich fürchte, dass der Allmächtige uns seinen Schutz verweigert«, schniefte Matthäus und blinzelte in die Morgensonne. »Es ... es ... ist Mertin, um den ich mir Sorgen mache. Er ist mein bester Freund. Was ist, wenn man ihn auch in einen Kerker gesteckt hat?«

Johan wusste sofort, um wen es ging. Der pummelige Knappe mit den braunen Locken war kaum älter als Matthäus. Eines Abends war er schreiend davongelaufen, als er Johan zum ersten Mal im Halbdunkel auf dem Weg zur Latrine begegnete. Später hatte sich der Junge kleinlaut entschuldigt, als er feststellen durfte, dass der narbengesichtige Ritterbruder längst nicht so furchterregend war, wie er auf den ersten Blick ausgesehen hatte.

»Er ist in Clairvaux, bei den Zisterziensern«, sagte Johan. »Wusstest du das nicht?«

»Schon, aber was ist, wenn sie ihn dort verhaftet haben?« Matthäus sah den Mönchsritter mit ehrlicher Verzweiflung an.

»Gero hat mir erzählt, dass dein Onkel die Knappen nach Clairvaux geschickt hat, weil sie dort in Sicherheit sind. Du musst dir also keine Sorgen machen.

Der Abt dort wird sich um sie kümmern und sie notfalls als Novizen in den Konvent aufnehmen, noch bevor König Philipp seine verfluchten Finger nach ihnen ausstrecken kann.«

Matthäus atmete hörbar aus. »Ich danke der heiligen Jungfrau«, sagte er matt, »dass sie meinem Onkel soviel Einsicht verliehen hat.«

»Wohl wahr«, bestätigte Johan die Bemerkung und lächelte sanft. »Magst du eine?« Aus seiner ledernen Brusttasche zückte er eine Honigperle, von denen ihm Freya von Bogenhausen nach ihrem schicksalhaften Schäferstündchen einen ganzen Beutel überlassen hatte.

»Weißt du, Mattes«, fuhr er fort, nachdem Matthäus dankbar die süße Tröstung entgegengenommen hatte. »Wir sitzen alle in einem Boot, und das nicht nur, weil wir zusammen auf einem Schiff in eine ungewisse Zukunft reisen, sondern weil ein jeder von uns Menschen zurücklassen musste, die ihm am Herzen liegen.«

»Gilt das auch für Frauen?«, fragte Matthäus blinzelnd.

»Dir entgeht aber auch nichts«, antwortete Johan lachend.

Planmäßig legte das Schiff am frühen Nachmittag in der Nähe der alten Römerbrücke in Trier an. Schon von weitem hatten Johan und Struan die eindrucksvolle Silhouette der Bischofsstadt mit den zahlreichen Kirchen und Wohntürmen bewundert.

Um nach Sankt Marien ad Ponte zu gelangen, dem Ordenssitz der Trierer Brüder, mussten sie dem schmalen Leinpfad nach rechts entlang der Stadtmauer folgen. Durch ein Gewirr von Holzkränen und Verladerampen führte Gero seine Begleiter mitsamt den Pferden vom unwegsamen Ufer bis hin zum Brückenaufgang.

Der Weg war nur an manchen Stellen gepflastert, und der Morast zwischen den Pflastersteinen steckte voller unerlaubt weggeworfener Küchenreste, von denen ein kaum zu ertragender Gestank aufstieg. Im Schatten der Mauer huschten ein paar Ratten umher und machten sich ungeniert an einer toten Katze zu schaffen. Amelie und auch Matthäus verzogen angewidert ihre Gesichter und entschlossen sich, rasch aufzusitzen.

Die Ritter taten es ihnen nach und trieben die Rösser an, um auf den Brückenkopf zu gelangen, wo reger Betrieb an einer der Zollstationen herrschte, die den Warenverkehr zwischen den Stadtmauern abfertigte.

Das Haus der Trierer Brüder lag ein Stück weit draußen vor den Stadttoren. Auf der Straße dorthin passierten sie ein paar alte Gemäuer, die noch aus der Römerzeit stammten und den Anwohnern als Stein- und Kalkbruch dienten. Umgeben von sumpfigen Schweineweiden, versehen mit ein paar windschiefen Unterständen, die man zum Schutz der Tiere errichtet hatte, wirkte das dreistöckige Ordenshaus der hiesigen Miliz Christi wie ein Fels in der Brandung. Ein breiter hölzerner Steg führte von der Straße abzweigend über einen stinkenden Wassergraben zu dem glatt gemauerten Anwesen, das außer dem Haupthaus noch zwei Stallungen und einen kleinen umfriedeten

Hof mit einem hübschen Torbogen aufzuweisen hatte. Von der Straße aus konnte man in den geräumigen Innenhof spähen, aus dem sich der hauseigene Brunnen erhob.

»Ist ja nicht gerade beeindruckend«, bemerkte Johan, als er feststellen musste, dass noch nicht einmal eine Kapelle vorhanden war.

Gero zog eine Braue hoch. »Mit Bar-sur-Aube kannst du es nicht vergleichen«, bestätigte er den Einwand.

Der Steg geriet bedenklich ins Schwanken, als der Trupp mit seinen Pferden darüber hinweg ritt.

Eine fette, graugestreifte Katze saß gähnend auf einem breiten Torpfosten und hielt einen Moment inne, als sie die sich nähernden Reiter bemerkte. Doch dann fuhr sie fort, sich in der gleißenden Mittagssonne genüsslich die Pfoten zu lecken. Anscheinend hatte sie erkannt, dass von dem unerwarteten Besuch keine Gefahr ausging.

Gero saß ab und ergriff den zerschlissenen Strick, der von einem hölzernen Glockentürmchen herabbaumelte, und nachdem er geläutet hatte, wartete er zusammen mit seinen Begleitern, die ebenfalls von ihren Rössern abgestiegen waren, bis sich jemand bequemte, die massive Eichenholztür einen Spalt weit zu öffnen.

Amelie und Matthäus waren ein wenig auf Abstand geblieben, und der junge Bruder des Templerhauses von Trier fuhr in seiner braunen Kutte bedenklich zusammen, als er die drei unerwartet martialisch anmutenden Ordensritter vor sich ausmachte.

»Gelobt sei Jesus Christus«, sagte Gero mit ruhiger Stimme. »Dürfen wir eintreten?«

Der Bruder nickte verstört und murmelte etwas Unverständliches, dann zog er das Tor so weit auf, dass die Ankömmlinge mit ihren Streitrössern ungehindert passieren konnten.

Der Hauskomtur war ein beleibter, älterer Mann mit schütterem Haar. Wie eine Ente watschelte er in aller Seelenruhe in seinem braunen Ornat über den Hof und hielt Gero zur Begrüßung die Hände entgegen.

»Ich bin Bruder Godefridus, der Komtur dieses Hauses. Wie kann ich Euch behilflich sein?«, fragte er arglos lächelnd.

Gero kannte den stets freundlichen Bruder der Verwaltung noch aus seiner Jugend. Im Gegensatz zu Henri d'Our hatte Godefridus weder an einem Kreuzzug teilgenommen noch eine Ausbildung zum Ritter genossen. Trotzdem bekleidete er als Hauskomtur ein höheres Amt im Orden, das es zu respektieren galt.

»Gott sei mit Euch, Beau Sire«, riefen die Männer im Chor und nahmen Haltung an. Matthäus machte eine tiefe Verbeugung, während Amelie huldvoll wie eine Prinzessin ihr Haupt neigte.

»Ihr erkennt mich vielleicht noch«, begann Gero seine Vorstellung. »Ich bin der jüngste Sohn des Richard von Breydenbach.«

»Selbstverständlich, junger Bruder, erkenne ich Euch«, erwiderte der Komtur freudig. »Euer Vater war vor nicht allzu langer Zeit hier, um seine Konten zu prüfen.«

Wenig später, als die Pferde versorgt waren und die kleine Gesellschaft aus Bar-sur-Aube zusammen mit dem Komtur am Tisch des Refektoriums Platz genommen hatten, war die gute Laune des Ordensvorstands dahin geschmolzen wie Schnee an der Sonne.

»Um Himmels willen«, flüsterte er, und die Furcht stand ihm ins Gesicht geschrieben. »Verfolgt? In Franzien? Wir werden Boten entsenden müssen. Nach Roth an der Our und die Mosel hinauf bis nach Koblenz. Was ist mit unserer Komturei in Metz?«, fragte der Komtur und kratzte sich nervös hinterm Ohr. »Habt Ihr die dortigen Brüder benachrichtigt?«

»Nein, damit hätten wir ein zu großes Risiko auf uns genommen«, antwortete Gero bedauernd. »Wir sind froh, dass wir es bis hierher geschafft haben. Man hat uns bis nach Lothringen verfolgt. Wenn der Bischof von Metz mit dem König von Franzien im Bunde steht oder auf Geheiß des Papstes sich dessen Meinung anschließt, ist unseresgleichen selbst dort nicht mehr sicher.«

»Heilige Jungfrau Maria«, stöhnte Godefridus, und seine ansonsten so freundlichen Augen füllten sich mit Tränen. »Was soll nur werden?«

»Wir sind auf dem Weg zur Komturei nach Brysich, von dort aus wollen wir Meister Alban und Meister Fredericus warnen«, erklärte Gero rasch. »Damit uns in den deutschen Landen nicht das gleiche Schicksal ereilt wie in Franzien.«

Die Trierer Brüder nickten sprachlos. Für einen Moment des Schreckens war ein jeder von ihnen mit sich selbst beschäftigt und überlegte, was diese Nachricht für jeden einzelnen bedeuten konnte.

11

Montag 16. Oktober 1307 – Saalholz – Reise in Ungewisse

Nach dem Essen verabschiedeten sich Gero und seine Freunde von den Trierer Brüdern. Wenigstens das Wetter ließ sie nicht im Stich. Ein Blick in den kaum bewölkten Himmel versprach, dass es ein trockner Tag bleiben würde. Die Händler und Bauern, die ihnen auf der alten Römerbrücke zum gegenüberliegenden Moselufer entgegen kamen, schlugen einen großen Bogen um die majestätischen Streitrösser, und nicht wenige riskierten einen zweiten Blick auf deren verwegene Reiter, die das legendäre rote Kreuz auf der Brust trugen. Allem Anschein nach hatte d'Our Recht behalten. Bis hierher war die Kunde vom Schicksal der Templer in Franzien noch nicht vorgedrungen. Die Blicke der Menschen ließen weder Verachtung noch Argwohn erkennen.

»Was ist mit dem Jungen?«, warf Johan leise ein, weil er nicht wollte, dass Matthäus, der mit seinem Flamländer ein Stück zurückgefallen war, ihn hörte. »Kann er nicht doch mit uns kommen?«

»Erstens weiß ich nicht, was uns in Heisterbach erwartet, und zweitens habe ich d'Our geschworen, dass ich ihn zu den Brüdern nach Hemmenrode bringe, ob es mir gefällt oder nicht. Je nachdem, wo wir hingelangen, werde ich ihn nachholen, falls es die Lage erlaubt«, antwortete Gero mit einem Blick zurück.

Matthäus, der wusste, was ihm bevorstand, saß mit hängendem Kopf in seinem Sattel, während Arnauds Flamländer ausnahmsweise stoisch hinter Struans Rappen hertrottete.

Auch Amelie schien nicht sonderlich erfreut zu sein, obwohl Struan ihr versichert hatte, dass sie nirgendwo besser aufgehoben sein würde als bei Geros Mutter.

Die Wege nach Hemmenrode waren nicht besonders gut ausgebaut. Immer wieder durchquerten sie sumpfige, zerklüftete Täler, bis sie endlich am frühen Abend einen luftigen Höhenzug erreichten, der einen ungetrübten Blick ins Hemmenroder Land erlaubte.

»Wenn es dir bei den Zisterziensern nicht gefällt, sorge ich dafür, dass wir wieder zusammen kommen«, sagte Gero zu Matthäus, um ihn ein wenig zu beruhigen. »Versprochen.«

Amelie bedachte die Templer mit einem kritischen Blick. »Sagt nichts, was Ihr nicht halten könnt«, bemerkte sie leise und doch laut genug, dass es jeder verstand. Die ganze Zeit auf dem Schiff hatte sie versucht, aus Struan herauszubekommen, wie es um ihr weiteres Schicksal stand. Dabei hatte er ihr lediglich versichert, dass sie auf der Burgfeste Breydenbach Zuflucht finden dürfte und dass er sie vor Gottes Angesicht zur Gemahlin nehmen würde, sobald es ihm gelungen war, ehrenhaft aus dem Orden entlassen zu werden.

Als Gero den seiner Meinung nach kürzesten Weg zum Kloster Hemmenrode einschlug, dämmerte es bereits. Mit einer gewissen Erleichterung stießen sie nach einem Ritt quer durch einen unwegsamen Wald auf den Zugang zu einer alten Handelsstraße, die direkt zu den Zisterziensern führen musste.

Matthäus heftete sich mit seinem Flamländer dicht an die Flanken von Atlas, als der Weg in einen dunklen Tannenwald hineinführte. Auch Amelie suchte auf ihrer kleinen Stute ängstlich die Nähe von Struans Friesen.

Im Gegensatz zu den übrigen Wäldern schlug man in diesem offenbar kein Holz. Ein Umstand, der Gero merkwürdig erschien. Schwach konnte er sich an einen Gebietsstreit erinnern, bei dem es um ein Waldstück gegangen war, um das sich mehrere Parteien gestritten hatten. Nach und nach hatten sich seltsame Gerüchte um den Wald gerankt. Was dazu führte, dass niemand aus der Umgebung freiwillig dorthin ging, geschweige denn, eine Axt an die verwitterten, uralten Bäume ansetzte. Der Ort sei verzaubert, und der Teufel habe darin sein Lager aufgeschlagen, hieß es unter den Einheimischen.

Gero war klug genug, dieses Gerede als Unsinn zu betrachten. Sein Vater hatte immer die Meinung vertreten, das ganze Gewäsch sollte nur dazu beitragen, dass die ängstlichsten unter den Streithähnen ihr Ansinnen aufgaben und demjenigen das Land überließen, der weder Tod noch Teufel fürchtete.

Ein leises Geräusch veranlasste Struan, der mit seinem schwarzen Hengst direkt hinter Matthäus her ritt, aufzuhorchen und die Zügel von Amelies Stute zu fassen.

Hörte er Stimmen? Oder war das, was er soeben vernommen hatte, ein heiseres Flüstern? Aufmerksam hob er den Kopf.

Matthäus, der auch etwas gehört hatte, reagierte indes, indem er ängstlich seinen Lockenschopf zwischen die Schultern zog.

Es waren tatsächlich Stimmen zu hören.

»Gero«, zischte Johan. »Was ist das?«

»Straßenräuber«, antwortete Gero tonlos und zog sein Schwert.

Amelie stieß einen spitzen Schrei aus, so dass ihre Stute erschrak.

Im nächsten Moment waren sie umzingelt. Gesindel, mindestens fünfzehn Gestalten und ausschließlich Männer. Fünf von ihnen voraus in einem Abstand von ungefähr hundert Fuß. Der Rest klebte an ihrer Hinterhand. Abgerissene Gestalten, bewaffnet mit Äxten und Schwertern, und es gab keinen Zweifel, worin deren mörderische Absicht bestand.

Gero und seine Kameraden wussten aus Erfahrung, dass die Räuber sich nicht mit der Herausgabe von Geld und Gut zufrieden geben würden.

In Zeiten, wo es durchaus möglich war, wegen eines gestohlenen Apfels am Galgen zu landen, war niemand so dumm, seinem Opfer das Leben zu lassen. Aller Wahrscheinlichkeit nach waren es Lombarden, wie es sie in Trier und Umgebung zuhauf gab. Angelockt wurden die ungeliebten Einwanderer durch das schnelle Geld, welches entlang der Mosel und des Rheins zu verdienen war.

Und wenn nicht auf ehrliche Weise, so damit, dass man unvorsichtige Kaufleute und alleinreisende Adlige überfiel.

Einen Fuß vor den anderen setzend und die Schwerter zu einer Drohgebärde erhoben, kreisten sie Gero und seine Begleiter regelrecht ein.

»Wir müssen versuchen, in den Wald auszubrechen«, zischte Gero, während er seine Widersacher nicht aus den Augen ließ. »Auf dem Weg kommen wir nicht an ihnen vorbei.«

»Kümmere du dich um Mattes«, sagte Johan leise. »Ich halte Struan den Rücken frei, damit er Amelie in Sicherheit bringen kann.«

»Mattes, halt dich fest!« Der Junge saß stocksteif auf seinem Pferd. Gero ergriff die Zügel des Flamländers und trat seinem Percheron sacht in die Flanken. Mit einem Satz preschte Atlas seitlich in die Büsche, und dem herrischen Flamländer blieb nichts weiter übrig, als zu folgen.

Damit gaben sie ihren Widersachern unbeabsichtigt das Signal zum Angriff.

Struan, der ebenfalls sein Schwert gezückt hatte, gab Amelie ein paar hastige Anweisungen, bevor er den Versuch unternahm, mit ihr zusammen den Ring der Angreifer zu durchbrechen.

Von beiden Seiten und mit heftigem Gebrüll rannten die Räuber hinter den Flüchtenden her. Eine zweite Horde stürzte sich mit Geschrei auf Johan, dessen riesiger Jütländer sich laut wiehernd auf die Hinterhand stellte und mit den Vorderhufen auf die herannahende Meute einschlug.

Keiner der Räuber war in der Lage, zu Fuß und mit einer Waffe im Anschlag, einem Reiter auf Dauer zu folgen. Doch wegen des unwegsamen Gestrüpps und etlicher quer liegender Baumstämme kamen die Tiere nicht so schnell voran, wie man es auf freiem Feld erwarten durfte. Daher hörte Gero nach einiger Zeit dicht hinter sich ein entschlossenes Keuchen.

»Flieh zum Kloster!«, rief er Matthäus zu. »Immer geradeaus!« Er ließ die Zügel des Flamländers fahren und schlug ihm mit der flachen Seite seines Schwertes auf das Hinterteil. Er selbst hielt seinen Hengst zurück und zwang ihn zu einer Kehrtwende, womit er sich dem Gesindel entgegen stellte.

Bereits dem ersten Angreifer schlitzte er den Hals auf. Purpurnes Blut spritzte direkt unter dem Ohr des Mannes heraus. Stöhnend brach der dunkel gelockte Gegner zusammen. Auf dem Rücken liegend, presste er eine Hand vergeblich auf die Wunde. Doch die übrigen Räuber ließen sich vom Schicksal ihres Kumpans nicht abschrecken und setzten Gero und seinem Hengst nach. Immer wieder stieg Atlas hoch, was dazu führte, dass die Männer mehr und mehr das Pferd attackierten.

Gero wollte es nicht riskieren, dass sein Hengst durch ein Schwert oder eine Axt verletzt wurde. Deshalb sprang er in einem günstigen Moment aus dem Sattel und scheuchte das Tier von sich fort. Zu Fuß stellte er sich nun den Angreifern. Voller Hass schlug er auf sie ein. Schnell hatte er sie auf einen respektvollen Abstand gebracht. Umso mehr verwunderte ihn das hämische Grinsen, das die Männer sich zuwarfen.

Plötzlich erkannte Gero die Falle. Ein weiterer Mordgeselle hatte sich hinterrücks aus dem Gebüsch herangeschlichen. Der Lombarde schaffte es, ihm mit dem Schwert das Kettenhemd zu spalten und ihm schmerzhaft den Arm aufzuschlitzen. Dunkel quoll das Blut in den Stoff seines zerfetzen Wamsärmels.

Wie eine wütende Hornisse schnellte Gero herum und schlug die Klinge des flinken Anderthalbhänder in das ungeschützte Hinterteil des Gegners, der ihm die Wunde am Oberarm verursacht hatte. Überrascht zuckte der Mann zusammen und packte sich keuchend an seinen Hintern, wo ein Riss im Stoff seines zweifarbigen Gewandes eine klaffende Wunde offenbarte. Als er das warme Blut zwischen seinen Fingern spürte, trat er brüllend den Rückzug an. Unsicher wichen seine Begleiter nun zurück, dabei warfen sie sich auf lombardisch Worte zu. Anscheinend stritten sie darüber, wer sich dem Kreuzritter als nächster entgegenstellen sollte.

Gero nutzte ihre Unentschlossenheit und sah sich nach Matthäus um. Ob der Knappe vom Pferd abgestiegen oder schon wieder abgeworfen worden war, konnte er indes nicht ausmachen. Jedenfalls hatte der verrückte Flamländer die Flucht ergriffen, und Matthäus drückte sich nur unweit entfernt angsterfüllt an eine mächtige Eiche.

Geros Percheron war dem Flamländer gefolgt; beide Rösser standen wie ein einträchtiges Pärchen am gegenüberliegenden Rand der kleinen Lichtung.

»Komm, wir müssen weg hier!«, brüllte Gero dem Jungen zu.

Johan hatte inzwischen eine Bresche durch den nachfolgenden Mob geschlagen, und Struan hatte Amelie über die Lichtung hinweg in Sicherheit gebracht, dann war er Johan zur Hilfe geeilt.

Zwei Männer hatten sie bereits kampfunfähig gemacht, und zwei andere Räuber, denen der grausam vernarbte Ritter mit den roten Haaren nicht geheuer erschien, rannten nun wieder in Geros Richtung.

Ungeachtet seiner Verletzung lief Gero davon. Dabei riss er Matthäus, der nicht wusste, wie ihm geschah, von den Füßen, und umklammerte den dünnen Oberarm des Jungen wie einen Schraubstock, während er ihn mit sich zog.

Matthäus hatte Mühe seinem Herrn zu folgen, verheddderte sich in dessen Chlamys und fiel der Länge nach hin. Mit Geros Hilfe rappelte er sich wieder auf und hastete weiter. Er trat in Kaninchenlöcher und stolperte über Wurzelstöcke. Geros Absicht bestand darin, den Jungen wenigstens auf ein Pferd zu setzen, damit er zusammen mit Amelie die Flucht ins nahe Kloster antreten konnte.

Als er mit dem Jungen die Lichtung fast überquert hatte, brauste mit einem Mal ein Tosen auf, das zugleich von einem ohrenbetäubenden, rhythmischen Hämmern begleitet wurde. Gleichzeitig verspürte Gero einen ungewohnt heftigen Druck auf den Ohren, der ihm das Gefühl vermittelte, dass sein Schädel zu zerspringen drohte. Während er sein Gesicht unwillkürlich zu einer schmerzverzerrten Grimasse verzog, beobachtete er, wie die beiden Pferde sich aufbäumten und wie mit Dornen gepeitscht davon preschten. Amelies Stute folgte ihnen, während sich das Mädchen zu Tode erschrocken in der Mähne des Tieres festkrallte.

Ohne sich dessen bewusst zu sein, dass er immer noch den Jungen am Arm gepackt hielt, wirbelte Gero herum, den Kopf in den Nacken gelegt, um herauszufinden, was diese Hölle bewirkte. Direkt über ihm, auf Höhe der Baumwipfel vermischte sich das dunkle Blau des Abendhimmels mit einem grün leuchtenden Wabenmuster. Matthäus, der sich nicht mehr auf den Beinen hatte halten können, war auf den Rücken gefallen und wimmerte vor Schmerz, laut und mit weit geöffnetem Mund. Seine vor Angst geweiteten Augen, mit denen er in den Himmel starrte, waren Gero Beweis genug, dass nicht er allein dem Wahnsinn verfiel. Zunehmend wurde alles um sie herum von diesem seltsamen, leuchtend grünblauen Muster überzogen. Die Umgebung schien sich in ihrer ursprünglichen Struktur aufzulösen. Selbst er und der Junge waren davon betroffen.

Instinktiv ließ Gero sein Schwert fallen, ging auf die Knie und riss Matthäus an sich. Als der erste Baum seltsam lautlos zu Boden ging, barg er seinen Knappen schützend unter sich.

»Ich bin bei dir ... ich bin bei dir«, stieß der Templer hervor. Unter sich spürte er den gehetzten Atem des Jungen. Dann traf ihn ein harter Gegenstand am Kopf.

Während es um ihn herum dunkel wurde, begann er ein letztes Gebet.

Der Kampf endete abrupt. Wie eingefroren blieb der Pöbel stehen und starrte auf die Lichtung. Struan nutzte die Unaufmerksamkeit seiner Widersacher und schlug in einem regelrechten Rausch auf sie ein. Dabei bekam er gar nicht mit, was wenige hundert Fuß entfernt geschah. Erst als sich drei seiner Gegner abschlachten ließen wie ahnungslose Lämmer, ahnte er, dass etwas nicht in der Ordnung sein konnte. Alarmiert schaute er über die Lichtung, um zu sehen, ob Amelie noch an ihrem Platz war. Als er das merkwürdige Leuchten und das lautlose Fallen der Bäume bemerkte, war es schon zu spät.

Obwohl sein Herz vor Angst bis zum Hals schlug, rannte er auf das unbekannte Phänomen zu, um zu Amelie zu gelangen, die er jedoch nirgendwo ausmachen konnte. Dann sah er Johan, der verletzt am Boden kniete. Mit schmerzverzerrtem Gesicht hielt sich der flämische Bruder den Schwertarm, während er wie von Sinnen auf die Lichtung starrte.

Ein grell schimmerndes Netz spannte sich wie ein strahlender Rundkäfig um das gesamte Areal. Von weitem konnte Struan erkennen, dass Gero im Zentrum der Erscheinung ebenfalls am Boden hockte und Matthäus unter sich geborgen hielt.

Tapfer versuchte der Schotte mit seinem Breitschwert in die blaugrüne Hülle einzudringen, doch ein ungewohnt starker Schlag, der seinen ganzen Körper erzittern ließ und ihm vorübergehend die Sinne raubte, hielt ihn zurück. Ohnmächtig musste er mit ansehen, wie ein dicker Ast auf Gero herab krachte, genau an der Stelle durchschnitten, wo das schimmernde Netz den Baum gestreift hatte. Ein zweiter Ast traf Johan am Kopf, und riss ihm eine blutende Schramme in den Schädel, worauf der flandrische Ritter stöhnend zusammenbrach.

Erschrocken zog Struan den bewusstlosen Bruder aus der Gefahrenzone. Währenddessen verdichtete sich der Lichtkäfig mehr und mehr, und dort, wo seine Begrenzung endete, durchtrennte er ganze Baumstämme, gleichgültig, wie dick sie waren.

Der ansonsten unerschrockene Schotte zitterte am ganzen Körper. Angsterfüllt rannte er an dem äußeren, leuchtenden Kreis entlang. All sein Mut hatte ihn verlassen, und die Sorge um Gero, Matthäus und auch Amelie raubte ihm beinahe den Verstand. Tränen liefen über sein Gesicht, als er sich in der unheimlichen Stille des Waldes die Verzweiflung aus der Kehle schrie und die Hände flehend zum Gebet gen

Himmel streckte. Völlig hilflos musste er mit ansehen, wie sich eine ganze Waldlichtung mitsamt seinem Ordensbruder und besten Freund und dessen unschuldigen Knappen in Nichts auflöste.

12

Dienstag, 17. Oktober 1307 – Die verlorenen Söhne

Die ganze Nacht lang blickte Struan starr in einen finsteren Wald hinein, in dem kein Vogel sang und kein Tier raschelte. Er hockte reglos am Boden, und nur sein Herzschlag unterbrach die zeitlose Stille, die seine Seele in einer grenzenlosen, nie gekannten Furcht gefangen hielt.

Amelie, die er völlig verstört aufgefunden hatte, schmiegte sich wie ein hilfloses Häufchen Mensch in seine Arme. Er hielt sie so fest, dass sie kaum zu atmen vermochte, und ihre aufgerissenen, leblos wirkenden Augen verrieten, dass sie schier den Verstand verloren hatte.

Die frühmorgendliche Herbstsonne war es schließlich, die Struan neues Leben einhauchte, und ein leises Stöhnen holte ihn zögernd in eine Welt zurück, von der er wohl irrtümlich geglaubt hatte, dass sie eine gottgegebene Verlässlichkeit bot. Sein Blick fiel auf Johan, der mit blutverkrusteten Lidern und ausgetrockneten Lippen zu ihm aufsah.

»Struan«, flüsterte der flämische Bruder mit brüchiger Stimme, »Struan, bist du es?«

Wie mechanisch fuhr Struans große Hand beruhigend über den ausgestreckten Arm Johans, dessen Gesicht sich zu einer schmerzverzerrten Grimasse verzog, als er vergeblich versuchte, sich aufzurichten.

Bevor er Johan zur Hilfe kommen konnte, bettete Struan seine Geliebte vorsichtig auf seinen Mantel, in den er sie noch in der Nacht behutsam eingehüllt hatte.

»Warte, Bruder, ich helfe dir«, sagte er leise zu Johan. Mit einem vorsichtigen Ruck brachte er seinen leise stöhnenden Kameraden in eine entlastende Seitenlage.

Struan schaute auf und bemerkte die Pferde, die in unmittelbarer Nähe grasten. Sogar der widerspenstige Flamländer und Geros silberfarbener Apfelschimmel hatten allem Anschein nach über Nacht die Nähe der Menschen gesucht, die ihnen vertraut waren.

Mit zittrigen Knien ging er zu seinem Rappen, um Verbandszeug und ein Schmerzmittel aus den Satteltaschen zu holen. Nachdem er Amelie in eine weitere Decke gehüllt hatte, gab er Johan etwas zu trinken und machte sich daran, die schartige Wunde an dessen Schädel mit ein wenig Wein zu säubern und dann zu verbinden.

Unweigerlich fiel sein Blick auf den Schauplatz des Grauens, das sie am Abend zuvor so unvorhergesehen heimgesucht hatte. Die gesamte Lichtung war aus der braunen Erde herausgeschnitten worden wie die faule Stelle eines Apfels.

»Allmächtiger«, flüsterte Struan und bemühte sich nicht, seine Tränen zurückzuhalten.

Vergeblich suchte er mit seinen Falkenaugen die Umgebung ab. Von Gero war weit und breit nichts zu sehen, und auch Matthäus war wie vom Erdboden verschluckt. Selbst die Räuber, die nach dem Kampf noch lebten, hatten sich fluchtartig zurückgezogen.

Plötzlich begann Johan zu würgen und erbrach sich heftig. Struan hielt dem Bruder den Kopf, damit er sich im feuchten Gras erleichtern konnte. Als Johan keuchend aufsah, fiel sein Blick auf die Lichtung, und mit einem Seufzer der Verzweiflung sackte er in sich zusammen und verlor abermals das Bewusstsein.

Struan dachte fieberhaft nach. Er musste die Ruhe bewahren und Hilfe holen. Das Kloster kam für ihn als Zufluchtsort nicht in Frage. Wie sollte er das Geschehene in Worte fassen, ohne dass man ihn für von Sinnen erklärte oder ihm vielleicht sogar unterstellte, er sei mit dem Teufel im Bunde?

Blieb nur noch die Burgfeste der Breydenbacher.

Der Schotte erinnerte sich, dass Geros Vater ein zwar unangenehmer, aber einflussreicher Mann war. Er würde gewiss ein paar Männer abstellen, damit man Gero und Matthäus suchen konnte.

Allen Zweifeln zum Trotz bewahrte sich Struan eine leise, letzte Hoffnung, dass Gero diesem seltsamen Licht hatte entkommen können und in seiner Verwirrung mit Matthäus davongelaufen war. Dagegen sprach jedoch, dass Struan seinem besten Freund und Kameraden nicht zutraute, seine Brüder im Stich zu lassen.

Der schottische Templer entschloss sich zum sofortigen Aufbruch. Johans Zustand war ernst, und wie Amelie benötigte er dringend die Hilfe heilkundiger Frauen.

Die Burg der Breydenbacher thronte auf einem hohen Felsvorsprung, der zur schnell fließenden Lieser hin steil abfiel. Langsam führte Struan die Pferde die Serpentine hinauf. Johan hatte er auf den Rücken des Jütländers gebunden, damit er nicht versehentlich herunterglitt. Der flandrische Bruder hatte immer noch das Bewusstsein verloren, doch bei jeder Erschütterung stöhnte er leise. Amelie saß völlig apathisch auf ihrer Stute und klammerte sich krampfhaft an dem aufragenden Vorderzwiesel des Sattels fest, dabei starrte sie unentwegt ins Leere.

Die Stellen, an denen das wuchtige Gemäuer ohne größere Kletterkünste zu überwinden gewesen wäre, waren von einem breiten, grünlich gefärbten Wassergraben umgeben. Drei hohe Türme ragten aus der massiven Tuffsteinmauer mit ihren weitläufigen Wehrgängen und raffiniert angelegten Schießscharten heraus. Ein vierter Turm krönte das Hauptgebäude, das sich in der Mitte der gewaltigen Anlage über die Mauern erhob. Auf dessen Spitze wehte stolz das Banner derer von Breydenbach, zusammen mit den Farben des Erzbischofs von Trier.

Struan verspürte Erleichterung, als sie endlich das Haupttor der Burg erreichten. Der Vorhof war mit schwarzen, eckigen Steinen gepflastert, ebenso wie der geräumige Innenhof, auf den die heruntergelassene Zugbrücke den Neuankömmlingen einen unbeschränkten Einblick gewährte. Überall sah man spielende Kinder, Frauen, die mit Waschkörben umherliefen, und Knechte, die Karren mit Viehfutter hinter sich her zogen.

Nachdem die Fanfaren dreimal erklungen waren, hatten die Burgwachen dem hünenhaften, schwarzhaarigen Tempelritter Einlass gewährt. Zusammen mit fünf Pferden, einer völlig erschöpften, jungen Frau und einem schwer verletzten Kameraden hatte Struan demütig um Zuflucht gebeten.

»Ruf den Vogt!«, rief ein Wachmann einem vorbeieilenden Knappen zu.

Wenig später polterte eine gebieterische Stimme über den Hof. »Wehe, wenn da jemand einen Scherz mit mir getrieben hat!«

In schnellen Schritten nahte eine imposante Gestalt mit dickem Bauch und graumeliertem, kurz geschorenem Bart. Sein Gewand zierte ebenfalls das Wappen der Breydenbacher. Er stutzte einen Moment, und dann erbleichte sein wettergegerbtes Gesicht in aufrichtiger Sorge.

Der Mann stellte sich als Roland von Briey vor und ließ sofort nach dem Burgherrn und seiner Gemahlin schicken.

Jutta von Breydenbach, die als erste im Burghof erschien und ihre Tugendhaftigkeit unter einem schneeweißen Gebende und einem hochgeschlossenen, samtbraunen Surcot verbarg, kam auf Struan zu, um ihn willkommen zu heißen. Bis ihr Mann endlich eintraf, hatte sie schon für die notwendigste Hilfe gesorgt. Johan war blutüberströmt auf eine Trage gebettet worden, und um Amelie sorgte sich die Burgherrin selbst, indem sie ein paar Mägde anwies, ihr einen heilenden Kräutersud zuzubereiten, der ihr Gemüt beruhigen würde. Eine ältere Magd, die sich offenbar auf spezielle Heilkünste verstand, kümmerte sich um Johans Verletzungen.

Sichtbar aufgebracht bahnte sich der Burgherr, Richard von Breydenbach, einen Weg durch sein neugieriges Gesinde, gefolgt von einer Schar Getreuer, die allesamt Lehensnehmer des Erzbischofs von Trier waren und sich zu einer außerordentlichen Versammlung auf der Breydenburg eingefunden hatten.

Struan war froh, dass Richard von Breydenbach die französische Sprache ebenso wie seine Gemahlin fließend beherrschte. Groß und eindrucksvoll stand der Burgherr da, während sein wehendes, silberblondes Haar das kantige Gesicht umspielte. Gerüstet mit Kettenhemd, Hirschlederhose und aufwendig gearbeiteten Stiefeln, trug er den rotweiß-blauen Wappenrock der Breydenbacher sowie die rotgoldenen Farben des Erzbischofs von Trier. Erst bei näherer Betrachtung fiel auf, dass ihm die rechte Hand fehlte.

Struan versuchte, Geros Vater möglichst schonend beizubringen, was geschehen war. Es fiel ihm schwer, die passenden Worte zu finden, und so beschränkte er sich zunächst auf den Überfall der Lombarden, bevor er auf die Geschehnisse in Franzien einging. Der Burgherrin, die zwischenzeitlich wieder an der Seite ihres Gemahls erschienen war, konnte man die Sorge um ihren jüngsten Sohn ansehen, während der Burgherr Struan mit dem Blick eines Raubvogels fixierte, als er von Gero und dessen plötzlichem Verschwinden sprach.

»Geht wieder an die Arbeit!«, befahl Richard von Breydenbach in strengem Ton dem umherstehenden Gesinde. »Ihr könnt hier nichts tun.« Dann wandte er sich der Trage mit dem verletzten Johan zu. »Bringt ihn in eines der Frauengemächer!« Abschätzend betrachtet er die ältere Frau im dunklen Gewand, die sich mühsam aus der Hocke erhob, als die Männer die Trage aufnahmen. »Gertrudis, du kümmerst dich um ihn«, sagte er in einem beschwörenden Befehlston. »Er darf keinesfalls sterben, hörst du? Er ist der Sohn des Grafen Bechthold van Elk und ein wichtiger Zeuge. Notfalls lasse ich einen Medicus aus Trier holen.«

Die Frau nickte ergeben. Schwerfällig folgte sie dem hochwohlgeborenen Kranken, der zügig in Richtung Pallas getragen wurde.

Struan verfolgte das Geschehen mit besorgtem Blick, während sich der Burgherr und seine Getreuen flüsternd berieten.

Danach wandte sich Richard von Breydenbach, scheinbar seelenruhig seiner Gemahlin zu. »Beunruhige dich nicht, mein Herz«, sagte er mit der gleichen, dunklen Stimme, die auch seinem vermissten Sohn eigen war.

Aufgebracht starrte sie ihn an. »Hier geht es um unseren Jüngsten«, entgegnete sie gut vernehmlich. »Was ist, wenn ihm etwas zugestoßen ist?«

Bevor Richard seiner Gemahlin etwas erwidern konnte, ertönte der Klang einer Fanfare. Struan beobachtete, wie ein fuchsroter Hengst mit einem Reiter in den Farben der Breydenbacher in halsbrecherischem Tempo die Pferdetreppe hinaufsprengte, dicht gefolgt von einem Knappen, dessen schwarzer Wallach auf dem feuchten Pflaster gefährlich ins Stolpern geriet.

Noch bevor das Pferd zum Stillstand kam, sprang der Ritter vom Rücken des Tieres ab und lief im Eilschritt direkt auf den Burgherrn und seine Frau zu.

Es war Eberhard von Breydenbach, Geros älterer Bruder. Ohne seine martialische Kleidung und die mächtige Schwertscheide, die ihm fast bis zu den Füßen reichte, hätte man ihn ohne weiteres für eine Frau halten können. Der Herbstwind blies ihm die dünnen, hellblonden Strähnen ins Gesicht, die ihm bis auf die Schulter reichten.

»Vater«, rief er und verbeugte sich atemlos. »Es gibt eigenartige Neuigkeiten.«

Richard von Breydenbach sah ihn mit einem merkwürdigen Flackern in den Augen an. »Sprich franzisch!«, forderte er ihn mit einem Seitenblick zu Struan hin auf. »Damit unser Gast auch etwas versteht.«

Eberhard schaute erstaunt auf, erst jetzt schien er Struan zu bemerken.

»Die Mönche erzählen sich, dass gestern Abend einige umherstreunende Lombarden in den Mauern des Klosters Schutz gesucht haben«, fuhr er in akzentfreiem Franzisch fort. »Sie sprachen von einem grünblauen Leuchten, das den Saalholzforst verzauberte und das Menschen und Bäume verschwinden ließ.« Als würde er seinen eigenen Worten nicht glauben, schüttelte er den Kopf. »Ich habe die verbliebenen Lombarden gesehen, heute Morgen im Kloster. Die sahen immer noch aus, als wäre ihnen der Leibhaftige persönlich begegnet. Ihr wisst doch, was man sich über den Wald erzählt? Habt Ihr nicht immer gesagt, das sei alles Unsinn? *Ich* wollte es genau wissen. Ich war gerade eben dort. Petrus ist mein Zeuge.« Er drehte sich suchend nach seinem Knappen um. »Petrus komm her«, rief er einem ebenso schmalhüftigen Jüngling zu, der gerade dabei war, die Pferde dem Stallburschen zu übergeben.

Als der dunkelhaarige Junge neben ihm erschien, bedachte Eberhard seinen Vater mit einem triumphierenden Blick. »Wir haben dort auf einer ehemaligen Lichtung eine Grube entdeckt. Mindestens acht Ellen tief und dreihundert Fuß im Durchmesser. An den Rändern sind die Stämme aller umherstehender Bäume glatt abrasiert worden wie ein Stück Käse, das man mit einem Messer schneidet.«

Obwohl es ihn nicht tröstete, fiel Struan ein Stein vom Herzen. Er war nicht irr geworden, und er war nicht der Einzige, der etwas gesehen hatte. Alles hatte tatsächlich so stattgefunden, wie er es beobachtet hatte.

Richard von Breydenbach sah seltsam ausdruckslos in die Runde. »Sobald sich unser schottischer Freund ein wenig gestärkt hat, brechen wir auf.« Er blickte seinen ältesten Sohn scharf an. »Dein Bruder war auf dem Weg hierher. Seit gestern Abend gilt er als vermisst, mitsamt seinem Knappen. Er wurde überfallen. Von Lombarden. Im Saalholzforst.«

Der Wald, der unweit des Klosters Hemmenrode begann, glich mit seinem herbstlichen Blattwerk einem golden schimmernden Urwald. Die acht Ritter wichen auffallend schweigsam den quer liegenden Bäumen aus und lenkten ihre Rösser eher widerwillig ins dichte Unterholz. Struan ritt zusammen mit Geros Bruder voraus. Die unheimliche Stille, die über den Tannenwipfeln lag, wurde nur durch das Knacken der Äste und das Schnauben der Pferde unterbrochen.

Dass der Teufel von diesem Fleckchen Erde Besitz ergriffen hatte, glaubten die meisten der Reiter daran zu erkennen, dass kein einziger Vogel zu sehen, geschweige denn zu hören war. Seit Jahren rankten sich merkwürdige Geschichten um den Wald. Angeblich verirrte sich kein Wild hierher, was wohl an den seltsamen Geräuschen und merkwürdigen Lichtern lag, die man hier zu hören und zu sehen glaubte.

Eberhard ritt zusammen mit Struan an die Seite seines Vaters.

»Du bist ein Narr«, zischte Richard von Breydenbach. »Was wäre geschehen, wenn man euch auch überfallen hätte?«

»Macht Euch keine Gedanken, Vater. Wer immer hier gehaust hat, hat nichts übrig gelassen, das uns hätte überfallen können. Jetzt, wo Mutter nicht zugegen ist, kann ich es ja sagen. Wir haben fünf Leichen gefunden.«

Richard sah ihn bestürzt an.

»Keine Sorge, Vater«, fügte Eberhard rasch hinzu. »Weder Gero noch sein Knappe waren darunter.«

»Heho«, rief Roland, der vierschrötige Burgvogt, so laut, dass seine Stimme im Wald widerhallte. Richard wendete sein Pferd und galoppierte mit seinem weißen Hengst zu Roland von Briey hin. Eberhard gab seinem Rotfuchs die Sporen und stob seinem Vater, dicht gefolgt von seinem Knappen, hinterher.

»Was ist, Roland?«, rief Richard, als er seinen Hengst neben dem Vogt zum Stehen brachte. »Hast du was gefunden?«

»Einen der Lombarden«, antwortete der Vogt mit einem eigentümlichen Blick. Während er sich im Sattel aufrichtete, blickte er auf den aufgedunsenen Leichnam eines dunkel gelockten Mannes hinab, dessen Hals eine klaffende Wunde zeichnete. »Da drüben liegt noch einer. Und sein Kopf liegt ein paar Fuß weiter entfernt im Laub. Der Unselige hat sogar sein Schwert noch in der Hand.«

Roland sah über Richard hinweg zu Struan hin, der sich aufrecht sitzend auf seinem schwarz glänzenden Friesen nur unwillig näherte.

Auf Richards fragenden Blick, nickte Struan. Er selbst war es, der dem Lombarden den Kopf abgeschlagen hatte.

»Richard«, fuhr Roland leise fort, »was mich wirklich beunruhigt, ist der Umstand, dass sich kein einziges Tier an den Kadavern vergriffen hat.

Keine Krähe lässt sich die Augen eines Verstorbenen entgehen, wenn sie dieser Delikatesse habhaft werden kann. Es sei denn, sie wird gestört oder …«

»… sie traut sich nicht in die Nähe des Opfers«, beendete Richard den Satz, während er seine Aufmerksamkeit erneut dem Leichnam schenkte.

»Solange wir Gero und seinen Knappen nicht in einem solchen Zustand finden, ist es mir egal, ob die Leichen unversehrt sind oder zerhackt«, bemerkte Richard fast trotzig.

Ein Aufschrei ließ die Männer erneut hochfahren. Einer der Ritter aus Richards Gefolge war Eberhard zur Lichtung gefolgt. Wild gestikulierend rief er die übrigen Männer zu sich.

Nur wenige Augenblicke später erreichten Richard und seine Begleiter den Rand der Lichtung. Struan schluckte erneut beim Anblick des exakt ausgeschnittenen Erdkraters.

»Allmächtiger!« Ein Raunen des Entsetzens ging durch die Runde. Keiner der Männer verzichtete darauf, ein Kreuzzeichen zu machen. Gebannt starrten sie auf die etwa acht Fuß tiefe Aussparung, die sich in einem Durchmesser von mindestens einhundert Fuß unmittelbar vor den Hufen ihrer Pferde auftat.

»Was ist denn hier geschehen?« Betäubt von dem seltsamen Anblick, saß Richard ab und beugte sich zu einem der mächtigen Aststümpfe hinunter, die tatsächlich wie abrasiert wirkten. Mit einer Mischung aus Ehrfurcht und Angst strich er über die Schnittfläche. Sie war weder geriffelt, so als ob eine Säge sie abgeschnitten hätte, noch unsauber abgebrochen. Etwas hatte den Stamm glatt durchschnitten.

»Seht euch das an!«, sagte er zu seinen Begleitern. »Es ist, als ob die Schnittfläche geschmolzen wäre wie Wachs oder Käse.«

Roland, der dicht hinter ihm stand, fasste ihn sacht bei der Schulter. »Richard, auch wenn du es für Unfug hältst«, sagte er leise, »hier hat der Leibhaftige seine Hände im Spiel. Lass uns schleunigst das Weite suchen!«

»Und was ist mit meinem Sohn?«, fragte Richard kaum hörbar. Er sah auf und ließ seinen Blick von Mann zu Mann wandern.

»Wir werden ihn finden«, beruhigte ihn Roland. »Mit Gottes Hilfe. Dein Sohn ist ein tapferer Bursche, Richard«, fuhr er fort, dabei warf er Struan ein unsicheres Lächeln zu, bevor er sich erneut dem am Boden hockenden Burgherrn zuwandte. »Aber in Anbetracht dessen, was hier passiert ist, war er bestimmt so schlau, die Flucht zu ergreifen.«

»Ich bete zum Allmächtigen, dass du Recht behältst«, antwortete Richard tonlos, bevor er sich mühsam erhob.

»Ich rate dir dringend, für deinen Jungen eine Messe lesen zu lassen, sobald wir zurückkehren«, fügte Roland hinzu. »Nur unser Herrgott ist in der Lage, dem Antichrist die Stirn zu bieten.«

»Was auch immer Ihr hier gesehen habt«, sagte Richard mit einem Rundumblick in die ungewohnt furchtsamen Gesichter. »Ich bitte Euch, bewahrt Stillschweigen darüber. Es ist schlimm genug, dass mein Sohn vermisst wird. Aber es wird nicht besser dadurch, wenn man sein Verschwinden mit dem Teufel in Verbindung bringt.«

Bis in den späten Nachmittag hinein durchkämmten sie die Umgebung. Doch niemand von den gestandenen Reitern getraute sich auch nur in Sichtweite der Lichtung zurückzukehren. Von Gero und Matthäus fehlte weiterhin jede Spur. Kein Bewohner der umliegenden Höfe hatte etwas gesehen oder gehört, und die Lombarden, die über Nacht im Kloster Hemmenrode Zuflucht gesucht hatten, waren längst über alle Berge geflohen. Jakobus, ein alter Zisterzienserbruder, wusste zu berichten, dass die dunkel gelockten Fremden am gestrigen späten Abend völlig aufgelöst mit ihren Fäusten gegen die Klostertore gepocht hatten. Nachdem man ihnen Einlass gewährt hatte, verschanzten sie sich in einer wahnsinnigen Angst vor dem Leibhaftige die ganze Nacht über in der Klosterkirche hinter dem Altar. Beunruhigt nahm Richard zur Kenntnis, dass der einzige Lombarde, der in der Lage gewesen war, halbwegs deutlich zu sprechen, gegenüber Abt Johannes unentwegt etwas von einem blaugrünen Licht gefaselt hatte, in dem angeblich Bäume und Menschen verschwunden wären.

»Ihr kennt die Geschichte von Bruder Thomas, der einst auf wundersame Weise verschwunden ist, habe ich recht?«, fragte Jakobus nachdem Richard und seine Begleiter wieder aufgesessen waren.

Einige der Reiter nickten, und auch Richard war die Legende vom Klosterbruder, der behauptet hatte, im Wald unter einer Eiche gesessen und unvermittelt tausend Jahre in die Zukunft geraten zu sein, alles andere als fremd.

»Lasst es gut sein«, sagte er hastig zu dem alternden Mönch. »Ihr wollt doch nicht ernsthaft behaupten, die uralte Geschichte eines Verwirrten hätte etwas mit dem Verschwinden meines Sohnes zu tun?«

»Versündigt Euch nicht, Ritter Richard«, krächzte der Alte. »Bei uns zweifelt niemand an den Worten des Bruders. Man sagt, er sei durch die Zeit gegangen. Hunderte Jahre und mehr. Und bevor das geschah, habe er ein blaugrünes Licht gesehen.«

Die Ritter blickten einen Moment lang schweigend zu Boden. Es war ihnen anzusehen, was sie von dieser mysteriösen Geschichte hielten.

»Nichts für ungut, Bruder Jakobus«, erwiderte Richard mit versteinerter Miene. »Betet für uns und für die Vermissten.«

Er warf dem gebeugten Männchen in der grauen Kutte einen Lederbeutel mit ein paar Münzen zu.

»Gott sei mit Euch«, sagte Jakobus und verbeugte sich leicht.

Bei Einbruch der Dunkelheit kehrte Richard von Breydenbach zusammen mit Struan und den übrigen Männern zur Burg zurück. Seine Getreuen verabschiedeten sich mit dem Hinweis, für ihn und seinen Sohn beten zu wollen. Richard versuchte vergeblich, Geros Mutter zu beruhigen, indem er ihr versprach, die Suche am nächsten Tag fortzusetzen. Doch zunächst wollte er sich mit Struan beraten. Bisher war nicht genug Zeit gewesen, die genauen Hintergründe ihrer Reise zu beleuchten oder etwas über einen vermeintlichen Auftrag zu erfahren.

Johan van Elk war zwischenzeitlich erwacht, doch er war zu schwach, um sich an einem Gespräch zu beteiligen.

Struan, der sich zuvor von Amelies Wohlergehen überzeugt hatte, folgte dem Burgherrn allein in dessen Arbeitszimmer. Nach einem Becher Wein und einem deftigen Abendessen war er froh, am Kaminfeuer Platz nehmen zu dürfen. Nachdem der Schotte abschließend von den Machenschaften des franzischen Königs und ihrer Flucht berichtet hatte, durchbohrten ihn die hellen Augen seines Gegenübers im flackernden Licht des Feuers wie eine sarazenische Lanze.

»Wie genau lautete der Auftrag Eures Komturs?«, fragte Richard.

»Ich weiß auch nichts Näheres«, erwiderte Struan zögernd. Er war sich längst nicht im Klaren darüber, ob er Geros Vater nicht schon zu viel erzählt hatte.

»Ihr braucht keine Scheu zu haben«, ermutigte ihn Richard, der sich seinerseits, indem er die Pergamente in Geros Satteltaschen gelesen hatte, von der Rechtschaffenheit der Brüder überzeugt hatte. »Ich kenne Henri d'Our besser, als Ihr es Euch vielleicht vorzustellen vermögt. Wir sind seit unserer Jugend befreundet, und ich war an seiner Seite, als wir zusammen mit Eurem Großmeister Jacques de Molay unter heftigen Kämpfen Akko im Jahre 1291 verlassen haben. Mein Schwager hat dabei für Euren Orden sein Leben verloren, und ich büßte meine rechte Hand ein.« Als wäre ein Beweis vonnöten, hob er seinen Unterarmstumpf, der zum Schutz mit Leder umwickelt war.

»Wir waren auf dem Weg nach Heisterbach«, murmelte Struan einsichtig. »Was genau Euer Sohn dort vorhatte, weiß ich nicht. Er sagte nur, Henri d'Our habe ihm einen geheimen Auftrag gegeben und befohlen, dass Bruder Johan und ich ihn dabei unterstützen sollten und dass er uns erst gänzlich einweihen könne, wenn wir am Zielort angekommen seien.«

»Heisterbach«, flüsterte Richard abwesend. »Ich hätte es mir denken können.«

»Was wollt Ihr damit sagen?« Struan sah den weißhaarigen Edelfreien prüfend an.

»Hat Gero sonst noch etwas gesagt? Vielleicht etwas, das Euch merkwürdig erschien?«

Struan zögerte, als ob er nachdenken müsste, dabei stellte er sich die Frage, ob er es wagen durfte, Dinge preiszugeben, die streng geheim waren und die er selbst nicht verstand.

»Er sprach von einem ›Haupt der Weisheit‹«, sagte er knapp und nahm rasch einen Schluck des köstlichen Weißweins.

Richard atmete tief durch. Für einen Moment schien alle Farbe aus seinem Gesicht zu weichen. Er fixierte Struan mit einem durchdringenden Blick und beugte sich in seinem pompösen Scherenstuhl vor.

»Ich muss unbedingt wissen, was genau d'Our mit seinem Befehl bezweckt hat.«

»Ich weiß es nicht, Sire«, erwiderte Struan mit einer gewissen Verzweiflung im Blick. »Gero sagte lediglich, es könne dazu beitragen, den Orden zu retten.«

Richard nickte stumm und lehnte sich mit geschlossenen Augen zurück.

»Hoher Herr«, sagte Struan leise, »ich habe Euch alles berichtet, was ich weiß. Wollt Ihr so gütig sein und mich an Euren Gedanken teilhaben lassen? Schließlich ist es nicht nur Euer Sohn, den Ihr so schmerzlich vermisst. Er ist zudem mein Bruder im Orden und darüber hinaus der beste Freund, den ich je hatte.«

Richard setzte sich seufzend auf und sah Struan mit ernstem Blick an. »Ich bin kein Angehöriger Eures Ordens, wie Ihr wisst«, begann er. »Und doch fühle ich mich den Templern eng verbunden. Als ich Henri d'Our und Eurem jetzigen Großmeister zur Flucht aus dem umkämpften Akko verhalf, konnte ich nur ahnen, dass es um etwas weit Wertvolleres ging als um das Leben von ein paar geschätzten Obrigkeiten des Templerordens. Man bat mich und meinen Schwager Gerhard von Lichtenberg, einen Vasallen des Herzogs von Lothringen, Henri d'Our und Jacques des Molay auf der Flucht zu ihrem Schiff sicheres Geleit zu garantierten. Sie trugen etwas mit sich. Es war eingewickelt in einer verschlossenen Ledertasche, und an der Art, wie Bruder Henri die Tasche hielt, konnte ich sehen, dass sie mehr wert war als alles Gold, das der Orden besaß. Kurz bevor wir den Hafen erreichten, durchbrachen die anstürmenden Mamelucken einen Teil des Festungswalls. D'Our verlor im Getümmel die Tasche, und bei dem Versuch, sie vor dem Zugriff der Mamelucken zu schützen, gerieten wir in arge Bedrängnis. Ein jüdischer Kaufmann eilte uns zu Hilfe, und es gelang ihm, die Tasche einem der Angreifer zu entreißen. Doch die Übermacht der Mamelucken war so stark, dass der wütende Mob den armen Mann und seine Frau kaltblütig erschlug. Ich konnte den Mamelucken, der die Kaufmannsleute angegriffen hatte, töten. Danach versuchte ich erneut, der Tasche habhaft zu werden, was mich meine rechte Hand kostete. Mein Schwager war mir zur Hilfe geeilt. Jedoch verlor er für einen Moment den Überblick über seine Rückendeckung, und einer der Gegner spaltete unvermittelt sein Haupt. Letztendlich war es Jacques de Molay, der den Angreifer tötete. Anschließend nahm Euer jetziger Großmeister die Tasche an sich. Noch bevor ich, schwer verletzt und ohne die sterblichen Überreste meines Schwagers, die Flucht fortsetzen konnte, entdeckte ich ein wimmerndes Mädchen, das bei den toten jüdischen Kaufleuten hockte. Sie war kaum sechs Jahre alt und offensichtlich deren Tochter. In der Hitze des Augenblicks beschwor ich Molay und seine Mitstreiter, das Kind nicht zurückzulassen, und Gott dem Allmächtigen versprach ich, dass ich mich des Mädchens annehmen und sie dem Klosterkonvent der Zisterzienserinnen von Sankt Thomas übergeben würde, wenn er uns nur lebend aus der Stadt entkommen ließe.«

Richard von Breydenbach schwieg einen Moment. Vor seinem geistigen Auge zogen anscheinend all die düsteren Ereignisse dieser längst vergangenen Tage vorüber.

»Wir flüchteten nach Zypern«, fuhr er tonlos fort. »Und hier verriet mir d'Our, dass er ein Mitglied des Hohen Rates der Templer sei und für den Schutz eines uralten Artefaktes verantwortlich zeichne, dem man den klingenden Namen ›Haupt der Weisheit‹ gegeben habe. Es beinhaltete eine Art Prophezeiung, ähnlich der Apokalypse des heiligen Johannes. Nur dass die darin enthaltenen Weissagungen nicht ausschließlich schlechter Natur waren, sondern den Reichtum des Ordens in unermesslicher Weise gefördert hatten. Schließlich durfte ich d'Our ins südliche Franzien begleiten, wo wir ein geheimes Depot aufsuchten, um das gesiegelte Buch zu verstecken, welches wir aus Akko gerettet hatten und das streng geheime Aufzeichnungen über das Wesen des eigentlichen ›Hauptes der Weisheit‹ enthielt. Dabei erfuhr ich, dass es sich bei dem Haupt um einen mysteriösen, metallischen Gegenstand handelte, den Bertrand de Blanchefort, der vierte

Großmeister Eures Ordens, im Jahre des Herrn 1156 vom heiligen Land in eben jenes Depot nach Franzien hatte bringen lassen. Zu meinem großen Erstaunen erfuhr ich darüber hinaus, dass dieses Depot bereits mit Wissen des heiligen Bernhard von Clairvaux und mit der Hilfe von Konversen in einer deutschen Zisterzienserabtei eingerichtet worden war.«

Richard von Breydenbach stockte einen Moment, als müsse er sich erneut sammeln, dabei nahm er einen Schluck Wein, bevor er weiter sprach.

»D'Our wusste, dass ich vertrauenswürdig genug und den hiesigen Zisterziensern immer eng verbunden war, und er beabsichtigte, mich fortan als eine Art Mittler zwischen Templern und Zisterziensern einzusetzen, obschon ich keinem der beiden Orden angehöre. Ein Grund, warum ich ab und an in Bar-sur-Aube weilte, um hinterher geheime Botendienste zu erledigen. Dazu muss man wissen, dass das ›Haupt der Weisheit‹ unter größter Geheimhaltung im Jahre des Herrn 1206 von den Katakomben in Franzien zu den Zisterziensern nach Heisterbach verlegt worden war. Man wollte so eine größere Sicherheit vor unbefugtem Zugriff garantieren. In der dortigen Abtei gab es einen ständigen Vertreter, der im Auftrag des Hohen Rates der Templer fortan – neben dem jeweiligen Abt – für die sichere Verwahrung des Hauptes verantwortlich zeichnete. Zum damaligen Zeitpunkt war das Bruder Cäsarius, der Prior von Heisterbach, falls Euch der Name etwas sagt.«

Struan nickte stumm. Er hatte viel von den wundersamen Geschichten des Cäsarius gehört. Unter anderem hatte sich der weise Zisterzienser auffällig mit dem Phänomen der Zeit beschäftigt und düstere Prophezeiungen über die Zukunft verkündet, die er in nächtlichen Visionen gesehen hatte.

»Vergebt mir Sire, wenn ich Euch unterbreche«, sagte Struan. »Habt Ihr das ›Haupt‹ je zu sehen bekommen?«

»Ja und nein«, sagte Richard mit einem gewissen Bedauern in der Stimme. »Es ist tatsächlich eine flache, metallische Kiste. So leicht, dass man sie mit einer Hand tragen kann. Nichts daran ist auffällig, und es sieht schon gar nicht aus wie ein Kopf. Aber man versicherte mir, es habe magische Kräfte von unvorstellbarem Ausmaß und seine

Weisheit diene dem Orden vom Beginn seiner Existenz an. Manche munkelten sogar, es könne einen Durchgang zu einer anderen Zeit schaffen. Doch d'Ours Vertrauen in mich ging nicht weit genug, als dass er mich vollständig eingeweiht hätte.«

»Das klingt unglaublich«, gab Struan unumwunden zu. »Weiß Gero darum?«

»Wo denkt Ihr hin?« erwiderte Richard mit einem Lächeln. »Ich habe einen Eid zur Verschwiegenheit geleistet. Niemand aus meiner Familie weiß etwas darüber.«

»Bei allem Respekt, Sire, was könnte das Ganze mit Geros Verschwinden zu tun haben?«

Richard von Breydenbach setzte sich seufzend auf und starrte dabei in die unruhige Flamme der dicken Stundenkerze, die bereits ein ganzes Stück heruntergebrannt war. »Seit jenen Tagen weiß ich, dass es Dinge zwischen Himmel und Erde gibt, die eigentlich nur dem Willen des Allmächtigen unterstehen sollten, und doch werden sie von Menschenhand gelenkt«, erklärte er. »Ihr müsst wissen, dass im Saalholzforst schon einmal ein Bruder spurlos verschwunden ist. Vor gut einhundert Jahren. Der Wald gehört den Hemmenroder Zisterziensern, die mit dem Heisterbacher Konvent eng verbunden sind. Der damals verschwundene Bruder, Thomas von Hemmenrode, war ein Vertrauter des Cäsarius von Heisterbach, der die Aufgabe zum Schutz des ›Hauptes‹ erst kurz zuvor übernommen hatte. Ich weiß nicht, ob es da eine Verbindung gibt. Jedenfalls hat man den vermissten Bruder erst nach drei Wochen wieder aufgefunden, unversehrt, aber völlig verstört, genau an derselben Stelle, an der Gero verschwunden ist. Seinen erstaunten Brüdern hat er erzählt, dass er hunderte Jahre in die Zukunft gereist sei. Ein uralter Jude, seltsam gekleidet, habe ihm merkwürdige Fragen gestellt und ihm versichert, dass er nach Hause zurückkehren dürfe, sobald er alles beantwortet hätte. Dabei hat Thomas von Hemmenrode im Nachhinein haargenau von demselben, blaugrünen Licht berichtet, dass Ihr erwähnt habt.« Richard schüttelte müde den Kopf. »Ich weiß nicht, ob Geros Verschwinden etwas mit dem Geheimnis von Heisterbach zu tun hat, aber die Mönche dort verbergen mehr, als jeder gläubige Mensch zu erahnen vermag. In Anbetracht der Lage, dass Euer Auftrag sehr wohl auf eine Verbindung zwischen Eurem Orden und den Zisterziensern von Heisterbach schließen lässt und uns weder Gero noch Euer Komtur Rede und Antwort stehen können, sehe ich nur eine Möglichkeit, um Licht in die Angelegenheit zu bringen. Wir werden fünf Tage abwarten, in der Hoffnung, dass Euer Bruder Johan wieder zu Kräften kommt. Vielleicht geschieht bis dahin ein Wunder, und wir finden meinen Sohn und seinen Knappen. Sollte das nicht der Fall sein, werden wir gemeinsam nach Heisterbach aufbrechen und nach einer Antwort suchen.«

Teil II
Center of Accelerated Particles in Universe and Time

> Wer sucht, soll solange weiter suchen, bis er findet.
> Wenn er aber findet, wird er erschrocken sein.
> Wenn er erschrocken ist, wird er erstaunen.
> Und er wird König sein über die unsichtbare Welt.
> (Thomasevangelium, 2)

13

Mittwoch, 10. 11. 2004 – Spangdahlem/Eifel

Obwohl der neu errichtete Bürokomplex auf dem Gelände der US-Air Base Spangdahlem, in dem Professor Dietmar Hagen die Woche über nicht nur arbeitete, sondern auch wohnte, schallisoliert war, zerrte die ständige, wenn auch gedämpfte Geräuschkulisse an- und abfliegender A-10 und OA-10 Thunderbolt II Flugzeuge heute besonders an seinen Nerven.

Seit Wochen hatte Hagen seinen Sport vernachlässigt und nicht darauf geachtet, was er während seiner aufwendigen Forschungsarbeiten aß. Vom vielen Alkohol ganz zu schweigen. Ein Blick in den Spiegel reichte ihm vollkommen aus, um zu erkennen, dass sein durchtrainierter Körper auf Dauer daran Schaden nehmen würde. Doch das war Hagens geringstes Problem. Mit quälender Regelmäßigkeit stellte er sich die Frage, ob er sich selbst als besonders genial bezeichnen durfte oder nur als besonders abgedreht, wofür es nach Auffassung seiner Kritiker mindestens ebenso viele Indizien gab. Vor der Annahme, im Grunde genommen verrückt zu sein, rettete ihn auch sein Ruf als renommierter Wissenschaftler auf dem Gebiet der Quantenoptik nicht. Wie so oft, wenn er glaubte, in seinen Forschungsergebnissen kurz vor einem selbst herbeigeführten Quantensprung zu stehen, wurde er regelrecht zerfressen von einer zermürbenden Ungeduld, weil ihm das letzte Mosaiksteinchen zur Bestätigung seiner Theorien einfach nicht in die

Hände fallen wollte. In stillen Stunden zweifelte er daran, ob es klug gewesen war, seine Seele an ein militärisches Forschungslabor der Amerikaner verkauft zu haben, anstatt am Max-Plank-Institut für Quantenoptik zu bleiben, wo er sich bis vor wenigen Jahren um die Forschung in der Laserphysik verdient gemacht hatte.

Ächzend reckte Hagen seine müden Glieder und nahm die Füße vom Tisch. Mittlerweile war der entschlüsselte Text, der ihm vor wenigen Tagen in der wie üblich chiffrierten Form aus Beirut übermittelt worden war, vollständig auf dem Bildschirm erschienen. Allein seinem Genie hatte er es zu verdanken, dass er relativ rasch eine Methode entwickelt hatte, den fremden, völlig unleserlichen Buchstabenkombinationen einen Sinn zu verleihen. Blinzelnd setzte er seine Brille auf und näherte sich der endgültigen Fassung seiner Bemühungen mit einer Mischung aus Spannung und Ehrfurcht.

Wir sitzen immer noch in Jerusalem fest, hieß es da. Es ist heiß und stickig, und die Kämpfe vor der Stadt nehmen täglich zu. Die Eroberung von Askalon hält unvermindert an. Die Gewalt, mit der die Aktion vonstatten geht, ist unvorstellbar grausam. Die Opferlisten auf Seiten der Christen steigen stetig an. An der Küste treffen täglich Schiffe mit ganzen Ladungen neuer Pilger ein, die ohne Rücksicht auf Werdegang und Ausbildungsstand in die Kämpfe verwickelt werden, und das, noch bevor sie die Heilige Stadt erblicken durften. Die völlig unvorbereiteten und schlecht ausgerüsteten Menschen werden abgeschlachtet wie Vieh. Es vergeht kein Tag, an dem man uns nicht mit Toten oder Verstümmelten konfrontiert. Die toten Ordensritter werden trotz sengender Hitze bis auf das Gelände des Tempelberges geschafft, damit sie adäquat bestattet werden können. Der Gestank, den die aufgestapelten Leichen verbreiten, ist unbeschreiblich. Wir wagen es längst nicht mehr, unsere Zuflucht im Hauptquartier des Ordens zu verlassen. Langsam wird das Wasser knapp. Hinzu kommt das permanente Risiko der Vergiftung der Brunnen durch feindliche, fatimidische Gruppen. In regelmäßigen Abständen wird das spärliche Wasserreservoir unter Einsatz von Hunden und Katzen auf Genießbarkeit untersucht. Trotzdem hat es schon Todesfälle gegeben. Und obwohl wir im Gegensatz zur bedauernswerten Stadtbevölkerung mit antitoxischen Blockern geimpft sind, würden wir lieber heute als morgen die Rückkehr nach Hause antreten. Dem entgegensteht, dass jeglicher Kontakt zur Basis abgebrochen ist. Letzter Digitalaustausch mit SB 1 fand kurz nach unserer Ankunft statt. Sie haben eine Laserboje gesetzt, um unsere Koordinaten bestimmen zu können. Zwischenzeitlich sind wir zu der Überzeugung gelangt, dass während des Transfers etwas Unvorhergesehenes geschehen sein muss. Wie sonst wäre eine solche Abweichung von den eingegebenen Zeitkoordinaten möglich?

Ein Umstand, der unsere Rückkehr zusätzlich erschwert. Bis jetzt gibt es keinerlei Neuigkeiten. Außer einem Feuerball, den mutmaßliche Verbündete der Ägypter draußen vor den Stadttoren abgeschossen haben, ist nichts bei uns angekommen. Fast all unsere Ausrüstungsgegenstände sind einem anschließenden Brand zum Opfer gefallen, der nach dem nächtlichen Beschuss in einem unserer Schlafräume ausgebrochen ist. Ohne Trinkwasser sind unsere Energiequellen fast aufgebraucht, und solange wir unser Domizil nicht verlassen können, besteht keine Möglichkeit, sie wieder aufzuladen. Die Umstände hier vor Ort entsprechen dem Code Black.

Unsere Gastgeber, die Miliz Christi, wie sie sich selbst nennen, sind unerwartet kooperativ, was nicht zuletzt daran liegen mag, dass ihre Anführer in ein uraltes Geheimwissen eingeweiht sind, in dem unsere Ankunft prophezeit wurde. Eine Tatsache, die uns nicht weiter hilft, solange wir den Ursprung dieses Wissens nicht kennen. Leider stehen uns keine historischen Datenbanken zur Verfügung. LYN hat sich an eine Archivdatei erinnert, die sie zu Prüfungszwecken studiert hat. Danach wird die nächste Transmission eines Menschen am 16. 10. 1307 – 18:31 MEZ von einem Transmissionsfeld in Europa unter den Koordinaten 50°01'44,48" N und 6°45'18,60" E zum 13. 11. 2004 zeitgleich erfolgen.

Dass es sich bei dem Transferierten um einen Angehörigen der Miliz Christi handeln soll, halte ich jedoch für ein Gerücht. Bedauerlicherweise ist LYN nicht in der Lage, eine Aussage darüber zu treffen, in welchem Zusammenhang die Transmission erfolgte. Für uns ist es in jedem Fall zu spät. Einhundertfünfzig Jahre können wir beim besten Willen nicht warten, um von hier wegzukommen. Bleibt zu hoffen, dass der Kontakt zur Basis wiederhergestellt werden kann.

Bis dahin sind wir gefangen, in Raum und Zeit, ohne Aussicht darauf, unsere Mission zu Ende führen zu können.

LYN hat heute Morgen ein Pergament mit Formeln und Hinweisen beschrieben und in eine Plombe verpackt. Dann hat sie die Heilige Botschaft, wie sie es nennt, unauffällig bei der Beerdigung von fünf gefallenen Tempelrittern in deren Gruft deponiert. Ihre Idee, dass in einer benachbarten Zeitebene jemand die Plombe entdeckt und uns helfen könnte zurückzukehren, halte ich für gewagt.

Die Hoffnung stirbt zuletzt, hat sie gesagt. Ob uns jemand aus dieser Hölle nach Hause zurück holt, halte ich jedoch für so unwahrscheinlich, wie einen Tropfen ungesalzenes Grundwasser in dieser verdammten Stadt zu finden, und der Grad unserer Verzweiflung lässt sich daran messen, dass ich diese Zeilen mit der Hand schreiben muss ...

Hier brach der Text ab. Plötzlich bemerkte Hagen, dass er vor Aufregung am ganzen Leib zitterte.

So wie es sich darstellte, saßen die Verfasser dieser unvollständigen Botschaft auf dem Tempelberg in Jerusalem fest. Und wenn die Berechnungen der ^{14}C-Datierung korrekt waren, hielten sie sich dort zu Zeiten der Kreuzzüge auf.

Der offensichtliche Stand ihrer Technik ließ sich jedoch nicht mit dem Entwicklungsstand dieser Zeit vereinbaren. Das Wort Server war mit Sicherheit ebenso wenig gebräuchlich wie das Wort Datenbank.

Das wiederum ergab den Beweis, dass jemand existierte, dem es gelungen war, nicht nur etwas aus der Vergangenheit herbeizuholen, sondern sogar selbst dorthin zu gelangen.

Der Hinweis auf den kommenden Samstag sowie einen bestimmten Ort schlug den berühmt-berüchtigten Sechser im Lotto um Längen. Eine kurze Abstimmung der vorgefundenen Daten auf dem Pergament mit den GPS-Koordinaten eines modernen Navigationssystems bestätigte Hagen, dass nur die Anlage in Himmerod in Frage kam. Das angekündigte Wunder, einen Menschen aus der Vergangenheit ins Jahr 2004 zu transferieren, würde also sein eigenes sein, auch wenn er dem noch kräftig nachhelfen müsste.

Während die letzten Strahlen der Herbstsonne ihren Weg durch die halb herabgelassenen Rollos suchten und ein regelmäßiges Muster auf den völlig unordentlichen Arbeitsplatz des Professors zeichneten, summte die Intercom-Anlage und kündigte auf dem Kleinbildschirm den erwarteten Besuch von Doktor Piglet an. Hagens Büro war hermetisch abgeschirmt, und wer ihn aufsuchen wollte, musste zunächst eine Sicherheitsschleuse durchqueren, indem er sich mittels Fingerabdruck identifizierte. Erst danach betätigte Hagen einen Schalter auf seinem Schreibtisch, direkt neben dem Telefon, der dem Besucher Einlass in das Büro des Leiters der streng geheimen Forschungsanlage mit dem ungewöhnlichen Namen »Center of Accelerated Particles in Universe and Time« – kurz »CAPUT« – gewährte.

Die Tür öffnete sich einen Spalt, und ein kleiner, unspektakulär aussehender Mann von Mitte Vierzig, steckte vorsichtig seinen Kopf hindurch. Mit seiner altmodischen Brille und den noch altmodischeren taubenblauen Anzügen wirkte der Mann aus Milwaukee immer ein wenig derangiert.

»Ah, Mr. Piglet!« Hagens Stimme klang ungewohnt freundlich, während er seinen Referenten begrüßte. »Setzen sie sich! Möchten Sie etwas trinken? Einen Kaffee?«

»Danke nein«, erwiderte Piglet, der sichtlich überrascht war, dass sein Chef ihm etwas anbot.

»Ich habe Neuigkeiten von meinem Freund aus Israel«, begann Hagen mit einem verschwörerischen Augenaufschlag.

Piglet, der sich ihm gegenüber in einem der bequemen Besucherstühle niedergelassen hatte, hob fast unauffällig eine Braue, ansonsten blieben seine Gesichtszüge bemerkenswert neutral. »Und?«, fragte er nur.

»Es ist ein weiteres Dokument aufgetaucht. Und die Spur führt nach Europa.«

»Das ist aber ein recht großes Einzugsgebiet«, gab Piglet zu bedenken und erlaubte sich ein knappes Lächeln.

»Halten Sie sich fest, Piglet!«, fuhr Hagen enthusiastisch fort. »Aus absolut sicherer Quelle weiß ich, dass uns am kommenden Samstagnachmittag ein wahrer Quantensprung gelingen wird.«

Piglet schenkte Hagen einen Blick, der besagte, dass er trotz eines IQs von 153 nicht die geringste Ahnung hatte, was sein Chef meinen könnte. »Bei allem Respekt für Ihre Arbeit, Sir, soweit ich weiß, gehören Quantensprünge zu Ihrem Tagesgeschäft. Was soll daran so besonders sein?«

»Ich sehe schon«, schmunzelte Hagen jovial. »Mir bleibt nichts weiter übrig, als ins Detail zu gehen. Ich muss Sie ja nicht darauf hinweisen, dass ich Sie zu absoluter Verschwiegenheit verpflichtet habe.« Hagens graue Augen funkelten. Er hatte es nicht gern, wenn ihm die National Security Agency, kurz NSA, die seine Arbeit turnusmäßig überwachte, ins Handwerk pfuschte.

»Worauf Sie sich verlassen können«, erwiderte Piglet leicht beleidigt. Obwohl er vom amerikanischen Inlandsgeheimdienst in einer aufwendigen Tortur bis in den hinterletzten Winkel seiner nicht sonderlich aufregenden Vergangenheit überprüft worden war, um seine Loyalität gegenüber den Vereinigten Staaten von Amerika sicherzustellen, hatte Hagen ihn längst für sich vereinnahmt. Mit Piglets Unterstützung hatte er bereits mehrmals geheime Informationen aus dem Nahen Osten an seinen amerikanischen Auftraggebern vorbei geleitet.

»Was haben Sie vor?« Piglet beschlich ein mulmiges Gefühl.

»Ich will einen Menschen transferieren«, sagte Hagen ungerührt – so als ob es sich nicht um ein kompliziertes Raum-Zeit-Experiment, sondern um einen schlichten Friseurbesuch handelte.

»Sie wollen was?« Piglets Oberkörper schnellte nach vorn, wobei der Stuhl, auf dem er saß, gefährlich instabil zu pendeln begann. »Aber ich dachte immer, wir sind noch nicht so weit!«

»Das war gestern«, erwiderte Hagen selbstbewusst. »Dank neuerer Erkenntnisse, die mir … wie immer … auf einem etwas unkonventionellen Wege zuteil wurden, habe ich den Beschluss gefasst, das bisherige Potential der Experimente überproportional auszudehnen.«

»Ihren eigenen Worten nach sollte zunächst einmal die Kapazität des Reaktors angepasst werden, bevor wir so etwas versuchen. Oder habe ich da etwas falsch verstanden?« Piglet oblag die Verantwortung für die Genehmigungsverfahren im Vorfeld jeglicher Experimente, und ein Ansinnen von solchem Ausmaß hatte Hagen bisher noch nicht an ihn herangetragen.

»Haben Sie die Erlaubnis des Präsidenten eingeholt?«, fügte der Referent pikiert hinzu, in dem Wissen, dass es nur eine Instanz gab, die dem Professor Einhalt gebieten konnte.

»Das rote Telefon war leider besetzt«, antwortete Hagen spöttisch.

»Anscheinend ist er immer noch voll und ganz mit seiner Wiederwahl beschäftigt«, führte er mit einem süffisanten Lächeln weiter aus.

»Soll das heißen, Sie wollen die Sache im Alleingang durchziehen und ohne Genehmigung?«

»Sagte ich das nicht?« Hagen spitzte die Lippen zu einer harmlos erscheinenden Miene des Bedauerns und zuckte gleichzeitig entschuldigend mit den Schultern.

»Warum in Teufels Namen?« In Piglets Frage lag ein Hauch von Verzweiflung.

»Piglet, Sie sind doch ein intelligenter Kerl? Wir sind drauf und dran, den einzigen und wirklichen heiligen Gral zu finden, den es jemals gegeben hat. Da muss man Kompromisse eingehen.« Hagen sah ihn beschwörend an. »Womöglich hängt die Weiterentwicklung der Anlage davon ab, ob es uns am kommenden Samstag tatsächlich gelingt, einen Menschen zu transferieren. Stellen Sie sich vor, was für eine Sensation das wäre! Wenn der Kerl erst mal hier ist, interessiert es niemanden mehr, wie es ihn hierher verschlagen konnte, geschweige denn, ob dafür jemand ohne Zustimmung die Anlage manipuliert hat.«

Piglets Miene blieb ungläubig, während er den Professor mit leicht zusammengekniffenen Lidern fixierte.

»Der Mitteilung gemäß handelt es sich um einen Mann, der dem beginnenden 14. Jahrhundert entstammt«, stellte Hagen ungerührt fest.

»Wenn uns der Coup gelingt, ist die Aerea 51 Schnee von vorvorgestern.«

Piglet schüttelte den Kopf, während sich seine Finger um die mit Leder bezogenen Stuhllehnen klammerten.

»Die fragliche Person wird exakt um 18:31 MEZ auf unserem Transmissionsfeld erscheinen, und wir werden die Falle schließen«, konstatierte Hagen kühl. »Wenn die Sache funktioniert, geben die Amerikaner ihre Bedenken, was die Versuche mit Menschen betrifft, womöglich auf, und mit der entsprechenden finanziellen Unterstützung sind wir schon bald in der Lage, nicht nur jemanden aus der Vergangenheit herbeizuschaffen, sondern auch dorthin zu bringen. Verstehen Sie, Piglet? Erst wenn uns das gelingen sollte, hat unsere bisherige Arbeit einen ernsthaften Anspruch auf Anerkennung.«

»Und was hält Sie davon ab, die Angelegenheit dem Präsidenten zu unterbreiten und sich seine Zustimmung einzuholen?«

»Abgesehen davon, dass ich nicht vorhabe, meine Quelle zu offenbaren, wäre die Zeit ohnehin zu kurz, eine entsprechende Erklärung abzugeben«, bemerkte Hagen entschlossen. »Ich habe die Meldung erst gestern erhalten. Wir haben nur noch knapp drei Tage, danach schließt sich das Fenster, und ich habe nicht die leiseste Ahnung, ob wir eine zweite Chance bekommen werden. Nach allem, was wir bisher wissen, scheint es eine Ausgleichskonstante zu geben, die dafür sorgt, dass trotz Einflussnahme von außen keine Änderungen im Geschichtsablauf eintreten kann, aber sicher sind wir uns darüber letztendlich nicht.«

Hagen verfiel unvermittelt in einen zischenden Flüsterton. »Und zweitens kommt die Information wieder einmal von meinem libanesischen Gewährsmann. Wie oft soll ich Ihnen noch erklären, dass ich als Erfinder dieser Anlage in die Geschichte eingehen will und nicht als deren Entdecker? Zudem wissen Sie gut genug, wie heikel die politische Lage zurzeit ist. Selbst wenn ich den nicht unerheblichen Aspekt meines Ruhmes außer Acht lasse, bis der Präsident und seine Spürhunde von der NSA die Sache auf Herz und Nieren geprüft hätten, ob kein Sabotageakt dahinter steckt und ob unser Freund kein Berater eines islamischen Topterroristen ist, wären wir beide alt und grau.«

Der Professor nahm einen Schluck Mineralwasser und spülte damit seinen Gaumen, als ob es sich um einen wertvollen Weinbrand handelte.

Nachdem er geschluckt hatte, sah er Piglet mit einem Gesichtsausdruck an, der keinen Widerspruch duldete. »Also, Piglet, Sie werden aus organisatorischen Gründen und ohne mein offizielles Zutun kurzfristig die Einsatzpläne der wissenschaftlichen Assistenten für den kommenden Samstag ändern und Stevendahl und Colbach zum Dienst einteilen. Wenn etwas schief gehen sollte, schieben wir es den beiden in die Schuhe.«

Piglet war anzusehen, wie er mit seinem Gewissen kämpfte. »Eins wüsste ich noch gerne«, erklärte er. »Warum verheizen Sie mit Stevendahl und Colbach Ihre besten Leute für dieses Wagnis? Es würde deren Ausschluss aus dem Projekt bedeuten, wenn der Generalstab zur

Auffassung gelangt, dass auch nur einer von beiden unerlaubt die Rechner umprogrammiert hat.«

»Nun ...«, antwortete Hagen zögernd, »ich würde die beiden ungern verlieren, aber sie sind die einzigen, die fachlich in der Lage sind, eine solche Veränderung im Systemablauf zu bewerkstelligen – außer meiner Wenigkeit natürlich.«

Er warf Piglet einen Blick zu, der unterstrich, dass es ihm völlig gleichgültig war, mit seiner riskanten Aktion die Karriere von zwei jungen aufstrebenden Genies aufs Spiel zu setzen. Schließlich agierte er ohne entsprechende Genehmigung, und egal wie die Sache ausging, er würde das Bezahlen der Rechnung anderen überlassen. Und dass dieser Höllentrip eine Untersuchung nach sich ziehen würde, verstand sich von selbst. Dabei war er genial genug, die Sache so einzufädeln, dass niemand den eigentlichen Weg seiner Einflussnahme verfolgen konnte.

Piglet, der die Suche nach einem Gewissen in Hagens Persönlichkeit längst aufgegeben hatte, interessierte noch etwas anderes. »Gesetzt den Fall, Sie haben recht und der von Ihnen erwartete Mann erscheint auf unserem Forschungsfeld. Wie soll es dann weitergehen?«

»Na wie schon?«, polterte Hagen ungeduldig. »Unser Sicherheitspersonal wird ihn festnehmen, und die NSA wird ihn in einer Isolierzelle ausquetschen wie eine Zitrone. Wie der Präsident und seine Geheimdienste danach mit ihm verfahren, hat mich nicht weiter zu interessieren. Wenn alles so kommt, wie ich es mir vorstelle, werde ich die nächsten Wochen und Monate damit beschäftigt sein, die Anlage auf Vordermann zu bringen, damit sie fit wird für die Zukunft. Oder sollte ich besser sagen – für die Vergangenheit?«

»Spricht der Transferierte überhaupt unsere Sprache?« Piglet rückte sich nervös die Brille zurecht. Sämtliche Einwände, die ihm in den Sinn kamen, muteten an wie Strohhalme, an die er sich über einem gähnenden Abgrund zu klammern versuchte.

»Ich bitte Sie, Piglet. Haben Sie vergessen, wo Sie sich befinden? Wir entschlüsseln die kompliziertesten, genetischen Codes und verfügen über Dateien mit Sprachmustern, in denen sogar Klingonisch nicht fehlt. Denken Sie ernsthaft, ich hätte ein Problem mit Mittelhochdeutsch oder Altfranzösisch?«

»Und was ist, wenn Sie nur eine große Portion Hackfleisch transferieren? Zufällig habe ich erfahren, dass so etwas möglich ist, und neben der Tatsache, dass nicht bekannt ist, ob sich das Raumzeitkontinuum ändert, gehört dieses Risiko zu den Gründen, warum man vorerst von solchen Versuchen Abstand nimmt.«

»Schon mal was von ausgesprochenem Pech gehört?« Hagen schüttelte verärgert den Kopf. »Wenn der Kerl sich versehentlich in seine organischen Einzelteile auflöst, merkt er sowieso nichts mehr davon. Die einzigen, die sich ärgern dürfen, sind die Leute vom Reinigungsteam.« Hagen schlug aufgebracht auf die Kante seines Schreibtisches. »Ich werde euch Amis nie begreifen. Da schlachtet ihr Tausende von Irakern ab, wo nichts und wider nichts bei herumkommt, und regt euch über den vermeintlichen Tod eines Zeitreisenden auf, von dessen Ableben nie jemand etwas erfährt und dessen sterbliche Überreste wenigstens noch der Wissenschaft dienen können.«

»Und wenn das Experiment außer Kontrolle gerät und zum Beispiel der Reaktor überhitzt?«

»Sie können Fragen stellen, Piglet!«

In der Miene des Referenten keimte zaghafter Widerstand auf. »Wieso nehmen Sie an, ich würde Sie bei einem solchen Wahnsinn unterstützen?«

Nur ein winziges Zucken im rechten Oberlid des Professors verriet, dass diese Frage einem Faustschlag gleichkam. Er ignorierte das Aufwallen seines Adrenalinspiegels und verscheuchte seine Phantasien, in denen er mit einem einzigen Streich die Arbeitsfläche seines Schreibtisches leer fegte und seinen Referenten darauf kreuzigte.

»Weil Sie keine andere Wahl haben, mein Lieber«, antwortete Hagen scheinbar ruhig. Dann erhob er sich plötzlich und umrundete blitzschnell den Schreibtisch. Kurz bevor er Piglet erreichte, blieb er abrupt stehen und schaute aus einer Höhe von einem Meter dreiundneunzig mit schmalen Lidern auf seinen Referenten herab.

»Ich habe Sie zu dem gemacht, was Sie sind«, erklärte er kalt, während Piglet betroffen seinem Blick auswich. »Und ich sehe kein Problem darin, Ihr Amt an Doktor Karen Baxter zu vergeben.« Ein hochmütiger Blick unterstrich Hagens Überheblichkeit. »Sie ist nicht nur attraktiver, als Sie es sind«, schleuderte er Piglet erbarmungslos entgegen. »Sie ist zudem eine würdige Nachfolgerin, die nur darauf wartet, dass Sie das Gleichgewicht verlieren.« Einen Moment herrschte Stille. Dann grinste Hagen diabolisch. »Sollten Sie jetzt auf die Idee kommen, mich bei unseren Auftragebern anzuschwärzen, hätte das zur Folge, dass *ich* meine Stelle an Doktor Tom Stevendahl verlieren würde. Er ist ein junger Kerl, und er würde Doktor Baxter ebenso den Vorzug geben, wenn es um die Neubesetzung der Referentenstelle geht. Zudem – was hält mich davon ab, zu sagen, Sie waren eingeweiht und haben nur kalte Füße bekommen?«

Bevor Piglet etwas erwidern konnte, summte erneut die Intercom-Anlage.

Hagen drückte ungeduldig den Bestätigungsknopf, und das rundliche Gesicht von Tracy Lockwind erschien auf dem Bildschirm.

»Laut meinem Terminplaner sind Sie und Doktor Piglet in einer halben Stunde mit Major Cedric Dan Simmens, dem Militärattaché der amerikanischen Botschaft, verabredet. Um 18 Uhr ist ein Rundgang durch die Anlage geplant und um 20 Uhr ein gemeinsames Dinner im Separée des Flughafencasinos.«

»Tracy, was sollte ich nur ohne Sie anfangen? Sind meine Hemden aus der Reinigung zurück?«

»Hat die Ordonnanz heute Nachmittag bereits in ihrem Ankleidezimmer verstaut.«

»Danke. Sie sind für heute entlassen. Machen Sie sich einen schönen Abend, Tracy.«

In der hellen Lobby der Forschungsanlage Himmerod erwartete eine attraktive Service-Assistentin, die man dem weiblichen Marine-Chor entliehen hatte, den Professor und seine zwei Begleiter. Die Rangabzeichen auf dem Kragen ihres dunkelblauen Kostüms waren für Hagen der deprimierende Beweis, dass er sich längst nicht alles merken konnte. Obwohl er sich bereits seit mehreren Jahren im Dunstkreis der US-Air Base aufhielt, gelang es ihm nicht, einen Sergeanten von einem Major zu unterscheiden. Ein Problem, das bei höherrangigen Militärs gelegentlich peinliches Schweigen verursachte und bei deren Untergebenen eher Belustigung hervorrief.

Mit einem Lächeln nahm die Soldatin dem hohen Besuch die Mäntel ab und servierte anschließend alkoholfreie Cocktails. Hagens Blick wechselte interessiert von den langen, seidenbestrumpften Beinen der brünetten Marineinfanteristin zur Uniform des breitschultrigen Attachés. Seine Brust war übersät mit Auszeichnungen und Anerkennungen in Form kleiner, bunter Rechtecke, die auf dem perfekt sitzenden Jackett direkt oberhalb des Herzens angebracht waren. Die durchtrainierte, kompakte Figur des Mannes entsprach Hagens Vorstellung von einem Ex-Marinesoldaten.

Die kurvenreiche Assistentin, die Hagens Aufmerksamkeit dann wieder für einen Moment fesselte, führte die Männer nach einer eleganten Aufforderung in einen kleinen Vorführraum mit kuscheligen Kinosesseln, die an Bequemlichkeit keine Wünsche offen ließen. Das Licht wurde abgedunkelt, und ein Kurzfilm von etwa zehn Minuten Länge folgte. Der Film berichtete in strenger Sachlichkeit über die einzelnen Bauphasen der Anlage und sollte den unbedarften Zuschauer darauf einstimmen, was danach an Erläuterungen auf ihn niederprasseln würde.

Doktor Piglet blinzelte nervös, als das Licht langsam wieder hochgefahren wurde, und man sich erhob, um erneut in das hell erleuchtete Foyer zu gehen. Gemeinsam mit dem Professor und dem Attaché stieg der Referent in den Aufzug, der ein Stockwerk tiefer zu den Computer-Servern und dem Durchgang zum Kernfusionsreaktor führte.

»So still, Mr. Piglet?«, meinte Hagen süffisant, als sie dem geräumigen Aufzug entstiegen und sich über die neonbeleuchteten, langgezogenen Flure ins Allerheiligste der Anlage aufmachten. »Major Simmens ist bestimmt an der Finanzierung dieses wahr gewordenen Traums interessiert. Immerhin hat seine Regierung Unsummen ausgegeben und dafür an Raketen und Panzern sparen müssen«, bemerkte der Professor nicht ohne einen leichten Hauch von Ironie in der Stimme. »Wollen Sie ihn nicht mit ein paar Zahlen beglücken?«

»Ja, das interessiert mich durchaus«, ging Simmens auf den Professor ein und fixierte den zerstreut wirkenden Referenten mit einem prüfenden Blick. Das aufgeschreckte Gesicht von Piglet entlockte ihm ein Grinsen. »So furchterregend können die Beträge doch nicht sein. Immerhin hat der Senat seine Zustimmung gegeben.«

Piglet schluckte erneut. Dem Senat war die ganze Angelegenheit als reines Energieforschungsprogramm verkauft worden, das man vor Russen, Chinesen und Europäern geheim halten musste. Die wahre Bestimmung des Projekts war außer den Forschungsmitarbeitern nur einer Handvoll von Eingeweihten bekannt, die sich vornehmlich um den Präsidenten der Vereinigten Staaten und in Kreisen des Pentagons bewegten. Ein Umstand, der dem Attaché eigentlich geläufig sein sollte.

»Kommen Sie!« Simmens lachte und schlug Piglet kameradschaftlich auf die Schulter. »Ich wollte schon immer ein Argument in der Hinterhand haben, wenn meine Mitarbeiter fragen, warum ihre Beförderung auf sich warten lässt.«

»Nun ja«, meinte Piglet. »Der Fusionsreaktor schlägt mit etwa sechs Milliarden Dollar zu Buche, wobei wir damit immer noch vier Milliarden preiswerter sind als die Japaner, die sich im vergangenen Jahr für den Bau des ersten geplanten internationalen Kernfusions-Testreaktors ITER beworben haben und deren Kostenvoranschlag sich bei einer Bauzeit von zehn Jahren auf zehn Milliarden Dollar beläuft. Unsere Bauzeit hat, wie Sie vorhin erfahren durften, hingegen nur knapp zweieinhalb Jahre in Anspruch genommen, was wir alleine dem genialen Erfindungsgeist unseres Professors zu verdanken haben.«

Mit einem Seitenblick vergewisserte sich Piglet, das seine Ausführungen auf ungemindertes Interesse stießen.

»Wenn Sie die deutschen Pressemeldungen aufmerksam verfolgt haben, dürfte ihnen nicht entgangen sein, dass Europa sich ebenfalls um den Bau des Reaktors bewirbt. Jüngst erst haben sich die europäischen Forscher mit der Frage beschäftigt, ob sie bei einem zukünftigen Fusionsreaktor in der Lage sein werden, die Belastung der Reaktorwände zu beherrschen, um eine hinreichende Lebensdauer der alles umgebenden Hülle zu erzielen. Dabei spielt die Physik der Wechselwirkung des viele Millionen Grad heißen Fusionsplasmas mit den Reaktorwänden eine entscheidende Rolle. Mehrere heimische Fusionsforscher, darunter ehemalige Kollegen des Professors, haben sich zusammengeschlossen, um die Prozesse zwischen Wand und heißem Plasma eingehend zu untersuchen und damit zum europäischen Erfolg des ITER- Projekts beizutragen. Ein Unterfangen, über das wir hier in Himmerod längst hinausgegangen sind.«

»Alle Achtung«, bemerkte Simmens und bedachte Hagen mit einem fast ehrfürchtigen Blick.

Hagen winkte mit einer lässigen Handbewegung ab. »Der Reaktor war die geringste Hürde auf dem Weg zu unserem Erfolg. Der Elektromagnet, der die nötige Feldstärke verursacht, um in den Mikrokosmos der Quantenmechanik vorzudringen, war das eigentliche Problem.«

»Wie darf ich das verstehen?« Simmens war sich von Anfang an darüber im Klaren gewesen, dass seine bescheidenen Physikkenntnisse wahrscheinlich nicht ausreichen würden, um Hagen zu folgen. Umso mehr war er an einer halbwegs verständlichen Erklärung interessiert.

»Uns ist es gelungen, unter dem Versuchsareal entsprechende Magnetspulen unterzubringen, die ein Magnetfeld von nahezu 100.000 Tesla erzeugen, für einen Magnetpuls, der über einen Zeitraum von drei Sekunden anhält.

In dieser Zeit verbraucht die Anlage soviel Strom wie ganz Rheinland-Pfalz, Luxemburg und das nördliche Frankreich. Ein Hauptgrund für die Notwendigkeit des Fusionsreaktors. Die Magnetspulen sind Maßanfertigungen, die mit speziellem Beton ummantelt sind und mit Stickstoff gekühlt werden müssen, damit die Drähte nicht schmelzen. Während der Impuls gestartet wird, sorgt eine intensive Laserbestrahlung nochmals für eine Steigerung der Feldstärke. Wir können mit dieser Anlage in scheinbar vergangene Zeitdimensionen vordringen, die Sie getrost mit den allseits beschriebenen Paralleluniversen vergleichen können. Dabei haben wir es geschafft, die dort vorhandene Molekularstruktur sichtbar zu machen. Seit geraumer Zeit ist es uns möglich, geringe Anteile daraus zu isolieren und in die uns bekannte Struktur einzusetzen.«

»Klingt fantastisch«, bemerkte Simmens nicht ohne ein Zögern in der Stimme.

Hagen schmunzelte. »Machen Sie sich nichts draus«, sagte er und überließ dem Attaché den Vortritt bei einer der zahllosen sich automatisch öffnenden Türen. »Sie sind gewiss nicht der einzige, dem es schwer fällt, unsere Arbeit auf Anhieb zu verstehen. Zurzeit gibt es nur eine Handvoll Wissenschaftler, die dieses Procedere nachvollziehen können. Im weiteren Verlauf unserer Exkursion werde ich versuchen, ihnen die Details näher zu bringen. Wenn Sie mir bitte folgen wollen?« Mit einem jovialen Lächeln öffnete Hagen eine weitere Tür zum Vorraum einer gigantischen Halle.

Drei Meter hohes Sicherheitsglas, das bei einem Forschungseinsatz mit einer Spezialwand aus Keramik überdeckt wurde, bescherte dem Attaché den Ausblick auf ein umbautes Areal, so groß wie ein Fußballfeld.

Darüber befand sich ein grellrotes Warnschild mit einer schwarzen Aufschrift. *Achtung Magnetpuls. Lebensgefahr!*

»Können wir hineingehen?«, fragte Simmens. Staunend riskierte er einen Blick auf die fünfundzwanzig Meter hohen Wände der Halle, die von einer wabenartigen, gläsernen Deckenkonstruktion überdacht wurden.

»Selbstverständlich«, entgegnete Hagen und rief über die Sprechanlage einen der vielen Techniker herbei, die auch jetzt am Abend noch ihren Dienst versahen. »Solange die Anlage nicht in Betrieb ist, kann uns nichts geschehen. Bevor sie angefahren wird, muss sie hermetisch verriegelt werden. Dann sorgen Kameras, Lichtschranken, Funksensoren und Bewegungsmelder dafür, dass sich niemand Unbefugtes in der Nähe des Feldes aufhält.«

Der herbeigerufene Techniker, der mit einem weißen Overall bekleidet war, auf dessen Brusttasche das schwarze Logo des Forschungsprojektes prangte – die Buchstaben CAPUT und darunter zwei ineinander verschlungene, liegende Achten – gab einen entsprechenden Befehl in einen Rechner ein.

Mit einem Zischen öffnete sich die Schleusentür.

»Sesam öffne dich«, scherzte Hagen und gab mit einem Wink zu verstehen, dass er dem Major den Vortritt lassen wollte.

Simmens stellte sich offenbar die Frage, ob er die Schuhe ausziehen sollte, als er den magentaroten Bodenbelag betrat, dessen Materialoberfläche einer modernen Tartanbahn glich.

Hagen, der seine Gedanken erriet, schmunzelte amüsiert. »Keine Sorge, Major, hier wird täglich spezialgereinigt. Wenn wir unsere Versuche starten, befindet sich in diesem Raum kein einziges Molekül, das nicht hinein gehört.«

Simmens drehte sich, den Kopf in den Nacken gelegt und mit vor Staunen offenem Mund, einmal um die eigene Achse. Ein seltsamer

Anblick, befand Hagen, als er den hoch dekorierten Militärattaché beobachtete, dessen Miene einem verzückten Sechsjährigen glich, der das erste Mal den Weihnachtsbaum im Rockefeller Center in New York sieht.

»Wie sind Sie ausgerechnet auf dieses Gelände gekommen?«, fragte der Attaché wenig später den Professor.

»Wie Ihnen bekannt sein dürfte, wurden auf diesem Gelände seit den frühen Achtzigern Atomsprengköpfe gelagert. Der hierfür vorgesehene Bunker ragt mehrere Stockwerke in die Tiefe und ist entsprechend isoliert. Er bietet genug Platz für die Unterbringung von Labors, Lagerungsmöglichkeiten für Ersatzteile und – falls das irgendwann mal nötig sein sollte – ein Auffanglager für unfreiwillige Zeitreisende«, führte Hagen mit einem Lächeln aus.

»Denken Sie, es ist tatsächlich möglich, eines Tages Menschen zu transferieren?« Simmens starrte Hagen mit aufgerissenen Augen an.

»Grundsätzlich halte ich nichts für unmöglich«, antwortete Hagen ungerührt. »Jedoch fehlt uns zurzeit die Freigabe Ihrer Regierung, um solche Experimente durchzuführen. Leider sind wir mit den zugrunde liegenden physikalischen Gesetzmäßigkeiten noch nicht zur Gänze vertraut, was zugegebenermaßen einige Risiken birgt. Zum anderen unterliegen die Anlage und die damit einhergehenden Möglichkeiten – nach allem, was wir bisher erforscht haben – einem örtlich beschränkten Konzept. Das hat zur Folge, dass nur Dinge transferiert werden können, die im unmittelbaren Schwingungsradius des magnetischen Suchers zu finden sind und deren subatomare Abläufe, vom aktuellen Zeitpunkt aus gesehen, bereits stattgefunden haben.«

»Also wenn ich Sie richtig verstehe, ist es nicht möglich, die Kronjuwelen der Queen aus dem 15. Jahrhundert herbeizuschaffen, es sei denn, jemand hätte sie vor fünfhundert Jahren vorübergehend auf diesem Feld vergraben?«

»Gut erkannt, Major«, bestätigte Hagen den Einwand des Attachés, wobei er ihm lobend auf die Schulter klopfte. »Zudem gehört es zu den Grundsätzen des Instituts, nicht vorsätzlich das Leben Unbeteiligter aufs Spiel zu setzen. Wenn wir jedoch eines Tages soweit sind, können wir vielleicht sogar den dazu passenden Dieb herbeiholen, während er den Schatz gerade verbuddelt.«

Piglet hüstelte hinter vorgehaltener Hand und erntete von Hagen einen bösen Blick. Simmens hingegen setzte eine zufriedene Miene auf.

»Zurzeit müssen wir uns über derlei Vorgaben allerdings noch keine Gedanken machen«, beeilte sich der Professor zu erwidern, wobei er geflissentlich den Blick seines Referenten mied. »Von der Möglichkeit, einen Menschen zu transferieren, sind wir noch Lichtjahre entfernt.«

»Und wie sieht es mit der Zukunft aus? Denken Sie, es ist wahrscheinlich, dass man in absehbarer Zeit in die Zukunft reisen kann?« fragte der Attaché.

Hagen schüttelte mit sichtlichem Bedauern den Kopf. »Nach bisherigem Forschungsstand ist es leider nicht möglich, von hier aus etwas aus der Zukunft herbeizuholen, geschweige denn dorthin zu gelangen. Wie ich bereits sagte, der Ereignishorizont der Anlage kann in Richtung Zukunft nicht überschritten werden.«

Simmens schwieg beeindruckt, während sie über das Feld schlenderten, das nun am Abend in gleißendes Flutlicht getaucht war.

Hagen vollzog eine halbe Drehung und vollführte mit seinem rechten Arm eine ausschweifende Geste.

»Hier in dieser Laborhalle mit ihren entsprechend präparierten Wänden ist es zum ersten Mal gelungen komplizierte magnetische Muster augenscheinlich längst vergangener atomarer Bewegungen zu rekonstruieren und mittels eines Lasers in einer irisierenden grünbläulichen Farbe, ähnlich einem Nordlicht, sichtbar zu machen. Vor etwa eineinhalb Jahr haben wir es geschafft, in tiefere subatomare Abläufe einzudringen, die aus schwingenden Energiefäden bestehen, den so genannten Strings. Im Verhältnis zum Atom sind diese Teilchen so unvorstellbar klein wie das Verhältnis des ganzen Sonnensystems zu einem einzigen Baum. In mathematischen Berechnungen geht man davon aus, dass diese Strings die Urmaterie bilden, aus der sich das gesamte Universum zusammensetzt. In unseren Feldversuchen ist es uns gelungen, den Strings verschiedene Schwingungsmuster zuzuordnen, die bei den atomaren Teilchen für verschiedene Masse und Ladung sorgen. Diese Schwingungsmuster sind dafür verantwortlich, dass allem, was sich im Universum befindet, eine spezielle Struktur zugeordnet werden kann. Lebewesen, Steine, Wasser, ja sogar Musik und Farbe unterliegen diesem Konzept, das sich fortlaufend entwickelt. Seit gut einem Jahr stehen uns leistungsfähige, selbst entwickelte Quantencomputer zur Verfügung, die es uns ermöglichen, aus dem Wirrwarr fortlaufender Strukturen einzelne zu entziffern und zu isolieren.«

Simmens hatte offenbar immer noch große Mühe, Hagens Vortrag zu folgen. Er schluckte und sah sich nervös nach allen Seiten um, während er sich nachdenklich den Kopf kratzte.

Hagen bemerkte die Ratlosigkeit des Attachés und fuhr in einem verständnisvollen Tonfall fort. »Ich war ebenso erstaunt wie Sie jetzt, als ich mich mit der Tatsache konfrontiert sah, dass die Grundstrukturen allen Daseins einem speziellen Energiemuster folgen, ähnlich wie in einem Stummfilm mit fortlaufenden Bildern, unter dem gleichzeitigen Einsatz einer grandiosen Symphonie.« Hagen erhob seine langen Arme wie ein Dirigent vor einem unsichtbaren Orchester. »Panta Rhei«, verkündete er mit geschlossenen Augen.

Unvermittelt öffnete er seine Lider, als ob man ihn soeben aufgeweckt hätte. »Alles fließt«, referierte er weiter und begegnete dem verstörten Blick des Majors mit einem Lächeln. »Sagte schon der alte Heraklit. Und er hatte recht. Ein gewaltiges, für den Menschen nicht wahrnehmbares neuronales Netz aus magnetisch geordneten, atomaren Dreiecksverbindungen, das von einem nicht enden wollenden, schwingenden Energiestrom durchflutet wird, organisiert den Ablauf von Raum und Zeit. Dabei wiederholen sich die Abläufe ständig und vor allem gleichzeitig. Nur über ausgeklügelte Formeln und komplizierte Gleichungen ist es möglich, sich den sogenannten Schatten an der Wand zu nähern und ihre Bedeutung – wenn auch vorerst nur zaghaft – Zug um Zug zu entschlüsseln. Das heißt im Klartext«, konstatierte Hagen, »wir können schon jetzt unspektakuläre organische Gegenstände wie zum Beispiel Äste von Bäumen, kleineres Gestein, Erdklumpen, abgestorbene Blätter und sogar kleinere Pflanzen aus früheren Zeitabschnitten im Hier und Jetzt materialisieren, indem wir ihre atomaren Netzsequenzen aus dem Raum-Zeit-Kontinuum herausschneiden – wie ein Gen aus einer lebenden Zelle – und das Ergebnis entsprechend in die Jetztzeit einbauen. Genau hier, in diesem Raum. Und das ist längst noch nicht alles«, verkündete er nicht ohne Stolz in der Stimme.

»Der alle Ebenen durchdringende, fortwährend pulsierende Energiestrom durchflutet die eingesetzten Strukturen wie Blut in den Adern eines lebenden Organismus und lässt sie in der neuen Zeitepoche wieder aufleben, verfestigt sie und entwickelt sie sogar fort.«

»Faszinierend«, murmelte Simmens.

»Ich führe Sie gerne im Anschluss an diese Exkursion in unseren botanischen Garten.«

»Botanischer Garten?« Simmens runzelte ungläubig die Stirn.

»Der Spitzname für unsere biologische Forschungsabteilung«, antwortete Hagen lächelnd. »Das einzige, was ein aus dem fünfzehnten Jahrhundert transferiertes Gänseblümchen daran hindert, nach seiner Transmission im Hier und Heute weiterzublühen, ist der Umstand, dass der zuständige Laboratoriumsbotaniker vergisst, es zu gießen.«

»Was würde passieren, wenn Sie durch ihre Experimente den Ablauf der Zeit verändern. Oder ist so etwas nicht möglich?« Die Augen des Majors verengten sich zu einem kritischen Blick.

»Bislang waren alle Versuchsobjekte so unbedeutend, dass deren Verschwinden allem Anschein nach in ihrem eigentlichen Zeitmuster oder – besser gesagt – auf der benachbarte Zeitebene keine maßgeblichen Konsequenzen nach sich gezogen hat.« In Hagens Stimme lag eine betonte Gelassenheit, die Simmens jedoch nicht dazu veranlasste, die Angelegenheit auf sich beruhen zu lassen.

»Und was ist mit der Chaostheorie? Dem berühmten Flügelschlag eines Schmetterlings in Alaska?«

»Wenn Sie sich bei dieser Geschichte von etwas verabschieden sollten«, erwiderte Hagen mit einem Anflug von Arroganz, »sind es gängige Theorien.

Wir bewegen uns auf absolutem Neuland. Es ist wie mit Kolumbus. Wir sind die ersten, die mit den Indianern sprechen. Und wenn sich unsere Arbeit erst einmal durchgesetzt hat, wird auch niemand mehr daran zweifeln, dass die Amerikaner die ersten waren, die ihre Flagge in den Mondstaub versenkt haben. Sollte es wider Erwarten nicht so gewesen sein, werden wir es schleunigst nachholen.«

Während Simmens tief beeindruckt schien, amüsierte sich Hagen heimlich über sein eigenes schauspielerisches Talent, das er den Amerikanern gegenüber immer wieder an den Tag hatte legen müssen, um die nötigen Gelder für das Projekt zu bekommen und lästige Bedenken zu zerstreuen. Dabei war man in seinem engsten Mitarbeiterkreis noch längst nicht einig darüber, welchen Einfluss die Experimente tatsächlich auf den Verlauf der Geschichte nehmen konnten. Es gab zwar eine Theorie, die besagte, dass eine Einflussnahme nicht möglich sei, weil der Aufbau der Netzstruktur dies verhindere, aber bislang hatte man einfach noch nicht ausreichend forschen können, um diese These zu bestätigen. Und die Frage nach dem Ersten oder dem Letzten, der seine Flagge in welchen Staub auch immer rammen würde, stellte sich mit Einführung der Zeitsynchronisation ohnehin nicht mehr.

Noch am gleichen Abend näherte sich ein silberfarbener Audi TT kurz nach 23 Uhr der Einfahrtskontrolle zur Forschungsanlage Himmerod. Auf den letzten Metern vor dem klobigen Betonbau mit den verspiegelten Fenstern, der das Wachgebäude darstellte, schaltete der Fahrer wie vorgeschrieben das Abblendlicht aus und ließ auf Knopfdruck das Seitenfenster heruntergleiten.

Ein martialisch anmutender Marinesoldat in Schutzweste trat, gefolgt von einem Kollegen, der ein M-16 Sturmgewehr im Anschlag hielt, in den Lichtkegel des Halogenscheinwerfers, der die Zufahrt zum Forschungsgelände taghell ausleuchtete.

Selbstverständlich war die Anlage rund um die Uhr in Betrieb, allein schon um dem extrem wartungsbedürftigen Kernfusionsreaktor einen störungsfreien Ablauf zu garantieren. Das dafür benötigte Rechenzentrum war ebenso Tag und Nacht besetzt. Wichtige Administrationsarbeit wurde grundsätzlich nur nachts erledigt. Sämtliche Mitarbeiter waren mit ihren Arbeitszeiten registriert, und der Wachposten war mittels computergesteuerter Planungseinheiten über den Einsatz von Mitarbeitern informiert.

Der Wachmann setzte eine erstaunte Miene auf, als er in dem grauhaarigen Fünfzigjährigen den Leiter der Forschungsanlage erkannte und damit den Mann, der für die Einrichtung der hier vorhandenen Sicherungssysteme mit verantwortlich gezeichnet hatte.

»Ich wünsche Ihnen einen angenehmen Abend, Professor Hagen«, sagte er mit betonter Höflichkeit und gab das Signal zum Öffnen des Rolltors.

Nachdem Hagen seinen Audi auf einem eigens für ihn reservierten Platz im Parkdeck C abgestellt hatte, fuhr er mit dem Aufzug ins zweite Untergeschoss des Rechenzentrums, um in den Serverraum der Quantencomputer zu gelangen. Allein die Entwicklung und Anschaffung der offiziell noch gar nicht existierenden Rechner hatte die Hälfte des gesamten Budgets verschlungen, das die Amerikaner zum Aufbau des Labors zur Verfügung gestellt hatten.

Die Überprüfung seines Fingerabdruckes und das Einschieben einer Chipkarte bewirkten zusammen mit dem Eintippen einer Codenummer, dass ihm Einlass gewährt wurde. Lautlos betrat Hagen den steril wirkenden Computerraum, der mit seinen weißen Wänden und dem aluminiumfarbenen Mobiliar an einen OP-Saal erinnerte. Heute Nacht waren fünf Mitarbeiter zum Bereitschaftsdienst eingeteilt, die allesamt stumm und mit gesenkten Köpfen vor ihren Rechnern kauerten und von denen niemand Hagens Erscheinen zu bemerken schien.

»Henderson!« Ein etwa fünfundzwanzigjähriger Mann in einem offen stehenden weißen Kittel, unter dem lässig eine abgetragene Jeans und ein grellbuntes T-Shirt hervorleuchteten, fuhr erschrocken herum. Seine blonden Dreadlocks flogen, und Panik stand in seinen Augen. Hagen eilte auf ihn zu und entdeckte das aufgeschlagene Sportmagazin.

»Sie werden hier nicht fürs Rollerskaten bezahlt, Henderson, falls Sie es noch nicht bemerkt haben sollten, sondern für die Überwachung einer Anlage, deren Wert anscheinend Ihr Beurteilungsvermögen übersteigt!«

»Ja, Chef«, murmelte Henderson mit schuldbewusster Stimme und ohne Hagen anzuschauen.

Die anderen vier Systemadministratoren hatten den unvermuteten Auftritt ihres Vorgesetzten und die Zurechtweisung ihres Kollegen genutzt, um in Windeseile Kaffee, Kekse und ein Heft mit leicht- oder unbekleideten Damen verschwinden zu lassen.

»Ich könnte Sie rausschmeißen«, sagte Hagen gefährlich leise. »Sie haben unterschrieben, dass sie ihre Aufmerksamkeit während des Dienstes uneingeschränkt ihrem Monitor zu widmen haben.«

Hendersons Adamsapfel hüpfte aufgeregt, bevor er antwortete. »Jawohl, Chef.«

Hagen wandte sich den übrigen Mitarbeitern zu. »Das gilt auch für alle anderen Anwesenden«, polterte er. »Ihr verdient ein Schweinegeld, dafür kann ich erwarten, dass ihr eure Arbeit leistet, so wie es von euch verlangt wird. Der nächste, der sich nicht an die Regeln hält, fliegt raus und kann von mir aus seine Zukunft bei Microsoft vergeuden!« Sein vernichtender Blick fuhr einem Rasiermesser gleich durch die blassen Gesichter seiner gebannten Zuhörer.

»Habe ich mich klar ausgedrückt?«, brüllte er.

Stummes Nicken war die Antwort.

»Und jetzt will ich, dass Sie mir ein freies Terminal zuweisen.«

Obwohl Geoffrey Henderson äußerlich ganz dem Bild eines Computerfreaks entsprach, der militärische Strukturen nur aus elektronischen Strategiespielen kannte, veränderte sich seine ohnehin verkrampfte Körperhaltung in die straffe, aufrechte Statur eines Soldaten, und es machte für einen Moment den Anschein, als wollte er Hagen gegenüber salutieren. Nach einem Augenblick der Sammlung fand er den Mut, nach vorn zu gehen, um den Professor zu einem möglichst abgelegenen Rechner zu geleiten. Hastig zog er seine Chipkarte hervor, die an einer langen Kette baumelte, und entriegelte damit den Sicherheitsmechanismus, um den bislang verwaisten Quantenrechner zu starten. Mit einem ungeduldigen Seitenblick, der Henderson vermittelte, dass er sich nun entfernen durfte, gab Hagen wiederum seine eigene Chipkarte ein.

Einem lauernden Krokodil gleich verfolgte der Professor, wie Henderson sich unterwürfig davonschlich, bis sich seine Schritte hinter einer Reihe von systematisch aufgestellten Paravents verloren.

Erst dann setzte Hagen sich in den bequemen Computersessel und startete das Programm, in der Gewissheit, dass niemand hier im Raum es wagen würde, ihn während der nächsten halben Stunde zu stören.

Hagens Finger flogen über die Tastatur, während er an dem empfindlichen Rechner eine Magnetkartusche nach der anderen wechselte.

Nachdem er das Arbeitsprotokoll gelöscht hatte, entnahm er seine Chipkarte und verließ die heiligen Hallen ebenso lautlos, wie er sie betreten hatte.

14

Samstag, der 13. 11. 2004 – Tom Stevendahl – der Unfall

Eigentlich sollte Doktor Tom Stevendahl seinen Dienst gegen 11 Uhr im US-militärischen Forschungsinstitut CAPUT beginnen, in einem abgelegenen Eifelörtchen rund einhundertzwanzig Kilometer entfernt. Jetzt war es Viertel vor zehn, und er stand immer noch im Flur seines Bonner Appartements und suchte in aufkommender Verzweiflung nach seinem Autoschlüssel. Erst nachdem er die Augen geschlossen hatte und für einen Moment in eine Art geistige Versenkung übergegangen war, kam ihm die Idee, im Waschkeller nachzuschauen. Zwischen Handtüchern und Bettlaken wurde er fündig, als er in einem der vielen Waschkörbe seine älteste Jeans mit einem verräterischen Klingeln in der Hosentasche zutage brachte.

Schon oft hatte er darüber nachgedacht, dass es praktischer wäre, in die Nähe des Instituts zu ziehen, doch obschon er Däne war und seine Eltern in Kopenhagen lebten, fühlte er sich in der gemütlichen Stadt am Rhein wie zu Hause. Gewöhnlich verrichtete er von Montag bis Freitag seinen Dienst, wenn nicht irgendwelche Sonderschichten dazwischenkamen, die allerdings immer rechtzeitig angekündigt wurden. Daher hatte es ihn gewundert, dass er und sein Kollege Paul Colbach den Dienst bereits fest eingeteilter Kollegen am Wochenende übernehmen mussten, und das plötzlich und ohne ersichtlichen Grund. Doktor James Piglet, der Referent seines Vorgesetzten, der für die Einteilung der wissenschaftlichen Assistenten zuständig war, hatte irgendetwas von Personalgesprächen verlauten lassen, die ihr Vorgesetzter, Professor Hagen, mit den beiden anderen Kollegen im Laufe des Nachmittags führen wollte.

Toms silberner BMW Z3 Roadster streikte unvermittelt beim Starten, daher blieb ihm nichts weiter übrig als Leo, seinen Nachbarn zu bemühen, der sich in Sachen Kraftfahrzeugelektronik mindestens so gut auskannte wie Tom in Quantenphysik.

»Kannst du mir deinen Volvo borgen?«, fragte Tom übergangslos, als Leo wenig später in Unterwäsche und völlig verschlafen in seiner Wohnungstür erschien.

»He, Smörebröd, sag jetzt nicht, deine Nobelkarre hat sich 'ne Auszeit genommen?« Leo gähnte, während er sich mit der Hand durch sein zerzaustes Haar fuhr. »Es ist Samstag, und du bist geradezu unverschämt früh. Weißt du das?«

»Die Elektronik hat 'ne Macke, schätze ich mal«, antwortete Tom. »Vielleicht ist nur ein Kabel locker. Ich muss zur Arbeit und bin eh schon spät. Ich mach's irgendwann wieder gut. Wenn du's hinbekommst, kannst du ruhig deine Runden drehen. Bin erst spät zurück.«

»In Ordnung«, flüsterte Leo heiser und verschwand für einen Moment hinter der knarrenden Wohnungstür. Kurz darauf drückte er Tom den Wagenschlüssel für seinen alten Volvo Kombi in die Hand.

»Danke«, sagte Tom. »Ist Sprit drin?«

»Bis in die Eifel müsste es reichen«, murmelte Leo.

Frustriert drückte Tom aufs Gas. Obwohl er geistesgegenwärtig abgebremst hatte, zeigte der Tacho immer noch 133 Stundenkilometer, als die gut getarnte Radaranlage auf Höhe des Rodderbergs ihn mit einem Blitzlichtgewitter beglückte. Leo würde sich freuen, dachte Tom resigniert. Dabei überlegt er schon jetzt, wie er die Angelegenheit wieder gerade rücken konnte.

Pünktlich um 10 Uhr 59 erreichte Tom das Waldgebiet, das zum acht Kilometer entfernten amerikanischen Armeestützpunkt Spangdahlem gehörte und somit amerikanisches Hoheitsgebiet war. Mit einer drei Meter hohen Betonmauer, Panzersperren und mehreren Stacheldrahtrollen hatte man die Einrichtung nach außen hin hermetisch abgeschottet. Auf einem davor liegenden Rundkurs patrouillierten bewaffnete Soldaten mit Hunden. Zu den Parkplätzen auf dem Gelände kam man nur über eine streng kontrollierte Einfahrt, die mit einem automatischen Rolltor aus Stahl gesichert war. Dem jungen Wachmann reichte die Identitätsmarke und Toms Fingerabdruck, den er auf einen Scanner drückte, zwar aus, um ihm Einlass zu gewähren, aber mit der nicht gemeldeten Rostlaube seines Nachbarn verwehrte ihm der Wachmann den angestammten Tiefgaragenplatz unmittelbar neben der Laborhalle. Trotz heftigen Protests erhielt Tom nur die Erlaubnis, auf dem offenen Besucherparkplatz direkt neben dem Wachhäuschen zu parken.

Toms Fußweg führte ihn an weiteren Sicherheitsschleusen vorbei ins Innere eines unauffällig gehaltenen Flachbaus, an dessen hinteres Ende sich eine fünfundzwanzig Meter hohe, fensterlose Stahlbetonhalle anschloss. Ein filigranes, kuppelartiges Dach, bestehend aus unzähligen gläsernen Waben, krönte die ansonsten klobige Architektur.

Was niemand auf den ersten Blick erahnen konnte, war, dass die ausgeklügelte Glaskonstruktion dem Tageslicht ungehemmt Einlass bot, aber gleichzeitig keinen Lichtschein nach außen dringen ließ.

Toms Arbeitsplatz glich der Kabine eines Sportreporters in einem modernen Fußballstadion. Hoch oben im Innern der Halle, auf etwa zehn Meter Höhe, thronten er und seine Kollegen in einem aus der Wand herausragenden Vorbau aus speziellem Sicherheitsglas, von wo aus sie uneingeschränkt beobachten konnten, was sich unmittelbar auf dem Feld darunter abspielte. Die Innenwände der Laborhalle waren mit einer speziellen Keramik ausgekleidet, deren Farbe und grobporige Oberfläche an Eierschalen erinnerte. Den Boden, dessen Material hochgradig hitze- und kältebeständig war, hatte man in magentarote Kästchen eingeteilt, eine Farbe, die in der Natur kaum vorkam und auf deren Oberfläche andersfarbige Gegenstände elektronisch genau lokalisiert werden konnten.

Der Kontrollraum, in dem Tom sich wie auf einem Präsentierteller fühlte, war mit einer Bildschirmanlage ausgestattet, ähnlich den Diensträumen der Fluglotsen im Tower eines Großflughafens. Einzig die weißen Laborkittel kündeten davon, dass hier wissenschaftliche Arbeit geleistet wurde. Eine wohldurchdachte Innenisolierung schluckte alle störenden Geräusche.

Der unauffällige MP3-Player, den Tom an einem Band verbotenerweise unter seinem karierten Hemd trug, berieselte ihn zuverlässig mit Heavy-Metal-Musik.

Einzige Abwechslung in den immer gleichen Arbeitsabläufen war sein Kollege Paul Colbach. Ein quirliger Luxemburger mit einem ganz speziellen Humor. Der sprachbegabte Dreißigjährige war ein hervorragender Informatiker, der sich ungewöhnlich rasch in die Programmierung der absolut neuartigen und streng geheimen Quantencomputer eingearbeitet hatte. Doch wie bei allen Kollegen, die an diesem Projekt beteiligt waren, blühte sein außergewöhnliches Talent eher im Verborgenen.

»Salü, Tom.« Er grinste ihm fröhlich entgegen, als sich die Tür mit einem Zischen öffnete und Tom den engen Sicherheitskorridor hinter sich ließ.

»Dafür, dass du angeblich nicht vor die Tür gehst und bei sämtlichen scharfen Bunnys einen Haken schlägst, siehst du ganz schön fertig aus.« Pauls Grinsen wurde noch breiter.

»Im Gegensatz zu dir«, erwiderte Tom missmutig. »Oder rührt deine Begeisterung etwa daher, dass du das Wochenende mit mir verbringen darfst anstatt mit Miss Baxter?«

»Ob du es glaubst oder nicht, so enttäuscht bin ich gar nicht. Piglet hat Karens und meinen Dienst so gelegt, dass wir uns getrost an den nächsten sechs Wochenenden gemeinsam durch die Kissen wühlen dürfen. Ist das nicht toll?«

»Ja, wirklich umwerfend«, antwortete Tom abwesend, während er sich an einem der Terminals zu schaffen machte, um seinen Rechner hochzufahren.

»Ich wundere mich allerdings«, fügte er beiläufig hinzu, den Blick starr auf die am Bildschirm erscheinenden Wellenbewegungen einer graphischen Darstellung gerichtet, »dass so was auf einmal möglich ist. Soweit ich weiß, hat Hagen deine Herzensdame die letzten Monate ausnahmslos an den Wochenenden in Beschlag genommen. Findest du es nicht merkwürdig, dass er sie gerade jetzt für so viele Wochenenden freistellt, wo man euch zuvor das erste gemeinsame Wochenende seit langem gestrichen hat?«

»Ich weiß beim besten Willen nicht, wie du daraus einen Zusammenhang ableiten kannst.« Paul runzelte die Stirn, als ob er angestrengt nachdenken würde. »Na ja«, sinnierte er weiter, »eigentlich war alles geplant. Candlelightdinner im Penthouse, Champagner und zum Nachtisch schwarze Seidenunterwäsche und der kleine Paul auf einem silbernen Tablett. Aber dann sollte sie für Hagen noch etwas ausarbeiten, und ich wurde von Piglet auf dem Sklavenmarkt verkauft.«

»Sag ich doch«, erwiderte Tom und schaute kurz auf. Seine ohnehin bedenklich blasse Gesichtsfarbe wurde von der Bildschirmbeleuchtung in ein zartes Grün getaucht.

»Was sagst du?« Paul sah ihn verständnislos an.

»Wann hat sie denn von ihrem Auftrag erfahren?«

»Gestern.«

»Weiß Hagen von eurem Verhältnis?«

»Denke schon.«

»Na also. Findest du es nicht komisch, dass man ihr zum gleichen Zeitpunkt das Wochenende cancelt wie dir? Und euch im Anschluss daran, sozusagen für eure Tapferkeit mit sechs freien gemeinsamen Wochenenden belohnt?«

»Du siehst Gespenster! Hagen ist eben ein netter Kerl.«

»Gerade das ist es, was mir zu denken gibt.«

»Grüble nicht soviel, Tom. Vielleicht solltest du dir allmählich wieder eine Freundin zulegen. Wenn du so weitermachst, wirst du noch seltsam. Ich kenne da einen heißen Feger in der Finanzabteilung, eine von Piglets Buchhalterinnen. Ein bisschen graumäusig wie ihr Chef, aber sie quetscht Karen jedes Mal aus wie eine Zitrone, wenn sie mit mir zusammen war. Scheint erhöhten Bedarf zu haben, das Mädel. Solche sind die dankbarsten, glaub mir.«

Paul erntete einen warnenden Blick. »Vielleicht konzentrierst du dich auf deine Arbeit, Kumpel, sonst melde ich meinen erhöhten Bedarf bei dir an«, erklärte Tom mit einem missmutigen Schnauben.

Im Gegensatz zu Paul, der sich mit der Hard- und Software der eingesetzten Computeranlage beschäftigte, trug Tom die Verantwortung für den Einsatz des Kernfusionsreaktors und für die entsprechende Energiezufuhr im integrierten Magnetfeld. Gemeinsam war er mit Paul in die mathematische Auswertung der materialisierten Gegenstände involviert, die gewöhnlich während einer laufenden Versuchsreihe auf dem Feld erschienen. Alle weiteren biologischen und geologischen Untersuchungen wurden von Wissenschaftlern anderer Fachgebiete vorgenommen. Auch wenn die Ergebnisse der bisherigen Arbeit nicht unbedingt als spektakulär bezeichnet werden konnten, musste doch bedacht werden, dass es sich bei den Forschungsaktivitäten um tatsächliche Eingriffe ins Raum-Zeit-Kontinuum handelte, die alles andere als unbedenklich eingestuft werden durften.

Der Nachmittag war bereits fortgeschritten. Toms Magen knurrte. Paul streckte seine Glieder.

»Willst du auch einen Kaffee?«, fragte Tom seinen Kollegen.

Paul schüttelte den Kopf, während er fortfuhr, die Berechnungen für den heutigen Versuch abzuschließen. »Wenn du damit das nicht unbedingt empfehlenswerte Gebräu aus dem Automaten meinst, das den Namen Cappuccino definitiv nicht verdient, kann ich nur nein danke sagen.«

Entgegen der Vorschrift, keine Lebensmittel mit in die Überwachungskanzel bringen zu dürfen, kehrte Tom wenig später mit einem dampfenden Becher zurück, und bevor er sich endgültig die Finger verbrannte, stellte er den dampfenden Becher auf einem Stapel DVD-Hüllen ab.

Paul war zu beschäftigt, um Tom, der einen leisen Fluch ausstieß, seine Aufmerksamkeit zu schenken. Die Vorgabe für das Experiment lautete: 16. 10. 1307, 18:31 h MEZ. Obwohl die erforschten Zeitstrukturen mitnichten einem von Menschenhand erstellten Kalender folgten, hatte es sich als sinnvoll erwiesen, den jeweiligen Stand der Gestirne in den einzelnen Zeitepochen heranzuziehen, um eine Fixierung der Zeitabstände auf horizontaler Ebene herbeizuführen. Mithilfe eines entsprechenden Programms, das sowohl den Julianischen als auch den Gregorianischen Kalender berücksichtigte und die Ergebnisse auf das magnetische Gerüst des Raumes übertrug, konnte Paul auf die Nanosekunde genau berechnen, wann oder wo er etwas ausschneiden musste. Trotzdem war es ihm schleierhaft, warum Hagen auf eine so präzise Angabe bestanden hatte. Schließlich sollte er nur den geringen Teil der Oberfläche einer Lichtung materialisieren, und das würde sich nicht unbedingt von dem unterscheiden, was sie bisher zutage gefördert hatten. Unter den gegebenen Umständen war es unerheblich, ob das transferierte Material ein Jahr früher oder später aus seinem regulären Dasein gerissen wurde.

Tom nippte ein paar Mal vorsichtig an seinem Kaffee und stellte ihn schließlich zurück. Das Gebräu war so heiß, dass er getrost bis zum Feierabend warten konnte, bis er es seinem empfindlichen Gaumen zumuten durfte.

»Na, dann mal los«, sagte er frustriert und gab damit Paul das Startzeichen zum Anfahren der Anlage.

In der völlig isolierten Halle ertönte ein ohrenbetäubendes Hämmern, das gewöhnlich nur mit einem Schallschutz zu ertragen war. In

Toms und Pauls Refugium und außerhalb der Forschungsstation war davon nicht das Geringste zu vernehmen. Gleichzeitig leuchteten überall in den Gängen und auf den Fluren orangefarbene Warnleuchten auf, die besagten, dass ein Feldversuch unmittelbar bevorstand, und dass bis zur Entwarnung alle Techniker umgehend das Forschungsareal zu verlassen und ihre vorgegebenen Positionen zu besetzen hatten.

Tom und Paul trugen nun ein Head-Set, mit dem sie sich untereinander und mit den Mitarbeitern im benachbarten Reaktorzentrum über eine Intercom-Anlage verständigten. Somit war der begleitende Austausch aller am Versuchsverlauf beteiligten Mitarbeiter garantiert.

Tom kündete per Countdown den Beginn der beabsichtigten Transmission an.

»Berechnung der Wellenfunktion konfiguriert«, sagte er tonlos.

»Reaktor auf fünfzig Prozent«, erwiderte eine mechanisch klingende Stimme aus dem Reaktorzentrum.

»Reaktor auf fünfzig Prozent«, bestätigte Tom die letzte Angabe.

»Paul, was sagt die Magnetfeldstärke?«

»Liegt jetzt schon bei fünfundachtzig Prozent.«

»Das ist zu früh!«, rief Tom aufgebracht. Er sprang auf und hastete zu seinem Kollegen, um sich auf dessen Bildschirm selbst von der Angabe überzeugen zu können.

In der Halle ereignete sich gleichzeitig ein geradezu gespenstisches Schauspiel.

Wie wabernde Nordlichter zogen wellenförmige grüne und blaue Lichtreflexe durch den Raum. Mit jeder Sekunde erhöhte sich deren Frequenz. Schon bald gewann man den Eindruck, dass sich an der gläsernen Decke der Himmel verdunkelte und die irisierenden Leuchtstreifen sich zu einer Art Netz vereinigten, das scheinbar unkontrolliert den ihm zugewiesenen Raum durchzog.

»Da stimmt was nicht!«, keuchte Tom. »Reaktor runterfahren!«, brüllte er in sein Mikrofon. Schweißperlen bildeten sich auf seiner Stirn.

Paul bearbeitete hektisch seine Tastatur. Auch ihm schien das Entsetzen ins Gesicht geschrieben.

»Geht nicht!«, brüllte jemand so laut zurück, dass Tom im ersten Moment dachte, sein Trommelfell wäre geplatzt.

»Verdammte Scheiße!«, entfuhr es ihm. »Paul, was ist da los?«
»Keine Ahnung!«, krächzte Paul. »Das Programm scheint zu spinnen. Weiß der Teufel, wer sich an der Programmierung vergriffen hat. Ich war es jedenfalls nicht!«

Tom lief zurück zu seinem Rechner. Mit Schrecken musste er bei einem kurzen Blick in die Halle feststellen, dass die Netzstruktur bereits viel zu dicht war, um sie abzuschalten. Hektisch versuchte er, diverse Einstellungen zu manipulieren. Dieses Bemühen wurde jedoch jäh unterbrochen, als er in einer unachtsamen Bewegung den Kaffeebecher von seinem Sockel aufgestapelter DVDs stieß und der noch heiße Cappuccino über das Keyboard schwappte.

Das darf nicht wahr sein, schoss es ihm durch den Kopf. Der Wahnsinn spiegelte sich nicht nur in seinen panisch aufgerissenen Augen, sondern auch in der makellos sauberen Sicherheitsglasscheibe des Kontrollraumes. Wie Pilze in einem Zeitrafferobjektiv schossen die grünblauen Netzentwürfe über dreißig Meter hoher Bäume, vergleichbar mit den Säulen einer gigantischen Kathedrale, in den künstlichen Nachthimmel und durchbrachen die Kuppel. Eichenstämme, so dick, dass es fünf Männer brauchte, um sie zu umarmen, erschienen am äußeren Rand der Halle. Mit unglaublicher Präzision wurde jeder Grashalm einer Lichtung rekonstruiert, und darauf bewegten sich zwei Menschen, die anscheinend um ihr Leben liefen. Einer davon schlug mit einem länglichen Gegenstand wild um sich und riss eine kleinere Gestalt mit sich. Dann hielten die Gestalten plötzlich inne und schauten in den Himmel, bevor sie für einen Augenblick erstarrten. Zuletzt sah Tom, dass sich die größere Gestalt auf die kleinere warf und sie unter sich begrub.

»Tom! Runter!«

Der gellende Schrei von Paul Colbach riss Tom Sekundenbruchteile vor der Apokalypse aus seinem tranceähnlichen Zustand, gerade noch rechtzeitig, um unter der mit Bleiplatten verstärkten Konsole Schutz zu suchen. Mit unfassbarem Druck zerschmetterte eine gewaltige Energiewelle die Frontscheibe des Kontrollraumes. Scherben, dick wie Panzerplatten, flogen diagonal durch den Raum und bohrten sich in die gegenüberliegende Wand. Ohrenbetäubender Krach drang aus allen Richtungen. Das ganze Gebäude ächzte und stöhnte, während ein

Donnergrollen über den Himmel zog wie ein hereinbrechender Orkan. Überall zuckten Lichtblitze, und die Erde schien für einen Moment zu beben.

»Bist du verletzt? Wir müssen hier raus!«, schrie Paul und kroch unter seinem Pult hervor. Besorgt sah er in Toms Richtung. Sein Kollege lag eingeklemmt zwischen seinem Stuhl, unter mehreren heruntergefallenen Flachbildschirmen und einem Regal. Paul zerrte an seinem Arm, um ihn zu befreien.

Gemeinsam schafften sie es, dass Tom auf die Beine kam. Keuchend sah er sich um. Die Halle war restlos zerstört. Umgestürzte Bäume lagen auf dem Boden und brannten zum Teil lichterloh. Es roch nach verbranntem Kunststoff, und die gesamte Umgebung wirkte wie nach einem Bombenangriff. Das Spezialdach war eingestürzt, und dessen wabenartige Scherben glitzerten zwischen den Trümmern.

Ein großes Loch in der Außenwand erlaubte einen direkten Ausblick auf die gut einhundert Meter entfernten Besucherparkplätze. Der einströmende Sauerstoff ließ die Flammen auflodern. Dichter Rauch breitete sich aus. Es war nicht zu erkennen, ob jemand verletzt oder getötet worden war.

»Los, komm!«, rief Paul aufgeregt.

Wie ein Schlafwandler folgte Tom seinem Kollegen in Richtung Ausgang.

Offenbar war der Hauptstromgenerator ausgefallen, und in den verqualmten Gängen hatten sich die Sprinkleranlage und die Notstrombeleuchtung eingeschaltet. Wie bei einem Flugzeugabsturz im tropischen Regenwald wurden Tom und Paul im halbdunklen Nebel und unter Dauerberieselung mit weißen und grünen Leuchtspuren auf dem Fußboden der Weg zum Notausgang gewiesen. Im Hintergrund heulte in rhythmischen Abständen die Alarmsirene auf. Hier und da konnte man vereinzelte Rufe vernehmen, die sich in das prasselnde Geräusch des Feuers mischten.

Wider Erwarten entschied sich Tom, nicht den rettenden Markierungen zu folgen, sondern den Weg ins Treppenhaus zu nehmen, hinunter zur Halle.

»Bist du wahnsinnig?«, rief Paul ihm hinterher. »Wo willst du hin?«

»Da unten ist noch jemand!«, schrie Tom.

»Was soll das heißen? Da ist noch jemand?« Paul hielt Tom am Arm fest und starrte ihn verständnislos an.

»Wir haben nicht nur Bäume transferiert, da waren Menschen!«

»Red kein Unsinn!«

»Doch! Und jetzt komm! Wir müssen sie finden, bevor es jemand anderes tut!«

Tom rannte im Laufschritt fünf Stockwerke die Treppe hinab, und Paul blieb nichts anderes übrig, als ihm zu folgen. Niemand begegnete ihnen. Sie konnten kaum etwas sehen, und immer wieder wurden sie von Hustenkrämpfen geschüttelt, weil der dichte Rauch über alle Ebenen zog. Tom überlegte einen Augenblick, wie sie es fertig bringen sollten, die Schleusen im Kellergeschoss, die zur Halle führten, zu überwinden. Aber diese Frage erübrigte sich, als sie dort ankamen und das riesige Loch in der Wand sahen. Ein Felsbrocken hatte sich zusammen mit einer mächtigen Fichte den Weg vom Inneren des Feldes zur Herrentoilette gebahnt.

Geistesgegenwärtig zog Tom seinen Kittel aus. Im Schein der Notstrombeleuchtung rannte er zum Waschbecken.

Paul befreite sich ebenfalls von seinem Kittel und hielt ihn wie Tom unter den laufenden Wasserhahn. Zum Schutz gegen den Rauch pressten sie sich die feuchte Baumwolle auf Mund und Nase.

Fieberhaft suchten sie das Feld ab. Dabei mussten sie auf der Hut sein vor herabfallenden Glassplittern und nachgebenden Baumstämmen.

»Hierher!«, schrie Tom, als etwas Helles zwischen den Trümmern aufleuchtete. Bäuchlings, unter einem herabgestürzten Ast, lag eine menschliche Gestalt.

Eilig räumte Tom sämtliche Hindernisse zur Seite, um zu dem reglosen Körper vorzudringen. Paul half ihm dabei, die Person zu bergen, indem er gemeinsam mit seinem Kollegen den Versuch unternahm, sie auf den Rücken zu drehen. Zu ihrer beider Überraschung befand sich in den Trümmern eine zweite Gestalt – ein etwa zwölfjähriger Junge. Nach Atem ringend, lag er halb unter dem großen Mann, der in einen verdreckten, weißen Umhang gehüllt war, und starrte angsterfüllt zu ihnen empor.

»Was ist mit dem Mann? Ist er tot?«, fragte Paul ängstlich.

Instinktiv fasste Tom dem offensichtlich bewusstlosen Mann an die Halsschlagader. Die Haut war warm und pulsierte rhythmisch im Takt des Herzschlags.

»Nein«, sagte er rasch. »Er lebt. Wir müssen die beiden fortschaffen!«

Bevor er den Bewusstlosen zusammen mit Tom zur Außenwand schleppte, wandte sich Paul an den Jungen. »Los! Komm mit!«, brüllte er ihm zu. Das Kind sah ihn verstört an, folgte aber schließlich.

Zielstrebig steuerten sie auf das große Loch im Mauerwerk zu. Mit einigem Kraftaufwand schafften sie es, den ohnmächtigen Mann über einen brüchigen Mauerrest von ungefähr einem Meter Höhe zu heben und nach draußen zu schaffen. Vorsichtig legten sie ihn auf den nassen Asphalt.

Tom rang gierig nach Atem, während er sich um einen ersten Eindruck außerhalb der völlig zerstörten Halle bemühte. In der hereinbrechenden Dunkelheit setzte sich das Chaos fort. Die Überlandleitung in direkter Nachbarschaft zum Forschungsgelände knisterte unüberhörbar, und der merkwürdige Geruch nach verbranntem Gummi und elektrostatisch aufgeladener Luft stach ihm in die Nase. Bei näherer Betrachtung registrierte er, dass die schweren Kabelstränge durchgeschmort waren und teilweise zu Boden hingen. Der Reaktor stand noch, aber die Hülle wies im schwachen Schein der äußeren Notbeleuchtung Risse auf. Von außen betrachtet, sah das Glasdach der Halle aus wie ein aufgeschlagenes Frühstücksei. Die mächtigen Bäume hatten nicht nur die Innenwände zerschlagen, sondern auch große Teile der Außenmauer beschädigt. Hier und da tauchten Menschen auf, in nicht mehr ganz weißen Overalls. Der Einsatz der dunkel heulenden Sirenen erinnerte Tom an einen Film über den vermeintlichen Ausbruch des 3. Weltkrieges. Schon nahten erste Einsatzfahrzeuge mit Warnlicht.

Suchend sah er sich um. Im allgemeinen Tumult war ein jeder mit sich selbst beschäftigt, und niemand schien auf sie zu achten.

»Und jetzt?«, fragte Paul. Atemlos schaute er auf den am Boden liegenden Mann und auf das daneben kauernde Kind, das wie hypnotisiert vor sich hin stierte.

»Wir müssen sie hier weg bringen, Paul. Niemand darf erfahren, dass sie transferiert wurden. Ansonsten wird man uns dafür verantwortlich machen, und wir sind nicht nur unseren Job los.«

»Meinst du wirklich, angesichts dieser Katastrophe würde es noch etwas ausmachen, dass wir Menschen transferiert haben?« Pauls Blick glitt erschöpft über die immer noch brennenden und qualmenden Ruinen der Forschungsanlage.

»Natürlich, was denkst du denn?«, erwiderte Tom aufgebracht. »Du weißt so gut wie ich, dass man zur Transmission eines Menschen die Erlaubnis des Präsidenten der Vereinigten Staaten benötigt. Hatten wir die? Nicht dass ich wüsste!«

»Aber wir sind doch nicht schuld an diesem Desaster«, versuchte Paul zu widersprechen.

»Meinst du, das interessiert jemanden?«, schnaubte Tom. »Alles ist im Eimer. Und keiner kann mehr nachvollziehen, wie so etwas geschehen konnte. Stell dir vor, die Presse taucht hier auf! Mal ganz abgesehen davon, was passiert, wenn diese beiden Menschen hier in die Mühlen von Hagens Untersuchungstruppe geraten? Denen würde ich alles zutrauen. Vielleicht kommen die Amerikaner auf die Idee, sie zu töten und dann in Stickstoff einzufrieren.«

»Und wo willst du mit den beiden hin?«, fragte Paul. »Wir können sie ja schlecht in meinem Fahrradkeller verstecken.«

»Ich habe eine Idee«, sagte Tom. »Ich weiß nicht, ob es klappt, aber einen Versuch ist es wert. Eine alte Freundin von mir bewohnt ganz in der Nähe ein abgelegnes Bauernhaus. Wenn ich die beiden dort für ein paar Tage unterbringen könnte, wäre uns schon geholfen. Wie es weitergeht, wird sich finden.«

»Tom!« Paul schüttelte den Kopf und blickte den am Boden liegenden Mann an. »Der Typ hier ist ein ausgewachsener Kerl und keine Schaufensterpuppe. Wie soll das gehen? Was machst du, wenn er wach wird und wissen will, wo er gelandet ist? Oder wenn deine Freundin ihn nicht aufnehmen will oder sie schlichtweg nicht zu Hause ist? Willst du ihn vor ihre Tür legen und ihm einen Zettel an die Zehe binden und darauf schreiben ›Überraschung‹?«

»Für solche Spekulationen haben wir keine Zeit«, entschied Tom. »Bleib hier, ich hole meinen Wagen.«

»Dein Cabrio? Wie willst du sie denn damit transportieren?« Paul sah ihn fragend an. Er selbst besaß auch nur einen Zweisitzer und konnte somit schlecht aushelfen.

»Ich musste mir heute früh den Kombi von meinem Nachbarn borgen. Mein Wagen ist nicht angesprungen.« Einen Moment lang durchfuhr Tom ein heißer Blitz. Seine Jacke hing noch am Haken seines Kleiderspindes, aber dann fasste er erleichtert in die rechte Tasche seiner Jeans. Dort befand sich der Autoschlüssel.

Wenige Augenblicke später fuhr Tom den Volvo vor. Als erstes packte er sich den völlig verdatterten Jungen, der sich ängstlich an den Bewusstlosen geschmiegt hatte. Er war leicht und wehrte sich nicht, als Tom ihn von der Seite seines erwachsenen Begleiters wegzog. Die Augen des Jungen wirkten verklärt wie bei einem angefahrenen Reh. Ohne ihn anzusprechen, hob Tom ihn auf die hintere Ladefläche. Dann machten er sich mit Paul daran, den Verletzten zu bergen.

»Weißt du eigentlich, was das für eine seltsame Aufmachung ist?«, fragte Tom, nachdem sie den ohnmächtigen Mann mit vereinten Kräften in den Wagen gehievt hatten. Er hatte Paul eine Taschenlampe in die Hand gedrückt, die er im Handschuhfach gefunden hatte. Zögernd leuchtete der luxemburgische Kollege die merkwürdige Erscheinung des Bewusstlosen ab.

»Keine Ahnung«, sagte er fast flüsternd, doch dann blieb er mit der Lampe an einem aufgenähten, roten Kreuz auf dem Umhang des Mannes hängen.

»Nein«, fuhr er bedächtig fort. »Ich glaub' s nicht. Das ist ein Tempelritter.«

»Tempelritter?« Tom hob fragend eine Braue.

»Noch nie was von Amando de Ossorios Film ›Die Nacht der reitenden Leichen‹ gehört?«

»Nee, ich gehe selten ins Kino.«

»Ist auch schon ne Weile her, dass sie den Film gezeigt haben«, murmelte Paul und inspizierte die markanten Gesichtszüge des Mannes. Erst jetzt sah er, dass dem Fremden Blut aus den ziemlich kurz geschorenen, dunkelblonden Haaren sickerte, am Ohr vorbei bis hin zum Kinn, wo es sich in einem hellen, ebenso kurz gehaltenen Bart verfing.

»Er braucht einen Arzt«, beschloss Paul. »Soll ich mitfahren und dir helfen?«

»Nein«, erwiderte Tom. »Ich halte es für besser, wenn du hier bleibst und die Lage klärst. Sonst denken die anderen noch, dass wir verbrannt sind.«

»Was soll ich sagen, wenn man nach dir fragt?«

»Sag, dass ich verletzt und in ein Krankenhaus gefahren sei, weil ich nicht auf einen Rettungswagen warten wollte. Ich melde mich bei dir per Handy, wenn ich etwas Näheres weiß.«

Tom atmete tief durch, warf einen letzten Blick auf seine seltsame Fracht und schloss die Heckklappe des Wagens. »Drück mir die Daumen!« Dann fiel sein Blick auf die Torwache. Weil Rettungswagen mit Sirene hereinfuhren, war das Rolltor weit geöffnet. Niemand würde auf die Idee kommen, ihn aufzuhalten.

15

Samstag, 13. 11. 2004 – Unangemeldeter Besuch

Mit einem tiefen Seufzer stellte Hannah das halbvolle Glas Merlot auf dem kleinen Zedernholztisch ab und schob die vor ihr ausgebreiteten Tarotkarten zur Seite. Der Stern – Meditation und Wahrheitssuche. Stab As – Geburt und Tod, dynamische Neuanfänge im Leben. Dinge, die es noch nie gegeben hat, überwältigend und revolutionär. Leidenschaft. Aufstieg und Niedergang von Nationen. Die Wurzeln aller Handlung. Sieben Schwerter – nahezu vollkommenes Glück. Liebe und Heirat. Ideale Verbindung. Intensive verständnisvolle Freundschaft. Alle Bedürfnisse, emotionale, körperliche und intellektuelle, werden befriedigt.

»So ein Schwachsinn«, murmelte sie leise und kraulte Heisenberg, ihrem schwarzen Kater, den Hals. Er war entgegen seiner sonstigen Gewohnheiten auf ihren Schoß gesprungen und hatte sich ganz nah an sie gekuschelt, als ein leichtes Beben die Fenster erzittern ließ. Dann war der Strom ausgefallen. Mit einer brennenden Kerze in der Hand ging sie zum Sicherungskasten und sah, dass die Elektrik des alten Fachwerkhäuschens vollkommen in Ordnung war.

Leicht frustriert kehrte sie zu ihrem roten Plüschsofa und ihrem Kater zurück.

Ob vielleicht jemand in Aussicht stand, der sie von ihrem Dasein als Single erlöste, vermochten selbst diese angeblich magischen Karten nicht zu sagen.

Enttäuscht beobachtete sie die dicken Regentropfen, die gegen das Sprossenfenster schlugen. Wie mechanisch folgte ihr Blick den lang gezogenen, abperlenden Wasserspuren, die immer wieder neue, ineinander verschlungene Bahnen und Muster bildeten.

Irgendwo in der Ferne war eine Sirene zu hören. Mehr beiläufig schaute sie auf ihr Mobiltelefon, das direkt neben dem Kerzenständer lag. Sollte sie die Polizei anrufen, nur um in Erfahrung zu bringen, was den Einsatz verschiedener Rettungswagen ausgelöst hatte?

Nein, entschied Hannah für sich selbst. Wenn es sich um etwas Wichtiges handelte, würde sie den zuständigen Beamten nur das Telefon blockieren.

Heisenberg kraulend, saß sie eine halbe Ewigkeit so da, bis ein weiteres Geräusch sie aufhorchen ließ. Allem Anschein fuhr ein Wagen in die Einfahrt des Hofes.

Senta, eine Freundin, hatte sich für einundzwanzig Uhr zum Uno-Spielen angekündigt. Doch sie kam selten vor dem vereinbarten Termin, und die Wanduhr zeigte erst 19:30 Uhr.

Auf Strümpfen schlich sie in den kleinen Flur zum Küchenfenster. Im Licht der hell erleuchteten Autoscheinwerfer konnte sie außer dem stetig fallenden Regen so gut wie nichts erkennen. Die Person, die auf ihre Haustür zustürzte, rief ihren Namen. Die Stimme klang aufgeregt.

»Hannah, bist du da? Mach bitte auf! Hörst du mich? Ich bin's, Tom.«

Sein Hämmern ließ die Haustür erzittern. Tatsächlich, es war Tom Stevendahl. Obwohl er ein perfektes Deutsch sprach, verriet sein leichter Akzent die dänische Herkunft, was ihm bei Freunden und Bekannten den Spitznamen »Smörebröd« eingebracht hatte. Seit Monaten hatte sie nichts von ihm gehört.

«Hannah, wenn ich dir jemals etwas bedeutet habe, machst du jetzt die Tür auf!«

Hannah öffnete die Haustür einen Spalt weit. Toms Haare waren vollkommen durchnässt, sein Gesicht war mit Ruß beschmiert. Schwer atmend lehnte er im Türrahmen. Als Hannah ihm öffnete, sah sie, dass Blut an seinen Händen klebte.

»Hattest du einen Unfall?«, rief sie entsetzt.

»Stell jetzt bitte keine Fragen!«, brach es aus ihm hervor. »Sag nur, dass du mir helfen wirst, hörst du?« Die blutverschmierte Hand drückte ihre Schulter und schüttelte sie sacht.

»Ja doch«, antwortete sie verstört. »Wenn du mir auch noch verrätst wobei?«

»Komm mit zum Wagen, dann werde ich es dir zeigen.«

Hastig schlüpfte sie in ihre Gummistiefel, die immer im Flur standen, und stolperte im strömenden Regen hinter ihm her. Der Motor des Wagens war abgestellt. In der eingeschalteten Beleuchtung sah sie, dass es sich zwar um einen schrottreifen Kombi handelte, dessen Beulen und Schrammen aber älteren Datums waren. Ein wenig verwundert schaute sie zu Tom hin, der eigentlich ausschließlich teure Sportwagen bevorzugte.

»Hast du gerade eine Bank ausgeraubt?« Langsam legte sich Hannahs Aufregung, und sie versuchte, humorvoll zu klingen. Aber Tom blieb ernst und führte sie zum Heck des Wagens, wo er zögernd die Ladefläche des heruntergekommenen Volvos öffnete.

Hannah glaubte ihren Augen nicht zu trauen. Im Kofferraum lag eine zusammengekrümmte männliche Gestalt, die in einen Mantel oder eine Decke eingewickelt war und sich nicht rührte. Im Halbdunkel kam ihr die Gesichtshaut des Mannes unnatürlich blass vor, was möglicherweise an seinem hellen, kurzen Bart lag. Von oberhalb der Schläfe sickerte Blut über seine Wange. Erschrocken schnellte sie zu Tom herum und starrte ihn an.

»Was hast du getan?«, schrie sie ihn an. Nach was sah es aus? Unfall mit Fahrerflucht? Nur, dass der Flüchtende sein Opfer nicht liegengelassen, sondern kurzerhand in den Kofferraum gepackt hatte. Oder – vielleicht hatte Tom jemanden umgebracht, und jetzt wollte er die Leiche hinter ihrem Haus verscharren. Ein paar Mohrrüben drüber pflanzen, fertig – und niemand würde je dahinter kommen, welches schauerliche Verbrechen sich hinter dieser idyllischen Fassade verbarg. Hannah rang nach Atem, während Tom offenbar nach einer Erklärung suchte.

»Ich weiß nicht, wie ich es dir erklären soll, aber es ist bestimmt nicht das, was *du* denkst!«

»Woher weißt du denn, was ich denke?«, rief sie erregt.

»Ich habe den Zustand dieses Mannes nicht verschuldet«, sagte er mit beschwörender Stimme. »Das musst du mir glauben.«

»Dir glauben? Mir reicht vollkommen, was ich hier sehe!«

»Hannah, verdammt, ich kann es dir erklären, wenn du mich nur lässt«, erwiderte er entnervt. »Aber nicht jetzt«, räumte er rasch ein, als sich ihre Miene weiter verdüsterte. »Hier geht's um ein Menschenleben. Du musst mir helfen, ihn ins Haus zu tragen. Du siehst doch, er ist ernsthaft verletzt.«

Voller Verwirrung blickte sie von Tom zu dem offenbar Bewusstlosen. Der stärker gewordene Regen prasselte erbarmungslos auf sie herab.

»Was?«, schrie sie hysterisch und befreite sich dabei mit einem Ruck aus seinem Griff. »Du spinnst wohl, auf keinen Fall in *mein* Haus – ruf gefälligst einen Krankenwagen und am besten noch die Polizei!«

Sie drehte sich auf dem Absatz um und schickte sich an, ins Haus zu laufen, jedoch Tom packte blitzschnell ihren Oberarm und umklammerte ihn wie einen Schraubstock.

»Keine Polizei und keinen Arzt«, stieß er hervor. »Abgesehen davon, dass ich ziemlich sicher bin, dass dieser Typ keine Krankenversicherungskarte hat.«

Hannah glaubte, sich verhört zu haben. Was hatte eine Krankenversicherungskarte damit zu tun, dass Tom ihr einen Halbtoten ins Haus schleppte? Plötzlich nahm sie eine schwache Bewegung in der hinteren Ecke des Laderaums wahr. Wie elektrisiert wich sie zurück. Sie musste ihre Augen verengen, damit sie im Dunkeln erkennen konnte, was sich dort bewegte. Erst dachte sie, es wäre ein mittelgroßer Hund, der bei seinem verletzten Herrn ausharrte, doch es war kein Tier. Dort kauerte ein etwa zwölfjähriger Junge, schmächtig, blond gelockt und offensichtlich starr vor Angst. Hannah überfiel ein unangenehmes Frösteln.

Behutsam berührte Tom ihre Schulter. »Hannah ...«, begann er vorsichtig, fast flüsternd, »glaub mir doch, ich habe nichts Unrechtes getan. Ich habe die beiden sozusagen aufgelesen, und jetzt brauche ich jemanden, der mir hilft, ihnen zu helfen.«

»Und wieso soll ausgerechnet *ich* dieser Jemand sein?«, entgegnete sie ungehalten, nicht fähig, den Blick von den beiden Gestalten im Wagen zu lösen. »Seit Monaten hast du nichts von dir hören lassen. Warum fährst du nicht zu deinem Institut? Es befindet sich doch hier ganz in der Nähe. Sollen deine Kollegen dir doch helfen!«

»Da komme ich gerade her«, sagte er stockend. »Das ganze Forschungsareal ist in die Luft geflogen. Und glaub mir, es wäre unklug, die beiden dorthin zurückzubringen.«

Hannah schloss für einen kurzen Moment die Augen und atmete tief durch. Ihre Stimme wirkte gepresst, als sie sich Tom erneut zuwandte. »Warum, um alles in der Welt, kannst du denn nicht einfach einen Krankenwagen rufen – alles andere würde sich dann doch von alleine regeln.«

»Es ist nicht so einfach, wie du vielleicht glaubst.« Tom machte eine fahrige Handbewegung in Richtung des leblosen Mannes und faltete schließlich die Hände vor seiner Brust. »Während wir diskutieren, anstatt etwas zu unternehmen, stirbt er vielleicht.«

Resigniert lenkte Hannah ein und nickte ergeben. Zudem machte sie sich ernsthafte Sorgen um den Zustand des Jungen. Möglicherweise hatte er einen Schock.

»Nun gut«, sagte sie und kreuzte die Arme, »wie hattest du dir den Transport ins Haus vorgestellt? Ich bin keine Ärztin, aber soviel ich weiß, chauffiert man Verletzte nicht einfach auf der Ladefläche eines Autos herum, sondern stellt zunächst sicher, dass ein weiterer Transport sie nicht umbringt …«

Tom überging ihren Einwand und wies sie an, die Füße des Mannes zu tragen, während er ihm unter die Arme greifen wollte. Zuvor mühte er sich redlich, indem er an der Kleidung des Bewusstlosen zerrte und an dessen Armen, um ihn in die richtige Richtung zu drehen.

Der Bewusstlose verströmte einen unangenehmen Geruch von Blut, Schweiß und nassem Hund, und nur zögernd überwand sich Hannah, noch näher an ihn heranzutreten. Währenddessen kauerte der Junge immer noch in der hintersten Ecke des Wagens und beobachtete sie regungslos. Hannah streckte die Hand nach dem Kind aus, dabei versuchte sie, ihm tröstende Worte zuzusprechen.

Wie ihr scheuer Kater drängte sich der Junge nur noch weiter in das

Wageninnere. Dabei versuchte er, ihrem Blick auszuweichen, und sie gewann den Eindruck, dass er gleichsam den Atem anhielt.

Tom stieß Hannah mit dem Ellbogen an. »Fass an!«, raunte er ihr zu.

Bevor er den Oberkörper vorsichtig aus dem Wagen zog, sprach er den Mann noch einmal an, um festzustellen, ob er inzwischen zu sich gekommen war, doch seine Arme hingen schlaff herunter, und seine ebenmäßigen Gesichtszüge ließen keinerlei Regung erkennen.

Der Transport des Bewusstlosen war schwieriger als gedacht, und schon bei dem Versuch, die Beine des Mannes hochzunehmen, entglitten ihr dessen Füße.

»Mensch, kannst du denn nicht aufpassen?«, fauchte Tom vor Anstrengung keuchend. »Du musst das schon richtig machen, sonst kommen wir nie bis zur Haustür!«

Irgendwie schafften sie es, den Mann durch das unbeleuchtete Erdgeschoss hindurch in Hannahs Schlafzimmer zu befördern, während nur der schwache Lichtschein der Autoscheinwerfer, die über den Flur ins Haus drangen, für ein wenig Helligkeit sorgte. Mit einem Ruck verfrachteten sie den bewusstlosen Mann auf das schmiedeeiserne, französische Bett, das unter seinem Gewicht leicht schwankte.

Tom ging in die Hocke, um einen Augenblick zu verschnaufen, dabei wischte er sich mit dem Hemdsärmel den Regen aus den Augen. Hannah lief derweil ins Wohnzimmer, um ein paar Kerzenleuchter zu holen, die sie überall aufstellen konnte.

Nachdem sie die Kerzen so verteilt hatte, dass das Schlafzimmer einigermaßen gut ausgeleuchtet war, wandte sie sich wieder dem Verletzten zu. Vergeblich versuchte sie, das Alter des Mannes zu schätzen. Vielleicht war er Anfang Dreißig, so wie sie selbst. Vielleicht aber auch älter.

»Handelt es sich bei den beiden um Vater und Sohn?« Fragend sah sie Tom an.

»Keine Ahnung«, erwiderte er. Er rappelte sich hoch und half ihr den Körper des Mannes in eine stabile Seitenlage zu drehen. Dabei beobachtete sie ihren Ex-Verlobten heimlich. Sein Kleidungsstil hatte sich seit ihrer Trennung vor zwei Jahren nicht verändert. Jeans, Karohemd und Cowboystiefel. Obwohl diese Aufmachung nie so richtig zu ihm gepasst hatte. Weit entfernt davon, ein Naturbursche zu sein, war es Hannah in ihrer langjährigen Beziehung nicht gelungen, ihm die Liebe zu Pferden nahe bringen zu können.

»Hast du Verbandszeug im Haus?«, fragte er. Noch bevor sie antworten konnte, war er nach draußen verschwunden. »Ansonsten schaue ich im Wagen nach«, rief er ihr zu.

Erschrocken stellte sie fest, dass der Bewusstlose nicht nur eine Kopfverletzung, sondern auch eine stark blutende Verletzung am linken Oberarm hatte.

»Wir brauchen kein Verbandszeug«, sagte sie mehr zu sich selbst. »Was wir brauchen, ist ein Krankenwagen.«

Rasch zog sie ein Frotteehandtuch aus einer Kommodenschublade und legte es dem Verletzten unbeholfen um den Arm. Er schien es nicht zu bemerken. Erst jetzt nahm sie die Kleidung des Mannes wahr. Er trug ein feingliederiges Kettenhemd, dessen Ärmel ihm bis zu den Handgelenken reichten. Seine auffällig großen Hände steckten in dunklen, ledernen Fingerhandschuhen, deren Oberseite mit zahlreichen Metallplättchen versehen war. Über dem Kettenhemd befand sich ein ärmelloser, langer Überwurf, der bis zu den Oberschenkeln reichte. Auf der Brust prangte ein mittelgroßes, rotes Kreuz. Darüber trug er ein ziemlich verschmutztes, ehemals sicher weißes Cape, das am Hals mit einer Metallschließe versehen war. An der linken Seite war auf Schulterhöhe des Überwurfes ebenfalls ein handtellergroßes, rotes Kreuz angebracht. Es hatte wie das Kreuz auf der Brust eine besondere Form. Von der Mitte aus zu den Enden wurden die Kreuzbalken breiter. Das Zeichen kam Hannah bekannt vor. Vage erinnerte sie sich, dass sie so etwas bereits auf Bildern von Kreuzrittern gesehen hatte. Um die Taille trug der Bewusstlose einen breiten, ledernen Gürtel, an dem sich drei verschieden große Messer befanden, wobei das größte gut vierzig Zentimeter lang war und wie die übrigen in einer kunstvoll mit Nieten besetzten Lederscheide steckte. Die eng anliegende, dunkle Lederhose des Mannes hatte einige abgewetzte Stellen und war hier und da mit dunklen Flecken behaftet. Seine groben Lederstiefel endeten unterhalb seiner Knie mit einem breiten Umschlag, der sich allem Anschein nach bis zum Oberschenkel aufkrempeln ließ. Mit neugierigem Interesse begutachtete Hannah die metallischen Beschläge der Sohlen. Sie konnte sich nicht erinnern, so etwas schon einmal gesehen zu haben.

Obwohl der Mann dieses seltsame Kostüm trug, sah er auf den ersten Blick nicht wie ein Spinner aus. Die geschwungenen Brauen und die lange gerade Nase verliehen seinem Gesicht einen energischen Ausdruck, der sich in seinem kantigen Kiefer fortsetzte, der von einem kurz geschorenen hellblonden Bart bedeckt wurde. Ein interessanter Gegensatz zu seinem nicht minder kurz geschnittenen, dunklen Haupthaar, unter dem sie nun deutlich den knapp fünf Zentimeter langen Riss in Scheitelhöhe erkennen konnte. Das Blut sickerte immer noch aus der Wunde und lief dem Mann in einem dünnen Rinnsaal den Hals hinunter.

Sein linker Arm hing über den Bettrand hinaus. Als sie ihn anfassen wollte, um ihn vorsorglich am Körper zu betten, bemerkte sie, dass auch der Handschuh mit Blut getränkt war. Nachdem sie ihn hatte abstreifen können, legte sie ihn vorsichtig auf den Parkettboden. Zögernd ergriff sie ein weiteres Mal das Handgelenk des Mannes und bettete den blutbesudelten Arm dicht an seinen Körper.

Im Nu war die blütenweiße Decke voller Blut.

Wenigstens lebte der Kerl noch. Seine Hand war warm, und seine Brust hob und senkte sich leicht unter seiner Atmung.

Hannah war froh, als Tom zur Tür hereinkam. Er hatte den Jungen unter seinen langen Arm geklemmt, der sich nun doch heftig wehrte und um sich trat. Dabei gab er gurgelnde Geräusche von sich und versuchte wie ein Hund nach Tom zu schnappen.

Tom störte sich nicht daran und warf den widerspenstigen, kleinen Kerl mit Schwung auf die andere Seite des Bettes.

Als der Junge seinen Begleiter vor sich liegen sah, verfiel er erneut für einen Moment in Erstarrung. Dann rollte er sich neben dem Mann zusammen und begann, erstickt zu schluchzen.

Hannah schaute verzweifelt zu Tom und hoffte, dass er ihr nun endlich eine Erklärung geben würde, doch er runzelte nur die Stirn und meinte zögernd: »Du hast doch eine Freundin, die Ärztin ist, nicht wahr?«

»O Gott, Senta!«, rief sie aus, »Die hätte ich fast vergessen! Wie spät ist es?«

Tom schaute irritiert auf seine Armbanduhr. »Viertel nach acht.«

»Ich bin mit ihr verabredet. Jetzt gleich!«, stöhnte Hannah aufgeregt.

Ihr entsetzter Blick schnellte zwischen Tom, dem Bewusstlosen und dem Jungen hin und her.

»Kann sie uns helfen?« Tom interessierte offenbar weniger, was Senta hier vorfinden würde, sondern ob er sie für sich einspannen konnte.

»So weit ich weiß, hat sie ihren Notfallkoffer immer bei sich. Aber ich bin mir nicht sicher, ob ich das will!«

»Wieso denn nicht?«, schnaubte Tom. »Kann man ihr vertrauen?«

»Tom, was redest du da? Willst du sie etwa auch noch mit in dieses Unglück hineinziehen?«

»Was für ein Unglück? Glaubst du etwa immer noch, mich träfe irgendeine Schuld an diesem Desaster?«

»Was soll ich denn sonst denken?«, erwiderte Hannah. »Klär mich endlich auf!«

»Später, ich verspreche es. Vertrau mir wenigstens einmal.«

»An Vertrauen hat es in unserer Beziehung nie gemangelt, jedenfalls nicht von meiner Seite«, erklärte Hannah beleidigt.

»Besitzt du einen Jogginganzug?« Tom deutete unbeeindruckt auf das Kettenhemd. »*Das* da kann er unmöglich anbehalten«.

»Warum nicht?« Sie schaute Tom erstaunt an. Natürlich kam ihr die Aufmachung des Mannes seltsam vor, aber man wusste ja nie, was Leute dazu trieb, sich merkwürdig zu kostümieren. In dieser Woche war Sankt Martin, ein jedes Jahr wiederkehrendes Laternenfest, an dem sich ein Mann als heiliger Sankt Martin verkleidete und süßes Brot an Kinder verteilte. Klar, wieso war sie nicht früher drauf gekommen. Das Kreuz! Es musste sich hier um einen als Sankt Martin verkleideten Mann handeln, der auf dem Weg zu seinem Einsatz – vermutlich zusammen mit seinem Sohn – in einen Unfall mit Fahrerflucht verwickelt worden war. Und Tom hatte die beiden in der Nähe der Air Base gefunden.

Hannah verspürte eine gewisse Erleichterung bei dem Gedanken, dass es endlich eine Erklärung für Toms Auftauchen gab. Aber warum hatte er die beiden überhaupt zu ihr gebracht und nicht gleich ins Krankenhaus? Dachte er vielleicht, dass man ihm die Schuld an dem Unfall in die Schuhe schieben würde, weil es möglicherweise keine weiteren Zeugen gab?

Sie schaute zweifelnd in Toms Gesicht. Er bemerkte ihre fragende Miene. Der Junge hatte aufgehört zu weinen, kauerte aber immer noch zusammengerollt auf dem Bett. Tom bedeutete ihr, indem er mit dem Kopf in Richtung Hausflur, nickte, dass es wohl an der Zeit für eine Erklärung war.

Einen Augenblick lang war sie überrascht, als er sie wie selbstverständlich in der Dunkelheit des Hausflures zu sich heranzog. Der bekannte Duft seines Aftershaves stieg ihr in die Nase. Auch in dieser Hinsicht war er seinen Gewohnheiten treu geblieben.

»Hannah«, begann er leise und schaute ihr in die Augen. »Du hast zwar kein Physikstudium absolviert, aber ich hoffe trotzdem, dass du halbwegs verstehen kannst, was ich dir jetzt offenbare. Du weißt nicht viel über meinen Job ... und daran trage ich gewiss die meiste Schuld. Aber wie hätte ich dir all das jemals erklären sollen? Und selbst wenn ... ich durfte es ja nicht.« Er stockte und wandte das Gesicht zur Decke. »Ach verdammt, du wirst mich für durchgeknallt halten, wenn ich dir die Wahrheit sage!«

»Das einzig Gute an dir ist doch, dass du nicht lügen kannst«, erwiderte sie leise. »Auch wenn ich deine ehrliche Ader manchmal gehasst habe.«

»Du weißt, dass ich in der Kernforschung arbeite.«

Sie nickte. Das war ihr nicht neu. Immerhin hatte er auf dem Gebiet der Quantenphysik sogar seinen Doktortitel erworben, noch während sie ein Paar gewesen waren.

»Wir führen seit längerem geheime Experimente durch«, fuhr er fort, »die etwas mit Raum-Zeit-Synchronisation zu tun haben. Die dazu gehörigen Forschungsarbeiten basieren auf der Theorie, dass die Zeit nicht nacheinander abläuft, wie es uns unsere persönliche Wahrnehmung vorgaukelt, sondern parallel zueinander ... und manchmal auch umgekehrt.«

Hannah bedachte ihn mit einem giftigen Blick. »Wird das jetzt ein Vortrag über schwarze Löcher? Oder über bedauernswerte Laborkatzen in verschlossenen Kisten, von denen niemand weiß, ob sie die Versuchsanordnung überleben?« Sie setzte eine zweifelnde Miene auf.

»Du weißt auch, dass ich seit einer Weile hier ganz in der Nähe in einem Institut der Amerikaner arbeite. Nach außen hin ist es ein ganz normales Forschungslabor, das sich mit dem Abbau atomarer Waffen beschäftigt, aber es gibt dort eine Abteilung in einem Hochsicherheitstrakt. Außer der amerikanischen Regierung und ein paar streng überprüften wissenschaftlichen Mitarbeitern weiß niemand von der Existenz dieser Abteilung. Noch nicht einmal die deutsche Regierung ist informiert.«

Hannahs Neugierde wuchs. Konzentriert hörte sie zu.

»Heute Nachmittag hat es einen Unfall gegeben. Deshalb ist wohl auch der Strom ausgefallen. Das Ergebnis dieses Unfalls liegt unter anderem dort hinten in deinem Schlafzimmer. Die beiden kommen höchstwahrscheinlich aus dem beginnenden vierzehnten Jahrhundert. Unsere letzten Untersuchungen richteten sich in diese Zeit. Mein Kollege Paul und ich haben sie nach der Explosion auf dem Forschungsareal gefunden. Niemand sonst hat dort Zutritt. Das bedeutet, die beiden können unmöglich von außen in die Anlage gekommen sein. Direkt vor dem Unfall habe ich etwas auf den Computerbildschirmen der Anlage ausmachen können, aber ich dachte nicht, dass es Menschen seien.« Er senkte den Kopf und fuhr flüsternd fort, so dass Hannah Mühe hatte, seine letzen Worte zu verstehen. »Hannah, der Typ auf deinem Bett und sein kleiner Begleiter sind durch die Zeit gereist, mindestens siebenhundert Jahre! Eigentlich sollten sie nicht hier sein, aber irgendwie ist es doch passiert. Möglicherweise sind die beiden die Ursache, warum um uns herum alles explodiert ist.«

Hannah wusste nicht, ob sie lachen oder weinen sollte. Ein Zucken ihrer Mundwinkel schien ihn zu alarmieren, und er stieß sie von sich. In der Dunkelheit wirkten seine braunen Augen wie zwei schwarze, glänzende Knöpfe.

»Hannah, du musst mir glauben. Das hier ist kein Scherz. Mein luxemburgischer Kollege, Paul Colbach, und ich haben uns entschlossen, die beiden erst mal zu verstecken. Unser Institutsleiter, Professor Hagen, würde sie zu einem Dasein als lebenslängliche Versuchskaninchen verurteilen, wenn er sie fände. Irgendwie muss es uns gelingen, sie dorthin zurückzubringen, wo sie hergekommen sind. Aber bis das möglich ist, dürfen sie weder meinem Chef noch den amerikanischen Militärs in die Hände fallen. Außer Paul, dir und mir weiß niemand etwas von der Existenz der beiden.« Er holte tief Luft, bevor er weitersprach, und es war, als suche er nach weiteren Argumenten, um Hannah von dem Unfassbaren zu überzeugen.

»Stell dir vor, es würde publik werden, dass es sie gibt. Die Presse wäre noch das geringste Übel. So eine Story glaubt so schnell keiner, aber Geheimdienste, Militär, der Vatikan und irgendwelche anderen dunklen Mächte würden versuchen, an die beiden heranzukommen.« Tom sah Hannah wieder mit diesem flehenden Dackelblick an, den sie allzu gut kannte und auf den sie schon des Öfteren hereingefallen war.

»Und das alles soll ich dir so einfach glauben?« Misstrauisch schaute sie ihn an.

»Einstweilen«, flüsterte Tom. Er hob die Hand, als wollte er ihr eine verirrte, dunkelrote Locke aus dem Gesicht streichen, doch dann überlegte er es sich anders und ließ seine Hand wieder sinken. »Du bist die einzige, die mir als Beistand in dieser Sache eingefallen ist. Weil ich weiß, dass ich dir vertrauen kann.«

»Und praktischerweise wohne ich sozusagen um die Ecke«, erwiderte sie leicht sarkastisch.

»Hannah«, fing er noch einmal händeringend an, »es tut mir alles so leid ... mit uns und überhaupt ...«

»Tom, es geht hier nicht um uns. Versprich mir nur, dass ich mich keines Verbrechens schuldig mache bei dem, was ich hier tue.«

»Ich verspreche es«, erwiderte er treuherzig. »Es sei denn, du wertest reine Hilfsbereitschaft als Verbrechen.«

»Schon gut«, schnaubte sie ungeduldig und ging zurück zu ihrem Schlafzimmer. »Was auch immer die Wahrheit ist, in diesem Haus scheint es im Moment zwei Menschen zu geben, die dringend Hilfe benötigen, und ich werde die Letzte sein, die sie ihnen verwehrt.« Aus der untersten Schublade ihrer Kommode kramte sie einen alten, baumwollenen Schlafanzug heraus, der eigentlich einmal ihrem Vater gehört hatte. Der Junge kauerte unterdessen neben ihrem Kleiderschrank auf dem Fußboden. Halb verdeckt von einer schweren Samtgardine, beobachtete er regungslos, was mit seinem Begleiter geschah.

Auffordernd hielt sie Tom den Schlafanzug entgegen. »*Den* kannst *du* ihm anziehen.«

»Du wirst mir helfen müssen«, sagte Tom.

Hannah stieß einen Seufzer aus. Also wurde ihr, so absurd es auch erschien, die seltene Ehre zu Teil, einen bewusstlosen Ritter aus dem

13. oder 14. Jahrhundert auf ihrem Bett zu entkleiden und ihm den Schlafanzug ihres Vaters zu verpassen.

Als Tom die Lederscheide mit dem etwa vierzig Zentimeter langen Dolch zu fassen bekam, pfiff er leise durch die Zähne. Er zog den Gürtel unter dem schweren Körper mit einigem Kraftaufwand hervor und legte ihn auf den Boden. Vorsichtig löste er eine Ledermanschette und nahm den Respekt einflößenden Dolch in die Hand. Hannah schrak zurück, als Tom ihr die gut fünf Zentimeter breite Klinge entgegen hielt, die an ihrem Ende spitz zulief.

»Schönes Brotmesser«, scherzte er und fuhr mit dem Finger die dunkle, metallische Schneide entlang. »Autsch!«, rief er und zuckte zurück. Reflexartig steckte er sich den Zeigefinger in den Mund und saugte daran.

»Das hast du jetzt davon«, tadelte ihn Hannah. »Leg das Ding weg! Für solche Spielchen haben wir keine Zeit!«

Tom wischte sich den blutenden Finger an seinem Hemd ab und warf das Messer achtlos zum Gürtel unter Hannahs Bett, dann widmete er sich dem Umhang des Mannes. Umständlich öffnete er den Messingverschluss. Als er damit begann, den dicken Stoff zur Seite zu ziehen, regte sich etwas in der Ecke neben dem Kleiderschrank.

Der Junge war aufgestanden und machte ein entrüstetes Gesicht. Er sah aus, als wolle er in ihre Richtung stürzen, doch dann rief er mit einer sich überschlagenden Stimme: »Neinâ, ir ne ensolt dat niht dôn. Ir müzzet ime die hachel lân!« Er verschluckte sich und begann vor Aufregung zu husten. Dann fuhr er fort: »Et ne enzemet ûh, mînen hêrren zo enblœzen!«

Es überraschte Hannah, dass ihr kleiner Gast so plötzlich zu sprechen begonnen hatte. Sie hatte ihn kaum verstanden, aber er sprach eindeutig Mittelhochdeutsch. Neben ihrem Germanistikstudium hatte sie drei Semester Mediävistik absolviert und einige Kurse in Mittelhochdeutsch belegt. Anscheinend hatte Tom die Wahrheit gesagt. Mittelhochdeutsch hatte man in Deutschland mindestens bis zum Ende des vierzehnten Jahrhunderts gesprochen.

Tom drehte sich überrascht zu dem Jungen um. »Was hast du gesagt?«, rief er ihm zu.

Der Junge verstummte sofort wieder.

»Na los, komm mal her!« Tom hielt einen Moment inne, dann schickte er sich an, zu ihm hinzugehen, doch der kleine Kerl hatte offenbar den Mut verloren und drückte sich ängstlich in eine Ecke hinter dem Kleiderschrank.

Tom ließ von ihm ab, und gemeinsam mit Hannah schaffte er es schließlich, dem ohnmächtigen Mann den langen Kapuzenmantel auszuziehen. Damit Tom das schwere Kettenhemd über den Kopf heben konnte, ohne das Gesicht zu berühren, musste Hannah das Haupt des Fremden mit beiden Händen anheben. Deutlich spürte sie seine Körperwärme und wie die dichten, kurzen Haare seines Hinterkopfes durch ihre Finger glitten.

Es brauchte eine Weile, bis sie den Fremden mit vereinten Kräften aus dem eng anliegenden, darunter befindlichen Pullover geschält hatten. Nachdem Tom ihm das blutige und zerfetzte Leinenunterhemd über die Brust hochgeschoben hatte, um es über den Kopf ausziehen zu können, kam überraschend eine lederne Brusttasche zum Vorschein, die der Mann an einer dünnen Lederschnur befestigt um den Hals trug. Tom nahm sie ihm vorsichtig ab und reichte die Tasche an Hannah weiter, die ebenso sprachlos wie er auf den entblößten Oberkörper des Mannes starrte.

Auf seiner muskulösen, fast haarlosen Brust lag ein blank poliertes, silbernes Kreuz, das er an einem geflochtenen Lederband befestigt um den Hals trug. Bei näherer Betrachtung glich es der Form nach den Kreuzen, die seine Kleidung schmückten. Aus welchen Gründen auch immer verzichtete Tom darauf, dem Verletzten dieses eindeutige Zeugnis seines Glaubens abzunehmen.

«Das ist wohl nicht der erste Unfall, der dem Typen widerfahren ist«, sinnierte Tom und betrachtete eine etwa zwei Zentimeter breite und gut fünfzehn Zentimeter lange, gezackte Narbe auf der rechten Schulter des Mannes. Eine weitere, ungefähr dreißig Zentimeter lange Narbe, bei der der man noch gut erkennen konnte, dass sie kunstvoll vernäht worden war, erstreckte sich von der rechten Leiste bis über den rechten Rippenbogen.

»Das könnte von den herabfallenden Scherben herrühren«, überlegte Tom laut und beäugte die frische Wunde auf dem gut ausgeprägten, linken Bizeps. »Mich wundert, dass die beiden bei der Explosion keine Verbrennungen abbekommen haben.« Tom wickelte das von Hannah bereitgelegte Verbandmaterial fest um den verletzten Arm des Bewusstlosen und machte sich daran, ihm die Hose zu öffnen. Die Lederhose des Mannes hatte einen fest verschnürten Vorderschlitz und wurde in der Taille mit einem weichen Lederband gehalten.

»Die Hose solltest du ihm vielleicht anlassen?« In Hannahs Miene spiegelten sich Zweifel und Unsicherheit.

Er nickte und sagte: »In Ordnung, aber die Stiefel will ich ihm lieber ausziehen.« Sein Blick fiel auf die Ledertasche, die Hannah immer noch an ihre Brust gepresst hielt. Auffordernd sah er sie an. »Du kannst ja mal nachschauen«, meinte er ironisch. »Vielleicht sind da ja sein Reisepass und der Führerschein drin.«

Behutsam versuchte Hannah die Lederschnur zu lösen. Dazu legte sie die Tasche auf der Kommode ab, damit der Inhalt nicht herausfallen konnte, falls der Verschluss sich plötzlich öffnete. Die Tasche roch intensiv nach Ziegenleder. Mit spitzen Fingern entnahm Hannah ein kleines, in Leder gebundenes Buch mit einer abgegriffenen goldenen Inschrift. Dann folgte eine zusammengerollte Seite aus beigefarbenem Pergament, das mit einer roten Schnur umwickelt war. In der Tiefe des Beutels klimperte etwas. Neugierig fischte sie nach einem weichen Ledersäckchen, das mit Münzen gefüllt war. Zudem brachte sie einen großen, in Samt eingeschlagenen Silberring zum Vorschein.

»Das ist ja die reinste Wundertüte«, bemerkte sie aufgeregt und drehte den Ring im Kerzenlicht hin und her.

Tom, der mittlerweile neben ihr stand, nahm ihr den Ring vorsichtig ab und betrachtete ihn eingehend. »Sieh mal«, bemerkte er staunend. »Hier ist ein Wappen eingraviert.«

Sie schob Toms Hand mit dem Ring noch näher an das Kerzenlicht und begutachtete die Oberfläche des Schmuckstücks mit zusammengekniffenen Augen. Das Wappen war in zwei Hälften unterteilt. In der oberen Hälfte waren drei in sich verschlungenene Buchstaben zu erkennen. Ein großes *G* und ein großes *B*, verbunden durch ein kleines *v*. In der anderen Hälfte waren mehrere geschlängelte Linien, die wohl einen Fluss oder einen Bach darstellen sollten, darüber prangten ein paar verschnörkelte Rundungen, die wie zwei Fische aussahen.

Hannah warf einen prüfenden Blick zu dem Jungen hin. Er saß immer noch am Boden und rührte sich nicht. Ab und an bedachte er sie mit einem verstohlenen Blick, ohne jedoch in weiteren Protest zu verfallen.

Während Tom noch staunte, öffnete sie den Lederbeutel mit den Münzen und entnahm ihm ein silbernes Geldstück.

»Weißt du, was das ist?«, flüsterte sie andächtig.

Tom schüttelte ratlos den Kopf.

»Es ist ein Trierer Turnusgroschen. Als mein Vater noch lebte, hat er mir des Öfteren seine Münzsammlung gezeigt.« Hannah hielt das funkelnde Silberstück näher zum Kerzenlicht hin. »Diese hier gab es zum Beispiel nur ganz kurz zu Beginn des vierzehnten Jahrhunderts.«

Sie legte die Münze beiseite und nahm eine weitere in die Hand, die sie ebenso eingehend betrachtete.

»Und das hier«, dozierte sie weiter, »ist eine französische Turnose aus der Zeit Philipps IV. von Frankreich.«

»Beeil dich«, mahnte Tom unbeeindruckt und mit einem Seitenblick auf die Uhr. »Wirf mal einen Blick in das Buch, vielleicht können wir noch vor Eintreffen deiner Freundin herausfinden, was für ein Kerl da in deinem Bett liegt.«

Gemeinsam mit Tom blätterte Hannah das kleine Buch durch. Im Schein des fünfarmigen Kerzenleuchters strichen ihre Hände sacht über die dicht beschriebenen Seiten. Filigran gezeichnete Wappen wechselten mit sauber verfassten Randbemerkungen. Die Schrift war zwar klein, aber überraschend gut leserlich und ausschließlich in Latein geschrieben. Zwischen Buchdeckel und letzter Seite befand sich ein zusammengefaltetes Stück Pergament. Hannah klappte es auseinander und legte es auf die Kommode.

»Kannst du das lesen?«, fragte Tom unsicher, der sich an den Fund altägyptischer Schriften erinnert fühlte.

»Ich kann es versuchen«, erwiderte sie, und wie zur Entschuldigung fügte sie hinzu: »Meine letzte Lateinstunde liegt eine Weile zurück.«

Zwei Wortkombinationen tauchten mehrmals auf, darunter der Name *Gerard de Breydenbache*, das andere war *Ordo Militie Hierosolimitanis*. Dann gab es noch mehrere Daten in römischen Zahlen. Ein Datum stand in direkter Kombination zum Namen des Mannes. Vermutlich handelte es sich um sein Geburtsdatum.

»Soweit ich das entziffern kann, ist er geboren am Hochfest der Verkündigung des Herrn an Maria im Jahre nach der Fleischwerdung des Herrn 1280.«

»Sag bloß, du weißt, welcher Tag das sein soll?« Tom blickte fragend auf.

»Hier geht es noch weiter«, sagte sie, ohne auf seine Frage einzugehen. Im zwielichtigen Kerzenschein folgte ihr Finger langsam der geschwungenen, sauberen Linie. Am unteren Ende des Schreibens war neben einem Ortsnamen ein weiteres Datum vermerkt. »Datum Nicosie anno incarnationis Redemptoris nostri millesimo tricentesimo primo, festo Joannis baptistae«, las Hannah vor.

«Und was hat das zu bedeuten?«

»Das bedeutet …« Hannah fuhr sich mit ihrer Zungenspitze konzentriert über die Lippen. »… gegeben in Nicosia im Jahr der Menschwerdung unseres Erlösers 1301, am Fest Johannes des Täufers … und hier ist noch eine Unterschrift …« Wie hypnotisiert verfolgte ihr Blick die geschwungene Schrift. »… Bartholomäus de Chinsi, steht da …«

Dicht daneben befand sich ein Siegelabdruck mit zwei Reitern auf einem Pferd und einem Kreuz, ähnlich dem auf dem Mantel.

»Nicosia«, sagte Tom und sah fragend auf. »Das liegt auf Zypern. Wie kommt so einer nach Zypern?«

»Wenn das alles zutrifft, was hier steht, wäre er den Papieren nach ein Tempelritter, dessen Aufnahme in den Orden im Jahre 1301 in Zypern stattgefunden hat«, flüsterte Hannah und drehte sich fasziniert zu dem Bewusstlosen um.

»Dass er ein Tempelritter sein soll, hat Paul auch schon vermutet«, erwiderte Tom mit einem selbstverständlichen Nicken. Bevor er weiter sprechen konnte, hörten sie einen Wagen auf den Hof fahren. Das musste Senta sein. Hastig nahm Tom die Papiere und das Bündel mit den Kleidern und schob den gesamten Haufen unters Bett.

Hannah warf einen Blick auf den Jungen, bevor sie zur Tür ging, um zu öffnen. Er saß nur da und starrte wortlos zu Boden.

»Wie sollen wir all das Senta erklären?« Sie warf Tom einen fragenden Blick zu.

»Keine Ahnung, mir wird schon was einfallen.«

»Der Strom ist weg«, meinte Hannah entschuldigend. Mit einem Kerzenleuchter in der Hand versuchte sie, ihre Freundin an der Haustür zu umarmen.

Die modisch uninteressierte Ärztin mit dem haselnussbraunen Zopf roch wie üblich nach Desinfektionsmittel. Anscheinend war sie direkt aus ihrer Praxis gekommen, ohne sich noch einmal umzuziehen.

»Bei uns geht auch nichts«, antwortete Senta und hauchte ihr umständlich einen Kuss auf die Wange. »Du glaubst ja gar nicht, was auf der Straße los ist! Bei den Amerikanern in der Nähe des Klosters ist eine Halle in die Luft geflogen. Von überall her rückt die Feuerwehr an. Aber nach allem, was ich mitbekommen habe, lassen die Amerikaner niemanden auf ihr Gelände. Die Zufahrten sind abgesperrt, und es staut sich auf sämtlichen Straßen. Ich musste einen Schleichweg nehmen, um halbwegs pünktlich hier anzukommen.«

Plötzlich spürte Hannah, wie ihre Knie weich wurden. Tom hatte also tatsächlich die Wahrheit gesagt. Am liebsten wäre sie vor Senta mit allen Einzelheiten herausgeplatzt. Nur – zum Weitererzählen war die Story vom Ritter aus der Vergangenheit leider vollkommen ungeeignet. Mit einem Lächeln versuchte sie ihre plötzliche Schwäche zu unterdrücken und bat Senta herein.

»Ich bin froh, dass du da bist«, gestand Hannah und geleitete Senta den Flur entlang. »Ein alter Freund von mir ist eben erst angekommen. Er hat ein ernstes Problem. Sein Kollege hat sich verletzt, aber er möchte ihn nicht unbedingt ins Krankenhaus bringen.«

Senta blieb überraschte stehen. »Wo ist denn der Patient?«, fragte sie.

»In meinem Schlafzimmer.«

»Ich hole nur rasch meinen Arztkoffer.«

Während Senta zu ihrem Wagen ging, war Hannah froh, dass sie ihrer Freundin bisher weder etwas von Tom noch von dessen seltsamen Job erzählt hatte.

Als Buchhändlerin hatte Hannah die junge Ärztin vor etwa einem Jahr auf der Buchmesse in Frankfurt kennen gelernt, nachdem Senta dort einen Erfahrungsbericht über Hilfsprojekte in der Dritten Welt vorgestellt hatte. Sie wohnte nicht weit entfernt, und seitdem trafen sie sich mindestens einmal in der Woche zum Kartenspielen.

Als Senta mit ihrer Arzttasche das Schlafzimmer betrat, erhob sich Tom vom Fußende des Bettes, um sie zu begrüßen. Völlig unaufgeregt stellte er sich vor.

Die Ärztin lächelte unverbindlich, während sie Tom kurz in die Augen schaute und ihm die Hand reichte. Dann richtete sie ihren Blick auf den Verletzten.

»Wie lange ist der Mann schon bewusstlos?«

Hannah schaute zu Tom, der mit den Achseln zuckte.

»Ich glaube, so zwei bis drei Stunden«, antwortete er. »Ich weiß auch nicht so genau.«

»Wie du weißt es nicht?« Senta wirkte irritiert. »Weißt du denn wenigstens, wie es passiert ist?«

Es erschien Hannah wieder wie eine Ewigkeit, bis Tom antwortete. »Äh ... er hat mir beim Dachausbau meiner Wohnung geholfen und ist von der Leiter gefallen.«

Hannah traute ihren Ohren nicht. Dass Tom so unverfroren lügen konnte, war ihr neu. Angestrengt versuchte sie, Sentas fragendem Blick zu entgehen.

»Verstehe«, sagte Senta mit einer leichten Ironie in der Stimme. »Der Mann hat keine Papiere, und du bist wahrscheinlich für solche Ereignisse nicht versichert, deshalb kein Krankenhaus?«

»Nein, nicht direkt.« Hannah sah förmlich, wie Tom nach einer Erklärung suchte. Sie konnte nur hoffen, dass Senta es nicht genauso empfand.

»Er ist ein Studienkollege aus Lettland und kann sich keine Krankenversicherung leisten.«

Hannah warf Tom einen strengen Blick zu und vergewisserte sich gleichzeitig, dass der Junge immer noch auf dem Fußboden, halb hinter der Gardine kauerte.

Vielleicht ließ er es zu, dass sich Senta auch ihn einmal anschaute. Hannah überlegte immer noch angestrengt, welche logische Erklärung sie Senta für dessen Anwesenheit servieren konnte.

Die Ärztin stellte ihre Tasche auf dem Boden ab und begann, den Bewusstlosen gründlich zu untersuchen.

»Hallo? Können Sie mich hören? Hallo?«, rief sie schließlich und klopfte dem Mann mit der flachen Hand auf die Wange. Keine Reaktion.

Hannah entzündete einen weiteren Kerzenleuchter und stellte ihn auf die andere Nachttischkommode, so dass es noch etwas heller wurde.

»Das sieht nicht gut aus«, murmelte Senta. Vorsichtig betastete sie die Wunde auf dem Kopf. »Wie ist es zu dieser Verletzung gekommen?« Fragend sah sie Tom an.

»Keine Ahnung«, antwortete er wahrheitsgemäß.

Senta erwiderte nichts und legte dem Mann ein Blutdruckmessgerät an. »110 zu 70 – eigentlich unauffällig, vielleicht ein bisschen niedrig.«

Senta sah Hannah an und zog fragend eine Braue hoch. »Mir bleibt nichts weiter übrig, als ihn in ein Krankenhaus einzuweisen. Möglicherweise hat er eine schwere Gehirnerschütterung oder sogar einen Schädelbruch. Eine klare Diagnose kann man nur anhand einer Röntgenaufnahme treffen. Kopf- und Armverletzungen müssen zudem genäht werden. Außerdem sollte man sicherstellen, ob er eine Tetanusimpfung hat.«

Hannah spürte, dass Tom protestieren wollte. Sie fasste ihn am Arm, bevor er etwas sagen konnte.

»Ich denke, das ist eine gute Entscheidung, und was die Kosten angeht, da werden wir uns schon einig. Schließlich können wir deinen Freund ja nicht einfach sich selbst überlassen, nicht wahr?« Sie nickte Tom aufmunternd zu.

»Sicher hast du recht«, murmelte er vor sich hin.

»Gut.« Senta machte sich an ihrer Tasche zu schaffen. »Ich werde einen entsprechenden Einlieferungsschein fürs Krankenhaus ausfüllen, da können wir ja einen von euch als Kostenträger eintragen, damit die auch beruhigt sind. Oder hat er sonst noch Angehörige, die für ihn aufkommen könnten?«

»Nicht das ich wüsste …« Tom setzte eine angespannte Miene auf.

»Wie ist denn der Name deines Freundes?« Senta schaute Tom fragend an.

Stille. Hannah sah die Unentschlossenheit in Toms Miene. Er schien sich die Frage zu stellen, ob er den Namen, den er den Papieren entnommen hatte, benutzen sollte oder ob es sich als besserer Schachzug erweisen würde, wenn er einen irgendeinen anderen Namen nannte.

Zögernd antwortete er: »Gera …«

»Er heizet schevelier Gêrard von Breydenbache.« Die Stimme zitterte leicht und klang kindlich, aber sie war nicht zu überhören.

Der Junge hatte sich zu voller Größe aufgerichtet und schaute entschlossen in ihre Richtung. Ihm war deutlich anzumerken, dass er seinen ganzen Mut hatte aufbringen müssen, um etwas zu sagen.

»He? Wer bist du denn?« Senta sah den Jungen erstaunt an. »Dich hab ich glatt übersehen«, sagte sie lächelnd. »Wie ist denn dein Name?«

Senta stand auf und wandte sich dem Jungen mit einer einladenden Miene zu. Offensichtlich dachte er jedoch nicht daran, ihrer Aufforderung nachzukommen.

Er blieb weiterhin stocksteif stehen und beantwortete ihre erste Frage mit einem feierlichen Unterton.

»Ich heize Matthäus von Brûche. Mîn ôheim ist der hêrre von Our.«

Tom verschluckte sich augenblicklich und fing zu husten an. Hannah klopfte ihm geistesgegenwärtig den Rücken. Sie war selbst erstaunt darüber, dass der Junge in der Lage war, zumindest Teilen ihrer Unterhaltung zu folgen. Geantwortet hatte er zweifelsfrei in Mittelhochdeutsch.

»Kommst du hier aus der Gegend?« Sentas Blick wanderte über die verschmutzte Kleidung des Jungen, einen dunkelbraunen Wollüberwurf mit Kapuze und eine weite Hose.

»Ist das sein Vater?« Senta schaute zu Tom auf, der bereitwillig antwortete, um dem Jungen zuvor zu kommen.

»Nein, das ist der Sohn seiner Ex-Freundin. Sie ist zurzeit … verreist, und er … betreut das Kind in der Zwischenzeit.«

Hannah verschlug soviel Dreistigkeit die Sprache, aber ihr war auch klar, dass es keine andere Möglichkeit gab, die Situation wieder in den Griff zu bekommen.

»Hannah wird sich um dich kümmern«, versuchte Senta den Jungen aufzumuntern. »Sie wird deine Mutter anrufen und dafür sorgen, dass es dir gut geht.«

»Mîne môder ist dôd«, antwortete der Junge.

Toms Augen nahmen einen bedrohlichen Ausdruck an, der dem kleinen Kerl zu verstehen gab, dass es ab sofort angeraten war, den Mund zu halten. Ängstlich und wie ein Häufchen Elend ließ der Junge sich auf dem Boden nieder, dabei wagte er es nicht mehr, in Toms Richtung zu schauen.

»Hattest du nicht gerade gesagt, seine Mutter sei verreist? Oder hab ich da jetzt was falsch verstanden?« Senta wandte sich leicht verstört an Tom.

Tom wusste nicht, was er antworten sollte, und überlegte einen Moment zu lange.

»Die Familienverhältnisse sind wohl etwas verworren«, kam Hannah ihm zur Hilfe.

»Scheint so«, erwiderte Senta, dabei sah sie den Jungen mitfühlend an. »Obwohl ich es für sehr bedenklich halte, wenn sie anscheinend *so* verworren sind, dass ein Kind nicht mehr unterscheiden kann, ob seine Mutter tot oder verreist ist. Außerdem sollte sich dringend jemand darum kümmern, dass das arme Kerlchen ein vernünftiges Deutsch lernt, sonst wird er in der Schule Probleme bekommen und es nicht weit bringen.«

Senta griff zu ihrem Mobiltelefon und tippte eine Nummer ein.

»Ist dort das Sankt Agnes Krankenhaus? Hier ist Doktor Scheuten. Ich habe einen Rettungstransport anzumelden.«

Tom bedeutete Hannah, dass sie ihm kurz in den Flur folgen sollte. Draußen zischte er im Flüsterton: »Na prima und was machen wir jetzt?«

»Das darfst du mich doch nicht fragen«, giftete sie leise zurück. »So konnte es ja auch nicht bleiben. Ich schlage vor, du fährst mit zum Krankenhaus, und ich kümmere mich in der Zeit um den Jungen. Wenn alles geregelt ist, kommst du zurück. Ich denke, du bist mir etwas mehr als die Erklärung von vorhin schuldig.«

Tom nickte, aber er schien noch etwas auf dem Herzen zu haben. »Können wir die Krankenhausrechnung und alles Weitere über dich laufen lassen? Es geht mir nicht ums Geld, aber es darf keinem Außenstehenden gelingen, sofort eine Verbindung zwischen mir und den beiden herzustellen. Ich weiß nicht, was im Institut nach meinem Verschwinden passiert ist. Ich werde da noch Rede und Antwort stehen müssen, soviel ist klar.«

»Wenn du dabei so schlagfertig bist wie eben, mache ich mir keine Sorgen«, stellte Hannah süffisant fest. »Schwör mir, dass wir nichts tun, was uns ins Gefängnis bringen kann.« Hannah blickte Tom herausfordernd in die braunen Augen.

»Mach dir keine Sorgen. Ich kriege das schon hin«, murmelte er erschöpft.

Zu ihrer Überraschung umarmte er sie kurz und drückte ihr einen warmen Kuss auf die Wange.

In diesem Augenblick kam Senta in den Flur und räusperte sich entschuldigend.

»Alles im Lot, der Krankenwagen kommt jeden Augenblick. Wenn du willst, kann ich den Transport begleiten.«

»Nicht nötig«, erwiderte Hannah, bemüht darum, entspannt zu lächeln. »Du hast schon genug Zeit für uns geopfert. Tom fährt mit.«

»Aus unserem Kartenabend wird wohl heute nichts«, bemerkte Senta und klopfte Hannah bedauernd auf die Schulter. »Soll ich bei dir bleiben?«

»Nein, vielen Dank.« So sehr Hannah den Beistand ihrer Freundin hätte gebrauchen können, war es doch besser, wenn sie nicht zu tief in die Sache hineingezogen wurde.

Es dauerte noch gut fünfzehn Minuten, bis der Krankenwagen in die Hofeinfahrt einbog. Senta hatte dem Bewusstlosen immer wieder den Puls gemessen und führte die Sanitäter und den Notarzt ins Schlafzimmer. Der Notarzt beschloss, dem Patienten zunächst eine Infusion anzulegen.

Hannah beobachtete als einzige, wie der Junge, dessen Name nach eigenen Angaben Matthäus war, vor Schreck die Augen aufriss, als einer der Sanitäter mit routinemäßiger Sicherheit eine dicke Infusionsnadel in den Handrücken des Bewusstlosen schob. Danach betteten die Männer den Verletzten mit vereinten Kräften auf eine Trage und schickten sich an, ihn nach draußen zu transportieren. Hannah sah, dass Matthäus nun doch wieder aufgestanden war und offenbar bestürzt beobachtete, wie man seinen Begleiter davontrug.

Als die Sanitäter zusammen mit dem Verletzten den Flur fast erreicht hatten, schoss er aus seiner Ecke hervor und stürzte sich auf die Trage. Verzweifelt klammerte er sich an den Bewusstlosen und versuchte die Männer am Fortgehen zu hindern. Dabei wimmerte er leise und zerrte wie ein Wahnsinniger an der glitzernden Wärmedecke, in die der Patient eingehüllt worden war. Die Sanitäter mussten die Trage kurz absetzen und schauten mitleidig auf, weil der Junge beinahe hyperventilierte.

»Sie müssen den kleinen Bengel schon beiseite nehmen« sagte einer der beiden Träger zu Tom und wies mit einem ungeduldigen Nicken auf den Kranken. »Sonst bekommen wir *den* hier nicht in den Wagen.«

Mit einiger Mühe löste Tom die Finger des Jungen und zerrte ihn zurück ins Schlafzimmer. Der kleine Kerl versuchte zu kratzen und zu beißen, während Tom ihn mit einem Ruck ins Schlafzimmer stieß. Hastig zog Tom von innen den Türschlüssel ab und verriegelte das Zimmer schließlich von außen.

Die ganze Szene hatte etwas Entwürdigendes an sich. Hannah wäre am liebsten sofort zu dem Jungen hingelaufen, um ihn zu trösten. Aber das musste sie auf später verschieben.

Senta runzelte fragend die Stirn.

Hannah lächelte entschuldigend, während die anderen das Haus verließen. »Ich muss nach dem Jungen sehen, also dann …«

Tom hob eine Braue und schaute sie vieldeutig an. »Schaffst du das?«

»Ja … werd ich wohl«, antwortete sie mehr flüsternd.

Er zwinkerte ihr noch einmal zu und ging. Dann fiel die Haustür ins Schloss.

Kurze Zeit später hörte Hannah, wie Senta, der Krankenwagen und Tom in seinem alten Volvo vom Hof fuhren.

Dann war es still.

Mit einem mulmigen Gefühl und der Hoffnung, dass Tom sie nicht allzu lange alleine ließ, öffnete sie die Schlafzimmertür. Wie sollte sie den Jungen trösten, und würde er es überhaupt zulassen?

Matthäus hatte die Sachen, die unter dem Bett lagen, hervorgeholt und sie auf dem Boden verteilt. Er saß mit dem Rücken zu ihr vor dem Kleiderhaufen und schien sich an dem Umhang festzuklammern. Seine Schultern zuckten. Er weinte immer noch.

Hannah näherte sich vorsichtig. »He, Matthäus, alles wird gut, du brauchst dir keine Sorgen zu machen, dein Freund wird wieder gesund, und alles kommt in Ordnung. Ich verspreche es …«

Keine Reaktion. Zögernd streckte sie die Hand nach ihm aus.

»Möchtest du was trinken? Du hast doch sicher Durst?«

Unvorhergesehen sprang er auf und schnellte herum.

Erschrocken wich Hannah zurück. Der schmächtige, harmlos erscheinende Junge hielt den lederumwickelten Griff des langen Dolches so fest in seiner rechten Faust, dass die Knöchel weiß hervortraten. Die mörderische Klinge direkt auf Hannahs Bauch gerichtet, ging er langsam auf sie los.

»Ir sîd eine zouberærinne!«, zischte er leise, während er immer näher kam. »Wâ hinne hât ir in gebrâht? Saget et mir ode ir müzzet sterven!«

Entsetzt wich sie zurück. Ihr Herz hämmerte bis zum Hals. Sie hatte mit allem gerechnet, aber nicht damit, von einem Zwölfjährigen erstochen zu werden.

»Matthäus«, sagte sie beschwörend und hoffte, er würde sie verstehen. »Leg das sofort wieder hin, damit kann man einen Menschen umbringen.«

Zitternd stand sie mit dem Rücken zur Wand. Zu ihrem Unglück hatte sie die Schlafzimmertür nach ihrem Eintreten verschlossen, und nun gab es kein Entrinnen. Die aufkommende Panik nahm ihr die Sprache. Im Geiste sah sie sich schon aufgeschlitzt auf dem Boden liegen, massakriert von einem Kind.

Ein Wunder wäre nicht schlecht, dachte sie noch, während sie verzweifelt die Augen schloss und darauf wartete, dass er ihr das blanke Messer ins Fleisch rammte.

Als es laut schepperte, blinzelte sie vorsichtig. Der Strom war überraschend zurückgekommen und ihr Schlafzimmer hell erleuchtet.

Und Matthäus lag vor ihr, auf dem Boden, den Kopf nach unten, und schlotterte am ganzen Körper. Den Dolch hatte er offensichtlich fortgeschleudert.

»Hât erbarmen!« quiekte er schrill. »Lât mih leven, endôt mir niht deheinen schaden!«

Wie betäubt lehnte sich Hannah zurück an die Tür. Beide Hände flach auf den Magen gepresst, atmete sie tief durch. Ihr Herz raste. Durch mehrmaliges intensives Aus- und Einatmen versuchte sie ihren Puls zu drosseln, bevor sie sich zu dem Jungen herabbeugte, um ihn zu beruhigen.

16

Samstag, 13. 11. 2004 – Aquarium

Während Tom das Gefühl beschlich, jeden Augenblick ins Nichts zu fahren, spiegelten sich die Lichter der entgegenkommenden Fahrzeuge auf der regennassen Straße und nahmen ihm den letzten Rest an Sicht. Eine bleierne Müdigkeit lähmte seine Konzentration, und ein lästiger Kloß im Hals erschwerte ihm das Schlucken.

Am Morgen bei Dienstantritt war er noch ein erfolgversprechender Wissenschaftler gewesen, mit einer glänzenden Zukunft, eingebunden in ein Geheimprojekt mit fantastischen Möglichkeiten. Ein erstklassig eingerichtetes Institut, dessen Ausstattung jedem ambitionierten, jungen Akademiker keine Wünsche offen ließ, war zu seiner zweiten Heimat geworden.

Jetzt war der ganze Laden einfach in die Luft geflogen, und es blieb die Frage, wie es nun weitergehen sollte.

Plötzlich klingelte sein Mobiltelefon.

»Hallo?«

»Hier ist Paul, Tom, wo steckst du jetzt?«

»Ich bin auf dem Weg ins Krankenhaus.«

»Wieso Krankenhaus? Ist irgendwas schief gelaufen?«, fragte Paul.

Tom atmete erschöpft aus. »Du hast Nerven! Ich folge dem Rettungswagen, der unseren Patienten ins Krankenhaus bringt.«

»Rettungswagen? Ich dachte, du wolltest die beiden bei deiner Freundin unterbringen?«

»Paul, wir haben keine Meerschweinchen materialisiert, die ich nur an interessierte Kinder zu verteilen brauche. Und falls du es schon vergessen hattest, der Kerl war bewusstlos und ist es immer noch. Es war schwer genug, Hannah dazu zu bringen, mir zu helfen, aber ich konnte ihr leider kein Verständnis dafür abbringen, dass ich einen fremden Mann einfach in ihrem Bett krepieren lasse. Schon gar nicht, wo der Junge dabei war.«

»Was hast du mit dem Kleinen gemacht?«

»Der Junge ist bei Hannah. Aber die Sache gestaltet sich schwieriger, als ich vermutet hatte.«

»Ich hab's geahnt«, erwiderte Paul. »Vielleicht haben wir Glück, und der Kerl stirbt. Andernfalls können wir eine Menge Probleme bekommen.«

»Was sollte ich denn machen? Ihn Hagen überlassen?«

»Jetzt sei doch nicht so gereizt!«, rief Paul in den Hörer. »Sei froh, dass du abhauen konntest. Was denkst du eigentlich, was ich alles über mich ergehen lassen musste? Die gesamte Institutsleitung hat sich zu einer Untersuchung mit einem eilig zusammengerufenen Beraterstab im Stützpunkt eingenistet. Der Präsident der Vereinigten Staaten wurde umgehend informiert. Noch heute Nacht macht sich eine Untersuchungskommission des Pentagon mit einer Sondermaschine aus Washington auf den Weg hierher. Hagen hat mich unterdessen persönlich in die Mangel genommen. Er war not amused, dich nicht anzutreffen. Ich habe ihm gesagt, dass du unter Schock standest und erstmal nach Hause fahren wolltest. Das hat er überhaupt nicht begriffen. Er wollte, dass ich dich anrufe. Sofort, auf dem Handy – aber glücklicherweise warst du nicht zu erreichen.«

»Hat Hagen noch etwas gesagt?«

»Dass er davon ausgeht, dass wir spätestens morgen früh um neun bei ihm antanzen. Er will einen detaillierten Bericht über den Ablauf der Testreihe. Ersten Berechnungen zufolge ergibt sich ein Sachschaden von knapp zwei Milliarden Dollar, und es gab mindestens fünfzehn Verletzte, drei davon schwer. Um das Gelände herum sind ganze Heerscharen von Übertragungswagen aufgefahren. Frag mich, wie die Presse so schnell davon Wind bekommen hat. Piglet hat eine Erklärung herausgegeben, um sie zu verscheuchen. Er sagte, dass die Möglichkeit einer leichten Verstrahlung des Bodens in Betracht gezogen werden müsse und dass das Gebiet im Umkreis von zwei Kilometern zu räumen sei. Colonel Pelham hat alles weitläufig absperren lassen. Ich wusste gar nicht, dass uns so viele Soldaten zur Verfügung stehen. Eine Eilanfrage der Fraktion der Grünen haben die Amerikaner auch schon auf dem Tisch liegen. Hier brennt im wahrsten Sinne des Wortes die Luft.«

»So, wir fahren jetzt die Krankenhausauffahrt hinauf, ich muss Schluss machen!«, rief Tom, der Mühe hatte, seinen Wagen auf der kurvenreichen Straße zu halten. »Bevor wir morgen gemeinsam in die

Höhle des Löwen vordringen, müssen wir uns unbedingt treffen. Ich schlage vor, um acht bei McDonalds in Bitburg. In Ordnung?«

»Geht klar«, erwiderte Paul, »Vielleicht telefonieren wir später noch mal.«

»Ja«, sagte Tom und beendete das Gespräch.

Der Krankenwagen fuhr zu einem hell erleuchteten Rolltor. Tom stellte seinen Volvo ein paar Meter entfernt ab.

Um keine Zeit zu verlieren, rannte er zum Eingang des Gebäudes, wo die Trage mit dem Mann aus dem Mittelalter auf ein Gestänge mit Rollen umgeladen und dann in den unterirdischen Krankenhaustrakt geschoben wurde.

Als er gemeinsam mit den Sanitätern durch eine doppelseitige Milchglastür schlüpfen wollte, fragte ihn eine energische Stimme von der Seite. »Sind Sie Angehöriger?«

Tom überlegte kurz. *War er das? Ja, entschied er, irgendwie schon.* Er schaute sich um. Eine herrische Frau mittleren Alters starrte ihn erwartungsvoll an. *Schwester Cordula* prangte auf ihrem Namensschild.

»Der Verletzte ist mein Schwager«, gab er kurz entschlossen zurück.

»Na, dann kommen Sie mal mit«, meinte die ganz in Blau gekleidete Frau eine Spur freundlicher. »Die verwaltungstechnischen Angelegenheiten regeln Sie bitte bei der Patientenaufnahme im Erdgeschoss«, redete sie weiter.

Tom sah, wie die Sanitäter und ein Krankenhausarzt, den er daran zu erkennen glaubte, dass er ein Stethoskop um den Hals trug, mit dem Verletzten hinter einer Schwingtür verschwanden. *Röntgen – kein Zutritt*, stand darauf.

»Wo … wo bringen sie ihn hin?«, fragte Tom nervös.

»Machen Sie sich keine Sorgen! Ihr Schwager wird erst mal gründlich untersucht. Sie können später noch mal zu ihm. Wenn Sie mir jetzt bitte folgen würden?« Die Schwester lächelte künstlich und deutete in Richtung Treppenaufgang.

Die Patientenaufnahme gestaltete sich schwierig. Tom stotterte sich ein paar biographische Daten zusammen, von denen er meinte, dass sie auf den Mann zutreffen könnten. Er schätzte ihn auf knapp dreißig und nannte ihn Gerard Schreyber – nach dem Vornamen, der auf dem Pergament gestanden hatte, und nach Hannahs Nachnamen. Damit machte er ihn – zusammen mit den Angaben zu ihrer Krankenversicherung – praktischerweise zu ihrem Ehemann. Ein Umstand, der den heimatlosen Ritter aus dem vierzehnten Jahrhundert in die bevorzugte Kaste eines Privatpatienten erhob.

»Wünschen Sie Chefarztbehandlung, Einzel- oder Zweibettzimmer?« Die Frau von der Patientenaufnahme sah ihn fragend an.

Tom überlegte einen Moment. »Einzelzimmer unbedingt«, antwortete er nach einem Moment. »Chefarzt muss nicht sein.«

Vor seinem geistigen Auge versuchte er zu konstruieren, was noch alles auf ihn zukommen konnte und welche Vorkehrungen dafür hilfreich waren. Dabei kam er zu dem beunruhigenden Schluss, dass es sich bei dieser Sache wie in der Quantenphysik verhielt: Alles war möglich, und nichts war geregelt.

»Wenn Sie mir jetzt noch die Telefonnummer von Frau Schreyber oder einem anderen Angehörigen geben könnten, der für uns immer erreichbar ist?«

Tom musste erst den Speicher seines Mobiltelefons befragen. Hannahs Nummer wusste er nicht auswendig. Der Anflug eines schlechten Gewissens beschlich ihn. Durfte er sie überhaupt in so eine Sache hineinziehen? Insgeheim hoffte er, dass nicht allzu große Schwierigkeiten auf sie zu kommen würden. Jedoch – realistisch betrachtet, deutete sich ein Chaos ungeahnten Ausmaßes an.

Kurz darauf wurde er angewiesen, in einem Wartezimmer Platz zu nehmen, um die Untersuchungsergebnisse der Ärzte abzuwarten.

Die große Uhr über der Tür zeigte 21 Uhr 15. Er dachte an Hannah und den Jungen. Es blieb abzuwarten, ob der Kleine irgendeinen Aufschluss darüber geben konnte, welchem genauen Winkel von Raum und Zeit die beiden entsprungen waren.

Plötzlich entdeckte Tom das Aquarium draußen vor dem Warteraum. Ein paar mittelgroße Welse hatten sich an einer der algenverschmierten Scheiben festgesaugt, und drei, vier rundliche Fische durchquerten gelangweilt die heruntergekommene Unterwasserlandschaft. Ein spontanes Mitgefühl mit diesen verwahrlosten Kreaturen stellte sich bei ihm ein. Ihr Anblick warf in ihm einmal mehr die Frage auf, wer oder was es wohl zu verantworten hatte, an welchen Platz im Universum man gestellt wurde.

Einen Moment später erschien eine attraktive, blonde Ärztin im Türrahmen. Zur Begrüßung streckte sie ihm ihre feingliedrige Hand entgegen.

»Stevendahl«, sagte er und unterstrich seine Vorstellung mit einem festen Händedruck.

»Tut mir leid, wenn Sie warten mussten«, sagte sie mit einer warmen Stimme. »Aber heute Abend ist hier die Hölle los. In Spangdahlem ist irgendwas in die Luft geflogen. Angeblich auf einem Forschungsgelände der Amerikaner. Seltsamerweise haben wir keinen einzigen Patienten von dort bekommen, dafür aber um so mehr verschreckte Anwohner mit Schocksymptomen, die dachten, der Krieg sei ausgebrochen.«

Tom vermied es, der Ärztin ins Gesicht zu sehen.

»Sagen Sie bloß, Sie haben nichts davon mitbekommen?«

»Doch, doch«, beeilte er sich zu sagen.

»Hat der Unfall Ihres Schwagers etwas mit dieser Geschichte zu tun?«

»Nein«, sagte Tom, bemüht darum, ihrem Blick nicht noch einmal auszuweichen. »Er ist von der Leiter gefallen, bei Renovierungsarbeiten in seiner Wohnung.«

In kurzen Worten erklärte ihm die Ärztin, dass bei dem eingelieferten Verletzten den Röntgenbildern nach zu urteilen nichts gebrochen war. Beiläufig blätterte sie in der frisch angelegten Krankenakte und entnahm ein gelbes Formularblatt.

»Ach ... was ich noch wissen müsste, hat er eine Tetanusimpfung?«

Tetanusimpfung? Mit Sicherheit nicht!, dachte Tom. Energisch schüttelte er den Kopf. Die Ärztin sah ihn erstaunt an. »Irgendwelche bekannten Allergien?«

»Nein«, antwortete Tom rasch. »Nicht das ich wüsste.«

Mit einem verständnisvollen Lächeln schaute sie von der Karteikarte auf. »Gut. Die Impfung müssen wir unbedingt nachholen. Unterrichten Sie seine Frau, dass wir ihre Zustimmung nicht abwarten können. Im Augenblick trage ich die Verantwortung, und ein Wundstarrkrampf wäre das letzte, was er gebrauchen könnte.« Dann blickte sie erneut auf und sah ihn fast mitleidig an. »Tja, das Problem ist, dass er immer noch nicht aufgewacht ist, und ich kann im Augenblick leider

263

keine Prognose geben, wie lange seine Bewusstlosigkeit noch andauern wird. Morgen sieht vielleicht alles schon besser aus. Vermutlich hat er nur eine starke Gehirnerschütterung.«

Die Ärztin machte eine kurze Pause, in der sie kopfschüttelnd auf einen Stapel bläulicher Aufnahmen blickte. »Um eventuelle innere Verletzungen komplett auszuschließen, haben wir eine Kernspintomographie vorgenommen. Leider hat die Anlage komplett verrückt gespielt. Die Bilder taugen höchstens für den Müll«, sagte sie nachdenklich. »Das Gerät geht morgen in Reparatur. Ich werde nachher noch eine Computertomographie nachschieben, um sicher zu gehen, dass uns bei den Röntgenaufnahmen nichts entgangen ist.«

»Selbstverständlich …«, erwiderte Tom zögernd. Der Kernspintomograph versetzte die Wasserstoffkerne des Körpers in ein starkes Magnetfeld. Gewisse Ähnlichkeiten zum Synchronisationsmechanismus der Forschungsanlage waren durchaus vorhanden. In Testreihen hatte sich herausgestellt, dass die Atome eines transferierten pflanzlichen Organismus Stunden benötigten, um wieder im gewohnten Takt zu schwingen. Somit hatte sich bestätigt, dass es in dieser Hinsicht, wie erwartet, zwischen menschlichen und pflanzlichen Zellstrukturen keinerlei Unterschiede gab, was die Auswirkung der Experimente betraf. Toms Kopf war plötzlich leer, und er verspürte ein dringendes Bedürfnis nach Ruhe.

Die Ärztin bemerkte seine Erschöpfung und klopfte ihm aufmunternd auf die Schulter, als sie ihn hinausbegleitete. »Wird schon werden«, sagte sie lächelnd. Sagen Sie der Ehefrau des Patienten, dass wir uns spätestens morgen bei ihr melden werden.«

Tom verließ das Krankenhaus durch den vorderen Ausgang. Es hatte aufgehört zu regnen. Gierig sog er die kalte, feuchte Herbstluft ein. Heute war Samstag der 13. – es hätte fraglos ein Freitag sein können.

Hannah berührte den am Boden liegenden Jungen ganz leicht an der Schulter, als befürchtete sie eine weitere unvorhergesehene Attacke. Vorher hatte sie sichergestellt, dass der Dolch wirklich an das andere Ende des Zimmers geschlittert war. Schließlich fasste sie allen Mut zusammen und streichelte Matthäus über die blonden Locken, während er immer noch wie erstarrt am Boden lag.

Auch die Kleidung des Jungen war überaus seltsam. Eine braune Leinentunika mit langen Ärmeln trug er und darüber eine wollene, braungraue, gestrickte Weste sowie eine dunkelbraune Hose aus dickem Wollstoff. Die Füße steckten in kurzen, hellbraunen Stiefeln aus handschuhweichem Leder, deren Schaft auf Höhe der Knöchel eine Handbreit umgeschlagen war.

Falls Toms Aussagen zutrafen und der Junge tatsächlich dem Mittelalter entstammte, war es da ein Wunder, dass er mit Angst und Abwehr reagierte? Angesichts dieser Umstände, dachte Hannah, war es keine Frage, dass sie und Tom dem Jungen wie zwei rücksichtslose Barbaren erscheinen mussten, die sich an seinem bewusstlosen Bruder, Vater, Onkel oder was auch immer vergriffen und dafür gesorgt hatten, dass man ihn ohne Erklärung abtransportieren ließ. Darüber hinaus musste die neue Umgebung dem Jungen extrem fremd und bedrohlich erscheinen.

Bei all diesen Überlegungen zog sich ihr Herz zusammen, und sie hätte den Jungen am liebsten an sich gedrückt, um ihn zu trösten. Möglicherweise jedoch machte sie damit alles nur noch schlimmer.

Zunächst löschte sie die elektrische Beleuchtung. Zwischenzeitlich hatte Matthäus seine Neugierde wohl doch nicht bezwingen können, denn als sie ihm ihre Aufmerksamkeit erneut zuwandte, sah sie, dass er seinen Kopf leicht angehoben hatte und sie aus seinen Augenwinkeln heraus beobachtete. Als sich ihre Blicke versehentlich trafen, schnellte sein Gesicht wieder in Richtung Fußboden und verdüsterte sich.

Hannah setzte sich neben den Jungen aufs Parkett und wartete einfach ab. Offensichtlich fand er ihr Verhalten so merkwürdig, dass er nach ungefähr fünf Minuten den Kopf erneut anhob und sie verwundert anschaute. Sie versuchte sich an einem aufmunternden Lächeln und hob fragend die Brauen.

Er lächelte zwar nicht zurück, fand aber den Mut, sich aufzurichten und sich ihr in gebührendem Abstand gegenüberzusetzen. Seine Beine hielt er angewinkelt, wobei er seine Knie fest umklammerte.

Hannah rückte vorsichtig ein Stück näher und streckte zaghaft ihre Hand nach ihm aus. Mühsam kramte sie drei Semester Mittelhochdeutsch aus ihren hinterlassten Hirnwindungen hervor und versuchte sich angestrengt an die Syntax des Satzaufbaus im Hochmittelalter zu erinnern.

»Ich haiße Hannah. Willekummen in mieneme huuse, Matthäus!« Er sagte nichts, wandte aber seinen Blick nicht ab.

»Ferstahestu mich?« Sie ließ nicht locker und blickte ihn aufmunternd an.

Er nickte abwesend. »Ir sît vil schœne«, flüsterte er plötzlich mit einer Miene, die Bewunderung ausdrückte.

Hannah schluckte gerührt. Ein ehrliches Kompliment, das sie ebenso unerwartet traf wie die vorherige Messerattacke.

»Sît ir einiu zouberærinne?« Mit seinen großen, blauen Augen sah er sie erwartungsvoll an.

Eher unbewusst strich sie sich eine dunkelrote Strähne aus dem Gesicht, und schon alleine diese Bewegung verursachte bei ihrem Gegenüber ein ängstliches Blinzeln. Wenn die Lage nicht so verworren gewesen wäre, hätte sie laut losgelacht. Hatte sie schon jemals jemand ernsthaft danach gefragt, ob sie eine Zauberin oder vielleicht eine Hexe sei?

Hannah räusperte sich und versuchte so ernst zu bleiben, wie es die Situation erforderte. Ohne Zögern in der Stimme antwortete sie: »Nainaa, ich en-bin dechainü zauberäärinne noch hekse noch truude – bie mienere trüüwe!«

Sie hob ihre rechte Hand und legte die Linke auf ihren Oberschenkel wie zu einem Ehrenwort.

Matthäus entspannte sich ein wenig. »Danne sît ir einiu faie?« Die Brauen des Jungen hoben sich, und ein hoffnungsfroher Ausdruck leuchtete in seinen Augen auf.

War sie eine Fee? Nein, leider musste sie erneut passen.

»Eß tuot mir laide, Matthäus, ich en-bin ouch dechainü faie, ich bin ain gemaineß wiep.« Leider musste sie ihn enttäuschen. Insgeheim hoffte sie darauf, dass der Junge ihr nach soviel Ehrlichkeit die gerade gewonnene Anerkennung nicht unversehens entzog.

»Waz sît iu danne? Eigeniu ode frîiu?«

Leibeigne oder Freie? Langsam schien er Gefallen daran zu finden, sie auszufragen. Rasch überlegte sie, was es bedeutete, frei zu sein. Im Mittelalter hieß es, dass man über sich selbst verfügte, nicht an jedermann verkauft werden konnte wie ein Stück Vieh und niemandem gegenüber verpflichtet war, irgendwelche Dienste zu leisten. Keinem musste man Rechenschaft ablegen, wenn man heiraten wollte und sich nicht vorschreiben lassen, wer der Auserwählte zu sein hatte. Wenn sie es recht betrachtete, war sie also frei. Schließlich besaß sie einen gut gehenden Buchladen und hatte sich nach niemandem zu richten. Was das Heiraten betraf, war sie leider nicht im Vorteil, aller Freiheit zum Trotz. Es stand definitiv niemand in Aussicht, dem sie den Vorzug hätte geben können.

»Ja, ich bin ain frieeß wiep«, sagte sie schließlich mit einem Lächeln.

Matthäus legte den Kopf schief. Anscheinend wollte er nun genau wissen, mit wem er es zu tun hatte. »Einiu krâmærinne? Ode ghœret ir zu einere dere zümfte?

Händlerin? Klang passend. Zünfte? Nun ja, sie gehörte dem Börsenverband des deutschen Buchhandels an. Aber das zu erklären, kam ihr nicht in den Sinn.

»Ja, ich haan ainen kraam met buochern«, antwortete sie ihm.

»Met buocher?« Seine Stirn kräuselte sich in ungläubigem Zweifel.

»Ja«, versicherte ihm Hannah. Er schien sie tatsächlich zu verstehen.

Unvermittelt kam ihr Professor Marbach in den Sinn. »Denken Sie immer daran«, pflegte er seinen Germanistikstudenten gegenüber zu dozieren, »wir können allenfalls erahnen, wie Mittelhochdeutsch in seiner originalen Aussprache geklungen hat, genau wissen können wir es nicht.«

Hannah entschlüpfte ein weiteres Lächeln, und diesmal lächelte Matthäus vorsichtig zurück.

Der Blick des Jungen richtete sich auf den Halogenstrahler an der Decke, den sie vorsorglich ausgeschaltet hatte. »Waz ist daz vür ein wunderlieht in dîneme kerzstalle? Ez ist alsô liht als der tac, vil lihter danne der schîn dere kerzen.«

Hannah überlegte einen Augenblick. »Kerzenstall« bedeutete Leuchter. Und dass es den Ausdruck »elektrisches Licht« im Mittelhochdeutschen nicht gab, war selbstverständlich. Umso mehr rührte sie die Beschreibung des Jungen. Wunderlicht, lichter als der helle Tag. Klang fast poetisch. Wie sollte sie dieses Wunderlicht im Gegenzug umschreiben? Er würde es sowieso nicht auf Anhieb verstehen.

Sie zuckte entschuldigend mit den Schultern. Natürlich sollte sie als ehemalige Lebensgefährtin eines Physikgenies wissen, wie elektrisches Licht zustande kam. Aber vielleicht reichte es dem Jungen, wenn sie ihm versicherte, dass keine Gefahr davon ausging. »Wenn ich bie der wahrhait bliebe, ich ne en-weiß, wie ich eß dir soll erklären. Aber eß ist vil nütze und ahne geferde.« Dann fiel ihr etwas ein, womit sie das Vertrauen des Jungen vielleicht gewinnen konnte. »Haastu etewan hunger odder durst?«

Die Antwort folgte prompt.

»Jâ, wenn ir etewaz brôtes unde wazzers vür mih hettet?«

Spätestens jetzt schwanden ihre letzten Zweifel an Toms Geschichte. Welches halbwegs normale Kind – abgesehen davon, dass es fließend Mittelhochdeutsch sprach – würde nach Brot und Wasser verlangen, wenn man ihm etwas zu essen offerierte? Und dass ein Zwölf- oder Dreizehnjähriger so konsequent seine Rolle durchspielte, war noch unwahrscheinlicher.

Hannah erhob sich langsam. Sie zwinkerte dem Jungen auffordernd zu und sagte mehr zu sich selbst: »Komm mit, vielleicht hab ich auch noch was Besseres als Wasser und Brot.«

Zögernd folgte er ihr ins Wohnzimmer. Dort ließ er sich auf dem Teppich am Kaminofen nieder, in dem ein gemütliches Feuer glühte. Auf dem Tisch flackerte immer noch eine dicke Kerze, und Hannah beschloss, soweit wie möglich auf elektrisches Licht zu verzichten.

Der Blick des Jungen fiel auf Heisenberg, der sich ganz in seiner Nähe wieder gemütlich auf dem Sessel eingerollt hatte, so als würden ihn die Katastrophen des heutigen Abends nicht das Geringste angehen. Langsam tastete sich die Hand des Jungen zu der Katze hin. Zaghaft streichelte er über das weiche, schwarze Fell, und schließlich begann er das Tier vorsichtig hinter den Ohren zu kraulen. Seltsamerweise ließ sich der sonst so spröde Heisenberg diese Behandlung unter lautem Schnurren gefallen.

»Bleib ruhig dort sitzen«, sagte Hannah. »Ich komme gleich zurück.« Bedacht darauf, dass ihr der Junge nicht folgte, ging Hannah in die Küche. Diesen Raum mit all seinen seltsamen, technischen Gerätschaften wollte sie ihm erst zumuten, wenn er sich ein wenig mehr eingewöhnt hatte.

Als sie ins Wohnzimmer zurückkehrte, hatte Matthäus es sich auf dem Sofa bequem gemacht. Mit hungrigen Augen starrte er auf das Tablett mit den belegten Sandwichs, einem roten Apfel und einem großen Glas Milch.

Hannah war amüsiert und gerührt zugleich, als sie sah, welche Begeisterung diese kleine Mahlzeit bei ihrem Gast auslöste. Vor dem Essen bekreuzigte er sich, faltete die Hände und schloss für einen kurzen Moment die Augen. Dann betete er stumm. Danach aß er sehr konzentriert und langsam. Bevor er sich dem Apfel widmete, fiel sein Blick auf Hannahs Bücherwand.

»Ihr müsst eine sehr reiche Frau sein«, bemerkte er leise. »So viele Bücher hat noch nicht mal mein Oheim, und der ist der Komtur des Templerordens von Bar-sur-Aube.«

Templerorden, also doch und Bar-sur-Aube, dachte Hannah. Lag das nicht in der Champagne? Also war der seltsame Bursche, der nun vor ihr saß in Frankreich beheimatet, aber warum sprach er dann Deutsch?

»Außerdem besitzt ihr Becher aus edlem Glas«, fügte er immer noch kauend hinzu, nachdem er den Apfel bis auf den Stiel verspeist hatte. Anerkennend hob er das leere Milchglas an und drehte es in seiner Hand ein wenig hin und her, während er es eingehend betrachtete. Hannah bemühte sich standhaft, ernst zu bleiben. Ein gespültes Senfglas als edel zu bezeichnen kam ihr mehr als merkwürdig vor.

Schließlich bedankte sich der Junge mit einem artigen Blick für das vorzügliche Mahl. Wieder musste sie unwillkürlich lächeln. Von der Kleidung einmal abgesehen, sah der Junge aus wie ein normaler Teenager. Ein paar Pickel hatte er auf der Stirn, und wenn er lächelte, entblößte er erstaunlich weiße Zähne, deren Schneidekanten noch das gezackte Profil eines Kindes aufwiesen.

Ein zaghaftes Klopfen, das stetig lauter wurde, schreckte Hannah aus dem Schlaf. Im ersten Augenblick war es ihr schleierhaft, wo sie sich befand.

Als sie am Ausgang zum Flur die Deckenbeleuchtung einschaltete und sich gewohnheitsmäßig noch einmal in Richtung Sofa umdrehte, durchfuhr sie ein Schrecken. Der schlafende Junge auf ihrem Sofa war so real wie ihr Herzklopfen, und auch die Geschichte, die seine Anwesenheit begründete, kehrte schlagartig in ihre Erinnerung zurück.

»Gott sei Dank«, stöhnte sie beinahe erleichtert, als sie die Tür öffnete und es Tom war, der vor ihr stand. »Und wie ist es gelaufen?«

»Bis auf das Scheißwetter keine besonderen Vorkommnisse.« Während er mit einem prüfenden Blick in den Spiegel sein feuchtes Haar ordnete, lächelte er. »Von nun an bist du die Ehefrau eines Templers, jedenfalls, was das St. Agnes Krankenhaus betrifft. Wenn er Mist baut oder das Zeitliche segnet, werden sie bei dir anrufen.«

»Dass du immer noch zu Scherzen aufgelegt bist, wundert mich«, erwiderte Hannah ungehalten. »Willst du etwas trinken? Oder hast du Hunger?«, fragte sie, als sie an der Küche vorbeigingen.

»Wenn du einen doppelten Whisky für mich hättest?«

»Tut mir leid. Eierlikör ist das Härteste, womit ich aufwarten kann.«

»Wein? Vielleicht einen Roten?« Aus ihren gemeinsamen Zeiten wusste Tom, dass Hannah gerne ab und an einen guten Rotwein trank. Rasch hatte sie eine Flasche und zwei Gläser aus dem Küchenschrank genommen.

Als Tom das Wohnzimmer betrat, stutzte er, als er den selig schlummernden Jungen auf dem Sofa vorfand. Bemüht, kein Geräusch zu machen, setzte er sich in einen der Sessel und bedachte den unverhofften Hausgast mit einem nachdenklichen Blick.

»Hat er sich beruhigt?«

»Frag lieber nicht«, antwortete Hannah mit leiser Stimme, während sie eine Flasche Cabernet Sauvignon entkorkte. »Er wollte mich umbringen!«

»Was? Womit denn?«

»Denk mal scharf nach«, sagte sie und goss den schweren Rotwein in die Gläser, die sie zuvor auf den Tisch gestellt hatte. Während Tom immer noch entgeistert auf das schlafende, harmlos wirkende Kind blickte, verließ Hannah für einen Moment das Zimmer. Wenig später überreichte sie Tom den langen Dolch.

Er wiegte die schmucklose Waffe vorsichtig in seinen Händen und warf einen ungläubigen Blick auf den schlafenden Jungen. »Ist das nicht das Messer, mit dem ich mir in den Finger geschnitten habe? Wie ist er denn daran gekommen?«

»Na wie wohl? Du hast das Ding einfach unter das Bett geschoben. Er hat gemeint, ich wäre eine Zauberin, die mit den Mächten der Finsternis im Bunde stünde und es verdient hätte, ins Jenseits befördert zu werden.«

»Und du ... hast ihn überwältigt?« Tom war sein Entsetzen anzusehen.

»Nicht unbedingt. Während ich darauf gewartet habe, dass meine letzte Sekunde schlägt, ist es dem E-Werk gelungen, das Stromnetz zu stabilisieren. Den Kleinen hat die plötzliche Konfrontation mit elektrischem Licht offenbar so sehr beeindruckt, dass er dachte, es sei wohl besser, mich am Leben zu lassen.«

Tom nahm einen hastigen Schluck Wein und schwieg betreten.

»Mittlerweile haben wir uns beinahe angefreundet«, führte Hannah weiter aus, während sie sich demonstrativ in den gegenüberstehenden Sessel setzte. Die Arme vor der Brust verschränkt, sah sie Tom mit blitzenden Augen an. »Denkst du nicht, du solltest mir erzählen, wie es zu einer so unglaublichen Geschichte kommen konnte?«

»Natürlich«, sagte er und wich schuldbewusst ihrem Blick aus, »aber ich überlege noch immer, wo ich anfangen soll und vor allen Dingen wie. Das Ganze ist nicht so leicht zu verstehen.« Er räusperte sich und vermied es weiterhin, ihr in die Augen zu sehen.

»Du glaubst also immer noch, ich wäre zu blöd für deine wissenschaftlichen Hirngespinste?«

»Nein ... aber ...«

»Dann versuch's wenigstens.«

»Also gut.« Er lehnte sich zurück, und man konnte ihm förmlich ansehen, wie er um Worte rang.

Es dauerte eine Weile, bis er ihr über seinen Werdegang nach ihrer Trennung berichtet und sie dabei mehr beiläufig in die Funktion der Forschungsanlage eingewiesen hatte.

»Du weißt doch«, sagte er beinahe entschuldigend, »ich war schon in Jülich von meiner Arbeit besessen. Es war eine riesige Chance, in Hagens Team arbeiten zu dürfen.«

Hannah sah ihn vorwurfsvoll an. »Ja, ich erinnere mich, du warst besessen«, entgegnete sie düster. »Auf einmal war dir alles gleichgültig. Ich. Unsere gemeinsame Zukunft. Dabei hatte ich nicht die leisteste

Ahnung, warum. Manchmal habe ich gedacht, du hast eine andere. Von einem Tag auf den nächsten habe ich mich gefühlt wie eine Schiffbrüchige, die auf einer einsamen Insel gestrandet ist.«

»Ich weiß, ich habe viel falsch gemacht«, erwiderte Tom leise, »Aber vor dem Hintergrund, dass es Hagen gelungen ist, eine Art Zeitmaschine zu bauen, kannst du meine Begeisterung, für ihn arbeiten zu dürfen, vielleicht verstehen.«

Hannah lächelte nervös. »Zeitmaschine«, wiederholte sie mit einem lakonischen Lächeln. »Sei mir nicht böse, Tom, aber das hört sich verdammt abgedroschen an. Hat das Teil wenigstens einen Namen, der so professionell klingt, dass ich nicht immerzu denken muss, dass du mir einen Bären aufbindest?«

»CAPUT – Center of Accelerate Particles in Universe and Time. Hagen hat die Anlage so genannt.«

»Klingt ja großartig.« Hannah schenkte Tom einen provozierenden Augenaufschlag. »Und wie konnte es trotz aller Genialität zu einem solchen Unfall kommen?«

»Keine Ahnung. Weder mein Kollege Paul noch ich haben aktiv die Programmierung beeinflusst. Wir hätten es zwar gekonnt, aber es war uns streng untersagt. Schließlich bestimmt der Präsident der Vereinigten Staaten von Amerika jegliche Änderung in der Vorgehensweise. Wer dabei erwischt wird, dass er eigenmächtig handelt, fliegt unverzüglich aus dem Projekt.«

»Verstehe«, flüsterte Hannah. »Deshalb hast du die beiden hierher geschafft. Weil du dachtest, dass man dich hinauswerfen würde, wenn unvorhergesehen Menschen aus einer anderen Zeit auftauchten und sich herausstellt, dass du dafür verantwortlich bist.«

»Es ist nicht so, wie du denkst …«, murmelte Tom abwehrend, während er auf den schlafenden Jungen starrte. »Ja, du hast recht«, räumte er schließlich ein, als er bemerkte, dass ihr zweifelnder Ausdruck bestehen blieb. »Mein erster Gedanke ging vielleicht in diese Richtung. Jedoch nach kurzer Zeit war mir klar, dass vielleicht jemand anderes dahinter stecken könnte und dass es kein Zufall war, dass die beiden auf dem Forschungsfeld gelandet sind und …« Er sah sie beschwörend an. »Du musst mir glauben, dass es vor allen Dingen menschliche Gründe waren, die mich davon abgehalten haben, die beiden dem Professor und damit den Amerikanern zu überlassen. Schließlich kenne ich meinen Chef lange genug, um zu wissen, dass ein Leben im goldenen Käfig noch die netteste Variante wäre, die den beiden widerfahren könnte. Aber so, wie ich die Sache einschätze, würde sich ihr weiteres Dasein nicht sehr von dem einer Laborratte unterscheiden.«

»Es ehrt mich, wenn du glaubst, dass sie es bei mir besser haben.« Hannah lachte trocken. »Haben die beiden überhaupt eine Chance, in ihre Zeit zurückzukehren?« Instinktiv ahnte sie, dass auch der Verlauf ihrer eigenen Zukunft von dieser Antwort abhing.

»Praktisch … zurzeit … nein.« Tom seufzte resigniert. »Die Anlage ist in großen Teilen zerstört. Und selbst wenn alles in Ordnung wäre und ich wüsste, wie man es anstellt, hätte ich nicht die geringste Ahnung, wie ich die beiden unbeobachtet dorthin schicken könnte, wo sie hergekommen sind.«

»Was ist mit den Amerikanern? Werden sie dich und deinen Kollegen nicht für das, was geschehen ist, zur Verantwortung ziehen? Unabhängig davon, ob sie erfahren, dass ihr zwei Menschen aus der Vergangenheit versteckt haltet.«

»Paul hat mich unterwegs auf dem Handy angerufen. Erst einmal müssen er und ich morgen zum Rapport in Hagens Büro in Spangdahlem. Erfahrungsgemäß wird er uns heftig in die Mangel nehmen, aber wenn wir klug genug vorgehen, werden wir die Angelegenheit ungeschoren überstehen. Im Augenblick halte ich es wirklich für das größte Problem, die Anwesenheit der beiden zu verschleiern. Ich befürchte, dass es Aufzeichnungen über den Hergang des Unfalls gibt. Die Amerikaner verfügen über modernste Ermittlungstechnik. Denen reicht eine Hautschuppe, um anhand von organischen Rückständen festzustellen, ob und wann sich jemand irgendwo aufgehalten hat. Unsere einzige Chance, die Ankunft der beiden auf Dauer geheim zu halten, liegt in der Hoffnung, dass auf dem Feld alles Verdächtige dem Feuer zum Opfer gefallen ist.«

»Was ist, wenn sie deinen Wagen untersuchen?«

»Daran habe ich auch schon gedacht. Vielleicht gibt es einen Gott, und er liebt mich«, antwortete Tom. »Der alte Volvo draußen vor der Tür gehört meinem Nachbarn. Ich muss ihn noch heute nach Bonn zurückbringen. Mein BMW ist heute Morgen nicht angesprungen.

Irgendetwas mit der Elektronik. War wohl ein Wink des Schicksals, denn mit meinem Zweisitzer hätte ich den Ritter und seinen kleinen Begleiter nie und nimmer zu dir bringen können.«

»Ehrlich gesagt, ich habe mich gewundert, als du mit dieser Rostlaube bei mir erschienen bist«, sinnierte Hannah. »Deine Vorliebe für teure Sportwagen hast du also auch nach unserer Trennung nicht aufgegeben.«

»Da magst du recht haben«, erwiderte Tom mit einem treuen Blick. »Was den Rest betrifft, so glaube ich schon, dass ich mich verändert habe.«

Hannah bemerkte, wie seine Rechte über ihre Hand streichelte. Rasch erhob sie sich. »Du siehst ziemlich geschafft aus«, bemerkte sie. »Vielleicht solltest du jetzt fahren. Du hast morgen einen anstrengenden Tag vor dir.«

Tom kniff die Lippen zusammen und stand auf. Hannah konnte ihm seine Enttäuschung ansehen. Was erwartete er eigentlich von ihr? Sollte sie ihm etwa um den Hals fallen? Es grenzte ohnehin an ein Wunder, dass sie ihm überhaupt in dieser verrückten Angelegenheit zur Seite stand.

»Ich melde mich, sobald ich kann«, sagte er mit ernster Miene.

»Das will ich meinen.« Hannah erwiderte seinen Blick mit einigem Unverständnis. »Ich hoffe, dir ist klar, dass ich ab sofort die Verantwortung für eine Familie trage. Glaub ja nicht, es ist damit getan, die zwei bei mir unterzubringen und dafür zu sorgen, dass dein verrückter Professor sie nicht findet.«

»Wenn mir eine Alternative eingefallen wäre«, sagte er und bedachte den schlafenden Jungen mit einem Nicken. »Hätte ich dich wohl kaum gefragt. Ich bin mir sicher, dass die beiden nirgendwo besser aufgehoben sind.«

Mit einem unglücklichen Ausdruck in den braunen Augen kramte er in seiner Hosentasche nach dem Autoschlüssel.

Hannah nahm vorsichtshalber den Dolch an sich, der immer noch auf dem Tisch lag, und verstaute ihn in einer Schrankschublade, bevor sie Tom zur Haustür begleitete.

»Komm mal her«, sagte sie zu Tom, als er in der offenen Haustür stand und sich ihr noch einmal zum Abschied zuwandte. Mit einer schnellen Bewegung zog sie Toms Kopf zu sich herab und hauchte ihm einen Kuss auf die Wange.

Er lächelte schwach. »Danke«, sagte er nur. »Für alles.«

»Fahr vorsichtig«, erwiderte sie zum Abschied.

17

Sonntag, 14. 11. 2004 – Das Verhör

Das einzige Hindernis, das Tom den Weg zum US-Luftwaffenstützpunkt Spangdahlem erschwerte, war das Kirchentaxi, das sich durch die engen Straßen der Eifeldörfer schlängelte wie ein Thrombus auf seiner Reise durch eine verkalkte Arterie. Nur schwer konnte er es ertragen, erheblich langsamer zu fahren, als es seinem aufgewühlten Gemüt und seinem BMW gut tat.

Kurz vor der Einfahrt zu McDonalds lenkte er seine Aufmerksamkeit auf die Acht-Uhr-Nachrichten eines Lokalsenders. Doch der Unfall auf dem Gelände der amerikanischen Streitkräfte war kein Thema für die Frühmeldungen. Allein der gigantische Stromausfall von gestern Abend, der sich kurzzeitig von Wittlich über Trier bis hin nach Luxemburg und in Teilen von Frankreich ausgedehnt hatte, fand eine intensivere Beachtung. Der Nachrichtensprecher betonte, dass die Rheinisch-Westfälischen-Elektrizitätswerke und Vattenfall Europe immer noch nicht bekannt gegeben hatten, wie es dazu kommen konnte. Lediglich in einem Nebensatz wurde erwähnt, dass die Störung vermutlich auch an einer nicht näher bezeichneten Explosion auf dem Gelände der amerikanischen Streitkräfte in der Nähe der US-Air Base Spangdahlem Schuld sein sollte.

Allem Anschein nach hatten die US-Streitkräfte bereits dafür gesorgt, dass niemand herausfand, dass es umgekehrt war.

Der rotblonde Schopf des Luxemburgers leuchtete ihm entgegen, noch bevor Tom die Glastür zum Restaurant geöffnet hatte.

»Da bist du ja endlich«, stellte Paul nervös fest. »Ich befürchtete schon, du hättest es dir anders überlegt und wärst bereits auf dem Weg in die Karibik.«

»Du hast Ideen«, erwiderte Tom ärgerlich und setzte sich sichtlich erschöpft auf die gegenüberliegende Seite des Tisches.

»Mein Gott, du siehst ja aus wie der Tod auf Kur.« Paul sah ihn besorgt an.

»Kunststück!«, erwiderte Tom, unter dessen Augen tiefe Schatten lagen. »Um es genau zu sagen, habe ich seit sechsunddreißig Stunden kein Auge mehr zugetan.«

»Warte einen Moment.« Paul erhob sich und stellte Tom wenig später einen Cappuccino und zwei Croissants vor die Nase. »Erzähl!«, forderte er ihn auf.

In kurzen Zügen berichtete Tom, was nach der Krankenhauseinlieferung des bewusstlosen Templers geschehen war.

Paul hob seine Brauen. »Wenn er zu sich kommt, braucht er etwas zu essen und ein Dach über dem Kopf. Und keiner von uns weiß, für wie lange. Ist deine Ex-Verlobte sich darüber im Klaren, welche Verantwortung auf sie zukommt?«

»Sie hat sich bereit erklärt zunächst einmal alle Kosten zu übernehmen, bis die Luft wieder rein ist. Sie war sogar damit einverstanden, dass ich den Typen als ihren Ehemann ausgebe.«

»Ihr scheint doch noch was an dir zu liegen. Immerhin sind ihr der Mann und das Kind wildfremd.«

Tom trank geräuschvoll seinen Kaffee. »Er hatte einen ledernen Brustbeutel um den Hals hängen. Darin befand sich eine Art Ausweisdokument.«

»Und?«

»Du hattest Recht.« Tom setzte den Becher vorsichtig ab. »Hannah hat mir bei der Übersetzung des Pergaments geholfen. Er ist tatsächlich ein Templer. Geboren zwölfhundertachtzig, ganz hier in der Nähe.«

»Es hat also wirklich funktioniert.« Paul schüttelte staunend den Kopf. »Wenn der Alte wüsste, dass wir einen Kreuzritter erwischt haben! Unglaublich!«

»Was hätte Hagen davon, abgesehen von der Gewissheit, dass seine Maschine tatsächlich mehr zutage fördern kann als wertlose Tannenzapfen?«

Paul schaute sich vorsichtig um und verfiel in heiseres Flüstern, bevor er sich Tom erneut zuwandte. »Die Spatzen pfeifen es von den

Dächern, dass Hagen die Idee zur Anlage nicht alleine entwickelt hat. Es soll jemanden im Hintergrund geben, der ihn tatkräftig unterstützt. Angeblich hat ein früherer Bekannter aus Beirut bei Renovierungsarbeiten auf dem Tempelberg in Jerusalem irgendwelche Hinweise gefunden, die Hagen erst in die Lage versetzt haben, die Anlage zu entwickeln. Unser guter Professor hat verständlicherweise wenig Interesse daran, dass dieser Umstand publik wird.«

»Jerusalem?« Tom runzelte ungläubig die Stirn.

»Der Typ, der ihm die Funde hat zukommen lassen, ist Libanese. Angeblich ein Cousin von Hagens Hausverwalter in Jülich. Hagen hat sich mit dem Mann angefreundet, als er in Deutschland auf Verwandtenbesuch war.«

Tom lächelte schräg. »Kaum vorstellbar, dass unser werter Professor irgendwelche Freunde hat.«

»Du kannst dir denken, dass die Amis mit einem Freund, der aus einem arabischen Land stammt und zudem strenggläubiger Muslim ist, so ihre Probleme hätten.«

»Und welche Spatzen sind es, die solche Informationen verbreiten?« Tom biss von seinem Croissant ab. »Ist das erste Mal, dass ich so etwas höre.«

»Beziehungen!«, triumphierte Paul stolz.

»Komm, spuck's aus. Die Sache ist zu wichtig, als dass wir es uns leisten können, dass du mir deine Quellen verschweigst.«

Paul nickte ergeben. »Karen«, sagte er knapp. »Ich habe gestern Nacht mit ihr telefoniert.«

»Jetzt sag mir nicht, du hast bereits alles ausgeplaudert?« Toms Stimme nahm einen warnenden Unterton an.

»Nein, ich habe ihr nur gesagt, dass ich wohlauf bin und dass sie an unsere Unschuld glauben soll, egal, was andere behaupten. Sie sagte daraufhin, dass sie mir etwas im Vertrauen sagen müsse.«

Tom grunzte zufrieden. »Sieh an, Dr. Karen Baxter, Hagens rechte Hand und Vertraute! Wieso überrascht mich das jetzt nicht?«

»Behalte es bloß für dich. Ich habe ihr ebenfalls einen Eid geschworen, dass ich niemandem etwas sage.«

»Dass du was nicht sagst? Dass ihr ein Verhältnis habt?«

»Idiot«, schnaubte Paul. »Ich meine, dass es niemanden etwas angeht, dass sie mir ihre Dienstgeheimnisse verrät. Der Alte wittert bereits Lunte. Sie hat von seinen Kontakten eher durch Zufall erfahren. Sie musste für ihn unter strengster Geheimhaltung eine Radiokarbon-Untersuchung durchführen, um das Alter von zwei gut erhaltenen Pergamentbögen einzuschätzen, die der Libanese an Hagen übersandt hatte.«

»Du musst ziemlich umwerfend sein, dass Miss Eisblock nicht davor zurück schreckt, dir die intimsten Geheimnisse ihres Chefs auszuplaudern.«

»Das war noch nicht alles«, sagte Paul und setzte eine verschwörerische Miene auf. »Hagen ist es gelungen, die auf den Pergamenten befindlichen Ziffern zu dechiffrieren. Eine Formelsammlung, die angeblich wichtige Lücken in seinen bisherigen Forschungsarbeiten geschlossen hat. Ich finde das alles ziemlich merkwürdig. Zumal ich mir nicht vorstellen kann, wie ein achthundert Jahre altes Schriftstück dazu beitragen könnte, eine Anlage wie unsere zu konzipieren.«

Tom war plötzlich hellwach und spürte, wie ihn eine Gänsehaut überlief. »Weißt du, was ich mich frage?«

Paul schüttelte den Kopf.

»Mal abgesehen davon, dass ich keine Idee habe, wer vor achthundert Jahren eine brauchbare Formelsammlung für unsere Anlage erstellt haben könnte. Ist es Zufall, dass wir einen Templer transferiert haben? Denk doch mal nach! Templer, Tempelberg. Wäre es nicht möglich, dass Hagen selbst etwas mit der Sache zu tun haben könnte?«

»Keine Ahnung«, antwortete Paul nachdenklich. »Der Tempelberg war vor achthundertfünfzig Jahren die Zentrale der Templer in Jerusalem«, sagte er mehr zu sich selbst. »Vielleicht gibt es da eine Verbindung?«

»Unser Templer wurde definitiv hundertdreißig Jahre später geboren«, wandte Tom ein.

»Hältst du es für möglich, dass Hagen den Rechner manipuliert hat, weil er Kenntnis davon hatte, dass zur angegebenen Zeit ein Tempelritter auf dem Feld aufkreuzt?«

»Ausschließen würde ich es nicht«, erwiderte Tom. »Fragt sich nur, woher er das wissen konnte.«

»Wenn er es wusste …«, erwiderte Paul, »würde das bedeuten, dass er uns absichtlich reingelegt hat. Aber warum?!«

»Warum wohl?«, entgegnete Tom düster. »Weil er mal wieder eine Sache im Alleingang durchziehen wollte. Weil er den Versuch illegal gefahren hat. Weil er nicht sicher war, ob es klappt. Weil er Sündenböcke brauchte. Weil er sich wegen des Resultats nicht rechtfertigen wollte. Was weiß ich, warum noch?«

»Und warum ausgerechnet wir? Ich kann mich nicht erinnern, je etwas getan zu haben, was ihm nicht imponiert hätte?«

»Auch das kann ich dir beantworten!« Tom kniff verärgert die Lippen zusammen. Er spürte eine unbändige Wut in sich aufsteigen. »Wir sind die einzigen, denen man einen solchen Coup zutrauen würde. Niemand außer uns – und Hagen selbst – wäre in der Lage, die Programme dergestalt zu beeinflussen. Und ich bin der einzige, der ihm Konkurrenz machen kann, wenn es irgendwann einmal um die Neubesetzung der Stelle des Projektleiters geht.«

»Sollte es sich tatsächlich so verhalten, werde ich einen bezahlten Killer engagieren, der dieses Schwein zur Stecke bringt!«, entfuhr es Paul so laut, dass sich einige Mütter mit Kleinkindern an einem der Nachbartische erbost umdrehten.

»Bis es soweit kommt«, erwiderte Tom mit einem sarkastischen Unterton in der Stimme, »müssen wir die Sache erst einmal beweisen.«

»Das werden wir«, schnaubte Paul. »Und wenn es meinen letzten Nerv kostet.«

»Wann haben wir unseren Termin?«, fragte Tom.

»Neun Uhr dreißig.«

Tom grinste bösartig. »Wir werden ihm die Suppe versalzen, darauf kannst du Gift nehmen. Auf seinen Tempelritter kann er warten, bis er schwarz wird!«

»Und was sollen wir ihm sagen?«

»Dass es überall gequalmt und gezischt hat und wir beide nicht wissen warum. Kein Wort von den Transferierten. Einziges Problem wäre, wenn es brauchbare Aufzeichnungen vom Unfallhergang gibt. Dann hätten wir schlechte Karten.«

Paul nickte wie betäubt.

»Gehen wir«, sagte Tom.

Der amerikanische Luftwaffenstützpunkt Spangdahlem hatte die Ausmaße einer Kleinstadt, die, streng bewacht, nur befugten Besuchern Zutritt gewährte.

Entgegen sonstiger Gewohnheit wurden Tom und Paul bei der Einfahrtskontrolle angewiesen, ihre Fahrzeuge in unmittelbarer Nähe zum Kontrollposten auf einem der größeren Besucherparkplätze abzustellen. Einer der beiden Soldaten gab ihnen zu verstehen, dass sie in einen bereitstehenden, beigefarbenen Geländewagen steigen sollten.

Nach einer Fahrt von ungefähr achthundert Metern quer durch den Standort gelangten sie zu einem abgelegenen Gebäudekomplex. Die fünf doppelstöckigen Bürocontainer passten mit ihrer futurischen, achteckigen Konstruktion aus mattem Aluminium und einem Gangsystem, das alle Bauten miteinander verband, eher zu einer Mondbasis denn zu einem Militärgelände. Rundherum hatte man Kameras auf den Pfeilern des mehr als zwei Kilometer langen Elektrozaunes installiert, der das Gelände zusätzlich zu den üblichen Sicherungsmaßnahmen umgab. Mittels einer ausgeklügelten Identifikationssicherung entschied man aus dem Innern darüber, wem der Zutritt gestattet wurde und wem nicht.

Paul stopfte sich die Zeigefinger in die Ohren, während eine F-16-Maschine zum Start ansetzte. Mit Handzeichen machten sich die Kräfte des Sicherheitsteams bemerkbar und bedeuteten Paul und Tom, dass sie ihnen folgen sollten, als das Tor zur Seite rollte.

Die Frage, warum die Büros des Professors und einiger Mitarbeiter, die hauptsächlich mit der Verwaltung des Projektes zu tun hatten, außerhalb der eigentlichen Forschungsstation lagen, wurde mit Sicherheitsaspekten beantwortet. Nach dem Unfall von gestern Abend hatte sich die weise Entscheidung, sämtliche Aufzeichnungen über die Fortschritte ihrer Arbeit an einem anderen, vermeintlich sichereren Ort aufzubewahren, als richtig erwiesen.

Tom versuchte, das weiche Gefühl in seinen Knien zu ignorieren, als sie den langen Gang hinunter schritten. Sofort als sich die Tür zu Hagens Büro öffnete, schlug ihm ein Schwall schlechter Luft entgegen. Vermutlich war die Klimaanlage ausgefallen. Tom zählte sechs Anwesende, die offensichtlich auf ihr Erscheinen gewartet hatten. Hagen und Piglet, sein Referent, saßen hinter dem ausnahmsweise aufgeräumten

Schreibtisch des Professors. Mit einem schnellen Blick registrierte Tom, dass Pauls Herzensdame sich ebenfalls anschickte, neben dem Professor Platz zu nehmen.

Vor dem Schreibtisch standen zwei freie Stühle, und hinter diesen befand sich eine zweite Stuhlreihe. Dort hatte sich der erste Sicherheitsoffizier der US-Air Base Spangdahlem, Colonel Pelham, niedergelassen. Als Tom ihn mit einem Nicken begrüßte, erwiderte Pelham den Gruß nicht, sondern schaute ihn nur durchdringend an. Unmittelbar neben Pelham hatte ein glatzköpfiger, hoch dekorierter General der NSA Platz genommen, den Tom nur vom Sehen kannte. Der Name *Lafour* prangte auf seinem Namensschild, das er auf der Brust trug. Der dritte, ein ebenfalls uniformierter, sportlich durchtrainierter Endvierziger, war ihm unbekannt. Wie sich später herausstellte, handelte es sich um Major Cedric Dan Simmens, den neuen Militärattaché der amerikanischen Botschaft in Berlin, den die amerikanische Regierung als stellvertretenden Beobachter entsandt hatte.

Der Professor thronte auf seinem Bürosessel wie ein Richter. Piglet hockte wie ein willfähriger Diener neben seinem Chef. Er setzte die übliche scheinheilige Miene auf, ganz in dem Bewusstsein, dass er mit darüber zu entscheiden hatte, ob die Delinquenten Einlass in den Himmel fanden oder den Weg in die Hölle antreten mussten. Doktor Karen Baxter, eine etwa 45jährige, attraktive Molekularbiologin, die für das Fachgebiet Medizin und Genetik verantwortlich zeichnete, saß auf der anderen Seite neben Hagen und führte offenbar Protokoll. Sie trug ein elegantes, hellgraues Kostüm, bei dem sie vergeblich am Saum des viel zu kurzen Rocks zerrte, nachdem sie ihre schmalen Schenkel übereinander geschlagen hatte. Mit ihrer durchaus vorhandenen Zuneigung für Paul war sie die einzige, die ihnen ein mitfühlendes Lächeln schenkte.

Als Tom sich neben Paul auf einen der beiden Stühle direkt vor den Schreibtisch setzte, beschlich ihn ein Gefühl, als ob man ihm schon Handschellen angelegt hätte und eine Eisenkugel an seinem Fuß baumeln würde. An Pauls Miene konnte er erkennen, dass es dem Luxemburger nicht anders erging.

Hagen erhob sich, nachdem ein weiterer Vertreter der Streitkräfte eingetreten war.

»Meine Dame, meine Herren, zunächst einmal möchte ich Sie zu unserem außerordentlichen Meeting begrüßen und mich bereits jetzt für Ihre Aufmerksamkeit bedanken«, begann er in perfektem Englisch. Er warf einen kurzen Blick in die Runde, während er über Tom und Paul hinweg sah, selbst als er ihnen die übrigen Anwesenden vorstellte.

»Ich darf Ihnen Doktor Tomas Stevendahl, den stellvertretenden Projektleiter, und Mister Paul Colbach, einen unserer fähigsten Mitarbeiter auf dem Gebiet der Informatik vorstellen«, fuhr er ungerührt fort. »Wir sind hier zusammengekommen, um die Umstände, die zu der gestrigen Katastrophe geführt haben, zu erhellen und die ersten diesbezüglichen Untersuchungsergebnisse zu besprechen.«

Hagen räusperte sich und lenkte sein Augenmerk nun zum ersten Mal auf seine beiden vor ihm sitzenden Assistenten.

»Zunächst möchte ich das Wort Dr. Stevendahl erteilen, der ja nun unmittelbar von den Ereignissen des gestrigen Abends betroffen war und uns sicher berichten möchte, wie es aus seiner Sicht zu dieser – wie soll ich mich ausdrücken – Entgleisung gekommen ist.« Hagen blickte Tom erwatungsvoll an.

Tom, der nicht die geringste Ahnung hatte, welche Spuren ihr hektisches Treiben nach den Geschehnissen des gestrigen Abends hinterlassen hatte, reckte den Hals, als ob er sich aus einem zu eng gewordenen Kragen befreien wollte. Dann erhob er sich. Sein Puls beschleunigte sich spürbar, und bevor er zu sprechen begann, schluckte er hastig. Nur mit Mühe gelang es ihm, seine bebende Stimme unter Kontrolle zu halten.

»Also … verehrte Frau Kollegin … Herr Professor, meine Herren, ich muss Ihnen leider mitteilen, dass wir, mein Teampartner Paul Colbach und ich, ebenso von den gestrigen Ereignissen überrascht wurden wie alle hier Anwesenden. Die routinemäßigen Abläufe des Experimentes ließen zu Beginn keinerlei Auffälligkeiten erkennen, und wir haben nicht, wie vielleicht zu vermuten wäre, vorab eine Umprogrammierung vorgenommen. Der Reaktor zeigte nach relativ kurzer Zeit einen überdimensional großen Energieaufbau, und die Anlage reagierte mit einer entsprechenden Verstärkung des Magnetfeldes, was zu dem bekannten Ergebnis geführt hat. Zurzeit kann ich Ihnen leider keine konkreteren Informationen bieten. Selbstverständlich stehen Mister Colbach und ich zur Verfügung, um Sie bei der Auswertung der gewonnenen Erkenntnisse über die Unfallursache nach Kräften zu unterstützen. Ich danke Ihnen.«

Tom war dankbar, sich wieder setzen zu können.

Keiner sagte etwas. Hagen verzog sein Gesicht zu einer unzufriedenen Miene und legte seinen Kopf schief. Dabei stützte er seinen rechten Ellbogen auf der Lehne seines Sessels ab und spielte nervös mit seinem Füllfederhalter, den er zwischen Daumen und Zeigefinger unaufhörlich hin und her rollte.

»Und Sie, Mister Colbach?«, begann er gedehnt. »Sehen Sie sich in der Lage, ein wenig mehr Licht in die Angelegenheit zu bringen?«

»Nein ...« Paul stockte, und während er sich entschloss, sitzen zu bleiben, fing er den flehentlichen Blick seiner Geliebten auf. »Ich kann mich den Ausführungen meines Kollegen nur anschließen. Es ist mir völlig rätselhaft, wie es zu dem Unfall kommen konnte.«

Tom ahnte, was in Paul vorging. Wenn er aufgeregt war, begann er gewöhnlich leicht zu stottern, was ihm vor Doktor Baxter sicher mehr als unangenehm gewesen wäre.

»Nun ...«, sagte Hagen, während seine Gesichtszüge zu einer überheblichen Maske erstarrten, die keinen Zweifel darüber aufkommen ließ, was er von den Aussagen seiner Chefassistenten hielt. »Dann können wir uns glücklich schätzen, dass wenigstens unsere eigene Spurensuche etwas an den Tag gefördert hat, das Ihnen offensichtlich im Eifer des Gefechtes entgangen zu sein scheint.«

Toms Herz hämmerte, als Hagen auf Knopfdruck einen Beamer in Betrieb setzte, der das digitale Foto eines mittelalterlichen Schwertes auf die dafür vorgesehene Projektionsfläche warf.

»Das hier haben wir zwischen verkohlten Fichtenstämmen und umgestürzten Buchen gefunden«, fuhr der Professor beinahe triumphierend fort.

Unter den übrigen Anwesenden war ein Raunen zu vernehmen.

»Zu unserer großen Überraschung klebte Blut daran, frisches Blut.« Hagens Stimme war betont leise, und er schien es zu genießen, dass er sich der ungeteilten Aufmerksamkeit jedes Einzelnen im Raum sicher sein durfte. Er senkte seinen Kopf, als wollte er das Bild mit dem blutverschmierten Schwert, das gleichfalls vor ihm auf dem Monitor seines Laptops zu sehen war, noch einmal ganz genau begutachten. Plötzlich hob er den Blick und fixierte Paul Colbach, dem die Unsicherheit im Gegensatz zu Tom ins Gesicht geschrieben stand.

»Mister Colbach«, sagte er laut. »Haben Sie mir nicht gestern Abend berichtet, dass Sie mit Doktor Stevendahl zusammen das Feld abgesucht haben, nachdem Sie die zerstörte Schaltzentrale verlassen hatten?«

Paul atmete hörbar ein und aus. »So ist es«, erwiderte er, dabei konnte er nicht vermeiden, dass seine entweichende Atemluft ein Geräusch hervorbrachte, das einem Seufzer gleichkam.

»Und wie erklären Sie sich, dass Ihnen diese nicht gerade unauffällige Waffe entgangen ist?«

»Mir ist die Waffe auch nicht aufgefallen!«, kam Tom seinem Kollegen zuvor. Er klang absolut aufrichtig – und war es auch, denn schließlich hatten sie das Schwert wirklich übersehen.

»Also gut! Miss Baxter«, schnarrte Hagen kurz angebunden. »Bitte die Untersuchungsergebnisse!«

Doktor Karen Baxter war optisch gesehen eine jener amerikanischen Blondinen, die in jungen Jahren mit Sicherheit kein Problem damit gehabt hatte, eine Begleitung für den Abschlussball ihrer Schule zu finden. Das Alter hatte ihrer Attraktivität keinen Abbruch getan, und es gab nicht wenige männliche Kollegen, die ihrem wohl proportionierten Äußeren mehr Bedeutung beimaßen als ihrem messerscharfen Verstand.

Tom konnte ahnen, dass sie eine gefährliche Gratwanderung unternahm, die sie ohne weiteres ihren Job kosten konnte, wenn sie den Vorstellungen ihres Vorgesetzten genügen wollte und gleichzeitig darum bemüht war, ihre Kollegen so weit wie möglich zu entlasten.

Souverän öffnete sie das entsprechende Computer-Programm zur Unterstützung ihres Vortrages. »Der ungeheure Energiestoß und das anschließende Feuer haben die meisten Aufzeichnungen zunichte gemacht, so dass uns nur Fragmente zur Darstellung eines möglichen Ablaufes der Geschehnisse verblieben sind.« Sie schaute auf und versicherte sich Pauls Aufmerksamkeit. »Die Protokolle der beschädigten Verfahrenscomputer konnten insoweit rekonstruiert werden, als dass sie uns genaue Daten über die Zusammensetzung der transferierten Masse zur Verfügung stellen«, referierte sie kühl. »Sie geben zwar keinen Aufschluss darüber, wen wir am Nachmittag des Unfalls transferiert haben, aber es kann sehr wohl eine Aussage darüber getroffen werden, was wir transferiert haben.«

Hagen richtete sich abrupt in seinem Sessel auf und bedachte seine Mitarbeiterin mit einer solch wohlwollenden Miene, als ob er ihr einen hoch dotierten Preis verleihen wollte.

»Um es genau zu sagen«, führte Doktor Baxter aus, »handelte es sich um 158,39 Kilogramm Biomasse, davon 5,63 Kilogramm Materialien tierischen und pflanzlichen Ursprunges, vermutlich Kleidungsstücke, Taschen oder Gürtel. 142,23 Kilogramm« erläuterte Doktor Baxter in einem gekonnt sachlichen Tonfall, »waren vermutlich menschlichen Ursprungs, wobei keine Aussage darüber gemacht werden kann, ob es sich hier um eine oder mehrere Personen gehandelt hat. Dazu kommen 10,53 Kilogramm Stahl, hier handelt es sich vermutlich um das aufgefundene Schwert und um weitere Ausrüstungsgegenstände, die uns zurzeit nicht zur Verfügung stehen.«

Wieder ging einen Raunen durch den Raum, doch Hagen achtete nur auf seine beiden Mitarbeiter. Tom spürte den forschenden Blick des Professors und nahm trotz seiner inneren Unruhe eine betont gelassene Haltung an.

»Das Schwert, das am Unglücksort gefunden wurde«, fuhr Karen fort, »weist mehrere auffällige Merkmale auf. Es handelt sich um eine Waffe mit einer Gesamtlänge von 125 Zentimeter, die aber trotz ihres hohen Gewichtes von dreieinhalb Kilogramm – laut Aussage eines noch in der Nacht hinzugezogenen Experten – erstaunlich leicht zu führen ist. Die Grifflänge beträgt zwanzig Zentimeter, und die Klingenbreite an der Parierstange liegt bei fünf Zentimeter. Es handelt sich um einen seltenen Anderthalbhänder, der vermutlich im ausgehenden 13. Jahrhundert in einer der renommiertesten Waffenschmieden Italiens angefertigt wurde. Der Schwerpunkt der Waffe liegt etwa sechzehn Zentimeter entfernt von der nur ganz leicht nach vorne gerichteten Parierstange, die der damals modischen Kreuzsymbolik entspricht.«

Wie zum Beweis ihrer Anmerkungen schwenkte Karen Baxter ein bedrucktes Blatt Papier.

»Dies ist der abschließende Bericht eines in Süddeutschland praktizierenden Heraldikers. Das genaue Ergebnis der Untersuchung, erreichte uns vor einer Stunde per Telefax.« Hastig trank sie einen Schluck stilles Wasser, das Professor Hagen ihr vorsorglich eingeschenkt hatte, bevor sie weitersprach. »In den Knauf in Form einer Runde sind, wie Sie sehen können, zwei gut erkennbare Wappen eingraviert. Laut des Experten handelt es sich dabei zum einen um das Wappen einer Seitenlinie des Hauses Breydenbach, das seine Wurzeln im Hessischen sowie im Rheinischen hatte. Zum anderen um ein so genanntes ›Croix Pattée‹, das einen Hinweis auf den damals existierenden Templerorden gibt. Soweit bekannt, gab es unter den Vertretern der Familie Breydenbach einige Kreuzfahrer sowie Angehörige des legendären Ordens. Eine entsprechende historische Untersuchung hierzu ist bereits eingeleitet. Ein Ergebnis steht allerdings noch aus. An der oberen Klinge des Schwertes fanden wir Blut der Blutgruppe AB+. Die weitere Genanalyse hat ergeben, dass es sich um das Blut einer kleineren, schwarzhaarigen, männlichen Person handeln muss. Das Alter des Mannes beläuft sich auf etwa zwanzig Jahre. Seine Gen-Struktur verweist auf eine Herkunft aus dem südeuropäischen Raum. Möglicherweise stammt sein Besitzer aus dem nördlichen Italien. Die zweite Blutprobe konnten wir auf Höhe des lederumwickelten Griffs des Schwertes entnehmen. Dieses Blut weist die Blutgruppe o+ auf, und dessen Gen-Struktur lässt auf einen blonden, hellhäutigen Mann mit blauer Augenfarbe und keltisch-gallischem Ursprung schließen. Die weitere Analyse hat ergeben, dass er für damalige Verhältnisse außergewöhnlich groß sein muss und etwa fünfundzwanzig Jahre alt ist.«

Karen Baxter schaute auf. Nachdem niemand Anstalten gemacht hatte, eine Frage zu stellen, fuhr sie fort. »Aufgrund der Tatsache, dass wir so viele Einzelheiten herausgefunden haben und zu vermuten ist, dass am Unglückstag möglicherweise ein erfolgreicher Transfer eines oder zweier Menschen aus dem beginnenden 14. Jahrhundert in die Jetztzeit gelungen ist, bleibt die Frage, wo ist diese Person oder wo sind diese Personen – möglicherweise waren es zwei – verblieben? Nach den Spuren, die wir vom Feld aus verfolgt haben, könnte es sein, dass ihm oder ihnen die Flucht in eine für sie unbekannte Umgebung gelungen ist. Da der oder die Personen offenbar verletzt sind, haben wir eine Suchaktion eingeleitet, die von Sicherheitskräften der NSA geleitet wird und verständlicherweise höchster Geheimhaltung unterliegt. Leider kann ich Ihnen augenblicklich keine weiteren Anhaltspunkte zum Verlauf der aktuellen Ermittlungen geben. Ich werde Sie jedoch auf dem Laufenden halten. Ich danke Ihnen für Ihre Aufmerksamkeit.«

Im Raum war es still. Jeder schien die Ausführungen von Karen Baxter irgendwie verarbeiten zu müssen. Tom war übel, er hatte nicht erwartet, dass man bereits soviel herausgefunden hatte. Damit wurde ihre Lage noch viel prekärer. Außerdem hatte er das Gefühl, kaum noch Luft zu bekommen

»Colonel Pelham«, ergriff Hagen nun das Wort, »Sie haben noch eine Frage?«

Der dunkelhäutige Colonel, dessen Vorfahren aus New Orleans stammten, erhob sich von seinem Stuhl und steuerte auf Hagens Schreibtisch zu. In seiner nachtblauen Uniform voller Abzeichen und Ehrungen baute er sich wie ein Racheengel, der eine gewichtige Botschaft zu verkünden hat, vor Tom und Paul auf.

»Mister Stevendahl, Mister Colbach. Leider muss ich Ihnen mitteilen, dass die Indizien gegen Sie sprechen. Die Tatsache, dass Sie nicht zum militärischen Personal gehören, kann ich nur bedauern, denn dann wäre ich ohne weiteres in der Lage, Sie vorläufig unter Arrest zu stellen. So bleibt mir nur die Möglichkeit, Ihre sofortige Suspendierung auszusprechen. Und das mindestens so lange, bis die Angelegenheit als abgeschlossen betrachtet werden darf. Ihre Zugangsberechtigungscodes werden gelöscht, und Sie sind aufgefordert, sich vom Forschungsgelände grundsätzlich fern zu halten, solange Ihre Suspendierung besteht. Das gilt nicht für weitere Befragungen, die hier auf der Air Base stattfinden werden und für die Sie sich uneingeschränkt bereitzuhalten haben.

Ich brauche nicht zu betonen, dass Sie weiterhin zur absoluten Geheimhaltung verpflichtet sind. Sollte es Ihnen in den Sinn kommen, einen Rechtsbeistand einzuschalten, was ich angesichts der drohenden Schadensersatzforderungen, die auf Sie zukommen könnten, für durchaus empfehlenswert erachte, so weise ich darauf hin, dass Sie sich verpflichtet haben, ausschließlich Anwälte der amerikanischen Streitkräfte mit Ihrer Vertretung zu beauftragen.«

Tom entging nicht die Genugtuung in Hagens Blick, dennoch raffte er sich zu einer Entgegnung auf. »Ich denke, das letzte Wort gebührt immer den Angeklagten«, sagte er mit beißender Ironie in der Stimme.

»Ich würde mich freuen, Stevendahl, wenn Sie etwas Brauchbares zu Ihrer Entlastung vorbringen könnten.« Scheinheilig lächelnd erhob sich Hagen von seinem Thron und kam um den antiken Schreibtisch herum. »Es ist mir vollkommen unverständlich, wie Sie es fertig bringen konnten, in so eklatanter Weise gegen die Bestimmungen zu verstoßen.«

»Sie wissen ziemlich genau, dass weder Paul noch ich die Programmierung manipuliert haben«, erwiderte Tom wütend. »Und ich kann Ihnen gar nicht sagen, wie sehr es mich verwundert, dass Sie uns so bereitwillig zur Schlachtbank führen.« Er streifte Pelham mit einem verächtlichen Blick. »Ihnen, mein lieber Colonel, will ich nicht verdenken, dass Sie uns verdächtigen. Erstens kennen wir uns kaum, und zweitens spreche ich Ihnen jegliches Beurteilungsvermögen ab, was die komplexen technischen Zusammenhänge der einzelnen Versuchsreihen betrifft.« Mit funkelndem Blick wandte Tom sich erneut an den Professor. »Kollege Hagen allerdings war bereits während des Studiums mein Mentor, und ich hatte eigentlich vermutet, dass er nicht nur meine zuverlässige Arbeitsweise, sondern auch meine Integrität zu schätzen weiß. Spätestens seit heute ist mir klar, dass sich nicht nur meine Arbeit, sondern auch meine Menschenkenntnis außerhalb allgemein verlässlicher, physikalischer Gesetze bewegt.«

18

Sonntag, 14. 11. 2004 – Die Johanniter

Nur langsam kam Gero zu sich und blinzelte in ein gleißend helles Licht. Rasende Kopfschmerzen durchzuckten seine Stirn. Hinzu gesellte sich eine kaum zu ertragende Übelkeit, die mit einem unangenehmen Schwindelgefühl einherging. Sein erster Gedanke war Flucht. Tastend fuhren seine Finger über weiches Leinen und eine wärmende

Decke, die einen unbekannten Duft verströmte. Vorsichtig versuchte er seine Beine zu strecken. Auf dem Schlachtfeld galt die Regel, erlangte jemand nach einer Verwundung das Bewusstsein wieder, so sollte er zunächst die Beweglichkeit der Beine überprüfen.

Beruhigt registrierte er, dass das Ausstrecken und Anwinkeln der Unterschenkel keine besondere Herausforderung darstellte. Auch Arme und Hände gehorchten seinen Befehlen. Jemand musste ihn entkleidet haben. Mit Sicherheit keiner seiner Kameraden, denn man hatte ihm nicht einmal seine Unterhose gelassen. Vorsichtig zog er unter der Decke das dünne Leinenhemd hoch. Schauergeschichten von Kreuzrittern, die während der Kämpfe bewusstlos wurden und nach ihrer Gefangennahme als Eunuchen erwachten, ließen keinen Krieger kalt, selbst wenn er ein Keuschheitsgelübde abgelegt hatte. Obwohl alles unversehrt zu sein schien, war irgendetwas beunruhigend anders.

Neben seinen Genitalien erfasste er einen Gegenstand, den er überhaupt nicht einzuordnen vermochte. Unverzüglich schoss ihm eine panikartige Hitze in die Adern. Mit großer Anstrengung richtete er sich auf. Als er sich mit der linken Hand die Bettdecke wegziehen wollte, verspürte er einen schmerzhaften Widerstand. Sein Blick fiel auf ein kleines, weißes Stück Stoff, das auf seinem Handrücken klebte. Wie von Sinnen riss er daran und zog gleichzeitig einen fingerlangen, nadeldünnen, gläsernen Wurm heraus, der wie eine Lanzette beim Aderlass unter der Haut gesteckt hatte. Sofort rann Blut in einem breiten Rinnsal an seinem Mittelfinger herab und tropfte zu Boden. Hastig wischte er sich den blutenden Handrücken am Bettzeug ab. Gehetzt blickte er um sich, und sein Herz klopfte wie wild, als er daran ging, mit einem Ruck endgültig die Bettdecke zu entfernen.

Vor Schreck hielt Gero die Luft an. In seinem Penis steckte ebenfalls eine gläserne Schnur, die unterhalb der Matratze verschwand. Er überlegte nicht lange, ob er sich bei seiner nächsten Handlung womöglich ernsthaft verletzen konnte, sein einziger Impuls bestand darin, dieses Teufelszeug loszuwerden, und zwar so schnell wie möglich. Entschlossen riss er an dem gläsernen Fortsatz. Sofort durchzuckte ihn ein furchtbarer Schmerz. Es war, als ob sich die durchsichtige Schlange in seinem Innern festgekrallt hätte. Tapfer biss er die

Zähne zusammen, während sich sein malträtiertes Glied in die Länge zog. Plötzlich gab die Schlange nach. Mit einem Ruck erschien der Kopf des gläsernen Wurms und landete zwischen seinen bloßen Schenkeln. Angewidert wich Gero zurück und starrte furchtsam auf das weiße Laken, wo sich eine kleine Lache von Blut und Urin ausbreitete. Panisch umfasste er sein bestes Stück, und nur langsam verebbte der pulsierende Schmerz.

Verdammt, in was für eine Hölle war er hier geraten! Der Templer traute sich kaum, sein Augenmerk auf seinen restlichen Leib und das ihn umgebenden Zimmer zu richten. Er war aufs äußerste beunruhigt, ob er vielleicht noch mit erheblich mehr dämonischem Machwerk zu rechnen hatte. Aber es half nichts! Wenn er wissen wollte, wo er sich befand und was das alles zu bedeuten hatte, musste er sich orientieren.

Auf den ersten Blick sah die Umgebung harmlos aus. Die Wände waren weiß getüncht, und die Umgebung schien ordentlich und sauber. Doch längst nicht alles kam ihm bekannt vor. Über ihm leuchtete ein gleißend heller Schein an der Zimmerdecke, welcher ihm in den Augen schmerzte wie aufgehendes Sonnenlicht. Es gab weder Kerzen noch eine Feuerstelle. Auch die Möbel erschienen ihm sonderbar: Tische und Stühle aus Stahl. Ebenso das Bettgerüst. Der Fußboden schimmerte glatt und glänzend und war weder aus Holz noch aus Stein. Bevor Gero allen Mut zusammennahm und seine nackten Füße auf den unbekannten Untergrund setzte, zog er sich das Hemd herunter. In wenigen Schritten erreichte er ein großes Fenster. Das hereinfallende Tageslicht bestätigte ihm, dass der Abend noch fern war. Vorsichtig streckte er die Hand aus und betastete beeindruckt die gläserne Scheibe. Sie war ungewöhnlich groß und aus einem Guss. Feines, weißes Glas, wie die Oberfläche eines kostbaren Spiegels, dabei hauchdünn. Vergeblich suchte er nach einem Fensterriegel.

Unter ihm breitete sich ein weitläufiger Garten voller Bäume und Büsche aus. Gero war erleichtert darüber, dass ihm wenigstens die Vegetation vertraut war.

Bevor er jedoch aufatmen konnte, erklang ein fremdes Geräusch, das ihn entfernt an das Brummen einer Hummel erinnerte, nur dröhnte es tausendmal lauter. Es kam näher und näher und wurde so unerträglich, dass er sich die Handballen auf die Ohren pressen musste. Wie aus heiterem Himmel flog etwas hernieder, das einem riesigen Insekt glich und größer erschien als ein voll beladener Heuwagen in der Komturei. Schließlich landete es auf einer großen, steinernen Fläche, die in die Wiese eingelassen war.

Während er dieses unglaubliche Schauspiel beobachtete, schwankten Geros Gefühle zwischen abgrundtiefer Angst und grenzenloser Faszination, die ihn alle Vorsicht vergessen ließ. Obwohl etwas in ihm den Befehl gab, sich unverzüglich zurückzuziehen, blieb er stehen und starrte wie gebannt hinaus. Der Flügelschlag dieses seltsamen Wesens verlangsamte sich stetig, und damit wurden die Geräusche zusehends erträglicher. Zu seiner großen Überraschung öffnete sich eine Tür an dem wundersamen Tier, und heraus stiegen merkwürdig gekleidete Wesen, bei denen es sich ihrer Bewegung nach um Menschen handeln musste.

Was Gero jedoch weitaus mehr verwirrte, war das weiße, achtspitzige Kreuz auf rotem Grund, das er auf dem Rieseninsekt ausmachen konnte, nachdem die zwei Flügel zu völligem Stillstand gekommen waren. Das Zeichen des Ordens der Ritter vom Hospital des heiligen Johannes oder kurz gesagt der Hospitaliter, jenes Ritterordens, mit dem die Templer schon seit Jahrzehnten in Konkurrenz standen und dessen Vertreter in Bar-sur-Aube zu ihren nächsten Nachbarn gehört hatten.

Was hatte das alles zu bedeuten? Vor Aufregung brach ihm der Schweiß aus. Schwarze Flecke tanzten vor seinen Augen. Erneut erfasste ihn eine lästige Übelkeit. Trotz der immer noch pochenden Schmerzen kehrte seine Erinnerung langsam zurück. Es hatte einen Kampf gegeben, ein seltsames, hämmerndes Geräusch. Dann ein Stöhnen und Ächzen, und um ihn herum brannte es lichterloh. Plötzlich sah er das Gesicht seines Knappen. Mattes! Bei allen Heiligen – er sollte auf den Jungen aufpassen und ihn sicher nach Hemmenrode geleiten!

Dann hatte ihn etwas Hartes am Kopf getroffen, und es war finster geworden.

Irgendetwas war schief gelaufen, daran gab es keinen Zweifel. Panisch sah Gero sich noch einmal um. Hier würde er die Lösung des Rätsels gewiss nicht finden. Schon gar nicht in diesem lächerlichen Hemd. Und wer immer sich auch um ihn gekümmert hatte – dieser Jemand hatte ihm Waffen und Ausrüstung genommen.

Eine ältere Frau in einem leuchtend blauen Kittel betrat schwungvoll das Zimmer und erschrak sich offenbar ebenso wie Gero selbst. Sie stellte rasch ein Tablett auf einem Tisch ab und sprach ihn mit lauter Stimme an. Doch er konnte sie kaum verstehen. Sie sprach in einem seltsamen Dialekt, den er noch nie zuvor gehört hatte. Während er noch rätselte, beäugte sie ihn kritisch und stürzte dann mit einer aufgebrachten Geste auf ihn zu.

»Um Himmels willen!«, rief sie entsetzt und schaute zu dem gläsernen Wurm hin, dessen blutverschmiertes Ende am Fuße des Bettes lag. Ihre Miene verzog sich zu einer schmerzerfüllten Grimasse. Unaufhörlich redete sie auf ihn ein. Angespannt verfolgte er ihre Bewegungen. Sie bückte sich ein wenig, und ihm fiel auf, dass sie absonderliche Handschuhe trug, fast wie aus Pergament gefertigt. Mit zwei Fingern berührte sie seinen linken Handrücken. Wieder sagte sie etwas, stemmte ihre fleischigen Hände in die Hüften und schnalzte mit der Zunge, während sie tadelnd den Kopf schüttelte.

Viel zu erstaunt über ihr seltsames Benehmen, ließ der Templer sie gewähren, als sie den Einstich, den die Lanzette verursacht hatte, einer eingehenden Prüfung unterzog und anscheinend beruhigt feststellte, dass die Wunde aufgehört hatte zu bluten.

»Sie müssen sich sofort wieder hinlegen«, sagte sie und drückte seine Schulter mit einer Hand nach unten, damit er sich auf das Bett setzte. Der Befehlston in ihrer Stimme war unverkennbar. Ärger stieg in ihm auf, wie respektlos sie ihn behandelte, geradeso als wäre er ein dahergelaufener Knecht. Offensichtlich jagte ihr seine spärlich bekleidete Erscheinung keinerlei Respekt ein.

Unwillkürlich straffte er seine breiten Schultern und rückte ein wenig von ihr ab. Doch die ungewöhnlich gewandete Frau in Kittel und Hosen redete und redete. Dann drehte sie ihm arglos den Rücken zu und machte sich an dem Tablett auf dem Tisch zu schaffen. Einen Augenblick später näherte sie sich mit einer dicken Nadel in der rechten Hand, die sie wie zu einer Drohgebärde aufgerichtet hatte, während sie erneut zu sprechen begann.

Gero, der allenfalls ahnte, was sie vorhatte, sah nur die spitze Lanzette. Er scheute wie ein junger Hengst, der instinktiv wittert, dass er kastriert werden soll. Mit Wucht schlug er der Frau die Nadel aus der Hand, so dass sie über den glatten Boden schlitterte. Dann sprang er auf die Frau zu und packte sie. Sie war eine kräftige Person, aber mit einem Tempelritter, der gut und gerne zwei Zentner wog und dem es nicht an Entschlossenheit fehlte, konnte sie es nicht aufnehmen. Blitzschnell drehte er ihr den linken Arm auf den Rücken und umklammerte mit seinem rechten Arm ihre Kehle.

Die Frau versuchte zu schreien und sich seinem Griff zu entwinden, doch er hielt sie fest, selbst als seine Stirn von neuem schmerzhaft zu pochen begann.

»So, Weib«, zischte er, und seine sonst so dunkle, sanfte Stimme bekam einen harten Ausdruck. »Jetzt wirst du mir sagen, wo mein Knappe verblieben ist und wo du meine Kleider und vor allem meine Waffen versteckt hast und wie ich hier am schnellsten nach draußen gelangen kann.«

Die Frau verstand ihn offenbar nicht. Sie mühte sich, mit den Beinen zu strampeln, doch nach kurzer Zeit ging ihr die Luft aus. Kraftlos hing sie in seinen Armen. Längst hatte er begriffen, dass er sie töten würde, wenn er ihr weiterhin den Atem nahm. Und dann würde er gar nichts mehr von ihr erfahren. Also lockerte er seinen Griff ein wenig. Sofort drang ein gellender Schrei aus ihrer Kehle.

»Verdammtes Miststück!«, entfuhr es ihm. Wieder packte er sie fester.

Ihr verzweifelter Schrei war jedoch nicht ungehört geblieben. Nur einen Moment später erschienen zwei junge, weiß gekleidete Mädchen in der Tür und starrten die Frau und den spärlich bekleideten Templer entgeistert an. Eines der Mädchen wandte sich rasch um und lief laut kreischend davon.

Gero musste zerknirscht einsehen, dass er offenbar seine Gegner alarmiert hatte, und so entschied er, es mit einer Flucht nach vorn zu versuchen. Er stieß die röchelnde Frau zu Boden und stürmte an dem verbliebenen, völlig überraschten Mädchen vorbei auf den Flur.

Resigniert musste er feststellen, dass er sich immer noch im Innern des Gebäudes befand. Die zahlreichen Menschen, die ihm auf dem langen Gang begegneten, und die verwirrende Anzahl von Türen, die sich darin spiegelten, machten es ihm schier unmöglich, endlich den Weg nach draußen zu finden. Er zögerte einen Moment zu lange. Plötzlich war er von sechs Männern in blauen und weißen Gewändern umringt, die ihn wie auf Kommando zu überwältigen versuchten. Wie ein Berserker wand er sich unter ihren packenden Griffen, dabei rutschte er aus und ging wie ein getroffenes Schlachtross schwer zu Boden. Irgendwo schlug er hart mit dem Kopf auf.

»Schwester Eva, ich brauche Disoprivan! Doppelte Dosis! Sofort!«, schrie eine männliche Stimme.

Fünf Männer hingen plötzlich an seinen Gliedmaßen. Gero spürte, wie ihn die Kräfte verließen und ihm erneut schwindelig wurde.

»Beeilt euch!«, schnaubte der Mann, und im nächsten Moment kniete sich jemand auf Geros ausgestreckten linken Unterarm. Ein schmerzhafter Stich in den Handrücken und ein anschließendes, starkes Brennen ließen den Templer zusammenfahren. Mit einem letzten Aufbäumen sammelte er all seine Kraft und schlug so heftig um sich, dass es ihm gelang, seine überraschten Peiniger abzuschütteln. Voll Panik rappelte Gero sich hoch und drehte sich mit dem Rücken zur Wand, um sich erneut einen Überblick zu verschaffen. Zu seiner Rechten lagen schwer atmend zwei junge, kräftige Männer in blauen Kitteln, die Augen geweitet wie ängstliche Kälber. Drei ältere Männer in weißen Mänteln und weißen Hosen waren erschrocken zur Seite gesprungen und näherten sich nun zögernd, so dass Gero sich für einen Moment an seine Brüder vom Orden erinnert fühlte. Einer von ihnen beugte sich in sicherer Entfernung zu ihm hin und versuchte beruhigend auf ihn einzureden, aber Gero hatte nicht die geringste Ahnung, was er ihm sagen wollte. Befallen von einer unsäglichen Müdigkeit verschwammen die Gesichtszüge des Mannes vor seinen Augen. Ohnmächtig spürte er, wie er fiel. Willenlos, wie ein gestochener Eber ließ er sich auf eine Trage heben und zurück in das Bett verfrachten, aus dem er hatte fliehen wollen. Mit dem nicht geringen Unterschied, dass er nun an Armen und Beinen gefesselt war.

In der Nacht hatte Hannah kaum ein Auge zugetan. Eine Ahnung, wie groß die Aufgabe war, die sie sich aufgeladen hatte, schwante ihr, als der blond gelockte Junge auf ihrem Sofa mit einem harmlosen Blinzeln erwachte. Sofort verfiel er in ein hysterisches Wehklagen. Mit all ihrem Einfühlungsvermögen versuchte sie ihn zu beruhigen. Alles, was er vor dem Einschlafen noch ergeben hingenommen hatte, verstörte ihn nun aufs Neue. Erst eine heiße Milch, ein deftiges Käsebrot sowie die Anwesenheit ihrer Katze wirkten besänftigend auf den Jungen.

Matthäus hatte seinen Namen mit einem Bleistift auf ein Stück Papier gekritzelt. Gesprochen klang es wie Mattis, wobei die Betonung auf der letzten Silbe lag.

Allem Anschein nach war Mattis ein kluger Bursche. Er konnte lesen, schreiben und neben Deutsch und Französisch beherrschte er auch das Lateinische. Jedenfalls konnte er das Angelus-Gebet auf dem Sockel der Marienstatue über Hannahs Esstisch ohne Probleme entziffern und fehlerfrei ins Mittelhochdeutsche übersetzen. Dass er aus einer siebenhundert Jahre entfernten Vergangenheit stammen sollte, war immer noch schwer zu glauben. Wenn Hannah ehrlich war, hatte sie nur bruchstückhaft verstanden, was Tom ihr über seine Experimente erzählt hatte. Raumzeit-Synchronisation. Verrückt! Heimlich betrachtete sie den Jungen. Hoffentlich verursachten Toms Versuche keine gefährlichen Nebenwirkungen. Horrorvisionen, dass der arme Junge sich plötzlich in Luft auflösen konnte, drängten sich ihr auf.

Mittlerweile war es draußen hell geworden. Ein Blick auf die Uhr bestätigte ihr, dass Tom bereits in seiner Anhörung sitzen musste.

»Ich lasse dich einen Augenblick allein, bin gleich zurück«, sagte sie zu dem Jungen, der für einen Moment abgelenkt zu sein schien, weil sich der schwarze Kater wohlig vor ihm streckte.

Im Schlafzimmer hatte sie den Mantel seines seltsamen Begleiters auf ihrem Bett abgelegt, und auch der Brustbeutel befand sich noch auf der Kommode. Bevor sie dem Jungen Fragen stellte, würde sie selbst ermitteln, auf was oder – besser gesagt – auf wen sie sich eingelassen hatte.

Bevor sie sich dem Sammelsurium an Kleidung, Gürteln und dem Brustbeutel widmete, fiel ihr Blick auf die dunklen Blutspuren auf dem hellen Parkett. Die Kleidung war ebenfalls mit Blut befleckt, und der helle Kapuzenmantel erschien ihr ziemlich schmutzig. Sie beugte sich herab, um die verschiedenen Kreuze zu inspizieren. Eines prangte groß und blutrot auf der oberen linken Schulter, das andere, das noch größer war, war mittig auf dem ärmellosen Überwurf angebracht. Obwohl Hannah nicht viel Ahnung von Handarbeiten hatte, waren es diese perfekt gearbeiteten Applikationen, die sie in Erstaunen versetzten. Um 1300 gab es definitiv keine Nähmaschinen, aber das, was sie hier sah, wirkte mindestens so gekonnt wie ein maschinell verarbeitetes Kleidungsstück. Die Stiche waren so fein gesetzt, dass man keine Naht erkennen konnte. Daher sah es aus, als würde das rote Kreuz mit dem eierschalfarbenen Stoff des Mantels regelrecht verschmelzen. Auf der Innenseite des Kragens gab eine unglaublich präzise, graue Seidenstickerei Auskunft darüber, wem das gute Stück gehörte.

FRATER GERARDUS DE BREYDENBACHE †
ORDO MILITIE HIEROSOLYMITANIS †
BAR-SUR-AUBE.

Frater bedeutete Bruder. Der Name legitimierte offenbar den Besitzer des Mantels und seine Herkunft.

Bar-sur-Aube – lag das nicht in der Champagne? Ein wenig verwundert überlegte Hannah, dass Matthäus, der Begleiter des Frater Gerard Mittelhochdeutsch sprach und somit allem Anschein nach kein Franzose war.

Orden der Tempelritter zu Jerusalem. Hannah überlegte angestrengt, was sie über diesen Begriff wusste. In den Romanen, in denen die Templer Erwähnung fanden, und die ab und an auch von ihren Kunden bestellt wurden, nahmen die geheimnisvollen Ritter meist die Rolle kompromissloser Helden an. Entschlossen öffnete Hannah den Brustbeutel und kippte den Inhalt auf die Kommode.

Als erstes fiel ihr die lederne Geldbörse entgegen. Die Münzen kannte sie bereits. Neben dem kleinen Buch, in das sie gestern Abend nur flüchtig hatte hineinschauen können, fiel ihr ein gerolltes Blatt Papier ins Auge, das mit einem gedrehten, rotweißen Seidenbändchen verschnürt war. Vorsichtig löste Hannah die Kordel und breitete das leicht vergilbte Stück sorgsam vor sich aus. Mit leuchtendem Grün und purpurnem Rot hatte der Schreiber Ranken und Blumen darauf gezeichnet und in die Mitte ein Gedicht gesetzt. *Elsebeten Minnelied* war in der Überschrift zu lesen

Vür Gêrharde, mîn sunne, mîn mâne, mîn âvendstern
Mîn herze hât vlügel,
sihest du ein vogelîn an deme himmel,
soltu wizzen, ez vlieget zu dir.

Mîne minne ist der hûch eines windes,
spilet sîn âdem mit dînen locken,
soltu wizzen, sie ist bî dir,

Mîne sensuht ist ein regen,
vallen die droppen hernider ûf dîn antlitze,
solltu wizzen, ez sind die zehere mîner sensuht nâ dir.

In êwiger minne, Elsebete

Hannah klopfte das Herz bis zum Hals. Dank ihrer drei Semester Mittelhochdeutsch konnte sie alles entziffern. Es war ein Liebesgedicht, unterzeichnet von einer Elisabeth.

Es gab also eine Frau, die für den angeschlagenen Tempelritter etwas mehr empfand als allgemein üblich.

Plötzlich hörte sie Schritte im Flur. Hastig verstaute sie die Sachen in der Tasche und schob sie von sich weg. Zuerst huschte die Katze ins Zimmer und sprang auf das Bett. Respektlos wollte sie sich auf dem Mantel niederlassen, nahm dann aber davon Abstand, weil ihre Neugierde siegte und sie von dem blutigen Fleck auf dem wattierten Pullover angezogen wurde. Der Junge, der dem Tier gefolgt war, blieb regungslos im Türrahmen stehen und starrte auf das mittlerweile getrocknete Blut. Hannah sah, dass er mit den Tränen kämpfte. Rasch lief sie zu ihm hin und drückte ihn an sich.

»Es wird alles gut«, sagte sie. Unaufhörlich strich sie ihm über den Rücken, während er, den Kopf an ihrer Brust versteckt, leise vor sich hin schluchzte.

Nachdem er sich ein wenig beruhigt hatte, führte sie ihn zum Bett, räumte die Kleidung zur Seite und gab ihm zu verstehen, dass er sich setzen sollte. Als sie neben ihm Platz nahm, legte sie in einer mütterlichen Geste den Arm um seine Schultern. Er wagte es nicht, ihr ins

Gesicht zu sehen, während er sich regelrecht in ihre Armbeuge schmiegte.

»Sag, Matthäus«, begann sie zögernd, »Ist der Ritter Gerard … ist er dein Vater?«

Überrascht blickte der Junge auf, dann schüttelte er heftig den Kopf. »Nêina«, sagte er abwehrend, fast so als habe sie eine Beleidigung ausgesprochen. »Er ist mein Herr.«

Gut, das war also geklärt. »Wo ist euer Zuhause?«

Der Junge zögerte. »Es ist mir nicht erlaubt, darüber zu sprechen«, sagte er leise. »Ich kenne Euch nicht gut. Vielleicht seid Ihr uns feindlich gesinnt.«

»Würdest du einem Feind erlauben, dass er den Arm um dich legt?«, fragte Hannah mit treuem Blick.

Nun rückte er kaum merklich von ihr ab und schaute verlegen zu Boden.

»Du kannst mir vertrauen. Oder denkst du immer noch, dass ich böse bin?«

»Ihr habt es zugelassen, dass Männer in seltsamen Gewändern meinen Herrn verschleppt haben, und ich weiß noch nicht einmal wohin. Vielleicht ist er schon tot und …« Wieder traten Tränen in seine Augen.

»Hey, Matthäus«, tröstete Hannah den Jungen, »dein Herr ist nicht tot. Er war verletzt. Wir mussten ihn in ein Hospital bringen. Wenn du willst, gehen wir ihn heute besuchen.«

Die blauen Augen voller Hoffnung schaute er zu ihr auf.

Unvermittelt meldet sich ihr Mobiltelefon, das im Flur auf einer Kommode lag. Der Junge fuhr zusammen, als ob man ihn geschlagen hätte.

»Kein Grund zur Panik«, beruhigte Hannah ihn rasch, während sie seinen Arm drückte. Ein schmerzliches Zucken zeigte sich in seinen Augenwinkeln. »Bin sofort wieder da, nicht bewegen«, sagte sie.

»Sankt Agnes Krankenhaus in Wittlich, ich verbinde«, schnarrte eine weibliche Stimme in ihr Ohr. »Hallo, spreche ich mit Frau Schreyber?«

»Ja?«

»Mein Name ist Weidner, ich bin die verantwortliche Oberärztin auf der Unfallstation. Frau Schreyber, ich wollte Sie bitten, umgehend vorbeizuschauen, wir hatten heute früh ein paar Probleme mit Ihrem Mann.«

»Probleme?« Es dauerte einen Augenblick, bis Hannah realisierte, um was es überhaupt ging.

»Nichts, worüber sie sich ernsthaft Sorgen machen müssten«, versicherte die Frau am anderen Ende der Leitung. »Er ist bei Bewusstsein, und alle Vitalfunktionen sind stabil. Leider hat er beim Aufwachen die Nerven verloren und eine Krankenschwester angegriffen. Wir mussten ihm eine Beruhigungsspritze geben. Ich würde gern die weitere Vorgehensweise mit Ihnen absprechen.«

»Ich komme sofort«, sagte Hannah.

»Bringen Sie ihm bitte Unterwäsche und einen Schlafanzug mit. Etwas Waschzeug wäre auch vonnöten.«

Die Tatsache, dass sie nach dem Tod ihres Vaters einen Großteil seiner Kleidungsstücke aufgehoben hatte, kam ihr nun zugute. Er war ein großer, stattlicher Mann gewesen und hatte einen schwarzen Jogginganzug besessen, der dem Templer sicher passen würde. Auch ein paar Hausschuhe, Unterwäsche und ein gestreifter Schlafanzug befanden sich mottensicher verpackt in einer Kleiderkiste auf dem Dachboden.

Wenig später saß Hannah mit dem völlig verstörten Jungen in ihrem Wagen.

Unterweg musste sie mehrmals anhalten. Matthäus war übel. Seine Gesichtsfarbe erinnerte sie an unreife, grüne Tomaten. Keine Sekunde zu spät zerrte sie den Jungen aus dem Wagen. Unter krampfhaftem Zucken übergab er sich geräuschvoll in den Straßengraben, und erst eine ganze Weile später konnten sie die Fahrt fortsetzen.

Am Krankenhaus steuerte Hannah ihren Kombi in die erstbeste Lücke. Angespannt stieg sie aus und lief um das Fahrzeug herum, damit sie ihrem erbärmlich aussehenden Beifahrer beim Aussteigen helfen konnte.

Reiß dich zusammen, meine Liebe, sagte sie sich in Gedanken.

Einen Moment lang musste sie den Jungen stützen. Die frische Luft tat ihm gut. Beiläufig entnahm sie dem Kofferraum die Sporttasche mit der Kleidung. Mit einem Klick auf den Wagenschlüssel bediente sie die Zentralverriegelung. Der Junge zuckte bei dem Geräusch unwillkürlich zusammen, und im gleichen Moment tat er Hannah schon wieder leid. Sie nahm ihn entschlossen bei der Hand und lächelte tapfer.

»Hör zu, Kleiner, du wirst dich an so manches gewöhnen müssen, aber mir geht es nicht anders. Gemeinsam werden wir das schaffen, das verspreche ich dir. Komm jetzt!«

Bereitwillig und doch mit einem ängstlichen Blick ließ sich der Junge abführen.

Am Kiosk kaufte Hannah eine Flasche Mineralwasser und bot ihm einen Schluck daraus an. Irritiert schaute er zu ihr auf. Dachte er vielleicht, sie wollte ihn vergiften? Sein Blick verriet, dass es an der Flasche lag. Vorsichtig wie bei einem Zweijährigen setzte sie ihm die Öffnung an die Lippen.

»Ist nur Wasser«, beruhigte sie ihn zur Sicherheit.

Die Verkäuferin im Kiosk schaute verwundert zu, sagte aber nichts.

Nachdem eine grauhaarige Empfangsdame sie telefonisch in der psychiatrischen Abteilung angemeldet hatte, nahm Hannah zusammen mit dem Jungen die Treppe ins Untergeschoss des Hospitals. Sie war überaus aufgeregt. Die linke Hand verbarg sie in ihrer Manteltasche, und mit der Rechten umklammerte sie die Hand des Jungen und die Tasche. In Begleitung eines muskulösen Krankenpflegers gingen sie bis zum Ende eines langgezogenen Flures. Die leitende Oberärztin empfing sie mit einem gekünstelten Lächeln und führte sie mit dem Hinweis, dass der Patient sediert sei, zu einem geschlossenen Krankenzimmer.

»Sie werden Verständnis haben für diese Maßnahme. Ihr Mann hat nicht nur die Schwester angegriffen, sondern sich zuvor selbständig den Katheterschlauch herausgerissen. Dabei können wir von Glück sagen, dass der Ballon, der den Schlauch im Innern der Blase festhält, nicht vollständig mit Flüssigkeit gefüllt war. Andernfalls hätte er sich durchaus ernsthaft verletzen können.«

Hannah warf einen Blick durch das Doppelfenster ins Innere des Krankenzimmers. Regungslos lag der bärtige Mann auf einem der üblichen Hospitalbetten. Er hing an einem Tropf, und an der Seite des Bettes war eine Urinflasche befestigt, in die offensichtlich ein Katheterschlauch mündete. Seinen Körper hatte man mit drei breiten Ledergurten an Füßen, Rumpf und Oberkörper festgeschnallt.

Spätestens jetzt war Hannah felsenfest gewillt, die Verantwortung auf sich zu nehmen und den Templer von hier fortzubringen. Sie sah zu Matthäus hinab, der regungslos zu Boden starrte. Mit Entschlossenheit in der Stimme wandte sie sich an die Ärztin.

»Wir möchten zu ihm hinein, allein! Ich hoffe, das ist kein Problem?«

»Nein, wenn es Ihnen nichts ausmacht, dass wir Ihren Mann angeschnallt lassen? Solange er sich in unserem Haus befindet, tragen wir die Verantwortung für sein Handeln.«

»Dafür muss ich wohl Verständnis aufbringen.« Hannah seufzte und strich sich nervös eine Haarsträhne aus dem Gesicht.

Mit äußerster Zurückhaltung näherte sie sich, Matthäus immer noch fest an der Hand gepackt, dessen Herrn. So wie er dort lag, auf dem Rücken, Arme und Beine gestreckt, erinnerte er Hannah entfernt an die bekannten Rittersulpturen auf mittelalterlichen Sarkophagen.

Als sie das Bett fast erreicht hatte, gab es für Matthäus kein Halten mehr. Er riss sich los, und mit einer jähen Bewegung umarmte er den Oberkörper seines Herrn und legte den Kopf auf dessen Brust. Ein paar Tränen rannen aus seinen Augen, als er feststellte, dass der Mann noch atmete und sich dann sogar regte.

Der Junge flüsterte aufgeregte, für Hannah unverständliche Worte, dabei hob er immer wieder den Kopf und sah den Mann an. Der Templer hatte die Augen halb geöffnet. Zuerst glaubte sie ein dünnes Lächeln auf seinen ausgetrockneten Lippen zu sehen, und dann plötzlich bewegte er den Mund. Hannah bildete sich ein, dass er französisch sprach, jedenfalls hörte es sich so an.

»Sag ihm, dass es dir gut geht.« Hannah fasste Matthäus am Arm. »Und sag ihm, dass wir ihn spätestens morgen zu mir nach Hause holen, hörst du?«

Wie in Zeitlupe drehte Gerard de Breydenbache seinen Kopf in ihre Richtung und blinzelte sie an, so als ob er mit seinem Blick einen Nebel zu durchdringen versuchte. Hannah nahm all ihren Mut zusammen und trat ganz nah an ihn heran. Eine Mischung aus Neugier und Furcht durchfuhr sie, als sie so direkt vor dem Fremden stand. Aller widersprüchlichen Gefühle zum Trotz ließ sie es sich nicht nehmen, ihn genau zu betrachten. Er sagte nichts, sondern schaute sie nur aus unglaublich blauen Augen an. Ansonsten sah er aus wie ein Kerl von der Straße. Ein ziemlich gut aussehender Kerl von der Straße, verbesserte sie sich, auch wenn er reichlich blass war.

»Der Junge?«, formten seine Lippen leise. Hannah verstand zunächst nicht, was er damit meinte, weil er für »Junge« das Wort »Knappe« benutzte, und so hob sie den Kopf, um den Sinn der Frage an seinem Gesichtsausdruck zu erkennen. Als sie die Sorgenfalten auf seiner Stirn sah und erfasste, dass sein Blick auf Matthäus gerichtet war, ergriff sie die kräftige, warme Hand des Mannes und drückte sie mitfühlend.

»Er ist bei mir, ich achte auf ihn. Morgen seid ihr wieder vereint. Ihr müsst mir nur einen Gefallen tun und egal, was auch passiert, vollkommen ruhig bleiben. Vertraut mir – bitte!«

Hannah richtete sich auf. Wäre es nach ihr gegangen, hätte sie ihn gleich zu sich nach Hause mitgenommen, aber wahrscheinlich war es klüger, ihn morgen von einem Krankentransport bringen zu lassen. So konnte sie Zeit gewinnen, um einige Vorkehrungen zu treffen. Vor allem wollte sie versuchen, baldmöglichst mit Tom in Kontakt zu treten. Er hatte noch nichts von sich hören lassen, und sie machte sich ernsthafte Sorgen, ob vielleicht etwas Unvorhergesehenes vorgefallen war, was ihn daran hinderte, wenigstens einmal bei ihr anzurufen.

Nur widerwillig trat sie den Rückzug an. Matthäus erging es anscheinend nicht besser. Sehnsüchtig drehte er sich noch einmal um, als sie die Tür erreichten.

In einer knappen Unterredung auf dem Flur machte sie Doktor Weidner kompromisslos klar, dass ihr Mann – Hannah war erstaunt, wie leicht ihr dieses Wort über die Lippen ging – am nächsten Vormittag unverzüglich zu ihr nach Hause zu transportieren sei. Die Ärztin protestierte, aber nur kurz und schwieg, als Hannah damit drohte, weitergehende Kosten nicht übernehmen zu können.

Mit einem seltsamen Schmunzeln überreichte der Pfleger Hannah einen kleinen, blauen Beutel, in dem sich Gerard von Breydenbachs Unterwäsche aus grobem Stoff und dessen abgewetzte Lederhose befand.

»Wir mussten ihm das Kreuz abnehmen.« Die Ärztin hielt ihr ein schlichtes, lothringisches Kreuz entgegen. Behutsam nahm Hannah das geflochtene Lederbändchen in die Hand, und betrachtete eingehend das silberne Kreuz, das daran baumelte. Mit einem Gefühl der Ehrfurcht ließ sie es in ihrer Manteltasche verschwinden.

19

Montag, 15. 11. 2004 – Spangdahlem – Ermittlungsarbeiten

Eine angebrochene Aspirinschachtel auf seinem Mahagonischreibtisch verriet, dass Professor Dietmar Hagen wieder an einer hartnäckigen Migräne litt. Seine Hände zitterten, als er zwei Tabletten zusammen mit einem großen Glas Wasser hinunterspülte. Nur ungern gestand er sich ein, dass seine Nerven blank lagen. Durch sein Bürofenster konnte er sehen, wie ein Armee-Fahrzeug vorfuhr, das Colonel Pelham, den örtlichen Chef der Air Base, General Lafour, den Vertreter der NSA für Europa, und den Militär-Attaché Major Dan Simmens aus der Mittagspause zurückbrachte. Nach der erfolglosen Befragung von gestern früh, bei der sich Hagen sicher war, dass Stevendahl und Colbach schlichtweg gelogen hatten, wollte er sich mit Vertretern der einzelnen Sicherheitsabteilungen am Nachmittag darüber beraten, welche weiteren Ermittlungsmaßnahmen erforderlich waren, um den oder die Transferierten aufzuspüren.

Am liebsten hätte er sich selbst auf die Suche nach dem vermeintlichen Templer begeben. Doch er war verpflichtet, seinen amerikanischen Auftraggeber an sämtlichen Schritten, die er in dieser Angelegenheit unternahm, zu beteiligen, eine Auflage, die seinem eigenwilligen Charakter gänzlich zuwider lief. Selbst seinen libanesischen Informanten hatte er im Unklaren darüber gelassen, was bei der Untersuchung der Fundstücke herausgekommen war. Die Natur der Sache bedingte, dass es so wenig Mitwisser wie möglich geben sollte. Nicht auszudenken, was geschehen würde, wenn weitere Artefakte in den Besitz einer arabischen Terrorgruppe gelangten. Ebensowenig war Hagen an einer Zusammenarbeit mit den Israelis interessiert. Sie würden sich nicht nur in alles einmischen, sondern ihm kurzerhand die Erlaubnis für weitere Forschungen entziehen und sich unter Garantie mit den Palästinensern anlegen, wenn es um Gebietsansprüche ging. Nein, es war gut, wie es war. Und daran sollte sich – wenn möglich – auch nichts ändern.

Die Tür zu seinem Büro öffnete sich, und Hagen straffte die Schultern. Er musste vorsichtig sein, was er Colonel Pelham berichtete. Auf keinen Fall durfte der wachsame Sicherheitsbeauftragte der US Air Base den Verdacht schöpfen, dass er, Hagen, in irgendeiner Weise an den Geschehnissen eine Mitschuld trug.

Als erster betrat General Lafour, Chef der Europa-Abteilung der NSA, das Büro. Ihm folgte ein gebeugtes weißhaariges Männchen, das einen beigefarbenen Trenchcoat und eine Laptop-Tasche über der mageren Schulter trug.

Nachdem General Lafour den Professor mit einem zackigen militärischen Gruß bedacht hatte, stellte er den seltsamen Kauz als den renommierten Historiker Professor Moshe Hertzberg von der Berkeley University in Kalifornien vor. Der Spezialist für mittelalterliche Geschichte wurde von der NSA gerne hinzugezogen, wenn es um die Einschätzung unbekannter historischer Artefakte ging. Sein Fachgebiet war allerdings der Verhaltenscodex der Assassinen und dessen Auswirkungen auf die Kreuzritter.

Hagen bot dem Historiker, Colonel Pelham, General Lafour und Doktor Baxter, die zusammen mit Major Simmens und einem weiteren Vertreter des Pentagons folgte, einen Platz an einem runden Tisch an, der sich am hinteren Ende seines Büros befand. Er selbst ließ sich erst nieder, nachdem Dr. Piglet als Letzter die abhörsichere Tür geschlossen hatte.

»Also, Professor, wie soll's nun weitergehen?« Major Simmens sah Hagen erwartungsvoll an.

»Was fragen Sie mich das?«, erwiderte Hagen aufgebracht.

»Schließlich sind Sie der verantwortliche Leiter des Projektes«, erwiderte Simmens überrascht. »Irgendwas muss ich in meinen Bericht nach Washington hineinschreiben. Soweit ich vernehmen durfte, kostet der Unfall den amerikanischen Steuerzahler mehr als zwei Milliarden Dollar. Eine Summe, die wir angesichts unserer Verpflichtungen im Irak-Konflikt nicht ohne weiteres aus dem Ärmel schütteln können.«

»Meines Erachtens«, warf Colonel Pelham ein, »ist es weniger eine

Frage des Geldes als der Sicherheit. Bisher konnte mir noch niemand beantworten, wie es zu dem Unfall kommen konnte und ob Stevendahl und Colbach ihn absichtlich verursacht haben. Ich halte es durchaus für wahrscheinlich, dass die beiden eine Mitschuld trifft, aber der Grund, warum sie die Anlage manipuliert haben sollen, erschließt sich mir zurzeit noch nicht.« Pelham schaute Hagen fragend an.

»Die beiden konnten es eben nicht abwarten, einen Menschen zu transferieren«, antwortete der Professor. »Sie wissen doch, wie diese ehrgeizigen jungen Wissenschaftler sind. Wie Bluthunde immer auf der Suche, und sobald sie etwas gewittert haben, schnappen sie zu.«

Pelham sah Hagen prüfend an. Er wurde das Gefühl nicht los, dass der Professor soeben eine eigene Charakteranalyse zum Besten gegeben hatte.

»Das wichtigste ist doch«, beeilte sich Hagen fortzufahren, »dass wir Schadensbegrenzung betreiben. So wie es aussieht, ist mindestens ein Mensch transferiert worden. Auch wenn Stevendahl und Colbach ihn angeblich nicht gesehen haben. Aber Sie können sich vorstellen, dass wir in unserem ureigensten Interesse schleunigst daran gehen müssen, diese Person aufzuspüren.«

»Mich bewegt eine ganz andere Frage«, erklärte Simmens und bedachte Hagen mit einem prüfenden Blick. »Was würde es bedeuten, wenn wir nachvollziehen könnten, wie es ihnen gelungen ist, jemanden zu transferieren? Haben Sie mir nicht erst kürzlich erzählt, wir wären noch nicht soweit?«

Hagen räusperte sich ungeduldig. »Dazu kann ich leider noch keine Stellung nehmen. Zunächst einmal müsste ich wissen, wie die beiden das zustande gebracht haben.«

»Und wenn sie es herausfinden? Wen werden sie demnächst transferieren? Jesus Christus oder Dschingis Khan?«

Professor Hertzberg hatte Hut und Mantel abgelegt und auf seinem Stuhl eine lauernde Position eingenommen. Mit leuchtend schwarzen Augen beugte er sich neugierig nach vorn und beobachtete Major Simmens, wie er eine unzufriedene Miene aufsetzte.

»Was reden Sie da?« Hagen schüttelte unwirsch den Kopf.

»Ich denke, das ist es, was den Präsidenten fast noch mehr interessiert als die Kostenfrage«, erwiderte Simmens unbeeindruckt.

»Sagen sie ihrem Präsidenten, er kann sich beruhigt zurücklehnen. Solange ich hier das Sagen habe, wird nichts unternommen, was nicht vorher seine Zustimmung erlangt hat.«

»Ihr Wort in Gottes Ohr«, antwortete Simmens bedächtig. »Obwohl ... nach allem, was ich hier erfahren darf, hege ich zunehmend Zweifel, ob Gott überhaupt existiert.«

»Versündigen Sie sich nicht!« Hagen grinste abfällig. »Ihr frommer Chef hört so etwas sicher nicht gerne.«

»Ich denke, wir haben zurzeit ganz andere Probleme.« Colonel Pelham ließ seinen Blick in die Runde schweifen und blieb bei Professor Hertzberg hängen. »Was ist, wenn wirklich jemand transferiert wurde und diese Person sich unbeaufsichtigt in unserer Zeit bewegt?«

Das schmächtige Männchen lächelte geheimnisvoll. »Tja, meine Herren«, begann er mit einer ungewöhnlich hohen Stimme. »Ich will nicht behaupten, dass ich in solch einer Bewertung Erfahrung hätte. Haben Sie nichtsdestotrotz Verständnis dafür, wenn mein Herz, seit ich diesen Raum betreten habe, verständlicherweise höher schlägt. Wann hat ein Historiker schon einmal die Aussicht darauf, einem lebendigen Menschen aus einer unvorstellbar fernen Vergangenheit möglicherweise Auge in Auge gegenüberzustehen.«

Hagen, der neben dem Historiker Platz genommen hatte, ergriff vertraulich dessen Arm und richtete seinen Blick gleichzeitig auf Major Simmens. »Wissen Sie, Herr Kollege, wie Sie den Vorgesprächen entnehmen konnten, sind wir zurzeit leider noch nicht so weit, dass wir Ihnen den Mann – allem Anschein nach handelt es sich um einen solchen – auf einem Silbertablett präsentieren könnten. Meine Assistentin, Doktor Baxter, lässt im Augenblick das Schwert analysieren, um herauszufinden, wer der Besitzer dieser Waffe sein könnte. Wer weiß denn schon, wie viele Verrückte da draußen rumlaufen, die behaupten, aus einer anderen Zeit zu stammen. Ich halte es für außerordentlich wichtig, dass Sie uns helfen, den Richtigen zu erwischen.«

»Es ist zwar höchst seltsam, sich so etwas vorzustellen«, erwiderte Hertzberg mit Enthusiasmus in der Stimme, »aber ich denke, es wird uns nichts anderes übrig bleiben, als uns in einen Ritter aus dem beginnenden 14. Jahrhundert hinein zu versetzen und zu überlegen, was er anstellen würde, um sich hier bei uns zurechtzufinden.

»Es handelt sich mit Sicherheit um einen kampferfahrenen Mann«, fügte General Lafour mit gewichtiger Miene hinzu und versuchte damit, den Ermittlungsansatz in die richtige Richtung zu lenken. »Wie Sie sehen konnten, scheint er im Besitz eines Schwertes gewesen zu sein.«

»In erster Linie sollten wir uns die Frage stellen, ob diese Person womöglich eine Gefahr für die Bevölkerung darstellt«, gab Major Simmens zu bedenken. »Vielleicht besitzt er noch weitere Waffen. Wenn wir uns etwas nicht leisten können, ist es Publicity.«

»Darüber würde ich mir weniger Gedanken machen«, erwiderte General Lafour. »Verrückte, die zu Schwertern greifen und ihre Umgebung bedrohen, gibt es auch in unserer Zeit. Eigentlich kann uns nichts besseres passieren, als dass der Mann eine Straftat begeht und von den deutschen Behörden festgenommen wird. Sollte er dabei ein Schwert benutzen, steht er am anderen Tag in der Zeitung. Wenn er dann noch behauptet, er komme aus dem 14. Jahrhundert, umso besser. Hat man ihn erst einmal in eine Irrenanstalt eingewiesen, müssen wir ihn nur noch unbemerkt dort herausholen.«

»Das mag sein«, warf Professor Hertzberg mit einem Lächeln ein. »Aber Sie tun gut daran, den Mann nicht zu unterschätzen. Die meisten Menschen unterliegen dem Vorurteil, dass die Menschen der Vergangenheit uns in Intelligenz und Erfindungsreichtum nachgestanden hätten. Mitnichten, kann ich nur sagen. Eher dürfte das Gegenteil der Fall sein. Auch wenn nicht jeder schreiben und lesen konnte, so war der überwiegende Teil der Bevölkerung recht sprachbegabt und konnte auch wegen der vielen verschiedenen Währungen und Maßeinheiten hervorragend rechnen. Trotz fehlender moderner Verkehrsmittel sind nicht wenige Menschen des Mittelalters weit gereist. Denken Sie nur an die stark frequentierten Pilgerwege nach Santiago di Compostella, von den Kreuzzügen ganz zu schweigen. Man war darauf angewiesen, sich auch über Land nach dem Stand der Sonne und den Sternen zu richten. Außerdem gab es ein ausgeklügeltes Botensystem.«

Hagen war unruhig geworden. »Ich werde das ungute Gefühl nicht los, dass Ihre Überlegungen zwar logisch, aber nicht sonderlich hilfreich sind. Wir sollten unser Augenmerk vor allem auf Stevendahl und Colbach richten. Was ist, wenn sie doch etwas gesehen und dem Transferierten zur Flucht verholfen haben?«

»Warum hätten die beiden das tun sollen?«, fragte Pelham. »Vermuteten Sie nicht, dass sie den oder die Menschen absichtlich transferiert haben?«

»Ich muss mich korrigieren«, antwortete Hagen mit Nachdruck. »Vielleicht sind sie über ihre Kompetenzen hinausgegangen und haben dabei versehentlich Menschen transferiert. Dann haben sie kalte Füße bekommen und die transferierten Personen verschwinden lassen.«

»Ich werde das in die Hand nehmen«, verkündete General Lafour. »Es ist kein Problem, die beiden zu beschatten. Telefonüberwachung und Hausdurchsuchung in Abwesenheit gehören zu unseren leichtesten Übungen.«

»Gut«, meinte Hagen zufrieden. »Ich habe übrigens meinen Referenten Doktor Piglet beauftragt, eine Aufstellung über den genauen Schadensumfang zu erstellen«, sagte er an Major Simmens gerichtet. »Spätestens morgen haben Sie eine komplette Übersicht.«

»Danke, Mr. Hagen«, erwiderte Simmens. »Ich bin sicher, dass die Angelegenheit bei General Lafour in guten Händen ist. Und ich bin zuversichtlich, dass wir mit der Unterstützung seines Ermittlungsteams und unseres geschätzten Kollegen Hertzberg schon bald zu brauchbaren Ergebnissen gelangen werden.«

»Wir nehmen noch einen Espresso im Club. Kommen Sie mit?«, fragte Pelham, während die Männer sich erhoben.

Hagen schüttelte den Kopf. »Ich habe noch zu tun«, sagte er tonlos.

»Ruhig Blut, Professor.« Colonel Pelham, dem die Enttäuschung Hagens nicht entgangen war, klopfte ihm vertraulich auf die Schulter. »Ich war ein wenig schneller als der Rest. Ihre beiden Assistenten stehen schon seit gestern Nachmittag unter Beobachtung. Ich habe unsere eigenen Kräfte auf sie angesetzt. Sobald die Agenten der NSA einsatzbereit sind, können sie den Fall getrost übernehmen. Außerdem habe ich DNA-Proben aus Stevendahls und Colbachs Wagen entnehmen lassen. Wenn sie jemanden versteckt haben, werden wir es herausfinden. Machen Sie sich also keine unnötigen Gedanken! Das Ergebnis der Untersuchung wird ihnen Miss Baxter mitteilen. Wenn die beiden wirklich ihre Finger im Spiel haben, wird sich die Schlinge zeitig zuziehen.«

20

Montag, 15. 11. 2004 – Bed and Breakfast

Tom hatte Hannah am Abend zuvor von einer Telefonzelle aus mitgeteilt, dass er zusammen mit Paul vom Dienst suspendiert worden war. Fortan würden sie gewissermaßen unter Arrest stehen, weil man Beweise gefunden hatte, die sie unter Verdacht stellten, einen Menschen transferiert zu haben. Welche Beweise das waren, wollte Tom nicht näher erläutern, weil er befürchtete, sie könnten abgehört werden, wenn das Gespräch zu lange dauerte.

In jedem Fall war es Tom unter diesen Umständen kaum möglich, sich um die beiden unfreiwilligen Zeitreisenden zu kümmern. Vorübergehend hatte er sich mit Paul in dessen Junggesellen-Apartment in Vianden eingenistet. Seit gestern Nachmittag parkten verschiedene Fahrzeuge vor der Haustür seines luxemburgischen Kollegen, ständig mit zwei Männern besetzt, die sich nur für einen Wachwechsel entfernten. Falls Tom das Haus verlassen wollte, etwa um Hannah aufzusuchen, konnte dies nur auf Schleichwegen geschehen. Tom vermutete, dass die National Security Agency dahinter steckte. Amerikanischer Auslandsgeheimdienst, wie er ihr erklärte. Technisch perfekt ausgerüstet, entging den Agenten nicht mal das Husten einer Fliege.

Also musste Hannah mit ihren Besuchern zunächst alleine zurechtkommen.

Gepeinigt von Zweifeln, ob sie dieser Anforderung überhaupt gewachsen sein würde, klopfte ihr das Herz bis zum Hals. Auf dem Weg zur Haustür ordnete sie sich vor dem kleinen Wandspiegel im Flur hastig ihr dunkelrotes, langes Haar und strich sich prüfend den hellgrünen Wollstoff über ihren sanft gerundeten Hüften glatt.

»Wo sollen wir ihn hinbringen?«, keuchte einer der Sanitäter nach einer kurzen Begrüßung, die nur aus einem Nicken bestand.

Der Templer lag ruhig, die Augen geschlossen, auf der Trage. Er trug den schwarzen Jogginganzug, den sie für ihn abgegeben hatte, und war immer noch festgeschnallt. Vielleicht hatten Hannahs Beschwörungen doch etwas genützt, oder man hatte ihm vor dem Transport eine Beruhigungsspritze gegeben.

»Ich gehe voraus«, antwortete sie und geleitete die beiden Sanitäter durch den kleinen Flur ins Schlafzimmer. Alles war vorbereitet – so gut es eben ging. Sie hatte sich entschieden, ihren neuen Gast im Parterre unterzubringen, damit er ohne Probleme den Weg zur Toilette und zum Badezimmer fand. Der Junge würde derweil oben im Gästezimmer schlafen, und sie selbst wollte auf der Couch im Wohnzimmer campieren, bis sich eine andere Lösung fand.

Die Sanitäter setzten die Trage auf einem halbhohen Gestell neben Hannahs Bett ab und lösten die Klettverschlüsse.

»Kann er aufstehen?« Hannahs Blick strich nervös über den anscheinend Bewusstlosen.

»Machen Sie sich keine Gedanken, das kriegen wir schon hin.« Der begleitende Arzt, ein Mann von etwa Mitte Fünfzig mit grauem Bart, musterte neugierig das ungewöhnliche Kleidungsstück, das eine der Schranktüren verdeckte. Um ihren neuen Hausbewohner positiv zu stimmen, hatte Hannah dessen eindrucksvollen Mantel frisch gewaschen und gebügelt an die Schrankwand gehängt. Den wattierten Pullover und das ebenfalls aufgerissene, lange Leinenhemd hatte sie noch am Abend zuvor geflickt. Zusammen mit dem Kettenhemd und den gepanzerten Lederhandschuhen hatte sie die übrigen Kleidungsstücke sorgfältig gefaltet auf der Kommode ausgelegt. Und auch seine handgearbeiteten Stiefel standen geputzt davor. Selbst den Messergürtel mit dem Dolch hatte sie nicht vergessen, ihn aber vorsichtshalber unter den Kleidern versteckt.

Der Arzt wandte sich seinem Patienten zu. »Hallo, können Sie mich hören? Wir sind da, Sie können jetzt aufstehen – geht das?«

Der Templer blinzelte. Tatsächlich fiel sein erster Blick auf den Mantel, und schneller, als es einer der Anwesenden erwartet hätte, schwang er sich hoch. Dann jedoch geriet er ins Schwanken und hielt sich den Kopf.

Hannah fasste ihn am Ellbogen und geleitete ihn zum Bett. Zu ihrer Überraschung ließ er sich diese Geste der Hilfsbereitschaft ohne Murren gefallen.

Obwohl er nur auf Socken ging, war er ein gutes Stück größer als sie selbst.

Plötzlich tauchte Matthäus auf. Er stürzte, ohne auf die umherstehenden Männer zu achten, zu seinem Herrn und umarmte ihn so heftig, dass der Templer für einen Moment ins Wanken geriet. Dabei vergrub der Junge sein Gesicht an dessen breiter Brust und begann unvermittelt zu schluchzen.

Mit zitternden Händen zog der Fremde den Jungen an sich und hielt ihn fest. Er schloss die Augen, und küsste das Kind innig auf die blonden Locken.

»Äh …«, räusperte sich der Arzt, während er zu Hannah hinblickte, der vor lauter Rührung Tränen in den Augen standen. »Wir wären dann soweit, wenn Sie mir bitte noch die Bescheinigung für die Abrechnungsstelle unterzeichnen würden?«

Ihre Hand gehorchte Hannah nur mühsam, als sie den Zettel auf die Kommode legte und ihren Namen auf das Papier kritzelte.

Nachdem Hannah den Arzt und die Sanitäter verabschiedet hatte, kehrte sie mit pochendem Herzen in ihr Schlafzimmer zurück. Der Junge saß dicht neben seinem Begleiter und wippte aufgekratzt mit den Füßen, dabei blickte er erwartungsvoll zu ihr auf. Sein Herr saß auf dem Bett und schaute, den Kopf in die Hände gestützt, zu Boden.

Während sie angestrengt darüber nachdachte, ob und wie sie eine Konversation beginnen sollte, drangen die frühmittäglichen Sonnenstrahlen durch die Terrassentür und verbreiteten im Raum ein freundliches Licht.

Plötzlich hob der Neuankömmling den Kopf und schaute sie mit seinem glasklaren Blick herausfordernd an. Nichts deutete mehr darauf hin, dass er vielleicht nicht ganz bei sich war.

Irritiert senkte Hannah ihre Lider und fixierte mehr zufällig seinen ungewöhnlich breiten und muskulösen Hals. Unvermittelt kam ihr die Frage in den Sinn, wie es wohl gewesen sein mochte, wenn im Mittelalter jemand geköpft wurde.

Als der Templer sie einen Moment später mit dunkler, fester Stimme ansprach, fuhr sie regelrecht zusammen.

»Wâ sind wir? Wâ ist mîn pfert, mîne wâfen? Waz hât iur zuo tuon mit den Hospitalitæren? Ist hier in diseme hûse ein man? Sît iur ein vrî oder eigen wîp?«

Die Fragen erschienen wie ein Verhör. Schlag auf Schlag. Vergeblich versuchte Hannah, dem fordernden Blick des Templers standzuhalten.

Sie war nicht sicher, ob sie alles richtig verstanden hatte, und zu verblüfft, um sofort zu antworten. Was dieser Mann von sich gab, unterschied sich in einigen Nuancen von der Kunstsprache, die die großen Dichter und Sänger des Hochmittelalters angewandt hatten. Es hörte sich weit weniger gestelzt an – irgendwie selbstverständlich und doch eigentümlich. Und hatte sie richtig gehört – Hospitaliter? Was hatte das zu bedeuten?

Der Templer raffte sich auf und war in zwei Schritten bei ihr, so schnell, dass sie instinktiv zurückwich. Eine große Hand schnellte auf sie zu, umklammerte mit starken Fingern unbarmherzig ihren linken Oberarm und begann sie grob zu schütteln. Ein Schwall von Worten brach über sie herein, aber sie war wie gelähmt, nicht in der Lage zu verstehen, geschweige denn zu antworten.

Als Hannah den Versuch unternahm, sich aus seinem schmerzhaften Griff zu befreien, fasste er mit der anderen Hand blitzschnell in ihr offenes Haar.

»Neinâ, wîp, ez ni engât sô als iur denket!« Seiner trotzig klingenden Bemerkung folgte ein ironisches Lachen. Rücksichtslos riss er ihr den Kopf herum, so dass sie gezwungen war, ihm in die gefährlich funkelnden Augen zu schauen. Der Ausdruck in seinem kantigen Gesicht war unnachgiebig und verwegen. Voller Angst und doch zugleich fasziniert, starrte sie auf seinen schön geschwungenen Mund und die makellosen Zähne. Merkwürdig, warum hatte sie immer vermutet, dass die Menschen im Mittelalter grundsätzlich unter Zahnfäule litten und ein ungepflegtes Gebiss an der Tagesordnung war?

»Du solt mir nu sagen sunder sûmen, wâ wir sint und wer iuwer hêrre ist!«

Kein Wort kam über ihre Lippen. Trotz allem Schrecken war ihr aufgefallen, dass er nahtlos vom »Ihr« ins »Du« gewechselt hatte. Ein untrügliches Zeichen dafür, dass selbst er einsehen musste, dass seine respektlose Behandlung einer vornehmen Anrede nicht mehr gerecht wurde.

»Sprich, wîp, oder ih wil dich lêren, wie daz ist, wenn du einem strîtere Kristes niwiht gehôrsam bist!« Erneut straffte der Templer seinen Griff und zog an ihren Haaren, um seinen Forderungen Nachdruck zu verleihen.

Großer Gott, schoss es ihr durch den Kopf, während sie vergeblich versuchte den Schmerz zu ignorieren, was meinte er mit »*einem Streiter Christi nicht gehorsam sein*«? Ihr Herz hatte mittlerweile zu rasen begonnen, und sie war den Tränen nahe. Doch nun sprang der Junge auf und hängte sich an den Arm des Templers.

»Lât si farn!«, flehte er. »Sie hât mir gôdes dân, hœret ir? Ih bidde û. Ir dôt ir wê, ensehet ir dat niht?« Er unterstrich seine Forderung mit einem Blick, der einen Stein hätte erweichen können.

Hannahs Peiniger reagierte mit einem missmutigen Ausdruck in den Augen. »Ich zewâre ni enweiz, waz sie tân hât, daz si wirdic sî, daz du alsô küene vür si sprichest, verstocket, als si ist, âber guot … wenn mîn knappe ez sô wünschet.«

Erleichtert registrierte Hannah, dass Matthäus' leidenschaftliche Fürbitte ihre Wirkung nicht verfehlte. Großmütig lockerte sein Herr den Griff, und unter einem verächtlichen Schnauben ließ er schließlich ganz von ihr ab.

Hannah konnte kaum atmen. Sie schleppte sich zur Terrassentür, um frische Luft zu schnappen.

Als ob er ihre Absicht zu fliehen erahnte, baute der Kreuzritter sich dicht hinter ihr auf. Sein heißer Atem streifte ihren Nacken.

»Gedenke, daz du ni enkannst entrinnen, ê du hâst antwurtet ûf mîne vrâgen«, raunte er.

Dann packte er sie erneut am Arm, riss sie herum und drückte sie mit ihrem Rücken gegen die Wand. Dabei presste sich sein Rippenbogen unangenehm gegen ihre Brust. Um ihm in die Augen zu schauen, musste sie ihren Kopf in den Nacken legen. Auffordernd hob er seine perfekt geformten Brauen.

Sie nahm all ihren Mut und ihr Wissen zusammen und versuchte einen halbwegs vernünftigen Satz zu stammeln.

»Ich entrage dechainu schult an iuwere situazion, ich ne enkan nichtes davür, dass iur hie sît unde ich ne enweiß nichtes, wie unde wârumbe iur hie hingekummen sît.« Sie verschluckte sich beinahe an ihren eigenen Worten, so aufgeregt war sie.

Er blickte sie verdutzt an, und während er seinen Griff deutlich lockerte, rückte er ein Stück weit von ihr ab, so dass sie wieder normal durchatmen konnte.

»Warumbe sprichest du sô seltsænelîche?«

O Mann, sollte sie ihm jetzt die Geschichte mit der Zeitreise auftischen? Ihre Verzweiflung war Verärgerung gewichen. Ungelenk drängte sie ihn zur Seite, was er sich in seiner offensichtlichen Verblüffung gefallen ließ, und ging zur Kommode. Dort lag außer seinen Sachen auch noch ein alter Apothekenkalender.

Aber schon auf dem Weg dorthin hatte sie Zweifel, ob ihn diese Botschaft überhaupt erreichen konnte. So wie es aussah, gehörte er wirklich zum Orden der Templer, und obwohl es der reinste Wahnsinn war, wenn sie darüber nachdachte, war er siebenhundert Jahre älter als sie. Leider hatte sie es in der ganzen Aufregung versäumt, sich zu überlegen, wie sie dem Mann erklären sollte, was ihm zugestoßen war.

Mit einer auffordernden Handbewegung winkte sie ihn zu sich heran. Als er neben ihr auftauchte, deutete sie auf die Zahlen und die Worte, die auf dem Kalender standen. Vorher vergewisserte sie sich, dass er mit seinen Blicken ihrem Zeigefinger folgte.

»Da! Siehst du?«, sagte sie fast triumphierend. Ohne lange zu überlegen, hatte sie ebenfalls auf dieses befremdliche »Ihr« verzichtet. »November 2004!«

Er schaute sie an, als ob sie den Verstand verloren hätte. Sie nahm seinen Lederbeutel, der auf der Kommode lag, und wollte ihn öffnen, um ihn anhand der Dokumente daraufhin hinzuweisen, dass er aus dem Jahr 1307 stammte und ihm damit den Unterschied zum Jahr 2004 klar zu machen. Als er bemerkte, was sie vorhatte, umklammerte er ihre Hand mit eisernem Griff und zog sie von dem Beutel weg. Sein Blick war finster und unmissverständlich. Er billigte es offenbar nicht, dass sie sich an seinen Sachen vergriff. Hannah hoffte ängstlich, dass er nicht auf die Idee kam, den Beutel selbst zu öffnen und festzustellen, dass sie seine Habseligkeiten bereits untersucht hatte.

Doch plötzlich schob er sie zur Tür und forderte sie mit Nachdruck auf, das Zimmer zu verlassen. Im Augenblick gab es nichts, was sie lieber getan hätte, und so folgte sie seiner Aufforderung eher erleichtert denn widerwillig.

Hannah ging in die Küche, nahm ein Glas aus dem Schrank und füllte es randvoll mit dem teuren Cabernet Sauvignon, der noch vom Samstag übrig geblieben war, als sie zusammen mit Tom fast zwei Flaschen davon getrunken hatte. Sie zitterte so sehr, dass sie das Glas mit beiden Händen halten musste, um es an ihre bebenden Lippen führen zu können.

Momente später hörte sie Geräusche. Als sie in den Flur trat, wäre sie fast mit dem Templer zusammengestoßen. Aufrecht stand er da, vollständig angezogen – so wie er hier erschienen war, nur dass sein Mantel mit dem roten Kreuz auf der Schulter – frisch gewaschen und gebügelt – ihm nun eine beachtliche Würde verlieh Der lange Dolch, den er an seinem Messergürtel darüber trug, fiel ihr sofort ins Auge.

Gero konnte seiner Gastgeberin ansehen, dass sie sich vor ihm fürchtete. Einen Augenblick genoss er seine Überlegenheit. Doch es hatte keinen Nutzen, diesen Umstand noch weiter auszuspielen, zumal sie ihn schmerzlich an seine verstorbene Frau erinnerte. Im Grunde seines Herzens war er ein Ehrenmann, und es tat ihm bereits leid, dass er ihr so heftig zugesetzt hatte. Zumal sie weder zu wissen schien, wovon er redete, noch was er von ihr wollte. Wenn er wenigstens gewusst hätte, wo ihre Pferde abgeblieben waren oder sein Schwert, ganz zu schweigen von seinen Kameraden, von denen noch nicht einmal Matthäus wusste, wo sie hingeraten waren. Zwischenzeitlich hatte ihm der Junge erklärt, dass die Frau ein eigenes Pferd besaß. Es stand draußen vor dem Haus in einem Verschlag.

Von seinem Knappen hatte er auch erfahren, dass sie eine freie, unverheiratete Frau sein musste, die hier auf dem Hof ganz allein lebte. Also war mit ernstzunehmendem Widerstand ihrerseits oder erzürnter Angehöriger nicht zu rechnen, wenn er sich vorübergehend ihr Ross aneignete. Trotzdem hielt er es für höflicher, sie um Erlaubnis zu fragen, anstatt einfach in den Stall zu marschieren und sie vor vollendete Tatsachen zu stellen. Bevor er zu sprechen begann, räusperte er sich ein wenig, gleichzeitig bemühte er sich, direkt in ihre schönen, grünen Augen zu schauen.

»Als du vil lîhte erkennen mugest, bin ih ein Ritterbruoder von deme Ordine Templorum unde hân daz reht, deine hilfe zu brûchen, swenn ez nôt were, den vîenden des kristenlîchen Âbentlandes zu wern. Saget, wîp, wâ ist dein pfert?«

Die Frau sah ihn verwirrt an. Offenbar hatte sie nicht verstanden, dass er ihr Pferd haben wollte, noch schien es sie sonderlich zu beeindrucken, dass sie einen Angehörigen der Miliz Christi vor sich stehen hatte.

Sie schüttelte nur ungläubig den Kopf. »Dass Pfert enkann nicht geritten werden.« Sie sprach einen seltsamen Dialekt, den er so noch nirgendwo gehört hatte.

Gero war unzufrieden. Die Frau gab ihm nicht das Gefühl, helfen zu wollen. Dummerweise fühlte er sich auf ihre Hilfe angewiesen, hatte er doch nicht die leiseste Ahnung, was seit seiner Flucht vor den Lombarden um ihn herum geschehen war. Er ertappte sich dabei, wie er sich an allem festklammerte, was ihm auch nur im Entferntesten bekannt vorkam, und das war verdammt wenig. Einerlei. Matthäus wusste offenbar in Haus und Hof Bescheid. Er würde ihm den Weg schon weisen. Er gab seinem Knappen einen Wink. Ohne sich noch einmal umzuschauen öffnete er die Tür und trat vor das Haus.

Hannah eilte dem Templer und dem Jungen hinterher und sah, wie die beiden ohne Zögern auf den Stall zuliefen. Ärgerlich blieb sie stehen. Na schön, du Sturkopf, dachte sie. Du wirst schon sehen was du davon hast.

Geduldig setzte sie sich auf eine hellblau gestrichene Holzbank, die vor ihrem sorgfältig renovierten Fachwerkhäuschen stand, und beobachtete den Ritter, wie er zusammen mit Matthäus das Pferd sattelte. Die ansonsten brave Stute, die sie vor wenigen Jahren vor dem Schlachter gerettet hatte, war immer noch nicht zugeritten. Gleich würde sie also ein echtes Rodeo zu sehen bekommen. Die Sonne schien ihr warm ins Gesicht, und das erste Mal am Tag entspannte sie sich ein wenig.

Erstaunlicherweise ging Mona artig am Zügel und brach auch nicht aus, als der Templer sie aus der Koppel führte. Während er routiniert die Sattelgurte überprüfte, sprach er unentwegt mit dunkler Stimme auf das Tier ein. Schließlich legte er sich den Steigbügel zurecht, um aufzusteigen. Vergeblich versuchte Hannah, wenigstens Matthäus zu überzeugen, dass es keine gute Idee war, den Hof auf eigene Faust zu verlassen.

Plötzlich war jegliches Vogelgezwitscher verstummt. Der Templer, dem dieser Umstand anscheinend nicht entgangen war, kniff seine Lider zusammen, während er die Ursache für das ferne Grollen auszumachen versuchte. Ohne Vorwarnung zerstörte ein langgezogenes, scharfes Surren die nachmittägliche Idylle. Dann folgte ein überdimensional heftiger Donnerhall. Zwei riesige schwarze Schatten tauchten dröhnend in einer Höhe von vielleicht dreihundert Metern am Himmel auf. Das Pferd scheute, stieg hoch und preschte in Richtung Wald. Nicht so sehr aufgeschreckt von den Geräuschen, die es gewohnt war, als vielmehr vom Verhalten des Templers, der abrupt herumgefahren war und vor Schreck die Zügel von sich geschleudert hatte. Wie betäubt starrten Ritter und Knappe in den azurblauen Himmel und verfolgten mit offenen Mündern der beiden Flugzeuge.

Hannah hielt sich lediglich die Ohren zu und schaute gebannt auf ihre Besucher, als Augenblicke später, wie üblich, die zweite Formation zweier dicht hintereinander fliegender F16 Fighting Falcon Maschinen über sie hinwegdonnerte.

Gero war auf Matthäus zugestürzt und hatte ihn schützend unter sich begraben. In der Hektik des Augenblicks war er zusammen mit dem Jungen in einer großen Pfütze gelandet. Dort verharrte er noch eine Weile regungslos, bis er halbwegs sicher sein konnte, dass die Gefahr vorüber war. Nie zuvor in seinem Leben hatte er etwas Vergleichbares erlebt. Sein Herz raste, seine Ohren schmerzten, und die Angst hatte ihm den Schweiß auf die Stirn getrieben. Selbst als der Krach längst verklungen war, stellte er sich die Frage, ob es nicht besser sei, noch eine Weile liegen zu bleiben. Ein Schatten fiel in sein Blickfeld, und nach kurzem Zögern entschied er, sich doch aufzurichten. Matthäus rang keuchend nach Atem. Das braune Wasser in der Pfütze hatte seine blonden Locken dunkel gefärbt. Langsam, mit immer noch laut pochendem Herzen drehte Gero sich um und sah die Frau, die sich weder ängstigte, noch irgendeinen Anflug von Aufregung zeigte. Die Art, wie sie sich besorgt über ihn beugte, versetzte ihn in Rage. Was bildete sie sich ein? Hielt sie sich selbst für eine Heldin und ihn für einen Feigling?

»Ma dame«, fauchte er mit zusammengekniffenen Lidern, »ez mac Gotte deme hêrren in sînere güete gevallen hân, mih zer hellen ze senden. Davür enschuldet der Almehtige mir niwiht deheiniu erklærunge. Âber ih wolte gerne wizzen, warumbe er iuh als mînen engel mir bîgesellet hât!«

Hannah sah ihn verblüfft an. Wie kam er auf die Idee, dass sie sein Schutzengel sein sollte? Sie musste an sich halten, um nicht zu grinsen. Die Kleidung ihrer Gäste war durchnässt, und der edle Ritter, der vorhin noch so stolz und unerschrocken gewirkt hatte, hatte unzählige braune Schmutzpartikel im Gesicht, die seine azurblauen Augen noch heller erscheinen ließen. Die Ähnlichkeit mit seinem sommersprossigen Knappen war mit einem Mal so verblüffend, dass man glatt hätte meinen können, er sei der Vater des Jungen.

Er ignorierte ihre entgegenkommende Geste, ihm aufzuhelfen. Matthäus blinzelte ratlos. Mona war zu ihrem Gatter zurückgelaufen, vermutlich, weil es ihr die vertraute Sicherheit gab.

»Du solt dir ein biespill an deme pferde nemen«, sagte Hannah spitz und überließ den Tempelritter und seinen Knappen sich selbst, um Mona zum Stall zu geleiten.

»Ich bereite euch beiden ein Bad«, verkündete sie wenig später, nachdem sie zu den beiden tropfnassen Gestalten zurückgekehrt war. Erstaunlicherweise kam kein Widerspruch. Hinter ihrem Rücken hörte sie, wie der Ritter seinem Knappen etwas zuflüsterte, was sie jedoch nicht verstand.

»Matthäus!« Gero hielt den Jungen am Arm zurück, bevor er der Frau in das an den Hausflur angrenzende Zimmer folgen konnte. »Hat sie dir verraten, wo wir uns hier befinden?«

»Nein, ich kann nur sagen, dass sie sehr freundlich zu mir war«, flüsterte der Junge mit geheimnisvoller Miene. »Sie ist wunderschön, und dabei sieht sie aus wie die Jungfrau Maria, findet Ihr nicht? Vielleicht sind wir im Himmel? Was meint Ihr?« Er schaute Gero mit einer geradezu anrührenden Unschuld an, die seine naive Vorstellung von himmlischen Heerscharen nur allzu deutlich zum Vorschein kommen ließ.

»Unsinn«, schnaubte Gero ärgerlich und richtete sich auf.

Dies konnte unmöglich das Paradies sein. Nicht mit solchen Vögeln am Himmel, die so Furcht einflößend waren, dass es einem das Mark aus den Knochen trieb. Er streichelte seinem Knappen über die feuchten, schmutzigen Haare und bemühte sich um ein beruhigendes Lächeln.

»Wir werden schon herausfinden, wo wir sind, und solange ich bei dir bin, wird dir kein Leid geschehen, das verspreche ich dir.«

»Wie es auch sei, sie ist eine reiche Frau«, stellte Matthäus ungerührt fest und spähte in Richtung der Tür, hinter der sie verschwunden war. »Sie hat einen Zuber, viel schöner als in einem Badehaus. Und bei ihr kommt das Wasser aus der Wand. Warm und kalt, ganz wie man es möchte. Das müsst Ihr Euch unbedingt anschauen.«

Die Begeisterung des Jungen über den Besitz ihrer Gastgeberin war Gero nicht entgangen. Ein riesiger Zuckertopf mit silbernem Löffel, feines Glas und edles Geschirr hatten den Jungen beeindruckt. Doch solange sie nicht wussten, in welcher Gegend sie sich befanden und wem dieses Land gehörte, auf dem das stattliche, aber nicht unbedingt prunkvolle Haus stand, sah Gero sich nicht in der Lage, das Vermögen und den gesellschaftlichen Rang dieser Frau einzuschätzen. Vielleicht war sie eine reiche Witwe. Oder aber eine Hure, die einflussreichen Männern das Silber aus der Tasche zog.

»Wäscht sie einem auch den Rücken wie die Mägde im Badehaus?«, frotzelte Gero.

»Nein«, antwortete Matthäus mit einer gewissen Entrüstung in der Stimme, die Gero trotz aller Not schmunzeln ließ. »Sie klopft immer an und fragt, ob sie eintreten darf, und wenn man ja sagt, kommt sie herein und fragt einen, ob man etwas braucht. Aber bisher hat sie mich nicht berührt.«

Gero hörte Wasser plätschern. Offenbar hatte Matthäus recht. Die Frau war die ganze Zeit nicht aus dem Zimmer herausgekommen, um welches zu holen. Vielleicht verfügte sie tatsächlich über einen Brunnen direkt im Haus.

Der Junge fasste ihn bei der Hand und zog ihn zu der offenen Tür hin, aus der nicht nur seltsame Geräusche drangen, sondern auch ein fremder Geruch, der ihm durchaus angenehm erschien. Widerwillig folgte er. Als er durch die offene Tür in den Raum spähte, sah er, dass die Frau sich über einen großen, weiß glänzenden Bottich beugte und etwas hineinschüttete, das im Strudel des einlaufenden Wasser sofort zu schäumen begann. War er in eine Art Hexenküche geraten? Prüfend sah Gero sich um. Die weißen Kacheln, die sämtliche Wände schmückten, erschienen ihm wie poliertes Glas. Sein Blick kehrte zurück zu seiner Gastgeberin, und mehr unbeabsichtigt heftete sich sein Augenmerk an ihren prachtvollen Hintern.

Jedoch als sie sich achtlos umdrehte und ihn mit ihrem schönen Mund freundlich anlächelte, verwarf er augenblicklich den Verdacht, sie könne eine Gehilfin des Leibhaftigen sein.

»Ich bin gleich fertig«, sagte sie in ihrem fremdartigen Dialekt.

Zögernd ließ er es zu, dass sie ihn in die wohlig warme Stube zog. Es musste doch Hexerei sein. Draußen war es kalt, doch hier im Innern war es warm wie im Sommer, und dabei konnte er weder einen Kamin noch einen Ofen entdecken.

»Ir könnet schoone maale ainen tail iuwerer sachen uußziehen. Ich werde sie für iuh waschen.« Die Frau sah ihn auffordernd an. Bevor er etwas erwidern konnte, war sie bereits hinausgegangen. Ungläubig folgte er ihr mit Blicken. Matthäus drängte sich an ihm vorbei und setzte sich auf den Rand des Bottichs, langte mit seiner Hand in das Wasser und planschte darin herum.

»Es ist wunderbar warm. Seht her!« Der Junge wies auf ein metallisches Rohr, das aus der glatt polierten Mauer herausragte und aus dem das Wasser sprudelte wie aus einer Quelle.

Heilige Jungfrau, mach mich wissend, flüsterte Gero stumm. Vielleicht war es klug, wie Matthäus zu reagieren, der in einer kindlichen Freude anscheinend alle unerklärlichen Begebenheiten akzeptierte, solange sie nicht unangenehm waren.

Vorsichtig sah der Templer sich um. Sein Blick fiel auf einen mit Wasser gefüllten kleinen Trog, der ebenfalls aus schneeweißem, glattem Material bestand und mit der Wand verbunden zu sein schien.

Matthäus, der seinen Blicken gefolgt war, sprang auf und stellte sich neben das seltsame Gebilde. »Das ist ein Abort!«, sagte er fröhlich und für Geros Verständnis eine Spur zu vorlaut. »Seht her, hier kann man sich drauf setzen, und nachdem man seine Notdurft verrichtet hat, muss man diesen Hebel drücken und ...«

Wasser rauschte in den Trog hinein, und Gero wich erschrocken einen Schritt zurück. Zu seiner Beruhigung hatte sich sein Knappe bereits abgewandt und machte sich an einer kleinen weißen Rolle zu schaffen, die an einer schmalen Vorrichtung aus Metall an der Wand befestigt war.

»Und das hier!«, rief der Junge triumphierend aus, während seine blauen Augen leuchteten, als ob er einen wahren Schatz gefunden hätte. »Ihr erratet nie, Herr, was das sein könnte …«

Mit einem hastigen Seitenblick versuchte Gero zu erkennen, was Matthäus wohl meinen konnte, wobei er sich gleichzeitig ärgerte, dass er sich überhaupt auf solche Spielchen einließ.

»Es ist Papier«, konstatierte sein Knappe wissend und setzte dabei eine altkluge Miene auf. Dann kniff er die Lider zusammen und ging in einen verschwörerischen Flüsterton über. »Sie putzen sich damit den Arsch ab. Und auch die Nase. Und den Mund. Nach dem Essen. Könnt Ihr das glauben?«

»Alles gleichzeitig?« Gero verfiel vor lauter Verzweiflung, über soviel Unsinn in einen ironischen Plauderton.

»Nein!«, erwiderte Matthäus in besserwisserischer Ungeduld. »Nacheinander. Sie benutzen jedes Mal ein neues Tüchlein oder sogar mehrere. Reines, weißes Papier, so weich wie eine Flaumfeder.«

Matthäus wedelte so lange mit der Rolle in der Luft herum, bis sich ein länglicher Streifen löste, der im Takt seiner Bewegungen wie eine müde Fahne vor sich hinflatterte »So etwas habe ich überhaupt noch nie gesehen«, begeisterte er sich. »Ihr vielleicht? Ihr könnt es gerne einmal anfassen!«

Angetrieben von seinem Entdeckerdrang überschlug sich die Stimme seines Knappen, und Gero, der sprachlos auf die weiße Rolle starrte, an der Matthäus sich nun anschickte, die Blätter einzeln abzuzupfen, um sie hernach zu Boden segeln zu lassen, blieb nur noch der Rückzug. Unehrenhaft, wie er sich selbst zu seiner Schande eingestehen musste.

Wortlos verließ er den Raum. Draußen auf dem Flur lehnte er sich schwer atmend an die Wand neben der Tür und fuhr sich nervös über die feuchten Haare und den schmerzenden Nacken. Als er sich herumdrehte, um nach der Frau Ausschau zu halten, wäre er fast mit ihr zusammengestoßen.

Sie trug einen Stapel Handtücher auf dem Arm und lächelte ihn aufmunternd an.

»Ich slagge vor, dass iur iuh eerst ain maal entspannet. Unde danne versuochen wir vernümftikliche mit einander zuo sprechen.«

321

Hannah hoffte, dass der Templer an ihrer Tonlage erkennen konnte, dass sie es gut mit ihm meinte. Was hatte ihre Großmutter immer gemutmaßt? Unsere Ururgroßeltern würden verrückt werden, wenn sie noch mal auferstehen könnten und miterleben müssten, was sich alles verändert hatte.

Sie berührte ihn sanft am Arm. Er wehrte sich nicht und ließ sich ins Bad zurückschieben. Den Jogginganzug, der im Schlafzimmer liegen geblieben war, legte sie zusammengefaltet auf den Stuhl neben der Wanne, und auch Matthäus überreichte sie frische Sachen zum Anziehen. Spätestens morgen würde Versandhauskleidung eintreffen, die sie in aller Eile für den Jungen bestellt hatte. Sein Herr konnte sich derweil aus dem Fundus ihres verstorbenen Vaters bedienen.

»Hier, für Euch ...«, begann sie und hielt dem Ritter eine frische Zahnbürste entgegen. Er zögerte einen Augenblick, sie anzunehmen.

Bevor er eine Entscheidung treffen konnte, kam ihm Matthäus zuvor und nahm ihr die Zahnbürste aus der Hand. Er lächelte seinen Herrn an und setzte eine dozierende Miene auf. Dann drehte er das Bürstchen hin und her und entblößte sein jugendliches Gebiss, als ob er sich die Zähne putzen wollte.

»Es ist ein Miswak ...«, nuschelte er mit gebleckten, zusammengebissenen Zähnen. »Aber man muss es nicht in Wasser weichen und auch nicht darauf herumkauen, bevor man es gebrauchen kann«, fügte er hinzu und lächelte Hannah dankbar an.

Sein Herr konnte die Freude des Jungen allem Anschein nach nicht teilen. Seine Miene blieb undurchsichtig, und Hannah zog es vor, die beiden vorerst sich selbst zu überlassen. Sie atmete tief durch, nachdem sie die Tür hinter sich geschlossen hatte, um in die Küche zu gehen, weil sie den beiden nach dem Bad etwas zu essen anbieten wollte.

Lieber Gott, was hast du dir nur dabei gedacht, als du Tom und seinen Komplizen die Freigabe für die erfolgreiche Entwicklung dieser Höllenmaschine erteilt hast? dachte sie bei sich. Tom! Sie hielt inne und wandte sich einem Schränkchen im Flur zu, auf dem ihr Mobiltelefon lag.

Im Wohnzimmer ließ sie sich auf ihr Plüschsofa fallen. Entspannt legte sie die die Füße auf den Couchtisch und wählte Toms Nummer.

»Ja!« Seine Stimme klang gehetzt.

»Gott sei Dank, Tom, gut dass ich dich erreiche.«

»Hannah, du sollst mich doch nicht anrufen. Ich melde mich bei dir, sobald ich kann. Ist das Päckchen angekommen?«

»Päckchen?« Plötzlich schwante ihr, dass das Telefon möglicherweise abgehört wurde.

»Das Päckchen ist heute bei mir angekommen«, erwiderte sie leicht ironisch.

»Heute schon?« Tom war hörbar überrascht. »Und war der Inhalt in Ordnung?«

»Mach dir keine Sorgen, alles ist bestens.«

»Hannah, ich mach' das alles wieder gut.«

»Schon klar.«

»Dafür liebe ich dich …«

»Tom?« Doch er hatte die Verbindung bereits unterbrochen.

»Ihr müsst den Hebel nach oben ziehen«, sagte Matthäus, nachdem sein Herr aus dem Wasser gestiegen war. Er stand nun am Waschbecken, um sich vor dem Spiegel zu rasieren.

Was soll das werden, wenn der Knappe schlauer ist als man selbst? dachte Gero ärgerlich. Im ersten Moment, als das Wasser aus der Leitung schoss, zuckte er zurück. Doch schnell hatte er herausgefunden, wie man die Stärke des Strahls regulieren konnte, ohne von oben bis unten nass zu werden. Zögernd nahm er das nach Sandelholz duftende Stück Seife, das er auf dem Rand des Waschbeckens fand, und benetzte Gesicht und Hals mit dem Schaum. Routiniert entfernte er mit seinem Parierdolch die störenden Barthaare unter dem Kinn und am Hals entlang. Einen Augenblick überlegte er, ob er den Bart ganz abnehmen sollte. Doch dann siegte sein Stolz. Ein kurz geschorener, gepflegter Bart gehörte schließlich zu einem Templer wie die Tonsur zu einem Mönch.

Hannah fuhr vor Schreck zusammen, als ein großer schwarzer Schatten im Türrahmen der Küche auftauchte. Unterhalb des Kinns war der hünenhafte Templer nun frisch rasiert. Er roch nach Seife und trug wieder den schwarzen Jogginganzug, mit dem er am Nachmittag hier angekommen war. Hinter ihm erschien Matthäus. Sein Blick war längst nicht so verstört wie der seines Herrn.

»Sag deinem Meister, es gibt gleich was zu essen.« Hannah lächelte, in der Hoffnung, dass sich mit dieser Ankündigung die Atmosphäre schlagartig verbessern würde.

Matthäus schien begeistert, doch sein Begleiter ließ sich nicht so schnell einwickeln. Interessiert streifte sein Blick sämtliche Gerätschaften in der Küche, dabei näherte er sich vorsichtig.

Unwillkürlich wich Hannah zurück. Ein Lächeln, das man als Entschuldigung hätte deuten können, huschte über sein Gesicht.

»Wîp ...«, sagte er zögernd. »... Wie heizest du?«

»Hannah ... äh ... Schreyber, mit Ypsilon«, antwortete sie.

»Hannah ...?« Er zögerte und ließ seinen Blick über ihr Gesicht und ihre langen Haare gleiten. »Hannah, sag uns, wâ wir sint. Ich bite dich.«

Sie glaubte die Andeutung einer Verbeugung erkannt zu haben. »Magst du roten Wein?«

Er nickte, obwohl sich eine gewisse Skepsis in seiner Miene widerspiegelte.

Sie amüsierte sich heimlich über seinen verblüfften Gesichtsausdruck, als sie eine Flasche Bordeaux entkorkte und den Wein in zwei Gläser füllte.

Matthäus schaut begehrlich auf den Wein, und Hannah schüttelte den Kopf.

»Dafür bist du noch zu jung«, erwiderte sie streng und überreichte ihm einen Becher Apfelsaft, den er, ohne zu murren, entgegennahm.

»Ir siet in dere Aiflia – Tütsche Lanten – unde wie ir her kummen siet, dass ist einü lengere geschichte!« Sie ging an dem erstaunten Ritter vorbei, der immer noch eingehend die Flasche und auch das filigrane Glas betrachtete, das sie ihm in die Hand gedrückt hatte. Mit einem Nicken gab sie ihm zu verstehen, dass er ihr ins Wohnzimmer folgen sollte.

Erst, nachdem sie sich in einem der Sessel niedergelassen hatte, suchte er sich ebenfalls einen Platz. Hannah bemerkte die Unsicherheit in seinen Bewegungen. Vor ihr lag ein mittelhochdeutsches Wörterbuch. Mit diesem Werk, ein paar Brocken Latein, dem moselfränkischen Dialekt ihrer Urahnen und einer gehörigen Portion Einfühlungsvermögen musste es ihr einfach gelingen, dem ahnungslosen Mann seine momentane Lage zu erklären.

»Unde? Wie heizest du?«, fragte sie ihn geradeheraus, obwohl sie seinen Namen längst aus den Urkunden und dem Mantel kannte.

Der Templer räusperte sich, als ob er Zeit gewinnen wollte. »Ih bin Gêrard von Breydenbach, jungister sun des edlen Rîchardes von Breydenbach, man des Erzbischoves von Trevere. Du mahst mih Gêro heizen, wenne ez vür dih sus lîhter ist.

»Gero«, erwiderte Hannah wie zur Bestätigung und erhob prostend ihr Glas. Fast gleichzeitig tranken sie einen Schluck Wein. Unwillkürlich fiel ihr Blick auf seinen ausdrucksvollen Mund.

Zwei Teller Linsensuppe und geschlagene vier Stunden später hatte sie ihn bei Einbruch der Dunkelheit so weit, dass er wenigstens ansatzweise das Unfassbare akzeptierte. Soweit sie es bis hierhin beurteilen konnte, war er hochgebildet. Beiläufig hatte sie erfahren, dass er in der Lage war, sich mit seinem Knappen in drei verschiedenen Sprachen zu unterhalten, Mittelhochdeutsch, Latein und etwas, das man vielleicht als Französisch bezeichnen konnte. Es war erstaunlich, wie schnell er sich an ihre ganz eigene Version des Mittelhochdeutschen anzupassen vermochte. Er offenbarte ihr, dass er siebenundzwanzig Jahre alt war und damit fünf Jahre jünger als sie selbst. Seit sechs Jahren gehörte er dem Orden der Templer an, und wie Hannah bereits geahnt hatte, entstammte er einer adligen Familie, deren Heimatburg – oder das was davon noch übrig war – sich überraschenderweise nur zwanzig Autominuten entfernt von ihrem Haus befand.

»Können hier alle Menschen mit einem Wagen fahren, der keine Pferde benötigt? Oder durch die Lüfte fliegen, wenn sie es wollen und sogar durch die Zeit reisen, wenn ihnen danach ist? Was hat sich Gott der Herr dabei gedacht, dass er den Menschen, die hier leben, eine solche Macht verleiht?« Gero war stehen geblieben und schaute durch das geschlossene Terrassenfenster auf die Außenbeleuchtung des Hauses, die sich automatisch einschaltete, als es zu dämmern begann.

»Autofahren und fliegen geht schon länger«, erwiderte Hannah, »aber Zeitreisen sind etwas völlig Neues.«

»Warum ... warum ich? Warum der Junge?« Gero schaute auf Matthäus, der auf dem Boden saß und ahnungslos mit der Katze spielte.

Die Verzweiflung in seinen Augen war Hannah fast unerträglich. Was sollte sie ihm auf diese Frage antworten?

»Ich weiß es nicht«, sagte sie ehrlich. »Ich weiß es wirklich nicht.«

Natürlich wollte der Templer genau wissen, wer für sein Unglück verantwortlich war, und Hannah war so unklug, es ihm zu erzählen. Als sie den Groll in seinen Augen erkannte, tat es ihr bereits leid, dass sie die Wahrheit gesagt und nicht den lieben Gott oder den Teufel als Schuldigen ins Spiel gebracht hatte. Dummerweise war der Name Tom gefallen.

Auf seine Frage, ob es sich dabei um ihren Ehemann handele, reagierte sie ungewöhnlich heftig.

»Wir waren verlobt«, sagte sie und drehte dabei nervös eine Locke um ihren Finger. »Aber er dachte nicht wirklich daran, mich zu heiraten. Um es genau zu sagen, er ist bereits verheiratet. Mit seiner Arbeit.«

Der Blick des Mannes aus dem 14. Jahrhundert war beinahe so verstört, wie es ihr eigener gewesen war, als Tom ihr wenige Wochen nach dem Tod ihres Vaters den Laufpass gegeben hatte.

»Weißt du«, versuchte sie zu erklären. »Ich wusste nichts von seinen Experimenten, geschweige denn warum ihm das alles so wichtig war.«

»Wird er eine Wiedergutmachung leisten, für das was er getan hat?«, knurrte Gero dunkel.

»Was meinst du damit?«

»Er wird uns doch nach Hause zurückbringen, oder?«

»Ich weiß es nicht«, antwortete Hannah unsicher.

»Verdammt!« Gero sprang auf und ging um den Tisch herum, bis er dicht vor ihr stand, dabei schaute er auf sie herab wie ein wütender Dämon. »Was weißt du denn?«, schrie er.

Ängstlich drückte sich Hannah in ihren Sessel. Matthäus, der auf dem Teppich lag und eingeschlafen war, richtete sich unversehens auf und blinzelte verschreckt.

»Er wird sicherlich versuchen, euch zurückzubringen, aber es könnte eine Weile dauern …«, entgegnete sie auf Hochdeutsch.

Gero verschränkte seine Arme vor der Brust, als wolle er ihr andeuten, dass er nicht handgreiflich werden würde. »Wie lange werden wir deine Gastfreundschaft in Anspruch nehmen dürfen?«

»So lange es nötig ist«, sagte Hannah.

Unruhe lag in seinem Blick. Er war kein Mann, der sich bequem zurücklehnen würde und sein Schicksal einem anderen in die Hand legte.

»Es hat keinen Sinn, wenn du versuchst, im Alleingang etwas zu unternehmen«, bemerkte Hannah vorsichtig. »In den vergangenen Jahrhunderten hat sich unglaublich viel geändert. Außerdem gibt es da noch ein anderes Problem.« Sie wagte kaum, seinem forschenden Blick zu begegnen.

»Was denn noch?«

»Hinter Tom steht eine mächtige Organisation, die euch nicht besonders wohlgesinnt ist. Sie ahnen, dass es dich und den Jungen in unsere Zeit verschlagen hat, und sie sind geradezu versessen darauf, euch beide zu erwischen. Man würde euch einsperren und schlecht behandeln. Tom hat euch bei mir versteckt, damit sie euch kein Leid antun können. Wenn sie erfahren, wo er euch hingebracht hat, werden sie euch holen, und ich kann nicht sagen, ob ihr beide das überleben werdet!«

»Wenn das so ist, gute Frau«, zischte der Templer grimmig, »hat sich gegenüber meiner Zeit nicht soviel verändert, wie du glaubst.«

»Heute lässt sich ohnehin nichts mehr ausrichten«, erwiderte sie mit einem unterdrückten Gähnen und warf einen verstohlenen Blick auf die kleine Wanduhr, die bereits das Interesse seines Knappen geweckt hatte. Es war fast Mitternacht. »Im Obergeschoss habe ich ein Zimmer hergerichtet«, sagte sie. »Wenn du möchtest, kannst du dort mit dem Jungen zusammen wohnen.«

Sie schenkte Matthäus ein Lächeln. Er hatte in der Zwischenzeit neben seinem Herrn Position bezogen, als warte er auf einen Befehl, dabei sah er ziemlich müde aus.

Zähneknirschend stimmte der Templer zu, aber realistisch betrachtet blieb ihm vorerst ohnehin nichts anderes übrig.

»Das nennt sich elektrisches Licht«, sagte Hannah so gelassen wie möglich und schaltete, nachdem sie den ganzen Abend bei Kerzenschein zugebracht hatten, zum ersten Mal im Flur die Deckenbeleuchtung ein. Sie sah, dass Gero die Zähne zusammenbiss und sein Mund schmal wurde, als sein Blick abwechselnd zwischen Lichtschalter und Lampe hin und her pendelte.

»Um deiner Frage zuvorzukommen, es ist keine Zauberei«, fügte sie hinzu.

»Wieso glaubst du, dass ich denke, es wäre Zauberei?«, fragte er.

»Weil Matthäus meinte, ich sei eine Zauberin, als er es zum ersten Mal gesehen hat«, sagte sie leise, damit der Junge sie nicht hörte.

»Ich bin kein Kind«, bemerkte Gero ärgerlich und blieb vor ihr stehen. »Denkst du, ich wüsste nicht, dass es für die meisten Dinge in dieser Welt eine vernünftige Erklärung gibt, auch wenn sie sich uns nicht sogleich erschließt?« Er beugte seinen Kopf zu ihr herab, so dass sich ihre Nasen fast berührten. Sein Atem roch nach Wein, und seine hellen Augen blitzten herausfordernd. »Ich kann mir beim besten Willen nicht vorstellen, dass du so einfältig bist, nur an Dinge zu glauben, die du sehen und verstehen kannst und alles andere als Zauberei wertest. Dann wäre Gott der Allmächtige und all sein Wirken Zauberei, und das ist es mit Gewissheit nicht.«

Hannah schluckte. Wenn er sie hatte überraschen wollen, so war ihm das gelungen.

Oben angekommen warf Gero von Breydenbach einen kurzen Blick auf das schlichte, aber breite Gästebett und nickte zufrieden.

Hannah fasste in ihre Rocktasche und zog ein silbernes Kreuz an einem geflochtenen Lederband hervor. Sie hatte es ihm schon die ganze Zeit geben wollen, es aber in der Aufregung vergessen.

Seine Finger waren rau, warm und trocken, als sie sich um ihre Hand schlossen, um das Schmuckstück entgegenzunehmen.

»Habt Dank«, sagte er mit seiner unnachahmlich dunklen Stimme. Der feuchte Schimmer in seinen Augen bezeugte, dass diese Worte aus tiefstem Herzen kamen.

Es hatte Ewigkeiten gedauert, bis Hannah endlich in den Schlaf fand. Mitten in der Nacht wurde sie von den knarrenden Bodendielen der Treppe geweckt. Schweißgebadet fuhr sie aus einem Alptraum hoch.

Während sie sich langsam in die Realität zurückkämpfte, wurde ihr mit klopfendem Herzen bewusst, dass sie dieses Haus ab sofort nicht mehr allein bewohnte.

Gespannt lauerte sie darauf, ob sich die Tür zu ihrem Schlafzimmer öffnen würde Was wäre, wenn ihr neuer Hausbewohner auf dumme

Gedanken kam und sie vergewaltigen wollte? Doch nur ein dumpfes Poltern war zu hören. Allem Anschein nach befand sich der nächtliche Wanderer in ihrem Wohnzimmer. Trotz aufkeimender Furcht beschloss sie, der Sache auf den Grund zu gehen. Ohne das Licht einzuschalten, zog sie ihren Satinmantel über. Auf Zehenspitzen arbeitete sie sich durch den Flur zur Wohnzimmertür vor und spähte zaghaft durch den schmalen Türspalt. Zu ihrer Überraschung vernahm sie eine leise, dunkle Stimme. Es hörte sich beinahe an, als ob jemand heimlich telefonierte. Mit einiger Überwindung schob sie ihren Kopf noch weiter durch den Türspalt. Verblüfft hielt sie inne. Auf dem Boden kniete der Templer. Das silbrige Mondlicht, das durch die Terrassentür hereinfiel, zeichnete sein Gesicht und auch seine aufrechte Haltung in scharfen, schwarzweißen Konturen nach. Die Hände exakt gefaltet, wie sie es von den prachtvollen, lebensgroßen Heiligenfiguren in vielen katholischen Kirchen kannte, murmelte er andächtig vor sich hin. Bei genauem Zuhören klang es wie eine lateinische Liturgie. Dabei war sein Blick stur geradeaus auf die große, handgeschnitzte Madonnenfigur gerichtet, die sie vor Jahren in einem Devotionalienladen in Oberammergau erstanden hatte und die seitdem auf einem Eckregal über dem Tisch thronte.

Obwohl ihr eine innere Stimme riet, sich unverzüglich zurückzuziehen, konnte sie ihren Blick nicht abwenden. Plötzlich hörte er auf zu sprechen. Sein Kopf sank auf die Brust, und er legte die Handflächen schützend auf sein Gesicht. Plötzlich begannen seine Schultern zu zucken. Ein leises, dunkles Schluchzen erfüllte den Raum. Der Templer weinte. Es gab keinen Zweifel. Mit allem hatte sie gerechnet. Dass er sie umbringen könnte. Dass er die Flucht ergreifen, sie bestehlen oder ihr Mobiliar zertrümmern würde. Ja, sogar eine Vergewaltigung hatte sie nicht ausgeschlossen.

Leise zog Hannah sich zurück. Lauschend kauerte sie in ihrem Bett. Es kam ihr vor wie eine Ewigkeit, als sie erneut Schritte hörte, die schleppend hinauf ins erste Stockwerk gingen.

21

Dienstag, 16. 11. 2004 – Scheiterhaufen

Wie ein unruhiger, einsamer Wolf, der sein Rudel verloren hat, schlich Gero am Morgen die Treppe hinunter, während Matthäus noch schlief. Im Erdgeschoss angekommen, blieb er stehen und starrte im Dämmerlicht auf die verschlossene Tür, hinter der er seine Gastgeberin vermutete. Ob sie im Schlaf einen ebenso herzzerreißend schönen Anblick bot wie bei Tag?

Durch die angelehnte Tür schlüpfte er ins Bad. Ein Blick in den Spiegel bestätigte ihm selbst im Halbdunkel, dass sein nächtlicher Gefühlsausbruch Spuren hinterlassen hatte. Das Weib oder gar sein Knappe durften ihm auf keinen Fall ansehen, dass er geweint hatte. Er betätigte den Drehhebel, so wie Matthäus es ihm gezeigt hatte, und hielt sein Gesicht mit geschlossenen Augen unter das sprudelnde, kalte Wasser. Prustend richtete er sich auf und nahm eines der weißen Handtücher, die sauber gestapelt auf der Fensterbank lagen. Er machte es gründlich nass, und nachdem er es ausgewrungen hatte, presste er es kühlend auf Augen und Nase.

Tastend nahm Gero auf dem Rand des großen Badebottichs Platz und atmete tief durch. Dabei musste er an Struan denken und ihr letztes, längeres Gespräch in der Komturei von Bar-sur-Aube. Er seufzte und stellte sich abermals die Frage, was wohl seinen beiden Kampfgenossen und dem Mädchen widerfahren war, nachdem ihn und den Jungen das seltsame Licht erfasst hatte. Vergangene Nacht hatte er nicht nur dafür gebetet, dass er und der Junge heil nach Hause zurückgelangten, sondern auch für die Unversehrtheit seiner Freunde. Ob sie ihm je Glauben schenken könnten, wenn er ihnen von seinen Erlebnissen erzählen würde? In der Mehrzahl waren Templer abergläubische Gesellen, die sich mühelos für jede noch so hanebüchene Geschichte erwärmen konnten, und Struan und Johan machten da überhaupt keine Ausnahme. Eine kindliche Neugierde ergriff Gero, ob das Haupt der Weisheit, bei dessen Beschaffenheit d'Our nicht ins Detail gegangen war, das Bekenntnis, in die Zukunft gereist zu sein, an Brisanz aufwiegen würde.

Allerdings war es müßig, darüber zu grübeln, wo er noch nicht einmal wusste, ob die Katakomben Heisterbachs noch existierten und ob das geheimnisvolle Artefakt noch vorhanden war. Ganz zu schweigen davon, ob er jemals die Gelegenheit erhalten sollte, in seine Welt zurückzukehren.

Wie von weit her drang eine verschwommene Erinnerung in sein Bewusstsein. Hatte Cäsarius von Heisterbach, ein früherer Prior der Abtei, nicht Anfang des 13. Jahrhunderts die Geschichte von einem verschwunden Mönch verfasst, der angeblich dreihundert Jahre und mehr in die Zukunft gereist war? Gero versuchte sich angestrengt daran zu erinnern, wie die Sache ausgegangen war. Hatte dieser Mönch zu seinen Brüdern in der Vergangenheit zurückkehren können … oder war er in der Zukunft geblieben? Aber wie hätte Cäsarius dann wissen können, wie es dem Bruder in der Zukunft ergangen war? Wie war der Mönch überhaupt in die Zukunft geraten? Er war eingeschlafen und hatte zuvor an Gott gezweifelt. Insofern, dachte sich Gero, gab es durchaus Parallelen zwischen seinem eigenen Schicksal und dem des vermissten Zisterzienserbruders. Mit dem Unterschied, dass er selbst nicht eingeschlafen, sondern ohnmächtig geworden war, aber sein Zweifel an Gott hatte ihm Stunden zuvor ebenfalls zu schaffen gemacht. Schließlich hatte er sich unaufhörlich gefragt, wie Gott es zulassen konnte, dass König und Papst so ein furchtbares Unrecht begingen, ohne dass ihnen eine höhere Macht Einhalt gebot.

Gero kam zu dem Schluss, dass er zur Abtei Heisterbach gelangen musste. Nur dort konnte er eine Antwort auf all seine Fragen finden. Wie er das anstellen sollte, wusste er allerdings nicht. Und er war sich nicht im Klaren darüber, ob es ratsam war, seine Gastgeberin so ohne weiteres in seine Pläne einzuweihen.

Er legte das Handtuch zur Seite und begab sich auf leisen Sohlen in den Wohnraum. Vielleicht hatte er die Frau auch falsch verstanden. Ihr Deutsch war gebrochen und wimmelte von Wörtern, die ihm gänzlich unbekannt erschienen. Wenn sie gar nicht mehr wusste, wie sie ihm etwas verdeutlichen sollte, wechselte sie sogar ins Lateinische. Ein sicheres Zeichen dafür, dass sie nicht dumm sein konnte.

Vor der großen Glastür schob er den Riegel nach oben, um sie zu öffnen. Das hatte er sich gestern bei seiner Gastgeberin abgeschaut, als sie die Flucht vor ihm ergreifen wollte. Er hoffte inständig, dass sie vergaß, was für ein brutaler Narr er gewesen war. Wie Angst das Herz eines Menschen verändern konnte!

Durch einen Spalt schlüpfte er nach draußen in den kalten Nebel und atmete tief ein. Sogar die Luft roch hier anders als irgendwo sonst auf der Welt. Der Geruch von Holzkohle, der sich jetzt in der kalten Jahreszeit mit dem von modriger Erde mischte, war ihm durchaus bekannt, aber da war noch etwas anderes, das er nicht einzuordnen vermochte und das ihm bei seinem Transport mit dem merkwürdigen Wagen aus dem Hospital bereits aufgefallen war.

Das Haus lag mitten im Wald, und doch war es nicht ruhig. Von überall her schallten merkwürdige Geräusche wider. Im Nebel über ihm vernahm er ein entferntes Donnergrollen, und ein Licht, gleich einem verschwommenen Stern, rollte über ihn hinweg. Unwillkürlich zog er den Kopf ein. Sein Blick fiel auf den kleinen, vernachlässigten Gemüsegarten, aus dessen Beeten trauriges Rübenkraut hervorschaute. Als ob er sich selbst beweisen wollte, dass es etwas gab, das sich in nichts von dem unterschied, was er kannte, ging er hin, bückte sich und zog eine übrig gebliebene, runzlige Mohrrübe heraus, klopfte die Erdkrümel ab und biss hinein. Selbst das Gemüse hatte einen anderen Geschmack. Kauend inspizierte Gero die Umgebung. Überall blitzten Lichter zwischen den kahlen Bäumen hervor. Ihn schauderte. Unangenehm berührt warf er die angebissene Rübe ins Gras und ging zurück zum Haus. Als die Katze an seinen Beinen vorbeihuschte, um ins Warme zu gelangen, zuckte er erschrocken zusammen.

»Verdammtes Mistvieh«, zischte er ihr hinterher, wohl wissend, dass er sich mehr über seine eigene Schreckhaftigkeit ärgerte als über den neuen Freund seines Knappen.

Behutsam verriegelte er die Tür und widmete sich der ansehnlichen Bücherwand. Bevor er ein Buch aus dem Regal herausnahm, vergewisserte er sich, ob nicht unvermittelt die Hausherrin in der Tür stand. Schließlich hatte er sie nicht um Erlaubnis gefragt, wie es in Scriptorien durchaus üblich war. Der Gebrauch von Papier schien in diesem Haushalt eine verschwenderische Selbstverständlichkeit zu sein. Knisternd betastete er die hauchdünnen Seiten eines verhältnismäßig dicken Buches, während ihm gleichzeitig – wie schon am Tag zuvor – die unglaublich saubere und exakt gesetzte Schrift auffiel. Während er noch blätterte, fiel sein Blick auf einen Stapel zusammengefalteter Bögen. Er klappte das Buch zu und stellte es dorthin zurück, wo er es entnommen hatte. Dann ging er in die Hocke und holte eine der dünnen Mappen hervor. Augenscheinlich handelte es sich um eine außergewöhnlich genau gezeichnete Landkarte, wie er sie nur aus den geheimen Beständen des Ordens kannte. Und wieder war es Papier … kein Pergament.

Vorsichtig begann Gero damit, eine der kostbaren Karten aufzufalten. Im Halbdunkel betrachtete er nachdenklich den Kreis mit den Himmelsrichtungen, der in der Dämmerung nur schwach zu erkennen war.

Zögernd trat er an das große Glasfenster heran, um besser sehen zu können. Rheinland-Pfalz, Übersichtskarte 1:250 000, konnte er lesen, aber die Worte sagten ihm nicht viel. Doch das kleine Bild, das die Oberfläche zierte und augenscheinlich Flüsse und Städte vermerkte, ließ tatsächlich darauf schließen, dass es sich um eine Landkarte handelte. Im spärlichen Morgenlicht breitete er den riesig anmutenden Bogen umsichtig auf dem Boden aus. Ein plötzliches Geräusch ließ ihn hochfahren.

»Soll ich das Licht entzünden?« Matthäus stand barfuß, aber ansonsten vollständig angezogen vor ihm und schaute neugierig auf ihn herab.

»Gibt es hier irgendwo einen Feuerschläger?«, fragte Gero arglos. Matthäus lächelte wissend. »Hier braucht es keinen Feuerschläger«, sagte er, drehte sich um und ging zur Tür.

»Halt ein!«, wollte Gero noch rufen, aber Matthäus hatte den Knopf schon betätigt, der die rätselhafte Deckenbeleuchtung wie von Zauberhand entfachte. Im Nu war es taghell.

»Lösch es wieder, sofort!«, schalt er seinen Knappen leise.

»Warum?« Matthäus sah ihn verständnislos an.

»Wenn du noch einmal einen Befehl hinterfragst, wirst du es zu spüren bekommen«, zischte Gero wütend. »Lösch es!«

»Ja, doch«, murmelte Matthäus verdattert. »Soll ich eine Kerze anzünden?«, fragte er zaghaft und hielt dabei einen länglichen Gegenstand in die Höhe, bei dem man, wie er erklärte, nicht mehr Werg und Zunderpilz bemühen musste, sondern ebenfalls auf Knopfdruck eine Flamme erzeugte.

»Nein«, erwiderte Gero unwirsch und faltete die Karte hastig zusammen.

Knurrend erhob er sich und steckte die Mappe dorthin, wo er sie hergenommen hatte. Dann nahm er sich doch eins der Bücher und setzte sich auf einen Stuhl ans Fenster, wo die aufkommende Helligkeit es ihm ermöglichte, das Geschriebene halbwegs zu entziffern.

Eine Ewigkeit mochte vergangen sein, während er Seite um Seite geblättert hatte, als plötzlich die Türglocke erklang. Aufgeschreckt schaute Gero um sich und sah nur Matthäus, der nicht minder neugierig das Bücherregal studierte.

»Ist die Frau schon wach?«

Matthäus schüttelte den Kopf.

»Schau nach, wer dort ist«, sagte Gero leise und legte das Buch zur Seite, während er sich langsam erhob.

Einen Moment später kam Matthäus zurückgeeilt und baute sich vor Gero auf, als habe er eine wichtige Botschaft zu verkünden.

»Da draußen steht ein Mann«, meldete er aufgeregt, »der aussieht wie einer der Mamelucken, die sie in der Ordensburg von Troyes als Sklaven halten.«

Geros Hand fuhr unwillkürlich zum Messergürtel, den er hier in dieser unbekannten Umgebung selbst in der Nacht nicht ablegte. Er schob den Jungen zur Seite und marschierte geradewegs in den Hausflur. Entschlossen öffnete er die Eingangstür.

Der junge Mann sah ihn überrascht an. »Morgen, Post, ist Frau Schreyber nicht zu Hause?«

Gero befasste sich nicht lange damit, was der Kerl gemeint haben könnte. Blitzschnell registrierte er den dunklen Teint, die schwarzen Locken und den muskulösen Körper. In seiner Hand hielt der stämmige Kerl neben einer mittelgroßen Kiste etwas, das Gero völlig unbekannt war und das bedrohlich nah auf ihn gerichtet war.

»Unterschreiben Sie hier!«, redete der Fremde weiter.

Gero überlegte nicht, sondern riss dem Mann den Gegenstand aus der Hand und betrachtete ihn eindringlich.

Eh«, sagte die Stimme ein wenig unfreundlich. »Wie sind Sie denn drauf? Geben Sie das sofort wieder her!« Der Dunkelgelockte sah ihn unverschämt fordernd an.

Gero warf den unbekannten Gegenstand beiseite und riss dem Mann die Kiste aus der Hand. Dann zog er seinen Hirschfänger und stach in das weiche, papierähnliche Material hinein. Zufrieden stellte er fest, dass sich die Kiste problemloser öffnen ließ als eine todgeweihte Auster. Währenddessen starrte ihn der Überbringer der seltsamen Fracht mit aufgerissenen Augen an.

»Geben Sie mir sofort meinen Scanner zurück. Sonst rufe ich die Polizei!«, rief der Mann aufgeregt. »Überhaupt, was machen Sie eigentlich hier?«

Geros Hand schnellte hervor und packte den ahnungslosen Boten am Kragen, und ehe der junge Mann begriff, was mit ihm geschah, wurde er gegen die weiß getünchte Wand im Flur gepresst. Schmerzerfüllt rang er nach Atem und beäugte einen Moment später von oben herab und mit jähem Entsetzen das riesige Messer, das mit der Spitze auf seine Kehle gerichtet war.

Geros Herz pochte heftig, während er den jungen Burschen musterte. Wenn dieser Kerl kein Mamelucke war, wollte er selbst kein Templer mehr sein. Immerhin war es ein Mamelucke gewesen, der ihm eine seiner schlimmsten Verletzungen beigebracht hatte, und es war ein anderer Mamelucke gewesen, der den Tod seines Onkels zu verantworten und seinem Vater die rechte Hand genommen hatte. Nie würde er den Anblick dieser turkmenischen Kriegssklaven vergessen, die ausgebildet worden waren, um fränkische Ritter zu massakrieren. Später hatten sie eigene Herrscher hervorgebracht, die nicht nur dem Templerorden herbe Verluste an Menschen und Material beigebracht hatten. Mehrfach war es abendländischen Rittern gelungen, einige wenige von ihnen gefangen zu nehmen und nach Franzien zu verschleppen. Doch selbst in der Sklaverei konnte man ihnen weder trauen, noch durfte man sie aus den Augen lassen. Sie blieben unberechenbar.

»So, Bursche!«, stieß Gero schnaubend hervor. »Sag, was hast du hier im Haus einer allein stehenden Frau zu suchen.«

»Verdammt«, krächzte sein Gefangener, »sind Sie übergeschnappt oder was?« Mit weit geöffneten Augen stierte er auf die blitzende Klinge. »He, machen Sie nur keinen Blödsinn … ja?«

»Mattes«, rief Gero, »hol die Frau!«

Die Sonne brannte vom Himmel herab, und das leise Stimmengewirr, das Hannah in ihrem Traum umgab wie ein Vorhang aus schimmernden Perlen, war dem Klang nach eine Mischung aus Spanisch und Französisch. Eine Kinderstimme schlich sich auf samtenen Pfoten in ihr Unterbewusstsein. »Herrin ...«

Herrin? Die morgendliche Novembersonne schmerzte in ihren Augen. Der blondgelockte Junge warf einen erlösenden Schatten auf ihre Lider, als er sich über sie beugte und sie an der Schulter berührte.

»Was ist?«, stotterte Hannah unsicher, während Matthäus weiterhin an ihr zerrte.

»Mein Herr schickt mich«, sagte er unumwunden. »Da draußen ist ein gefährlicher Mamelucke, der mit seltsamer Sprache spricht.«

»Wie bitte?« Hannah warf einen hektischen Blick auf den silbernen, kleinen Funkwecker. Ohne einen weiteren Gedanken daran zu verschwenden, was ein Mamelucke sein sollte, sprang sie aus dem Bett und stürmte barfuß, nur mit einem wadenlangen Flanellnachthemd bekleidet, an Matthäus vorbei in Richtung Haustür.

Zwischen Garderobe und Eingangstür verharrte der allseits beliebte Bote des deutschen Paketdienstes, Ferhad Yildis, ein dreiundzwanzigjähriger Deutscher türkischer Abstammung, kerzengrade im Flur, während Gero von Breydenbach ihm seinen Dolch an die Kehle hielt.

Hannah zwinkerte ungläubig, als sie das ungewöhnliche Gespann vor sich sah. Mindestens einmal in der Woche lieferte Ferhad, der in Bernkastel-Kues geboren war und ein lupenreines Deutsch mit moselfränkischem Dialekt sprach, eine Büchersendung an ihre Privatadresse.

»Was soll der Unsinn?«, rief sie aufgebracht und versuchte damit, ihrer Entrüstung Nachdruck zu verleihen.

Gero verlagerte für einen Moment seine Aufmerksamkeit, ohne Ferhad jedoch aus den Augen zu lassen.

»Er ist ein Mamelucke«, stellte er mit fachmännischer Miene fest, als ob es sich dabei um die Einschätzung einer speziellen Hunderasse handelte. »Ich habe ihn gefragt, wer ihn schickt, und was er von dir will.« Der Templer straffte sich und wurde noch ernster. »Sein Auftreten war unverschämt«, fuhr er mit strenger Miene fort. »Er hat mir diese seltsame Kiste unter die Nase gehalten und irgendetwas von einer Unterschrift gefaselt.«

Hannah folgte mit ungläubigem Entsetzen Geros Finger, der auf einen am Boden stehenden, hoffnungslos zerfetzten Pappkarton hinwies.

»In meiner Heimat ist es nicht üblich, für etwas zu unterschreiben, das man nicht zu sehen bekommt. Somit habe ich die Kiste aufgeschlitzt, damit ich sicher sein konnte, dass der Mamelucke nichts zu verbergen hat, womit er dir ein Leid zufügen kann. Daraufhin ist er wütend geworden und hat mich beschimpft. Ich habe ihm gesagt, dass er Glück hat, wenn er sein ungehöriges Verhalten nicht mit dem Leben bezahlen muss.« Geros Miene entspannte sich ein wenig, und seine Stimme nahm einen selbstgefälligen Tonfall an. »Ich wollte es dir überlassen, ob wir ihn solange festhalten wollen, bis sein Herr ihn abholt und ihm die nötige Strafe verpasst oder ob ich ihm hier vor Ort und vor deinen Augen eine Lektion erteilen soll.« Breitschultrig richtete er sich auf.

»Nimm das Messer runter, sofort!« Hannahs Stimme war ruhig, und doch zitterte sie leicht.

Irritiert wich Gero ihrem unmissverständlichen Blick aus. Mit einem Kopfschütteln ließ er die furchteinflößende Waffe sinken und ging auf Abstand zu seinem Opfer. Matthäus wechselte einen überraschten Blick mit seinem Herrn und schaute dann zu Hannah auf, als ob es ihn irritierte, dass Gero so prompt ihrem Befehl folgte.

Dem jungen Paketboten entwich ein deutlicher Seufzer der Erleichterung.

»Ihr dürft euch entfernen«, zischte Hannah ihren beiden neuen Mitbewohnern zu und erntete dafür ungläubig Blicke, sowohl von Ferhad als auch von den Angesprochenen.

In einem letzten Versuch neigte Gero seinen Kopf zu Hannah hinab, bis sein Mund fast ihr Ohr berührte. »Du solltest dir überlegen, ob du wirklich auf meinen Schutz verzichten willst«, murmelte er. »Er entstammt einem wenig vertrauenswürdigen Volk, und wenn er auch nicht besonders groß ist, so heißt das nicht, dass man ihn als harmlos ansehen darf. Wenn er die Gelegenheit bekommt, hat er dich schneller ins Jenseits befördert, als du dir vorstellen kannst.«

Hannah rührte sich nicht, und statt zu antworten, schloss sie für einen Moment demonstrativ die Augen.

»Wie du willst«, raunte Gero ärgerlich. »Aber sag mir hinterher nicht, ich hätte dich nicht rechtzeitig gewarnt.« Ohne weiteren Kommentar wandte er sich ab. Mit einem herrischen Nicken bedeutete er Matthäus, dass er ihm zu folgen hatte – und zwar sofort. Hannah hörte nur noch, wie die beiden die Treppe hinaufstiegen.

»Also Ferhad ... ich ...«, stotterte sie und wäre vor Scham am liebsten im Erdboden versunken.

Der junge Mann blickte verstört von ihrem Nachthemd zu dem völlig zerfetzten Versandhauskarton hin, und es war offensichtlich, dass er sich keinen Reim aus dieser ganzen Situation machen konnte.

»Ich möchte mich in aller Form bei Ihnen entschuldigen«, fuhr Hannah fort. »Mein Bruder und mein Neffe sind zu Besuch und ... und manchmal hat mein Bruder... einen Hang zum Scherzen.« Sie zuckte entschuldigend mit den Schultern, dabei fiel ihr Blick auf ihren hellbraunen Lederrucksack, der auf der Kommode stand. Fast beiläufig griff sie hinein und fischte einen Geldschein aus ihrem Portemonnaie. »Wissen Sie, für manche Menschen ist die ganze Welt ein Theater.« Sie lächelte gequält, in der vagen Hoffnung, dass der junge Mann den Angriff Geros so schnell wie möglich vergaß und darüber hinaus Stillschweigen bewahrte.

»Frau Schreyber ...«, sagte er immer noch verdattert und sammelte unterhalb der Garderobe seinen Handheldscanner auf. Glücklicherweise hatte das empfindliche Gerät den Sturz ohne Blessuren überstanden. »Sie müssen noch unterschreiben ... für das Paket. Oder sollte ich sagen, für das, was davon übrig geblieben ist?« Ein unsicheres Lächeln huschte über sein Gesicht.

Gott sei Dank, dachte Hannah, er nimmt es mit Humor. Trotzdem zitterte seine Hand immer noch, als er ihr den kleinen Handcomputer entgegenhielt, auf den sie nicht weniger zitternd ihre elektronische Unterschrift kritzelte.

»Was is'n Ihr Bruder für'n Landsmann«, fragte Ferhad, der überraschend schnell zu seiner alten Neugierde zurückgefunden hatte. »Der spricht ja schlechter deutsch als mein Vater.«

Hannah blickte für einen Moment irritiert auf und blieb ihm die Antwort schuldig. Stattdessen reichte sie ihm völlig unüblich zum Abschied die Hand. Sein verblüffter Ausdruck in den Augen relativierte sich, als sie ihren Griff lockerte und er einen knisternden Zwanzig-Euro-Schein in seiner Hand hielt. »Für Ihre Geduld und dafür, dass Sie die Geschichte nicht an die große Glocke hängen«, sagte sie leise.

Hannah atmete tief durch. Dann nahm sie den zerfetzten Karton und stellte ihn im Wohnzimmer aufs Sofa. Alles in allem schien der Inhalt unversehrt zu sein. Zufrieden breitete sie zwei verschiedenfarbige Sweatshirts und zwei paar dunkle Jeans aus, die sie für Matthäus im Eil-Service bestellt hatte. Auch für Gero hatte sie einen Satz moderner Socken und Unterhosen liefern lassen.

Rasch schlüpfte sie in einen lilafarbenen Wollrock und einen kurzen, lindgrünen Pullover und begann das Frühstück vorzubereiten. Man empfing sie mit eisiger Miene, als sie die Kleidungsstücke wenig später im Gästezimmer ablieferte.

»Ist meine Lederhose getrocknet?«, fragte Gero, während er mit spitzen Fingern eine der Jeans, die für Matthäus gedacht war, in die Höhe hielt. Mit einem Nicken reichte er sie an den Jungen weiter.

»Ich werde gleich nachsehen«, antwortete Hannah. Bevor sie hinausging, blieb sie neben Gero stehen und schaute ihn prüfend an. »Du kannst unmöglich mit Umhang und Kettenhemd hier herumlaufen«, befand sie. »Du würdest überall auffallen, und das ist viel zu gefährlich.«

»Ich habe aber auch nicht vor, wie ein Geck herumzustolzieren«, erwiderte er schroff, während er seine Aufmerksamkeit der Kleidung ihres verstorbenen Vaters widmete, die fein säuberlich gestapelt auf dem Fußboden lag. Hannah zog verärgert die Brauen zusammen. Wenn sie es nicht schaffen würde, ihn von den Gegebenheiten des 21. Jahrhunderts zu überzeugen, konnte ihre Lage mehr als heikel werden. Die Vorstellung an der Haustür war ein eindrucksvolles Beispiel dafür gewesen.

»Nun ja«, lenkte er ein und begutachtete die restliche Kleidung. »Die Unterhosen und die Strümpfe sehen ganz ordentlich aus. Wenn es dich zufrieden stellt, werde ich sie tragen.«

Hannah musste unwillkürlich lächeln. Konnte der Kerl Gedanken lesen? Woher wusste er, dass sie mit seiner Unterwäsche ein Problem hatte?

»Das Frühstück ist fertig«, bemerkte sie beiläufig.

Als Gero zwei Minuten später in der Wohnzimmertür erschien, trug er immer noch die ausgebeulte, schwarze Jogginghose. Er umkreiste den Frühstückstisch und ließ seinen Blick darüber gleiten, als ob er nach etwas Bestimmtem suchte. Hannah hatte sich gleich Montag früh schlau gemacht, was bei den Menschen im 14. Jahrhundert auf dem Speiseplan stand, und im Bioladen eingekauft: grobes Brot, frisch gekochter Brei aus Gerstenschrot, Rohmilch, Wabenhonig in einem Steinguttopf, französischer Rohmilchkäse am Stück, eingekochter Fruchtaufstrich, gebratene Eier von freilaufenden Hühnern. Dazu Speck von Schweinen, die auf althergebrachte Weise gemästet worden waren. Eigentlich sollten ihre Gäste mit dem reichhaltigen Angebot zufrieden sein.

»Welcher Tag ist heute?«, fragte er zögernd.

»Der 16. November«, antwortete Hannah.

Er schüttelte ungeduldig den Kopf. »Ich meine nicht die Anzahl der Tage, ich meine Montag, Dienstag oder Sonntag.«

»Dienstag, warum fragst du?«

»Heute wäre ein Fleischtag. Gibt es hier bei euch keine Hartwurst?« Er stellte seine Frage vorsichtig, anscheinend wollte er auf keinen Fall fordernd wirken.

»Hartwurst?«, wiederholte sie ungläubig. »Äh ... nein tut mir leid. Gleich morgen werde ich mich darum kümmern. Tee?« Sie hielt eine Kanne aus glasiertem Steingut in die Höhe und sah ihn fragend an.

»Bier?« Er sah sie verunsichert an. »Oder Wein?«

»Bier?«, rief sie erstaunt.

»Tee«, sagte sie schließlich und reichte ihm einen dampfenden Becher.

»Tee?« Zögernd nahm er den Becher entgegen und schnupperte daran.

Der Duft von Pfefferminze und Zitronenmelisse stieg auf. Sein Blick war immer noch skeptisch

»Zucker?«

Er hielt einen Moment inne, bevor er verneinte, dabei fixierte er mit einem erstaunten Blick den Zuckertopf, in dem ein großer, silberner Löffel steckte.

Nun kam auch Matthäus ins Zimmer. Stolz präsentierte er seine neue Hose, die ihm noch ein wenig zu groß war, und es erfüllte ihn offensichtlich mit Genugtuung, dass das dunkelblaue Wams genauso aussah wie das seines Herrn. Als er seinen Teller ordentlich gefüllt hatte, stellte er ihn auf seinen Platz, setzte sich hin und begann ohne Zögern zu essen. Gero schüttelte brüskiert den Kopf und herrschte den Jungen in scharfem Ton an.

Offenbar hatte er Altfranzösisch gesprochen, weil Hannah ihn nicht verstehen konnte, aber die Botschaft musste unerfreulich gewesen sein, denn Matthäus ließ augenblicklich sein Brot auf den Teller fallen und schlug verlegen die Augen nieder. Hannah wollte die drückende Stille überspielen und begann, sich ein Brot mit Butter zu bestreichen. Gero beachtete sie jedoch nicht. Aus dem Augenwinkel nahm sie wahr, dass ihre Gäste eine kerzengerade Haltung einnahmen. Als sie sah, dass sie ihre Hände oberhalb der Tischkante falteten, hörte sie abrupt auf zu essen und schluckte das Stück Brot, das sie soeben arglos abgebissen hatte, unzerkaut hinunter, wobei es ihr fast im Halse stecken geblieben wäre.

Peinlich berührt legte sie ihr Besteck neben das Holzbrettchen, dann faltete sie ebenfalls ihre Hände.

Matthäus begann augenblicklich ein Gebet in lateinischer Sprache zu sprechen. »In nomine Patris, et Filii, et Spiritus Sancti. Benedic, Domine, nos et haec tua dona, quae de tua largitate sumus sumpturi per Christum Dominum nostrum ...«

Hannahs Schullatein reichte aus, um zu erkennen, dass es sich um ein Tischgebet handelte. Hatten die Tischgebete, die ihr von ihrer Großmutter beigebracht worden waren, gerade mal fünfzehn Sekunden gedauert, so hielt diese Litanei mindestens fünf Minuten an.

»Amen«, sagte Matthäus schließlich leise und blickte Gero erwartungsvoll an.

Der Templer gab ihm mit einem huldvollen Nicken zu verstehen, dass er nun zum Mahl schreiten durfte.

Gesprochen wurde während des Essens kein Wort, und auch Hannah kam nicht auf die Idee irgendetwas zu sagen. Wie elektrisiert zuckte sie zusammen, als sich erneut Besuch ankündigte, indem es an der Haustür läutete.

»Entschuldigt«, murmelte sie und erhob sich.

Durch das Küchenfenster erspähte sie ihre Mitarbeiterin aus dem Buchladen. Verdammt, sie hatte ganz vergessen, dass sie Judith gestern in einem Telefonat gebeten hatte, Bücher über die Templer zu beschaffen und vorbeizubringen.

»Guten Morgen«, rief die vertraute Stimme von draußen herein, und als Hannah die Tür zögernd einen Spalt weit öffnete, drängte sich Judith bibbernd in den Hausflur hinein und machte Anstalten ins Wohnzimmer zu gehen.

Als ob sie Hannahs Unsicherheit gespürt hätte, wandte sie sich abrupt um und grinste scherzhaft. »Es ist schweinekalt draußen, du willst mich doch wohl nicht vor der Tür abfertigen.« Auf dem Arm trug sie einen dicken Stapel mit Büchern. »Komme ich ungelegen?« Judith lächelte treuherzig und wartete die Antwort nicht ab, schließlich kannte sie sich in Hannahs Wohnung bestens aus. Schneller als Hannah sich versah, war sie ins Esszimmer durchgestartet.

»Oh!« Sie hielt inne, da sie unversehens auf Gero und Matthäus traf, die seelenruhig aßen.

Nur Matthäus schaute neugierig auf, als plötzlich zwei Frauen das Zimmer betraten. Gero, der mit dem Rücken zur Wand saß und die Tür genau im Blick hatte, ließ sich überraschenderweise nicht beirren.

Judith legte die Bücher auf dem Wohnzimmertisch ab und marschierte Richtung Esstisch.

»Judith Stein«, sagte sie frei heraus. Demonstrativ hielt sie Gero ihre Hand hin, wobei sie die leere Schüssel, die er gerade beiseite gestellt hatte, versehentlich von der Tischplatte fegte.

Mit atemberaubender Geschicklichkeit fing er die Schale auf, bevor sie zu Boden fiel. Er stellte sie auf dem Tisch ab, und sein Blick schwenkte auf die Verursacherin dieses kleinen Malheurs.

»Kommst du mit mir in die Küche?«, fragte Hannah und versetzte ihrer Mitarbeiterin und Freundin einen leichten Stoß zwischen die Rippen.

»Ja doch, aber willst du uns nicht vorher bekannt machen?« Judith schien nicht zu bemerken, dass Gero nicht darauf aus war, sie kennen zu lernen. Doch anscheinend erinnerte er sich an seine gute Erziehung, da er sich schließlich zögernd erhob und sich, gut zwei Köpfe größer als Judith, vor der unerwarteten Besucherin aufrichtete. Er legte seine rechte Hand vor die Brust und verneigte sich leicht. »Gerard von Breydenbach«, verkündete er in seiner sonoren Stimmlage.

Staunend schaute Judith an ihm hinauf und reichte ihm wie ferngesteuert ihre rechte Hand, doch er reagierte nicht. »J… Judith … Stein«, stotterte sie und ließ die Hand mit einem verlegenen Ausdruck in den Augen hinter ihrem Rücken verschwinden. In Geros Blick lag Erstaunen, so als erwarte er eine Erklärung, warum sie sein Frühstück gestört hatte. Judith hingegen schien wie hypnotisiert.

Hannah zupfte ihre Freundin am Ärmel und zog sie mit sich.

»Wenn du uns für einen Augenblick entschuldigst«, sagte sie zu Gero.

Wie ein gehorsames Pferd trabte Judith hinter ihr her und schien erst wieder aus ihrer Trance zu erwachen, als Hannah die Küchentür hinter sich geschlossen hatte.

»Mein Gott, hat der Kerl Augen. Das ist ja der reine Wahnsinn. Wo hast du den denn aufgabelt?« Judiths Stimme gipfelte in einem begeisterten, heiseren Krächzen.

»Jetzt krieg dich wieder ein«, spottete Hannah. »So bemerkenswert ist er nun auch wieder nicht.«

Judith war immer noch atemlos. »Er wohnt doch bei dir, oder habe ich das falsch gedeutet?«

»Er ist ein Freund von Tom – meinem Ex – und sucht eine Wohnung. Und weil Tom ihn nicht aufnehmen kann, hat er mich darum gebeten, ihm auszuhelfen. Aber erstens nur vorübergehend, und zweitens hat mein neuer Mitbewohner noch einen Anhang, was dir vor lauter Staunen entgangen sein dürfte.«

»Anhang?«

»Der Zwölfjährige, der am anderen Ende des Tisches sitzt.«

»Und wenn er eine hundertjährige Oma im Schlepptau hätte, könnte mich das nicht davon abhalten, ihm Zuflucht zu gewähren.«

Zuflucht gewähren … Wenn Judith nur wüsste, wie sehr sie mit diesem Wort den Nagel auf den Kopf traf.

»Wann sehen wir dich im Geschäft?«

»Ich brauche ein paar Tage Urlaub, weil ich ein paar Dinge erledigen muss. Wenn ihr einverstanden seid, beteilige ich dich und Carolin für die Zeit meiner Abwesenheit mit zwanzig Prozent am Umsatz.«

»Ah ... ja!« Judith grinste vielsagend. »Das ist ein Wort. Sag Mr. Right einen schönen Dank von uns. Er kann ruhig noch länger bei dir wohnen bleiben. Allerdings nur unter der Bedingung, dass er sich öfter bei uns im Laden blicken lässt.« Judith zwinkerte Hannah verschwörerisch zu.

»Einen Teufel werde ich tun«, erwiderte Hannah ironisch. Dann lächelte sie entschuldigend und dirigierte Judith zur Haustür.

»Ich danke dir noch mal für die Bücher, aber ich muss mich jetzt leider von dir verabschieden«, sagte sie entschieden. »Ich habe heute noch jede Menge zu tun.«

»Ich habe da noch was für dich«, sagte Judith und zückte ein Kuvert aus bunt bedrucktem Seidenpapier. »Mein Bruder lädt zu seiner Geschäftseinweihung am Donnerstag ein. Er hätte gerne, dass du dabei bist. Zum einen, weil du meine Chefin bist. Zum anderen, weil er die Frau kennen lernen will, die sich so intensiv für die Templer interessiert.«

»Danke«, sagte Hannah verblüfft. »Aber ich weiß nicht, ob ich zusagen kann. Schließlich habe ich selbst Gäste.«

»Bring sie einfach mit«, sagte Judith lächelnd. »Vielleicht freuen sie sich über ein bisschen Abwechslung.«

Nachdem Hannah sich von Judith verabschiedet hatte, fand sie Gero auf dem Sofa sitzend in eines der Bücher vertieft, die Judith mitgebracht hatte.

Sie stellte sich hinter ihn und spähte ihm über die Schulter.

»Kommst du zurecht?«, fragte sie zaghaft. Eigentlich hatte sie nicht vorgehabt, ihn mit dem Material über die Templer zu konfrontieren. Bislang hatten sie kaum Zeit gehabt, seine Situation ausreichend zu klären, geschweige denn darauf einzugehen, was in den letzten siebenhundert Jahren nach seinem Verschwinden geschehen war.

Matthäus war aufgestanden und spielte mit Heisenberg. Hannah war froh, dass er in dem scheuen Kater so rasch einen Freund gefunden hatte.

»Seltsame Lettern«, bemerkte Gero wie beiläufig und blätterte gezielt eine Seite in einem Templer-Lexikon um. »Und doch sind sie den unseren auf eine gewisse Weise ähnlich. Nichts von dem, was es bei Euch an Büchern gibt, ist handgeschrieben«, murmelte er mehr zu sich selbst. »Alles sieht aus wie gedruckt.«

»Du kennst den Buchdruck? Soweit ich weiß, gibt es den erst seit dem 15. Jahrhundert.« Hannah sah ihn erstaunt an.

Sein Blick kündete von gekränktem Stolz, und seine Stimme erhob sich ärgerlich, als er antwortete: »Hältst du mich für einen Tölpel? Wenn jemand keine Bücher druckt, heißt es noch lange nicht, dass er so etwas nicht kennt. In unserem Scriptorium gab es gedruckte Bücher aus dem Morgenland. Die Sarazenen drucken Bücher, wenn auch wenige.« Seine blauen Augen leuchteten angriffslustig. »Und die Bewohner von Cathay beherrschen den Buchdruck nicht minder ... wenn Marco Polos Berichte der Wahrheit entsprechen ...«, schob er belehrend hinterher, ohne darüber nachzudenken, dass Hannah längst wusste, dass Marco Polo, der Ende des 13. Jahrhundert fast ganz Asien bereist hatte, die Wahrheit geschrieben hatte.

»Kannst du die Schrift denn ohne weiteres lesen?«, fragte Hannah.

»Hast du mich nicht schon einmal gefragt, ob ich lesen kann? Wenn ich dir sage, dass ich Crétien de Troyes, Eschenbach, von der Aue, Straßburg und Türheim gelesen habe, glaubst du mir dann, dass ich es kann?« Unwirsch schüttelte Gero sein kurz geschorenes Haupt. »Obwohl ich vermute«, sagte er gereizt, »dass du noch nie etwas von diesen Dichtern gehört hast.«

»Ob du es glaubst oder nicht«, antwortete Hannah spitz. »Ich habe mit keiner Silbe angezweifelt, dass du lesen kannst, und darüber hinaus habe ich ›Parzeval‹ während meines Studiums an der Universität gelesen.« Ihr Blick war abwartend und ein bisschen überheblich. Natürlich wusste sie darum, dass es im Mittelalter so gut wie keine Frauen gegeben hatte, die an einer Universität studieren durften.

»Du hast studiert?« Seine Stimme klang mehr als überrascht.

Ihr war, als ob er sie plötzlich mit ganz anderen Augen betrachtete. Ein befriedigendes, fast huldvolles Lächeln entschlüpfte Hannah.

»Wo?« Gero konnte es offenbar nicht fassen.

»In Bonn«, entgegnete sie trocken.

»Seit wann gibt es dort eine Universität?«, fragte er ungläubig.

»Seit dem 18. Jahrhundert«, antwortete sie beinahe stoisch.

»Gut«, sagte er und nickte anerkennend. »Wenn ich etwas nicht entziffern kann, oder wenn ich ein Wort nicht verstehe, werde ich dich fragen.«

Hannah beschlich das Gefühl, in seiner Achtung gestiegen zu sein. Er sah von seinem Text auf und verpflichtete sie mit seinen klaren, blauen Augen, ihm von nun an zur Seite zu stehen.

Mit Bitterkeit nahm Gero zur Kenntnis, dass sein Orden auf Geheiß Philipp IV. von Frankreich in sieben langen Jahren konsequent zu Grunde gerichtet worden war und mit ihm unzählige Brüder. Zugleich hatte man die Templer in Frankreich ausnahmslos verfolgt, gefoltert und zu unglaublichen Geständnissen bewegt.

»Was ist ein ›Baphomet‹?«, fragte Hannah, als sie an eine Stelle in einem der Bücher gelangten, wo von Götzenanbetung die Rede war.

Gero schaute erschrocken auf. »Nichts«, sagte er barsch. »Es ist genauso ein Unsinn wie die Behauptung, dass wir untereinander fleischlich verkehrt hätten.«

Hannah hob eine Braue und bemerkte, wie er mit einiger Verlegenheit ihrem Blick auswich.

»Bei allen Heiligen«, murmelte er und schaute entgeistert von seiner Lektüre auf. »Man will ihn auf einem Scheiterhaufen verbrannt haben.« Er durchbohrte Hannah mit einem verständnislosen Blick. Sie brauchte einen Moment, um zu begreifen, dass er von Jacques de Molay, dem letzten Großmeister im Orden der Templer, redete.

»Bist du sicher, dass in diesen Büchern die Wahrheit geschrieben steht?« Gero schaute sie beinahe flehentlich an.

»Tut mir leid«, flüsterte Hannah betroffen. »Aber ich befürchte, es gibt im Augenblick keine andere Wahrheit. Es handelt sich, soweit ich weiß, um recht gesicherte Erkenntnisse.«

»Weißt du, was es heißt, verbrannt zu werden? Warst du schon einmal bei einer solchen Hinrichtung zugegen?« Gero war jegliche Farbe aus dem Gesicht gewichen.

»Nein, so was kennt man heutzutage nicht mehr«, antwortete sie ehrlich.

»Zuerst platzt die Haut an den Beinen auf, und dann kann man vor lauter Rauch schon fast nichts mehr sehen. Wenn der Betroffene Glück hat, lassen ihn die unsäglichen Schmerzen in Ohnmacht fallen, oder der Qualm nimmt ihm den Atem und lässt ihn ersticken, bevor ihn das Feuer verschlingt. Aber bis es soweit ist, hat er noch eine

Menge Zeit, sich das letzte Quäntchen Odem aus der Lunge zu schreien. Der Gestank ist fürchterlich. Er beißt sich in deine Nase wie ein tollwütiges Tier und lässt dich nicht mehr los. Noch monatelang hast du ihn im Gedächtnis, und manche vergessen ihn ein Leben lang nicht.«

Ein Schauer des Grauens lief über Hannahs Rücken.

»Wenn ich könnte, würde ich sie retten. Molay und meine Kameraden. Verdammt …«

Hannah beobachtete, wie sich sein Kiefer bewegte, als ob er etwas zermalmen wollte.

»Ich muss zurück …«, flüsterte Gero mehr zu sich selbst. »Egal wie …«

Sie saß dicht neben ihm, und es war ihr, als ob sie seine Qualen körperlich spüren konnte.

»Ich habe all meine Kameraden zurückgelassen«, flüsterte er abwesend. »Was ist, wenn man sie erwischt hat? Wenn sie getötet worden sind oder sie bis an ihr Lebensende wie Tiere in Höhlen leben mussten, nur um nicht entdeckt zu werden.«

»Gibt es denn in deiner Zeit keine Möglichkeit, irgendwo unterzutauchen und ganz von vorne anzufangen?«, fragte Hannah ungläubig. Es konnte doch im Mittelalter nicht so schwer gewesen sein, sich dem Zugriff der Obrigkeit zu entziehen.

»Untertauchen?« Gero schüttelte den Kopf. »So passend dein Vergleich auch ist, du scheinst zu vergessen, dass man danach wieder auftauchen muss, um Luft zu schnappen, jedenfalls in meiner Zeit. Ohne ein Pergament, das deine lückenlose Herkunft bescheinigt, bist du ein Unfreier und kannst auf jedem Sklavenmarkt verkauft oder jederzeit getötet werden. Mag ja sein, dass es hier bei euch anders zugeht.«

»Allem Anschein nach ist euer Orden vor nicht allzu langer Zeit vom Papst von allen Anschuldigungen freigesprochen worden«, fügte Hannah tröstend hinzu und deutete auf ein Taschenbuch mit Hinweisen über die jüngeren Entwicklungen zum Thema Templerorden.

»Wunderbar!« Gero verzog seinen Mund zu einer ironischen Miene. »Siebenhundert Jahre zu spät. Wobei wir den nachfolgenden Generationen wohl dankbar sein müssen, dass sie sich überhaupt noch mit dieser Angelegenheit befassen.«

Unwillkürlich schaute Hannah auf die Uhr, während sie mühsam ein Gähnen unterdrückte. Mitternacht. Es war spät geworden.

»Lass uns morgen weiter lesen«, schlug sie vor. »Wenn du willst, fahre ich mit dir bis nach Paris, dort gibt es offensichtlich Archive, die weit mehr Berichte, Schriften und Urkunden über deinen Orden vorweisen können, als all diese Bücher hier.«

Gero nickte dankbar. Sein Blick fiel auf Matthäus, der auf dem Teppich eingeschlafen war. »Gibt es ein Zurück?«, fragte er leise und wagte es nicht, Hannah anzuschauen. »Sei aufrichtig ... bitte«, fügte er hinzu.

»Ich denke schon«, antwortete sie und versuchte ihre ganze Zuversicht in ihre Worte zu legen. »Ich kann dir nur nicht sagen, wann. Das kann nur Tom wissen.«

»Wann bekomme ich ihn zusehen?« Geros Blick war furchtsam und gleichzeitig voller Hoffnung. Dunkle Schatten lagen unter seinen ansonsten so leuchtenden Augen.

»Vielleicht morgen«, erwiderte sie müde. Es schnitt ihr ins Herz, als sie mit ansehen musste, wie er auf die Knie ging, behutsam den schlafenden Jungen vom Boden aufhob und ihn mit geschlossenen Augen an seine Brust drückte.

Am liebsten wäre sie Gero gefolgt, als er sich anschickte, die Treppe hinaufzugehen, um Matthäus ins Bett zu bringen.

»Kann ich irgendetwas tun ... für dich oder den Jungen?«

»Nein«, war die Antwort. »Ich komme zurecht. Ich wüsste nicht ... nein ... danke.« Gero lächelte sie an, das erste Mal am heutigen Tag, und wenn sie sich recht besann, war es das erste Mal, seit sie ihn bei sich aufgenommen hatte.

22

Mittwoch, 17. 11. 2004 – Die Breidenburg

Hannah war gegen halb acht aufgestanden, um zuerst ihre Tiere zu versorgen und dann das Frühstück für Gero und den Jungen zuzubereiten. Eine böse Ahnung überfiel sie, als sie vor Monas leerer Box stand. Ihr nächster Blick fiel auf die verwaisten Haken an der Wand, an denen normalerweise Sattel und Zaumzeug hingen. Atemlos rannte sie zurück ins Haus. Im ersten Stock angekommen, fand sie Sweatshirt und Jeanshose, die Matthäus gestern noch getragen hatte, fein säuberlich auf dem Bett liegend vor. Geros gesamte Kleidung, der Umhang, der martialische Messergürtel und auch der kleine, lederne Umhängebeutel, den er bei seiner Ankunft dabei gehabt hatte, waren verschwunden. Alles deutete darauf hin, dass der Templer und sein Knappe sich davongemacht hatten. Doch wohin?

Fieberhaft dachte sie nach. Sollte sie Tom anrufen? Was aber würde das bringen? An einer Suchaktion konnte er sich wohl schlecht beteiligen. Hatte er nicht gesagt, er würde durch die amerikanischen Streitkräfte observiert? Eine Vermisstenanzeige aufzugeben, bei der sie behauptete, ihr verrückt gewordener Ehemann sei in geistiger Umnachtung mit ihrem Pferd auf und davon, kam ebenso wenig in Frage. Völlig panisch rannte sie die Treppe hinunter ins Wohnzimmer und schaute sich um. Nachdenklich betrachtete sie das Bücherregal. Mehr zufällig fiel ihr Blick auf den Kartenstapel links unten im Regal. Warum ist mir das nicht gleich aufgefallen? dachte sie. Die sonst so korrekt ausgerichtete Sammlung war verrutscht. Eine der Wanderkarten entlang der Lieser sowie eine Stadtkarte rund um Wittlich fehlten.

Der Gedanke, dass ihre mittelalterlichen Schützlinge sich mit ihrer widerspenstigen Stute auf den Weg zum ehemaligen Familiensitz der Edelfreien von Breydenbach aufgemacht hatten, ließ Hannah schaudern. Kopfschüttelnd zog sie sich ihren Mantel über, nahm sich den Autoschlüssel und begab sich in die klirrende Kälte. Der Kerl musste verrückt sein. Weder er noch der Junge hatten wärmende Jacken dabei, ganz zu schweigen davon, dass sie sich im Straßenverkehr während der morgendlichen Rushhour wohl kaum zurechtfinden würden. Geschickt manövrierte Hannah ihren Wagen rückwärts in Richtung Garage und koppelte den Pferdehänger an.

Gero wollte nicht warten, bis irgendein Tom, den er noch nicht einmal kannte, sein Schicksal in die Hand nahm. Er wollte sich selbst davon überzeugen, ob von seiner Welt wirklich nichts mehr übrig geblieben war, und dann würde er sich nach Heisterbach begeben. Vielleicht lag ja dort die Antwort auf all seine Fragen.

Hannah hatte ihm erlaubt, ihr Pferd zu reiten, auch wenn sie es missbilligen würde, dass er sich eigenmächtig von ihrem Haus entfernte. Und obwohl sie so freundlich war und ihr Anblick ihn mehr als erfreute, als ihm lieb war, wollte er ihr nicht länger zur Last fallen. Wenn er und Matthäus es schaffen sollten, das Kloster von Heisterbach zu erreichen, könnte er dort vielleicht um Aufnahme bitten – und damit den letzten Schritt vollziehen, um die Geschichte des Cäsarius endgültig aus dem Reich der Legenden zu verbannen.

Die Stute war zutraulicher als erwartet. Instinktiv spürte sie wohl, dass jemand auf ihrem Rücken saß, der wusste, wie man mit ihr umzugehen hatte. Brav trottete sie im Halbdunkel über die Feldwege, auf die sie nach dem Verlassen des Waldes eingebogen waren. Matthäus hingegen hatte leisen Protest eingelegt, als Gero ihn angewiesen hatte, lautlos seine alte Kleidung anzuziehen und ihm in den Stall zu folgen. Schlotternd vor Kälte hatte er auf dem breiten Pferderücken hinter Gero Platz genommen und sich schutzsuchend an ihn geschmiegt. Sein Herr indes gab sich allergrößte Mühe, nicht ängstlich zu wirken, obwohl ihn die vielen umherirrenden Lichter und die fremden Geräusche irritierten. Ab und an erlaubte sich Gero einen Blick gen Himmel, der zusehends heller wurde. Hauptsache, die großen, dröhnenden Vögel ließen sich nicht blicken. Dank der Karten wusste er ungefähr, wohin er wollte. Auch wenn es hier absolut anders aussah als zu seiner Zeit. Flüsse, Ebenen und Hügel waren schließlich gleich geblieben. Unterwegs musste er feststellen, dass es nicht ratsam war, querfeldein zu reiten, weil man die meisten Weiden mit einem dornenartigen Eisenzaun eingefriedet hatte.

Die glatten Steinstraßen, die er hier zum ersten Mal in seinem Leben sah, vermied er, da sich dort die rasend schnellen Wagen ohne Pferde fortbewegten.

Nach knapp zwei Stunden erreichte er das Liesertal. Wenigstens der breite Bach rauschte noch genauso dahin, wie er es aus seiner Erinnerung kannte. Mit beklommenem Herzen wandte er sich den Hügel hinauf, der zur Burg seiner Vorfahren führte. Nach allem, was er bisher gesehen hatte, schwante ihm, dass es der Wahrheit entsprach, was Hannah gesagt hatte. Wenn wirklich siebenhundert Jahre vergangen waren, seitdem er das letzte Mal diesen Weg hinauf geritten war, konnte seine Familie nicht mehr am Leben sein. Doch was würde ihn stattdessen erwarten? Er straffte die Zügel und schaute auf seine gepanzerten Lederhandschuhe. Darunter verborgen, am Ringfinger seiner rechten Hand, befand sich der Siegelring, den sein Vater eigens für ihn hatte anfertigen lassen.

Unvermittelt spürte Gero, wie die Stute anfing zu tänzeln. Irgendetwas musste sie beunruhigt haben. Der Templer starrte ins Unterholz. Mit einem Mal begann ein fürchterliches Gekläffe. Das Pferd erschrak so heftig, dass es hochstieg. Matthäus schaffte es gerade noch, seinen Griff zu verstärken, um nicht abgeworfen zu werden. Aus dem dichten Nebel schälte sich eine dunkelgrün gekleidete Gestalt. Der Mann, mit einem grünen, breitkrempigen Hut auf dem Kopf und einem merkwürdigen Stock auf dem Rücken, sah ihn griesgrämig an. Der kleine Dachshund, dem das störende Gebell zu verdanken war, zerrte wie tollwütig an einer ledernen Leine.

Gero schaffte es, das Pferd zu beruhigen, und legte seine Hand vorsichtshalber an den Messergürtel.

»Hier ist kein Reitweg!«, rief ihm der Grünrock unfreundlich entgegen. Die Sprache des Mannes war ebenso seltsam wie die von Hannah, doch wenn Gero sich konzentrierte, konnte er das meiste verstehen.

»Aus dem Weg, Mann!«, knurrte er, weil er nicht schätzte, sich auch noch auf dem eigenen Grund und Boden belehren zu lassen. Er schnalzte mit der Zunge und gab der Stute mit einem leichten Tritt in die Flanken zu verstehen, dass sie ihren Weg fortsetzen sollte.

»Sie steigen jetzt sofort ab und nennen mir Ihren Namen und Ihre Adresse. Ich werde Sie anzeigen«, rief der Grünrock, als er bemerkte, dass sein Einwand nicht gehört wurde.

Gero entschloss sich, dem Mann einfach keine Beachtung zu schenken, doch plötzlich zerrte der aufgebrachte Kerl an seinem linken Bein.

Blitzschnell zog der Templer seinen Hirschfänger und packte den Kontrahenten am Kragen. Erbarmungslos hielt er ihm die Klinge an die Kehle.

»Das hier«, zischte er düster, »ist der Grund und Boden der Edelfreien von Breydenbach. Wenn dir dein Leben lieb ist, wirst du augenblicklich schweigen und sehen, dass du das Weite suchst!« Er bedachte den Mann mit einem durchdringenden Blick, der seine drohende Wirkung nicht verfehlte. Selbst der Hund hatte seinen Schwanz eingezogen und versteckte sich winselnd hinter den Füßen seines Herrn.

Gero stieß den Kerl mit einem verächtlichen Schnauben zurück und steckte das Messer in die Scheide. Dann setzte er seinen Weg ungerührt fort.

Gegen neun Uhr bog Hannah mit ihrem Wagen in einen Schotterweg ab. Zwischen hohen Bäumen, die nach und nach ihre Blätter verloren, fuhr sie eine Auffahrt zu einem unbefestigten, verlassenen Parkplatz hinauf. Noch in der Zufahrt stand ein Hinweisschild für Wanderer. *Breidenburgweg – Route 23.*

Dass sie mit ihrem Focus und dem wuchtigen Anhänger einen Wirtschaftsweg versperrte, interessierte sie im Augenblick herzlich wenig.

Während sie gedankenverloren die Wagentür ins Schloss fallen ließ, richtete sie ihren suchenden Blick in den nebligen Wald. Weit und breit war niemand zu sehen, und außer dem harten Gekrächze von ein paar Krähen war nichts zu hören. Die Stille und die kahle Silhouette der schemenhaft aufragenden Eichen sorgten für eine unheimliche Kulisse. Frierend zog sie die Schultern hoch und machte sich auf den Weg zur Burgruine.

Der Templer war fast an seinem Ziel angelangt.

»Was machen wir hier?«, fragte Matthäus, der sich immer noch an ihn schmiegte.

»Ich weiß es noch nicht«, sagte Gero ehrlich. Langsam beschlich ihn der Verdacht, dass es keine gute Idee gewesen war, nicht auf Hannahs Rat zu hören, sondern einfach so loszureiten.

Früher konnte man die Burg zu dieser Jahreszeit von hier aus nicht nur sehen, sondern auch riechen. Der Geruch von brennendem Holz, das zum Heizen und Räuchern genutzt wurde, war bis an die Lieser hinuntergezogen. Damals hatte es hier nur so von Knechten und Mägden gewimmelt, von Fuhrwerken und fahrenden Händlern, die diesen Weg nicht nur genutzt hatten, um zur Breidenburg zu gelangen, sondern auch um die Feste der Herren von Manderscheid zu erreichen.

Eine tief hängende Wolke hatte den unwirtlichen Ort zusätzlich in undurchdringlichen Nebel gehüllt. Deshalb war Gero umso erschrockener, als plötzlich eine Mauer vor ihm auftauchte.

Wie versteinert saß er im Sattel und sagte kein Wort.

»Sind wir angekommen?«, fragte Matthäus aus reiner Hilflosigkeit.

»Bleib bei der Stute!«, antwortete Gero schroff und sprang ab.

Der Junge sah seinen Herrn ratlos an und glitt ebenfalls mit einer fließenden Bewegung vom Pferderücken. Er packte die Zügel des Tieres und ließ sich auf einem umgestürzten Baumstamm nieder. Ihm war anzusehen, dass er am liebsten losgeheult hätte. Doch Gero achtete nicht auf ihn und marschierte davon.

Atemlos betrachtete der Templer das, was einmal seine Heimat gewesen war.

»Lieber Gott – lass es nicht wahr sein«, murmelte er beim Anblick der spärlichen Überreste des ehemals stolzen Adelssitzes. Der Boden schwankte und drohte unter seinen Füßen aufzubrechen und ihn zu verschlingen. Mit beiden Händen nahm er einen der umher liegenden Felsbrocken auf und warf ihn voller Verzweiflung gegen einen Mauerrest. Wie ein Geschoss schlug der schwere Brocken auf und löste mehrere kleine Steine aus dem uralten Wall, die geräuschvoll zu Boden fielen.

Irgendwo polterte es. Hannah blieb stehen und sah sich suchend um. Sie kannte die Burgruine seit Kindertagen. Mauerreste aus rotem Sandstein und Grauschiefer, die nicht den Eindruck vermittelten, dass hier einmal ein hochherrschaftliches Anwesen gestanden hatte. Ein romantischer Ort mit einer zauberhaften Aussicht, der unter den vielen Touristen, die im Sommer diese Region bevölkerten, um die nahe gelegene, recht gut erhaltenen Burg Manderscheid zu besuchen, mehr und mehr zum Geheimtipp avancierte. Die Geschichte der Breidenburg lag weitgehend im Dunkeln. Niemand schien etwas über das Rittergeschlecht zu wissen, das hier einmal gelebt hatte.

Unruhig eilte Hannah weiter. Plötzlich tauchte ihre Stute Mona vor ihr auf, und neben dem Pferd, auf einem Baumstamm kauerte Matthäus und starrte sie an, als wäre sie eine überirdische Erscheinung. Rasch zog sie ihren Mantel aus und hüllte den zitternden Jungen darin ein.

»Warte hier, ich bin gleich zurück«, sagte sie und stolperte durch den Nebel über Steine und Felsvorsprünge.

Breitbeinig stand Gero vor dem gähnenden Abgrund und stützte sich an einer schmalen Birke ab, den Oberkörper leicht nach vorn gebeugt.

Hannah entfuhr ein Seufzer der Erleichterung. »Gero? Geht es dir gut?«

Erschrocken wankte der Templer herum.

Hannah konnte sehen, dass er geweint hatte, und trotzdem lag Hoffnung in seinem Blick, als er aufschaute. Langsam ging sie auf ihn zu.

Ohne zu überlegen, bot sie ihm ein Papiertaschentuch an. »Hier – damit kannst du dir das Gesicht abwischen oder dir die Nase putzen – wenn du willst.«

Zögernd nahm er ihr Angebot an und fuhr sich in einer verlegenen Geste über die rotgeränderten Augen, dabei zog er geräuschvoll die Nase hoch.

»Sollen wir uns einen Moment setzen?«

»Nein.«

»Gero …«, begann sie vorsichtig. »Ich meine es …«

»Ist schon gut«, fiel er ihr ins Wort. »Ich wollte es nicht glauben … dich trifft keine Schuld. Im Gegenteil, es ehrt dich, dass du genau wusstest, was mich hier oben erwartet und es vor mir verbergen wolltest. Aber über kurz oder lang hätte es mich sowieso hierhin gezogen. Das ist doch verständlich, oder? Bist du mir böse?«

»Warum sollte ich dir böse sein?« Hannah sah ihn verständnislos an.

»Weil ich nicht auf deinen Rat gehört und dein Pferd genommen habe?«

»Nein, wo denkst du hin?«

Gero war versucht, dankbar ihre Hand zu berühren, zog sie jedoch zurück.

»Was hättest du getan, wenn ich dich nicht gefunden hätte?«

»Ich weiß es nicht«, sagte er. »Sag, auch wenn die Burg nicht mehr steht, gibt es die Abtei in Heisterbach noch?«

Hannah kannte die achthundert Jahre alte Klosterruine aus ihrer Zeit in Bonn.

Von deren einst monumentaler Kirche war nicht viel übrig geblieben. Nichts erinnerte mehr an das grandiose Zisterzienserkloster, das Heisterbach einmal gewesen war. Nein, dort lebten zwar noch ein paar Nonnen, aber Hannah glaubte kaum, dass deren Anwesenheit Gero zufrieden stellen würde.

»Von Heisterbach ist auch nicht mehr viel übrig«, antwortete sie vorsichtig.

»Was bedeutet, nicht mehr viel übrig?« Geros Stimme zitterte.

»Nun ja«, begann Hannah. »Es ist eine Ruine, nur die Apsis steht noch.«

Er kniff die Lippen zusammen und nickte stumm.

»Möchtest du, dass ich mit dir und dem Jungen nach Heisterbach fahre?«

»Vielleicht morgen«, sagte er und atmete tief durch. »Wenn das Wetter aufklart und ich mich von diesem Übel erholt habe.«

In einer unbedachten Geste legte er ihr die Hand in den Rücken und schob sie in Richtung des ehemaligen Burgtors.

Hannah spürte in der lausigen Kälte, die sie umgab, für einen Augenblick die Wärme zwischen ihren Schulterblättern wie ein knisterndes Feuer.

Der Junge sprang auf und rannte ihnen erleichtert entgegen, als er sah, wie Hannah und sein Herr hinter einem der Mauerreste auftauchten.

Gero schien einigermaßen überrascht, dass der Junge in einem spontanen Gefühlsausbruch Hannah umarmte und nicht ihn. Erst als Matthäus sich von ihr löste, fiel Gero offenbar auf, dass sein Knappe ihren Mantel trug.

»Ich war ein Narr, dass ich nicht auf dich gehört habe«, sagte er mit Blick auf den zitternden Jungen. »Ich bin froh, dass du uns gefolgt bist.«

»War doch selbstverständlich.« Hannah schenkte ihm ein verständnisvolles Lächeln.

»Ist dir kalt?«, fragte er sie überflüssigerweise. Rasch löste er den Messergürtel und schlüpfte aus seinem Mantel. Wie eine Pferdedecke legte er ihr seine Chlamys um die Schultern und verhakte die metallene Schließe. Dankbar spürte sie seine Wärme, die das archaische Kleidungsstück in sich trug. Eigentlich hätte der Wollstoff vollkommen durchnässt sein müssen, aber er war so dicht gewebt, dass dem Mantel selbst ein Dauerregen so schnell nichts anhaben konnte. Verstohlen spähte sie auf das rote Kreuz, das ihre linke Brust unübersehbar zierte. Das Gewand der Templer reichte ihr beinahe bis zu den Füßen.

Ein merkwürdiges Gefühl, dachte sie. Gleichzeitig wurde sie von einer seltsamen Unruhe erfasst. »Komm lass uns gehen«, sagte sie leise und wandte sich um.

»Wem gehört dieses Land heutzutage?«, fragte Gero, nachdem er die Zügel der Stute in die Hand genommen und er Matthäus auf Monas Rücken gesetzt hatte. »Ich meine jetzt, wo meine Familie nicht mehr existiert?«

»Keine Ahnung«, antwortete Hannah. »Dem Land Rheinland-Pfalz oder dem Erzbistum Trier? Ich weiß es nicht.«

»Also den Erzbischof von Trier gibt es noch?« Sein Blick war hoffnungsvoll.

»Ja, der jetzige ist seit drei Jahren im Amt«, antwortete sie, froh darüber, Gero wenigstens etwas präsentieren zu können, was ihm bekannt vorkam.

»Ist er ein mächtiger Mann?«

»Na ja, er ist halt der Erzbischof, aber zu bestimmen hat er nicht viel, jedenfalls nicht so, wie es in deiner Zeit üblich war. Er kann froh sein, wenn ihm nicht alle Gläubigen davonlaufen.«

Gero blieb stehen und sah sie erstaunt an. »Seither scheint sich einiges geändert zu haben«, bemerkte er mit einem lakonischen Schulterzucken.

Hannah zögerte einen Moment, bevor sie sprach. »Wir müssen einen anderen Weg nehmen. Ich habe einen Anhänger dabei, mit dem wir das Pferd transportieren können.«

»Ich habe es hierher gebracht, also kann ich es auch zurückführen«, entgegnete Gero störrisch.

»Das glaube ich dir gerne«, beeilte sich Hannah zu sagen. Keinesfalls durfte er den Eindruck gewinnen, dass sie ihn für unfähig hielt, zu ihrem Haus zurückzufinden. »Aber es ist besser, wenn euch niemand sieht. Wir müssen uns vorsehen. Toms Leute sind hinter euch her. Sie würden dir und dem Jungen die Freiheit nehmen und …«

»Freiheit …«, sagte Gero und lachte abfällig. »Kann man etwas verlieren, was man nicht hat? Dieser Tom und sein Meister sollten mir lieber nicht unter die Augen treten«, knurrte er gefährlich leise, »falls doch, werde ich ihnen eigenhändig das Genick brechen.«

»Es war nicht Toms Absicht, euch eurem gewohnten Leben zu entreißen«, entgegnete Hannah fest. »Er hat den Verdacht, dass sein Meister die Schuld trägt.«

Gero legte seine Stirn in ungeduldige Falten. »Und wer sorgt dann dafür, dass wir wieder nach Hause kommen? Toms Meister?«

»Im Augenblick niemand«, erwiderte sie zaghaft. »Die Maschine, die Tom und sein Meister benutzen, ist zerstört. Bis zu eurem Erscheinen ist es niemals zuvor gelungen, einen Menschen aus der Vergangenheit zu holen.«

»Soll das etwa heißen, dass wir hier solange festsitzen, bis uns der Tod erlöst?«

Gero machte ein entsetztes Gesicht. »Schlimm genug, dass siebenhundert Jahre vergangen sind und Gott der Herr sich immer noch nicht entschließen konnte, den Jüngsten Tag einzuläuten. Weißt du, was es bedeutet, wenn man keine Aussicht darauf hat, die Menschen, die man liebt, jemals wieder zu sehen, weder auf Erden noch im Paradies?«

Hannah schluckte und sah ihn von der Seite her an. Das Pferd am Zügel, überholte er sie mit ausladenden Schritten, so dass sie Mühe hatte, mithalten zu können.

Versehentlich waren sie in die falsche Richtung gelaufen und befanden sich nun ein gutes Stück unterhalb der eigentlichen Burg, wo die eindrucksvollen, noch vorhandenen Fundamente des alten Mauerwerks mit dem Felsen verschmolzen.

»Bei allen Heiligen!«, entfuhr es ihm.

Hannah folgte ihm, während Gero zielstrebig davoneilte. An der Stelle, wo er stehen blieb, waren kleine Bäume und Schößlinge rücksichtslos abgeknickt worden, und aufragende Klettergewächse hatte man großflächig heruntergerissen. Irgendjemand hatte sich mit schwerem Gerät am steinigen Untergrund zu schaffen gemacht und ein tiefes Loch gebuddelt.

Der größte Teil der Ausgrabung war wieder zugeschüttet worden, aber am Rande eines kleinen Kraters, der die Fundamente der Außenmauer freigelegt hatte, war ein Loch von einem Meter Durchmesser verblieben. Hastig band Gero die Zügel der Stute an einen Ast. Noch bevor Hannah einen Einwand vorbringen konnte, hatte er sich auf den Boden gekniet und war kopfüber in dem Loch verschwunden. Hannah überlegte kurz. Sie rannte zurück zu Matthäus, der sie erstaunt anschaute, und kramte ein Feuerzeug aus ihrer Manteltasche. Dann entledigte sie sich des Templermantels und lief zurück zur Mauer. Als sie das Innere des Gewölbes erreichte, mussten sich ihre Augen erst an die Dunkelheit gewöhnen. Es roch vermodert, und im kargen Licht, das durch den Einstieg herein fiel, konnte sie nur mühsam erkennen, wo sie sich befand. Die Flamme ihres Feuerzeugs erhellte den vielleicht dreißig Quadratmeter großen Raum nur spärlich. Die unterirdischen Gewölbe waren so niedrig, dass Gero beinahe mit dem Kopf an die Decke stieß. In die Felswände waren Nischen eingemeißelt, in denen sich steinerne Särge befanden. Vielleicht waren es acht oder zehn, und im Halbdunkel konnte man nicht erkennen, ob sich weiter hinten noch andere befanden. Hannah verspürte wenig Lust, es herauszufinden.

Ein Stück weit von ihr entfernt stand Gero und drehte ihr den Rücken zu. Er blickte regungslos auf den Boden. Vor ihm klaffte eine Öffnung unter einer zur Seite geschobenen, schweren Steinplatte. Eine Treppe führte hinab in eine Gruft.

Als sie an ihn herantrat, glaubte sie zu spüren, dass etwas nicht in Ordnung war.

Vorsichtig leuchtete sie die steinerne Vertiefung aus.

»Was ist?«, fragte sie ängstlich. »Kanntest du etwa jemanden von denen, die hier bestattet wurden?« Als der Templer nicht antwortete, warf sie einen vorsichtigen Blick auf den verwitterten Steinsarkophag. Frische Schleifspuren auf Höhe des schweren Deckels ließen vermuten, dass er erst vor kurzem geöffnet und dann unsachgemäß wieder verschlossen worden war.

»Meine Frau«, antwortete er so leise, dass sie ihn kaum verstand.

Hannah sah ihn betroffen an. »Deine Frau? Du bist verheiratet? Ich dachte, du seiest ein Tempelritter?«

Er wandte sich zu ihr um. »Sie ist gestorben, bevor ich dem Orden beigetreten bin.«

»Das tut mir leid«, flüsterte Hannah aufrichtig.

Plötzlich wurde es ihr zu eng an diesem düsteren Ort, und sie gab ihrem Bedürfnis nach, hastig ins Freie zu klettern. Auf Knien rutschte sie durch die schmale Öffnung, ohne darauf zu achten, dass sie sich schmutzig machte und sich die Hände an spitzen Steinen aufriss.

Draußen lehnte sie sich keuchend an das brüchige Fundament. Ihr Hals war wie zugeschnürt. Natürlich ahnte sie längst, was es bedeutete, so plötzlich in eine andere Zeit verschlagen zu werden, aber es war ein Unterschied, ob man sich mit vermoderten Steinen konfrontierte oder mit Gräbern, zu deren trostlosem Anblick eine überaus lebendige Geschichte gehörte. Es dauerte einige Minuten, bis Gero unvermittelt neben ihr auftauchte.

»Was ist?«, fragte er herausfordernd. »Hattest du gedacht, ich hätte kein eigenes Leben gehabt, da wo ich herkomme?« Er schnaubte verächtlich.

Hannah sah ihn flehend an. »Was mich betrifft, so werde ich alles in meiner Macht stehenden tun, um dir und Matthäus zu helfen.«

»Ich weiß«, entgegnete er barsch. Dann trat er einen Schritt zurück, um sie zu mustern. »Aber du kannst nicht besonders viel zu unserer Rückkehr beitragen, habe ich recht?«

Resigniert schaute Hannah auf die alten Mauern. »Weißt du, ich finde es merkwürdig, dass hier mitten im Herbst gebuddelt wird und niemand davon erfährt, dass man eine Grabkammer gefunden hat. Mein Gefühl sagt mir, dass da etwas nicht stimmt.«

»Weißt du«, äffte er sie nach. »Ich halte es für ziemlich verwerflich, wenn überhaupt jemand die Gräber von Verstorbenen schändet ... zu welcher Jahreszeit auch immer.«

Hannah seufzte und biss sich ratlos auf die Unterlippe.

»Ruhig, Mädchen«, sagte Gero und tätschelte der Stute den Hals, als sie unversehens scheute. Auf Hannahs Bitte hin führte er das Tier unter beruhigenden Worten in den Anhänger. Dann half er ihr, die schwere Klappe zu schließen.

»Macht es dir etwas aus, wenn du dein Kettenhemd und den Wappenrock auszieht?«

»Warum?«, fragte er ungehalten.

»Weil es hier nicht üblich ist, sich so zu kleiden.« Sie hielt ihm eine schwarze Jacke von Jack Wolfskin entgegen, die einmal ihrem Vater gehört hatte. Ohne Kommentar, jedoch mit verachtungsvoller Miene zog er sich den Wappenrock über den Kopf und löste umständlich einige Lederriemen an seinem Kettenhemd.

Nachdem Hannah seine Sachen entgegengenommen hatte, schlüpfte er in die schwarze Jacke, die ihm, wie erwartet, gut zu Gesicht stand und seine ohnehin breiten Schultern noch eindrucksvoller erscheinen ließ.

General Lafour hatte Jack Tanner, einen langjährigen Agenten der NSA, zum Ermittlungsführer in der Angelegenheit Himmerod bestimmt. Jack war eigens aus Maryland eingeflogen, da er eine Zeitlang als Marine-Soldat in Deutschland verbracht hatte und dabei nicht nur die deutsche Sprache gelernt, sondern auch die Örtlichkeiten zwischen Bitburg und Frankfurt kennen gelernt hatte. Sein Aussehen verkörperte, was man sich landläufig unter einem Agenten der NSA vorstellte: sportlich durchtrainiert, neugieriger, durchdringender Blick, schwindendes Haupthaar, kurz geschoren zu einem Bürstenschnitt; der Gang immer ein bisschen federnd und ein wenig zu selbstbewusst.

Mit großen Schritten durchquerte Tanner das hastig eingerichtete Ermittlungsbüro im Kellergeschoss des Verwaltungskomplexes der Anlage »Himmerod«, einem hermetisch abgeschirmten Teil der US Air Base Spangdahlem. Insgesamt acht Innendienstmitarbeiter und zwanzig Observationskräfte unterstützten ihn in seinem Bemühen, Licht in die Hintergründe des Unfalls zu bringen, der sich am vergangenen Samstag auf dem Forschungsgelände unter noch ungeklärten Umständen ereignet hatte. Nicht nur, dass er rund um die Uhr Doktor Stevendahl und dessen Kollegen Paul Colbach beschatten ließ, auch die Suche nach dem vermeintlichen Mann, den die beiden angeblich aus einer siebenhundert Jahre zurückliegenden Vergangenheit transferiert hatten, beschäftigte ihn bis zu siebzehn Stunden am Tag. Dabei war Tanner alles andere als überzeugt von der Theorie, dass es gelungen sein sollte, ein menschliches Wesen aus einer anderen Zeit zu holen. Die Aussagen von Stevendahl und Colbach, dass so etwas noch nicht möglich sei, erschienen ihm schlüssig, und Professor Doktor Hagen, der technische Leiter der Anlage, der seinen Mitarbeitern vehement misstraute, kam ihm in seiner hektischen, manchmal unüberlegten Art ohnehin recht seltsam vor. Außerdem wurde der Agent das Gefühl nicht los, dass Hagen etwas verschwieg.

»Jack?« Die Stimme kam aus dem Hintergrund, von einem der eiligst installierten Rechner. Tanner drehte sich um.

Mike Taplelton, vierzig, dunkelhaarig und ein wenig korpulent, war von seinem Bürostuhl aufgestanden und winkte Tanner zu sich heran. »Ich glaube, ich habe da was«, sagte er mit einem leicht triumphierenden Ausdruck in den braunen Augen.

Tanner ging zögernd auf seinen Kollegen zu. Bis jetzt waren die Ermittlungsergebnisse eher dürftig gewesen. Stevendahl und Colbach hockten in Colbachs Apartment in Vianden und rührten sich kaum von der Stelle. Zweimal hatten sie telefoniert, aus verschiedenen Telefonzellen, die nicht vorher zu bestimmen gewesen waren. Und in der Wohnung unterhielten sie sich nur über Belanglosigkeiten. Allerdings durfte Colbach nicht unterschätzt werden. Er war Spezialist für den Einsatz von Quantencomputern. Für ihn war es ein leichtes, sich in Dateien aller bekannten Systeme einzuhacken. Möglicherweise war er sogar in der Lage, sich Zugang zu den Ermittlungsdateien der NSA zu verschaffen, und wusste um ihre Überwachung.

»Was gibt's denn?«, fragte Jack.

»Ich habe mich in die Polizeidateien des Landes Rheinland-Pfalz eingeklinkt – und siehe da ... heute Vormittag gab es eine Anzeige. Ein Ranger hat angegeben, dass ihm im Wald unterhalb der Burg, die wir gestern noch untersucht haben, ein Typ auf einem ziemlich großen Pferd begegnet ist. Hatte noch einen Jungen dabei.«

»Und?«, fragte Jack ungeduldig. »Finde ich nicht so bedeutsam.«

»Wart's doch ab«, erwiderte Mike beleidigt. »Der Kerl trug einen weißen Umhang mit einem roten Kreuz darauf, und ... er war offensichtlich auf dem Weg zu unserer Burg. Er hat dem zuständigen Ranger ein riesiges Messer an die Kehle gehalten und behauptet, der Grund und Boden, auf dem er sich befinde, gehöre den Edelfreien von Breydenbach und er solle verschwinden, wenn ihm sein Leben lieb sei.«

»Hast du die Information schon an Colonel Pelham gegeben?«

»Nein, bisher noch nicht.«

»Schick die Jungs hin! Sie sollen die Gegend absuchen. Vielleicht sind die beiden noch dort. Aber sie sollen sich vorsehen. Der Kerl könnte gefährlich sein.«

»Denkst du, es sind die beiden, die womöglich transferiert wurden?« Mike griff zum Telefon und wählte eine Nummer, während er seinen Blick wieder auf Jack Tanner richtete.

»Kein Ahnung«, murmelte Jack abwesend. Dann schaute er plötzlich auf.

»Habt Ihr schon die Ergebnisse der DNA-Analyse von Stevendahls Wagen mit den Ergebnissen aus den Katakomben der Burg und des Blutes, das an dem Schwert klebte, vergleichen können?«

Mike blieb ihm die Antwort schuldig, weil sich am anderen Ende der Leitung jemand meldete.

Hannah half Matthäus, sich anzuschnallen, und ignorierte Geros unsicheren Blick, als sie das Auto startete. Langsam rollte der Wagen den Feldweg hinauf. Hannah konnte die asphaltierte Hauptstraße bereits ausmachen, als ihr unversehens ein silbergrauer BMW den Weg versperrte. Zwei Männer sprangen aus dem hastig am Straßenrand geparkten Gefährt und eilten gestikulierend auf sie zu. In einem Reflex griff sie nach hinten und riss Geros Templerumhang vom Rücksitz, um ihn unter dem Beifahrersitz zu verstauen.

»Kein Wort«, zischte sie, als die beiden Männer näher kamen. Dann sicherte sie die Türen und öffnete ihr Fenster.

»Ja?«, fragte sie lauernd.

»Entschuldigen Sie die Störung.« Der kleinere von beiden hatte einen unzweifelhaft amerikanischen Akzent. »Wir suchen einen Mann auf einem Pferd, der ein Ritterkostüm trägt.«

Hannah wagte es nicht, den Blick abzuwenden. »Ein Ritterkostüm?«, fragte sie betont ungläubig.

»Ist ein Freund von uns«, erklärte der Mann lächelnd. »Er gehört zu einer Truppe von Reenactors, die hier ganz in der Nähe ein Lager aufgeschlagen haben. Ritterspiele. Schon mal was davon gehört?«

Hannah schüttelte den Kopf. Mit Herzklopfen verfolgte sie, dass der andere Mann den Wagen samt Hänger aufmerksam beobachtete und auch Gero und den Jungen regelrecht abscannte.

»Tut mir leid«, sagte sie kurz angebunden. »Für so etwas haben wir keine Zeit. Wir sind auf dem Weg zum Tierarzt. Wenn sie uns jetzt bitte Platz machen würden.«

»Nichts für ungut«, sagte der Kleinere und hob zu einem Gruß die Hand.

»Was wollten die Kerle?«, fragte Gero, dem nicht entgangen war, dass Hannah kreidebleich geworden war.

»Ich weiß es nicht«, sagte sie ehrlich, während sie auf die Straße abbog. »Hat euch jemand auf eurem Weg zur Burg angesprochen, oder ist etwas Besonderes vorgefallen?«

»Da war so ein seltsamer Kerl mit einem Stock und einem Hund«, erklärte Matthäus, weil Gero offenbar nicht antworten wollte.

»Und?« Hannah schaltete ungeduldig in den falschen Gang, so dass der Motor protestierend aufheulte und Gero erschrocken zusammenfuhr.

»Mein Herr hat ihm angedroht, dass er ihn tötet, wenn er nicht das Weite sucht«, führte Matthäus treuherzig aus.

»Du hast was?« Hannahs Kopf schnellte in Geros Richtung, und gleichzeitig riss sie ungewollt das Steuer herum. Fast hätte sie die Gewalt über den Wagen verloren.

»Du wirst uns noch töten!«, rief Gero, während er seine Finger krampfhaft in den Sitz krallte. Rasch lenkte Hannah gegen und stoppte den Wagen für einen Moment.

»Ich will jetzt wissen, was genau vorgefallen ist«, erklärte sie mit fester Stimme.

»Da war ein Mann«, stieß Gero nervös hervor. »Er wollte mir auf dem Boden meiner Familie vorschreiben, welchen Weg ich zu nehmen habe. Du wirst verstehen, dass ich mir das nicht gefallen lassen konnte.«

Hannah seufzte. »Wahrscheinlich ist der Typ schnurstracks zur Polizei gelaufen. Und jetzt suchen sie einen Mann in einem Templergewand, der unschuldige Spaziergänger bedroht.« Sie schüttelte den Kopf. »Ich frage mich nur, ob es vielleicht Toms Amerikaner waren, die uns eben angehalten haben.«

Auch auf der weiteren Fahrt blickte Gero starr vor sich hin und hüllte sich in eisernes Schweigen. Nachdem Hannah den Wagen vor ihrem Haus geparkt hatte, führte er die Stute ohne ein Wort aus dem

Hänger zurück in den Stall und versorgte sie mit Wasser und Heu. Unterdessen bereitete Hannah dem völlig durchgefrorenen Matthäus ein Bad. Anschließend steckte sie ihn ins Bett und setzte sich neben ihn.

Der Junge rührte sich kaum. Er fühlte sich matt, und seine Stirn glühte.

Bald darauf erschien Gero, um nach seinem Knappen zu sehen. Er hatte sich seiner durchnässten Kleidung entledigt und war in den schwarzen Jogginganzug geschlüpft.

»Er hat die Hitze«, sagte Gero leise, während er dem Jungen prüfend die Hand auf Stirn und Wangen legte. »Wir müssen ihm einen Sud mit Heilkräutern bereiten. Kennst du dich damit aus?«

Hannah bemerkte die Unruhe in seinen Augen. Sie stand auf und bot ihm ihren Platz an der Seite des Jungen an.

»Mach dir keine Sorgen«, sagte sie zuversichtlich. »Das wird schon wieder. Zur Sicherheit rufe ich meine Freundin an. Sie ist Ärztin.«

»Keinen Arzt«, sagte er abweisend. »Die machen einen Kranken oft noch siechender, als er ohnehin schon ist.«

»Meine Freundin ist sehr tüchtig«, versuchte Hannah ihn zu beruhigen. »Außerdem hat sich in den letzten siebenhundert Jahren in Sachen Medizin einiges getan. Sie wird ihm eine Arznei verordnen, und dann geht es ihm morgen schon wieder besser.«

Zwanzig Minuten später stand Senta im Zimmer. Sie kannte Matthäus ja bereits, und auch Gero, dessen Bewusstlosigkeit sie zu seiner Einweisung ins Krankenhaus veranlasst hatte, war ihr kein Unbekannter. Allerdings war sie erstaunt darüber, dass die Ärzte seiner frühen Entlassung zugestimmt hatten.

Gero erinnerte sich nicht an die Frau und reagierte zurückhaltend auf ihre Begrüßung. Er stand auf und verbeugte sich leicht, während er es tunlichst vermied, ihr die Hand zu geben.

»Na, dann lass mich mal schauen«, sagte Senta. Sacht schlug sie die Decke zurück und schob das Shirt in die Höhe, so dass sie den blassen Bauch des Jungen abtasten konnte. Dann steckte sie ihm vorsichtig ein Fieberthermometer ins Ohr.

»Vierzig drei« murmelte sie. »Da bahnt sich was an.«

Hannah beobachtete, wie Gero das Vorgehen der Ärztin mit angespanntem Blick verfolgte. Der Junge ließ die gesamte Prozedur ohne

Einwand über sich ergehen. Nachdem sie ihn dazu aufgefordert hatte, sperrte er mit einem lang gezogenen »Ah« seinen Mund auf wie ein hungriges Vögelchen.

»Vielleicht wird's eine Mandelentzündung. Könnte aber genauso gut eine beginnende Diphtherie sein. Weißt du, ob der Junge geimpft ist?« Senta wechselte einen Blick von Hannah zu Gero.

»Ich glaube, er ist gegen gar nichts geimpft«, antwortete Hannah zögernd.

»Das sollte dann aber schnellstens nachgeholt werden«, erwiderte Senta mit entschlossener Stimme. »Ich werde ihm ein Antibiotikum verordnen. Dazu muss ich ihm ein wenig Blut abnehmen. Nur so können wir sicher gehen, ob es sich um eine ansteckende Geschichte handelt oder nicht.«

»Also gut, wenn du meinst, dass es notwendig ist«, beschloss Hannah, um die Angelegenheit nicht unnötig hinauszuzögern. »Aber versuche ihm möglichst nicht weh zu tun. Ich weiß nicht, ob ihm schon einmal jemand Blut abgenommen hat.«

Als Senta den schmalen, weißen Arm freilegte, sah sie sich Hilfe suchend um. Matthäus lag mit geschlossenen Augen da und rührte sich nicht. Senta wusste aus Erfahrung, dass die meisten Kinder heftig reagierten, wenn sie den Einstich der Nadel zu spüren bekamen.

»Es wäre wohl besser, wenn ihn jemand festhält«, sagte sie und sah Gero dabei an.

»Ich mache das«, sagte Hannah und setzte sich auf die andere Seite des Bettes, von wo aus sie Matthäus an den Schultern anfasste, um ihn zurückhalten zu können, falls er erschrak oder sich überraschend bewegte. Zuvor strich sie ihm beruhigend übers Haar.

Gero hatte sich die gesamte Zeit kaum bewegt, aber in dem Augenblick, als Senta die Nadel einer Lanzette gleich in den Arm des Jungen stechen wollte, stürzte er auf sie zu. Während er sie zurückreißen wollte, verlor er das Gleichgewicht und begrub sie unter sich.

»Kein Aderlass«, stieß er hervor und fixierte Senta, die nun wie erstarrt unter ihm auf dem Bett lag, mit einem bösartigen Ausdruck in den Augen.

»Sie tut nur ihre Arbeit, Gero, lass sie los!«, rief Hannah entsetzt. Nur widerwillig rappelte er sich hoch und ließ von Senta ab, die sich fast selbst gestochen hätte, wobei sie immer noch die Nadel in ihrer Hand balancierte.

»Kein Aderlass, verstanden!« Seine befehlsgewohnte Stimme ließ keinen Zweifel daran, dass er diese Forderung notfalls mit Gewalt durchsetzen würde.

»Aderlass? Das hört sich ja an wie im Mittelalter. Ich will ihm nur etwas Blut abnehmen, um es untersuchen zu lassen«, rechtfertigte sich Senta, die eher verblüfft als erschrocken auf diesen Überfall reagierte. Kopfschüttelnd entschied sie sich, die Kanüle wieder einzupacken.

Als sie sich von Hannah an der Haustür verabschiedete, drückte sie ihr ein Rezept in die Hand.

»Tut mir leid.« In Hannahs Stimme lag aufrichtiges Bedauern. »Ich konnte nicht wissen, dass er sich so seltsam verhält.«

»Wenn er dich nicht genauso behandelt, habe ich kein Problem damit«, antwortete Senta trocken und lächelte. »Es geht mich ja nichts an, aber sehe ich das richtig … Wohnen die beiden jetzt bei dir?«

»Nur vorübergehend, bis Tom eine Wohnung für seinen Kumpel gefunden hat.« Hannah biss sich auf die Unterlippe.

»Na, dann hast du ja bald wieder Ruhe im Haus.« Senta lächelte mitfühlend, und wurde sogleich wieder ernst. »Wenn irgendetwas mit dem Jungen sein sollte … wenn es ihm schlechter geht oder er das Medikament nicht verträgt, rufst du mich sofort an, ja?«

»Danke«, sagte Hannah und umarmte Senta zum Abschied.

»Kannst du mir erklären, warum du so einen Aufstand veranstaltet hast?«, fauchte sie, nachdem sie zu Gero zurückgekehrt war.

»Es ist uns Templern nicht gestattet, ohne die Erlaubnis unseres Komturs einen Aderlass vornehmen zu lassen. Es schwächt den Kranken mehr, als es ihm hilft«, erwiderte er aufgebracht.

»Du bist hier aber nicht bei den Templern, sondern im einundzwanzigsten Jahrhundert. Und ausnahmsweise könntest du mir einmal vertrauen, wenn ich etwas gut heiße.«

»Wie du meinst«, brummte er und senkte den Blick, als er sich wieder zu Matthäus ans Bett setzte. Es dämmerte bereits, und Hannah entzündete rasch zwei Kerzen, eine auf der Fensterbank und eine auf dem Nachttisch neben dem Bett. Sie hätte auch einfach das Licht einschalten können, aber Gero zuliebe verzichtete sie darauf.

»Ich muss kurz weg«, murmelte sie. »Die Medizin holen.«
Gero nickte nur stumm.
»Warte hier auf mich.«
Langsam wandte er sich um und funkelte sie aus schmalen Lidern an. »Wo sollte ich hingehen?«, fragte er gereizt.
Wortlos verließ sie das Haus.
Wenig später war Matthäus wieder eingeschlafen. Gedankenverloren betrachtete Gero die roten Flecken auf dem ansonsten bleichen Gesicht.
»Verdammt«, murmelte er. Nun bekam der Junge auch noch die Hitze. Geros ältere Schwester war an der Hitze gestorben. Ein elendes Gefühl von Ohnmacht und Trauer übermannte ihn. Still begann er zu beten.
Er war sich nicht darüber im Klaren, was es war, das sein Herz höher schlagen ließ, als Hannah einige Zeit später zurückkehrte und mit einem Becher in der Hand im Zimmer auftauchte.
»Was hast du da?«, fragte er, als sie sich anschickte, Matthäus ihre Arznei zu verabreichen.
»Möchtest du mal riechen?« Sie hielt ihm das rosafarbene Gebräu hin, ohne seine Antwort abzuwarten. Es roch schwach nach Himbeeren und überraschenderweise nach etwas anderem, das ihn unangenehm an eine schlimme Zeit in seinem Leben erinnerte.
»Schimmeltrank«, sagte er und rümpfte die Nase.
»Was?« Hannah sah ihn erstaunt an.
»Es riecht wie die Arznei unseres Einsiedlers. Er hat aus schimmligen Gespinsten giftige Säfte zubereitet, die den Eiter vertreiben sollten.«
»Du willst mir nicht erzählen, dass es bereits Penicillin zu eurer Zeit gab? Soweit ich weiß, wurde dieser Wirkstoff erst Mitte des letzten Jahrhunderts gefunden.«
»Nenne es, wie du willst.« Angeekelt blickte Gero auf den Saft. »Ich weiß nur, dass es scheußlich schmeckt. Ich habe mich immer erbrechen müssen, wenn man es mir eingetrichtert hat.«
Er konnte sich noch gut erinnern, dass er mit dem üblen Gebräu das erste Mal in Zypern in Berührung gekommen war, als seine Schulter vereitert gewesen war. Damals hatte er darum gebettelt, wenigstens ein

Bier oder einen roten Wein hinterher trinken zu dürfen, doch das war ihm verboten worden. Lediglich gesüßtes Zitronenwasser hatte er zu sich nehmen dürfen.

Voller Mitgefühl beobachtete er, wie Matthäus zu sich kam und Hannah ihm den Becher an die Lippen setzte.

»Das wird schon«, sagte sie und strich dem Jungen sanft über die Stirn, nachdem er die Augen wieder geschlossen hatte. Gero hätte gerne die gleiche Zuversicht an den Tag gelegt.

»Kommst du mit nach unten?«, fragte Hannah.

»Nein, ich möchte bei dem Jungen bleiben«, erwiderte er leise.

»Gut«, antwortete sie. »Dann leiste ich dir Gesellschaft. Wenn du nichts dagegen hast?«

Er schüttelte rasch den Kopf und empfand gleichzeitig eine tiefe Dankbarkeit, dass sie ihn nicht alleine ließ.

Kurze Zeit später erschien sie mit zwei Gläsern und einer Flasche Merlot unter dem Arm. In der einen Hand hielt sie einen weiteren Teller mit belegten Brötchen. Sie stellte den Teller auf dem Fußboden ab und sah ihn aufmunternd an.

»Du solltest etwas essen, sonst wirst du auch noch krank.«

Demonstrativ ließ sie sich auf dem Boden nieder, kreuzte die Beine zum Schneidersitz und lehnte sich zurück an die Wand.

»Willst du dich zu mir setzen?«, fragte sie.

Seufzend folgt er ihrer Aufforderung. Schulter an Schulter saßen sie da.

Mit einem unsicheren Lächeln nahm er eines der filigranen Gläser entgegen und beobachtete fasziniert, wie der schimmernde Rotwein beim Eingießen einen tanzenden Strudel erzeugte. Erschöpft schloss er die Augen und genoss die Wärme im Rücken. Er wandte sich halb um und schaute auf die Quelle des Wohlbefindens, einen flachen Kasten, der an die Wand montiert war. In der Burg seiner Eltern hatte es einen grünen Kachelofen gegeben, der bis unter die Decke ragte und ähnlich wärmte, wenn man sich in der kalten Jahreszeit an ihn lehnte.

»Ist das ein Ofen?«

»Ja, so etwas ähnliches«, antwortete Hannah und goss sich selbst auch ein Glas Roten ein. »Im Keller dieses Hauses ist ein Kessel, der eine bestimmte Menge Wasser erhitzt. Es wird durch Rohrleitungen, die im ganzen Haus verlegt sind, in solche metallischen Behälter gepumpt, die sich in jedem Zimmer befinden.«

»Ich glaube, so was gab es bei den Römern, habe ich recht?« Er sah sie fragend an, während er von einem Käsebrötchen abbiss.

Hannah nickte verwundert. »Erzähl mir etwas über deine Familie.«

Gero dachte einen Moment nach, während sein Blick auf ihrem kastanienfarbenen Haar ruhte.

»Die Edelfreien von Breydenbach sind eine weit verstreute Familie. Ein Teil lebte jenseits des Mains. Ein weiterer Teil nördlich von hier, in der Nähe des Rheins und eine anderer Teil dort, wo wir heute waren. Der Erzbischof von Trier hat meinem Vater vor langer Zeit ein Stück Land als Lehen vergeben, unweit des Hemmenroder Klosters. Meine Mutter hatte ihre Wurzeln im Hause derer von Eltz.« Er räusperte sich und wandte seinen Blick in Richtung des schlafenden Jungen.

»War deine Frau krank, bevor sie starb?«, fragte Hannah unvermittelt. Die Gruft ging ihr nicht mehr aus dem Kopf, und vielleicht war der frühe Tod seiner Frau eine Erklärung, warum Gero so ängstlich auf das Fieber des Jungen reagierte.

»Nein. Sie ist bei der Geburt unserer Tochter gestorben. Das Kind war zu groß. Sie konnte es nicht auf dem normalen Weg zur Welt bringen. Wir haben alles versucht. Dann mussten wir sie aufschneiden, damit das Kind wenigstens getauft werden konnte, solange es noch am Leben war.«

Hannah sah Gero entsetzt an. Die Vorstellung, ohne professionelle ärztliche Hilfe auf diese Weise ein Kind auf die Welt zu bringen, erschien ihr barbarisch.

»Hast du wir gesagt?« fragte sie atemlos.

»Ich habe sie gehalten, als die Hebamme zu Werke ging. Ich konnte sie doch nicht alleine lassen.« In seinen Augen schien sich das Grauen widerzuspiegeln. »Es war klar, dass sie sterben würde«, fuhr er tonlos fort. »Spätestens nachdem die Wehen soweit fortgeschritten waren, dass das Kind hätte herauskommen müssen. Zwei Tage hat Elisabeth bis zur Erschöpfung geschrien. Die Hebamme hat versucht, das Kind zu drehen, aber daran lag es nicht. Der Kopf passte nicht durch die Knochen. Am zweiten Abend gab sie meiner Frau ein starkes Mittel, das sie in eine Art Schlaf versetzte. Dann ließ die Hebamme den Priester rufen, und beide erklärten mir, dass sie Elisabeth den Leib aufschneiden müssten, während sie mich eindringlich daran erinnerten, der heilige Augustinus habe uns gelehrt, dass ein Ungeborenes, das vor seiner Geburt ungetauft stirbt, auf ewig in der Hölle schmort. Danach gingen sie zu Werke. Während der Priester für einen Moment hinausstürzte, weil er den Anblick des Blutes nicht ertragen konnte, bat mich die Hebamme flüsternd um Erlaubnis, ob sie Elisabeth, für den Fall, dass sie nicht mehr zu retten war, einen weiteren Schlafschwamm aufs Gesicht drücken dürfe, damit ihr die darin enthaltene Arznei einen schnellen, schmerzlosen Tod bescherte.«

Gero atmete tief durch.

»Ich weiß nicht, woher ich die Kraft genommen habe, all das zu gestatten«, flüsterte er abwesend. »Ich weiß nur, ich habe immerzu auf ein Wunder gehofft … und gebetet, dass sie und das Kind den Eingriff überleben.«

»Aber es hat nicht geholfen, nicht wahr?«, sagte Hannah leise, während sie unablässig seinen Arm streichelte.

»Nein. Das Kind war bereits tot. Stranguliert von der eigenen Nabelschnur, und Elisabeth …« Er blickte auf das leere Glas und räusperte sich, »sie war nicht mehr zu retten.«

Hannah war selbst den Tränen nah und hätte ihn am liebsten in den Arm genommen und getröstet. »Möchtest du noch etwas trinken?«, fragte sie, um ihn auf andere Gedanken zu bringen.

»Ja, gerne.« Gero hob den Kopf und lächelte dankbar. Als sie ihm nachschenkte, sah er ihr forschend in die Augen. Eine Spur zu lange, wie sie empfand. Irritiert wandte sie ihren Blick ab.

»Was ist mit dir?«, fragte er überraschend. »Wo sind *deine* Leute? Ich kann mir nicht vorstellen, dass du hier ganz alleine lebst?«

»Doch«, sagte sie. »Mein Vater ist tot, und meine Mutter ist mit einem Italiener durchgebrannt.«

Erschrocken horchte er auf. »Deine Mutter ist verbrannt?«

»Nein.« Hannah schüttelte schmunzelnd den Kopf. »Sie ist fortgegangen. Nach Australien. Das ist ziemlich weit weg, sozusagen am Ende der Welt. Sie hat einen anderen Mann. Ich habe ewig nichts von ihr gehört. Und Geschwister habe ich keine.«

»Und einen Gemahl hast du auch nicht«, begann er vorsichtig, und ihr Nicken ermutigte ihn, weiter zu forschen. »Denkst du nicht darüber nach, mit wem auch immer, den Ehebund zu schließen? Ohne einen Mann ist das Leben für eine Frau voller Gefahren. Du hast niemanden, der dich schützt, und keinen, der dir die schweren Arbeiten abnimmt. Es sei denn, du verschanzt dich hinter Klostermauern.«

»Nein«, erwiderte sie lächelnd. »Von Männern habe ich eigentlich die Nase voll. Tom war mein letzter Freund, aber er dachte nicht ans Heiraten. Ihm war seine Arbeit wichtiger als eine Ehefrau und Kinder.«

»Ist es hierzulande nicht normal, dass ein ehrenhafter Mann beides hat?«

»Ja doch.« Hannah lächelte wehmütig. »Aber bei Tom war es etwas anderes. Er ist mit seiner Aufgabe verheiratet. Da ist auf die Dauer kein Platz für eine Frau.«

»Wie bei einem Mönchsritter«, sinnierte Gero.

Hannah war sich nicht sicher, wie diese Bemerkung gemeint war.

»Heutzutage gibt es keine Mönchsritter mehr«, erwiderte sie bestimmt und wusste selbst nicht, warum sie so etwas sagte. Wollte sie ihn mit dieser Äußerung überzeugen, dass – wenn es ihm nicht möglich sein würde, in seine Zeit zurückzukehren – er getrost sein Gelübde vergessen konnte?

»Erzähle mir etwas von den deutschen Landen.« Mit einem Mal lag eine kindliche Neugier in seinem Blick. »Es ist sicher sehr viel anders als das Land, das Matthäus und ich zurückgelassen haben.«

»Ja, es hat sich wohl einiges geändert«, antwortete Hannah und fragte sich bereits, wie sie ihm in nachvollziehbarer Weise die Geschichte der letzten siebenhundert Jahre erklären sollte.

Spät in der Nacht, nach einem endlos erscheinenden Fragemarathon, schlief sie an Geros Schulter ein.

Als sie erwachte, stellte sie erstaunt fest, dass er sie ins Bett getragen und neben Matthäus gelegt hatte. Nur die einzelne Kerze auf dem Nachttisch brannte und warf gespenstisch lange Schatten an die gegenüberliegende Wand.

»Durst«, stammelte Matthäus. Einen Moment später sah Hannah, dass Gero mit einem Becher zur Stelle war. Vorsichtig benetzte er die ausgetrockneten Lippen des Jungen mit dem Wasser, das Hannah neben dem Bett bereitgestellt hatte.

Nachdem Gero den Becher wieder abgestellt hatte, berührte er die Stirn des Jungen mit Daumen und Zeigefinger und machte ein Kreuzzeichen. Dann faltete er die Hände und schien stumm zu beten.

Hannah blinzelte und hob den Kopf.

»Schlaf ruhig weiter«, flüsterte er ihr lächelnd zu. »Ich werde wachen.«

23

Donnerstag, 18. 11. 2004 – Konfrontation

Ein Kitzeln an der Nase und der eigentümliche Geruch von verschwitztem Kinderhaar begleiteten Hannahs Erwachen. Vorsichtig hob sie den Kopf. Matthäus hatte sich mit seinem Rücken dicht an sie gekuschelt, wie ein Welpe, der den Schutz des Muttertiers sucht. Sein Atem ging ruhig und regelmäßig, und seine Gesichtszüge waren entspannt. Sie streckte ihre Hand aus und hielt sie dicht über seine Stirn.

Das Fieber musste zurückgegangen sein. Neugierig reckte sie den Hals.

Gero hatte sich – ohne Decke und bis auf die Stiefel komplett angezogen – auf den weichen Teppichfliesen niedergelassen und schlief, halb auf dem Bauch liegend, den Kopf auf dem rechten Oberarm abgelegt.

Hannah erhob sich lautlos und schlich zur Tür. Eine heiße Dusche später, nur mit einem weißen Satinbademantel und einem Handtuchturban bekleidet, öffnete sie die Terrassentür im Wohnzimmer und entließ den Kater ins Freie, der schon maunzend auf sie gewartet hatte. Für einen Moment schloss sie die Augen und atmete die kühle, feuchte Luft ein. Draußen war es noch dunkel und so neblig, dass sie trotz der Außenbeleuchtung die unmittelbar hinter ihrem Haus liegenden Gemüsebeete nicht mehr erkennen konnte.

Auf dem Weg zurück in ihr Schlafzimmer zuckte sie schreckhaft zusammen, als Gero die Treppe herabstieg. Barfuß, mit freiem Oberkörper und nur mit seiner Lederhose bekleidet, blieb er abrupt auf der untersten Stufe stehen und inspizierte sichtlich überrascht ihre Aufmachung. Sein hellwacher Blick heftete sich an den leicht geöffneten Ausschnitt ihres Morgenmantels. Für einen Moment hielt Hannah den Atem an, so sehr fühlte sie sich von ihrem neuen Mitbewohner angezogen. Ihr Augenmerk richtete sich unwillkürlich auf die zahlreichen Narben, die seine Muskeln zeichneten und ein Zeugnis davon gaben, dass er weit mehr durchlitten haben musste, als er gestern Abend zögernd preisgegeben hatte.

Hannah gab sich als erste einen Ruck, um den peinlichen Moment gegenseitiger Betrachtung aufzuheben. »Matthäus geht's besser?«, stammelte sie.

»Ja, dank dem Allmächtigen und deiner Unterstützung«, antwortete er leise, ohne sie anzusehen, und Hannah spürte, dass er noch etwas hinzufügen wollte, bevor er sich beinahe gewaltsam von ihrem Anblick löste. Doch er schwieg und verschwand kurz darauf im Bad.

Matthäus kam nicht zum Frühstück. Hannah stellte ihm eine Schüssel mit weich gekochtem Haferbrei ans Bett, den sie mit Honig gesüßt hatte, und ein großes Glas Apfelsaft. Zärtlich streichelte sie ihm übers Haar, während er noch schlief.

Gero war leise hinzugetreten. Seine Augen nahmen einen weichen Ausdruck an, als er sie anlächelte. »Du wärst ihm eine gute Mutter«, bemerkte er mit belegter Stimme. Dann räusperte er sich unvermittelt. »Wir sollten zum Frühessen hinuntergehen, damit er seine Ruhe hat.«

Als es kurz darauf am Hauseingang läutete, fuhr Hannah so heftig zusammen, dass sie ihren Tee auf dem Esstisch verschüttete.

Gero sah überrascht auf. »Erwartest du jemanden?«

Tom! War ihr nächster Gedanke, doch sie sprach ihn nicht aus.

Dass es sich tatsächlich um Tom handelte, sah sie, nachdem sie die Haustür einen Spalt weit geöffnet hatte.

»Warum hast du dich nicht angemeldet?«, stieß Hannah überrascht hervor.

Tom sah sie verständnislos an. »Ich habe dir doch gesagt, dass wir beschattet und womöglich sogar abgehört werden«, rechtfertigte er sich. »Deshalb konnte ich mich nicht früher melden. Ich dachte, du wärst erleichtert, mich zu sehen. Stattdessen behandelst du mich wie einen Staubsaugervertreter ohne Termin.« Seine Stimme klang ärgerlich.

»Und? Was willst du hier? Oder hast du eine Möglichkeit gefunden, die beiden in ihre Zeit zurückzubringen?« Hannah sah ihn hoffnungsvoll an.

Tom schüttelte den Kopf. »Ich wollte sehen, wie es dir geht und was unser Besuch treibt. Schließlich konnte ich mich bisher noch nicht vorstellen. Ich habe meinen Kollegen Paul mitgebracht. Er hängt in der Sache ebenso drin wie ich. Willst du uns nicht hineinlassen?«

»Selbstverständlich«, sagte sie und zuckte entschuldigend mit den Schultern, während sie einen Schritt zur Seite trat. »Wie siehst du denn aus?« Erst jetzt bemerkte sie Toms seltsamen Aufzug. Dem viel zu kurzen, silbergrauen Overall, den er trug, fehlten gut fünfzehn Zentimeter Hosenbein.

»Um überhaupt hierher kommen zu können, mussten wir unsere Verfolger in Gestalt der National Security Agency überlisten«, erwiderte Tom ungehalten.

»Pauls Bruder war so nett, uns seinen Geschäftswagen und seine Arbeitskleidung zu borgen.«

Mehr beiläufig stellte Tom seinen luxemburgischen Kollegen vor. In dem hellgrauen, grotesk wirkenden Overall mit der Aufschrift *Colbach – Transports Luxembourgeois* sah der drahtige Rotfuchs nicht weniger komisch aus, zumal er im Gegensatz zu Tom regelrecht darin versank.

»Mein Name ist Paul«, sagte er artig, während er Hannah die rechte Hand reichte und ihr aus grünblauen Augen freundlich zuzwinkerte.

»Sag ich's doch«, brummte Agent Jack Tanner vor sich hin. »Der alte Jack lässt sich nicht so leicht in die Irre führen.« Fast hätte er den Kopf in die Hofeinfahrt gesteckt, als er mit seinem silberfarbenen Mercedes C 200 an dem perfekt restaurierten Bauernhäuschen vorbeifuhr, in dem Stevendahl und Colbach soeben verschwunden waren.

»Check die Adresse, Mike«, befahl Jack seinem Begleiter, während er seinen Dienstwagen wenige hundert Meter weiter in einen Waldweg lenkte.

Agent Mike Tapleton tippte ein paar Angaben in den Bordcomputer, der eine Verbindung in die Dateien des örtlichen Einwohnermeldeamtes herstellte.

»Hannah Schreyber, geboren ... 1972 in Koblenz. Wohnhaft in ... Binsfeld seit August 2002. Bis August 2002 wohnhaft in Bonn, Maxstraße ...«

»Moment mal«, warf Jack ein und schob sich einen weiteren Kaugummi zwischen die Zähne. »Ist das nicht die Adresse von Stevendahl?«

»Du hast Recht«, antwortete Mike und schaute seinen Fahrer überrascht an.

»Sieht ganz danach aus, als hätten die beiden eine Weile zusammengelebt.«

»Eine Weile?«, entgegnete Jack Tanner, während er auf den Computerbildschirm spähte. »Vier Jahre sind für mich ein halbes Leben. Kein Mensch lebt solange mit derselben Frau zusammen. Es sei denn, die beiden hatten das, was man eine ernsthafte Verbindung nennt. – C1 an Zentrale«, schnarrte er in das Bordmikrofon. »Sagt den Jungs, die sollen sich bereithalten, hier wird's spannend. Stevendahl ist bei seiner Ex-Freundin. Luftlinie acht Kilometer südwestlich von der Anlage entfernt. Sie könnte demnach als Komplizin in Frage kommen.«

»Sollen wir ein Zugriffsteam fertig machen?«, kam es aus dem Lautsprecher.

»Noch haben wir nichts, was wir greifen könnten«, entgegnete Tanner ungehalten. »Außerdem sind wir hier nicht zu Hause. Die Falle kann erst zuschnappen, wenn wir absolut sicher sein können, dass sich unsere Zielperson vor Ort befindet. Trotzdem sollte sich eines unserer Einsatzteams bereithalten, um bei nächster Gelegenheit die Bude zu verwanzen. Natürlich nur, wenn die Vögel das Nest verlassen. Bis dahin wird das Gebiet hermetisch abgeriegelt. Hier gibt es nur diese eine Zufahrtsstraße. Wenn ihr euch nicht allzu blöd anstellt, dürfte uns keiner der Anwesenden entwischen. Darüber hinaus benötige ich sofort einen Basiswagen mit Wärmebildkamera und Richtmikrofon hier vor Ort.«

»Tom«, flüsterte Hannah und hielt ihn am Arm fest, bevor er zusammen mit seinem Freund und Kollegen Paul ins Wohnzimmer gehen konnte.

Tom hielt inne. »Was ist?«

»Sieh dich bitte vor mit dem, was du sagst! Unser Zeitritter ist ziemlich sauer auf dich, und er versteht längst nicht alles. Er spricht nur Mittelhochdeutsch und Altfranzösisch.«

»Was soll das heißen, sieh dich vor …?«, entgegnete Tom unwirsch.

»Ich will damit nur sagen: Stell dir vor, dich hätte man auf diese Weise aus deinem Leben gerissen …«

Tom sah sie aus schmalen Lidern an. »Ich dachte, du hättest ihm erklärt, dass ich ihn gerettet habe – vor der Presse, vor den Amis, vor Hagen und dessen Forschermeute?«

»Wie stellst du dir *das* denn vor? Ich bin froh, dass er halbwegs kapiert hat, wo er sich befindet.«

»Eigentlich sollte er dankbar sein«, blaffte Tom zurück. »Ich habe ja nicht viel Ahnung, aber in seinem verdammten Mittelalter ging es mit Sicherheit bescheidener zu! Wo ist der Kerl überhaupt?«

»Im Esszimmer.«

Bevor sie eine weitere Warnung aussprechen konnte, marschierte Tom in die gute Stube. Paul, der ihm zögernd folgte, kniff nachdenklich die Lippen zusammen.

Hannah begleitete ihn mit einem ungutem Gefühl in der Magengrube.

Als Tom das Esszimmer betrat, war Gero bereits aufgesprungen.

Hannah unterdrückte vor Genugtuung ein Grinsen, als sie sah, wie ihr Ex-Verlobter instinktiv abbremste. Nicht nur die martialische Figur des Kreuzritters flößte Tom und auch Paul Respekt ein. Seine straffe Haltung und erst recht die stechend blauen Augen sorgten dafür, dass der sonst so überlegt wirkende Tom Stevendahl seine Souveränität verlor und ihm ausnahmsweise die Worte fehlten.

»Das sind Tom und Paul«, sagte Hannah so gelassen wie möglich.

Gero gab sich unbeeindruckt. Er betrachtete die beiden Männer abschätzend von Kopf bis Fuß. Wie ein Bollwerk verschränkte er seine mächtigen Arme vor der Brust und nahm eine arrogante Haltung ein. Da er von Hannahs Beschreibungen schon wusste, wie Tom ungefähr aussah, hob er eine Braue und wandte sich ihm direkt zu.

»Seid gegrüßt«, ergriff er das Wort, da Tom keine Anstalten machte, den ersten Schritt zu tun. »Ihr seid also derjenige, der seine zweifelhaften Zauberkünste an unschuldigen Menschen ausprobiert, um sie hernach – egal, wie es ausgeht – ihrem Schicksal zu überlassen!«

Tom wandte sich Hilfe suchend an Hannah. »Was hat er gesagt?«

»Dass du seiner Meinung nach ein Stümper bist«, half Paul mit einem Grinsen nach. Seine luxemburgische Muttersprache versetzte ihn offenbar in die Lage, Geros mittelhochdeutsches Eifel-Kauderwelsch mit französischer Einfärbung zu verstehen.

»Wie bitte?«, empörte sich Tom. »Was weiß der Kerl denn schon?«

Ehe Hannah etwas dagegen unternehmen konnte, war er ein paar Schritte auf Gero zugegangen. Mit seiner zornigen Miene wollte er den Mann aus der Vergangenheit offenbar einschüchtern.

Gero rang sich ein müdes Lächeln ab. »Bleib ruhig, Junge«, knurrte er und blinzelte Tom abschätzig an. »Das Einzige, was ich von dir will, ist dein Versprechen, dass du uns dahin zurückbringst, wo du uns hergeholt hast. Und zwar bald!« Er streifte Hannah, die kaum zu atmen wagte, mit einem Seitenblick. »Oder besser noch, da du ja Herrscher über die Zeit zu sein scheinst, dass du meinen Knappen und mich zwei Wochen vor unserem Verschwinden zurückkommen lässt.«

Tom starrte ihn ungläubig an. Gero hatte zwar leise, aber auch langsam gesprochen, und so hatte er das meiste wohl verstehen können.

»Habe ich richtig gehört?« Tom drehte sich um und schaute Paul zweifelnd an. »Er will, dass wir ihn zwei Wochen vor den Zeitpunkt seines Verschwindens zurücktransferieren?«

»Hört sich so an«, bestätigte Paul und ließ sich demonstrativ in einen der dunkelroten Sessel fallen. »Also streng dich mal an!« Er grinste spöttisch und sagte dann zu Hannah: »Weiß dein Besuch, dass wir noch nicht mal genaue Informationen haben, wie er hierher gekommen ist, geschweige denn, wie wir ihn zurückbringen könnten?«

Hannah zuckte mit den Schultern. »Ich habe versucht, es ihm zu erklären, aber ich hatte nicht den Eindruck, dass ihn meine Ausführungen zufrieden gestellt haben.«

»Was soll der ganze Unsinn?«, polterte Tom. Mit einer wütenden Grimasse wandte er sich dem Templer zu. »Meinst du, ich wollte dich hier haben? Ich habe dich nicht bestellt, das kannst du mir glauben! Und wenn es nach mir ginge, wärst du morgen wieder verschwunden! Du kannst von Glück sagen, dass wir dich und den kleinen Bengel aufgelesen und hierher gebracht haben!« Tom stemmte die Hände in die Hüften und sah seinem Kontrahenten herausfordernd ins Gesicht. »Wenn ich euch beide dort gelassen hätte, wo ihr angekommen seid, hätte man euch längst in Stickstoff eingefroren und in kleine Scheibchen geschnitten.«

Hannah schüttelte verständnislos den Kopf. Wie konnte Tom nur so gemein sein?

Doch anstatt sich wieder zu beruhigen, redete er sich regelrecht in

Rage. Dabei kam er Gero gefährlich nahe. Dem Mönchsritter war anzusehen, dass Tom für ihn damit jedes Gefühl des Anstands verletzte. »Außerdem sind in eurem verdammten Mittelalter Millionen Menschen an der Pest krepiert. Rein statistisch gesehen darfst du hier ein paar Jährchen länger leben als in dem Elend, aus dem es dich herausgerissen hat! Also, du hast allen Grund, dich zu freuen!«

Tom war nahe genug herangekommen, dass Gero ihn mühelos am Kragen seines Overalls packen konnte. Mit einer schnellen Handbewegung schnürte er ihm regelrecht die Luft ab.

Mit einer Hand versuchte Tom, sich aus dem Griff seines Gegners zu befreien, und als ihm das nicht gelang, holte er mit der anderen aus und versuchte dem Templer mit der Faust ins Gesicht zu schlagen. Schneller als vermutet landete Tom auf dem Rücken. Der Kreuzritter hatte ihm gnadenlos das Knie in den Magen gerammt, und das Messer am Hals verurteilte ihn zu einer Art Erstarrung, die ihm nur noch ein flaches Hecheln ermöglichte.

Paul war unterdessen aufgesprungen, offenbar unschlüssig, ob er seinem Freund helfen sollte.

Der schwache Geruch von Ziegenleder stieg Tom in die Nase. Die Augen des Mannes über ihm glitzerten gefährlich, und wie aus großer Ferne hörte er die Stimme Hannahs, die den Templer anscheinend anflehte, ihn loszulassen.

»Schwöre du, Maleficus!«, zischte der Kerl, der ihn unbarmherzig niederhielt. »Schwöre, bei allen Heiligen, bei der heiligen Jungfrau, dem heiligen Michael und dem heiligen Georg, dass du uns nach Hause bringen wirst, und zwar bald. Sonst ...« Er machte eine Pause, die Tom in seiner Atemnot endlos erschien. »Sonst ... schneide ich dir das Herz heraus und verfüttere es an die Ratten!«

Tom hatte Angst zu nicken, weil er fürchtete, dass sich die scharfe Spitze des Messers in sein Fleisch bohren würde.

»Ja ... ich schwöre«, hauchte er kaum hörbar.

Gero spürte, wie ihm das Herz hart gegen die Brust schlug. Nur langsam ebbte sie ab, diese unbändige Lust zu töten. Wie viele seiner Mitbrüder traf es ihn jedes Mal bis ins Mark, wenn er mit der dunklen Seite seiner Seele konfrontiert wurde.

Für einen Moment schloss er die Augen, trotz des am Boden liegenden Feindes, und atmete tief durch. Eine Hand legte sich zaghaft auf seine Schulter.

»Bitte«, sagte Hannah sanft. »Bitte lass von ihm ab, er hat es nicht so gemeint. Wenn du ihm etwas antust, kann er dir erst recht nicht mehr helfen.«

Gero blickte auf. Zwei klare grüne Augen waren auf ihn gerichtet, so nah und so vertraut, dass es ihm wehtat. Ächzend erhob er sich und steckte sein Messer an den Gürtel. Ihm schwindelte, und unvermittelt wandte er sich der Terrassentür zu und verschwand, ohne sich noch einmal umzublicken, nach draußen.

»Gero?«, rief Hannah ihm halbherzig hinterher. Unentschlossen, ob sie ihm folgen sollte, blieb sie einen Moment stehen und kam zu dem Schluss, dass es wohl besser war, wenn sie sich zunächst einmal um Tom kümmerte.

Tom lag am Boden wie tot. Dann jedoch hob er zitternd den Kopf und öffnete die Augen. In einem Reflex fasste er sich an den Hals, dorthin, wo die Spitze des Messers gesessen hatte.

Hannah versuchte, ihm aufzuhelfen.

Ungeduldig schüttelte er ihre Hand ab. »Lass mich!«, stieß er noch am Boden hockend hervor. »Ich bin kein alter Mann, der aus dem Rollstuhl gekippt ist. Ich kann alleine aufstehen!« Mühsam und reichlich blass rappelte er sich hoch. »Und wie soll's jetzt weiter gehen?« Er warf einen düsteren Blick in die Runde, wobei ihm seine Erleichterung anzumerken war, dass der Templer sich ins Freie verzogen hatte.

»Setz dich erst mal«, schlug Hannah in versöhnlichem Ton vor. »Ich hole dir was zu trinken.«

»Ich will mich nicht setzen«, antwortete Tom barsch.

»He, Tom«, sagte Paul. Er ging auf Tom zu und fasste ihn beschwichtigend am Arm. »Hannah kann nichts dafür, dass der Typ so ausgerastet ist. Was hast du erwartet? Dass du es mit einem modernen Mitteleuropäer zu tun bekommst, mit dem du die ganze Angelegenheit diskutieren kannst? Der Typ ist verzweifelt. Und er reagiert so, wie man es ihm beigebracht hat. Irgendwie kann ich ihn sogar verstehen.

Wir haben seine Welt verschoben, und er hat einen Anspruch darauf, dass wir sie wieder gerade rücken.«

Tom seufzte frustriert.

»Außergewöhnliche Ereignisse erfordern außergewöhnliche Lösungen«, fügte Paul hinzu. »Das ist doch immer dein Wahlspruch. Wenn du dich benimmst wie ein trotziger Zehnjähriger, bringt uns das nicht weiter.«

»Du hast recht«, räumte Tom ein. »Ich habe selbst Schuld gehabt, ich hätte ihn nicht provozieren dürfen. Er ist eben ein unkultivierter Barbar.«

Hannah schluckte die Bemerkung hinunter, die ihr auf der Zunge lag. Tom würde es nicht kapieren, dass Gero nach allem, was sie bisher über ihn in Erfahrung gebracht hatte, mit an Sicherheit grenzender Wahrscheinlichkeit kultivierter war, als Tom es je sein würde.

»Es ist wohl besser, wenn ihr jetzt geht«, sagte sie zu Tom. »Bevor es noch mal Ärger gibt.«

»Sei vorsichtig, hörst du?«, erwiderte Tom und strich ihr übers Haar, während er sich an der Haustür von ihr verabschiedete. »Ich würde die Moseltalbrücke hinunter springen, wenn ich Schuld daran hätte, dass der Typ dich vergewaltigt oder gar umbringt.«

»Er ist ein Mönch«, erwiderte sie. »Er wird mir nichts tun.«

»Von einem Mönch habe ich eine andere Vorstellung.« Tom fasste sie bei den Schultern und zwang sie, ihm ins Gesicht zu sehen. »Wenn er dir auch nur ein Haar krümmt, werde ich dafür sorgen, dass er es nicht überlebt. Das kannst du ihm ausrichten.«

Hannah blickte erschrocken auf, und Tom lächelte zynisch. »Was denkst du, was passieren würde, wenn die Amerikaner unser Prachtstück von Ritter in die Finger bekämen«, sinnierte er. »Sie würden ihn im Namen der Forschung kreuzigen und jede einzelne Zelle von ihm unter die Lupe nehmen. Oder ihn für den Rest seines Daseins in einem Affenkäfig in einem der Hochsicherheitsgefängnisse der NSA einsperren, um sein Verhalten zu studieren.«

Hannah hob ihre Hand und fuhr ihm besänftigend durch die dichten Locken. »Bis es soweit kommen sollte, wird dir etwas einfallen, womit du die Uhren zurückdrehen kannst. Da bin ich mir sicher.«

Ihre Worte klangen wie eine Beschwörungsformel.

»Bevor ich's vergesse«, entgegnete Tom. Mit großen Schritten ging er zum Wagen, wo Paul bereits auf ihn wartete. Kurz darauf kehrte er zu ihr zurück. »Hier«, sagte er und übergab ihr ein funkelnagelneues Mobiltelefon. »Ein Prepaid-Handy, für dich. Pauls Bruder hat es besorgt. Meine Nummer ist als einzige eingespeichert. Wenn du mich brauchst, ruf einfach an, so können wir sicher sein, dass wir nicht abgehört werden.«

Mit einem Seufzer betrachtete Hannah das Mobiltelefon. Ein schwacher Trost, angesichts dieses überwältigenden Chaos.

»Wenn hier nichts faul ist, fresse ich ein Stinktier mit Schwanz!«, rief Jack Tanner in seinem Mercedes. Mit einer gewissen Genugtuung sah er dem grauen Lieferwagen hinterher, der sich nun zügig entfernte.

»Piet?« Ohne eine Antwort abzuwarten, richtete er seine Aufmerksamkeit erneut auf das Funkgerät. »Folgt Stevendahl und Colbach! Wir werden uns der Dame des Hauses widmen.«

Gero fing Hannah an der Treppe ab. »Es tut mir leid«, sagte er so leise, dass sie ihn kaum verstand. Offenbar hatte er im Garten hinter dem Haus sein Gemüt abgekühlt und war erst wieder zum Vorschein gekommen, nachdem Tom das Weite gesucht hatte.

»Es muss dir nicht leid tun«, sagte sie und drückte ihm einen Becher mit Tee in die Hand. »Es war nicht deine Schuld.«

»Danke«, sagte er nur und wandte sich Richtung Flur.

»Gehst du zu Matthäus?«

Er nickte.

»Lass mich das machen! Er braucht seine Medizin«, sagte Hannah und lächelte. »Und ein bisschen Trost.«

»Matthäus mag dich sehr. Du hast ein gutes Herz und bist eine schöne Frau.« Seine Stimme und die Art, wie er es sagte, reichten aus, um Hannah aus dem Konzept zu bringen. Sie senkte ihre Lider und spürte, dass sie rot wurde.

Kurze Zeit später, nachdem sie den Penicillinsaft aus dem Kühlschrank geholt hatte, folgte sie ihm die Treppe hinauf und fragte sich, warum sie plötzlich weiche Knie hatte.

Der Junge war wach und erstaunlich munter. Das Penicillin und der

Schlaf hatten wahre Wunder bewirkt. Fröhlich plapperte er vor sich hin, und sein Herr strahlte mit einem Mal.

Gero von Breydenbach hat offensichtlich zwei ganz verschiedene Seelen in seiner Brust, schoss es Hannah durch den Kopf. Sie nahm neben Matthäus Platz und reichte dem Jungen sein Frühstück.

Nachdem Matthäus seinen Brei gegessen hatte, kuschelte er sich zurück in die Decke und blinzelte Gero an.

»Du hast es verdammt gut, Meister«, erklärte er lächelnd. »Gewöhne dich nicht zu sehr daran, sonst bist du enttäuscht, wenn es wieder nach Hause geht.«

»Wenn es dir weiterhin so gut geht«, flüsterte Hannah, »und dein Herr meinem Vorschlag zustimmt, darfst du uns heute Abend auf eine Einladung begleiten.«

»Wohin darf ich gehen?«, fragte der Junge mit einem naiven Augenaufschlag.

»Auf ein Fest«, sagte Hannah. »Mit Musik und Tanz und wahrscheinlich gibt's auch was Gutes zu essen.«

Gero schenkte ihr einen interessierten Blick. »Was für ein Fest? Du hast nichts davon erwähnt?«

»Der Bruder von Judith hat eingeladen. Zunächst dachte ich, das ist nichts für uns, aber nach allem, was heute vorgefallen ist, glaube ich, es wird Zeit, dass ihr ein wenig mehr von unserer Welt kennen lernt als diese vier Wände hier.«

24

Donnerstag, 18. 11. 2004 – Moderner Schwertkampf

Gero hockte verkehrt herum auf einem Stuhl. Mit verschränkten Armen hielt er die Stuhllehne umklammert. Staunend verfolgte er jede Bewegung, die Hannah vollzog. Sie stand vor dem Esszimmertisch und wickelte einen Farn in buntes Geschenkpapier. Für ihn stand fest, dass die Leute der Zukunft entweder verrückt waren oder allesamt unglaublich vermögend sein mussten. Topfpflanzen mit bemaltem Papier zu umhüllen wäre ihm im Traum nicht eingefallen. Dafür war es viel zu kostbar.

Als sie die Enden der kunstvollen Verpackung mit einem durchsichtigen klebenden Band fixierte, fehlte ihm zum wiederholten Mal ein Vergleich mit seiner eigenen Realität. In dieser Welt war so vieles anders als in der seinen, wobei es allerdings durchaus noch ein paar Kleinigkeiten gab, die sich der Heiligen Jungfrau sei Dank nicht verändert hatten. Still lächelte Gero in sich hinein und bedachte Hannah mit einem forschenden Blick. Sein Augenmerk galt vor allem der weißen Spitzenbluse, die sich über ihren anmutig gewölbten Rücken spannte, und wanderte weiter über ihre ansehnlichen Rundungen unter dem knöchellangen Lederrock. Er versuchte sich vorzustellen, wie sie wohl in einem Surcot aussehen würde oder – der Teufel sollte sich seiner sündigen Seele annehmen, wenn sie vollkommen nackt war …

Hannah drehte sich zu ihm um, und er fühlte sich ertappt. Abrupt stand er auf, als ob er die Flucht ergreifen wollte. Vielleicht war er doch des Wahnsinns, und der Leibhaftige hatte längst von seiner armen Seele Besitz ergriffen. Wie sonst war es zu erklären, dass er seine Gastgeberin mehr und mehr begehrte? Ihr süßer Leib ging ihm nicht mehr aus dem Sinn, und das Bedürfnis, sie in seine Arme zu schließen, wurde fast übermächtig.

»Findet das Fest hier in der Nähe statt?«, fragte Gero beiläufig, während er sich der gläsernen Terrassentüre zuwandte. Draußen war es bereits dunkel, und in seiner Zeit war es nicht üblich, dass man einen längeren nächtlichen Fußweg auf sich nahm, wenn es nicht unbedingt sein musste.

»Nein, vielleicht eine viertel Meile«, antwortete sie mit ein wenig Stolz in der Stimme. Kaum jemand wusste heute noch, dass eine Meile im Mittelalter einen Weg von zehn bis zwölf Kilometer bedeutet hatte und man damals dafür mit dem Pferd ungefähr eine Stunde Reisezeit ansetzte. »Aber wir nehmen ohnehin den Wagen.«

Die Miene des Templers verfinsterte sich. Der Gedanke an Hannahs stählernen Karren verursachte ihm Übelkeit.

»Die Fahrt dauert nicht lange«, sagte Hannah, um ihn zu besänftigen. Sie kannte Judiths Bruder nur vom Hörensagen. Anselm war aus Stuttgart zugezogen und hatte sich unweit von Binsfeld ein Haus gekauft. Die Einladung war eine nette Geste und eine gute Gelegenheit, Gero und Matthäus etwas von ihrer neuen Umgebung zu zeigen. So wie es zurzeit stand, war zu befürchten, dass sie niemals in ihre Zeit zurückkehren würden. Und ewig verstecken konnte sie die beiden auch nicht. Dafür war Binsfeld zu klein. Außerdem suchten die Amerikaner wohl kaum nach jemandem, der sich in kürzester Zeit in das moderne Leben integriert hatte. In Jeans und Sweatshirt sah Gero aus wie jeder andere attraktive Mann. Niemand würde ihn für einen waschechten Templer halten. Sie würde ihm und dem Jungen eine neue Identität verschaffen. Oft genug hatte sie über Fälscherbanden in den Zeitungen gelesen, die täuschend echte Pässe herstellten. Für Geld bekam man fast alles.

Nachdenklich schaute sie Gero an. Er stand da und hielt wie üblich die Arme verschränkt, während er seinen undurchsichtigen Blick in die Abenddämmerung schweifen ließ. Erst gestern hatte er sie gefragt, ob es Irrlichter seien, was man dort draußen sehen könne.

Es würde viel diplomatisches Geschick erfordern, ihm all die kleinen und großen Dinge zu erklären, die ihn in ihrer Welt verwirrten. Flugzeuge, Autos, Fernseher und Kühlschrank gehörten zu den echten Herausforderungen, hatte Tom ihr doch stets bescheinigt, dass sie sogar zu dumm war, die Funktionsweise ihres Bügeleisens zu begreifen. Aber vielleicht war es ja gar nicht das Bügeleisen, das zum Problem werden konnte. Vielmehr stellte sie sich die Frage, wie sie ihm den zwischenmenschlichen Umgang in ihrer Zeit erläutern sollte oder die Tatsache, dass man wegen eines Diebstahls nicht mehr am Galgen landete.

Abrupt wandte Gero sich um. »Ich hole Matthäus«, sagte er und war schon auf dem Weg nach draußen.

»Ihr seht wunderschön aus«, sagte der Junge, als er wenig später die Treppe herunter kam und Hannah im Hausflur überraschte, während sie vor dem Garderobenspiegel stand und ein paar Strähnen aus ihrem aufgesteckten Haar herauszupfte.

»Du bist ein Schatz«, sagte sie und bedankte sich bei Matthäus mit einem Lächeln.

Gero stand plötzlich hinter ihr. Er trug seine Lederhose und seine Stiefel, dazu ein dunkelblaues Sweatshirt und die Jacke ihres Vaters. Sein intensiver Blick war ebenfalls anerkennend, aber längst nicht so unschuldig wie der des Jungen.

Hannah lief ein Schauer über den Rücken, als er ihr galant in den

Mantel half und seine warmen Hände ihren Nacken streiften. Zuvorkommend öffnete er ihr die Haustür, wobei er zuerst nach draußen trat, offenbar um sich zu überzeugen, dass keine Gefahr drohte, bevor er ihr seine Hand anbot.

Der Beschreibung nach war das Haus des Gastgebers ein älteres Gebäude mit einigen alten Stallungen, die sich zu einem Karree um einen mittelgroßen Innenhof verbanden. Hannah stellte ihren Wagen in einigem Abstand zum Haus am Straßenrand ab und schloss sich mit ihren Schützlingen einer Gruppe von anderen Gästen an, die ebenfalls soeben eingetroffen waren.

»Zielpersonen nähern sich dem Objekt«, tönte es aus Jacks Funkgerät. »Hier findet offenbar eine Party statt. Sieht ganz so aus, als ob das eine längere Geschichte wird.«

Zufrieden lehnte Jack Tanner sich in seinem Wagen zurück. »Einer von euch soll mit reingehen. Ich will wissen, was das für ein Kerl ist, den sie da mitschleppt«, befahl er mit einem süffisanten Grinsen. »Und Action!«, bemerkte er tonlos, während er in sein Mobiltelefon sprach.

Das Signal galt einem Trupp von Mitarbeitern, die Hannah Schreybers Haus verwanzen sollten, und zwei weiteren Mitarbeitern, die einen GPS-Überwachungspack an ihrem Wagen zu installieren hatten.

»Weißt du, was ich mich frage, Mike?«, bemerkte Jack, als er auf dem Kleinbildschirm seines Wagens erkennen konnte, wie sich der Installationstrupp der NSA von der Terrassentür her dem Haus der Schreyber näherte.

»Nein?« Mike biss genüsslich in einen Donut.

»Wenn der Typ, der sie begleitet, tatsächlich derjenige ist, für den Hagen ihn hält, ist er erst vor einer Woche hier angekommen. Und schon hat er eine Frau gefunden, die mit ihm in trauter Zweisamkeit zu einer Party wackelt? Und dann noch Stevendahls Ex-Braut?« Kopfschüttelnd öffnete er die Wagentür. »Also, wenn du mich fragst, ist so was nicht möglich.«

Bevor Mike ihm eine Antwort geben konnte, war Tanner schon ausgestiegen. »Ich schaue mal nach, ob die Jungs auch alles richtig machen«, sagte er, während er seine LED-Taschenlampe einschaltete. Dann stapfte er zielstrebig in die Dunkelheit.

»Was ist los?« Einer der Männer in den hellgrauen Overalls, deren Brusttaschen die Bezeichnung *Städtische Kanalreinigung* zierte, beleuchtete Jacks Gesicht und sah ihn fragend an.

Tanner schüttelte den Kopf. »Nichts, Greg, seht zu, dass ihr vorankommt.«

Im Lichtkegel der Einsatzlampen wurde er Zeuge, wie seine Kollegen es fertigbrachten, trotz eines Sicherheitsschlosses mit wenigen Handgriffen die gusseiserne Außentür zu öffnen.

Bevor sie an ihren Einsatzort gelangten, stülpten sich die Männer helle Filzüberzüge, die innen mit Kunststoff ausgekleidet waren, über die mit Schmutz und Nässe behafteten Schuhe. Das letzte, was sie hier gebrauchen konnten, waren Fußspuren, bei denen sich jede aufmerksame Hausfrau sofort gefragt hätte, ob Einbrecher im Haus gewesen waren.

Mit routinierter Sicherheit schob Greg eine biegsame Glasfaserkamera durch ein Deckenpaneel. Eine kleine LED-Lampe, die er einem OP-Licht gleich in direkter Nachbarschaft zu seinem Einsatzort installiert hatte, machte die Nacht zum Tag. Seine Hände steckten dabei in cremefarbenen Chirurgen-Handschuhen. Mit spitzen Fingern fixierte er die ebenso unscheinbaren Abhörgeräte. Dabei fuhr er sich konzentriert mit der Zunge über die Lippen und hielt für einen Moment den Atem an, als er ein löcheriges, weißes Käppchen darüber setzte, um die Bohrung fachmännisch zu tarnen. Mit seinem Zeigefinger drückte er sich aufs Ohr.

»Kameras ein«, sagte er nur. »Warst du schon im Schlafzimmer?«, fragte er dann Jack.

»Was erwartet mich da?« Jack grinste.

»Schau nach«, erwiderte Greg ernst. »Ich dachte mir, es wäre interessant für die Ermittlungen, nach allem, was ich in der Sache bereits mitbekommen habe.«

Neugierig wandte sich Jack in *das* Zimmer, das bei seinen Kollegen in der Regel das größte Interesse hervorrief. Auf dem zugegebenermaßen romantischen Eisenbett mit dem gerüschten, weißen Baldachin lag ein unauffälliger, heller Stoffumhang. Jack fiel ein rotes Kreuz auf der Rückseite auf. Rasch zückte er seine Digitalkamera und übermittelte das Bild unverzüglich seiner Einsatzleitstelle.

»Sag den Jungs, sie sollen umgehend überprüfen, ob das Ding mit der Beschreibung des Rangers zusammenpasst und was es genau zu bedeuten hat.«

Während er sein Mobiltelefon wieder in der Brusttasche verschwinden ließ, warf Jack einen letzten Blick in das Zimmer.

»Habt ihr daran gedacht, Haarproben zu entnehmen?«, fragte er vorsichtshalber über Funk, als er sich zum Kellerausgang begab.

»Selbstverständlich«, war die Antwort, die ihn gerade noch erreichte, bevor der letzte Kollege hinter ihm die Tür sorgfältig verschloss.

Eigentlich konnte jetzt nichts mehr schief gehen. Spätestens heute Abend sollten sie Gewissheit haben, ob der Zeitreisende das Hirngespinst eines verrückten deutschen Professors war oder – was Jack sich kaum vorzustellen vermochte – einer neuen, unglaublichen Realität entsprach.

In Scharen strömten die Gäste einem offen stehenden Hoftor zu. Die meisten von ihnen waren merkwürdig gekleidet. Die Frauen trugen lange, wallende Gewänder, und viele Männer sah man mit zum Zopf zusammengebundenen Haaren und tunikaähnlichen Überwürfen sowie – was Hannah noch mehr befremdete – Schnabelschuhen. Vergeblich versuchte sie sich zu erinnern, ob es nicht vielleicht doch irgendeinen Hinweis in Sachen Kleidung zu dieser Einladung gegeben hatte.

Gero und Matthäus schauten sich interessiert um.

»Bleibt immer in meiner Nähe und sprecht mit niemandem«, sagte Hannah leise, dabei bedachte sie die beiden mit einem flehentlichen Blick.

»Wenn wir uns verhalten müssen wie Leibeigene«, knurrte Gero düster, »warum hast du uns überhaupt mitgenommen?«

Das Haus war uralt, aber aufwändig renoviert. Dicke, frisch gestrichene Fachwerkbalken und geschnitzte Giebelverzierungen verliehen dem Gebäude einen rauen Charme. Rechts und links neben der mächtigen Eingangstür loderten zwei Pechfackeln, die in einer eingemauerten Halterung befestigt waren.

Mit anderen Gästen betraten die drei eine geräumige Diele. Auch hier erleuchteten lediglich Fackeln in schmiedeeisernen Wandhalterungen die grob verputzten Wände.

Judith stürmte in einem wallenden, dunkelroten Seidenkleid auf Hannah und ihre Begleiter zu. Dabei ließ sie Gero, der ihr in leicht geduckter Haltung entgegenschritt, nicht aus den Augen. Matthäus, der sich unsicher fühlte, hielt sich regelrecht hinter seinem Herrn versteckt.

»Hallo, ihr drei! Schön, dass ihr gekommen seid«, rief Judith eine Spur zu laut.

»Also du kannst sagen, was du willst«, flüsterte sie, während sie Hannah mit einer Umarmung begrüßte. »Dein neuer Freund hat etwas Animalisches an sich. Ich würde zu gern wissen, wie er sonst so ist.« Sie grinste frech und gab Hannah einen sanften Stoß zwischen die Rippen. »Du weißt schon, was ich meine ...«

Hannah tat es bereits leid, die Einladung so gedankenlos angenommen zu haben.

Mit einem säuerlichen Lächeln übergab sie Judith das Gastgeschenk. »Sag mal, kannst du mir vielleicht verraten, was für eine Art Fete hier stattfindet?«, fragte sie mit leicht verstörtem Blick.

Judith hob erstaunt ihre Brauen. »Eine Mittelalterfete«, entgegnete sie wie selbstverständlich. »Wusstest du nicht, dass mein Bruder sich hauptberuflich mit mittelalterlichen Märkten und ritterlichen Turnieren beschäftigt? Er gehört zu den kompetentesten Sachverständigen in Deutschland für mittelalterlichen Schwertkampf. Außerdem handelt er mit altertümlichen Waffen. Er feiert heute nicht nur die Einweihung seines neuen Hauses, sondern gleichzeitig so etwas wie Geschäftseröffnung. Vor vier Wochen hat er hier die Zentrale für seinen neuen Internetshop eingerichtet.« Judith lächelte triumphierend. »Die meisten Leute, die du hier siehst, sind wichtige Geschäftskunden und Freunde aus der Szene.«

Es gibt keine Zufälle, schoss es Hannah in den Sinn, ganz wie Tom es in seinen wissenschaftlichen Theorien behauptete.

»Woher sollte ich das wissen?«, entgegnete sie ärgerlich, während sich ihr ungutes Gefühl noch verstärkte. »Du hast es jedenfalls nicht erwähnt. Wie viel Ahnung hat dein Bruder denn vom ... Mittelalter?«

»Eine ganze Menge«, erwiderte Judith stolz. »Er spricht Mittelhochdeutsch und gehört zu den wenigen Menschen in Deutschland, die ein fast perfektes Altfranzösisch beherrschen. Außerdem verfügt er über eine beeindruckende Büchersammlung zum Thema Früh- und Hochmittelalter. Daher sein breites Repertoire an Büchern über die Templer.«

Bei dem Wort Templer horchte Gero, der zuvor seine Aufmerksamkeit mehr den Räumlichkeiten gewidmet hatte, unwillkürlich auf. Er hob seinen Kopf wie ein Wolf, der Witterung aufnimmt, während sich seine Lider für einen Moment verengten.

Judith war dieser Blick ebenfalls nicht entgangen. »Wollt ihr was trinken?«, fragte sie auffällig bemüht.

»Ja … gibt's hier einen Rotwein?«, antwortete Hannah, dabei war sie sich nicht schlüssig, ob Alkohol wirklich helfen würde, mit dieser unvorhergesehenen Situation fertig zu werden.

»Met, Klosterbier, Rotwein … klar«, antwortete Judith amüsiert und führte sie in einen Raum, der gut hundert Quadratmeter groß war.

Der Eindruck rustikaler Gemütlichkeit wurde durch dicke, quer verlaufende, braun gestrichene Deckenbalken verstärkt. Der Boden bestand aus grünen Motivkacheln, die mit verschiedenartigen Ornamenten geschmückt waren. Hier und da standen kleine Grüppchen von Leuten, die sich offenbar kannten. Jeder Neuankömmling wurde mit Umarmungen und Küsschen begrüßt.

Allein der Gastgeber war nirgendwo auszumachen. Judith verabschiedete sich mit den Worten, dass sie nach ihm suchen wollte, um ihn Hannah vorzustellen.

»Jack?«, surrte es aus dem Funkgerät.

Mike Tapleton, der auf dem Beifahrersitz saß und im Halbdunkel der Innenbeleuchtung des Wagens auf seinen Chef wartete, nahm die Anfrage mit einem Raunen entgegen. »Jack ist im Basiswagen. Was ist los?«

Piet Hannon, ein weiterer Kollege der NSA, saß zusammen mit seinem Partner in seinem silbergrauen BMW und beobachtete den Hofeingang, in dem die Zielpersonen zusammen mit anderen Partygästen verschwunden waren.

»Hör zu, Mike«, erwiderte Piet mit leicht erregter Stimme, »du musst Jack rufen. Wir haben die Adresse des Gastgebers checken lassen. Es handelt sich um das Haus des Waffenexperten, der das Schwert für Hagen untersucht hat. Ist doch ein merkwürdiger Zufall, oder?«

Wenig später meldete sich Jack Tanners befehlsgewohnte Stimme per Funk.

»Piet, gehe in das Objekt rein und mische dich unter die Gäste. Bei mehr als hundert Leuten fällst du nicht auf. Vielleicht gibt's ja ne Möglichkeit, herauszufinden, welche Verbindungen Stevendahls Ex-Verlobte zu unserem Waffenfuzzi hat.«

»Aye, Sir«, klang es aus dem Lautsprecher. »Ich melde mich, sobald ich etwas weiß.«

Im Vorbeigehen registrierte Hannah das üppige Büfett, das im hinteren Teil des kleinen Saales aufgebaut worden war. An der Wand darüber hingen überkreuzte Schwerter und Schilde zur Dekoration. Die übrigen Wände zierten hübsche Wandteppiche mit mittelalterlichen Jagdszenen.

Gero lächelte wehmütig. »Hier fühlt man sich ja fast wie zu Hause«, entfuhr es ihm.

»Wir müssen uns vorsehen«, flüsterte Hannah ihm zu. »Der Hausherr ist anscheinend Experte, was eure Zeit und eure Kultur betrifft.«

»Woran erkennt man das?« Fragend hob der Templer eine Braue, während seine Stimme seltsam neutral blieb.

»Na, schau dich doch um! Fällt dir nicht auf, dass die meisten Gäste hier gekleidet sind und solche Frisuren haben wie die Leute in deiner Zeit?«

»So ist bei uns kein Mensch herumgelaufen«, empörte sich Gero. »Schon alleine die langen Haare. In meiner Zeit trägt jeder Mann, der etwas auf sich hält, das Haar höchstens schulterlang und offen. Manche brennen sich Locken hinein. Und dann gibt es welche, die tragen ihre Haare so kurz wie ein Schaf im Frühjahr. In meinem Orden ist es ohnehin Vorschrift.« Wie zum Beweis fuhr er sich mit der Hand über seinen kurz geschorenen Schopf.

»Aber die Kleidung war doch bestimmt ähnlich?«

»Hm«, brummte Gero und verzog den Mund zu einem spöttischen Grinsen. »Als Bettler und Tagelöhner würden sie wahrscheinlich nicht auffallen.«

Hannah erinnerte sich, dass sein Mantel, den sie bereits zweimal gewaschen hatte, erstaunlich gut verarbeitet war. Nicht zum ersten Mal drängte sich ihr der Gedanke auf, dass sie einen Fehler beging, wenn sie das Leben und das Verhalten der Menschen im Mittelalter so bewertete, als wäre es kaum von der Steinzeit entfernt.

Voller Anspannung stand sie neben dem Büfett und hielt sich an einem Glas Rotwein fest, das Judith ihr mitgebracht hatte, nachdem sie es im allgemeinen Tumult aufgegeben hatte, nach ihrem Bruder zu suchen.

Gero stand Schulter an Schulter neben Hannah und hielt in seiner Linken einen großen Steingutkrug mit Klosterbier.

Hannah war aufgefallen, dass er zunächst an dem Bier geschnuppert hatte wie ein Sommelier an einem feinen Rotweinbukett. Erst nachdem er es augenscheinlich für genießbar befunden hatte, hatte er einen ordentlichen Schluck genommen.

Anschließend gab er ein anerkennendes Brummen von sich und leerte den halben Krug in einem Zug.

Inständig hoffte Hannah, dass er das Gebräu auch vertrug. Beunruhigt beobachtete sie, wie er die Umgebung geradezu in sich aufzusaugen schien. Neugierig fixierte er die gekreuzten Schwerter und die Schilde an der Wand.

»Habe selten ein so gutes Bier getrunken«, sagte er, nachdem er sich noch einen kräftigen Schluck gegönnt hatte, und nickte beeindruckt.

Hannah lächelte, als Gero genüsslich den Schaum abschleckte und sich mit dem Unterarm über Mund und Nase fuhr. Als er bemerkte, dass sie ihn beobachtete, sah er sie entschuldigend an. Normalerweise hatte er erstaunlich gute Manieren. Hannah fragte sich bereits, seit sie das erste Mal mit ihm an einem Tisch gesessen hatte, woher die Gerüchte stammten, dass Ritter während dem Mahl ihre Essensreste rücksichtslos hinter sich entsorgten und ungehemmt rülpsten und furzten. In dem Verhalten des Gero von Breydenbach und seinem Knappen Matthäus von Bruch fand sie jedenfalls nichts von alledem bestätigt.

Der Junge hockte unauffällig im Schneidersitz auf dem Fußboden. Zu Hannahs großem Erstaunen hatte Gero ihm erlaubt, Wein zu trinken. Es sei üblich, dass man Knaben seines Alters Wein zu trinken gebe, hatte der Templer wie selbstverständlich behauptet. Sogar kleinere Kinder tranken angeblich Wein, allerdings vermischt mit Wasser. Aus ihrer Zeit in Outremer hatten die Tempelbrüder allerdings auch eine Art Limonade mitgebracht: Wasser mit Zitronensaft, vermischt mit Honig oder Zucker. Matthäus hatte es ihr erzählt, als sie ihm einen Orangensaft angeboten hatte.

Hannah versuchte Gero leise, aber bestimmt darauf hinzuweisen, dass es nicht zu den hiesigen Gepflogenheiten gehöre, Kindern Rotwein zu geben. Doch letztendlich kam sie zu dem Schluss, dass es keinen Sinn ergab, hier vor allen mit ihm zu streiten. Befürchtete sie doch, dass einige der Gäste sofort erkannten, dass Gero Mittelhochdeutsch sprach.

Plötzlich wurde Geros Aufmerksamkeit vom Anblick einer Frau gefesselt, die hastig an einer Zigarette zog und den Qualm stoßweise aus Mund und Nase wieder ausstieß. Er war so fasziniert, dass sein Mund einen Moment offen stehen blieb, bevor er seinen Krug Bier bis auf den letzten Tropfen leerte.

Hannah atmete tief durch, sie musste wahnsinnig gewesen sein, ein solches Risiko einzugehen, mit den beiden hierher gekommen zu sein.

Plötzlich zupfte jemand an ihrem Arm. Fast hätte sie ihren Wein verschüttet.

Ein dunkler Lockenkopf tauchte neben ihr auf. Es war Carolin, ihre Halbtagskraft aus dem Laden, die sich in einen schrillen Hippie-Look gekleidet hatte.

Rasch verwickelte sie Hannah in ein Gespräch. Natürlich war sie ebenso neugierig auf Hannahs neuen Mitbewohner, nachdem sie ihn zuvor aus der Ferne eingehend betrachtet hatte.

»Falls er sich irgendwann eine eigene Wohnung nimmt, kannst du ihn ja fragen, ob du bei ihm einziehen kannst«, bemerkte Hannah sichtlich genervt.

»Wirklich?« Carolin reckte erneut den Kopf in Geros Richtung. »Wo ist er denn? Ich sehe ihn nicht mehr.«

»Was …?« Hannah sah sich erschrocken um. Gero war tatsächlich verschwunden. Ihr zweiter Blick fiel auf Matthäus, der Gott sei Dank noch immer auf dem Fußboden hockte. »Entschuldige«, sagte sie und schob Carolin zur Seite. Im Vorbeigehen beugte sie sich zu Matthäus hinab. »Warte hier auf mich, nicht weggehen, ich bin gleich zurück.«

Atemlos wanderte sie zwischen den anderen Gästen umher. Dann glaubte sie, ihr würde das Herz stehen bleiben, als sie Gero bei einem Fremden entdeckte, mit dem er sich angeregt unterhielt. Sein Gegenüber hatte das lange, braune Haar im Nacken zu einem Zopf gebunden und war ein ganzes Stück kleiner, aber beinahe genauso breitschultrig. Und augenscheinlich besaß er die Fähigkeit, mit Gero eine fließende Unterhaltung zu führen. Soweit Hannah beurteilen konnte, war Geros Gesprächspartner weit aufwändiger gekleidet als die meisten anderen Gäste. Über einem schwarzen Sweatshirt trug er ein kurzärmeliges Kettenhemd mit einem gelben Überwurf, den auf Höhe der Brust ein schwarzer, aufrecht stehender Löwe schmückte. Seine Beine steckten in einer eng anliegenden, schwarzen Hose und groben, dunkelbraunen Lederstiefeln. Das sympathische Gesicht zierte ein korrekt gestutzter dunkler Vollbart. Eine gelungene Aufmachung. Dass er einem echten Ritter gegenüberstand, ahnte der Mann wohl nicht.

Plötzlich drehte sich der Langhaarige um, als hätte er gespürt, dass er beobachtet wurde. Entschuldigend nickte er Gero zu und näherte sich Hannah. Ein breites Lächeln zauberte Grübchen in sein Gesicht.

»Wir hatten noch nicht das Vergnügen«, sagte er und streckte ihr die Hand entgegen. »Anselm Stein, ich bin der Gastgeber.«

»Hannah Schreyber«, erwiderte sie verstört, wobei sie Gero einen unsicheren Blick zuwarf und dabei beinahe vergaß, dem Gastgeber zur Begrüßung die Hand zu reichen.

»Schön, dich kennen zu lernen. Judith hat mir schon viel von dir erzählt.«

Hannah schwankte leicht und vergaß, ihm die Hand zu reichen.

»Ist dir nicht gut?« Anselm Stein war offenbar aufgefallen, dass sie erblasste. »Möchtest du was trinken?« Fürsorglich legte er ihr eine Hand auf die Schulter.

Gero war ebenfalls aufgefallen, dass mit ihr etwas nicht in Ordnung war. Mit einem Schritt war er bei ihr und versuchte sie zu beruhigen, indem er ihren Ellbogen umfasste.

»Ach«, sagte Anselm überrascht, »ihr gehört zusammen?«

»Hm«, räusperte sich Hannah und sah ihn unsicher an. »Sozusagen.«

»Sprichst du auch die Langue d'oil?« Neugierig hob der Gastgeber seine buschigen Augenbrauen.

»Wie bitte?« Sie schaute Gero fragend an.

»Nein, sie versteht die Sprache noch nicht einmal«, erklärte er Anselm.

Anselm bemerkte, dass Hannah ein ärgerliches Gesicht machte. »Na ja«, beeilte er sich, auf Hochdeutsch zu antworten. »Altfranzösisch ist nicht ganz einfach. Es gibt kaum Menschen, die es heutzutage fließend beherrschen, zumal es sich in mehrere Dialekte gliedert. Gero ist der erste und einzige, dem ich bis jetzt begegnet bin, der es besser kann als ich.« Anselm versuchte es mit einem aufmunternden Lächeln. »Kann ich dir etwas zu trinken bringen?« fragte er Hannah dann.

»Ein großes Glas Rotwein bitte«, erwiderte sie prompt. Sie würden später zu Fuß nach Hause laufen. Dann würde sie genug Zeit haben, um Gero die Leviten zu lesen und sich selbst abzureagieren.

Als Anselm den Raum verließ, grinste Gero sie an. »Ich wollte immer schon mal mit dem Grafen von Jülich trinken.«

Nach anfänglicher Verwirrung hatte er recht schnell begriffen, dass die Leute um ihn herum eine Art Theater aufführten.

Es war das erste Mal seit langem, dass er sich unbeschwert fühlte, vielleicht war es das köstliche Bier, das ihn in diese Stimmung versetzte, oder die Feststellung, dass es in dieser Welt zwar anders zuging, als er es gewohnt war, es aber trotzdem noch eine Menge angenehmer Dinge gab, die ihm durchaus bekannt vorkamen.

Im Überschwang seiner Gefühle erschien ihm Hannah noch begehrenswerter. Er hätte sie zu gerne berührt, ihr die dunkelroten Strähnen aus dem Gesicht gestrichen, und am liebsten hätte er ihre Lippen geküsst. Abrupt wurde er aus seinen Träumereien herausgerissen.

»Bist du von Sinnen?«, fauchte sie ihn an. »Ich dachte, wir hatten eine Abmachung?«

»Ich bin mein eigener Herr«, erwiderte er schroff und überrascht von ihrer widerspenstigen Art.

Hannah beschlich die Vorstellung, eine Löwenbändigerin zu sein, die mitten in der Manege vor einer Raubkatze steht und Stock und Peitsche verloren hat.

Bevor Gero noch etwas sagen konnte, war Anselm zurückgekehrt und überreichte ihm einen bis an den Rand gefüllten Bierkrug und Hannah ein Glas Rotwein. Dann prostete er ihnen gut gelaunt zu, und Gero rezitierte ungerührt einen längeren Text in Altfranzösisch.

Anselm schüttelte sich lachend vor Begeisterung, während Hannah verständnislos dreinschaute.

»Das war ein Fabliaux. Sozusagen ein Blondinenwitz des Mittelalters. Diesen Spruch habe ich allerdings noch nirgendwo gehört. Ein ziemlich zweideutiger Reim auf trinkende Kerle und keifende Weiber«, klärte der Gastgeber Hannah beinahe verlegen auf. »Hat einen deftigen Humor, dein Freund. Ich hoffe, du bist nicht böse, wenn ich uns beiden die Übersetzung erspare. Ich bin mir sicher, er hat es nicht persönlich gemeint.«

Hannah rang sich ein gequältes Lächeln ab. Wenn es so weiterginge, würden sich ihre schlimmsten Alpträume bewahrheiten.

Ein junger Mann, der eine braune Pumphose und ein schwarzes Kapuzenhemd trug und seine dünnen, hellblonden Haare zu einem mickrigen Zöpfchen zusammengebunden hatte, trat an Anselm heran und beschwerte sich leise aber unmissverständlich darüber, dass er sich nicht genug um seine anderen Gäste kümmerte.

Hannah horchte auf, als Anselm dem Mann etwas zuraunte: »Schau dir mal den Typen neben mir an, Stefan. Kannst du dir vorstellen, dass jemand ausschließlich Altfranzösisch und Mittelhochdeutsch spricht und sich perfekt im Schwertkampf auskennt? Er muss ein absoluter Freak in der Branche sein.« Anselms Augen nahmen einen glitzernden Ausdruck an.

Sein Freund warf Gero nur einen argwöhnischen Blick zu und wandte sich ohne Kommentar ab.

»Entschuldigt mich einen Augenblick«, sagte Anselm zu Hannah und Gero. »Ich muss ein paar Gäste begrüßen. Wollt ihr nicht etwas essen?«

Hannah reichte Gero und dem Jungen Plastikteller und Besteck. Ein herber Stilbruch angesichts dieses Ambientes, wie sie fand.

Eingehend betrachtete der Templer erst das Messer und dann die

Gabel, die er unbeholfen in einer Hand hielt. Nachdenklich senkte er seine Lider, bevor er Hannah mit schmerzlichem Blick anschaute. »Es hat sich doch mehr verändert, als ich glaubte«, bemerkte er leise. »Wenn man vom Bier und den schönen Frauen einmal absieht«, fügte er wehmütig lächelnd hinzu.

Gero hatte sich für eine Scheibe Rindfleisch und ein Stück Brot entschieden. Als sie sich an einem der freien Tische niederließen, hätte jeder sie für eine kleine Familie halten können.

Matthäus legte eine Vorliebe für Bratkartoffeln mit Speck an den Tag, ein Gericht, das er bisher nicht gekannt hatte. Die Kartoffel war erst im fünfzehnten Jahrhundert nach Europa gelangt.

Hannah war nicht entgangen, dass einige der Gäste erstaunt aufblickten, als Gero und Matthäus sich vor dem Essen bekreuzigten und eine ganze Weile die Hände gefaltet hielten, während sie stumme Worte vor sich her murmelten. Dann aßen sie wie immer schweigend.

Nach dem Essen flüsterte Gero seinem Knappen etwas ins Ohr.

Hannah blickte neugierig auf. Matthäus grinste sie an und bekam rote Ohren. Dann stand er auf, und Gero folgte ihm.

Hannah schloss aus der Geheimniskrämerei, dass der Junge Gero die Toilette zeigen sollte. Mit einem unguten Gefühl musste sie einsehen, dass sie ihnen nicht überall hin folgen konnte.

Gero stand vor den Latrinen und schaute ein wenig ratlos nach rechts. Der Kerl neben ihm, der im Gegensatz zu den anderen Männern die hier übliche Alltagskleidung trug, pinkelte ungeniert in eines von dreien an der Wand befestigten Becken. Ein wenig unsicher öffnete Gero die Schnüre seiner Hose und zielte mit seinem besten Stück in den Ausguss, ganz so wie es sein Nebenmann gemacht hatte. Einen Moment lang beobachtete der Mann, wie Gero sich die Hose zuschnürte. Erst als er seinen irritierten Blick auffing, wandte er sich ab und grinste. Gero folgte dem Mann in einen kleinen Vorraum, wo dieser sich leise pfeifend die Hände wusch. Gero tat es ihm nach, während der Fremde, der ihm irgendwie bekannt vorkam, immer noch pfeifend nach draußen ging.

Als Gero auf den kleinen Flur hinaus trat, der zum Saal führte, um auf Matthäus zu warten, sprach ihn der Kerl mit dem blonden Zopf an, der sich kurz zuvor an Anselm gewandt hatte.

»He, du«, rief er Gero respektlos zu und packte ihn unvermittelt am Arm. Mehr verdutzt als verärgert schaute Gero auf den Mann hinab. »Anselm wartet auf dich. Du hast dich zum Schwertkampf angemeldet?«

Obwohl der Mann kein Mittelhochdeutsch sprach, verstand ihn Gero recht gut. Hatte er wirklich von einem Schwertkampf gesprochen?

»Nêina«, sagte Gero nur, als der Mann ihn aufforderte, ihm zu folgen.

Doch der andere zog ihn ungeduldig mit sich. »Es ist Sitte, dass einer seiner Gäste gegen Anselm im Schaukampf antritt, und er meint, du seiest genau der Richtige.«

Während der Blondzopf ihn in Richtung Hof dirigierte, sah Gero sich suchend nach Matthäus und Hannah um. Er hatte keine Ahnung, was Anselm mit ihm vorhatte. Jedoch hätte er es als unhöflich empfunden, einfach das Weite zu suchen.

Geblendet kniff Gero die Lider zusammen, als er in den Hof hinaustrat. Vom Scheunendach herab überflutete ein gleißend helles Licht ein mit bunten Bändern abgestecktes Feld.

Jemand umfasste sein Handgelenk und zog ihn in eine große Abstellkammer.

Es war Anselm, der lächelnd und mit stolz geschwellter Brust auf ein Sammelsurium von militärisch anmutender Ausrüstung deutete. In langen Regalen lagen Schilde, Schwerter, Kettenhemden in allen Größen. Auf Kleiderbügeln hingen Wappenröcke in fantasievollen Farben. Gero fühlte sich an die Waffenkammer von Bar-sur-Aube erinnert, allerdings waren dort nur Dinge in den Farben Schwarz, Weiß und Rot vertreten gewesen.

»Bediene dich ruhig«, forderte Anselm ihn auf.

Da Gero zögerte, griff Anselm in eines der vielen Regale und warf ihm ein Kettenhemd zu, von dem er wohl annahm, dass es ihm passte. Danach überreichte er dem Templer einen bunt gemusterten Umhang. Schließlich drückte er ihm noch ein Schwert in die Hand und einen Topfhelm.

Einen Moment lang erinnerte sich Gero daran, dass ihm jegliches Turnierspiel verboten war. Doch in dieser Welt galten ohnehin andere Regeln.

Hannah wartete ungefähr eine Viertelstunde, doch weder Gero noch der Junge kehrten zurück. Der Saal begann sich unterdessen zu leeren. Einige Gäste zogen sich Jacken an und gingen in Richtung Ausgang. Suchend schaute sie sich um. Ein Fanfarenstoß klang von draußen herein, Beifall brandete auf. Hannah erhob sich unsicher.

Plötzlich eilte Carolin auf sie zu. »Das musst du dir ansehen«, rief sie mit weit aufgerissenen Augen. »Dein Freund liefert sich mit Judiths Bruder einen Schwertkampf – in voller Rüstung. Die beiden sehen aus wie echte Ritter!«

»Was?« Hannah traute ihren Ohren nicht.

Judith erschien in der Tür und ruderte heftig mit den Armen. »Ich wusste gar nicht, dass dein neuer Freund auch aus Anselms Branche kommt«, erklärte sie aufgeregt.

»Ich auch nicht«, antwortete Hannah tonlos. »Wo ist er?« Sie kochte vor Wut.

»Komm mit«, rief Judith und zog Hannah mit nach draußen.

Lange Bänder, die man an bunten, tragbaren Pfählen befestigt hatte, umspannten eine quadratische Fläche von der Größe eines Boxringes. Das Publikum, das bereits einen recht alkoholisierten Eindruck machte, drängte sich an die Absperrung.

Verzweifelt schaute Hannah sich um, ob sie Gero irgendwo entdecken konnte. Plötzlich tat sich zwischen den Menschen eine Gasse auf. Zwei Männer in Kettenhemden und mit farbigen Überwürfen, auf denen verschiedene Wappen aufgenäht waren, betraten den Ring. Jeder von ihnen hielt ein Schild in der einen Hand und in der anderen ein Schwert. Auf dem Kopf trugen sie eiserne Helme mit schmalen Sichtschlitzen. Obwohl Hannah sein Gesicht nicht erkennen konnte, wusste sie genau, wer von beiden Gero war.

Sie spürte, wie ihr schwindlig wurde und ein flaues Gefühl in ihren Magen kroch. Wo, zum Teufel, steckte Matthäus?

Rücksichtslos bahnte sie sich ihren Weg durch die Menge, um zu Judith zu gelangen. Sie war die Einzige, die diesen Wahnsinn noch stoppen konnte.

»Sag deinem Bruder, er soll sofort damit aufhören, die Sache ist viel zu gefährlich«, rief sie ihr aus einiger Entfernung zu. Doch Judith winkte nur lachend ab.

Das Geräusch der aufeinander prallenden Stahlklingen löste bei Hannah Panik aus. Was wäre, wenn Gero Anselm erschlug? Wie sollte er wissen, dass man heute nach anderen Regeln kämpfte als hunderte Jahre zuvor. Sie wusste nicht viel über mittelalterliche Turniere, aber genug, um sagen zu können, dass es ab und an Tote gegeben hatte.

Der feinkörnige Kies, der fast den gesamten Hof bedeckte, schien kein idealer Untergrund für einen Schwertkampf zu sein. Mit jedem zweiten Ausfallschritt, den Gero machte, spritzten die schwarzen Steinchen wie kleine Geschosse hoch.

Anselm hatte Mühe, seinem außerordentlich wendigen Gegenüber auszuweichen. Selbst Hannah konnte sehen, dass er Gero gnadenlos unterlegen war.

Die Schläge prasselten mit einer solchen Wucht und Geschwindigkeit auf sein Schild, dass Anselm ihnen kaum etwas entgegensetzen konnte.

Das Publikum jubelte, doch Hannah überfiel eine bleierne Angst. Wenn ein Unglück geschah, würde das Chaos perfekt sein. Wie sollte sie eventuellen Ermittlungsbehörden klar machen, wer Gero war und warum er sich nicht zurück gehalten hatte?

Anselm versuchte schwer keuchend auszuweichen. Dann zog er plötzlich den Helm vom Kopf und warf ihn zu Boden. Er wirkte völlig erschöpft.

Gero schien einen Moment zu zögern, ob er nachsetzen sollte, um seinen Kontrahenten außer Gefecht zu setzen, aber dann tat er es Anselm nach und entledigte sich ebenfalls seines Helmes und der gepolsterten Bundhaube.

Die Zuschauer johlten vor Begeisterung.

Stefan, Anselms blonder Freund, tauchte unvermittelt neben Hannah auf.

»Sag, was ist dein Freund für einer?«, fragte er unwirsch. »Europameister im Schwertkampf?«

»Wenn du mir einen Gefallen tun willst, redest du nicht so einen Unsinn daher, sondern siehst zu, dass die beiden endlich aufhören«, erwiderte Hannah zornig.

»Liebend gern, aber da kennst du Anselm schlecht. Der hört erst auf, wenn einer am Boden liegt.«

Hannah sah mit klopfendem Herzen zu, wie Gero mit einem gezielten Schlag das Schwert von Anselm so traf, dass es in der Mitte zerbrach. Wie von einem elektrischen Stromstoß durchfahren, ließ Anselm das Heft des Schwertes fallen, dabei verlor er das Gleichgewicht und stürzte. Ein Aufschrei ging durch die Menge. Mit schmerzverzerrter Miene hielt Anselm sich den Arm.

Gero ging – immer noch sein Schwert in der Linken haltend – zu ihm hin und streckte ihm seine rechte Hand entgegen, um ihm aufzuhelfen.

Hannah atmete erleichtert auf, als Anselm zu Gero aufschaute und ihn, wenn auch erschöpft, anlächelte.

Die Zuschauer spendeten anerkennenden Beifall.

»Großer Gott«, keuchte Anselm atemlos. Von unten herauf schenkte er Gero einen ehrfürchtigen Blick und wischte sich den Schweiß aus den Augen. »In dir habe sogar ich noch meinen Meister gefunden. Gibst du Unterricht?«

»Nein, das tut er nicht!« Hannah hatte sich nun bis zu den Kontrahenten vorgeschoben. »Zieh das Gewand aus!«, fauchte sie Gero an. »Wir gehen!«

Gero wandte sich ganz langsam um und bedachte sie mit einem Blick, der sowohl Belustigung als auch Verärgerung verriet. Seine Augen funkelten sie an, und er richtete sich zu voller Größe auf, immer noch die Waffe im Anschlag.

Unwillkürlich wich sie einen Schritt zurück, als er auf sie zu trat.

»Frau, ich wüsste nicht, dass ich dir das Wort erteilt hätte«, sagte er in schönstem Mittelhochdeutsch und mit einer Kälte in seiner dunklen Stimme, die Hannah erschauern ließ. »Ich bevorzuge fügsame Weiber. Wenn du nicht möchtest, dass ich dich züchtige, rate ich dir in Zukunft nachzudenken, bevor du sprichst!«

Die weniger Männer um sie herum, die ihn verstanden, lachten auf, Hannah aber spürte, wie ein unbändiger Zorn in ihr aufstieg. »Na schön!«, knurrte sie und drehte sich auf dem Absatz um. »Du willst es nicht anders.«

»He«, sagte Anselm und hielt sie am Arm fest. »War doch nur Spaß, deshalb musst du doch nicht böse sein.«

Mit einem Ruck entzog sie sich ihm und warf ihm einen zornigen

Blick zu. »Spaß? Ich glaube nicht, dass du eine Ahnung davon hast, was hier vor sich geht«, erwiderte sie. »Trotzdem ... danke für die Einladung. Wir müssen nach Hause.«

Sie wandte sich ab und blickte sich suchend nach Matthäus um. Ihr war klar, dass sie sich unmöglich aufführte, dabei war ihr zum Heulen zumute.

Matthäus tauchte neben Gero auf und schaute ihn fragend an. Er hatte gesehen, dass Hannah mit den Tränen kämpfte, bevor sie seinen Herrn einfach stehen ließ.

»Was ist in sie gefahren?«, fragte Matthäus leise auf Französisch.

»Ich weiß nicht«, antwortete Gero verhalten, »aber ich werde es herausfinden.«

Mehr zu sich selbst murmelte er: »Ich glaube, ich habe einen Fehler begangen.«

Er sagte das, ohne den Blick von Hannah abzuwenden, die in Richtung Haus eilte. Entschlossen entledigte er sich des Schwertes, seines Wappenrockes und des Kettenhemdes und übergab die Sachen wortlos an Anselm. Der hatte verblüfft mit angehört, das Gero selbst mit dem Jungen altfranzösisch sprach.

Fast wäre Gero mit Hannah zusammengeprallt, als sie aus der Garderobe kam, wo sie ihren Mantel übergezogen hatte. Sie hielt die Jacke von Matthäus in der Hand. Ein deutliches Zeichen, dass sie nicht gewillt war, den Weg nach Hause ohne den Jungen anzutreten.

Gero packte sie unsanft am Handgelenk und zwang sie, ihm ins Gesicht zu sehen. Ihr Blick war verschwommen, rote Flecken bedeckten ihren Hals. Er schaute sich um und wartete einen Augenblick, ohne sie loszulassen, bis sie alleine waren.

»Was?«, fragte er eindringlich. »Was habe ich falsch gemacht?«

Sie senkte den Blick. »Mir ist schlecht«, sagte sie und atmete tief durch. »Lass uns nach Hause gehen. Ich brauche frische Luft.«

Plötzlich stand Matthäus neben ihr. »Fahren wir nicht mit dem Wagen?«

»Nein«, antwortete Hannah mit einem erschöpften Lächeln. »Ich hab' zuviel Wein getrunken. In meinem Zustand ist es sicherer, wenn man darauf verzichtet, einen Wagen zu steuern.«

»Vernünftig«, befand Gero und nickte. »Kannst du dich noch an den Gehilfen vom alten Bratac erinnern?«, fragte er seinen Knappen.

»Ja«, antwortete der Junge arglos. »Ist der nicht vor einer Weile gestorben?«

»Der hat ständig gesoffen«, fuhr Gero fort, ohne auf die Bemerkung des Jungen einzugehen. »Hatte zuletzt ein böses Unglück mit dem Fuhrwerk. Im Suff hat er die Pferde zu sehr angetrieben, die Zügel verloren und ist einen Abhang hinuntergefahren. Eins der Pferde hat sich ein Bein gebrochen, es musste geschlachtet werden, und auch ihn selbst hat es übel erwischt – eine volle Ladung Fässer ist über ihn hinweggerollt. Drei Monate später war er tot.«

»Netter Vergleich«, murmelte Hannah.

»Soll ich euch ein Taxi rufen?«, Judith stand plötzlich in der Garderobe und machte ein besorgtes Gesicht.

»Lass gut sein«, erwiderte Hannah. »Wir gehen zu Fuß. Ist ja nicht weit.«

»Du glaubst nicht, was da gerade los war!«, rief Piet, als er zu seinem Kollegen in den Wagen stieg. Immer noch kopfschüttelnd betätigte er das Funkgerät.

»Jack«, keuchte er atemlos, während er sich anschnallte.

»Kommen«, ertönte es über Funk.

»Was sagst du zu den Bildern, die ich dir übermittelt habe?«

»Interessant«, antwortete sein Chef spöttisch. »Der Kerl sieht nicht so aus, wie ich mir einen Menschen aus dem Mittelalter vorstelle. Fast ist zu befürchten, dass er wie unser Waffenexperte der so genannten Reenactor-Szene angehört. Das sind Leute, die historische Zeiten mit Kostümen und nachempfundenen Schlachten wieder aufleben lassen. Bevor wir keine DNA-Proben von dem Typ haben, können wir uns den Zugriff schenken.«

»Das hättest du mir früher sagen können«, entgegnete Piet, während er gleichzeitig den Motor des Wagens startete, »dann hätte ich ihn auf der Toilette um eine Urinprobe gebeten.«

»Du warst mit ihm auf dem Klo?«

»Ja«, rief Piet amüsiert. »Sein gutes Stück hat ziemlich respektable Ausmaße.«

»Eine Beobachtung, die uns auch nicht unbedingt weiterbringt.«

»Jack, ich bin mir sicher, er ist unser Mann. Ich schwöre, der hat im Leben noch vor keinem modernen Pissoir gestanden. Hat ziemlich verdutzt geguckt, als die Lichtschranke die Spülung in Betrieb setzte. Also wenn's nach mir ginge, sollten wir uns den Kerl schnappen!«

»Negativ, Piet. Wir können es uns nicht leisten, auf Verdacht zu handeln. Bleib ihnen auf den Fersen, bis sie zu Hause angekommen sind. Gib Acht, dass sie nichts merken. Und dann kommst du zur Auswertung zurück zum Stützpunkt.«

»Wenn du meinst.« Piets Stimme war anzumerken, dass er nicht einverstanden war. Langsam lenkte er den Wagen auf die nachtschwarze Dorfstraße.

»Was hast du vor?«, fragte sein Beifahrer leise, dem aufgefallen war, dass Piet noch ein Ass im Ärmel zu halten schien.

»Ich werde sie anquatschen. Ich bin mir absolut sicher, dass es die selben sind, die wir vor zwei Tagen bei der Burg gesehen haben. Der Wagen kam mir sofort bekannt vor. Und der Typ hat ein paar unverwechselbar blaue Augen.«

In raschem Tempo marschierte Hannah, gefolgt von Gero und Matthäus, die dunkle Straße entlang. Sie sprachen kaum ein Wort. Ab und an fuhr ein Wagen vorbei. Im Lichtkegel der herannahenden Fahrzeuge musste Hannah ihre Begleiter jedes Mal in den Straßengraben zerren, weil sie wie hypnotisierte Igel einfach stehen blieben, wenn sich die Lichter des jeweiligen Fahrzeugs näherten.

Als sie die beiden wieder einmal von der Straße ziehen wollte, geriet Hannah ins Stolpern und wäre beinahe in den Graben gestürzt, wenn Gero sie nicht im rechten Moment aufgefangen hätte. Für einen Augenblick hielt er sie in seinen Armen. Sie spürte die Wärme, die ihn durchströmte, und sein leichter Moschusduft vernebelte ihr die Sinne. Seine Brust hob und senkte sich in regelmäßigen Zügen, und eine tiefe Ruhe erfasste sie. Es war gerade so, als ob sie einen Baum umarmte.

»Es geht schon«, sagte sie dann, als sie sich wieder gefangen hatte, und löste sich von ihm. »Ich glaube, ich bin beschwipst«, gestand sie schmunzelnd, und im nächsten Moment packte sie ein heftiger Schluckauf.

»Du musst die Luft anhalten und mindestens drei Ave-Maria beten«, rief ihr Matthäus aus dem Hintergrund.

Hannah drehte sich verblüfft zu ihrem kindlichen Ratgeber um. Offenbar gab es Empfehlungen, die mühelos hunderte Jahre und mehr überdauerten. »Ich habe keine Ahnung, wie der Text lautet«, erwiderte sie ratlos. »Wenn du vorbetest, werde ich's versuchen.«

»Du kannst kein Ave-Maria beten?« In der Stimme des Jungen lag ungläubiges Erstaunen. »Ich dachte, du bist eine Christin. Jedes Kind lernt dieses Gebet, noch bevor es sieben Jahre alt ist.«

»Gehört habe ich schon davon. Aber ich kann's nicht auswendig.«

»Wir werden ihr helfen«, beschied Gero.

Hannah hätte wetten mögen, dass in seiner dunklen Stimme ein missionarischer Ausdruck lag.

Ein bisschen seltsam war es schon, fand Hannah, als sie allesamt mitten in der Nacht, laut und in lupenreinem Latein vor sich hinbetend die Straße entlanggingen. Vielleicht war das der Grund, warum sie nicht bemerkte, wie plötzlich auf der anderen Straßenseite ein silberfarbener BMW stoppte. Plötzlich sah sie das rückwärtige Licht der Scheinwerfer und wie der Fahrer das Seitenfenster herabließ.

»Wir wollen nach Binsfeld«, sagte der Mann und streckte den Kopf heraus, als Hannah auf seiner Höhe angelangt war. »Wir haben uns verfahren.«

Hannah spürte ihr Herz klopfen. Der Wagen hatte ein Trierer Kennzeichen, und der Fahrer eindeutig einen amerikanischen Akzent. Eigentlich nicht ungewöhnlich. In der Umgebung der Air Base lebten tausende Amerikaner. Doch Hannah wusste, dass der Mann log. Etwa fünfhundert Meter zuvor befand sich eine Abzweigung, mit einem unübersehbaren Hinweisschild. *Binsfeld 2 km.*

Gero stand so dicht hinter ihr, dass Hannah bemerkte, wie seine Hand langsam zu seinem Messergürtel wanderte, den er stets unter seiner Kleidung trug.

»Fahren Sie immer geradeaus, dann können Sie es gar nicht verfehlen«, erklärte sie dem Fahrer knapp und wandte sich wieder ihren beiden Begleitern zu.

Doch der Mann sprach sie von neuem an. »Kennen wir uns nicht?«

Sie schenkte ihm einen missbilligenden Blick. »Selbst wenn es so wäre, ist jetzt wohl kaum der richtige Zeitpunkt, diese Frage zu erörtern. Es ist dunkel, und ich stehe mitten auf der Straße. Gute Fahrt.«

»Vielleicht können wir Sie irgendwohin mitnehmen?«

»Nein, danke«, erwiderte sie unwirsch. »Wir machen eine Nachtwanderung.«

»Nichts für ungut«, erwiderte der Fremde und hob zum Abschied die Hand, bevor er davonfuhr.

»Da stimmt was nicht«, erklärte sie nervös.

»Was meinst du?« Gero sah sie fragend an. Er hatte das Gespräch kaum verstanden.

»Ich habe den Kerl schon mal gesehen«, sagte Hannah leise. »Aber ich weiß nicht wo.«

»Aber ich«, sagte Gero. »Es war der Mann, der dich bei der Burg angesprochen hat, und wenn mich nicht alles täuscht, habe ich ihn heute Abend bei den Latrinen gesehen.«

»Verdammter Mist«, entfuhr es Hannah. »Das könnten Leute von der NSA sein. Ich habe mir gleich gedacht, dass das nicht gut gehen kann!«

»Was sprichst du?« Gero packte sie am Arm und versuchte, sie aufzuhalten.

Hannah riss sich los. »Dass ich dir von Anfang an gesagt habe, du sollst dich mit niemandem auf dem Fest unterhalten, weil es zu gefährlich ist. Aber nein, der hohe Herr ist es nicht gewohnt, Anweisungen von einer Frau entgegenzunehmen. Wozu auch? Die haben ja ohnehin keine Ahnung.«

Ohne auf eine Antwort zu warten, setzte sie ihren Weg fort.

»Kannst du mir endlich verraten, was so falsch daran sein soll, wenn ich mich mit Anselm unterhalte oder einen Übungskampf mit ihm bestreite? Das Volk jedenfalls fand daran nichts Unübliches, sonst hätte es wohl kaum Beifall gespendet!«

»Weißt du …«, begann Hannah, »es geht einfach nicht, dass du in Gegenwart Uneingeweihter altfranzösisch sprichst oder dass du Schwertkämpfe bestreitest. Niemand darf erfahren, woher du stammst. Und deshalb müsst ihr euch unauffällig verhalten.«

Gero verlor die Geduld. »Weißt du…«, äffte er Hannah nach. Allmählich brachen all sein Zorn und seine Verzweiflung hervor. Nichts deutete darauf hin, dass sich ihre Lage bald zum Besseren wenden würde. Er zählte die nutzlos verstrichenen Tage, und ihn überkam jene Aussichtslosigkeit, die man im Kampf als besonders gefährlich ansah. Weil man seine Kraft verlor, wenn man den Mut verlor und nicht umgekehrt.

»Ich habe es satt, wie ein Schoßhündchen hinter dir herzulaufen, und ich will dich nicht länger fragen müssen, was ich machen darf und was nicht!« Er überholte Hannah und baute sich drohend vor ihr auf.

Sie blieb unvermittelt stehen. »Tut mir leid«, erwiderte sie mit aufrichtigem Bedauern in der Stimme, »aber daran lässt sich im Moment kaum etwas ändern.«

»Es tut dir leid!«, blaffte er zurück und fasste sich in einer Geste der Hilflosigkeit an den Kopf. »Es tut dir leid, ja? Was tut dir leid? Dass ich meine Heimat verloren habe? Dass ich all meine Kameraden zurücklassen musste? Mein Leben? Dass ich irgendwo existiere, in einer Welt, die mir fremd ist, und ohne Aussicht darauf, jemals wieder vertrauten Boden unter den Füßen zu bekommen, geschweige denn vertrauten Menschen gegenüber zu stehen?« Seine Stimme offenbarte den Grad seiner Verzweiflung.

»Was kann ich denn dafür?«, erwiderte Hannah. »Hast du eine Ahnung, was die Amerikaner mit euch anstellen können, wenn sie euch schnappen?« Zielstrebig schritt sie weiter. In einiger Entfernung konnte sie im Mondlicht bereits die hohen Buchen sehen, die die Zufahrt zu ihrem Hof markierten.

»Niemand wird uns so einfach schnappen!«, stellte Gero selbstsicher fest, während er sich beiläufig davon überzeugte, dass Matthäus Schritt halten konnte. »Ich bin ein Tempelritter und kein tölpelhafter Bauer. Wenn mir jemand zu nahe tritt, wird er meine Entschlossenheit zu spüren bekommen, und bevor sich jemand an dem Jungen vergreift, muss er mich erst ins Jenseits schicken.«

»Du bist ein Trottel«, entfuhr es ihr, doch im nächsten Moment tat es ihr auch schon Leid. Mittlerweile hatten sie ihr Haus erreicht, und als sich die Außenlampe automatisch einschaltete, konnte sie Geros betroffenes Gesicht sehen.

»Entschuldige«, sagte sie leise, »ich wollte das nicht sagen, aber manchmal vergesse ich eben, wo du herkommst. Du musst einfach einsehen, dass zu deiner Zeit völlig andere Sitten und Gebräuche herrschten, die du unmöglich mit den heutigen vergleichen kannst.«

Während sie in ihrer Tasche nach ihrem Schlüssel kramte, trat er unmerklich näher an sie heran.

»Ich werde versuchen, Tom anzurufen«, erklärte sie, ohne ihn anzusehen, »und ihm sagen, dass er sich etwas einfallen lassen muss.«

»So ist das also«, zischte er dunkel. »Du hältst deinen Maleficus für klüger als mich.«

Hannah hielt inne und schaute alarmiert auf. Seine blauen Augen funkelten düster. »Gero, so …«

»Gib's ruhig zu«, sagte er, während sich sein Körper vor Kampfeslust zu straffen schien. »In Wahrheit hältst du mich für einen armen Narren, der nicht bis drei zählen kann.«

»Kannst du mir verraten, warum du plötzlich so einen Unsinn daherredest?«, fragte sie atemlos. »Ich tue, was in meiner Macht steht. Bisher seid ihr bei mir gut aufgehoben, und in einem Punkt hat Tom Recht. Bei uns gibt es weder Folterungen noch einen Scheiterhaufen, und die Gefahr, an einer Seuche zu sterben, ist auch ungleich geringer.«

»Das wird sich erst noch herausstellen«, entgegnete Gero barsch.

Matthäus, den der Streit der Erwachsenen reichlich verstörte, schaute ängstlich auf, während er den vor der Haustüre sitzenden Kater streichelte.

»Was erwartet einen Mann wie mich in einer Welt wie dieser« rief Gero aufgebracht, »wo ich nicht leben kann, ohne auf eine Frau angewiesen zu sein? Was würde denn aus Matthäus und mir, wenn du dich entschließt, uns den Rücken zuzukehren? Oder was wird aus uns, wenn es dich zurück in das Bett dieses Hexenmeisters zieht?«

Hannah musste einsehen, dass es offenbar ein Fehler gewesen war, zweimal hintereinander den Namen Tom zu erwähnen.

»Manchmal frage ich mich ernsthaft«, sagte Gero gefährlich leise, »ob ich dem Ansinnen widerstehen kann, den Dolch gegen mich selbst zu erheben, falls es deinem feinen Freund nicht gelingen sollte, uns zurück nach Hause zu bringen.«

Hannah musste unwillkürlich schlucken. »Dann, mein Lieber«, sagte sie tonlos, »würdest du nach allem, was du mir über deine Zeit und deinen Glauben beigebracht hast, in der Hölle schmoren. Und zwar auf ewig!« Unbeeindruckt zückte sie den Hausschlüssel und öffnete die Tür. Matthäus rannte dem Kater hinterher, und beide verschwanden die Treppe hinauf in den ersten Stock.

Hannahs Antwort verschlug Gero für einen Moment die Sprache. Er hatte sie ohne Zweifel gekränkt. Wortlos legte sie den Mantel ab und verschwand ohne Gruß hinter der Schlafzimmertür.

Heilige Jungfrau, wie hatte er sich so vergessen können! Am liebsten hätte er sich selbst geohrfeigt. Ratlos schlich er ins Wohnzimmer. Mit einem Blick auf die hölzerne Madonna bat er um Vergebung. Das Lächeln der Gottesmutter schien ihm zu sagen, dass es an der Zeit war, nicht sie, sondern in Sachen Sühne jemand anderes zu bedenken.

Auf dem Weg zu Hannah legte er sich die Worte zurecht, mit denen er sie um Verzeihung bitten wollte.

Höflich klopfte er an die Tür. Doch nichts geschah. Er klopfte noch mal. Nichts. Erneut spürte er Wut in sich aufsteigen.

Das vermaledeite Weib musste ihn einfach verstehen. Wenn *sie* ihn nicht verstand, wer dann? Als er ohne Aufforderung ihr Zimmer betrat, ignorierte sie ihn einfach. In Allerseelenruhe zündete sie eine zweite Kerze an, ohne sich auch nur nach ihm umzudrehen. Sie hatte sich umgezogen und trug nun ihren seidigen, weiß schimmernden Hausmantel. Sein Blick fiel auf ihre nackten Waden und Füße und den wohl gerundeten Hintern, der sich unter dem dünnen Stoff abzeichnete. Zu seiner Empörung gesellte sich die unselige Gier, sie zu nehmen, ohne Rücksicht darauf, ob es ihr passte oder nicht. Sie hatte ihn verhext. Es konnte gar nicht anders sein.

Ohne auch nur aufzuschauen, beugte Hannah sich über ihre Kommode. Mit zwei langen Schritten war er bei ihr, packte sie am Oberarm und riss sie herum. Die Lust, sie zu schlagen, war beinahe übermächtig. Warum tat sie ihm das an? In der Tiefe seiner frommen Seele verachtete er Männer, die sich eine Frau mit Gewalt gefügig machten. Und doch konnte er sie plötzlich verstehen. Es war so erbärmlich, wenn man sich abhängig fühlte. Er fasste Hannah am Kinn und zwang sie, ihm ins Gesicht zu sehen.

»Zum Teufel, Weib«, zischte er mit purer Verzweiflung in der Stimme. »Was machst du nur mit mir? Bist du vielleicht doch eine Zauberin?«

Wieder schüttelte er sie, als ob er damit rechnete, die Antwort auf diese Weise aus ihr herauszubringen.

Sie war nicht fähig zu antworten. Als er drohend seine Hand erhob, versuchte sie in Deckung zu gehen, indem sie sich duckte und den Kopf einzog.

»Sag' s mir«, brüllte er. Sein Griff war so fest, dass er den Blutstrom in ihren Oberarmen unterbrach. »Ich muss es wissen …«

Plötzlich begann sie zu weinen. Beschämt ließ er sie los und wandte sich keuchend ab. Schwer atmend setzte er sich auf ihr Bett und vergrub sein Gesicht in seinen Händen.

Seine Schultern zuckten. Hannah ahnte, dass es nicht verletzte Eitelkeit oder einfache Überforderung war, die ihn aufschluchzen ließ. Seine Welt lag in Scherben. Schlagartig wurde ihr bewusst, wie sehr sie ihm Unrecht getan hatte, als sie ihm unterstellte, dass er sich und den Jungen absichtlich in Gefahr brachte. Bis auf das wenige, was sie ihm beigebracht hatte, wusste er nichts über die heutige Zeit. Sie setzte sich neben ihn und umarmte ihn. Zögernd schaute er auf.

Das Gesicht tränennass. Im Kerzenlicht waren seine Züge mit einem Mal weich wie die eines Kindes.

»Komm her zu mir …«, sagte sie leise. »Bitte.« Gero sah sie unsicher an und bemerkte die Aufrichtigkeit, die in ihrem Blick lag. Mit geschlossenen Lidern legte er seine feuchte Wange auf ihren Scheitel.

So saßen sie eine ganze Weile, jeder unfähig, ein Wort zu sagen.

Dann löste Hannah ihre Umarmung. Gero schaute sie prüfend an und wischte sich mit dem Unterarm über das Gesicht.

»Vergibst du mir?«, flüsterte er mit heiserer Stimme.

Hannah streichelte seine bärtige Wange.

»Ich muss mich entschuldigen, weil ich so unsensibel war«, antwortete sie leise.

Anstatt etwas zu erwidern, senkte er seinen Kopf zu ihr hinunter und drückte seine Lippen auf ihren Mund.

Wie elektrisiert empfing sie seinen Kuss, der immer fordernder wurde. Seine Zunge spielte mit der ihren, und er zog sie ganz nah an sich heran.

Hannah beschloss, nicht darüber nachzudenken, was jetzt gerade geschah. Nur eines wusste sie: Es war genau das, was sie sich seit Tagen herbeigesehnt hatte.

Mit den Fingern fuhr sie durch sein kurzes Haar. Als er sich einen Moment von ihr löste, um nach Luft zu schnappen, öffnete sie die Schleife ihres Satinmantels.

»Verzeih, wenn ich mich benehme wie ein Tölpel«, flüsterte er rau. »Ich habe seit Jahren keine Frau mehr in den Armen gehalten, geschweige denn mit einer das Lager geteilt.« Er küsste sie erneut.

»Du riechst so verdammt gut«, fuhr er leise fort. Seine Hände berührten tastend ihre Brüste und wanderten abwärts über ihre Schenkel.

»Du bist so schön« stieß er hervor. »Ich … ich …« Seine Stimme erstarb unter Hannas ausgestrecktem Zeigefinger, den sie ihm fordernd auf die Lippen legte. Zielstrebig schob sie ihre Hände unter sein Sweatshirt. Als sie seinen Messergürtel zu fassen bekam, schreckte sie für einen Moment zurück und erntete ein entschuldigendes Lächeln.

Rasch entledigte er sich seiner Waffen und zog das dunkelblaue Sweatshirt über den Kopf. Fast beiläufig verstaute er den Gürtel halb unter dem Bett. Dann ergriff er ihre Hand und zog sie zu sich heran. Während er sich mit ihr zurück in die weichen Kissen legte, streifte er mit den Füßen die Stiefel ab und löste die Schnüre seiner Hose.

Bereitwillig half ihm Hannah sich auszuziehen und ließ es anschließend zu, dass er ihr den Satinmantel von den Schultern schob. Zaghaft liebkoste sie seinen flachen Bauch, während er mit geschlossenen Lidern ihre Zärtlichkeit genoss. Das einfache silberne Kreuz, das an einem Lederband über seiner Brust baumelte, ließ sie für einen Moment innehalten. Schuldgefühle meldeten sich, die sie entschlossen beiseite wischte. Ihm stockte der Atem, als ihre Fingerspitzen immer tiefer hinab wanderten.

Zärtlich aber bestimmt fasste er ihr Handgelenk und dirigierte es in eine unverfänglichere Region. Mit seinem Mund liebkoste er ihre empfindlichen Halspartien. Schließlich richtete er sich auf.

Im flackernden Kerzenschein beobachtete Hannah die fließenden Bewegungen seiner Muskeln und bewunderte seine Männlichkeit, als er nackt und ohne jede Scham über ihr kniete.

Voll Wonne beugte er sich über sie und nahm abwechselnd ihre aufragenden Brustspitzen in den Mund, und als er vorsichtig daran zu saugen begann, stöhnte sie vor Lust.

»Jungfrau Maria steh mir bei …«, flüsterte er heiser, nicht wissend, was er als nächstes tun sollte.

Hannah richtete sich auf, bis sie vor ihm saß, und küsste ihn zärtlich auf den Bauchnabel.

Als er aufsah, brach der Zauber für einen Moment, und sein Blick fiel auf ihre glatt rasierte Scham, an der man adlige Frauen und levantinische Huren erkennen konnte.

Ihr Mund begann zu seinen Lenden hinabzugleiten und schien dabei brennende Male auf seinem Bauch zu hinterlassen. Den Kopf in den Nacken gelegt, hielt er die Augen geschlossen und atmete ein und aus, als ihre Lippen sein Geschlecht berührten. Im nächsten Moment jedoch schien eine heiße Welle über ihn hinwegzufegen, und er glitt auf sie hinab. Sie ließ es geschehen, dass seine Lippen ihren Körper erforschten und dass er mit kundigen Fingern ihre Schenkel spreizte.

Ohne Vorwarnung drang er tief in sie ein. Sie schlang ihre Arme um seinen Nacken und drückte ihre Brüste gegen ihn. Mit seiner Rechten hielt er ihren Kopf, während er sein bärtiges Gesicht an ihre Wange presste. Er stützte sich auf einem Ellbogen ab, um sie nicht zu erdrücken.

Für einen Moment meldete sich sein Gewissen. Was würde geschehen, wenn er seiner Lust freien Lauf ließ? Seine altbekannte Angst, eine Frau zu schwängern, mit allen furchtbaren Folgen, wallte in ihm auf. Doch im nächsten Augenblick verwarf er all seine Bedenken. Unendlich langsam bewegte er sich in ihr, hart und drängend, als wollte er jeden Zoll auskosten. Bei Kerzenschein bewunderte er ihre langen Wimpern, und während sie die Augen geschlossen hielt, schnurrte sie wie ein zufriedenes Kätzchen. Wie magisch klingende Beschwörungen murmelte er unentwegt Koseworte in der Langue d'oil, weil diese Sprache ihm soviel poetischer erschien als das Deutsche.

Während ihres gemeinsamen Höhepunktes zog Hannah ihn keuchend zu sich herab und hielt ihn eng umschlungen. Ein erstickter Schrei folgte, und er spürte ihr pochendes Herz an seiner Brust.

Für einen Moment herrschte absolute Stille.

Eine Woge tiefer Befriedigung schwappte über ihn hinweg, begleitet von einer innigen Liebe, wie er sie schon seit Ewigkeiten nicht mehr empfunden hatte. Bewegungsunfähig atmete er den Duft ihres Haares ein und lauschte benommen seinem eigenen Herzschlag.

Sein Körper war schweißgebadet. Offensichtlich gibt es da etwas, das ihn mehr fordert, als ein Schwertkampf, dachte Hannah und musste dabei unwillkürlich lächeln.

Sie hätte für immer so mit ihm daliegen mögen, doch plötzlich zog er sich wortlos zurück und legte sich auf den Rücken. Erschöpft schloss er die Augen. Oder war es aus plötzlicher Verlegenheit? Hartnäckig zerrte er an einem der zerwühlten Laken und bedeckte seine Blöße.

Hannah legte sich auf die Seite, den Kopf auf ihren Oberarm gebettet, und schaute ihn an. Im Kerzenschein schimmerten immer noch kleine Schweißperlen auf seiner Stirn. Ohne etwas zu sagen, nahm sie den Zipfel des Lakens und wischte sie ab. »Das war genial«, flüsterte sie.

Gero lachte leise und entschied sich nun doch, sich ihr zuzuwenden.

»Ihr seid genial, ehrenwerte Dame«, erwiderte er, wobei seine Lippen ein bewunderndes Lächeln umspielte. Unvermittelt zog er sie zu sich heran, um sie von neuem zu küssen.

Mit einem Fuß angelte Hannah nach dem leichten Federbett, das im Eifer des Gefechts am anderen Ende der Matratze gelandet war. Als sie es mit einer Hand zu fassen bekam, zog sie es heran und breitete es über sich und Gero aus. Vertrauensvoll kuschelte sie sich an ihn.

Deutlich spürte sie die Erhebung seiner Narbe unter ihrer linken Wange. Sie rückte ein Stück von ihm ab und fuhr sacht mit ihrem Zeigefinger über die unebene Stelle.

»Wo holt man sich so was?«, fragte sie flüsternd und blickte zu ihm auf.

Er seufzte. »Ich weiß nicht, ob du es verstehst, wenn ich es in meiner Sprache erzähle?«

»Versuch's einfach«, sagte sie und schmiegte sich vertrauensvoll in seine Armbeuge.

»Kennst du das Eiland Antarados?«

»Antarados?«

»Antarados ist eine winzige felsige Erhebung im Mittelländischen Meer vor Tortosa. Zwischen Zypern und dem Heiligen Land.«

»Ja«, bestätigte sie, »ich weiß, wo Zypern liegt, und unter dem Heiligen Land kann ich mir auch etwas vorstellen.«

»Wir hatten dort eine letzte Festung, nachdem die Mamelucken uns gemeinsam mit den Sarazenen unsere Güter im heiligen Land entrissen hatten. Zum Osterfest im Jahre des Herrn 1302 wurde ich von Zypern aus mit fünfzig anderen Kameraden auf die Insel verlegt.«

Im Schein der Kerze glaubte sie ein wehmütiges Lächeln auf seinen Lippen zu erkennen.

»Ich erinnere mich noch gut daran. Es war eine Woche nach Sankt Benedikt. Tags zuvor war ich endgültig als Ritter in den Orden aufgenommen worden, nachdem ich ein Jahr als Novize gedient hatte. Einige meiner Kameraden hielten mir zu Ehren ein Trinkgelage ab. Am nächsten Tag quälten mich unsägliche Kopfschmerzen, und ich wusste nicht, ob es die Planken des Schiffes waren, das unaufhörlich wankte, oder ob mir gleich das Haupt von den Schultern rollen würde.« Er grinste, doch rasch wurde sein Blick wieder ernst. »Auf Befehl des Großmeisters hatten wir den Auftrag erhalten, die Schiffsrouten der Mamelucken aufzuzeichnen. Später dann sollten wir ihre Galeeren kapern und wenn möglich überfallartig in ihre Niederlassungen vorstoßen. Von der Insel aus konnte man den Handelsverkehr vor Tortosa beobachten und mit der Zeit Auskunft darüber gewinnen, über welche Art von Schiffen der Feind verfügte. Außerdem wollte die Ordensführung mit unserer Anwesenheit kundtun, dass wir uns nicht unterkriegen ließen, und bei einem Kreuzzug sollte die Insel einen Versorgungsstützpunkt bilden, um Nachschub zu liefern. Doch dazu kam es erst gar nicht. Noch bevor wir auch nur eine unserer Aufgaben gelöst hatten, wurden wir von den Mamelucken überfallen und beinahe vollständig aufgerieben. Bis auf eine Handvoll haben sie hunderte von Kriegern getötet und die wenigen Überlebenden in die Sklaverei verkauft.«

»Und ihr konntet euch nicht verteidigen?«

»Es war schon Spätsommer«, fuhr er leise fort. »Die angekündigte Unterstützung von einem Heer aus dem Osten war ausgeblieben. Während der vorangegangenen Monate hatten unsere Feinde immer wieder versucht, unsere Belieferung mit Vorräten abzuschneiden. Nur mit Mühe konnten wir die Wasserversorgung aufrechterhalten. Die wenigen Brunnen auf unserer Burg gaben nur etwas her, wenn man zuvor heidnische Beschwörungsformeln aufsagte, und zu essen hatten wir seit Wochen nur Weizenfladen, Dörrfleisch und getrocknetes Obst. Manch einer war sogar versucht, das Blut der Pferde zu trinken und ihren Hafer zu fressen. Eigentlich hätten wir damit rechnen müssen, dass die Mamelucken es nicht bei ihren Böswilligkeiten belassen würden. Doch wir hatten ihnen kaum etwas entgegenzusetzen. Sie kannten unsere Schwachstellen. Wir hatten zu wenige Schiffe, um unsere beiden Anlegestellen dauerhaft zu schützen. Für die Verteidigung hätten wir kriegsfähige Galeeren benötigt. Aber die lagen vor La Rochelle oder an der Straße von Messina. Und einer Belagerung hätten wir schon aufgrund von fehlendem Proviant und unzureichender Bewaffnung niemals standhalten können.«

Gero räusperte sich leise, und sie spürte, wie er gedankenverloren ihre Hand streichelte. »Eines Tages wurden wir in der Morgendämmerung von Südwesten her mit mehreren Galeeren angegriffen. Recht schnell mussten wir erkennen, dass wir mit nahezu neunhundert Menschen auf der Insel in der Falle saßen.«

»Wie kam es, dass du überlebt hast?«

»Ich gehörte zu einem Spähtrupp. Zum Zeitpunkt des Angriffes befanden wir uns auf einem Aussichtsturm im Westteil des Eilandes. Wir sahen die Schiffe erst, als sie in der frühmorgendlichen Dämmerung anlandeten. Es blieb keine Zeit, die Brüder in der Festung zu warnen. Alles ging viel zu schnell, und so konnten sie nur noch die Tore schließen. Erst als wir uns an den Feind herangeschlichen hatten, konnten wir ermessen, was in der Zeit unserer Abwesenheit vor sich gegangen war. Dabei war es unmöglich, bis zum äußeren Ringwall vorzudringen – überall wimmelte es von blutrünstigen Muselmanen. Wie die Ratten auf der Flucht haben wir uns in den Kellern der umliegenden Häuser versteckt, während die Mamelucken alles durchkämmten. Zwei Tage haben wir mit ein paar Inselbewohnern in einem unterirdischen Verschlag ausgeharrt und Pläne geschmiedet, wie wir den Feind überlisten könnten. Als wir uns nach oben getrauten, mussten wir feststellen, dass unsere Kameraden auf der Festung selbst einer List erlegen waren. Man hatte ihnen freies Geleit versprochen, falls sie sich ergeben würden. Natürlich haben sich die muselmanischen Hunde nicht an ihre Abmachungen gehalten. Vom Dach unseres Verstecks aus mussten wir mit ansehen, was sie unseren bedauernswerten syrischen Bogenschützen angetan hatten. Einhundertfünfzig Männer, die man als Söldner zur Verteidigung der Insel vom Orden eingekauft hatte, waren von den Ungläubigen noch an Ort und Stelle zum Tode verurteilt worden. Und das nur, weil feststand, dass sie kein Lösegeld einbringen würden.«

Gero versagte die Stimme, und Hannah streichelte ihm tröstend über die Brust, wobei ihr Blick erneut auf sein silbern schimmerndes Kreuz fiel.

»Du musst nicht weiter erzählen, wenn es dir zu schwer fällt, ich habe genug gehört«, sagte sie leise.

Als hätte er ihren Einwand überhört, fuhr er fort: »Im Vorhof der Festung standen die Henker im Blut der Syrer und ließen im Rhythmus eines Herzschlages deren Köpfe rollen. Bartholomäus de Chinsi, unseren Oberbefehlshaber, hatten die Schurken vor der Festung an einen Pfahl gekettet.«

Einen Moment lang schien sein Blick in eine unendliche Weite gerichtet zu sein.

»Wir hatten einen Heidenrespekt vor ihm«, erklärte er. »Und nun wurden wir Zeugen, wie man ihn demütigte, indem er den Tod der ihm Anvertrauten mit ansehen musste, während er selbst elendig starb. Das schlimmste daran war, dass wir überhaupt nichts tun konnten. Es war, als ob der Teufel persönlich das grausige Schauspiel mit einer düsteren Faszination belegte, um uns einen direkten Ausblick auf die Hölle zu bescheren. Dabei wäre niemandem geholfen gewesen, wenn wir gekämpft oder uns ergeben hätten.«

Hannah hielt tröstend seine Hand. »Wie kam es, dass es dir trotz allem gelungen ist, die Insel zu verlassen?«

»Nachdem vier Tage ins Land gezogen waren, mussten wir erkennen, dass es keine Rettung mehr gab. Wir besaßen keinen Tropfen Wasser, und außer unserem Trupp und ein paar wenigen Bewohnern, die sich mit uns hatten verstecken können, befand sich niemand mehr in der Stadt. So beschlossen wir, in der Mittagshitze davonzuschleichen, entweder um zu sterben oder um mit Gottes Hilfe einen Ausweg zu finden. Um diese Zeit schliefen die meisten Muselmanen, und die Gestade waren nicht so streng bewacht wie in der Nacht. Sie wiegten sich in Sicherheit, weil sie nicht damit rechneten, dass es noch Überlebende gab. Die Leichen der Syrer hatte man ins Meer geworfen. Haifische umkreisten die Bucht, und die Gefangenen hatte man tags zuvor auf Schiffen abtransportiert. Doch es gab da noch ein winziges Versorgungsschiff, das die Mamelucken unversehrt gelassen hatten und das anscheinend nicht bewacht wurde. In der Nähe des Strandes sind wir dann auf eine Gruppe von Galeerenwächtern gestoßen. Wir kämpften mit dem Mut von Verzweifelten, auf die ohnehin nichts anderes wartet als der Tod. In einem Zweikampf hat mir ein Heide die Schulter aufgeschlitzt. Mit Hilfe des Allmächtigen ist es mir gelungen, ihn unschädlich zu machen. Doch da war ein zweiter Angreifer, der es auf mein Haupt abgesehen hatte. Sein Morgenstern streifte meinen Helm, und von da an weiß ich nur aus Erzählungen, was weiter geschah. Ich habe es Struan, einem treuen Freund und Bruder, zu verdanken, dass ich noch lebe. Er war es, der den Mamelucken kurzerhand mit einem schottischen Breitschwert enthauptet hat.«

Enthauptet ... Schaudernd gab sich Hannah ihren morbiden Kindheitserinnerungen hin, wie die geköpften Hähne auf dem Bauernhof ihrer Großmutter auch nach der Schlachtung noch herumgeflattert waren.

»Struan hat mir später erzählt«, fuhr Gero fort, »dass er und die anderen unaufhörlich zum heiligen Christopherus und zur Jungfrau Maria gebetet haben, um eine glückliche Überfahrt nach Zypern zu erflehen. Die Mamelucken hätten uns mit ihren schnellen Seglern spielend einholen können, aber es war ihnen wohl ganz recht, dass es da jemanden gab, der den besiegten Christen von ihrem Triumph künden konnte.«

Hannah streichelte sacht über seinen Bauch. Dabei streiften ihre Fingerspitzen die zweite lang gezogene Narbe. »Steckt hinter jeder deiner Verwundungen eine so schreckliche Geschichte?«, fragte sie fast ehrfurchtsvoll.

»Ich fürchte ja«, antwortete er und zog sie näher zu sich heran.

Als ob sie im Nachhinein sein Leid lindern wollte, hob sie ihren Kopf und hauchte einige Küsse auf seine malträtierte Schulter.

Als sie weiter über seine breite Brust streichelte, streckte er sich genüsslich.

»Hab ich dir eigentlich schon gesagt«, raunte er ihr zu, »dass du meiner verstorbenen Frau sehr ähnlich bist?«

Hannah schwieg verblüfft.

»Ich weiß, dass Frauen so etwas vielleicht nicht gerne hören«, fuhr er hastig fort, »besonders nicht aus dem Mund eines Mannes, in dessen Armen sie liegen, aber ich möchte, dass du es weißt. Frag mich nicht warum.«

»Wenn es so ist ... stört es dich?«

»Nein«, beeilte er sich zu sagen und strich ihr eine Strähne aus dem Gesicht. »Aber es ist doch sonderbar. Sie war Jüdin. Bevor mein Vater sie nach dem Tod ihrer Eltern in unsere Familie aufnahm und sie auf den Namen Elisabeth taufen ließ, nannte sie sich Hannah.« Sanft streichelte Gero über ihre Wange. »Glaubst du an die Fügung des Allmächtigen?«

»Ja«, sagte Hannah leise. »Das tue ich. Spätestens seit ich dich kenne.«

Später schlief er in ihren Armen ein. Fast andächtig lauschte sie seinen Atemzügen. Im Dunkel tastete sie nach ihrem Morgenmantel und begab sich auf Zehenspitzen in den dunklen Flur. Aus ihrer Handtasche fischte sie zitternd das Mobiltelefon, das Tom ihr gegeben hatte, und wählte die angegebene Nummer.

Tom war sogleich am Telefon. »Wir müssen uns treffen«, sagte sie heiser. »Am besten gleich morgen.«

»Warum?«

»Ich weiß es nicht genau. Es ist vielleicht nur ein Gefühl. Aber ich glaube, deine Freunde wissen von uns.«

»Was ist passiert?«

»Nicht jetzt. Kommst du zu mir?«

»Ich werde sehen, was sich machen lässt.«

»Ich brauche sofort einen Eisbeutel«, stöhnte Jack Tanner, während er damit beschäftigt war, Videoaufzeichnung von zwei Zielpersonen zu analysieren, die sich gerade hemmungslos in einem Himmelbett vergnügten.

Auch Mike, sein Kollege, rang nach Atem. »Was tust du?«, rief er alarmiert, als Jack entgegen aller Regeln die hintere Tür des Transporters öffnete und in den dunklen Wald hinaussprang.

Jack rannte einmal um den Wagen herum. Gewöhnlich war es den Observationskräften nicht erlaubt, im Einsatzgebiet das Fahrzeug zu verlassen, doch hier mitten im Wald und bei stockfinsterer Nacht war es unwahrscheinlich, dass ihre Aktion jemandem auffallen würde. Allerdings hatte es am Abend schon einen Zwischenfall gegeben.

Gegen 23 Uhr 30 hatte ein Mann seinen Wagen direkt hinter dem Van gestoppt. Augenscheinlich hatte er das Basisfahrzeug der NSA mit einer Agentin am Steuer für ein Liebesmobil gehalten. Dabei hatte die gute Nicole Norton, ein ehemaliges Mitglied des US-Marine-Corps, mit ihrem raspelkurzen Blondhaarschnitt und dem blaugrauen Overall wenig gemein mit einer Prostituierten, auf die der Kerl allem Anschein nach gehofft hatte. Entsprechend erschrocken war der vermeintliche Freier zurückgewichen, als die kräftige Amerikanerin das Fenster einen Spalt geöffnete und nur ein dunkles »What?« in seine Richtung geschleudert hatte.

Jack, der noch ein paar Mal tief ein und aus atmete, hätte im Augenblick ebenso wenig dagegen gehabt, wenn Nicole sich kurzfristig in eine grazile Liebesdienerin verwandelt hätte.

»Die Zentrale will wissen, in welcher Sprache sich die beiden unterhalten haben«, sagte Mike, als Jack an seinen Platz im hinteren Teil des Wagens zurückkehrte. Jack ließ sich in seinen Sitz fallen und machte sich an diversen Instrumenten zu schaffen. »Die Tonübertragung war für eine Weile gestört«, sagte Mike zur Erklärung.

»Wie, in Teufels Namen, soll man bei so einer Szene noch etwas mitbekommen?«, antwortete Jack und schlug die Hände vors Gesicht. »Sag den Idioten, es war nur Kauderwelsch und hatte wenig mit dem zu tun, was man sich allgemein unter der deutschen Sprache vorstellt.«

Mike ließ die besagte Stelle auf der DVD erneut ablaufen. Außer einem stetigen Murmeln und einigen anderen eindeutigen Geräuschen war nichts zu hören.

»Spul weiter vor«, herrschte ihn Jack an. »Soweit ich gesehen hab, hat die Alte hinterher telefoniert. Vielleicht hat sie noch einen anderen Stecher.«

Mit einem Seufzer begann Mike die Aufzeichnung erneut abzuspielen.

»Der Kerl ist übersät mit Narben«, bemerkte Mike, während er sich weiterhin den Bildern des laufenden Überwachungsvideos widmete. »Ob das etwas zu bedeuten hat?«

Jack blickte auf und sah, wie sich der Mann aus den Kissen erhob.

»Vielleicht war er im Krieg?«, sinnierte Mike flüsternd.

»Wo denn?«, entgegnete sein Kollege ironisch und lachte leise. »Und mit welcher Armee?«

»Wohl kaum mit der Bundeswehr ...«, frotzelte Mike. »Wenn Hagen Recht behalten soll, war er vielleicht in einen Kreuzzug verwickelt.«

»Und zur Erholung vögelt er in einem deutschen Himmelbett«, entgegnete Jack und schnaubte amüsiert. Er konnte immer noch nicht glauben, dass sich die Vermutungen des verrückten Professors bewahrheiten sollten und der Mann tatsächlich aus dem Mittelalter stammte.

»Ihr könnt abbrechen. Schluss für heute«, schnarrte eine erlösende Stimme über Funk.

»Warum das jetzt?«, fragte Mike ungläubig. »Warum greifen wir uns den Kerl nicht einfach?«

Jack schüttelte den Kopf. »Solange keine endgültige Übersetzung und eine anständige Gen-Analyse vorliegen, kannst du's vergessen. Die werden uns schon nicht weglaufen.«

Jack klappte seinen Laptop zu und gab Nicole ein Zeichen. Knapp fünfzehn Minuten später erreichten sie die Einsatzzentrale auf dem Gelände der Air Base.

25

Freitag, 19. 11. 2004 – Croix Pattée

Noch halb im Schlaf hob Hannah den Kopf und schaute nach links, auf die andere Betthälfte. Im Zwielicht des Morgens sah sie, dass Gero auf dem Rücken lag, völlig ruhig, die bloßen Arme über der Decke an den Körper geschmiegt, die Augen geschlossen.

Bereute sie, was letzte Nacht zwischen ihnen geschehen war? Suchend tastete sie nach ihrem Funkwecker. Neun Uhr achtundvierzig. Mist, sie hatte verschlafen. Matthäus würde längst wach sein und Hunger haben.

Ein leises Stöhnen erklang hinter ihrem Rücken. Sie wandte sich um und sah, dass Gero sein markantes Gesicht unter einem Kopfkissen vergraben hatte. Nur seine kurzen Haare lugten aus den weißen Laken heraus.

Hannah fühlte sich reichlich verlegen, während sie darüber nachdachte, dass sie mit dem stattlichen Kerl, der sich nun auf ihrer Matratze räkelte, etwas erlebt hatte, was die Bezeichnung »hemmungsloser Sex« durchaus verdiente. Und doch empfand sie eine unglaubliche Vertrautheit wie bei keinem Mann zuvor.

Rasch zog sie sich ein wärmendes Nachthemd über die nackte Haut, nicht nur weil es sie vor der Kühle im Zimmer bewahrte, sondern auch vor seinen ungeschützten Blicken. Dann ging sie um das Bett herum und setzte sich neben ihn auf die Matratze. Belustigt zog sie mit einer Hand an dem Kissen, das er krampfhaft festzuhalten schien. Nur widerwillig gab er nach. Er blinzelte sie an, als ob er geradewegs ins Sonnenlicht schaute.

»Gibt es in eurer Zeit irgendein wirksames Mittel gegen Kopfschmerzen?«, flüsterte er heiser.

»Ja«, antwortete Hannah, froh darüber, dass sie in der Lage war, ihm wenigstens bei irgendetwas helfen zu können. Sie stand auf und öffnete die Terrassentür, um ein wenig Sauerstoff hineinzulassen. Kurze Zeit später kehrte sie mit einem sprudelnden Glas Wasser zurück, in das sie ein Aspirin aufgelöst hatte.

»Trinken«, befahl sie und lächelte ihn ermutigend an.

Mit argwöhnischer Miene nahm Gero das Glas entgegen und trank alles in einem Zug aus.

»Und ich verwandele mich bestimmt nicht in eine Kröte oder ein Schwein?«

Hannah musste lachen. »Nein, in spätestens einer halben Stunde sind deine Kopfschmerzen verschwunden. Kennst du Weidenrindentee?«

»Ja.«

»Es ist etwas Ähnliches. Am besten bleibst du noch einen Moment liegen und ruhst dich aus.«

Hannah wollte aufstehen, um nach dem Jungen zu sehen, dem die Abwesenheit seines Herrn sicher merkwürdig vorkommen musste, doch Gero packte ihr Handgelenk mit festem Griff und zwang sie dazu, bei ihm sitzen zu bleiben.

»Ich … ich«, stammelte er verlegen, dabei fiel es ihm schwer, ihr in die Augen zu sehen. »Was denkst du von mir?«

Hannah überlegte einen Moment, wie er diese Frage gemeint haben konnte – ja, warum er sie überhaupt stellte, dann entwich ihr ein breites Grinsen.

»Ich denke, dass du ein verruchter Mönch bist, der sich dazu hat hinreißen lassen, sein sündiges Fleisch mit einer hemmungslosen Teufelin zu vereinen. Vielleicht solltest du unverzüglich damit beginnen, für unser Seelenheil zu beten.«

Gero öffnete abrupt seine Lider und starrte sie mit seinen blauen Augen entsetzt an. »Mit so etwas macht man keine Scherze«, zischte er.

»Bereust du es?«

»Nein … das tue ich nicht«, entgegnete er zögernd und zog sie sanft zu sich heran. Er richtete sich ein wenig auf, nahm ihr Gesicht in beide Hände und küsste sie zuerst auf die Stirn und dann auf den Mund. »Es war so schön, dass ich dafür sogar die Verurteilung durch das Ordenskapitel riskieren würde, um es noch einmal zu wiederholen.«

»Ist das ein großes Risiko?«, fragte sie spitz. »Ich meine, ich wüsste es gerne, damit ich eine Vorstellung davon bekomme, was dir unser Zusammensein wert ist.«

Er war ihr so nahe, dass sie seinen Atem auf ihren Lippen spüren konnte.

»Es würde in jedem Fall bedeuten, dass man mir den Mantel für mindestens ein Jahr nehmen würde«, flüsterte er. »Körperliche Züchtigung, niedere Arbeitsdienste … und wenn ich über eine längere Zeit mit dir zusammen wäre und den Orden dafür belogen oder betrogen hätte, würde es den Ausschluss bedeuten, die Entehrung als Ritter, vielleicht lebenslange Kerkerhaft.«

Hannah berührte zärtlich seine Wange und lächelte. »Darüber brauchst du dir hier keine Sorgen zu machen.«

»Da ist noch was anderes ...«, sagte er verlegen. Für einen Moment senkte er den Blick.

»Sag's einfach«, ermutigte sie ihn leichthin, »im Zweifelsfall hole ich mein Wörterbuch.«

Er nahm einen neuen Anlauf und sah ihr mutig in die Augen. »Gestern Nacht ... hast du da ... etwas unternommen, damit du nicht ... empfängst?«

Hannah, die für einen Moment dachte, sie habe sich verhört, wusste nicht, ob sie lachen oder sich entrüsten sollte. Mit allem hatte sie gerechnet, aber nicht mit einer solchen Frage. Kein einziger Mann, mit dem sie je geschlafen hatte – nicht, dass es so furchtbar viele gewesen wären –, hatte ihr je diese Frage gestellt.

»Findest du nicht, dass es ein bisschen spät ist ... mich so etwas zu fragen?« Sein unglücklicher Gesichtsausdruck amüsierte sie. »Mach dir keine Gedanken«, erklärte sie dann. »Ich kann nicht ... empfangen.«

»Das tut mir leid für dich«, antwortete er mit offensichtlichem Mitgefühl, wenn auch ein wenig erleichtert.

»Nein«, verbesserte sie sich. »Ich habe mich falsch ausgedrückt. Ich kann Kinder bekommen, aber ich habe etwas unternommen, damit ich nicht fruchtbar bin.«

Gero schaute sie fragend an. Sie nahm seine Hand und führte den Zeigefinger an die weiche Stelle an der Innenseite ihres linken Oberarms. Unter der zarten Haut konnte er einen kleinen, länglichen Gegenstand ertasten.

Überrascht zuckte er zurück. »Was ist das?«

Hannah tat es bereits leid, dass sie mit ihrer Aufklärung so weit gegangen war. Sie sah sich plötzlich vor die Frage gestellt, wie sie einem Mann aus dem Mittelalter erklären sollte, wie ein Hormonimplantat funktionierte.

»Es wurde von einem Arzt dort eingepflanzt und verhütet die Fruchtbarkeit, bis man es wieder herausnimmt.«

Er verzog das Gesicht. Verwirrt starrte er auf die Stelle, wo sich das kleine Stäbchen befand.

»Du musst ein mutiges Weib sein«, sinnierte er und hielt inne. »Hast du viele Freunde?«

Sie ahnte, worauf er hinauswollte. Er hatte für Freunde das Wort »Werbaere« gebraucht. Im Mittelalter ein zweideutiges Wort für Liebhaber.

»Nein«, sagte sie nachdrücklich, und mehr zu sich selbst fügte sie hinzu: »Der Job ist also noch zu haben.«

Bevor er etwas erwidern konnte, klingelte es an der Tür. Aufgeschreckt schaute Hannah auf die Uhr und löste sich sanft aus seiner Umarmung.

»Warte einen Augenblick.«

Tom war gekommen. Er und sein rothaariger Kollege hatten ihren dunkelgrünen Leihwagen Marke Audi auf dem Hof geparkt. Ein Schwall, kalter, feuchter Luft strömte Hannah entgegen, als sie die Haustür einen Spalt öffnete.

»Tretet ein«, sagte sie nur, während sie über den kahlen Hof spähte, um zu sehen, ob den beiden niemand gefolgt war.

»Die Vögel sind im Nest eingetroffen«, plärrte es aus dem Funkgerät.

»Position beziehen wie besprochen«, erwiderte Jack Tanner. Er hatte unweit des Schreyberschen Anwesens in einem Feldweg geparkt. Stevendahl und Colbach hatten in Trier einen Leihwagen übernommen und waren ohne Umwege hierher gefahren. »Sind wir auf Sendung?«

»Aye«, schnarrte es aus dem Lautsprecher. Agent Hannon hatte den Basiswagen in etwa fünfhundert Meter Luftlinie zum Haus der Schreyber abgestellt.

»Der Empfang ist einwandfrei«, fuhr er diensteifrig fort. »Unserem Ritter scheint die Nacht übrigens nicht so gut bekommen zu sein, wie es zunächst den Anschein machte.«

Mit einem amüsierten Grinsen sah Jack zu Mike hin, der auf dem Beifahrersitz saß und sich einen Becher Kaffee eingoss. »Kann er nicht mehr gehen?«

»Nein«, erwiderte Piet. »Sie hat ihm ein Aspirin verabreicht.«

»Und was ist daran so erwähnenswert?« Jack schüttelte verständnislos den Kopf.

»Ich habe gerade den ersten Teil der Übersetzung rein bekommen«, antwortete Piet mit einem lakonischen Unterton in der Stimme. »Du glaubst es nicht, der Typ hat sie doch glatt gefragt, ob sie ihn vielleicht in eine Kröte oder ein Schwein verwandelt!«

»Wenn die DNA-Probe nicht positiv gewesen wäre, würde ich denken, die haben Lunte gerochen und wollen uns verarschen.« Jack machte eine theatralische Pause. »Seht zu, dass ihr dran bleibt, damit wir in Kürze was Brauchbares vorweisen können. Ende und over.«

Ein Ausdruck der Verwunderung huschte Tom übers Gesicht, als er sah, dass Hannah ihn im Morgenmantel empfing.

»Tut mir leid«, murmelte sie. »Ich habe wohl verschlafen. Habe die halbe Nacht kein Auge zubekommen.« Mit leichtem Bedauern schaute sie zu Tom auf, während sie hoffte, dass sein Zusammentreffen mit Gero diesmal friedlicher ablief. Zögernd trat sie einen Schritt zurück.

»Und ich dachte, es sei dringend«, bemerkte Tom ungeduldig, wobei er suchend um die Ecke lugte.

»Ist es auch«, entgegnete Hannah düster. »Ist euch auf dem Weg hierher irgendetwas aufgefallen. Wurdet ihr verfolgt?«

Tom schüttelte den Kopf. »Sieht ganz so aus, als hätten die Amerikaner es aufgegeben, uns zu beobachten. Seit gestern haben sie allem Anschein nach sämtliche Fahrzeuge abgezogen. Als wir heute Morgen getrennt voneinander losgefahren sind, um uns diesen Leihwagen zu mieten, sind sie uns definitiv nicht gefolgt. Ansonsten wäre ich nicht hier.«

»Merkwürdig«, murmelte Hannah. Für einen Moment hatte sie tatsächlich geglaubt, dass Toms Auftraggeber sogar sie selbst ins Visier genommen hatten.

»Eigentlich ein Grund zum Feiern. Wir dachten, du machst Frühstück«, schmunzelte Paul, während er mit einer Tüte voller Brötchen raschelte.

»Ihr könnt ja schon mal den Tisch decken«, schlug sie vor, dann verschwand sie im Bad.

Paul ließ sich in einem Sessel nieder und studierte die Tageszeitung. Tom begab sich, nachdem er an der Musikanlage das Radio angestellt hatte, in die Küche. Wie ein Hund, der einen Knochen sucht, stöberte er in Hannahs Vorräten, aber für ihn verlief die Suche erfolglos. Vollkornbrot, Butter, Honig – weder Nussnougatcreme noch Schoko-

Pops. Schließlich gab er auf und schickte sich an, ins Esszimmer zu gehen. Als er in die kleine Diele hinaustrat, die Küche und Wohnzimmer miteinander verband, zuckte er regelrecht zusammen.

Der Tempelritter, barfuß und nur mit seiner Lederhose bekleidet, schlenderte seelenruhig aus Hannahs Schlafzimmer heraus in Richtung Treppe. Sein Sweatshirt hielt er locker in der einen Hand, und in der anderen baumelte, als ob es die alltäglichste Sache der Welt wäre, sein martialisch wirkender Messergürtel!

Dass der Kerl eine ausgewachsene Kampfmaschine war, bei der man gut daran tat, jegliche Ritterromantik zu vergessen, hatte Tom bereits zu spüren bekommen. Mehr beiläufig streifte ihn der Blick seines Kontrahenten.

Tom überlegte kurz, ob er ihm einen guten Morgen wünschen sollte, aber das Gesicht des Templers war alles andere als offen für eine harmlose Höflichkeit, und so beeilte er sich, ins Esszimmer zu gelangen. Was, in aller Welt, hatte dieser primitive Typ in Hannahs Schlafzimmer verloren?

Missgelaunt stellte Tom das Radio an und drehte den Regler auf laut.

Paul, der sich in einem der Sessel niedergelassen hatte, schaute irritiert auf.

Wenig später erschien Hannah, in Jeans und T-Shirt, mit einem Handtuch um den Kopf gewickelt im Wohnzimmer. Wie selbstverständlich schaltete sie das Radio ab. Gero mochte es nicht, wenn er ständig aus allen Richtungen Geräusche und Stimmen hörte, deren Herkunft er nicht einzuordnen vermochte.

»Und ich dachte, ich brauche mich um nichts zu kümmern«, neckte sie den Luxemburger, als sie den leeren Frühstückstisch betrachtete.

Tom war aufgestanden und hatte sein Augenmerk auf den mit Raureif bedeckten Rasen im Garten gerichtet.

Hannah trat neben ihn und beobachtete, wie ihr Kater eine kleine Ratte erwischte. Kurz darauf entfernte sich Heisenberg mit seiner Beute, die leblos in seinem Maul baumelte, in Richtung Stall.

»Was ist los mit dir, Tom?«, fragte Hannah, während sie ihren Turban löste und sich das Haar trocken rubbelte. »Machst du dir auch Sorgen?«

»Ich würde es mir überlegen, ob ich ihn in mein Bett ließe«, bemerkte

Tom mit einer ungewohnten Bissigkeit in der Stimme. »Ich vermute mal, dass er nicht unbedingt den gleichen hygienischen Standard hat wie unsereins.«

»Heisenberg schläft nicht in meinem Bett, er hat sein Körbchen im Wohnzimmer«, rechtfertigte sie sich verwundert und deutete auf ein mit alten Decken ausgeschlagenes Weidenkörbchen hinter dem Sofa.

»Ich dachte nicht an den Kater.«

»Was willst du damit sagen?«, fragte sie abwehrend und konnte doch nicht verhindern, dass eine deutliche Röte ihren Hals hinaufzog.

»Ich frage mich, was der Barbar in deinem Schlafzimmer verloren hat«, erwiderte Tom ärgerlich.

»Mal abgesehen davon, dass ich nicht wüsste, was dich das angeht, erinnere ich dich daran, dass du ihn nach seiner Ankunft höchstselbst in mein Bett verfrachtet hast, als es ihm schlecht ging, und es schien mir so, dass es dir damals ziemlich egal war, ob meine Matratze von Läusen oder Schlimmerem bevölkert wird! Kannst du mir verraten, was zwischenzeitlich in dich gefahren ist?«

Paul versuchte die Stimmung zu retten, indem er der Unterhaltung eine humorvolle Wendung geben wollte. »Ich weiß gar nicht, wieso du dich beunruhigst, Tom. Als Templer hat er ein Keuschheitsgelübde abgelegt, und erst gestern hab ich gelesen, dass in seinem Orden ohnehin alle schwul waren.«

Hannah bedachte Paul mit einem empörten Ausdruck in den Augen. »Was verbreitest du da für einen hanebüchenen Quatsch? Er ist nicht schwul! Lasst euch das gesagt sein!« Verärgert wandte sie sich ab, um in die Küche zu gehen.

Tom sah ihr mit zusammengekniffenen Lidern hinterher. »Wieso bist du dir da so sicher?«, rief er ihr nach.

Abrupt blieb sie stehen, drehte sich wie in Zeitlupe um und warf Tom einen Blick zu, als ob sie ihn an die Wand nageln wollte.

Sein Ausdruck war nicht weniger aggressiv. »Du hast mit ihm geschlafen!« Seine Stimme überschlug sich fast.

»Und wenn schon!« Hannah wischte sich mit einer herrischen Geste ein paar Haarsträhnen aus dem Gesicht und bedachte Tom mit einem trotzigen Blick.

»Bist du wahnsinnig!« bemerkte Tom entrüstet. »Du weißt gar

nichts über ihn! Der kann sich durch eine Million Freudenhäuser gebumst haben. Was ist, wenn er krank ist? Lepra, Pest, Syphilis, Tripper, Kratzmilben ... und was weiß ich sonst noch!«

»Der einzige, der hier krank ist – und zwar im Kopf –, bist du«, entgegnete Hannah gefährlich leise. »Sei froh, dass ich deinen Ausbruch für einem Ausdruck nervlicher Belastung halte, und es mir nicht einfällt, dich ernst zu nehmen, und jetzt verschone mich mit weiteren Mutmaßungen.«

Wie ein abziehendes Gewitter verschwand sie hinter der schützenden Küchentür.

»Fehlte nur noch, dass du mir erzählen willst, dass er im Sitzen pinkelt!«, rief Tom ihr aufgebracht hinterher.

»Bingo!« Jack Tanner schlug sich vor Vergnügen auf die Schenkel. Er hatte Piet im Überwachungswagen abgelöst. Da er gut Deutsch sprach, hatte er die Auseinandersetzung zwischen Stevendahl und dessen Ex-Freundin problemlos verfolgen können. »Selbst wenn ich es immer noch nicht glauben kann. Sieht ganz so aus, als ob Hagen tatsächlich Recht behält.«

»Gute Arbeit, Tanner«, versicherte ihm Colonel Pelham wenig später über Funk.

»Bevor wir zugreifen, will ich wissen, was Stevendahl und Colbach mit dem Kerl vorhaben. Solange muss sich unser werter Professor noch gedulden.«

Matthäus hatte sich entschlossen, sein Frühstück auf seinem Zimmer einzunehmen. Er misstraute Tom, und da konnte auch Hannahs gutes Zureden nichts ändern.

»Es sind leibhaftige Schergen des Satans«, schimpfte er aufgeregt, und sein sonst so treuer Blick verwandelte sich in einen verhaltenen Vorwurf, als er Hannah ansah. »Ich kann nicht verstehen, warum Ihr mit diesen Männern im Bunde steht.«

»Mattes!«, rief Gero streng. »Du vergisst dich. Kein Knappe redet so mit einer Dame!«

»Nein, Matthäus ... so ist es nicht«, antwortete Hannah und drückte ihn an sich. »Die beiden sind ganz normale Menschen wie du und ich. Wir können sie nicht einfach verstoßen, nur weil sie etwas falsch gemacht haben. Sie werden es wieder gut machen und euch zurück nach Hause bringen, selbst wenn sie jetzt noch nicht wissen, wie sie es genau anstellen müssen.«

»Heiliger Christopherus, hilf«, knurrte Gero leise und verdrehte die Augen.

»Wenn du möchtest«, beschwichtigte Hannah den Jungen, »kannst du nachher in den Stall gehen und Mona striegeln. Sie freut sich bestimmt über deinen Besuch.«

Matthäus kaum merkliches Nicken zeugte von zaghafter Zustimmung.

Hannah klopfte ihm auf die Schulter und stand auf. »Begleitest du mich wenigstens zum Frühstück?«, fragte sie Gero auf ihrem Weg zur Tür.

Er versuchte ihrem Blick auszuweichen.

»Komm, gib dir einen Stoß, es dauert bestimmt nicht lange«, sagte sie bittend.

Widerwillig erhob er sich und strich sich die Hose glatt. Mit einem leisen Seufzer folgte er ihr. Auf dem Treppenabsatz zog er sie ohne Ankündigung in seine Arme und drückte sie fest an sich.

Sie schaute überrascht zu ihm auf, und er küsste sie zärtlich. »Womit hab ich das verdient?«, fragte sie atemlos, als er sich wieder von ihr löste.

»Für deine Fürsorge gegenüber Matthäus und seinem widerspenstigen Herrn«, antwortete er und schenkte ihr ein dankbares Lächeln. Bevor sie etwas erwidern konnte, stieg er vor ihr die Holzstiegen hinab, die unter seinem Gewicht bedenklich ächzten.

Am Frühstückstisch herrschte ein gedrücktes Schweigen. Tom starrte verkniffen in seine Teetasse. Paul kaute lustlos auf seinem Honigbrötchen herum, als Hannah und Gero sich zu ihnen gesellten.

Gero biss von einem Stück Brot ab, das er zuvor in seinen Tee getunkt hatte, und kaute stoisch darauf herum. Ab und an spießte er mit seinem gut vierzig Zentimeter langen Dolch, den Tom noch gestern Morgen an seiner Kehle gespürt hatte, ein Stück Wurst auf, um es anschließend mit seinen Zähnen abzupflücken.

Männer, dachte Hannah. Immer sind sie bereit, sich gegenseitig zu provozieren und miteinander zu buhlen, ganz gleich, aus welchem Jahrhundert sie stammen.

Ab und an fixierte Gero seine Kontrahenten, jedoch ohne das Wort zu ergreifen.

Hannah glaubte ein Zucken in seinen Mundwinkeln zu entdecken, das bei ihm immer der Vorbote zu einem amüsierten Grinsen war.

»Also«, erlöste sie die Anwesenden von dem unangenehmen Schweigen und sprach Tom direkt an. »Wir müssen reden.«

Tom räusperte sich und wechselte einen schnellen Blick mit Paul. »Bevor du anfängst – ich habe auch eine Neuigkeit. Wie wir aus einer ziemlich sicheren Quelle erfahren haben, hat Professor Hagen an … unserem Freund hier …« Er sah es weder für nötig Gero anzusehen noch seinen Namen auszusprechen. »… ein sehr spezielles Interesse.«

Geros Gesicht erstarrte zu einen arroganten Maske.

Hannah sah Tom irritiert an. »Was meinst du mit speziellem Interesse?«

»Hagen muss bereits zu einem früheren Zeitpunkt die Information gehabt haben, dass unter den eingegebenen Koordinaten jemand auftaucht, der ihn möglicherweise in seiner Arbeit weiterbringt, und allem Anschein nach hat er versucht, dieses Wissen für sich zu behalten.«

»Willst du damit etwa sagen, er hat eure Verfahrenscomputer entsprechend manipuliert, weil er auf Gero gewartet hat?«

»Warten ist in Anbetracht der Thematik das falsche Wort. Mit dem nötigen Wissen hätte man jederzeit jemanden transferieren können. Warum Hagen sich ausgerechnet den Samstag ausgesucht hat, wissen wir nicht.«

»Und warum ausgerechnet Gero?« Hannah war mehr als verblüfft. »Er hat doch selbst keinen Schimmer, wie er hierher gekommen ist. Wie sollte er Hagen helfen können?«

»Das wissen wir eben so wenig«, schaltete sich Paul ein. »Deshalb hoffen wir …« Er musterte den Templer mit einem vorsichtigen Blick. »… dass … Gero uns sagen kann, ob er irgendwelche geheimen Informationen hatte.«

Tom hatte die Schale seines Eies zerbröselt und schob sie nun mit seinem Zeigefinger auf dem Teller hin und her, als wollte er ein Puzzle zusammensetzen. »Wir müssen wissen, was hier los ist, ansonsten haben wir keine Chance den Amis und damit Hagen auf die Schliche zu kommen. Solange nicht geklärt ist, was hier für ein Film abläuft, können wir unsere unverhofften Gäste weder in Sicherheit bringen noch zurück in ihre eigene Zeit.«

»Ich verstehe das alles nicht.« Hannah seufzte. »Hast du nicht selbst gesagt, es war alles nur ein Unfall?«

Paul richtet sich auf und fuhr sich mit einer nervösen Handbewegung durch die roten Haare. »Ich habe einen Informanten«, erklärte er ein wenig wichtigtuerisch. »Dieser Informant hält uns seit geraumer Zeit auf dem Laufenden. Niemand von uns wusste bisher, wie Hagen seine Theorien zum Bau der Anlage entwickelt hat. Doch allem Anschein nach ist es ein Irrtum, sie nur seinem genialen Geist zuzuschreiben. Seine Grundlagenforschung basiert faktisch auf achthundert Jahre alten Pergamenten. Ein guter Bekannter Hagens hat sie bei Ausgrabungen am Tempelberg in Jerusalem gefunden.«

»Wie ist so etwas möglich? Denkst du vielleicht, dass es deshalb etwas mit den Templern zu tun hat?« Mittlerweile wusste Hannah genug über den Orden, daher war ihr bekannt, dass die Templer ihren Namen jenem berühmten Ort in Jerusalem verdankten, wo einst der salomonische Tempel gestanden hatte.

»Keine Ahnung«, erwiderte Paul mit einem Blick auf Gero, doch dessen Miene blieb seltsam neutral. »Trotz dieser Erkenntnisse operierte Hagen mit einem gefährlichen Halbwissen. Und er wusste um das Risiko einer Überlastung der Anlage und dass uns im Fall des Falles die Klamotten um die Ohren fliegen könnten, wenn man etwas transferiert, das größer ist als ein Schäferhund.

Es muss einen Grund geben, warum er ein solch hohes Risiko eingegangen ist, und das ohne die Amerikaner einzuweihen.«

»Jetzt wird's spannend«, murmelte Jack Tanner und zückte sein Mobiltelefon.

»Colonel?«

»Ja, Jack?« Pelham saß immer noch in Spangdahlem und wartete ungeduldig auf weitere Ergebnisse.

»Ist Hagen in der Nähe?«

»Nein.«

»Gut. Unser hoch gelobter Professor spielt anscheinend mit gezinkten Karten. Soweit es mir meine Deutschkenntnisse erlauben, habe ich gerade mit anhören dürfen, dass Stevendahl und Colbach Informationen besitzen, die besagen, dass es höchst wahrscheinlich Hagen selbst war, der den Unfall verschuldet hat.«

»Lassen Sie die Übersetzer ihre Arbeit tun«, entgegnete Pelham nervös. »Ich will erst lückenlos aufklären, was hinter solchen Behauptungen steckt.«

»Wie verfahren wir mit dieser Information?«

»Keinesfalls in einen offiziellen Bericht aufnehmen, solange wir nichts Näheres wissen. Ich werde Hagen vertrösten und ihm mitteilen, dass wir frühestens morgen soweit sind, einen Zugriff zu wagen.«

Hannah schüttelte entrüstet den Kopf. »Als ob seine Erfindung nicht schon genug Unheil gestiftet hat, was will dieser Professor denn noch?«

Tom richtete sich auf und sah ihr tief in die Augen, bevor er Gero zunickte. »Vielleicht kann uns unser kundiger Freund hier weiterhelfen? Frag ihn, warum er in dieser Region unterwegs war und was er für einen Auftrag hatte.«

»Frag ihn doch selbst!«, erwiderte Hannah aufgebracht. Sie war es leid, dass Tom und dessen Kollege Gero mit Blicken bombardierten, als handele es sich bei ihm um Frankenstein, bei dem man vergessen hatte, das Gehirn einzusetzen.

Tom seufzte genervt. Dann wandte er sich mit einem gekünstelten Lächeln an Gero. »Guter Mann«, begann er betont höflich, »kannst du uns gütiger Weise sagen, mit welchem Auftrag du betraut warst, bevor es dich in unsere Welt verschlagen hat?«

Gero verharrte in seiner betont lässigen Haltung. Immer noch kauend widmete er seine Aufmerksamkeit nicht Tom, sondern der Madonna, die auf einem Eckregal über dem Tisch thronte. Dann plötzlich nahm er eine aufrechte Position ein und erwiderte Toms Blick mit Eiseskälte.

»Nein«, beschied er mit einer Bestimmtheit, die keinerlei Zweifel zuließ, dass sein Entschluss unumstößlich war.

»Nein? Was soll das heißen?« Tom sah Hannah verärgert an. »Hat der Blödmann überhaupt kapiert, was ich von ihm will?«

»Tom!«, bemerkte sie strafend.

»Also gut«, meinte Tom verärgert. »Sag ihm, dass er auf diese Art und Weise niemals zurückkommt.«

Um Verständnis ringend wandte Hannah sich Gero zu, doch er kam ihr zuvor. »Ich kann ihm meinen Auftrag nicht verraten. Ich habe einen Eid geschworen, dass ich selbst unter der Folter nichts preisgebe.«

»Das wird ja immer besser«, grunzte Tom, der das meiste verstanden hatte und langsam die Geduld verlor. »Junge!«, fuhr er in scharfem Ton fort und beugte sich über den Tisch, wobei er fast die Kanne mit dem Tee hinuntergestoßen hätte. »Dein Eid liegt siebenhundert Jahre zurück. Wem immer du diesen Eid gegeben hast, er ist längst tot!«

Geros Augen verwandelten sich in schmale Schlitze. »Sagtest du nicht, Zeit existiert nur in den Köpfen der Menschen? Wenn das der Wahrheit entspricht, ist es gleichgültig, ob ein Eid vor siebenhundert Jahren gegeben wurde oder erst gestern. Und was meinen Komtur betrifft – er war damals schon so gut wie tot. Als Templer ist man auf ewig an einen Eid gebunden – auch über den Tod hinaus!«

»So kommen wir nicht weiter«, bemerkte Tom kopfschüttelnd.

Hannah warf Gero einen bittenden Blick zu. Tu's für mich, sagten ihre Augen.

Für einen Moment kniff Gero die Lippen zusammen. »Also gut«, begann er leise. »Ein paar Dinge will ich verraten. Zusammen mit zweien meiner Brüder war ich auf dem Weg von Bar-sur-Aube in die deutschen Lande. Unser Ziel war der Zisterzienserkonvent von Heisterbach, jenseits des Rheins. Ich sollte dort warten, bis sich ein Bruder des Hohen Rates bei mir melden und ich ihm eine geheime Losung geben würde. Dann sollte ich mit ihm und meinen Brüdern einen Ort aufsuchen, an dem sich ein Geheimnis verbarg, das den Bruder des Hohen Rates wiederum in die Lage versetzen sollte, uns einen weiteren Auftrag zu erteilen.«

»Du warst nicht allein?« Hannah sah ihn überrascht an.

»Sagte ich es nicht?«

»Wie kommt es, dass nur du und der Junge transferiert wurden?«

»Das musst du deinen Maleficus fragen«, antwortete Gero gereizt.

»Vielleicht haben sich die anderen nicht auf dem Feld befunden«, warf Paul ein. »Denkst du, es könnte sein, dass heute noch etwas von dem übrig ist, was du damals in Heisterbach vorfinden solltest?«

»Wie soll ich das wissen?«, antwortete Gero ratlos. »Ich habe die Abtei bisher nicht zu Gesicht bekommen.«

Hatte er sie nicht nach dem Kloster gefragt? dachte Hannah. Vor ein paar Tagen auf der Burgruine seiner Vorfahren? Danach hatte er nicht mehr davon gesprochen. Selbst ihr gegenüber hatte er also geschwiegen, und das, obwohl sie miteinander geschlafen hatten.

»Man wollte etwas Bedeutendes vor Philipp IV. von Frankreich verbergen, etwas, das für die Miliz Christi sehr wichtig gewesen sein muss«, sagte Gero leise, während er die Tischplatte fixierte, als ob er dort die Ereignisse, die ihn in seiner Erinnerung immer noch quälten, noch einmal vor sich ablaufen sah. »Es nennt sich ›Haupt der Weisheit‹ und scheint ein Quell des Wissens zu sein, das dem Orden zu all seinem Reichtum und Einfluss verholfen hat.« Unsicher blickte er auf. »Wenn alle Wege heutzutage so gut sind wie jene, die ich bisher gesehen habe, ist es für euch mit euren schnellen Wagen gewiss ein Leichtes nach Heisterbach zu gelangen.«

»Und?« Tom sah ihn auffordernd an. »Wie muss ich mir dieses ominöse Haupt der Weisheit vorstellen?«

»Ich weiß es nicht«, entgegnete Gero gereizt. »Ich war nur so weit eingeweiht, wie es mein Auftrag erforderte.«

»Welcher Idiot nimmt einen Auftrag an und weiß nicht, worum es sich dabei genau handelt?«

»Wenn ich recht sehe«, erwiderte Gero, »geht es dir nicht besser als mir, sonst säßen wir nicht hier, und du müsstest dich nicht fragen, warum euer Meister euch nicht in all seine Machenschaften eingeweiht hat.«

Es dauerte einen Moment, bis Toms Blick verriet, dass er die Antwort durchaus verstanden hatte.

»Der Kandidat hat hundert Punkte«, bemerkte Paul und grinste süffisant.

»Jesus Christ, das wird ja immer besser«, konstatierte Jack Tanner, nachdem die Übersetzung vorlag. »Sofort sicherstellen, dass das gesamte Observationsteam in Stellung geht. Für den Fall, dass die sich auf den Weg machen, wohin auch immer.«

»Ab sofort gilt Code Red«, bestimmte Colonel Pelham wenig später in Absprache mit General Lafour. »Nur die engsten Mitarbeiter werden eingeweiht. Und mobilisieren Sie Hertzberg, er soll ins Lagezentrum kommen. Ich will ihn hier haben, damit er die Sache aus Sicht eines Historikers beurteilt.«

Ein dunkelblauer Landrover fuhr langsam in den Hof und parkte direkt vor Hannahs Garage. Anselm Stein hatte sich auf dem Weg zu einem Geschäftstermin, von Neugier getrieben, dazu entschieden, seinen neuen Bekannten einen Besuch abzustatten. Auf dem Rücksitz lag etwas, das er Hannahs Freund unbedingt zeigen wollte. Es handelte sich um eine Auftragsarbeit, bei der er Alter und Herkunft einer Waffe schätzen sollte, die – seltsam genug – funkelnagelneu aussah. Vielleicht konnte er Gero um ein abschließendes Urteil bitten.

Nachdem Anselm den Wagen verlassen hatte, blieb er einen Augenblick in der wärmenden Morgensonne stehen und ließ seinen Blick anerkennend über das hübsche Anwesen wandern. Am Rande einer Koppel stand eine kräftige, braune Stute an einem Holzgatter angebunden. Bei genauerer Betrachtung erkannte er in dem Jungen, der sie striegelte, den Jungen von gestern Abend, der seltsamerweise – wie sein großer Begleiter – die Langue d'oil zu beherrschen schien.

Zögernd näherte sich Anselm der Koppel. »Hey, du!«, rief er dem Jungen zu, der daraufhin erschrocken aufblickte. »Komm mal her!« Anselm hatte ihn absichtlich in Altfranzösisch angesprochen. Er betrachtete es sozusagen als Experiment. Wenn der Junge ihn verstand und sich mit ihm in dieser Sprache fließend unterhalten konnte, würde er eine Menge Fragen haben – an Hannah und vor allem an ihren Begleiter.

Der Junge klopfte der Stute sachte den Hals und legte das Putzzeug sorgsam zur Seite. Dann schlenderte er auf Anselm zu.

»Wie ist dein Name?«, fragte Anselm leutselig.

»Mein Name lautet Matthäus«, erwiderte der Junge, wobei er sich unsicher umsah. »Wie kann ich Euch dienen, Seignor.«

Ich fasse es nicht, dachte Anselm verwundert. Der Junge hatte wie selbstverständlich in leicht akzentuiertem Altfranzösisch geantwortet. Jetzt, sagte er zu sich selbst, musst du nur noch die richtigen Fragen stellen.

»Was machst du denn da?«, begann er harmlos.

»Ich bürste das Pferd«, antwortete Matthäus offenbar irritiert.

»Aha, und wo ist dein Vater?«

»Vater?« Matthäus sah ihn verwirrt an.

»Ist Gero nicht dein Vater?«

»Nein, er ist mein Herr«, antwortete Matthäus arglos.

Anselm lächelte unverfänglich. Entweder waren dieser Gero und seine Sippschaft komplett durchgeknallt, oder es hatte einen anderen, triftigen Grund, warum der Junge ihn »Herr« nannte und eine Sprache beherrschte, die kaum ein Experte so fließend zu sprechen vermochte.

»Wie kommt es, dass du so gut franzisch sprichst? Bist du dort aufgewachsen?«

»Nein«, antwortete Matthäus und zögerte einen Moment, bevor er fortfuhr. »Ich komme aus den deutschen Landen. Meine Familie stammt aus dem Trierer Land. Mein Vater war ein Vasall des Erzbischofs. Warum wollt Ihr das wissen?«

Plötzlich bekam Anselm heftiges Herzklopfen. Er betrachtete den Jungen von oben bis unten. Blonde Locken, Sommersprossen, rotes Sweatshirt, Jeans und Turnschuhe. Eigentlich sah er aus wie ein ganz normaler Zwölfjähriger. Vielleicht war er eins von jenen hochbegabten Geschöpfen, die fern jedweder Realität lebten und sich selbst Dinge beibrachten, für die normale Menschen viele Jahre studieren mussten.

Er lächelte Matthäus unsicher an. »Nur so, nichts für ungut. Ich werde dann mal hineingehen. Ich habe deinem … Herrn etwas mitgebracht, das er sich mal ansehen soll.« Er tippte auf die längliche Pappschachtel, die er in Händen trug.

Matthäus reckte neugierig seinen Hals. »Was ist es denn? Darf ich es sehen?«, fragte er, und eine kindliche Freude spiegelte sich in seinen blauen Augen.

»Aber gern!« Anselm legte den sperrigen Karton auf den Boden und öffnete ihn an der Seite. Zum Vorschein kam eine hölzerne Schwertscheide von über einem Meter Länge, an deren Ende das metallische Heft eines Kampfschwertes hervorlugte.

»Oh!«, rief Matthäus verblüfft.

»Da staunst du, was?« Anselm sah ihn schmunzelnd an.

»Darf ich es anfassen?«

»Ja, aber sei vorsichtig. Es ist furchtbar scharf.« Anselm zog die Waffe sorgsam aus ihrer hölzernen Umhüllung. »Du kannst es ruhig einmal in die Hand nehmen. Aber – bitte nicht fallen lassen! Nicht, dass die Klinge noch mehr Kratzer bekommt.«

Matthäus nahm den mit Leder umwickelten Griff in seine kindliche Hand und vollführte mit überraschender Sicherheit einige Schwünge. Als er das kostbare Stück zurückgeben wollte, fiel sein Blick auf die Gravur in der Runde, dem Abschluss des Schwertgriffs. Nachdem er genauer hingeschaut hatte, bedachte er Anselm mit einem entsetzten Blick.

»Wo habt Ihr das her?«, fragte er eindringlich.

»Warum willst du das wissen?«, erwiderte Anselm überrascht.

»Es ist das Schwert meines Herrn. Es wurde ihm gestohlen!«

Anselm wich verblüfft zurück. »Gestohlen?«

Matthäus hielt ihm die Runde hin. Die feine Gravur zeigte, neben einem Templerkreuz auf der Unterseite, auf der Oberseite Wolfsangeln über einem Fluss, aus dessen Fluten zwei Fische neugierig den Kopf herausstreckten.

»Seht Ihr das Wappen?«

»Aber ja!« Anselm zwang sich zur Ruhe und versuchte, dem Jungen verständlich zu antworten. »Was hat es damit auf sich?«

»Es ist das Wappen derer von Breydenbach! Es gibt nur drei Schwerter, die dieses Wappen tragen. Das meines Herrn, das seines Bruders und das seines Vaters. Also ... wo habt Ihr es her?«

»Moment mal!« Anselm bemühte sich, den aufgebrachten Jungen zu beruhigen, indem er beschwichtigend die Hände hob. »Ich schlage vor, wir gehen jetzt da hinein, und dann wird sich das ganze als Missverständnis aufklären.«

»Gut«, schnaubte Matthäus, dabei hielt er das Schwert fest in der Hand. Er hatte allem Anschein nach nicht die Absicht, die Waffe zurückzugeben.

»Wir haben Besuch bekommen«, verkündete Piet Hannon am anderen Ende des Funkgerätes.

»Und?«

»Halt dich fest, Jack! Eben ist ein dunkelblauer Landrover auf das

Grundstück der Schreyber eingebogen. Es handelt sich ohne Zweifel um unseren Waffenexperten von gestern Abend, und er hat das Schwert bei sich, das nach dem Unfall gefunden wurde und das Karen Baxter ihm zu Untersuchung überlassen hat.«

»Was?« Jack Tanner glaubte, sich verhört zu haben. »Die Geschichte wird ja immer verworrener. Also dann stimmt es doch, dass er die beiden kennt. Aber woher?«

»Entweder hat die bezaubernde Kate Baxter nicht dichtgehalten, oder es gibt einen anderen Grund, für den wir bis jetzt keine Erklärung haben.«

»Habt ihr Doktor Baxters Telefon überwacht?«

»Nein«, antwortete Piet. »Hagen wollte nicht, dass wir sie überwachen. Keine Ahnung warum.«

»Hört zu!« erklärte Colonel Pelham verärgert, als Jack ihn wenig später in Kenntnis setzte. »Ab jetzt wird jeder überwacht, einschließlich Professor Hagen selbst. Ich kläre das mit General Lafour. Und schick ein Untersuchungskommando in das Haus des Waffenexperten. Die sollen sein Haus verwanzen, solange er sich bei Stevendahls Freundin aufhält.«

»Aye, Aye, Sir.«

»Wenn möglich installiert dem Mann ein GPS-Pack unter seinen Wagen. Verstanden?«

Hannah fuhr regelrecht zusammen, und Gero sprang kampfbereit auf, als Matthäus plötzlich mit einem Schwert in der Hand auftauchte, gefolgt von Anselm.

Gero erwiderte den Gruß, den ihm Anselm in altfranzösisch entgegenbrachte, dabei verbeugte er sich leicht, während er seine rechte Hand aufs Herz legte.

Tom warf Hannah einen verständnislosen Blick zu. »Wer sind Sie?«, fragte er dann den Mann mit dem Zopf.

»Darf ich euch Anselm Stein vorstellen?«, warf Hannah ein. »Er war so freundlich, uns gestern Abend auf seine Geschäftseröffnungsparty einzuladen.«

Tom schenkte Hannah einen ungläubigen Blick. »Ihr wart auf einer Party? Alle drei?«

»Ja«, entgegnete Hannah fest.

»Du hast ihn mitgenommen?« Er bedachte Gero mit einem Blick, als wäre er ein wildes Tier, das nur in einem Käfig gehalten werden durfte.

»Ich hab' mir gedacht, je früher sich die beiden an ihre neue Umgebung gewöhnen, umso besser«, erklärte Hannah.

»Aber das heißt noch lange nicht, dass du sie gleich auf dutzende von Leuten loslassen kannst! Stell dir vor, unser Herr Ritter hätte sich betrunken? Hast du eine Vorstellung davon, welches Risiko du eingegangen bist? Nach allem, was er mit mir angestellt hat, hätte er leicht jemanden töten können.« Tom schüttelte den Kopf.

»Daran, dass er dich angegriffen hat, warst du selbst schuld!«, schleuderte ihm Hannah leidenschaftlich entgegen. »Du hast ihn provoziert, indem du ihn wie einen unmündigen Idioten behandelt hast. Und wenn ich es recht betrachte, hast du dich von dieser Einstellung noch keinen Millimeter entfernt!«

»Ach ja?« Tom hob provozierend seine dunklen Brauen. »Und zum Ausgleich für mein Unverständnis tröstest du ihn mit einer heißen Nummer!«

»Verdammter Mistkerl!« Ohne Rücksicht auf die anderen sprang Hannah auf und verpasste Tom eine Ohrfeige.

Selbst Gero wich verdutzt zurück, während die anderen das seltsame Schauspiel mit einigem Erstaunen verfolgten.

Tom hielt sich die Wange. »Ich frage mich ernsthaft, wie ich so naiv sein konnte, zu glauben, dass dieser Halbwilde innerhalb von einer Woche den Sprung in die Zivilisation schafft, und dass er seine Finger nicht bei sich behalten kann, hätte ich mir ohnehin denken können.«

Hannahs Augen blitzten auf, aber sie enthielt sich eines Kommentars.

Anselm schaute überrascht von einem zum anderen. Sein erster Impuls war, sich auf dem Absatz umzudrehen und die Flucht zu ergreifen. Offensichtlich waren hier alle durchgedreht. Merkwürdigerweise hatte Judith ihm nicht erzählt, dass mit ihrer Chefin oder deren Familie etwas nicht stimmte.

Dann trat auch noch Matthäus hervor und überreichte seinem Herrn, den das ganze Geschehen eher zu amüsieren schien, das Schwert.

Geros Miene veränderte sich schlagartig, als er den Anderthalbhänder prüfend in den Händen wiegte. Der Blick, den er Anselm entgegenbrachte, schwankte zwischen Verblüffung und Verärgerung.

»Wo hast du das her?«, fragte er Anselm in einem militärisch anmutenden Tonfall auf altfranzösisch.

»Von einem amerikanischen Auftraggeber«, lautete die verdatterte Antwort. »Ich habe es zur Überprüfung erhalten. Ich dachte, du kannst mir vielleicht einen Tipp geben, wie alt es ist.«

Gero betrachtet das Schwert und fuhr mit der Kuppe seines rechten Zeigefingers langsam über die Klinge. »Nach hiesiger Rechnung ist es siebenhundertzehn Jahre alt«, sagte er und leckte sich ungerührt das Blut von der Fingerspitze ab. Die Waffe in der linken Hand, ging er einen Schritt auf Anselm zu, der voller Unbehagen zurückwich.

Paul hatte seine Aufmerksamkeit ebenfalls auf die kunstvolle Waffe gelenkt. »Mensch, Tom«, sagte er leise. »Das ist das Schwert, das Hagen in der Präsentation vorgeführt hat.«

»Einen Moment!«, rief Tom und stand auf, während er seinen Blick auf Anselm richtete. »Wer bist du, und wo hast du dieses Schwert her?«

Anselm starrte Hannah wie vom Donner gerührt an. »Tu mir einen Gefallen, und sag mir, in was für einen Film ich hier geraten bin?«

»Gero vermisst sein Schwert«, erklärte sie vorsichtig. »Und Tom möchte wissen, wie es in deinen Besitz gelangt ist.«

»Eine amerikanische Lady hat es mir übergeben«, erwiderte Anselm verstört. »Ihr Name lautet Baxter. Sie wollte, dass ich es analysiere.«

»Du arbeitest für Hagen?«

»Wer ist Hagen?«, fragte Anselm verzweifelt. »Also, falls es gestohlen sein sollte, konnte ich es nicht wissen. Die Frau hat mich mitten in der Nacht aus dem Bett geklingelt, weil sie es so eilig hatte. Sie behauptete, Archäologin zu sein, und will es vor kurzem bei einer Grabung gefunden haben. Ich hatte mich schon gewundert, warum es noch so gut erhalten ist. Ich gebe dir gerne die Adresse der Frau, und dann kannst du dich selbst mit ihr in Verbindung setzen, damit sie es euch zurückgibt.«

»Wir werden es dir nicht zurückgeben können«, bemerkte Hannah mit einem Seitenblick auf Gero.

»Tut mir wirklich leid«, antwortete Anselm mit aufrichtigem Bedauern in der Stimme, »aber ich kann es unmöglich hier lassen. Es ist von unschätzbarem Wert. Ich war auf dem Weg nach Himmerod, um es der Kundin heute Nachmittag zurückzugeben. Sollte dabei etwas nicht in Ordnung sein, bestehe ich darauf, dass du die Polizei einschaltest.«

»Keine Polizei!«, beschied Tom.

»Was soll das heißen?« Anselm zog fragend eine Braue hoch. »Ihr glaubt doch nicht ernsthaft, dass ich das Schwert einfach hier zurücklasse.« Er sah Hannah hilfesuchend an. »Bevor ich den Verstand verliere ... Sag mir, was hier los ist! Warum sprechen Gero und der Junge kein normales Deutsch? Und warum redet dein anderer Freund nur unzusammenhangloses Zeug, dem kein Mensch einen Sinn entnehmen kann?«

»In Ordnung«, schlug Hannah vor. »Ich glaube, wir sollten uns erst einmal setzen. Wenn wir alle umherstehen und durcheinander reden, kommen wir zu keinem Ergebnis.«

Sie bot Anselm einen Stuhl an. Zögernd nahm er Platz. Auch Gero hatte sich wieder hingesetzt, das Schwert fest in seinen Händen.

Obwohl Anselm froh war, dass er sich setzen konnte, fühlte er sich deshalb noch lange nicht wohler. Hannah machte einen durchaus vernünftigen Eindruck, aber ihre Gefährten schienen allesamt Kandidaten für eine Nervenklinik zu sein.

Vorsichtig tastete er in der Manteltasche nach seinem Mobiltelefon – für den Notfall.

»Kennst du die Anlage der Amerikaner in Himmerod?«, begann Hannah arglos.

»Sag nur, du willst ihm die Wahrheit sagen?«, fragte Tom entsetzt.

»Was sonst?«, erwiderte Hannah gereizt. »Willst du riskieren, dass er zur Polizei läuft. Oder den Amerikanern erzählt, wo der Besitzer des Schwertes zu finden ist?«

»Nein«, erwiderte Tom düster. »Aber vielleicht können wir ihn in deinem Kartoffelkeller einquartieren, bis wir sämtliche Rätsel gelöst haben.«

Anselm, der mehr und mehr glaubte, dass Tom wirklich nicht klar im Kopf war, schaute Hannah an. »Natürlich kenne ich die Anlage«, sagte er und hob selbstbewusst den Kopf. »Ich war vor ein paar Jahren im Stadtrat bei den Grünen. Wir haben versucht, den Bau zu verhindern, weil die Amis dort immer noch heimlich Atomsprengköpfe lagern.«

»Auch das noch!«, entfuhr es Tom.

»Unter dem Aspekt würde ich mir dreimal überlegen, was du ihm erzählst«, gab Paul aus dem Hintergrund zu bedenken, während er Hannah einen zweifelnden Blick zuwarf.

Sie ließ sich indes nicht beirren. »Du glaubst also zu wissen, was in dieser Anlage geschieht?«.

»Ja«, entgegnete Anselm leicht irritiert. »Dort werden Atombomben, die von anderen Stützpunkten entfernt wurden, gelagert und nach und nach gegen neue austauscht.«

»Und was macht dich da so sicher?«

»Unsere Informationen stammen direkt aus dem inneren Zirkel der amerikanischen Streitkräfte«, fuhr Anselm fort. »Dass ich dir keine Namen nennen kann, versteht sich von selbst.« Er betrachtete Hannah argwöhnisch. Wieso interessierte sie sich für den Stützpunkt der Amerikaner?

»Leider liegt ihr mit euren Informanten ziemlich falsch«, sagte Hannah. »Vielleicht gibt es dort Dinge, die eine gewisse Sprengkraft besitzen, aber ihr nuklearer Anteil ist vergleichsweise harmlos.«

»Was geschieht dann in der Anlage?«

»Die beiden, die hier am Tisch sitzen, können es besser erklären als ich.« Hannah deutete auf Tom und Paul. »Tom, dein Auftritt.«

»Was soll das, Hannah? Wie soll ich ihm alles erklären?« Tom war entrüstet. »Er wird es nicht verstehen, und dann wird alles nur noch schlimmer.« Er hatte geglaubt, er sei aus dem Schneider, doch nun sollte er den peinlichen Part übernehmen, sich zu blamieren, indem er etwas beschrieb, was kaum ein Außenstehender zu glauben vermochte, geschweige denn verstehen konnte, es sei denn, er war reif für den Nobelpreis in Physik.

»Wollt ihr mich zum Narren halten!«, rief Anselm, nachdem Tom ihm in möglichst simplen Worten die Existenz einer Anlage zur Erforschung des Raum-Zeit-Kontinuums in Himmerod beschrieben hatte.

»Es ist wirklich wahr«, bestätigte Hannah die Ausführungen ihres Ex-Verlobten. »Und wenn du es nicht glauben kannst, können wir es dir sogar beweisen.«

»Beweisen?« Anselm starrte sie mit aufgerissenen Augen an. »Wie denn? Wollt ihr mit mir dorthin fahren und einen Ausflug zu den Römern unternehmen?« Er setzte eine kompromisslose Miene auf. »Entweder ihr gebt mir jetzt das Schwert und lasst mich gehen, oder ich rufe die Polizei.« Dann stand er auf und schickte sich an, zum Ausgang zu gehen.

»Gero, halt ihn auf!«, rief Hannah.

Rasch versperrte Gero den Weg hinaus.

Mit einem schnellen Seitenblick versuchte Anselm zu ermitteln, wie weit sein Kontrahent gehen würde. »Ich frage mich ernsthaft, ob ihr verrückt genug seid, für so einen Schwachsinn einen Mord auf euch zu nehmen.«

»Anselm!« Hannah stand auf und ging mit einem flehenden Blick auf ihn zu. »Besitzt du nicht fundierte Kenntnisse, was mittelalterliche Ausrüstung betrifft?«

»Ja, ich denke schon«, erwiderte er gereizt.

»Und wenn ich dich bitte, dir eine Sache anzusehen, die mit Sicherheit belegt, dass Tom die Wahrheit sagt?«

»Na gut, wenn du mir hoch und heilig versprichst, dass ich dann gehen darf.« In der vagen Hoffnung, dass man ihn endlich entlassen würde, beobachtete er angespannt, wie sie mit einem weißen Mantel zurückkehrte und ihn auf ihrem Sofa ausbreitete.

Während er den Mantel mit einem flüchtigen Blick streifte, stach ihm das rote Kreuz ins Auge. Wie magisch angezogen kehrte sein Blick zurück. Er konnte es kaum glauben.

Hannah sah ihn erwartungsvoll an. »Könntest du feststellen, aus welcher Zeit das Kleidungsstück stammt?«

»Selbstverständlich«, antwortete Anselm leise, während er die Fasern prüfte. »Aber das Ding hier kann unmöglich echt sein, dafür ist es zu gut erhalten.« Wieder und wieder fuhren seine Finger über den rauen Stoff.

»Leinen-Woll-Mischgewebe, doppelseitig abgefüttert«, flüsterte er mehr zu sich selbst. »Diese Webart wurde bis Mitte des 14. Jahrhunderts verwendet, danach eigentlich nicht mehr … Gesehen habe ich so was überhaupt noch nicht. Ich kenne es nur aus Büchern.« Fast zärtlich strich er über die kunstvoll angebrachte Applikation aus leuchtend roter Wolle. »Ein Croix Pattée«, sagte er und blickte Hannah verwundert an. »Das kann nicht wahr sein.«

Sie trat einen Schritt auf ihn zu und nahm den Mantel auf. Dann hielt sie ihm die Stickerei am Kragen hin. »Und was sagst du dazu?«

Fasziniert las er den Namen und die Ortsbezeichnung. »Du willst mir doch nicht erzählen, dass ich hier die original Chlamys eines Templers vor mir habe? Bisher wurden noch nicht einmal Fetzen von dieser Art Bekleidung gefunden. Wir wissen nur aus Berichten und von Bildern, wie so ein Ding ausgesehen hat.«

»Wenn dir das nicht reicht … Ich habe da noch etwas.« Mit einem Wink bat sie Gero heranzutreten und drückte ihm dann seine lederne Brusttasche in die Hand. »Sei so gut und zeig ihm die Urkunden.«

Atemlos verfolgte Anselm, wie Gero der Tasche ein Pergament und ein kleines, in Leder eingeschlagenes Buch entnahm und beides auf dem niedrigen Zedernholztisch ausbreitete. Mit einem Nicken gab er Anselm zu verstehen, dass er sich das Ergebnis ruhig anschauen dürfe.

»Kann einer das Licht anschalten?«, fragte Anselm aufgeregt.

Er hat angebissen, dachte Hannah. Jetzt war nur noch zu hoffen, dass er die Zusammenhänge begriff und sich auf die richtige Seite schlug.

Mit zusammengekniffenen Augen entzifferte Anselm die Schrift auf dem außerordentlich gut erhaltenen Pergament.

»Ich kann's nicht glauben. Wem gehören die?«, fragte er ehrfurchtsvoll.

»Dreimal darfst du raten?«, antwortete Hannah und setzte ein siegessicheres Lächeln auf.

»Sie sind mein Eigentum«, sagte Gero schlicht.

»Nein«, erwiderte Anselm, und ihm war anzusehen, dass er an seinem Verstand zu zweifeln begann. »Wie ist das möglich?«

Gero streckte ihm wie zur Bestätigung den silbernen Siegelring entgegen, der am Ringfinger seiner rechten Hand steckte. »Er ist ein Geschenk meines Vaters«, meinte er erklärend. »Genau wie das Schwert.«

»Du bist ein Breydenbach?« Anselms Blick löste sich von dem Ring und wanderte langsam zu Geros Gesicht hin. »Ich dachte, die seien alle ausgestorben?« murmelte er. »Jedenfalls dieser frühe Zweig der Eifler Linie, für die dieses Wappen steht.«

»Was weißt du genau darüber?«, wollte Hannah wissen.

»Die Breydenburg muss sich direkt an der Grenze zu den Besitzungen der Grafen von Manderscheid befunden haben. Heute ist davon nur noch ein Steinhaufen übrig. Eine Weile muss es den Edelfreien von Breydenbach recht gut gegangen sein. Dann, irgendwann zu Beginn des vierzehnten Jahrhunderts ist es wohl zu einer Auseinandersetzung mit dem damaligen Trierer Erzbischof Balduin von Luxemburg gekommen. Er hat ihnen das Lehen genommen. Danach verlaufen sich die Spuren der Familie – historisch betrachtet – im Sande.«

Plötzlich wurde es merkwürdig still. Hannah stand mit dem Rücken zur Wand und beobachtete angespannt Geros Mienenspiel, das keinerlei Deutung zuließ. Anselm war sich nicht sicher, ob er fortfahren sollte, tat es aber trotzdem.

»Was die Geschichte des hessischen Hauses Breydenbach angeht …«

»Schweig!«, unterbrach ihn Gero mit rauer Stimme. »Ich will es nicht wissen. Du hast ohnehin schon mehr erzählt, als mir lieb ist.« Er biss sich auf die Lippen.

Anselm bemerkte, dass Geros Gesicht bleich geworden war und seine Augen sich mit Tränen füllten. Dann wandte der seltsame Mann sich ab und starrte aus dem Fenster.

»Aber …«, stotterte Anselm. »Ihr wollt mir jetzt nicht erzählen, dass er aus dem 14. Jahrhundert stammt und ein waschechter Templer ist?« Er lächelte unsicher. Was ging hier vor sich? Hannahs Freund sprach fließend zwei Sprachen, die es längst nicht mehr gab. Pergamente und Kleidung wirkten absolut echt. Und warum sollten hier alle Theater spielen?

Gero, der sich wieder gefangen hatte, drehte sich ungehalten um. »Was ist daran so besonderes? In meiner Familie gab es mehrere, die dem Orden angehörten. Der Cousin meines Vaters zum Beispiel. Er stammte aus der Gelnhauser Linie und ist im Jahre des Herrn 1303 gestorben, just zu der Zeit, als ich von Antarados zurückgekehrt bin.«

»Was? Du weißt, was in Ruad vorgefallen ist?«, fragte Anselm überrascht. Ruad war die spätere Bezeichnung für Antarados. Anselm hatte alles über den Angriff der Mamelucken auf die dortige Templerbesitzung gelesen. »Selbst wenn dieser Wahnsinn hier tatsächlich der Wahrheit entsprechen sollte, ist das nicht möglich. Jeder halbwegs historisch gebildete Mensch weiß doch, dass nach dem Angriff der Mamelucken kein einziger Templer als freier Mann die Insel verlassen hat. Entweder man hat die Ordensleute geköpft oder in lebenslänglicher Sklaverei zugrunde gerichtet.«

»Offenbar sind eure Geschichtsschreiber nicht allwissend«, antwortete Gero. Ein Schatten huschte über sein Gesicht.

»Ich glaube es nicht«, keuchte Anselm. Er setzte sich in einen der Sessel und schaute immer noch zweifelnd zu Gero hin, der zwar eindrucksvoll, aber doch überraschend normal aussah.

»Er ist echt – jeder Pixel«, schaltete sich Paul mit lakonischer Stimme ein. Interessiert hatte er die Unterhaltung verfolgt. »Dafür verbürgt sich das Unternehmen CAPUT mit einer noch nicht offiziellen Qualitätsgarantie.«

Anselm fuhr zu Paul herum. »CAPUT? So hieß doch das Ding, das man angeblich bei der Verhaftung des Jacques de Molay im Pariser Hauptquartier der Templer gefunden hat?«

»Das ist der interne Name der Forschungs-Anlage«, erklärte Tom. »Es bedeutet ›Center of Accelerated Particles in Universe and Time‹.«

»Seltsam.« Anselm schüttelte verwundert den Kopf. »Das kann doch kein Zufall sein?« Wieder fiel sein Blick auf Gero. »Habt ihr ihn absichtlich herbeigezaubert?«

»Wir haben ihn nicht herbeigezaubert«, entgegnete Tom. »Er war plötzlich da. Wir wissen nicht, wie es passiert ist.«

»Wie? Ihr wisst es nicht?«

In wenigen Sätzen erklärte Hannah die Situation. »Außer uns weiß niemand, dass die beiden hier sind. Deshalb bitte ich dich zu schweigen, egal, was geschieht.«

»Und was habt ihr jetzt vor?«

»Wir wollen noch heute nach Heisterbach fahren. Vielleicht sind wir hinterher schlauer.«

»Heisterbach? Die Ruine der alten Zisterzienserabtei? Was wollt ihr da?«

»Vielleicht gibt es dort Antworten«, warf Paul ein, der bisher meist zugehört hatte. »Zum Beispiel, warum Hagen so erpicht darauf war, das Experiment ausgerechnet am vergangenen Samstag durchzuführen, und warum er niemanden sonst eingeweiht hat. Und ob er es bewusst auf Gero und den Jungen abgesehen hat.«

»Der Junge gehört auch dazu?« Anselm betrachtete Matthäus mit ungläubiger Miene und schüttelte staunend den Kopf.

»Gero hatte zu seiner Zeit einen Auftrag«, fuhr Paul fort. »Er sollte sich nach dem Überfall auf die Templer in Frankreich nach Heisterbach begeben. Dabei vermag ich mir kaum vorzustellen, was dieser Auftrag mit Professor Hagen und seiner eigenmächtigen Vorgehensweise zu tun haben soll.«

»Moment«, sagte Anselm, und seine braunen Augen funkelten vor Aufregung. »Kennt ihr die Geschichte des Cäsarius von Heisterbach? Die von dem schlafenden Mönch?«

»Nein«, erwiderte Tom unfreundlich, während er sich unaufhörlich die Frage stellte, ob es eine gute Idee gewesen war, Anselm einzuweihen.

»Was ist das für eine Geschichte?«, fragte Paul

»Ich kenne die Geschichte«, sagte Gero.

»Hätte ich mir denken können.« Anselm lächelte und fiel wieder ins Altfranzösische. » Dialogus miraculorum – bei euch gehörte solche Art der Lektüre sicher zum Pflichtprogramm.«

»Wovon redet ihr?« Hannah blickte Gero fragend an.

Gero räusperte sich und sah plötzlich sehr ernst aus. »Es gab einmal einen Mönch in Heisterbach, der einer Sage nach durch die Zeit gegangen ist. Cäsarius von Heisterbach hat sie aufgeschrieben.«

»Was hat das zu bedeuten?« Tom bedachte Anselm mit einem interessierten Blick.

»Cäsarius von Heisterbach war ein Zisterzienser, der von 1199 bis ungefähr 1240 in Heisterbach gelebt hat«, erklärte der Mittelalterexperte eifrig und offenbar ganz in seinem Element. »Er war der Prior der Abtei, und man kann ihn ohne weiteres als talentierten Schriftsteller bezeichnen. Zudem übte er sich in apokalyptischen Prophezeiungen. Manch einer behauptet gar, er habe die Klimakatastrophe und einen dritten Weltkrieg vorausgesehen und sei ein Vorreiter von Nostradamus gewesen. Jedenfalls befindet sich unter seinen zahlreichen Arbeiten auch eine Sage, die sich auf einen Mönch bezieht, der in einem

Klosterwald einschlief und dann an derselben Stelle wieder erwachte. Dabei musste er überrascht feststellen, dass ihn in seiner Abtei niemand mehr erkannte und er offensichtlich nicht nur einen Nachmittag, sondern gleich ein paar hundert Jahre verschlafen hatte.«

»Interessant.« Paul nippte an seinem Tee und sah Anselm auffordernd an. »Vielleicht ist es ja gar keine Sage. Möglicherweise entspringt die Geschichte einer bis vor kurzem kaum vorstellbaren Wahrheit.«

Hannah sah fragend in die Runde. »Aber ich begreife immer noch nicht, was Gero damit zu tun haben soll, schließlich war dieser Cäsarius längst tot, als er den Auftrag hatte, das Kloster aufzusuchen.«

»Es gibt da eine tiefere Verbindung zwischen Zisterziensern und Templerorden«, erwiderte Anselm. »Sie hatten denselben Gründungsvater. Den heiligen Bernhard von Clairvaux. Manche behaupten sogar, dass die Zisterzienser eine Art Geheimdienst des Templerordens waren. Viele Templer haben nach der Niederschlagung des Ordens in den Klöstern der Zisterzienser einen Unterschlupf gefunden. Der heilige Bernhard war es auch, der die Abtei von Himmerod ins Leben gerufen hat. Der Gründungskonvent des Klosters Heisterbach wiederum setzte sich aus acht Himmeroder Mönchen zusammen. Einmal jährlich hat eine Kapitelversammlung am Hauptsitz der Zisterzienser in Citeaux in Burgund stattgefunden, bei denen auch Abgesandte der Klöster von Clairvaux, Himmerod und Heisterbach zugegen waren. Ich weiß nicht, ob es zwischen all dem einen Zusammenhang gibt, aber der Umstand, dass eure Anlage sich in unmittelbarer Nähe des Klosters Himmerod befindet und den eigentümlichen Namen CAPUT trägt, lässt vermuten, dass da etwas ist, das eurem Professor bekannt sein könnte. Möglicherweise hat er auch nur einen Verdacht. Anders kann ich es mir nicht erklären, warum er es ausgerechnet auf Gero abgesehen hat. Immerhin hat Gero als Ordensritter eine Verbindung zu allen dreien – dem Templerorden, den Zisterzienser und der Abtei Heisterbach.«

Alle Blicke richteten sich wieder auf Gero. »Schaut mich nicht so an«, meinte er verlegen. »Ich kann nur sagen, dass Anselm Recht hat mit dem, was er sagt. Bereits in meiner Zeit wurde gemunkelt, dass der Geschichte des Cäsarius eine wahre Begebenheit zugrunde liegen soll. Es gab da wohl in der Abtei von Hemmenrode einen Mönchsbruder mit Namen Thomas, der in einem nahe gelegenen Wald verschwunden ist. Mehr als drei Wochen war er wie vom Erdboden verschluckt. Dann ist er plötzlich wieder aufgetaucht und hat behauptet, er sei eingeschlafen und beinahe tausend Jahre später in der Zukunft erwacht. Natürlich hat ihm niemand geglaubt. Er ist darauf halb wahnsinnig geworden, und man hat ihn nach Heisterbach geschickt, damit er seinen Geist dort reinige. Vielleicht ist er währenddessen auf Cäsarius getroffen, und der hat ihm die Geschichte geglaubt.«

Gero senkte für einen Moment den Kopf. »Ich habe bereits, kurz nachdem ich hier angekommen war, darüber nachgedacht, ob es zwischen dieser Geschichte und meinem Schicksal einen Zusammenhang geben könnte«, flüsterte er tonlos. Dann sah er auf und schaute Paul direkt in die Augen. »In meiner Zeit dachte ich, es sei nur eine Sage, aber was ist, wenn Matthäus und mir dasselbe widerfahren ist wie dem Bruder von Hemmenrode?«

»Wenn dem so wäre«, sagte Paul, »dann hatte er dir und dem Jungen gegenüber einen klaren Vorteil. Wer immer den Mönch abgeholt hat, war in der Lage, ihn nach Hause zurückzubringen.«

»Das …«, sinnierte Tom, »würde bedeuten, dass wir nicht die einzigen sind, die experimentieren …«

26

Freitag, 19. 11. 2004 – Abtei Heisterbach

Der Ortungssender von der Größe einer Zigarettenschachtel, der mühelos via Satellit eine Verbindung zum Global-Positioning-System herstellen konnte, versetzte die Techniker in Tanners Team in die Lage, ein Fahrzeug weltweit bis auf drei Meter genau zu orten. Um ganz sicher zu gehen, dass ihnen das Zielfahrzeug nicht wegen eines Funkschattens entwischte, hatten sie zudem einen Peilsender an Anselms Wagen angebracht.

Während sein Trupp mit insgesamt fünf Observationsfahrzeugen der NSA gegen 16 Uhr die Verfolgung des dunklen Landrovers übernahm, griff Tanner in seinem silbernen Mercedes zum Mobiltelefon. Inzwischen steuerte sein Kollege Mike den Wagen auf die A1 Richtung Köln. Colonel Pelham saß im Hauptquartier in Spangdahlem, um von dort aus zusammen mit General Lafour die Operation »Heisterbach« zu leiten.

Ab und an warf Gero einen zweifelnden Blick auf Anselm, der seinen dahinrasenden Wagen zwischen anderen Stahlgeschossen hin und her steuerte, als ob er der Leibhaftige selbst wäre. Ohne Vorwarnung wechselte das Fahrzeug die Richtung und überquerte eine beeindruckende Brücke über den Rhein. Erst der in der Abendsonne glitzernde Strom lenkte Geros Aufmerksamkeit für einen Moment weg zu den sieben Bergen, die hinter dem Wasser aufragten.

Mit einer Mischung aus Schaudern und Faszination lenkte Gero seine Aufmerksamkeit auf die monströsen Rheinschiffe, die zahlreich und stählernen Riesenfischen gleich das graue Wasser durchpflügten. Ihr Anblick erinnerte ihn an sein Gespräch mit Struan, der bei ihrer Wache im nächtlichen Wald bei Anglus die Worte des Roger Bacon zitiert hatte. Bereits Mitte des 13. Jahrhunderts hatte der englische Gelehrte und Franziskaner für die Zukunft nicht nur fliegende Maschinen angekündigt, sondern auch Schiffe, die – geführt von nur einem Mann – nicht mehr auf die Kraft von Segeln und Ruderern angewiesen waren. Vielleicht hatte Bacon wie Gero selbst einen Blick in die Zukunft werfen dürfen. Wie sonst war es zu erklären, dass er ebenso von stählernen Wagen berichtet hatte, die ohne Pferde fuhren und dabei hundertmal schneller waren als eine herkömmliche Kutsche?

Die plötzliche Aussicht auf ein hohes Gebäude aus spiegelndem Glas, welches das linke Rheinufer wie der sagenumwobene Turm zu Babel überragte, brachte Gero beinahe um den Verstand. Das Sonnenlicht spiegelte sich gleißend in unzähligen Fenstern und vermittelte für einen Moment den Eindruck, als ob das Gebäude zu glühen begonnen hatte.

»Das nennt sich ›Posttower‹«, bemerkte Anselm. »Satte 480 Fuß hoch und trotzdem kein Vergleich zu euren schönen, gotischen Kathedralen.« Für einen kurzen Moment lächelte er Gero ermutigend zu.

»Habt Ihr das gesehen, Herr?«, rief Matthäus aufgeregt aus dem Fond. »Dass Gott der Allmächtige so etwas zulässt?« Der Mund des

Jungen war vor Staunen weit geöffnet. Ungläubig betrachtete er eine riesige Flugmaschine, die wie aus dem Nichts plötzlich am Himmel erschienen war und den Rhein in Richtung Westen überquerte.

Als Anselm seinen Wagen auf den Besucherparkplatz der Abtei Heisterbach steuerte, hatte Gero das Gefühl, dass ihm wenigstens die Umgebung vertraut vorkam, auch wenn nur noch ein paar Mauerreste standen und von der Klosterkirche nur noch ein kläglicher Rest übrig war.

»Ich bete zu Gott, dass er mir weitere Ruinen erspart«, flehte Gero und schloss gequält die Augen. Seine Finger, die er die ganze Fahrt über in die Polster des Autositzes gekrallt hatte, waren vor Anspannung schon ganz taub. Außerdem rumorte es in seinem Magen. War es die Aufregung, die Geschwindigkeit, oder einfach die Gemüsesuppe, die Hannah ihnen allen noch kurz vor der Fahrt serviert hatte?

Als der Wagen anhielt, war es um Geros Beherrschung geschehen. Auf Anhieb gelang es ihm, den Gurt zu lösen und die Tür zu öffnen. Voller Ungeduld stürzte er nach draußen. Im Laufschritt schaffte er es gerade noch bis an den ersten Baum. Dort übergab er sich geräuschvoll ins Gras. Dabei stützte er sich hilfesuchend am Stamm einer jungen Pappel ab und verharrte noch einen Moment schwer atmend, bis der Würgereiz langsam nachließ.

Hannah war ihm mit besorgter Miene gefolgt. In gebührendem Abstand hielt sie ein Papiertaschentuch und eine Flasche Wasser bereit, die sie aus ihrem Rucksack genommen hatte. Gero spülte seinen Mund aus und reichte Hannah mit einem erleichterten Nicken die Flasche zurück. Für einen Moment stemmte er die Hände in die Hüften, legte den Kopf in den Nacken, während er mit geschlossenen Lidern konzentriert ein und aus atmete. Als er die Augen wieder öffnete, fiel sein Blick auf Tom und Paul, die an ihrem Wagen standen und ihn aus einiger Entfernung beobachteten. Missmutig spuckte er aus.

Bevor sie zur ehemaligen Abtei aufbrachen, überzeugte ihn Hannah davon, dass er sein kostbares Schwert getrost im verschlossenen Wagen zurücklassen konnte.

Es war klirrkalt. In den letzten Strahlen der späten Nachmittagssonne lag das geschichtsträchtige Kloster eingebettet zwischen Wäldern und Wiesen. Außer den Resten der romanisch-gotischen Kirche gab nur noch die Klostermauer Aufschluss darüber, wie groß die Anlage einst gewesen sein musste. Auf dem weitläufigen Gelände befanden sich zudem noch einige andere Bauten, die aber anscheinend jünger waren.

Tom und Paul näherten sich zögernd, während Gero dicht hinter Hannah stand und ihr für andere unbemerkt über den Rücken streichelte. Er sehnte sich nach ihrer Nähe. Seit gestern Nacht empfand er wesentlich mehr für sie, als ihm gut tat. Als ob er seine Gedanken spürte, drängte Matthäus sich wie ein junger Hund an Hannah und schaute erwartungsvoll zu ihr auf. Lächelnd legte sie ihm einen Arm um die Schulter.

»Vielleicht sollten wir uns erst mal auf dem Gelände umschauen«, schlug Paul vor, »alles andere können wir hinterher besprechen.«

Tom, der in seinem dunkelblauen Kapuzenparka selbst wie ein Mönch wirkte, nickte. Schweigend überquerten sie die Straße, die an der Klosteranlage vorbeiführte.

An der alten Klosterpforte war ein Schild mit der Aufschrift *La route des Abbayes Cisterciennes* – »Straße der Zisterzienser« – angebracht. Gero blieb einen Augenblick stehen und betrachtete in der hereinbrechenden Dämmerung den unscheinbaren Hinweis. Hannah hatte versucht, ihn schonend darauf vorzubereiten, dass von dem Heisterbach, wie er es kannte, nicht mehr viel übrig geblieben war.

Nach einer wechselvollen Geschichte war die ehemals riesige Kirche, die sich in ihrer Blütezeit durchaus mit dem Kölner Dom vergleichen durfte und die das Zentrum der Abtei gebildet hatte, im Jahre 1802 einer französischen Invasion zum Opfer gefallen. Die Franzosen hatten das Gebäude respektlos zu einem Steinbruch erklärt. Wie durch ein Wunder war die Chorapsis erhalten geblieben.

Ein breiter Weg führte zu einem weitläufigen Gelände mit alten Bäumen und mehreren großen steinernen Markierungen. Am hinteren Ende der Anlage ragte die sakrale Ruine über einer exakt geschnittenen Rasenfläche empor.

Gero drehte sich abermals der Magen um. Ergriffen wandte er sich ab, um die aufsteigenden Tränen zu unterdrücken. Während Hannah auf ihn wartete, marschierten Tom und Paul, gefolgt von Anselm, zielstrebig in Richtung Ruine. Matthäus, der etwas Interessantes entdeckt zu haben schien, lief indessen zum angrenzenden Wald hin.

»Ich wüsste zu gern, wie es früher hier ausgesehen hat.« Hannah schaute Gero auffordernd an. Er dachte einen Moment lang darüber nach, dass es beinahe unmöglich war, angesichts dieses Elends die Fülle und Herrlichkeit der alten Abtei glaubhaft zu schildern. »Ich will versuchen, es dir zu beschreiben ...«, antwortete er, während seine Augen unentwegt die Umgebung abtasteten. »Ich erinnere mich noch gut, wie ich das erste Mal hier war. Am zweiten Tag des Aprils im Jahre des Herrn 1297 sind mein Vater und ich zusammen mit vier anderen Rittern und acht Zisterzienserbrüdern hier angekommen. Sieben Tage zuvor am Hochfest Mariä Verkündigung – meinem siebzehnten Geburtstag – war ich zum Ritter geschlagen worden. Wir haben den Brüdern im Auftrag des Erzbischofs von Trier Geleitschutz geboten, und ich war ziemlich stolz, dass ich dabei sein durfte.«

Wie von Zauberhand rekonstruierten sich vor seinem geistigen Auge Mauern und Wälle, ein Refektorium und ein darüber liegendes Dormitorium – Räume, in denen die Mönche arbeiteten und schliefen. Als wäre es gestern gewesen, durchstreifte Gero in Gedanken die weitläufigen Speisesäle und das geräumige Scriptorium mit seiner faszinierenden Fülle an Büchern und Schriften. Und alles wurde überschattet von einer beeindruckend großen Kirche, die man nach dem Idealplan der Zisterzienser errichtet hatte. Das Gotteshaus hatte die Gläubigen aus der ganzen Gegend angezogen. Mit einem Mal füllte sich die Szenerie mit Leben. Wie aus einem Nebel des Vergessens tauchten in hellgraue Kutten gehüllte Gestalten auf. Mit steif gefrorenen Fingern hielten sie die Fackeln, während sie in Zweierreihen dem Ruf der Vigilien folgten, jenem Gebet, das einem weit nach Mitternacht den Schlaf raubte und einen erst wieder im Morgengrauen aus der Pflicht entließ. Im Dunkel der Nacht schlurften sie, die Füße in ausgetretenen Sandalen und wollenen Socken, in einem eigentümlichen Takt auf feuchtkalten Böden dahin. Die Schultern vor Kälte hochgezogen, die Gesichter tief vergraben in ihren Kapuzen. In Gedanken wurde Gero immer noch von der bleiernen Müdigkeit verfolgt, die er früh um vier an der Seite seines strengen Vaters empfunden hatte, der wie selbstverständlich darauf bestand, dass man auch als Gast an den morgendlichen Gebeten der Mönche teilzunehmen hatte. Frierend und fest eingewickelt in einem dicken Reiseumhang, hatte

Gero in einer der vielen Holzbänke gekauert. Die sich wiederholenden, lateinischen Texte, die er zusammen mit den anderen Anwesenden folgsam vor sich hin gemurmelt hatte, galten nur dem einen Zweck – wach zu bleiben und darauf zu hoffen, dass die Zeit rasch genug verging, um so bald wie möglich wieder ins eigene Bett zurückkehren zu dürfen.

Schützend legte Gero seinen Arm um Hannahs Schulter und dirigierte mit seinem ausgestreckten Zeigefinger ihren Blick nach rechts, zu einer anmutigen, hellen Marienstatue, die auf einem erhöhten Sockel vor einer dichten Hecke stand.

»Siehst du dort hinten die steinerne Madonna?«

Hannah nickte. Dabei drückte sie ihre kalte Wange an Geros wärmende Brust.

Sie duftete so gut, und liebend gerne hätte er sie noch fester an sich gezogen.

»Dort befanden sich die Unterkünfte für die Gäste«, fuhr er leise fort. »Wir hausten nicht minder bescheiden wie die Mönche, aber das Essen war gut und reichlich.« Für einen Moment schloss er die Augen. Ein Lächeln huschte über sein Gesicht.

»Was gab es denn zu essen?«, fragte sie in einem Tonfall, der so selbstverständlich klang, als ob sie aus seiner Zeit stammen würde.

»Oh, lass mich nachdenken …«, antwortete er mit einem Schmunzeln und wandte sich dem Ort zu, wo zu seiner Zeit die Küche und die Backstube untergebracht gewesen waren. »Uns zu Ehren wurde ein Ochse am Spieß gebraten. Die Zisterzienser essen selten Fleisch. Meist gibt es gekochten Karpfen oder gebackene Forellen, über deren Genuss man streiten mag. Zudem reichte man saure Bohnen und Rüben und ein Mus aus Winteräpfeln, verfeinert mit Honig und Nüssen, und natürlich frisches Brot.« Bei dem Gedanken an all die Köstlichkeiten lief Gero das Wasser im Mund zusammen.

»Und nach allem, was ich über Mönche weiß, habt ihr bestimmt kein Wasser getrunken«, stellte Hannah ungerührt fest.

»Nein, die Heisterbacher hatten ihre eigenen Weinberge. Nicht besonders ertragreich, aber sie brachten einen anständigen Tropfen hervor. Und sie hatten Bier in Fässern, direkt aus Köln. Das war fast noch besser als der Wein.«

»Ich glaube«, bemerkte Hannah lachend, »das ist auch etwas, das sich bis heute nicht verändert hat.«

»Es tut gut, zu wissen, dass nicht alles vergeht«, sagte er und war versucht, sie zu küssen, als er auf sie herabblickte. Schweigend hakte sie sich bei ihm unter.

Gemeinsam folgten sie Tom und den anderen entlang der Außenmauer in Richtung Ruine.

»Hast du eine Ahnung, wo wir suchen müssen?«, fragte Hannah mit zweifelnder Miene.

»Vielleicht«, erwiderte er und ließ seinen Blick über Bäume und Sträucher gleiten, die das längst aufgegebene Terrain überwucherten. Es war ein merkwürdiges Gefühl, wenn er seine noch sehr lebendigen Erinnerungen an diese Abtei mit ihrer besonderen Bedeutung für die christliche Welt mit den kläglichen Ruinen verglich, die er hier vor sich sah.

»Die Frage ist, ob der Gang, in dem das Haupt sich angeblich befand, nicht mittlerweile eingestürzt ist«, bemerkte er nachdenklich.

Abseits, unter einer Rotbuche nutzte Gero die Gelegenheit und ergriff zaghaft Hannahs Hand. Er beugte sich leicht zu ihr hinab, um ihre Lippen zu berühren. Sie kam ihm mit geschlossenen Augen entgegen.

Ein lautes Räuspern ließ Gero herumfahren. Dabei richtete er sich auf, als hätte er einen Angreifer vor sich.

Erschrocken wich Tom zurück. »Drum hütet euch vor den Küssen der Templer«, erklärte er boshaft. »Der Spruch stammt nicht von mir, aber wer immer ihn auch erfunden hat, muss sich etwas dabei gedacht haben«, fügte er hinzu und bedachte Hannah mit einem düsteren Blick.

Hannah schoss das Blut in die Wangen.

»Wollt ihr hier Wurzeln schlagen?«, fragte Tom schnippisch. »Ich dachte, wir suchen den heiligen Gral?«

Mit einem entschuldigenden Schulterzucken wand Hannah sich aus Geros Umarmung. Er spürte die kühle Leere und die Enttäuschung, dass sie ihn stehen ließ wie einen einfältigen Tropf. Unschlüssig folgte er den beiden, während die Hoffnung, hier etwas zu finden, das ihm den Weg zurück nach Hause eröffnen konnte, zunehmend schwand. Alles, was d'Our ihm als Anhaltspunkt gegeben hatte, um das Vermächtnis des Ordens zu finden, war nicht mehr vorhanden, und es erschien ihm töricht, zu hoffen, dass nach siebenhundert Jahren, im Schatten all dieser Zerstörung noch etwas davon übrig geblieben war.

Im Geiste durchschritt Gero im Abendlicht das ehemals mächtige, nun nicht mehr vorhandenen Portal, das mit seinen zahlreichen Spitzbögen den Eingang zum Paradies markierte. Damals war er jung und ungestüm gewesen. Trotzdem oder gerade deshalb hatten ihm die stolzen Gewölbe eine tiefe Ehrfurcht abverlangt und ihn mit Demut erfüllt und dem Wissen beschenkt, dass Gott groß war, viel größer als jegliches menschliche Streben nach Vollkommenheit. Diese Erkenntnis hatte ihn getröstet und ihm gleichzeitig Mut gemacht, dass er vor nichts auf der Welt Angst haben musste, weil es einen Allmächtigen gab, der ihn begleitete und sein Schicksal bestimmte, gerade so, wie er es für richtig erachtete.

Gero richtete seinen Blick in den Abendhimmel und bekreuzigte sich voller Dankbarkeit.

Hannah war stehen geblieben und hatte auf ihn gewartet. »Habe ich dir wehgetan?«

Er überlegte einen Augenblick, dann lächelte er. »Nein«, sagte er, »ganz und gar nicht.«

Hannah schaute ihn irritiert an.

Er kam ihr ein ganzes Stück näher, bis er dicht vor ihr stand. Dann hob er ihr Kinn an und überraschte sie mit einem warmen, ausdauernden Kuss. Es war ihm gleichgültig, ob irgendjemand dabei zuschaute.

Paul rief ihn und Hannah mit einem Wink zu sich. Tom war inzwischen hinter den kläglichen Überresten der Apsis verschwunden, offenbar um die Umgebung zu erkunden. Hannah ergriff Geros Hand, und mit einem Mal fiel alle Last von ihm ab, und er folgte ihr mit der Leichtigkeit eines glücklichen Mannes.

»Hast du was gefunden?«, fragte Hannah den Luxemburger neugierig.

»Ja, hier gibt es so was wie einen Einstieg. Dort drüben, südlich der Apsis, ungefähr einhundert Meter entfernt im Wald.«

Hannah entdeckte im Dämmerlicht zwischen ein paar in der Nähe stehenden Buchen ein halbhohes, von Efeu umranktes Gemäuer, in das ein kleines Eisentor eingelassen war.

»Genau da, aber der Eingang ist verschlossen«, fügte Paul erklärend hinzu.

Er hockte auf dem Boden und tippte ein paar Informationen in einen kleinen Laptop ein, den er auf einem glatten Stein abgestellt hatte. »Ich habe im Internet einen Plan gefunden, der bestätigt, dass es hier direkt unter uns ein ausgedehntes, begehbares Kanalnetz gibt, das erst vor zwei Jahren gefunden und untersucht wurde. Aber längst nicht alles davon ist erforscht.«

Gero verdrängte sein Erstaunen über die seltsame Maschine, die per Knopfdruck Buchstaben hervorbrachte und passende Bilder wie von Zauberhand erscheinen ließ. Plötzlich hallten d'Ours Worte in seinem Gedächtnis wider, die er ihm am Vorabend der Katastrophe anvertraut hatte ... *Das Haupt befindet sich in einer geheimen Kammer unterhalb des Refektoriums. Über den darunter liegenden Gewölbekeller gelangt Ihr zu einer eisernen Tür. Sie führt zum Abwasserkanal. Öffnet sie und geht zwölf Schritte in östliche Richtung, dort macht der Gang einen leichten Knick und wendet sich Richtung Nordosten. Von dort aus sind es noch einmal zwölf Schritte, und Ihr befindet Euch direkt unter dem Klosterfriedhof. Dort wendet Ihr Euch nach rechts. Zwischen den Mauersteinen findet Ihr eine Stelle, die mit Lehm verputzt ist. Brecht sie auf und bedient den darunter liegenden Hebel. Dahinter befindet sich die Kammer.*

»Warte«, sagte Gero, während sein Blick dem Grundriss der Kirche folgte und dem in seiner Erinnerung daran anschließenden Refektorium und dann bei der kleinen Eisentür landete, die halb aus dem Erdreich hervorragte.

»Das *ist* der Zugang«, sagte er schließlich. »Wenn ich mich Recht erinnere, ging es zu meiner Zeit an dieser Stelle hinab in den Gewölbekeller. Angeblich führte von dort aus eine Türe zum Kanal.« Als ob er von Hannah eine Bestätigung seiner Überlegungen erwartete, sah er sie triumphierend an. »Etwas weiter vorne befanden sich die Latrinen. Die Abflüsse führten direkt in den ummauerten Gang hinein.«

»Wie appetitlich«, entfuhr es Hannah. Sie rümpfte unwillkürlich die Nase.

»Anselm!« rief Paul. Wenig später erschien Anselm hinter einem Mauerfragment. Er war Tom gefolgt, der das Gelände eines uralten Friedhofs inspiziert hatte.

»Sei so gut und hol dein Werkzeug«, bat Paul. »Und sag Tom Bescheid. Das hier wird ihn interessieren.«

»Wir müssen nach Heisterbach«, bestimmte Professor Hagen mit fester Stimme.
Doktor Piglet stand vor ihm – ausnahmsweise in einem beigefarbenen Anzug – und sah ihn entgeistert an.
»Sofort?«
»Ja, sofort!«
»Aber warum?« Piglets Miene war immer noch zweifelnd. »Ich denke, die NSA hat alles im Griff?« Angesteckt von der Nervosität seines Vorgesetzten, fuhr er mit dem Zeigefinger unter den Kragen seines Nylonhemdes.
»Hertzberg hat die Sprache analysiert, und Doktor Baxter hat das DNA-Profil bestätigt. Zudem passte das, was der Verdächtige gestern Abend und heute Morgen von sich gegeben hat, absolut ins Bild«, stieß Hagen hervor. »Können Sie mir verraten, Piglet, warum die NSA den Burschen weiter frei herumlaufen lässt?!«
»Nein.«
»Sehen Sie? Ich auch nicht. Und deshalb machen wir beide jetzt einen kleinen Ausflug.«
Mit Unbehagen beobachtete Piglet, wie Hagen seinen Laptop zusammenpackte und ein paar Unterlagen in eine Aktenmappe stopfte. Doch dann tat er etwas, das Piglets ängstliches Gemüt erst recht in Alarmbereitschaft versetzte. Er holte seine Pistole aus dem Schranktresor und ließ die Waffe mit einem vollen Magazin in seiner Aktentasche verschwinden.
Soweit Piglet wusste, hatte Hagen kaum Erfahrungen mit Waffen. Es war eine Eigenart der NSA, bedeutenden Angehörigen des Unternehmens zu empfehlen, eine Waffe zu tragen. Allerdings achtete niemand darauf, dass die vorgesehenen Trainingseinheiten auch absolviert wurden.
Der Professor nahm seinen schwarzen Trenchcoat vom Haken. Dann hielt er inne, als ob er etwas vergessen hätte, ging zu seinem Schreibtisch zurück und betätigte die Intercom-Anlage.
Eine weibliche Stimme meldete sich. »Ja, Chef?«

»Tracy, falls jemand nach mir fragen sollte, sagen Sie, dass ich heute Nachmittag einen Abstecher zu meinem Haus in Jülich unternehme. Ich habe dort wichtige Unterlagen abzuholen. Notfalls bin ich über Mobiltelefon zu erreichen. Und Mr. Piglet wird mich begleiten.«

Im Dunkeln stolperten Tom und Paul dicht an der Klostermauer entlang. Sie hatten, wie die anderen auch, noch eine gute halbe Stunde im Wagen gewartet, bis es so finster geworden war, dass sie niemandem auffallen konnten. Um kein Aufsehen zu erregen, mussten die Scheinwerfer gelegentlich vorbeifahrender Autos ausreichen, um sich zu orientieren. Anselm, der dicht hinter ihnen ging, schleppte unter leisem Ächzen seine Werkzeugkiste.

Leichtfüßig folgte Gero den Männern in einigem Abstand. Seine Augen hatten sich mühelos an die Dunkelheit gewöhnt. Sein Schwert samt Scheide in der Hand, trieb er Hannah und den Jungen vor sich her wie ein Hütehund seine Herde.

Auf Höhe der Klosterruine knackte Anselm mit Hilfe eines Bolzenschneiders das Vorhängeschloss eines kleinen Holztores, das zu einem Seiteneingang führte und zwei aufeinander zulaufende Teile der Mauer verband. Vorsichtig, nach allen Seiten Ausschau haltend, ob sie niemand beobachtete, schlichen sie hinter der Apsis am alten Friedhof entlang. Von dort aus begaben sie sich querfeldein durch mehrere Baumreihen zum Eingang zur Kanalisation. Erst jetzt aktivierte Paul seine leistungsstarke LED-Leuchte, die eingeschaltet eine Reichweite von beinahe tausend Metern garantierte.

Hannah schauderte. Im Lichtkegel tanzten ein paar Schneeflocken. Es war noch kälter geworden, und der Himmel hatte sich mit Wolken zugezogen. Jetzt, wo es dunkel war, nahm sie die Gerüche von verwelktem Laub, Erde und Moder noch intensiver wahr als zuvor. Ein Käuzchen rief, und ein eisiger Wind fuhr leise durchs Geäst. Hannah blickte zurück in die Richtung, aus der sie gekommen waren. Nicht weit von hier befand sich der frühere Friedhof des Klosters. Lediglich zwei uralte, jeweils in mächtige Buchen eingewachsene Grabsteine, datiert von 1733 und 1624, gaben ein gruseliges Zeugnis ab, dass dort einmal Menschen bestattet worden waren.

Ein lautes Knacken ließ Hannah zusammenfahren. Matthäus war

auf einen trockenen Ast getreten. Im schwachen Widerschein der Lampe sah sie, dass der Junge ängstlich vor sich hin stierte.

»Alle komplett. Sogar der Junge ist dabei, und unser Waffenexperte führt eine Werkzeugkiste mit sich«, wusste NSA-Agent Robert Fowler zu vermelden, während er sich über die obere Klostermauer lehnte und das binokulare Nachtsichtgerät mit 30.000-facher Aufhellung und separat zuschaltbarem Verstärker justierte.

»Ich frage mich, was unsere ZP in der linken Hand trägt«, bemerkte Robert leise.

»Also wenn du mich fragst, ist das eine Schwertscheide«, schaltete sich Greg ein. Neben Robert schlich er, ebenfalls ausgerüstet mit einem Nachtsichtgerät, an der unteren Klostermauer entlang.

»Schwert?«, grunzte Jack Tanner über Funk und strich gleichzeitig mit einer Hand über seine Kevlarschutzweste, als ob er überprüfen wollte, dass sie sich zwischenzeitlich nicht in Luft aufgelöst hatte. »Hat Pelham nicht behauptet, der Mann aus der Vergangenheit wäre leicht zu überwältigen?«

»Leise«, mahnte Paul, als Anselm das Stemmeisen an dem verrosteten Türrahmen ansetzte. Der Mittelalterexperte hielt inne und probierte es erneut. Aus seinem Werkzeugkoffer fischte er ein zerfetztes Küchenhandtuch, das er gewöhnlich benötigte, um Schmieröl abzuwischen. Mit dem Tuch umwickelte er das Stemmeisen, um die Geräusche seiner Arbeit zu dämpfen.

Mit allen Kräften versuchte er, das Tor wenigstens einen Spalt weit zu öffnen. Vergeblich. Er positionierte den Hebel von neuem und drückte kräftig in entgegengesetzte Richtung. Doch nichts geschah.

Gero trat hervor und legte seine Hand auf die Eisenstange. »Soll ich es einmal versuchen?«

Anselm warf einen Blick auf die ausgeprägten Oberarme des Kreuzritters. »Gerne«, sagte er und nickte.

Schon Geros erster Versuch riss das Türchen aus der Verankerung. Mit einem dumpfen Geräusch fiel es zu Boden. Tom, der seine Füße gerade noch rechtzeitig in Sicherheit gebracht hatte, leuchtete in den gähnenden Abgrund.

Gero trat zur Seite und gab Anselm das Stemmeisen zurück. Dann richtete er sich auf und ließ seinen Blick in die Umgebung schweifen. Alles schien ruhig zu sein.

Der Gestank von Feuchtigkeit und Schimmel wurde intensiver.

»Ausnahmsweise sage ich mal nicht Ladies first«, meinte Anselm, während er sich nach Hannah umdrehte. »Wer macht den Anfang?« Fragend glitt sein Blick über die schwach beleuchteten Gesichter.

»Ich schlage vor, dass unser Ritter zuerst geht«, beeilte sich Tom zu sagen.

Ohne ein Wort löste sich Gero aus der Gruppe und trat hervor. Herausfordernd hielt er Tom seine Linke entgegen.

»Soll ich dir etwa Händchen halten?«, fragte Tom ungeduldig.

»Nein!«, erwiderte Gero leicht ungeduldig. »Ich brauche Licht. Oder denkst du etwa, ich bin ein Luchs und kann auch bei Finsternis sehen?«

Paul, der Gero sofort verstanden hatte, nahm Tom die LED-Lampe aus der Hand und reichte sie an den Templer weiter. Ohne zu zögern, ging der Kreuzritter auf die Knie und stieg mit den Füßen zuerst in den finsteren Abgrund hinab.

Es bedurfte einiger Geschicklichkeit, um durch die halbhohe Öffnung zu gelangen. Instinktiv zog Gero den Kopf ein, obwohl die Decke aus Steinplatten mindesten siebeneinhalb Fuß hoch war. Die Seitenwände waren mit Bruchstein gemauert. Der Weg war nicht besonders breit und der Untergrund feucht und glitschig. Die Steinplatten auf dem Boden hatte man V-förmig angelegt, so dass sie eine spitz zulaufende Abflussrinne ergaben, die sich aber im Laufe der Zeit mit allerlei Unrat zugesetzt hatte. Rechts und links davon war eine gepflasterte Trittfläche, auf der man voranschreiten konnte. Gero leuchtete den Tunnel aus. Das Licht war ausreichend. Nicht zu vergleichen mit einer Pechfackel. Zuverlässig fraß sich der helle Strahl in die Dunkelheit und fiel in ungefähr dreißig Fuß Entfernung auf eine Mauer. Da sollte es, wenn d'Our Recht gehabt hatte, nach links gehen. Hier und da tropfte Wasser von der Decke. Gero ließ den Lichtkegel über den Boden gleiten. Anders als früher waren hier nirgendwo Ratten zu sehen.

»Das ist der Gang«, rief er in Richtung Einstieg.

Anselm nahm seine Werkzeugkiste auf. Er übergab Tom die zweite Lampe und eilte hinter Gero her. Paul folgte wortlos. Einen Moment noch blieb Tom zurück und wandte sich Hannah zu.

»Du bleibst besser mit dem Jungen hier draußen und wartest auf uns.«

»Kommt gar nicht in Frage«, erwiderte Hannah. »Matthäus und ich kommen mit.«

»Ganz wie du meinst«, murmelte Tom und trat einen Schritt zur Seite, um ihr und dem Jungen den Vortritt zu lassen.

Ihre Schritte hallten dumpf von den Wänden wider. Hannah war froh, dass sie am Morgen Jeanshose und ihre flachen, halbhohen Lederboots angezogen hatte. In ihrer Fantasie wimmelte es hier nur so von Spinnen. Instinktiv zog sie den Kopf ein. Matthäus hielt die ganze Zeit ihre Hand umklammert.

Die letzten Meter auf der Anfahrt in Höhe der Abtei hatte Mike den Gang herausgenommen und das Licht ausgeschaltet, bevor er fast lautlos auf den Parkplatz gerollt war.

»Jack?«, sagte eine Stimme per Funk.

Unwillkürlich setzte sich Agent Tanner auf dem Beifahrersitz auf. »Kommen«, bestätigte er leise und blickte zum Kloster hinüber.

Der Hauptweg zwischen den neuen Wohn- und Wirtschaftsgebäuden wurde spärlich von einigen Straßenlaternen beleuchtet. Pforte und Mauer verdeckten hingegen die direkte Aussicht auf die Ruine.

»Hier ist Robert. Unsere Kundschaft ist in einem Zugang verschwunden. Keine Ahnung, wo der hinführt. Wie sollen wir uns verhalten?«

»Wartet«, erwiderte Jack. »Ich muss den Colonel informieren.« Nervös griff er zum Mobiltelefon. Weitere Kräfte lagen zum Teil gut getarnt in den Büschen. Andere Kollegen standen ein ganzes Stück vom Kloster entfernt in einem Waldweg.

»Colonel Pelham, hier Tanner«, sprach Jack in sein Mobiltelefon. »Die Zielpersonen haben sich in unmittelbarer Nähe zur Klosterruine Zugang zu einem unterirdischen Areal verschafft. Wie lauten Ihre Befehle?«

»Gibt es einen zweiten Ausgang?«

»Keine Ahnung. Ich schlage vor, dass die Kollegen in Spangdahlem ihre Datenbanken bemühen. So etwas sollte doch herauszufinden sein.«

»Werde ich sofort in Auftrag geben. Ist es möglich, dass Sie ihnen folgen können?«

»Das halte ich für keine gute Idee. Es sei denn, Sie kalkulieren das Risiko einer plötzlichen Konfrontation mit ein. Im Übrigen trägt unser Zeitritter allem Anschein nach sein Schwert mit sich herum.«

»Seien Sie vorsichtig, Tanner. Das letzte, was ich mir vorstellen möchte, ist ein Blutbad auf dem Gelände eines deutschen Nonnenklosters. Warten Sie in der Nähe des Ausganges, bis alle Zielpersonen wieder hervorkommen! Dann schlagen Sie zu! Wenn sie irgendetwas mit sich tragen …« Jack hörte den Colonel leise lachen. »Sagen wir, eine schwere, eisenbeschlagene Kiste mit Gold wäre …«

»Jack?«, rief jemand über Funk.

»Augenblick, Colonel. Hier tut sich etwas.«

Tanner nahm das Mobiltelefon für einen Moment herunter.

»Jack«, keuchte die Stimme erneut aus dem Funkgerät. Es klang dringend.

»Was ist los, Robert?«

»Du glaubst es nicht, soeben haben sich zwei weitere Gestalten aus dem Schutz der Apsis gelöst und laufen zum Eingang hin. Dreimal darfst du raten, um wen es sich dabei handelt?«

Im nächsten Augenblick bekam Tanner einen schmerzhaften Stoß gegen die Schulter versetzt und Mike Tapleton, der neben ihm saß, deutete auf einen unbeleuchteten Audi TT, der am anderen Ende des Parkplatzes stand.

»Hagen«, stieß Jack ungläubig hervor. »Verdammt, was macht der Professor denn hier?«

»Wer?«, krächzte es aus dem Telefon.

»Es sind der Professor und Doktor Piglet«, bestätigte Robert die Meldung über Funk.

»Hagen hält eine Waffe in der Hand.«

»Tanner, ich will wissen, was da vor sich geht«, rief Pelham so laut durch den Hörer, dass selbst Mike ihn verstehen konnte.

»Keine Ahnung, Sir, aber ich werde es herausfinden«, erwiderte Jack stockend und erhob sich halb aus seinem Sitz, um seinen Parka vom Rücksitz zu nehmen. Während er aus dem Fahrzeug ausstieg, unterbrach er die Verbindung zu Pelham.

»Wie konnte uns Hagen durch die Lappen gehen?«, fluchte Jack.

»Ich nehme an, er ist hier hergekommen, bevor wir unsere Position eingenommen hatten«, sagte Mike. Er war ebenfalls ausgestiegen und zog mit einer fließenden Bewegung seine Armeejacke über, dabei überprüfte er beiläufig den Sitz seiner Beretta im Schulterholster.

Jacks Mobiltelefon dudelte unbarmherzig die Steubenparade.

»Tanner! Hier ist Pelham, wir wurden unterbrochen. Was, in Teufels Namen, geht bei ihnen vor?«

»Hagen ist zusammen mit Piglet hier aufgetaucht. Wie es aussieht, ist der Professor bewaffnet.«

»Verdammte Scheiße«, fluchte Pelham. »Ist der Kerl jetzt vollkommen übergeschnappt?«

»Keine Sorge, Colonel. Wir regeln das.« Jack unterbrach die Verbindung und schaltete sein Mobiltelefon auf »Push to Talk«. Er versuchte in der Dunkelheit zu erkennen, ob er in der Nähe der Ruine Bewegungen ausmachen konnte.

»Robert?«

»Ja, Jack?«

»Die Jungs sollen sich bereithalten. Wenn die anderen aus dem Loch auftauchen, greifen wir zu.«

Gero war mittlerweile an der Stelle angekommen, die d'Our ihm beschrieben hatte. Die kleine, verputzte Senke im Mauerwerk ließ vermuten, dass der Raum tatsächlich seit siebenhundert Jahren unberührt geblieben war. Sein Puls beschleunigte sich bei der Vorstellung, dass das, was er vor so langer Zeit schützen sollte, sich immer noch am selben Platz befand.

»Ist es hier?«, fragte Anselm mit einem ehrfürchtigen Zaudern in der Stimme.

»Anzunehmen«, erwiderte Gero erheblich ruhiger, als ihm zumute war.

Anselm klappte seine Kiste auf und nahm etwas aus einem der Seitenfächer.

»Was machst du da?«, fragte Gero, als er sah, dass Anselm sich mit der stählernen Spitze des Gerätes an der Mulde zu schaffen machte.

»Ich bin vorsichtig, ich verspreche es«, sagte Anselm und schob ihn ein Stück zur Seite.

Tom und Paul sahen atemlos zu. Anscheinend wussten sie nicht, was sie tun sollten.

Hannah und Matthäus beobachteten angespannt, wie Anselm die Wand vorsichtig mit seinem Akkubohrer bearbeitete. Wie ein Archäologe beim Freilegen diffiziler Dinosaurierknochen befreite er einen Hebelgriff von dem mittlerweile zu Stein erstarrten Lehm.

»Ich glaub's nicht«, staunte Paul. »Die Kammer gibt's also wirklich.«

Für einen Moment traute sich niemand etwas zu sagen. Dann durchbrach Gero die ehrfürchtige Stille und legte entschlossen den Hebel um.

Die Mauer gab nach. Ein fest gefügter Block von der Größe und Form einer Zimmertür löste sich aus dem Mauerwerk und ließ sich unter einem mahlenden Geräusch um ungefähr zehn Zentimeter nach innen verschieben.

Wie auf Schienen war es nun möglich, das Tor unter einigem Kraftaufwand seitlich nach links zu bewegen. Die Front der Tür bestand aus einzelnen, exakt behauenen Bruchsteinen, die auf einer durchgehenden, zwei Meter hohen Granitplatte mit Mörtel aufgebracht worden waren.

Lehmputz fiel herab, während Gero sich bemühte, den Spalt so weit zu öffnen, dass ein erwachsener Mann hindurch schlüpfen konnte.

Vom Licht der eigenen Lampe, das sich an den glatten Wänden widerspiegelte, ein wenig geblendet, inspizierte er den etwa zwanzig Quadratmeter großen Raum, der in etwa dieselbe Deckenhöhe aufwies wie der Gang. Ungefähr zwanzig bis fünfzig Menschen konnten darin Platz finden. Wände, Decke und Boden waren allesamt mit den gleichen polierten Granitplatten versiegelt. Die Luft in der Kammer war im Gegensatz zum Gang trocken und keineswegs muffig.

Hannah, die im Gang zusammen mit Matthäus und den anderen auf ein Zeichen von Gero wartete, konnte die Furcht in den Augen des Jungen deutlich sehen. Anscheinend machte es ihm zu schaffen, dass sein Herr aus seinem Sichtfeld verschwunden war. Bevor ihn jemand zurückhalten konnte, schob er sich vor, um Gero zu folgen.

Ein Aufschrei des Jungen ließ nicht nur Hannah zusammenfahren. Noch vor Tom und den anderen drängte sie sich durch die enge Türöffnung.

Gero stand regungslos vor einer Art Altar – anders konnte man den schweren grauen Granitquader nicht bezeichnen – und starrte auf ein Skelett, das mumifiziert am Boden lag. Auf dem Rücken, die Hände über der Brust gekreuzt, machte der Tote mit seinem vollständigen Knochengerüst einen beinahe friedlichen Eindruck. Hannah musste unwillkürlich an eine ägyptische Grabkammer denken.

Tom fluchte, weil er sich den Kopf angestoßen hatte. Nicht minder überrascht blieb er vor dem Skelett stehen.

»Großer Gott!«, entfuhr es ihm, während er sich den Schädel rieb.

Gero ignorierte den Leichnam und trat an den Altar heran. Vorsichtig fuhr er mit den Fingerspitzen über den sauber eingemeißelten Zirkel.

»Es ist ein Steinmetzzeichen des Tempels«, sagte er mehr zu sich selbst. Misstrauisch betrachtete er die kleine, unscheinbare Kiste, die mittig wie auf einem massiven Kunstwerk thronte.

Nach kurzem Zögern traten Paul und Anselm näher heran.

»Wir sind anscheinend nicht die ersten, die hier eingedrungen sind«, mutmaßte Paul, nachdem er die Wände des Raumes betrachtet hatte.

Erst jetzt fielen die Blicke der restlichen Anwesenden auf den flachen Gegenstand, der einem Laptop in der Größe einer Zigarrenschachtel erstaunlich ähnlich sah.

Neben Gero, der sich keinen Reim auf die seltsame, kleine Kiste machen konnte, beugte Tom sich über den Metallkasten.

Nachdem er Paul die LED-Lampe übergeben hatte, streckte er die Hand aus, um die glatte Oberfläche des schmucklosen Kastens zu berühren.

»Lass das, Tom!«, rief Hannah, mit einem Seitenblick auf das Skelett. »Solange wir nicht wissen, woran dieser bedauernswerte Mensch gestorben ist, sollten wir besser nichts anfassen.«

»Er hat ein Messer in der Kehle stecken«, erklärte Gero. Noch bevor Hannah hinzu getreten war, hatte er sich zu dem Toten hinab gebeugt und ihn eingehender untersucht.

Tom hörte weder auf Hannahs Einwand noch auf Geros Erläuterungen. Ein plötzlich einsetzendes, klickendes Geräusch ließ ihn zurückschrecken. Auch den anderen Anwesenden war das Geräusch nicht entgangen. Wie gebannt starrten sie auf die kleine Kiste.

In einer Art Einzugsmechanismus befreite sich der Inhalt des Kastens wie von Geisterhand von seiner schützenden Hülle und legte ein flaches, anthrazitfarbenes Objekt frei, das Hannah an einen ultraflachen TFT-Monitor erinnerte.

»Nimm deine Finger weg!«, raunte Gero gefährlich leise und zückte blitzschnell sein Messer, als er sah, dass Tom, nachdem er sich wieder gefangen hatte, erneut den Versuch startete, den Gegenstand zu berühren. »Es gehört dem Orden«, knurrte er und trat einen Schritt auf Tom zu.

Überrascht wich Tom zurück. »Was soll das? Willst du schon wieder eine Barbarennummer abziehen?« Abwechselnd blickte er von Paul zu Hannah und dann zu Anselm, als ob er sich von ihm Hilfe erwartete.

»Gero hat uns hierher geführt«, bemerkte Hannah erstaunlich ruhig. »Also hat er auch das Recht mit diesem ... Ding so zu verfahren, wie er es für richtig hält.«

»Ich schlage vor, wir beruhigen uns erst mal«, bemerkte Paul mit einer beschwichtigenden Geste.

»Bin ich hier nur noch von Verrückten umgeben!«, schimpfte Tom verärgert. »Unser Kreuzritter weiß doch gar nicht, was er mit dem Ding anfangen soll!«

Hannah, die von Gero die Lampe übernommen hatte, leuchtete direkt in Toms Gesicht. »Aber *du* weißt es, oder?«, fragte sie sarkastisch.

»Ruhe!«, befahl Gero unmissverständlich. Sein grimmiger Gesichtsausdruck ließ die anderen erahnen, dass er erwartete, dass sein Befehl befolgt wurde.

Breitbeinig baute er sich direkt vor dem seltsamen Artefakt auf, den Blick geradeaus gerichtet, die Augen leicht geschlossen, als ob er sich konzentrieren müsste. Dann erhob er seine sonore Stimme. »Laudabo Deum meum in Vita mea ... Loben will ich meinen Gott ein Leben lang.«

Als er schwieg, trat Totenstille ein.

Anselm machte ein andächtiges Gesicht, während er seine Hände vor dem Körper wie zu einem Gebet gefaltet hielt.

Tom wollte zu einer schroffen Bemerkung ansetzen, als er jäh innehielt.

Während die seitliche Umrandung der flachen, schwarzen Tafel in einem Abstand von einem Zentimeter dunkel blieb, erhellte sich die restliche Fläche in einem leuchtenden Blaugrün. Wie aus dem Nichts baute sich über der glatten Oberfläche eine irisierende blaugrüne Nebelwand von gut dreißig Zentimeter Höhe auf.

Matthäus klammerte sich ängstlich an Hannahs Mantel und verbarg sein Gesicht in ihrer Armbeuge.

Selbst Gero trat erschrocken zurück.

Im Zeitraffer entwickelte sich eine vielfarbige, holographische Projektionsfläche und zeigte einen Frauenkopf, der an Perfektion einem realistischen, dreidimensionalen Bild in nichts nachstand. Nur wenig kleiner als ein echter Kopf, erschienen eindeutig asiatische Gesichtszüge mit dunklem Teint. Gleichgültig, aus welcher Richtung man schaute, man erhielt stets den Eindruck, dass die Frau einem direkt in die Augen schaute. Dabei schwebte ihr ebenmäßiges Gesicht seltsam körperlos über der beleuchteten Plattform. Das schwarze, kinnlang geschnittene Haar war glatt und bewegte sich rhythmisch, während sie sprach, gerade so, als ob ein leiser Wind hindurchfahren würde.

»*Verehrter Teilnehmer*«, sagte eine sympathische Stimme. »*Du bist verbunden mit dem Timeprojectserver 58. Um eine Verbindung in eine andere Zeitebene herzustellen, lege deine Hand direkt über das blaue SCAN-Feld und warte, bis der Server deine spezifische Netzwerkstruktur erkannt und eingelesen hat.*«

Das Haupt der Weisheit – wie treffend, dachte Gero. Nie hätte er vermutet, dass sich ein solches Mysterium dahinter verbarg. Fasziniert beobachtete er die schräg stehenden Augen, die ihn entfernt an die Rasse der Mongolen erinnerten. Das hatte d'Our ihm also anvertrauen wollen. Unfassbar.

Der Kopf löste sich in Millionen von zerfallenden Lichtpunkten auf und wurde ersetzt durch einen grell türkisblauen Nebel, in dem sich wiederum tanzende Lichtpartikel zu einer um sich selbst drehenden

Hand verdichteten. Jeweils drei aufblinkende keilförmige Pfeile zeigten an, wo genau man seine Finger zu positionieren hatte.

»Ich verstehe, was sie sagt.« Geros überraschter Blick fiel auf Anselm.

»Ich auch«, bestätigte Hannah. »Aber wenn ich es richtig betrachte, spricht sie gar nicht laut. Es ist eine Art Telepathie!«

Matthäus schaute verwirrt zu ihr auf. Beruhigend streichelte sie über seine blonden Locken.

»Es ist, als hörte ich es in meinem Hirn«, bemerkte Paul verblüfft.

Tom stand wie versteinert da und sagte gar nichts.

Paul, den es nicht mehr an seinem Platz am Eingang hielt, näherte sich zögernd.

Zwei in sich verschlungene Achten, die auf dem Rand des Bildschirmes zu sehen waren, fesselten seine Aufmerksamkeit.

»CAPUT?«, sagte er, und die Verwunderung in seinen Augen steigerte sich noch. »Das ist unser Logo. Was hat das zu bedeuten? Tom, denkst du, Hagen hat doch etwas damit zutun?«

»Keinen Schimmer«, antwortete Tom wie in Trance. »Aber allem Anschein nach arbeitet dieses Gerät analog zu unserer Anlage. Die Analyse der magnetischen Netzstruktur ist Voraussetzung für einen Transmissionserfolg. Ich hatte recht mit meiner Vermutung, dass noch längst nicht jedes Muster überall hin transferiert werden kann, sondern zunächst jedes kompakte Objekt eine Prüfung durchlaufen muss, ob es überhaupt transmissionsfähig ist.«

»Meinst du, es kommt aus der Zukunft?« Paul war vor Aufregung ganz atemlos.

Tom lächelte geheimnisvoll. »Sagtest du nicht, Zeit und Raum seien aufgehoben, seit wir in diese Forschungen eingestiegen sind. Das hier ist der endgültige Beweis dafür, dass du recht hast.«

»Und jetzt?«, fragte Hannah unsicher.

»Sag unserem Zeitritter, er soll seine Hand auf das Feld legen«, sagte Tom leise, und dabei fixierte er Gero.

Die Art, wie er Gero ansah, gefiel Hannah ganz und gar nicht. »Er ist kein Versuchskaninchen«, rief sie empört. »Hast du das immer noch nicht kapiert?«

Gero legte beruhigend seine große Hand auf Hannahs Schulter.

Toms Miene nahm einen überheblichen Ausdruck an, als er Hannahs anklagendem Blick begegnete. »Gerade eben noch hast du gesagt, das Ding gehöre ihm. Also, du glaubst doch nicht im Ernst, dass ich es noch mal riskieren werde, dass er mir seinen Dolch an die Kehle setzt?«

»Tom«, mischte sich Paul ein, »Hast du eine Ahnung, was ihn erwartet, wenn er seine Hand in den Farbnebel hält?«

»Gesetzt den Fall, das Ding hier kann wirklich unsere Anlage ersetzen, dann weißt du noch lange nicht, ob er von der angewählten Zeitebene akzeptiert wird. Und selbst wenn, wie willst du feststellen, ob der Transfer gelungen ist?«

»Was soll schon groß passieren, Paul? Das Gerät sichert sich ab, indem es alle Eventualitäten berechnet, das siehst du doch. Wenn wir es nicht ausprobieren, werden wir es nie erfahren.« Tom warf Gero einen durchdringenden Blick zu. »Und er will nach Hause. Oder irre ich mich?«

Zu Hannahs Entsetzen hatte Gero Toms Aufforderung verstanden. Entschlossen streckte er seine große, kräftige Hand in das blaugrüne Leuchtfeuer.

»Berechnung läuft«, sagte die Stimme. »Zielkoordinaten unterhalb der im Augenblick herrschenden Zeithorizontale eingeben.«

»Heureka!«, brach es aus Paul hervor. Fast ehrfürchtig beugte er sich über Geros Hand, die nun ganz von irisierenden blaugrünen Lichtpartikeln umhüllt war. Dann richtete er sich auf und schaute Tom geradewegs in die Augen. »Es sieht wirklich so aus, als ob die kleine Büchse unsere gesamte Anlage ersetzt.« Er kniff die Lippen zusammen und schüttelte ungläubig den Kopf, während er das futuristisch anmutende Objekt umrundete, als ob es sich um das goldene Kalb handelte. »Ich frage mich, wo es die Energie hernimmt. Und wie es möglich ist, dass es in unsere Gedanken eindringt.« Nur mit Mühe gelang es Paul, seine Aufregung zu beherrschen.

»Was hat das alles zu bedeuten?«, fragte Hannah zaghaft, während sie Matthäus fest an der Hand gefasst hielt.

Plötzlich wandte sich Tom um, packte den Jungen am Oberarm und entriss ihn Hannah. Wie Matthäus selbst war sie viel zu überrascht, um sich gegen Toms Übergriff zu wehren.

Gero hatte seine Hand blitzschnell dem Nebel entzogen und krallte seine Finger in den Kragen von Toms dunkelblauer Daunenjacke.

»Lass ihn sofort los!«, schrie er und zerrte Tom zu sich heran.

Sofort lockerte Tom den Griff und hob ergeben beide Hände. Matthäus rieb sich schmerzerfüllt den Arm.

»Tom?«, fauchte Hannah. »Bist du jetzt vollkommen übergeschnappt? Was soll das?«

»Wollen wir nicht alle, dass die beiden wieder nach Hause kommen?«, entgegnete er aggressiv. »Jetzt ist die Gelegenheit. Los, Templer, sag, wohin du willst. Es sieht ganz so aus, als ob heute dein Glückstag ist. Das nette kleine Gerät ist bereit, dir den bescheidenen Wunsch zu erfüllen, in deine Zeit zurückzukehren.«

Gero überlegte nicht lange. »Was ist mit dem Jungen?«, fragte er. »Ich kann ihn nicht hier lassen.«

»Sag ich doch«, meinte Tom spöttisch. »Legt beide eure Hände darüber, dann sehen wir, was passiert.«

Vorsichtig ergriff Gero die eiskalten Finger seines Knappen. Mit einem Mal schien der Junge zu begreifen, was vor sich ging. Tränen füllten seine Augen, als er dem traurigen Blick von Hannah begegnete.

Gero wagte es erst gar nicht, sie anzusehen.

»*Berechnung neu kalibriert*«, sagte die Stimme. »*Zeitbestimmungskoordinaten festlegen.*«

»Ich schätze mal, jetzt kannst du angeben, zu welchem Zeitpunkt du zurückkehren möchtest«, bemerkte Tom lächelnd. »Allerdings solltest du bedenken, dass dieser Tag – nach allem was wir wissen – nicht vor deinem Verschwinden liegen darf. Vielleicht solltest du ein paar Tage drauf rechnen, um ganz sicher zu gehen. Sagen wir, den 19. Oktober 1307.«

Toms abgeklärte Miene versetzte Hannah in Zorn.

Anselm übersetzte Toms Erklärung in altfranzösisch.

»Ich wähle den 18. Tag im Oktober im Jahre des Herrn 1307«, sagte Gero fest. Je früher er den eingeweihten Templer des Hohen Rates treffen konnte, umso besser.

»*Freigabe zur Transmission erteilt*«, sagte die Stimme.

Der Nebel löste sich auf und sank bis auf den Grund der Platte.

Nun erschien wieder der Kopf der eigenartig aussehenden Frau. Sie lächelte feinsinnig. Gleichzeitig stach Gero ein grell leuchtendes Licht in die Augen und nahm ihm die Sicht. Reflexartig zog er den Kopf zur Seite und hob seine Hand.

»Ende der Vorstellung!«, rief jemand vom Eingang herüber.

Tom schnellte herum. »Professor Hagen!«, entfuhr es ihm. »Lassen Sie mich raten! Draußen steht ein ganzes Regiment von NSA-Agenten und wartet auf unser Erscheinen?«

»So könnte man sagen«, erwiderte Hagen mit einem überheblichen Grinsen.

Erschrocken bemerkte Hannah, dass der Professor eine Pistole in der Hand hielt.

»Ich frage mich nur …« Tom blickte beiläufig auf Doktor Piglet, der hinter Hagens Rücken auftauchte und alles andere als glücklich wirkte, »… warum man Sie beide geschickt hat und nicht die Männer von Colonel Pelham, um uns dingfest zu machen. Kann es am Ende sein, dass Sie die Show ohne das Wissen unseres verehrten Colonels abziehen?«

»Das geht Sie nichts an, Stevendahl. Sie haben da etwas, das mir gehört!« Der Blick des Professors fiel auf den Server, der sich im selben Augenblick abschaltete. »Machen Sie keine Schwierigkeiten, und überlassen Sie mir das Gerät.«

»Und was ist, wenn ich es nicht tue?«, fragte Tom erstaunlich ruhig. »Wollen Sie mich erschießen? Dann hätten Sie endlich ihren einzigen wirklichen Konkurrenten aus dem Weg geräumt. Und ganz nebenbei behaupten sie den Amerikanern gegenüber, die Sache wäre auf ihrem eigenen Mist gewachsen.«

»Tom«, sagte Paul eindringlich. »Halt die Klappe!«

»Paul, meinst du, ich überlasse diesem Mistkerl seinen Triumph? Nur über meine Leiche! Und soweit wird er nicht gehen, oder doch? Herr Professor!«

Geros Blick wechselte zwischen Tom und dem düster blickenden, älteren Mann.

»Professor Hagen!«, meldete sich Piglet aus dem Hintergrund. »Legen Sie in Gottes Namen die Pistole weg.« Er sprach Englisch und seine Stimme zitterte. »Von Mord war nicht die Rede. Soweit ich weiß, können Sie mit dieser Waffe gar nicht umgehen.«

»Shut up!«, schnauzte Hagen seinen Referenten an, der sich ängstlich gegen den Türrahmen drückte. »Los, Piglet, gehen Sie hin, und nehmen Sie sich das Ding!«

In einer Hand die Pistole, deutete Hagen mit der anderen, in der er eine Taschenlampe hielt, unmissverständlich in Richtung Granitblock.

Piglet schien zu taumeln, als er nach kurzem Zögern auf den flachen, metallischen Gegenstand zuging.

Tom stellte sich ihm in den Weg. »Piglet, von Ihnen hätte ich am wenigsten geglaubt, dass Sie sich an einem solchen Komplott beteiligen. Es tut mir leid, aber wenn Ihr Chef das Gerät haben will, muss er es sich schon selbst holen.«

Piglet sah sich hilflos um.

Hagen stieg dunkle Zornesröte ins Gesicht. »Denken Sie, Stevendahl, ich halte eine Banane in der Hand?« Plötzlich hob der Professor die Waffe und feuerte zweimal hintereinander.

Zwei ohrenbetäubende Schüsse dröhnten durch den Raum. Unwillkürlich zog jeder den Kopf ein, sogar Hagen selbst, der vom Rückschlag der Heckler & Koch regelrecht überrascht wurde.

Piglet fiel blutüberströmt zu Boden. Ein Querschläger hatte seinen Hals durchschlagen.

Hannah beobachtete, wie Gero unter seine Jacke fasste. Geistesgegenwärtig riss sie Matthäus an sich und ging mit ihm zu Boden. Währenddessen richtete Hagen seine Waffe wahllos auf die umherstehenden Personen, doch bevor sich ein dritter Schuss lösen konnte, traf ihn ein riesiges Messer und spaltete ihm die Stirn. Kerzengrade stürzte der Professor rücklings zu Boden.

Hannah stieß einen Schrei des Entsetzens aus.

»Schusswechsel«, brüllte Jack ins Funkgerät. »An alle Kräfte. Zugriff. Sofort.«

Im Eiltempo versammelten sich alle bereitstehenden Agenten um das Eingangsportal unweit der Apsis. Im benachbarten Schwesternwohnheim flackerten vereinzelte Lichter auf.

Mit gezogener Waffe verschwanden die dunkel gekleideten Männer im unterirdischen Gang. Jack überprüfte nochmals den Sitz seiner leichten Panzerweste. In gebückter Haltung, nur mit einem Nachsichtgerät ausgestattet, den 45-er Colt im Anschlag, schlichen die Männer in den unwirtlichen Tunnel.

»Da kommt jemand«, flüsterte Paul in die Totenstille hinein.

»Wir müssen weg hier, verdammt«, zischte Tom. »Wenn es Pelhams Leute sind, denken sie, *wir* hätten die beiden auf dem Gewissen. Die Amerikaner bringen es fertig und knallen uns ab wie die Hasen.«

Anselm sah zu Gero auf, der unbeeindruckt sein Messer aus dem Kopf des Toten gezogen hatte. »Hast du eine Idee, wie wir hier rauskommen?«, fragte er mit flatternder Stimme.

»Folgt mir!«, antwortete Gero. »Das ist nicht nur ein Abwasserkanal, sondern auch ein Fluchtweg.« Wie selbstverständlich nahm er den Server an sich.

Tom protestierte nicht, er folgte wie die anderen dem Ritter zum Ausgang in den Kanal.

»Achtung«, flüsterte Jack, als er in einiger Entfernung ein paar Gestalten durch den Gang huschen sah. »Da vorn tut sich was … zurückbleiben. Wenn wir jetzt schießen, kann es passieren, dass wir von unseren eigenen Querschlägern erwischt werden. Wir müssen das Ziel erst sicher im Visier haben.«

Gero war die Anwesenheit der Männer in gut vierzig Fuß Entfernung nicht entgangen. »Hier entlang«, bemerkte er leise und schob Hannah, die nach ihm die Kammer verlassen hatte, nach rechts in den Gang.

»Halte das Ding!«, sagte er und übergab ihr den Server. Ein kurzes, blaugrünes Aufleuchten hätte sie fast davon abgehalten, das unheimliche Gerät an sich zu nehmen. Ihr war, als ob die seltsame Stimme neuerlich in ihrem Kopf zu hören war. Jemand schien *»Berechnung neu kalibriert«* zu sagen. Ihr Herz schlug bis zum Hals heraus. Vor lauter Angst war sie nicht in der Lage, ruhig zu atmen. Anselm ging ein Stück voraus und leuchtete vor ihr den Weg aus. Matthäus stolperte ihm nach.

»Kannst du mir das abnehmen?«, fragte sie heiser und reichte Anselm über den Kopf des Jungen hinweg den flachen Kasten, ohne auf eine Antwort zu warten.

»Ja, klar«, wisperte Anselm und stapfte mutig voran.

Ein weiteres Aufleuchten des Kastens beruhigte Hannah. Also hatte sie sich doch nicht getäuscht. Vielleicht hatte es aber nichts weiter zu bedeuten. Gero war immer noch hinter ihr. Sie hörte seine schweren Schritte. Doch wo waren Tom und Paul?

»Zugriff«, brüllte jemand auf Englisch, und irgendwo weit hinter ihr erhob sich ein Stimmengewirr.

»Lauf!«, rief Gero und schob sie voran.

Schreie drangen durch den Tunnel. Hannah meinte die hektische Stimme von Tom zu hören.

»Stopp!«, schrie jemand. »Wir sind unbewaffnet.«

»Noch fünfzehn Fuß«, rief Gero und versetzte Hannah einen leichten Stoß.

»He«, stieß Anselm atemlos hervor. »Ich kann mich ja täuschen, aber das Ding hier in meiner Hand brabbelt irgendetwas von ›Zielort aktiviert‹!«

Er blieb abrupt stehen und blickte gebannt auf das blaugrüne Leuchten, das sich unvermittelt unter seinen Händen zu einem Nebel erhob und Teile seines Körpers mit einer grün leuchtenden Netzstruktur überzog. Matthäus prallte gegen ihn und wurde zwischen ihm und Hannah regelrecht eingeklemmt. Anselm beobachtete sprachlos, wie das Netz auf Matthäus und Hannah übergriff. Auch sie nahm nun die Stimme wahr.

Gero war direkt hinter ihr stehen geblieben. Er hatte Hannah den Rücken zugedreht und spähte in die Dunkelheit. Langsam überspannte das leuchtende Netz seinen Hinterkopf und die breiten Schultern. Jedoch schien er nichts davon zu bemerken, da er sich auf ihre Verfolger konzentrierte. Unzählige Schritte waren zu hören. Lautlos zog er sein Schwert aus der Scheide.

Agent Jack Tanner hielt abrupt inne. Die Augen des Mannes funkelten im Sucher des Nachtsichtgerätes wie bei einem Tier, das in den Scheinwerfer eines Wagens schaut. Die todbringende Klinge des Gegners leuchtete unterdessen grün, wie ein futuristisches Laserschwert. Entschlossen richtete Jack seine Beretta 92 FS Brigadier mit integrierter Laserzielerfassung auf sein Gegenüber.

In dem Augenblick, als er abdrücken wollte, wurde er durch ein gleißendes Licht geblendet. Für einen Moment übermannte ihn das Gefühl, als ob ihm jemand eine heiße Nadel in die Pupille gestoßen hätte. Vor Schmerz kniff er die Lider zusammen und sog qualvoll die Luft durch die Zähne. Unvermittelt feuerte er. Ein ohrenbetäubender Knall hallte von den Mauern wider.

Als Jack Tanner die Augen vorsichtig öffnete, dauerte es eine ganze Weile, bis die leuchtenden Punkte langsam verschwanden.

Seinen Kollegen war es anscheinend kaum besser ergangen.

»Wo ist er? Bullshit!«

»Ich muss ihn erwischt haben«, rief Jack, während er vergeblich in den Gang lauschte. »Verdammt, ich brauche Licht.«

Wie auf Kommando schalteten die Männer ihre Nachtsichtvorrichtungen ab. Kurz darauf leuchtete ein LED-Strahler auf.

»Er ist weg«, sagte Jack mehr zu sich selbst. »Wie vom Erdboden verschluckt.«

Tom hatte schreien wollen, doch seine Stimme versagte ihm den Dienst. Ein NSA-Mann drückte ihm das Knie zwischen die Schulterblätter. In seine Ohren drang hektisches Stimmengewirr.

»Hast du ihn, Robert? Ich lege ihm Handfesseln an.«

»Jack?«

»Ja?«

Tom hörte dumpfe Schritte.

»Meldung von Posten eins. Die deutsche Polizei ist im Anmarsch. Joe fragt, was er tun soll.«

»Die Deutschen dürfen auf keinen Fall Wind von der Sache bekommen«, keuchte jemand in Toms Ohr, während man ihm beide Arme auf den Rücken zog.

»Sag, sie sollen einen Unfall inszenieren. Dann sind die Krauts erst mal beschäftigt.«

»Los! Komm hoch, du Spaßvogel«, zischte Toms Peiniger und riss ihn auf die Knie.

Paul schien es nicht besser zu ergehen. Gefesselt stand er da und starrte vor sich hin. Bis auf ein geschwollenes Nasenbein war er anscheinend unverletzt.

»Schafft die Leichen weg!«, rief jemand in leisem Befehlston.
»Was ist mit dem Skelett, Jack?«
»Liegenlassen, wir holen es später. Schließt das Tor zur Katakombe und gebt mir den Scheinwerfer.« Ein Kollege reichte dem NSA-Agenten den LED-Strahler, der auf Knopfdruck den Kanal taghell ausleuchtete.

Außer verwitterten Steinen und einer schmutzigen Abflussrinne war nichts zu sehen. »Da ist nichts«, bestätigte er die ungläubige Vermutung seiner Kollegen.

»Wo sind eure Freunde hin?« herrschte der Mann Tom und Paul an.
»Ich weiß es nicht«, sagte Tom seltsam unbeteiligt. »Sie sind weg. Gerade so, als hätte es sie nie gegeben.«

Paul nickte stumm, während er weiter vor sich hin starrte.

»Da liegt etwas auf dem Boden«, fügte einer der Amerikaner hinzu. »Sieht aus wie ein Mini-Laptop.«

Die Suche nach den Flüchtigen blieb erfolglos. Der Ausgang, der den Mönchen früher einmal eine Fluchtmöglichkeit geboten hatte, war längst zugeschüttet worden.

Nachdem sie in Spangdahlem im vorübergehenden Hauptquartier der NSA angekommen waren, brachte man Tom und Paul, deren Hände man mit Plastikschlingen gefesselt hatte, in ein fensterloses Verhörzimmer.

Trotz der Abgeschiedenheit drang von draußen die gedämpfte Geräuschkulisse der startenden Nachtgeschwader zu ihnen herein. Noch waren sie allein, doch Tom war sich sicher, dass schon in Kürze eine ganze Armada von Befragungsspezialisten auftauchen würde, um sie in die Mangel zu nehmen.

Als wäre er von Hospitalismus befallen, wippte Paul die ganze Zeit mit seinem Oberkörper auf und ab.

Die Tür flog auf, und General Lafour betrat mit Colonel Pelham und einem weiteren Agenten der NSA den kahlen Verhörraum.

Wenig später folgte Doktor Karen Baxter. Ihr dunkelblauer Hosenanzug unterstrich die Blässe in ihrem von Sorge gezeichneten Gesicht.

»Sind Sie bereit, mit uns zusammenzuarbeiten?«, fragte der General mit schneidender Stimme.

»Selbstverständlich«, erklärte Tom heiser. »Wir sind ja selbst daran interessiert zu erfahren, was hier eigentlich los ist.«

Paul hatte sich mit schmerzerfüllter Miene aufgerichtet und nickte beifällig.

Auf einen Wink des Generals trat der Agent der NSA vor und befreite Tom und Paul von ihren Plastikfesseln. Erleichtert rieben sie sich die Handgelenke.

»Dann erzählen Sie uns zuerst, wie es zum Tod unseres verehrten Professor Hagen und seines Referenten, Doktor Piglet, kommen konnte«, stieß Colonel Pelham hervor. »Zudem würde uns dringend interessieren, wo Ihre Freundin und deren Begleiter abgeblieben sind.«

Stockend versuchte Tom zusammenzufassen, was seit letztem Samstag geschehen war. Seine sämtlichen Erläuterungen hatten nur ein Ziel: zu beweisen, dass er und Paul Colbach weder die Schuld für den Unfall im Institut trugen, noch für die Geschehnisse des Abends verantwortlich waren.

Doch Pelham ließ sich nicht so ohne weiteres überzeugen.

Erst als Karen Baxter intervenierte und von einem eigenen Laptop des Professors sprach, zu dem niemand sonst Zugang hatte, horchte er auf. »Wir werden der Sache nachgehen«, erklärte er kühl.

»Was ist mit dem Computer, den die NSA in Heisterbach sicher gestellt hat?«, fragte Tom, in der Hoffnung, dass wenigstens ein Beweismittel vorhanden war, das den Professor belastete.

»Der anthrazitfarbene Kasten befindet sich im Untersuchungslabor«, antwortete Lafour. »Aber ich fürchte, wir haben da ein kleines Problem. Jetzt, wo Professor Hagen tot ist, gibt es außer Ihnen beiden niemanden, der diesem Gerät ein Lebenszeichen entlocken könnte. Auch wenn es mir schwer fällt, Ihnen das zu sagen. Wir sind auf Gedeih und Verderb auf Sie angewiesen.«

Tom seufzte erleichtert auf. »Was das fremdartige Artefakt betrifft, so kann ich nur vermuten, dass es sich um einen hoch entwickelten Quantenrechner handelt, mit dem unsere Form der Zeitsynchronisation vermutlich weit problemloser zu bewerkstelligen ist, als mit unseren eigenen bescheidenen Mitteln. Ob Hagen um dessen Existenz gewusst hat, vermag ich nicht zu sagen, geschweige denn, dass ich schon jetzt wüsste, wie das Teil in die Katakombe gelangt ist und wie es genau funktioniert.« Nervös fuhr er sich mit einer Hand durchs Gesicht. »Es war Zufall, dass sich das Gerät eingeschaltet hat. Wenn ich genau gewusst hätte, wie es funktioniert, wären meine Freundin und deren Begleiter mit Sicherheit nicht verschwunden. Das dürfen sie getrost glauben.«

»Was ist mit dem Ritter? Denken Sie, er wusste, was es mit dem Ding auf sich hat?« Pelham sah Tom durchdringend an.

»Nein«, antwortete Tom. »Ausgeschlossen, er war ebenso ratlos wie wir selbst.«

»Haben Sie eine vage Vorstellung, wohin es Ihre Freunde verschlagen haben könnte?« General Lafour bedachte Tom mit einem forschenden Blick.

Tom schüttelte den Kopf und legte seine gefalteten Hände vors Gesicht, als ob er seine Ratlosigkeit verbergen wollte. »Vielleicht hat die Kiste sie ins Jahr 1307 katapultiert. Vielleicht aber hat der Transfer sie auch in ihre molekularen Einzelteile zerschossen. Ich weiß es nicht.«

Teil III

Tod und Ehre

> »Dem Herrn sind ein Tag wie tausend Jahre
> und tausend Jahre wie ein Tag«
>
> (Petrus 3,8)

27

Mittwoch, der 18. Oktober 1307 – Jenseits der Wirklichkeit

»Was war das?« Hannah schaute sich ängstlich um. Für einen Moment hatte sie nichts mehr sehen können. Das kurzfristige Gefühl, sich aufzulösen, schob sie auf die nervliche Belastung.

»Keine Ahnung«, erwiderte Anselm. Seine Stimme war leise und klang nicht weniger beunruhigt.

Er hatte die Lampe verloren. Während er sie aufhob, huschte ein nasser Pelz an seiner Hand vorbei. »Ratten!«, rief er schrill.

In ihrer Panik drückte sich Hannah an die Mauer. Erleichtert stellte sie fest, dass Gero nicht weit entfernt von ihr mit dem Rücken gegen das feuchte Mauerwerk lehnte. In der linken Hand hielt er sein Schwert, mit der rechten fasste er sich an die Stirn. Leicht taumelnd lenkte er seinen Blick in die Richtung der Verfolger.

Hannah hätte schwören können, dort vor kurzem noch jemanden gesehen zu haben. Jetzt erstreckte sich nur noch gähnende Dunkelheit, so weit das Auge reichte. Dafür stach ihr ein fürchterlicher Geruch nach Kloake, Urin und Verwesung in die Nase, den sie bisher nicht wahrgenommen hatte.

»Wo ist der Server?«, rief Anselm, während er naserümpfend den Boden absuchte. »Hast *du* ihn an dich genommen?« Sein fragender Blick fiel auf Hannah,

»Was ich?« entgegnete sie verstört.

»Matthäus?« Anselm leuchtete dem Jungen in die Augen. Zitternd vor Kälte und Schreck kauerte er neben Hannah. Wortlos schüttelte er den Kopf.

»Wir müssen hier raus!«, bestimmte Gero. Er schien als erster von ihnen allen wieder zu Verstand zu kommen. Souverän schob er sein Schwert bis zum T-Heft in die seitlich gegürtete Schwertscheide und vergewisserte sich mit einem kurzen Rundumblick, dass seine Begleiter unversehrt waren.

»Was, in aller Welt, stinkt hier so?« Hannah wagte kaum zu atmen. »Und wo sind Tom und Paul?« In ihre Stimme schlich sich ein kläglicher Unterton, während sie vergeblich in die Richtung spähte, aus der zuvor die Geräusche gekommen waren.

»So wie es aussieht, haben die Amerikaner sie geschnappt«, antwortete Anselm.

»Und warum haben sie uns nicht geschnappt?«, erwiderte Hannah. »Sie waren uns doch ganz dicht auf den Fersen. Ich konnte sie hören.«

»Ganz gleich, was ihnen widerfahren ist – sie sind weg«, bemerkte Gero. Mit einer sanften Berührung ihrer Schulter schob er sich an Hannah vorbei. »Folgt mir zum Ausgang!«

Im Zwielicht nickte er Anselm zu. »Du kannst mir den Weg ausleuchten.«

Nach ungefähr achtzig Metern stießen sie auf eine massive Holztür. Gero entriegelte den archaisch anmutenden Eisenverschlag und stemmte sich mit der Schulter gegen die dicken Eichenbohlen. Die Tür gab zögernd nach. Endlich gelangten sie an die frische Luft. Hannah atmete gierig ein. Der unerträgliche Gestank von Fäkalien war noch einen Moment wahrzunehmen, dann verwehte er. Was blieb, war eine feine Brise reinen Sauerstoffs, die Hannah an eine Nachtwanderung erinnerte, die sie vor langer Zeit mit ihrem Großvater unternommen hatte.

Hier draußen war es dunkel und kühl, der Wind jedoch erschien ihr längst nicht so kalt wie zuvor. Am Himmel jagten ein paar helle Wolken vorbei, die ab und an den Blick auf einen leuchtenden, abnehmenden Mond freigaben.

Anselm ließ das Licht der LED-Lampe über die Oberfläche eines Teiches wandern, der wie ein dunkler, beweglicher Abgrund unmittelbar vor ihren Füßen lag.

»Hier sind wir?«, stellte Hannah erstaunt fest und trat einen Schritt zurück, während ihre Stiefelsohlen ein schmatzendes Geräusch verursachten. »Aber das kann nicht sein«, sagte sie und schaute zu Gero auf, der dicht neben ihr stand. »Wir sind nach unten gelaufen, und die Teiche befinden sich viel weiter oben auf dem Klostergelände. So sehr kann ich mich doch nicht täuschen?«

Gero antwortete nicht. Sein Blick schien seltsam entrückt. Verwundert folgte sie seinem Augenmerk in südwestliche Richtung.

»Nein!« Unter einem plötzlich eintretenden Schwindel geriet Hannah ins Wanken. Wenn Gero sie nicht mit seinen starken Armen aufgefangen hätte, wäre sie ins Wasser gestürzt.

»Großer Gott!«, entfuhr es Anselm. Mit aufgerissenen Augen starrte er auf die riesige Kirche, deren schwarze Silhouette sich nicht weit entfernt aus der Dämmerung erhob. Eine Reihe schwach erleuchteter, runder Fenster ließ erahnen, wie unglaublich lang das Gebäude sein musste.

Ihre staunenden Blicke wurden von einem plötzlich einsetzenden Läuten abgelenkt. Den dazu gehörigen kleinen Glockenturm auf dem Dachfirst oberhalb der Apsis konnte man in der dunklen Umgebung nur schemenhaft ausmachen. Es war beinahe, als hätte man ihre Ankunft erwartet.

»Wo sind wir hier?«, fragte Anselm verblüfft.

»Das ist die Abtei von Heisterbach«, entgegnete Gero tonlos. »Es ist Abend. Sie läuten zum Angelus-Gebet.«

Langsam ließ er sich auf der feuchten Böschung nieder, dabei zog er Hannah mit sich und bettete sie auf seinen Schoß. Sie zitterte wie unter Krämpfen. Er streichelte ihr Haar und flüsterte ihr etwas auf Altfranzösisch ins Ohr. Seine samtige Stimme und die warmen Hände wirkten beruhigend. Hannahs Blick fiel auf das Logo einer Wolfspfote, das die Brusttasche von Geros Jacke zierte. Niemals hätte sie vermutet, dass das simple Emblem eines Trekkingausstatters ihr einmal das Gefühl von Heimat vermitteln würde.

»Sag, dass ich träume«, flüsterte sie.

»Wo ist dieser verdammte Server abgeblieben?« Anselm stand da und stierte wie ohnmächtig in die fremde Nacht.

Matthäus hockte sich schweigend neben Gero. »Wo kommt auf einmal das riesige Gotteshaus her?«, murmelte er verunsichert.

Gero antwortete nicht. »Wir müssen im Kloster um Aufnahme bitten«, sagte er nur. Er hatte sich erstaunlich schnell gefasst. »Nur so können wir feststellen, ob wir unser ursprünglich gewähltes Ziel erreicht haben.«

Mit einem zweimaligen Drücken ihrer Hand bedeutete er Hannah, dass er aufstehen wollte.

»Gib mir die Lampe!«, forderte er Anselm auf. »Ich gehe noch einmal zurück und werde nachsehen, ob das Haupt vielleicht noch an Ort und Stelle liegt.«

Hannah versuchte sich aufzurichten. Gero half ihr auf die Füße, indem er sie stützte. Mit Erstaunen stellte sie fest, dass er nicht nur die Ruhe behielt, sondern darüber hinaus sogar zu strategischen Überlegungen fähig war.

»Wartet hier auf mich«, sagte er, als Anselm ihm die eingeschaltete Sure-Fire übergab. »Ich bin gleich zurück.«

»Wartet hier auf mich«, wiederholte Anselm resigniert, nachdem Gero in dem stinkenden Kanal verschwunden und die verwitterte Eichenholztür hinter ihm ins Schloss gefallen war. »Wo sollten wir auch hingehen – ohne ihn.«

Es dauerte nur Minuten, bis Gero zurückkehrte. Keuchend rang er nach Atem.

»Nichts«, stieß er hervor. »Ich habe die Maschine nicht finden können, und der Zugang zur Kammer ist so jungfräulich, wie wir ihn vorgefunden haben, bevor Anselm ihn aufgebrochen hat.«

»Aber dass wir in der Vergangenheit gelandet sind«, gab Hannah zu bedenken und richtete ihren Blick auf die stolze Abtei, »daran gibt es keinen Zweifel. Oder sehe ich das falsch?«

»Wer weiß«, bemerkte Anselm mit leichter Ironie in der Stimme. »Vielleicht sind wir in einem Paralleluniversum gestrandet. Nach allem, was uns bisher widerfahren ist, halte ich nichts mehr für unmöglich.«

»Paralleluniversum?« Hannahs Gesicht verzog sich zu einer Grimasse. »Sei so gut, Anselm, und mache die Sache nicht noch schlimmer, als sie ohnehin schon ist. Ich bin mit den Nerven ziemlich am Ende.«

»Alles hier sieht so aus wie in meiner Erinnerung«, beruhigte Gero sie. Wie zur Bestätigung schaute er sich ein weiteres Mal gründlich um.

Anselm kratzte sich ratlos am Kopf, doch dann trat ein Leuchten in seine Miene. »Wir könnten«, begann er hoffnungsvoll, »die Kammer öffnen und nachschauen, ob sich der Server noch darin befindet? Vielleicht ist es möglich, damit in unsere Zeit zurückgelangen.«

»Den Zahn kann ich dir sofort ziehen«, warf Hannah ein, wobei sie eine gewisse Verzweiflung nicht unterdrücken konnte. »Wenn die Kiste nach dem gleichen Prinzip funktioniert wie Toms Höllenmaschine, kann man damit nur in die Vergangenheit reisen. Wenn du in die Zukunft möchtest, musst du dich von dort aus abholen lassen. Also wäre es vielleicht besser, nach Himmerod aufzubrechen, mindestens jeden zweiten Tag auf dem zukünftigen Gelände des Forschungsareals zu verbringen und darauf zu hoffen, dass Tom und die Amerikaner daran arbeiten, uns zurückzuholen.«

Gero schüttelte unwillig den Kopf. »Bevor wir nochmals in die Kammer einbrechen, möchte ich wissen, welcher Tag heute ist.« Er war an weiteren Versuchen mit dem Haupt nicht interessiert. Wenn er tatsächlich in seine Zeit zurückgelangt war, musste er sich zunächst seinem Auftrag widmen. Vielleicht konnte der eingeweihte Bruder des Hohen Rates, der – wenn alles nach Plan lief – ihn hier bereits erwartete, dabei helfen, Hannah und Anselm dorthin zurückzubringen, wo sie hergekommen waren. Seit geraumer Zeit stellte sich Gero die Frage, was sich der Orden vom Einsatz des Hauptes versprach. Niemals hätte er vermutet, dass sich hinter den vagen Andeutungen seines Komturs ein solches Geheimnis befand. Er wusste nicht einmal, ob er wütend sein sollte, weil d'Our ihn und seine Kameraden unvorbereitet zu einem solchen Auftrag entsandt hatte.

Anselm schien seine Gedanken zu erraten. »Angenommen, wir sind dort angekommen, wo du hin wolltest, könnte es nicht sein, dass hier jemand existiert, der uns helfen kann? Ich meine, selbst wenn du nicht weißt, wie der Mechanismus des Servers funktioniert, gibt es doch bestimmt jemanden in eurem Verein, der sich damit auskennt, oder?«

»Ich denke schon«, bestätigte Gero, »dass es da jemanden gibt, der weiß, was es mit der Wirkungsweise des Hauptes auf sich hat. Und wenn mein Komtur Recht behält, sollte ich diesen Mann hier im Kloster treffen. Jedoch sind alle Spekulationen sinnlos, bevor wir nicht wissen, ob wir am rechten Zeitpunkt angelangt sind.« Er hielt Hannah am Arm fest und verlieh ihr damit die nötige Sicherheit, um voranzugehen. Recht schnell hatte er den schmalen Pfad gefunden, der über einen Damm direkt zur Klosterpforte führte. Wie folgsame Soldaten marschierten Anselm und Matthäus hinterher.

Das Läuten hatte aufgehört, und die Lichter hinter den Fenstern waren schwächer geworden. Anselm hatte seine LED-Lampe auf den letzten paar Metern vor der lang gezogenen Bruchsteinmauer ausgeschaltet und unter seinem Mantel versteckt.

Hannah beobachtete mit einem mulmigen Gefühl, wie Gero voraus lief und im wechselhaften Mondlicht auf einen Mauervorsprung kletterte. Während er sich daran hochzog, versuchte er über die steinerne Einfriedung zu spähen. Dann stieg er wieder herab, und als ob es die selbstverständlichste Sache der Welt wäre, zog er an einem langen Strick und läutete damit die Glocke an der Klosterpforte.

»Da kommt jemand«, sagte er, während er seine Schultern straffte und sich dem Türchen zuwandte, das in ein viel größeres Holztor eingelassen war.

Seine stolze Haltung verriet, dass er nun das Heft wieder in der Hand hielt. Nichts deutete mehr auf den verunsicherten Templer hin, der er vor … ja … Minuten, Stunden oder Jahrhunderten – wer wusste das schon – noch gewesen war.

In gebührendem Abstand blieb Hannah mit Anselm und Matthäus zurück.

Gero hat noch die Jacke an, schoss es ihr in den Sinn, und plötzlich interessierte sie die Frage, ob sie für das so genannte Mittelalter überhaupt passend gekleidet waren. Ihr Blick fiel auf Anselm, der sie mit seinen dunklen Augen anschaute, als ob man ihn hypnotisiert hätte. Er würde wohl am wenigsten auffallen.

Der braune Ledermantel mit der großen Schulterpasse reichte beinahe bis zum Boden, und mit seinen langen Haaren und den groben Stiefeln hätte er getrost in verschiedenen Jahrhunderten aufkreuzen können, ohne Aufsehen zu erregen.

Prüfend schaute Hannah an sich herab. Ihr wadenlanger Kamelhaarmantel verbarg zuverlässig die enge Jeanshose. Erleichtert tastete sie nach ihrem Rucksack, den sie seit dem Einstieg in den unterirdischen Gang auf dem Rücken trug.

Obwohl sich hier höchstwahrscheinlich niemand für ihre Kreditkarten interessierte, gab es ihr ein sicheres Gefühl, ein paar vertraute Gegenstände wie Kopfschmerztabletten, Pfefferminzbonbons, Kamm und Nagelschere in ihrer Nähe zu wissen. Sogar eine Reisezahnbürste und eine kleine Tube Zahnpasta trug sie immer mit sich herum.

Mit einem leisen Knarren öffnete sich die Tür. Ob sich der Zugang noch an derselben Stelle befand, wie in ihrer Zeit, vermochte sie nicht zu sagen.

Die Asphaltstraße war jedenfalls verschwunden, und ein ausgetrampelter Pfad ersetzte offensichtlich den Hauptverkehrsweg.

Eine Gestalt mit einer brennenden Fackel trat hervor. An der Tonsur und der hellgrauen Kutte war zu erkennen, dass es sich bei dem Mann an der Pforte um einen echten Mönch handelte.

Gero redete gestenreich auf den Hüter der Abtei ein. Der Blick des Zisterzienserbruders fiel immer wieder auf Hannah, und offenbar war er nicht sicher, ob er Geros Anliegen zustimmen sollte.

Im Verlaufe der Unterredung zückte Gero seinen ledernen Brustbeutel.

Nicht möglich, dachte Hannah, er hat tatsächlich seine Papiere eingesteckt, bevor wir losgefahren sind. Als ob er geahnt hätte, was danach passieren sollte.

Der Mönch hob die brennende Fackel und beleuchtete die dargebotenen Pergamenturkunden wie ein Zöllner bei einer Grenzkontrolle. Dann reckte er den Hals und deutete in Hannahs Richtung.

Mit einem Wink gab Gero ihr und den anderen zu verstehen, dass sie eintreten durften.

»Macht euch keine Sorgen«, sagte er leise, während ihm ein triumphierendes Grinsen entwich. »Wir schreiben heute Mittwoch, den 18. Tag im Oktober des Jahres 1307 nach der Fleischwerdung des Herrn.«

»Damit wissen wir wenigstens, dass die Kiste funktioniert«, erklärte Anselm ein wenig sarkastisch. »Ob wir uns deshalb keine weiteren Sorgen machen müssen, steht auf einem anderen Blatt geschrieben.«

Mit einem gewissen Unbehagen sah Hannah dem voraneilenden jungen Mönch hinterher, dessen Tonsur sich als bleiches Oval aus dem Dunkel hervorhob. Mit seiner brennenden Kienspanfackel in der linken

Hand durchquerte er einen mit runden Steinen gepflasterten Hof und wich dabei geschickt einem plätschernden Springbrunnen aus. Seine Füße steckten in ausgetretenen Riemchensandalen und waren zum Schutz gegen die Kälte bis zum Knöchel in dicke Filzsocken gehüllt.

Während sie dem Mönch folgten, bewunderte Hannah den großen, steinernen Brunnen, der reich mit Ornamenten verziert war und wie ein überdimensionaler Messkelch mitten im weitläufigen Innenhof der Abtei thronte. Aus seiner Mitte sprudelte eine beständige Fontäne, bei deren Anblick sich Hannah die Frage stellte, wie so etwas ohne elektrische Pumpe funktionieren konnte.

Gero machte so große Schritte, dass selbst Anselm Mühe hatte zu folgen. Unwillkürlich verfielen Hannah und Matthäus in einen Laufschritt.

»Wo bringt er uns hin?«, fragte sie atemlos.

Gero blieb stehen und wartete, bis Hannah bei ihm angelangt war.

»Zum Abt«, antwortete er. Für einen Moment legte er ihr den Arm um die Schulter. »Der Zisterzienser-Bruder muss unser Erscheinen erst ankündigen.«

Gemeinsam stiegen sie eine steile Sandsteintreppe hinauf, die an der Außenmauer entlang zum zweiten Stock des insgesamt dreistöckigen Gebäudes führte.

Gero blieb an ihrer Seite, bis sie oben angekommen waren. Dann folgte er dem jungen Mönch, der den Neuankömmlingen höflich die schwere Eichentür aufgehalten hatte. Über einen langgezogenen Flur führte er Gero und seine Begleiter zur Klause des Abtes.

Dort angekommen, klopfte er an eine verschlossene Tür und bat, nachdem er die Aufforderung erhalten hatte einzutreten, für den unangekündigten Besuch um Einlass. Gero betrat als erster und mit gesenktem Haupt das spartanisch eingerichtete Zimmer. Hannah und Anselm folgten zögernd. Matthäus zog es vor, draußen im Flur zu warten.

Abt Johannes von Heisterbach war ein hagerer Mann mit listigen kleinen Augen, die im Lichte einer brennenden Öllampe, die vor ihm auf dem Tisch stand, neugierig funkelten. Als er sah, dass sich eine Frau unter den unangemeldeten Besuchern befand, erhob er sich hinter einem schweren Buchenholztisch aus seinem Lehnstuhl, strich seinen hellen Habit glatt und verneigte sich leicht. Dann trat er langsam hinter dem Tisch hervor und wandte sich Gero zu, während er dessen seltsame Aufmachung argwöhnisch begutachtete.

»Der junge Herr von Breydenbach in charmanter Begleitung, und das zu so später Stunde.« Das Lächeln des Abtes fiel für Geros Geschmack ein wenig anzüglich aus, doch dessen Miene wurde schnell wieder Ernst.

Offensichtlich hatte ihn der Mönch, der sie hierher geführt hatte, mit allen wichtigen Informationen versorgt.

»Pax vobiscum«, sagte Gero leise und vollführte vor dem Abt einen angedeuteten Kniefall. Dann küsste er dessen Ring, der sich ihm fordernd entgegenstreckte.

»Pax vobiscum, Bruder Gerard«, erwiderte der Abt mit getragener Stimme, während er die Geste mit dem Ring bei Hannah wiederholte, die einen peinlichen Moment zu spät begriff, was von ihr erwartet wurde. Unsicher tat sie es Gero nach, wobei ihr die Stimme versagte, als sie den gleichen Gruß wiederholen wollte.

Anselm hingegen fiel vor dem hageren Mann gleich ganz auf die Knie, um ihm die hier übliche Ehre zu erweisen.

Gero, der für einen Moment beiseite getreten war, wandte sich erneut dem Abt zu, nachdem dieser sich wieder hinter dem monströsen Schreibtisch niedergelassen hatte.

»Ist es möglich, Vater Johannes, dass ich Euch unter vier Augen sprechen kann?«

Der Abt sah ihn mit undurchsichtiger Miene an. »Selbstverständlich«, erwiderte er.

Mit einem Wink gab er dem jungen Mönch zu verstehen, dass er Hannah und Anselm hinaus auf den Flur geleitete.

Gero zwinkerte Anselm vertraulich zu. »Es dauert nicht lange«, flüsterte er.

Nachdem die Tür von außen geschlossen worden war, setzte Abt Johannes eine interessierte Miene auf.

Gero trat zu ihm hin und beugte sich hinab. »Computatrum quanticum« flüsterte er beinahe feierlich.

Die anfängliche Verblüffung des Abtes wich einem wissenden Augenaufschlag. »Wenn mich nicht alles täuscht, werdet Ihr bereits erwartet«, murmelte er verschwörerisch. »Allerdings war die Rede, dass Euch zwei Ritterbrüder des Tempels begleiten würden. Von einer Frau und einem Knappen hat niemand etwas verlauten lassen.«

»Der Allmächtige«, entgegnete Gero mit ruhiger Stimme, »hat in seiner unergründlichen Güte und Weisheit einen anderen Weg für mich bestimmt, als mein Komtur ursprünglich angeordnet hatte.« Er ließ sich nicht anmerken, wie sehr es ihn verwunderte, dass Abt Johannes allem Anschein nach in Einzelheiten eingeweiht war.

»Zwei meiner Brüder sind mir auf dem Weg hierher abhanden gekommen«, fügte er erklärend hinzu. »Meinen jetzigen Begleitern habe ich zu verdanken, dass ich trotz aller Widrigkeiten meinem Auftrag folgen konnte. Sie stehen zusammen mit meinem Knappen unter meinem Schutz. Daher bitte ich Euch um die Güte, ihnen die gleiche Gastfreundschaft zu erweisen wie mir selbst.«

Der Abt räusperte sich. »Es ist unsere Christenpflicht, Bruder Gerard, Wanderern ein Lager für eine Nacht zu gewähren, aber Ihr wisst so gut wie ich, dass wir keine Frauen im Angesicht der übrigen Brüder beherbergen dürfen. In Anbetracht der besonderen Lage und weil Ihr es seid, mache ich eine Ausnahme. Im Übrigen deutete Euer Vertrauensmann, Bruder Rowan, an, dass er bald nach Eurer Ankunft mit Euch und Euren beiden Brüdern auf eine Reise gehen wollte, die keinerlei Vorbereitung bedarf. So müsst Ihr mit ihm ausmachen, was mit Euren Begleitern zu geschehen hat.«

Die Augen des Abtes funkelten neugierig unter seinen buschigen Brauen, doch Gero antwortete nicht. Er wusste ja selbst nicht, was es mit dieser Aussage auf sich hatte.

Der Abt stand auf und deutete mit einer Hand zur Tür. »Dann wollen wir unseren Gästen ihr bescheidenes Quartier zuweisen.«

Draußen auf dem Flur angelangt, wechselte der Klostervorstand ein paar leise Worte mit seinem Untergebenen. »Bruder Jodokus wird Eure Freunde zu ihrem Lager geleiten«, fuhr der Abt freundlich fort. Danach schaute er Gero in die Augen, und seine Stimme wurde eine ganze Nuance leiser. »Hernach wird er Euch Bruder Rowan anvertrauen.«

Der junge Mönch führte Gero und seine Begleiter zunächst zu einem einstöckigen Fachwerkbau, der etwas abseits hinter dem Refektorium lag. Hier wurden normalerweise die Kranken der Abtei untergebracht. Jedoch im Augenblick war das Haus leer. In einer kleinen, weiß getünchten Kammer sollte Hannah, von den übrigen Männern der Abtei getrennt, die Nacht verbringen.

Gero sah ihren ängstlichen Blick. Er zwinkerte ihr vertrauensvoll zu, nachdem der Zisterzienserbruder nach draußen auf den kleinen Flur zurückgekehrt war.

»Mach dir keine Sorgen«, sagte er leise. »Sobald ich mit dem Vertreter meines Ordens gesprochen habe, kehre ich zu euch zurück. Anselm wird solange auf dich und Matthäus aufpassen.«

Mit einem verständigen Nicken wandte sich Gero an seinen Gefährten aus der Zukunft und überreichte ihm sein Schwert samt Schwertscheide und Gürtel.

»Hier sieht man es nicht so gerne, wenn jemand mit voller Bewaffnung durch die Gänge wandelt«, erklärte er Anselm. »Wenn du das bitte solange für mich aufheben willst? Sollte euch allerdings jemand ein Leid zufügen wollen, darfst du es getrost zum Einsatz bringen.«

In Anselms Blick lag Verblüffung, als er die kostbare Waffe an sich nahm.

Gero strich Hannah, die auf einem schmalen Bett Platz genommen hatte, beruhigend über den Arm. »Alles wird gut werden«, sagte er lächelnd.

Dann folgte er dem Zisterzienserbruder, der mit einem brennenden Kienspan in der Hand voranging.

Zügig führte der junge Mönch Gero durch den unbeleuchteten Kreuzgang hin zu einer ebenerdigen Klause, deren Pforte in einem breiten Rundbogendurchgang zum Hof lag. Nachdem sein Begleiter angeklopft hatte, wurde ihnen nach einem Moment mit fester Stimme Einlass gewährt.

Anders als die feuchten und mitunter empfindlich kühlen Schlafsäle der Zisterzienser hatte dieses Zimmer einen eigenen Kamin, in dem ein wohliges Feuer prasselte. Bruder Rowan stand mit dem Rücken zur Tür am geschlossenen Fenster. Er war breitschultrig und trug die graue Kutte der Zisterzienser. Erst als der junge Mönch gegangen war und die Tür hinter Gero geschlossen hatte, wandte sich der Mittelsmann des Hohen Rates der Templer um.

Seine stechenden Augen erschienen ebenso grau wie sein Haar, das, ehemals rabenschwarz, von zahlreichen Silberfäden durchwirkt war.

Gero schätzte sein Alter auf beinahe fünfzig. Jedoch konnte er sich nicht erinnern, ihn je zuvor gesehen zu haben. Mit einem leichten Schaudern verbeugte er sich vor dem fremden Bruder.

»Gott sei mit Euch, Beau Sire«, sagte Gero förmlich.

»Ihr seid zeitig«, entfuhr es dem Fremden in einem eigentümlichen Dialekt, der dem von Struan glich. »Wo sind Eure Kameraden?«

»Ich weiß es nicht«, sagte Gero ehrlich. »Auf dem Weg hierher ist einiges geschehen, was nicht vorherzusehen war.«

Der fremde Bruder zog eine seiner exakt geschnittenen Brauen hoch, wie zu einer Frage. Dann begann er unvermittelt zu sprechen. »Mein Name ist Rowan of Tradoch. Wie Ihr Euch denken könnt, gehöre ich ebenso zum Hohen Rat wie Euer geschätzter Komtur.« Mit einem Wink bot er Gero einen Platz auf einem der beiden Stühle an, die vor einem kleinen quadratischen Tisch standen. »Setzt Euch! Wir haben einiges zu besprechen. Eure Anwesenheit versichert mir, dass das Unfassbare eingetreten ist und Philipp, dieser franzische Hund von einem König, sein Schicksal und damit das unseres Ordens erfüllt hat. Ihr habt mir sicher einiges zu berichten. Sprecht frei! Ich weiß mehr über das, was Euch in den letzten Tagen widerfahren ist, als Ihr Euch vorzustellen vermögt.«

Gero war verwirrt, doch er getraute sich nicht zu fragen, was Bruder Rowan mit dieser Aussage meinte. Konnte er wirklich wissen, dass Gero in der Zukunft gelandet war? Genau betrachtet schien es gar nicht so unwahrscheinlich. Schließlich musste ja irgendwer im Orden Einblick haben, wozu und wie man das Haupt der Weisheit gebrauchen konnte.

Ausführlich begann er zu erzählen, was er in den vergangenen Tagen erlebt hatte – oder sollte er besser sagen – in den nachfolgenden Jahrhunderten?

Erstaunt war er, dass Bruder Rowans Gesichtsausdruck eher ungläubig denn wissend wirkte, als er mit seiner Geschichte endete.

»Das soll ich Euch glauben?«

»Wenn nicht Ihr, wer dann?« Gero spürte Verzweiflung in sich aufsteigen.

»Und wie stand es um den Orden?«, fragte Rowan in einem Tonfall, als hätte Gero ihm soeben einen Bären aufgebunden. »Ich meine, was weiß man über dessen Schicksal in siebenhundert Jahren.«

»Der Orden, so wie wir ihn kennen, existiert in dieser Zeit nicht mehr«, erwiderte Gero. »Das bedeutet, unter den momentanen Bedingungen wird er nicht überleben. Erst recht nicht, wenn es dem Papst einfällt, ihn nachträglich zu verbieten.«

»Eure Erlebnisse sind ein weiteres Argument dafür, dass wir unser Schicksal selbst in die Hand nehmen müssen«, murmelte Rowan düster.

»Bei allem Respekt, Sire«, bemerkte Gero verstört. »Was geht hier vor?«

Rowan nahm eine Kutte der Zisterzienser von einem Wandhaken und hielt sie Gero hin. »Zieht das an!«, befahl er ohne ein Wort der Erklärung.

Gero nahm all seinen Mut zusammen. »Was wird aus den Leuten, die mit mir aus der Zukunft hier angelandet sind? Werden wir Ihnen zur Rückkehr verhelfen können?«

»Dazu haben wir keine Zeit«, erwiderte Rowan schroff. »Außerdem sind sie, nach allem was Ihr mir berichtet habt, nicht eingeweiht. Ihr habt einen Auftrag zu erfüllen, Bruder Gerard. Nichts sonst. Sie werden sich schon zurechtfinden. Und jetzt folgt mir!«

Obschon Widerstand in ihm aufkeimte und er eine maßlose Enttäuschung spürte, erhob sich Gero in soldatischem Gehorsam. Als er sein Wams auszog, fiel Rowans Blick auf den Messergürtel.

»Euren Gürtel werdet Ihr einstweilen hier lassen können«, bemerkte er. »Dort, wo wir hingehen, bedarf es anderer Waffen.«

Irritiert schnallte Gero den Gürtel ab und schlüpfte widerwillig in die kratzige Wollkutte.

»Und nun führt mich zum Haupt!«, sagte Rowan mit schneidender Stimme.

Zögernd öffnete Gero die Tür, die in den Kreuzgang führte. Noch hatte er die Hoffnung nicht aufgegeben, dass er Rowan, nachdem er ihm zu Willen gewesen war, von seinen eigenen Notwendigkeiten überzeugen konnte.

Über den Weinkeller unter dem Refektorium gelangten sie zum Kanal.

Rowan beleuchtete mit seiner brennenden Fackel die Umgebung, um sicherzustellen, dass ihnen auch niemand gefolgt war. Dann tauchte er zusammen mit Gero ins Dunkel des Kanals ein. Keuchend hielt er sich die Hand vor den Mund. Gero, der den Geruch bereits gewöhnt war, ging bereitwillig voran. Vor der Kammer angelangt, sah er sich suchend um. Ihm fehlte sein Messer, mit dem er den Lehm aus der Wand brechen konnte, um den Türgriff freizulegen. Rowan, der augenscheinlich ahnte, was Gero vorhatte, zückte unter seinem Gewand ein langes Jagdmesser, das er ihm ohne Worte übergab.

Gero befreite den metallenen Griff zügig von getrocknetem Lehm und kleinen Steinen, ganz so, wie Anselm es zuvor in der Zukunft getan hatte, dabei betete er still, dass das Haupt der Weisheit sich noch an seinem Platz befand. Unaufgefordert gab er Rowan das Messer zurück und schob mit einiger Kraft die geheime Tür auf.

Bruder Rowan blickte sich staunend um, als er vor Gero den mit glatten Granitsteinen ausgekleideten Raum betrat. Dem Anschein nach war er nie zuvor hier unten gewesen.

Alles befand sich an seinem Platz, genauso, wie Gero es in der Zukunft vorgefunden hatte.

Bis auf eins. Der Tote, der einer Mumie gleich auf dem Boden gelegen hatte, fehlte.

»Das Losungswort«, sagte Rowan kühl. Sein Blick ruhte ungeduldig auf dem flachen, metallenen Artefakt.

Gero räusperte sich, bevor er mit fester Stimme das »Laudabo Deum meum in Vita mea« sang.

Rowan schreckte erstaunlicherweise nicht zurück, als sich die kleine Kiste unvermittelt mit einem Klick öffnete und nur wenig später der schimmernde Kopf erschien. Während sich das grünbläuliche Licht schemenhaft zu fünf Fingern formierte, sah er Gero, dem er zuvor die Fackel übergeben hatte, von der Seite her an. Ein sonderbarer Glanz spiegelte sich in seinen Augen.

»Wir beide werden jetzt eine Reise machen, Bruder Gerard«, murmelte er verschwörerisch.

»Wie soll ich das verstehen?« Gero sah ihn entgeistert an.

»Wir werden gemeinsam in das Jahr 1268 nach der Fleischwerdung des Herrn eintauchen und dafür Sorge tragen, dass der zweite Sohn

König Philipps III. von Franzien und seiner Gemahlin Isabella von Aragon niemals das Licht der Welt erblicken wird.«

Gero spürte, wie es ihm kalt den Rücken hinunterlief. »Wie soll das gehen?«

»So wie ich es sagte«, blaffte Rowan. »Ihr seid ein Templer, und ihr habt Gehorsam geschworen. Und ich befehle Euch, mich zu begleiten und zu tun, was ich Euch sage!«

»Bei allem Respekt, Sire«, Geros Stimme klang beinahe flehentlich, »Ihr wisst, dass ich die Verantwortung für drei Menschen trage, die ich nicht einfach hier zurück lassen kann und darüber hinaus … Ich bin ein Templer, ja, aber ich bin kein Assassine. Ich werde weder Frauen noch Kinder töten, um ans Ziel zu gelangen.«

Im grünlichen Zwielicht des Hauptes nahm Rowans Profil diabolische Züge an. »Zur Rettung des christlichen Abendlandes ist kein Preis zu hoch, Bruder Gerard. Vergesst das nie! Es geht hier um etwas viel Größeres als um Eure Ehre.«

»Nein«, erwiderte Gero entschlossen. »Niemals!«

Plötzlich hob Rowan das Jagdmesser in seiner Rechten wie zu einer Drohung und sah Gero mit schmalen Lidern an.

»Ich muss mich sehr wundern, Bruder Gerard«, zischte er. »Als Ritter des roten Kreuzes solltet ihr eigentlich wissen, dass man jederzeit bereit sein muss, sein Gewissen zu opfern, wenn es um das Überleben der Christenheit geht.«

»Ich habe genug gesehen, um zu wissen, dass das Überleben der Christenheit nicht auf dem Spiel steht«, erwiderte Gero trotzig.

»Ihr wisst gar nichts!«, erklärte Rowan kalt. »Ich frage mich ernsthaft, wie Euer Komtur Euch für eine solch verantwortungsvolle Aufgabe auswählen konnte? Die Geburt Philipp IV. zu verhindern ist die einzige Möglichkeit, die zukünftige Welt nachhaltig zu verändern und nicht nur den Orden mit all seinen kühnen Plänen zu retten. Dabei ist es nicht nur wichtig, die Existenz Philipps IV. zu vernichten sondern auch die seiner Mutter, damit sie keine Gelegenheit hat, einem zweiten oder dritten Bastard das Leben zu schenken, der möglicherweise ähnliche Absichten entwickelt wie ihr erstgeborener Sohn.«

Gero schüttelte den Kopf. »Und wenn es noch so sinnvoll erscheint, so etwas zu tun«, flüsterte er, »unser Orden wäre für mich nicht mehr derselbe, wenn ich so etwas zuließe, geschweige denn daran beteiligt wäre.«

»Gut«, beschied Rowan mit schmalen Lippen, »dann gehe ich allein. Auf die Hilfe eines Tölpels, wie Ihr einer seid, kann ich verzichten.« Mit düsterer Miene wandte er sich um und legte seine Linke in den grünblauen Nebel.

Gero sprang hinzu und riss den grauhaarigen Bruder zurück. »Bei allen Heiligen«, keuchte er, »das dürft Ihr nicht tun!«

Ehe er sich versah, zückte Rowan erneut das Messer und stach auf ihn ein.

Statt sich zu verteidigen, ließ Gero vor Verblüffung die Fackel fallen. Rowan war groß und nicht weniger kampferfahren als er selbst. Verzweifelt bemühte sich Gero, den tödlichen Stichen zu entgehen. Doch Rowan kannte keine Gnade, und dass er ihn töten wollte, stand außer Frage.

Immer wieder attackierte ihn der Bruder des Hohen Rates. Gero versuchte Rowans Hand abzufangen, in der er das Messer hielt. Dabei zog er sich eine tiefe Schnittverletzung am Unterarm zu, die ihn schmerzerfüllt zurückzucken ließ. Beim nächsten Hieb duckte er sich, und während er zu Boden ging, streckte er sein Bein aus und brachte Rowan in seiner langen Kutte zu Fall. Geistesgegenwärtig packte er das Handgelenk des Bruders und hielt so das Messer auf Abstand.

Mit unglaublicher Kraft mühte sich Rowan, sich Geros Griff zu entwinden. Für einen Moment sah es aus, als ob Gero unterliegen würde. Doch plötzlich geriet Rowan zu nahe an die Fackel, und der weite Ärmel seines Habits fing Feuer.

Gero ließ seinen Widersacher augenblicklich los, und Rowan begann wie ein Berserker um sich zu schlagen. Mit einem Ruck warf Gero ihn auf die Seite, um selbst den Flammen zu entgehen.

Im Nu brannte Rowans Habit lichterloh, und während Gero mit seiner eigenen Kutte, die er hastig ausgezogen hatte, auf das Feuer einschlug, fasste sich Rowan unter wilden Zuckungen an den Hals. Darin steckte das Jagdmesser, das er Gero zuvor ins Herz hatte stoßen wollen.

Die Flammen waren unerbittlich, und die abwehrenden Bewegungen des Bruders taten ihr übriges, weshalb es Gero nicht gelingen wollte, den Bruder zu retten. Noch bevor die letzte Flamme erstickt war, starb Rowan elendig vor seinen Augen.

Fassungslos starrte Gero auf den Leichnam. Allmächtiger, was hab ich getan? schoss es ihm durch den Kopf.

Keuchend wandte er sich um und betrachtete im schwachen Widerschein der am Boden liegenden Fackel das Haupt, das sich inzwischen abgeschaltet hatte und nun wie unberührt dalag.

Ohne Frage hatte Gero das unrühmliche Vorhaben des Hohen Rates vereitelt, aber gleichzeitig auch den Fortbestand seines Ordens ernsthaft gefährdet. Dabei vermochte er sich kaum vorzustellen, dass Henri d'Our es zulassen würde – wenn auch in ferner Vergangenheit –, einer unschuldigen Frau und ihrem ungeborenen Säugling auf grausame Weise das Leben zu nehmen, nur um die Ziele des Ordens durchzusetzen.

Vielleicht hatte d'Our vom eigentlichen Vorhaben des Hohen Rates der Templer nicht gewusst. Wie sonst hätte er Gero für eine solche Aufgabe auswählen können? Dem Komtur war bestens bekannt, unter welch furchtbaren Umständen er selbst Frau und Kind verloren hatte.

Erschöpft zog Gero die Leiche, deren verkohlte Arme in einer unnatürlichen, überkreuzten Haltung verharrten, hinter den Granitblock. Mit einem Mal erinnerte er sich an jenen Augenblick, als er den Toten siebenhundert Jahre später als Skelett gesehen hatte.

»Friede sei mit dir und deiner Seele, mein Bruder«, murmelte er. »Die Kammer wird dir ein würdiges Grabmal sein.«

Nach kurzer Überlegung entschied Gero, das Haupt an sich zu nehmen. In der momentanen Lage würde ihm gar nichts anderes übrig bleiben, als nach d'Our zu suchen. Der Komtur von Bar-sur-Aube war das einzige Mitglied des Hohen Rates, das Gero persönlich kannte. Er war sicher, dass d'Our, sofern er noch lebte, sehr wohl in der Lage sein würde, eine weise Entscheidung zu treffen, was weiter mit dem Haupt zu geschehen hatte, und dass er darüber hinaus Hannah und Anselm helfen konnte, in ihre Zeit zurückzugelangen. Vorsichtig rollte er es in seinen Habit ein.

Es war nicht Gero, der, wie erhofft, das Zimmer betrat, sondern der junge Zisterzienser, der Hannah ein scheues Lächeln zuwarf, als er in die Hocke ging, um mit seiner linken Hand den frisch gereinigten

Nachttopf abzusetzen. In der Rechten balancierte er ein hölzernes Tablett mit einem Zweiliterkrug aus rostrotem Steingut, gefüllt mit Weißwein, und vier Bechern. Daneben lag ein Laib Brot und etwas Käse. Das Tablett setzte er auf einem kleinen Beistelltisch ab. Bevor er Hannah und den anderen eine gesegnete Nacht wünschte, brachte er sogar noch ein Weidenkörbchen mit reifen Äpfeln. Dann verließ er den Raum, ohne sich noch einmal umzudrehen.

Das Öllicht in der Messingschale neben dem Weinkrug sorgte für eine spärliche Beleuchtung. Das Flackern des Flämmchens zeigte an, dass von irgendwoher ein Luftzug ins Zimmer strömte.

»Wo bleibt Gero nur?«, stöhnte Hannah, während sie sich beunruhigt im Zimmer umschaute. Das einzige Fenster im Raum besaß keine Verglasung, sondern nur ein Lederrollo und hölzerne Klapptüren, die man von innen verschließen konnte.

Wie unter Zwang erhob sie sich.

»Was machst du da?«, fragte Anselm alarmiert. Er hatte, das Schwert fest in der Hand, auf einem Stuhl Platz genommen.

»Ich will nachsehen, ob das Fenster verschlossen ist«, antwortete Hannah, während sie eingehend den Riegel inspizierte. »Fehlte noch, dass hier jemand ungebeten einsteigt.«

Als sie zum Bett zurückkehrte, schnitt sie etwas Brot und Käse ab und gab es an Matthäus weiter, dem anzusehen war, dass er sich ebenfalls fürchtete. Während der Junge noch vorsichtig an seinem Wein nippte, stand mit einem Mal Gero in der Tür, rußgeschwärzt und mit Blut beschmiert.

Hannah sprang erschrocken auf und lief zu ihm hin. »Um Himmels willen, was ist mit dir geschehen?«

Anselm erhob sich, wobei er das Schwert noch entschlossener hielt als zuvor.

»Macht euch keine Gedanken«, erwiderte Gero leise. »Mir geht es gut.«

»Das sehe ich«, entgegnete Hannah tonlos, wobei ihr Blick auf Geros Unterarm fiel, den er fest mit einem schmutzigen Fetzen Stoff umwickelt hatte, der bereits durchgeblutet war. Rasch sah sie sich um. Über einem Gestell neben einer Waschkommode lag ein sauberes Leinenhandtuch.

»Du kannst mich gleich verbinden.« Gero vollzog eine abwehrende Geste, als sie mit dem Tuch in der Hand zu ihm ging. Erschöpft ließ er sich auf einem der beiden Stühle nieder. Ohne Worte übergab er Anselm ein zusammengelegtes Stück Wollstoff, das einen unverkennbaren Brandgeruch verströmte.

»Was ist das?«, fragte Anselm erstaunt.

»Das Haupt«, sagte Gero. »Du kannst es vorsichtig auswickeln, und dann müssen wir einen sicheren Ort dafür bestimmen.«

»Der Server?« Anselm sah Gero fragend an. »Er war tatsächlich noch dort.

Und wo ist der Templer des Hohen Rates?«

Gero schüttelte langsam den Kopf. »Gleich«, sagte er nur und hielt Hannah den blutenden Arm hin, damit sie ihn versorgen konnte. Zuvor gab er ihr eine knappe Anweisung, wie sie die Wunde mit Wasser und Wein reinigen sollte.

Hannah schätzte sich glücklich, dass sie wenigstens etwas für ihn tun konnte.

Einen Wundstarrkrampf konnte er jetzt nicht mehr bekommen. Von Tom wusste sie, dass man Gero im Krankenhaus geimpft hatte.

Nachdem Hannah ihn verarztet hatte, schilderte Gero in wenigen Worten, was in der Katakombe vor sich gegangen war.

Hannah reagierte erschrocken, doch Anselm war einigermaßen überrascht. »Das bestätigt, dass der Hohe Rat um die Möglichkeiten des Timeservers weiß. Aber es belegt noch lange nicht, dass sie mit ihrem Unterfangen auch Erfolg gehabt hätten.«

Gero trank einen großen Schluck Wein. »Ja, da magst du recht haben«, bestätigte er anschließend Anselms Einwand.

»Wisst ihr, was ich mich frage?«, warf Hannah ein. »Wenn du das Haupt an dich genommen hast, wie kann es möglich sein, dass wir es in 700 Jahren am gleichen Platz wieder vorfinden?«

»Gute Frage!«, warf Anselm dazwischen und schaute Gero interessiert an.

»Das ist mir ziemlich gleichgültig«, erwiderte Gero resigniert. »Ich verstehe ohnehin nicht, wie das alles vonstatten gehen kann. Noch mehr solcher Fragen, und ich verfalle dem Irrsinn, noch bevor mir etwas Vernünftiges einfällt, das uns helfen könnte.«

»Und was hast du jetzt vor?« Anselm sah ihn ratlos an.

»Wir werden meinen Komtur suchen, so wie ich es gesagt habe. Ich kenne niemandem außer ihm, der um die Wirkungsweise des Hauptes wissen könnte, und somit ist er auch der einzige, der uns helfen kann, den Orden zu retten und euch wieder nach Hause zurückzubringen.«

»Was ist, wenn der Abt nach dem Verbleib des toten Bruders fragt?«, gab Anselm zu bedenken.

»Lass das meine Sorge sein«, beschwichtigte ihn Gero. »Ich habe die Kammer sorgfältig verriegelt und die Mulde mit Erde und Lehm zugeschmiert, den ich unten am Teich gefunden habe. Außer mir wusste wohl niemand, wo genau sich das Versteck befand, und Rowan kann es nun nicht mehr ausplaudern«, fügte er beinahe bedauernd hinzu.

»Wir sollten uns zur Ruhe begeben. Morgen früh werde ich versuchen, Abt Johannes davon zu überzeugen, dass Bruder Rowan ohne mich abgereist ist – wohin auch immer.«

»Was gewissermaßen der Wahrheit entspricht«, warf Anselm mit einer fatalistischen Miene ein.

Gero ignorierte die Bemerkung und wandte sich stattdessen an Hannah. »Wir werden zu Fuß aufbrechen und unten im Dorf ein paar Pferde mieten. Dann reiten wir zur Burg meines Vaters. Er muss uns helfen. Außerdem will ich in Erfahrung bringen, was aus meinen Kameraden geworden ist.«

Nachdem Gero das Haupt der Weisheit zunächst in Hannahs Rucksack verstaut und unter ihrem Bett versteckt hatte, lieferte er Anselm und den Jungen im Schlafsaal der Mönche ab, wo sie fürs erste in Sicherheit sein würden. Unter dem Vorwand, die Latrinen aufsuchen zu müssen, entschlüpfte er den neugierigen Augen der übrigen Zisterzienser. Nur mit seinem kurzen, dunkelblauen Wams, Lederhose und Stiefeln bekleidet, huschte er durch den Kreuzgang. Hier und da brannte ein spärliches Licht.

Nachdem er Hannahs Kammer betreten hatte, verriegelte er die Tür, indem er eine Stuhllehne unter den Griff schob.

Mit einer zärtlichen Umarmung wurde er von Hannah in Empfang genommen.

»Wir sollten zu Bett gehen«, sagte er leise, während er ihr Haar küsste.

Neben der Liebe Gottes war die Liebe einer Frau im Augenblick der beste Trost, den er sich vorstellen konnte.

»Könnte man dich des Mordes an dem toten Bruder beschuldigen?«, fragte Hannah besorgt, während Gero sie zu ihrer schmalen Pritsche geleitete.

»Solange ihn niemand findet, kaum«, erwiderte Gero und ließ sich auf dem Bett nieder, um seine Stiefel abzustreifen. Danach stand er auf und öffnete mit einer erstaunlichen Gelassenheit die Schnüre seiner Hose, die er wie selbstverständlich über einem Stuhl ablegte. Schließlich zog er sein Wams über den Kopf und schnallte den Messergürtel ab, den er sich aus Rowans Kammer zurückgeholt hatte, und ließ ihn beiläufig unter dem Kopfkissen verschwinden.

Vollkommen nackt durchquerte er das Zimmer und vergewisserte sich, ob die Fensterläden verrammelt waren, dann kehrte er zurück und schlüpfte mit einem Lächeln unter das grobe Bettzeug.

Hannah hatte ihn stumm beobachtet und stand nun unschlüssig vor der Pritsche.

»Komm an meine Seite«, sagte er und hob einladend die Wolldecke. »Damit ich dich wärmen kann.«

Nur mit ihrer spärlichen Unterwäsche bekleidet, legte sie sich zu ihm. Er hätte sie mit Haut und Haaren verschlingen mögen, als er sie in seine Arme zog, so sehr sehnte er sich nach ihrer Zärtlichkeit. Er konnte ihren Atem spüren, bevor er sie fordernd küsste.

Nach Luft ringend befreite sie sich aus seiner Umarmung. »Was ist, wenn uns jemand erwischt?«, stieß sie hervor. »Wir befinden uns in einem Kloster, und nicht umsonst hat man mich hier weitab von den Brüdern einquartiert.«

»Keine Sorge«, antwortete er mit einem beschwichtigenden Lächeln. »Jeder, der es wagt, hier einzudringen, wird sich vor mir rechtfertigen müssen und nicht umgekehrt. Anselm weiß im übrigen Bescheid, dass ich die Nacht bei dir verbringe, und er wird in der Zeit auf Matthäus acht geben.«

Unbeirrt fuhr Gero fort, ihren Hals zu liebkosen.

»Denkst du, es ist richtig, was wir hier tun? Heute gab es drei Tote, und irgendwie begreife ich immer noch nicht, dass ich mich siebenhundert Jahre entfernt von meinem Zuhause befinde.«

»Verzeih«, murmelte er und sah sie schuldbewusst an. »Ich dachte, ein wenig Ablenkung würde dich auf leichtere Gedanken bringen.« Mit einem entschuldigenden Schulterzucken rückte er von ihr ab.

»So hab ich's jetzt auch nicht gemeint«, erwiderte Hannah und fuhr ihm mit den Fingern über sein kurzes Haar. »Ich muss nur die ganze Zeit darüber nachdenken, was unten im Kanal geschehen ist. Dein feiner Bruder des Hohen Rates hätte dich ebenso gut töten können. Außerdem wage ich nicht daran zu denken, was geschehen wäre, wenn du seinem Ansinnen nachgegeben hättest. Wenn ich Toms Ausführungen richtig verstanden habe, ist längst nicht geklärt, ob man am Fluss der Zeit überhaupt etwas ändern kann. Vielleicht ist es mit eurem Haupt der Weisheit möglich, aber was wäre, wenn es nicht so ist?«

»Man sollte die Hoffnung niemals aufgeben«, erwiderte Gero dunkel.

Sie rückte nun wieder näher an ihn heran und küsste ihn zärtlich auf die Wange. »Egal, was noch kommt. Ich bin froh, dass wir zusammen sind«, sagte sie leise. »Die Vorstellung, dich und den Jungen nie wieder zu sehen, war weitaus schlimmer für mich, als mit dir durch die Zeit zu gehen.«

Für einen Moment durchflutete ihn ein längst vergessen geglaubtes Glücksgefühl. Hannah brachte ihm die gleiche Liebe entgegen, die er für sie empfand. Doch wenn er seinem Verstand folgte, holte ihn die Wirklichkeit grausam ein.

»Hannah ...« Mühsam suchte Gero nach Worten. »Wir hatten noch keine Zeit darüber zu sprechen, aber ich denke, auf Dauer ist es zu gefährlich für dich, wenn du bei mir bleibst. Ich werde einen Weg finden müssen, der dir und Anselm die Rückkehr in eure Zeit ermöglicht.«

»Warum habe ich plötzlich den Eindruck, dass du mich so schnell wie möglich loswerden willst?«, erwiderte sie beleidigt.

Gero seufzte. »Es geht überhaupt nicht darum, was *ich* will, verstehst du das nicht?«

»Aber du willst mit mir schlafen?« Hannah sah ihn herausfordernd an. »Jetzt und hier. Habe ich recht?«

»Ich bin um dein Wohl besorgt, sonst nichts!«

»Was wäre, wenn ich ein Kind empfangen würde?«

Hastig rückte er von ihr ab und sah sie verwirrt an. »Du hast gesagt, das kann nicht geschehen.«

»So?«, funkelte sie ihn an. »Sagte ich das?«

Er stöhnte auf. »Oh, Hannah … es tut mir leid.«

»Was tut dir leid? Dass du für mich Verantwortung übernehmen musst?«

»Ich liebe dich«, sagte er beschwörend. »Denkst du, es fiele mir leicht, dich wieder zurückzuschicken? Gerade weil ich dich liebe und mich für dich verantwortlich fühle, kannst du hier nicht bleiben.«

Ihr schlanker, weißer Hals, die seidigen rotbraunen Haare, die festen Brüste – wie unter einem Zwang zog er sie an sich.

»Weib«, seufzte er. »Und wenn ich dich nie wieder berühren dürfte, so gehört dir mein Herz auf ewig.«

»So etwas hat noch nie jemand zu mir gesagt«, flüsterte sie. »Aber wenn ich es einem glaube, dann dir.«

»Ich kann mir nichts Schöneres vorstellen, als in deiner Nähe zu sein«, flüsterte er weiter, während er begann, mit ihrem Haar zu spielen. »Jeden Tag und nachts, wenn du schläfst, bis zum Ende meiner Zeit.«

»Wer hindert dich daran?«, erwiderte Hannah lächelnd und legte sich zurück ins Kissen.

Gero beugte seinen Kopf zu ihr hinab und berührte mit seinen Lippen ihr Ohr. »Ich bin Templer«, antwortete er rau, »daran lässt sich nun mal nichts ändern. Und abgesehen davon, dass ich ein Gelübde abgelegt habe, unverheiratet zu bleiben, ist es mit meiner Zukunft, so wie es aussieht, nicht so weit her. Der Orden ist so gut wie am Ende. Und ich trage nun eine Mitschuld daran, dass dieses Schicksal womöglich nicht mehr umkehrbar ist. Selbst wenn die Hatz des Königs von Franzien sich nur auf die Ränder der deutschen Lande ausdehnt, kann es sein, dass man nach mir sucht. Wenn dabei ans Tageslicht kommt, dass ich Soldaten des königlichen Geheimdienstes getötet habe, werde ich als Christenmörder geächtet sein. Dann ist nicht einmal mehr meine Familie vor Entehrung und Verfolgung sicher. Ein Ketzer bin ich ohnehin schon, wenn es nach Philipp IV. und dem Papst geht. Und selbst wenn das Schicksal Gnade walten lässt und sich niemand für meinen Verbleib interessiert, bleibt mir als Zweitgeborener höchstens die Möglichkeit unter falschem Namen dem Deutschen Orden beizutreten. Das bedeutet, Abmarsch in den Osten des Landes, wo man nur im Winter reisen kann, weil nur dann die Sümpfe passierbar sind.« Schnaubend schüttelte er den Kopf. »Kannst du mir verraten, wie ich bei solchen Aussichten für eine Frau sorgen soll, die noch dazu aus einer kaum vorstellbar fernen Zukunft stammt?«

»Bei uns gibt es einen passenden Spruch«, antwortete Hannah gefasst. »Wenn du denkst, es geht nicht mehr, kommt irgendwo ein Lichtlein her.«

»Das kenne ich«, erwiderte Gero überrascht »Wenn ich als kleiner Junge verzweifelt war, beruhigte mich meine Mutter immer mit dem Spruch:

›Wænest du, ez engât niemer mêr, kümmet eteswâ ein lihtlîn her.‹«

»Siehst du? Soviel trennt uns gar nicht«, sagte Hannah und schob sich näher an sein Gesicht heran. Sie hob ihren Kopf und küsste ihn sanft.

»Nein, nur siebenhundert Jahre und meine närrische Einfältigkeit«, entgegnete er leise. Lächelnd erwiderte er ihren Kuss.

»Wenn für Gott tausend Jahre wie ein Tag sind«, fuhr sie flüsternd fort, »sind siebenhundert Jahre wohl kaum der Rede wert.«

28

Donnerstag, 19. Oktober 1307 –
Brysich – Hauptsitz der Templer im Rheinland

Früh am Morgen schlich Gero zurück ins Dormitorium. Nach den nächtlichen Vigilien waren die Mönche nochmals in einen tiefen Schlaf gefallen.

Auch Anselm lag auf dem Rücken und schnarchte leise. So wie es aussah, hatte er von den Stundengebeten der Brüder nichts mitbekommen.

Erschöpft ließ Gero sich auf seiner unbequemen Pritsche nieder. Anders als Anselm hatte er die ganze Nacht kein Auge zugetan. Nachdem er Hannah geliebt und sie im Arm gehalten hatte, bis sie eingeschlafen war, kreisten seine Gedanken wieder und wieder um die Geschehnisse des Abends.

Die Existenz des Hauptes und die Bewandtnis, die es damit auf sich hatte, war für sich allein gesehen schon ungeheuerlich genug. Die Forderung Bruder Rowans jedoch, mit ihm in der Zeit zurückzugehen und die zukünftige Mutter Philipps IV. zu töten, erschien ihm wie ein Auftrag aus der Hölle. Gero versuchte sich auszumalen, wie Struan und Johan sich verhalten hätten, wenn sie unvermittelt mit all diesen unglaublichen Dingen konfrontiert worden wären. Immer noch stellte er sich die Frage, wie der Orden überhaupt in den Besitz des Hauptes gelangen konnte und ob d'Our tatsächlich in die Pläne Rowans eingeweiht gewesen war.

Sein Blick fiel auf Matthäus, der sich auf dem Bett neben Anselm in eine grobe Wolldecke gerollt hatte. Gero dankte dem Herrn, dass nicht nur sein Verstand, sondern auch sein Herz die richtige Entscheidung getroffen hatte. Niemals hätte er den Jungen wegen einer solch schändlichen Mission schutzlos zurücklassen können.

Deutlich verspürte Gero die tiefe Zuneigung, die er für den Jungen, aber auch für Hannah und all seine Freunde empfand. In seinen Augen gab es nichts Heiligeres als die Liebe – ob gegenüber einem Kameraden, einer Frau oder einem Kind. Warum hatte er es zugelassen, dass ihm nur das erste geblieben war? Und warum war es eine Sünde, mehr zu verlangen? Wer bestimmte die Regeln? Der Heilige Bernhard? Gott? Wo stand geschrieben, dass ein Mann nur ein frommer Mann ist, wenn er auf die Liebe einer Frau und die Freuden, die eine Familie mit sich bringt, verzichtete? Vielleicht war es kein Zufall, gerade jetzt, wo der Orden seinem Ende entgegensteuerte, dass Gott ihm eine Erleuchtung in Form dieser phantastischen Reise hatte zukommen lassen. Und mit einem Mal war es nicht mehr die Sehnsucht nach einem Leben voller Kampf und Ehre, die ihn trieb. Nein, eine eigene Familie war das, was er sich sehnlichst wünschte. Kinder und ein bescheidener Besitz, der allen das Auskommen sicherte. Frieden.

Gero schloss die Augen und begann zu beten. Ob sich seine Wünsche jemals erfüllen sollten, war ungewiss – und allem Anschein nach nicht sehr wahrscheinlich.

»Wo ist Bruder Rowan?«, fragte Abt Johannes streng, nachdem Gero dessen Amtszimmer betreten hatte, um sich zu verabschieden. Mit einem raschen Blick hatte der Abt Geros Verletzung registriert.

»Er ist abgereist«, log Gero. »Noch gestern Nacht, und er hat es vorgezogen, dabei auf meine Gesellschaft zu verzichten.«

Der Abt nickte. »Es ist eine Sache unter Euresgleichen, und es geht mich nichts an, was hier geschieht«, sagte er, und wie zur Selbstrechtfertigung für seine Unwissenheit fügte er hinzu: »Wir Zisterzienser waren in dieser Angelegenheit immer nur das Nest für die Eier. Das Ausbrüten ist und bleibt dem Tempel überlassen.«

»Wir müssen schleunigst verschwinden«, flüsterte Gero einige Zeit später Anselm zu, als er ihn mit einem sanften Rütteln aus dem Schlaf holte.

Ungläubig blinzelte Anselm ihn an. »Verdammt«, entfuhr es ihm. »Du bist tatsächlich echt.« Während er sich leise stöhnend von seinem harten Lager erhob, sah er sich staunend um. Im ersten Moment hatte er offenbar die Orientierung verloren und gedacht, er habe das alles nur geträumt. Fassungslos wanderte sein Blick durch den schmucklosen Schlafsaal.

Das gelbe Morgenlicht schimmerte durch die dünnen, mit Öl getränkten Pergamente, welche die schmalen Fenster bedeckten. In Reih und Glied standen darunter die aufgedeckten Betten der Mönche. Mitten hindurch führte ein Gang, der zwei große Flügeltüren miteinander verband. Die Luft war stickig.

Mit einer Mischung aus Neugier und Entsetzen betrachtete Anselm Geros Kleidung. Er trug einen braunen, wadenlangen Kapuzenumhang, den er aus Gründen der Tarnung einem der vielen Laienbrüder abgekauft hatte.

»Kommt jetzt«, sagte Gero und schlug sich leise auf die Schenkel, bevor er sich endgültig erhob.

Gemeinsam mit Anselm und Matthäus trat er wenig später ins Freie.

Matthäus hüpfte ungeduldig hinter ihnen her, weil ihn ein dringendes Bedürfnis plagte. Die kalte Luft verschlimmerte sein Drängen, und Gero zeigte ihm unter dem heiligen Versprechen, dass er nicht ohne ihn abreisen würde, wo er hinlaufen musste, um sich zu erleichtern.

Im Frühnebel erhoben sich ein paar Krähen kreischend von einer großen Buche, deren gelbliche Blätter den nahenden Winter ankündigten. Anselm sah fasziniert hinter den Vögeln her.

»So wie es aussieht«, bemerkte Gero zögernd, »werden Hannah und du vorerst mit meiner Gesellschaft vorlieb nehmen müssen. Ich sehe zurzeit keine Möglichkeit, euch in eure Welt zurückzubringen.«

Anselms Blick wirkte unsicher, und Gero fragte sich, wie der Mann aus der Zukunft sein Schicksal aufnehmen würde. Ihm selbst hatte es beinahe den Verstand gekostet, als es zunächst geheißen hatte, dass er vielleicht niemals in seine Zeit zurückkehren durfte.

»Es gibt sicher schlimmeres«, erwiderte Anselm mit einem fatalistischen Lächeln. Vielmehr als sein unerwartet hartes Schicksal schienen ihn die eigenen Atemwölkchen zu interessieren, die unaufhörlich aus seinem Mund aufstiegen. »Es ist alles echt«, flüsterte er immer noch ungläubig.

»Wir werden zunächst zur Komturei von Brysich reisen«, fuhr Gero unbeeindruckt fort. »Dort will ich in Erfahrung bringen, ob man schon weiß, was zwischenzeitlich in Franzien geschehen ist. Möglicherweise kann ich dort auf meine Kameraden treffen, die mich von Bar-sur-Aube aus begleitet haben. Wenn sie heil und gesund zurück geblieben sind, könnte es durchaus sein, dass sie nach mir und dem Jungen suchen.«

Eine Schar von Graukitteln wanderte durch den Morgennebel mit einem hier und da gemurmelten »Gegrüßt sei Jesus Christus« an Anselm und Gero vorbei. Die Gesichter der Männer waren nicht zu erkennen, da sie von den Kapuzen verhüllt wurden. Einem Lindwurm gleich verschwanden die frommen Brüder anschließend im Kreuzgang, der zum Refektorium führte, wo das Frühessen wartete.

Anselm warf einen sehnsüchtigen Blick zur gewaltigen Klosterkirche, deren Hauptportal nach wie vor weit offen stand.

»Bevor wir abreisen, möchte ich noch beten«, bemerkte Gero leise. »Kommst du mit?«

Anselm folgte Gero mit einigem Erstaunen zum Eingang der Klosterkirche. Der Geruch von Weihrauch und Bienenwachs schlug ihnen entgegen, und beim Eintritt in die monumentale Säulenhalle überkam Anselm das Gefühl, zum zweiten Mal eine Grenze hin zu einer anderen Wirklichkeit zu überschreiten.

Von den gigantischen Deckengewölben hallte jeder einzelne Schritt wider. Mit bunten Ornamenten bemalt, war alles überfrachtet mit einer gewaltigen Farbenpracht. Im Innenraum hatte man mehrere hölzerne Bänke aufgestellt. Wo sie endeten, säumten zwei lange Reihen von einzelnem Chorgestühl die wuchtigen Mauern rechts und links bis hin zur Apsis. Den ausladenden Opferstein umgaben im Halbkreis die noch in der Neuzeit vorhandenen schlanken Säulen. Der Altar selbst war mit einer kostbaren Decke verhüllt, deren Verzierungen aus Gold und Edelsteinen bestanden, die im Schein der dicken Kerzen bunt schimmerten. Darüber erhob sich eine große Marienstatue. Lächelnd und ohne Jesuskind balancierte die Gottesmutter auf einer liegenden Mondsichel. In ihren bunten Gewändern und mit dem hautfarbenen Anstrich im Gesicht wirkte sie absolut lebensecht. In den Gängen und Erkern standen überall ähnlich vollkommene Gestalten von verschiedenen Heiligen auf steinernen Sockeln. Jede von ihnen vermittelte den Eindruck, als befände sie sich in einer Art Dornröschenschlaf.

Andächtig nahm Anselm neben Gero in einer der Holzbänke Platz und faltete die Hände.

Das Licht der glutroten Morgensonne, die sich im Osten erhob, tauchte den schwelenden Nebel eines riesenhaften, dampfenden Weihrauchspenders in ein warmes Apricot und überzog das buntbemalte Gewölbe wie mit einem Weichzeichner.

»Es tut weh«, sagte Anselm beim Hinausgehen, »wenn man weiß, dass eines fernen Tages beinahe nichts von dieser Pracht übrig bleiben wird.«

Gero nickte mit einem tiefen Seufzer, dann entschuldigte er sich für einen Augenblick, um Hannah und den Jungen für die Abreise zu holen.

Unauffällig wie sie gekommen waren, verließen sie den Klosterhof. Nach einem nicht allzu langen Marsch erreichten sie das mittelalterliche Dollendorf. Mit seinen Fachwerkhäusern und einer bunt bemalten romanischen Kirche vermittelte der kleine Ort einen überaus malerischen Eindruck.

Es war Markttag, und bevor Gero sich einem Wechselstall zuwandte, kaufte er Brot, Käse und Wein, um seinen Begleitern im Schutz einer großen Linde ein kurzes Frühstück zu ermöglichen. Der irdene Krug ging reihum, und als Hannah einen guten Schluck von dem prickelnden Federweißen nahm, überkam sie das Gefühl, nie etwas Köstlicheres getrunken zu haben.

Nachdem Gero unweit des Rheins bei einem Pferdeknecht die besten Tiere herausgesucht hatte, bezahlte er den älteren Mann aus seinem Lederbeutel. Als die Pferde gezäumt und gesattelt waren, nahm Gero das Haupt aus Hannahs Rucksack und verstaute es, eingewickelt in ein sauberes Tuch, in einer seiner eigenen Satteltaschen, dann saßen er und seine Begleiter auf.

Sowohl Hannah als auch Anselm waren zum Glück geschulte Reiter. Bald gelangten sie zu einem Handelspfad längs des Rheins. Die Sonne schien, und die Luft war berauschend klar.

Vor ihnen breitete sich ein Meer aus Wiesen und Feldern aus, geteilt von einem tiefblauen Fluss. Im hohen Schilfgras, am Rande des sandigen Ufers, brach sich flüsternd der Wind.

Über dem glitzernden Wasser schwebten zarte Nebelschleier. Zwei Holzkähne, die mit je einem Segel versehen waren, glitten lautlos den Rhein hinab, und mit einem leisen Rauschen stiegen unzählige Störche auf und entschwanden unter stetigem Flügelschlagen in Richtung Süden. Hannah schaute über das Ufer des Stromes hinaus in die Ferne und stellte fest, dass in der Welt des Jahres 1307 eine beträchtliche Anzahl von Bäumen fehlte. Dafür gab es umso mehr Burgen. Auf beinahe jedem Hügel thronte eine Festung, und am gegenüberliegenden Ufer ragte die Godesburg wie ein mahnender Finger auf einem nackten Berg in den Himmel.

Gero wandte sich nach Süden, und Hannah sah sich noch einmal um, bevor sie ihm und den beiden anderen folgte.

Von Norden näherte sich in rasantem Tempo ein Reiter. Er hockte wie ein Jockey auf seinem falbenfarbenen Pferd und flog beinahe an Hannah und den anderen vorbei, als er sie kurz darauf passierte. Ihr blieb nur der Eindruck von einem bunten Streifen Stoff, dessen Farben ineinander verschwammen. Staub wirbelte auf, und in etwa zehn Meter Entfernung hob der Reiter, ohne sich umzuschauen, zum Gruß die Hand, die in einem dunklen Lederhandschuh steckte. Seine Jacke und die auf seiner Hüfte wippende Umhängetasche waren mit einem schwarzweißen Kreuzwappen geschmückt. Dann war er ebenso schnell wieder verschwunden, wie er gekommen war.

»Was war das denn?«, fragte Anselm erstaunt.

»Ein Bote des Erzbischofs von Köln«, rief Gero ihm zu. »Die sind hier entlang des Rheins Tag und Nacht unterwegs.«

In Königswinter setzte Gero sich für eine Weile ab und ließ seine Begleiter vor den Toren der Stadt zurück, um für Hannah ein paar passende Kleidungsstücke zu kaufen. »Schön wie du bist, erregst du Aufsehen genug«, meinte er scherzend. »Und in deinen seltsamen Hosen halten sie dich hernach noch für eine Muselmanin.«

Nachdem Gero zurückgekehrt war, überreichte er ihr eine lindgrüne Seidencotte und einen dunkelgrünen Surcot aus Samt, dazu einen wollenen, dunkelbraunen Reisemantel mit einer Kapuze.

»Danke.« Mit einem Lächeln nahm sie die Kleidung entgegen. Der weiche Stoff roch intensiv nach Wolle und Kräutern.

»So kann ich mich wenigstens erkenntlich zeigen für das, was du für mich getan hast«, erwiderte Gero.

Mit freudiger Miene zog er einen fein gewebten, hellgrünen Seidenschleier aus einer Seitentasche seines Umhangs und hielt ihn Hannah entgegen.

Zaghaft nahm sie das kostbare Stück an sich.

Prüfend blickte er ihr ins Gesicht, und als er darin eine durchaus ehrliche Begeisterung erkennen konnte, strahlte er zufrieden.

Anselm war überwältigt von der Qualität der Stoffe und der sauberen Verarbeitung. »Was ist mit mir?« Er warf Gero einen fragenden Blick zu. »Denkst du, ich kann meine Sachen anbehalten?«

Gero musterte Anselm, als ob er ihn zum ersten Mal sehen würde, dann lachte er leise. »Bis auf deine Stiefel, die eher denen eines vagabundierenden Söldners ähneln, siehst du aus wie ein gut betuchter Kaufmann.«

Anselm entspannte sich und bedachte seine Stiefel mit einem prüfenden Blick.

»Nun ja … wenn ich es recht betrachte«, bemerkte Gero und ging noch einmal um ihn herum, während er sich mit einer nachdenklichen Geste ans Kinn fasste.

»Was?«, fragte Anselm und sah verunsichert auf.

»Deine Haare …«

»Was ist mit meinen Haaren?«

Nur Minuten später trug Anselm sein Haar wie ein Ritter – kinnlang, als wäre es mit einem Lineal geschnitten worden. Gero hatte ganz simpel die schulterlange Mähne Anselms zu zwei Zöpfen gedreht, dann sorgte die scharfe Klinge seines Hirschfängers für einen absolut perfekten Schnitt.

Das Ergebnis dieser ungewöhnlichen Aktion löste bei Hannah einen hemmungslosen Lachanfall aus. Anselm warf ihr einen warnenden Blick zu.

»Was ist daran so lustig?«, fragte Gero arglos. »Er sieht aus wie ein Edelmann.«

Hannah schüttelte immer noch prustend den Kopf. »Er sieht aus wie Prinz Eisenherz«, stieß sie atemlos hervor.

»Prinz Eisenherz?« Gero sah sie fragend an.

»Vergiss es«, sagte Anselm und stieg schnaubend auf sein Pferd.

Unterhalb von Burg Lewenberg, die mit ihrem monströsen Wehrturm genauso aussah, wie Hannah sich eine Burg vorstellte, fanden sie einen leer stehenden Schafsstall. Hier konnte sie sich unbeobachtet umziehen.

»Woher weißt du, ob mir die Sachen passen?« Hannah hielt einen Moment inne, bevor sie sich vor Geros Augen bis auf die Unterwäsche auszog.

»Mädchen.« Er schmunzelte verhalten, während er seinen wohlwollenden Blick über ihren entblößten Körper wandern ließ. »Ich habe das Bett mit dir geteilt. Was wäre ich für ein Narr, wenn ich nicht wüsste, welche Gestalt du hast?«

Hannah schüttelte lächelnd den Kopf und stieg wankend in das offene Unterkleid, das an der Vorderseite mit seidenen Schnüren zusammengehalten wurde. »Sind hier alle Kerle so aufmerksam?«

»Ich weiß nicht«, entgegnete er amüsiert. »Ich bin selten als Frau unterwegs.«

Gero zwang sich für einen Moment, den Blick von ihr abzuwenden und spähte durch die angelehnte Türe nach draußen. Als er sich wenig später umdrehte, um sie erneut zu betrachten, war er beinahe sprachlos.

»Obwohl das Kleid recht schlicht gehalten ist«, bemerkte er voller Bewunderung, »siehst du aus wie eine Königin.«

Der schmale Schnitt des Unterkleides betonte Brust und Hüften, und die Farbe des eng anliegenden Überwurfes unterstrich ihr kastanienfarbenes Haar, die helle Haut und die grünen Augen in perfekter Weise.

»Schau mich nicht so an«, sagte sie verlegen. »Hilf mir lieber mit dem Schleier. Ich habe nicht die geringste Ahnung, wie man ihn trägt.«

»Wie es nachher aussehen muss, weiß ich«, sagte Gero und startete einen unbeholfenen Versuch, das kostbare Stück in ihren widerspenstigen Locken zu befestigen. »Aber mehr kann ich nicht dazu beitragen.« Entnervt betrachtete er das missglückte Ergebnis.

»Komm, lass mich mal.« Hannah nahm ihm die kupferfarbenen Haarnadeln aus der Hand. Wenig später hatte sie ihre dunklen Locken kunstvoll aufgesteckt. Mit zwei weiteren Nadeln fixierte sie das zarte Gebilde von einem Schleier oberhalb der Schläfen, so dass es zu beiden Seiten gleichlang herunterhing.

»Und?«

»So ähnlich sollte es aussehen«, sagte er und nickte zufrieden. Nachdem er ihr in den Mantel geholfen und ihr gezeigt hatte, wie man mit einem Tasselverschluss umging, umarmte er sie und küsste ihren bloßen Nacken.

Ein Prickeln lief über ihre Haut. Aus dem Augenwinkel konnte sie sehen, dass er die Lider geschlossen hielt. Genüsslich atmete Gero ein. Nur widerwillig entließ er sie aus seinen Armen.

Hannah sammelte ihre alten Kleider von einem Gatter und faltete sie ordentlich.

Gero beobachtete sie stumm.

»Stimmt was nicht?« Irritiert sah sie ihn an. Sein eben noch heiterer Gesichtsausdruck hatte sich verdüstert.

»Nein«, erwiderte er leise. »Ich frage mich nur, wie ich meiner Familie all das hier erklären soll.«

»Du willst ihnen doch nicht etwa die Geschichte mit der Zeitreise auftischen?«

»Niemals.« Gero nahm ihr das Kleiderbündel ab. »Wie sollte sie mir jemals Glauben schenken.« Er öffnete die Stalltür. Sein Blick war schwermütig. »Es gibt so vieles, worüber ich nachdenken muss. Es will mir einfach nicht in den Kopf, warum uns die Ordensleitung nicht schon viel früher gewarnt hat. Nach allem, was ich erfahren durfte, wussten die Brüder des Hohen Rates schon lange vorher um die herannahende Katastrophe. Warum ist es den Hütern des Hauptes nicht gelungen, rechtzeitig gegen König Phillip und seine Machenschaften vorzugehen?«

»Vielleicht haben sie es ja versucht«, bemerkte Hannah vorsichtig.

Gero hob eine Braue. »Da ich allem Anschein nach die letztmögliche Rettung vereitelt habe, wüsste ich gerne, ob Gott dem Allmächtigen überhaupt noch daran gelegen ist, unser Schicksal zum Besseren zu wenden.«

Ihre Weiterreise führte über eine staubige Straße, entlang des Rheins, vorbei an kleineren Festungen und Burgen, die sich zum größten Teil als Zollstationen herausstellten. Überall mussten sie anhalten und sich eingehenden Befragungen unterziehen. Da Gero dem Orden der Templer angehörte, durften sie ihre Reise jedoch unbehelligt fortsetzen.

Die kleine Templerkomturei in Hönningen empfing sie mit lautem Geblöke. Hunderte von Schafen waren zum Rhein hinuntergelaufen. Nur mühsam gelang es dem Schäfer, sie mit seinen Hunden zusammenzutreiben, bevor sie einem herannahenden Treidelgespann den Weg verstellten.

Hoyngen, wie Gero den Ort nannte, hatte seine eigene Fährstation. »Die Überfahrt ist für uns kostenlos«, erklärte er knapp, nachdem er auch hier seine Papiere unter den aufmerksamen Augen des Schiffers gezückt hatte. »Die Fähre gehört dem Orden.«

Am anderen Ufer erhob sich die weitaus größere Komturei von Brysich. Hannah staunte über die langen, eindrucksvollen Mauern, die sich zum Ufer hin mit einem großen Torbogen öffneten. Das ganze Areal war von riesigen, schattenspendenden Platanen umgeben.

Nach etwa einer Viertelstunde Fahrt vom gegenüberliegenden Ufer aus legte der breite Flachkahn an. Der Fährmann rief beim Einsteigen zur Eile. Auf Geros fragenden Blick hin deutete er nach Norden. Ein Tross von mindestens fünfzehn Pferden stampfte auf dem Leinpfad heran und zog an dicken Tauen ein wuchtiges Schiff hinter sich her.

Gero nahm ihre Pferde bei den Zügeln und zog mit Hilfe von Matthäus die plötzlich scheuenden Tiere in einen hölzernen Verschlag, wo sie angebunden wurden, damit sie sich auf dem ohnehin schwankenden Boot nicht zu heftig bewegten.

Die hölzerne Reling wackelte beträchtlich, als Hannah sich dagegen lehnen wollte. Ängstlich trat sie einen Schritt zurück. Der Strom war jedoch längst nicht so wild wie in ihrer Zeit, und das Ufer fiel erheblich breiter und seichter aus. Ein frischer Wind blies ihr ins Gesicht, und es roch nach Fisch und abgestandenem Wasser. Mit vereinten Kräften schoben die Ruderknechte das Schiff in die Strömung und sprangen in dem Augenblick auf, als es ablegte. Ein dickes, quer über den Rhein gespanntes Tau in einer hölzernen Führung sorgte dafür, dass der Kahn nicht zu weit abdriftete.

Anselm nutzte die Gelegenheit, um sich die Menschen an Bord näher anzuschauen. Die meisten waren vom Alter her schwer zu schätzen. Braungebrannt hatten die sechs Fährgehilfen, alles Burschen von vielleicht zwanzig Jahren, und der Schiffsführer, ein zäher, grauhaariger Kerl mit nur einem Auge, wenig gemein mit den blassgesichtigen Figuren mittelalterlicher Zeichnungen. Die kurzärmeligen Überwürfe gestatteten einen Blick auf die ansehnliche Armmuskulatur der Männer. Hannah staunte über die verhältnismäßig glatt rasierten Gesichter und das exakt geschnittene Haar. Obwohl die meist jungen Männer eine schwere Arbeit zu verrichten hatten, machte keiner von ihnen einen unzufriedenen Eindruck.

Unter den zügigen Ruderschlägen glitt der hölzerne Kahn ein Stück gegen den Strom den Fluss hinauf, dann wurde er mit der Strömung und unter Zuhilfenahme von langen Staken den Rhein hinab ans andere Ufer gelenkt. In Brysich schob sich die Fähre polternd über den Rand der gepflasterten Anlegestelle. Ein paar Männer eilten herbei und befestigten die Taue, welche ein Schiffsjunge auf die Planken warf, an Holzpfählen.

In unmittelbarer Nähe ankerte ein Segelschiff. Ein weiteres Schiff, das Gero als schwimmende Mühle bezeichnete, hielt sich durch vier Anker befestigt in der Strömung, während sich sein Mühlrad stetig drehte.

Matthäus half beim Abladen der Pferde und führte die Tiere auf einen Pfad, der auf einem Umweg in die Komturei führte. Das Wassertor, wie Gero den breiten Torbogen zum Rhein hin nannte, das Komturei, Steg und einen massiven Holzkran miteinander verband, war nur für den Warenverkehr gedacht. Besucher mussten außen herum durch einen wunderschönen Apfelgarten gehen. Von weitem konnte Hannah die verwitterte Stadtmauer des benachbarten, kleinen Orts sehen, der hunderte Jahre später den Namen Bad Breisig tragen würde.

Ein großes Rundtor, von dunkelroten Rosen umrankt, die einen intensiven Duft verströmten, markierte den Hauptzugang zur Komturei, die mit Stallungen und Wirtschaftsgebäuden aus glatt behauenem, hellem Sandstein erbaut worden war.

Gero stoppte sein Pferd und wartete, bis seine Begleiter auf gleicher Höhe mit ihm zum Stehen kamen.

Ein älterer Mann mit einem martialischen Schwertgehenk, gekleidet in eine schwarze Kutte mit einem roten Kreuz auf Brust, Rücken und Schulter, kontrollierte jeden, der Zugang zur Zentrale der Templer im Rheinland begehrte. Seine Wachstube, die man in einen seitlichen Erker eingelassen hatte, erinnerte Anselm an die Kontrollhäuschen moderner Armeeanlagen. Flankiert wurde der Wachhabende von drei jüngeren Kuttenträgern. Nicht weniger furchteinflößend bewaffnet, beobachteten sie nervös die Umgebung.

Ein weiteres Mal zückt Gero seine Pergamente.

»Ah«, rief der Alte und lächelte ihn aus einem wettergegerbten Gesicht an. »Der junge Herr von Breydenbach. Erst vor zwei Wochen war Euer Vater hier, um seine Quartalseinnahmen einzuzahlen. Seid Ihr mit den Truppen aus Metz gekommen?«

»Nein«, sagte Gero und horchte auf. »Aus Bar-sur-Aube. Wir sind auf der Flucht.«

Der Alte setzte eine verächtliche Miene auf. »Nennt mir einen Bruder, der aus Richtung Franzien kommt und nicht auf der Flucht ist? Der Teufel soll König Philipp holen, ihm die Eier abreißen und sie ihm in den Hals stopfen, bis er daran erstickt.« Bevor er fortfuhr, spuckte er kräftig aus. »Wir haben erst gestern erfahren, was geschehen ist. Seitdem geben sich die Brüder, die es geschafft haben aus Franzien zu fliehen, bei uns die Klinke in die Hand. Einige kommen auch aus Lothringen. Sie sagen, dass es dort ebenfalls nicht zum Besten steht.«

Gero wurde unruhig. »Wisst Ihr etwas über die Brüder Johan van Elk und Struan Mac Dhughaill? Ich habe sie unterwegs aus den Augen verloren.«

Der Alte schüttelte den Kopf. »Ich kann mir unmöglich alle Namen merken. Ihr müsst schon in der Verwaltung nachfragen, ob sie sich angemeldet haben.«

Sein Blick fiel auf Geros Begleitung. »Und wen haben wir hier?«, fragte er in einem leicht anzüglichen Tonfall, während er Hannah eingehend musterte.

»Das Weib und die beiden anderen gehören zu mir«; entgegnete Gero eine Spur zu hastig. »Sind Gefolgsleute des Ordens. Aus Bar-sur-Aube.«

Anselm verbeugte sich leicht. »Anselmo de Caillou. Wenn ich mich vorstellen darf.«

»Hm«, brummte der Alte. Er verstand offenbar kein Französisch. »Ihr könnt passieren«, sagte er zu Gero und gab seinen Helfern mit einem Wink zu verstehen, dass sie die hölzerne Schranke anheben sollten, die den Weg versperrte.

»De Caillou?«, zischte Hannah, als sie den Torbogen durchquerten.

»Kieselstein.« Anselm lächelte. »Hört sich klangvoller an als nur ›Stein‹.«

Der weitläufige Hof der Komturei war mit hellem Trachyt gepflastert. Wie in Heisterbach befand sich in der Mitte ein kelchförmiger Tuffsteinbrunnen, der Hannah an ein archaisches Taufbecken erinnerte. Aus einem tönernen Rohr, das aus der Mitte des Kelches hervorragte, sprudelte bräunliches Quellwasser. Am Rande plätscherte es über einen Ablauf in eine am Boden eingelassene Rinne und von dort aus in einen unterirdischen Abfluss. Jemand hatte in den steinernen Brunnenrand einen Eisenhaken getrieben und eine metallene Schöpfkelle an einem Lederband befestigt. Anselm konnte es nicht lassen, das Wasser zu probieren.

»Schmeckt eisenhaltig«, sagte er und zog überrascht seine buschigen Brauen hoch.

»Sei lieber vorsichtig«, mahnte Hannah. »Das letzte, was wir gebrauchen können, ist, dass einer von uns einen behandlungsbedürftigen Durchfall bekommt.«

Gero riskierte einen Blick auf die langgezogenen Stallungen, die sich anschließenden Mannschaftsräume und die Donatuskapelle, die einem fränkischen Wandermönch geweiht war. In früherer Zeit hatte er hier, zusammen mit seinem Vater, zu Ehren der hiesigen Kreuzzugsreliquie um die Gnade des Allmächtigen gebetet. Hinter den glatten Mauern erklangen mönchische Gesänge. Anscheinend war die Sexta, das Gebet zur Mittagsstunde, in vollem Gange. Der Hof selbst war menschenleer. Dafür standen Pferde an den dafür vorgesehenen Stangen und warteten mit halb geschlossenen Lidern geduldig auf ihre Besitzer.

Anselm stellte fest, dass es sich ausschließlich um Hengste handelte, die alle das Brandzeichen der Templer trugen.

Er lächelte wehmütig, nachdem er von seinem vergleichsweise räudigen Gaul abgestiegen war und Matthäus die Zügel des Wallachs übergeben hatte.

»Nobelkarosse gegen Rostlaube«, sagte er nur, bevor er sich einem der weißen Prachtexemplare näherte. »Perfekt«, bemerkte er anerkennend, als er über den breiten, ledernen Sattel mit der eingestanzten, lateinischen Nummerierung strich. Das weiße Wunderpferd wieherte leise. Sein Hals war schweißnass.

»Müsste abgerieben werden«, sagte Anselm beiläufig. »Sonst bekommt es noch einen Husten.«

Gero nahm zwei Finger zwischen die Zähne und stieß einen lauten Pfiff aus. Wenig später zeigten sich zwei junge Gesichter in der Stalltür, dem Aussehen nach nur wenig älter als Matthäus.

»Was ist?«, rief Gero auffordernd. »Ihr wollt wohl Wurzeln schlagen? Nehmt den Tieren die Sättel ab und reibt sie trocken!«

Die beiden Jungen sahen Gero mit offenem Mund an, als ob er nicht ganz bei Trost sei.

Matthäus kicherte schadenfroh und wurde prompt mit dem nicht weniger strafenden Blick seines Herrn bedacht.

Misstrauisch beäugten die beiden Jungen den fremdartig aussehenden Mann. Doch seine Statur, die kurzen Haare und sein Bart ließen sie stutzig werden, und daher begaben sie sich mit linkischer Ehrfurcht daran, die Tiere abzusatteln und in den Stall zu führen.

Gero hielt Matthäus an, sich um ihre eigenen Pferde zu kümmern und draußen auf ihn zu warten. Anselm und Hannah gab er ein Zeichen, dass sie ihm folgen sollten.

Gemeinsam betraten sie ein dreistöckiges Gebäude, und Hannah erinnerte sich, dass hier sehr viel später ein gut besuchtes Restaurant stehen würde, dessen Name Rückschlüsse auf die Anwesenheit der ehemaligen Besitzer zuließ.

Eine eigentümliche Geruchsmischung von Weihrauch, Bienenwachs und Eintopf lag in der Luft, als sie in eine Art Vorraum traten. In einer Ecke stand eine etwa einen Meter hohe, steinerne Madonna auf einem Marmorsockel, die huldvoll lächelte.

»Brysich ist die zweitgrößte Komturei in den Rheinlanden«, erklärte Gero nicht ohne Stolz. »Ich war schon öfter mit meinem Vater hier. Früher, bevor ich dem Orden beigetreten bin. Für gewöhnlich tätigt er hier seine Geldgeschäfte.«

Anselm nickte mit leichtem Erstaunen. »Also dann stimmt es doch, dass die Komturei von Bad Breisig, wie der Ort in der Zukunft heißt, so etwas wie eine Sparkasse des Mittelalters war.«

Bei einem braun gewandeten jungen Kerl mit schütterem, hellblondem Haar nahm Gero ihre Anmeldung vor. Akribisch kontrollierte der junge Bruder Geros Papiere und kritzelte, an ein Stehpult gelehnt, mit einem Gänsekiel etwas auf einen gelben Zettel, den er anschließend sauber in zwei Hälften trennte. Die zweite Hälfte gab er Gero, während er die andere in einem Kästchen abstellte.

Auf Geros Nachfrage nach seinen vermissten Kameraden schüttelt der Templerbruder den Kopf.

Das verbliebene Schriftstück hielt Gero noch in Händen, als plötzlich das Läuten einer Glocke einsetzte und kurz darauf Stimmengewirr erklang.

Mindestens fünfzehn Männer drängten in den kühlen Hausflur. Eine seitliche Flügeltür zu einem angrenzenden Raum wurde wie von Geisterhand geöffnet und lud in einen hellen Saal ein, in dem zwei lange Reihen mit gedeckten Tischen auf hungrige Besucher warteten. Etwa fünfzig Menschen konnten dort Platz finden.

Wie eine Woge umspülten die langen, weißen Mäntel mit den roten Kreuzen Hannahs Gestalt, und im Verhältnis zu deren stattlichen Besitzern wirkte sie geradezu zierlich. Fast in Panik hielt sie Ausschau nach Gero. Und sie war nicht die einzige, die ihn schließlich entdeckte.

»Frater Gero«, brüllte jemand unvermittelt aus der Menge heraus.

Die Stimme war kehlig und rau und gehörte einem Mann im mittleren Alter mit kurzen, dunklen Haaren und dichtem, schwarzgrau melierten Bart.

Hannah beobachtete, wie ein Ruck durch Geros Körper ging und ein Leuchten in seine hellen Augen trat, als er den Rufenden erkannte.

»Theobald! Himmelherr, Bruder, was macht Ihr hier?«

Die beiden Männer fielen sich in die Arme und schlugen sich gegenseitig vor Freude auf den Rücken. Interessiert beobachteten die übrigen Weißmäntel, was da vor sich ging.

Anselm hatte sich in den Hintergrund an eine Wand gedrückt, und Hannah sah, wie er heimlich sein Mobiltelefon zückte. Sollte er jemals in ihre Zeit zurückkehren, besaß er als einziger Mensch ein digitales Foto zweier schluchzender Angehöriger eines Ritterordens, der selbst in der Zukunft noch ein Inbegriff heldenhafter Tapferkeit sein würde.

»Gero, mon frère«, flüsterte der Fremde erstickt, wobei er das ›G‹ wie ein ›J‹ aussprach. Dann hielt er inne und küsste Gero unvermittelt auf den Mund.

»Frater Theobald«, raunte Gero gerührt. »Allen Heiligen sei Dank, Ihr lebt!« Zu Hannahs großer Überraschung erwiderte Gero den Kuss des Kurzgeschorenen mit einer Intensität, die sie irritierte.

Ein Schwall altfranzösischer Worte brach über die beiden herein, als einige andere Brüder Gero ebenfalls erkannten. Zu Hannahs Erstaunen schien es tatsächlich nichts Unübliches zu sein, dass diese Männer sich auf den Mund küssten.

»Nicht hier«, sagte der Dunkelbärtige zu Gero und sah sich suchend um. »Wir sollten uns vom Komtur einen Raum zuweisen lassen, in dem wir ungestört reden können.«

»Ich bin nicht allein«, erwiderte Gero. »Ich werde meine Begleiter im Refektorium anmelden, damit sie sich stärken können. Dann haben wir Zeit, um zu reden.«

Verstohlen steckte Anselm sein Mobiltelefon in die Manteltasche, als Gero auf ihn zuschritt und ihm ein paar kurze Anweisungen gab. Nach der Turmglocke zu urteilen, musste es gegen ein Uhr mittags sein. Mit einem vertraulichen Zwinkern verabschiedete sich Gero von Hannah, bevor er mit dem fremden Bruder in einer Seitentür verschwand.

Anselm geleitet Hannah zum Speisesaal. Auf einer mit Kreide beschrifteten, schwarzen Schieferplatte am Eingang des Speiseraumes wurde die Ausgabe von zwei verschiedenen Mahlzeiten angekündigt, die man sich bei einer zentralen Essensausgabe am hinteren Ende des Raumes abholen konnte. Schweigsam reihten sich die hungrigen Mönchsritter in eine lange Schlange vor einem gemauerten Tresen ein, wobei ein jeder der Wartenden mit einer Holzschüssel und einem Holzlöffel bewaffnet war. Mehrere braun gewandete Männer verteilten Gemüseeintopf mit Fleischeinlage und eine Art Getreidepudding mit honiggesüßtem Apfelmus aus großen, eisernen Töpfen. Auf den Tischen standen Steingutschüsseln mit frischem Obst, vorwiegend Äpfel und Weintrauben.

Schon zur Mittagszeit flossen Ströme von rotem und weißem Wein. Doch bevor die annähernd dreißig Anwesenden zu essen und zu trinken begannen, erhoben sie sich zu einem mindestens zehnminütigen Gebet. Mittlerweile war auch Matthäus zu ihnen gestoßen und stand mit andächtig gefalteten Händen vor seiner Suppe.

Überaus erfreut durfte Hannah feststellen, dass sie die lateinische Version des Vaterunsers tatsächlich noch beherrschte. Das zweite Gebet, das immer wieder im Wechsel aufgesagt wurde, war ihr jedoch unbekannt. Nach einer halben Ewigkeit ließen sich die verschiedenfarbig gewandeten Brüder nieder und widmeten sich ebenso schweigsam ihrer Mahlzeit, wobei man nicht sagen konnte, dass es keine Verständigung gab. Jedoch kommunizierten sie ausschließlich mit Fingerzeichen, um nach Brot oder Salz oder einem Krug Wein zu fragen. Durch die Stille traten das Geklapper von Löffeln und Bechern und ein gelegentliches Schlürfen deutlich hervor.

Hannah, die zusammen mit Anselm an einem separaten Tisch Platz genommen hatte, beobachtete fasziniert, wie sich das Licht der Nachmittagssonne in den gelben Butzenscheiben brach und leuchtende Muster auf die weißen Gewänder zeichnete.

Ein großer, asketisch wirkender Tempelritter mit einem lockigen braunen Bart schenkte ihr ein flüchtiges Lächeln, als er nach dem Hauptessen bemerkte, wie sie ihm abwesend auf die Hände schaute. Mit einem riesigen Messer, das er zuvor von seinem Gürtel entnommen hatte, teilte er sorgsam einige Äpfel. Die schlanke Hand, die den

Schaft des Dolches hielt, war gepflegt, jedoch übersät mit kleinen und größeren Narben. Stückweise übergab er die Äpfel an Kameraden. Es folgte ein weiterer Seitenblick des Mannes, und wie ertappt schaute Hannah vor sich auf die Tischplatte. Woher sollte der Ordensritter auch wissen, dass sie sich beim Anblick des Messers an einen seiner Brüder erinnerte, der sich halbnackt in ihrem Bad stehend den Bart ausrasierte oder an einen toten Professor, in dessen Stirn exakt die gleiche Klinge gesteckt hatte?

Unvermittelt hielt der Mann ihr die Hälfte eines Apfels hin, die er auf der Spitze des höllisch scharfen Mordinstrumentes aufgespießt hatte. Eine freundliche Geste, dabei hatte er die Frucht sogar sauber vom Kerngehäuse befreit. Da Gero nicht in ihrer Nähe war, wagte Hannah es nicht, das Angebot abzulehnen. Sie bedankte sich mit einem Nicken, während sie das Stück Apfel hastig an sich nahm.

Trotz ihrer weißen Kutten sahen die Kerle aus der Nähe betrachtet allesamt recht verwegen und unberechenbar aus.

Hannah spürte, dass ihr Gönner sich über ihr Verhalten amüsierte, und die anderen Templer an seinem Tisch schienen nicht weniger erheitert zu sein. Als sie unvorsichtigerweise aufblickte, machte ein freundliches Grinsen die Runde. Sie zog es vor, langsam vor sich hin zu kauen, damit der Mann mit dem Lockenbart nicht auf die Idee kam, sie noch weiter zu füttern.

Anselm tat so, als ob er nichts bemerkt hätte, und lauschte dem braun gewandeten Bruder, der von einem Pult aus in der Mitte des Saales alle Anwesenden unterhielt, indem er in bestem Latein aus der Bibel vorlas.

Gero hatte zunächst das Gespräch mit Heinrich von Blauenstein, dem örtlichen Komtur, gesucht. Danach hatte er eine neue Chlamys, ein Kettenhemd und einen Wappenrock in Empfang genommen, weil er wegen seiner Flucht aus Franzien mühelos den Nachweis führen konnte, dass ihm seine eigene Ordenstracht unverschuldet abhanden gekommen war. Der Komtur von Brysich vertrat den Standpunkt, dass es die Templer in den deutschen Landen nicht nötig hatten, sich zu verstecken, indem sie auf ihren typischen Habit verzichteten, und das nur, weil der König von Franzien den Verstand verloren hatte. Im

Gegenteil, man werde um den Erhalt der Ehre des Ordens kämpfen – und wenn es sein müsste, bis auf den letzten Tropfen Blut.

Danach ging Gero mit Bruder Theobald ins Scriptorium, wo man zur Mittagszeit ungestört reden konnte. Neben einem kleinen Kopiertisch, auf dem mehrere bunte Ornamententwürfe lagen, ließen sie sich auf einer Bank nieder.

»Wisst Ihr vielleicht, wo man Henri d'Our und die anderen Brüder aus Bar-sur-Aube hingebracht hat?«, fragte Gero beunruhigt. Immer noch fühlte er sich mitschuldig am Schicksal seiner Kameraden.

»Ein Steinmetz aus Troyes sagte mir, dass Henri d'Our zusammen mit drei weiteren Kameraden aus Bar-sur-Aube auf die Burgfestung von Chinon verschleppt worden ist. Er hat zufällig die Verteilerlisten gesehen und sich gewundert, weil niemand sonst dorthin verbracht wurde.«

»Chinon?« Geros Blick verriet Verzweiflung. »Das hört sich nicht gut an. Wie sollen wir sie da je wieder herausbekommen?«

»Herausbekommen?«, krächzte Theobald ungläubig. »Dort kommt niemand mehr heraus, es sei denn mit den Füßen zuerst.« Seine Miene verriet, dass er Geros Überlegung für mehr als ungewöhnlich hielt. »Anstatt solche Gedanken zu hegen, solltet Ihr Euch besinnen und uns nach Süden folgen. Wir wollen uns in Mainz mit dem Meister der Rheinlande, Bruder Alban von Randecke, und dem Ordensmeister Bruder Fredericus Sylvester in der dortigen Komturei treffen, um den Widerstand zu organisieren.«

»Wisst Ihr denn schon, wie die deutschen Fürsten auf das Vorgehen Philipp IV. reagieren werden?«, fragte Gero.

»Nein«, erwiderte Theobald ungewohnt zaghaft. »Die Bischöfe von Köln und Trier waren bis jetzt auf unserer Seite, und da sie zusammen mit dem Bischof von Mainz schon mehrmals Einigkeit gezeigt haben, hoffen wir, dass es auch diesmal so sein wird. Dummerweise steht Theobald von Lothringen entgegen seiner sonstigen Politik auf Seiten des französischen Königs, zumindest was sein Vorgehen gegen den Orden angeht.«

»Woran könnt Ihr das festmachen?« Obwohl Gero in Hannahs Büchern gelesen hatte, wie hinterhältig der Herzog gegen den Orden der Templer vorgegangen war, hegte er immer noch die Hoffnung, dass die Geschichtsschreiber sich irrten. Ohne es zu ahnen, hatte Theobald begonnen, mit seinen Erzählungen Geros vage Erkenntnisse aus der Zukunft in das Reich der Wirklichkeit zu übertragen. Und obwohl Gero schon vorher einiges an Ängsten ausgestanden hatte, was das Schicksal seiner Kameraden betraf, wurde diese Angst nun immer größer und ließ sein Herz schneller schlagen.

»Als erstes hat der Herzog sämtliche Güter, die unter der Verwaltung des Tempels stehen, mit einem Edikt belegt«, sprach Theobald weiter, »auf dass fortan nichts mehr ohne seine Genehmigung veräußert werden darf. An zweiter Stelle hat er angekündigt, jeden Templer, der seinen Herrschaftsbereich ungefragt verlässt, hinter Gitter zu bringen, sobald er ihn zu fassen bekommt. Wir sind trotzdem zusammen mit den Brüdern aus Metz geflohen. Sie wissen ebenso wenig wie wir, wie es um die Haltung des dortigen Bischofs steht. Niemand kann im Augenblick sagen, wie es weitergeht und ob es der Wahrheit entspricht, dass wir in den hiesigen Bistümern sicher sind.«

»Was ich Euch jetzt sage, ist nur für Eure Ohren bestimmt«, sagte Gero mit einem merkwürdigen Flackern in der Stimme. »Ihr sollt mir Glauben schenken, auch wenn Euch meine Worte seltsam vorkommen.« Mit der einsetzenden Gewissheit, dass die meisten Geschichten in Hannahs Büchern den Tatsachen entsprachen, war er vor die Wahl gestellt, was und wie viel er seinen hier verbliebenen Brüdern offenbaren sollte, um ihnen eine Hilfe zu sein, jedoch ohne sie dabei in das eigentlich Geheimnis um das Haupt der Weisheit einweihen zu müssen. Wenn er schon die Schuld daran trug, dass er den Auftrag des Hohen Rates nicht hatte ausführen können, dann wollte er wenigstens mit seinen eigenen Erkenntnissen dazu beitragen, das Schicksal des Ordens zum Guten zu wenden.

»Hier seid Ihr sicher«, sagte Gero leise. »Und in Mainz auch, obwohl noch Zeiten kommen, wo wir dem Erzbischof dort zeigen müssen, dass wir uns nicht alles gefallen lassen. Was immer auch geschieht – man wird dem Orden und seinen Brüdern keinen Frieden schenken. Spätestens in fünf Jahren wird die Gemeinschaft der Miliz Christi durch eine päpstliche Bulle aufgelöst. Alle Vermächtnisse gehen an die Hospitaliter oder auf die Deutschen über. Man wird unseren Brüdern in den meisten Fällen Gelegenheit geben, den Orden zu wechseln. Jedoch niemand von uns sollte ohne Grund nach Franzien zurückkehren. Dort bleibt es brandgefährlich.«

»Woher wisst Ihr das alles?« Theobald sah Gero mit einem durchdringenden Blick an.

»Sagen wir, ich weiß es einfach«, antwortete Gero und blickte bescheiden auf die farbenprächtigen Buchstabenentwürfe, die vor ihm ausgebreitet auf dem Tisch lagen.

»Was ist«, fragte Theobald verunsichert, »wenn Philipp sich gegen König Albrecht durchsetzt und seine Grenzen nach Osten ausdehnen kann? Sind wir dann nicht in erneuter Gefahr?«

»Das wird nicht geschehen«, sagte Gero und überlegte kurz, ob er nicht doch zu weit ging mit seinen Prophezeiungen. »König Albrecht wird den nächsten Sommer nicht überleben, und sein Nachfolger wird entgegen der Vorstellung von König Philipp nicht Karl von Valois, sondern der Graf von Luxemburg, der Bruder Balduins von Trier.«

»Balduin von Trier?« Theobald runzelte ungläubig die Stirn.

»Noch vor Ende des Jahres wird ein neuer Erzbischof in Trier residieren, der seine Ernennung Papst Clemens V. und Philipp IV. von Franzien zu verdanken hat.«

»Heilige Jungfrau«, flüsterte Theobald aufgeregt. »Seid Ihr etwa unter die Mystiker gegangen?«

»Sagen wir, ich hatte eine Vision«, sagte Gero und erhob sich rasch. »Mehr könnt Ihr von mir nicht erfahren.«

»Es ist also kein Märchen«, bemerkte Theobald leise und sah zu dem bunten Glasfenster hin, das den Heiligen Johannes umringt von den sieben Reitern der Apokalypse zeigte. »Der Hohe Rat ... das Kollegium und Ihr seid einer der Eingeweihten, wer hätte das gedacht?« Er lächelte verklärt. »... wie auch immer ...«, murmelte er, und seine Augen starrten für einen Moment ins Leere. »Ich danke Euch«, sagte er fest und umarmte Gero unvermittelt und so heftig, dass der kaum noch zu atmen vermochte.

Gero wich Theobalds suchendem Blick geflissentlich aus, nachdem dieser ihn wieder losgelassen hatte. »Wisst ihr, Bruder« flüsterte er, »die Mystiker haben Recht. Es gibt eine Welt hinter der Wirklichkeit. Nichts ist so wie es scheint, und unser Schicksal ist von einer göttlichen Vorsehung bestimmt, bei der es kein Entrinnen gibt.«

»Ich weiß jetzt, wohin sie meinen Komtur verschleppt haben«, sagte Gero leise zu Anselm und Hannah, während sie über den Hof in Richtung der Stallungen gingen. Matthäus war vorausgelaufen, um Wasser aus dem Brunnen zu schöpfen. Gero wollte in Gegenwart des Jungen nicht von d'Ours grausamem Schicksal sprechen.

»Und wo ist dein Komtur?« Anselm wiegte seinen Kopf zur Seite.

»Chinon«, sagte Gero nur.

»Ist das nicht diese Festung, wo sie den Großmeister eingekerkert haben?« Hannah sah beide Männer abwechselnd an.

»Ja«, antwortete Anselm und zog eine Braue hoch. »Genauso gut hätte er … Alcatraz sagen können.«

»Wo wollt Ihr denn hin?«, fragte der Torwächter, als er den Schlagbaum öffnete.

»Nach Hause«, sagte Gero schlicht.

»Heute noch?«, fragte der Alte und blinzelte in die tief stehende Nachmittagssonne.

»Wir übernachten in Mayen«, erklärte Gero und befriedigte damit die Neugier des kauzigen Templers. »Der Burgamtmann dort ist ein Cousin meiner Mutter«, fügte er hinzu und zügelte sein Pferd, um es auf die Straße Richtung Süden zu lenken.

Noch bevor der Weg zur Burg Rheineck anstieg, bogen sie nach rechts in ein enges Tal ab. Über Felder und Wiesen, vorbei an zahlreichen Höfen und Burgen ritten sie der untergehenden Sonne entgegen.

Das Kloster Maria Laach hatten sie längst hinter sich gelassen, als es zu dämmern begann und in der Ferne der Wehrturm der erst 1280 erbauten Genovevaburg in Sicht kam.

Hannah konnte sich kaum noch im Sattel halten. Der Abendwind fuhr mit seiner kühlen nebligen Luft in ihre mittelalterliche Kleidung und ließ sie frösteln

Matthias ritt dicht neben ihr. Im Halbdunkel sah sie sein aufmunterndes Lächeln. Tausend Gedanken wanderten ihr durch den Kopf. Eigentlich war es doch sehr beschaulich in dieser Zeit und in dieser Gegend. Die Menschen erschienen ihr zivilisierter zu sein, als sie es sich vorgestellt hatte. Sogar das Essen schmeckte vorzüglich, wenn auch die Suppe in der Komturei für ihren Geschmack etwas weniger Salz hätte vertragen können.

Ein lautes Wiehern riss Hannah aus ihren Gedanken. Matthäus' Pferd warf den Kopf hoch und machte einen Satz nach vorn. Wie aus dem Nichts sprang ein schwarzer Schatten aus dem Gebüsch und riss ihr die Zügel aus der Hand.

Ehe sie sich versah, saß der übel riechende Fremde auch schon hinter ihr und gab ihrem Gaul die Sporen. Vor Verblüffung hatte sie noch nicht einmal schreien können. Erst als der Mann ihre Taille umfasste und das Pferd wendete, stieß sie einen kläglichen Hilferuf aus. In rasantem Tempo ging es durch einen Hohlweg den Berg hinunter.

»Hannah!« Gero brüllte ihren Namen wie eine Drohung. Aber was sollte sie tun? Ihr Entführer umklammerte sie mit eiserner Entschlossenheit. Sollte sie trotzdem den Versuch wagen, sich mit ihm zusammen vom Pferd fallen zu lassen? Aber was würde passieren, wenn sie sich ein Bein brach oder einen Arm?

Der Mann lenkte das Tier über einen Bach hinweg in einen dichten Wald. Erst da bemerkte sie, dass sie nicht allein mit ihm durch die hereinbrechende Dunkelheit ritt. Ein zweiter Kerl hatte sich des Pferdes von Matthäus bemächtigt. Allerdings war von dem Jungen nichts zu sehen, wie sie mit einiger Erleichterung feststellte.

Wirre Gedanken schossen Hannah durch den Kopf. Was war das hier? Ein Überfall? Oder eine Geiselnahme?

»Vermaledeite Scheiße!«, fluchte Gero und gab seinem Wallach die Sporen. Nun bereute er, dass er das Angebot in der Komturei nicht angenommen hatte, ihm eins der dortigen Streitrösser zur Verfügung zu stellen.

Anselm half Matthäus, damit er hinter ihm in den Sattel steigen konnte. Der Junge war beim Angriff der beiden Fremden von seinem Pferd gefallen. Zitternd klammerte er sich an Anselms Mantel, während sie mühsam versuchten, Gero und den beiden Angreifern in die Dämmerung zu folgen.

Gero trieb seinen Braunen zur Höchstleistung an. Währenddessen orientierte er sich lediglich nach seinem Gehör. Das Stampfen der Hufe, das Rascheln der Blätter und die vorbeipeitschenden Äste hielten ihn auf dem Weg. Als sie eine Lichtung überquerten, konnte er die Flüchtenden zum ersten Mal sehen. Mit einer Hand fasste er an seinen

Messergürtel und zog den mittleren Dolch. Gleichzeitig spornte er sein Pferd weiter an. Im Nu hatte sich Gero bis auf Wurfweite seinen Widersachern genähert. Im Halbdunkel durfte er sein Ziel keinesfalls verfehlen. Ohne zu zögern, schleuderte er seinen Jagddolch auf den nächsten Entführer – und traf in den Rücken des Mannes.

Plötzlich stöhnte Hannahs Entführer auf und lockerte seinen Griff. Sie war so überrascht, dass sie beinahe vom Pferd gestürzt wäre. Mit letzter Kraft krallte sie sich in die Mähne des Tieres. Dann erschien Gero auf ihrer Höhe. Während er sein Pferd nur mit den Schenkeln dirigierte, hielt er in der Linken sein gezogenes Schwert und bedrohte damit ihren Peiniger. Doch der Mann dachte nicht daran, sich kampflos zu ergeben. In seiner rechten Hand blitzte auf einmal die Klinge eines breiten Messers auf, das er auf Hannah gerichtet hielt. Das weitere Geschehen erschien ihr wie schnell aufeinander folgende Schnappschüsse. Nicht ihr aufgeschlitztes Gedärm zeigte sich, sondern ein blutiger Armstumpf, die Hand sauber abgetrennt oberhalb des Gelenkes. Auch das Messer war verschwunden, und im nächsten Moment spürte sie, wie der Mann hinter ihr aus dem Sattel kippte und wie er drohte, sie mit sich zu reißen. Instinktiv beugte sich Hannah nach vorn und umklammerte mit beiden Armen den Hals des Pferdes, froh darüber, dass es kein Rittersattel mit einem aufragenden Vorderzwiesel war, auf dem sie saß. Während das Tier orientierungslos und nur noch mit ihr alleine auf seinem Rücken dahin trabte, hörte sie auf zu denken. Ihre Beine schlotterten um den warmen Pferdebauch, während sie ihre Arme so verkrampft um den Hals des Tieres geschlossen hielt, dass sie das Gefühl überkam, sich nicht mehr ohne Hilfe lösen zu können.

Anselm durchbrach das Dickicht und stoppte sein Pferd unweit der Stelle, an der Gero breitbeinig über einem reglosen Mann stand. Matthäus sprang ab und lief zu Gero. Anselm folgte ihm, nachdem er die Zügel des Wallachs an einen Strauch gebunden hatte. Hastig zückte er die Taschenlampe, die er immer noch bei sich trug, und beleuchtete den am Boden liegenden Mann. Er lag auf der Seite und stöhnte leise. Soweit Anselm sehen konnte, fehlte dem Verletzten die rechte Hand, und ein Messer steckte in seinem Rücken, das allem Anschein nach dem Templer gehörte und das dieser ohne ein Wort der Erklärung herauszog. Anselm schluckte – der Geruch von frischem Blut ließ ihn angewidert zurücktreten.

»Was ... ist passiert?«, fragte er stockend.

»Halt ihn in Schach«, erwiderte Gero und hielt ihm das Messer entgegen. Anselm musste sich regelrecht überwinden, den blutbesudelten Hirschhorngriff in die Hand zu nehmen.

Der Templer rannte quer über die Lichtung zu Hannah hin. Ihr Pferd war stehen geblieben, und sie kauerte immer noch bewegungslos über dem Widerrist des Tieres.

Anselm kniete neben dem Verletzten nieder, und entgegen Geros Anweisung legte er das Messer ins Gras. Mit spitzen Fingern zog er ein Lederbändchen aus seiner Manteltasche, mit dem er noch am Morgen sein Haar zusammengebunden hatte. Die Taschenlampe positionierte er so auf seinem Schoß, dass er etwas sehen konnte. Er biss die Zähne zusammen, als er den erschlafften Arm mit dem stark blutenden Stumpf mit Daumen und Zeigefinger fasste und vorsichtig anhob. Dann begann er die Wunde abzubinden, bis die freiliegende Ader aufhörte zu pulsieren. Der Mann hatte das Bewusstsein verloren. Anselm nahm die Lampe in die Hand und stand auf. Nachdenklich beleuchtete er das Ergebnis seines notdürftigen Erste-Hilfe-Einsatzes.

»Wir lassen ihn hier liegen«, bestimmte Gero grimmig, nachdem er mit Hannah und dem Pferd zurückgekehrt war. So wie es aussah, hatte er sie beruhigen können. Doch so, wie sie im Sattel saß, wirkte sie immer noch sehr verängstigt.

»Sein flüchtiger Gefährte kann sich um ihn kümmern«, fuhr Gero mitleidlos fort.

»Was ist, wenn er nicht zurückkehrt?«, wandte Anselm ein. »Der Mann wird garantiert sterben, wenn sich keiner um ihn kümmert.«

»Ich sollte ihn ohnehin töten«, bemerkte Gero dunkel. »Er hätte es verdient, und jedes ordentliche Gericht würde mir Recht geben. Aber in Anbetracht der Lage, dass eine Frau unter uns weilt, will ich darauf verzichten.«

Ein Kälteschauer durchlief Anselm, als er auf Geros Blick traf.

»Kommt«, sagte der Templer und zog heftig am Zügel von Hannahs Pferd.

Nachdem sie auf den Weg zurückgekehrt waren, schwang sich Gero hinter Hannah in den Sattel. Sie zitterte am ganzen Körper. Gero hielt sie fest, um sie zu wärmen und ihr zu versichern, dass sie in Sicherheit war. Matthäus, dessen Pferd der flüchtende Räuber gestohlen hatte, ritt auf Geros Braunem voraus, dicht gefolgt von Anselm, der, während er seinen Wallach zügelte, unentwegt in die dämmerige Umgebung schaute.

Erst auf Höhe der Genovevaburg fand Hannah ihre Sprache wieder. »Mein Rucksack«, rief sie erschrocken und fasste sich an die Schulter. »Wo ist mein Rucksack?«

»Ich befürchte, den hat sich einer der Räuber geschnappt«, sagte Gero und half ihr vom Pferd.

Plötzlich brach sie in Tränen aus. Dem Burgwächter, der zunächst ein kleines Guckloch im Tor öffnete, um zu sehen, wer zu so später Stunde Einlass begehrte, bot sich der seltene Anblick einer schluchzenden Jungfrau in den Armen eines stattlichen Templers.

Der Empfang durch Wilhelm von Eltz, Ministeriale des Bischofs von Trier und Verwalter der Genovevaburg, war warm und herzlich. Wie Gero später erklärte, war der beleibte Mann in dem vornehmen, rehbraunen Samtsurcot ein naher Cousin seiner Mutter. Mit äußerster Konzentration lauschte er dem Bericht seines Neffen, der den Ablauf des Überfalls in allen Einzelheiten schilderte. Ab und an stellte er Fragen, und das lebhafte Spiel seiner Augen ließ vermuten, dass er nicht nur die vorangegangenen Geschehnisse gründlich analysierte, sondern sich offenbar auch für die Hintergründe von Geros Besuch und die Anwesenheit seiner Begleiter interessierte. Gero hielt für seinen Oheim lediglich die harmlose Erklärung bereit, dass er sich mit Freunden im Auftrag des Ordens auf der Durchreise befände.

Hannahs Blick heftete sich an den lockigen, grauen Bart des Burgherrn, dessen üppiger Schnauzer jedes Mal eigentümlich wippte, wenn er zu sprechen begann.

»Ich werde euch eine angemessene Kammer richten lassen«, sagte er in einer seltsam unaufgeregten Art »Und dann sehen wir weiter.«

Wenig später wurden sie von einer schlicht gekleideten Bediensteten in ein geräumiges Gästezimmer geführt, das mit sauber verputzten Wänden und einem makellosen Dielenboden aufwarten konnte.

Mittendrin stand ein wunderschön geschnitztes Himmelbett mit einem grünen Brokatbaldachin. Hannah widerstand ihrem ersten Impuls, sich einfach auf die Matratze fallen zu lassen, und begnügte sich damit, sorgsam über die Tagesdecke aus dem gleichfarbigen, kostbarem Brokatstoff zu streichen.

»Kommt, Jungfer«, sagte die Dienerin und legte ihre knochigen, kalten Finger um Hannahs Handgelenk, »Eure Bettstatt liegt am anderen Ende des Flures.«

Ohne lange darüber nachzudenken, entzog Hannah der Magd ihre Hand und warf Gero einen flehentlichen Blick zu. »In Teufels Namen, lass mich jetzt bloß nicht allein«, entfuhr es ihr. In ihrer Angst, von den Männern getrennt werden zu können, hatte sie weder auf ihre neuhochdeutsche Sprache noch auf das Wort »Teufel« geachtet, das auch für einen Zuhörer aus dem 14. Jahrhundert gut verständlich war.

»Lass es gut sein, Weib«, sagte Gero zu der verdutzten Leibeigenen. »Wir werden gemeinsam in dieser Kammer übernachten. Die Jungfer schläft im Bett, und für uns Männer und den Jungen bringst du ein paar Strohmatratzen und Decken dazu.«

Die Frau, die ihren Blick offenbar nicht von Hannah zu lösen vermochte, nickte zögernd, bevor sie sich umdrehte und ging.

Kurz darauf betrat ein ebenso schlicht gekleideter Mann das Zimmer. Nach einer devoten Verbeugung, bei der er tunlichst vermied, den Umstehenden in die Augen zu schauen, ging er ohne ein Wort zu einem mannshohen Kamin, der eine ganze Zimmerwand einnahm, und kniete nieder. Mit einem brennenden Kienspan entzündete er im Nu die bereits aufgeschichteten, mächtigen Buchenholzscheite. Nachdem der Diener so lautlos verschwunden war, wie er erschienen war, wurde es unter dem knisternden Feuer schnell warm und heimelig.

Während Gero und Anselm sich ihrer Mäntel entledigten, schaute Hannah an sich herunter. Allmählich wurde ihr bewusst, wo der metallische Geruch herrührte, den sie die ganze Zeit wahrgenommen hatte. Gero, der ihren Blicken gefolgt war, nahm ihr den blutbesudelten Mantel ab und warf ihn ohne ein Wort ins Feuer.

»Ich besorg' dir einen neuen Überwurf«, sagte Gero mit einem Lächeln des Bedauerns.

Anselm, der voller Faszination die Umgebung studiert hatte, trat überrascht zurück, als der Mantel endlich Feuer fing und lodernd aufflammte.

Als der Diener wenig später zurückkehrte und eine Kerze auf einem Eisenfuß entfachte, rümpfte auch er die Nase, sagte jedoch nichts. Ein weiterer Bediensteter trug ein üppig bestücktes Tablett herein, mit einem in Scheiben geschnittenen Laib Brot, einem großen Stück Weichkäse und einem irdenen Krug, der mindestens drei Liter Weißwein fasste. Zusammen mit vier Steingutbechern stellte er alles auf einem Tischchen ab. Nachdem beide Männer wieder gegangen waren und die Tür hinter sich geschlossen hatten, nahm Matthäus ein Stück Brot und ließ sich auf einem Schaffell nieder, das direkt vor dem wärmenden Feuer lag. Während er vor sich hin kaute, blickte er versonnen in die Flammen.

Gero, der ansonsten großen Wert auf die entsprechenden Tischgebete und anständige Manieren legte, verzichtete darauf, den Jungen zu rügen.

Schwere Schritte im Flur ließen Anselm aufhorchen. Matthäus schreckte von seinem Platz hoch, als ein heftiges Pochen die massive Eichenholztür erzittern ließ.

»Ja«, erwiderte Gero laut. Ein bärtiger Mann mit kurz geschnittenem, braunem Haar, gekleidet in einen Wappenrock des Erzbischofs von Trier, betrat die Stube und nahm vor Gero Haltung an.

Anselm entging nicht, dass der vollschlanke Kerl mit Kettenhemd, Messer, Schwert und Kampfhammer bis an die Zähne gerüstet war.

»Der Herr von Eltz bittet Euch, edler Herr, bei der Ergreifung des Räubergesindels behilflich zu sein. Wir sind zum Abmarsch unten im Hofe versammelt. Wenn Ihr Euer Schwert gürten und mir folgen wollt.«

»Ich komme mit«, sagte Anselm, ohne zu überlegen.

Der Soldat schien seine Anwesenheit erst jetzt zu bemerken und sah ihn irritiert an.

»Lass es gut sein, Anselm«, entgegnete Gero auf Altfranzösisch, offenbar damit der Soldat ihn nicht verstand. »Du besitzt weder eine Waffe noch eine passende Rüstung, und einer muss bei Hannah bleiben. Wir können sie unmöglich mit Mattes hier alleine zurücklassen.«

»Aber …« Anselm wollte nicht nachgeben, obwohl ihm vor Aufregung die Knie zitterten.

»Kein aber«, sagte Gero ruhig. »Ich denke nicht, dass du so etwas schon einmal mitgemacht hast. Es ist stockfinster. Sie jagen mit Fackeln und Hunden, und niemand weiß, wie viele der Räuber dort draußen lauern. Und ich möchte nicht, dass dir jemand mitten in der Nacht ein Messer zwischen die Rippen stößt.«

Anselm war sich nicht sicher, ob er über Geros Entscheidung verärgert oder erleichtert sein sollte.

Gero zwinkerte Hannah, die ihn verstört ansah, aufmunternd zu. »Ich bin bald zurück«, sagte er leichthin, gerade so, als ob er sich zu einem Kneipenabend aufmachte. Bevor er ging, nahm er sich zwei Scheiben Brot und ein Stück Käse, das er zuvor hastig mit seinem Hirschfänger abgeschnitten hatte. Mit vollem Mund und ein paar Krümeln im Bart beugte er sich kauend zu ihr hinunter und küsste sie flüchtig, ohne auf den Soldaten zu achten, der wartend an der Zimmertür stand. Dann ging er hinaus.

Die Nacht zog sich schier endlos dahin. Hannah gelang es nicht, auch nur ein Auge zuzumachen. Daran hatten auch drei Becher guten Moselweins nichts ändern können. Stunden mussten vergangen sein, ohne dass Gero zurückgekehrt war. Die Kerze auf dem eisernen Ständer war zur Hälfte heruntergebrannt. Während Matthäus und Anselm auf dicken Strohmatten vor dem wärmenden Kamin eingeschlafen waren, bediente sie sich widerwillig und im Schutze ihres Überkleides des Nachttopfes, der unter dem Bett stand, um nicht zu einer der Latrinen draußen auf dem windigen Flur geistern zu müssen.

Am frühen Morgen, während es draußen immer noch dunkel und das Feuer längst verloschen war, spürte Hannah, wie jemand vorsichtig die Decken hinter ihr anhob. Völlig erschöpft war sie eingenickt, und im ersten Moment war sie erschrocken, doch dann konnte sie ihn riechen. Selbst ungewaschen verströmte Gero einen angenehmen Duft, der in ihr das Bedürfnis weckte, ihm ganz nahe zu sein. Bis auf die Unterhose war er nackt.

»Hast du den Riegel vorgeschoben?«, flüsterte Hannah mit erstickter Stimme und ließ es zu, dass er seine eisigen, rauen Hände unter ihre warmen Achseln schob.

»Ja«, antwortete er leise. Er ging nicht weiter darauf ein und presste seinen muskulösen Bauch an ihren Rücken.

»Habt ihr sie erwischt«, fragte sie tonlos.

Wieder antwortete er mit »Ja«.

»Ich hab dir sogar deinen Rucksack wieder mitgebracht«, fügte er gleich darauf murmelnd hinzu, während er seine Nase in ihrem Haar vergrub.

Hannah hob vor Verblüffung den Kopf. Gero nutzte die Gelegenheit und küsste ihren bloßen Nacken. »Es tut mir leid«, schnaubte er leise. »Es befand sich nichts mehr darin.«

»Verdammt«, seufzte sie und ließ den Kopf auf seinen ausgestreckten Arm sinken. »Und was mache ich ohne Zahnbürste?«

»Es wird dir an nichts fehlen, das verspreche ich dir«, flüsterte er, während er gleich darauf mit seiner Zunge ihr Ohr liebkoste. »Eine Zahnbürste, wie du sie kennst, haben wir nicht, dafür nutzen wir Templer die Wurzeln der Weide. Mit ihren gefransten Enden kann man sich den Mund und Zähne wunderbar sauber halten. Wir haben von den Sarazenen gelernt, wie man so etwas macht. Sie benutzten sogar so etwas wie Zahncreme. Mein Vater hat die Rezeptur aus dem Outremer mitgebracht. Eine Mischung aus Alaun, Salz und pulverisierten Kamillenblüten.« Er lachte leise. »Für irgendetwas müssen die Heiden ja gut sein. Und Kämme, Bürsten und was eine Frau sonst noch braucht, um sich schön zu machen, kaufe ich dir in Trier auf dem Markt.«

Hannah drehte sich ihm zu und umarmte ihn fest. Ihr warmer Busen drückte sich an seine kühle Brust.

»Du hast mir das Leben gerettet«, flüsterte sie ins Dunkle hinein.

»Weil ich dir helfen will, deine Zähne sauber zu halten?« Seine Frage klang amüsiert.

»Nein«, erwiderte sie ungeduldig. »Du weißt, was ich meine.«

»Das hätte ich für jede andere Frau auch getan«, murmelte er. »Irgendwann habe ich mal einen Eid geschworen, Arme, Kranke, Kinder …«, wieder lachte er leise, » … und sogar Frauen mit meinem Leben zu schützen.«

»Was du nicht sagst«, entgegnete sie trocken. »Trotzdem danke.« Sie kuschelte ihr Gesicht in seine Halsbeuge und atmete tief ein, bevor sie Augenblicke später wieder einschlief.

29

Samstag, 20. 11. 2004 – Spangdahlem – Hoffnungsschimmer

Am nächsten Morgen bestand Tom darauf, zu Hannahs Haus zu fahren. Irgendjemand musste sich nach allem, was geschehen war, um ihre Tiere kümmern. Jack Tanner, der Kommandoführer der NSA, hatte ihm einen Universalschlüssel überlassen, damit er jederzeit die Haustür des schmucken Anwesens öffnen konnte.

Tom war froh, dass Paul bei ihm war, als er den schmalen Korridor betrat. Der Gedanke an Hannah, die ihn noch gestern Morgen an dieser Stelle im Nachthemd begrüßt hatte, versetzte ihm einen schmerzhaften Stich.

Als wäre es tausend Jahre her, dachte Tom, solange lag diese Begegnung seinem Gefühl nach zurück.

Paul nahm den maunzenden, schwarzen Kater auf den Arm. »Na, mein Freund«, sagte er lächelnd und kraulte dem augenscheinlich verwirrten Tier beruhigend den Hals.

»Wir sollten Heisenberg mit zu dir nehmen«, bemerkte Tom leise. »Es sieht nicht danach aus, dass es uns gelingen wird, sein Frauchen auf die Schnelle zurückzuholen. Spätestens nächste Woche bricht hier die Hölle los. Ich habe keine Vorstellung, wie wir Hannahs Mitarbeitern und Freunden ihr plötzliches Verschwinden erklären sollen. Vom Verschwinden unseres Mittelalterexperten mal ganz abgesehen.«

»Mach dir keine Gedanken«, sagte Paul und warf einen Seitenblick auf Pelhams Leute, zwei Ex-Marines, die mit einem silberfarbenen Mercedes in Hannahs Hof auf sie warteten. »Agent Tanner sagte, dass die NSA sich etwas einfallen lassen will. Anselm und Hannah haben sich eben spontan entschieden, auf Weltreise zu gehen. Postkarten, E-Mails, ja selbst Telefonate von unterwegs sind kein Problem.«

Tom schüttelte ungläubig den Kopf. Die Katze sprang von Pauls Arm und lief ins Schlafzimmer, wo sie sich unter dem Bett verkroch. Paul folgte dem Tier und ging auf die Knie. Nach einigem guten Zureden lockte er den widerspenstigen Kater schließlich hervor. Als Paul sich erhob, hielt er Tom eine Münze unter die Nase, die er unter dem Bett gefunden hatte. Ein uraltes Geldstück, das dennoch aussah wie frisch geprägt. Toms verzweifelter Versuch, die aufkommende Trauer hinunterzuschlucken, misslang. Paul starrte ihn fassungslos an, als er sich schluchzend auf das Bett setzte und sein Gesicht hinter seinen Händen verbarg.

»Mist«, stöhnte Tom und versuchte, die Tränen zu unterdrücken. Paul hielt seinem Freund ein Taschentuch hin. Tom nahm es dankbar entgegen.

»Wir werden sie finden«, sagte Paul, wobei er sich um eine zuversichtliche Haltung bemühte. »Und dann werden wir sie zurückholen. Das einzige, was wir brauchen, ist Zeit.«

»Die wir nicht haben!«, stieß Tom fast wütend hervor. »Jeder verdammte Tag kann sie das Leben kosten. Und wenn sie dort stirbt, wo sie ist, wird sie aller Voraussicht nach niemand mehr zurückholen können. Hast du eine Vorstellung davon, was im 14. Jahrhundert los war? Ich habe Hertzberg gefragt. Das Leben in dieser Zeit war erfüllt von Krieg, Krankheiten und Willkür! Russisch Roulette nennt man so was wohl!«

Wenig später begaben sich Tom und Paul in Karen Baxters Labor, wo alle transferierten Gegenstände aus der Vergangenheit katalogisiert und auf ihre Beschaffenheit hin untersucht wurden, bevor man sie in Stickstoff einfror und in einem speziellen Tresor verstaute. Frustriert mussten sie feststellen, dass der vermeintliche Timeserver aus der Zukunft anscheinend defekt war. Das Phänomen der Holographie in Form eines weiblichen Kopfes mit zweifellos asiatischen Zügen wiederholte sich nicht.

Offenbar benötigte man den archaisch anmutenden Gesang, um den Timeserver in Betrieb zu nehmen. Doch weder Tom noch Paul wollte es gelingen, Text und Melodie in der richtigen Reihenfolge zusammenzubringen. Außerdem war das empfindliche Teil zu Boden gefallen. Selbst wenn ihnen die Losung tatsächlich einfallen würde, konnte es sein, dass der Server nicht mehr richtig funktionierte.

Entmutigt stellten sie ihre Versuche ein und begaben sich in den großen Besprechungssaal, wo eine Zusammenkunft aller stattfand, die an vorderster Front mit der Ausführung des Projektes befasst waren. Neben dem amerikanischen Botschafter, seinem Militärattaché, Colonel Simmens, und General Lafour gaben sich noch weitere wichtige

Leute aus dem Pentagon die Ehre. Professor Hertzberg, der als historischer Sachverständiger fungierte, saß mit Tom, Paul und Doktor Karen Baxter an der gegenüberliegenden Seite des Besprechungstisches. Die Lücke, die Hagen und Piglet hinterlassen hatten, war indes nicht zu übersehen.

In einer kurzen Ansprache, die der Botschafter vor den versammelten Anwesenden hielt, wurde ihrer gedacht. Danach stellte er Doktor Tom Stevendahl, Paul Colbach und Doktor Karen Baxter dem Beraterstab des amerikanischen Präsidenten als neue organisatorische Leitung vor.

In einem anschließenden Bericht ging General Lafour darauf ein, dass nach Auswertung von Hagens Laptopdateien zweifelsfrei feststand, dass es der Professor selbst gewesen war, der den Hauptrechner manipuliert hatte, und Toms und Pauls Unschuld somit bewiesen werden konnte.

»Wir haben uns im Anschluss an unsere Untersuchungen die Freiheit genommen, Hagens geheimnisvollen Informanten, einen promovierten Architekten aus dem Libanon, einer neutralen Befragung zu unterziehen«, erklärte General Lafour mit einem merkwürdigen Lächeln. »Es hat uns ein wenig Überzeugungsarbeit und ein paar US-Dollar gekostet, bis er bereit war, unserem Ruf zu folgen. Leider gab sein Wissen nicht das, was wir erwartet hatten. Er konnte lediglich bestätigen, dass er bei Grabungsarbeiten in der Nähe des ehemaligen Hauptquartiers der Templer in Jerusalem mehrmals rätselhafte Pergamente gefunden hatte, die er ausnahmslos seinem Freund Dietmar Hagen übersandte. Was der Professor damit angestellt hat, ist ihm nicht bekannt. Wir konnten die Pergamente inzwischen sicherstellen. Sie sind in einer uns unbekannten Sprache geschrieben und mindestens achthundert Jahre alt. Ihre Übersetzung hat Professor Hagen offenbar in die Lage versetzt, die uns bekannte Anlage zu bauen.«

Lafour räusperte sich kurz und nahm einen Schluck Mineralwasser, bevor er in die gebannten Gesichter der übrigen Anwesenden schaute. »Ich gebe das Wort an Professor Hertzberg weiter. Er kann uns vielleicht erklären, wie ein solches Phänomen möglich ist.«

Hertzberg erhob sich kurz von seinem Stuhl und verbeugte sich höflich, bevor er zur Sache kam.

»Haben Sie eine Vorstellung davon«, begann er, »was es bedeutet, wenn man den Templern nachweisen könnte, dass sie Kontakt zu einer weit entfernten Zukunft hatten?«

»Was heißt hier könnte?«, erwiderte Tom. »Waren die beiden, die ich bei meiner Freundin untergebracht habe, nicht Beweis genug, dass es sich so verhalten hat?«

»Verstehen sie mich nicht falsch«, antwortete Hertzberg ruhig. »Bis jetzt habe ich noch keine Anhaltspunkte, die beweisen, dass Ihr Ritter und sein kleiner Begleiter wirklich der angegebenen Zeit entstammen noch dafür, dass sie tatsächlich zum Orden der Templer gehörten. Geschweige denn, dass sie Eingeweihte eines solch gigantischen Geheimnisses waren.« Hertzberg räusperte sich verlegen, als er Toms ungeduldigen Blick wahrnahm.

»Aber es ist unzweifelhaft, dass der Ritter und sein Knappe der Vergangenheit entstammen«, widersprach Tom. »Und der Templer wusste, dass sich der Server in der Kanalisation von Heisterbach befand, und er wusste, wie man ihn in Gang setzt, indem er etwas gesungen hat, das mir leider entfallen ist.«

»Dann schlage ich vor«, erhob der amerikanische Botschafter das Wort und warf Tom und Hertzberg einen forschenden Blick zu, »dass Sie ab sofort alles unternehmen, um endlich Licht in die Angelegenheit zu bringen. Sie sollten sämtliche unerklärlichen Phänomene der Vergangenheit beleuchten und sie auf mögliche Zusammenhänge mit eventuell stattgefundenen Zeitreisen untersuchen.«

»Vielleicht sollten wir zunächst einmal das Umfeld des vermeintlichen Ritters untersuchen«, schlug Hertzberg vor. »Vier Tage dürften ausreichen, um sich in den Archiven von Troyes und Paris umzuschauen und eine Bestandsaufnahme der Überreste im heutigen Bar-sur-Aube zu machen.« Sein Blick ruhte auf Tom. »Mr. Stevendahl, wir müssen uns nochmals eingehend unterhalten, und Sie sagen mir alles, was sie über den Mann wissen.«

»Ich werde dem Professor so schnell wie möglich ein entsprechendes Team zur Verfügung stellen«, erklärte General Lafour mit lauter Stimme, während er dem Botschafter willfährig zunickte.

»Es wäre schön«, erwiderte der Botschafter daraufhin, »wenn wir dem Präsidenten bis spätestens kommenden Donnerstag ein erstes Ergebnis unterbreiten könnten.«

»Versprechen kann ich nichts.« Hertzberg erhob sich von seinem Stuhl, dabei legte er eine Hand auf Toms Schulter. Der Historiker schien es für einen Moment zu genießen, dass er sich mit dem fast zwei Meter großen Wissenschaftler auf Augenhöhe befand. »Aber gemeinsam werden wir das Kind schon schaukeln«, sagte er und zwinkerte Tom zu.

»Gut«, schloss der Botschafter. »In Anbetracht der Tatsache, dass das Pentagon dringend auf einen Bericht wartet, werden wir nächsten Mittwoch erneut zusammentreffen. Ich hoffe doch sehr, Mr. Stevendahl, dass Sie und Ihre Kollegen bis dahin die technischen Komponenten unseres Fundes erhellen können.«

Tom nickte abwesend. Nun rächte es sich, dass er so stur gewesen war und jeglichen Austausch mit dem Templer auf ein Minimum reduziert hatte. Den Gedanken, dass es ihm wohlmöglich nicht gelingen sollte, Hannah wohlbehalten zurück in die Gegenwart zu transferieren, schob er beiseite.

30

Freitag, 20. Oktober 1307 – Breydenburg – das Bekenntnis

Am nächsten Morgen beschaffte Gero zunächst einen neuen Reiseüberwurf für Hannah. Dankbar nahm sie das Kapuzen-Cape aus blauem Samt entgegen, ohne zu fragen, woher es stammte. Als er ihr beim Schließen der silbernen Tassel half, betrachtete sie stumm den Siegelring an seiner Rechten, den er seit ihrem Besuch auf der Ruine nicht mehr abgelegt hatte.

»Du bist ein Schatz«, flüsterte sie und küsste Gero flüchtig, bevor sie ihm zusammen mit Anselm und Matthäus in den Rittersaal folgte.

In seinem weißen Templerornat war Gero die Attraktion der morgendlichen Versammlung. Hannah entging nicht, dass ihn Männer wie Frauen, Soldaten wie Gesinde regelrecht anstarrten. Der ein oder andere Uniformierte sprach ihn im Vorübergehen an und wechselte ein paar Worte mit ihm, doch sie redeten zu schnell und zu leise, als dass Hannah etwas davon hätte verstehen können.

Gegen Vormittag ließ es sich Wilhelm von Eltz nicht nehmen, seinen

Neffen und dessen Freunde persönlich zu verabschieden und sie zu den bereits gesattelten Pferden zu begleiten.

Auf dem Weg in die unteren Gemächer hatte man durch ein offenes Fenster im Treppenabgang einen Ausblick auf die Festungsmauern. Soldaten patrouillierten im kühlen Morgenwind hoch auf den Wehrgängen unter dem geräuschvoll flatternden Banner des Erzbischofs von Trier. Hannah, die nicht wusste, wo sie ihren Blick zuerst hinwenden sollte, schien alles überraschend durchdacht und zivilisiert.

Auf dem gepflasterten Innenhof bot sich ihr jedoch ein unerwartetes Bild des Grauens.

»Mein Gott«, flüsterte Hannah ungläubig und rang nach Luft.

Der nackte, blutüberströmte Leichnam ihres Angreifers hing an einem Haken neben dem Burgtor. Der unsägliche Schmerz, der die letzten Atemzüge ihres Entführers ohne Zweifel begleitet haben musste, hatte sich tief in seine ausgemergelten Gesichtszüge eingegraben.

»Schau nicht hin!«, rief Hannah, als sie sah, wie Matthäus mit großen Augen den Toten betrachtete.

Auf dem nass glänzenden Pflaster kauerten drei weitere Gestalten. Einzeln hatte man sie in Eisenkäfige gesperrt, die wie überdimensionale Kaninchenställe wirkten und keine aufrechte Haltung zuließen. Zwei der Gefangenen trugen Eisenmanschetten um Hals und Handgelenke, die, verbunden mit einer schweren Kette, kaum Bewegung zuließen. Halbnackt und vor Kälte blau gefroren, hockten die jungen Männer apathisch in ihrem Gefängnis. Voller Entsetzen starrte Hannah auf den jüngeren der beiden. Er war kaum siebzehn. Eine mit Blut verkrustete Wunde an der Stirn zog sich bis in den Haaransatz seiner schmutzig blonden Locken hinein. Sein Gesicht war seltsam geschwollen, und den Rücken zeichneten unzählige Striemen, aus denen zum Teil das rohe Fleisch hervorquoll. Der zweite Gefangene, ein Kerl mit dunklen, verfilzten Haaren, saß ebenso teilnahmslos auf dem Boden, während er Hannah mit seltsam leer erscheinenden Augen musterte.

In dem dritten Käfig kauerte eine junge Frau. Ihre blonden Strähnen hatten sich aus dem geflochtenen Haarkranz gelöst, der, straff um ihren Kopf gelegt, wie eine Dornenkrone erschien. Mit zerrissener

Kleidung und nackten Füßen saß sie auf dem Stein und zitterte vor Kälte und Angst. Bei ihr hatte man auf die Eisenketten verzichtet. Ihre Hände waren stramm auf den Rücken gebunden, und an den aufgeplatzten Lippen klebte geronnenes Blut.

Fassungslos sah Hannah zu Gero auf, der die Gefolterten keines Blickes würdigte.

»Was wird mit ihnen?«, fragte Anselm beklommen, während er seinen Blick nicht von dem Lederbändchen wenden konnte, das ihm einmal gehört hatte und das nun den abgebundenen Armstumpf des Toten am Haken zierte.

»Auf die wartet der Galgen«, antwortete Gero ohne Mitleid in der Stimme. »Dort wird man sie zur Abschreckung aller hängen lassen, bis die Krähen ihre Knochen ans Tageslicht bringen.«

»Aber es waren doch nur zwei, die uns angegriffen haben, und einer von ihnen ist bereits tot«, protestierte Hannah. »Und was soll die Frau damit zu tun haben? Du kannst doch nicht zulassen, dass man sie umbringt!« Ihre Stimme überschlug sich fast.

»Es ist eine ganze Räuberbande. Sie gehört dazu«, sagte Gero ruhig. »Wir waren nicht die ersten, über die sie hergefallen sind. Einige unserer Vorgänger haben die Überfälle nicht überlebt.«

Hannah bedachte ihn mit einem ungläubigen Blick. Wie war es möglich, dass dieser Mann, der heute Morgen so zärtlich zu ihr gewesen war, solche Grausamkeiten zulassen konnte?

Wilhelm von Eltz schenkte Gero einen merkwürdigen Blick, als er ihn verabschiedete. Dann sah er zu Hannah hin und betrachtete sie misstrauisch.

Gero hatte ihr mit versteinerter Miene, die seinen ganzen Ärger über ihre Einmischung verriet, aufs Pferd geholfen.

»Überbringe deinen Eltern die herzlichsten Grüße«, sagte der Burgvogt betont freundlich, nachdem Gero sich in den Sattel seines Wallachs geschwungen hatte.

»Ich danke Euch für Eure Gastfreundschaft, Oheim«, entgegnete Gero höflich und straffte die Zügel.

Anselm war die Erleichterung anzusehen, als sie endlich aufbrachen.

Mit einem rasselnden Geräusch wurde das große Außentor an einer mächtigen Kette herabgelassen, damit sie passieren konnten. Die

Wächter salutierten, indem sie die mit einem Banner geschmückten Lanzen kerzengerade vor sich aufgestellt hielten und eine feierliche Miene aufsetzten.

Noch im Vorbeireiten ereilte Hannah die Gewissheit, dass sie den Anblick des am Haken hängenden Leichnams bis an ihr Lebensende nicht würde vergessen können.

Den ganzen Morgen über nieselte es. Hannah stellte unterdessen verwundert fest, dass selbst ihre Haare unter der Kapuze des neuen Überwurfs trocken blieben.

Gero schien die Nässe nichts auszumachen. Er verzichtete auf eine Kopfbedeckung, selbst als der Regen stärker wurde.

Unterwegs versuchte Hannah vergeblich, herauszufinden, ob ihr die Umgebung bekannt vorkam. Ab und an meinte sie, Höhenzüge und Bachläufe erkennen zu können. Aber wie sie schon zuvor festgestellt hatte, gab es viel weniger Wald, und die winzigen Dörfer befanden sich meist in Gesellschaft pittoresker Burgen, die ihr noch nicht einmal als Ruine in Erinnerung waren. Felder und Wiesen mit großen Schafherden komplettierten das ungewohnte Bild. Auf den zum Teil gepflastert Straßen herrschte reger Verkehr. Unentwegt überholten sie etliche Pferdewagen oder Ochsengespanne mit Ferkeln, Hühnern, Steinen, Stroh, Holz und Weinfässern.

Irgendwann verließ Gero den Weg und ritt querfeldein. Seinen Schutzbefohlenen blieb nichts anderes übrig, als ihm zu folgen. Seit sie die Genovevaburg verlassen hatten, hatte er kein Wort mehr gesprochen. Nur ab und an vergewisserte er sich mit einem Blick, ob die Gruppe noch vollständig war.

Matthäus, der die Nachhut bildete, saß mit hängendem Kopf in seinem Sattel.

Hannah zügelte ihr Pferd, um auf ihn zu warten, und lächelte ihn an.

»Was ist?«, fragte sie. »Freust du dich nicht, dass du wieder zu Hause bist?«

»Ich habe kein Zuhause«, erwiderte Matthäus mit leiser Stimme.

»Ist dein Zuhause nicht bei Gero?« Hannah setzte eine aufmunternde Miene auf und stellte sich gleichzeitig die Frage, was aus dem Jungen werden sollte, wenn sein Herr sich tatsächlich entschied, nach Frankreich aufzubrechen, um seinen Komtur zu suchen. Dass Gero durchaus rücksichtslose Züge an den Tag legen konnte, wusste sie spätestens seit heute Morgen.

»Ich glaube, er bringt mich zu den Zisterziensern nach Hemmenrode«, erwiderte Matthäus leise.

»Das wird er nicht«, erklärte Hannah mit Bestimmtheit.

»Woher wisst Ihr das?« Die Augen des Jungen leuchteten hoffnungsvoll.

»Er hat es gesagt«, log Hannah.

»Wirklich?« Ein glückliches Strahlen huschte über das kindliche Gesicht.

Hoffentlich behalte ich Recht, dachte Hannah und richtete ihren Blick auf Geros Rücken. Das rote Kreuz auf seinem Templerumhang war weithin zu sehen und erschien ihr mit einem Mal wie eine Zielscheibe.

Auf dem Weg zum Familiensitz der Edelfreien von Breydenbach musste die Reisegruppe eine Hügelkette nach der anderen überwinden, vorbei an Viehweiden und abgeernteten Feldern. Schmale Trampelpfade trennten die einzelnen Parzellen, und an jeder größeren Weggabelung stand ein Holzkreuz aus dicken Balken oder eine kleine gemauerte Kapelle mit einer geschnitzten Mutter Gottes darin. Gero bekreuzigte sich im Vorbeireiten bei jeder geweihten Stätte, und Matthäus tat es ihm pflichtschuldigst nach.

Es war bereits später Nachmittag, als plötzlich ein hell verputzter Bergfried am Horizont auftauchte, der mit seiner beeindruckenden Größe die stolze Erhabenheit der dahinterliegenden Breydenburg vermuten ließ.

Gero nahm sich erstaunlich viel Zeit, um die Burg seines Vaters zu erreichen.

»Ich habe in Brysich Dokumente anfertigen lassen«, sagte er beiläufig zu Anselm, der auf gleicher Höhe ritt. »Die Pergamente weisen euch beide als Geschwister und gleichzeitig als Angehörige des Ordens aus.« Er richtete sich im Sattel auf und drehte sich nach Hannah um. »Dein Name lautet Hannah de Caillou. So wie Anselm es vorgeschlagen hat.«

Hannah gab ihrer Stute einen Tritt in die Flanken und schloss zu Gero auf. »Vielleicht hättest du Anselm vorher fragen können?« Mit einem Stirnrunzeln sah sie ihn an.

»Kein Problem Schwesterchen«, sagte Anselm und lächelte zustimmend.

Gero bedachte sie mit einem ernsten Blick. »Es ist eine Frage der Ehre, ob eine Frau einen männlichen Vormund vorweisen kann. Allein reisende Frauen ohne männlichen Schutz gelten für manche Männer als leicht zu erbeutendes Wild.«

»Hast du nicht gesagt, *du* würdest mich schützen?« Mit einem rebellischen Gesichtsausdruck legte Hannah den Kopf schief.

»Ja … das habe ich gesagt«, erwiderte er. »Aber es wäre nicht klug, wenn ich dich meinen Eltern als meine Schutzbefohlene vorstelle. Sie könnten es missverstehen.«

»Ist das auch eine Frage der Ehre?« Hannah hob eine Braue.

»Vielleicht sollten wir erst einmal ankommen, bevor wir uns Gedanken über Vorstellungsrituale machen?« Anselm sah ungeduldig in die Runde.

Hannah trieb ihre Stute zum Weitergehen an und verfiel dann in einen leichten Trab. Nach allem, was sie über die Ruine wusste, war die Breydenburg in einer im Mittelalter durchaus üblichen Steilhanglage auf einem Felsrand erbaut worden, der direkt zur Lieser abfiel.

Vergeblich versuchte sie Bekanntes in der Umgebung auszumachen und war schließlich überwältigt, als sich Größe und Schönheit des Gebäudes recht unvermittelt offenbarten, nachdem sie die letzte Anhöhe bewältigt hatten. Von nun an führte ein gepflasterter Weg schnurgerade bergab, hin zu einem gemauerten Torbogen, der in das Innere der trutzigen Anlage führte.

Die Mauern und Türmchen hatte man ebenso hell verputzt wie den Bergfried. Zinnen, Erker und Fenstervorsprünge zierten weithin sichtbare blaue und rostfarbene Ornamente.

Um das herrschaftliche Gemäuer herum scharten sich in einem Abstand von mehreren hundert Metern kleinere, mit Stroh bedeckte Fachwerkkaten, umgeben von uralten Obstbäumen und künstlich angelegten Wassertümpeln.

Nicht weit voraus lief ein Junge, der mit einem langen Stecken in der Hand eine Ziegenherde in Richtung Burg trieb. Ein schwergewichtiger Mann, der Kopf und Schultern gesenkt hielt, als ob er ein Joch tragen müsste, trottete lustlos hinterher.

Als der kleine Bursche die Reiter herannahen hörte, wandte er sich neugierig um und blieb mitten auf dem Weg stehen. Der ältere Mann, der dem Blick des Jungen gefolgt war, beschleunigte seine Schritte und zerrte seinen kleinen Begleiter unwirsch von der Straße.

Hannah konnte hören, wie er »Verbeug dich«, zischte. Brutal packte er den Nacken des Jungen und drückte ihn gewaltsam nach unten. Doch dann ging plötzlich eine Wandlung durch die Gesichtszüge des Mannes, und er ließ augenblicklich von dem Jungen ab.

»Nein!«, rief er laut und fiel so plötzlich vor Geros Pferd auf die Knie, dass es scheute. »Herr, ich bitte Euch.« Dann streckte er die Hände zum Himmel aus, wie zum Gebet. »Seid Ihr es wirklich?«

Gero sah lächelnd auf den Mann hinab. »Was redest du da, Ludger? Erkennst du den Sohn deines Herrn nicht mehr?«

»Verzeiht, Herr«, stotterte der Mann und senkte seine Arme. »Man sagte, dass Ihr vermutlich tot seid. Erst gestern hat Eure Mutter eine Messe lesen lassen, um beim Allmächtigen für Euer Seelenheil zu bitten. Ich danke Gott dem Herrn für seine Gnade«, verkündete der Mann aufrichtig, während er hastig ein Kreuzzeichen schlug.

»Steh auf!« Gero unterstrich seine Aufforderung mit einer fahrigen Geste. Hannah konnte sehen, wie er schluckte. »Wir sollten keine Zeit verlieren«, sagte er mit rauer Stimme.

In gestrecktem Galopp ging es die letzten fünfhundert Fuß hinab zur Burg, und für Anselm beantwortete sich die Frage, wie man diesen nicht in allen Punkten idealen Platz gesichert hatte. Zum einen hatte man den Wald rund um das mächtige Gemäuer bis auf die Wurzeln gerodet und nur noch ein paar Obstbäume stehen gelassen. Somit konnte der Turmwächter problemlos beobachten, wer sich den beiden gut zehn Meter hohen Ringwallmauern näherte. Auf den dazwischen befindlichen Wehrgängen patrouillierten zusätzlich Soldaten in bunten Wappenröcken.

Um den Pallas, das Wohngebäude des Burgherrn und seiner Familie zu erreichen, musste man nicht nur die Schutzmauern überwinden, sondern zunächst einen breiten Wassergraben überqueren.

Das eiserne Falltor wurde hochgezogen und die hölzerne Brücke herabgelassen.

Der Wachmann, der neben dem heruntergelassenen Brückenübergang postiert war, stand stramm, als er das rote Kreuz auf Geros Chlamys erkannte.

Hannah duckte sich instinktiv beim Anblick der mächtigen Eisenspitzen, die von oben herab wie Speere in das etwa vier Meter hohe Spitzbogentor hereinragten, als sie dicht hinter Gero und unter lautem Hufgetrappel die erste Hürde passierte.

Ein gepflasterter Weg führte weiter zu einem tunnelartigen Aufgang, der sogenannten Pferdetreppe, die vor einem zweiten Tor mündete, das ebenfalls von zwei Uniformierten bewacht wurde.

Die Burgwachen ließen vor Überraschung die Spieße fallen, als sie sahen, wem sie Einlass gewährt hatten. Ein wild aussehender Geselle in Kettenhemd und Wappenrock, ohne Zweifel der Hüter des vorderen Wehrturms, stieß oben aufgeregt in seine Fanfare.

Hannahs Herz raste vor Aufregung, als sie den weitläufigen Innenhof erreichten. Zwischen einer märchenhaft anmutenden Kulisse aus Erkern, Türmchen und bunten Fenstern traf sie auf unzählige, erschrockene Gesichter. Ein paar Frauen ließen ihre Waschkörbe fallen, und einige Männer in abgewetzten Lederschürzen, die beim Beschlagen eines riesigen Kaltblüters innehielten, sprangen entsetzt zur Seite, als das Pferd unvermittelt ausschlug. Hannah wunderte sich über die vielen Kinder, die plötzlich mitten im Spiel verharrten, lautlos, als ob das Schloss und all seine Bewohner in einen Dornröschenschlaf fallen.

Ein junger Bursche löste sich aus seiner Erstarrung und kam angelaufen, um Gero unter einer tiefen Verbeugung das Pferd abzunehmen.

Hannah, die ebenfalls von ihrer Stute abgestiegen war, beobachtete gebannt, wie weitere Helfer folgten, um ihnen die Tiere abzunehmen, bis ein Pulk von mindestens zwanzig Menschen sich so schnell um sie und die anderen scharte, dass sie es beinahe mit der Angst zu tun bekam. Dann plötzlich änderte sich die Körperhaltung fast aller Anwesenden, und sie wichen zurück.

Durch die Wolken brachen die letzten Strahlen der untergehenden Sonne herein und nahmen Hannah für einen Augenblick die Sicht. Sie hob schützend die Hand über ihre Augen und blinzelte. Dann konnte sie sehen, dass sich das Eingangsportal zum mehrstöckigen Haupthaus der Burg geöffnet hatte.

Mit energischem Schritt trat ein Mann in den Hof. Er war groß, breitschultrig, hatte weißblondes, schütteres Haar und wirkte um einiges schlanker als Gero.

Bei genauer Betrachtung fehlte ihm die rechte Hand, und mit seiner athletischen Erscheinung glich er einer unvollständigen griechischen Statue. Seine dunkelgrüne Wildlederhose und die knielangen, braunen Lederstiefel unterstrichen seine dynamische Erscheinung. Ein tailliertes, dunkelgrünes Steppwams mit Stehkragen, dazu ein leichtes Kettenhemd und ein bunter Wappenrock, der bis zu den Knien reichte und das Wappen von Geros Siegelring präsentierte, komplettierten das eindrucksvolle Auftreten des Mannes. Die verbliebene Hand schmückte ein pompöser, goldener Ring mit einem blassblauen Stein.

Vor lauter Staunen über diesen Auftritt hatte Hannah nicht bemerkt, dass Gero die Satteltaschen mit dem Haupt der Weisheit Anselm überantwortet hatte. Danach war er dem älteren Mann in der vergleichsweise pompösen Aufmachung entgegengetreten und kniete nun in ungewohnt demütiger Haltung vor ihm nieder.

»Gott sei mit Euch, Vater«, sagte er mit fester Stimme. Dabei hielt er den Kopf ehrerbietig gesenkt. »Ich schätze mich glücklich, meine Ankunft anzeigen zu dürfen und Euch bei guter Gesundheit anzutreffen.«

Der Burgherr legte Gero die verbliebene Hand auf den dunkelblonden Schopf. Einen Moment verharrten die beiden in dieser Position. Dann murmelte der Alte etwas, und Gero erhob sich bedächtig, während er den Blick immer noch gesenkt hielt. Vater und Sohn standen sich auf Augenhöhe gegenüber, und Hannah erkannte plötzlich die verblüffende Ähnlichkeit der beiden Männer. Eine Ahnung beschlich sie, dass die beiden es nicht leicht miteinander hatten. Dann schreckte Gero ein wenig zurück, als sein Vater ihn unerwartet heftig umarmte.

Irgendjemand brach in Beifall aus, und die anderen Burgbewohner taten es ihm nach. Etliche Hochs auf das Haus Breydenbach und seine Herrschaft folgten, und selbst der Erzbischof und der König wurden nicht ausgelassen.

Hannah zuckte zusammen, als hinter ihr jemand lautstark die Luft einsog.

»Die Herrin, o Gott, wie wird sie es aufnehmen?«

Neugierig wandte sie sich um und sah eine Frau, die sich vor Aufregung in die Faust biss. Auch die übrigen Frauen, die allesamt weiß gestärkte Hauben und Kopftücher trugen, glühten mit einem Mal vor Anspannung.

Wie auf eine geheime Regieanweisung hin trat Geros Vater ein wenig zur Seite. Eine kostbar gekleidete Frau in einem bodenlangen, grünlich schillernden Kleid und einer weiß gestärkten Haube auf dem Kopf löste sich aus einer Gruppe von Wartenden, die sich am Eingang des Hauptgebäudes versammelt hatten. Ohne ein Wort lief sie auf Gero zu und fiel ihm um den Hals. Während er stocksteif da stand und mit den Tränen kämpfte, hielt sie stumm und mit geschlossenen Augen ihre Wange an seine Brust gepresst. Ihre Schultern zuckten verräterisch. Immer wieder strich sie mit ihrer Hand über Geros breiten Rücken. Hannah ahnte, dass es sich bei der zierlichen, älteren Frau nur um Geros Mutter handeln konnte. Er hielt sie fest und wiegte sie dabei wie ein Kind. Schließlich löste sie sich von ihm und wischte sich die Tränen aus dem Gesicht.

Mit verlegener Miene sah Gero sich um, bis er plötzlich Hannah erblickte und sie mit einem Wink zu sich heranrief.

Sein Vater erhob einen Moment später seine sonore Stimme und schaute in die Runde seiner Untertanen.

»Ihr könnt wieder an die Arbeit gehen«, verkündete er laut. »Heute Abend gebe ich ein Fest zur Heimkehr meines Sohnes. Zur Freude aller soll der Küfer zwei Fässer vom besten Wein ausgeben.«

Verhaltene Rufe der Zustimmung waren hier und da zu hören, dann zerstreute sich die Versammlung ebenso rasch, wie sie zusammengekommen war.

Hannah spürte, wie Geros Mutter ihr prüfend ins Gesicht schaute. Die Burgherrin war eine schöne Frau mit heller Haut, und nur ein paar kleine Fältchen um die tiefblauen Augen ließen ihr wahres Alter erahnen. An ihrem feinsinnigen, aber bestimmenden Zug um die Mundwinkel herum glaubte Hannah zu erkennen, dass sie ziemlich durchsetzungsfähig sein musste. Wenn man Geros Vater betrachtete, sicher ein lebensnotwendiger Charakterzug.

Als ob der Burgherr ihr Interesse bemerkt hätte, drehte er sich um und fixierte Hannah mit einem seltsam stechenden Blick. »Sagt, Jungfer«, sprach er mit dunkler Stimme. »Wo steht Euer Elternhaus?«

Hannah war zu verblüfft, um zu antworten.

Anselm kam ihr zur Hilfe. »Wenn Ihr erlaubt«, sagte er auf mittelhochdeutsch und verbeugte sich formvollendet. »Mein Name ist Anselmo de Caillou, und das hier ist meine Schwester Hannah.« Besitzergreifend legte er einen Arm um Hannahs Schulter. »Wir haben Euren Sohn ein Stück seines Wegs begleitet. Aber das wird er Euch sicher selbst noch berichten.«

»Hannah?«, erwiderte Geros Vater bedächtig. »Seid Ihr Christen?«

»Selbstverständlich«, erwiderte Anselm und verbeugte sich erneut.

»Als Freunde meines Sohnes heiße ich Euch in meinem Haus willkommen«, erklärte Richard von Breydenbach. Dann wandte er sich an Gero, der mit angespannter Miene hinter ihm stand. Offenbar beunruhigte ihn die Konversation, die sein Vater so unvermittelt mit Anselm und Hannah begonnen hatte.

»Deine Mutter soll die Mägde anweisen, die Gästekammern im Obergeschoss für deine Freunde herzurichten«, sagte sein Vater, als er bemerkte, wie Gero ihn mit einer gewissen Verunsicherung im Blick beobachtete.

Gero nickte erleichtert. »Habt Dank, Vater, für Eure Gastfreundschaft.«

»Wahrscheinlich ist er froh, dass sein alter Herr uns nicht im Verlies einquartiert«, flüsterte Hannah mit einem schrägen Blick zu Anselm hin.

Plötzlich löste sich eine schmale Gestalt in einem fließenden, dunkelblauen Gewand aus dem Pulk von farbenprächtigen Kleidern. Hannah überlegte einen Moment, ob sie jemals einen schöneren Menschen gesehen hatte. Mit ihrem ebenmäßigen, hellen Teint und den bis auf die Taille herabfallenden, goldblonden Locken hätte sich die junge Frau in modernen Zeiten jeder Misswahl stellen können. Ein durchsichtiger hellblauer Schleier, der die Flut von Haaren bedeckte, wurde von einem goldenen Reif gehalten, der ihre Stirn umspannte wie ein Heiligenschein.

Sie sagte etwas auf Altfranzösisch und lächelte Gero mit strahlend weißen Zähnen hingebungsvoll an.

»Amelie?«, antwortete er und schien trotz eines hinreißenden Lächelns, das er ihr schenkte, nicht recht zu wissen, ob er sich freuen sollte. Sein suchender Blick glitt für einen Moment über die Umherstehenden. Dann wandte er sich wieder dem bildhübschen Mädchen zu.

»Struan?«, bemerkte er und sah sich zögernd um.

Das Mädchen plapperte munter drauf los, und Hannah warf einen sehnsüchtigen Blick zu Anselm hin, in der Hoffnung, dass er übersetzen könnte, doch er stand zu weit von ihr entfernt, um etwas verstehen zu können.

Ein Wiehern ließ Gero aufhorchen. Ein riesiger Kerl in vollem Templerornat und mit rabenschwarzen, kurz geschorenen Haaren trat aus der Tür eines Nebentraktes heraus und führte ein silberfarbenes, nicht minder riesiges Pferd am Zügel.

Hannah wusste nicht, was sie mehr faszinierte, der gigantische Apfelschimmel oder der blendend aussehende Templer. Als das Tier Gero sah, wieherte es laut und scharrte mit den Vorderhufen.

»Atlas, allen Heiligen sei Dank«, rief Gero und stürmte zu dem prächtigen Pferd hin, das ihn mit seinen samtweichen Lippen und unter leisem Wiehern regelrecht liebkoste.

Matthäus, der die ganz Zeit eher abseits gestanden hatte, rannte ebenfalls auf das Pferd zu. Beide, Herr und Knappe, tätschelten das eindrucksvolle Tier mit rührender Inbrunst.

»Bring ihn in den Stall und gib ihm drei Scheffel Hafer und Äpfel, wenn welche da sind«, sagte Gero wenig später, dabei gab er Matthäus einen aufmunternden Klaps auf die Schulter. Zu einem etwa gleichaltrigen Jungen, der ganz in der Nähe stand, meinte er: »Zeig meinem Knappen, wo die Pferdeställe sind.«

Dann fielen sich die beiden Männer um den Hals.

»Das ist Struan«, stellte Gero den riesigen Kerl vor, der mit seinem schwarzen Haar und den beinahe ebenso schwarzen Augen einem feurigen Spanier glich. Dass es sich um einen waschechten Schotten handelte, wie Gero hinzufügte, hätte Hannah nicht vermutet.

»Er ist mein bester Freund«, fuhr Gero lächelnd fort und schlug dem blendend aussehenden Mann wie zum Beweis mit der flachen Hand hart auf den Rücken.

Dem Schotten schien diese ruppige Geste nichts auszumachen. Er verbeugte sich formvollendet, die Linke am Knauf seines Schwertes, die Rechte auf dem Herzen. »Madame, es ist mir eine Ehre«, sagte er auf Mittelhochdeutsch und mit einer bemerkenswert rauen Stimme.

Anselm, der von Struans Vorstellung nicht weniger beeindruckt war, konnte seinen Blick nicht von den mächtigen Oberarmen des Schotten wenden.

Struan sah Gero unsicher an, als weder Hannah noch Anselm etwas erwiderten.

»Das sind Hannah und Anselmo de Caillou«, erklärte Gero auf Französisch. » Ich verdanke ihnen mein Leben.«

Struan hob eine seiner exakt geschnittenen schwarzen Brauen wie zu einer Frage. Das blonde Mädchen an seiner Seite, das unzweifelhaft in einer engen Beziehung zu dem Hünen stand, weil sie sich liebevoll an ihn schmiegte, sah Hannah verblüfft an. Dann streckte sie ihr mit einem freundlichen Lächeln beide Hände entgegen. »Amelie Bratac«, sagte sie und umarmte Hannah ein wenig unbeholfen. Während sie Anselm, der unsicher zu Struan aufschaute, nur zunickte. Dann fügte sie in einem französisch eingefärbten Mittelhochdeutsch hinzu: »Es ist mir eine Freude, euch kennen zu lernen.«

»Was ist mit Johan?« Geros Stimme verriet seine Furcht, die ihn verfolgte, seit er Struan und Johan aus den Augen verloren hatte.

»Es geht ihm gut«, entgegnete Struan mit ernster Miene. »Er wurde verletzt. Er wollte dich und Matthäus retten, bevor das seltsame Licht euch verschlungen hat. Dabei hat ihn ein herunterstürzender Ast am Kopf erwischt. Aber er wird bald wieder aufstehen können.«

»Wo ist er?« Gero sah sich besorgt um.

»Kommt erst einmal herein«, forderte die Burgherrin die Umherstehenden auf. »Anstatt zu trauern, haben wir nun etwas zu feiern.« Das strahlende Lächeln von Geros Mutter drückte deren ganze Freude aus. »Du musst uns berichten, wo du all die Zeit gewesen bist.«

Gero räusperte sich mit einem Blick auf Hannah. »Ja«, sagte er nur.

»Wir haben da jemanden aufgesammelt«, ergriff sein Vater das Wort. »Er war übel zugerichtet. Aber jetzt, wo du wieder unter uns weilst, bin ich überzeugt, dass seine Genesung umso schneller voranschreitet.«

»Johan?« Gero sah seinen Vater prüfend an.

Der Burgherr nickte bedächtig.

Geros Mutter fasste Hannah wie selbstverständlich bei der Hand und entführte sie in den großen Rittersaal, wo fleißige Helfer bereits Tische und Bänke aufstellten. Währenddessen bedeutete Gero mit einem Nicken, dass Anselm den beiden Frauen folgen sollte.

Zusammen mit seinem Vater, der sich in ein geheimnisvolles Schweigen hüllte, und Struan, der ihm vertrauensvoll die Hand auf die Schulter legte, stieg Gero die enge Wendeltreppe zum Frauentrakt hinauf.

Eine junge Magd mit einem Nachttopf in der Hand huschte an den Männern vorbei, als sie den mit Teppichen geschmückten Durchgang erreichten. Die Tür zur Kammer hatte sie offen gelassen.

Mit einem bangen Gefühl im Herzen steckte Gero seinen Kopf durch den Türbogen. Gefolgt von seinem Vater und Struan betrat er die Kammer.

»Gero! Mon frère!« Es war ein Ausruf aufrichtiger Freude.

»Johan!«, stieß Gero hervor. Ohne Rücksicht auf den Zustand des Kranken ließ er sich auf dessen Bett nieder und umarmte ihn heftig.

Der Kopf des flandrischen Ordensbruders steckte in einem Verband aus weißem Leinen. Johan wirkte noch bleicher als sonst, und selbst die rötlichen Narben, die sich quer über sein Gesicht zogen, änderten nichts an seinem wächsernen Aussehen. Unter Mühen richtete er sich auf und legte seinen linken Arm um Geros Hals. Schluchzend zog er ihn zu sich herab. »Gero! Den himmlischen Heerscharen sei Dank – du lebst.«

»Selbstverständlich lebe ich«, flüsterte Gero und klopfte ihm beruhigend auf den Rücken. »Und ich bin unversehrt. Also besteht doch kein Grund zu weinen. Oder fehlt dir selbst etwas, das man nicht mehr heilen kann?«

»Nein, nein …«, entgegnete Johan leise, während er sich mit seinen großen Händen übers Gesicht fuhr und versuchte die Tränen in seinen Augen zu unterdrücken. »Ich dachte nur … ich war mir sicher … dass es dich getötet hat.«

»Es?« Gero sah Johan unsicher an.

»Das grünblaue Licht. Seine Ränder waren so scharf, dass es Bäume zerschnitt wie einen weichen Käse.«

»Wir sollten darüber sprechen«, sagte eine scharfe Stimme aus dem Hintergrund.

Geros Vater schloss die Tür. Seine Miene zeigte ein so ernsthaftes Interesse, dass Gero rasch überlegte, was und wie viel er erzählen durfte. Allem Anschein nach hatte Johan mit angesehen, wie es ihn und Matthäus in die andere Welt verschlagen hatte, und auch Struan erweckte den Eindruck, als wisse er um etwas, dem er lieber keinen Namen geben wollte. Mit verschränkten Armen lehnte er am offenen Fenster.

Gero wandte sich seinem Vater zu, der ihn mit einem merkwürdigen Glitzern in den Augen betrachtete, das dem von Henri d'Our so verblüffend ähnlich schien.

»Sprich!«, rief der Burgherr unangemessen laut.

Gero versuchte den Ton seines Vaters zu ignorieren. »Ich weiß nicht, was Ihr von mir hören wollt, Vater.« In scheinbarer Ruhe erhob er sich von dem Krankenlager und ging zum offenen Fenster hin. Dort warf er einen kurzen Blick in die Ferne und wandte sich dann mit gespielter Gelassenheit seinem ungeduldigen Vater zu.

»Nenne uns einen guten Grund«, zischte Richard von Breydenbach ärgerlich, »warum du uns so sehr in Angst und Schrecken versetzt hast.« Er hielt inne, offenbar um in Geros Gesichtszügen einen reuevollen Ausdruck festzustellen. »Als ob das, was zurzeit in Franzien geschieht, nicht genug des Übels wäre«, fuhr er mit gemäßigter Stimme fort, »machst du dich mit deinem unmündigen Knappen einfach aus dem Staub und lässt sogar deine Kameraden im Stich. Vier Tage später erscheinst du gesund und munter in Begleitung zweier Unbekannter, von denen niemand etwas gehört hat, und tust so, als ob nichts geschehen wäre.«

»Als Euer Sohn schulde ich Euch den nötigen Respekt«, begann Gero mit ruhiger Stimme. »Ich werde Euch nicht belügen, ganz gleich, was geschieht. Wenn ich Euch also sage, dass ich der Frau, die mit mir hier angekommen ist, mein Leben verdanke, weil sie mich in bewusstlosem Zustand aufgenommen und dafür gesorgt hat, dass ich ins Diesseits zurückkehren konnte, so solltet Ihr mir Glauben schenken.«

»Ach!«, schnaubte Richard. »Und warum konnte man keinen Boten senden, der uns die Angst und die Unsicherheit genommen hätte. Immerhin trägt dein Schwert das Wappen unserer Familie. Und es gibt wohl niemanden im Umkreis von zehn Meilen, der uns nicht kennt? Oder warst du weiter entfernt?«

»Nein«, sagte Gero ehrlich.

Seinem Vater stieg Zornesröte ins Gesicht. »Du verweigerst mir also den Respekt, indem du mich hier vor deinen Kameraden zum Narren halten willst?«

»Habe ich Euch je die Unwahrheit gesagt?«

Richard zögerte einen Augenblick. »Nein«, sagte er knapp, während sich seine Lider verengten. »Und doch solltest du etwas zu deiner Rechtfertigung vorbringen! Wer ist denn Anselmo de Caillou? Wieso kenne ich weder diesen Kerl noch seine Schwester?«

»Er ist erst vor kurzem in diese Gegend gekommen«, antwortete Gero wahrheitsgemäß. »Er ist ein freier Händler aus dem Süden der deutschen Lande.«

Geros Vater ließ nicht nach. »Und wie erklärst du mir, was im Hemmenroder Wald vor sich gegangen ist?«

»Ich kann Euch nicht sagen, was mir genau widerfahren ist«, erklärte Gero mit einer leichten Ungeduld in der Stimme. »Es war wie ein böser Traum. Wir sind überfallen worden. Von Lombarden.« Er sah abwechselnd von Struan zu Johan, die ihn nicht weniger erwartungsvoll anschauten als sein Vater. »Meine beiden Kameraden hier können es Euch bezeugen. Und nachdem wir uns zur Wehr gesetzt hatten, habe ich versucht, Matthäus in Sicherheit zu bringen, doch dann kam ein Sturm auf, und etwas traf meinen Kopf.« Wie zum Beweis neigte er sein Haupt und zeigte seinem Vater die verschorfte Wunde, die mit wenigen Stichen genäht worden war und bereits zu heilen begann. »Wenn ich erklären sollte, was danach geschehen ist, würde es meine Glaubwürdigkeit nur noch mehr in Frage stellen.«

»Ich war dort, im Saalholz«, erwiderte Richard tonlos. »Und deine Kameraden haben mit angesehen, wie du mitsamt deinem Knappen und einer riesigen Lichtung verschwunden bist. Also erzähl uns keine Ammengeschichten!«

Gero riss überrascht die Augen auf. Wusste sein Vater etwas Näheres über sein Verschwinden? Rasch gewann er die Überzeugung, dass ein solcher Gedanke ziemlich abwegig war. Aber er kannte die Geschichte des Mönchs von Heisterbach. Was wäre, wenn er versuchen würde, seinen Vater von deren Wahrheitsgehalt zu überzeugen? Vielleicht glaubte er ihm dann, und er konnte das Haupt von Heisterbach getrost unerwähnt lassen.

»Und?«

Aufgebracht schritt Richard an Gero vorbei zum offenen Fenster und sog die kühle Herbstluft ein. Dann wandte er sich erneut seinem Sohn zu. »Wenn du es nicht selbst gesehen hast, solltest du einmal hin reiten und es dir anschauen! Die ganze Lichtung ist fort. Jeder Baum, jeder Strauch. Bis auf drei Fuß hinab in den Grund ist das Erdreich verschwunden, und das auf einer Fläche von einem Morgen Land. Kannst du mir erklären, wie so etwas möglich ist?«

»Nein«, antwortete Gero ehrlich. »Aber heißt es nicht, dass dort der Teufel sein Unwesen treibt?«

»Ja, gewiss«, sagte Richard und verfiel in ein leises, sarkastisches Lachen, bevor er sich in einen der umstehenden Scherenstühle setzte. »Das heißt es.« Mit seiner verbliebenen Hand nahm er einen Rosenkranz auf, der auf einem Beistelltischchen lag, und ließ schweigend die schwarzen Perlen durch seine Finger gleiten. »Hat er dich entsandt?«

»Der Teufel?«

»Du Narr«, zischte Richard. »Henri d'Our.«

»Wie kommt Ihr darauf?« Gero spürte wie sein Mund trocken wurde.

Richards Blick fiel auf Struan MacDoughaill, und dann wechselte er ins Französische, damit der Schotte auch verstand, was er sagte. »Dein schottischer Kamerad hier hat mir erzählt, ihr wollet nach Heisterbach, um dort einen Auftrag zu erfüllen. Habe ich recht?«

Geros entsetzter Blick fiel auf Struan. »Verdammt, Struan, ich hab dir vertraut!«, stieß er verärgert hervor.

»Es ist anders, als du denkst«, rechtfertigte sich Struan und sah hilfesuchend Geros Vater an.

Richard von Breydenbach fixierte seinen Sohn mit schmalen Lidern. »Ihn trifft keine Schuld. In Wahrheit bin ich es, der sich schuldig fühlen müsste. Ich wusste seit langem darum, dass das Haupt der Weisheit dort aufbewahrt wird«, erklärte Richard tonlos. »D'Our hat es mir anvertraut, nachdem wir geheime Unterlagen aus Akko gerettet hatten, die Aufzeichnungen über die Bewandtnis des Hauptes enthielten.«

»Was…?« Gero schüttelte ungläubig den Kopf.

Richard von Breydenbach betrachtete erneut den Rosenkranz. »Ich weiß nicht, ob d'Our es erwähnt hat. Als wir Akko auf Schleichwegen verlassen mussten, wurden wir aus einem Hinterhalt angegriffen. D'Our verlor dabei seine Tasche, in der ein gesiegeltes Buch verborgen war, das unzählige Geheimnisse über das Haupt enthielt. Diese gesammelten Erkenntnisse müssen sehr wertvoll gewesen sein, denn beinahe einhundertfünfzig Jahre zuvor hatte Bertrand de Blanchefort im Süden von Franzien sogar ein geheimes Depot unterhalten, das schon Bernhard von Clairvaux hat anlegen lassen, um wichtige Unterlagen vor dem Zugriff der Mächtigen zu verbergen. Man sagte mir, dass es sich um sagenumwobene Pläne handelt, die unserer Zeit weit voraus sind. Die gesamte Finanzplanung des Ordens ging daraus hervor, nie zuvor gekannte Heilmethoden und einige Erfindungen, die sogar weit über das Wissen der Sarazenen hinausweisen. Beinahe wäre all das in die Hände unserer Feinde geraten. Meinem und dem Einsatz deines Oheims hatte Henri d'Our es zu verdanken, dass er des Schatzes wieder habhaft wurde. Deinen Oheim hat es das Leben und mich hat es meine rechte Hand gekostet. Elisabeths Eltern, die uns zur Hilfe eilen wollten, wurden vor unseren Augen grausam ermordet.«

Für einen Moment verschlug es Gero die Sprache. »Kennt Ihr die Wirkungsweise des Hauptes?«, fragte er hoffnungsvoll.

»Ich weiß noch nicht einmal, wie es aussieht«, gestand Richard von Breydenbach ehrlich. »Es heißt, dass dieses Ding Raum und Zeit überwinden und seinem Besitzer den Zugang zu einer geheimen Welt eröffnen kann. Aber es ist so teuflisch, dass noch nicht einmal Eingeweihte wie Henri d'Our den Mechanismus ohne Not in Gang setzen würden.« Er sah Gero ernst ins Gesicht. »Das Haupt entstammt einem sehr fernen Ort. Alle Dokumente, die je darüber verfasst wurden, sind sicher versteckt in Dutzenden von unterirdischen Depots, verteilt über Franzien, England und das Schottenland. Und obwohl ich nur zum Teil eingeweiht bin, weiß ich, dass es dem Orden in höchster Not zur Hilfe gereichen sollte. Aber wenn du mich fragst – mittlerweile halte ich das alles für Teufelswerk, das weder dem Orden noch uns normal Sterblichen

Segen bringen wird. Und entgegen meiner bisherigen Behauptung, weiß ich seit jenen Tagen, dass im Saalholz eben dieser Teufel sein Unwesen treibt.«

Mit einem Mal konnte Gero verstehen, warum sein Vater all die Jahre so zynisch reagiert hatte. Es war der Schmerz eines Unwissenden, der hin und her gerissen wurde zwischen der Loyalität zu einer Organisation, die nicht die seine war, und dem Zweifel an Gott, dessen Wirken er nicht mehr verstehen konnte.

»Ich war dort«, sagte Gero tonlos.

»Wo?«, fragte Richard alarmiert.

»In dieser anderen Welt«, antwortete Gero. »Ich war in der Zukunft. Über siebenhundert Jahre weit weg von hier. Und ich kann Euch sagen, dass die Sache im Saalholz eine andere ist als das Haupt von Heisterbach.«

»Und du bist zurückgekommen?«, stellte sein Vater ungläubig fest. »Wie?«

»Mit eben diesem Haupt, das in Heisterbach verborgen war«, antwortete Gero leise. »Es ist eine kleine Kiste, die, nachdem man eine Losung gesungen hat, einen wunderschönen, kleinen Frauenkopf hervorbringt. Der Maleficus in der Zukunft, der die Lichtung im Saalholz verschwinden ließ, wusste nichts von dem Haupt, und er wusste schon gar nicht, welche Bewandtnis es damit hatte. Warum es ihm trotzdem möglich war, Gottes Gesetze außer Kraft zu setzen, weiß ich nicht. In der Zukunft ist vieles möglich, was wir uns heute nicht einmal im Traume vorzustellen vermögen. Aber da gibt es noch ein anderes Ungemach.«

»Die Frau und ihr Bruder?«

Gero nickte zögernd. »Sie entstammen der zukünftigen Welt. Es war nicht vorgesehen, dass sie mich und Matthäus begleiten sollten. Und nun weiß ich nicht, wie ich ihnen in ihre Zeit zurück helfen kann.«

»Und woher wusstest du in der Zukunft, dass sich das Haupt der Weisheit noch in der Abtei befand? Es hätte in der Zwischenzeit ebenso gut von jemand anderem gestohlen werden können.«

Richard von Breydenbach sah seinen Sohn immer noch mit nicht enden wollendem Erstaunen an.

»Ich wusste es nicht«, antwortete Gero mit einem Seufzer. »Ich hatte Glück, sonst nichts.« Von Erschöpfung gezeichnet, setzte er sich wieder an Johans Seite.

Stockend begann er von seinen Erlebnissen zu berichten. Von Henri d'Our und seinem geheimen Auftrag, in dessen Einzelheiten auch er nur bedingt eingeweiht worden war.

»Im Jahre des Herrn 2004 wird nur noch die Apsis der Abtei von Heisterbach übrig sein. Eine jämmerliche Ruine, die Ihr nicht wieder erkennen würdet. Doch die unterirdischen Gänge sind vollständig erhalten, und das Haupt lag völlig unversehrt in seinem Depot. Ich habe mein Losungswort gesungen, und dann bin ich mit Matthäus und den beiden anderen unvermittelt am 18. Tag dieses Monats unterhalb des Klosters gelandet.«

»Und weiter?«

»Ich habe den von d'Our angekündigten Bruder des Hohen Rates tatsächlich getroffen«, sagte er mit schwacher Stimme. Sein Blick fiel auf Struan, der ungläubig den Kopf schüttelte. »Wenn ich Euch sage, was er von mir verlangt hat, werdet Ihr denken, ich lüge.«

»Sag es uns!« Johan war viel zu aufgeregt, um seine Stimme zu dämpfen.

Ruhig und beinahe abgeklärt, berichtete Gero, was Bruder Rowan ihm befohlen hatte. Dabei ließ er nicht aus, dass es zu einem Kampf gekommen war, in dessen Verlauf er den Bruder ohne Absicht getötet hatte. Und – dass er anschließend das Haupt an sich genommen und hierher gebracht hatte.

»Jesus Christ, steh mir bei«, stöhnte Richard von Breydenbach. »Und nun? Was ist, wenn du verfolgt wurdest, und jemand anderes sich des Hauptes bemächtigt?«

»Wer sollte mir gefolgt sein?«, erwiderte Gero. »Bruder Rowan ist tot. Er war allem Anschein nach der einzige, der wusste, was es mit dem Mechanismus des Hauptes auf sich hatte.«

»Wir können es unmöglich behalten«, gab Struan zu bedenken. »Es gehört dem Orden, ganz egal, wer davon weiß und was der Hohe Rat damit vorhatte.«

»Du hast vollkommen richtig gehandelt«, sagte Johan und sah Gero verständnisvoll an. »Ich will mir beim besten Willen nicht vorstellen, dass d'Our von der beabsichtigten Hinrichtung der Königin gewusst hat.«

»Wir werden es herausfinden müssen«, sagte Gero mit ruhiger Stimme.

Nur bruchstückhaft gab er sein Wissen aus der Zukunft preis, weil ihm ohnehin alles viel zu verwirrend erschien, um es ausführlich erklären zu können. Eins jedoch war im wichtig: dass die Brüder vom weiteren Schicksal des Ordens erfuhren.

»Wenn kein Wunder geschieht«, erklärte Gero seinen gebannten Zuhörern mit gesenktem Blick, »wird Papst Clemens den Orden der Templer im Jahre des Herren 1312 mit den Bullen Vox clamatis und Vox in excelso universal aufheben lassen. Bereits zwei Jahre zuvor werden vierundfünfzig Brüder auf einem Scheiterhaufen in Paris den Tod finden, und im Jahre 1314 wird man Jacques de Molay und Gottfried de Charney nach jahrelanger Haft auf der Ile de la Cité auf langsamem Feuer verbrennen. Nicht wenige von uns werden ein Leben lang auf der Flucht sein. Nur einem kleinen Teil wird es gelingen, einen Neuanfang unter dem Banner von Schottland und im Königreich von Portugal zu finden.«

»Allmächtiger«, stieß Johan hervor. »Und du glaubst, das wird alles wahr?«

»Ich fürchte ja«, fügte Gero leise hinzu. »Nach dem Tod des Bruders in Heisterbach scheint mir Henri d'Our der einzige zu sein, der uns helfen kann, das Ruder zur Rettung des Ordens doch noch herumzureißen. Außerdem trage ich die Verantwortung für Hannah und Anselm. Sie müssen dorthin zurück, wo sie hergekommen sind. Auch wenn ich nicht allzu viel von ihrer Welt gesehen habe, weiß ich doch, dass sie sich sehr von der unseren unterscheidet. Früher oder später würden die beiden ein Opfer des Irrsinns. Wer weiß, vielleicht können wir sie mit d'Ours Hilfe in ihre Zeit zurückschaffen.«

Einen Moment war es still. Nur das leise Knistern des glimmenden Holzes im Kamin war zu hören, und ein einzelnes Kinderlachen, das vom Hof herauf schallte.

»Wer sagt dir, ob d'Our noch lebt?« Richards Stirn legte sich in Falten.

»Ich habe auf dem Weg hierher Bruder Theobald von Thors getroffen. Er sagte, man habe unseren Komtur nach Chinon verschleppt.«

»Heilige Mutter Gottes! Schlimmer konnte es kaum kommen!« Richard von Breydenbach sah seinem Sohn fest in die Augen. »Ganz gleich, wie du dich entscheidest. Ich werde alles tun, um dir zu helfen. *Ich* allein habe all dein Unglück verschuldet. Und ich wage nicht zu hoffen, dass du mir jemals verzeihst.«

»Vater?« Gero spürte sein Herz klopfen. Er hatte nur eine vage Vorstellung davon, was sein Vater mit dieser Andeutung meinte.

»Ich hatte einen Eid geschworen, damals in Akko. Die Rettung dieser verdammten Dokumente war so wichtig für den Orden, und ich fühlte mich den Templern mehr verbunden als dem Erzbischof von Trier. Und Elisabeth hat mir so unendlich Leid getan – als sie mit Blut besudelt und schweigend neben den erschlagenen Leichen ihrer Eltern kauerte. Wie durch ein Wunder war sie unverletzt, und kein Laut der Klage kam über ihre Lippen. Ich dachte, wenn Gott dieses Mädchen schützt, wird er auch uns schützen. Um den Allmächtigen milde zu stimmen, habe ich vor Gott geschworen, sie bald nach unserer Rückkehr in die deutschen Lande einem Zisterzienserkonvent zu übergeben. Aber deine Mutter dachte nicht daran, das Mädchen einem Orden zu überlassen, bevor es das sechzehnte Lebensjahr vollendet hatte. Sie hat sie geliebt wie eine eigene Tochter. Und so gab ich nach. Doch ich tat einen weiteren Schwur. Aus Zuneigung zum Orden wollte ich dich den Templern überantworten, sobald du die Schwertleite erhalten hättest. Dass es anders gekommen ist, brauche ich nicht zu erwähnen, aber dass es mir Leid tut, möchte ich sagen«, fügte Richard von Breydenbach mit heiserer Stimme hinzu. »Bitter Leid um dich und um Elisabeth und euer Kind. Und ich will dir sagen, dass dich keine Schuld trifft an all dem, was an Furchtbarem geschehen ist, mein Junge.«

Der lange, tiefgründige Blick traf Gero mitten ins Herz, und er kämpfte mit den Tränen, so sehr berührte ihn das späte Bekenntnis seines Vaters.

»Es sei Euch vergeben, Vater«, murmelte Gero.

Nach einer Andacht in der Burgkapelle, bei der nur nächste Angehörige, Freunde und höher stehende Bedienstete zugelassen waren, lud der Burgherr zu einem Bankett im unteren Rittersaal ein. Viel zu groß war die Freude des Hauses Breydenbach, als dass man sich die Rückkehr des tot geglaubten Sohnes durch die politischen Katastrophen in Franzien verderben lassen wollte. Über das Gespräch, das Richard von Breydenbach mit Gero und dessen Kameraden geführt hatte, bewahrten sie absolutes Stillschweigen.

Die Nacht hatte sich bereits herabgesenkt, als Hannah zusammen mit Gero für einen Moment nach draußen trat, um frische Luft zu schnappen. Die brennenden Fackeln tauchten den oberen Burghof in ein dramatisches Licht. Eine Fanfare ertönte, und zwei Reiter stoben mit Fackeln in der Hand durch das zweite Tor und hielten im letzten Augenblick inne, bevor sie beinahe zwei umherlaufende Kinder überrannt hätten.

»Mein Bruder«, stieß Gero mit einem Seufzer hervor, der alles Mögliche bedeuten konnte.

Eberhard, wie Gero ihn nannte, sprang behände aus dem Sattel. Er war kleiner und erheblich schmaler gebaut als Gero. Sein dünnes Haar schimmerte weißblond wie das des Vaters und reichte ihm bis auf die Schultern.

»Der Herr sei gepriesen«, rief er und eilte Gero mit offenen Armen entgegen. Seine dunkle Stimme, die sich nur wenig von der seines Bruders unterschied, passte so gar nicht zu seiner knabenhaften Statur. »Du lebst!«, jauchzte er und umarmte Gero fest. Dann trat er ein wenig zurück und betrachtete seinen sichtlich verwirrten Bruder mit einem erleichterten Lächeln. »Da hat sich unser alter Herr ja ganz umsonst die Nächte um die Ohren geschlagen.« Lachend klopfte er Gero auf die Schulter. »Wusste ich's doch, dass du selbst dem Teufel ein Schnippchen schlägst.«

Gero setzte eine undurchsichtige Miene auf.

»Und wer ist das?« fragte Eberhard von Breydenbach und beäugte Hannah mit wohlwollendem Interesse. »Eine schöne Templerin?«

Geros Miene nahm einen leicht entnervten Ausdruck an. »Das ist Hannah de Caillou, Schwester des Kaufmanns Anselmo de Caillou. Sie sind heute zusammen mit mir angekommen.« Es war klar, dass außer seinem Vater niemand in der Familie die ganze Wahrheit erfahren sollte.

Eberhard zog seinen Handschuh aus und verbeugte sich höflich, als er Hannahs Finger ergriff und einen formvollendeten Kuss auf ihren Handrücken hauchte.

»Madame?«, sagte er und lächelte sie von unten herauf an. Mit Kettenhemd und Wappenrock wirkte er trotz seiner schmächtigen Gestalt recht martialisch.

»Sie sieht aus wie Elisabeth«, bemerkte er amüsiert, und dabei betrachtete er Hannah mit einer unverhohlenen Direktheit, die sie erröten ließ.

Hannah wusste instinktiv, dass es sich bei dem Namen Elisabeth um Geros verstorbene Frau handeln musste.

Nach dem Essen ließ Gero es sich nicht nehmen, seinen Gästen ihre Unterkünfte zu zeigen. Anselm bezog zusammen mit Matthäus ein Zimmer im ersten Stock, dort, wo gewöhnlich die Männer des Hauses untergebracht waren.

Selbstverständlich übernahm Gero es auch, Hannah zu ihrer Kammer zu begleiten. Auf der Schwelle zum Treppenaufgang begegnete ihnen die Burgherrin mit einer Kerze in der Hand.

»Soll ich nicht lieber eine Magd rufen, die unseren Besuch zum Schlafgemach führt?« Der Blick, den Jutta von Breydenbach ihrem Sohn zuwarf, war unmissverständlich.

»Macht Euch keine Umstände, Mutter«, erwiderte Gero lächelnd und nahm seiner verblüfften Mutter den brennenden Leuchter aus der Hand. »Ich weiß, wo unser Gast wohnen soll.«

Der bunt bemalte Raum verfügte über ein großes Himmelbett und eine wärmende Feuerstelle und befand sich im zweiten Stock neben den übrigen Frauengemächern.

»Und, was sagen deine Eltern zu unserem Erscheinen?«, fragte Hannah, während sie sich in der komfortabel eingerichteten Kemenate umschaute.

»Mein Vater ist eingeweiht.«

»Sag bloß, du hast ihm die Sache mit der Zeitreise erzählt?« Hannah sah Gero überrascht an.

»Es ist eine längere Geschichte«, fügte Gero hinzu und schloss die helle Kirschholztür hinter sich, die mit zahlreich geschnitzten Blumen und Ranken versehen war. »Anscheinend haben dein Maleficus und sein Meister schon des Öfteren ihre Spuren im Saalholz hinterlassen.

Außerdem ist mein Vater in das Geheimnis des Ordens eingeweiht. Seine Kenntnisse sind jedoch nicht ausreichend genug, als dass er uns helfen könnte. Wir werden, wie ich schon sagte, nach Franzien zurückkehren müssen, um unseren Komtur zu suchen.«

Statt weiterzusprechen, ging er zum Kamin, kniete nieder und zündete mit wenigen Handgriffen das Holz an. Als es zu knistern begann, sah er auf.

»Außer meinen Kameraden und meinem Vater weiß jedoch niemand etwas über eure Herkunft. Also bitte ich dich, weiterhin Stillschweigen zu bewahren.«

Hannah nickte und ließ sich mit einem Seufzer auf dem bequemen Bett nieder. Mit tastenden Fingern nahm sie ihren Schleier ab, nachdem sie ihr Haar von den Nadeln befreit hatte. Während sie sich mit beiden Händen durch ihre Locken fuhr, fing sie Geros eigentümlichen Blick auf. Mit zwei Schritten war er bei ihr, sank vor ihr auf die Knie und nahm ihre Stiefel in die Hände.

»Lass mich das machen«, sagte er und zog ihr mit einem Ruck das verschmutzte Schuhwerk aus. Ohne sie anzusehen, streifte er ihr die Strümpfe ab und massierte sanft ihre Füße.

»Womit habe ich das verdient?« flüsterte Hannah.

Seine Handflächen fuhren sanft ihre nackten Beine hinauf. Schneller als sie es für möglich gehalten hätte, schob er ihr das Unterkleid und den Surcot in die Höhe, wobei er sie sanft, aber bestimmt auf das Bett drückte.

»Gero«, stieß sie hervor. »Was …?«

Er ließ sie nicht aussprechen, sondern küsste sie. Dann zog er ihr den Slip herunter. Ebenso rasch hatte er sein Hosenband gelöst.

»Nicht so hastig«, mahnte sie ihn und legte ihm abwehrend die Hand auf die Brust. »Lass mich wenigstens das Kleid ausziehen.«

Verlegen hielt er inne. »Verzeih«, murmelte er und zog sich zurück. »Ich habe mich vollkommen vergessen.«

Er half ihr dabei, Cotte und Surcot über den Kopf zu streifen. Während er sich seiner restlichen Kleidung entledigte, schlüpfte sie nackt unter die seidigen Laken.

Die fremdartige Umgebung ließ ihr jegliche Handlung unwirklich erscheinen.

Das Öllicht spiegelte sich im einzigen Glasfenster des Raumes, das sie in seiner nach oben spitz zulaufenden, gotischen Form an ein Kirchenfenster erinnerte. Christus am Kreuz, eine bunt bemalte Madonnenfigur mit Kind auf einem kleinen Sockel und ein silberner Weihwasserkessel an der gegenüberliegenden Wand taten ihr übriges. Ansonsten waren die Wände über und über mit grünen Ranken, Blättern und Blumen bemalt. Der Duft von Rosenöl strömte ihr aus den kostbaren Laken entgegen. Hier erinnerte nichts an die muffigen Wohnstuben so manch alter Burgen, die ihre Räumlichkeiten als Touristenattraktion feilboten.

»Halt mich«, keuchte er, als er wenig später nackt zu ihr ins Bett kroch. Fast kam es Hannah vor wie ein Seufzer der Verzweiflung. Doch sie dachte nicht weiter darüber nach, sondern sie tat, was er von ihr verlangte. Während er keuchend in sie eindrang, presste sie ihre Schenkel an seine Hüften und hielt mit beiden Händen seinen Rücken umklammert, als wolle sie ihn nie wieder loslassen. Später, als er mit geschlossenen Augen und selig lächelnd neben ihr lag, küsste sie ihn auf die bärtige Wange. »Kann es sein«, fragte sie vorsichtig, »dass du jemand anderen vor Augen hattest, als du gerade mit mir geschlafen hast?«

»Nein«, erwiderte er rasch – zu rasch für Hannahs Geschmack. »Wie kommst du darauf?« Er hatte sich aufgerichtet und sah sie unsicher an.

»Vergiss es«, sagte sie und starrte an den dunkelblauen Betthimmel, der in einem gold schimmernden Kreis mit den zwölf Sternzeichen bestickt war

»Ich möchte, dass du sagst, was du denkst«, erwiderte er. »Wir kommen aus zweierlei Welten. Nur so kann ich verstehen, was in dir vorgeht.«

»Alle sehen mich so komisch an. Könnte es sein, dass ich deiner Frau ähnlicher bin, als du es zugeben möchtest?«

»Mag sein«, sagte Gero und sah sie für einen Moment schweigend an. An seinen wandernden Pupillen konnte sie sehen, wie er in ihrem Gesicht nach vertrauten Spuren suchte. »Ja. Du siehst ihr sehr ähnlich«, sagte er schließlich. »Und doch kenne ich den Unterschied. Hab keine Furcht, die Frau, die ich liebe, ist nicht tot, sie wird erst noch geboren«, fügte er lächelnd hinzu.

31

Mittwoch, 24. 11. 2004 – Das Meer der Möglichkeiten

»Trotz intensiver Nachforschungen konnte ich über die genannten Personen nichts in den historischen Dateien von Frankreich entdecken«, erklärte Professor Hertzberg mit größtem Bedauern. »Leider muss man sagen, dass die heute noch vorhandenen Nachweise über die Templer in Frankreich äußerst lückenhaft sind. Vieles an historischem Material, was die Revolution und Napoleon überstanden hat, ist anschließend den zwei Weltkriegen zum Opfer gefallen. Außerdem musste man schon ziemlich berühmt sein, um in der Welt des Jahres 1307 Spuren zu hinterlassen«, betonte Hertzberg mit einer entschuldigenden Geste.

Die Blicke der versammelten Vertreter der amerikanischen Regierung, des Militärs sowie der Wissenschaft konnten ihre Enttäuschung über das negative Ergebnis nicht verhehlen. Auch Tom Stevendahl war enttäuscht. Er hatte sich so sehr ein Lebenszeichen seiner verschollenen Freundin gewünscht. Dabei war es ihm vollkommen gleichgültig, aus welcher Zeit es stammte. Wenigstens hätte er dann gewusst, wo sie sich genau befand, und seine Anstrengungen sie in die heutige Zeit zurück zuholen, auf ein genaues Jahr datieren können.

Bislang war es ihm lediglich gelungen, die Reparaturarbeiten an der Anlage mit Rat und Tat zu beschleunigen. Bei dem sensationellen Fund aus der Zukunft war er hingegen noch keinen Schritt weitergekommen.

»Die einzigen Urkunden, die wir zur Komturei von Bar-sur-Aube gefunden haben«, fuhr Hertzberg fort, »belegen deren Verkauf. 1288 wurde das Gebäude aus noch unbekannten Gründen an die Hospitaliter veräußert.« Der Historiker trank einen Schluck Wasser. »Allerdings habe ich ein paar andere, interessante Aspekte entdeckt, die auf den späteren Bau einer neuen Komturei des Templerordens ungefähr eine Meile südöstlich der Stadt hinweisen.«

»Was denken Sie, Herr Professor?«, führte der amerikanische Botschafter an, »Gibt es Möglichkeiten, historische Hinweise zu finden, dass die Templer tatsächlich Kontakt zu einer weit entfernten zukünftigen Zivilisation hatten?«

Hertzberg setzte ein hintergründiges Lächeln auf. »Es gibt eine Menge merkwürdiger Hinweise, wenn man beginnt, sich mit der Geschichte der Templer zu beschäftigten. Denken Sie nur an die zahlreichen Gralstheorien, die durch unzählige Bücher und Filme geistern.« Er machte eine entschiedene Handbewegung. »Ich glaube wahrhaftig, wir sind etwas ganz Großem auf der Spur, das dem sogenannten heiligen Gral eine neue Dimension verleiht.«

»Wie meinen Sie das?« General Lafour vergaß seine Vorbehalte, die er gegenüber Hertzberg hegte, weil dieser ihn bereits des Öfteren wegen seiner Zugehörigkeit zu den Freimaurern geneckt hatte.

»Denken Sie nur an das ausgeklügelte Finanzsystem der Templer«, erwiderte Hertzberg. »Kein Historiker vermag bis heute zu sagen, woher der Orden dieses Wissen hatte. Manche behaupten, es kam von den Sarazenen, andere behaupten, es kam von den Juden, was leicht zu glauben wäre, da diese für ihr Finanzgeschick berühmt sind. Doch Tatsache ist, dass die Templer Finanzierungssysteme wie den Wechsel hervorbrachten und die Codierung von Überweisungen, von denen noch niemand zuvor Gebrauch gemacht hatte. Sie haben Erfindungen wie den Magnetkompass perfektioniert, und man sagt ihnen nach, dass sie in ihren Hospitälern bereits mit Penicillin experimentierten. Nicht zuletzt munkelt man, dass sie Handelsbeziehungen nach Südamerika unterhalten haben. Vergessen Sie nicht, dass selbst Kolumbus noch unter dem roten Kreuz des Christusordens – einer Nachfolgeorganisation der Templer – gesegelt ist, mit deren Wissen er höchstwahrscheinlich die neue Welt entdeckte. Vielleicht wusste er um deren Existenz, weil er zuvor in den Besitz uralter Pläne gelangt ist?«

»Wollen Sie etwa ernsthaft behaupten«, warf Major Simmens ungläubig dazwischen, »dass die Templer ihre Informationen aus der Zukunft bezogen haben?«

»Warum nicht?«, antwortete Hertzberg forsch. »Nach allem, was uns Doktor Stevendahl zu berichten hat, hätten wir sogar eine Erklärung für den rätselhaften Idolkopf, der durch unzählige Verhörprotokolle der damaligen Zeit geisterte. So wie es aussieht, ist damit die holographische Darstellung des Frauenkopfes gemeint, den wir ja zu unserem großen Bedauern noch nicht selbst bewundern durften. Es würde auch den Wahrheitsgehalt der Legende erhöhen, die besagt, dass der letzte Großmeister der Templer, Jacques de Molay, angeblich vom Scheiterhaufen herunter die Todesdaten von Papst Clemens V. und König Philipp IV. verkündet hat. Unter den gegebenen Umständen könnte er es durchaus gewusst haben.«

»Denken Sie, es ist wahrscheinlich, dass die USA nicht die einzigen sind, denen diese Möglichkeit bekannt ist?« General Lafour, durch und durch Nachrichtendienstler, traute grundsätzlich jedem alles zu. Der Gedanke, dass Russen und Chinesen längst über gleichwertige Erkenntnisse verfügen könnten, beunruhigte ihn.

Hertzberg kratzte sich hinter dem rechten Ohr und rückte anschließend seine Brille zurecht. »Diese Frage hab ich mir angesichts einiger Ungereimtheiten im Zusammenhang mit den Legenden, die sich ohne Zweifel um die Templer ranken, auch schon gestellt. Was wäre, wenn weitere Aufzeichnungen über den Zeitreisemechanismus existieren? Oder weitere Server in längst vergessenen Katakomben schlummern, die nur darauf warten, entdeckt zu werden? Denken Sie nur an das Geheimnis um Rennes-Le-Chateau. Im Jahre 1885 fand ein unbescholtener Pfarrer nordwestlich von Perpignan angeblich den sagenumwobenen Schatz des Ordens. Niemand hat je etwas davon gesehen, allerdings wurde der Mann unermesslich reich. Keiner weiß warum. Von den Freimaurern über jegliche Form von Okkultisten bis hin zu UFO-Fanatikern hat sich schon alles auf dem ehemaligen Grundstück des Mannes getummelt. Sein Leben gab unzähligen Autoren Inspiration für ihre Werke. Das Geld für seinen mondänen Lebensstil hat er angeblich von einem reichen deutschen Adligen bekommen. Doch wofür? Oder denken Sie an den berühmten englischen Philosophen Roger Bacon, der zwischen 1220 und 1292 gelebt hat und einen geheimen Aufsatz verfasste, den er seinem damaligen Papst übersandte. In seiner spektakulären Mitteilung schrieb er von seltsamen Wagen, die rasend schnell und ohne Pferde betrieben werden. Flugmaschinen und Unterseeboote tauchen in seinen Berichten auf. Auch er sprach von einem Kopf, den die Templer besaßen und der angeblich sprechen konnte. Wo hatte der Mann solche Visionen her? Oder denken Sie an Leonardo Da Vinci und seine futuristisch anmutenden Zeichnungen. Ihm hat man ebenfalls Verbindungen zu Nachfolgeorganisationen der Templer nachgesagt. Ich könnte den Faden endlos weiterspinnen«, bemerkte Hertzberg mit einem gewissen Enthusiasmus in der Stimme. »Und das Feld für meine weiteren Forschungen erscheint entsprechend grenzenlos. Was wäre, wenn alle bisherigen Vermutungen zu diversen ungelösten Rätseln der Geschichte ausnahmslos in die falsche Richtung gelaufen sind?«

Der Wissenschaftler legte eine kurze Pause ein und hüstelte theatralisch. »Aber das ist bei weitem nicht alles … Denken Sie nur an die vielen Kirchenvertreter … Was wäre, wenn wir den Beweis erbringen, dass die Bibel, jenseits aller bereits erschienenen und höchst umstrittenen Theorien, wirklich neu geschrieben werden müsste? Können Sie sich die gesellschaftliche und religiöse Sprengkraft einer entsprechenden Beweisführung vorstellen?«

Major Dan Simmens hielt es nicht mehr auf seinem Stuhl. Er sprang auf und lief um den Tisch, während er Hertzberg nicht aus den Augen ließ. »Mein lieber Professor, ich stimme Ihnen in allen Punkten zu. Dass unsere Erfindung und der damit verbundene Fund ein ungeheures politisches und sogar militärisches Potential besitzt, ist mittlerweile nicht mehr von der Hand zu weisen. Was könnte es Brisanteres geben, als im Besitz einer Zeitmaschine zu sein?« Simmens blieb abrupt stehen und schaute von einem zum anderen. »Aber sollten wir nicht zunächst einmal analysieren, welche Gefahren für die Menschheit von solch einer Maschine ausgehen? Was wäre, wenn diese durchaus bahnbrechende Erfindung in der Lage ist, die Geschehnisse in der Vergangenheit und damit auch die gegenwärtigen Ereignisse nachhaltig zu ändern? Von der Zukunft, die wir jetzt noch nicht kennen, einmal ganz abgesehen?«

Tom hüstelte zaghaft.

»Ja? Mister Stevendahl«, sagte Simmens in einem provozierenden Tonfall. »Sie wollen uns etwas dazu sagen?«

»Äh …«, begann Tom unsicher. »Soweit wir bis jetzt feststellen durften, ist eine Veränderung der Raum-Zeit-Konstante nicht möglich. Unabhängig davon, wie sehr sie in Abläufe eingreifen, scheinen die Experimente keinerlei Auswirkungen auf zukünftige Ereignisse zu haben. Es ist beinahe so, als ob unsere Forschungen Teil eines größeren Ganzen sind. Sozusagen integriert in den Gesamtablauf des Zeitgeschehens. So wie es sich bisher darstellt, lässt sich die Programmierung unseres Daseins nicht grundsätzlich beeinflussen.«

»Das ist ja weit schlimmer, als wenn sich irgendetwas verändern ließe«, stieß der amerikanische Botschafter hervor. »Stellen Sie sich vor, die Menschheit erfährt davon, dass sie sozusagen tun und lassen kann, was sie will. Frei nach dem Motto: Es kommt ohnehin, wie es kommen soll. Wie in aller Welt wollen Sie Mörder für ihr Handeln zur Verantwortung ziehen? Oder Terroristen? Mit dieser Theorie geben sie jedem Schurken den Freibrief dafür, dass sein Handeln im Grunde genommen vorherbestimmt und ohnehin nicht änderbar ist!«

»Vielleicht sollten wir für solche Fragen einen renommierten Physikphilosophen zu Rate ziehen«, schlug Hertzberg seufzend vor.

»Interessanter Ansatz«, bemerkte General Lafour. »Für mich stellt sich die Frage, wo Gott in dieser Angelegenheit bleibt?«

»Ich befürchte, für Gott ist in diesem Spiel kein Platz mehr«, warf Paul Colbach ein. »Es zeichnet sich ab, dass das, was wir Leben nennen, nicht mehr, aber auch nicht weniger ist als eine gigantische Computersimulation. Mit dem einen Makel, dass wir bis jetzt noch nicht herausfinden konnten, wer den Quellcode dafür besitzt. Von mir aus können sie den in Frage kommenden Typen Gott nennen. Aber seien sie nicht enttäuscht, wenn sich herausstellt, dass sein Name Luzifer ist oder dass er gar keinen hat oder – was für manche Gläubige noch viel schlimmer erschiene – dass es sich um eine *Sie* handelt, die unser Schicksal steuert. Nur soviel weiß ich: Was immer es ist, das für unseren Fortbestand verantwortlich zeichnet, es scheint keinen Unterschied zu machen zwischen Christen, Juden, Moslems, Buddhisten oder dem Gott der Regenwürmer. In diesem System sind alle gleich.«

Lafour schickte Colbach einen giftigen Blick, der Bände sprach.

Hertzberg, der als ältester die Diskussionsführung an sich genommen hatte, lächelte weise. »Gott hat viele Namen«, sagte er bedeutungsvoll, »da kommt es auf einen mehr oder weniger nicht an.«

32

Samstag, 21. Oktober 1307 – Das Todesurteil

Als Hannah erwachte, war ihr Zeitgefühl völlig durcheinander geraten. Suchend tastete ihre Hand nach Gero, doch die andere Hälfte des Bettes war leer. Einen Moment später entfuhr ihr ein markerschütternder Schrei, als eine hell gekleidete Frau vor ihr stand. Mit einem weißen Kopfputz versehen, starrte die Unbekannte Hannah aus hervorstehenden Augen an. Die Kerze, welche die Frau in der Hand hielt, tauchte die fremdartige Umgebung in ein dämonisches Licht.

Auch die Frau wich entsetzt zurück und stieß einen Schrei aus. Ihre freie Hand hielt sie an ihre Brust gepresst.

»Tut mir leid«, murmelte Hannah, die langsam begriff, dass die Frau eine Dienerin war. Auf der Kleiderkiste standen nun eine große Steingutschüssel und ein Krug, der wenigstens fünf Liter fasste. Auf einem Holzgestell daneben lagen ein paar blaue Handtücher und, wenn sie sich nicht täuschte, ein Stück Seife.

Die Frau hatte sich offensichtlich beruhigt. Sie wandte sich zum Kamin und schichtete Reisig und einige Holzblöcke auf, die sie einem Weidenkorb entnahm.

Hannah konnte sich des Eindrucks nicht erwehren, dass ihre neue Zugehfrau ohnehin kein gesteigertes Interesse an einer morgendlichen Unterhaltung hatte. Ihr selbst erging es nicht anders. Mittelhochdeutsch verstehen und sprechen war zweierlei.

Die Magd überwand ihre anfängliche Scheu recht schnell und trat erneut an Hannahs Bett. Ohne zu fragen, schlug sie deren Decken auf.

Trotz des Umstandes, dass mittlerweile ein wohliges Feuerchen im Kamin prasselte, war es für Hannahs Geschmack lausig kalt. Zitternd, nur mit einem knielangen Hemd bekleidet, ließ sie es zu, dass die bleichgesichtige Frau sie am Ellbogen fasste und sie zum Aufstehen bewegte.

Wahrscheinlich dachte die gute Frau, dass Hannah stumm sei oder aus einem fernen Land stammte. Wie sonst war es zu erklären, dass sie sich lediglich einer gut verständlichen Zeichensprache bediente?

Wie Alice im Wunderland ließ es sich Hannah gefallen, dass man sie auf einen Stuhl setzte, ihr das Haar bürstete, Gesicht, Hände und sogar

Füße wusch und sie mit einer nach Lavendel und Rosenöl duftenden Salbe massierte. Danach verließ die Frau wortlos die Kemenate. Hannah nutzte die Gelegenheit, den Waschtisch zu inspizieren. Hinter dem blaugrauen Keramikkrug stand ein kleiner Becher aus gebranntem Ton. Die bräunliche Flüssigkeit mit einem sauber abgeschabten Holzstöckchen darin erinnerte sie an einen Milchkaffee mit Umrührstäbchen. Hannah nahm den Becher in die Hand und beschnupperte prüfend den Inhalt. Ein merkwürdig vertrauter Geruch nach Kaugummi schlug ihr entgegen. Sie nahm das Stöckchen heraus und sah, dass es an seinem Ende ausgefranst war. Ein Duftgemisch aus Wein, Kamille und Salbei stieg ihr in die Nase.

Unvermittelt dämmerte es ihr, dass dies eine Art archaisches Zahnpflegeset sein musste, von dem Gero neulich gesprochen hatte.

Die Tür ging auf. Hannah zuckte zusammen und stellte den Becher hastig zurück an seinen Platz, dabei verschüttete sie etwas von der Flüssigkeit auf dem hellen Holztisch.

Die Dienerin, die ihr eine hellblaue Seidencotte und einen Surcot aus wunderschön gemustertem, dunkelblauem Brokatstoff überbrachte, störte sich nicht an dem Malheur, sondern wischte es mit einem Lappen, den sie am Gürtel trug, klaglos auf. Entgegen Hannahs Befürchtung, dass ihr die Kleider nicht passen könnten, regulierte ihre stumme Helferin die Passform mit versteckt angebrachten Schnüren. Mit geschickten Fingern brachte sie den kittelähnlichen Überwurf erstaunlich perfekt auf Figur. Helle Seidenstrümpfe, die mit einem Strumpfband befestigt wurden und bis zum Oberschenkel reichten, sowie Schnabelschuhe aus weichem, dunkelblauem Leder, komplettierten Hannahs fremdartigen Aufzug.

»Ich danke Euch«, sagte Hannah schließlich, nachdem sie all ihren Mut zusammengenommen hatte, die Frau in mittelhochdeutsch anzusprechen. »Wie ist Euer Name?«

Die Dienerin schaute verblüfft, und Hannah befürchtete bereits, dass sie etwas Falsches gesagt haben könnte. Plötzlich stieß die Frau einen undefinierbaren Laut aus, doch erst als sie ihre Lippen öffnete und eine halb abgeschnittene, jedoch gut verheilte Zunge zutage trat, begriff Hannah, den wahren Grund ihrer Sprachlosigkeit.

Erschüttert wich sie zurück. Jedoch die Dienerin schien amüsiert und brach in ein kehliges Gekicher aus, was die ganze Situation nur noch unwirklicher erscheinen ließ.

Hastig raffte Hannah ihren Surcot. Sie wollte nur noch hinaus, Gero sehen oder Anselm oder irgendjemanden, der sie aus diesem Alptraum erlöste.

Dass ihre mittelalterliche Kleidung erhebliche Tücken hatte, bemerkte sie erst, als sie in abenteuerlicher Weise die Wendeltreppen hinunter stolperte. Mit hoch gerafftem Kleid und Schuhen, deren Spitze umknickten, wenn man nicht Acht gab, erreichte sie halbwegs unversehrt die respektable Empfangshalle der Burg, die gleichzeitig als Rittersaal diente. Dort drängten sich etliche Menschen, und für einen Moment versuchte Hannah die aufkommende Panik zu unterdrücken, weil ihr alles so fremd erschien und sie auf Anhieb niemanden sah, den sie kannte. Unter der schwarzen Holzbalkendecke reihten sich verschiedene Wappenschilder, welche wohl die weit verzweigten verwandtschaftlichen Beziehungen des Hauses Breydenbach aufzeigen sollten. Darunter, in einem der zahlreichen offenen Kamine, die es hier auf der Burg gab, glimmte ein wärmendes Feuer, das dem Raum zusammen mit zwei großen, eindeutig orientalischen Wandteppichen eine gewisse Gemütlichkeit verlieh, die auf Hannah bereits am Vorabend beruhigend gewirkt hatte.

Endlich sah sie Gero. Er stand unter einem eisernen Rundleuchter auf dem Weg zum Ausgang und hatte allem Anschein nach auf sie gewartet. Statt seines Templerumhangs trug er einen knöchellangen, goldbraunen Surcot und ein blütenweißes Hemd, dessen Ärmel und Kragen gestärkt worden waren. An den Anblick seiner hochherrschaftlichen Kleidung musste Hannah sich erst noch gewöhnen. Am liebsten wäre sie ihm erleichtert in die Arme gefallen, aber hier vor all den Leuten war sie gezwungen, sich zurückzuhalten. Dann sah sie Struan, den Schotten, und dessen liebliche Begleiterin. Auch er trug keine Chlamys, sondern schwarze, eng anliegende Hosen und einen Wappenrock, mit rotgoldenen Ornamenten bestickt, der bis zu den Knien ging.

In der großen Halle hatte man erneut Tische und Bänke aufgestellt. Riesige Kannen mit Wein und Bier standen für die durstigen Burgbewohner bereit. Gero lachte befreit, nachdem ihm ein stattlich aussehender Mann mit silberdurchwirktem Bart etwas zugerufen und er

Hannah daraufhin an dessen Tisch geleitet hatte. Der ältere Mann mit seiner erheblichen Leibesfülle war ihr wegen seiner dröhnenden Stimme bereits am Abend zuvor aufgefallen.

»Jungfer Hannah, darf ich Euch den Vogt der Breydenburg vorstellen?« In Gegenwart seiner Familie sprach Gero sie bewusst in der dritten Person an, um keinerlei Gerüchte aufkommen zu lassen. Den Vogt duzte er jedoch. »Roland, das ist Hannah de Caillou. Sie hat mich aufgenommen, nachdem man uns überfallen hatte. Sie hat mich gepflegt und sich um Matthäus gekümmert, als ich das Bewusstsein verlor.«

Gero bemühte sich, hart an der Wahrheit zu bleiben, obwohl der Vogt ihn mit einigem Zweifel im Blick ansah. Hannah versuchte sich vorzustellen, was passieren würde, wenn er Uneingeweihten die wirkliche Geschichte offenbarte.

»Roland von Briey.« Der Vogt erhob sich und verbeugte sich trotz seiner massigen Gestalt recht elegant. »Es ist mir eine Ehre, Jungfer«, sagte er und lachte breit. »Ich durfte auch schon mehrmals seinen Arsch retten, somit haben wir etwas gemeinsam.«

Hannah lächelte unsicher.

»Er hat mir das Reiten beigebracht und den Schwertkampf«, raunte Gero ihr zu.

Mit einem Schmunzeln, das seine Wiedersehensfreude verriet, bedeutete er, dass sie getrost neben Roland Platz nehmen durfte. Der Vogt schenkte sich aus einer riesigen Kanne, die mitten auf dem Tisch stand, einen Krug Bier ein und leerte ihn in einem Zug. Seine rosafarbene Zungenspitze befreite den dichten, rötlichen Schnurbart, der Hannah an ein Walross erinnerte, geschickt von dem verbliebenen Schaum.

»Wein?« fragte Gero, auffällig um Hannah bemüht.

Sie schüttelte den Kopf. »Nicht so früh am Morgen.«

Roland sah sie verdutzt an.

»Milch? Oder Kräutersud?«, fragte sie verlegen, als ihr bewusst wurde, dass sie weder auf ihre Aussprache noch auf die Wortwahl geachtet hatte.

Gero stand auf, um sich auf die Suche nach einem Krug heißer Milch zu begeben.

»Ihr seid wohl nicht von hier«, resümierte Roland von Briey mit vollem Mund, nachdem er sich mit seinem Dolch ein Stück von der

Blutwurst abgeschnitten hatte, die sich neben einem großen Laib Brot in mehreren verschlungenen Ringen auf einer Platte direkt vor ihm auftürmte.

»Warum trinkt ihr Kräutersud zum Frühessen?«, setzte er nach, als er nicht sogleich eine Antwort erhielt. »Fehlt Euch etwas? Ihr seht gar nicht siechend aus?«

»Nein, nein«, antwortete Hannah und schlug die Augen nieder. »Es geht mir gut.« Einen Versuch war es wert. Vielleicht ließ der Vogt sie in Ruhe, wenn sie sich schüchtern gab. Bisher hatte es mit Gero kaum Absprachen gegeben, welche Geschichte sie über ihre und Anselms Herkunft erzählten sollten.

Roland schmatzte genüsslich und tunkte das verbliebene Stück Wurst erneut in einen Topf mit Senf, während er Hannah immer noch interessiert beobachtete.

Von weitem sah sie, wie Gero am Tisch seiner Mutter festgehalten wurde. Deshalb war Hannah froh, als Anselm wie aus heiterem Himmel zu ihr und dem Vogt stieß. Auch er trug einen bunten Wappenrock. Stolz strich er sich über das reich bestickte Gewand, als Hannah ihn mit einem fragenden Blick bedachte.

»Nicht schlecht oder? Aus dem abgelegten Kleiderfundus des Burgherrn.«

Er stellte sich ihrem Tischnachbarn mit seinem neuen, französisch klingenden Namen vor, und nach einer angedeuteten Verbeugung setzte er sich zu Hannahs Erleichterung zwischen sie und den vierschrötigen Vogt.

»Roland von Briey«, erwiderte der Bär mit seiner dunklen Stimme, doch dann lachte er aufmunternd. »Ist das Eure Frau?«, fragte er unverfroren und deutete auf Hannah.

»Meine Schwester«, sagte Anselm und lächelte Hannah treuherzig zu. Sie wunderte sich über gar nichts mehr. Anselm war ein perfekter Schauspieler, der sich, schneller als Hannah es erwartet hatte, in die hiesigen Gegebenheiten einlebte. Schon kurze Zeit später hatte ihm der Herr von Briey das »Du« angeboten, und mit zwei großen Krügen Bier wurde auf die neu gewonnene Freundschaft angestoßen.

Ein durchdringender Fanfarenruf riss sie aus ihren Gesprächen. Geros Bruder sprang als erster auf. In einer beängstigenden Geschwindigkeit griffen die Männer zu ihren Waffen. Blitzende Stahlklingen, umfallende Bänke und schepperndes Geschirr zeugten von einer Hektik, die nichts Gutes verhieß. Auch Gero und der Vogt erhoben sich und starrten angespannt zu den Butzenscheibenfenstern hinaus.

Roland von Briey klopfte Anselm, der ebenfalls aufgestanden war, aber immer noch nicht über eine Waffe verfügte, beruhigend auf die Schulter. »Warte hier und achte auf deine Schwester«, sagte er in gedämpftem Tonfall. Dann zog er sein Schwert aus einer mit Edelsteinen verzierten Scheide, die samt Gürtel unter der Bank gelegen hatte, und ging zur Tür.

Richard von Breydenbach öffnete gebieterisch das Portal zum Hof. Gefolgt von einem Pulk schwer bewaffneter Männern, darunter auch seine beiden Söhne und der beeindruckende Schotte, trat er ins Freie. Der Nebel hatte sich gelichtet, und ein paar zaghafte Sonnenstrahlen suchten sich ihren Weg durch die aufreißenden Wolken.

Frauen und Kinder, die ausnahmslos zurückblieben waren, verharrten in gespenstischer Stille.

Durch ein geöffnetes Fenster konnte Hannah überdeutlich den zweiten Fanfarenstoß vernehmen und sah, wie draußen ein wachhabender Soldat vom Turm herabstürmte und atemlos vor Geros Vater Halt machte, während er sich gleichzeitig tief verbeugte.

Der Burgherr erteilte ihm eine Anweisung, und der Mann rannte zurück und gab wenig später vom Turm aus ein Handzeichen. Eine Delegation von sechs martialisch gerüsteten Reitern preschte daraufhin auf riesigen, schwarzglänzenden Kaltblütern in den Hof hinein. Das Klappern der Hufe hallte lautstark von den Burgmauern wider, bevor die Tiere zum Stillstand kamen. Der vorderste Reiter sprang ab und übergab dem Burgherrn nach einer kurzen Verbeugung eine gesiegelte Pergamentrolle. Erst dann lieferte der Überbringer augenscheinlich eine Erklärung für sein plötzliches Erscheinen, die Richard von Breydenbach mit starrer Miene verfolgte.

»Was hat das zu bedeuten?«, flüsterte Hannah, als sie bemerkte, dass Anselm neben sie getreten war.

»Ich weiß es nicht«, erwiderte er leise. »Aber irgendwas sagt mir, dass es hier ein Problem gibt. Der Alte sieht nicht gerade begeistert aus.«

»Aber die Ankömmlinge tragen das gleiche Wappen auf ihren Waffenröcken wie die Breydenbacher. Also müsste es sich eigentlich um Verbündete handeln.« Hannah konnte die Unruhe in ihrer Stimme nicht verbergen.

»Hast du eine Ahnung von den komplizierten Bündnissen des Mittelalters?« Anselm grinste ironisch. »›Pack schlägt sich, Pack verträgt sich‹ – hat mein Geschichtslehrer immer gesagt, wenn er über die wechselnden Verbindungen der einzelnen Adelshäuser in dieser Zeit sprach.«

Dass die Ursache dieses merkwürdigen Überraschungsbesuches wohl erheblich unangenehmer war als vermutet, konnten Hannah und Anselm an den ängstlichen Blicken der übrigen Burgbewohner ablesen. Anselm spitzte die Ohren und hörte, wie sich einer der umherstehenden Diener darüber wunderte, dass der Burgherr nicht wie üblich die Gefolgsleute seines Lehnsherrn zum Umtrunk einlud. Stattdessen kam es zu einem heftigen Wortgefecht, in dessen Verlauf Richard von Breydenbach seiner Stimmgewalt Luft verschaffte. Überraschenderweise reagierte der Anführer der berittenen Mannschaft des Erzbischofs von Trier nicht mit dem Schwert, sondern mit einem wortlosen Rückzug.

Ein Raunen ging durch den Raum, als die Reiter verschwunden waren und der Burgherr samt seiner bewaffneten Männer zu Frauen, Kindern und Gesinde in den Saal zurückkehrte. Niemand sagte ein Wort, doch allen war anzusehen, dass sie geradezu auf eine Erklärung des Burgherrn brannten.

»Lasst Euch das Mahl nicht verderben«, rief er über die geduckten Köpfe hinweg. »Es ist nichts geschehen, was von Bedeutung wäre.«

Dass er nicht die Wahrheit sprach, hätte auch der Dümmste an seiner versteinerten Miene erkennen können. Mit einem Nicken befahl er seinen Söhnen, dem spanisch aussehenden Schotten und seinem Burgvogt, ihm zu folgen. Unter den bangen Blicken der Frauen verließen die fünf Männer den Saal. Hannah beobachtete Geros Mutter. Die ansonsten so souverän wirkende Burgherrin kämpfte mit den Tränen.

Die massive Eichentür des Herrenzimmers flog krachend ins Schloss. Die hellblauen Augen des Edelfreien von Breydenbach verkündeten jene Kampfbereitschaft, die keine Rücksicht auf das eigene Leben nimmt und nur Sieg oder Niederlage kennt.

»Dieser Bastard von Franzien will eure Köpfe«, sagte er und lächelte Gero und Struan freudlos an. »Philipp IV. von Franzien hat ein Auslieferungsersuchen an den Vertreter des Erzbischofs von Trier gerichtet.« Er entrollte das Pergament, das er die ganze Zeit in Händen gehalten hatte, mit einer geradezu spöttischen Sorgfalt. Der Text in lateinischer Schrift ging Geros Vater nur stockend über die Lippen, obwohl er diese Sprache fließend beherrschte. Des Vorlesens hätte es ohnehin nicht bedurft. Gero und die übrigen Anwesenden waren allesamt in der Lage den Text selbst zu entziffern.

In nomine Dei Amen Notû fit omnib qui prefentes litteras patentes feu inftrumentum legunt vel legere audiunt Milites Ordinis Templi Gerard de Breydenbache & Struan MacDoughaill jnveftigandi & accufandi funt đ hêrefia fodomia homicidiaq militû Chriftianorû Regis Francorû Si notû fuerit vbi funt nulla mora interpofita Curti Regali a Principe quocûq tradendi funt Habem vnûqueq qui tali hofpitiû daberit jn eodê modo đ flagitijs nefarijs côfortê esse & feculariter atq fpiritaliter minime carcere p totâ vitâ abiudicatione cunctorû libertatû atq retentione omniû bonorû puniendû esse

Dat Parifijs Anno Jncarnationis 1307 jn fefto Bi Lucê Evangeliftę

Vt hęc prêfcriptio firmi fit Ego Guilelm đ Nogareto Cuftos Sigilli Summ Philippi Quarti Regis Francorû figillû meû ad litteras prêfentas adfixi

[Im Namen Gottes Amen. Kund sei allen, die vorliegenden offenen Brief oder Dokument lesen oder lesen hören: Die Ritter des Templerordens Gerard von Breydenbach und Struan MacDoughaill sind aufzuspüren und anzuklagen der Irrlehre, Sodomie und des Mordes an christlichen Soldaten des Königs der Franzosen. Wenn bekannt wird, wo sie sind, sind sie unverzüglich dem Königlichen Hof durch den jeweiligen Fürsten auszuliefern. Wir halten dafür, dass jeglicher, der einem Solchen Unterkunft gewährt, in gleicher Weise Mitgenosse der schändlichen Verbrechen ist und weltlicher- und geistlicherseits mindestens mit lebenslangem Kerker, Aberkennung aller Freiheiten und Beschlagnahmung aller Güter zu bestrafen ist. Gegeben in Paris im Jahr der Fleischwerdung des Herrn 1307 am Fest des seligen Evangelisten Lukas.

Auf dass diese Vorschrift desto fester sei, so habe ich, Wilhelm von Nogaret, Großsiegelbewahrer Philipps IV., Königs der Franzosen, mein Ingesiegel an vorliegenden Brief gehangen.]

»Guy de Gislingham – ich möchte darauf wetten, dass wir diese Geschichte unserem englischen Freund zu verdanken haben.« Gero kniff für einen Augenblick die Lippen zusammen, während er seinen schottischen Mitbruder anschaute. »Nur er wusste, dass wir gemeinsam in die deutschen Lande fliehen wollten.«

»Was hat das zu bedeuten, Mord an christlichen Soldaten?« Richard durchbohrte seinen Sohn geradezu mit seinem Blick.

»Als wir Henri d'Our vor dem Übergriff der Soldaten Nogarets schützen wollten, blieb uns nichts anderes übrig, als zwei Schergen der Gens du Roi ins Jenseits zu schicken. Später mussten wir uns des Angriffs französischer Verfolger erwehren. Einer unserer Brüder, Guy de Gislingham, der uns auf der Flucht begleitet hat, ist anscheinend ein Agent Nogarets. Er hat zweifelsfrei mitbekommen, was geschehen ist. Zum einen weil wir darüber gesprochen haben, zum anderen weil er dabei war. Eines Morgens hat er das Weite gesucht.« Geros Blick war voller Bitterkeit. »Danach ist er anscheinend direkt ins feindliche Lager übergelaufen. Wie sonst wäre es zu erklären, dass uns ein ganzer Trupp französischer Söldner kurz hinter Bar-le-Duc aufgelauert hat? Es kam zu einem Kampf, und wie im Bachtal bei Anglus blieb uns nichts anderes übrig, als sie ausnahmslos in die Hölle zu schicken, weil sie uns sonst nicht nur getötet, sondern auch verraten hätten.«

»Solange es keine weiteren Augenzeugen gibt, steht Aussage gegen Aussage«, erwiderte Richard bestimmt. »Und wenn er behauptet, dabei gewesen zu sein, könnte man ihm mit Recht vorwerfen, dass er nicht eingeschritten ist. Somit würde er sich des Verdachts der Unterstützung schuldig machen. Sollte es also zu einem Prozess kommen, müsste man euch erst einmal die Schuld am Tode der Männer beweisen.«

»Und was ist, wenn man uns einen Eid schwören lässt, auf dass wir die Wahrheit sagen?« Gero sah seinen Vater verständnislos an.

»Dazu wird es nicht kommen«, sagte Richard und wechselte mit einem Blick zu Struan abermals ins Französische. »Denkst du ernsthaft, ich würde es zulassen, dass mein Sohn und sein mit angeklagter Ordensbruder an einen solchen Hund wie Philipp IV. ausgeliefert werden.«

»Ich möchte nicht, Vater, dass Ihr wegen mir in einen Loyalitätskonflikt mit dem Erzbischof geratet. Er ist unser Lehnsherr«, erwiderte Gero leise. »Ich habe Euch schon genug Sorgen bereitet.«

»Diether von Nassau liegt seit Wochen im Delirium, und sein Subdiakon Balduin von Luxemburg traut sich vermutlich nicht, den Anweisungen des franzischen Königs Nachdruck zu verleihen, ohne dass er Unterstützung in Form eines Papstschreibens erhält. Und soweit ich den Erklärungen der Delegation entnehmen konnte, ist das bisher noch nicht geschehen.«

»Diether von Nassau wird bald sterben. Und schon im Dezember wird Balduin sein Nachfolger werden«, rutschte es Gero heraus.

»Woher weißt du das?« Roland von Briey, der nichts von Geros Geheimnissen wusste, sah ihn mehr als erstaunt an.

»Das tut nichts zur Sache«, sagte Richard von Breydenbach schroff. Er ahnte, woher sein Sohn dieses Wissen hatte. »Unter diesen Umständen könnt ihr unmöglich nach Franzien zurückkehren. Das wäre der sichere Tod. Ich werde gleich morgen einen Boten nach Koblenz zu den Deutschherren schicken und um eine Audienz beim dortigen Meister bitten.«

»Ich habe nicht vor, zu den Deutschen zu wechseln«, erwiderte Gero auffallend ruhig. »Und meine Kameraden auch nicht. Das wisst Ihr bereits. Wir werden Henri d'Our befreien.«

»Gero, höre ausnahmsweise auf den Rat deines Vaters«, warf Roland von Briey ein. »Eine gut geplante Flucht ist der einzige Weg, der euch bleibt. Die Deutschen sind alles andere als zimperlich und scheren sich nicht um das, was der König von Franzien sagt. Bei einem guten Kämpfer ist es ihnen vollkommen gleich, welches Leben er auf dem Gewissen hat. Dort könntet ihr mühelos Unterschlupf finden.«

»Roland hat recht«, bemerkte Richard entschlossen. Nach dem ersten Schrecken hatte er sich wieder gefasst. »Doch dafür benötigt ihr eine völlig neue Identität. Andere Namen, Geleit- und Freibriefe, Plaketten, Dokumente, die eure adlige Herkunft bescheinigen.«

»Und wo wollt Ihr das alles auf die Schnelle herbekommen, Vater?« Gero sah ihn verblüfft an.

»Du kennst meine Verbindungen. Lass mir zwei Tage Zeit, und wir haben alles beisammen.«

»Ich bitte Euch, uns mit der gleichen Sorgfalt Papiere für unsere Reise nach Franzien zu beschaffen.«

»In Gottes Namen, was bist du für ein Sturkopf«, mischte sich Geros älterer Bruder aufgebracht ein. »Du stürzt uns alle ins Unglück! Wenn wir nicht höllisch acht geben, nimmt uns der Erzbischof am Ende die Burg. Mit den Deutschherren lassen sich im Osten immer noch satte Gewinne machen. Im Augenblick planen sie einen Kreuzzug, mit dem sie noch weiter in die wendischen Gebiete eindringen wollen, und sie sind froh um jeden qualifizierten Kämpfer, den sie bekommen können.«

»Verzeih, Bruder, deine Rede ist umsonst«, erwiderte Gero trotzig. »Allein unser Vater und meine Kameraden wissen warum.«

»Du bist wahnsinnig, Junge«, stöhnte Richard mit Verzweiflung im Blick.

»Was haben wir denn zu verlieren?« fragte Gero.

»Euer Leben«, erwiderte Richard knapp.

»Das ist ohnehin verwirkt, wenn es uns nicht gelingt, den Orden zu retten«, antwortete Gero tonlos. »Wenn wir noch nicht einmal mehr unsere Namen tragen dürfen, was hat es dann noch für einen Sinn?«

Mit einem Blick auf Struan wollte er sich dessen Zustimmung versichern, doch der Schotte hatte der hitzigen Konversation, die sowohl in Französisch als auch auf Deutsch geführt worden war, nur stückweise folgen können.

»Dieser Satan in Franzien hat alles auf dem Gewissen, was mir lieb und teuer ist«, fuhr Gero leise auf Französisch fort, »und er soll mich nicht in dem Gefühl sterben lassen, dass ich nicht alles gegeben habe, um ihn aufzuhalten.«

Gero hatte mit größter Entschlossenheit gesprochen. Richard von Breydenbach war sich darüber im Klaren, dass er seinen Jüngsten nicht aufzuhalten vermochte, wenn es um das weitere Schicksal seines Ordens und das all seiner Brüder ging, die er in Franzien hatte zurücklassen müssen. Dass ihm darüber hinaus das Wohlergehen seiner merkwürdigen Begleiter aus der Zukunft am Herzen lag, hatte der Burgherr längst erkannt.

»Also gut«, sagte Richard steif. »Ich werde dir zur Seite stehen, was immer du auch vorhast.«

»Du bleibst bitte bei meiner Mutter«, flüsterte Gero, als er zu Hannah in den Rittersaal zurückkehrte. »Wir haben etwas zu besprechen. Unter Männern.«

Hannahs Augen weiteten sich vor Verblüffung, als er Anselm ein Zeichen gab, dass er ihm getrost folgen durfte. Erst der martialische Auftritt der bischöflichen Soldaten, dann der Burgherr, der mit seinen Söhnen fluchtartig die Halle verlassen hatte, und jetzt ließ Gero sie hier sitzen, unter dem Vorwand einer augenscheinlich wichtigen Besprechung, an der er zwar Anselm, aber nicht sie teilnehmen durfte.

Mit raumgreifenden Schritten folgte Anselm, ohne sich noch einmal nach ihr umzuschauen, den beiden Mönchsrittern, an deren stolzer Haltung man sehen konnte, dass sie mit Leib und Seele Krieger waren.

Obwohl Hannah nicht wusste, was der genaue Hintergrund dieser eilig einberufenen Beratung sein sollte, beschlich sie eine Ahnung. Entschlossen erhob sie sich. Amelie, die junge Frau mit den blonden Locken, saß einsam am Nachbartisch. Hannah hatte beobachten können, dass ihr schwarzhaariger Gefährte ihr ähnlich kompromisslos etwas zugeraunt hatte, bevor er den Saal verließ. Allerdings war die Frau nicht wie Hannah vor Zorn rot angelaufen, sondern blass geworden. Nervös nippte sie an ihrer Milch und warf Hannah über den Becherrand hinweg einen prüfenden Blick zu. Eine solche Frau war es wahrscheinlich gewohnt, dass sie den Mund zu halten hatte, während sich ihr Geliebter rückhaltlos ins Verderben stürzte.

Am liebsten hätte Hannah das Mädchen bei der Hand gefasst und sie dazu ermutigt, sich der Suche nach den Männern anzuschließen. Doch zum einen gab es ein Problem mit der Verständigung, und zum anderen wollte Hannah es nicht riskieren, dass die junge Frau den geballten Unmut ihres hünenhaften Begleiters zu spüren bekam. Die beiden hatten ohnehin genug Schwierigkeiten. Gero hatte Hannah in der Nacht zuvor im Vertrauen erzählt, dass das Mädchen von dem Schotten schwanger war und eine Heirat wegen der noch bestehenden Ordenszugehörigkeit ihres Liebsten zurzeit nicht in Frage kam.

Ohne auf ihre Umgebung zu achten, erhob sich Hannah vom Tisch und lief an Geros Mutter vorbei über einen breiten Flur in Richtung Wendeltreppe. Mit gerafftem Rock hastete sie die engen Stufen zur obersten Etage hinauf. Vor der Kammer des flandrischen Ordensbruders, der nach Geros Worten immer noch krank im Bett lag und den er ihr aus diesem Grund noch nicht vorgestellt hatte, machte sie Halt. Sie war sich ziemlich sicher, dass Gero nicht darauf verzichten würde, ihn bei seinem weiteren Vorgehen ins Vertrauen zu ziehen.

Hinter der dicken Eichenholztür waren tatsächlich mehrere Männerstimmen zu hören, die durcheinander sprachen. Zaghaft drückte Hannah die schwere Klinke herunter.

Gero sah erstaunt auf, als sie das Zimmer betrat. »Hatte ich nicht gesagt, du sollst unten auf mich warten?«

Die Blicke seiner Kameraden wandten sich neugierig in ihre Richtung. Anselm, der sich auf einer der Fensterbänke niedergelassen hatte, war das schlechte Gewissen anzusehen, das er ihr gegenüber empfand.

Aus dem Augenwinkel heraus bemerkte Hannah einen jungen, breitschulterigen Mann in einem weißen Nachthemd. Mit verbundener Stirn thronte er halb aufgerichtet zwischen Seidendecken und Federkissen in einem monströsen Himmelbett, wie in einem zu groß geratenen Nest. Unter den weißen Leinenstreifen schaute ein rostroter, kurz geschorener Schopf hervor, und sein spärlicher roter Bart, bedeckte sein furchtbar entstelltes Gesicht nur unzureichend. Voller Brandnarben sah er aus, als ob er einen schweren Unfall gehabt hätte.

»Oh«, sagte der Mann fröhlich, als Hannah ihm direkt und ohne Scheu in die klaren grünblauen Augen schaute »Wen haben wir denn da?«

»Entschuldigt die Störung.« Hannah wandte sich von ihm ab und lächelte unsicher in die Runde. »Ich befürchte, dass ich hier gerade etwas verpasse.«

Anselm zog es vor, seinen Blick zu senken und zu schweigen.

Feigling, dachte sie und schob sich trotz Geros Einwand ins Zimmer, während sie die Tür hinter sich schloss.

»Hannah«, begann Gero beschwörend. »Ich habe dir doch gesagt, dass unser Vorhaben für eine Frau viel zu gefährlich ist. Deshalb halte ich es für besser, wenn du dich mit meiner Mutter vertraut machst, weil ich dich eine längere Zeit bei meiner Familie zurücklassen muss.«

»Ach«, entgegnete sie spitz. »Du glaubst also ernsthaft, du kannst mich so einfach zurücklassen? Dann hast du die Rechnung ohne den Wirt gemacht. Ich gehe mit, ganz gleich, wo du hin willst.«

»Heilige Jungfrau.« Mit einem Aufstöhnen richtete Gero seinen flehentlichen Blick zur Decke. »Mach dieses Weib einsichtig!«

»Was will sie hier?« Struan hatte französisch gesprochen, und auch ohne ausreichende Sprachkenntnisse wusste Hannah, dass der schottische Templer ihre Anwesenheit missbilligte.

Gero ging auf die Frage des Schotten nicht ein und wandte sich stattdessen mit einem ergebenen Lächeln an seinen rothaarigen Freund.

»Das ist Hannah«, erklärte er in einem Ton, als ob er ein Unwetter ankündigen würde. »Sie ist die Frau, die mit Anselm und mir durch die Zeit gegangen ist.«

»Johan van Elk – es ist mir eine Ehre«, sagte der rothaarige Mann, von dem Hannah bereits wusste, dass er nicht nur ein Templer war, sondern ein echter Grafensohn, dessen Wiege am Niederrhein gestanden hatte. Entsprechend formvollendet erlaubte er sich von seinem Bett aus eine angedeutete Verbeugung und entblößte sein makelloses Gebiss zu einem gewinnenden Lächeln.

»Wir sollten ihr sagen, was wir vorhaben«, bemerkte Gero mit einem Seufzer. »Sie ist kaum weniger betroffen als ihr Begleiter. Beide entstammen einer unvorstellbar weit entfernten Zukunft. Ihre Rückkehr ist beinahe genau so wichtig wie die Rettung des Ordens.«

Hannah spürte die Blicke der Männer auf sich ruhen. Johan fixierte sie, als ob sie sich in ein unbekanntes Tier verwandelt hätte.

»Sie sieht aus wie ein Engel«, bemerkte er lächelnd. »Und sie kommt wirklich aus der Zukunft?«

»Ja« sagte Gero. »Genau wie Anselm.«

»Vielleicht unterliegen die erwürdigen Brüder des Hohen Rates einem Irrtum«, murmelte Johan nachdenklich. »Wenn sie und ihr Begleiter aus der Zukunft kommen und alles zutrifft, was du uns über die Vernichtung des Ordens erzählt hast, ist die Zukunft bereits geschrieben. Das bedeutet, dass sich vielleicht nichts mehr ändern lässt?« In Johans Worten lag eine entwaffnende Logik. »Habt ihr daran schon einmal gedacht?«

»Ja«, murmelte Gero, »das ist mir auch schon durch den Kopf gegangen. Das würde aber auch bedeuten, dass alles beten keinen Sinn hätte, weil kein Gott der Welt mehr Einfluss nehmen könnte.«

Die gespenstische Ruhe, die das Krankenzimmer plötzlich erfüllte, war erdrückend.

Hannah brach das Schweigen. »Was ist hier überhaupt los?«, fragte sie bestimmt und lenkte dabei ihren Blick auf Anselm, der am halbgeöffneten Fenster stand und ab und an hinunter in den Burghof schaute.

»Der König von Frankreich hat ein Auslieferungsgesuch an den Erzbischof von Trier gestellt«, antwortete Anselm tonlos. »Seit heute Morgen zählen Struan und Gero zu den meistgesuchten Verbrechern Europas. Für den Fall, dass sie in die Fänge des französischen Königs geraten, Gnade ihnen Gott, falls es überhaupt noch einen gibt in diesem ganzen Chaos.«

»Was redest du da?« fragte Hannah entgeistert.

Gero ging langsam auf sie zu. Er baute sich dicht vor ihr auf, ohne sie jedoch zu berühren. »Erinnerst du dich noch: Ich habe dir in Heisterbach gesagt, dass Struan und ich in Franzien Soldaten des königlichen Großsiegelbewahrers getötet haben. Irgendwie hat Philipp IV. Wind davon bekommen, und nun lässt er uns suchen, um uns auf den Scheiterhaufen zu bringen.«

Hannah war bleich geworden. »Und jetzt?«, fragte sie hilflos. »Was willst du dagegen tun?«

Gero hob die Brauen und lächelte unselig. »Wir können nur schnellstens von hier verschwinden, um in einer geheimen Mission nach Franzien aufzubrechen. Außer unserem Komtur kenne ich niemanden, der uns noch helfen könnte, die Katastrophe abzuwenden.«

Hannah spähte über Geros Schulter zu den übrigen Kameraden. »Und was ist, wenn dein Freund Recht behält und der Lauf der Zeit sich nicht verändern lässt?«

»Wir werden eine Lösung finden«, entgegnete Gero. In seiner Stimme lag eine gehörige Portion Zuversicht, doch seine Miene verriet, wie verzweifelt er war.

»Ich habe eine Idee«, sagte Johan. Umständlich begann er seinen Kopfverband abzuwickeln. »Wir verkleiden uns als Spielleute. Wagen, Pferde, Kostüme. Jeder von uns beherrscht ein Instrument. Liebeslieder kennen wir zu Genüge. Und wenn wir uns die Bärte abnehmen, kommt niemand auf die Idee, dass wir Templer sind.«

»Und was ist mit Struan? Er kann weder singen noch Laute spielen«, warf Gero ein.

Johan lächelte, während er tastend über seine frisch vernähte Kopfwunde fuhr. »Er könnte Ringkämpfe bestreiten. Für klingende Münze. Oder den Leuten aus einiger Entfernung mit dem Messer einen Apfel auf dem Kopf spalten.«

Gero schüttelte schnaubend den Kopf und warf Struan einen ironischen Blick zu.

Der Schotte sah ihn nur fragend an, offenbar hatte er Johans Vorschlag nicht verstanden.

»Du kannst froh sein, Johan, dass er kaum Deutsch spricht, sonst wäre er dir längst an den Kragen gegangen.«

Johan schmunzelte. »Sag, ist das keine gute Idee? Als Spielleute können wir uns frei bewegen. Verdächtig wären wir ohnehin, allein schon weil wir von Haus aus Vagabunden sind. Trotzdem würde niemand den wahren Hintergrund unserer Mission erraten.«

»Spielmänner!« Gero warf einen Blick zu Anselm, von dem er bereits wusste, dass er sich gern verkleidete. »Warum nicht?«, murmelte er nachdenklich. »Als junger Kerl wäre ich zu gern als Joglar durch die Lande gezogen. Immer frei, umgeben von schönen Mädchen.«

»Ja, Mädchen«, erklärte Johan mit einem Grinsen. »Zur Tarnung benötigen wir ein paar anständige Weiber.«

Hannah bemerkte, wie Geros rothaariger Freund sie eingehend betrachtete.

»Kannst du tanzen, Schätzchen?«, fragte er auf Mittelhochdeutsch.

Gero, der Hannahs verwirrten Blick auffing, kam ihr mit einer Antwort zuvor. »Kommt nicht in Frage! Das ist viel zu gefährlich. Sie bleibt hier.«

»Ich will mich ja nicht einmischen«, bemerkte Anselm zaghaft. »Aber wir können Hannah nicht einfach zurücklassen. Ich möchte mir nicht vorstellen, wie es ist, hier zu sitzen und auf ein Lebenszeichen von uns zu warten. Wenn es uns wirklich gelingen sollte, deinen Komtur zu befreien, und er tatsächlich weiß, wie man den Timeserver bedient, könnte er Hannah und mir womöglich noch vor Ort einen Weg zurück in die Zukunft aufzeigen. Somit bliebe uns der gefahrvolle Rückweg zur Breydenburg erspart.«

Hannah bedachte Gero mit einem triumphierenden Lächeln und verschränkte entschlossen die Arme vor ihrer Brust. »Ich bleibe auf keinen Fall auf dieser Burg, und wenn ich allein hinter euch herreise.«

»Wenn ich wollte, könnte ich es dir befehlen!« Gero sah sie mit blitzenden Augen an. »Selbst wenn Anselms Einwand eine gewisse Berechtigung hat, halte ich es nach wie vor für zu gefährlich!«

»Ich bin eine freie Frau. Ich wüsste nicht, dass du mir irgendetwas zu befehlen hättest«, entgegnete sie.

»Deine vermeintliche Freiheit ließe sich rasch einschränken«, erwiderte er bedrohlich leise. »Für mich wäre es ein leichtes, dich in unser Verließ werfen zu lassen, solange bis du zur Vernunft gekommen bist.«

Anstatt ihm auszuweichen, sah Hannah angriffslustig zu ihm auf. »Du unterliegst einer fatalen Täuschung, Frater Gerard« sagte sie ebenso leise, aber bestimmt, wobei sie das »G« in seinem Namen absichtlich wie ein »J« aussprach »wenn du glaubst, dass die Erlaubnis mich im Fleische erkennen zu dürfen, dich dazu berechtigt, mich wie ein unmündiges Kebsweib zu behandeln.«

Gero verschlug es die Sprache. Was ihm blieb, war ein verlegenes Hüsteln.

»Der Sieg geht an die Dame«, witzelte Johan, der jedes Wort verstanden hatte.

33

Mittwoch, 25. Oktober 1307 – Aufbruch nach Franzien

Vier Tage waren vergangen, seitdem die erzbischöflichen Reiter auf der Breydenburg aufgetaucht waren, vier Tage, in denen Rotgunde, die Schneiderin der Edelfreien von Breydenbach, und ihre Mädchen gut zwei dutzend Kostüme genäht hatten. Alle waren bunt und mit Schellen und Glöckchen versehen.

Anselm war begeistert. Nie zuvor war ihm so perfekt handgearbeitete Kleidung untergekommen. Brokat, Samt und Seide. Dafür hatten die Frauen das Lager geplündert, dessen Stoffe aus Brügge, Paris und Köln stammten. Reiter waren nach Trier entsandt worden, um Flöten und Fideln zu kaufen, dazu ein paar Trommeln, eine Drehleier und eine Laute. Außerdem hatten die Boten Würfelbecher, Karten zur Weissagung, Fackeln, Kugeln und Kegel beschafft. Das meiste davon würde nicht zum Einsatz kommen, sondern diente ausschließlich der Tarnung.

Der Wagen, der die Utensilien der Spielleute aufnehmen sollte, wurde eine halbe Meile westlich der Breydenburg auf einem abgelegenen Lehenshof auf seinen Einsatz vorbereitet.

Auf dem Weg zu den oberen Gemächern begegnete Struan seiner Liebsten, die seit Tagen der Schwermut verfallen war.

Rasch entledigte er sich seiner Plattenhandschuhe, um sie zu umarmen.

Amelie rang sich ein mühevolles Lächeln ab, als er sie in seine Arme zog.

»Wie geht es dir und unserem Kind?«, fragte er sanft.

»Gut«, erwiderte sie mit tränenerstickter Stimme und drückte ihr Gesicht mit einem Schluchzen an seine Brust.

Alarmiert streichelte Struan über ihre Wange. Mit einer Hand hob er ihr Kinn an und schaute ihr besorgt ins Gesicht.

»Amelie, ich bitte dich«, sagte er leise und strich ihr die blonden Locken zur Seite. »Lass uns nach oben gehen, dann reden wir, ja?«

Sie nickte und folgte ihm Hand in Hand in ihr gemeinsames Schlafgemach, das ihnen die Burgherrin für die Dauer ihres Aufenthaltes zugewiesen hatte. Amelie rannte weinend die drei Stufen zum gemeinsamen Bett hinauf und ließ sich trotz ihrer Schwangerschaft bäuchlings in die weichen Kissen fallen.

Struan war sofort an ihrer Seite und setzte sich neben sie, wobei er mit einer Hand zaghaft ihre Schulter berührte.

»Du bist doch sonst immer so stark«, sagte er hilflos. »Denk doch an unser Kind. Was soll es denn von seiner Mutter halten, wenn sie so traurig ist?«

Zögernd erhob sie sich und strich ihr wirres Haar zurück, während sie Struan mit rotgeränderten Augen ansah.

»Und was ist mit seinem Vater?«, stieß sie anklagend hervor. »Warum gehst du zurück in diese Hölle, wo man dich sucht? Diese Mission ist des Teufels. Denk daran, was uns in diesem schrecklichen Wald widerfahren ist! Dein Ordensbruder und sein Knappe sind verflucht, und seine Begleiter sind es ebenso. Verdammt, Struan, wenn Gero und seine Begleiter ins Verderben gehen wollen, lass sie ziehen. Die franzischen Soldaten werden euch töten, wenn sie euch schnappen!«

»Es geht hier weder um Gero noch um seine Begleiter«, verkündete der Schotte leidenschaftlich. »Es geht um unseren Orden und unsere Brüder in Franzien, die hilflos der königlichen Geheimpolizei ausgeliefert sind. Von Beginn an habe ich dir gesagt, dass ich alles tun werde, um Schaden von unserem Orden und auch von unserem Komtur abzuwenden. Erst dann kann ich um eine ehrenvolle Entlassung bitten, damit ich dich vor Gott dem Allmächtigen zu meiner Frau nehmen kann.«

»Was nützt uns das jetzt noch!«, rief sie mit sich überschlagender Stimme. »Du bist geächtet. Unter deinem richtigen Namen brauchst du ohnehin nirgendwo mehr aufzutauchen. Richard von Breydenbach ist ein mächtiger Mann. Er könnte dir ohne weiteres zu einem neuen Namen verhelfen, und dann könnte ich sofort deine Gemahlin werden.«

Sie rückte näher an ihn heran und faltete die Hände wie zu einem Gebet.

»Bitte, Struan«, flüsterte sie mit bebenden Lippen. »Ich flehe dich an. Geh nicht mit Gero nach Franzien! Mir und unserem Kind zuliebe!«

Beim Anblick ihrer mit Tränen erfüllten Augen brach es Struan schier das Herz. Doch er konnte ihrem Wunsch nicht nachgeben. Er hatte dem Orden einen Eid geschworen und war somit gezwungen, alles zu tun, was zu dessen Rettung beitragen konnte. Zudem war Gero sein Bruder und bester Freund, dem er sich mit tiefstem Herzen verpflichtet fühlte, auch wenn er nur wenig von dem verstand, was er vorhatte. Dass er Amelie nichts über das Haupt der Weisheit und dessen Möglichkeiten erzählen konnte, war einerseits ein großes Unglück, andererseits hätte sie es ohnehin nur für Zauberei gehalten, und es hätte sie nur noch mehr verwirrt. Und so blieb ihm nur die Hoffnung, dass er die richtigen Worte fand, um sie davon zu überzeugen, dass er nicht anders konnte, als Gero zu folgen.

»Amelie, ich liebe dich so sehr«, sagte er und strich ihr zaghaft ein paar Tränen von den Wangen. »Aber ich muss Gero beistehen. Alleine wird er es nicht schaffen, unseren Komtur und unsere Kameraden zu befreien«, fügte er hinzu, als sie sich abwandte. »So versteh mich doch, es ist meine Pflicht.«

Mit gesenktem Kopf atmete sie tief ein, und als sie ihm erneut in die Augen blickte, war ihre Miene ausdruckslos. »Gut«, sagte sie. »Es scheint unser Schicksal zu sein, dass wir nicht gemeinsam erleben dürfen, wie unser Kind geboren wird und heranwächst.«

»Amelie, was redest du da? Ich komme zurück und heirate dich. Ich verspreche es bei meiner Ehre und beim Grab meiner Mutter. Bis dahin bist du hier in Sicherheit.«

»Ich sage nur das, was ich fühle«, rechtfertigte sie sich. »Wenn du nach Franzien gehst, werden wir uns in diesem Leben nicht wieder sehen. Tief in mir trage ich diese grausame Gewissheit.«

Er streckte seine Arme aus, um sie an sich zu ziehen, doch sie wich ihm aus und erhob sich. Rasch schritt sie die Stufen hinab zur Fensterbank, wo die ersten Strahlen der Morgensonne durch das geöffnete Fenster fielen. Wie erstarrt blieb sie stehen und schaute hinaus ins herbstliche Liesertal.

Struan folgte ihr und stellte sich hinter sie, um sie zu umarmen. Reglos wie eine Statue ließ sie seine Liebkosungen über sich ergehen. Selbst als er sacht über ihren gewölbten Leib streichelte, reagierte sie nicht.

»Ich hatte gestern Nacht einen Traum«, flüsterte sie abwesend. »Ich habe gesehen, wie die Schergen des Königs dich folterten … und als du tot warst, kam ein riesiger schwarzer Greif und hat dich hinfort getragen.«

»Amelie«, sagte er in beschwichtigendem Tonfall. »Es gibt keinen Greif, der fähig wäre, mich hinfort zu tragen. Das war nur ein Traum.«

Ganz langsam wandte sie sich um. »Wenn du glaubst, es würde mich trösten, dass du mich nicht ernst nimmst, so kennst du mich schlecht.« Sie senkte den Kopf, bevor sie mit leiser Stimme fortfuhr. »Ich kann den Gedanken, dich nie wieder zu sehen, nicht ertragen. Deshalb möchte ich, dass du jetzt gehst und mich nicht mehr plagst, bevor ihr nach Franzien abrückt.«

»Das kannst du nicht ernst meinen«, sagte er dunkel.

»So ernst, wie ich noch nie etwas in meinem Leben gemeint habe. Geh!«

Ein Schwertstreich hätte ihn nicht schlimmer treffen können. Nur langsam ließ er seine Hände sinken.

»Geh endlich«, wiederholte sie mit erstickter Stimme und ließ den Kopf sinken.

Wie ein schwer verwundeter Soldat verließ Struan die Kammer.

Schweigend saßen sie am Abend zusammen, der Burgherr und seine Gemahlin, Gero und seine beiden Kameraden, daneben sein älterer Bruder und schließlich Anselm und Hannah, die neben Matthäus Platz genommen hatte.

Vielleicht war es die letzte gemeinsame Mahlzeit.

Matthäus saß mit hängendem Kopf an der Tafel, und als er aufgefordert wurde, das Tischgebet zu sprechen, war es mehr ein trostloses Murmeln denn eine Danksagung für das tägliche Brot.

Geros Mutter hatte neben ihrem Mann am Kopf des Tisches Platz genommen und zerteilte mit einem silbernen Löffel ein Stück Lachspastete, ohne es anschließend zu essen. Nur ab und an schaute sie auf, um an ihrem Wein zu nippen. Geros Vater und Roland, der Burgvogt, tranken stumm ihr Bier, und alle zusammen beobachteten sie Gero und seine Kameraden, als ob sie sich ihre Gesichter für lange Zeit einprägen müssten.

Hannah schauderte. Nur langsam begann sie zu begreifen, worauf sie sich eingelassen hatte. Allem Anschein nach war ihr Vorhaben tatsächlich weitaus gefährlicher als angenommen.

Struan, der Schotte, wirkte so abweisend, dass niemand sich getraute, ihn anzusprechen. Seine französische Freundin hatte sich mit Unwohlsein entschuldigt, was allen merkwürdig erschien. War es doch der letzte Abend, den die beiden vor der Abreise gemeinsam verbringen konnten.

Selbst Johan, der immer für einen Scherz gut war, trank nachdenklich seinen Wein und schaute abwesend auf eine Platte mit einem saftigen Braten, der entgegen all der Mühe, die sich die Köchin gegeben hatte, kaum Beachtung fand.

Einzig Anselm ließ es sich schmecken. Er war viel zu sehr damit beschäftigt, jede noch so kleine Kleinigkeit, die ihm hier widerfuhr, zu beachten. Er erschien Hannah wie ein großes Kind, dem man einen

Freifahrtschein in ein sehnlichst erträumtes Abenteuerland geschenkt hatte.

Seit neuestem trug er sogar ein eigenes Schwert. Gero hatte es ihm aus der Waffenkammer besorgt. Wie ein Pfau stolzierte er mit der blitzenden Waffe herum, die in einer bekannten flandrischen Schmiede hergestellt worden war und die am Ende des Griffs eine auffallende Runde schmückte, in die man einen flammenden Stern eingraviert hatte. Mit dem nicht ganz korrekten Hinweis von Gero, dass Anselm kaum Erfahrung mit Waffen habe, hatte sich Roland seiner angenommen und ihm ein paar Finten gezeigt, die Anselm nachhaltig beeindruckt hatten. Ganz nebenbei hatte ihm der hart gesottene Vogt vermittelt, dass hier kaum jemand nach fairen Regeln kämpfte. Im wirklichen Alltag eines Recken ging es nicht um Eleganz. Überleben war alles.

Hannah sah der Tatsache, dass Anselm jederzeit auf einen Gegner treffen konnte, der ihm haushoch überlegen war, mit einer gewissen Furcht entgegen. Er selbst jedoch schien darauf zu brennen, endlich einen echten Kampf zu bestreiten.

Anders als Anselm saß Gero nicht weniger brütend am Tisch, als seine Kameraden und sprach nur ab und an leise mit Eberhard, wenn er ihm den Salztopf oder den Weinkrug herüberreichen sollte. Dabei vermied er es konsequent, in Hannahs Richtung zu schauen.

Doch es lag nicht an ihr, dass er so zurückhaltend war. Vielmehr war es der Anblick von Matthäus, der neben ihr saß und den er allem Anschein nach nicht ertragen konnte.

»Bitte, lasst mich mit Euch kommen«, bettelte der Junge mit zaghafter Stimme, während er allen Mut zusammennehmen musste, um seinem Herrn in die Augen zu schauen.

»Es ist zu gefährlich«, murmelte Gero gereizt. »Du bleibst mit Amelie hier oben auf der Burg. Bei Roland von Briey wirst du gut aufgehoben sein. Er verpasst dir den nötigen Schliff, den du brauchst, um ein angesehener Kämpfer zu werden. Wenn ich zurück bin, werden wir sehen, welche Fortschritte du gemacht hast.«

Einige Zeit später bat Matthäus darum, aufstehen zu dürfen, und verabschiedete sich mit kargen Worten zur Nachtruhe.

Hannah, die kurz darauf den Abort aufsuchen wollte, fand den Jungen, kaum dass sie die Bankettalle verlassen hatte, auf einem Treppenabsatz sitzend. Er hatte eine der vielen Katzen auf dem Schoss, die er im Takt seiner Schluchzer streichelte. Das Tier erinnerte Hannah an Heisenberg und damit an ihre eigenen, ersten Anzeichen von Heimweh. Plötzlich blickte die Katze erschrocken auf, weil sie bemerkt hatte, dass sie beobachtet wurde, und sprang davon. Matthäus schaute erstaunt auf und wischte sich mit dem Ärmel die nassen Augen, als er sah, dass Hannah auf ihn zuging, um sich neben ihn auf die steinernen Stufen zu setzen. Sie legte einen Arm um seine Schultern, und zog ihn fest zu sich heran. Als er schließlich mit waidwunden Augen zu ihr aufschaute, wusste sie, dass sie ihn unmöglich zurücklassen konnte.

Zärtlich drückte sie ihre Wange an das feuchte Gesicht, und er legte seine Arme um ihren Hals und vergrub seinen blonden Lockenkopf in ihrer Halsbeuge.

»Du weißt, wo der Wagen steht«, flüsterte sie.

»Ja«, antwortete er atemlos und löste sich zögernd. »Ich habe gestern beim Beladen mitgeholfen.«

»Sei morgen früh dort, bevor es hell wird. Lass dich nicht erwischen, wenn du die Burg verlässt, und versteck dich so lange, bis wir eintreffen.«

Der Junge senkte verlegen den Kopf und nickte.

Hannah lächelte ihn aufmunternd an. »Wir schaffen das schon.«

34

Samstag, 27. 11. 2004 – Der Code

»Sesam öffne dich, verdammt«, hallte es durch den Hochsicherheitstrakt der notdürftig renovierten Forschungsanlage in Himmerod. Tom dachte an Professor Dietmar Hagen, dessen unspektakuläre Beerdigung erst zwei Tage zurücklag. Vielleicht hätte der Professor ihm helfen können, diesen merkwürdigen Kasten zu knacken. Doch es half nichts, Hagen war tot, und der aufgefundene Timeserver verhielt sich wie eine hartnäckige Auster, die sich nur mit roher Gewalt öffnen ließ.

Seit knapp zwanzig Stunden versuchten Paul und Tom mit ein paar jungen Informatikern, dem Artefakt eine Regung zu entlocken.

Wenn mir nur einfallen würde, wie der Templer das Teil zum Leben erweckt hat, dachte Tom missmutig.

»Es muss doch herauszufinden sein, was euer Ritter von sich gegeben hat, damit das Ding seine Einsatzbereitschaft signalisiert!« Doktor Karen Baxter, die gerade durch die Sicherheitsschleuse hinzugekommen war, konnte anscheinend Gedanken lesen. Interessiert hob sie ihre sorgfältig zurecht gezupften Brauen und sah ihn lächelnd an.

»Er hat etwas gesungen«, antwortete Tom nachdenklich. »Danach ist das Programm vollkommen selbstständig hochgefahren.«

»Der Schlüssel zur Inbetriebnahme scheint über einen bestimmten Sprachcode zu funktionieren«, bemerkte Karen hilfreich. »Was hat er denn gesungen?«

»Mönchsgesänge«, erklärte Paul, der Karen in den Kontrollraum gefolgt war.

»Mönchsgesänge?« Karen schüttelte ungläubig den Kopf. »Meinst du vielleicht gregorianischen Gesang?«

»Keine Ahnung – irgend so was wird es wohl gewesen sein«, erwiderte Tom resigniert. »Es hörte sich seltsam an. Leider habe ich nicht gut genug aufgepasst, um es nachsingen zu können.«

»Warum erkundigt ihr euch nicht bei den Mönchen im benachbarten Kloster von Himmerod?«, schlug Karen vor. »Die kennen sich in gregorianischem Gesang bestimmt aus.«

»Deine Idee ist ja ganz nett, aber wie soll das gehen?« Paul sah sie verständnislos an »Meinst du, die geben uns einfach so eine Privatvorstellung?«

»Aber wie wäre es denn«, lenkte Karen ein, »wenn ihr als Zuhörer an den Vespergesängen teilnehmt? Soweit ich weiß, singen sie jeden Samstagnachmittag gegen siebzehn Uhr für die Öffentlichkeit. Gregorianische Gesänge sind uralt. Vielleicht erkennt ihr ja etwas davon wieder?«

»Und dann? Denkst du, wir können uns alles merken?« Paul sah seine Gefährtin ungläubig an.

»Hm«, überlegte Karen angestrengt »Also, wenn ich es recht überlege, wird euch eine MP3-Aufnahme nicht viel bringen. Nach meiner Theorie gibt es einen Unterschied in der Organisation der Strings, je nachdem, ob es sich um die echte menschliche Stimme oder eine Aufnahme handelt. Wenn die Kiste tatsächlich auf direkte Spracheingabe geeicht ist, müsste es live gesungen werden und darf nicht aus der Konserve kommen.« Einen Moment sah sie Paul und Tom an. »Nehmt den Server doch einfach mit ins Kloster«, schlug sie dann vor. »Und dann seht ihr, ob etwas passiert.«

»Ich weiß nicht, ob das eine gute Idee war«, murmelte Paul, als er mit Tom in der Abenddämmerung vor das Hauptportal der Klosterkirche in Himmerod trat.

In seiner Rechten trug Tom einen kleinen, unscheinbaren Aluminiumkoffer, in dem sie das wertvolle Artefakt bruchsicher verstaut hatten. Sie waren nicht die einzigen Interessierten, die an diesem Abend unter dem hoch aufragenden Chorgewölbe saßen. Ein paar ältere Frauen und Männer hockten in den vorderen Kirchenbänken und bestaunten erwartungsvoll die Schönheit der barocken Klosterkirche.

Nur wenig später erschien aus einem Seitengang der Apsis eine Reihe weiß gewandeter Gestalten. Andächtig schritten sie mit übergezogenen Kapuzen zum Altar. Dort angekommen, entblößten sie ihr Haupt und nahmen in zwei Längsreihen rechts und links vor dem Altar Platz, auf dem eine wunderschöne Madonna über einer Mondsichel thronte.

Angespannt saß Paul in einer der hinteren Bänke und beobachtete abwechselnd die singenden Mönche und den Koffer, der zwischen Kniebank und Toms Füßen stand.

Die Zeit verrann. Ein Lied ging in das andere über, ohne dass der Timeserver im Innern des Koffers auch nur das leiseste Geräusch von sich gegeben hätte.

»Ich glaube, dass war ein Schuss in den Ofen«, raunte Tom resigniert. »Es hat keinen Zweck, länger zu bleiben.«

Am Altar setzte einer der Mönche zu einem neuen Lied an, das dem kleinen Heftchen nach, welche überall in den Bankreihen lagen, mit »Laudabo Deum meum in vita mea …« begann.

Plötzlich erklang ein leises Klicken.

»Verdammt! Es regt sich was!«, rief Paul außer sich vor Überraschung.

In den vorderen Reihen wandten sich einige Kirchgänger verärgert um, doch Paul und Tom achteten nicht darauf. Tom stürmte mit dem

Koffer in der Hand in Richtung Portal, und Paul überholte ihn noch und riss das schwere Portal auf. Keuchend gelangten sie nach draußen.

Im Laufschritt eilten sie zum Wagen. Mit zitternden Fingern kramte Tom den Schlüssel hervor.

»Ich gebe zu«, keuchte er, während er den Türöffner bediente, »ich habe nicht drüber nachgedacht, wie wir weiter verfahren, falls unser Plan funktioniert.«

Paul zuckte zurück, als Tom ihm den Koffer in die Hand drücken wollte.

»Na, nimm schon«, herrschte Tom ihn an. »Ich kann ja schlecht Auto fahren und das Ding unter Kontrolle halten, bis wir im Institut sind.«

»Kontrolle!« Paul schrie fast. »Was heißt hier Kontrolle? Ich weiß sowenig wie du, was ich mit dem Ding anstellen soll.«

»Schau doch einfach mal rein«, schlug Tom vor. Im Gegensatz zu Paul schien er zu wissen, was er wollte. Vorsichtig steuerte er den Wagen vom Parkplatz in Richtung Straße.

Mit zitternden Fingern öffnete Paul den strahlungssicheren Metallkoffer.

Ein grünliches Licht schimmerte ihm entgegen, und etwas Fremdes nahm augenblicklich von seinen Gedanken Besitz.

»*Benutzermodus kalibriert. Koordinaten festlegen. Rückholmechanismus aktiviert.*«

»Es spricht mit mir!«, rief Paul und hob die Hände, während er den geöffneten Koffer auf seinem Schoß balancierte. »Was soll ich tun?«

»Ich kann es auch hören«, erwiderte Tom genervt. »Vielleicht sollten wir mal rechts ran fahren und einfach aussteigen.«

Mittlerweile war es dunkel geworden, und im Lichtkegel der Scheinwerfer konnten sie erkennen, dass sie sich mitten im Himmeroder Wald befanden.

Bis zum Institut waren es nur noch ein paar Minuten Fahrt, doch Tom konnte sich nicht mehr auf die nachtschwarze Straße konzentrieren.

Der Wagen geriet ins Rutschen, als Tom abrupt in einen Seitenweg hineinfuhr und scharf bremste.

Paul wurde unvermittelt in den Sicherheitsgurt gepresst und bewahrte den Koffer in letzter Sekunde vor einem Aufprall gegen die Armaturen.

Tom stieß die Fahrertür auf und sprang in die Dunkelheit. Gehetzt rannte er durch den Lichtkegel des Wagens, um so schnell wie möglich zu Paul zu gelangen.

Mittlerweile war der Timeserver offenbar warm gelaufen, und die bereits bekannte weibliche Stimme kündigte weitere Aktionen an.

Nur zu gerne übergab Paul die anthrazitfarbene Schachtel an Tom, der die Beifahrertür aufgerissen hatte, um das Artefakt entgegenzunehmen.

»Ruf den Stützpunkt an!«, schnaubte Tom voller Hektik. »Die sollen schleunigst ein Sicherheitsteam rausschicken. Weiß der Teufel, was das Ding noch auf Lager hat.«

»In Ordnung«, antwortete Paul. Hastig zog er sein Mobiltelefon aus der Tasche, doch seine Gedanken wurden von der fremden Stimme in seinem Kopf beherrscht. Nur mühsam gelang es ihm, die Nummer der Einsatzzentrale zu wählen. 01 01 12 21. Gleichzeitig kramte er eine MAG-Light aus dem Handschuhfach, um Tom, der vor der geöffneten Beifahrertür in die Hocke gegangen war, ausreichend Licht zu spenden.

»Sie kommen sofort«, stieß Paul hervor. Er war erleichtert. Allerdings würden die übrigen Mitglieder ihres Teams ebenso wenig in der Lage sein, diesen Mechanismus zu beherrschen. Und doch war es ein beruhigendes Gefühl, wenn man ein paar gestählte Marines an seiner Seite hatte, bevor womöglich der nächste Ritter erschien.

Ein plötzliches Aufleuchten des Gerätes tauchte die gesamte Umgebung in einem Radius von etwa dreißig Metern in einen grünlich leuchtenden Nebel.

Ein markerschütternder Schrei ließ Tom zusammenfahren, und beinahe hätte er vor Entsetzen den Server fallengelassen.

Entgegen seinem ersten Impuls, sich in den Wagen zu verkriechen, stieg Paul aus. Voller Panik leuchtete er das umliegende Terrain ab. Er war sich nicht sicher, ob es Toms Schrei gewesen war, den er gehört hatte. Doch der junge Wissenschaftler hockte stumm und mit aufgerissenen Augen auf dem Waldboden, den Server auf dem Schoß und rührte sich nicht.

»Da hinten!«, stieß er atemlos hervor. »Da hinten ist etwas!«

In etwa drei Meter Entfernung regte sich ein Schatten. Paul schwenkte die Taschenlampe. Vielleicht hatten sie ein Reh aufgescheucht. Dann jedoch erfasste der Lichtkegel einen jungen, beinahe glatzköpfigen Mann.

Wie unter Zwang beleuchtete Paul die schmale Gestalt. Sie trug eine helle, grob gewebte Kutte und verharrte in einer ebenso unnatürlichen Erstarrung wie er selbst. Unten angelangt sah er, dass die bloßen Füße des Mannes in abgetragenen Riemchensandalen steckten, die ihm für diese Jahreszeit definitiv zu luftig erschienen.

»Tom«, bemerkte Paul mit erstickter Stimme. »Ich glaube, wir haben ein neues Problem.«

35

Donnerstag, 26. Oktober 1307 – Blinder Passagier

Bereits drei Tage nach Eintreffen des erzbischöflichen Edikts hatte Richard von Breydenbach alles beschafft, was man an Dokumenten für eine sichere Reise nach Franzien benötigte. Die Geschwister Caillou, wie Anselm und Hannah sich nannten, verfügten über einen Freibrief, der ihnen ihren freien Stand versicherte und über einen Geleitbrief für die deutschen Lande und Franzien, der ihnen zudem die Aufnahme in eine Spielmannsgilde bescheinigte, ausgestellt vom Rat der Stadt Trier. Desgleichen galt für Struan MacDoughaill, der nun Stefan der Schwarze genannt wurde, und Johan van Elk, den man kurzerhand in Hannes von Melk umgetauft hatte.

Gero war in die Fußstapfen seines verstorbenen Onkels getreten und besaß nun Dokumente auf den Namen Gerhard von Lichtenberg. Selbst Matthäus hatte man nicht unberücksichtigt gelassen, obwohl man ihn auf die Reise nach Franzien nicht mitnehmen wollte. Roland von Briey hatte ihn, ohne zu murren, als seinen illegitimen Sohn anerkannt und ihm seinen guten Namen geborgt, damit eventuellen Spionen Phillips IV. die wahre Herkunft des Jungen verborgen blieb. Nach allem, was Gero in der Zukunft gelesen hatte, war es durchaus wahrscheinlich, dass König Philipp Spitzel in die deutschen Lande entsandte, um nach Mitgliedern des Templerordens zu suchen. Erfahrungsgemäß würden die Schergen Nogarets mit ihren grausamen Foltermethoden selbst vor einem Knappen nicht Halt machen, ganz gleich welchen Alters er war, wenn sie sich von ihm einen Hinweis zum Verbleib gesuchter Templer erhofften.

Dann gab es da noch etwas, worüber Gero nur mit seinen Eltern gesprochen hatte. Falls er nicht lebend zurückkehrte, sollten sie sich der Erziehung des Jungen annehmen und dafür sorgen, dass er im rechten Alter den Ritterschlag erhielt.

Gero, der auf der Suche nach Matthäus war, um sich von ihm zu verabschieden, traf im Burghof auf seine Mutter.

»Was sollen wir dem Jungen sagen, wenn du nicht zurückkehren wirst?«, fragte sie leise.

»Sagt ihm, dass ich ihn immer wie einen eigenen Sohn lieben werde und dass ich stolz auf ihn bin, gleichgültig, was er tut«, erwiderte Gero rau.

Jutta von Breydenbach war nicht in der Lage, ihre Tränen zu unterdrücken Schluchzend legte sie ihren Kopf an die Brust ihres Sohnes.

»Es tut mir leid«, flüsterte sie, während Gero sie fest in seinen Armen hielt. »Ich wollte nicht weinen.«

»Macht Euch keine Sorgen«, sagte Gero sanft. »Der Allmächtige wird über uns wachen. Er allein weiß, welcher Weg der richtige für uns ist.«

Hannah war auf den Hof hinausgetreten. Sie trug den hellblauen Reisemantel, den Gero ihr auf der Genovevaburg beschafft hatte. Matthäus hatte recht. Mit ihrem lockigen, kastanienfarbenen Haar, das aus der Kapuze hervorschaute, und den weichen, lieblichen Gesichtszügen sah sie aus wie die Gottesmutter persönlich. Geros Mutter hatte ihr unterdessen einiges an Kleidung anfertigen lassen, die sich bereits auf dem Wagen befand und Hannahs Ähnlichkeit mit seiner verstorbenen Frau in schmerzlicher Weise bestätigte.

Der kalte Wind zerrte unnachgiebig an ihrem Mantel und blies ihr die darunter hervorblitzenden, rotbraunen Strähnen ins Gesicht. Suchend sah sie sich um. Als sie Gero fand, schenkte sie ihm ein flüchtiges Lächeln.

Noch am Morgen hatte sie seine Aufmachung bewundert. Ausgerüstet wie ein Turnierritter, im Wappenrock der Breydenbacher – ohne

Helm dafür mit Kettenhemd und Stulpenstiefeln –, hatte sie ihn mit Komplimenten überhäuft.

Ohne seinen Bart, den er sich wie Johan und Struan schon am gestrigen Tag hatte abnehmen lassen, kam Gero sich beinahe nackt vor. Er war das letzte Indiz seiner Templerzugehörigkeit gewesen, auf das er fortan verzichten musste.

Seit ihrem kleinen Streit war Hannah recht einsilbig gewesen und ihm aus dem Weg gegangen. Anscheinend nahm sie ihm immer noch übel, dass er sie hier auf der Burg hatte zurücklassen wollen. Dabei meinte er es nur gut mit ihr, denn die Angst, dass ihr etwas Furchtbares zustoßen könnte, empfand er schlimmer als die Furcht vor dem eigenen Tod.

»Was ist zwischen dir und dieser Frau?«, fragte seine Mutter unvermittelt, der aufgefallen war, dass er Hannah unentwegt anstarrte.

»Sie ist mir eine Freundin geworden«, sagte er, ohne nachzudenken.

»Eine Freundin?« Seine Mutter lächelte wissend. »Hat sie dich in ihr Bett gelassen?«

Gero schoss das Blut in die Wangen. »Wie Ihr wisst, gehöre ich einem Ritterorden an«, erwiderte er mit einiger Entrüstung in der Stimme.

»Das ist keine Antwort auf meine Frage.«

»Bitte«, gab er leise zurück, wobei er die Hände seiner Mutter ergriff. »Lasst mich ziehen. Ich möchte Euch nicht belügen.«

»Das könntest du auch gar nicht«, erwiderte sie mit einem wehmütigen Lächeln. Mehr aus dem Augenwinkel heraus sah sie zu Hannah hin, die immer noch unschlüssig in einem Torbogen stand. »Liebst du sie?«

Gero schaute verlegen zu Boden. »Ja«, flüsterte er.

»Ich werde jeden Tag für euch beten.« Seine Mutter schaute ihn fürsorglich an. »Auf dass euch kein Leid widerfährt. Denk stets daran!«

»Es kann losgehen«, sagte eine dunkle Stimme aus dem Hintergrund. Geros Vater war auf den Hof hinaus getreten.

Gero nickte. Nur schwer konnte er den Blick seiner Mutter ertragen. Wie um sich selbst davor zu schützen, wandte er sich schließlich ab und ging zu Hannah hinüber. Förmlich bot er ihr den Arm, um sie zu den Stallungen zu führen.

Richard von Breydenbach begleitete den Tross, zusammen mit seinem ältesten Sohn und Roland von Briey, bis zu jenem abgelegenen Lehenshof, wo Gero und seine Freunde sich in fahrende Spielleute verwandeln würden. Doch anders als die üblichen Gaukler und Troubadoure waren sie heimlich bis an die Zähne bewaffnet und ohne weiteres in der Lage auch einen härteren Zweikampf zu bestehen.

Unter der schmerzlichen Gewissheit, dass sie diesen Ort, so wie er war, vermutlich nicht wieder sehen würde, warf Hannah einen letzten Blick zur Burg.

Struan, der dicht vor ihr vom Hof hinunter auf die Straße ritt, saß mit hängenden Schultern auf seinem schwarzen Streitross. Seine Miene war wie versteinert. Seine schwangere Freundin legte offenbar keinen Wert darauf, sich ein letztes Mal von ihm auf dem Hof zu verabschieden. Hannah beobachtete, wie Gero seinen Percheron antrieb und zu dem finster dreinblickenden Schotten aufschloss, um ihm im Vorbeireiten voller Mitleid auf die Schulter zu klopfen.

Ihr Weg führte sie durch ein zerklüftetes Tal, dann auf eine staubige Landstraße hinaus, die von abgeernteten Feldern gesäumt wurde. Über allem lag ein dichter Morgennebel, und nur das dumpfe Klopfen der Hufe und das Krächzen der Krähen durchbrach die gespenstische Stille. Hannah begann sich daran zu gewöhnen, dass man hier jeden weiteren Weg zu Pferd zurücklegen musste, wenn man vorankommen wollte, und tätschelte ihrer braven Stute den Hals. Plötzlich tauchte ein weiterer, steingrauer Pferdekopf neben ihr auf. Mit einem herrischen Schnauben forderte der imposante Jütländer ihre Aufmerksamkeit. Hannah, ganz in Gedanken versunken, erschrak, und erst als sie aufsah, bemerkte sie den Reiter des herrlichen Kaltblüters. Es war Johan van Elk, der ihr einen interessierten Blick zuwarf.

»Ik wollt di neit schricken«, sagte er mit einem gewissen Bedauern in der Stimme. »Ik heff di blôt etewaz vragen wellen.«

Hannah lächelte ihn tapfer an. Obwohl er einen eigentümlichen Dialekt sprach, der sich von Geros Moselfränkisch unterschied, konnte sie ihn zumeist recht gut verstehen.

»Nur zu«, erwiderte sie mit einem aufmunternden Nicken, dass ihm die Scheu nehmen sollte, die er trotz seiner martialischen Erscheinung zumeist an den Tag legte, wenn er ihr allein begegnete.

»Ich wüsste gerne, ob es dir bei uns gefällt?«, fragte Johan leise, während er sich prüfend umschaute, um sich zu vergewissern, dass niemand ihre Unterhaltung belauschen konnte.

»Wie meinst du das?«, fragte sie überrascht.

»Nicht die verzwickte Lage, in der wir uns befinden, die kann niemandem gefallen«, beeilte er sich hinzuzufügen. »Ich meine ... ist es sehr viel anders, da wo du herkommst ... in der Zukunft.«

»Ein wenig«, antwortete sie diplomatisch.

Seine Lider verengten sich. »Ich wünschte, ich könnte es mir vorstellen«, sagte er leise.

»Es ist bestimmt nicht so schön wie das, was du kennst«, begann Hannah, um seine Neugier halbwegs zu befriedigen. »Diese göttliche Ruhe hier ist einzigartig. Und die vielen verschiedenen Tiere. Bei uns sind die Schweine fast nackt. Die Auerochsen sind ausgestorben, Wölfe und Bären gibt's nur noch in einsamen Gegenden oder eingesperrt in einem Gehege. Und dann die Luft – selten ist sie so würzig und frisch. Selbst euer Sternenhimmel ist klarer als der unserige. Da wo ich herkomme, dröhnt einem aus allen Ecken ein unglaublicher Lärm entgegen. Alles ist voller Maschinen, selbst in der Luft. Und wie sehr es überall stinkt, weiß ich erst, seit ich hier bin. Dabei dachte ich vorher, es wäre eher umgekehrt.«

»Hier riecht es auch an allen Ecken und Enden«, erwiderte Johan erstaunt. »Warte den Winter ab, und du kannst durch kein Dorf reiten, ohne dass dir unentwegt der Gestank von verbranntem Holz oder Torf entgegenweht.« Er lächelte schief. »Ich kann dir nicht sagen warum, aber ich dachte, da, wo du herkommst, ist es vielleicht besser als bei uns?«

»Nein«, entgegnete Hannah und war selbst überrascht, wie schnell ihr diese Antwort über die Lippen kam. »Manches ist leichter, aber längst nicht alles. Wir haben zwar etlichen Krankheiten den Garaus gemacht, aber dafür gibt es zahlreiche neue, die den alten an Grausamkeit in nichts nachstehen. Zudem blicken wir gerne zurück. Viele Baudenkmäler aus eurer Zeit hat man unter Schutz gestellt, damit die Nachwelt sie weiterhin bewundern kann. Und dann gibt es auch Dinge, die sich überhaupt nicht verändert haben.«

Johans Blick fiel willkürlich auf Gero, der die Spitze der Kavalkade anführte und mit Roland und Anselm in ein Gespräch vertieft war.

Die gutmütigen Augen des Ordensritters leuchteten, als er Hannah erneut ansah. »Wie steht es mit Männern und Frauen? Ist es das Gleiche wie hierzulande. Ich meine … begehren sie einander, lieben und vermählen sie sich?«

Hannah schmunzelte amüsiert. »Daran wird sich hoffentlich nie etwas ändern. Obwohl es mich wundert, das gerade du mir eine solche Frage stellst.«

»Warum wundert dich das?«, fragte er reserviert, und Hannah beschlich das Gefühl, dass er sie falsch verstanden hatte.

»Na ja«, antwortete sie zögernd. »Ich wundere mich, dass ausgerechnet ein Ordensritter mir eine solche Frage stellt. Ich befürchte, ich hatte von Männern wie dir und Gero eine völlig andere Vorstellung.«

Johan legte den Kopf schräg. »Und welche Vorstellung war das?«

»Ich dachte nicht, dass ihr so … normal seid«, begann Hannah lächelnd und wurde schnell wieder ernst, als sie in seinen Augen sah, wie wichtig ihm ihre Antwort war. »Außerdem dachte ich, dass Frauen in eurem Leben nicht vorkommen. Meine Vorstellung von einem Kreuzritter hat etwas mit bedingungsloser Pflichterfüllung zu tun. Beten und Töten im Auftrag des Herrn. Kaltblütig und ohne lange darüber nachzudenken.«

»Du hältst uns für grausam und einfältig?« Sein Blick wirkte entsetzt. »Wie kommst du darauf? Hast du schlechte Erfahrungen gemacht. Hat einer der Unsrigen dir Gewalt angetan?«

»Nein, nein«, beeilte sie sich zu sagen. »Es tut mir leid, hoffentlich hab ich jetzt nur nichts Falsches gesagt.«

Johan schüttelte seufzend den Kopf. »Du bist nicht die Einzige, die diese Vorurteile gegen uns hegt. Aber nichts davon ist wahr.« Seine Stimme hatte einen nachdrücklichen Tonfall angenommen. »Es gibt immer ein paar schwarze Schafe. Die sind jedoch eine Ausnahme. Wir haben strenge Regeln, an die wir uns für gewöhnlich halten. Und wenn einer von uns einem hübschen Mädchen hinterher schaut«, fügte er lächelnd hinzu, »heißt das doch noch lange nicht, dass er mit sämtlichen christlichen Vorsätzen bricht, oder?«

»Nein«, sagte Hannah. Sie war nahe genug an Johan heran geritten, so dass sie mit ihrer Hand mühelos seinen linken Arm berühren konnte. Er sah sie ein wenig irritiert an. »So hab ich's auch nicht gemeint. Ich kann dich und deine Kameraden gut leiden.«

»Ich dich auch«, sagte er und gab seinem Hengst einen Schenkeldruck, der das kraftvolle Tier unvermittelt nach vorne preschen ließ.

Nach einer Weile erhob sich inmitten eines Föhrenwäldchens ein stattliches Anwesen, das aus drei doppelstöckigen Fachwerkhäusern und einer Scheune bestand.

Noch vor dem Hoftor sprangen die Männer von ihren Pferden ab und wurden von einem älteren, beleibten Mann begrüßt.

Gero hatte Hannah erzählt, dass hier nicht nur der Wagen übernommen werden würde, sondern auch die Pferde getauscht werden müssten. Zum einen, weil die wertvollen Streitrösser das Brandzeichen der Templer trugen, zum anderen, weil sie darauf angewiesen waren, besondere Pferde mit sich zu führen, die eigens für die Bewältigung langer Strecken gezüchtet wurden.

Gero und seine Kameraden tauschten die Waffenröcke der Breydenbacher gegen mittelalterliche Alltagskleidung und spannten vier frische Pferde ein. Drei weitere Tiere wurden zum Wechseln an den Wagen gebunden. Während die Männer ins Haus gingen, um den Proviant für die Reise und den Hafer für die Tiere herbeizuschaffen, sah sich Hannah auf dem Hof um. Plötzlich stand Anselm neben ihr.

»Was suchst du denn?«

»Nichts«, beeilte sich Hannah zu sagen. »Ich wollte mich nur einmal umsehen. Für mich ist jeder Tag hier ein Erlebnis.«

»Wem sagst du das«, bestätigte Anselm seufzend. »Im Moment wüsste ich allerdings zu gerne, wo sich hier das stille Örtchen befindet.«

»Geh ins Haus und frag Gero«, entgegnete Hannah. »Der Hof gehört schließlich den Breydenbachern. Irgendeiner von denen wird wohl wissen, wo man hier seine Notdurft verrichten kann.«

Ohne ein weiteres Wort marschierte Anselm in Richtung Hauseingang davon.

Hannah nahm ihre Suche unverzüglich wieder auf und entdeckte Matthäus wenig später zwischen Hühnerstall und Bienenstock.

»Schnell«, rief sie dem Jungen mit verhaltener Stimme zu und zog ihn hastig zu dem Wagen hin, der für die nächste Zeit ihre einzige Behausung sein würde. Der Aufbau hatte stabile Holzwände und entsprach mit seinen bunten Girlanden und Gardinen, die zwei kleine Fenster schmückten, ganz dem, was Hannah sich unter einem Zirkuswagen vorstellte. Im rückwärtigen Teil befand sich der Zugang, durch den man gebückt das Innere erreichen konnte. Dort war alles untergebracht, was sie für diese Reise benötigten: Kleidung, Zelte, Decken, Gauklerzubehör ... und im Boden versteckt – die todbringenden Waffen. Man hatte sie mit den Schilden und Kettenhemden in einem geheimen Zwischenraum hinter Holzbrettern verstaut. Sofort nach ihrer Ankunft hatte Gero an derselben Stelle den Timeserver verborgen, und Hannah hatte beobachten können, dass der verbliebene Hohlraum noch ausreichend Platz bot, um einen blinden Passagier aufzunehmen.

Matthäus machte ein entsetztes Gesicht, als er sah, wie eng sein Versteck ausfiel.

»Falls du noch mal pinkeln musst, dann mach es jetzt«, riet ihm Hannah, die nicht weniger Aufregung verspürte als der Junge.

Matthäus schüttelte mit zusammengekniffenem Mund den Kopf und schlüpfte in den engen Hohlraum. Sein Gesicht wirkte ängstlich, als Hannah die Bretter über ihm herabließ.

»Ich lass dich raus, sobald wir weit genug weg sind, damit man dich nicht mehr zurück schicken kann«, versprach sie. »Außerdem werde ich das Brett ab und an hochheben, damit du frische Luft bekommst.«

Gegen Abend befanden sie sich, wie Johan meinte, etwa zwei Meilen von Sankt Mihiel entfernt, als Matthäus es in seinem engen Gefängnis nicht mehr aushielt und sich durch Rufe und Klopfen bemerkbar machte. Schließlich gab Hannah seinem Drängen nach, aus dem Versteck hervorkommen zu dürfen.

Gero, der auf dem Kutschbock saß, stoppte abrupt, als er den Tumult hinter sich im Wagen bemerkte.

»Ihr seid wohl von allen Heiligen verlassen«, brüllte er durch das kleine Fenster, durch das er vom Kutschbock aus ins Wageninnere sehen konnte.

Hannah fuhr erschrocken herum. Zu ihrem Entsetzen stürmte Gero wenig später in den Wagen, packte den Jungen bei den Haaren und riss ihm den Kopf in den Nacken.

»Was soll ich mit dir machen? Heh?« Der Templer lief rot an vor Zorn, und seine Augen funkelten angsteinflößend. »Prügeln sollte ich dich, bis du nicht mehr laufen kannst. Und dann sollte ich dich nach Hause schicken, und zwar zu Fuß, damit du jede verdammte Meile darüber nachdenken kannst, was für ein Schwachkopf du bist!«

»Lass ihn los!«, rief Hannah aufgebracht und rüttelte an Geros Arm. Es brauchte ihren ganzen Mut, um sich ihm entgegenzustellen. »Siehst du nicht, dass du ihm wehtust!«

Geros Lider verengten sich abschätzend, als er sie ansah. »Ich wüsste nicht, was dich das angeht, Weib«, entgegnete er finster. »Wenn ich es recht betrachte, kann ich mir denken, dass du mit ihm unter einer Decke steckst. Am Ende bist du es gewesen, die ihn zu diesem Irrsinn angestiftet hat.«

Hannah atmete tief durch und straffte ihre Haltung, bevor sie Gero aufs Neue widersprach.

»Wie kannst du ihn nach Hause schicken wollen, wenn er gar nicht weiß, wo sein Zuhause ist!« Ihre Stimme überschlug sich fast.

Gero schnaubte verächtlich. Doch wenigstens ließ er die Haare des Jungen los.

Matthäus standen Tränen in den Augen, nicht vor Schmerz, sondern vor Scham und Unglück.

Johan war nun auch hinzugekommen. Er hatte Mitleid mit Matthäus, aber auch mit ihr selbst, das konnte sie sehen, doch er sagte kein Wort.

Gero bedachte Hannah mit einem furchteinflößenden Blick. »Du hast keinerlei Ahnung, Frau«, zischte er, »in welche Gefahr du den Jungen gebracht hast. Wenn dir dein Leben nichts wert ist, so ist es deine Sache, aber für Matthäus trage ich die Verantwortung. Er führt keinerlei Ausweispapiere mit sich. Bei jeder verdammten Kontrolle, die uns bevorsteht, werden wir uns in langwierige Erklärungen verstricken müssen, wer er ist und woher er stammt. Wenn die Geheimpolizei Nogarets nach ihm sucht, befindet er sich in Lebensgefahr, und glaube ja nicht, dass die Schergen der Gens du Roi auf die Folter verzichten, nur weil er in deinen Augen noch ein Kind ist!«

Wenig später ließ Gero Halt machen und wählte ein Stück von der Straße entfernt einen Platz für ihr Nachtlager aus. Er wollte es nicht riskieren, von den Wachsoldaten der Stadt kontrolliert zu werden. Somit blieben ihnen die sicheren Stadtmauern verwehrt, was den eindeutigen Nachteil hatte, dass sie abwechselnd Wache schieben mussten.

Johan zündete ein Feuer an und bediente sich dabei aus einem kleinen Vorrat mitgeführter Buchenscheite. Der Wagen bot einen Sichtschutz zur Straße hin, auf der am Abend immer weniger Reiter und Gespanne entlang zogen. Ein paar Schaffelle und Decken mussten reichen, um ein Mindestmaß an Bequemlichkeit zu garantieren. Brot, Käse und Wein machten die Runde, doch während der ganzen Zeit sprach Gero kein Wort. Ein Stück abseits von Hannah saß er im Gras und würdigte sie keines Blickes. Schließlich hielt sie es nicht mehr aus. Sie erhob sich schweigend und marschierte, ohne auf ihre Umgebung zu achten, in die Dunkelheit hinein.

Anselm blickte verstört auf, unschlüssig, ob er ihr folgen sollte.

Johan war es schließlich, der sich seufzend erhob, und ihr, die Hand am Messergürtel, hinterher ging.

Hannah zuckte regelrecht zusammen, als er sich nach einer Weile beinahe lautlos herangepirscht hatte und sie unter einer alten Eiche sitzend vorfand.

»Ich bin es, Johan«, bemerkte er flüsternd und legte ihr beruhigend die Hand auf die Schulter. »Habe ich dich schon wieder erschreckt?«

»Macht nichts«, antwortete sie.

Johan konnte an ihrer Stimme hören, dass sie geweint hatte. Er setzte sich neben sie und tastete nach ihrer Hand, um sie sanft zu drücken. »Er meint es nicht so«, sagte er leise. »Er fürchtet sich – wie wir alle. Er sorgt sich um dich und nun auch um Matthäus.«

»Ich konnte den Jungen nicht zurücklassen«, rechtfertigte sich Hannah. »Ich weiß, wie sehr er an Gero hängt.«

»Du hast ihn lieb gewonnen, nicht wahr?«

»Wen?«

Johan lachte kurz auf. »Beide. Den Herrn und seinen Knappen.«

»Merkt man mir das so deutlich an?«

»Auch wenn ich nur ein Ordensritter bin, so kann ich doch die Liebe zwischen zwei Menschen erkennen.«

»Gibt es da zufällig jemanden, der deine Sinne geschärft hat?« Obwohl es dunkel war, konnte sie an Johans verlegenem Räuspern hören, dass sie mit ihrer Andeutung ins Schwarze getroffen hatte.

»Ja«, sagte er leise. »Sie lebt sogar hier in der Nähe.«
»Warum gehst du nicht zu ihr?«, fragte Hannah.

»Erstens ist es zu gefährlich, und zweitens wäre es nicht recht, sie in unsere Sache hineinzuziehen. Außerdem ergibt es keinen Sinn, dass wir uns je wieder sehen. Sie gehört zum Orden der Beginen, und ich bin immer noch ein Tempelritter. Was sollte aus uns werden?«

»Findest du nicht, dass es sich lohnt, für die Liebe zu kämpfen?«.
»Ich weiß nicht …«, antwortete er ausweichend und zog sie hoch. »Komm! Wir sollten zurückgehen.«

36

Samstag, 28. Oktober 1307 – St. Mihiel

Gegen Morgen erwachte Hannah. Ein paar Brocken Altfranzösisch drangen von außerhalb des Wagens an ihr Ohr. Sie hatte sich noch nicht aufgerichtet, als die Wagentür geöffnet wurde und Gero hereinkletterte. Vorsichtig stieg er über sie und den Jungen hinweg, der sich in der Nacht wie ein junger Hund schutzsuchend an sie gepresst hatte. Sie stellte sich schlafend, während er einen Stapel Kleider durchsuchte.

Als Hannah die Augen nur einen Spalt weit öffnete, konnte sie sehen, dass er Matthäus liebevoll über den Kopf streichelte. Sie spürte, dass er auf sie herabsah, und brachte es nicht über sich, ihn weiterhin zu täuschen. Schließlich beugte er sich überraschend zu ihr herunter und küsste sie zärtlich auf die Stirn.

»Zur Hölle«, sagte Gero, während er sich wieder erhob und einen tiefen Seufzer ausstieß. Dann wandte er sich von ihr ab und zog ein klimperndes Säckchen aus einer Wildledertasche und begab sich ohne ein weiteres Wort wieder nach draußen.

»Johan wird heute Morgen nach Saint Mihiel reiten, um die Lage zu sondieren«, bestimmte Gero, als er an das Lagerfeuer zurückkehrte, wo der Rest der Mannschaft das Frühessen einnahm. »Wenn es in der Stadt von franzischen Soldaten wimmelt, können wir nicht hinein und müssen einen anderen Weg finden, wo wir die Meuse auch ohne Brücke überqueren können.«

Anselm hatte interessiert zugehört, und Struan nickte nur beiläufig.

Es war noch früh, und die aufgehende Sonne durchdrang nur mühsam den kalten Bodennebel. Händler und Bauern fuhren auf laut ratternden Karren, gezogen von Ochsen und Maultieren, bereits Richtung Stadt an ihnen vorbei.

»Darf ich Johan begleiten?« Anselm schaute Gero fragend an, während er seine Hände an einem dampfenden Becher Wein wärmte.

»Von mir aus«, stimmte Gero zu. »Wenn er damit einverstanden ist.«

»Was sollte ich dagegen haben?«, fragte Johan arglos und biss in ein Stück Schwarzbrot.

»Du darfst ihn auf keinen Fall aus den Augen verlieren«, gab Gero zu bedenken. »In seiner Welt geht es völlig anders zu als hier bei uns.« Er griff nach der Kelle und goss sich ebenfalls etwas von dem aufgewärmten Roten in den Zinnbecher. Dann ließ er sich neben Johann nieder. »Vor allem solltet ihr euch von jeglicher Streitigkeit fernhalten. Anselm hat keine Ahnung, wie schnell es zu einem Kampf kommen kann.«

»Ich denke, ich soll nur Brot kaufen und mich ein wenig umsehen«, entgegnete Johan, nachdem er den letzten Bissen mit einem Schluck Rotwein hinunter gespült hatte. »Was soll schon passieren?« Dann stand er auf und verstaute seinen Becher in einer der Ledertaschen, die am Boden lagen. Schließlich nahm er seinen Sattel auf, der ihm als Kopfkissen gedient hatte, und wandte sich den Pferden zu, die in der Nähe des Wagens grasten.

»Komm schon, Compagnon«, sagte er und lächelte Anselm aufmunternd an. »Wir machen einen Ausflug.«

Anselm kannte Saint Mihiel. In der Neuzeit. Die mittelalterliche Variante erschien ihm mit ihrer imposanten Kirche im Zentrum überraschenderweise nur unwesentlich kleiner als der moderne Ort knapp siebenhundert Jahre später.

Allem Anschein nach ging es im Stadtzentrum des Jahres 1307 sogar um einiges lebendiger zu.

Nachdem sie ihre Dokumente vorgezeigt und die Zollstation passiert hatten, tauchten sie in das bunte Treiben eines orientalisch anmutenden Basars ein.

Die Pferde übergab Johan einem Wechselstall, wo man sie für ein paar kleine Münzen beaufsichtigte und mit Hafer versorgte. Überall hatte man hölzerne Marktstände aufgestellt, die frisches Gemüse und Obst feilboten, das in dieser Jahreszeit überwiegend aus Rüben, Kohl und Äpfeln bestand. In einer anderen Gasse hatte man auf blank gescheuerten Holzläden Berge von frisch geschlachtetem Fleisch ausgelegt, sauber zerhackt und nach Größe sortiert. Bei der kühlen Witterung mühte sich die Frau eines Fleischhauers redlich die vielen Fliegen, die darauf saßen, mit einer Lederklatsche zu verscheuchen. Nebenbei ordnete sie die weniger appetitlichen Teile, ganze Lungen samt Luftröhre, weißer Pansen, Schweine- und Hammelköpfe, die sie an eisernen Haken hängend und säuberlich aufgereiht an hölzernen Stangen feilbot. Darunter standen irdene Schüsseln mit Innereien. Nicht nur der Anblick, sondern auch der Gestank nahm Anselm beinahe den Atem.

Zwischen den Ständen lungerten seltsam aussehende Gestalten herum, die in Lumpen gekleidet waren und merkwürdige metallische Plaketten an langen Schnüren um ihre schmutzigen Hälse trugen.

»Was sind denn das für Kerle?« Anselm schaute Johan fragend an.

»Tagediebe«, schnaubte Johan. »Sag bloß, bei euch gibt es so was nicht? Ich frage mich immer, wie die es schaffen, fortwährend die Mildtätigkeit der Kaufleute auszunutzen. Siehst du die vielen Abzeichen, die sie an ihren Lumpen stecken haben? Ein jedes steht für einen Besuch an einem weit entfernten Wallfahrtsort. Keiner von denen denkt auch nur im Traum daran, einer anständigen Arbeit nachzugehen, statt dessen rühmen sie sich damit, für ihre Gönner ein gutes Wort bei diversen Heiligen einzulegen, deren Stätten sie kreuzen.«

Wie auf Kommando warf einer der Fleischer einem der wartenden Fürbitter ein Schweineauge zu, das dieser geschickt auffing, um es sich gleich darauf in den Mund zu stecken. Einem weiteren Bittsteller überließ er das zweite Auge. Die anderen Männer, die fordernd die Hände ausstreckten, bedachte er mit großen Stücken Fett.

Anselm musste so unvermittelt würgen, dass er es nicht mehr unterdrücken konnte. Johan, der bemerkt hatte, dass seinem Schützling übel wurde, zog ihn rasch in eine Seitengasse, wo ausschließlich Bäcker ihre Waren feilboten.

Irgendwo im dichten Gedränge um die Stände gab es plötzlich einen Aufruhr.

»Haltet sie fest!«, brüllte ein rotwangiger Mann, während er sich mit seinem dicken Schmerbauch durch die Menge schob. Mit einer Hand fasste er in das lange, rostrote Haar einer jungen Frau und riss sie brutal herum. Sie heulte kläglich auf und versuchte vergeblich, sich zu befreien, während ein zweiter Mann ihr kräftig ins Gesicht schlug.

»Sie ist eine Diebin«, krächzte eine zahnlose Alte, deren ehemals weiße Kopfbedeckung vor Schmutz starrte.

Wild um sich schlagend versuchte die junge Frau ein paar Faustschläge abzuwehren.

»An den Pranger mit ihr!«, rief ein dritter Mann, der offenbar zu einem der Nachbarstände gehörte.

»Was hat das zu bedeuten?«, fragte Anselm leise, während er spürte, wie ihm das Adrenalin in die Adern schoss, als einer der umstehenden Kerle ein langes Messer zückte und es dem Mädchen an die üppige Brust setzte.

Johan erwiderte nichts, sondern bahnte sich einen Weg zu dem unseligen Geschöpf hin. Diejenigen, die sich empört umdrehten, weil sie von ihm zur Seite gedrängt wurden, schwiegen augenblicklich, als sie sein vernarbtes Gesicht und seine martialische Gestalt bemerkten.

»Lasst das Weib ziehen!« brüllte er, dabei zückte er seinen langen Hirschfänger, den er bislang verborgen unter seinem braunen Lederwams getragen hatte. Der Bäcker schrak zusammen, und auch der Kerl mit dem Messer ließ augenblicklich von dem Mädchen ab.

Anselm sah sich aufgeregt um. Sein Herz schlug zum Hals heraus, als er bemerkte, dass hinter Johan ein weiterer Mann ein Messer zog. Wie in Trance griff er zu seinem Gürtel und fand das Stilett, das ihm Roland zum Nahkampf überlassen hatte. Sacht stieß er es dem zweiten Angreifer unter die linke Achsel. Der Mann zuckte kaum merklich und blieb wie erstarrt stehen.

»Wirf das Ding weg!«, raunte Anselm seinem überraschten Opfer von hinten ins Ohr.

Seine Stimme versagte ihm beinahe den Dienst, und ihn schwindelte, als der Mann tatsächlich tat, was er verlangte.

Johan hatte von all dem nichts mitbekommen, und Anselm fragte sich zweifelnd, ob es gut war, soviel Aufsehen zu erregen. Immer noch grimmig beäugte der narbengesichtige Templer die keifenden Marktleute.

»Sie wollte mein Brot stehlen«, rechtfertigte sich der Bäcker.

»Ich bin sicher, sie wollte es kaufen«, sagte Johan mit seiner ruhigen, dunklen Stimme, während er seinen Hirschfänger langsam senkte.

»Sie hat gar kein Geld«, keifte die alte Frau mit dem schmutzigen Gebende. Offenbar gehörte sie zu dem Bäcker. »Schaut sie Euch doch an. Vollkommen abgerissen. Womit soll sie denn bezahlen? In Naturalien?«

Ein hässliches Gelächter wallte auf, als der Bäcker hinter der Alten eine anzügliche Geste vollführte.

»Was schuldet sie Euch?«, rief Johan unbeeindruckt.

»Nichts«, sagte der Bäcker vorsichtig, immer noch den Dolch des grausam entstellten Hünen im Blick. »Sie hat die Brötchen nur angefasst.«

Johan schnaubte verächtlich und warf ihm eine Hohlmünze hin. »Fürs Anfassen sollte das reichen«, knurrte er.

Mit einer Hand packte der Templer den schmalen Oberarm des immer noch völlig abwesend wirkenden Mädchens und zog sie mit sich.

Von weitem näherten sich zwei Stadtsoldaten, die augenscheinlich auf den Tumult aufmerksam geworden waren.

»Lass uns gehen«, raunte er Anselm im Vorbeigehen zu, der staunend beobachtete, wie bereitwillig sich die hübsche Rothaarige von Johan abführen ließ.

Vor einer Schenke, unweit vom Ort des Geschehens entfernt, machten sie schließlich halt.

»Johan«, stieß die junge Frau unvermittelt hervor. Sie schluckte ihre Tränen hinunter und fiel ihm erleichtert um den Hals. »Dich schickt der Himmel. Ich wähnte dich längst in den deutschen Landen.«

Johan zog sie fest an sich und presste seinen Mund auf ihre Lippen. Mit geschlossenen Augen verharrten beide eine Weile in dieser Position, bis er sich zögernd löste. Die junge Frau jedoch schlang abermals ihre Arme um den Hals des Mönchskriegers und drückte sich an ihn, als wolle sie eins mit ihm werden.

Anselm blickte verwirrt zur Seite. Wie konnte es sein, dass jeder Ordensritter, der ihm in diesem Wahnsinn begegnet war, ein Verhältnis mit einer Frau hatte?

»Darf ich dir jemanden vorstellen?«, sagte Johan einen Moment später und nickte zu Anselm hin. »Das ist mein Freund Anselmo de Caillou. Anselmo, das ist das Edelfräulein Freya von Bogenhausen.«

Anselm begrüßte Johans Freundin mit einer angedeuteten Verbeugung, obwohl er sich wunderte, weil weder die Kleidung noch die verzweifelte Lage der jungen Frau auf ihre hochwohlgeborene Herkunft schließen ließ.

Anstatt Brot zu kaufen, lud Johan in ein Gasthaus ein. Anselm beobachtete fasziniert, wie Freya von Bogenhausen mehrere Portionen Kesselfleisch verschlang. Ihm selbst war der Appetit auf Fleisch vergangen. Während sie unentwegt kaute und schluckte, erzählte sie eine abenteuerliche Geschichte.

Nachdem sie und ihre Beginenschwestern Gero und seinen Kameraden zur Flucht verholfen hatten, stürmten die Soldaten des franzischen Königs das Kloster.

Alle Frauen wurden festgenommen und nach Troyes verschleppt. Bis auf die drei, die den Templern zur Flucht durch die unterirdischen Katakomben verholfen hatten. Als sie zurückkehrten, hatten die Schergen des franzischen Königs das Kloster vollständig niedergebrannt. Nichts war von dem altehrwürdigen Gemäuer übrig geblieben, das den Frauen auch nur annähernd hätte den Lebensunterhalt sichern können. Und die Menschen der Umgebung fürchteten sich zu sehr vor der Rache des Königs, als dass sie auch nur eine von ihnen hätten aufnehmen wollen. Die beiden anderen Schwestern, die mit Freya in den Tunnel gegangen waren, hatten bei Verwandten Unterschlupf finden können. Doch Freya kannte weit und breit niemanden. Somit war sie zunächst einmal in die Stadt geflohen, um von hier aus nach Möglichkeiten zu suchen, sich nach Metz oder Trier durchzuschlagen, wo sie bei einer anderen Beginengemeinschaft Unterschlupf finden konnte.

»Ihr werdet überall gesucht«, flüsterte sie Johan in einem verschwörerischen Tonfall zu und wischte mit einem Stück Brot die Reste der dunklen Soße vom Teller auf. »Ich weiß nicht, ob es Mut ist oder Dummheit, dass du zurückgekommen bist.« Sie sah ihn durchdringend an, während sie sich den letzten Bissen in den Mund schob. »Hier wimmelt es von franzischen Spitzeln.«

»Es ist Schicksal«, erwiderte Johan mit einem träumerischen Lächeln und schaute ihr tief in die grünen Augen.

»Schicksal«, wiederholte Freya nachdenklich und nahm einen Schluck des teuren Rotweins, von dem Johan gleich eine ganze Kanne bestellt hatte.

»Komm mit mir«, sagte er und ergriff ihre Hand. »Ich werde dir Schutz bieten, mit allem, was mir zur Verfügung steht.«

»Das glaube ich gern«, erwiderte sie mit einem spitzbübischen Lächeln. Mit einem Nicken zu Anselm hin fuhr sie fort. »Und was sagen deine Kameraden dazu, wenn du eine flüchtige Begine anschleppst, die ohne Nachweis über ihre Herkunft gezwungen ist, das Leben einer Kellerassel zu fristen?«

Anselm, der alles verstanden hatte, konnte sich denken, worauf das hübsche Mädchen hinaus wollte. »Gibt es hier einen Laden, in dem man Schreibgerät kaufen kann?« fragte er Johan unvermittelt

»Warum fragst du?« Johan sah ihn erstaunt an.

»Unten am Fluss lebt ein Jude, der Papier und Pergament verkauft«, warf Freya ein. »Soweit ich weiß, mischt er auch Tinte und bietet Gänsekiele feil.«

»Gut«, beschied Anselm. »Außerdem benötige ich rotes und gelbes Siegelwachs. Und ich brauche feines Werkzeug. Ein Hämmerchen und einen kleinen Meißel. Dazu Blei.«

»Willst du mir verraten, was du vorhast?« Johan zog die Stirn in Falten.

»So wie ich das sehe«, begann Anselm, »mangelt es euch an Dokumenten. So etwas lässt sich doch ohne weiteres fälschen. Bei mir zu Hause bin ich bekannt dafür, Siegel und alte Schriften zu kopieren. Für mich ist es ein Leichtes, ein Dokument anzufertigen. Ich muss nur wissen, wie es in etwa aussehen soll.«

Freya schob ihren Holzteller beiseite und beugte sich vor, während sie Anselm tief in die Augen blickte. »Wie war noch Euer Name?«, fragte sie süffisant. »Ich wusste gar nicht, dass es unter den Templern

Falschmünzer und Betrüger gibt. Alle Achtung, von Euch kann man getrost noch etwas lernen.«

»Er ist kein Templer«, erwiderte Johan eine Spur zu schnell, und als er Anselms enttäuschte Miene sah, fügte er hinzu: »Trotzdem ist er ein ehrenwerter Mann, der uns offenbar helfen will.«

»Na dann«, sagte Anselm und lächelte versöhnlich, »worauf warten wir noch?«

Ebenso unbemerkt, wie sie gekommen war, schlich sich Freya aus der Stadt heraus. An einer schilfbewachsenen Uferstelle unterhalb der Brücke nahm sie ihre Schuhe in die Hand und raffte ihr Kleid. Dann watete sie durch die eiskalte Meuse, die ihr an dieser Stelle bis zu den Oberschenkeln reichte.

Zur selben Zeit wurden die Wachen am Tor abgelenkt, indem sie Anselm und Johan kontrollierten, die für Brot, Getreide, Käse und frisches Bier einen Ausfuhrzoll zu bezahlen hatten. Ihre anderen Einkäufe versteckten sie geschickt unter ihren Kleidern.

Nicht weit hinter der Brücke nahm Johan die junge Frau in Empfang. Erleichtert darüber, dass sie unentdeckt geblieben war, hob er sie auf sein Pferd.

Anselm entging nicht, wie Johan für einen Moment selig die Augen geschlossen hielt, als das Mädchen vor ihm zu sitzen kam und sich an die Brust des Templers schmiegte.

»Wen haben wir denn da?«, entfuhr es Gero, als er sah, mit welch weiblicher Begleitung Johan zurückkehrte. Rasch erhob er sich von seinem Platz am Lagerfeuer, wo er zusammen mit Hannah und Matthäus ein paar mit der Hand gefangene Forellen am Spieß briet.

Struan stand ein wenig abseits und schaute kurz auf, dann fuhr er fort, mit einem Wetzstein die Klinge seines Breitschwertes zu schärfen.

»So sieht man sich wieder«, erwiderte Freya und warf ihr flammendes Haar zurück, nachdem Johan ihr vom Pferd geholfen hatte. Mit einem Lächeln ging sie Gero entgegen. »Ich wähnte euch längst in Sicherheit«, fuhr sie fort. »Und jetzt muss ich feststellen, dass ihr – so wie es scheint – allesamt dem Irrsinn verfallen seid und den Weg zurück antreten wollt.«

Gero musterte Freya von Kopf bis Fuß. Dabei entging ihm nicht, dass sie reichlich abgerissen aussah. »Wenn ich Euch so ansehe, gerate ich ernsthaft in Sorge, dass ihr Recht behalten könntet«, erwiderte er halb im Scherz. »Was ist mit Euch geschehen?«

Mit wenigen Worten berichtete Freya, was ihr widerfahren war.

»Ich bedauere Euer Schicksal aufrichtig«, erklärte er, als sie geendet hatte. »Es ist wohl unsere Schuld, dass Euch solches Leid widerfahren ist.«

»Ihr solltet Euer Mitgefühl für Euch und Euresgleichen aufheben«, sagte Freya ernst. »Überall verkünden Herolde die Gefangennahme Eurer Kameraden, und an jedem Kirchenportal steht angeschlagen zu lesen, dass ein jeder, der einem Templer zur Flucht verhilft oder gar versteckt, mit den schlimmsten Strafen zu rechnen hat.«

Freya sah in die Runde und entdeckte Hannah, die ein Stück weit von Gero entfernt im Schatten einer Eiche saß und offenbar aufmerksam zugehört hatte. Mit einem argwöhnischen Blick musterte Freya die fremde Frau und entschloss sich dann, ihr freundlich zuzunicken.

»Wenn Euch Philipps Soldaten erwischen«, fuhr sie schließlich an Gero gerichtet fort, »werden sie Euch häuten und vierteilen und jeden, der sich in Eurer Begleitung befindet, gleich mit, egal, ob es sich um Männer oder Frauen handelt.«

Gero seufzte, froh darum, dass Hannah kein Französisch verstand. »Für uns gibt es kein Zurück. Wir haben eine Mission zu erfüllen. Doch wenn wir Euch zuvor helfen können, eine sichere Zuflucht zu finden, tun wir es gern.« Sein Blick fiel auf die Löcher in Freyas Surcot. »Vielleicht könnt Ihr etwas Geld gebrauchen? Oder ein paar neue Kleider?«

Ein Lächeln glitt über Freyas Lippen. »Wenn Ihr nichts dagegen habt, würde ich mich Euch gerne anschließen. Schließlich haben wir denselben Feind.« Mit einem begehrlichen Seitenblick auf Johan, der keinem der Anwesenden entging, fuhr sie fort: »Ich habe gehört, Ihr wollt Euch als Spielleute verkleidet Zugang zur Festung von Chinon verschaffen, um Eure Kameraden zu befreien. Glaubt mir, ich weiß, wovon ich spreche. Wenn Ihr die Soldaten der Festung wirklich ablenken wollt, braucht Ihr Tänzerinnen, die keinerlei Scham empfinden, sich freizügig zu geben, und die sich bewegen können wie ein

Derwisch, ansonsten könnt Ihr Euer Vorhaben geradewegs vergessen.«

Struan, der sich bisher im Hintergrund gehalten hatte, kam näher und ergriff das Wort. »Und Ihr wisst, wie man so etwas bewerkstelligen kann?« Mit dieser Frage brach er zum ersten Mal seit ihrer Abreise sein Schweigen.

Freya bedachte den Schotten mit einem breiten Lächeln. »Zwei Jahre mit einem Spielmannszug und ein halbes Jahr harter Arbeit in einem gut geführten Freudenhaus in Köln sollten wohl reichen, um zu wissen, was die Männer brauchen, damit sie ihren Verstand verlieren.«

Struan blieb für einen Moment der Mund offen stehen, und Johan, der an einem Ziegenschlauch getrunken hatte, verschluckte sich und erlitt einen so heftigen Hustenanfall, dass sein schottischer Kamerad sich genötigt sah, ihm auf den Rücken zu klopfen.

»Ihr habt mich überzeugt«, sagte Gero mit einem Lächeln. »Trotzdem seid gewarnt! Ihr wisst, dass uns unser Wagemut den Kopf kosten kann.«

»Was sollte mich daran schrecken?«, fragte Freya und senkte den Blick. »Ich habe schon alles verloren, was man im Leben verlieren kann.« Plötzlich sah sie auf und schaute in Johans Richtung. Er hatte sie die ganze Zeit nicht aus den Augen gelassen. »Sagen wir einfach, ich folge meinem Herzen. Und dafür ist bekanntlich kein Preis zu hoch.«

Am späten Nachmittag hockte Anselm im Wagen. Unaufhörlich kratzte die Feder in seiner Hand über das sauber zurechtgeschnittene Pergament, das er auf einem Holzbrett ausgebreitet hatte. Konzentriert fuhr er sich mit der Zunge über die Lippen.

»Noch etwas Siegelwachs«, bat er, nachdem er den letzten Strich schwungvoll auslaufen ließ. Er streckte die Hand aus, ohne aufzusehen.

Johan überreichte ihm das erhitzte Eisenschälchen mit dem flüssigen Wachs.

Gero staunte, wie unter den Händen des Mannes aus der Zukunft ein Dokument zum Vorschein kam, das den Geleitbriefen seines Vaters in nichts nachstand. Mit gebührender Anerkennung nahm er eine Bescheinigung der Spielmannsgilde entgegen, die Freya und Matthäus jeweils eine eigenständige Identität verlieh und ihnen eine Einsatzberechtigung als Joglars bescheinigte.

»Perfekt«, erklärte Johan staunend, während er das zum Trocknen ausgelegte Ergebnis betrachtete. »So einen wie dich würden sie beim Orden mit offenen Armen aufnehmen.«

Ein Strahlen flog über Anselms Gesicht. Ein schöneres Kompliment hätte man ihm nicht machen können.

»Jetzt müssen wir nur noch abwarten, ob die Soldaten an den Zoll- und Wegestationen genauso begeistert sind«, bemerkte Gero. »Mattes, anspannen!«, rief er.

Wenig später setzte sich der Tross Richtung Saint Mihiel in Bewegung.

37

Sonntag, 28. 11. 2004 – Thomas von Hemmenrode

»Herrgott noch mal«, entfuhr es Tom, als er den neonbeleuchteten Flur entlang zum Labor hastete. »Das letzte, was wir gebrauchen können, ist ein Zisterziensermönch aus dem Jahre 1221. Wenn er wenigstens aus 1307 käme.«

»Nun ja«, beschwichtigte ihn Professor Hertzberg, der Mühe hatte, Schritt zu halten. »Immerhin wissen Sie jetzt, dass die Maschine tatsächlich funktioniert. Und wenn ich ehrlich bin, haben Sie mir mit dem Erscheinen dieses jungen Mannes einen großen Gefallen getan.« Ein breites Lächeln huschte über das Gesicht des jüdischen Historikers.

»Für Sie mit ihrem Interesse für alles, was aus der Vergangenheit stammt, mag das ja zutreffen«, lenkte Tom ein und verlangsamte sein Tempo. »Aber für den armen Kerl da drinnen ist es eine Katastrophe. Ich bin mir nicht sicher, ob es ihm gefällt, wenn er gleich von Ihnen zum Interview gebeten wird.«

»Nur ein paar harmlose Fragen«, beschwichtigte Hertzberg. »Dann können Sie den Goldfisch getrost zurück ins Wasser werfen.«

»Das ist ja die Krux«, entgegnete Tom gereizt, während er seinen Daumenabdruck auf ein Lesegerät an der Wand drückte, um eine der zahlreichen automatischen Türen zu öffnen. »Ich habe nicht die geringste Ahnung, ob das funktioniert. Wenn wir es tatsächlich schaffen, ihn dorthin zurückzubringen, wo er hergekommen ist, würde das zum einen bedeuten, dass meine Freundin und ihre Begleiter heil in der Vergangenheit angekommen sind, und zum anderen, dass wir sie mit dem Timeserver von dort zurückholen könnten. Aber bis jetzt wissen wir ja noch nicht einmal, wie und warum es diesen Menschen hierher verschlagen hat.«

Thomas von Hemmenrode saß verschüchtert auf dem weiß gekachelten Boden einer Isolierzelle der amerikanischen Streitkräfte. Mit dem Rücken zur Wand hatte sich der Zwanzigjährige in die hinterletzte Ecke verkrochen. Seinen blonden Haarkranz, der seine Tonsur einrahmte, hatte er soweit gesenkt, dass seine Nase nicht nur die Knie, sondern auch fast den mageren Brustkorb berührte.
 Als die Tür zu seinem kargen Gefängnis mit einem Zischen geöffnet wurde, schrak er zusammen.
 »Hat ihm schon jemand etwas zu essen oder zu trinken angeboten?«, fragte Hertzberg. Der junge Mann in der völlig sterilen Umgebung erinnerte ihn daran, wie er als kleiner Junge Insekten in Einmachgläsern gefangen hatte, nur um herauszufinden, wie lange sie darin ohne Nahrung, Flüssigkeit und Sauerstoff überleben konnten.
 »Keine Chance«, erklang eine weibliche Stimme aus dem Hintergrund. »Nachdem er uns in seiner ersten Verwirrung seinen Namen, sein Alter, seine Herkunft und das Jahr gesagt hat, aus dem er stammt, lässt er nicht mehr mit sich reden und verweigert jegliche Nahrungsaufnahme. Solange seine Vitalfunktionen noch stabil sind, brauchen wir uns allerdings keine Sorgen zu machen.«
 »Denken Sie, ich kann ihm trotzdem ein paar Fragen stellen?« Hertzberg bedachte Doktor Karen Baxter, die mit der medizinischen Betreuung des Forschungsobjektes betraut war, mit einem prüfenden Blick.
 »Natürlich. Ich werde ihm etwas von unserem Zaubermittel verabreichen!« Die attraktive Wissenschaftlerin lächelte. »Damit haben wir noch jeden zum Reden gebracht. Trotzdem habe ich ein paar von unseren starken Jungs gerufen. Nur für den Fall, dass unser Besucher übernatürliche Kräfte entwickelt.«

Sie schob den kleineren Historiker zur Seite. Mit einem Gerät im Anschlag, das einer futuristischen Weltraumpistole ähnelte, näherte sie sich dem Zeitreisenden, nicht ohne zuvor einen Blick zur Tür zu werfen, wo zwei Marines die Hand am Taser hielten, einer fortgeschrittenen Weiterentwicklung des früheren Elektroschockers.

Das leise Zischen der Pistole und ein Zucken, das den mageren Körper durchlief begleiteten den Einsatz eines Wahrheitsserums, das den Mönch aus dem 13. Jahrhundert garantiert zum Reden bringen würde. Üblicherweise nutzte man die Substanz bei widerspenstigen Kriegsgefangenen des 21. Jahrhunderts.

Bereitwillig berichtete Mönch Thomas anschließend, dass er der hiesigen Abtei des Jahres 1221 entstammte und in den Wald gezogen war, um Wermutkräuter zu sammeln, die bei verschiedenen Leiden im ordenseigenen Hospital eingesetzt wurden.

Hertzberg, der wegen seiner Jiddischkenntnisse keinerlei Probleme hatte, den Mann aus dem Mittelalter zu verstehen, wunderte sich, als sich der junge Mönch immer wieder bei ihm nach dem Jüngsten Gericht erkundigte. Offenbar glaubte er, in dem weißhaarigen Hertzberg dem heiligen Petrus gegenüberzustehen.

Hertzberg versuchte dem Mönch zu vermitteln, dass er Jude war und mit Petrus wenig gemein hatte, doch der Junge fragte gleich weiter, ob er im Fegefeuer oder gar in der Hölle gelandet sei. Er stand offenbar unter Schock und wurde immer wieder von Weinkrämpfen geschüttelt, während sich in den Mundwinkeln weißer Schaum bildete.

»Wir dürfen ihn nicht überfordern«, befand Karen, nachdem Thomas von Hemmenrode erschöpft in sich zusammengesackt war. »Seine Pulsfrequenz steigt stetig«, bemerkte sie, während sie im Kontrollraum stand und ihre Aufmerksamkeit auf einen der Überwachungsbildschirme lenkte. »Bevor er einen Herzanfall bekommt, sollten wir ihn narkotisieren. Ansonsten besteht die Gefahr eines psychotischen Schubes, wenn er Näheres über die Umstände erfährt, die ihn hierher geführt haben. Außerdem halte ich es nicht für gut, wenn er vor seiner Rückkehr zuviel über diese Zeit erfährt.«

»Denken Sie, er erfindet das Fahrrad?« Hertzberg lachte kurz auf.

»Nein«, erwiderte Karen Baxter mit ernster Miene. »Ich halte es vielmehr für möglich, dass der arme Kerl ungeahnte Schwierigkeiten bekommt, wenn er nach seiner Rückkehr seine futuristischen Erlebnisse zum Besten gibt.«

»Gib dem Mönch etwas, damit er die Katastrophe verschläft«, sagte Tom zu Karen. »Paul und ich werden derweil einen Weg suchen, ihn dahin zu bringen, wo er hergekommen ist.«

38

Samstag, 11. November 1307 – Chinon – Martinstag

Als Gero und seine Begleiter am Morgen des 11. November 1307 die Stadt Chinon erreichten, lag eine anstrengende, vierzehntägige Reise hinter ihnen, die sie über die Städte Troyes, Orleans und Tours geführt hatte. Mit einem Auto und auf modernen Verkehrswegen hätte man die mehr als 60 Meilen oder annähernd 650 Kilometer problemlos an einem Tag schaffen können, wie Anselm bemerkte.

Mehr und mehr faszinierte ihn das gut ausgebaute Wegesystem der Templer. Und zunehmend stellte er sich die Frage, ob überhaupt jemand in seiner Zeit ermessen konnte, wie perfekt das sogenannte finstere Mittelalter organisiert war. In regelmäßigen Abständen passierten sie Wechselställe, die den zahlreichen Boten die Möglichkeit gaben, Pferde und Post auszutauschen. Nicht wenige der Kuriere, die dieser Tage unterwegs waren, trugen den blaugelben Wappenrock des Königs von Franzien. Doch nicht nur die Wechselställe luden zu einer Rast ein. Hinzu kamen unzählige Gaststätten, in denen man für eine Nacht unterkommen oder gegen vergleichsweise wenig Geld Verpflegung in Form von Kuchen, Fleischpasteten und Suppen erwerben konnte, die dem Sortiment neuzeitlicher Imbissbuden einiges an geschmacklicher Qualität voraushatten.

Da Geros Vater sie mit ausreichend Silber versorgt hatte, litten sie auf der Reise weder Hunger noch Durst, und mehrere Male war es ihnen möglich gewesen, die erschöpften Zugpferde gegen ausgeruhte Tiere zu tauschen. Außerdem konnten sie an Zoll- und Wegestellen mühelos das geforderte Schmiergeld zahlen, um ohne Schwierigkeiten passieren zu können.

Noch bevor die hohen Festungsmauern von weitem auftauchten, hatte Gero beschlossen, die gepflasterte Hauptstraße von Tours kommend zu verlassen und einen holperigen Weg hinunter zum Ufer der Vienne einzuschlagen.

Beim Anblick des langsam dahinfließenden Flüsschens, das in der Morgensonne golden glitzerte, umspielte ein flüchtiges Lächeln Geros Lippen. Die Gewissheit, endlich heil und gesund am Ort der Bestimmung angekommen zu sein, erfüllte ihn offenbar trotz der bevorstehenden Gefahren mit Erleichterung. Zielstrebig steuerte er den geschlossenen Wagen in den kleinen Ort hinein, der wie ein Schwalbennest unterhalb der Festung klebte. Wie überall auf der Reise machte Gero auch hier einen Bogen um die örtliche Templerkomturei, die ihren Sitz außerhalb des befestigten Teils von Chinon, in der Nähe der Stiftskirche St. Mexme hatte.

So schnell wie möglich rumpelte der Wagen in Richtung Stadtmauer.

Es war Martinstag, jener Tag, an dem in Franzien der heilige Martin von Tours gefeiert wurde, an dem aber auch Steuern und Abgaben zu zahlen waren.

Vor einem trutzigen Stadttor staute sich der Verkehr, weil jeder, der den befestigten Teil Chinons betreten wollte, eine intensive Kontrolle über sich ergehen lassen musste. Im Schutze einer hölzernen Überdachung sammelten Uniformierte Geld ein und führten ellenlange Listen, auf denen die Namen der Fremden festgehalten wurden, die den Festungsbereich betraten. Alle anderen verfügten über Pergamente oder kleine Bleimarken, die ihnen den Zutritt zur Stadt sicherten.

»Wo wollt ihr hin?«, fragte der Wachhabende ungeduldig, als Gero vortrat, um den Wagen und dessen Passagiere anzumelden.

»Auf die Festung«, antwortete er tonlos.

»Wie viele seid ihr?«, fragte der Mann weiter.

»Sieben«, erwiderte Gero.

Die Feder seines Gegenübers kratzte harsch über grobes Papier. »Namen?«

Mit geduldiger Stimme nannte Gero die Namen aller Mitreisenden.

»Dokumente?«

Vor den Augen des Wachhabenden begann Gero umständlich einen Wust von Pergamenten und Papier zu sortieren, und Anselm fühlte sich an seine frühen Versuche erinnert, ein umfangreiches Kartenblatt mit einer Hand halten zu wollen. Doch Gero schaffte es mühelos, die zahlreichen Nachweise ihrer Reise, darunter einige abgelaufenen Passierscheine vorangegangener Städte, als Belege für ihre Rechtschaffenheit aufzufächern, ohne dass auch nur ein Stück davon auf den Boden segelte.

»Waffen?« Ein scharfer, fragender Blick traf Gero, als er nicht sofort antwortete.

»Wir sind Joglars«, stellte Gero mit einer betont unschuldigen Miene klar. »Da braucht es Schwerter und Dolche für die Vorführungen. Die Klingen eignen sich allerdings nicht für den Kampf«, log er.

Der Wachmann schrieb etwas nieder und lenkte seinen Blick ein letztes Mal auf das bunte Gefährt. »Ihr könnt passieren«, sagte er und winkte sie durch.

Mit ihnen zogen Bauern und Händler in die Stadt ein. Wie in einer Prozession bewegten sich Menschen, Pferde, Ochsen und Wagen durch die enge Gasse.

Hannah, die im Wageninneren an einem der offenen Fenster hockte und aufmerksam die Umgebung studierte, hielt für einen Moment die Luft an, als sich eine Herde laut meckernder Ziegen zwischen Häuserwand und Wagen vorbei quetschte. Ab und an blitzte das Azurblau des Himmels zwischen den dicht stehenden Giebeln der Häuser hervor, und wenn sie den Kopf ein wenig hinausstreckte, konnte sie über den aufragenden Kaminsimsen sogar ein Stück der herrschaftlichen Burg erkennen. Die weiß verputzten Türme und die glatten Dächer aus schwarzem Schiefer leuchteten regelrecht in der Morgensonne.

Vor einem windschiefen, mehrstöckigen Fachwerkhäuschen, über dessen Eingangstüre ein verschnörkeltes Holzschild mit der Aufschrift *Ad Stellam* – »Zum Stern« – baumelte, brachte Gero den Wagen zum Stehen.

Johan zügelte seinen Hengst und hielt ihn dicht neben dem Kutschbock. »Was hast du vor?« Er sah Gero, der aufgestanden war und sich umschaute, fragend an.

»Ich werde anfragen, ob wir hier übernachten können. Außerdem will ich, dass Hannah, Anselm und der Junge hier vorübergehend auf uns warten. Wenigstens solange, bis wir die Gefahren einschätzen können, die unser Vorhaben birgt.«

»Was ist?« Anselm ritt auf seinem braunen Wallach heran.

»Unser Kommandeur hat beschlossen«, antwortete Johan, der Gero zuvorgekommen war, »dass wir in diesem Gasthaus nach einem Nachtlager fragen und du mit deiner Schwester und dem Jungen hier auf uns warten sollst, bis feststeht, wie wir unsere Pläne am besten verwirklichen können.«

Anselm schüttelte ungläubig den Kopf, und obwohl es auf der Straße sehr eng war, wendete er sein Pferd, als er sah, dass Gero sich zum hinteren Teil des Wagens begab, um die Tür zu öffnen.

»Was soll der Unsinn?«, stieß er hervor, dabei schaute er Gero ärgerlich an. »Unser Kommandeur hat beschlossen …? Gestern hieß es noch wir gehen gemeinsam auf die Festung.«

Gero blieb stehen und wandte sich zu ihm um. »Tu am besten, was ich dir sage«, brummte er.

»Und wenn ich mich weigere? Ich will mit auf die Festung. Denkst du, ich lasse mir das entgehen?«

»Weißt du, was ein Befehl ist?« Struan kam auf seinem Rappen heran und mischte sich ein.

»Ich dachte, wir haben alle die gleichen Rechte«, entgegnete Anselm ruppig.

»Wenn du eine Schlacht gewinnen willst, kann es nur einen Anführer geben, ansonsten bist du schlecht beraten«, erklärte Struan mit fester Stimme.

Gero ignorierte Anselms finstere Miene und widmete sich von neuem der Wagentür. Freya kam ihm zuvor und hätte ihn beinahe von der kleinen Holztreppe gestoßen.

»Gibt es unter euch Kerlen irgendein Ungemach?«, fragte sie mit lauter Stimme.

»Sag Hannah, dass sie ein paar Sachen zusammenpacken soll«, antwortete Gero mürrisch. »Ich will, dass sie mit Anselm und Matthäus hier unten im Gasthaus bleibt, bis wir zurückkehren.«

Freya verschränkte ihre Arme über der Brust. »Wie stellst du dir das vor?«, erwiderte sie frech. »Soll ich mit den Schranzen auf der Festung alleine fertig werden? Ich kann auf Hannah nicht verzichten. Selbst wenn sie kein Wort franzisch spricht, benötige ich ihre Unterstützung. Sie ist eine auffallend hübsche Frau, die nicht nur die Aufmerksamkeit der Wachhabenden auf sich ziehen wird, sondern auch die der Offiziere. Wenn wir einen von ihnen an die Angel bekommen wollen, damit wir etwas über die Zustände im Verlies erfahren, geht es nicht ohne sie.«

Gero seufzte. »Also gut«, knurrte er, »aber dass du mir auf sie acht gibst. Und der Junge bleibt in jedem Fall mit Anselm hier unten.«

So wie Madame Fouchet, die Herbergswirtin von *Ad Stellam* aussah, hatte Hannah sich immer eine Puffmutter vorgestellt: drall, geschminkt, mit purpurroten Apfelbäckchen und in fortgeschrittenem Alter. Madame Fouchet trug einen an den Ärmeln tief geschlitzten Surcot, bei dem trotz der herbstlichen Witterung das Unterkleid fehlte und der einen tiefen Ausblick auf ihre welken Brüste gestattete. Die weiße Haube, die notdürftig ihr dünnes Haar bedeckte, konnte den fragwürdigen Eindruck, den sie vermittelte, nicht wettmachen.

»Das ist ein Freudenhaus«, murmelte Johan hinter vorgehaltener Hand und zwinkerte Gero zu. »Rechnest du tatsächlich damit, dass wir hier unsere Nachtruhe finden? Ganz zu schweigen von der Frage, ob du es wagen kannst, den Jungen in diesem Sündenpfuhl zurückzulassen?«

»Anselm wird auf ihn aufpassen, während wir auf der Burg sind.«

»Ah, Ihr wollt auf die Festung«, krächzte Madame Fouchet, die Geros letzte Worte aufgeschnappt hatte.

Gero wischte sich die Kapuze vom Kopf und vollführte eine so galante Verbeugung, dass Struan nur mühsam ein Grinsen unterdrücken konnte.

»Madame …« Gero hielt einen Augenblick inne. »Könnt Ihr uns ein oder zwei einfache Zimmer für eine Übernachtung zur Verfügung stellen? Es soll Euer Schaden nicht sein.«

»Selbstverständlich«, grunzte die Alte und stemmte die Hände in die üppigen Hüften. »Habe ohnehin im Moment keine Kundschaft.« Rasch erfasste sie, wer alles zu dieser seltsamen Truppe gehörte. Während sie Struan musterte, leckte sie sich lüstern die Lippen, und ein zweideutiges Grinsen machte sich auf ihrem verlebten Gesicht breit, als sie Hannah und Freya registrierte.

»Die Soldaten werden sich gewiss über Abwechslung freuen«, erklärte sie. »Seit Wochen haben sie keinen Ausgang, weil entweder neue Häftlinge im Anmarsch sind oder sich hoher Besuch ankündigt. Wenn es so weitergeht, verdirbt dieser Irrsinn mir noch das Geschäft.«
»Was für ein Irrsinn?«, fragte Gero betont arglos.
»Na, die Verhaftung der Templer!«, antwortete die Alte verwundert. »Sagt bloß, Ihr habt es noch nicht gehört? Philipp von Franzien hat alle Templer verhaften lassen. Und man munkelt, dass oben im Fort einige von ihnen hinter Gittern sitzen.« Madame Fouchet zwinkerte Gero wissend zu. »Die Templer sollen Sodomiten sein«, flüsterte sie verschwörerisch und brach gleich darauf in Gelächter aus. »Als wenn ich's nicht besser wüsste! Aber das allein kann ich mir als Grund für ihre Verhaftung nicht vorstellen«, fuhr sie mit gedämpfter Stimme fort. »Sie haben angeblich ein Geheimnis. Beten irgendeinen Götzen an. Und unser König ist ganz wild darauf zu erfahren, was es damit auf sich hat.« Madame Fouchet verzog den grell geschminkten Mund zu einem blutroten Strich. »Aber verratet bloß keinem, dass Ihr es von mir wisst«, zischte sie schließlich. »Eins meiner Mädchen hat geplaudert, nachdem sie einem der adligen Pfaffen den Schoß zurechtgerückt hatte. Ihr glaubt ja gar nicht, was diese Seelenkrämer in einem Anfall von Verzückung alles von sich geben. Sie rühmen sich sogar damit, dass sie foltern, was das Zeug hält. Abartige Hunde! Dort oben machen sie ehrenwerten Männern das Leben zur Hölle, und hier unten bei mir verlangen sie selbst nach der Peitsche.«

Mit Groll im Blick und dem Versprechen, sich nicht vom Fleck zu rühren, bezog Anselm zusammen mit Matthäus eines der engen, kleinen Zimmer im *Ad Stellam*. Er hatte nicht nur den Auftrag, auf den Knappen acht zu geben. Gero hatte ihm auch das Haupt der Weisheit überantwortet – mit dem Hinweis, falls dem Rest der Truppe etwas zustoßen würde, sollte Anselm unverzüglich mit dem Jungen zur Breydenburg zurückkehren und sich Geros Vater anvertrauen, bis sich etwas Neues ergab.
Mit Pferden und Wagen machten sich Gero und seine Gefährten anschließend auf zur Festung. Auf dem Berg angekommen, sprang Freya behände von dem kunterbunten Gefährt herunter. In ihrem we-

henden, türkisblauen Surcot, mit einem Ausschnitt versehen, der ihre Brüste in sündiger Eintracht zur Geltung brachte, schritt sie leichtfüßig auf den wachhabenden Soldaten zu, der am Haupttor der Festung seinen Dienst versah. Ihr langer roter Zopf wippte im Takt ihrer Schritte, und die am Rocksaum aufgenähten Glöckchen unterstrichen ihren verführerischen Auftritt mit einem leisen, hellen Klirren.

Der junge Soldat war im ersten Moment so verwirrt, dass er nicht wusste, wohin er seinen Blick angesichts dieses sündhaft schönen Geschöpfes zuerst richten sollte. Freyas Lachen betörte ihn zudem noch, und nachdem sie ein paar Worte gewechselt hatten, gewährte er dem seltsam anmutenden Tross Einlass und vergaß dabei ganz und gar, die Männer auf Waffen zu durchsuchen.

Im Innenhof des königlichen Schlosses, in dem Philipp IV. von Franzien lediglich auf seinen Reisen in den Süden des Landes logierte, wurden sie mit lautem Gejohle von einigen Kindern empfangen, die sich zu langweilen schienen.

Gero und seine Kameraden kannten diesen weniger düsteren Teil der Festung nur zu gut. Mehrmals hatten sie hier oben, wenn sie den Treck des Papstes nach Poitiers begleiten mussten, eine Rast eingelegt. Im Gegensatz zu den pittoresken Gebäuden und Türmen im vorderen Teil der Anlage beherbergte der westliche Trakt ein Verlies, das mit seinen massiven Kellergewölben und den verschiedenen, stark befestigten Donjons durch einen künstlich angelegten, tiefen Graben von der eigentlichen Wohnburg getrennt war und nur über eine Zugbrücke erreicht werden konnte.

»Ihr kommt wie gerufen«, frohlockte der untersetzte Vogt, der ihnen mit einem jovialen Lächeln entgegen schritt. Sein Blick nahm unverschämte Züge an, als er Hannah und Freya betrachtete. »Zurzeit haben wir hier vor Ort fünfzig Männer unter Waffen stationiert, die für die Bewachung des Kerkers zuständig sind, und heute am Martinstag ist es gerade recht, dass wir ein bisschen feiern.«

Hannah verstand nichts von dem, was der etwa vierzigjährige Mann von sich gab. Dafür betrachtete sie umso eingehender seine Kleidung, die ausgesprochen vornehm erschien. Der dunkelgrüne Surcot aus feinem Samt war an den Säumen mit Goldlitze bestickt, und an beinahe jedem Finger steckte ein protziger Ring.

»Was nehmt ihr als Entlohnung?«, fragte der Vogt an Gero gerichtet, den er offenbar für das Oberhaupt der Truppe hielt.

»Ein Geleitbrief mit königlichem Siegel wäre für unsere weitere Reise von Vorteil«, entgegnete Gero. »Wir müssen anschließend bis nach Poitiers, wo wir den Hofstaat des Papstes erfreuen sollen.«

Der Vogt wiegte den Kopf. »Könnt Ihr haben«, sagte er lahm. »Und Ihr wollt wirklich kein Geld?«

»Vielleicht ein wenig Silber, wenn es Euch beliebt«, fügte Gero hinzu, um den wahren Wert des Geleitbriefes zu verschleiern, der ihm mehr bedeutete als alle Schätze dieser Festung.

»Wie steht es mit Kost und Logis?«

»Macht Euch keine Umstände«, sagte Gero leise. »Wir bleiben nur eine Nacht und haben bereits eine Unterkunft gefunden. Darüber hinaus sollte ein bescheidenes Abendmahl und ein wenig Hafer für die Tiere genügen.«

»Wohl gesprochen«, erwiderte der Vogt und verriet, als er lächelte, dass ihm ein paar Zähne fehlten. »Wenn Eure Darbietungen es wert sind und Eure Damen sich nicht zieren, sollt ihr noch einen Bonus bekommen.«

Gero zuckte es in den Fäusten. Herr im Himmel, warum musste ein jeder Narr die Frauen einer Spielmannstruppe für Freiwild halten, dachte er, wobei ihm seine Verärgerung anzusehen war.

Freya trat lächelnd hervor, um den Vogt abzulenken, damit er Geros Unmut nicht bemerkte. »Hoher Herr, wir werden Euch nicht enttäuschen, seid gewiss. Nicht wahr?«

Freya hatte Hannah bei der Hand gefasst und lächelte sie auffordernd an. Hannah lächelte unwissend zurück, während Gero nur mit Mühe seine Abscheu unterdrücken konnte.

»Also«, bestimmte der Vogt, »wir erwarten Eure Vorstellung kurz vor Sonnenuntergang.«

Die Dämmerung war bereits angebrochen. In der großen Halle der Wohnburg hatte sich eine Schar von laut palavernden Männern in den unterschiedlichsten Uniformen versammelt. Auffällig war, dass den Soldaten in schwarzen Überwürfen und braunen Lederwesten die besten Plätze direkt vorne bei den Musikanten und neben den wenigen, anwesenden Damen zuerkannt worden war. Im hinteren Teil des Raumes schoben und drängten sich die blaugelben Wappenröcke der königlichen Schergen, um Platz zu finden.

Gero pochte das Herz bis zum Hals, als er die Laute zupfte, um gemeinsam mit Johan, der abwechselnd die Trommel schlug und die Drehleier betätigte, das erste Lied anzustimmen.

Struan, der als vollkommen unmusikalisch galt, war auf dem weitläufigen Hof verblieben, wo er im Zwielicht weniger Fackeln den Wagen bewachte und sich um die Pferde kümmerte.

Freya, die nach Beginn der Melodie in einem leuchtend grünen Surcot auf einer kleinen, improvisierten Bühne erschien, bewegte sich aufreizend wie eine Bauchtänzerin im Takt der rhythmischen Klänge. Den Rock ihres Kleides hatte sie eigenhändig bis zur Hüfte geschlitzt, nachdem das Grundmodell für ihren Geschmack definitiv zu brav ausgefallen war. Johan sah schmerzerfüllt zu Boden, nachdem er bemerkt hatte, wie die lüsternen Blicke der Männer die hervorquellenden Brüste und die straffen Schenkel des Mädchens streiften, die bei jeder Bewegung unter dem Kleid hervorblitzten.

Anders als Freya hielt Hannah sich zurück. Sie war froh, ein ockerfarbenes Kleid gewählt zu haben, dass keinen unzüchtigen Einblick zuließ, und am liebsten hätte sie angesichts eines derart gaffenden Publikums einen Schleier angelegt. Freya jedoch hatte lediglich ein perlenbesticktes Netz zugelassen, das in bestechender Schönheit Hannahs kastanienfarbene Locken bändigte.

Im Auftrag des Vogtes ging Hannah herum und bot den bereits angetrunkenen Gästen kandiertes Obst auf einer Zinnplatte an. Dabei musste sie es sich wohl oder übel gefallen lassen, dass der ein oder andere Soldat ihr an den Hintern packte oder ihre Brust berührte. Hier und da raunte man ihr zischende Bemerkungen zu, und sie sah es als einen glückliche Fügung an, dass sie nichts davon verstand.

Der Abend verging wie im Flug, und selbst die sanften Balladen, die Gero von Zeit zu Zeit vortrug, um die Gemüter zu besänftigen, fanden den Beifall des Publikums.

Um die Laune der ihm anvertrauten Männer noch weiter zu heben, hatte der Burgvogt zu Ehren des heiligen Martin Dutzende von Gänsen schlachten lassen, die seit dem Nachmittag an überdimensionalen

Spießen vor sich hin brutzelten. Zwischen den einzelnen Vorstellungen verteilten diensteifrige Pagen Brot und Fleisch an die ausgelassene Menge.

Während Gero und Johan dazu angehalten wurden, weitere Stücke für einen Tanz aufzuspielen, näherte sich einer der braunschwarz gewandeten Soldaten Freya, die nach ihrem letzten Auftritt noch ganz außer Atem war, um ihr einen Becher Wein anzubieten. Er war ein gut aussehender Kerl, wie Hannah befand. Vielleicht Mitte Zwanzig, aber das Alter war in dieser Zeit ohnehin schwierig zu schätzen.

»Madame«, sagte er und lächelte Freya charmant an. Freya lächelte strahlend zurück, offensichtlich erfreut darüber, dass ihr vermeintliches Opfer einen solch angenehmen Anblick bot. Der junge Mann beugte sich vertraulich zu ihr hinab, schob galant ihre rote Mähne beiseite und flüsterte ihr etwas ins Ohr.

Hannahs Blick fiel auf das lockige, kinnlange Haar des Soldaten, und sie wurde unvermittelt an Tom erinnert. Immer wieder stellte sie sich die Frage, wie es ihm und Paul ergangen war und ob die beiden nach Möglichkeiten suchten, sie und Anselm zurückzuholen.

Lächelnd erwiderte Freya etwas und zeigte auf Hannah. Da erst wurde der Soldat auf sie aufmerksam. Er grinste breit und nahm zwei Finger zwischen die Lippen. Dann wandte er sich um. Ein Pfiff, der sogar die Musik übertönte, erklang, worauf einige umherstehende Männer auf ihn aufmerksam wurden. Mit einer Art Zeichensprache verständigte er sich lautlos über die Köpfe der anderen Anwesenden hinweg, und ein groß gewachsener blonder Mann löste sich aus einem Pulk von Uniformierten.

Freya unterhielt sich einen Augenblick mit beiden Männern, und offensichtlich wurde man sich einig. Kurz darauf stellte sie die beiden erwartungsfroh wirkenden Soldaten Hannah vor.

»Das sind Pierre und Michel«, erklärte sie ungerührt. »Michel stammt aus Lothringen«, fuhr sie fort und deutete mit einem Nicken auf den blonden Kerl, der Hannah aus eng zusammenstehenden Augen anstarrte. »Er spricht die Sprache der deutschen Lande. Die beiden sind Hauptleute der Gens du Roi«, erklärte sie weiter, in einem gewichtigen Tonfall, der wohl die Bedeutung der beiden Männer herausstellen sollte.

Wenig später fand Hannah sich am Ausgang wieder, den zweiten Becher Wein in der Hand. Michel redete unaufhörlich auf sie ein, und ohne zu antworten, sah sie sich hilfesuchend nach Gero um, der viel zu weit weg und zudem zu beschäftigt war, um ihre Blicke zu bemerken.

Eigentlich machte ihr Gesprächspartner einen netten Eindruck – wenn er ihr nicht stetig näher gerückt wäre und seine Finger hätte bei sich behalten können.

Fassungslos sah Hannah mit an, wie Freya es hinter einem Mauerwinkel zuließ, dass Pierre ihren Hals mit Küssen bedeckte. Lachend löste sie sich von ihrem Verehrer und flüsterte ihm etwas zu.

»Wir haben uns entschieden, einen Spaziergang zu machen«, erklärte Freya aufgekratzt, nachdem sie ihren Begleiter zu Hannah hingezogen hatte. Während Pierre sich mit Michel unterhielt, nutzte Freya die Gelegenheit, Hannah über ihr Vorhaben aufzuklären.

»Mach dir keine Gedanken«, flüsterte sie ihr zu. »Ich habe erreicht, was ich wollte. Er zeigt mir das Verlies.«

»Lass mich nicht allein zurück«, erwiderte Hannah unruhig.

»Mach dir keine unnötigen Sorgen«, murmelte Freya beschwörend. »Es muss sein. Ansonsten wüsste ich nicht, wie wir erfahren sollten, wo die Brüder gefangen gehalten werden. Es wird dir nichts geschehen, wenn du mit Michel hier bleibst und ihm ein wenig Gesellschaft leistest, kommt er nicht auf die Idee, uns zu folgen.«

Hannah wollte noch etwas sagen, doch plötzlich stand der blonde Lothringer neben ihr und verkündete mit einem schrägen Lächeln, dass er seinen Kameraden auf dessen Spaziergang begleiten wolle und dabei keinesfalls auf Hannahs Gegenwart verzichten könne.

Freya war anzusehen, dass ihr die Überlegung von Pierres blondem Mitstreiter nicht sonderlich gefiel. Aber was hätte sie dagegen einwenden sollen? Zumal Pierre von dieser Idee offenbar ebenso begeistert schien wie sein deutsch sprechender Kollege.

Der blonde Soldat bot Hannah den Arm, und widerwillig ließ sie zu, dass er sie in die feuchtkühle Nacht hinauszerrte. Freya und ihr Begleiter gingen voran. Pierre hatte seinen Arm um die Schulter der zierlichen Begine gelegt und spielte unablässig mit ihrem offenen, rotlockigen Haar.

»Wo gehen wir hin?«, fragte Hannah den Lothringer, nachdem sie all ihren Mut zusammengenommen hatte, um ihn endlich auf mittelhochdeutsch anzusprechen.

Im Feuerschein der Fackeln bemerkte sie einen überheblichen Ausdruck auf seinem Gesicht. »Du hast einen merkwürdigen Dialekt«, meinte er schmunzelnd. »Pierre hat den Vorschlag gemacht, reizenden Damen wie euch einmal richtige Männer zu zeigen.«

Ihre Schritte hallten auf dem glatten Pflaster wider. Hannah spürte, wie ihr Herz klopfte und wie sie vor lauter Aufregung außer Atem geriet. Michel, der kaum größer war als sie selbst, sah sie belustigt an.

»Geht es dir zu schnell?«, fragte er amüsiert.

Hannah schüttelte stumm den Kopf.

»Es ist gleich dahinten«, bemerkte er, während er auf einen rechtwinkligen Arkadengang zuhielt, der von zahlreichen Fackeln beleuchtet wurde.

Ab und an schallte ein zackiger Gruß von den Wehrmauern, der unzweifelhaft den beiden Männern galt, die sie begleiteten, aber weder von Pierre noch von Michel erwidert wurde. Obwohl sich Hannah ihren wärmenden Mantel übergezogen hatte, verspürte sie eine unheimliche Kälte, als sie sich einem Torbogen näherten, der den Zugang zu einem vergitterten Eingang markierte.

»Seigneurs!« Der junge Wachsoldat salutierte, als er erkannte, dass ihn zwei offenbar höher gestellte Offiziere beinahe bei einem Schläfchen erwischt hätten.

»Tor auf, du Trottel!«, brüllte Pierre in einer Weise, die Hannah schaudernd erahnen ließ, dass sich hinter dem freundlichen Lamm womöglich ein böser Wolf verbarg. Er nahm eine Fackel von der Wand und reichte Michel eine zweite, bevor sie auf eine schwere, eisenbeschlagene Eichenholztüre zusteuerten, die sich wie von Geisterhand öffnete.

Nachdem sie zwei weitere verunsicherte Wachposten passiert hatten, führte ein langer, von Fackeln illuminierter Gang zu einem düsteren Kellerloch.

»Angst?«, fragte Michel spöttisch, als er sah, wie unsicher Hannah die ersten Stufen einer engen Wendeltreppe betrat. Jedoch war es weniger Angst, was Hannah empfand, vielmehr quälte sie eine fast unbezwingbare Übelkeit. Es roch nicht nur nach Kot und Urin, sondern auch durchdringend nach Blut und Schweiß.

Nach ein paar weiteren Schritten blieb ihr Begleiter plötzlich stehen und drehte sich grinsend zu ihr um. Fast spielerisch ergriff er ihre Hand und führte sie zu seinem Schritt. »Wenn du dich fürchtest, kannst du getrost ordentlich zupacken«, raunte er ihr zu und nutzte die Gelegenheit, ihr rasch einen Kuss auf die Lippen zu drücken. Entsetzt wich sie zurück, nicht nur wegen seines unverschämten Benehmens, sondern auch, weil der Idiot ihr mit seiner brennenden Fackel beinahe die Haare versengt hätte.

»Was ist?«, fragte Michel herausfordernd, nachdem sie ihre Hand zurückgezogen und entschieden Abstand genommen hatte. »Magst du mich etwa nicht?«

Ihr Herz klopfte, als wollte es zerspringen, zumal Freya und ihr Galan schon längst in den weit verzweigten Gängen verschwunden waren, die sich am Fuße der Treppe anschlossen.

»Schon«, antwortete Hannah, während sich ihre Gedanken überschlugen, was sie dem Kerl antworten sollte. »Doch für ein Liebesabenteuer gibt es sicher bessere Plätze als diesen stinkenden Keller?«

»Gewiss«, erwiderte er grinsend. »Aber ich hab mich schon immer gefragt, wie es wäre, wenn man es mit einem so hinreißenden Geschöpf wie dir in einem düsteren Kerker triebe. Vor den Augen all dieser schmachtenden Männer.«

Für einen Moment schien Michel sich an ihrer Entrüstung zu weiden, dann lachte er schallend auf.

»Keine Angst, mein Herz«, lenkte er ein und zog sie ein weiteres Mal zu sich heran, um sie zu küssen. »Du riechst gut«, sagte er, während er sie voran drängte.

Der Lothringer erhob abwehrend seine Fackel, als plötzlich eine weitere Gestalt um die Ecke bog und sich ehrerbietig verneigte. Der Kerl war unförmig, klein und mit einem pockennarbigen Gesicht gestraft.

Ein furchterregender Gnom in seinem feuchtkalten, nach Tod und Verdammnis stinkenden Loch, dachte Hannah. Und dabei fehlte nicht viel, um ihr die ganze Situation absolut unwirklich erscheinen zu lassen.

Ein riesiger Schlüsselbund klirrte an seinem ledernen Gürtel, der viel zu eng um seinen aufgedunsenen Bauch geschnallt war. Sein ehemals weißes Hemd war blutbefleckt und ganz erstarrt vor Schmutz.

»Bring uns zu den Templern!«, befahl Michel dem Wärter in einem schneidenden Befehlston. »Ich möchte der Dame einmal zeigen, wie die Gens du Roi mit ihren Widersachern umgeht.«

Von irgendwoher waren Schritte zu hören, und in einiger Entfernung glaubte Hannah, Freya zu erkennen. Nicht der Gestank, sondern die nackte Angst schlug ihr auf den Magen, als sie im Schein der Fackeln eine Reihe von vergitterten Verschlägen erreichten. Hier und da war ein leises Schnarchen zu vernehmen, und von Zeit zu Zeit durchschnitt ein schauderhaftes Stöhnen die Stille.

Michel trat an eines der Gitter heran. Der Schein seiner Fackel fiel auf das verwirrte Gesicht eines bärtigen jungen Mannes, der apathisch vor sich hin starrte.

»Schon mal einen Sodomiten gesehen?«, fragte Michel mit einem provozierenden Lachen. »Schau ihn dir gut an! So sieht ein Templer aus, wenn er nicht mehr stolz sein Banner vor sich hertragen kann.«

Fassungslos blickte Hannah zu dem Gefangenen hin. Sein dunkles Haar klebte verschwitzt und schmutzig am Kopf. Leise stöhnend versuchte er sich aufzusetzen und hielt sich dabei den linken Arm. Seine Miene verkrampfte sich vor Schmerzen. Allem Anschein nach war der Arm gebrochen oder ausgerenkt. Sein Körper wirkte abgemagert, und seine nackten Beine waren mit blauen Flecken und Brandmalen übersät.

Hannah umklammerte die rostigen Gitterstäbe. Zu gerne hätte sie dem schwer gefolterten Templer Mut gemacht und ihm gesagt, dass es vielleicht einen Ausweg gab, diesem Grauen zu entrinnen. Doch vor Michel durfte sie sich nichts anmerken lassen.

»Na, mein Junge«, rief Michel hämisch, »da hat euch Philipp von Franzien ganz schön den Arsch aufgerissen. Besser hättet ihr es euch selbst nicht besorgen können.«

»Ich möchte gehen«, flüsterte Hannah, während sie mit den Tränen kämpfte.

»Sag bloß, du hast auch noch Mitleid mit diesem Abschaum?«

»Nein«, erwiderte sie und wandte sich ab. »Mir ist nur übel. Ich bin diesen Gestank nicht gewohnt.«

Wie betäubt wankte sie die steinerne Wendeltreppe zum Ausgang hinauf. Einer Ertrinkenden gleich rang sie nach Luft, als sie endlich ins Freie gelangte.

»Komm her, meine Schöne«, zischte Michel, der ihr dicht gefolgt war. Er packte sie am Arm und zog sie zu sich heran. »Lass dir Trost spenden.«

Als wäre sie eine Marionette, ließ Hannah es zu, dass er ihre Taille umfasste und sie küsste.

»Die Vorstellung ist noch nicht beendet«, flüsterte er und leckte mit heißem Atem über ihr Ohr. »Jetzt kommt der angenehme Teil.«

»Bitte«, presste sie gequält hervor, dabei versuchte sie vergeblich sich seinem Griff zu entwinden. Mit einem mitleidigen Grinsen ließ er endlich von ihr ab.

Dumpf hallten ihre Schritte in die Nacht, als er sie kurz darauf erbarmungslos mit sich zog und sie gemeinsam den Hof überquerten. Hannah dachte daran um Hilfe zu schreien, doch wer sollte sie hören?

Michel öffnete eine breite Holztür zu den Pferdeställen und schob Hannah in den Korridor, der die gegenüberliegenden Boxen trennte. Rasch entzündete er eine weitere Fackel und steckte sie in eine der zahllosen Halterungen. Plötzlich waren seine Hände überall, und Hannah rang verzweifelt nach Atem, als er sie grob packte und in einen mit Stroh ausgelegten, leeren Verschlag stieß. Keuchend landete sie im Heu.

Er brach über sie herein wie ein Orkan, und obwohl Hannah sich fest vorgenommen hatte, ruhig zu bleiben, setzte sie sich unerwartet heftig zur Wehr. Während er an ihren Kleidern zerrte, traktierte sie ihn mit Faustschlägen, doch das schien Michel nur noch mehr anzustacheln. Stoff zerriss, und ein heftiger Schlag ins Gesicht ließ sie aufheulen. Unbarmherzig bahnte sich sein Knie einen Weg zwischen ihre nackten Schenkel, während sein Unterleib, zur Gänze entblößt, sein hartes Glied präsentierte. Hannah spürte, wie er in sie einzudringen drohte. Ihr Widerstand verebbte.

Dann, plötzlich, verharrte ihr Peiniger in einer seltsamen Erstarrung, als ob er sich von einem Moment auf den anderen in eine Statue verwandelt hätte.

Vorsichtig öffnete sie ihre Lider und blickte in ein paar schwarze, flackernde Kohleaugen. Struan stand direkt über ihr. In gebückter Haltung hatte er eine Hand in Michels blondes Haar gekrallt und dessen Kopf nach hinten gestreckt, während er ihm mit der anderen Hand ein riesiges Messer an die Kehle hielt. Ein feiner Blutstrom rann am Hals des Lothringers herunter.

Struan zischte dem vor Angst keuchenden Michel etwas auf Französisch zu, worauf sich der Soldat ungelenk erhob. Das Messer noch immer an der Kehle, zog der Lothringer sich zitternd die Hose hoch. Kaum hatte er die Schnüre zugezogen, versetzte Struan ihm einen harten Stoß zwischen die Rippen und bedeutete ihm, dass er schleunigst verschwinden solle.

Hannah stand taumelnd auf und ordnete sich mit ein paar fahrigen Handbewegungen das Haar und die Kleider.

»Noch mal Glück gehabt, kleine Hure«, raunte Michel ihr auf Deutsch zu, bevor er ging. »Ich bin ja nicht so dumm, mich mit deinem Beschützer anzulegen, aber du kannst ihm sagen, dass er aufpassen soll, wenn er mir in Begleitung meiner Mannschaften begegnet.«

Erst als Michel endlich verschwunden war, wagte Hannah normal zu atmen. Dankbar wandte sie sich dem Schotten zu. Seine Hand zitterte leicht, als er den Dolch zurück in die Scheide schob. Im nächsten Augenblick richtete er sich zu voller Größe auf und schenkte ihr ein seltenes Lächeln. Er machte einen Schritt auf sie zu und legte seine große, warme Hand auf ihre Schulter.

»Ist es gut?«, fragte er in gebrochenem Deutsch.

»Danke.« Mehr brachte sie nicht heraus. Dann fiel sie dem Hünen schluchzend in die Arme. Während sie ihren Tränen freien Lauf ließ, drückte er sie unbeholfen an seine mächtige Brust und murmelte etwas, das Hannah keiner ihr bekannten Sprache zuordnen konnte. Wortlos führte er sie wenig später aus dem Stall hinaus in die klare Nacht.

Aus dem Bankettsaal drang immer noch das Grölen der Soldaten. Vor der Tür torkelten einige Betrunkene umher, und Struan dirigierte Hannah an ihnen vorbei, indem er sie schützend im Arm hielt, als wären sie ein Liebespaar auf einem abendlichen Spaziergang. Bei ihrem Wagen machte der Schotte halt und beschaffte Hannah aus dem Inneren rasch eine Decke, die er ihr wärmend über die Schultern legte.

Zudem hatte er einen Weinschlauch mitgebracht, von dem er ihr einen Schluck anbot, bevor er selbst einen gewaltigen Zug nahm.

Allmählich klärten sich Hannahs Gedanken wieder, sie begann sich um Freya zu sorgen. Was, wenn ihrer neuen Freundin ähnliches widerfahren war?

Die Musik hörte auf zu spielen, und kurz darauf erschienen Gero und Johan am Ausgang des Bankettsaales. Als Gero sah, wie ungewohnt vertraut Hannah und Struan zusammenstanden, lief er wie von Teufeln gejagt zu ihnen hin.

»In Gottes Namen«, keuchte er, »was ist geschehen?«

Hannah begann hemmungslos zu weinen. Gero übergab Struan seine Fackel und schloss seine Geliebte fest in die Arme.

»Einer von Nogarets Leuten hat versucht, ihr Gewalt anzutun«, erklärte Struan mit tonloser Stimme. »Aber du kannst dich beruhigen, ich bin noch rechtzeitig hinzugekommen.«

»Hast du den Mann getötet?«, fragte Johan erschrocken.

»Nein«, erwiderte Struan dunkel und nahm einen weiteren Schluck aus dem Weinschlauch. »Für wie blöd hältst du mich? Ich habe ihm lediglich eine Lektion erteilt.«

»Wo ist Freya?« Johan schaute Hannah mit angstvollen Augen an.

»Ich weiß es nicht«, antwortete sie mit belegter Stimme. »Sie ist mit einem Soldaten der Gens du Roi fort gegangen.«

Bevor Johan seinem Entsetzen Luft machen konnte, hörten sie Schritte.

Es war Freya, die einer Erscheinung gleich aus der Nacht herausgetreten war. Die Begine war allein. Ihr Haar war ein wenig zerzaust, aber ansonsten schien sie unversehrt zu sein. Ohne ein Wort der Erklärung riss sie dem überraschten Struan den Weinschlauch aus den Händen und nahm einen großen Schluck. Anstatt den schmackhaften Roten zu trinken, spülte sie sich damit den Mund aus und spie das Ergebnis angewidert aus.

»Was hat der Kerl mit dir angestellt?«, rief Johan ungewohnt aufgebracht. »Sag es mir!«

»Ich muss dir nicht Rede und Antwort stehen, für das was ich tue«, entgegnete ihm Freya recht ruhig. »Wir waren uns doch einig, dass wir ein gemeinsames Ziel haben, und nun sind wir diesem Ziel ein ganzes Stück näher gekommen.«

»Du hast also ...« Johan stockte einen Augenblick, und seine Augen weiteten sich vor schierem Entsetzen. »Du hast es ihm mit dem Mund gemacht! Dieser dreckige Hund!«, fluchte er, ohne eine Entgegnung Freyas abzuwarten. »Wenn ich ihn erwische, bringe ich ihn um.«

»Johan«, versuchte Freya ihn zu beschwichtigen und strich ihm sanft über die Wange.

»Lass mich!«, fauchte er und wischte ihre Hand beiseite.

»Johan!« Die Stimme der Begine nahm einen flehentlichen Ton an. »Mach es uns nicht schwerer, als es ohnehin schon ist.«

Freya trat ganz nahe an ihn heran, doch er wich zurück, als ob sie von einer Seuche befallen wäre. Dabei vermied er es, ihr ins Gesicht zu sehen.

»Verdammt«, fluchte sie leise. »Es war doch nichts, nichts von Bedeutung.«

Johan schüttelte stumm den Kopf, bevor er in die stockfinstere Nacht flüchtete.

»Er kriegt sich schon wieder ein«, sagte Gero, der sich erstaunlich schnell gefasst hatte. »Was hast du herausfinden können?«, fragte er leise an Freya gerichtet.

»Euer Komtur vegetiert in einer Einzelzelle vor sich hin«, erwiderte sie. »Direkt daneben haben sie zwei weitere Brüder aus Bar-sur-Aube eingesperrt.«

»Ihre Namen«, stieß Gero hervor. »Hast du ihre Namen?«

»Nein, aber ich weiß, wie du zu ihnen hin gelangen kannst. Ich konnte mir als Kind schon die winkeligsten Gänge und Gassen merken.«

»Gut«, sagte Gero. »Den Rest erzählst du mir in der Herberge.«

»Wir müssen Johan finden«, sagte Hannah zu Gero, nachdem er im Schein der Fackeln die Pferde eingespannt hatte. Irgendwo schlug es von einer Turmuhr Mitternacht.

»Ich werde ihn suchen«, sagte er schließlich und verschwand gleich darauf in der Dunkelheit.

Hannah kletterte in den Wagen und setzte sich zu Freya hin, die ihren Kopf gesenkt hielt und nervös mit einem Rosenkranz spielte.

»Verdammt«, entfuhr es der Beginenfrau ziemlich undamenhaft.

»Er meint es bestimmt nicht so«, sagte Hannah und versuchte ein zuversichtliches Lächeln aufzusetzen.

Freya schüttelte ihre rote Mähne und stöhnte leise auf. »Ob er jemals wieder mit mir reden wird? Weißt du, ich habe in einem Freudenhaus gearbeitet.«

Hannah versuchte sich nicht anmerken zu lassen, wie seltsam sie dieses Bekenntnis fand, doch Freya bemerkte ihre Verwunderung und deutete sie falsch. »Bevor ich den Beginen beigetreten bin«, schob sie erklärend hinterher.

»Hast du es Johan nicht gesagt?«, fragt Hannah.

»Er kommt aus einem frommen Stall«, entgegnete Freya. »Niederdeutscher Adel. Gläubig bis ins Mark. Außerdem ist er ein Templer mit hohen moralischen Ansprüchen. Ich habe mich selbst davon überzeugen können. Das kann auf lange Sicht nicht gut gehen.«

»So ein Unsinn«, widersprach Hannah. »Ich mag ihn wirklich gern, aber so hoch können seine moralischen Ansprüche nicht sein, sonst würde er nichts mit dir anfangen. Er hat Angst um dich, und vielleicht ist er auch ein wenig eifersüchtig.«

»Wenn du es so sagst, kann ich es gut verstehen«, gab Freya lächelnd zurück. »Ich danke dir«, sagte sie und erhob sich. Flink kletterte sie aus dem Wagen heraus.

Als Gero wenig später im Schein einer Öllampe, den Kopf zur Tür herein steckte, erschrak Hannah für einen Moment. Ihre Nerven lagen immer noch blank. Schneller als sie es vermutet hätte, war er in den Wagen gestiegen und nahm sie fest in den Arm.

»Mach so etwas nicht noch mal«, sagte er mit erstickter Stimme und küsste sie so besitzergreifend, dass sie nach Luft ringen musste, als er sie freigab. »Wenn dir etwas zustoßen sollte, wüsste ich nicht, was ich täte«, fuhr er flüsternd fort. »Es ist schlimm genug, dass ich am Leid meiner Kameraden eine Mitschuld trage. Und wenn es Gott dem Allmächtigen gefällt, werde ich mit meinem Leben dafür bezahlen. Jedoch dein Leben wäre als Preis entschieden zu hoch.«

Hannah spürte, wie sich ihr Magen zusammenzog und ihr die Worte fehlten, um etwas Passendes zu erwidern. Stumm ließ sie es zu, dass er nach draußen ging und das Gespann in Bewegung setzte.

Mit dem Burgvogt hatte Gero vereinbart, dass er am nächsten Tag nochmals zur Festung kommen würde, um den Lohn des Abends in den Gemächern des Verwalters entgegenzunehmen. Somit würde sich eine Möglichkeit ergeben, die Festung nochmals bei Tageslicht zu inspizieren.

Im *Ad Stellam* ging es bei ihrer Rückkehr hoch her. Nach der Vorstellung der Spielleute hatten einige Blauröcke ihren ersten Freigang nach Wochen genutzt, um sich in dem einschlägig bekannten Etablissement zu amüsieren. Mit einiger Vorsicht näherten sich Gero und seine Begleiter der Herberge.

»O Gott«, flüsterte Hannah entsetzt, nachdem sie den Wagen im Hinterhof abgestellt und sich mit Freya zum Vordereingang des Hauses begeben hatten. Im Schein der flackernden Fackeln konnte sie in der Gaststube ihren Peiniger erkennen, der mit einem blonden Mädchen schäkerte.

Freya erfasste sofort, welche Gefahr ihnen drohte, und zerrte Hannah in den Hinterhof zurück. »Wir haben etwas vergessen«, rief sie Gero zu, der Struan die Versorgung der Pferde überlassen hatte und nun voran eilte, um nach Anselm und Matthäus zu sehen. »Wir sind gleich bei euch.«

»Was sollen wir jetzt machen?«, fragte Hannah mit bebender Stimme. »Was ist, wenn uns die Soldaten erkennen?«

»Bleib ruhig«, zischte Freya. »Solche Häuser haben immer einen Hinterausgang. Wir werden uns an ihnen vorbeimogeln. Nicht auszudenken, wenn unsere Templer auf diese beiden Idioten treffen.«

Die Begine ergriff Hannahs Hand und zog sie in die Dunkelheit zum hinteren Hauseingang. Vorsichtig öffnete sie die Tür. Ein großer, struppiger Wolfshund kam ihnen knurrend in dem schmalen Flur entgegen. Hannah pochte das Herz bis zum Hals. Sie hatte eigentlich keine Angst vor Hunden, aber dies war ein besonders furchterregendes Exemplar.

Freya streckte dem Wolfshund mutig ihre Hand entgegen und sprach so beruhigend auf ihn ein, dass er aufhörte zu knurren und sich sogar den Kopf kraulen ließ.

Einen Fuß geräuschlos vor den anderen setzend, schlich die Begine zusammen mit Hannah an der Küche vorbei, als plötzlich die Tür zum

Schankraum aufgerissen wurde. Ein langer, dunkelhaariger Kerl torkelte angetrunken in Richtung Latrinen. Geistesgegenwärtig erkannte Freya, dass es sich um Pierre handelte, ihren Verehrer von der Festung. Hastig schob sie Hannah in eine Nische, doch ihr selbst gelang es nicht mehr, sich zu verstecken.

Als der Betrunkene ihr flammenrotes Haar sah, straffte er sich. »Schätzchen«, lallte er weinselig, »wusste ich doch, dass du in den Stall von Madame Fouchet gehörst.« Als er nach ihr zu greifen versuchte, geriet er ins Torkeln.

Mit zwei Schritten schlüpfte Freya die Treppe hinauf. »Tut mir Leid«, säuselte sie, während sie lasziv am Geländer lehnte, »Ich habe bereits Kundschaft.«

»Sag der Alten, dass sie selten so eine gute Flötenspielerin hatte wie dich«, nuschelte er trunken. »Beim nächsten Mal will ich, dass du mir für eine ganze Nacht zur Verfügung stehst. Wenn nicht, wird es deiner Meisterin noch Leid tun.«

Seine Augen funkelten, und Hannah wagte in ihrem Versteck kaum zu atmen. Dann jedoch verschwand er, wahrscheinlich über den Hof hinweg zu den Latrinen.

»Großer Gott«, stöhnte Hannah leise und huschte erleichtert zu Freya hin. »Das war knapp.«

»Nichts wie weg«, flüsterte Freya und fasste sie bei der Hand. Gemeinsam rannten sie die knarrenden, engen Stufen hinauf. Ihr Zimmer lag im ersten Stock, direkt neben der Kammer von Anselm und Matthäus.

Man war übereingekommen, dass sie zusammen mit Johan und Gero in einem Zimmer nächtigten, während Struan zur Bewachung im Wagen blieb. Im Schein einer flackernden Ölfunzel lächelte Freya und schaute Hannah an.

»Es wird Zeit, dass wir endlich in den Armen der Männer liegen, denen unser Herz gehört.«

39

Sonntag, 12. November 1307 – Rückzug in den Sumpf

Als Hannah erwachte, fielen die ersten Sonnenstrahlen durch den offenen Spalt der Fensterlade und blendeten sie für einen Moment. Tastend fuhr ihre Hand über die knisternde Strohmatratze, dorthin, wo sie sich noch vor kurzem an Gero geschmiegt hatte. Die Stelle war leer, und Hannah erinnerte sich flüchtig, dass er noch vor dem Morgengrauen aufgestanden war, um sich den Rest der Nachtwache mit Struan zu teilen.

Ihr Blick fiel auf Freya und Johan, die sich am Boden ein weiteres Strohlager teilten. Im Schlaf umschloss der rothaarige Templer seine zierliche Begleiterin, die ihren Kopf an seine Schulter gelegt hatte, fest mit seinen Armen. Seine Wange ruhte auf ihrem Scheitel.

Der Anblick von Johans vernarbten Gesichtszügen versetzte Hannah einen leisen Stich ins Herz. Nicht, weil sie ihn wegen des schrecklichen Anblicks bedauerte. Nein, ganz im Gegenteil. Der sanfte Schimmer von Glück, der auf seinem schlafenden Antlitz lag, machte aus ihm einen schönen Mann.

Barfuß schlich Hannah zu dem offenen Fenster hin, dem wie fast allen Fenstern dieser Zeit das schützende Glas fehlte. Sie bemühte sich, die hölzerne Lade geräuschlos zu öffnen und steckte den Kopf hinaus. Unten im Hof herrschte bereits reges Leben. Es roch nach frischer Landluft, und Hannah konnte sehen, wie Gero zusammen mit Struan die Pferde fütterte und tränkte.

Noch am gestrigen Abend, vor dem Schlafengehen hatte Gero alle Mitreisenden zu einer kurzen Besprechung versammelt. Freya hatte herausfinden können, dass Henri d'Our ein besonderer Gefangener sein musste, bei dem man darauf bedacht war, ihn am Leben zu erhalten, trotz aller Folterungen, denen er ohne Zweifel ausgesetzt war. Alle drei Tage wurde ein Medicus aus der Stadt geholt, der den Komtur und die beiden übrigen Gefangenen aus Bar-sur-Aube untersuchte. Zudem kam einmal wöchentlich an einem jeden Montag ein Benediktinerbruder aus der nahen Abtei Fontevrault, der den Unglücklichen aus der heiligen Schrift vorlas und ihnen die Beichte abnahm.

Außerdem wusste die Begine zu berichten, dass die sterblichen Überreste von Gefangenen, die unter der Folter oder aus Entkräftung gestorben waren, in einer Grube hinter der nördlichen Festungsmauer abgelegt und einmal in der Woche mit dem üblichen Abfall verbrannt wurden.

Nach diesen Informationen fand Gero erstaunlich rasch zu einem Plan, der zwar äußerst gefährlich erschien, sich jedoch allgemeiner Zustimmung erfreute.

Ohne viel Aufhebens zahlte Gero der Wirtin das ausgehandelte Übernachtungsgeld, dann kletterte er auf den Kutschbock und steuerte den Wagen aus dem Hof des zwielichtigen Etablissements hinaus, ohne sich noch einmal umzudrehen.

Zuvor war Johan zur Burgfestung geritten, um den versprochenen Geleitbrief abzuholen. Wenig später kehrte er mit einem Pergament zurück, dass das Siegel Philipps IV. von Franzien trug und nicht nur für den Weg in und aus der Stadt unverzichtbar war, sondern zudem die gefahrlose Rückkehr in die deutschen Lande versicherte.

Kurz bevor sie die Stadttore passierten, ließ Gero die Pferde halten und half Freya, vom Wagen abzusteigen. Um nicht noch mehr Aufsehen zu erregen, verzichteten Johan und Struan darauf, die beiden in eine der finsteren Seitengassen zu begleiten, wo laut Madame Fouchet eine alte Witwe wohnte, die sich ein Zubrot mit dem Verkauf seltener Heilkräuter verdiente. Auch Hannah blieb zurück, obwohl sie ebenso gerne wie Anselm einmal das Innere dieser mittelalterlichen Apotheke inspiziert hätte.

Madame Dubart, die Kräuterkundige, hauste in einem Kellerloch. Die hagere Frau, deren Haar unter einer straffen Haube verschwand, fegte die schmale Treppe zu ihrer Behausung und unterzog Gero und Freya einem prüfenden Blick, als sich die beiden Hand in Hand näherten.

»Madame Dubart?«, rief Gero fragend, als sie fast bei ihr angelangt waren.

»Ich bin keine Engelmacherin, das sage ich Euch gleich«, entgegnete die Alte schroff.

Gero ignorierte ihre unfreundliche Art, indem er seine rothaarige

Begleiterin und sich selbst unter einem charmanten Lächeln vorstellte. »Wir benötigen Eure Hilfe als Heilkundige«, erklärte er dann.

Ohne noch einmal aufzuschauen, schüttelte die mürrische Frau den Staub aus ihrem graubraunen Surcot und fasste ihren Besen wie eine Lanze. Schließlich gab sie ihrer Kundschaft mit einer gebieterischen Geste zu verstehen, dass sie ihr die Treppe hinab folgen sollten.

Unten im Keller hing das Aroma von Salbei, Lavendel und Melisse in der Luft. Unter dem niedrigen Deckengewölbe hatte Madame Dubart eine Vielzahl von verschiedenen Kräuterbüscheln zum Trocknen aufgehängt. Die kahlen Wände waren mit Holzregalen zugestellt. Dicht an dicht standen darauf glasierte Töpfe und Tiegel, deren überwiegend in Latein gehaltene Beschriftung nur dem Kundigen den zuweilen unappetitlichen Inhalt offenbarte. Getrockneter Eberpenis und Froschblasen, Fliegenpanzer und Spinnenbeine warteten neben etlichen, orientalisch klingenden Pflanzenarten auf ihren mitunter magischen Einsatz.

»Also, was wollt Ihr?«, fragte die Alte unwirsch, während sie sich hinter einem breiten Eichentresen verschanzte.

»Das Pulver von Opium, Stechapfel, Maulbeeren, Schierling und Alraune.« Gero überlegte einen Moment, bevor er Freya hilfesuchend ansah.

»Dazu Tollkirsche, Bilsenkraut und Efeu«, fügte sie lächelnd hinzu.

»Was habt Ihr vor?« Die Alte rieb sich misstrauisch ihre spitze Nase. »Wollt Ihr ein ganzes Heer vernichten?«

»Wir sind Spielleute und Bader«, log Gero. »Wir wollen einen Trank mischen, der Schmerzen und allerlei Krankheit vertreibt und ihn dann an unser Publikum verkaufen.«

»Wenn Ihr Theriak herstellen wollt«, erwiderte die Kräuterfrau belehrend, »braucht Ihr nicht mal die Hälfte von dem Zeug.«

»Wir haben eine neue, wirksamere Rezeptur«, antwortete Gero und trommelte ungeduldig mit den Fingern auf das glatt polierte Holz. »Mein Vater hat es aus dem Outremer mitgebracht, von den Mohammedanern«, fügte er hinzu, als die Frau ihn immer noch zweifelnd ansah.

Erst als er eine silberne Livres Tournois Münze auf den Tisch legte, stellte die Alte einen Steingutkrug nach dem anderen auf den Tisch, deren Öffnungen sie mit dickem Pergament und Lederbändern verschlossen hielt. Nachdem sie alle gewünschten Ingredienzien vor ihrer Kundschaft aufgereiht hatte, bückte sie sich ächzend und holte unter dem Tresen ein Silbertablett mit zwei Löffelchen, zwei Silberspateln und einer Unzenwaage hervor.

»So«, sagte sie und blickte abwechselnd von Gero zu Freya. »Wie viel darf es denn sein?«

Gero hielt ein Ledersäckchen und eine Kiste mit zehn Tonphiolen in Händen, als er mit Freya zu den anderen, die bereits ungeduldig gewartet hatten, zurückkehrte. Nachdem der kleine Tross aus Pferden und Wagen das Stadttor hinter sich gelassen hatte, überquerten sie die Vienne über eben jene steinerne Brücke, die der englische König Henry II. Plantagenet vor mehr als einhundert Jahren hatte erbauen lassen, um einen Teil der dahinter liegenden Sümpfe trocken zu legen. Über eine gut ausgebaute Straße ging es weiter in südöstliche Richtung, entlang umgepflügter Weizenfelder und abgegraster Schafweiden.

Gero hatte zusammen mit seinen Kameraden beschlossen, in einem nahe liegenden Sumpfgebiet mit dicht stehenden Birkenstämmen, das sie noch von früheren Reisen kannten, solange Schutz zu suchen, bis ihr Plan aufgegangen war.

Die Sonne glitzerte überall auf den umliegenden Tümpeln. Mücken tanzten, und gelegentlich war ein Plätschern zu hören.

Hier würde sich so schnell kein Soldat hin verirren. Gero sah sich prüfend um und befahl dann, das Lager für die Nacht aufzuschlagen, in der Hoffnung, dass sie für die nächste Zeit ungestört bleiben würden.

Bei Einbruch der Dunkelheit wurde ein kleines Feuer entfacht, und die drei Ritterbrüder zelebrierten zum ersten Mal eine eigene Heilige Messe unter freiem Himmel. Anselm, der seine Faszination bei den zahlreichen Kirchenbesuchen auf ihrem Weg nach Franzien kaum hatte unterdrücken können, beobachtete mit großer Ehrfurcht, wie die drei Templer in der Dämmerung mehrere Fackeln entzündeten, die sie in wohlgeordnetem Abstand in den weichen Waldboden steckten. Danach rammten sie eines ihrer mitgeführten Schwerter als Kreuzersatz aufrecht in einen umgestürzten Baumstamm und nahmen davor Aufstellung.

Mit gefalteten Händen stimmten sie eine Art gregorianischen Gesang an, der nicht nur Matthäus und Freya zu stiller Andacht bewegte. Auch Hannah und Anselm waren tief beeindruckt.

Einmal mehr wurde Anselm bewusst, dass Gero, Johan und Struan nicht nur kampferprobte Krieger waren, sondern vielmehr tiefgläubige Männer, in deren Leben der Glaube an Gott eine überaus wichtige Rolle spielte.

Auf Latein erbat Gero mit dunkler, andächtiger Stimme den Segen des Allmächtigen bei dem, was sie zu tun gedachten, und Anselm beschlich eine Ahnung, dass diese Mission ohne die Hilfe eines Gottes nicht zu bewältigen war.

40

Montag, 13. November 1307 – Fontevrault

Nach einer lausig kalten Nacht, die Anselm mit den drei Streitern Christi am Feuer verbracht hatte, wo sie abwechselnd Wache gehalten hatten, fehlte nicht viel, und er hätte genauso stramm gestanden wie Matthäus, als Gero sich breitschultrig und in einer kerzengraden Haltung vor ihnen aufbaute, um sie in die Tagesbefehle einzuweisen.

In einer militärischen Anordnung übertrug er Anselm die Bewachung der Frauen. Matthäus sollte für Wagen und Tiere Sorge tragen, solange Gero und seine Kameraden abwesend sein würden.

Nach einem kargen Frühstück bestehend aus Hartkäse, trockenem Roggenbrot und im Kessel gewärmten Chinonwein eröffneten Gero und seine Mitbrüder die Jagd auf einen harmlosen Mönchsbruder, dessen Beichtmission auf der Festung von Chinon so ganz anders verlaufen sollte als ursprünglich vorgesehen.

Zu gerne wäre Anselm dabei gewesen, wenn die drei Templer sich des ahnungslosen Mannes bemächtigten, von dem angenommen werden durfte, dass er allein unterwegs war.

Schweigend verteilte Johan die Schwerter an Gero und Struan, und ein jeder von ihnen legte über dem Wams ein Kettenhemd an, bei dessen Schnürung sie sich gegenseitig, und ohne ein Wort darüber zu verlieren, zur Hand gingen.

Nachdenklich blickte Anselm hinter den drei Männern her, als sie leicht gebückt, im Laufschritt und doch lautlos, im dichten Frühnebel verschwanden, die Schwerter samt Gurte unter die Arme geklemmt.

»Wenn der Benediktiner zum Frühessen auf der Festung sein will, sollte er sich beeilen«, knurrte Struan, der wie die anderen zwischen Ginstersträuchern und Brombeerbüschen versteckt bäuchlings in einem seichten Graben ausharrte.

»Wenn er nicht bald auftaucht, friert mir mein kostbarstes Stück ab«, stöhnte Johan.

»Stell dich nicht so an«, grunzte Struan. »Schlimmer wird es, wenn Philipps Soldaten uns erwischen. Ich habe gehört, dass die Schergen der Inquisition einem die Eier rösten, damit man das Maul aufmacht.«

»Leise«, mahnte Gero, als Johan antworten wollte.

Den Blick gebannt auf eine Weggabelung gerichtet, konnten die Männer schon von weitem sehen, dass sich jemand über den Hauptweg näherte. Die schmale Straße war an manchen Stellen durch Holzplanken und Steine verstärkt worden, damit der Reisende im Sommer nicht im Morast versank, und so kündigte ein leises Trappeln das Herannahen eines Wanderers an, der vor sich hin pfiff wie ein ängstlicher Knabe, den man zum Weinholen in einen finstern Keller geschickt hat.

»Fertigmachen, Kameraden«, zischte Gero. »Wo ist der Sack?«

Johan reichte Gero einen Jutesack, der so groß und zudem fest gewebt war, dass man leicht einen Menschen hinein stecken konnte. Gleich fünf davon hatte Gero beim örtlichen Leichenbestatter gekauft.

Aus einem Augenwinkel heraus sah Johan, wie Struan seinen Oberkörper aufrichtete und einen schweren Eichenknüppel von seinem Gürtel zog. »Soll ich das nicht besser machen«, fragte er mit einem Stirnrunzeln. »Wenn *du* zuschlägst, wird er's wohl nicht überleben.«

»Keine Sorge«, murmelte Struan mit einem schwachen Grinsen. »Ich werde ihn freundlicher behandeln als unsere Kaninchen zuhause.«

»Dürfte kein Problem werden«, bestätigte Gero flüsternd, während er sich sprungbereit durch das Gebüsch schob. »Der Mönch ist zwar groß, aber schmächtig.«

»Ist er allein?«, fragte Johan, weil Geros breite Schultern ihm die Sicht verstellten.

»Falls du einen ausgewachsenen Esel nicht als Gesellschafter ansiehst, ja – dann ist er allein«, antwortet Gero mit einem amüsierten Zucken in den Mundwinkeln.

Johan rieb sich belustigt die Nase. »Wenn ein Esel unseren Plan vereitelt, sollten wir uns fragen, ob wir der richtigen Berufung gefolgt sind.«

Bruder Julian hatte bereits viereinhalb Stunden Fußmarsch hinter sich, und der Esel, den er mit sich führte, war nicht bereit, zu den mit Kohlköpfen gefüllten Säcken auch noch einen Reiter auf seinem Rücken zu dulden. Und so war der junge Mönch viel zu erschöpft, um zu bemerken, dass man ihm auflauerte.

Der heftige Schlag auf den Hinterkopf schickte ihn augenblicklich in die Dunkelheit.

Sein vierbeiniger Begleiter war allerdings nicht bereit, sich so leicht zu ergeben. Er scheute und versuchte auszubrechen, und als Gero harsch an der Trense riss, bekam der Templer unvermittelt das Gebiss des Grautiers zu spüren.

»Verdammtes Mistvieh«, fluchte er.

Im nächsten Moment trat der Esel aus und hätte beinahe Struan außer Gefecht gesetzt, doch der Schotte wich rechtzeitig aus und packte die empfindlichen Ohren des Esels, um sie nach hinten zu drehen. Sofort erstarrte das Tier und schaute ihn mit weit aufgerissenen Augen an.

»So mein Freund«, knurrte Struan grimmig. »Wenn du dich nicht benimmst, sorge ich eigenhändig dafür, dass man eine Wurst aus dir macht. Ich liebe Eselwurst, habe ich dir das schon gesagt?«

Über Geros Gesicht huschte ein Lächeln, während er dem Tier die Zügel ums Maul legte und mit einem Ruck kraftvoll zuzog, so dass es weder beißen noch schreien konnte.

Mit vereinten Kräften wuchteten sie den ohnmächtigen Mönch auf die Kohlsäcke und zurrten ihn mit ein paar Stricken am Sattelzeug fest. Ein leichter Stich mit dem Schwert in die empfindlichen Flanken des Esels sorgte dafür, dass er seinen letzten Rest an Sturheit aufgab und auffällig brav hinter den Männern herzockelte.

Am Lager angekommen durchsuchte Gero die Satteltaschen auf Dokumente oder anderweitige Hinweise, die möglicherweise Auskunft darüber gaben, was man von dem Bruder auf der Festung erwartete. Natürlich wäre es leichter gewesen, den Mönch selbst zu befragen, doch er befand sich noch immer in tiefer Ohnmacht. Vielleicht war es besser so, denn vorsichtshalber hatte man ihm die Augen mit einem länglichen Streifen schwarzen Wollstoffs verbunden, damit er später, wenn man ihn in die Freiheit entließ, nicht ausplaudern konnte, wer ihn gefangen gehalten hatte.

Das einzige, was Gero in den mitgeführten Taschen vorfand, war neben einem Kanten Mischbrot und einem Stück Hartkäse eine abgegriffene Bibel.

Nachdem er das heilige Buch beiseite gelegt hatte, schlüpfte er in die dunkle Kutte aus verfilztem Wollstoff, die Johan und Struan dem Mönch ausgezogen hatten.

»Vielleicht hätte man das Gewand vorher einer Waschmagd anvertrauen sollen«, spottete Gero, während er den engen Habit über seine breite Brust zog.

»Der Gestank, der dich im Verlies erwartet, ist viel schlimmer«, bemerkte Freya, die lautlos hinzugetreten war.

Wie beiläufig gab sie Gero ein unscheinbares Säckchen, das er an einer Schnur um den Hals tragen würde. Der kleine Beutel wirkte harmlos, aber er enthielt fünf Phiolen, gefüllt mit den in Wein aufgelösten Ingredienzien von Madame Dubart, deren genaue Wirkung noch niemand absehen konnte. Freya meinte, dass der Inhalt einer einzigen Phiole bei einem zweihundert Pfund schweren Mann mühelos zu einer tiefen Bewusstlosigkeit führen konnte. Ein paar Tropfen zuviel jedoch würden den sicheren Tod bedeuten.

Drei der Fläschchen waren für die inhaftierten Templer bestimmt, die Gero hoffentlich noch lebend im Verlies antreffen würde. Das vierte Fläschchen hatte er für den Medicus vorgesehen, der auf der Festung einen regelmäßigen Dienst versah. Wenn alles nach Plan verlief, würde dessen Einsatz für die Rettung der Brüder eine besondere Rolle spielen.

Das fünfte galt als Ersatz, falls eine der Phiolen zerbrechen würde. Die anderen übergab Gero an Johan. Eine davon sollte den Mönchsbruder zur Ruhe zu bringen, sobald dieser erwachte.

Gero bedachte Freya mit einem ernsten Blick. »Habe ich dir eigentlich schon meinen Dank ausgesprochen, für all das, was du für uns getan hast?«

»Du musst mir nicht danken«, erwiderte sie und senkte für einen Moment die Lider. »Die Zubereitung von Medizin gehörte bei den Beginen zu meinen Aufgaben.«

Als Freya wieder aufsah, war Gero ganz gefangen von ihren olivgrünen Augen.

»Außerdem war ich nicht alleine auf der Festung«, sagte sie und wies mit dem Kopf in Richtung Wagen, wo Hannah sie abwartend beobachtete. »Deine Freundin war ebenso tapfer.«

»Ich weiß«, sagte er und wandte sein Augenmerk auf Hannah, in deren schönes Antlitz eine leise Furcht geschrieben stand, die Gero unangenehmer berührte als sein eigener Zweifel.

Rasch band er sich den hellen Strick des Gewandes um seine Taille und schlüpfte in die ausgetretenen Sandalen des Mönchs, die zum Glück groß genug waren. Zuletzt stülpte er sich die dunkelbraune Kukulle über den Kopf und zog sich die Kapuze so tief ins Gesicht, dass er selbst kaum noch etwas von seiner Umgebung wahrnahm.

»Wenn du den Kopf nicht zu arg anhebst«, bemerkte Johan hilfreich, »wird dich niemand erkennen.«

»Falls mich jemand erkennt, werdet ihr es daran merken, dass ich bis zum Abend nicht zurück bin«, erwiderte Gero tonlos und schob sich die Kapuze aus dem Gesicht. Eigentlich hätte er sich noch eine Tonsur schneiden müssen, doch dafür blieb keine Zeit.

Für einen Moment blickte er Hannah in die Augen. Zu gerne hätte er sie in die Arme genommen, aber er wertete es als schlechtes Omen, wenn er sich mit einem Kuss von ihr verabschiedete. Er würde zu ihr zurückkehren, und dann konnte er sie küssen bis ans Ende aller Tage – oder wenigstens bis zu dem Tag, an dem sie endgültig in ihre Welt entschwinden würde.

Struan bekreuzigte sich hastig. »Der Allmächtige schütze dich«, sagte er leise, als er Gero ein letztes Mal umarmte.

»Komm, Kamerad«, sagte Gero und wandte sich dem Esel zu, der gelassen auf einer Rübe herumkaute, die ihm Johan kurz zuvor einer Bestechung gleich hingehalten hatte. Die Zügel fest um die rechte

Hand geschlungen, zog er das Grautier mit einiger Mühe hinter sich her.

»Deine Bibel«, rief Freya, als er den Lagerplatz schon fast hinter sich gelassen hatte. Leichtfüßig lief sie Gero nach und gab ihm das abgegriffene, in helles Schweinsleder gebundene Buch.

Voller Erleichterung sah Gero, dass die Wachen am Hauptzugang zur Festung gewechselt hatten und die Männer kaum anders verfuhren, als ihre Kameraden am Stadttor, die ihn ohne Umstände hatten passieren lassen. Trotzdem blieb er vorsichtig und nuschelte nur ein leises »Gelobt sei Jesus Christus« unter seiner Kapuze hervor, als die Wachleute ihm den Zutritt zum Innenhof gewährten.

Zielstrebig und doch mit zitternden Knien ging er auf den Arkadengang zu, der mitten im Haupthof errichtet worden war und von einem hohen, quadratischen Turm und einen rechtwinkeligen Anbau begrenzt wurde.

Die Kapuze soweit wie möglich ins Gesicht gezogen, war Geros Blickfeld äußerst eingeschränkt, während er den gepflasterten Hof überquerte. Erschrocken fuhr er herum, als kurz vor dem Erreichen des ersten Rundbogens ein Junge an ihn heran trat und ihm die Zügel des Esels aus der Hand nehmen wollte.

»Wo ist Bruder Julian?«, fragte der Knabe, während er Gero von unten herauf prüfend ansah.

»Er ist krank«, erwiderte Gero rasch, dabei vermied er es, dem Jungen ins Gesicht zu schauen.

»Mein Name ist Claude«, sagte der Junge freundlich. Mit einem Nicken deutete er auf die Jutesäcke mit den Kohlköpfen darin. »Ich bin hier, um das Gemüse für die Küche abzuholen.«

Heilige Maria sei Dank, dachte sich Gero, weil er der Versuchung widerstanden hatte, die Säcke mit den Kohlköpfen im Wald zurückzulassen.

Rasch half er dem Jungen die Säcke abzuladen, dann band er den Esel an eine Stange.

»Ich muss zu den Gefangenen«, murmelte er, und dabei nahm er aus einer Satteltasche die Bibel und hielt sie wie einen Passierschein empor.

»Unten im Verlies wartet man bereits auf Euch«, erklärte Claude. »Ihr seid spät dran.« Der Blick des Jungen wanderte zur Sonnenuhr, die mitten auf dem Hof auf einem kleinen, steinernen Podest prangte. Doch der Himmel war zu bedeckt, so dass man die Uhrzeit nicht ablesen konnte.

Der Abgang zum Verlies wurde – wie zu erwarten war – streng bewacht.

»Habt Ihr Euren Bericht dabei?« Der Blick des jungen Wachhabenden, dessen Uniform ihn als Angehörigen der Gens du Roi auswies, war so kalt wie seine grünen Augen. Gero zog die Schultern ein, um sich kleiner zu machen, und schüttelte mehr ratlos den Kopf, während die Kapuze zuverlässig sein Gesicht verdeckte.

»Bruder Julian hat mir nichts dergleichen gesagt«, erwiderte er betont unterwürfig.

Nun erst schien dem Wachhabenden aufzufallen, dass ein anderer an Stelle des bekannten Mönches vor ihm stand. »Ist er krank?«

Gero nickte, bemüht, dem Gefolgsmann der Inquisition keinen Anlass zum Zweifel zu geben.

»Sag ihm, ich brauche spätestens Donnerstag das Protokoll über die letzte Beichte, die er den Gefangenen abgenommen hat. Eigentlich hätte er den Bericht heute mitbringen müssen. Er kann sich glücklich schätzen, dass Guillaume Imbert in Paris aufgehalten wurde und erst am Freitag zurück erwartet wird, ansonsten würde es deinem Bruder übel ergehen.« Der Soldat verzog das Gesicht zu einer hämischen Miene. »Zwanzig Stockschläge erwarten ihn, wenn er den Gehorsam verweigert. Da kann ihm selbst seine streitbare Äbtissin nicht helfen.«

Interessant, dachte Gero. Guillaume Imbert war also auf dem Weg hierher. Somit blieb Zeit bis Freitag, um die Flucht zu organisieren. Verdammte Hunde, ging es ihm weiter durch den Kopf, noch nicht einmal vor dem Beichtgeheimnis machten der König und seine Helfershelfer halt. Aber wenn er sich recht besann, war es ohnehin unwahrscheinlich, dass ein Templer bei einem ordensfremden Mönchsbruder die Beichte ablegte.

Unter lautem Knarren öffnete Gero die schwere Türe zum Kellerabgang. Ein widerwärtiger Geruch von Blut, Urin und Erbrochenem nahm ihm unvermittelt den Atem. Freya hatte nicht übertrieben, und

Gero musste den Frauen im Nachhinein seine Anerkennung zollen, dass sie sich hier hinunter gewagt hatten.

An den engen Wänden eingehängte Fackeln beleuchteten seinen Weg hinunter in das Reich der Hoffnungslosigkeit. Die feuchte Kühle, die mit jedem Schritt mehr in seine Kleider zog, ließ ihn frieren, und gleichzeitig brach ihm der Schweiß aus, als ob die kalte Hand des Todes seinen eigenen Leib berührte.

Unten angelangt, hieß ihn ein von Gott gestrafter Kerkerwächter willkommen, dessen hässliches Äußeres alles übertraf, was Gero bisher gesehen hatte. Als der Mann bemerkte, dass Gero nicht der Mönchsbruder war, für den er ihn hielt, begann er ihn umständlich in die Örtlichkeiten einzuweisen.

Von Freyas Erklärungen her wusste Gero ungefähr, in welcher Richtung sich die Zellen seiner Brüder befanden, doch genau genommen sah hier alles gleich aus. Zudem wäre er einer Illusion erlegen, wenn er erwartet hätte, dass man ihn sich selbst überließ. Der Kerkerwächter humpelte voraus, und Gero musste unentwegt den Kopf einziehen, um nicht an die feuchte Decke zu stoßen.

Die Bibel so fest in die Hand gepresst, dass seine Finger taub zu werden drohten, erreichte der Templer die erste Zelle. Als der Wächter den Schlüssel in eins der Schlösser steckte und ihm andeutete, sich tief zu bücken, wenn er die Zelle betreten wollte, ergriff Gero für einen kurzen Moment die nackte Furcht. Was wäre, wenn der Scherge seine List erkannte und ihn auch hier unten einsperren würde?

»Soll ich die Tür auflassen«, krächzte der Mann, als hätte er Geros Gedanken erraten. »Euer Bruder, mag es nicht, wenn man ihn zusammen mit den Häftlingen einschließt. Keine Angst«, fuhr er nach kurzem Zögern fort, »die Gefangenen liegen in Ketten und können niemandem mehr ein Leid zufügen, dafür haben die Leute des Inquisitors schon gesorgt.«

Der Wachmann reichte ihm eine Fackel, und nun erst konnte Gero eine zusammengekauerte Gestalt in der hintersten Ecke der Zelle ausmachen.

»Wenn Ihr mich einen Augenblick mit dem Mann alleine lassen könntet«, sagte er leise, aber bestimmt. »Ich glaube kaum, dass der Gefangene bereit ist, die Beichte abzulegen.«

Der Wärter kicherte heiser. »Das wird er auch nicht, wenn ich mich entferne«, krächzte er belustigt. »Dieses Templerpack ist aus besonderem Holz geschnitzt. Sie vertrauen nur ihren eigenen Leuten, ganz gleich, wie schlecht es ihnen ergeht. Deshalb wird Imbert auch keinen Erfolg haben. Und schon gar nicht werden sie sagen, was er zu hören wünscht, dafür wird er zu anderen Mitteln greifen müssen.«

»Was meint Ihr damit?« Gero sah alarmiert auf.

»Die Männer hier ertragen alles. Ihr Glauben stärkt sie auf wundersame Weise. Aber wenn sie zusehen müssen, wie jemand gefoltert wird, der ihnen am Herzen liegt, Bruder, Schwester, Mutter, Vater, sieht die Sache schon anders aus.«

»Das wird der König nicht wagen«, entschlüpfte es Gero unvorsichtigerweise.

»Hah!«, schnaufte der Kerkerwächter. »Was denkt Ihr, frommer Mann, zu was Euresgleichen alles fähig ist?« Es war wohl mehr eine Feststellung, denn eine Frage. »Aber was rede ich da eigentlich ...?« Der Mann schüttelte den Kopf und wandte sich schließlich ab, um Gero seiner Aufgabe zu überlassen.

Er war in die Hocke gegangen, um die geöffnete Zelle betreten zu können.

»Verschwinde!«, giftete ihn der zusammengekauerte Mann an, als Gero sich dem Gefangenen auf allen vieren näherte.

Vom ersten Moment an hatte Gero keinen Zweifel. Es handelte sich um Arnaud de Mirepaux. Der Mitbruder sah erbärmlich aus, selbst wenn seine scharfe Zunge augenscheinlich noch vorhanden war.

Arnaud schien ihn nicht zu erkennen.

»Bruder Arnaud?«, flüsterte Gero zaghaft und rutschte auf Knien weiter an die zerlumpte Gestalt heran. »Ich bin es – Gero. Erkennst du mich nicht?«

Trotz des spärlichen Lichts konnte er sehen, wie Arnaud ungläubig den Kopf hob. Das eingefallene Gesicht und die dunklen Augen verrieten seine Verwirrung. Vorsichtig streckte Gero seine Hände aus und berührte die Schulter des Kameraden. Hartnäckig kämpfte er gegen das Bedürfnis, Arnaud zu umarmen und an sich zu drücken. Tränen erstickten seine Kehle, bevor er noch etwas zu sagen vermochte.

»Allmächtiger«, murmelte Arnaud fassungslos, »du kannst mir all meine Kraft nehmen.« Während er weiter sprach, bebten seine Lippen so stark, dass seine struppigen Schnurbarthaare erzitterten. »Aber bitte nimm mir nicht meinen Verstand.«

»Ich bin' s wirklich, Arnaud«, presste Gero mit erstickter Stimme hervor und hob seine Fackel, damit ihn der provenzalische Bruder besser erkennen konnte.

»Um Gottes heiligen Willen«, stieß Arnaud immer noch ungläubig hervor. »Du bist es! Was in aller Welt tust du hier?« Sein Blick streifte das braunschwarze Ordensgewand, das Gero trug, und immer noch schien er zu zweifeln.

Die Erklärungen, die Gero ihm gab, waren kurz, und Arnaud schien nicht alles zu verstehen. Trotzdem drückte ihm Gero eine Phiole in die Hand. »Habe keine Angst, Bruder«, meinte er beschwörend. »Trink den ganzen Inhalt morgen nach dem Frühessen, und dann warte einfach ab, was geschieht.«

»Frühessen?«, flüsterte Arnaud und grinste fatalistisch. »Ich habe seit Wochen nichts mehr gegessen, das diese Bezeichnung verdient. Nein, Gero, ich habe keine Angst.« Er hob den Kopf und schaute sich um. »Schlimmer als unter diesen Umständen in seiner eigenen Scheiße zu verrecken, kann' s ja wohl nicht kommen. Selbst der Tod wäre eine Erlösung.«

»Sprich nicht so, Bruder«, erwiderte Gero. »Wo steckt unser Komtur?« Die Furcht, Henri d'Our könnte nicht mehr am Leben sein, ließ seine Stimme beben.

»Er sitzt zwei Zellen weiter«, flüsterte Arnaud. »Nachdem sie Francesco fast zu Tode gefoltert haben, hat man uns vor ungefähr zwei Wochen in einem Gang zusammengelegt. Allerdings ist es uns verboten, miteinander zu sprechen.«

»Francesco?« Gero verschluckte sich beinahe an dem Wort.

»Keine Sorge«, beschwichtigte ihn Arnaud. »Er lebt. Sie haben ihn freigelassen. Seine Mutter und seine Schwester durften ihn mit nach Navarra nehmen. Aber frag mich nicht warum. Der Alte muss irgendeinem Ultimatum zugestimmt haben, das dieser Tage abläuft. Du kommst also keinen Tag zu früh.«

»Wer ist sonst noch alles hier?«

»Außer d'Our nur noch Stephano de Sapin. Er sitzt direkt nebenan.

D'Our am Ende des Gangs. Alle anderen hat man nach Troyes geschafft. Und falls du es noch nicht weißt, unseren Großmeister hat man nach Corbeil verschleppt. Vor zwei Wochen hat er angeblich die Schuld des Ordens gestanden. Sie haben ihn zusehen lassen, wie man zwei unserer Brüder aus Payens bei lebendigem Leib die Haut über die Ohren gezogen hat. Da konnte er wohl nicht anders.«

Gero schluckte. Vor Entsetzen hatte es ihm die Sprache verschlagen. Nicht nur weil die Umstände so grauenerregend waren, sondern auch weil alles zutraf, was er in Hannahs Büchern gelesen hatte.

Für einen Moment hielt Arnaud inne und massierte sich schmerzerfüllt den linken Arm. »Streckbank«, erklärte er keuchend, als er Geros fragenden Blick bemerkte.

»Das habt ihr alles mir zu verdanken«, murmelte Gero verzweifelt.

»Was redest du da für einen Schwachsinn, Bruder«, schimpfte Arnaud leise. »Woher solltest du wissen, was geschieht?«

Gero ersparte sich und Arnaud eine Antwort.

»Was hast du vor?«, fragte Arnaud so leise, dass selbst Gero es fast überhört hätte. »Sind noch mehr unserer Brüder dort draußen?«

»Nur Struan und Johan«, flüsterte Gero. »Aber hab Vertrauen«, beschwichtigte er den provenzalischen Bruder, als er dessen zweifelnde Miene sah. »Wir werden es schaffen, euch mit Gottes Hilfe aus diesem Loch zu befreien.«

Arnaud hob müde den Arm.

»Wie verabredet«, sagte Gero nur, als er kurz darauf auf Knien aus der Zelle hinaus in den Gang kroch und die Tür hinter sich zuzog.

Hastig zog er sich die Kapuze über den Kopf und richtete sich mühsam auf. Dann führte ihn der Wächter zu Stephano de Sapin, den man nicht weniger übel zugerichtet hatte als Arnaud.

Erst danach wurde Gero zur Zelle seines Komturs geleitet. Anders als Arnaud und Stephano hockte Henri d'Our nicht im hintersten Winkel seiner Zelle, sondern hatte sich in der Nähe der Gitterstäbe zum Gang hin eingerichtet.

»Ich bringe Euch einen neuen Beichtvater«, sagte der Kerkerwächter mit spöttischer Stimme. »Bruder …« Der Mann hielt inne, weil ihm auffiel, dass er nicht einmal den Namen des Ersatzbruders aus Fontevrault kannte.

»Gerard«, kam ihm Gero zu Hilfe und sprach dabei das »G« wie ein »J« aus.

D'Our sah ihn von unten herauf an. Wie vom Donner gerührt, starrte der Komtur von Bar-sur-Aube in die himmelblauen Augen seines Vertrauten und musste offenbar seine ganze soldatische Disziplin aufbringen, um sich das Erstaunen über diesen Besuch nicht anmerken zu lassen.

Er nickte abfällig. »Von mir aus«, raunte er. »Wenn er weniger penetrant ist als sein Vorgänger, kann er bleiben. Aber ich will, dass Ihr Euch verzieht«, sagte d'Our zu seinem Kerkerwächter. »Oder glaubt ihr, ich lege vor dem Bruder meine Beichte ab, während Ihr daneben steht?«

»Ich bin der Letzte, der Eurer Beichte im Wege stehen will«, krächzte der Wächter ungehalten. »Seht es als eine himmlische Fügung an, dass Gott Euch einen Ersatz für Bruder Julian bietet. Es ist vielleicht die letzte Gelegenheit, Eure Seele zu reinigen, bevor Euch Imbert in die Hölle schickt.«

»Was, in drei Teufels Namen, tut Ihr hier?«, flüsterte d'Our in einem unmissverständlichen Befehlston, nachdem der Kerkermeister gegangen war.

Gero erstaunte die Heftigkeit dieser Frage. Dass d'Our vielleicht nicht hocherfreut sein würde, ihn hier zu sehen, hatte er sich ausrechnen können, trotzdem hätte sein Komtur ein Quäntchen mehr Begeisterung zeigen können.

»Sagt Euch das Wort ›CAPUT‹ etwas?«

»Sch…«, machte d'Our und legte demonstrativ seinen Finger auf die aufgeplatzten Lippen. »Seid Ihr von Sinnen?«, fuhr er Gero an. »Wenn Ihr meinen Auftrag befolgt hättet, wäre es dem angekündigten Bruder des Hohen Rates möglich gewesen, das Rad des Schicksals zu drehen, und wir würden nicht mehr in diesem Loch sitzen!«

»Es war nicht mein Verschulden, dass es anders gekommen ist, als Ihr es befohlen habt«, zischte Gero, während er spürte, wie Zorn in ihm aufstieg. »Euer Mittelsmann ist verstorben. Nein …« Er beschloss die Wahrheit zu sagen. »Um es richtig zu stellen – bevor ich überhaupt etwas unternehmen konnte, hat es mich siebenhundert Jahre in die Zukunft verschlagen, und erst als ich wieder zurückgekommen bin, konnte ich den Bruder aufsuchen. Sein Ansinnen an mich war noch unvorstellbarer als das, was ich zuvor erlebt hatte.«

D'Our sah ihn fassungslos an. »Ihr wart dort? In der Zukunft«, stammelte er.

»Ja, ich war in der Zukunft«, erklärte Gero tonlos und beließ es dabei. Es hätte zu viel Zeit gekostet, um alles hinreichend zu erklären.

»Wird man uns helfen?« Hoffnung war in den Augen des Komturs zu lesen.

»Helfen?« Gero schüttelte den Kopf. »Wobei?«

»Ihr habt ja keine Ahnung, was Eure Mission für eine Bedeutung hatte«, klärte ihn d'Our auf. »Seit einhundertfünfzig Jahren warten wir darauf, dass man erneut Kontakt zu uns aufnimmt, um die Geschichte zu verändern und somit auch den Untergang des Ordens zu verhindern.«

»Nichts wurde verhindert«, sagte Gero leise. Er fragte sich ernsthaft, worauf sein Komtur hinaus wollte. »Im Jahre des Herrn 2004 ist der Orden zerstört, und zwar exakt seit dem Jahre des Herrn 1312, wenn Papst Clemens der V. die Bulle *vox in excelso* erlassen und damit den Orden der Templer aufheben wird.«

»2004?« D'Our sackte in sich zusammen, während die Hoffnung in seinen Augen erlosch wie eine Kerze im Wind. »Und der Junge?« fragte er weiter. »Habt Ihr wenigstens den Jungen in Sicherheit bringen können.«

»Er wartet draußen vor den Toren der Stadt. Am anderen Ufer der Vienne.«

»Um Himmels willen, Bruder Gerard, seid Ihr von allen guten Geistern verlassen? Wie konnte das geschehen?«

»Das ist eine verdammt lange Geschichte«, erwiderte Gero barsch. Zum ersten Mal war er bereit, seinem Komtur den nötigen Respekt zu verweigern. Er atmete tief durch, bevor er den Mut fand, fortzufahren, ohne seine Stimme zu erheben. »Bei allem Respekt, Sire, wenn Ihr Euer Wissen genutzt hättet, um uns rechtzeitig eine Warnung zukommen zu lassen, wäre uns nicht nur viel Leid und Blutvergießen erspart geblieben. Vielleicht hätte es darüber hinaus eine Möglichkeit gegeben, nicht nur die Männer, sondern auch den Orden vor einem vernichtenden Schicksal zu bewahren.«

Ein tiefer Seufzer entfuhr d'Our. »So einfach wie es aussieht, ist es nicht.« Schuldbewusst schaute er Gero an. »Was also habt Ihr vor, und warum seid Ihr zurückgekehrt?«

Mit wenigen Worten skizzierte Gero die Hintergründe seiner Mission und warum es zu den bekannten Problemen nun zwei ganz andere gab, die darauf warteten, gelöst zu werden.

»Der Mann und die Frau sind hier gestrandet«, sagte Gero, als er die Situation von Anselm und Hannah zu erklären versuchte. »Ich allein weiß nicht, ob und wie sie mit dem Haupt in ihre Zeit zurückgelangen können.«

»Sagt nur, dass Ihr das Haupt auch gleich mitgebracht habt?« D'Our sah ihn an, geradeso, als ob er den Jüngsten Tag eingeläutet hätte.

»Was blieb mir anderes übrig«, rechtfertigte sich Gero. »Außer Euch kenne ich niemanden, der weiß, was es mit diesem Ding auf sich hat.«

»Dieses Wissen ist mir bereits zum Verhängnis geworden«, stöhnte d'Our. »Was denkt Ihr, warum es mir gelungen ist, Francesco zu retten? Ich habe meine Seele verkauft. Imbert hat mir ein Ultimatum gestellt. Wenn ich bis Freitag nicht sage, was es mit besagtem Kopf auf sich hat, will er die verbliebenen Kameraden vor meinen Augen zu Tode foltern.«

»König Philipp?«, entfuhr es Gero. »Wieso weiß er davon?«

D'Our schnaubte verächtlich. »Er weiß es nicht. Er ahnt etwas. Gar nicht auszudenken«, fuhr der ehemalige Komtur von Bar-sur-Aube leise fort, »was geschehen würde, wenn sein Großinquisitor Matthäus in die Finger bekäme.«

Gero fröstelte, während er eine Phiole aus seinem Gewand zog. »Es scheint, als müsstet Ihr nun ausnahmsweise auf den Plan eines Untergebenen zurückgreifen«, bemerkte er leise. »Tut, was ich Euch gesagt habe, und es gibt wenigstens noch ein paar Leben, die wir retten können.«

Jesus hatte sich am Vorabend seiner Kreuzigung vermutlich nicht weniger unbehaglich gefühlt als Gero, nachdem er den schwierigsten Teil seines Plans bewältigt hatte, indem er Henri d'Our und die beiden anderen Kameraden von seinem gefährlichen Plan hatte überzeugen können. Der starke Schlaftrunk, den er den Brüdern übergeben hatte, würde sie nach der Einnahme wie tot erscheinen lassen. Freya, so hoffte Gero zumindest, war kundig genug, die Mischung richtig zu dosieren, damit die Wirkung mindestens vierundzwanzig Stunden lang anhielt und trotzdem keinen Schaden anrichten würde.

Nun müsste Gero noch den örtlichen Medicus mit der gleichen Mischung außer Gefecht setzen, und Anselm, den noch niemand auf der Festung zu Gesicht bekommen hatte, würde als dessen Vertretung den Tod der Gefangenen bescheinigen. Danach, so hoffte Gero, würde man die vermeintlichen Leichen unverzüglich in die Abfallgrube werfen, von wo man sie leicht befreien könnte. Vorausgesetzt, es kam nichts Unvorhergesehenes dazwischen. Was geschehen würde, wenn sie erwischt würden oder die Kameraden nicht rechtzeitig erwachten, daran wollte er lieber gar nicht denken. Eine Bewusstlosigkeit konnte ein Mensch allerhöchstens drei Tage überstehen, danach war er unweigerlich verdurstet.

Der Kerkermeister tauchte wie aus dem Nichts neben Gero auf, kaum dass er die Zelle seines Komturs verlassen hatte, und geleitete ihn zum Ausgang.

»Haben sie geredet?« Der Soldat der Gens du Roi, der seinen Einlass kontrolliert hatte, hielt Gero am Arm seines Habit fest, als er ohne ein Wort des Abschieds vorbeigehen wollte.

»Sie haben fast nichts gesagt«, antwortete Gero und hoffte, dass der Mann ihn ohne weitere Fragen ziehen lassen würde.

Der Wächter sah ihn aus schmalen Augen an, in denen Gero plötzlich Misstrauen zu erkennen glaubte. »Ihr wart weitaus länger dort drunten als Euer Vorgänger«, bemerkte der Aufseher spitz. »Sie müssen also etwas gesagt haben.«

»Ja durchaus«, erwiderte Gero mit verhaltener Stimme. »Aber nur unwichtiges Zeug.«

»Ob etwas wichtig oder unwichtig ist, entscheide ich und nicht Ihr«, verkündete der Soldat unnachgiebig und stellte sich Gero entgegen, als der sich anschickte nach draußen zu gehen.

»Sie haben gebeichtet ...« Gero stockte und senkte den Kopf, als ob Verlegenheit der Grund war, warum er nicht weiter sprach.

»Was haben sie gebeichtet?«, drängte sein Gegenüber.

»Dass sie ständig an nackte Weiber denken, die in wollüstiger Weise ihre Schenkel spreizen und nur danach lechzen, von ihnen genommen zu werden.«

Der junge Wachmann sah ihn aufmerksam an. »Und sonst? Treiben sie es in ihrer Phantasie auch untereinander?«

»Nein«, antwortete Gero finster.

Völlig unerwartet riss ihm der Soldat die Kapuze vom Kopf und starrte ihn prüfend an. »Eure Stimme kommt mir bekannt vor.«

Gero spürte seinen galoppierenden Herzschlag, während er der Versuchung widerstand, dem stechenden Blick des Mannes auszuweichen.

»Irgendwo habe ich Euch schon einmal gesehen.«

»Ich bin das erste Mal hier oben auf der Festung«, erwidert Gero mit ruhiger Stimme. »Und mein Eintritt bei den Benediktinern liegt erst wenige Tage zurück. Ich hatte noch nicht einmal die Zeit, mir eine Tonsur schneiden zu lassen.« Wie zum Beweis senkte er den Kopf, und als er ihn wieder anhob, nutzte er die Gelegenheit, seine Kapuze wieder aufzuziehen.

»Also gut. Ihr könnt gehen«, sagte der Wachhabende schließlich und schnippte mit den Fingern.

Gero, dessen Herz bis zum Hals schlug, verbeugte sich höflich. Scheinbar ohne Eile schritt er hinaus auf den Hof, um den Esel zu holen.

Die Erleichterung, die ihm die Freunde über sein unversehrtes Erscheinen entgegen brachten, machte Gero verlegen, und bei all den herzlichen Umarmungen musste er hart mit sich ringen, um nicht in Tränen auszubrechen, als er vom Schicksal der übrigen Brüder berichtete.

Der Benediktiner war inzwischen zu sich gekommen. Johan hatte ihm trotz starker Gegenwehr den Trunk verabreicht, der ihn in den Tiefschlaf versetzte. Dann hatte er ihn in warme Decken gehüllt und in einem kleinen Zelt unweit des Wagens zur Ruhe gebettet.

Hinter dem Wagen legte Gero die Kutte des Mönchs aus Fontevrault ab. Mit einer Schöpfkelle goss er sich kaltes Wasser aus einem

Eimer über den Kopf, um mit einem Stück Seife den Gestank des Verlieses loszuwerden.

Er war immer noch völlig nackt, als Hannah hinter dem Wagen erschien, um ihm zwei Leinenhandtücher zu bringen.

»Dank dir«, sagte er nur und nahm die Tücher entgegen.

Sie bückte sich, um das Mönchsgewand mit spitzen Fingen aufzuheben und zusammenzufalten. Als sie sich aufrichtete und zu ihm umdrehte, stand er dicht vor ihr, eines der Leinenhandtücher lässig um die Hüften geschlungen. Zärtlich nahm er sie in die Arme und küsste sie.

Sie ließ die Mönchskutte fallen und schmiegte sich glücklich an ihn. Ihre Hände wanderten über seinen muskulösen Rücken, der noch feucht und kühl war.

Sein Mund glitt ihren Hals hinauf. Durch den dünnen Stoff des Unterkleides bekam er ihre Brüste zu fassen. Sein Atem ging schneller, während sein Blick auf den geschlossenen Wagen fiel.

»Komm«, sagte er nur.

Als Gero die Tür des Wagens hinter sich schloss, war Hannah längst klar, dass weit mehr hinter seinem drängenden Wunsch steckte, als sich auf der Stelle mit ihr zu vereinen. Bereitwillig legte sie ihm die Arme um den Hals und stolperte rückwärts in einen Wust von Kleidern, der sie wie ein improvisiertes Bett auffing, als sie fiel.

Gero ging langsam auf die Knie. Während Hannah zu ihm aufschaute, zwischen Wolldecken und Surcots liegend, riss er sich das Leinentuch von den Hüften und näherte sich ihr mit ungezügeltem Verlangen. Sanft fuhren seine kühlen Finger ihre Beine hinauf und streichelten zärtlich die nackten Oberschenkel, die unterhalb des Saums herausschauten. Hannah spreizte bereitwillig ihre Schenkel und erschauerte unter seiner Liebkosung.

»Zwei lange Wochen habe ich mich danach gesehnt, dich zu erkennen, wie es ein Mann mit der Frau seines Herzens zu tun pflegt«, flüsterte er heiser. »Und seit heute weiß ich, dass ich keine weitere Stunde vergehen lassen sollte.«

Behutsam und unter einem leisen Keuchen drang er in sie ein, während seine kundigen Finger ihre empfindliche, kleine Knospe berührten, die mehr und mehr erblühte.

»Ich liebe dich«, stammelte sie atemlos, dabei zog sie ihn zu sich herab, um ihm ganz nah zu sein. Sie konnte seinen Herzschlag spüren, als ihre Brust seinen Oberkörper berührte und sein Mund von ihren Lippen Besitz ergriff. Ein langer, feuchtwarmer Kuss folgte. Dann richtete er sich ein wenig auf und lächelte versonnen, während er sich weiterhin langsam und gefühlvoll in ihr bewegte.

»Unsere Liebe ist etwas, das mir niemand mehr nehmen kann«, sagte er leise, »ganz gleich, was noch geschehen wird.«

Kurz vor Sonnenuntergang bereiteten Freya und Hannah das Abendessen vor, indem sie in einer flachen, gusseisernen Schale über einem Lagerfeuer Apfelpfannkuchen brieten, die sie anschließend mit Honig übergossen.

Der süßliche Duft lockte die Männer ans Feuer, und gemeinsam taten sie sich an einem ganzen Berg köstlicher Pfannkuchen gütlich. Frischer, roter Chinonwein, den Gero auf seinem Weg aus der Stadt gleich in mehreren Ziegenbälgern gekauft hatte, machte die Runde, und die Stimmung war trotz der düsteren Umstände so gelöst wie lange nicht mehr.

»Also«, begann Gero, der sich mit seinen Gefährten auf einem umgestürzten Baumstamm niedergelassen hatte. »Der Medicus wohnt unweit der Eglise Saint Maurice. Madame Fouchet erklärte mir, dass er üblicherweise dort weilt, wenn er keinen Dienst auf der Festung tun muss. Aber auch das geschieht meist nur zu vorher abgesprochenen Zeiten. Abends hingegen ist er immer zu Hause, und an den meisten Tagen nutzt er seine freie Zeit, um sich im Freudenhaus zu besaufen und sich von einem ihrer Mädchen …« Er hielt inne und hüstelte, während er sich kurz zu den Frauen umdrehte. »Ihr wisst, was ich meine«, sagte er mit einem leisen Grinsen an die Männer gerichtet. »Er ist unverheiratet und wird von einer alten Magd bekocht, die gewöhnlich kurz nach der Vesper das Haus verlässt und erst am nächsten Morgen wieder kommt. Wir haben also etwas Zeit, ihn davon zu überzeugen, dass er uns ein Entschuldigungsschreiben für seine Unpässlichkeit verfasst.« Gero setzte eine harmlose Miene auf, bevor er fortfuhr. »Morgen wird er sich ausnahmsweise schon in der Frühe ins Reich der Träume katapultieren. Und das mit unserer Mixtur aus

Opium, Alraune, Stechapfel und anderen Köstlichkeiten, die wir ihm gefälligerweise ins Haus liefern. Bis hierhin alles verstanden?«

Struan nickte, während er sich mit der Spitze seines Dolches einen Apfelkern aus den Zähnen pulte.

Anselm fror, obwohl es gar nicht so kalt war. Johan hingegen kaute gelassen an seinem letzten Pfannkuchen.

»Und nun zu dir, Bruder«, sagte Gero, während er Anselm ansah. »Der weitere Verlauf der Geschichte hängt von deinen Talenten ab.«

Anselm nickte stumm. »Ich habe den ganzen Vormittag überlegt, wie ich die Sache angehe«, sagte er. Seine Stimme bebte vor Aufregung. »Ich werde also in dem Haus des Medicus warten, bis sie jemanden von der Burg schicken, der nach mir ruft. Aber was ist, wenn die alte Magd am Morgen kommt und mich in dem Haus vorfindet? Sie kennt mich doch gar nicht.«

»Das habe ich schon geregelt«, sagte Gero ruhig. »Madame Fouchet hat einen Botenjungen, Frydel, ich habe ihm gestern Morgen bei unserer Abreise ein paar unserer Jonglierbälle geschenkt. Für Geld überbringt er so gut wie jede Botschaft. Ich werde ihn noch vor Eintreffen der Magd damit beauftragen, zu ihrem Haus zu gehen und ihr zu sagen, dass unser guter Medicus wegen seiner Trunkenheit nicht in der Lage ist, sie zu empfangen und sie im Laufe des Tages nicht zu sehen wünscht. Wenn wir diese Nachricht mit einem gewissen Obolus versehen, werden beide, Botenjunge und Magd, nach unserer Pfeife tanzen.«

»Sehr gut«, sagte Anselm ein wenig beruhigter. »Sobald ich die vermeintlich Toten zu Gesicht bekommen habe, werde ich also sagen, dass offenbar ein unbekanntes Siechtum zu ihrem Tod geführt hat, das allem Anschein nach aus dem Orient zu uns vordringt, und dass es ratsam ist, die Leichen unverzüglich der Sonne auszusetzen.«

»Genau«, befand Gero und schaute prüfend in die Runde, bevor sein Blick zu Anselm zurückkehrte. »Ich hoffe, dir mangelt es nicht an Überzeugungskraft. Und falls dich jemand fragen sollte, woher du unseren Medicus kennst, sag einfach, du stammst aus den deutschen Landen und hast eine Weile mit ihm in Tours studiert. Du weilst bei ihm zu Besuch, und er bat dich, ihn zu vertreten.«

Anselm sah Gero staunend an. »Ich wusste gar nicht, dass es damals in Tours schon eine Universität gab.«

»Gatien, Bischof der Stadt Caesarodunum, die man später Tours nannte, gründete vor hunderten von Jahren die medizinische Fakultät«, gab Gero betont lässig zurück.

Anselm war einen Augenblick sprachlos. Wie schon so oft auf dieser schicksalhaften Reise musste er sein Bild über das vermeintlich rückständige Mittelalter korrigieren.

»Wunderbar«, fuhr Gero fort. »Wenn alles nach Plan läuft, werde ich in der Zwischenzeit beim ortsansässigen Wagenbauer einen Karren kaufen und zusammen mit Struan den bewusstlosen Medicus unauffällig aus der Stadt schaffen. Wir können es uns nicht leisten, ihn unbeaufsichtigt zurückzulassen. Er könnte zu sich kommen und uns verraten. Danach warten wir am Westtor im Schutz der Stadtmauer, bis es dunkel wird, damit wir die Brüder bergen können.«

Gero wandte sich noch einmal Anselm zu, dessen flackernder Blick erneut seine Unsicherheit verriet. »Zuvor kehre ich natürlich zum Portal von St. Maurice zurück, um dich dort wieder in Empfang zu nehmen und zusammen mir dir die Stadt zu verlassen«, versicherte er Anselm mit der notwendigen Zuversicht in der Stimme.

Johan stand für einen Moment der Zweifel ins Gesicht geschrieben. In seinen Händen hielt er einen gut gefüllten Weinschlauch. Bevor er ihn an Struan weiterreichte, nahm er noch einmal einen kräftigen Schluck und wischte sich die vernarbten Lippen mit dem Unterarm ab. Dann schüttelte er den Kopf. »Es hört sich alles zu gut an«, sagte er nachdenklich. »Was aber ist, wenn irgendetwas schief läuft?«

»Dann ist es der Wille des Allmächtigen«, entgegnete Gero schlicht.

41

Sonntag, 28. 11. 2004 – Planspiele

»Doktor Stevendahl, Sie werden es schaffen«, frohlockte Professor Hertzberg, als er am nächsten Morgen in das Büro des neuen Projektleiters stürmte, das sich im Gegensatz zu Hagens früherem Domizil auf dem Forschungsareal von Himmerod befand. In seiner Rechten wedelte Hertzberg mit einem Wust von Papieren.

»Was werde ich schaffen?«, fragte Tom verständnislos.

»Es wird Ihnen gelingen, den Mönch aus Hemmenrode zurückzubringen. – Hier«, stieß der Professor atemlos hervor und warf die Papiere auf Toms Schreibtisch.

Von dem Professor erfuhr Tom in wenigen Worten, dass Thomas von Hemmenrode allen Berechnungen nach der Mönch war, den Cäsarius von Heisterbach in seiner Wundergeschichte zu Ehren verholfen hatte.

»Zusammen mit den Aussagen des Templers«, bemerkte Hertzberg euphorisch, »ergibt alles einen Sinn.«

In einem abgeschirmten Speziallabor untersuchten Paul und Tom einige Stunden später das geheimnisvolle Innenleben des Servers. Professor Hertzberg, der sein Interesse für technische Zusammenhänge entdeckt hatte, sah ihnen neugierig dabei zu.

Alle Einzelteile waren ohne Schrauben, nur mit raffinierten Steckverbindungen miteinander verbunden. Die unscheinbare Energiezelle – ein Fusionsreaktor kaum größer als ein handelsüblicher Mobiltelefonakku – wurde offenbar mit einer geringen Menge destillierten Wassers gespeist.

»Der Energiewandler ist winzig«, konstatierte Paul und betrachtete voller Erstaunen den kleinen, leuchtend blaugrün schimmernden Punkt in der Mitte der Brennstoffzelle. Der Behälter für das Wasserreservoir hatte die Größe einer Zigarettenschachtel. »Im Zweifelsfall könnte das Ding auch mit Speichel funktionieren, oder was glaubst du?«

»Kann ich mir nicht vorstellen«, murmelte Tom. »Speichel enthält eine Menge DNA und würde wahrscheinlich den Programmierungsprozess verzerren. Nach allem, was ich mitbekommen habe, nimmt das Gerät eine Personencodierung vor, ähnlich einer Fingerabdrucküberprüfung, wenn man mit ihm in Berührung gerät. Möglicherweise wird sogar erst ein Abgleich gemacht, ob es überhaupt möglich ist, den gescannten Organismus in die jeweilige Zeitebene zu verschieben.«

Professor Hertzberg räusperte sich. »Hat schon mal einer von Ihnen etwas vom Attik Jommim gehört?«

Paul schüttelte ebenso wie Tom bedauernd den Kopf.

»Es ist ein Gegenstand, der in der jüdischen Kabbala beschrieben wird«, erklärte Hertzberg. »Angeblich soll es mit diesem Gerät möglich gewesen sein, Wasser aus Wüstenluft heraus zu destillieren. Die Beschreibungen sind uralt und gehen auf die Zeit des Alten Testaments zurück.« Er schaute Tom lauernd an. »Was wäre denn, wenn die ursprünglichen Besitzer dieses Gerätes in der Lage waren, Reisen in sehr viel frühere Zeitabschnitte zu unternehmen?«

Tom schaute für einen Moment auf und nickte. »Nachdem feststeht, dass Professor Hagen seine Hinweise zum Bau der Anlage achthundert Jahre alten Pergamenten entnommen hat, ist es nahe liegend, dass es keine Grenzen für die Anwendung dieses Systems gibt.«

»Wenn man die genaue Gebrauchsanweisung kennt«, warf Paul ein, »ergibt sich allem Anschein nach ein noch größeres Spektrum, als ausschließlich eine Zeitreise zu unternehmen. Sie könnten mit dem Ding zum Beispiel ›Tischlein deck dich‹ spielen. Und wer sagt denn, dass man nur Menschen damit transferiert hat? Möglicherweise kann es als eine Art Frachttransporter dienen. Wenn die Prüfung es zulässt, können sie Lebensmittel, Wasser und nicht zuletzt Wertgegenstände von hier nach dort schaffen. Mit diesem Ding wird rein alles möglich.«

»Solange wir das genaue Zusammenspiel der Komponenten noch nicht kennen, müssen wir jedoch äußerst vorsichtig sein«, erklärte Tom und schob Pauls Hand zur Seite, bevor der den winzigen Reaktor berühren konnte. »In der Streichholzschachtel steckt soviel Energie, dass man damit in einem Atemzug die ganze Welt zerstören könnte.«

Hertzberg schaute ihn durchdringend an. »Sie denken, man könnte das Ding auch als Waffe einsetzen?«

»Sicher«, bestätigte Tom. »Es ist die reinste Wunderkapsel. Wer eine solche Maschine besitzt, ist der Herrscher der Welt.«

»Vielleicht benötigt der Mechanismus gar nicht soviel Energie, wie wir glauben«, murmelte Paul, während er noch einmal eingehend das Innenleben des Servers inspizierte. »Und somit würde sich das Risiko entsprechend minimieren.«.

»Worauf willst du hinaus?«, fragte Tom ungeduldig.

»Was wäre, wenn es sich um einen weiterentwickelten Mechanismus ähnlich dem unseren handelt, mit dem Unterschied, dass die benötigte Energiemenge wesentlich geringer ausfällt, weil man nicht ein ganzes Fußballfeld unter Strom setzen muss, um das gewünschte Ergebnis zu erreichen, sondern nur ein einzelnes Molekül?«

Tom sah seinen Kollegen aus schmalen Lidern an, dann erhellte sich seine Miene. »Warum bin ich nicht selbst darauf gekommen?«

Paul grinste triumphierend. »Weiß ich auch nicht!«

»Das bedeutet im Klartext«, führte Tom weiter aus, »dass unsere Nachfahren es offensichtlich geschafft haben, die Sache zum Laufen zu bringen, indem sie lediglich den Fuß in die Tür stellen, um Zutritt zu einer benachbarten Dimension zu erlangen. Die Beeinflussung einzelner Strings reicht vollkommen aus, um eine gewünschte, kontrollierte Kettenreaktion zu erzeugen. Wegen der Quanten-Kohärenz bleiben die strategisch miteinander verbundenen Energiestrukturen komplett und lassen sich, ohne Schaden zu nehmen, aus dem übrigen Netz lösen ...«

»... und somit bleibt der Ausschnitt des transferierten Materials auf einen exakt definierten Bereich begrenzt«, fuhr Paul mit glänzenden Augen fort. »Es ist so, als ob du mit einem Schlüssel eine Tür öffnest, und dahinter verbirgt sich ein ganzes Reich voller Möglichkeiten.«

»Keine transferierten Lichtungen mehr mit halben Bäumen und zerstörten Hallen ...«, erklärte Tom triumphierend.

»... sondern genau berechnete Einheiten, deren Strings synchron im Takt schwingen«, beendete Paul den Satz.

Hertzberg war nicht in der Lage, den Ausführungen der jungen Wissenschaftler zu folgen, doch seine Begeisterung wurde dadurch nicht geschmälert. »Und wann werden Sie in der Lage sein, unseren Mönch zurückzubringen?«

»Es bleibt uns wohl gar nichts anderes übrig, als es so bald wie möglich auszuprobieren«, antwortete Tom, »und zu hoffen, dass Paul Recht behält.«

Mit einem Roboter, der normalerweise zur Minenräumung eingesetzt wurde, schob man die Trage mit dem Körper des in Tiefschlaf versetzten Mönches am nächsten Tag in ein speziell ausgestattetes Labor.

Die Wände und Türen des Laborraumes waren nicht nur schall-, sondern auch strahlenisoliert. Der Grund dieser Vorsichtsmaßnahme lag darin, dass Tom es nicht riskieren wollte, dass der Timeserver noch andere DNA registrierte als die des unfreiwilligen Probanden und somit der Transmissionsprozess hätte gestört werden können – oder dass unvermittelt jemand aus der Gegenwart, der mit der Serverstrahlung in Berührung kam, im Mittelalter landete.

Tom kam sich ein wenig seltsam vor, als er mit holperiger Stimme den passenden gregorianischen Gesang zum Besten gab. Stundenlang hatte er mittels eines MP3-Players geprobt, damit er die richtigen Töne traf, um den futuristischen Quantenserver zu aktivieren. Über eine drahtlose Verbindung war das Mikrofon mit einem Computer verbunden, der die Töne in einen eigens für dieses Experiment konstruierten Lautsprecher übersandte.

Wie von Zauberhand erschien auf der spiegelblanken Oberfläche des Gerätes das bereits bekannte, holographische Profil einer asiatisch anmutenden Frau. Und wie zuvor gab sie ein paar einleitende Worte von sich, die offenbar alle Anwesenden trotz Abschirmung durch spezialbehandelte Wände und spezieller Sicherheitsglasscheiben in ihren Gedankengängen wahrnehmen konnten. Dann beantwortete Tom ein wenig unsicher die Frage nach Zielort und Zeit, und zwar ohne ein Wort über die Lippen bringen zu müssen. Wenig später wurde oberhalb des kleinen Kastens ein etwa gleich großes, ebenfalls holographisches Feld in Form eines blaugrün leuchtenden Gitternetzes erzeugt, in das der Roboterarm die Hand des bewusstlosen Mönches führte.

Der Countdown, der daraufhin abgezählt wurde, versetzte alle anwesenden Wissenschaftler sowie Professor Hertzberg und Major Dan Simmens in ungeheure Spannung. Ein greller Lichtblitz verhinderte schließlich, dass die Anwesenden mit ansehen konnten, wie der Mann auf der Trage verschwand. Fest stand nur, dass er sich nicht mehr im Labor befand. Auch die später ausgewerteten Überwachungskameras konnten keinen Aufschluss darüber geben, ob der Transferierte tatsächlich an seinem Bestimmungsort angelangt war.

42

Dienstag, 14. November 1307 – Chinon – der Medicus

Kurz vor der Morgendämmerung sattelte Struan die Pferde. Anselm, der den Schotten eine Weile beobachtet hatte, löste seinen Blick und begann im Schein einer Fackel, die Gero in den Boden gesteckt hatte, ein langes, schwarzes Gewand anzulegen. Das düstere Kleidungsstück hatte sich eher zufällig im Fundus der Spielmannstruppe befunden und eignete sich bestens für die typische Gewandung eines Medicus, weil man Blut und Eiterflecken nicht darauf erkennen konnte. Darüber streifte Anselm seinen langen Ledermantel, der ihm Schutz gegen die Kälte bot.

Atemwölkchen zeichneten sich im Schein der Flammen ab, als Gero mit einem stummen Schulterklopfen Abschied von Johan nahm, der für die Bewachung der Frauen und des Jungen zurückblieb. Er musste sich außerdem um den gefangenen Mönch kümmern, den man spätestens morgen Abend in der Abtei Fontevrault vermissen würde.

Gero verzichtete darauf, Hannah zu wecken, um sich zu verabschieden. Er mochte es nicht, wenn sie sich zu sehr ängstigte.

Johan bedachte Gero mit einem besorgten Blick. »Wenn die Sache nicht abläuft wie der Faden eines Knäuels sauber gesponnenen Garns, werden wir einen hohen Preis zu bezahlen haben«, bemerkte er leise.

»Wem sagst du das«, erwiderte Gero rau.

Anselm, dem Johans Bemerkung nicht entgangen war, wurde sich mit einem Schlag seiner Verantwortung bewusst. Verfolgung, Folter und der Tod aller Anwesenden würden womöglich die Folge sein, wenn er auch nur einen winzigen Fehler beging.

Um nicht vorzeitig bemerkt zu werden, warteten Gero, Struan und Anselm geduldig im Schutz der Uferböschung der Vienne, bis das Stadttor beim ersten Hahnenschrei und dem damit einhergehenden Glockenläuten zur Morgenandacht geöffnet wurde. Dann verschaffte ihnen das Siegel des Königs abermals den Zutritt zur Stadt.

Der Medicus besaß ein schmales Eckhaus unmittelbar neben der inneren Festungsmauer, direkt gegenüber von Saint Maurice, der einzigen Kirche im umfriedeten Teil der Stadt. Die Gegend war düster, weil kaum Licht in die Gasse fiel, und es stank nach feuchten Mauern und brackigem Wasser. Ein paar Ratten huschten über das schmale Pflaster und verschwanden in einem Abflussrohr, das durch die Mauer zur direkt dahinterliegenden Vienne führte.

Mit einem verhaltenen Blick in die Umgebung stellte Gero fest, dass sich niemand in der Nähe aufhielt, der ihren Plan würde vereiteln können. Die Pferde banden sie ein Stück entfernt an einem Eisenring fest, der in das unverputzte Kalksteingemäuer von Saint Maurice eingelassen war. So musste jeder denken, dass die Besitzer der Tiere sich in der Kirche zur Frühmesse aufhielten.

Struan spähte, den Rücken flach an die Hauswand gepresst, in eines der kleinen Fenster, doch zu sehen war nichts. Der Medicus schlief offenbar noch. Oder er war nicht zu Hause, was denkbar ungünstig gewesen wäre. Die Haustür war wie üblich unverschlossen. In einer Stadt wie Chinon gehörte es nicht zur Tagesordnung, dass etwas gestohlen wurde.

Um kein unnötiges Knarren zu verursachen, öffnete Struan die Türe nur soweit, wie es nötig war, um hindurch zu schlüpfen. Geschmeidig verschwand er durch die schmale Öffnung und bedeutete Anselm und Gero, dass sie ihm folgen sollten.

Gemeinsam schlichen sie durch das stickige Untergeschoß, um dann eine leise ächzende Kirschholztreppe hinaufzusteigen. Ein lautes Schnarchen, das hinter einer angelehnten Zimmertür zu hören war, verriet ihnen, dass der Hausherr tatsächlich noch im Bett lag.

Ein halboffenes Fensterchen im Treppenhaus, das durch die angelehnte Fensterlade ein wenig Licht hereinließ, erlaubte Anselm einen Blick auf Struans grimmig konzentrierten Gesichtsausdruck. Gemeinsam mit Gero schob er sich auf den kleinen Treppenabsatz, der zu drei verschiedenen Zimmern führte. Gero wandte für einen Moment den Kopf in Anselms Richtung und befahl ihm mit einer Geste zurückzubleiben. Lautlos und wie auf Kommando stürmten die beiden Templer das Zimmer des ahnungslosen Mediziners. Der Medicus war so überrumpelt, dass er nicht einmal den Versuch unternahm zu entkommen. Mit verbundenen Augen, geknebelt, die Hände auf den Rücken gefesselt, wurde der hagere Mann ein paar Augenblicke später von Struan auf den kleinen Flur geführt.

Anselms Herz hämmerte gegen seine Brust. Kaum fähig, sich zu rühren, starrte er auf die dürre Gestalt, die vor Angst zitternd auf dem Treppenabsatz stand und mit ihren schwarzen, schulterlangen Haaren und bis auf die Unterhose entkleidet auf ihn wie ein leidender Jesus am Kreuz wirkte.

»Vorwärts«, knurrte Struan dunkel und versetzte dem Gefangenen einen leichten Stoß.

Den Schotten im Rücken, tastete sich der Medicus, vorsichtig einen Fuß vor den anderen setzend, nach unten.

»Wenn du mitspielst, wird dir kein Leid geschehen«, versicherte ihm Gero.

»Aber wenn nicht«, zischte Struan, »wird die nächste Geburtsnacht Jesu ohne dich begangen werden.«

Der Medicus gab einen heiseren Laut von sich, den man als Zustimmung hätte werten können. Davon unbeeindruckt bugsierte der Schotte den Mediziner in die Wohnstube hin zu einem freien Stuhl, der vor einem massiven Eichenholztisch stand, und zwang ihn, darauf Platz zu nehmen.

»Ich nehme dir jetzt den Knebel ab«, verkündete Struan düster. »Wenn du es wagen solltest zu schreien, schneide ich dir die Kehle durch.«

Der Medicus nickte hastig, was die Templer mit einem zufriedenen Lächeln zur Kenntnis nahmen. Nachdem Struan ihm den Knebel aus dem Mund genommen hatte, verriet der Gefangene den Männern mit brüchiger Stimme, in welcher der drei Truhen Pergament, Gänsekiel und Tinte zu finden waren.

Um auf dem Tisch Platz zu schaffen, schob Struan einen Teller mit Essensresten und einen leeren Becher aus braunem Steingut zur Seite. Dabei scheuchte er ein paar fette Herbstfliegen auf, die sich an einem Rest Crottin de Chèvre gelabt hatten.

Anselm hasste diese Viecher, die hier offenbar viel zahlreicher und lästiger waren als in der Zukunft. Aus einem Obstkorb, der mitten auf dem Tisch stand und einem makellosen Stillleben glich, nahm sich Struan kurzer Hand einen Apfel und biss herzhaft hinein. Der Medicus zuckte ängstlich zusammen. Völlig mit den Nerven am Ende, war von dem Mann kaum noch Widerstand zu erwarten. Unter Androhung schlimmster Folter, falls er es wagen sollte aufzuschauen, begann Gero ihm die Augenbinde abzunehmen. Dann befahl er dem Medicus, den Federkiel in das silberne Tintenfässchen zu tauchen, und diktierte ihm Wort für Wort, was er schreiben sollte.

»Ich, Medicus Etienne de Azlay, erkläre meinen guten Freund, den Medicus Anselmo de Trevere zu meinem Vertreter, da ich selbst siechend bin und meinen Verpflichtungen für die Dauer meiner Krankheit nicht nachkommen kann. Geschrieben und unterzeichnet am Tage des heiligen Laurentius im Jahre des Herrn 1307. Unterschrift.«

Misstrauisch beobachtete Gero, wie krakelig der Medicus ansetzte, seinen Namen zu schreiben. Aus einem Stapel bereits beschriebener Blätter nahm Gero ein einzelnes Dokument und studierte es eingehend.

»Falls du auf die Idee kommen solltest, anders zu unterzeichnen, als es die Schergen des Königs gewohnt sind«, sagte er und hielt dem Medicus das Dokument hin, »werde ich es anhand dieser Schreiben erkennen und dir für jeden weiteren, misslungenen Versuch eine Fingerkuppe abschneiden.«

Der Medicus nickte und vollendete seine Unterschrift, ohne aufzuschauen.

Als Gero dem völlig verängstigten Mann wenig später wieder die Augenbinde anlegen wollte, fiel sein Blick auf eine abgewetzte Ledertasche, die in einer Ecke des Raumes stand. »Was ist das?«, fragte er harsch, wobei er unmissverständlich auf die Tasche zeigte.

»Ich ... ich kann es Euch erklären«, stammelte der Mann, den Blick starr auf die Tischplatte gerichtet. »Aber bindet mir zuvor die Augen zu. Ich will Euch nicht anschauen. Ich weiß, dass Ihr mich dann töten werdet.«

Tastend, mit erneut verbundenen Augen und bebenden Lippen erläuterte er Gero und seinen Begleitern die Funktion der diversen medizinischen Utensilien, die sich in der Tasche befanden. Anselm erschien das Instrumentarium, bestehend aus unterschiedlichen Lanzetten, filigranen Zangen, Messern und einem scharfen, handlichen Beil überaus fortschrittlich. In einem unscheinbaren Leinensäckchen befand sich Nahtmaterial aus Katzendarm, dazu, aufgespickt in einem kleinen, dunkelroten Filzheft, feine Silbernadeln in diversen Größen.

Außerdem enthielt das Behältnis weißes Leinen, in handbreite Streifen aufgerollt, und Schafwollkompressen, gefüllt mit einer Mischung aus getrocknetem Lebermoos und Alaunpulver, sowie eine unscheinbare Holzkiste mit kleinen Phiolen aus verschiedenfarbigem Steingut, die allesamt mit Wachs verschlossen waren.

»Muss ich wissen, zu was man so etwas gebraucht?«, fragte Anselm und hielt arglos eine der Phiolen in die Höhe.

»Nein«, bestimmte Gero. »Wenn wir anfangen, Medizin zu verteilen, begeben wir uns wortwörtlich in Teufels Küche.«

»Ich weiß nicht, was Ihr vorhabt, Herr«, flüsterte der Medicus heiser, den Blick trotz Augenbinde nach unten gerichtet. »Aber falls Ihr an meiner Statt auf die Festung wollt, solltet Ihr wissen, dass der Vogt auf eine Medizin wartet, die ich ihm sobald wie möglich überbringen muss. Eine Mischung aus pulverisiertem Eberpenis, Hopfenblüten, Fliegenpanzer und dem getrockneten Schleim einer braunen Teichkröte.«

Bei der Aufzählung all dieser Ingredienzien verzog Anselm angewidert das Gesicht.

»Bei Vollmond mit Hengstpisse eingenommen, steigert es die Potenz«, krächzte der Medicus. »Es eignet sich hervorragend, wenn man eine Jungfrau deflorieren möchte. Mit dem Mittel versehen könnt Ihr es leicht mit sieben Frauen gleichzeitig aufnehmen. Aber es hilft auch gegen Haarausfall. Falls er euch danach fragt, es befindet sich in dem grünen Fläschchen.«

»Fürwahr interessant«, brummte Struan, der immer noch lauernd neben dem Medicus stand. »Weitaus mehr interessiert uns, was du mit den Templern angestellt hast.«

»Ich habe sie lediglich untersucht«, antwortete der bleiche Mann wimmernd. »Sonst nichts. Sie erfreuen sich bester Gesundheit ...« Er hielt abrupt inne, wohl weil ihm klar wurde, wie wenig diese Aussage der Wahrheit entsprach. »Na ja«, fügte er leise hinzu. »Wenigstens leben sie noch.«

Gero nickte Struan zu, und dann öffnete er eine der Phiolen. Unbarmherzig setzte er dem Medicus das Gebräu, das Freya hergestellt hatte, an die Lippen.

»Trink!«, befahl er dem Mann, dem vor Angst nicht nur die Knie, sondern auch Arme und Hände schlotterten.

Schluchzend wandte der Medicus den Kopf zur Seite und presste seine Lippen zusammen.

»Trink jetzt!« fauchte Struan und umklammerte mit einer Hand die knochige Schulter des Mediziners so fest, dass dieser laut aufstöhnte.

»Ihr wollt mich töten«, winselte der Medicus verzweifelt, bemüht darum die Lippen nur so weit zu öffnen als zum Sprechen unbedingt nötig.

»Wenn wir dich töten wollten, hätte meine Klinge dich schon längst ins Jenseits geschickt«, erklärte Gero seelenruhig. Dann fügte er mit scharfer Stimme hinzu: »Und jetzt tu, was ich dir gesagt habe!«

Langsam öffnete der Mann seinen Mund gerade genug, dass Gero die Flüssigkeit in dessen Schlund gießen konnte.

Anselm sah, wie der Adamsapfel des Mannes auf und ab hüpfte. Dann folgte ein ersticktes Husten, und plötzlich quollen ihm Tränen unter seiner Augenbinde hervor. Ein paar Atemzüge später sackte er zusammen. Struan packte ihn und legte ihn beinahe sanft auf den Holzbohlen ab.

»Jetzt bist du an der Reihe«, sagte Gero und wandte sich mit einem erschreckend neutralen Gesichtsausdruck Anselm zu, der vor Aufregung zitterte und den plötzlich ein dringendes Bedürfnis plagte.

Nachdem Gero das Haus verlassen hatte, weil er sich um die Magd und den Wagen kümmern musste, wartete Anselm zusammen mit Struan darauf, dass endlich ein Bote von der Festung erschien und seine Dienste einforderte.

Er fror, ob vor Kälte oder vor Angst, konnte er nicht sagen.

Struan schien sein Unbehagen zu bemerken, aber eigentlich war es kein Mitgefühl, das den Schotten dazu bewegte, aufzustehen und den Kamin einzuheizen, sondern die Überlegung, dass es in den frühen Morgenstunden zu den üblichen Gewohnheiten eines jeden Hausbesitzers zählte und es vielleicht bei Nachbarn für Verwunderung gesorgt hätte, wenn der Schornstein nicht rechtzeitig rauchte. Danach kniete der Schotte neben dem Bewusstlosen nieder und legte sein Ohr auf die Brust des Mannes. Gleichzeitig ergriff er dessen Handgelenk.

»Was tust du da?«, fragte Anselm, der sich zwar denken konnte, dass Struan die Atmung und den Herzschlag des Mannes überprüfte, sich aber über dessen professionelles Vorgehen wunderte.

»Der Herzschlag ist kaum noch zu hören«, murmelte der schottische Templer besorgt. »Wir sollten ihn zurück in sein Bett verfrachten.«

Anselm nickte unsicher. Er stellte sich die Frage, wie sie den Medicus die enge Treppe hinauf befördern sollten, doch dann packte Struan den am Boden liegenden Mann wie einen leblosen Tierkadaver und hievte ihn auf seine linke Schulter. Ohne auf Anselms Hilfe angewiesen zu sein, stapfte er die knarrenden Stiegen hoch, während die Arme des Medicus wie die Glieder einer Marionette über seinen breiten Rücken hüpften.

Anselm überlegte, ob er Struan folgen sollte, doch im nächsten Moment pochte jemand heftig gegen die Haustür, und einen Atemzug später stand ein Junge von etwa vierzehn Jahren im Zimmer und starrte ihn überrascht an.

»Wo ist der Medicus?«, stieß der plötzliche Besucher atemlos hervor.

Mit einem raschen Blick inspizierte Anselm die Kleidung des Jungen. Anscheinend war er ein Knappe oder Page.

»Der Medicus ist krank«, verkündete er ruhig. »Ihr werdet mit mir vorlieb nehmen müssen.«

Der Junge überhörte seinen Einwand und runzelte die Stirn. »Ich komme im Auftrag des Burgvogts. Es ist äußerst dringlich. Wo ist der Medicus? Liegt er im Bett?« Ohne Anselms Antwort abzuwarten, stürmte er die Treppe hinauf.

Für einen Moment war Anselm zu überrascht, um dem Knappen zu folgen. Dann vernahm er einen erstickten Aufschrei, den er nicht sofort deuten konnte. Hatte der Junge den Medicus entdeckt, oder hatte Struan ihn etwa außer Gefecht gesetzt?

Anselm atmete tief durch und hastete in den ersten Stock. Von Struan war weit und breit nichts zu sehen.

»Ich sagte doch, dass er krank ist«, bemerkte Anselm, während er hinter den Jungen trat, der den reglosen, im Bett aufgebahrten Medicus erstaunt anschaute.

»Er sieht aber gar nicht krank aus«, erwiderte der Bengel tonlos, wobei er auf das wächserne Gesicht stierte. »Er sieht aus wie tot!«

»Er ist nicht tot, er hat nur das Bewusstsein verloren«, erklärte Anselm.

»Und wer bei allen Heiligen seid Ihr?« Der Botenjunge sah ihn aufgebracht an.

»Ich bin sein Freund«, antwortete Anselm und versuchte seiner Stimme einen überzeugenden Klang zu verleihen. »Ich vertrete ihn als Medicus, solange bis er … bis er wieder gesund ist.«

»Ihr seid ein Medicus? Dann lasst uns gehen!«, rief der Junge ein wenig erleichtert. »Wenn Ihr die gleichen Fähigkeiten besitzt wie Euer Compagnon, müsst Ihr nicht mich überzeugen, ob Ihr etwas taugt, sondern den Vogt.«

Bevor er dem Jungen hinunter in die Wohnstube folgte, sah sich Anselm noch einmal verstohlen um, doch Struan blieb verschwunden, wie ein Geist, der sich durch eine Ritze verflüchtigt hatte.

Im Untergeschoss angekommen, nahm Anselm zitternd die Arzttasche und ging mit dem Jungen nach draußen. Im letzten Augenblick, bevor sie das Haus verließen, fiel Anselm die Bescheinigung ein, die der Medicus für ihn geschrieben hatte. Anstatt das Pergament zu rollen, wie es allgemein üblich war, faltete er es hastig zusammen und steckte es in eine Seitentasche seines schwarzen Wollsurcots.

Die Morgensonne hatte mittlerweile die schmalen Gassen an der Stadtmauer erreicht, trotzdem war es immer noch bitterkalt. Der Junge war zu Fuß in die Stadt hinuntergelaufen, daher folgte Anselm ihm ebenfalls zu Fuß den Berg hinauf, während er sein Pferd am Zügel führte. Doch nach kurzer Zeit war der Abstand zwischen ihm und dem Jungen bereits so groß, dass er sich entschloss, aufzusitzen, um dem flinken Boten hoch zu Ross zu folgen.

Während er sich der Burg näherte, wurde ihm immer mulmiger zumute. Er war ein Mann aus dem 21. Jahrhundert. War es da nicht Irrsinn, dass er einen Medicus des Mittelalters spielen sollte? Und falls es ihm tatsächlich gelingen würde – was wäre, wenn jemand dahinter kam, dass sein Empfehlungsschreiben gefälscht war? Was wusste er trotz all seiner Kenntnisse von den wahrhaftigen Gepflogenheiten dieser Epoche und den Aufgaben eines Medicus? Nichts, absolut nichts. Wenn er ehrlich war, hatte er die Menschen des Mittelalters trotz seiner Faszination für diese Zeit in erster Linie für schwertschwingende Barbaren gehalten. Nun musste er mehr und mehr feststellen, dass er deren Alltag und zivilisierte Lebensweise vollkommen unterschätzt hatte.

Der Blick auf die Festung bestätigte seine Überlegungen. Wie alle Schlösser und Burgen, die er bisher zu Gesicht bekommen hatte, wirkte auch dieses Gemäuer elegant und sehr gepflegt. Die Wege sorgfältig gepflastert, die Türme symmetrisch angeordnet, alles war hell und sauber verputzt.

Der Junge wartete am Übergang zum Turm der Uhr auf ihn – so zumindest hatte man das trutzige Gemäuer später genannt –, aber nun sah alles anders aus, als Anselm es aus seiner eigenen Zeit kannte. Der Turm war nicht oval, sondern rund, und ein Uhrwerk beherbergte das trutzige Gemäuer auch noch nicht. Später würde hier einmal Jeanne d'Arc ihr Domizil aufschlagen, den Dauphin erkennen und auf der Festung eine paar glückliche Jahre im Kreise ihrer Anhänger verbringen. Doch jetzt war sie noch nicht einmal geboren, ja – noch nicht einmal Jacques de Molay war hier eingekerkert, obwohl er auch noch Jahre hier verbringen würde, falls es Gero und seinen Leuten nicht gelingen würde, daran etwas zu ändern.

Die Morgensonne prallte auf die hellen Mauern, und für einen Moment atmete Anselm konzentriert ein, als sein Pferd die steinerne Zufahrt passierte. Ihn schwindelte, und mit einem Mal steigerte sich seine Angst von Minute zu Minute.

Zu seiner Erleichterung sorgte der Botenjunge dafür, dass sie ohne Ausweis und Durchsuchung die Wachen passieren durften.

»Da seid Ihr ja endlich!«, rief eine laute Männerstimme, nachdem sie das Tor hinter sich gelassen hatten.

Ein dickbäuchiger Mann in einer braunschwarzen Uniform tauchte auf und zerrte am Zaumzeug von Anselms Wallach. Das Tier begann unruhig zu tänzeln, so dass Anselm sich vorsichtshalber entschied, abzusteigen.

»Wer sei denn Ihr?«, stieß der Mann dann hervor.

Anselm spürte, wie seine Lippen taub wurden. Statt zu antworten, holte er das Pergament aus seiner Tasche.

Argwöhnisch betrachtete der Mann das Schreiben. Anscheinend war er des Lesens mächtig und stellte keine weiteren Fragen.

»Wenn Ihr mir folgen wollt«, sagte er nur und klang nun eindeutig freundlicher.

Gero hatte versucht, Anselm auf den Gang ins Verlies vorzubereiten. Dabei war der Templer jedoch so gnädig vorgegangen, um ihn nicht vorzeitig zu verschrecken, dass er offensichtlich nicht alles erzählt hatte. Anselm wurde das Gefühl nicht los, sich durch das Innere eines stinkenden Wals zu arbeiten, als er dem Mann durch die grottenartigen, viel zu schmalen Gänge folgte, deren tropfende Decken und Wände nur hier und da von spärlich flackerndem Feuer beleuchtet wurden.

Eine plötzliche Helligkeit blendete Anselm, und einen Moment später befand er sich in einer hohen Gewölbehalle, die von etlichen Feuerkörben erhellt wurde. Nur vage nahm er den Geruch von frischem Blut wahr, und als er sich umwandte, blickte er auf einen völlig zerfetzten Rücken. Allmählich begriff Anselm, dass der Mann, der an dem schräg stehenden Brett aufgehängt war wie ein abgezogenes Kaninchen, schwerste Folterungen hatte über sich ergehen lassen müssen. Ein leises Stöhnen zeugte davon, dass der Schwerverletzte noch lebte.

Voller Entsetzen beobachtete Anselm, wie das Blut aus unzähligen Wunden über das muskulöse Gesäß des Mannes lief. Wie konnte man so etwas aushalten?

Plötzlich packte ihn eine Hand am Oberarm und riss ihn aus seiner Erstarrung.

»Bevor Ihr dafür sorgt, dass er uns nicht verreckt, müsst Ihr Euch erst die Gestalten dort drüben ansehen«, raunte ihm der Uniformierte zu.

Mit weichen Knien schritt Anselm zu drei wie leblos am Boden liegenden Gestalten.

»Sind die Männer tot?« Er hörte sich selbst sprechen, und seine Stimme erschien ihm, als käme sie aus weiter Ferne.

Sein Gegenüber runzelte verwundert die Stirn. »Ich denke wohl, dass ich Euch das fragen sollte und nicht umgekehrt?«

Wankend beugte sich Anselm über den ersten Mann, dessen Gesicht im Schatten lag. Das eindrucksvoll weiße Haar und die Beschreibung, die ihm Gero mit auf den Weg gegeben hatte, kündeten davon, dass es sich um Henri d'Our handeln musste. Mit dem Daumen zog Anselm dessen oberes Lid in die Höhe und betrachtete die hellgraue Iris darunter, deren stecknadelgroße Pupille nicht die geringste Regung zeigte.

»Er ist tot«, sagte er. Es fehlte ihm nicht an Überzeugung in der Stimme, weil er beinahe sicher war, dass es der Wahrheit entsprach.

»Vermaledeite Scheiße«, rief der Uniformierte. »Die anderen etwa auch?«

Anselm erhob sich langsam und betrachtete die beiden anderen Männer. »Ich denke ja«, erwiderte er vorsichtig.

»Was heißt das? Ihr denkt?« Der Kerl in der Uniform schob sich dicht neben ihn. »Wisst Ihr es, oder wisst Ihr es nicht?«

»Sie sind tot«, sagte Anselm mit der größten Ruhe, die er aufbringen konnte.

Der Mann seufzte, nicht aus Mitleid, sondern weil er nun handfeste Schwierigkeiten erwartete. »Könnt Ihr mir wenigstens sagen, woran sie gestorben sind?«

»Ein Siechtum ist an ihrem Tod schuld«, antwortete Anselm.

Der Mann schob seinen bulligen Kopf vor. »Ein Siechtum?«, stieß er fassungslos hervor.

Anselm spürte Hitze in sich aufsteigen. Herrgott, gab es schon Seuchen in dieser Zeit? Ja, Lepra und Pest waren bekannt und befielen ganze Landstriche. »Ein Siechtum, das jeden treffen kann, der mit einem solchen Kranken in Berührung kommt«, erklärte Anselm mit einer Bestimmtheit, die ihn selbst verwunderte. »Es ist gefährlich und breitet sich aus wie das Feuer in einem trocknen Busch.«

»Dann sollten wir die Toten unverzüglich verbrennen«, beschied der Uniformierte zu Anselms Entsetzen. Fieberhaft suchte er nach einer Antwort.

»Wenn Ihr sie sogleich verbrennt, verbreitet die Krankheit sich über den Rauch und könnte die ganze Gegend ausrotten«, log er. Dunkel erinnerte sich Anselm daran, welche Kräfte der Sonne im Mittelalter zugeschrieben wurden. »Ihr solltet die Toten zunächst für einige Tage ins Sonnenlicht legen. Sie wird das Siechtum vernichten, und wir haben nichts mehr zu befürchten.«

»Woher nehmt Ihr diese Gewissheit?«, fragte ihn der Uniformierte barsch. »Seid Ihr ein Zauberer?«

»Nein ... um Gottes willen«, stotterte Anselm. Mit einem Mal wurde ihm bewusst, auf welch gefährliches Terrain er sich hier begab. »Diese Auffassung entspricht den neuesten Untersuchungen an der medizinischen Fakultät der Universität von Tours.«

Der Soldat nickte, obwohl ihn Anselms Begründung nicht wirklich zu überzeugen schien. Ein zweiter Scherge kam hinzu. Schmal und blass, machte er auf den ersten Blick nicht den Eindruck, als ob er etwas zu sagen hatte. Jedoch verfiel der Uniformierte in eine Habachtstellung, als der Mann ihm gegenübertrat.

»Sir Guy«, sagte der Soldat und senkte ehrerbietig den Kopf. Dann trat er rasch einen Schritt zur Seite, um seinem Befehlshaber den freien Blick auf die toten Gefangenen zu gewähren.

Eher beiläufig betrachtete Sir Guy die am Boden liegenden Leichen. Dann sah er auf und fixierte Anselm mit einem unerwartet scharfen Blick.

»Und mit wem habe ich das Vergnügen?«, fragte er mit herrischer Stimme.

»Mein Name ist Anselm de …«

»Euer Name tut nichts zur Sache. Sagt mir, was Ihr hier zu suchen habt?« Sir Guys wasserblaue Augen schienen Anselm durchbohren zu wollen.

»Er ist der Vertreter des örtlichen Medicus, Sir Guy«, kam ihm der Uniformierte überraschend zur Hilfe. »Er muss Euch leider eine unangenehme Mitteilung machen.« Mit einem Nicken wies der Kerkerwächter auf die vermeintlich toten Tempelritter. »Die Templer von Bar-sur-Aube sind alle an einem Siechtum gestorben. Wir müssen sie baldmöglichst verbrennen.«

Sir Guys Miene verdüsterte sich schlagartig. »Bevor Guillaume Imbert nicht ausdrücklich die Weisung dazu erteilt«, schnaubte er, »wird niemand verbrannt. Legt sie in den Eiskeller!«

»Aber, Sire, der Tod könnte uns ebenso heimsuchen«, wagte der Uniformierte vorzubringen

»Schweigt!«, brüllte Sir Guy. »Befolgt meine Befehle! Sonst lasse ich Euch in Ketten legen!«

Anselm beobachtete bestürzt, welches Interesse die vermeintlich toten Templer bei dem hochrangigen Offizier auslösten. Der Mann ging die Reihe ab, als wolle er den reglos daliegenden Männern persönlich die letzte Ehre erweisen. Doch sein Blick zeugte weder von Anerkennung noch von Mitgefühl. Hass und Abscheu brannten in seinen Augen.

»Wir brauchen dich nicht mehr, Medicus«, erklärte Sir Guy. Ein abfälliges Lächeln huschte über sein Gesicht. »Es sei denn, du kannst sie zum Leben erwecken?« Abschätzend hob er eine Braue.

Anselm wich erschrocken einen Schritt zurück. »N... nein«, stotterte er hastig und wandte den Blick zu Boden. »Denkt Ihr im Ernst, dass ich mich über den Allmächtigen stelle?«

Sir Guy spuckte vor ihm aus. »Ihr habt ein verdammt loses Mundwerk, Medicus. Wie könnt Ihr so dreist sein, mir eine solche Frage zur Antwort zu geben?« Er funkelte ihn wütend an.

»Ich ...« Anselm verstummte und setzte von neuem an. »Mein Herr«, sagte er und verbeugte sich ansatzweise, »so habe ich es nicht gemeint ...«

»Ah – Ihr habt es nicht so gemeint«, höhnte Sir Guy. »Geht auf die Knie und küsst meinen Stiefel. Dabei will ich hören, wie Ihr um Vergebung winselt.« Seine Stimme war bei seinen letzten Worten lauter geworden, so dass selbst zwei Schergen, die sich inzwischen dem Gefolterten am Brett zugewandt hatten, mit unverhohlener Neugier aufschauten.

Verdammt, was mache ich nur? dachte Anselm verzweifelt.

»Auf die Knie!«, brüllte Sir Guy.

Anselm zuckte zusammen, als hätte er einen Schlag erhalten, als einer der umstehenden Soldaten in seine Kniekehlen trat und ihn damit zu Fall brachte. Heilige Maria, Mutter Gottes, fing er lautlos an zu beten. Im nächsten Moment spürte er einen eisenbeschlagenen Schuh in seinem Nacken, der seinen Kopf weiter zu Boden drückte und seine Nase auf Sir Guys nach Kot und Urin stinkenden Stiefel stieß.

»Ich höre nichts!«, schnarrte die Stimme Sir Guys.

Zum Reden benötigte man Luft. Doch Anselm getraute sich nicht zu atmen, weil er wusste, dass er sich dann übergeben würde.

Plötzlich hallten Schritte durch den Raum, und ein lautes »Sire!« erklang.

Der Stiefel löste sich, so dass Anselm sich aufrichten und nach Atem ringen konnte.

»Sire«, ertönte dieselbe Stimme erneut. »Der Bote Eurer Exzellenz ist soeben eingetroffen, er hat die Anweisung, Euch unverzüglich eine geheime Botschaft aus Paris zu überbringen!«

Sir Guy warf Anselm einen dunklen Blick zu, dann straffte er sich und ging mit dem Schergen davon, der ihn gerufen hatte.

Nur mit Mühe gelang es Anselm ein Würgen zu unterdrücken.

»Da habt Ihr verdammtes Glück gehabt«, raunte ihm einer der Kerkerwachen zu. »Das war Sir Guy de Gislingham. Er ist der neue Adjutant unseres Großinquisitors.«

Am ganzen Körper zitternd kämpfte sich Anselm auf die Beine. Unabhängig davon, dass er sich fühlte wie ein hundertjähriger Greis, hatte er keine Zeit zu verlieren. Er musste Gero unverzüglich mitteilen, dass man die Ordensbrüder nicht auf den Abfallhaufen, sondern in den Eiskeller bringen würde.

Nachdem Anselm zur Kirche von Saint Maurice zurückgekehrt war, band er die Zügel seines Wallachs an einen der eisernen Ringe und schaute sich suchend um. Es war Mittagszeit, die Sonne stand hoch am Himmel. Die meisten Bewohner der Stadt hatten sich offenbar in ihre Häuser zurückgezogen, und nur ein paar Bettler lungerten am Kircheneingang herum.

Plötzlich vernahm er einen leisen Pfiff.

Im Schatten eines Seiteneinganges hatte Gero Schutz gesucht. Anselm eilte auf ihn zu und erstattete atemlos Bericht.

»Guy de Gislingham.« Gero flüsterte den Namen wie eine düstere Prophezeiung. Die Lider des Trierer Ritters verengten sich, und seine ohnehin strengen Gesichtszüge wurden noch härter.

»Du kennst ihn?«, fragte Anselm.

Gero lächelte spöttisch. »Er war ein Bruder«, sagte er kühl. »Struan und ich haben ihm zur Flucht verholfen, damals, als wir in unserer Komturei überfallen wurden. Wir hätte ihn zurücklassen sollen. Er ist ein Spion des Königs, eine Schlange. Ich hatte die Gelegenheit, diese Schlange zu zertreten. Ich hab es versäumt, weil ich dachte, es sei eine schwere Sünde, einem Bruder das Leben zu nehmen. Doch es war eine noch viel größere, es nicht zu tun.« Geros Stimme war voller Bitterkeit.

»Komm!«, sagte er dann und zog seine Kapuze tiefer ins Gesicht.

Bemüht, kein Aufsehen zu erregen, eilten sie zum gegenüberliegenden Haus des Medicus.

Nachdem sie die Treppe zum ersten Stock hinauf geschlichen waren, erschrak Anselm beim leisen Knarren einer Tür. Während Gero sofort seinen Hirschfänger zog, schlug Anselm das Herz bis zum Hals. Plötzlich huschte ein Schatten über den Flur. Es war Struan, der sich in einen schmalen Wandschrank gezwängt hatte, bis er sehen konnte, wer ihn bei der Bewachung des immer noch ohnmächtigen Medicus störte. Die Miene des Schotten verdüsterte sich noch weiter, als er von den Geschehnissen im Verlies erfuhr.

»Gislingham, dieser Hund«, murmelte er und bedachte Gero mit einem verächtlichen Blick. »Ich hätte ihn töten sollen, unten im Bachtal, als er mich zum Kampf herausgefordert hat. Es war falsch von dir, ihn zu schonen.«

Der Trierer Templer stieß einen tiefen Seufzer aus, während er nachdenklich die wie tot aufgebahrte Gestalt auf dem Bett betrachtete. »Wir haben schon genügend Schuld auf unsere Seelen geladen. Dabei können wir von Glück sprechen«, fuhr er tonlos fort, »dass wir unserem englischen Verräter bei unserem Auftritt auf der Festung nicht in die Arme gelaufen sind.« Mit scheinbarem Gleichmut fuhr er fort: »Auf jeden Fall müssen wir zu Ende führen, was wir angefangen haben. Anstatt auf dem Abfallhaufen liegen unsere schlafenden Brüder nun im Eiskeller. Um sie bergen zu können, benötigen wir einen Lageplan, der uns die Gänge und Katakomben unter der Festung aufzeigt.« Während Struan und Anselm noch ratlose Gesichter aufsetzten, lächelte Gero hoffnungsvoll. »Und ich habe auch schon eine Idee, wer mir diesen Plan beschaffen kann.«

Frydel, der Botenjunge von Madame Fouchet, war nicht nur vertrauenswürdig, sondern auch überaus hilfsbereit. Wie Gero erwartet hatte, wusste der kleine Franzose sofort, wie er sein Anliegen in die Tat umsetzen konnte.

»Ihr seid kein Spielmann«, flüsterte der Junge, als er Gero in einer menschenleeren Gasse ein abgegriffenes Pergament überreichte. »Habe ich recht?«

Gero unterdrückte ein Lächeln. »Was ist dein Lohn?«, fragte er, statt eine Antwort zu geben.

»Zwei silberne Livres Tournois«, sagte Frydel hastig, und ihm war anzusehen, dass ihn Geros Zurückhaltung nicht zufrieden stellte.

»Ziemlich viel, findest du nicht?«, bemerkte Gero betont mürrisch, während er in seiner Geldkatze nach den passenden Münzen suchte.

»Sagen wir, es war nicht ganz einfach«, erwiderte der Junge. »Ich habe mir die Pläne kurzerhand vom Stadtkämmerer geliehen, und dafür musste ich seinen Diener bestechen.« Das Wort »geliehen« hatte er mit einer besonderen Betonung ausgesprochen. »Umsonst ist der Tod«, erklärte Frydel unbekümmert.

»Da irrst du dich«, entgegnete Gero mit plötzlich finsterem Blick. »Der Tod kostet das Leben. Doch es mag durchaus sein, dass dir *dein* Leben nichts wert ist.«

Frydel machte ein betroffenes Gesicht. »Ihr wisst, wovon Ihr sprecht, Herr, ich kann es Euch ansehen.«

Gero drückte dem Jungen die geforderten Münzen in die Hand und legte noch eine weitere dazu. »Damit *du* weißt, wovon du *besser nicht* sprichst«, sagte er und schaute dem Jungen streng in die braunen Augen.

»Ich schweige wie ein Grab«, entgegnete Frydel, dabei setzte er eine feierliche Miene auf und hob die Hand wie zu einem Schwur. »Es ist mir eine große Ehre, einem Bruder des Tempels dienen zu dürfen.«

Gero sah den Jungen überrascht an. »Die heilige Jungfrau sei mit dir«, sagte er mit ernster Miene. »Sie wird mehr als ich zu schätzen wissen, was du getan hast.« Dann hielt er Frydel seine rechte Hand hin. Mit stolz geschwellter Brust schlug der Junge ein und bewies mit dem überkreuzten Handschlag, dass er das obligatorische Grußritual unter den weiß gewandeten Brüdern des Tempels nur zu gut kannte.

Der Kauf des Leiterwagens, den sie benötigten, war im Gegensatz zum Erwerb der Karten ein Kinderspiel. Der Preis, den Gero dem verdutzten Wagenbauer bot, erschien zu verlockend, so dass der Mann sofort einschlug. Nachdem Gero seinen Braunen am Wagen eingespannt hatte, deckte er sich mit Wasserfässern und Futtersäcken ein. Dazu kaufte er noch ein paar Garben Heu und Stroh.

Anselm erhielt währenddessen den Auftrag, die Umgebung zu observieren, um rechtzeitig Soldaten der Gens du Roi zu sichten.

Als die Dunkelheit hereinbrach, führte Gero seinen Braunen zusammen mit dem Leiterwagen vor das Haus des Medicus.

Mit Struans Hilfe trug er den immer noch ohnmächtigen Mediziner aus dem Haus und versteckte ihn liegend, eingehüllt in eine Pferdedecke, zwischen Fässern und zusammengebundenen Heugarben. Ganz gleich, was geschah – sie mussten verhindern, dass der Medicus wieder zu sich kam, bevor sie ihre Mission erfüllt hatten.

Die Karte Frydels zeigte einen geheimen Zugang, der direkt hinter einem verlassenen Gemäuer, unterhalb der Festungsmauern lag. Der dahinter verborgene Gang führte dem Plan nach geradewegs zum Eiskeller. Möglichst unauffällig platzierten sie den Leiterwagen mit dem Medicus in der Nähe des Zugangs und stellten ihn im Schutz eines verfallenen Ziegenstalls ab. Hinter Sträuchern und einem Berg von Unrat, den sie zunächst aus dem Weg räumen mussten, verbarg sich ein verwitterter Treppenabgang, der offenbar seit ewigen Zeiten nicht mehr benutzt worden war. Anselm kam Struan zuvor, der sich redlich mühte, mit einem Feuerschläger und ein wenig Stroh eine Kerze zu entfachen. Mit zwei Handgriffen hatte er seine kleine Stablampe eingeschaltet und spendete Gero ein unauffälliges Licht, damit er den Plan besser einsehen konnte. Während Gero dankbar lächelte, bedachte der schottische Templer den Mann aus der Zukunft mit einem zurückhaltenden Blick, der seinen Argwohn aber auch seine Neugier gegenüber dem unbekannten Licht erkennen ließ.

»Keine Sorge«, sagte Gero, als er die ungewohnt scheue Miene seines schottischen Freundes gewahrte. »Es ist keine Zauberei, sondern eine Fackel der Zukunft. Roger Bacon hatte recht. In solchen Dingen sind sie uns um einiges voraus.«

»Kurz vor Morgengrauen werden wir uns in den unterirdischen Gang schleichen«, erklärte Gero, während er das Pergament auf einem flachen Mauerstück entrollte. »Wenn wir die Brüder gefunden haben, müssen wir einen nach dem anderen nach draußen tragen und zu dem Medicus auf den Karren legen. Dann bleibt uns nichts weiter übrig als abzuwarten, bis das Stadttor geöffnet wird.«

Anselm nickte, und Struan knurrte etwas, das niemand verstehen konnte.

Nachdem Gero sich noch einmal umgeschaut hatte, gab er Struan einen Wink. Mit aller Kraft warf sich der Schotte gegen das morsche Eisentor und riss es aus seiner Verankerung. Dahinter lag eine tiefe Dunkelheit, aus der kein Laut zu ihnen drang. Gero hob das Tor auf und lehnte es provisorisch zurück an seinen Platz. Nun galt es abzuwarten.

Bis zum Mitternachtsläuten patrouillierte ein Nachtwächter durch die Stadt, dessen Ruf und dessen Ampel man schon von weitem wahrnehmen konnte. Doch der Wächter machte vor der Gasse kehrt, in der sie sich verbargen. Offenbar war ihm die Gegend rund um das verfallene Gemäuer zu düster und zu unheimlich.

Gegen vier Uhr morgens, als sie meinten, sicher sein zu können, dass jedermann schlief, machten sich Gero und Struan auf, um in den Eiskeller vorzudringen.

»Hier«, sagte Anselm und übergab Gero die Taschenlampe.

»Danke«, erwiderte Gero fest. Er wusste, wie man das magische Licht zum Leuchten brachte, auch wenn er sein Unbehagen davor noch nicht gänzlich überwunden hatte.

Mit einem Schulterklopfen ließ er Anselm zurück und gab Struan das Zeichen zum Aufbruch.

Die ersten dreihundert Fuß führten durch einen modrig riechenden Gang. Leise hallten ihre Schritte von den grob behauenen Wänden wider, und zusammen mit dem gleißenden Licht scheuchten sie Myriaden von Ungeziefer auf, das sich eilig in seine Schlupflöcher zurückzog. Anselm hatte Gero gezeigt, wie man das Licht der Lampe dimmen konnte.

Plötzlich hörten sie in einiger Entfernung Stimmen.

»Achtung«, flüsterte Struan ihm zu, »noch sechzig Fuß.« Mit seinem empfindlichen Gehör vermochte er einzuschätzen, wie weit ein Geräusch in etwa entfernt war.

Dem Plan nach befanden sie sich direkt unter dem Fort de Coudray, dort, wo man im Eiskeller während des Sommers Lebensmittel lagerte und bis in den Frühling hinein Schnee bereithielt, um die ausgefallenen Speisewünsche des Königs zu erfüllen.

Drei Schergen der Gens du Roi vertrieben sich mit Würfelspiel und Kartenlegen die Zeit, während sie die drei Leichen zu bewachen hatten. Ihrer lallenden Sprache nach zu urteilen, trösteten sie sich mit Unmengen von rotem Chinonwein bis zu ihrer Ablösung am nächsten Morgen.

Struans Augen funkelten im Halbdunkel. Langsam hob der Schotte seinen linken Daumen und vollzog eine fließende Bewegung unterhalb seiner Kehle. Sie hatten nicht ausdrücklich darüber gesprochen, aber es war klar, dass sie auf das Leben der Soldaten keine Rücksicht nehmen würden, falls es nicht möglich sein würde, sie auf weniger endgültige Weise außer Gefecht zu setzen.

Um nicht erkannt zu werden, zogen Struan und Gero durchgehende Filzhauben über ihre Köpfe, die sie normalerweise unter ihren Topfhelmen trugen. Nur die Augen blieben frei.

Auf ein Zeichen sprang Struan aus dem Dunkel einer Nische und packte den ersten Soldaten, einen mageren Lockenkopf, bei den Haaren. Unbarmherzig schlug er dessen Stirn auf den harten Eichenholztisch. Sofort verlor der Mann das Bewusstsein.

Gero war unbemerkt hinter die beiden anderen Schergen getreten, und noch bevor sie sich aus ihrer Erstarrung zu lösen vermochten, hatte auch er sie gepackt und ihre Köpfe gegeneinander geschlagen.

Leise stöhnend sanken die Männer zu Boden.

Von der Treppe herab ertönte eine müde Stimme, wie von jemandem, der soeben aus tiefem Schlaf erwacht war.

»Was macht ihr für einen Krach? Hugo? Alles in Ordnung da unten?«

Ohne lange zu überlegen, dämpfte Gero seine Stimme mit dem Unterarm und rief: »Der Kartentisch ist umgefallen.«

»Hatte Jorge wieder nicht das richtige Blatt?«, entgegnete der Soldat ungehalten. »Ihr sollt euch nicht ständig streiten!« Dann hörte man schlurfende Schritte, die sich entfernten.

Struan steckte sein Schwert zurück in die Scheide. Dann kramte er in seiner ledernen Gürteltasche und zückte einen Feuerschläger, Zunder und Werk, um die beiden Fackeln, die während des kurzen Kampfes erloschen waren, wieder zu entzünden.

Gero begann inzwischen, die drei bewusstlosen Soldaten zu knebeln und zu fesseln. Als er damit fertig war, sah er sich suchend um. Der Eiskeller lag hinter einer mächtigen Eichentür. Zu seiner Erleichterung ließ sie sich geräuschlos und erstaunlich leicht öffnen. Im Innern des Raumes war es stockfinster und lausig kalt.

Struan trat hinzu und hielt eine der Fackeln über die drei vermeintlich toten Templer. Man hatte sich nicht die Mühe gemacht, sie von ihren Lumpen zu befreien und gar in ordentliche Leichentücher einzuhüllen, aber zu seiner großen Erleichterung hatte man ihre Hände und Füße von den eisernen Ketten befreit.

Stumm reichte der Schotte Gero die Fackel und beugte sich über Henri d'Our, um ihn zu untersuchen. Seine Haut war kalt, und seine Gliedmaßen waren steif, doch Struans sensible Fingerkuppen ertasteten das winzige Pulsieren an einer bestimmten Stelle hinter dem Ohr. Nachdem er auch die anderen beiden Kameraden auf diese Weise untersucht hatte, erhob er sich mit einem Lächeln. »Sie leben noch«, sagte er zu Gero, der vor Freude ein paar Tränen hinunterschluckte.

Hastig legten sie die drei bewusstlosen Soldaten an die Stelle der Templer und begannen mit dem Abtransport der Ordensbrüder.

Als erstes lud sich Struan seinen Komtur auf die Schulter. Von dessen Überleben würde auch das ganz persönliche Schicksal des Schotten abhängen. Nur Henri d'Our konnte ihn ehrenhaft aus dem Orden entlassen, damit er Amelie zu seiner rechtmäßigen Gemahlin nehmen durfte.

Ohne sich noch einmal umzublicken, stapfte der Schotte den Gang entlang, um schnellstmöglich nach draußen zu gelangen.

»Warte einen Augenblick«, flüsterte Gero, nachdem er sich unter einem leisen Ächzen Arnaud de Mirepaux auf die Schultern geladen hatte. Der sehnige, dunkelhaarige Südfranzose war abgemagert, aber wegen seiner Größe trotzdem kein Leichtgewicht. Als Gero den erschlafften Körper sicher zu halten glaubte, griff er nach Anselms Leuchte, die er zuvor an seinen Gürtel gesteckt hatte. Mit einem Knopfdruck entfachte er das taghelle Licht. »Geh voran!«, raunte er Struan zu.

Anselm zitterte vor Kälte und Aufregung. Erst als er im Schein der Taschenlampe den langen Schatten des schottischen Templers im Zugang zum Eiskeller erkennen konnte, beruhigte er sich ein wenig. Dicht hinter dem Schotten folgte stöhnend und ächzend Gero. Beide trugen etwas über der Schulter, das man auf den ersten Blick für erlegtes Wild hätte halten können. Anselm lief den beiden entgegen, um zu helfen. Gero schüttelte abwehrend den Kopf, hielt ihm aber die Lampe hin, damit er sie entgegennahm. Um kein unnötiges Aufsehen zu erregen, dimmte Anselm das Licht herunter.

Nachdem Gero und Struan ihre beiden bewusstlosen Brüder auf den Leiterwagen gelegt hatten, schlug der Schotte vor, den bewusstlosen Wächtern die Tinktur aus der gebliebenen Phiole einzuflößen, damit sie nicht so bald zu sich kamen. Immerhin mussten die Männer des Königs noch ganze zwei Stunden unentdeckt bleiben. Solange würde es dauern, bis das Stadttor beim ersten Hahnschrei geöffnet wurde und sie mit den befreiten Kameraden den Weg zurück in die Sümpfe antreten konnten.

Anselm schauderte. Es hatte also doch einen Kampf gegeben.

Gero und Struan eilten in den Gang zum Eiskeller zurück, um den letzten der drei Templerbrüder zu holen. Nach einer halben Ewigkeit, wie Anselm meinte, kehrten sie endlich zurück.

Beinahe lautlos verstellte Gero den Weg zum Kellereingang mit all dem Gerümpel, das sie zuvor beiseite geschafft hatten. Struan versteckte derweil die drei Kameraden auf der Ladefläche des Leiterwagens, indem er Säcke und Felle über sie ausbreitete. Mit dem Medicus hatten sie nun vier Ohnmächtige, die wie Tote aussahen und keinen Muskel regten.

»Das wäre also geschafft«, erklärte Anselm erleichtert, als sie kurz vor Sonnenaufgang mit dem Karren und hoch zu Ross den menschenleeren Weg hinunter zur Vienne zurücklegten. Nun mussten sie lediglich noch die Stadtwachen passieren, um über die Brücke in die Sümpfe zu gelangen. »Ich hatte es mir schwerer vorgestellt.«

»Bist du wohl still«, raunte Struan unfreundlich von seinem Rappen herunter. »Es bringt Unglück, wenn du etwas bejubelst, dessen Ausgang noch nicht abzusehen ist.«

Einen Augenblick später traten zwei Soldaten vor das bereits geöffnete Tor und verschränkten im ersten Licht des Tages die Lanzen.

Gero stoppte den Wagen, während Anselm und Struan ihre Rösser zügelten.

»Ihr da!«, tönte eine herrische, jugendliche Stimme. »Kommt ran! Ich muss Eure Briefe sehen! Habt Ihr was zu verzollen?«

Gero versuchte sich zu beeilen, doch so schnell wie der junge Soldat an den Wagen herangetreten war, gelang es ihm nicht, den königlichen Geleitbrief aus einer der Satteltaschen zu ziehen, die neben ihm auf dem Kutschbock lagen.

Schon hatte sich der junge Soldat aufgeschwungen und wollte Decken und Felle beiseite reißen, um den Umfang der Ware zu prüfen, als Struan heran ritt und ihn mit einem Arm um die Körpermitte fasste, um ihn regelrecht vom Wagen zu pflücken. Der Uniformierte war im Gegensatz zu dem Schotten ein Leichtgewicht, doch er wehrte sich nach Kräften.

»Was fällt Euch ein?«, brüllte er und strampelte so wild, bis er einen seiner Stiefel verlor und ein zerlöcherter, blauer Filzstrumpf zum Vorschein kam.

»Lasst von ihm ab!« Die befehlsgewohnte Stimme, die dem älteren Wachsoldaten gehörte, brachte Struan dazu, sein Opfer auf den Boden gleiten zu lassen.

Der überhebliche Blick des hinzugekommenen Mannes heftete sich an Gero, der zu Anselms Erstaunen vollkommen ruhig blieb und dem beleibten Soldaten den Geleitbrief des Königs entgegenhielt.

»Ich hoffe, Ihr habt gute Argumente für Euer ungehobeltes Benehmen«, zischte der Soldat, während er das Papier in die Hände nahm und kurz überflog.

Gero hoffte, dass der Kerl lesen konnte und nicht auch noch auf einen Schreiber zurückgreifen musste, damit man sie endlich passieren ließ.

Der junge Soldat ordnete sein Wams und bückte sich nach seinem verlorenen Stiefel, den er mit einer wütenden Miene überzog. Dann postierte er sich neben seinem älteren Kameraden, der das Siegel des Königs längst erkannt hatte. Obwohl der Jüngere anhob zu protestieren, gab er Gero mit einem Wink zu verstehen, dass der gesamte Tross passieren konnte.

»Sie stehen unter dem Schutz der Krone von Franzien«, erklärte der Ältere laut. »Wenn du noch etwas werden willst, Luc, vergreifst du dich besser nicht an Menschen, die den Geleitbrief unseres erhabenen Königs mit sich führen.«

43

Mittwoch, 15. November 1307 – D'Our

Hannah rannte die letzten fünfzig Meter mit gerafftem Rock dem Wagen entgegen und warf sich Gero so heftig an den Hals, dass der beinahe das Gleichgewicht verloren hätte. Müde aber glücklich erwiderte er ihr strahlendes Lächeln und küsste sie zärtlich.

»Allmächtiger«, frohlockte Johan, als er sah, dass die Truppe vollständig in den Wald zurückgekehrt war.

Anselm hingegen machte auf seinem braunen Wallach einen weit weniger frohen Eindruck. Er wirkte verwirrt und vollkommen erschöpft.

Struan hob indes mit unerschütterlicher Miene die Hand zu einem kurzen Gruß, bevor er schwungvoll von seinem Rappen abstieg.

Matthäus, der die verbliebenen Pferde gestriegelt hatte, warf das Putzzeug beiseite und eilte zu Gero, der ihn umarmte, während der Junge sich an ihn schmiegte. Wie üblich stellte er keine Fragen, obwohl ihm bekannt war, dass es auch um das Wohlergehen seines Oheims ging.

Plötzlich verfinsterte sich Geros Miene, und er schob den Jungen ein Stück zur Seite.

»Was ist geschehen?«, fragte er leise, als Johan ihm mit gesenktem Kopf entgegen trat.

»Der Mönchsbruder ist gestorben.« Johans Stimme klang tonlos, doch Hannah wusste, dass dieser Umstand den Templer vom Niederrhein weit mehr bedrückte, als er zuzugeben bereit war.

Gero übergab die Zügel seines Pferdes Matthäus.

»Komm mit!«, sagte Johan knapp und führte Gero zu einem Haufen aufgeschichteter Äste, die den Leichnam vor Krähen schützen sollten.

»Ich wollte warten, bis du zurückkommst«, fuhr Johan fort, während er sich hinunter beugte und den in einen Sack und zwei Decken eingewickelten Toten von Zweigen befreite.

»Gestern Abend ist er für einen kurzen Moment zu sich gekommen«, erklärte Johan und schlug die Decken zurück. »Freya wollte ihm ein Gegengift zu trinken geben, aber er hat wild um sich geschlagen, und als ich ihn zur Ruhe bringen wollte, hat er ganz plötzlich die Augen aufgerissen und mich angestarrt wie einer, der den Verstand verliert, und dann war er still und hat sich nicht mehr gerührt. Es war ziemlich unheimlich.« Johan zuckte entschuldigend mit den Schultern, als er Geros dunklen Blick registrierte. »Freya meint, er hat die Mischung vielleicht nicht vertragen. Wir konnten nichts tun …« Er zögerte einen Moment. »Er hat ein Grab in geweihter Erde verdient. Findest du nicht?«

Gero nickte nachdenklich, dann sah er sich suchend um. »Von geweihter Erde kann in dieser Gegend keine Rede sein.« Fragend schaute er Johan an.

»Bleibt nur zu hoffen«, fügte Johan hinzu und warf einen Blick auf den Leiterwagen, »dass es den anderen nicht ebenso ergeht.«

»Um Gottes willen«, stöhnte Gero und eilte an Hannah vorbei auf den Leiterwagen zu. »Wir haben sie alle aus dem Loch herausholen können. Ich möchte gar nicht daran denken, dass wir sie den Klauen der Inquisition entrissen haben und sie dann doch dem Allmächtigen überantworten müssten. Lass uns unverzüglich nachschauen!«

Wenig später lagen die ohnmächtigen Templer, aufgereiht wie erlegtes Wild nach einer erfolgreichen Jagd, auf Decken und Schaffellen nahe dem Feuer. Lediglich den bewusstlosen Medicus ließ Gero auf dem Wagen zurück. Um ihn würden sie sich später kümmern.

Zusammen mit Struan untersuchte Freya noch einmal die drei Kameraden und kam zu dem Schluss, dass sie noch lebten. Doch der Benediktiner war auch erst gestorben, nachdem er erwacht war.

Freya wärmte in einem gusseisernen Kessel Wasser und wies Anselm und Hannah an, ihr zu helfen. Zug um Zug befreiten sie einen Templer nach dem anderen von seinen Lumpen. Die abgemagerten Leiber waren übersät mit Zeichen der Folterung. Vorsichtig begann Freya damit, den ersten zu waschen. Während Johan der heilkundigen Begine zur Hand ging, folgten Hannah und Gero ihren Anweisungen und wuschen die übrigen Männer, während Anselm für frische Tücher und Kleidung sorgte.

Hannah erkannte in dem dunklen Lockenkopf, um den sie sich liebevoll kümmerte, den jungen Kerl, dessen Arm so schwer verletzt war und den Michel aus Lothringen so sehr gedemütigt hatte. Beinahe zärtlich versuchte sie mit einem feuchtwarmen Leinenlappen das selbst im Tiefschlaf von Schmerz gezeichnete Gesicht zu säubern. In seinem Bart wimmelte es von Läusen, so dass Hannah einen Moment zurückwich.

Freya, die ihr Entsetzen bemerkt hatte, lächelte nur. »Wir sollten sie rasieren, bevor sie zu sich kommen und ihre Haare mit einer warmen Lauge waschen.«

Sie zwinkerte Johan zu, der dabei war, Stefano de Sapins Wunden zu säubern.

Vorsichtig fuhr er mit den Fingerspitzen durch den blonden Bart des französischen Bruders, dann nickte er Freya zu. »Stefano wird rasiert werden wollen. Da bin ich mir ausnahmsweise sicher. Er ist der eitelste Kerl, den man sich vorstellen kann.«

Unaufhörlich sorgte Struan für Nachschub an Wasser und Feuerholz. Hannah stellte auf Anweisung von Freya in einem Holzeimer aus der Ringelblumenseife eine Waschlauge her.

Ein leises Stöhnen ließ Johan, der auf Knien vor seinem malträtierten Kameraden hockte, erschrocken in die Höhe fahren. Ein Blick zu Gero, der sich unter den wachsamen Augen von Matthäus um dessen Oheim Henri d'Our kümmerte, versicherte ihm, dass er nicht der einzige war, der das Stöhnen gehört hatte.

Freya war sofort mit einem Schwamm zur Stelle, der nach Ammoniak stank. Ohne Erbarmen drückte sie ihn Stefano auf die Nase.

Der Templer begann schwach zu husten, sein Oberkörper zitterte plötzlich, und dann öffnete er seine blaugrauen Augen. Er blinzelte ungläubig, als er Freyas rote Mähne über sich sah, und stöhnte lauter auf. Einen Moment später erkannte er Johan, der sich besorgt über ihn beugte.

Ohne dass Stefano ein Wort sagte, quollen Tränen aus seinen Augen, und er weinte an Johans Brust, wie ein Kind, das seine verloren geglaubte Mutter wieder gefunden hat. Nachdem er sich ein wenig beruhigt hatte, hielt Freya ihm mit Johans Hilfe einen Becher mit einem bitteren Kräutertrank an die Lippen, den sie gegen die üblichen Kopfschmerzen und die Übelkeit nach Einnahme einer solchen Mixtur zubereitet hatte. Zaghaft trank Stefano davon, immer wieder von heftigen Hustenanfällen unterbrochen.

Hannah und Freya beobachteten bewegt, wie Johan seinen Ordensbruder, der völlig entkräftet war, weiter aufrichtete. Sanft redete er in Altfranzösisch auf ihn ein.

Auch die beiden anderen Templer kamen, beinahe wie Küken, die aus ihrem Ei schlüpften, langsam wieder zu Bewusstsein. Henri d'Our benötigte die längste Zeit, um ins Leben zurückzukehren. Möglicherweise trugen sein fortgeschrittenes Alter und sein schwacher Allgemeinzustand daran Schuld.

Sogar der Medicus erwachte noch vor dem Komtur. Um ihn kümmerte sich Struan, der, wie Hannah bemerkte, nicht sonderlich zimperlich mit dem armen Mann umging. Die Augen des Arztes blieben weiterhin verbunden, als Struan ihm die von Freya bereitete Medizin einflößte. Anschließend band ihn der Schotte am Wagen fest, wo er ihn unter der Drohung, keinen Laut von sich zu geben, vorerst zurückließ.

Am Abend saßen d'Our und die beiden anderen Brüder gewaschen, rasiert und in anständige, saubere Kleidung gesteckt, am Feuer und wärmten sich bei einem großen Becher Kamillensud. Freya hatte für die ausgehungerten Templer einen Brei aus Hafermehl, Honig und Äpfeln bereitet. Zusammen mit Hannah half sie den geschwächten und immer noch verwirrten Männern beim Essen.

Arnaud de Mirepaux betrachtete Hannah dankbar und fasziniert, als sie ihm einen Löffel mit dem Brei an die aufgesprungenen Lippen setzte. »Du bist ein Engel? Habe ich Recht?«, flüsterte er lächelnd.

Hannah, die nichts verstanden hatte, nickte nur und erwiderte sein Lächeln.

»Wusste ich's doch«, sagte er und grinste zufrieden, obwohl ihm sein verrenkter Arm und seine anderen Blessuren immer noch höllische Schmerzen bereiteten.

»Auf den Himmel wirst du aber noch warten müssen.« Gero war unvermittelt hinzu getreten. »Um in Sicherheit zu sein, müssen wir erst den Klauen dieses franzischen Teufels entfliehen.«

»Zunächst einmal wüsste ich gerne, wie wir überhaupt in dessen Fänge hineingeraten sind?« Arnaud hatte seinen Kopf gehoben. Lauernd schaute er zu d'Our hinüber, der zusammen mit seinem Neffen am Feuer saß und ein Stück weiches Brot in den noch heißen Kräutertrank tunkte. In einem Halbkreis saßen die Untergebenen des Komturs von Bar-sur-Aube um ihn herum. Keiner wagte es, ihn anzusprechen, aber alle dachten das Gleiche. Was wusste er, was sie selbst bis heute nicht hatten in Erfahrung bringen können?

Gero fixierte seinen Komtur mit dem Blick einer Schlange, die einem Kaninchen auflauert. Je mehr Einsicht er in die Zusammenhänge zwischen dem Haupt der Weisheit und den geheimen Machenschaften des Hohen Rates erhielt, umso mehr packte ihn die Wut.

Warum hatte man die einfachen Ordensbrüder nicht rechtzeitig vor den Absichten Philipps IV. gewarnt? Spätestens nach dem Gespräch mit seinem Vater war Gero klar geworden, dass der Orden seit mehr als einhundertfünfzig Jahren im Besitz des Hauptes war. Und wenn sein Vater Recht behielt, verfügten die Eingeweihten des Hohen Rates zumindest seit jener Zeit über eine Prophezeiung, was die Zukunft des Ordens betraf. Warum war man nicht rechtzeitig mit Sack und Pack nach Portugal geflohen und hatte unter dem dortigen König ein neues Hauptquartier bezogen, anstatt auf Paris zu setzen, wo es für den Orden und seine Obrigkeit zunehmend gefährlicher geworden war? Oder warum war man nicht gleich in Zypern geblieben und hatte sich dort rechtzeitig entsprechende Ländereien und einen gewissen Machtanspruch gesichert?

Fünfzehntausend hochgerüstete Männer sollten ausreichen, um jeden noch so feindlichen Herrscher in die Flucht zu schlagen. Jedoch zerstreut in alle vier Winde waren sie leichte Beute.

Fragen über Fragen, die Gero beantwortet wissen wollte, und zwar jetzt und hier. Er straffte seine Schultern und marschierte entschlossen auf seinen Komtur zu. Dicht am Feuer machte er Halt und schaute auf Henri d'Our hinunter, der am Boden sitzend vorsichtig von seinem Brot abbiss.

»Beau Sire«, sagte Gero mit einem schneidenden Tonfall, der ihm unter normalen Umständen niemals zugestanden hätte.

Anselm, der sich ganz in der Nähe aufhielt, um frisches Holz zu bringen, hielt inne und beobachtet Gero genauso fasziniert wie die übrigen Brüder.

D'Our hob langsam den Kopf. »Bruder Gerard«, erwiderte er mit brüchiger Stimme. »Was ist Euer Begehr?«

»Sire«, setzte Gero erneut an. »Ich glaube, es ist an der Zeit, dass Ihr Euer Wissen mit uns teilt. Jeder einzelne von uns ist betroffen, und wir haben alle einen Eid geleistet auf unsere Verschwiegenheit. Somit sehe ich keinen Grund uns länger über das Schicksal des Ordens im Unklaren zu lassen.«

D'Our nickte bedächtig, dann fiel sein Blick auf Anselm und die Frauen.

Gero, der die Bedenken in den Augen seines Komturs erkennen

konnte, kam ihm zuvor. »Ihr könnt ihnen vertrauen. Mein dunkelhaariger Freund aus Trier und seine mutige Begleiterin stammen schließlich von einem jener fernen Orte, deren Existenz Ihr uns vorzuenthalten gedacht habt.« Dann wies er auf Freya, die immer noch am Boden kniete und sich um Bruder Stefano kümmerte. »Und ohne das Edelfräulein Freya von Bogenhausen, die einem Beginenkonvent angehört, der uns zur Flucht verholfen hat und dafür vernichtet wurde, hätten wir Euch niemals befreien können.«

Der Abend hatte sich beinahe zur Nacht herabgesenkt. Das flackernde Lagerfeuer warf unwirkliche Schatten auf d'Ours Gesicht.

»Nun gut«, begann der Komtur seufzend und setzte sich umständlich zurecht, wobei er darauf achtete, seinen Arm mit den gebrochenen Fingern nicht zu heftig zu bewegen. Mit einem raschen Blick versicherte er sich, dass sich niemand, der nicht eingeweiht war, dem kleinen Lager näherte. »Bringt mir das Haupt der Weisheit«, sagte er mit leiser Stimme.

Außer Gero wusste niemand etwas mit dem Wort anzufangen. Selbst Struan und Johan, die zumindest über die Existenz dieser seltsamen Maschine in Kenntnis gesetzt waren, hatten keine Vorstellung davon, was es genau damit auf sich hatte.

Neugierige Blicke begleiteten Gero, als er in dem Spielmannswagen verschwand und wenig später mit einem kleinen, schwarzen Kasten wieder auftauchte.

Dem goldenen Kalb gleich thronte das Haupt auf einem rotseidenen Kissen, das er zum Schutz darunter auf den Boden gelegt hatte.

Das Erstaunen aller wurde noch größer, als d'Our wenig später einen bekannten gregorianischen Gesang anstimmte.

An dem kleinen schwarzen Kasten sprang ein Deckel auf, und plötzlich entsandte er ein grünblau schimmerndes Licht. Freya schrie vor Entsetzen auf, und den ansonsten unerschrockenen Templern entwich ein erschrockenes Keuchen.

»Es geschieht Euch nichts«, versicherte Gero hastig und machte eine beruhigende Geste. Unterschwellig ärgerte er sich darüber, dass d'Our zuvor keinerlei Worte der Erklärung gefunden hatte, um die anderen auf das vorzubereiten, was sich nun ereignen würde.

Selbst Anselm und Hannah wirkten verwirrt und ängstlich, während sie den Kasten und das Licht gebannt anstarrten. Matthäus war aufgesprungen und hatte es überraschenderweise vorgezogen, bei Hannah Schutz zu suchen anstatt bei Gero oder seinem Ohcim.

Freya schmiegte sich, von nackter Angst gezeichnet, in die starken Arme ihres flandrischen Ritters, obwohl Johan selbst vor Furcht beinahe verging.

Als der kleine Frauenkopf mit den schräg stehenden Augen erschien, hielt jeder für einen Moment den Atem an.

Nur Arnaud de Mirepaux fauchte wütend: »Was soll das darstellen? Sind wir jetzt doch unter die Zauberer gegangen? Ich habe immer geglaubt, das sei alles Humbug. Und jetzt sehe ich, dass Philipp von Franzien Recht hat mit seiner Vermutung, dass wir in einem Götzendienst schlitzäugige Dämonen beschwören.«

»Arnaud, halt den Mund!«, rief Gero, mit einem Seitenblick auf Henri d'Our. Er hatte keine Ahnung, was ihr Komtur vorhatte, und hoffte, dass der nicht auf die Idee kam, Hannah und Anselm vor den Augen aller Anwesenden verschwinden zu lassen.

Wie in Trance starrte d'Our auf den pulsierenden Frauenkopf, der das perfekte Antlitz einer Eurasierin zeigte, deren kinnlanges, schwarzes Haar in einem imaginären Wind wehte.

Unwillkürlich schloss jeder Anwesende die Lider und nahm die vor seinem geistigen Auge ablaufenden Geschehnisse in sich auf, die sich – ungeachtet der Phantasie des einzelnen – einer ureigenen Sprache bedienten, die offenbar jeder verstand. Eine angenehme Frauenstimme geleitete sie durch ein weites, grünes Tal und über tiefblaue Flüsse, solange bis auch der letzte bereit für das war, was folgen sollte.

Einer Vision gleich erfuhren die Templer und ihre Begleiter, dass vor gut einhundertfünfzig Jahren eine Gruppe von weiblichen Wissenschaftlern aus dem Jahre 2151 in die Vergangenheit gereist war, mit der Absicht, dem Orden der Templer im Jahre des Herrn 1118 eine geheime Nachricht zu überbringen. Ihre Intention war eine gezielte Einflussnahme auf den weiteren Verlauf der Zeit gewesen, der eine weitreichende Veränderung der Geschichte zur Folge gehabt hätte. Den Templerorden hatte man deshalb zum Ziel auserkoren, weil eine exakte Berechnung besagte, dass die Erhaltung des Ordens und sein Ausbau über das Jahr 1307 hinaus der Welt ein völlig anderes Gesicht gegeben hätte. Die Führungsriege der Templer verfolgte bereits früh das ausgleichende Prinzip der Verständigung mit Andersgläubigen, und eine Weile war es ihnen gelungen, diese Ideale mit denen der katholischen Kirche in Einklang zu bringen. Doch dann begann die dunkle Zeit der Inquisition, und es wurde unmöglich, Toleranz gegenüber Andersdenkenden öffentlich kundzutun, ohne dabei die eigene Existenz aufs Spiel zu setzen. Wäre der Orden nicht vernichtet worden, ja hätte er seinen Einfluss noch vergrößern können, hätte es weder Judenverfolgung noch Weltkriege gegeben, weder Kapitalismus noch Kommunismus, keine atomare Bedrohung und auch sonst keinerlei Gründe für kriegerische Auseinandersetzungen. Die drei monotheistischen Weltreligionen, Islam, Christentum, Judentum und die religiösen Vertreter der Völker des Ostens hätten unter der diplomatischen Einflussnahme des Ordens eine Allianz gebildet, die sich nicht nur gegenseitig tolerierte, sondern eine friedliche Koexistenz eingegangen wäre. Eine Welt des Handels und Wandels unter den Augen und der Obhut aufgeschlossener, gläubiger Männer und Frauen, zum Wohl der gesamten Menschheit.

Grund dieser unglaublichen Mission war nicht etwa die romantische Liebe zukünftiger Generationen zu einem untergegangenen Ritterorden, sondern reine Überlebensstrategie.

Die Welt im Jahr 2151 stand am Abgrund. Brutal geführte Verteilungskämpfe um Bodenschätze, Glaubenskriege, eine fortgesetzte Umweltverschmutzung und die darauf folgenden gewaltigen Naturkatastrophen erschütterten nicht nur die gesamte Menschheit, sondern stürzten gleichzeitig jegliches soziale Gefüge der Erde endgültig ins Chaos. China und Indien hatten als aufstrebende Wirtschaftsmächte die letzten Ölreserven aus der Erde gepumpt, und mit der gleichen, unerbittlichen Expansionspolitik ihrer Vorgänger hatten sie die überwiegende Menschheit an den Rand des Existenzminimums getrieben. Der politische Umbruch und die sozial außer Kontrolle geratene Weltbevölkerung überließen sämtliche Entscheidungen ausschließlich habgierigen Wirtschaftsmagnaten, die den Planeten ausbluten ließen und die Menschen zu roboterhaften Arbeitssklaven degradierten. Kontrolliert von Computersystemen, die sogar die Gedanken jedes einzelnen Menschen zu entschlüsseln vermochten, war die verbliebene Erdbevölkerung kaum noch in der Lage, sich gegenüber Manipulationen und lückenloser Überwachung zu schützen. Längst hatte man die Menschen zu Marionetten gemacht, die nur noch einem gigantischen, marktorientierten System dienten, dessen Schaltzentrale im Land der aufgehenden Sonne zu suchen war.

Gott spielte in diesem Schauspiel des Grauens schon längst keine Rolle mehr. Einer kleinen, anarchistischen Gruppe junger Wissenschaftlerinnen aber war es gelungen, in den Tiefen des ehemaligen und nun völlig verarmten amerikanischen Kontinents die vormals geheimen Forschungen der amerikanischen Streitkräfte wieder aufzunehmen und weiterzuentwickeln. Mit dem Einsatz eines völlig überarbeiteten Timeservers glaubten sie, den Schlüssel zur Wendung des Problems gefunden zu haben. Mit bewährter Technik, basierend auf altem, verschüttetem Wissen, hatten sie eine Reise zurück in die Vergangenheit gewagt, in dem festen Willen, eine Veränderung im Raum-Zeit-Kontinuum zu bewirken. Komplizierten Berechnungen zufolge wäre sogar ihr eigenes Überleben in dieser neuen, anderen Welt gesichert, doch wenn ihre Mission erfolgreich sein sollte, würden sie sich als einzige von allen betroffenen Menschen daran erinnern, was war oder was hätte sein können.

Der Plan endete jedoch in einer Katastrophe. Anstatt im Jahre 1118 zu landen, strandeten sie im Jahre des Herrn 1148 in Jerusalem. Mitten in der Wüste gerieten sie in eine feindliche Auseinandersetzung zwischen Templern und Sarazenen, und nur dem Umstand, dass sie hellhäutig waren und die altfranzösische Sprache beherrschten, hatten sie es zu verdanken, dass das stark dezimierte Templerheer sie aufnahm und vor dem sicheren Tod durch Verdursten bewahrte. In Jerusalem angekommen, mussten sie feststellen, dass der Kontakt zur Basis ins Jahr 2151 abgebrochen war. Jeglicher Versuch der Rückkopplung war unmöglich. In der Hoffnung, ihren Auftrag, die Welt verändern zu können, auch ohne Anleitung aus der Heimat zu bewerkstelligen, schlossen sie wie beabsichtigt Freundschaft mit dem damaligen Templer-Meister von Jerusalem. Unerschrocken und wissbegierig hatte der weise Mann alles in sich aufgesogen, was sie ihm an Informationen zur Verfügung stellen konnten, und wochenlang hatten er und seine engsten Vertrauten in geheimen Kapiteln zusammen gesessen und darüber beraten, was nun zu tun sei. Letztendlich hatte die Vernunft gesiegt und die Einsicht, dass die Welt, so wie sie zur damaligen Zeit bekannt war, nur ein geringes Maß an Fortschritt vertrug. Die verantwortlichen Tempelherren waren sich durchaus darüber bewusst, dass sie äußerst vorsichtig mit all den plötzlichen Errungenschaften umgehen mussten, um nicht schon jetzt als Ketzer und häretische Teufel verschrien zu werden. Zug um Zug kam dabei ein noch viel unglaublicheres Geheimnis zutage. Schon einmal hatte es unter den weiß gewandeten Kriegermönchen eine Begegnung mit Reisenden aus einer weit entfernten Zeit gegeben. Jedoch gab es kaum Aufzeichnungen darüber, und man konnte auch nicht sagen, welchen Zweck diese Mission erfüllt hatte.

Unterdessen nahm das Bedürfnis der Gestrandeten, in ihre Welt zurückzukehren, unter all den Entbehrungen und den vermehrten Angriffen von fatimidischen Truppen auf die Festung von Jerusalem beinahe paranoide Züge an. Die verzweifelten jungen Frauen entschlossen sich, Botschaften zu verfassen, um diese als Grabbeigaben in Massengräbern zu hinterlegen, die für die viel zu früh gefallenen Brüder des Ordens ausgehoben worden waren. Die Bemühungen der Frauen stützten sich auf die Hoffnung, dass bei späteren Ausgrabungsarbeiten in hunderten von Jahren vielleicht jemand auf diese Nachrichten stieß, der in der Lage war, eine entsprechende Vorrichtung zu bauen, um sie in die Zukunft zurückzuholen. Wie nah sie dieser Vermutung tatsächlich gekommen waren, konnten nur Hannah und Anselm ermessen.

Abrupt, wie sie begonnen hatte, war die Vision zu Ende.

Selbst Arnaud de Mirepaux hatte es die Sprache verschlagen. Mit geöffnetem Mund saß er da und starrte seinen Komtur an, als ob dieser geradewegs aus der Hölle aufgefahren wäre.

Henri d'Our räusperte sich, bevor er erneut zu sprechen begann. »Eines Tages waren die Frauen verschwunden«, sagte er ruhig. »Ohne Abschied. Dafür hatten sie uns das Haupt der Weisheit hinterlassen. Mit einer Handlungsanweisung und einer gregorianischen Losungshymne versehen, war der Orden fortan in der Lage, nicht nur komplizierte Informationen über zukünftige Ereignisse, sondern auch über diverse Erfindungen und Handelssysteme abzurufen. Zudem hatte man die Möglichkeit, mit Hilfe des Hauptes im Ernstfall in die Vergangenheit zu gelangen. Jedoch gab es danach kein Zurück. Neben dem Haupt fand man das schriftlich gegebene Versprechen, alles zu tun, um weiterhin eine Vernichtung des Ordens zum angekündigten Zeitpunkt zu verhindern.«

Nachdem der Komtur mit seinen Ausführungen geendet hatte, ergriff erstaunlicherweise Struan als erster das Wort. »Warum, frage ich Euch?« Seine raue Stimme war leise, aber bestimmt, dabei schaute er den erschöpften Komtur durchdringend an. »Ihr wusstet, dass man uns vernichten wollte. Und Ihr wusstet es nicht erst seit zwei Tagen – sondern mehr als ein Jahrhundert zuvor. Ihr …« Struan schluckte, weil seine Stimme brach. »Ihr habt es trotzdem nicht für nötig gehalten, uns rechtzeitig zu warnen … Ihr habt uns allesamt in eine Falle laufen lassen, wie ahnungslose Kaninchen, denen man anschließend gnadenlos das Fell über die Ohren zieht.« Sein Mund nahm einen verächtlichen Zug an, während seiner Stimme die Verzweiflung anzumerken war.

»Bruder Struan«, begann d'Our mit betretener Miene. Zögernd lenkte er seinen Blick in die Runde, um sich der Aufmerksamkeit aller zu versichern. »So einfach, wie Ihr glaubt, war und ist es nicht. Wir konnten nicht wissen, ob die Geschichte nicht vielleicht doch einen anderen Verlauf nehmen würde. Zunächst haben wir gehofft, dass die ehemaligen Besitzer des Hauptes ihr Versprechen einlösen würden, mit dem sie uns versicherten, auch nach ihrer überstürzten Abreise im Jahre des Herrn 1148 alles zu tun, um den Lauf der Zeit zu unseren Gunsten zu verändern. Doch dann, als die Katastrophe ihren Lauf nahm und sich abzeichnete, dass nichts geschah, was auf ein abweichendes, besseres Schicksal des Ordens hingedeutet hätte, musste der Hohe Rat einen neuen Plan ersinnen, für den Fall, dass die angekündigte Zerschlagung unseres Ordens tatsächlich stattfinden sollte. Dabei war es unmöglich, vorab sämtliche Brüder zu informieren. Der abtrünnige Guy de Gislingham ist ein gutes Beispiel dafür. Unser Orden ist durchdrungen von Spionen. Nur wenigen kann man wirklich vertrauen. Habt Ihr eine Vorstellung davon, was passieren würde, wenn das Haupt der Weisheit in die Hände unserer Feinde geriete?«

Um Verständnis heischend wandte der Komtur sich an Gero, der ihm kaum merklich zunickte.

»Dieses Wunderding gibt seinem Besitzer die Möglichkeit, Raum und Zeit zu überwinden«, fuhr d'Our beinahe flüsternd fort. »Nicht auszudenken, was geschieht, wenn jemand wie Philipp IV. davon erfährt. Aus diesem Grund wurde das Haupt schon früh von unseren geheimen Katakomben in der Provence in die Abtei der Zisterzienser von Heisterbach, jenseits des Rheins, verlegt. Weit genug weg, um es dem Einfluss der franzischen Könige zu entziehen. Und obwohl es uns gereizt hat, haben wir die meisten zukünftigen Errungenschaften, die uns dessen Besitzer offerierten, nur demütig zur Kenntnis genommen und weder für den Orden noch für die Allgemeinheit eingesetzt. Für vieles, was uns auf diese wundersame Weise offenbar wurde, ist die Zeit noch nicht reif. Man hätte uns unversehens als Ketzer verbrannt, wenn wir einem Nichteingeweihten über unser Wissen berichtet hätten. Ein verbesserter Magnetkompass, unfassbar genaues Kartenmaterial, diverse Anleitungen zur Bekämpfung tödlicher Krankheiten und die Einweisung in ein sinnvolles Zahlungssystem waren allerdings zu verlockend, als dass wir darauf hätten verzichten können. Dabei hat es uns ungeheure Anstrengungen gekostet, eine Erklärung für all diese Erfindungen zu liefern. Und in sämtlichen Bereichen mussten wir Euer striktes Stillschweigen verlangen, sobald Ihr damit in Berührung kamt.«

Einen Moment lang herrschte nachdenkliches Schweigen.

»Und?«, fragte Arnaud, der den katharischen Einfluss seiner Heimat nur schwer verleugnen konnte. »Weiß die Maschine auch, ob Jesus tatsächlich am Kreuz gestorben ist und ob er wie ein Mensch in der Erde begraben wurde? Oder ist er wirklich in den Himmel aufgefahren? Ist er nun göttlich oder menschlich?«

Der Komtur spürte die Blicke aller auf sich. Er versuchte zu lächeln, aber es misslang. Es sah nur aus, als würde er müde das Gesicht verziehen. »Wir sind alle Geschöpfe des einen Gottes. Die Welt ... der Allmächtige ... und alles, was in ihm lebt, besteht aus reinem Licht. Jeder einzelne von uns ist Teil dieses göttlichen Lichts, und er bleibt es – selbst wenn er stirbt. Da macht unser Herr Jesus keine Ausnahme, und daran wird auch diese Maschine nichts ändern. Im Gegenteil, sie ist ein Beweis dafür, dass es sich so verhält. Denkt an die Evangelien des heiligen Johannes und seiner Gefährten, die uns nicht nur einen Ausblick auf zukünftige Ereignisse geben, sondern darüber hinaus bestätigen, dass es eine Welt hinter der Welt gibt – selbst wenn wir sie nicht erkennen.«

Gero meldete sich zu Wort. »Ist es möglich, diesen Mann und diese Frau hier in die Zukunft zurückzuschicken?« Er hatte mittelhochdeutsch gesprochen. Mit einem Nicken wies er auf Anselm und Hannah. Wie es für ihn sein würde, wenn Hannah zurück in ihre Welt ginge, wollte er sich lieber nicht ausmalen. Standhaft vermied er es, ihr in die Augen zuschauen.

D'Our antwortete ebenso in Mittelhochdeutsch. »Wir werden uns wohl ihrer annehmen müssen, Bruder Gerard, wenn es sein muss bis ans Ende unserer Tage, denn niemand kann mit dem Haupt in die Zukunft reisen.«

Anders als Anselm atmete Hannah beinahe erleichtert auf und schenkte Gero ein verstohlenes Lächeln, das er mit gemischten Gefühlen erwiderte.

»Wenn Ihr in die Zukunft reisen wollt«, fuhr Henri d'Our zur Erklärung fort, »benötigt Ihr jemanden, der Euch von dort aus abholt. Und selbst das geschieht nur, wenn das Haupt es erlaubt. Hingegen ist es möglich, von hier aus in vergangene Zeiten zu reisen, aber nur dorthin, wo Ihr Euch nicht schon vorher befunden habt. Es ist nicht möglich, zweimal zur selben Zeit zu existieren. Der Mechanismus führt vor der Abreise eine Prüfung durch, die darüber bestimmt, ob Ihr für diese Reise geeignet seid oder nicht. Allerdings dürft Ihr es Euch nicht zu einfach vorstellen. Es ist kein Spielzeug, dessen man sich nach Belieben bedient, sondern ein gefährliches Unterfangen, das den Jüngsten Tag herauf beschwören kann, wenn es in die falschen Hände gerät.«

»War es das, was Ihr wolltet?«, fragte Gero und wechselte ins Französische, damit ihn auch alle anderen wieder verstanden.

»Den Jüngsten Tag herauf beschwören?« D'Our sah ihn an, als ob er den Verstand verloren hätte.

»Nein«, sagte Gero und schüttelte den Kopf. »Wolltet Ihr Philipp IV. und seine Mutter töten, um den Orden vor dem Untergang und damit auch das Haupt vor dessen Zugriff zu schützen?«

»Es war ein verzweifelter Versuch«, gab d'Our zögernd zu. »Aber es war nicht recht. Und vielleicht hat Gott der Allmächtige sich Eurer bedient, um es nicht zuzulassen.«

»Bedeutet das, Ihr wollt Eure Einflussnahme aufgeben und von nun an den Dingen ihren Lauf lassen?«

»Im Prinzip ja«, antwortete d'Our leise. »Das heißt jedoch nicht, dass das Schicksal des Ordens mit meiner Entscheidung besiegelt ist. Mit unserem Wissen über zukünftige Ereignisse haben wir immer noch die Möglichkeit, das Ruder herumzureißen, um wenigstens zu retten, was noch zu retten ist. Wenn wir gleich morgen aufbrechen und uns in die deutschen Lande durchschlagen, können wir die weiteren Geschehnisse vielleicht beeinflussen, sofern der Allmächtige uns lässt. Und ich hoffe im Namen der heiligen Jungfrau auf die Unterstützung aller hier Anwesenden. Und damit möchte ich unsere beiden Schwestern nicht ausschließen.« Sein Blick wanderte zu den Frauen, und ein leises Lächeln umspielte seine Lippen.

Niemand getraute sich zu widersprechen. Es konnte noch Wochen dauern, ja vielleicht sogar ein ganzes Leben, bis es den Brüdern von Bar-sur-Aube gelingen würde, die soeben verkündeten Wahrheiten wirklich zu verstehen. Ein stummes Nicken machte die Runde, und der Komtur stimmte mit einem erschöpften »So sei es« leise und andächtig den Vespergesang an.

44

Donnerstag, 16. November 1307 – Der Verräter

Im ersten Morgengrauen bereitete Hannah auf Bitte von Johan einen wärmenden Trunk aus Rotwein, Eigelb, Honig und Gewürzen für die geretteten Ritterbrüder.

»Ich kann reiten«, erklärte Stefano de Sapin tapfer, als Gero fragte, wer auf der Weiterreise ein Pferd nehmen wolle und wer es vorziehe, auf dem Wagen mitzufahren. Stefano war ein großer, sehniger Kerl, und seine ihm eigene Art von Sturheit und Mut hatte ihm auch der Großinquisitor von Franzien nicht nehmen können. Entschlossen, wenn auch ein wenig wackelig erhob er sich von seinem Lager.

»Ich reite ebenfalls«, verkündete Arnaud de Mirepaux. Trotz seiner Schmerzen straffte er seine kantigen Schultern.

Henri d'Our hingegen legte keinen Wert darauf, ein Ross zu besteigen. Seine Finger waren gebrochen. Ein straffer Verband, der dafür sorgte, dass wenigstens die Schwellungen zurückgingen, machte es ihm unmöglich, Zügel zu halten. Ob er jemals wieder mit einem Schwert würde kämpfen können, blieb indes fraglich.

Gero löste die Bodenplatten im Wagen und verteilte Schwerter und Schilde, die sie dort versteckt hatten. Arnaud wog prüfend einen glänzenden Anderthalbhänder in seinen Händen. Gleich darauf förderte Gero drei Armbrüste und drei Langbögen von der neuen, englischen Sorte zutage. Während die Männer über die Wirkungsweise dieser grausamen Waffen diskutierten, schaffte es Freya, sich für ein paar Momente mit Johan zurückzuziehen. Er hatte sich an der Unterredung seiner Kameraden nicht beteiligt.

»Holla.« Arnaud, der sich ganz in der Nähe erleichtert hatte, schnalzte mit der Zunge, als Johan an ihm vorbeimarschierte, um Freya einen wärmenden Umhang zu bringen. »Darf ich mir auch so eine schöne Magd wünschen, wenn wir in Sicherheit sind?«

»Alter Narr«, schnaubte Johan mit einem verlegenen Grinsen.

»Was machst du, wenn der Alte was von eurer Liebschaft bemerkt?«

»Ich glaube«, erwiderte Johan, »unser Komtur hat zurzeit andere Sorgen, und außerdem habe ich einmal gehört, wie er Bruder Augustinus widersprochen hat, als dieser meinte, Frauen seien ein grundsätzliches Übel.« Johan lächelte. »Genau sagte er: ›Wenn die Frauen grundsätzlich von Übel sind, Bruder Augustinus, wie erklärt Ihr Euch dann, dass mit der heiligen Jungfrau ausgerechnet eine Frau an der Spitze unseres Ordens steht?‹«

»Und was hat Augustinus geantwortet?«

»Nichts. Er war sprachlos.«

Während sich die Brüder von Bar-sur-Aube auf die Weiterreise vorbereiteten, entbrannte auf der Festung von Chinon ein ganz besonderer Kampf.

»Guillaume Imbert wird euch das Fell über die Ohren ziehen!« Guy de Gislingham war außer sich vor Wut. Wie ein Hauptmann, der die

Aufstellung seiner Garde abnimmt, schritt er im Innenhof der Festung von Chinon an den reglosen Körpern der drei Wachmänner vorbei, die man aus dem Eiskeller geborgen hatte. »Nicht nur, dass die drei toten Templer verschwunden sind!«, brüllte er weiter. »So wie es scheint, hat dieses seltsame Siechtum diese Männer ebenfalls hinweggerafft.«

Die in braun und schwarz gewandeten Offiziere der Gens du Roi, die für den Einsatz der toten Soldaten die Verantwortung trugen, machten betretene Gesichter.

»Denkt Ihr, die toten Templer sind auferstanden?«, meldete sich der dickbäuchige Kerkermeister mit Schaudern zu Wort.

»Auferstanden?«, rief Gislingham aufgebracht. Mit drei Schritten stürmte er auf den Mann zu. »Für Eure Einfältigkeit sollte man Euch hängen lassen! Schaut Euch unsere Wächter doch einmal genau an! Irgendwer hat sie auf den Kopf geschlagen, bevor sie das Zeitliche gesegnet haben. Hier waren Templer am Werk!« Dann wandte er sich nicht nur den zwanzig Schergen der Gens du Roi, sondern auch den fast dreißig in blau und gelb gekleideten Soldaten des französischen Königs zu, die er ebenfalls hatte aufmarschieren lassen.

»Niemand sonst«, fuhr er verächtlich fort, »besäße die Unverfrorenheit aus einem der sichersten Verliese Franziens und unter den Augen von annähernd fünfzig Soldaten drei Leichen zu stehlen.«

Keiner der umstehenden Männer wagte es, auch nur eine weitere Bemerkung zu machen.

Gislingham sah sich um. »Die Frage ist nur, wie sie hier hereingekommen sind, und woher sie wussten, wo sich ihre Kameraden befunden haben.« Sein Raubvogelblick richtete sich auf einen großen, dunkel gelockten Soldaten. »Pierre de Vichy, habt Ihr vielleicht eine Idee, wie die Tatsache, dass wir hier oben einen der wichtigsten Gefangenen des Templerordens beherbergten, an die Öffentlichkeit gelangt sein kann?«

Pierre stand augenblicklich stramm. Er begann sich immer unbehaglicher zu fühlen. Schließlich waren er und sein Freund Michel es gewesen, die den beiden Spielmannsfrauen einen Einblick in die geheimen Katakomben gewährt hatten.

Michel, der direkt neben ihm stand, schien ähnliche Gedanken zu hegen. Unruhig trat er von einem Bein auf das andere.

Gislingham war dessen Unruhe nicht entgangen. »Soldat«, raunte er Michel düster zu. »Was macht Euch denn so nervös, dass Ihr zappelt wie ein Dreijähriger?«

»Ich weiß vielleicht, wer hinter dem Überfall gesteckt haben könnte«, erwiderte der Lothringer heiser.

»So?« Gislinghams Augen funkelten. »Und warum rückt Ihr erst jetzt damit heraus?«

»Mir ist es eben erst eingefallen«, verteidigte sich Michel äußerst dünn. »Da waren Spielleute …«

Pierre spürte augenblicklich, wie sich sein Magen krampfhaft zusammenzog. Michel würde wohl nicht so leichtsinnig sein und von den Frauen erzählen?

»Einer von ihnen kam mir gleich merkwürdig vor«, fuhr Michel mit heiserer Stimme fort. »Ich habe ihn beim Rundgang in den Ställen angetroffen, dort, wo er nichts zu suchen hatte. Er sprach so eine merkwürdige Sprache.«

»Wie sah er aus?« Die Frage kam so schnell und fordernd, dass Michel Mühe hatte, nicht zurückzuweichen.

»Groß, rabenschwarzes Haar, ziemlich breite Schultern.«

»Wer war sonst noch bei ihm?«

Pierre de Vichy schloss unbemerkt die Augen. Sein Herz schlug so kräftig, dass er befürchtete, es könne sein Kettenhemd sprengen. Großer Gott, flehte er, lass Michel nichts über die Frauen sagen.

»Da war so ein rothaariger Kerl«, begann der Lothringer zögernd, »er hat zusammen mit einem anderen aufgespielt, drüben im Saal. Er hatte ein ziemlich vernarbtes Gesicht.«

Gislinghams Blick war wie erstarrt. »Und der andere?« Er flüsterte fast. »Könnt Ihr Euch an seine Augenfarbe erinnern?«

Michel fand die Frage merkwürdig, und wenn er ehrlich war, konnte er sich nicht erinnern. Er hatte den Abend genutzt, um das erste freie Wochenende seit ewigen Zeiten zu feiern und um sich zu besaufen. Dabei hatte sein Interesse den wenigen Frauen gegolten und nicht irgendeinem dahergelaufenen Kerl.

Pierre hatte den Mut, ihm mit einer Antwort zuvorzukommen. »Sie waren blau«, sagte er ohne jedes Zögern in der Stimme. »So blau wie ein wolkenloser Sommerhimmel.«

»Ich will, dass ihr die Stadttore schließen lasst«, erklärte Gislingham im Befehlston. »Sofort! Bis wir die Täter gefunden haben, kommt niemand heraus und niemand herein. Verstanden!« Dann wandte er sich an die anderen Männer. »Und Ihr«, schnaubte er wutentbrannt, während er seinen Blick zum Turm der Hunde wandte, »lasst die Bestien von der Kette und trommelt so viele Männer zusammen, wie sich auf der Festung befinden. Wir werden alle Wege durchkämmen, die aus der Stadt hinaus führen, ganz gleich, in welche Richtung. Weit können sie noch nicht gekommen sein!«

Bereits in der Morgendämmerung hatte Struan das Lager verlassen, um den Medicus mitsamt dem Esel des Benediktiners weitab außerhalb der Sümpfe auszusetzen. Der anbrechende Tag war so neblig, dass man seine Hand kaum vor Augen sehen konnte, doch das feine Gehör des Schotten hatte die Reiter bereits wahrgenommen, lange bevor sie in seiner Nähe waren. Am Bellen und Jaulen der Spürhunde konnte er die Entfernung seiner Verfolger spielend ausmachen. Er gab seinem Rappen die Sporen. Nach einer Weile hatten die Reiter sich trotzdem auf sechshundert Fuß genähert. Einen Moment später zischte ein Armbrustpfeil heran und traf sein Pferd seitlich in den Kiefer.

Mit einem Schmerzensschrei bäumte sich das Tier auf und preschte los. Struan ließ sich halb aus dem Sattel gleiten und presste sich zum Schutz an den Bauch seines Hengstes. Fieberhaft überlegte er, welchen Weg er nehmen konnte. Nachdem er den Medicus unweit der Straße nach Fontevrault ausgesetzt hatte, wollte er eigentlich einen direkten Pfad durch den Wald nach Parilly einschlagen. Dort hatte er sich mit Gero und den anderen verabredet. Sollte er nun seine Verfolger von seinen Kameraden ablenken, oder sollte er versuchen, sie auf eine falsche Fährte zu locken? Allerdings würde sein Pferd diese Tortur nicht lange aushalten. Der ellenlange Zain war tief in den Kopf des Tieres eingedrungen.

Struan vermied es an den Zügeln zu reißen, und doch reagierte das panische Pferd kaum auf seinen Schenkeldruck. In seiner Angst galoppierte es immer tiefer in den Wald hinein, dessen fester Untergrund mehr und mehr in einen zähen Morast überging. Unvermittelt geriet der Hengst ins Wanken.

»Komm Junge«, flehte Struan. »Nicht schlapp machen! Nicht jetzt!« Er warf einen Blick zurück. Das herunterhängende Geäst war von Nebel durchdrungen, und jegliche Geräusche erschienen wie erstickt. Für seine Verfolger kamen die Spuren im aufgewühlten Waldboden jedoch einer Einladung gleich. Das Pferd taumelte und schlug mit dem Kopf hin und her, um den Pfeil loszuwerden.

Hinter einem Felsvorsprung machte Struan Halt. »Ruhig, mein Guter«, flüsterte er und tätschelte vorsichtig die pechschwarzen Nüstern. Blutbesudelt ragte der helle Holzstab aus dem schwarzen Fell heraus. Die bewegliche Eisentrense lag hinter dem Zain, daher hatte er keine Möglichkeit, den Rappen von seinem Zaumzeug zu befreien. Wenn es ihm nicht gelang, den Bolzen herauszuziehen, würde das bedauernswerte Tier keinerlei Überlebenschance haben und hier vor seinen Augen sterben.

Struan öffnete seinen Gurtbeutel und holte seine letzte, geschlossene Phiole mit dem schmerzstillenden Trank heraus. Hastig öffnete er den Verschluss und hielt den Kopf des Tieres mit seinem Arm fixiert, dann träufelte er ihm den gesamten Inhalt des Fläschchens so tief wie möglich ins Maul.

Einen Augenblick wartete er ab. Schließlich stellte er sich auf einen Stein, um den Kopf des Tieres mit einem Arm umfassen zu können, so fest, dass es trotz seiner Kraft nicht entwischen konnte. Mit der noch freien Hand zog er in einem Ruck an dem fingerdicken Bolzen und förderte die blutige Spitze zutage. Der Hengst bäumte sich auf und stieß gleichzeitig einen herzzerreißenden Schrei aus. Doch er war erlöst. Dort, wo eben noch der Pfeil gesteckt hatte, klaffte ein münzgroßes Loch.

Rasch entledigte sich Struan seines braunen Kapuzenschals. Mit Hilfe des Zaumzeugs fixierte er den Stoff auf der stark blutenden Wunde. Anstatt zur Ruhe zu kommen, begann das Tier nervös zu schnauben. Mit einem Schwall ließ es alles unter sich gehen. Die Beine begannen zu zittern, knickten ein, und der schwere Körper brach regelrecht zusammen. Schnell und flach atmend lag das Tier da. Allem Anschein nach war der Betäubungstrunk selbst für ein Pferd zu viel gewesen.

Struan schirrte den völlig erschöpften Hengst ab und löste den Sattelgurt. Mit einem Seufzer nahm er sein Schwert, samt Gürtel und Schild an sich.

»Mein Freund«, murmelte er, »tut mir leid, dass ich nicht mehr für dich tun kann.«

Für einen Moment horchte er in den Wald hinein. Dann trat er hinter dem Felsen hervor, um den Rest des Weges zu Fuß zurückzulegen.

»Waffen weg, du schottischer Bastard«, rief jemand durch den Nebel.

Es war keine Angst, sondern vielmehr Verblüffung, die Struan ergriff, als er in das triumphierende Gesicht von Guy de Gislingham blickte. Hinter dem Engländer standen mindestens zehn französische Soldaten, von denen fünf ihre Armbrust auf Struan gerichtet hielten.

Bevor die kleine Truppe die Straße nach Saint Jacques einschlug, hatte Gero seinem Komtur die dringliche Frage gestellt, was sie mit dem toten Mönchsbruder anfangen sollten. Ihm ein Begräbnis in geweihter Erde zu verweigern kam einer Todsünde gleich.

»Gott ist überall«, konstatierte d'Our. »Wir können ihn nicht durch halb Franzien schleppen, nur um einen passenden Friedhof zu finden.«

Das Wort ihres Komturs als Rechtfertigung im Ohr hoben Gero und Johan hastig eine Grube aus. Abwechselnd bedienten sie sich dabei einer Schaufel, die Gero neben zahllosen Waffen in einem Versteck im Wagen deponiert hatte.

In einen Sack gehüllt, wurde der Leichnam zu Grabe getragen. Anselm verfolgte fasziniert die Worte der Andacht und den leisen Gesang, mit dem man die Bestattung des Mönchs begleitete.

Wenig später gab d'Our den Befehl zum Aufbruch.

In einem dichten Eichenwald in der Nähe der Ortschaft Parilly machten sie zum ersten Mal Halt. Hier wollte man auf Struan warten. Doch die Zeit verrann, und die Kameraden starrten vergeblich in den Nebel, der sich nur allmählich lichtete.

»Ich reite ihm entgegen«, schlug Johan vor, wobei er sich leicht vor d'Our verbeugte und danach prüfend in das Gesicht seines Komturs aufsah, um dessen Zustimmung einzuholen.

D'Our nickte ergeben, während er sich, immer noch von Schwäche gezeichnet, an den phantasiereich bemalten Spielmannswagen lehnte. Allein sein strenger Blick erinnerte an den Respekt einflößenden Kommandanten einer ehemals großen Templerniederlassung.

Hannah nutzte den kurzen Halt zu einem kleinen Spaziergang, um sich zu erleichtern. Gero, der damit beschäftigt war, Futterbeutel um die Hälse der Pferde zu hängen, lächelte ihr beiläufig zu, als sie hinter einem dichten Haselnussbusch verschwand.

Auf ihrem Weg zurück ging sie an Arnaud de Mirepaux vorbei. Er saß auf den Boden, an eine stämmige Eiche gelehnt und spielte eine Art Boule, indem er in einigem Abstand eine Eichel als Zielpunkt gesetzt hatte und versuchte sie mit anderen Eicheln zu treffen. Mit einem freundlichen Wink rief er Hannah zu sich heran. Unterhalten konnten sie sich nicht. Er sprach altfranzösisch, und sie beherrschte noch nicht einmal das moderne Französisch. Trotzdem zog sie ihren Umhang dichter um ihre Schultern und ließ sich neben ihm nieder. Mit seinen dunklen Locken, den schwarzen Bartstoppeln und einem jungenhaften Grinsen, bei dem sich schelmische Grübchen in den Wangen zeigten, sah er wie der typische Franzose aus. Mit Händen und Füßen redete er auf sie ein und lachte zwischendurch so ansteckend, dass sie einfach mitlachen musste.

»Hast du eigentlich eine Ahnung, was der alte Schwindler dir erzählt?« Gero war unbemerkt neben Hannah getreten.

Sie schüttelte den Kopf. »Aber er ist auf seine Weise sehr unterhaltsam«, gab sie anerkennend zurück, während Arnaud sie von der Seite her angrinste.

»Ja«, schmunzelte Gero, »das ist er …« Dann stieß er ein paar Worte auf Altfranzösisch hervor, und Arnaud, dessen Miene sich bei Geros Worten verfinstert hatte, brach abermals in schallendes Gelächter aus. Stefano, der ganz in der Nähe beschäftigt war, sah auf, und ein Strahlen ging über sein Gesicht. Irgendwie schienen die geretteten Templer wieder ins Leben zurückzufinden und zu begreifen, wie viel Glück sie gehabt hatten.

Plötzlich kehrte Johan im gestreckten Galopp zurück. »Man hat uns entdeckt!« rief er, während er von seinem Pferd sprang.

»Sie haben Struan getötet«, rief er voller Zorn und Bitterkeit.

»Was redest du da?« Gero eilte ihm entgegen und packte ihn fest bei den Schultern.

Johan konnte sich nicht länger beherrschen. Tränen liefen über sein Gesicht, immer wieder schüttelte er ungläubig den Kopf. »Die Truppen Chinons sind im Anmarsch. Ich habe sie gesehen, auf der Straße hierher. Eine zweite Gruppe ist auf dem Weg zurück in die Stadt. Ich habe mit ansehen müssen, wie Struan leblos über dem Rücken eines ihrer Pferde baumelte. Er war blutüberströmt, und weder seine Hände noch seine Füße waren gebunden. Das kann nur bedeuten, dass er tot ist!«

»Das kann nicht sein!« rief Arnaud aus. »Der Schotte würde sich niemals erwischen lassen, und woher sollten sie wissen, dass er zu uns gehört?«

»Guy des Gislingham befindet sich auf der Festung«, widersprach Johan. »Hast du das schon vergessen? Wenn er Struan zu Gesicht bekommt, ob tot oder lebendig, wird er wissen, dass wir es waren, die euch befreit haben!«

»Wir müssen die Frauen und den Jungen in Sicherheit bringen«, warf Gero geistesgegenwärtig ein und sah sich suchend um, bis er Anselm entdeckte. »Ich möchte, dass du zwei Pferde nimmst und dich mit den Frauen und Matthäus hinunter ins Dorf begibst. Von dort aus reitet ihr ostwärts Richtung Sazilly. Ihr müsst es schaffen, die Vienne zu überqueren, damit Euch die Hunde nicht aufspüren.«

D'Our war hinzugetreten und hob gebieterisch die Hand. »Ihr müsst ihnen das Haupt mit auf den Weg geben«, sagte er zu Gero, wobei er ihm fest in die Augen sah. »Sie müssen versuchen, über Tours und Troyes in die deutschen Lande zu gelangen. Sie sollen es Eurem Vater übergeben, damit er es verbirgt. Es ist unsere einzige Chance, es vor Philipps Zugriff zu schützen.«

»Vielleicht ist es möglich, dass ihr uns folgen könnt«, gab Anselm zu bedenken. »Ich will mir nicht vorstellen, allein mit zwei Frauen und einem Kind im Jahr 1307 durch halb Europa zu reisen.«

D'Ours graue Wolfsaugen fixierten ihn. »Hört zu, mein fremdländischer Freund«, sagte er tonlos, »unsere Aussichten, zu entkommen sind gleich null. Sie werden uns töten, sobald sie uns erwischen.« Er hatte französisch gesprochen, um Hannah nicht zu beunruhigen, die direkt neben Anselm stand und von der er wusste, dass sie die Muttersprache der Templer nicht beherrschte.

»Geht zur Breydenburg«, fügte Gero auf Mittelhochdeutsch hinzu. »Mein Vater wird sich um alles kümmern.« Er ergriff Hannahs Hand und lächelte schwach. »Ihr müsst das Weite suchen, bevor die Truppen des Königs eure Fährte aufnehmen können«, sagte er leise zu ihr.

Freya hatte zu weinen begonnen. Hannah legte ihr tröstend einen Arm um die Schultern. »Was hat das alles zu bedeuten?«, fragte sie und schaute Gero, der immer noch dicht neben ihr stand, beunruhigt an.

»Es bedeutet, dass ihr leben werdet«, entgegnete er mit gedämpfter Stimme, »aber nur, wenn wir uns rechtzeitig trennen.«

Hannah löste sich von Freya und sah ihn ungläubig an. »Nein«, stieß sie hervor. »Du kannst uns unmöglich alleine ziehen lassen. Wir kennen uns hier überhaupt nicht aus. Glaubst du wirklich, es gibt einen Grund für mich, in diesem Chaos weiterzuleben, wenn du nicht mehr bei mir bist?«

Er trat einen Schritt auf sie zu, legte seinen Arm um ihre Taille und zog sie zu sich heran. »Es gibt einen Grund«, sagte er leise und blickte zu Matthäus hin, der verloren und vor Angst ganz starr am Wagen stand. »Lass mich nicht im Stich, und steh dem Jungen bei. Wir werden nachkommen, sobald es uns möglich ist.« Ohne auf den Komtur zu achten, küsste er sie. »Ich liebe dich, was immer auch geschehen wird«, hauchte er atemlos. »Vergiss das nie!«

Wie betäubt blieb Hannah zurück, während Gero sein Schwert gürtete.

Anselm legte unsicher das ihm zugewiesene Kettenhemd an. Ein paar Schritte neben ihm verabschiedeten sich Johan und Freya, die nun vollkommen mutlos wirkte. Aus den Augenwinkeln konnte Hannah sehen, dass der narbengesichtige Ordensbruder offenbar einen ähnlichen Kampf ausfocht wie Gero zuvor. Ein letztes Mal wiegte er Freya zärtlich im Arm und streichelte über ihr rotes Haar, bevor er sie innig küsste.

Hannah verspürte eine tiefe Niedergeschlagenheit, als Freya wenig später schluchzend hinter ihr aufsaß. Doch ihr Hauptaugenmerk galt Matthäus, der sich in soldatischer Haltung von Gero zu verabschieden versuchte, während der Templer ihn unvermittelt in seine Arme zog, um ihn noch ein letztes Mal fest an sich zu drücken. Mit angehaltenem Atem beobachtete Hannah, wie Gero den Jungen hinter Anselm aufs Pferd setzte. Während dem Knappen Tränen über die Wagen rollten, gab Gero dem Pferd einen Klaps auf die Schenkel. Irgendwo im Nebel war das Heulen und Bellen einer Hundemeute zu hören. Es wurde höchste Zeit aufzubrechen.

Wie betäubt registrierte Hannah die Bewegungen ihrer Stute, die ganz von alleine in einen langsamen Trab verfiel. Ein Blick zurück verriet ihr, dass die verbliebenen Männer ausnahmslos gerüstet waren, selbst die schwer verletzten Brüder. Arnaud lächelte ihr ein letztes Mal wehmütig zu. Sie senkte den Kopf, um dann doch noch einmal zurückzuschauen. Regungslos stand Gero da, das Gesicht wie versteinert, und sah ihr nach.

Anselm trieb seinen Wallach einen Feldweg entlang. Hannah hielt sich erstaunlich wacker, dabei nahm sie alles nur noch wie in einem schmerzhaften Rausch wahr. So musste es sich anfühlen, wenn man langsam verrückt wurde.

Nach etwa einer Viertelmeile erreichten sie ein Dorf. Kleine Fachwerkhäuser mit strohbedeckten Dächern, die morastigen Wege waren menschenleer. Ein paar Hühner liefen umher, und ein Hund bellte.

Obwohl niemand zu sehen war, entschied sich Anselm, das Dorf zu umgehen. Er wollte nicht, dass sich später jemand an sie erinnerte und Auskunft über sie geben konnte. Während sie einen Teich passierten, scheuchten sie ein junges Pärchen auf. Die beiden Liebenden, die keinen Tag älter als fünfzehn waren und es sich hinter einem verwitterten Entenhaus gemütlich gemacht hatten, flüchteten halbnackt in ein nahes Gebüsch.

Hannahs Pferd machte einen Satz, doch es gelang ihr, das Tier sofort wieder zu beruhigen. Als sie sich jedoch vergewisserte, ob Freya das plötzliche Ausweichmanöver gut überstanden hatte, musste sie feststellen, dass die Begine nicht mehr hinter ihr saß.

»Anselm, warte!«, rief sie alarmiert. Mit einem Ruck wendete sie das Pferd.

Freya hockte unweit entfernt im feuchten Gras und rührte sich nicht.

»Hast du dir wehgetan?« Hannah stieg von ihrer Stute ab.

Das Beginenmädchen schüttelte verzweifelt den Kopf. »Ich gehe nicht mit euch mit.«

Anselm war von seinem Wallach gestiegen und hatte Matthäus die Zügel überlassen. Dann kniete er sich vor Freya ins Gras und ergriff ihre Hände. Du kannst uns nicht alleine ziehen lassen. Wir kennen uns hier überhaupt nicht aus. Ohne dich schaffen wir es vielleicht nicht.«

»Tut mir leid«, flüsterte Freya, während sie vor sich hinstarrte. »Ich gehe nicht ohne Johan. Und wenn ich hier sitzen bleibe bis zum Jüngsten Gericht.«

»Das kann ziemlich lange dauern«, bemerkte Anselm mit einem Zwinkern. »Glaub mir, die nächsten siebenhundert Jahre tut sich in der Sache nichts.«

»Anselm!« Hannah schüttelte verständnislos den Kopf, während sie sich bückte und Freya über die Schulter strich.

Die Begine sah sie mit traurigen Augen an. »Ich habe schon zu viel verloren, als dass ich es ein weiteres Mal ertragen könnte, einen Menschen zu verlieren, den ich liebe. Wenn er stirbt, habe ich niemanden auf der Welt.« Tränen liefen über ihre bleichen Wangen.

»Ach Freya«, versuchte Hannah es noch einmal. »Was redest du? Gero hat doch versprochen, dass sie nachkommen werden, sobald es möglich ist.«

Freya sah sie beinahe mitleidig an. »Das hat er dir gesagt«, erwiderte sie leise. »Sein Komtur hat etwas anderes verraten.«

Hannah schaute Anselm verwirrt an. »Was meint sie damit?«

Anselm räusperte sich verlegen.

»Was?«, herrschte Hannah ihn an.

»Sie hat recht«, gab Anselm zerknirscht zu. »So wie ich d'Our verstanden habe, sieht es nicht danach aus, als ob irgendeine Chance besteht, dass sie uns folgen könnten.«

Für einen Moment hatte Hannah das Gefühl, als ob ihr jemand mit einem Holzbalken vor den Kopf geschlagen hätte. Dann stand sie auf, atmete tief durch und schaute abwechselnd Freya und Anselm an. »Ich denke nicht, dass wir Gero und seine Kameraden so einfach ihrem Schicksal überlassen können. Ich will wissen, was da passiert. Wir gehen zurück.«

Anselms Brauen schnellten vor Überraschung in die Höhe. »Bist du verrückt?«

»Du kannst ja abhauen, wenn du willst«, fauchte sie aufgebracht. »Ich werde mit Freya zurückgehen und sehen, ob wir irgendwie helfen können.« Geringschätzig musterte sie Anselms Kettenhemd. »Hier reicht es nicht, als Reenactor mit einem mittelalterlichen Schwert herumzustolzieren und sich dabei vorzukommen wie König Artus persönlich. Wenn du ein echter Ritter wärst, würdest du nicht einfach davonlaufen.«

Anselm errötete vor Zorn. »Du hast doch gar keine Ahnung, um was es hier geht!«, brüllte er.

»Es geht um Freundschaft, Ehre und Gewissen«, schleuderte Hannah ihm entgegen. »Etwas, von dem du anscheinend nichts verstehst.« Entschlossen zog sie Freya, die den neuhochdeutschen Schlagabtausch verwundert mit verfolgt hatte, auf die Füße. Ehe Anselm sich versah, war Hannah auf ihr Pferd gestiegen und hielt Freya die Hand hin, damit sie sich hochziehen konnte. Dann fiel ihr Blick auf Matthäus, der nicht minder verwirrt aussah.

»Komm, Mattes«, rief sie und schickte sich an, dem Jungen auch noch auf ihr Pferd zu helfen. »Denk nicht, dass wir dich einfach zurücklassen würden!«

»Verdammt«, schnaubte Anselm und stampfte mit dem Fuß auf. »Du hast keinen Funken Verantwortung im Leib.«

»Aber du? Was machen wir denn, wenn wir nie wieder in unsere Zeit zurückkehren können. Meinst du, dein bisschen theoretisches Wissen hilft uns hier zu überleben? Vergiss es! Ohne Gero sind wir vollkommen aufgeschmissen.«

Hannah hatte sich in Rage geredet. Im Grunde genommen war sie nicht nur wütend auf Anselm, der sie reichlich dumm anstarrte. Gero hätte ihr die Wahrheit sagen sollen!

Anselm wendete leise fluchend seinen Wallach. Dann stieg er vor dem Jungen in den Sattel.

»Wo willst du denn hin?«, rief er Hannah hinterher, während sie auf ein offenes Feld trabte. »Wenn wir schon zurückreiten, sollten wir uns wenigstens anschleichen und nicht wie auf dem Präsentierteller daher kommen.«

»Bitte sehr, der Herr.« Mit einer angedeuteten Verbeugung gab sie Anselm und seinem Pferd den Vortritt. »Dann reite voran, wir werden dir folgen.«

Wenig später fand sich Hannah in einem kleinen Birkenwald auf einer Anhöhe wieder, von wo aus man die Straße nach Parilly überblicken konnte.

»Runter von den Pferden«, befahl Anselm barsch, »sonst kann man uns sehen.«

Matthäus band auf einen Wink hin die Tiere an einen Baum, und gemeinsam schlichen sie in geduckter Haltung auf einen Abhang zu.

Der Nebel hatte sich beinahe vollends gelichtet. Der Himmel war wolkenverhangen. Unterhalb eines mit Sträuchern überwucherten Plateaus war das Jaulen von Hunden zu hören. Nicht weit davon entfernt lagen die Leichen einiger Soldaten, und ein kläglicher Rest von fünf Männern hatte sich hinter den offenbar Gefallenen verschanzt.

»Ja!«, jauchzte Anselm leise und ballte seine Rechte zu einer triumphierenden Faust.

»Was ist passiert?«, fragte Hannah, während sie unsicher aufschaute.

»Siehst du das Wäldchen da hinten im Nebel?« Anselm rückte bäuchlings liegend ein Stück näher an sie heran und bog ein paar Äste zur Seite, die Hannah die Sicht versperrten. »Dort stehen Gero und seine Leute. Offenbar hat die Soldatenmeute nicht damit gerechnet, dass er und seine Männer über Armbrüste und Langbögen verfügen. Sie sind einfach drauf los geprescht, diese Idioten. Das geschieht ihnen recht.«

»Haben wir gewonnen?« Matthäus schaute mit hoffnungsfroher Miene auf.

»Keine Ahnung«, erwiderte Anselm, »aber so wie es aussieht, steht es gerade eins zu null für die Templer von Bar-sur-Aube.«

»Heilige Gottes Mutter Maria, gegrüßet seiest du, voll der Gnade …«, begann Freya zu beten. Sie hockte mit angewinkelten Knien im Dickicht und umklammerte ihren grünen Malachit-Rosenkranz.

Hannah atmete tief durch. »Und jetzt? Was sollen wir tun?«

»Stillhalten«, befand Anselm leise. »Vielleicht macht Gero sein Versprechen doch wahr und versucht nachzukommen.«

Für einen Augenblick war es ruhig, dann knackte unvermittelt laut ein Ast hinter ihnen.

Anselm war so schnell auf den Beinen, dass es ihn selbst verwunderte. Mit einem singenden Geräusch zog er seine Waffe, während Hannah angsterfüllt aufschrie. Zwei Soldaten waren in ungefähr zwanzig Meter Entfernung wie giftige Pilze aus dem Boden geschossen. Geschickt ließen sie ihre Schwerter durch die Luft zischen.

»Bonjour, mon amies«, raunte einer der Kerle mit düsterer Stimme. Dann stürmten sie Anselm entgegen – mit einem Schwall altfranzösischer Worte auf den Lippen, deren Klang puren Hass und Vernichtungswillen ausdrückte.

Funken sprühten, als Stahl auf Stahl klirrte. Mit unvermuteter Wendigkeit parierte Anselm die Streiche seiner Gegner. Dabei teilte er selbst aus, als ob er einen Dreschflegel in der Hand halten würde. Roland von Briey hatte ihm beigebracht, dass ein ernstzunehmender Schwertkampf keinen Anspruch auf Eleganz stellte. Alles drehte sich darum zu überleben, und somit war jegliche Form der Hinterlist erlaubt.

Wie aufgezogen duckte sich Anselm, stand wieder auf und ließ sein Schwert auf eins der Schilder herabsausen. Sein Gegner taumelte und verlor beinahe das Gleichgewicht. Sein Gefährte jedoch setzte von neuem an und drängte Anselm in die Defensive.

Erfüllt von neuem Leben war Freya aufgesprungen und hatte sich einen am Boden liegenden Ast gegriffen. Offenbar ohne jede Furcht eilte sie in ihrem langen Kapuzenumhang zu den Kämpfenden.

Bevor Hannah eine Warnung ausrufen konnte, hatte sich die Beginenschwester den Männern bis auf ein paar Fuß genähert. In einem günstigen Augenblick holte sie laut keuchend aus und schlug dem kleineren der beiden Soldaten den Ast krachend über den Hinterkopf. Stöhnend ging er zu Boden. Der andere war für einen Moment zurückgewichen.

Anselm biss die Zähne zusammen, als er ausholte, um dem vor ihm knienden Mann einen letzten Stoß beizubringen. Wie in Butter drang die Klinge zwischen Kettenhemd und Haube des Soldaten und durchstach dessen Kehle. Blut spritzte hervor, und der Hals des Mannes knickte wie ein abgebrochener Blütenstängel zur Seite. Einen Atemzug später sackte er lautlos zusammen.

Anselm schwankte. Ein plötzlicher Adrenalinstoß hielt ihn davon ab, die Kontrolle zu verlieren. Als er herumschnellte, um sich seinem zweiten Gegner zu widmen, sah er, dass der Soldat Hannah von hinten gepackt hielt und ihr die Schneide eines Messers an die Kehle drückte.

»Wirf die Waffe weg!«, rief er. »Oder das Weib stirbt.«

45

Dienstag, 2. 12. 2004 – Jacques de Molay

Es war noch früh am Morgen, als die Wagenkolonne mit fünf schwarzen Mercedes-Vans und einem riesigen Wohnmobil, das die medizinische Ausstattung eines Operationssaales beherbergte, auf der Autobahn Richtung Thionville die Grenze von Luxemburg nach Frankreich passierte. Paul Colbach saß zusammen mit Tom Stevendahl und Professor Hertzberg im hinteren Teil eines der dunkel verglasten Vans und beobachtete im Innenspiegel des Fahrzeugs das Gesicht Jack Tanners.

Der smarte Agent der National Security Agency, der den Wagen lenkte, verkörperte mit seiner nachtschwarzen Sonnenbrille und dem kurz geschorenen Haar genau das, was Paul sich unter einem Spezialagenten der amerikanischen Streitkräfte vorstellte. Der zweite Agent, Mike Tapleton, der es sich auf dem Beifahrersitz bequem gemacht hatte, blätterte gelangweilt ein Sportmagazin durch. Seine Beretta 92 FS Brigadier trug er kaum verdeckt von seinem weiten Blouson in einem Holster am Hosengürtel.

Während Tom sich ein Nickerchen gönnte, bewachte Professor Hertzberg mit Argusaugen den unscheinbaren Metallkoffer, in dem sich das vermutlich größte Geheimnis der Menschheit verbarg.

Paul konnte es immer noch nicht fassen, dass die amerikanische Regierung tatsächlich den Einsatz des Timeservers genehmigt hatte, um den letzten Großmeister der Templer, Jacques de Molay, aus dem gesicherten Donjon der Festung von Chinon im Jahre des Herrn 1308 in den gleichnamigen Turm des Fort du Coudray ins Jahr 2004 zu transferieren. Es war, als ob man in ein Hornissennest gestochen hätte. Die Spezialisten des Pentagons gaben sich die Klinke in die Hand, seitdem er zusammen mit seinem Freund und Kollegen Tom herausgefunden hatte, wie der Mechanismus des Timeservers zu berechnen war und wie sich somit die Möglichkeit ergab, punktgenau in eine siebenhundert Jahre entfernte Welt einzudringen.

Auch wenn keineswegs gesichert war, ob dieses Unterfangen gelingen würde, war es für Tom eine realistische Chance, zu erfahren, wo Hannah letztendlich gelandet sein könnte. Die Idee, dass der letzte Großmeister der Templer die mehr als konfusen Zusammenhänge rund um den Timeserver entschlüsseln könnte, hatte Hertzberg entwickelt, nachdem Hagens libanesischer Freund nicht in der Lage gewesen war, endlich mehr Licht in die Angelegenheit zu bringen. Hertzbergs Vermutungen gingen sogar so weit, dass Molay möglicherweise eine Verbindung des Timeservers zu noch viel weiter zurückliegenden Ereignissen bestätigen konnte, und vielleicht führten diese geheimen Erkenntnisse sogar direkt zur Bundeslade, dem größten Heiligtum im Alten Testament.

Der Vorteil, es zunächst mit Jacques de Molay zu versuchen, lag darin begründet, dass man den Verbleib des Templers anhand alter Urkunden auf Tag und Ort genau lokalisieren konnte. Für einen Mechanismus, der sich am Magnetfeld der Erde orientierte und nur in einem Radius von neun Metern seine Wirkung entfaltete, war es unerlässlich, einen genauen Einsatzort und die genaue Zeit zu bestimmen.

Im Vorbeifahren erhaschte Paul einen Blick auf Cattenom. Einer riesigen Wolkenfabrik gleich spuckten die vier großen Kühltürme des Kernkraftwerks ihre weißen Dampfschwaden in den Himmel. Unwillkürlich stellte Paul sich die Frage, wie es hier wohl zu Beginn des 14. Jahrhunderts ausgesehen hatte und was für eine Erfahrung es wohl sein mochte, wenn man unvermittelt die Zeiten wechselte.

Gegen Abend erreichten sie Chinon. Während die Fahrzeuge der NSA abseits der Stadt in einem Waldweg abgestellt wurden, bereiteten sich die schwer bewaffneten Agenten generalstabsmäßig auf ihren Einsatz vor.

General Lafour, der es sich nicht hatte nehmen lassen, vor Ort persönlich das Kommando über zwanzig seiner besten Männer zu übernehmen, teilte die Mannschaften ein. Zudem wurde ein Kontakt zum Hauptquartier der amerikanischen Streitkräfte in Paris hergestellt, um notfalls rasch weitere Hubschrauber und Spezialkräfte anfordern zu können. Doch zunächst sollte die ganze Aktion so lautlos und unauffällig wie möglich über die Bühne gehen. Niemand außer den beteiligten Personen durfte je erfahren, was hier geschah.

Um 17 Uhr MEZ endeten die Besucherzeiten hoch oben auf dem Chateau. Mit Einbruch der Dunkelheit würde man sich über einen stillgelegten Weinkeller Zugang zum Fort de Coudray verschaffen. Der gesamte Felsvorsprung bestand aus porösem Kalkgestein und galt als unterhöhlt. Es hatte die Spezialisten der NSA wenig Mühe gekostet, Pläne aller Zugänge und Gangsysteme zu erlangen, in denen heutzutage vorwiegend edle Weine und Champagner lagerten. Bis dahin war die Planung kalkulierbar. Doch was geschehen würde, wenn man im Donjon des Fort du Coudray den Versuch startete, den berühmten Inhaftierten aus dem Jahre 1308 ins Jahr 2004 zu befördern, blieb reine Spekulation.

Tom zitterte vor Aufregung am ganzen Leib, als er gegen 23 Uhr zusammen mit Hertzberg und Paul einen schwarzen Overall anlegte. Die schwarzen Masken würden sie – wie die Agenten der NSA, die zudem noch gepanzerte Westen trugen – erst kurz vor dem Eindringen in den Keller überziehen. Tom kam sich vor, als ob er an den Vorbereitungen für einen Banküberfall teilhaben würde, als er mit den anderen Männern in den Van kletterte, der sie im Schutz der Dunkelheit ins Innere der Stadt brachte. Bisher hatte er alle Zweifel an ihrem Vorgehen verdrängt, doch je mehr sie sich entlang der engen, verlassenen Gassen der Festung näherten, umso mulmiger war ihm zumute.

Sein Puls beschleunigte sich stetig, als die Männer der NSA lautlos wie Meuchelmörder eine gut verschlossene Tür binnen Sekunden öffneten und ihn mit einer unmissverständlichen Geste aufforderten, ihnen in die Finsternis zu folgen.

Vorbei an Gerümpel und alten Lagerregalen kämpften sie sich durch lange, spinnwebenverhangene Gänge. Schließlich gelangte die Gruppe, bestehend aus zehn Agenten, ihrem Anführer und drei Wissenschaftlern, an eine vergitterte Tür, die mit einer dicken, verrosteten Eisenkette verschlossen war. Die Sauerstofflanze der NSA zerschnitt das unvorhergesehene Hindernis mühelos.

Die Treppe, zu der sie dann gerieten, war so eng, dass nur ein Mann gleichzeitig hinaufgehen konnte. Tom zog den Kopf ein und fragte sich, wie Menschen es zu früheren Zeiten in dieser furchteinflößenden Umgebung nur hatten aushalten können.

Nachdem sie die ersten zwei Etagen überwunden hatten, versperrte ihnen erneut ein Eisentor den Weg, dessen Schloss neueren Datums sein musste.

Jack Tanner bereitete es jedoch keine Schwierigkeiten, auch diese Tür zu öffnen. Mit einem unangenehmen Quietschen schob er das rostige Gitter zur Seite. Nach zwei weiteren Treppenabsätzen standen sie im Gefangenenturm des letzten Großmeisters der Templer.

Mit dem gedimmten Licht seiner LED-Leuchte inspizierte Mike Tapleton das Innere der steinernen Rundkammer, dabei fiel sein Blick auf die berühmten Steingravuren, die oberhalb des eigentlichen Eingangs zu sehen waren und durch ein Schild aus Plexiglas geschützt wurden.

»Die berüchtigten Graffiti von Chinon«, erklärte Professor Hertzberg, während sein Gesicht im gedämmten Lichtkegel seine Begeisterung widerspiegelte. »Angeblich von Templern während ihrer Gefangenschaft geschaffen.«

»Für das Experiment brauchen wir Platz, General Lafour«, sagte Tom und wandte sich unvermittelt an den Kommandeur des Unternehmens. »Ist es möglich, dass ihre Männer zurück in den Treppenschacht ausweichen, bis wir sicher sein können, dass unser Unternehmen gelingt?«

Der General setzte eine missmutige Miene auf. Seine bullige Statur sprengte beinahe den viel zu engen Overall. »Und was ist mit Ihrer Sicherheit? Deshalb sind wir doch schließlich hier. Oder denken Sie, wir sind nichts weiter als ein Schlüsseldienst?«

Tom seufzte. »Ich gehe davon aus, dass Ihnen die Sicherheit Ihrer Leute ebenso am Herzen liegt wie unsere, und deshalb halte ich es für besser, dass Sie sich für einen Moment zurückziehen. Wenigstens solange, bis wir davon ausgehen können, dass wir unser Ziel anvisiert haben. Oder wollen Sie es riskieren, in den Erfassungsradius zu geraten und eventuell im Jahre 1308 zu landen?«

»Und was ist mit Ihnen?« Lafour bedachte Tom mit einem provozierenden Blick.»Was ist, wenn Sie plötzlich verschwinden oder etwas herbeiholen, was gefährlich sein könnte?«

»Im ersten Fall hätte ich verdammtes Pech, und im zweiten Fall kann ich immer noch um Hilfe schreien. Ihre Männer sind recht fix, wenn ich es richtig beobachtet habe.«

»Tanner, Tapleton, Sie bleiben hier, alle anderen ziehen sich bis auf meine gegenteilige Anweisung zurück.« Raunend verließen die restlichen Männer den Raum und begaben sich in den darunter liegenden sogenannten Eiskeller.

Was folgte, hatte beinahe den Charakter eines heiligen Aktes. In der Mitte des Raumes stellte Tom den kleinen Metallkoffer ab, entnahm mit äußerster Vorsicht den Timeserver und platzierte ihn mittig auf dem zugeklappten Koffer. Nun musste er lediglich noch die richtigen Töne treffen.

46

Donnerstag, 16. November 1307 – Blutrache

Auf dem Weg hinunter zur Straße fragte sich Anselm unentwegt, ob er versuchen sollte, sich zu befreien und den Soldaten anzugreifen. Aber wie? Freya, die ihn hatte fesseln müssen, war dabei aber nicht unbedingt sorgfältig vorgegangen. Doch selbst wenn es ihm gelang, die Stricke abzustreifen – er besaß keine Waffe mehr, und ein missglückter Ausfall konnte nicht nur ihn selbst, sondern auch die Frauen und den Jungen das Leben kosten konnte.

Der rüde Kerl auf dem Pferd vor ihm führte ihn zusammen mit Hannah und Freya an einem Strick angebunden den Waldhang hinunter. Trotzig betrachtete Anselm seine gebundenen Hände, während er mit seinen Stiefeln das rostrote Laub aufwirbelte.

Den völlig verängstigten Jungen hatte der Soldat zusammengeschnürt wie ein Paket vor sich über dem Sattel liegen, dabei bedrohte er Matthäus mit einem Dolch, der jederzeit zustoßen konnte.

»Compangnons!«, brüllte er über die freie Ackerfläche, als sie das Dorf längst hinter sich gelassen hatten. »Compangnons!«, schrie er noch einmal, als keine Antwort kam. Dann erhob sich ein fernes Rufen.

Wenig später waren sie umringt von weiteren fünf Männern in schwarzbraunen Überwürfen.

Hannah, deren Füße und Handgelenke schmerzten und die vor Angst einer Ohnmacht nahe war, glaubte, es müsse sie augenblicklich der Schlag treffen, als sie zwischen den primitiv aussehenden Gestalten die eleganten Gesichtszüge jenes dunkelhaarigen Pierre ausmachen konnte, der ihnen zuletzt bei Madame Fouchet über den Weg gelaufen war.

»Sieh an, sieh an«, spöttelte der gut aussehende Soldat mit einem süffisanten Lächeln, während seine Hand in Freyas flammendrote Mähne fuhr. Mit einem hämischen Ausdruck, der sein attraktives Gesicht auf sarkastische Weise veränderte, zog er sie an den Haaren zu sich heran, ohne Rücksicht auf Freyas Schmerzenslaute.

»Meine kleine Flötenspielerin – wer hätte das gedacht!«

Hannah sah sich verzweifelt um, doch nirgendwo war Hilfe in Sicht. In einer Entfernung von etwa fünfzig Metern lagen die Leichen uniformierter Soldaten im Gras. Im Gegensatz zu Pierre und den anderen Männern, die ihn umgaben, trugen sie blaugelbe Wappenröcke. Etliche Pfeile steckten in ihren Körpern. Dazwischen verstreut lagen die Kadaver von mindestens zehn toten Wolfshunden, die nicht minder grausam zugerichtet waren.

Von Ferne näherte sich eine weitere Truppe. Wie Anselm aus einigen kurzen Wortfetzen erfahren konnte, handelte es sich wie bei den beiden Männern, die sie aufgebracht hatten, um Späher der Gens du Roi.

»Was ist denn hier geschehen?«, schnarrte deren Anführer, dessen verschlagene Miene nicht Gutes verhieß. Anselm schauderte. Es war Guy de Gislingham, Geros erklärter Feind. Er hatte ihn sofort erkannt, und nun bangte Anselm darum, dass der Mann mit den graublauen Augen ihn ebenfalls entdeckte.

Im Gegensatz zu ihrer ersten Begegnung schien der Engländer jedoch äußerst zufrieden zu sein. Seine Aufmerksamkeit fiel auf Matthäus, der gefesselt und geknebelt auf dem Feld lag.

»Wusste ich es doch!«, stieß er verächtlich hervor und spuckte neben dem Jungen aus. Mit einem schnellen Blick in die Runde versicherte sich Sir Guy, dass ihm das Schicksal unversehens reiche Beute beschert hatte. Plötzlich schien er etwas entdeckt zuhaben. »Das ist ja kaum zu glauben«, entfuhr es ihm, »da ist ja unser neuer Medicus.«

Schneller als vermutet, zog er Anselm die Reitpeitsche durch das Gesicht.

Anselm spürte keinen Schmerz, nur ein heißes Brennen und wie ihm das Blut warm den Hals hinunterlief. Hannah keuchte entsetzt auf.

»Wo sind die anderen?«, rief Guy de Gislingham.

Pierre trat pflichtschuldigst vor und salutierte. »Sie haben sich dort drüben im Wäldchen verschanzt, Sire.«

»Entsendet einen Unterhändler«, befahl Guy kalt. »Sagt ihnen, wenn sie sich nicht ergeben, werfen wir den Jungen in den Turm der Hunde, wo die verbliebenen Tiere für ihre toten Artgenossen Rache nehmen können.«

Mit einem kaum merklichen Zucken in den Mundwinkeln wandte er sich Hannah und Freya zu.

»Und sag ihnen, ihre Huren verbrennen wir bei lebendigem Leib, aber erst nachdem meine Soldaten ihren Spaß mit ihnen hatten.«

Hannah hatte nichts verstanden. Nur das bleiche Gesicht Freyas und die Verzweiflung, die sich darauf abzeichnete, ließen ihr vor Angst den Puls in die Höhe schnellen.

Anselm verspürte den plötzlichen Drang, alles unter sich gehen zu lassen. Schweißgebadet sah er zu, wie sich ein Reiter mit einer weißen Fahne in gestrecktem Galopp entfernte und nach kaum fünf Minuten zurückkehrte.

»Sire. Sie fordern freien Abzug für die Frauen, das Kind und den Mann. Dann wollen sie sich zum Austausch ergeben. Zug um Zug wird jeweils einer von ihnen als Unterpfand mit mir zurückkommen, falls Ihr Euch einverstanden erklärt.«

Gislingham nickte. »Sagt ihnen, ich will Gerard de Breydenbache zuerst hier sehen.«

Der Soldat nickte und wandte sein Pferd.

»Warte!«, rief Guy de Gislingham, worauf der Soldat sich erstaunt umschaute.

»Wenn du nicht in nächster Zeit die Blumen von unten bestaunen willst, achte darauf, dass sie unbewaffnet sind, wenn du sie einzeln zu uns führst.«

»Sie werden die Frauen nicht gehen lassen, Bruder Gerard«, sagte d'Our leise. »Ich sehe keinen Sinn darin, dass wir uns alle ergeben. Schon gar nicht, wenn Guy de Gislingham seine Finger im Spiel hat, von Guillaume Imbert einmal ganz abgesehen. Sagt dem Unterhändler, ich ergebe mich als einziger, aber nur, wenn sie zuvor den Jungen frei lassen.«

»Dann seid Ihr und die Frauen des Todes«, erwiderte Gero ruhig. Mit ausdruckslosem Gesicht starrte er in die Richtung, aus der der Bote gekommen war. Dieser wartete in respektvollem Abstand auf die Antwort der Ritterbrüder.

»Was ist mit dem Haupt?« Johan van Elk konnte den Gedanken, dass sein Komtur den Tod von Freya und den beiden Geschwistern aus der Zukunft billigend in Kauf nahm, nicht ertragen. Es musste etwas geben, das ihn zur Vernunft brachte. Vielleicht war ihm die seltsame Kiste wichtig genug, um auf das Angebot Gislinghams einzugehen.

Gero blickte auf, und für einen winzigen Moment konnte er die Verzweiflung in d'Ours Blick wahrnehmen, bevor der Komtur wieder die routinierte Miene eines hohen Offiziers aufsetzte.

»Johan hat recht«, sagte Gero. »Gislingham wird sich mit Euch nicht zufrieden geben«, bekräftigte er. »Er will mich. Wenn er dafür die anderen in die Freiheit entlässt, haben wir vielleicht das Haupt gerettet. Ich werde den Boten mit einem entsprechenden Angebot zurücksenden.«

Eine Weile herrschte vollkommene Stille. Gebannt schauten die Männer auf ihren Komtur, der immer noch ihr Anführer war und dem sie nach wie vor bedingungslosen Gehorsam schuldeten.

»So sei es«, sagte d'Our, wenn auch nur halbherzig. Ein erlöster Seufzer ging durch die Reihe, obwohl ein jeder wusste, dass ihnen allesamt ein unerhört grausames Schicksal bevorstand, das nur mit Gottes Hilfe zu überstehen war. Die eigene Unversehrtheit jedoch für das Leben Unschuldiger zu opfern war ein ehernes Gesetz, das in den

Regeln der Templer fest verankert war und das zuletzt bei der Erstürmung der Ordensburg von Akko seine Wirkung gezeigt hatte, als die dortigen Ritterbrüder es vorgezogen hatten, lieber im Kampf zu sterben als unschuldige Frauen und Kinder der Willkür der Mamelucken zu überlassen.

Hannah war dem Zusammenbruch nahe, als Gero in Begleitung des Boten und ohne jegliche Bewaffnung auf seinem Pferd heran galoppiert kam. Zur Sicherheit hatte man ihm die Hände gebunden, und so hielt er die Zügel nur lose zwischen den Fingern, während er seinen Braunen mit einem Schenkeldruck stoppte.

Mit Entsetzen beobachtete Anselm, wie Guy de Gislingham das Lächeln eines wahrhaftigen Teufels aufsetzte, als Pierre ihm den hünenhaften Templer regelrecht vorführte. Die heimliche Frage, warum sich Gero ergeben hatte, blieb unbeantwortet, und umzingelt von Armbrustschützen war es Anselm nicht möglich, mit dem Templer in Augenkontakt zu treten.

Es war eine gespenstische Situation. All die Männer in ihren archaisch wirkenden Uniformen, bis an die Zähne gerüstet mit ebensolchen Waffen, umgeben von aufsteigendem Nebel, dazu das unmelodische Krächzen vereinzelter Raben.

Anselm wünschte sich inbrünstig das plötzliche Geräusch eines Flugzeuges oder eines Traktors oder das vielleicht lebensrettende Klingeln eines Mobiltelefons.

Doch gefesselt wie er war, konnte er dieses Wunder nicht selbst bewirken.

Der Soldat zwang Gero, vor Gislingham niederzuknien. Trotz dieser Geste der Demütigung straffte Gero seine Schultern und schaute dem Engländer fest in die Augen.

»Gebt die Frauen, den Jungen und den Mann frei!« Ohne einen Funken Zweifel oder Unsicherheit stellte Gero seine Forderungen. »Das, was du willst, Gisli, ist eine Sache zwischen uns. Die anderen hier haben nicht das Geringste damit zu tun.«

Gislingham schien unbeeindruckt. Langsam wie eine Schlange, die ihre Beute beäugt, bevor sie daran geht, sie zu verschlingen, umrundete er mit einem widerlichen Grinsen seinen ehemaligen, deutschen Bruder.

»*Sir Guy*«, sagte er schneidend. »Für einen Verräter wie dich, immer noch *Sir Guy*. Hast du mich verstanden?«

»Die Frage stellt sich, wer hier ein Verräter ist«, erklärte Gero kühl. »Ich habe dir das Leben gerettet, als du in deiner bepissten Unterhose hinter den Mauern der Komturei gekauert hast. Vergiss das nicht.«

»Tut mir leid, Euch enttäuschen zu müssen, Bruder Gero. Ich war nie einer der Euren, auch wenn es den Anschein hatte. Meine Aufgabe bestand von Anfang an darin, die Machenschaften des Ordens aufzudecken.«

Gero holte tief Luft und spie Guy de Gislingham, der nun dicht vor ihm stand, auf die Stiefel.

Ohne lange darüber nachzudenken, verpasste ihm der Engländer eine schallende Ohrfeige.

Unter dem Schlag des gepanzerten Kettenhandschuhs platzte Geros Wange auf. Blut rann über sein Kinn hin zu seinem breiten Halsmuskel.

Guy de Gislingham kümmerte das nicht. Mit einem spöttischen Blick hob er von neuem an. »Erst wenn all deine Kameraden samt eurem senilen Komtur bereit sind, sich zu ergeben, lasse ich die Frauen und den Jungen ziehen.«

Ohne eine Antwort Geros abzuwarten, wandte er sich um, und auf ein Fingerzeichen wurde Anselm herbeigeführt. »Dieser Kerl hier«, bestimmte Gislingham in scharfem Ton, »wird Euer Schicksal teilen. Er hat einen meiner besten Männer auf dem Gewissen. Es gibt keinen Grund, ihm den Galgen zu verwehren.«

Für einen Moment schloss Gero die Augen.

»Es war Notwehr«, brüllte Anselm außer sich vor Empörung.« Er hatte genug verstanden, um zu wissen, was ihm bevorstand.

»Erteilt ihm eine Lektion!«, herrschte Gislingham einen der umstehenden Soldaten an.

Im Nu wurde Anselm gepackt und auf den Boden geworfen, wo ihn zwei der Soldaten niederhielten, während ihn zwei andere mit Fußtritten und Peitschenhieben traktierten. Sein ersticktes Röcheln wurde von einem Aufschrei der Frauen begleitet.

»Also was ist?« Guy de Gislingham sah ungerührt auf Gero herab.

Gero erfasste blitzschnell, dass es für den Mann aus der Zukunft

725

kaum noch eine Rettung gab. Die Satteltaschen an Anselms Wallach waren jedoch unberührt.

»Wenn Ihr mir schwört, Sire, bei allem, was Euch heilig ist, den Frauen und dem Jungen die Freiheit zu schenken und sie mit ihren Pferden ziehen zu lassen, werden wir uns ergeben.« Er hatte Gislingham bewusst mit der geforderten Anrede angesprochen, weil er ihn nicht weiter provozieren wollte.

»Ich schwöre«, erwiderte Gislingham mit einem hässlichen Grinsen.

Eigentlich hätte Gero gewarnt sein sollen. Es gab nichts, was ein noch so spärliches Vertrauen in den falschen Bruder gerechtfertigt hätte.

Doch was blieb ihm übrig?

Mit einer gewissen Beruhigung registrierte er, dass Gislingham dem Jungen die Fesseln abnehmen ließ und ihn auf Anselms Wallach in Richtung Wäldchen schickte.

Bald darauf erschien d'Our in Begleitung des Boten. Diese Prozedur wiederholte sich noch zweimal mit Hannah und Freya, die gegen Stefano und Arnaud ausgetauscht wurden. Als letzter kam Johan hinzu.

Wie die Frauen und der Junge mit ihrer neu gewonnen Freiheit umgingen, konnten Gero und seine verbliebenen Kameraden nicht mehr sehen. Zusammen mit Anselm, dem man so heftig zugesetzt hatte, dass er fortwährend leise stöhnte, wurden sie auf die Festung gebracht, wo man sie in den Donjon des Fort du Coudrey warf.

Völlig erstarrt ließ Anselm es geschehen, dass ihm ein grobschlächtiger Schmied an Hand und Fußgelenke eiserne Armbänder anlegte. Durch deren zusammengeführten Ösen zog der Mann jeweils eine passende Kette hindurch. Dann schmiedete er die glühenden Enden mit Hilfe eines Hammers und eines Meißels unter kräftigen Schlägen mit einem weiteren Ring zusammen, der in die Wand eingelassen war. So angekettet, war es kaum möglich, sich mehr als einen halben Meter weit von den kalten Mauern wegzubewegen. Das bedeutete auch, dass man seine Notdurft vor Ort verrichten musste, weil wiederum nur ein Schmied diese Verbindung zu lösen vermochte. Sprachlos wanderte Anselms Blick über die dicken Mauern, an denen die weltberühmten Graffiti der Templer noch fehlten.

Es dämmerte bereits, als die beschlagene Eingangstür des Donjons sich von neuem unter einem gotterbärmlichen Quietschen auftat.

Gero stöhnte vor Entsetzen, als zwei fleischige Hände Hannah, Freya und auch die schmächtige Gestalt von Matthäus in den kahlen Kerker stießen. Man hatte ihnen also doch nicht die Freiheit gewährt. Wenigstens verzichtete man bei den harmlos erscheinenden Gefangenen auf eine eiserne Fesselung. Schwach wie sie waren, konnten sie ohnehin nichts anrichten, was zu einer Befreiung der Männer geführt hätte.

Mit einem erstickten Schrei stürzte Freya auf Johan zu, der mit angezogenen Beinen und einem verwirrten Blick in einer Ecke hockte, nachdem er aus einem kurzen, gnadenvollen Schlaf erwacht war. Doch bevor sich einer der Brüder über das unehrenhafte Verhalten Guy de Gislinghams aufregen konnte, wurden sie unversehens mit einem weiteren Unglück konfrontiert.

Die Tür ging zum zweiten Mal auf, und drei kräftige Soldaten schleiften einen athletisch anmutenden Mann herbei. Wie einen erlegten Tierkadaver warfen sie seinen blutüberströmten, halbnackten Körper auf die Steine.

Mit lautem Krachen flog die Tür zurück ins Schloss und wurde von außen verriegelt. Es dauerte einen Moment, bis die Gefangenen erkannten, dass es sich bei dem reglosen Mann um Struan handelte.

»Beim Allmächtigen, diese Teufel!«, schrie Gero dumpf. Vergeblich legte er sich in die massiven Ketten.

Noch bevor Hannah sich um Gero kümmern konnte, fiel sie vor dem Schotten auf die Knie. Freya kam ihr zur Hilfe. Vorsichtig drehten sie den Schwerverletzten auf den Rücken. Seine Schulter war von einem Armbrustpfeil durchbohrt worden, wie Freya bemerkte, während sie die schartenartige Wunde betastete. Zudem hatte man ihn offenbar ausgepeitscht, gerädert und mit glühenden Eisen verbrannt. Normalerweise hätte er längst tot sein müssen.

Freya strich dem Schotten über das blutverschmierte Haar und tastete seine Halssehnen ab.

»Er ist nicht tot«, sagte sie und richtete ihren hoffnungsvollen Blick auf Johan , der blank vor Entsetzen beobachtete, wie es seinem schottischen Bruder ergangen war.

»Herr Jesus Christ, warum musste das geschehen?« Gero ließ entmutigt den Kopf hängen.

»Es ist nicht Eure Schuld, Bruder Gerard«, sagte d'Our leise, der nicht weit von ihm weg saß. »Es ist Gottes Wille, vergesst das nie. Ihr seid ein Werkzeug des Allmächtigen.«

Gero schwieg. Er hatte leise zu weinen begonnen. Anstatt ihn zu trösten, beschloss Hannah, sich weiter zusammen mit Freya um den Verletzten zu kümmern.

»Hilf mir«, bat sie Matthäus, der wie versteinert neben ihr stand. Ohne lange zu überlegen, entledigte sich Hannah ihres Unterrockes, den sie auf Höhe der Taille einfach entzwei riss. Aus einer Hälfte faltete sie eine Unterlage, die sie Struan unter den Kopf schob. Die andere Hälfte zerriss sie in mehrere Längsstreifen und beauftragte Matthäus damit, die noch blutenden Wunden an Armen und Beinen zu verbinden.

»Was bringt das schon!«, schnaubte Arnaud, der nicht weit weg von Johan saß.

»Besser er stirbt jetzt als übermorgen, wenn Guillaume Imbert sein grausames Spiel beginnt.«

Die anderen Männer schwiegen betreten.

Struans Gesicht war blutunterlaufen, wahrscheinlich von den zahlreichen schweren Hieben. Am meisten beunruhigte Freya jedoch der Rücken des Templers. Schwarzblaue Male zogen sich über Steiß und Hüften bis hinunter zu den muskulösen Oberschenkeln.

»Wir müssen ihn warm halten«, bestimmte die heilkundige Begine, »ansonsten wird er nicht mehr zu sich kommen.« Mit Matthäus packte sie Struan vorsichtig unter die Arme, während Hannah die Beine des Mannes anhob. Gemeinsam zogen sie ihn zu Johan hin, bis der Verletzte dicht neben ihm zu liegen kam. Mit Johans stillem Einverständnis kuschelte sich Freya an den halbtoten Schotten und drapierte ihr ausladendes Wollcape über sie alle drei.

Hannah war aufgestanden und nahm Matthäus bei der Hand, der nicht wusste, wohin er sich angesichts dieser verzweifelten Situation wenden sollte.

Wortlos bedeutete sie ihm, dass er sich zwischen sie und Gero kauern sollte, damit sie es unter ihrem Umhang alle ein wenig warm hatten.

»Es tut mir so leid«, stammelte Gero leise, nicht fähig, ihr dabei in die Augen zu schauen. Seine Lippen zitterten, und sie sah, dass er vor dem Jungen eisern bemüht war, seine Tränen zurückzuhalten.

»Es ist meine Schuld«, flüsterte sie tonlos und strich ihm vorsichtig über die aufgeplatzte Stelle im Gesicht.

»Wir waren schon auf halbem Weg zur Vienne. Ich war es, die zurückkehren wollte. Ich konnte nicht einfach so davonlaufen, in dem Wissen, dich vielleicht nie wieder zu sehen.«

Unter leisem Kettengerassel hob Gero seine rechte Hand und schob Matthäus, der still zwischen ihnen hockte, ein wenig zur Seite. Zärtlich strich er Hannah über die Wange.

»Wir wollen nicht von Schuld sprechen, meine Schöne«, erwiderte er leise. »Unser Komtur hat Recht. Gott der Allmächtige lenkt unsere Wege, und vielleicht werden wir eines Tages wissen, warum er uns eine solche Prüfung auferlegt.«

Er senkte seinen Blick und betrachtete wortlos den Jungen, der ängstlich zu Boden schaute. Wieder füllten sich seine Augen mit Tränen. Hannah nahm seinen Arm und drückte ihn fest. Sie wusste selbst nicht, woher sie die Kraft nahm. Vielleicht lag es ganz einfach daran, dass sie keine genaue Vorstellung davon hatte, was sie erwartete.

Zwei oder drei Stunden mussten vergangen sein, als ein kaum hörbares Stöhnen die angespannte Stille zerriss. Struan war zu sich gekommen und blinzelte Freya aus seinen schwarzen Augen an. Sie hatte ein bisschen gedöst, doch nun war sie hellwach.

»Struan? Kannst du sprechen?« Johan hatte sich ebenfalls hochgerappelt und beobachtete sorgenvoll seinen schwer verletzten Freund.

»Amelie«, flüsterte Struan mit rauer Stimme. »Amelie bist du es?«

Freya wechselte mit Johan einen erschrockenen Blick. Offenbar war Struan zwar wach, aber nicht ganz bei sich.

»Ich kann dich kaum sehen«, fuhr er stockend fort. Mit schmerzverzerrtem Gesicht hob er seine linke Hand und tastete nach ihr. Seine Finger verfingen sich in ihrem langen Haar und trotz seiner offensichtlichen Schmerzen lächelte er schwach.

»Ich kann meine Beine nicht mehr bewegen. Weißt du, was mir widerfahren ist?«

»Alles wird gut«, entgegnete Freya mit erstickter Stimme. Zärtlich streichelte sie den blutverkrusteten, schwarzen Schopf, unfähig, Struan zu sagen, dass sie nicht die war, für die er sie hielt. »Du wirst wieder gesund«, stammelte sie. »Glaub mir.«

»Ich liebe dich«, flüsterte Struan, wobei er seine Augen geschlossen hielt. »Ich wollte dich und das Kind nicht im Stich lassen. Ich schwöre es dir. Kannst du mir noch einmal verzeihen?«

»Er ... er ist von Sinnen«, stammelte Johan erstickt, doch Freya war bereit, ihre Rolle zu Ende zu spielen. Sie beugte sich zu Struan hinunter und küsste ihn auf die blutverkrusteten Lippen. »Ich bin bei dir, Liebster«, wisperte sie kaum hörbar in sein Ohr, während sie ihr Gesicht an seine feuchte Wange legte. »Und ich werde dich lieben bis ans Ende unserer Tage. Hörst du?«

Struans Mundwinkel hoben sich zu einem leisen Lächeln. »Du bist eine sture Frau und eine kluge dazu«, sprach er mit verwaschener Stimme. »Mein Herz, ich ...«

Dann sank er zurück in eine tiefe Ohnmacht.

Krachend flog die Tür auf, und wie ein böser Geist stand Guy de Gislingham mitten im Raum, gefolgt von einer Handvoll schwer bewaffneter Fackelträger. Eisige Novemberluft drang in den ohnehin nicht warmen Kerker.

Vier Wachsoldaten trugen zwei bereits entzündete Feuerkörbe, die den kargen Raum sofort erleuchteten, aber auch ein wenig Wärme spendeten. Ohne ein Wort zu sagen, schnippte der Engländer mit dem Finger, und von zwei weiteren Soldaten der Gens du Roi wurde ein hölzernes Podest hereingetragen, auf dem sich offenbar eine flache Kiste befand, die mit einem grünen, reich bestickten Brokattuch verdeckt war.

Als sich die Tür hinter Gislingham und seinen beiden Schergen wieder geschlossen hatte, trat er vor und lüftete das Geheimnis, indem er höchstselbst das kostbare Tuch mit Schwung entfernte und den Deckel einer eigentümlichen verzierten Holzkiste öffnete. Mit einem lauernden Rundumblick, der Hannah an das Gehabe eines Varietézauberers erinnerte, entnahm er einen flachen Gegenstand und stellte ihn, nachdem er den Deckel der Kiste wieder verschlossen hatte, obenauf.

Das Haupt der Weisheit.

Für einen Moment hielt Hannah den Atem an. Auch d'Our war anzusehen, wie sehr ihn die Tatsache entsetzte, dass der Feind eines Gegenstandes habhaft geworden war, der zu dem Kostbarsten gehörte, was die Templer jemals besessen hatten.

»Ich höre«, sagte Gislingham nur und schloss für einen Moment selbstgefällig seine Lider. Doch niemand sagte etwas. Mit einem drohenden Flackern in seinen Augen nickte er linkisch in Richtung Matthäus, und schneller als erwartet, hatten seine Männer den Jungen von Geros Seite geholt.

Hannah wollte aufspringen, um Matthäus zur Hilfe zu eilen, der jammernd und strampelnd um sich schlug. Doch Gero hielt sie mit eisernem Griff zurück.

»Ihr Hunde, lasst sofort den Jungen los!«, zischte er voll Bitterkeit. »Gislingham, wenn es dir nicht reicht, dich an unserem Unglück zu weiden, dann nimm mich. Du kannst mich häuten und vierteilen, aber lass in Gottes Namen das Kind in Ruhe.«

»Solch eines großen Opfers bedarf es gar nicht«, entgegnete Guy de Gislingham, »Du musst mir nur sagen, was es mit diesem seltsamen Ding auf sich hat.«

Hannah glaubte ihren Augen nicht zu trauen, als die Brüder ihre Blicke auf Henri d'Our richteten. Selbst Gero machte da keine Ausnahme, ganz so, als ob er seinen Komtur um Erlaubnis bitten musste, sprechen zu dürfen. Doch der Templer des Hohen Rates schwieg, als ob er stumm wäre.

»Das ist eine Zeitmaschine, du Arschloch!«, schrie Hannah plötzlich auf Hochdeutsch. »Aber für einen Idioten aus dem Mittelalter, dessen Gehirn einer Erbse gleicht, ist das mit Sicherheit zu hoch.«

Mit einem Reflex verschloss Gero ihr mit einer Hand den Mund, während er mit dem anderen Arm ihre Taille umfasst hielt, noch bevor sie aufspringen konnte, um diesen grauenhaften Kerl in einem Anfall von Hysterie zu attackieren.

Obwohl Guy de Gislingham glücklicherweise nicht verstanden hatte, was sie ihm sagen wollte, war sein Interesse geweckt.

»He, du«, sagte er in Altfranzösisch, »komm her!«

»Nein«, keuchte Gero und hielt Hannah verzweifelt fest, als Gislinghams Schergen kamen, um sie mit Gewalt seinen Armen zu entreißen.

»Sie ist nicht ganz bei sich«, rief er mit einem flehenden Blick. »Das müsstet ihr schon daran erkennen, wie sie spricht.«

Gislingham gebot seinen Soldaten Einhalt, woraufhin sie Hannah frei gaben und Gero sie zurück auf seinen Schoß ziehen konnte.

»Na schön, Breydenbach«, führte der Engländer mit einer jovialen Geste aus, »dann erzählst du mir eben, was es mit diesem merkwürdigen Kasten auf sich hat. Es sei denn, du willst, dass ich deinen Knappen den Hunden zum Fraß vorwerfe und deine Hure vor deinen Augen die Schwänze meiner Kerkerschranzen zu spüren bekommt.«

Gero fuhr sich mit der Zunge über die aufgesprungenen Lippen. »Nun gut«, sagte er schließlich, während sich seine Finger in Hannahs Umhang krallten. »Sie hat wahr gesprochen. Es ist ein Zauber, mit dem Ihr die Zeit überwinden könnt.«

»Bruder Gerard!«, zischte d'Our unmissverständlich. »Überlegt Euch gut, was Ihr sagt.«

»Keine Sorge, Sire«, bestätigte Gero leise auf Deutsch, während sich seine Lider verengten. »Glaubt mir, ich weiß genau, was ich tue.«

Entschlossen fixierte er das noch harmlos anzusehende Haupt der Weisheit.

»Geht zur Seite«, befahl er Gislingham. Und als dieser ihm einen bösen Blick zuwarf, fügte er beschwichtigend hinzu. »Es ist nicht ungefährlich, und vielleicht erschreckt es Euch, wenn es sich öffnet.«

»Redet kein Weibergewäsch, Breydenbach. Beginnt! Ich bin schon ganz gespannt, wie ihr etwas öffnen wollt, ohne es zu berühren.«

Leise und durchdringend erhob Gero seine Stimme und sang das *Laudabo Deum meum in vita mea ...* – mit einer solchen Inbrunst, wie er es noch nie gesungen hatte. Dabei betete er gleichzeitig im Geiste das Ave-Maria.

Als der Deckel der Kiste aufsprang, wichen Gislingham und seine Schergen erschrocken zurück. Ihre Augen weiteten sich angstvoll, als plötzlich der überirdisch schöne Frauenkopf erschien, um seine lautlosen Anweisungen zu geben.

Geros Plan war, Gislingham und seinen Begleitern zu entkommen, indem die Maschine sie in eine andere Zeit katapultierte. Selbst wenn es nur in die Vergangenheit ging, so war das immer noch besser als dieses Loch, wo man sie nur auf einen sicheren, qualvollen Tod warten ließ.

Als der grünliche Nebel erschien, sah Gislingham ihn fragend an.

»Nun müsst Ihr Eure Hand hineinlegen«, sagte Gero in strategischer Weitsicht.

»Das könnte Euch so passen«, entgegnete Gislingham. Sein Blick war unsicher. Die Zauberkunst des Templers ängstigte ihn, wie man mühelos erkennen konnte. Doch er wollte sich nichts davon anmerken lassen, schon gar nicht in Gegenwart seiner Männer, die von Geros Fähigkeiten nicht weniger beeindruckt waren.

»Fasst doch selbst hinein!«

Nun hatte Gero seinen verräterischen Kameraden dort, wo er ihn haben wollte.

»Gebt dem Jungen den Kasten«, sagte er ruhig. »Er soll ihn zu mir bringen.«

Auf ein Nicken Gislinghams hin überbrachte Matthäus gehorsam den Timeserver. »Komm her, Mattes«, sagte Gero, und dabei zwinkerte er seinem Knappen aufmunternd zu. »Leg deine Hand hinein und zeig dem Sire, dass du keine Angst hast, hineinzufassen.«

Spätestens jetzt wussten Hannah und auch Anselm, was Gero vorhatte. In allen Köpfen war die Stimme zu hören, die ankündigte, dass der Server damit begann, die frisch eingespeisten Daten zu kalibrieren. Nur Gislingham und seine Männer wussten damit nichts anzufangen.

»Geh Matthäus, und lass all unsere Brüder und Schwestern hineinfassen. Wir wollen dem hohen Herrn beweisen, dass nichts Schlimmes geschieht.«

Offenbar ohne Aufregung begann der Junge damit, jedem einzelnen Gefangenen die rotierende grüne Nebelhand wie auf einem Tablett zu präsentieren, damit ein jeder seine eigene Hand hineinlegte. Hannah ermutigte Freya, die ihr einen ängstlichen Blick zuwarf, mit einem Lächeln, Geros Aufforderung zu folgen.

Johann ahnte instinktiv, dass Gero wusste, was er tat. Falls sein Plan gelang, würde es womöglich einen Ausweg aus dieser Hölle geben. Dass dies auch für Struan galt, war selbstverständlich. Zitternd nahm er das Handgelenk des Schotten und tauchte die blutverschmierten Finger in die rotierenden Gitterstrukturen.

Gislingham gewahrte zu spät, dass hier etwas ganz und gar nicht mit rechten Dingen zuging.

»Komm her!«, herrschte er Matthäus an, nachdem dessen Onkel als letzter seine Finger in den Nebel gelegt hatte. »Du«, sagte er zu einem seiner Soldaten. »Tu es ihnen nach!«

Nachdem der Uniformierte widerstrebend dem Befehl seines Vorgesetzten gefolgt war, ließ Gislingham auch den anderen Schergen in den Nebel fassen. Um sich nicht den Anschein der Feigheit zu geben, rundete er das Ritual ab und legte seine Hand ebenfalls in die merkwürdig grün wabernde Masse. Mit einem Nicken wies er Matthäus an, den Kasten an seinen angestammten Platz zu stellen.

»Und nun?«, fragte er und warf Henri d'Our einen hochnäsigen Blick zu.

Doch bevor der Komtur etwas sagen konnte, geschah etwas, das niemand von ihnen erwartet hatte.

47

Dienstag, 2. 12. 2004 – Mission Impossible

Mit einem tiefen Atemzug wandte sich Tom an seine verbliebenen Mitstreiter.

»Seid ihr bereit?«, fragte er leise.

Paul nickte andächtig, und auch Jack Tanner und Mike Tapleton hielten ihre Hände vor dem Körper gefaltet, als wohnten sie einer religiösen Handlung bei.

Als Tom das *Laudabo Deum meum in vita mea* sang, war die Stimmung geradezu perfekt, um auch die letzten Mysterien des Universums heraufzubeschwören.

Doch plötzlich reagierte der Server auf eine bisher unbekannte Weise. Nicht der mittlerweile bekannte Kopf erschien, sondern ein pulsierendes holographisches Diagramm, das wie die Zacken eines EKGs nervös auspendelte.

»Eingehende Daten kalibriert«, sagte die Stimme. »Zielerfassung läuft. Abgleich der DNA-Strukturen erfolgt in zehn Sekunden.«

»Paul? Was ist da los?« Tom sah seinen Freund beunruhigt an.

»Woher soll ich das wissen?«, erwiderte Paul entnervt. »So was hatten wir noch nicht. Vielleicht erhält das Ding von irgendwoher ein Signal?«

»Wir sollten das Experiment abrechen«, entschied Tom hastig.

»Keine Chance«, erwiderte Paul. »Das einzige, was du tu kannst, ist den Server zu zerstören, aber damit nimmst du dir jegliche Chance, Hannah zurückzuholen.«

Unentschlossen starrte Tom auf den sich plötzlich erhebenden, grünlichen Nebel.

Jack und Mike hatten wie in Trance ihre Waffen gezogen und richteten sie in gefährlicher Unentschlossenheit auf das wertvolle Artefakt, das nun von einem merkwürdig grünblauen Licht eingehüllt wurde.

Noch ehe Tom zu einer weiteren Entscheidung gelangen konnte, füllte eine leichte Druckwelle den Raum aus, und das Licht blähte sich auf, wie bei einer Riesenseifenblase, die jeden Augenblick zu platzen droht. Dann folgte ein jäher Lichtblitz, und unvermittelt wurde es dunkel in dem engen Raum.

Plötzlich flackerte eine LED-Lampe auf. Stimmen brüllten durcheinander, und Tom sah nur noch, wie die Kiste mit dem Server umgestoßen wurde.

Unter lautem Gebrüll stürmten General Lafour und seine Männer den Rundbau.

Im Nu herrschte das reinste Chaos. Schreie, Stöhnen, die Stimme einer Frau. Tom ließ sich willenlos an die hoch aufragende Mauer drängen und hielt inne.

Nicht irgendeiner Frau. Es war Hannahs Stimme, da war er sich ausnahmsweise sicher. Verdutzt riss er die Augen auf. Plötzlich sah er den Templer, wie er auf einen anderen, mittelalterlich gekleideten Mann zustürmte und ihn zu Boden rang.

Atemlos beobachtete Tom, wie ein weiterer Unbekannter auf den blond gelockten Jungen zustürmte und fassungslos auf dessen leere Hände starrte.

Der Mann hob sein Schwert, und es war unverkennbar, dass er das Kind erschlagen wollte. Einem Impuls folgend stürmte Tom los, doch bevor er den Angreifer erreichen konnte, warf sich eine hagere Gestalt zwischen den Jungen und seinen wütenden Gegner. Ohnmächtig musste Tom mit ansehen, wie das Schwert den älteren Mann mitten in die Brust traf.

Mit einem Mal sprang der Templer dazwischen. Irgendjemand feuerte einen Taser ab, der den groß gewachsenen Mann nur um Haaresbreite verfehlte. Stattdessen traf der Taser Mike Tapleton, der mit einem Aufschrei zu Boden ging.

Weitere Kräfte der NSA stürmten das enge Gefängnis. Der Templer war unterdessen wie vom Erdboden verschluckt, ebenso der Kerl, der das Kind hatte töten wollen.

Jack, der nicht wusste, wie ihm geschah, als er plötzlich ein Schwert blitzen sah, gab einen gedämpften Schuss ab und nahm ungläubig zur Kenntnis, wie sein Kontrahent getroffen zu Boden ging. Irgendwo im Gedränge war Paul, und über ihm hockte ein wilder Geselle im Kettenhemd, dessen finstere Miene reine Mordlust ausdrückte, während er den Luxemburger mit einem Dolch zu erstechen drohte. Doch bevor es dazu kam, wurde der Angreifer von einem anderen Mann, dessen Gesicht von furchterregenden Narben gekennzeichnet war, am Kopf gepackt und weggerissen. Atemlos beobachtete Tom, wie der Kerl mit dem Narbengesicht seinem Opfer ohne Erbarmen das Genick brach.

Für einen Moment spürte Tom eine kalte Angst. Waren sie am Ende selbst im Mittelalter gelandet?

»Tom!«, rief eine Stimme wie aus einem Nebel. »Tom!«

Sein Gesicht schnellte herum, und er erblickte Anselm Stein. Für einen Moment glaubte er zu halluzinieren, doch dann umarmte ihn der Mittelalterexperte.

»Ich fasse es nicht, Tom«, rief er keuchend. »Dich schickt der Himmel!«

Doch der Tumult war längst noch nicht abgeebbt.

»Zugriff!«, brüllte General Lafour unentwegt in das Durcheinander hinein.

Im nächsten Moment war der Raum hell erleuchtet, und eine merkwürdige Stille trat ein. Nur ein leises Stöhnen war zu hören.

Die Bilanz war ernüchternd, wenn auch nicht ganz so furchtbar wie angenommen. Zwei tote Soldaten aus einer augenscheinlich längst vergangenen Zeit und zwei verletzte NSA-Leute, die allerdings lediglich Schnittwunden abbekommen hatten.

Der ältere Mann, der das Leben des Jungen hatte retten wollen, war allem Anschein nach ebenfalls tot. Eine rothaarige Frau kauerte mit angsterfüllter Miene auf dem Boden. Dicht an die Wand gekauert, hielt sie den Jungen schützend umarmt und wagte kaum aufzuschauen. Der Mann mit dem Narbengesicht kümmerte sich um einen halbnackten, blutüberströmten Mann, der ebenfalls am Boden lag und sich nicht regte. Zwei weitere junge Männer in schreiend bunter Kleidung hockten völlig paralysiert daneben und stierten ungläubig auf die Leute der NSA.

»Tom!« Hannah war aufgesprungen und kam auf ihn zugelaufen. Unerwartet heftig fiel sie ihm um den Hals. Dankbar spürte er ihre Wärme, während er sie fest an sich drückte.

»Wie hast du uns nur finden können?«, keuchte sie aufgeregt. Erst jetzt sah sie ihm ins Gesicht. Tränen der Erleichterung liefen über ihre Wangen.

»Sind wir in Sicherheit?«, war ihre nächste bange Frage.

Geistesgegenwärtig richtete Tom seinen Blick zum Ausgang. Das Plexiglas und die darunter befindlichen Graffiti waren noch da.

»Ja«, flüsterte er, einer Ohnmacht nahe. »Ja, wir sind in Sicherheit.«

»Sanitäter!«, brüllte irgendjemand. Hannah schnellte herum. Einer der anwesenden Marines, der nach dem ersten Schock wieder zu sich gefunden hatte, analysierte mit geübtem Sachverstand die Lage.

Matthäus hatte sich aus der Umklammerung der rothaarigen Frau gelöst und kauerte nun über seinem Onkel, der tot, mit aufgerissenen, hellen Augen auf dem Rücken lag.

»Er hat mir das Leben gerettet«, stammelte der Junge, als einer der NSA-Agenten dem Toten die Augen zudrückte.

Hannah nahm Matthäus behutsam bei den Schultern, um ihn zu trösten.

»Er hat sich vor mich gestellt«, flüsterte der Junge, »als Gislingham mich töten wollte.«

»Gislingham?« Hannah schaute sich verwirrt um. Weder von Gislingham noch von Gero war etwas zu sehen. Geros anderen Kameraden und auch Freya war der Sprung in die Zukunft offenbar geglückt. Eine unbändige Angst stieg in ihr auf.

»Gero!«, schrie sie verzweifelt, und es traf Tom wie ein Hammerschlag, als er sah, wie ihre Augen in Panik umherirrten. »Wo ist der Server?«, fragte sie gehetzt. »Er war eben noch hier!«

»Hannah«, sagte Tom beschwichtigend. »Das kann nicht sein.« Mit einem Nicken deutete er auf einen unscheinbaren Metallkoffer, den Paul schützend in seinen Händen hielt. »Wir hatten den Server.«

»Nein«, widersprach sie. »Wir hatten ihn aus Heisterbach mit hierher gebracht, und jetzt ist er fort.«

»Vielleicht hat er sich aufgelöst«, mutmaßte Tom. »Nach allem, was wir wissen, ist es nicht möglich, dass sich dasselbe zusammenhängende Muster zweimal in der gleichen Zeitebene befindet.« Tom versuchte Hannah zu beruhigen, indem er seinen Arm um sie legte. Doch sie stieß ihn fort.

»Und was ist mit Gero?«, rief sie völlig in Tränen aufgelöst. »Du musst ihn zurückholen, und zwar sofort! Sie werden ihn töten, wenn du es nicht versuchst!«

»Ich wüsste nicht, wie ich das anstellen sollte«, sagte Tom mit aufrichtigem Bedauern in der Stimme. »Ich habe nichts unternommen, um euch hierher zu holen. Anscheinend ist es ganz von alleine geschehen. Wahrscheinlich hat es eine Rückkoppelung gegeben, weil der Server an der gleichen Stelle aktiviert wurde. Er hat sozusagen Kontakt mit sich selbst aufgenommen. Wenn Gero bei euch war, hätte er ebenfalls transferiert werden müssen. Du siehst doch, der ganze Raum ist voller Menschen. Vielleicht hat seine DNA die Rückkehr blockiert.« Er verschwieg Hannah wohlweislich, dass er für Sekunden geglaubt hatte, den Templer in einem Scharmützel mit einem anderen Barbaren gesehen zu haben.

Als ob man das Todesurteil über Hannah verhangen hätte, wandte sie sich ihren mittelalterlichen Begleitern zu. Johan war aufgesprungen. Während er seine Umgebung und die umherstehenden Männer mit einer gehörigen Portion Argwohn betrachtete, nahm er Hannah, die sich von Weinkrämpfen geschüttelt ihren Gefühlen hingab, tröstend in den Arm.

Professor Hertzberg, der aus seiner Deckung hervorgekommen war, begann, sich um die anderen Neuankömmlinge zu kümmern. Ohne Scheu sprach er sie in ihrer Sprache an. Rasch hatte er General Lafour klar gemacht, dass er die verbliebenen Männer und die Frau mit dem gebotenen Anstand und Respekt behandelte, da von ihnen keine Gefahr ausging. Knurrend verzichtete der Kommandeur der NSA darauf, ihnen Handfesseln anlegen zu lassen.

Wie betäubt beobachtete Paul das Geschehen. Den Server hatte er rasch und umsichtig in Sicherheit gebracht, nachdem dessen Oberfläche verstummt war. Nach all der Aufregung plagte ihn ein plötzlich drängendes Bedürfnis. Unvermittelt drückte er Tom den Metallkoffer in die Hand. »Tut mir leid, ich muss mal wohin«, sagte er mit einem Schulterzucken.

Nach unten in den Keller wollte er nicht. Dort bereiteten sich Lafours Männer zügig auf den Abmarsch vor. Jedoch war Paul nicht entgangen, dass es einen weiteren Treppenaufgang gab. Wem würde es schon auffallen, wenn er sich in eines der verfallenen, oberen Gemächer verirrte, um dort in eine Ecke zu urinieren?

Als er oben angekommen war, ließ ihn ein leises Stöhnen aufhorchen.

Paul hatte sich von einem der NSA-Agenten eine Taschenlampe geliehen. Beinahe hätte er sie fallengelassen, als er unvermittelt in die wasserblauen Augen eines Toten leuchtete. Hinter der Leiche regte sich etwas, und Paul stieß einen erstickten Laut aus, als er den Mann erkannte, der hinter dem Leichnam lag.

»Gero«, entfuhr es ihm. »Grundgütiger, wie kommst du hierher?«

»Das gleiche könnte ich dich fragen, Paul«, erwiderte der Kreuzritter und sprach damit zum ersten Mal den Namen des Luxemburgers aus. »Hast du Hannah gesehen? Ist sie bei euch?« Stöhnend hielt er sich die linke Seite.

»Hannah ist unten bei den anderen. Wir haben euch zurückgeholt, ins Jahr 2004, aber frag mich nicht, wie das möglich war. Sie wird aus dem Häuschen sein, wenn sie dich sieht. Sie denkt, dass du in der Vergangenheit zurückgeblieben bist.« Erst jetzt sah Paul das Blut, das durch die gespreizten Finger des Templers quoll. »Um Gottes Willen. Was ist mit dir?«

»Nicht wichtig«, beschwichtigte Gero schwer atmend. »Ich musste eine alte Rechnung begleichen. Ehrlich gesagt, hatte ich es mir leichter vorgestellt.«

»Bleib liegen«, erwiderte Paul. »Ich hole Hilfe.«

Lautlos, wie sie gekommen waren, rückten Lafours Männer samt ihrer Begleiter ab. Die Verletzten bargen sie mit aufklappbaren Tragen, und die Toten packten sie in schwarze Plastiksäcke, die sie bei ihren Einsätzen stets mit sich führten.

Hannah wich Gero nicht von der Seite, während eine medizinische Notfallversorgung reichen musste, bis er in ein Hospital der Amerikaner eingeliefert werden konnte. Doch ihre größte Sorge galt Struan, der selbst nach moderner medizinischer Versorgung dem Tod näher war als dem Leben.

Auf einem Hochplateau hinter Chinon landeten zwei amerikanische MEDIVAC-Helikopter mitten in der Nacht auf einem abgeernteten Feld, um die verletzten Templer in ein amerikanisches Militärhospital nach Deutschland auszufliegen.

Und obwohl Johan van Elk und seine anderen Kameraden beinahe vor Angst vergingen, als die großen Vögel mit den leuchtenden Augen in der Finsternis zur Landung ansetzten, sah er voll Verwunderung und Faszination, dass ein großes rotes Kreuz auf weißem Grund auf ihnen prangte.

Anselm betrachtete Johan im Halbdunkel lächelnd, während der Wind, den die Rotoren der Helikopter verursachten, ihm das Haar zerzauste.

»Diesem Zeichen kannst du heute ebenso vertrauen wie vor siebenhundert Jahren«, rief er Johan zu und streckte ihm helfend die Hand entgegen.

Johan blickte noch einmal zu dem roten Kreuz hin und atmete tief durch. Gemeinsam mit Freya, die sich an ihn klammerte, wie ein verängstigtes Kind, tat er den ersten Schritt in ein neues, unbekanntes Leben.

48

Freitag, 24. 12. 2004 – Fin Amor II

»Der einzige Mensch, der ihm helfen könnte, zu klarem Verstand zu gelangen, ist Amelie«, bemerkte Gero besorgt, nachdem sie das Krankenzimmer des Schotten verlassen hatten. Es war nun gut zwei Wochen her, dass man Struan nach Spangdahlem verlegt hatte. Doch sein Zustand blieb ernst.

»Wer ist Amelie?« Tom, der sich beinahe genauso häufig in der Krankenabteilung aufhielt wie Hannah, sah seine Ex-Verlobte forschend an.

»Sie war, nein«, verbesserte sie sich, »sie ist seine Geliebte. Sie ist schwanger, und er macht sich schwere Vorwürfe, weil er sie in diesem Zustand zurückgelassen hat.«

»Wäre es nicht möglich, sie auch hierher zu holen?«, fragte Gero unverblümt. Sein Blick war bittend und gleichsam zweifelnd. Er wusste, dass Tom zwar Herr über eine Maschine war, die die Zeit überwinden konnte, aber längst nicht allein darüber entschied, ob und wie diese Maschine zum Einsatz kam.

»Ich kann es versuchen«, antwortete Tom, der sich von Hannahs Blick mehr genötigt fühlte als von Geros Frage. »Wenn die Amerikaner mitspielen.«

»Danke«, sagte Hannah und drückte leise seine Hand.

Mittlerweile hatte Tom sich damit abgefunden, dass er Hannahs Liebe an den Kreuzritter verloren hatte. Immerhin hatte der Mann sein Leben für sie riskiert.

Nach etwa einer Woche intensiver Beratungen mit dem Pentagon, stand fest, dass Tom die Freigabe für ein weiteres Experiment erhalten sollte.

Obwohl Hannah von der Notwendigkeit dieser Mission überzeugt war, verging sie fast vor Angst, als Gero gemeinsam mit Tom und einem Team der NSA zur Breydenburg aufbrach. Man wollte ihn zunächst zur Burg seiner Eltern ins Jahr 1307 zurückschicken, um Amelie zu finden. Danach sollte er sie an einen vorher abgesprochenen Ort bringen, um gemeinsam mit ihr ins Jahr 2004 transferiert werden zu können.

Als bestmöglichen Zeitpunkt für die Aktion hatte man in der Vergangenheit den dritten Tag im Dezember 1307 gewählt, weil Doktor Karen Baxter entschieden hatte, dass Amelies Schwangerschaft bis zum siebten Monat fortgeschritten sein sollte, um durch den Zeitsprung keine vorzeitige Fehlgeburt zu riskieren.

Für einen Moment war Gero desorientiert, nachdem ihn der gepanzerte Wagen inmitten der Nacht auf einer Waldlichtung abgesetzt hatte. Doch dann sah er im Lichtkegel der gleißend hellen Lampen, den steil abfallenden Felsvorsprung, auf dem vor langer Zeit die Burg seiner Vorfahren gestanden hatte. Die unvermittelte Trauer über den Verlust seiner Heimat empfand er beinahe ebenso so stark wie beim ersten Mal, als er vor den völlig zerstörten Mauern gestanden hatte.

»Hier müsste es sein«, bemerkte er heiser und wies Tom auf die Stelle hin, wo er den Aufgang zum Pallas der Breydenburg vermutete.

»Countdown läuft«, sagte die lautlose Stimme, und in der Abgeschiedenheit der Nacht flackerte ein grünblaues Licht auf. Tom war mit seinen Kollegen und den Agenten der NSA weit genug entfernt hinter ein paar Felsen in Deckung gegangen, um nicht vom Suchradius des Servers erfasst zu werden, in dem Gero unvermittelt verschwand.

Für einen Moment kämpfte Gero mit den veränderten Lichtverhältnissen.

Dann schaltete er die kleine LED-Lampe ein und stellte beruhigt fest, dass er tatsächlich im Hauptturm der Breydenburg stand.

Lautlos schlich er an den kostbaren Teppichen vorbei über eine schmale Wendeltreppe in die oberen Gemächer. Offenbar schliefen alle. Eine weiße Katze auf Mäusejagd, die ihm im Flur entgegensprang, machte einen Buckel und fauchte ängstlich, als er ihr mit dem ungewohnten Licht in die Augen leuchtete.

Er begann zu beten, als er die Kammer erreichte, in der er Amelie vermuten durfte. Inbrünstig hoffte er, sie hier zu finden. In diesem Zimmer hatte sie mit Struan ein paar glückliche Tage verlebt, bevor er ihr auf so grausame Weise entrissen worden war.

Vorsichtig öffnete er die Türe und schaltete das Licht ab, um sie nicht unnötig zu erschrecken. Das Zimmer war dunkel und kalt. Auch ohne Licht spürte er, dass sich niemand darin befand. Enttäuscht wandte er sich ab. Als er sich umdrehte, vernahm er eine raue Stimme und spürte die Spitze eines Dolches in seinem Rücken.

»Ruhig Blut, Kamerad«, raunte ihm eine bekannte Gestalt zu. »Ein Ton und du bist tot.« Der Kerl hinter ihm hob seine Fackel. »Umdrehen«, befahl er harsch.

Gero tat was man ihm sagte, während er immer noch das Messer an seinen Rippen spürte. »Roland?«

»Allmächtiger!« Roland von Briey hätte beinahe seine Fackel fallen gelassen.

Mit einem weißen Nachthemd bekleidet und einer Schlafmütze auf den Kopf, sah er aus wie ein beleibtes Gespenst, das sich auf nächtlicher Wanderschaft befand.

»Gero!«, stieß er immer noch ungläubig hervor. Wie geblendet trat er zurück und setzte eine Miene auf, als habe er den Teufel persönlich vor sich. »Sag, dass du keine Erscheinung bist!«

»Nein«, beruhigte ihn Gero, während ihm beinahe die Stimme versagte. »Ich bin aus Fleisch und Blut. Aber bitte frag mich nicht, wie ich hierher gekommen bin. Ich suche Amelie. Ist sie bei euch?«

»Ja, aber…«, stotterte der Vogt. »Ihr ging es nicht gut. Sie hat das Kind verloren. Was ist mit Struan, ist er auch hier?«

Gero überging die Frage. Die Angst um das Mädchen überwältigte ihn beinahe. »Sie hat das Kind verloren? Ist sie tot?«

»Nein. In Gottes Namen, sie lebt, aber die Angst um Struan hat sie schier in den Wahnsinn getrieben. Erst recht als die Zeit verging und kein Lebenszeichen von euch kam. Die letzten Wochen hier oben waren die reinste Hölle«, erklärte Roland. »Seitdem das Trierer Domkapitel Balduin von Luxemburg zum neuen Erzbischof gewählt hat, gehen dessen Boten bei uns ein und aus. Man hat deinem Vater damit gedroht, ihm das Lehen zu nehmen, falls er dich oder einen deiner Kameraden auf der Burg versteckt hält. Du kannst hier nicht bleiben. Sie suchen dich und auch den Schotten. Mehr als je zuvor.«

»Bring mich zu Amelie. Bitte.«

Roland von Briey war viel zu verdattert, um Geros Aufforderung zu hinterfragen.

Bevor Gero die Kammer des Mädchens öffnete, erschien eine weitere Gestalt auf dem Flur. Es war Richard von Breydenbach. Sein Blick erschien im ersten Moment nicht weniger ungläubig als der von Roland, doch dann stürzte er auf seinen verloren geglaubten Sohn zu und umarmte ihn heftig.

»Gero! Dank, O Herr, meine Gebete wurden erhört.« Seine Stimme klang rau. »Wo sind deine Kameraden?« Richard löste die Umarmung. Sorgenfalten zeichneten seine Stirn, als er seinem Jüngsten mit einem Blick zwischen Hoffen und Bangen ins Gesicht schaute.

»An einem fernen Ort, der weder für den Papst noch für den König von Franzien erreichbar ist«, erwiderte Gero leise. »Auch ich muss dorthin zurück. Aber vorher möchte ich Amelie zu uns holen. Struan ist schwer verletzt. Ohne sie wird er es nicht schaffen.«

Roland war anzusehen, dass er nichts von all dem verstand. Doch Geros Vater nickte wissend.

»Gut«, sagte er beinahe erleichtert. »Erst vor ein paar Tagen erreichte uns eine Abschrift der Bulle »Pastoralis praeeminentiae«. Jetzt will Papst Clemens die Templer auch in den übrigen Ländern verfolgen lassen. Wie steht es um eure Sicherheit? Behandelt man euch anständig?«

»Ja, Vater. Macht Euch keine Sorgen! Es geht um Euch und um unsere Familie. Wenn Ihr und Mutter und Eberhard …« Gero schluckte. »Wenn Ihr mir folgen wollt, dann sagt es mir getrost. Ich denke, es wäre möglich.«

»Soll ich hier alles im Stich lassen, Junge? Ich habe die Verantwortung für mehr als zweihundert Seelen.«

»Und was geschieht, wenn Balduin Euch tatsächlich das Lehen nimmt? Es gibt eine Prophezeiung, die besagt …«

»Ich will davon nichts hören«, zischte Richard. »Ich glaube nur, was Gott der Allmächtige verheißt. Und nun geh und hol das Mädchen. Ich möchte nicht, dass deine Mutter noch wach wird und sich beunruhigt. Ich werde ihr einen Kuss von dir geben und ihr sagen, dass es dir gut geht.« Richard bemühte sich, seine Fassung nicht zu verlieren.

Zögernd öffnete Gero die Tür zur Kammer des Mädchens. Einen Moment blieb er an ihrem Bett stehen und betrachtete ihr bleiches Antlitz, bevor er ihr über die Wange strich und sie damit weckte.

»Gero …« Ungläubig blinzelte sie ins Licht und rieb sich die Augen, als ob sie einen Traum verscheuchen wollte. Dann folgte ein gellender Aufschrei.

»Struan!«

Gero nahm Amelie vorsichtig in seine Arme. Als sie sah, dass der Schotte nicht bei ihm war, begann sie hemmungslos zu weinen.

»Er ist tot! Habe ich recht? Sag mir, dass er tot ist!«

Gero streichelte sanft über ihr Haar. »Struan lebt«, sagte er ruhig. »Aber ohne dich wird er sterben.«

»Wo ist er?« Im Fackelschein sah sie ihn an, wie ein Reh, das vor seinem Jäger steht.

»Komm mit mir«, flüsterte er. »Er wartet auf dich.« Umsichtig trug er das Mädchen, gefolgt von seinem Vater und Roland von Briey hinunter in den Rittersaal.

Richard von Breydenbach hielt seinen Vogt zurück, als er Gero und Amelie in den Hauptraum des Pallas begleiten wollte.

»Bleib«, befahl der Burgherr dunkel. »Sie begeben sich auf eine besondere Reise. Kein Uneingeweihter sollte versuchen, ihnen zu folgen.«

Als das grüne Licht mit einem Blitz aufleuchtete, hielt Roland sich die Hand vor Augen. Danach war es still. »Gero?« Seine Stimme verhallte im Nichts.

Mit einem Seufzer der Erleichterung lief Hannah Gero entgegen, nachdem der Expeditionstrupp der amerikanischen Streitkräfte am frühen Morgen zur Basis zurückgekehrt war.

»Wir haben es geschafft!« Er trug immer noch seine mittelalterliche Gewandung. »Sie haben Amelie ein starkes Schlafmittel gegeben. Ich durfte es Struan als Erster erzählen. Noch heute wird er das Mädchen in seine Arme schließen können«, erklärte Gero, während Hannah ihm atemlos vor Freude um den Hals fiel.

»Ich freue mich so für ihn«, sagte Hannah. »Ich kann dir gar nicht sagen, wie sehr.« Selig legte sie ihren Kopf an Geros Schulter.

»Das Kind.« Er stockte einen Moment, und seine freudige Miene verdunkelte sich. »Sie hat es verloren. Während wir in Franzien waren, hatte sie eine Fehlgeburt.«

»Wie hat Struan es aufgenommen? Oder weiß er noch gar nichts davon?«

»Im ersten Moment schien er wie betäubt, doch dann hat er Gott dem Herrn ein Dankgebet gesprochen, dass er ihm wenigstens sein Liebstes gelassen hat und dass wir nun alle in Sicherheit sind. Ich glaube, ihn kann so schnell nichts mehr erschüttern.«

Am Nachmittag versammelten sich die übrigen Templer im Krankenzimmer ihres verletzten Kameraden. Auch Hannah, Freya und Matthäus waren hinzugekommen. Professor Hertzberg hatte den Besuch organisiert. Er kümmerte sich geradezu aufopfernd um seine Zöglinge aus einer unglaublich fernen Zeit, wie er sie nannte.

Johan, Arnaud und Stefano stießen einen Seufzer aus, als der kleine, weißhaarige Mann, der fortlaufend die unmöglichsten Fragen stellte, ihnen eine wohlverdiente Pause gönnte.

Struan durfte wegen seiner zahlreichen Verletzungen noch immer nicht aufstehen, doch nach einer erfolgreichen Operation konnte er bereits wieder seine Füße und Zehen bewegen. Der verantwortliche Stationsarzt hatte ein zweites Bett aufstellen lassen, direkt neben Struan. Amelie lag darin, in Decken gehüllt und mit Beruhigungsmitteln in einen künstlichen Schlaf versetzt, damit sie sich erholen konnte, noch bevor sie mit einer verwirrenden Wahrheit konfrontiert wurde, deren Wirkung noch nicht abzusehen war. Der Schotte hatte seine Hand ausgestreckt und spielte mit ihrem Haar. Ihre Augen waren geschlossen, und ein fernes Lächeln zeichnete ihren schönen Mund, als ob sie Struans Nähe und Zärtlichkeit spürte.

Mit Dankbarkeit schauten Hannah und die übrigen Templer auf das Pärchen.

»Fin Amor«, flüsterte Struan und lächelte seine Kameraden wissend an.

Gero hielt Hannah fest im Arm, während er seine andere Hand um die Schulter von Matthäus gelegt hatte.

»Fin Amor? Was bedeutet das?« Hannah sah fragend zu ihm auf.

»Ewige, wahre Liebe«, erwiderte Gero leise und küsste ihre Lippen, »das Einzige was wirklich zählt, ganz gleich, in welcher Zeit wir uns befinden.«

Epilog

> Dem Herrn sind ein Tag wie tausend Jahre
> und tausend Jahre wie ein Tag
> (Petrus 3,8)

Dienstag, 25. 1. 2005 – Bar-sur-Aube – Tag der Bekehrung des Paulus

Leise Schneeflocken segelten wie große Federn auf den Regionalfriedhof von Bar-sur-Aube herab. Heute war der 25. Januar. Der Tag, an dem die wundersame Bekehrung des Saulus zum Apostel Paulus begangen wurde.

Ob den Menschen, die sich an diesem Tage auf dem beinahe menschenleeren Gottesacker versammelt hatten, eine Bekehrung widerfahren war, in welcher Weise auch immer, konnten nur sie selbst beantworten.

Der anwesende Pfarrer blätterte mit rot gefrorenen Fingern in seiner abgegriffenen Bibel und erhob das Wort.

»Ich bin das Licht, das über allem ist. Ich bin die himmlische Welt. Sie ist aus mir hervorgegangen, und in mir hat sie ihr Ziel erreicht. Spaltet ein Stück Holz und ihr werdet mich finden. Hebt einen Stein und ich bin da.«, zitierte er.

»Und so übergeben wir Henri d'Our der Obhut unseres allmächtigen Gottes, der sich nicht nur im Angesicht des ewigen Lebens offenbart, sondern auch in den Worten und Taten all unserer Mitmenschen und in den Wundern der Natur, die uns allgegenwärtig sind und doch so rätselhaft erscheinen.«

Tom stellte sich nicht zum ersten Mal die Frage, ob die Zukunft tatsächlich schon geschrieben war. Spätestens seit er mit Raum und Zeit experimentierte, verschwamm das Oben und Unten zu einer geraden Linie, auf der nach allen Berechnungen kein Vor oder Zurück existierte.

Erst heute Morgen hatte General Lafour ihm die aktuellen Pläne des amerikanischen Präsidenten übermittelt. In Anbetracht der angekündigten Apokalypse sah das Oberhaupt der Vereinigten Staaten einen dringenden Handlungsbedarf. Auch wenn der Timeserver und seine Wirkung noch längst nicht ausreichend erforscht waren, bestand die amerikanische Regierung darauf, ein Team zusammenzustellen, das einen Vorstoß vom heutigen Tempelberg in Jerusalem ins Jahr 1148 wagen sollte. Man wollte die ursprünglichen Besitzer des Quantenservers aus ihrer misslichen Lage befreien und deren Wissen nutzen.

Gedankenverloren blickte Tom zu den fünf Kreuzrittern hin, die mit gefalteten Händen in stummem Respekt vor dem geöffneten Grab ihres Komturs standen. Mit ihren schwarzen Anzügen und Trenchcoats sahen sie den umstehenden Männern der NSA verblüffend ähnlich. Ob sie sich bereit erklären würden, dem Ruf der Wissenschaft zu folgen, vielleicht für den Lohn, dass ihr Orden doch noch gerettet werden konnte? Oder würde sich herausstellen, dass es nichts zu retten gab, weil die Konstante einer bis jetzt noch unbekannten Kraft dies zu verhindern wusste? War es Gott, der seine Finger im Spiel hatte? Und wenn ja, würde er mit sich handeln lassen?

Fasziniert lauschte Professor Hertzberg dem gregorianischen Gesang, der sich unvermittelt aus fünf dunklen Kehlen erhob und Gottes Größe und Güte so stimmungsvoll besang, dass selbst der anwesende Pfarrer vor Erstaunen zu atmen vergaß. Wer hätte je vermutet, dass sich hinter dem viel beschworenen Haupt der Templer ein solches Geheimnis verbarg? Ob Philipp IV. von Frankreich wirklich eine Ahnung gehabt hatte, welches Phantom er jagte, als er den Orden vor siebenhundert Jahren seiner Vernichtung entgegentrieb? Gab es sonst noch jemanden, der um den wahren Kern der Geschichte wusste? Oder war der Mann, dessen Körper nun in der kalten Erde der Champagne seine Ruhe fand, wirklich der letzte gewesen, der, als Schlussglied einer Kette von verzweifelt Wissenden, zwar eingeweiht, aber nichtsdestotrotz machtlos geblieben war, was das unabwendbare Schicksal des Ordens betraf?

Vielleicht war es etwas Göttliches, dessen Abbild auf das entscheidende Puzzleteilchen wartete. Doch was wäre, wenn nur kalte Technik dahinter steckte, die alles Göttliche zunichte machen würde?

Geros Blick streifte sehnsüchtig über die kahlen, winterlichen Hügel von Bar-sur-Aube. Henri d'Our hätte gewollt, dass man ihn hier zur letzten Ruhe beisetzte. Auch wenn es nicht das Gelände des Templerfriedhofs der ehemaligen Komturei war, so verblieben seine sterblichen Überreste doch an einem Ort, der seine Bestimmung vollendet hatte.

Ein tiefes Gefühl des Friedens ergriff Gero. Trotz der Sorge um seine Eltern, deren Schicksal im Dunkeln lag, und um den Orden, dessen Untergang besiegelt schien. Er hatte an Gott gezweifelt, und doch war er sicher, dass der Allmächtige, unbeeindruckt vom Verhalten der Menschen, seine Wirkung entfaltete und alles zwischen Himmel und Erde seinem unergründlichen Plan folgte. Und auf welche Weise auch immer, hatte dieser Gott seine Gebete erhört.

Zaghaft ergriff er Hannahs Hand und sah sie liebevoll an. Dann fiel sein Blick auf Matthäus, der andächtig neben ihr stand. Eine Frau, die seine Liebe erwiderte, Kinder, eine eigene Familie. Wenn er aufrichtig zu sich selbst war, hatte er sich nie etwas anderes gewünscht.

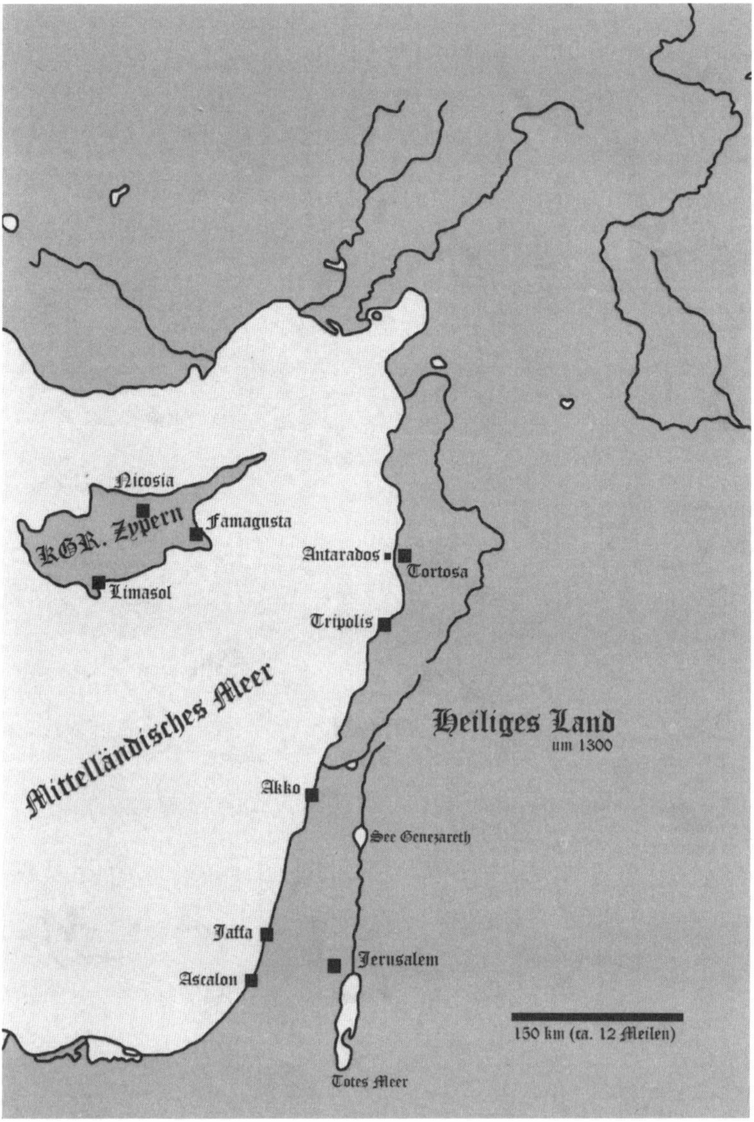
Nicosia
KGR. Zypern
Famagusta
Limasol
Antarados
Tortosa
Tripolis
Mittelländisches Meer
Heiliges Land
um 1300
Akko
See Genezareth
Jaffa
Ascalon
Jerusalem
150 km (ca. 12 Meilen)
Totes Meer

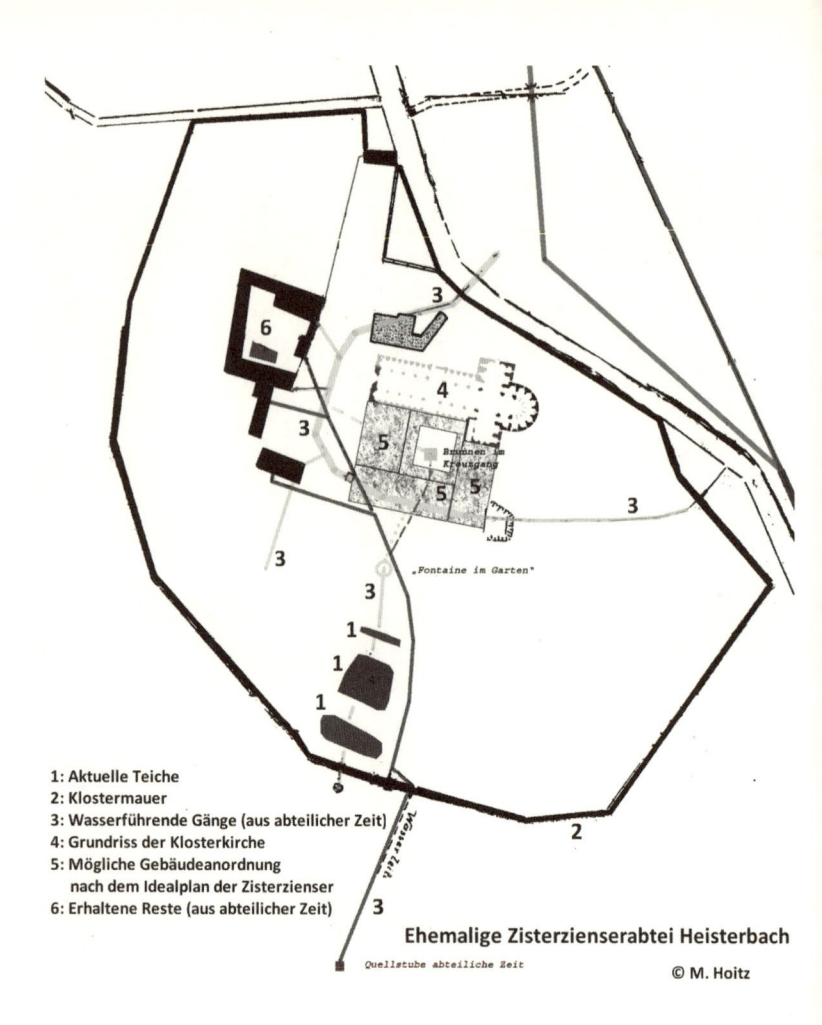

1: Aktuelle Teiche
2: Klostermauer
3: Wasserführende Gänge (aus abteilicher Zeit)
4: Grundriss der Klosterkirche
5: Mögliche Gebäudeanordnung nach dem Idealplan der Zisterzienser
6: Erhaltene Reste (aus abteilicher Zeit)

"Fontaine im Garten"

Quellstube abteiliche Zeit

Ehemalige Zisterzienserabtei Heisterbach

© M. Hoitz

Deutsche Lande

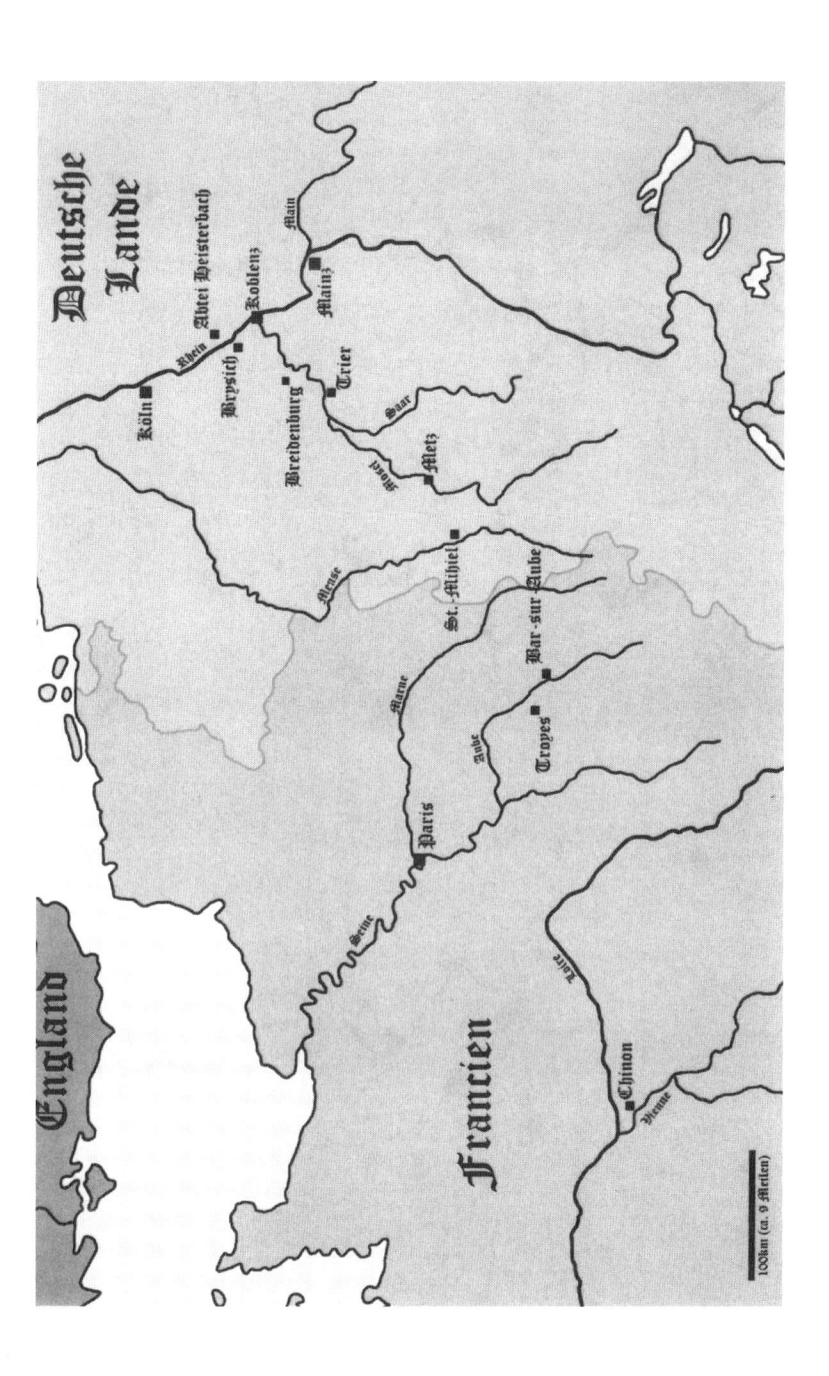

- Köln
- Rhein
- Abtei Heisterbach
- Wrysich
- Koblenz
- Main
- Mainz
- Breidenburg
- Trier
- Saar
- Mosel
- Metz
- Maas
- St. Mihiel
- Bar-sur-Aube
- Marne
- Aube
- Troyes
- Seine
- Paris
- Loire
- Chinon
- Vienne

Francien

England

100 km (ca. 9 Meilen)

Nachwort und Danksagung

Handlung und Personen in diesem Roman sind frei erfunden. Orte und Institutionen in Frankreich, Deutschland, Schottland und den USA wurden von der Autorin im Sinne der schriftstellerischen Freiheit entsprechend verändert.

Als ich im Herbst des Jahres 2003 die ersten Entwürfe zum Roman »Das Rätsel der Templer« schrieb, ahnte ich nicht, wie viel Arbeit notwendig sein würde, um – ungeachtet aller phantastischen Elemente – dem historischen Bild des Templerordens wirklich gerecht zu werden. Was folgte, war ein Recherchemarathon durch unzählige Sachbücher, Doktorarbeiten und Internetseiten zum Thema »Templerorden«. Dazu mehrere Recherchereisen innerhalb Deutschlands, aber auch nach Frankreich und Schottland.

Mein besonderer Dank gilt in diesem Zusammenhang dem Landesbibliothekszentrum Rheinland-Pfalz und dessen freundlichen Mitarbeitern, die mich mit über fünfzig Sachbüchern versorgten, darunter seltene Bücher wie Philipp Grouvelles »Memoiren über die Tempelherren« von 1806 oder Dr. ph. Hans Prutz »Entwicklung und Untergang des Tempelherrenordens« von 1888. Unter den vielfältigen Leihgaben befand sich auch eine aktuelle 800seitige Doktorarbeit über Führungsstrukturen und Funktionsträger in der Zentrale der Templer sowie die Dissertation von Michael Schüpferling aus dem Jahr 1915 mit dem Titel »Der Tempelherrenorden in Deutschland«. Dazu sei gesagt, dass mein Erstaunen groß war, als mir in Schüpferlings Werk der Name Breidenbach als einziger dort genannter Familienname im Zusammenhang mit den Templern beggegnete, und das gut eineinhalb Jahre nachdem ich diesen Namen in ähnlicher Form und rein zufällig für meinen Hauptprotagonisten gewählt hatte.

Merkwürdige »Zufälle« widerfuhren mir während des Schreibens immer wieder. So fand der beschriebene Stromausfall tatsächlich statt, ebenso unerklärlich und einen Monat bevor er in meiner Geschichte passierte, dazu exakt an den gleichen Orten und seltsam genug – ein halbes Jahr nachdem ich das Ereignis in meinem Romanentwurf aufgenommen hatte.

Kein Zufall war die Hilfe all der lieben Menschen, die mir bei der Verwirklichung dieses Projektes geholfen haben.

An erster Stelle danke ich meinen schottischen Freunden Mairi und George St.Clair, die mir mit Zuspruch (Danke George für das »Just do it!«), zahlreichen Diskussionen und einem mir unvergesslichen Besuch in Balantradoch, der ehemaligen Templerzentrale von Schottland, eine wunderbare Unterstützung waren.

Besonders dankbar bin ich Elke Humpert, meiner ersten »Lektorin«, die mich mit unermüdlichem Engagement und ihren ehrlichen, durchaus freundlich gemeinten Kritiken vorsichtig auf das vorbreitete, was mir im richtigen Autorenleben noch bevorstehen sollte. Zu diesem Kreis zählt auch Tamara Spitzing, eine liebe Freundin, die meine frühen Schreibversuche in die richtige Richtung schob. Peter Hannon danke ich für sein Interesse und die Übersetzung meiner E-Mails an die Templiers von Frankreich und deren fundierte Antworten. Maria Mühlbauer, Alexandra Mennekes, Sabine Cornils, Detlef Girmann und Gisela Bohnstedt danke ich fürs Probelesen und den daraus resultierenden Zuspruch.

Großen Dank schulde ich einem lieben Freund, seines Zeichens Pfarrer und Experte für alte Sprachen, der sich mit den Übersetzungen ins Mittelhochdeutsche unendliche Mühe gegeben hat, jedoch namentlich nicht genannt werden möchte (wofür ich ihm mein Verständnis entgegenbringe). Ohne ihn gäbe es in dieser Geschichte weder Dialoge in Mittelhochdeutsch noch eine mittelalterliche Fahndungsurkunde nach Originalvorlage und auch kein lateinisches Tischgebet.

Weiterhin danke ich der Stiftung Abtei Heisterbach (www.abtei-heisterbach.de; Spendenkonto: Kreissparkasse Köln, BLZ 370 502 99, Konto-Nr.: 017 005 000), die so freundlich war, mir einen Plan über die Lage und die unterirdische Kanalisation des ehemaligen Zisterzienserklosters Heisterbach für Recherchezwecke zur Verfügung zu stellen, und dessen Abdruck in diesem Buch zu erlauben.

Mein Dank gilt zudem all jenen, denen ich nicht persönlich danken kann und die mir mit unzähligen informativen Internetseiten (z. B. über den aktuellen Stand des Mondes an einem Freitag dem 13. im Jahre 1307, mittelalterlichen Genealogien oder nicht alltäglichen Literaturhinweisen zu den Templern in Deutschland, Frankreich und Schottland) geholfen haben.

Last but not least möchte ich meiner Familie danken, deren Unterstützung mir natürlich die wertvollste ist und ohne die das Schreiben nur halb soviel Freude bringen würde.

Zur Autorin

Martina Andrè, Jahrgang 1964, lebt mit ihrer Familie in der Nähe von Koblenz.
    Im Aufbau Taschenbuch Verlag erschien von ihr bisher der Mystery-Thriller »Die Gegenpäpstin«.

Leseprobe aus

Martina André

Die Rückkehr der Templer

Roman

757 Seiten
ISBN 978-3-7466-2498-3

Beinahe lautlos schnellten die drei Schlauchbote der amerikanischen Streitkräfte in der hereinbrechenden Dämmerung über den spiegelglatten Lac d'Orient.

Den Badestrand und die Hafenanlage für Segelboote hatten sie längst hinter sich gelassen, als sie wie Nachtreiher auf Beutezug in das menschenleere Vogelschutzreservat vorstießen. Kühle Nebelschwaden waberten über der Wasseroberfläche, die Luft war durchzogen mit dem Geruch von Fisch und Moder. Nach Einbruch der Dunkelheit hallten nur noch die Schreie der Käuzchen über die glatte Oberfläche des Sees. Vereinzelte Bäume, die an den unmöglichsten Stellen aus dem Wasser ragten, ließen erahnen, dass an diesem Ort – weit vor der Überflutung im Jahre 1966 – ein von Teichen und Tümpeln durchsetztes Waldgebiet existiert hatte.

Den wenigsten Touristen war bekannt, dass diese Gegend im Mittelalter unter dem Namen »Forêt d'Orient« dem Orden der Templer gehört und als todbringendes Versteck deren Schätze bewahrt hatte. Und als ob eine unsichtbare Magie diesen Ort belegte, war es auch in der Gegenwart nicht erlaubt, in diesem Abschnitt zu schwimmen, zu fischen, und erst recht nicht, die ungestörte Natur mit einem Motorboot zu entweihen.

Es sei denn, man besaß – wie die Spezialtaucher des US-Marines-Corps, die sich nun mit einem Team von wissenschaftlichen Mitarbeitern der National Security Agency, kurz NSA, einer bestimmten Stelle des Sees näherten – eine Ausnahmegenehmigung der allerhöchsten Regierungskreise. Die Top-Secret-Angelegenheit war als routinemäßige Nato-Übung eingestuft worden, mit dem Makel, dass man noch nicht einmal die Franzosen selbst in die genauen Abläufe der Operation »Seeungeheuer« eingeweiht hatte, geschweige denn andere Nationen hinzugezogen hätte. Offiziell hieß es, man suche nach einem verschollenen Flugzeugwrack, einem amerikanischen Kampfflieger, der im Zweiten Weltkrieg in dieser Gegend von den Deutschen abgeschossen worden war. Und nun habe man einen Hinweis auf den möglichen Verbleib der Leiche des Piloten bekommen. Als Hintergrund musste irgendeine heroische Geschichte herhalten – mit dem Tenor: Amerika bringt seine Soldaten nach Hause, ganz gleich, wie lange sie in welchem Teil der Erde vor sich hin gemodert hatten.

Der Oberbefehlshaber der französischen Streitkräfte, der im Verteidigungsministerium in Paris für die Genehmigung dieser nach außen hin unspektakulären Aktion gegengezeichnet hatte, handelte auf Geheiß seines zuständigen Ministers – und wie in französischen Hierarchien üblich hatte er dessen Befehl nicht hinterfragt.

Die Entscheidung seines Chefs, den Amerikanern in dieser Sache entgegenzukommen, war anlässlich einer Abendeinladung des amerikanischen Präsidenten gefallen, der zu einem kleinen, aber feinen Dinner in der amerikanischen Botschaft in Paris geladen hatte. Ein bekannter französischer Sternekoch hatte die wichtigsten Vertreter des Landes mit ausgesuchten Köstlichkeiten verwöhnt und mit einem 1982er Château Mouton Rothschild 1er Grand Cru Classé Bordeaux, à 1200 Euro die Flasche, dafür gesorgt, dass eine gedeihliche Gesprächsatmosphäre keine lästigen Fragen aufkommen ließ.

In den Tagen danach hatten Schlauchboote mit technischen Spezialisten an Bord – als Ornithologen getarnt – und entsprechendem elektronischem Gerät den Untergrund des relativ flachen Sees vermessen und tatsächlich einen Hohlraum in etwa vier Meter Tiefe, dicht unter dem Schlick ausmachen können. Dessen seitliche Öffnung – ein uraltes Steinportal – schien noch intakt zu sein, und das Sonar ortete mehrere metallische Gegenstände, die jeder Unwissende ohne Argwohn als Kriegsschrott oder Hausmüll der fünfziger Jahre identifiziert hätte.

Unbemerkt hatte man Hebewerkzeug und Absauggerät unter die Wasseroberfläche transportieren lassen und bei ersten Bohrungen tatsächlich ein Labyrinth entdeckt, dessen unterirdische Gänge sich noch ein ganzes Stück unter dem See fortsetzten.

»Dort unten müsste es sein«, bemerkte ein hochbetagter Mann, als die Motoren plötzlich stoppten. Professor Moshe Hertzberg, weltweit anerkannter Historiker und Leiter dieser Untersuchung, trug einen Trenchcoat und einen breitkrempigen Hut, den er die ganze Zeit wegen des Fahrtwindes hatte festhalten müssen. Er saß im hinteren Teil des Bootes und vermittelte den Eindruck, als habe man ihn gegen seinen Willen aus einem Altersheim entführt. Bei näherer Betrachtung jedoch wirkten seine Bewegungen und die Art, wie er sich äußerte, verblüffend jugendlich und agil. Mit der freien Hand hielt er seinem beleibten Nachbarn einen Laptop unter die Nase. Der hochdekorierte Endfünfziger im eng anliegenden Militäroverall, dessen Namensschild ihn als »General Alexander Lafour« auswies, wirkte unbeeindruckt.

»Glauben Sie wirklich, Professor«, wandte der General mit Blick auf die detaillierte Karte des Gebietes um das Jahr 1307 ein, »von all dem Tand ist noch etwas übrig geblieben?«

»Die gesamte Gegend befand sich bis zu jenem verhängnisvollen 13. Oktober 1307 im streng gehüteten Besitz des Templerordens. Nur jemand, der zum inneren Kreis des Ordens gehörte, war in der Lage, in diese Wildnis einzudringen.« Hertzbergs Stimme verriet die unterdrückte Verzückung, die er bei dem Gedanken empfand, zumindest gedanklich in die damalige Geschichte zurückreisen zu dürfen. »Habe ich recht?« Wie um sich zu vergewissern, dass er nichts Falsches sagte, durchdrang sein immer noch geschärfter Blick die Dämmerung und suchte im Lichtkegel einer LED-Leuchte die Zustimmung jener beiden Männer, die es ganz genau wissen mussten.

So unglaublich es klang: Seine beiden verwegen aussehenden Begleiter, die lässig auf dem Bootsrand saßen, waren selbst dabei gewesen, als der Wald im beginnenden 14. Jahrhundert mit seinem undurchdringlichen Dickicht und den gefährlichen Sümpfen jedem Normalsterblichen eine solch höllische Angst eingejagt hatte, dass niemand im Traum daran gedacht hätte, ihn ohne ortskundigen Führer zu durchqueren. Seinerzeit war es nur versierten Fährtensuchern der Templer möglich gewesen, jene trittsicheren Pfade zwischen den todbringenden Sümpfen zu finden.

Einer von ihnen, Gero von Breydenbach, ehemaliger Ordensritter der Templer und Teilnehmer jenes Geleitzuges, der vor knapp siebenhundert Jahren an dieser Stelle den gesamten Besitz der umliegenden Templerkomtureien verborgen hatte, bereitete sich unter Anleitung eines der anwesenden US Marines auf den Tauchgang vor. Niemand sah dem blonden, achtundzwanzigjährigen Hünen mit den auffallend hellblauen Augen an, dass er vor mehr als siebenhundert Jahren im Turmzimmer einer deutschen Lehensburg das Licht der Welt erblickt hatte. Die Geschichte, wie es dazu gekommen war, dass er sich nun – im Juli des Jahres 2005 – gegen seinen Willen in einen hypermodernen Taucheranzug zwängen musste, hätte mühelos jede andere Schlagzeile in der New York Times hinwegfegen können. Doch die Fakten, die dahintersteckten, klangen erstens zu verrückt, um sie einem größeren Publikum als Wahrheit verkaufen zu können, und zweitens zählten sie zu den größtenGeheimnissen, die die amerikanische Regierung je gehütet hatte.

Gero von Breydenbach wirkte trotz dieser unglaublichen Tatsache erstaunlich gelassen. Niemand konnte dem dunkelblonden Templer ansehen, dass er sich innerlich verfluchte, weil er den Amis, wie er seine Gastgeber in Gedanken abfällig titulierte, überhaupt einen Hinweis auf dieses Versteck gegeben hatte. Insgeheim hatte er gehofft, dass an dieser Stelle nichts mehr zu finden war oder – falls ihre Peiniger doch etwas fanden – sie sich endlich zufriedengaben und aufhörten, ihn und seine vier Ordensbrüder, die mit ihm in dieser verabscheuungswürdigen Zeit gelandet waren, mit unzähligen weiteren Fragen und endlos erscheinenden Tests zu foltern. Ihn interessierte vor allem die Freiheit, die man ihm und seinen Kameraden bei ihrer unfreiwilligen Ankunft im Herbst 2004 so scheinheilig versprochen hatte. Doch die Wahrheit sah anders aus. Hertzberg und seine Leute hielten sie wie Gefangene, auch wenn das Verlies, in das man sie fortwährend sperrte, verglichen mit früheren Zeiten recht luxuriös war.

Ein Blick auf die dunkle Oberfläche des Sees ließ den ehemaligen Templer ein weiteres Mal erahnen, auf was für einen Wahnsinn er sich hier eingelassen hatte. Das Vorhaben, dort mit solch umständlichem Gerät hinabzutauchen, erschien ihm wie ein Höllenritt. Leider wusste nur er, wie das Labyrinth beschaffen war und wo sich der Schatz vor Hunderten von Jahren befunden hatte. Mit dem nicht unerheblichen Unterschied, dass er damals die engen Gänge zu Fuß bewältigt hatte.

Ein letztes Mal überprüfte sein Tauchlehrer die Atemmasken und gab ihm ein Zeichen. Johan van Elk, sein Freund und Kamerad, zwinkerte ihm aufmunternd zu. Er hatte gut lachen, ihn hatte man nicht auserkoren, den Fisch im Wasser zu spielen. Sein flämischer Bruder würde im Boot auf ihn warten und ein paar Ave-Maria beten, dass er heil vom Grund des Sees zurückkehrte. Todesmutig ließ Gero sich zusammen mit den fünf Agenten der National Security Agency ins nachtschwarze Wasser gleiten. Dann wurde es still.

Der Taucher vor ihm leuchtete den Weg in die Tiefe mit einer Stablampe aus. Schlingpflanzen, Schwebepartikel und aufgescheuchte Fische zogen an Gero vorbei, während er sich darauf konzentrierte, ausreichend Luft in die Lungen zu bekommen. Obwohl er längst wusste, dass nicht Gott ihm die Gabe verlieh, sondern eine moderne Maschine und ein Mundstück, dessen Schlauch zu einem Tank gefüllt mit Sauerstoff auf den Rücken führte, erschien es ihm immer noch wie ein Wunder. Die Geräusche, die er dabei verursachte, erinnerten ihn an einen ledernen Blasebalg zum Anheizen von Holzkohle. Bei jedem Atemzug entwichen unzählige Wasserbläschen, was ihn weit mehr faszinierte als die übrigen Taucher, die ihn wie einen Schutzbefohlenen in ihre Mitte genommen hatten.

Plötzlich bedeutete ihm Agent Jack Tanner, der all ihre Einsätze leitete, dass er an die Spitze des Trupps in ein rechteckiges Loch von einem Quadratmeter Größe tauchen sollte. Wie selbstverständlich drückte Tanner ihm eine dieser modernen Lampen in die Hand.

Die steinerne Einrahmung, die ein Voraustrupp von Schutt und Geröll befreit hatte, war von Fadenalgen bewuchert. Die Furcht, die Gero empfand, als er als Erster hindurchschlüpfte, erinnerte ihn an den Steinmetz des Tempels, der ihn vor siebenhundert Jahren nicht weniger beharrlich dazu aufgefordert hatte, Säcke und Kisten der umliegenden Komtureien von Bar-sur-Aube in das enge, unterirdische Versteck zu tragen.

Geschickt glitt Gero durch die verschlammten Stollen. Dabei versuchte er sich zu konzentrieren, um die Orientierung nicht zu verlieren und vor allem das Atmen nicht zu vergessen. Ein Wink nach links führte die nachfolgende Truppe in eine ehemals mannshohe Vorkammer, die nun so sehr mit Schlamm angefüllt war, dass man noch nicht einmal darin knien konnte.

Drei Männer fanden nebeneinander in der Kammer Platz, die anderen mussten draußen im Stollen bleiben. Im trüben Schein des Lichtkegels hielten sie das Equipment für den Schlammsauger bereit, der oberhalb der Wasseroberfläche per Funk eingeschaltet wurde. Vorsichtig befreiten die Männer um Gero den Grund von jahrhundertealten Ablagerungen. Währenddessen schnitten Gero die abgehackten Stimmen des Funkverkehrs ins Ohr und bezeugten, dass man an der Wasseroberfläche bereits auf erste Ergebnisse wartete. Zu seinem eigenen Erstaunen kamen nach und nach tatsächlich goldglänzende Artefakte zutage. Kreuze, Madonnenfiguren, kostbare Reliquienschreine, übersät mit matt leuchtenden Edelsteinen, deren noch viel kostbarer erscheinender Inhalt aus uralten, geweihten Überresten in Form von Knochen, Haaren und Zähnen angeblicher Heiliger Wasser und Schlamm nicht überdauert hatte. Zudem fand sich eine stattliche Sammlung von Messkelchen.

Die Anspannung unter den Männern schlug in Begeisterung um. Gierig rafften sie alles in ihre mitgeführten Netze, geradeso, als würden sie Pferdeäpfel einsammeln und keine unermesslichen Schätze. Gero beobachtete stumm, wie sie ihre Beute respektlos zusammenbanden. Er verspürte Erleichterung, als Tanner in den Gang deutete und Gero mit einem Nicken aufforderte, allen den Weg nach draußen zu zeigen. Mit einem flauen Gefühl im Magen tauchte er durch die von Einsturz gefährdeten Stollen. Nicht etwa, weil er Angst hatte, am Ende verschüttet zu werden. Vielmehr war es ein harter, unnachgiebiger Schmerz, der ihn immer durchzuckte, wenn ihn etwas an sein früheres Leben erinnerte und ihm aufzeigte, dass diese Zeit auf immer vergangen war. Der Anblick der Burgruine seines Elternhauses oder der verfallenen Abtei von Heisterbach hatten ihn zu Tränen gerührt, weil er das stolze Gebäude noch kannte, als es in mächtiger Größe erstrahlt war. Obwohl das Gefühl von Heimweh seine Brust zu sprengen drohte und eine tiefe Sehnsucht in ihm weckte, eines Tages vielleicht doch wieder nach Hause zurückkehren zu können, würde er mit niemandem darüber sprechen, selbst nicht mit Hannah, die aus der jetzigen Zeit stammte und die er über alles liebte, denn auch sie konnte nichts daran ändern, dass die Verantwortlichen des Center of Accelerated Particles in Universe and Time – kurz C.A.P.U.T. – nicht bereit waren, ihn und seine Gefährten dorthin zurückkehren zu lassen, wo sie hergekommen waren.

Kaum dass sie die Netze mit den Kelchen und Reliquien ins Boot gehievt hatten, inspizierte Hertzberg die heraufgebrachten Gegenstände mit zitternden Fingern. Nicht die Kälte war schuld oder sein nahezu biblisches Alter – vielmehr war es die pure Erregung eines Wissenschaftlers, der etwas ganz Großem auf der Spur zu sein schien. Johan, der als Geros Kampfgenosse und Freund seiner Rückkehr entgegengefiebert hatte, blickte irritiert auf die unglaubliche Menge an Gold und Edelsteinen. Obwohl auch er vor siebenhundert Jahren dabei gewesen war, als man die Schätze in Kisten und Säcken verpackt hierhergebracht hatte, hätte er nicht gedacht, dass sie die lange Zeit nahezu unbeschadet überstanden hatten.

Johan, der wie Gero vor acht Monaten mit einem aufgefundenen Timeserver aus einer noch entfernteren Zukunft in diese Welt transferiert worden war, beobachtete das Treiben des Alten, während der General seinen Männern in den Nachbarbooten eilige Befehle zurief und dabei das Boot gefährlich ins Schwanken brachte.

Das stark vernarbte Gesicht des rothaarigen Ritters, das von einer Verbrennung mit flüssigem Pech herrührte, zeigte im Schein des künstlichen Lichts kaum eine Regung. Dabei interessierte ihn weit weniger die Hektik des Generals als vielmehr die Gier in Hertzbergs braunen Augen. Johan warf seinem deutschen Kameraden einen schrägen Blick zu. Gero fing die Anklage darin auf, nachdem er sich, von seiner Tauchmaske befreit, neben Johan auf den Rand des Schlauchbootes gesetzt hatte. Der Sohn eines flämischen Grafen hatte die ganze Aktion von Beginn an missbilligt. In seinen Augen war Geros Verhalten Verrat. Ganz gleich, wie lange die Besitztümer des Ordens dort unten gelegen hatten, sie gehörten den Templern, und niemand sonst war berechtigt, sich an ihnen zu vergreifen. Diese Ansicht hatte Johan ihm unmissverständlich klargemacht, noch bevor Gero der Einsatz befohlen worden war. Aber auch er sah ein, dass sie weder mit ihrer Lebenserfahrung noch mit ihrer Kampfkraft etwas dagegen hatten ausrichten können. Wohlwollen und Entgegenkommen waren im Moment das Einzige, das ihnen blieb, um darauf zu hoffen, dass Hertzberg und seine Leute endlich ihr Versprechen einlösten und ihnen irgendwo, fernab von jedem wissenschaftlichen Labor, ein freies Leben ermöglichten.

Der General hatte unterdessen befohlen, den Motor anzuwerfen, um so schnell wie möglich zum Ufer zurückzukehren.

Hertzberg konnte es nicht abwarten, an den malerischen Sandstrand zu gelangen, der silbern im Mondlicht schimmerte. Während das Boot beinahe lautlos über die Wasseroberfläche glitt, spülte er einen der vielen Kelche mit Seewasser und betrachtete ihn eingehend im Lichtkegelseiner Forschungsleuchte.

Nach einem Moment des Innehaltens hielt er Gero den Kelch hin und sah ihn auffordernd an. »Hast du eine Ahnung, was das da am Boden bedeuten könnte?«

Gero löste eine Hand von den Stricken, die den Rand des Bootes umgaben und an denen er sich während der Fahrt festhielt. Zögernd nahm er das uralte Artefakt in die Hand, immer noch von Ehrfurcht erfüllt, und schaute hinein.

Am Grund des Kelches schimmerte ein in Gold eingefasster, grünlicher Stein, der von eingravierten, rätselhaften Ornamenten umgeben war.

Plötzlich schwindelte ihn. Hatte er zunächst noch geglaubt, das schwankende Boot trage die Schuld, so musste er bei langsam werdender Fahrt erkennen, dass anscheinend eine höhere Macht von seinem Bewusstsein Besitz ergriff, was ihn offensichtlich in die Lage versetzte, in den willkürlich aufleuchtenden Ornamenten einen Sinn zu erkennen. Bei intensiver Betrachtung formierten sie sich zu einem dreidimensionalen Bild, das frei im Raum stehende griechische Buchstaben sichtbar machte, die eine Inschrift verrieten: »Siehe, dies ist der Kelch Jehudas«, stand dort geschrieben, »finde die Steintafeln des Moses – und die Welt wird Deinen Gesetzen folgen.«